中國古典文學基本叢書

文心雕龍校注

（全本）上册

〔南朝梁〕刘勰 著
〔清〕黄叔琳 注 李詳 補注
楊明照 校注拾遺

中華書局

圖書在版編目(CIP)數據

文心雕龍校注(全本)/(南朝梁)劉勰著;(清)黄叔琳注;(清)李詳補注;楊明照校注拾遺. —北京:中華書局,2021.5(2024.9 重印)
(中國古典文學基本叢書)
ISBN 978-7-101-15157-2

Ⅰ.文… Ⅱ.①劉…②黄…③李…④楊… Ⅲ.①文學理論-中國-南朝時代②《文心雕龍》-注釋 Ⅳ.I206.2

中國版本圖書館 CIP 數據核字(2021)第 062628 號

責任編輯:聶麗娟
責任印製:陳麗娜

中國古典文學基本叢書
文心雕龍校注(全本)
(全三册)
〔南朝梁〕劉　勰 著
〔清〕黄叔琳 注 〔清〕李　詳 補注
楊明照 校注拾遺
*
中 華 書 局 出 版 發 行
(北京市豐臺區太平橋西里 38 號　100073)
http://www.zhbc.com.cn
E-mail:zhbc@zhbc.com.cn
大廠回族自治縣彩虹印刷有限公司印刷
*
850×1168 毫米 1/32・40⅝印張・9 插頁・850 千字
2021 年 5 月第 1 版　2024 年 9 月第 4 次印刷
印數:6501-7500 册　定價:138.00 元

ISBN 978-7-101-15157-2

明詩第六

大舜云詩言志歌永言聖謨所析義已明矣是以在心為志發言為詩舒文載實其在茲乎詩者持也持人情性三百之蔽義歸無邪持之為訓有符焉爾人稟七情應物斯感感物吟志莫非自然昔葛天氏樂辭云玄鳥在曲黃帝云門理不空綺至堯有大章之歌舜造南風之詩觀其二文辭達而已及大禹成功九序惟歌太康敗德五子咸諷順美匡惡其來久矣自商暨周雅頌圓備四始彪炳六義環深子夏鑒絢素之章子貢悟琢磨之句故商賜二子可與言詩自王澤殄竭風人輟采春秋觀志諷誦舊章酬酢以為賓榮吐納而成

敦煌唐寫本

文心雕龍卷第一

梁通事舍人劉　勰彥和述

原道第一

文之爲德也大矣與天地並生者何哉夫玄黄色雜方圓體分日月疊壁以垂麗天之象山川煥綺以鋪理地之形此蓋道之文也仰觀吐曜俯察含章高卑定位故兩儀既生矣惟人參之性靈所鍾是謂三才爲五行之秀人實天地之心生心生而言立言立而文明自然之道也傍及萬品動植皆文龍鳳以藻繪呈瑞虎豹以炳蔚凝姿雲霞雕色有踰畫工之妙草

元至正刊本

文心雕龍卷第一

梁通事舍人劉　勰

原道第一

文之為德也大矣與天地並生者何哉夫玄黄色雜方圓體分日月疊壁以垂麗天之象山川煥綺以鋪理地之形此蓋道之文也仰觀吐曜俯察含章高卑定位故兩儀既生矣惟人參之性靈所鍾是謂三才為五行之秀人實天地之心生心生而言立言立文明自然之道也傍及萬品動植皆文龍鳳以藻呈瑞虎豹以炳蔚凝姿雲霞雕色有踰畫工之

明弘治馮允中刊本

易曰鼓天下之動存乎辭辭之所以能鼓天下
者迺道之文也

贊曰

道心惟微神理設教光采玄聖炳燿仁孝龍圖
獻體龜書呈貌天文斯觀民胥以傚

庖犧畫其始亦作虙犧帝德合上下曰太昊氏行雷澤之渚履大人跡有虹繞之而孕風姓生於成紀都於陳以木德王　易繫辭曰包犧氏之王天下也仰則觀象于天俯則觀法于地觀鳥獸之文與地之宜近取諸身遠取諸物於是始作八卦以通神明之德以類萬物之情（虙一作伏）九疇書洪範九

文心雕龍　卷一　三

明萬曆梅慶生刊音注本（二）

文心雕龍卷之一

梁劉　勰撰　長洲張松孫鶴坪輯註

明楊　慎批點　男　智瑩樂水校

原道第一

文之爲德也大矣與天地並生者何哉夫元黄色雜方圓體分日月疊璧（易坤靈圖至德之萌日月若聯璧）以垂麗天之象山川煥綺以鋪地理之形此蓋道之文也仰觀吐曜俯察含章高卑定位故兩儀既生矣惟人參之性靈所鍾是謂三才爲五行

文心雕龍　卷之一　一

清乾隆張松孫輯注本

因文而明道旁通而無涯日用而不匱易曰鼓天下之動存乎辭辭之所以能鼓天下者迺道之文也

贊曰

道心惟微神理設教光采玄聖炳燿仁孝龍圖獻體龜書呈貌天文斯觀民胥以傚　按一字

易正義伏羲氏有天下龍馬負圖出於河遂法之畫八卦　易傳夏商之末易道中微文王拘於羑里係以彖辭易道復興　漢書孔子爲彖象繫辭文言之屬　書天乃錫禹洪範九疇傳天與禹洛出書神龜負文而列於背數有一至於九禹遂因而第之以成九疇　書皋陶乃賡載歌曰元首明哉股肱良哉庶事康哉

明萬曆王惟儉刊訓故本（二）

楊升菴先生批點文心雕龍卷之一

梁　通事舍人劉　勰　著

明　豫　章　梅慶生音註

原道第一

文之爲德也大矣與天地並生者何哉夫玄黃色雜方圓體分日月疊璧以垂麗天之象山川煥綺音起以鋪理地之形此蓋道之文也仰觀吐曜俯察含章高卑定位故兩儀既生矣惟人參之性靈所鍾是謂三才爲五行之秀　實天地

明萬曆梅慶生刊音注本（一）

文心雕龍卷之一

梁通事舍人東莞劉勰彥和著

原道第一

文之爲德也大矣與天地並生者何哉夫玄黃色雜方圓體分日月疊璧以垂麗天之象山川煥綺以鋪理地之形此蓋道之文也仰觀吐曜俯察含章高卑定位故兩儀既生矣惟人參之性靈所鍾是謂三才爲五行之秀人實天地之心生心生而言立言立而文明

明萬曆胡維新刊兩京遺編本

文心雕龍訓故卷之一

明河南王惟儉訓

原道第一

文之爲德也大矣與天地並生者何哉夫玄黃色雜方圓體分日月疊璧以垂麗天之象山川煥綺以鋪理地之形此蓋道之文也仰觀吐曜俯察含章高卑定位故兩儀既生矣惟人參之性靈所鍾是謂三才爲五行之秀人實天地之心生心生而言立言立而文明自然之道也傍及萬品動植皆文龍鳳以藻繪呈瑞虎豹以炳蔚凝姿雲霞雕色有踰畫工之妙草

明萬曆王惟儉刊訓故本（一）

文心雕龍卷之一
梁通事舍人劉勰撰　明歙汪一元校
原道第一
文之爲德也大矣與天地並生者何哉夫玄黄色雜
方圓體分日月疊璧以垂麗天之象山川煥綺以鋪
理地之形此蓋道之文也仰觀吐曜俯察含章高卑
定位故兩儀既生矣惟人參之性靈所鍾是謂三才
爲五行之秀人實天地之心生心生而言立言立而
文明自然之道也傍及萬品動植皆文龍鳳以藻繪
呈瑞虎豹以炳蔚凝姿雲霞雕色有踰畫工之妙草

明嘉靖汪一元刊本

文心雕龍卷之一
梁通事舍人東莞劉勰撰
原道第一
文之爲德也大矣與天地並生者何哉夫玄黄色
雜方圓體分日月疊璧以垂麗天之象山川煥綺
以鋪理地之形此蓋道之文也仰觀吐曜俯察含
章高卑定位故兩儀既生矣惟人參之性靈所鍾
是謂三才爲五行之秀人實天地之心生心生而
言立言立而文明自然之道也傍及萬品動植皆
文龍鳳以藻繪呈瑞虎豹以炳蔚凝姿雲霞雕色

明萬曆張之象刊本

出版説明

《文心雕龍》是我國古代第一部系統完整的文學理論巨制，結構嚴密，體大慮周，影響之大，歷代文論著作無出其右。《文心雕龍》的古注，學界向來認爲清代黄叔琳所作的《文心雕龍輯注》較好，後李詳勤奮從事，徵事數典，續爲補注。楊明照先生素稱「龍學泰斗」，其《文心雕龍校注》於原文後首列黄叔琳輯注，次列李詳補注，末著己作校注拾遺。楊注廣泛校勘傳世諸本，判定是非，並補前修注釋未安處，終集大成；復以著録、品評、采摭、版本等十項附録殿後，集《文心雕龍》資料與研究之大觀。楊先生取得了許多淩越前賢的成就，是當代學人研治《文心雕龍》的傑出代表。

楊先生自上世紀三十年代就開始踵續黄、李二家之後，對《文心雕龍》作校注拾遺的工作，一九三六年寫成清稿，一九五八年初版《文心雕龍校注》，其後屢次增訂，直至没世。此次出版，在中華書局二〇〇〇年版《增訂文心雕龍校注》的基礎上，充分吸收了《文心雕龍校注拾遺補正》（江蘇古籍出版社二〇〇一年版）在校勘、注釋、表述上的補正，將楊先生晚年的兩大專著融於一編，是楊先生七十年龍學研究的總成果，可謂全本《文心雕龍校注》。

《文心雕龍校注拾遺補正》是對《文心雕龍校注拾遺》（上海古籍出版社一九八二年

版)的補充修正。《補正》本内容只有《文心雕龍》各篇篇題及楊氏校注,與《拾遺》本在體例上大致相同,只略去了附録;其正文校注部分與《增訂》本相較,也略有差異。《補正》本與《增訂》本出版時間接近,因而《增訂》本中有些已增訂的部分,《補正》本中並没有體現,《補正》本相較《增訂》本的條目也有增有減。有鑑於此,本次整合的基本原則是「慎改慎删」。

内容增删主要有以下三種情況:一是根據《補正》本内容,增補條目及文字;二是保留《增訂》本中有而《補正》本中無的條目及文字;三是依《補正》本删減《增訂》本中的條目及文字。

此次出版之「全本」,並非《增訂》本與《補正》本的簡單歸併,而是將《補正》本與《拾遺》本及《增訂》本三者互相比勘,或增或減,有整條内容的增減,亦有條目内文字的增減。加之調順次序,訂正訛誤等等,力求爲廣大讀者提供一部較爲完善的《文心雕龍校注》全本。不當之處,敬請方家和讀者不吝指正。

中華書局編輯部

二〇二一年五月

目録

文心雕龍校注附録

前言

一

我國古代的文學理論批評專著，内容最豐富、體系最完整的，當推劉勰的《文心雕龍》了。可是關於作者的生平事迹，史書的記載却語焉不詳。爲了有助於讀者知人論世，姑作如下簡介：

劉勰，字彦和，大約出生於劉宋泰始二、三年（公元四六六——四六七年）間。祖籍原在東莞郡莒縣（今山東莒縣），永嘉之亂時，他的祖先南奔渡江，從此世居京口（今江蘇鎮江）。京口本爲南朝重鎮，又是人文薈萃之區，先後在這裏講學的著名經學家、史學家有關康之、臧榮緒和諸葛璩等人[一]。流風遺韻，對劉勰可能有過某些影響。

宋齊禪代和統治集團内部的明争暗鬬，使原來顯赫一時的劉穆之、劉秀之的子孫，政治地位不斷下降；劉勰的一家，更是又遜一籌了。他的祖父劉靈真儘管是宋司空劉秀之的弟弟，却没有當上官，父親劉尚也只任越騎校尉，這與史傳所説的「家貧」，是不無關係的。

早孤的劉勰，並不因爲無人管教和家道中落而放鬆學習，卻自覺地篤志好學。所讀的書，大概不外儒家典籍。他的儒家思想，也從此紮下了根。但在佛學甚囂塵上的當時，劉勰卻曾受其影響而不婚娶。這是一時的風尚，不止劉勰一人爲然。比他早的如周續之，同時代的如劉歊、劉訏，家境都很優裕，就是由於信佛才没有結婚的〔二〕。而且周續之「通五經」、劉歊「六歲誦《論語》、《毛詩》」〔三〕，還是儒家信徒哩。

另一種風尚是，從後漢末期牟子的《理惑論》出現以來，儒佛合爐共冶的傾向已日益普遍。官僚地主家庭出身的知識分子，除照例肄習儒家經典外，爲了適應潮流，以利於向上爬，都愛到寺廟去跟和尚們打交道：有的是諮戒範〔四〕，有的是聽内典〔五〕，有的是攷尋文義〔六〕，有的是瞻仰風德〔七〕，有的則住在寺裏讀經論，明佛理〔八〕。寺廟廣開，投身接足者頗不乏人〔九〕。本已信佛而又篤志好學的劉勰，自然是聞其風而悦之的。

「南朝四百八十寺」中，鍾山上定林寺〔一〇〕是名列前茅的。自劉宋元嘉十二年（公元四三五年）曇摩密多建寺〔一一〕以後，高僧輩出〔一二〕，而又由於「士庶欽風，獻奉稠疊」〔一三〕和「獲信施」〔一四〕，饒有貲財，富於藏書。「埒美嵩、華」的鍾山和「鬱爾層構」的「禪房殿宇」〔一五〕，也是無車馬喧的讀書勝地。劉勰爲了獲得一個比家裏條件更好的學習環境，專心致志地攻讀若干年，「窮則獨善以垂文，達則奉時以騁績」（《文心雕龍·程器》），上定林寺正是他夢寐以求的地方，同時也是他希圖走入仕途的終南捷徑。

上定林寺的方丈釋僧祐，是當時「德熾釋門，名蓋净衆」[一六]的大法師，白黑門徒多達一萬餘人[一七]。篤志好學的青年劉勰前去投依，是送上門的難得助手，僧祐當然是歡迎的。這樣，劉勰在與僧祐居處的十餘年中，除了刻苦閱讀釋典外，經史子集必然也在鑽研之列。因而「博通經論」、「深得文理」。不但編定了寺内所藏的經藏和撰述一些「會道控儒，承經作訓」[一八]的論文，而且還寫成了不朽的著作《文心雕龍》。

《文心雕龍》成書於齊和帝中興元、二年（公元五〇一——五〇二年）間[一九]，由於和當時彌漫文壇的形式主義文風異趣，曲高和寡，不爲人們所重。劉勰堅信自己著作的價值，決定請一代文宗沈約品定。這時沈約官居散騎常侍、吏部尚書兼右僕射，炙手可熱。社會地位低下的劉勰無從自達，只好裝成書賈的模樣，守候在路邊，等待沈約的車駕經過，便上前推銷頗爲自負的著作——《文心雕龍》。沈約讀後，大加贊賞，認爲「深得文理」，置於案頭，以便隨時觀覽。劉勰在《知音篇》裏曾慨嘆知音難逢，而這一别開生面的自薦，卻逢其知音了。從這裏也就不難看出，劉勰從政之心何等强烈。否則書成之後，即使不爲人們所重，大可藏之名山，傳諸其人，又何必作貨鬻之狀，干沈約於車前呢！

多半由於沈約的薦引，劉勰在天監（梁武帝蕭衍受齊禪後年號）初起家奉朝請，從此踏上了仕途。他先後擔任和兼任過中軍臨川王蕭宏、南康王蕭績的記室，車騎倉曹參軍，太末（今浙江衢縣）令，步兵校尉，東宮通事舍人等職務。任太末令時，「政有清績」，可見他是具有「工文」「練治」的才能的，也是他「奉時騁績」的具體表現。在兼任東宮通事舍人期間，受到當時另一位文學家昭明太子蕭統的「愛接」，他們共同討論篇籍，商榷古今的情況，是不難想見的。蕭統選録的著名文學總集《文選》與《文心雕龍》的「選文定篇」（《序志》）多有契合之處，恐怕不是偶然的。

佞佛的梁武帝於天監十六年（公元五一七年）十月饗薦改用蔬果之後，二郊農社猶有犧牲。劉勰認爲改革不够徹底，便於次年八月後上表，建議二郊農社也應只用蔬果。這自然是他的佛教思想有所擡頭的反映，但也可能有希圖升遷，得以進一步發揮其才能的打算在内。到了中大通三年（公元五三一年）昭明太子一死，東宮舊人例不得留，劉勰既未新除其它官職，奉敕與沙門慧震於上定林寺撰經，大概就在這段時間吧。任務完成，他便請求出家，並先燔鬢髮以表示決心。被批准後，就在該寺當了和尚，法名慧地。無可奈何的歸宿，不到一年光景便去世了。這時大約是梁大同四年或五年（公元五三八——五三九年）。劉勰一生歷宋、齊、梁三世，計得七十二三歲。在南朝文學家中，像他這樣的高齡，還不多見。

史傳説劉勰「爲文長於佛理，京師寺塔及名僧碑誌，必請勰製文」。可見他在當時是負有盛名的作家。惜其文集早已失傳。現在除了《文心雕龍》以外，只有《滅惑論》和《梁建安王造剡山石城寺石像碑》兩篇保存了下來。

劉勰在《序志篇》裏叙述寫作《文心雕龍》的動機，是由於夢見自己拿着丹漆禮器，追隨孔子南行，因而感到非常高興。本想「敷讚聖旨，莫若注經」，可是「馬(融)、鄭(玄)諸儒，弘之已精，就有深解，未足立家」；好在「唯文章之用，實經典枝條……詳其本源，莫非經典」。這纔搦筆和墨，選擇了論文之一途。在劉勰看來，「論文」與「注經」都屬於「敷讚聖旨」，是殊途同歸的，跟馬、鄭諸儒一樣地足以「立家」。

這種古文經學派的立場，使劉勰不滿於當時的形式主義文學。據裴子野《雕蟲論》所述，宋齊以來的文學狀況是：「自是閭閻年少，貴游總角，罔不擯落六藝，吟詠情性。學者以博依爲急務，謂章句爲專魯，淫文破典，斐爾爲功，無被於管絃，非止乎禮義，深心主卉木，遠致極風雲。其興浮，其志弱，巧而不要，隱而不深，討其宗途，亦有宋之遺風也。」劉勰認爲這是文學背離了儒家原則的結果。他在《序志篇》裏説：「去聖久遠，文體解散，辭人愛奇，言貴浮詭，飾羽尚畫，文繡鞶帨，離本彌甚，將遂訛濫。」《通變篇》也説：「矯訛翻淺，還宗經誥。」《文心雕龍》就是爲了矯正這種離經叛道的文風而寫作的。

由於劉勰以儒家思想爲出發點，所以他用《原道》、《徵聖》、《宗經》三篇來籠罩《文心雕龍》全書，確立了文學的基本原則：「道心」是文學的本原，「聖人」是立言的標準，「經書」是文章的典範。這種儒學的教條既有反對唯美主義文學的一面，又有着很大的局限和缺陷。不過，「論文」畢竟不等於「注經」，《文心雕龍》包含了極其豐富的内容，對大量的文學現象進行了具體而細緻的分析，提出了許多真知灼見，這是不能簡單地用儒家思想來包括的；《文心雕龍》的卓越貢獻也正在這裏。

當然，劉勰的思想是複雜的，有矛盾的。既業於儒，又染於佛，在他的頭腦裏，儒佛兩家思想都有。但二者之間既不能劃等號，也不能看成永遠是鐵板一塊，而是此起彼伏，互有消長的。當他在撰述《文心雕龍》之前寫《滅惑論》時〔二〇〕，佛家思想居於主導地位，即是説取得支配地位的矛盾的主要方面是佛學的唯心主義思想，他必然站在佛家的立場上，對「謗佛」的《三破論》予以還擊，旗幟鮮明，毫不含糊。當他夢見孔子後寫《文心雕龍》時，儒家思想居於主導地位，即是説取得支配地位的矛盾的主要方面是儒學的樸素唯物主義思想，他又必然站在儒家的立場上，來「述先哲之誥」，持論謹嚴，自成一家。此一時也，彼一時也，時間既不相同，内容亦復各異，因而劉勰在《滅惑論》和《文心雕龍》中所表現的思想判若天淵，也就不足爲奇了。

這裏還須指出，《文心雕龍》是我國古代文學理論批評專著，所原的「道」，所徵的「聖」，所宗的「經」，皆中國所有；所闡述的文學創作理論，所評騭的作家、作品，亦爲中國所有。與佛經著作或印度文學都無直接間接關係。所以全書中找不到一點佛家思想或佛學理論的痕迹，而是充滿了濃厚的儒學觀念。這固然可以看出劉勰著書態度的嚴肅，但更重要的則是由於《文心雕龍》本身的内容所決定。至於全書文理之密察，組織之謹嚴，似又與劉勰的「博通經論」有關。因爲他那嚴密細緻的思想方法，無疑是受了佛經著作的影響的。

《文心雕龍》是劉勰慘淡經營的巨大成果，也是我國文學批評史上巋然屹立的高峰！

二

劉勰的《文心雕龍》，是從先秦以來文學理論批評的不斷發展而出現的一部傑作。全書由五十篇組成，分爲上下兩編，約三萬七千餘字。上編論述文學的基本原則和各種文體的源流演變，下編則爲創作論、批評論和統攝全書的序。結構嚴密，體大慮周，構成了一個比較全面的理論體系。列寧曾說：「判斷歷史的功績，不是根據歷史活動家没有提供現代所要求的東西，而是根據他們比他們的前輩提供了的新的東西。」〔三〕我們按照列寧的教導來衡量劉勰，那他在《文心雕龍》中的確比他的前輩提供了不少新的東西，不愧是我國最優秀的古代文學理論遺産之一，值得我們深入學習和探討。

在文學與現實的關係上，劉勰認爲文學是客觀現實的反映，在這種反映中也浸透了作家的主觀感情。

《物色篇》説：「歲有其物，物有其容；情以物遷，辭以情發。」《明詩篇》也説：「人稟七情，應物斯感，感物吟志，莫非自然。」文學創作的對象是「物」，豐富多采的客觀事物引起了人們感情的波動，纔發而爲文辭。這種物——情——文的公式，是符合唯物論的反映論的。劉勰要求這種反映盡可能地真實：「寫氣圖貌，既隨物以宛轉；屬采附聲，亦與心而徘徊。」這就是要求文學創作要宛轉入微地刻畫客觀事物的面貌，委曲細緻地表達作者的思想感情。他説：「吟詠所發，志惟深遠；體物爲妙，功在密附。」把表達作者情志放在第一位，而把刻畫事物形貌放在第二位，因而不滿於「近代以來，文貴形似」（《物色》）的傾向。但這並不是反對文學創作不應該「形似」，而是反對片面追求「形似」的形式主義文風。

以上是就描寫自然景物而言。當然，文學創作最重要的對象還是描寫人們的社會生活。劉勰説：「文變染乎世情，興廢繫乎時序」（《時序》）；「是以師曠覘風於盛衰，季札鑒微於興廢」（《樂府》）。這就是説文學的發展變化是由社會情況、時代面貌決定的，因爲文學就是社會和時代的反映。所以他分析建安文學説：「觀其時文，雅好慷慨，良由世積亂離，風衰俗怨，並志深而筆長，故梗概而多氣也。」（《時序》）這一段論述，是從建安文學和那個動亂時代的關係着眼，所以能精闢地總結出建安文學的特徵。劉勰的這些觀點，繼承了自《禮記·樂記》和《毛詩序》以來我國文論的優秀傳統。

在文學與政治的關係上，劉勰强調文學的社會功能，要求文學爲封建制度服務。《徵聖篇》發揮了儒家論文的傳統主張，把文學的社會作用歸納爲三點：「政化貴文」、「事蹟貴文」和「修身貴文」。他把文學的社會功能提到了極高的地位，《序志篇》對「文章之用」説是「五禮資之以成，六典因之致用，君臣所以炳煥，軍國所以昭明」；《程器篇》也説：「摛文必在緯軍國。」這種對政事教化的强調，也貫穿在文體論各篇中，如《議對篇》要求對策能「大明治道，使事深於政術，理密於時務」；《書記篇》指出「書記所總」的二十四種「藝文末品」，爲「政事先務」。正因爲强調文學的社會功能，在所評論的作品中，除了一些應用文外，還有學術著作。這是由於他的廣義的文學觀念使然。比起蕭統「事出於沉思，義歸乎翰藻」（《文選序》）的選文標準，就顯得瞠乎其後了。

劉勰的這些觀點，表現了儒家思想封建保守的一面。不過，當時文壇上佔主流的形式主義文學，完全抹煞了文學的社會功能，墮入了爲藝術而藝術的泥坑。劉勰反對「近代辭人，務華棄實」（《程器》），也並非没有積極的意義。

在内容與形式的關係上，劉勰認爲内容決定形式，形式表現内容，要求作品達到二者的統一。《情采篇》説：「夫水性虚而淪漪結，木體實而花萼振：文附質也。」這是比喻一定的形式（「文」）是由一定的内容（「質」）所決定的；「虎豹無文，則鞹同犬羊；犀兕有皮，而色資丹漆：質待文也。」這是比喻一定的内容要求一定的形式來表現。在文、質並重的前提下，他並不把二者同等看待：「夫鉛黛所以飾容，而盼倩生於淑姿；文采所以飾言，而辯麗本於情性。」歸根到底，文章的美好（「辯麗」）不是取決於它的形式（「文采」），而是取決於它的内容（「情性」）。由此他得出結論説：「故情者文之經，辭者理之緯；經正而後緯成，理定而後辭暢，此立文之本源也。」他主張由「經正」導致「緯成」，由「理定」達到「辭暢」，要求内容和形式象經綫和緯綫一樣有機地組織成一個整體，這種辯證的觀點貫徹在《文心雕龍》全書中。

根據這個原則，劉勰對比了兩種不同的創作傾向：「蓋風雅之興，志思蓄憤，而吟詠情性，以諷其上，此爲情而造文也；諸子之徒，心非鬱陶，苟馳夸飾，鬻聲釣世，此爲文而造情也。」這雖然是總結歷史經驗，實際是針對當時文壇而發，因爲「後之作者，採濫忽真，遠棄風雅，近師辭賦，故體情之製日疎，逐文之篇愈盛」。因此，他着重批判了重形式、輕内容的傾向：「是以聯辭結采，將欲明理；采濫辭詭，則心理愈翳。」這表明《文心雕龍》對當時的浮豔文風是一種挑戰。

在繼承與創新的問題上，劉勰主張既尊重歷史形成的文學規律，又根據現實的情況加以創新。《通變篇》説：「名理有常，體必資於故實。」這是就繼承而言，各種文體有一定的寫作規格，需要通過借鑒前人的作品來掌握；「通變無方，數必酌於新聲」，這是就創新而言，臨文時的變化無窮，要依靠作者的獨創性來實現。只要正確處理「通」（繼承）和「變」（創新）的關係，「望今制奇，參古定法」，在規律中求變化，在繼承中求創新，就能「騁無窮之路，飲不竭之源」，使創作的路子越走越寬。所以他説：「變則可久，通則不乏。」把「通」和「變」看作是保證文學發展「日新其業」的重要規律，這是一種辯證的觀點。

劉勰的文學史觀不是停滯的，而是發展的。他提倡「趨時必果，乘機無怯」的變革精神，稱贊「古來辭人，異代接武，莫不參伍以相變，因革以爲功」（《物色》）的實踐。他看到了文學隨着時代發展而不斷變化的歷史進程：「黄唐淳而質，虞夏質而辨，商周麗而雅，楚漢侈而豔，魏晉淺而綺，宋初訛而新。」可是這種「踵事增華」的演變卻引起了他的憂慮：

「從質及訛，彌近彌澹，何則？競今疎古，風末氣衰也。」這種憂慮中包含了兩方面的意義：一方面，表現了劉勰對當時形式主義文風的不滿：「今才穎之士，刻意學文，多略漢篇，師範宋集，雖古今備閲，然近附而遠疎矣。」另一方面，也流露出某種復古的傾向。這都體現了儒家思想對他的影響。所以他開出矯正時弊的藥方，卻是「矯訛翻淺，還宗經誥」，這當然是不能真正解決問題的。

在作家與風格的關係上，他認爲作品風格是作家個性的外現，要求作家通過加强學習來培養高尚的風格。

《體性篇》從紛紜繁多的文學作品中，歸納出八種基本的文章風格，即「八體」：「一曰典雅，二曰遠奥，三曰精約，四曰顯附，五曰繁縟，六曰壯麗，七曰新奇，八曰輕靡。」爲什麽會呈現這續紛多采的種種風格呢？他認爲來源於作家不同的個性：「故辭理庸儁，莫能翻其才；風趣剛柔，寧或改其氣；事義淺深，未聞乖其學；體式雅鄭，鮮有反其習。各師成心，其異如面。」一句話，風格即人。這是我國古代第一篇風格論，對後代風格論起過開源導流的作用。

劉勰把作家個性歸結爲才、氣、學、習四個方面，其中既有先天的稟賦，也有後天的習染：「然才有庸儁，氣有剛柔，學有淺深，習有雅鄭，並情性所鑠，陶染所凝。」才和氣是情性所鑠，屬於先天的稟賦；學和習是陶染所凝，屬於後天的習染。劉勰雖然也强調作家的天賦，但並不認爲天賦決定一切，而是把後天的學習提到重要的地位：「夫才有天資，學慎始習，斲梓染絲，功在初化，器成綵定，難可翻移。」因此從一開始就沿着正確的方向學習，對形成高尚的風格有着決定性的作用。這種强調學習的踏實學風，貫穿於《文心雕龍》全書。《事類篇》説：「才自内發，學以外成。」「將贍才力，務在博見。」這對初學者來説，乃是一種有益的教誨。

在創作與技巧的關係上，劉勰强調作家必須通曉寫作規律，反對忽視技巧的傾向。《總術篇》説：「是以執術馭篇，似善弈之窮數；棄術任心，如博塞之邀遇。」這是借博弈爲喻，説明掌握藝術技巧，便能穩操勝算；鄙棄藝術技巧，即或偶有所得，終究難竟全功。他提出了寫作的極高境界：「數逢其極，機入其巧，則義味騰躍而生，辭氣叢雜而至。視之則錦繪，聽之則絲簧，味之則甘腴，佩之則芬芳，斷章之功，於斯盛矣。」這似乎已經出神入化，並非僅僅是技巧問題。不過倘若没有辭采、宫商、事義、情志等方面的修養，也是斷難達到這種創作的化境的。因此，他把通曉各種寫作規律作爲「通才」的必要條件：「才之能通，必資曉術，自非圓鑒區域，大判條例，豈能控引情源，制勝文苑哉！」最後還要求能「乘一總萬，舉要治繁」。可見劉勰對「研術」何等地重視！

劉勰在《文心雕龍》中，還對各種文學現象進行了大量的藝術分析，總結了許多謀篇布局、遣詞造句方面的規律。例如《鎔裁篇》和《附會篇》，從不同的角度論述了文章的主題思想和行文修辭的關係。前者歸納了提煉思想、精煉文句的一套辦法，後者提出了集中主題、敷陳辭采的種種措施。《比興篇》闡述了「比」、「興」這兩種傳統表現方法的作用，《夸飾篇》探討了夸張與真實的關係，特别是冠下編之首的《神思篇》，對藝術思維分析，更深入到創作過程中精深微妙的境地，説明了劉勰理論所達到的深度。像這一類精到的分析和論斷在全書中不勝枚舉，構成了《文心雕龍》充實而富有啟發性的内容。

正因爲劉勰重視藝術技巧的作用，所以他雖然反對當時的形式主義的文風，卻批判地吸取了其中的許多藝術經驗。例如，片面地追求聲律、對仗、用典本是當時唯美主義駢體文在語言上的特色，不過這些表現手段本身卻自有其合理的價值。劉勰寫了《聲律》、《麗辭》、《事類》等篇來探討這些表現手法，《文心雕龍》本身也是駢體文的典範，超過了古代的好些駢文著作。難怪范文瀾有「全書用駢文來表達緻密繁富的論點，宛轉自如，意無不達，似乎比散文還要流暢，駢文高妙至此，可謂登峰造極」〔三〕的好評了。但一般讀者閱讀起來有困難，卻也是事實。

關於創作與批評的關係，劉勰要求文學批評符合文學創作的實際，並提出了正確進行文學批評的方法。

《知音篇》劈頭就發出「知音其難哉」的浩嘆，致慨於公正的文學批評之難逢。這是有感而發的。後來《文心雕龍》成書之初，也曾遭到人們的輕視。劉勰把造成這種現象的原因歸結爲批評者的三種偏見，即「貴古賤今」、「崇己抑人」和「信僞迷真」。因此，他要求文學批評客觀地反映作品的實際，「無私於輕重，不偏於憎愛，然後能平理若衡，照辭如鏡」。他反對以主觀的偏愛代替公正的批評：「慷慨者逆聲而擊節，醖藉者見密而高蹈，浮慧者觀綺而躍心，愛奇者聞詭而驚聽。會己則嗟諷，異我則沮棄，各執一隅之解，欲擬萬端之變，所謂東向而望，不見西牆。」這在今天也是批評者應引以爲戒的。

文學作品不是作者思想的圖解，而是生活的形象反映；作者的思想傾向是隱藏在形象之中的，文學創作的這一藝術規律，也是批評不易公正的客觀原因。劉勰説：「文情難鑒，誰曰易分？」他固然認識到準確領會作品内容並非易事，但也認爲作品畢竟是能够認識的：「夫綴文者情動而辭發，觀文者披文以入情，沿波討源，雖幽必顯。」文學批評的途徑和文學創作正好相反，不是由内容（「情」）到形式（「辭」），而是由形式（「文」）到内容（「情」），這是符合唯物主義認識論的。作爲「沿波討源」的具體方法，他提出了文學批評的六個方面：「是以將閲文情，先標六觀：一觀位體，二觀置辭，三觀通變，四觀奇正，五觀事義，六觀宫商，斯術既形，則優劣見矣。」這似乎偏重在文學的形式方面，不過劉勰提出「六觀」是爲了考閱「文情」，並没有脱離文學的内容。而要真正掌握「六觀」的方法，還要以批評者的豐富實踐經驗爲前提：「凡操千曲而後曉聲，觀千劍而後識器。」這也就是實踐出真知的意思。

《文心雕龍》本身就包含了大量的文學批評實踐：《指瑕篇》批評作品，《才略》、《程器》兩篇批評作家，《時序篇》是「十代」的簡明文學史，上編文體論各篇實際上是分體文學史，也包括了豐富的文學批評内容。這些批評雖然也有這樣那樣的缺陷，但是不乏精到見解，達到那個時代的先進水平。

總之，《文心雕龍》是對齊代以前文學理論批評的一次大型總結，同時也是對齊代以前文學創作實踐經驗的一次系統探討，成就是巨大的。當然，一千四百多年前的劉勰不可能不受時代和階級的局限，因而書中也必然存在一些偏頗的甚至錯誤的見解。但是，從總的成就看，那畢竟是次要的。對於這樣一部傑作，我們應該在馬列主義的指導下，進一步研究它，發掘它，爲發展社會主義文藝提供更多的借鑒。

三

《文心雕龍》的巨大成就，絶不是越世高談，突如其來的，而是有所繼承和發展。《序志篇》説：「詳觀近代之論文者多矣：至於魏文述《典》，陳思序《書》，應瑒《文論》，陸機《文賦》，仲治《流别》，弘範《翰林》；各照隅隙，鮮觀衢路。或臧否當時之才，或銓品前修之文，或汎舉雅俗之旨，或撮題篇章之意。魏《典》密而不周，陳《書》辯而無當，應《論》華而疏略，陸《賦》巧而碎亂，《流别》精而少功，《翰林》淺而寡要。又君山、公幹之徒，吉甫、士龍之輩，汎議文意，往往間出。並未能振葉以尋根，觀瀾而索源。不述先哲之誥，無益後生之慮。」劉勰對前人的研究成果，儘管認爲有這樣那樣的缺點，但他並不是全部予以否定。《序志篇》又説：「及其品列成文，有同乎舊談者，非雷同也，勢自不可異也；有異乎前論者，非苟異也，理自不可同也。同之與異，不屑古今，擘肌分理，唯務折衷。」這就説明他對於古今成説，既有所繼承，也有所批判。唯其如此，他纔有可能在前人的基礎上，把我國古代文學理論批評推向了一個新的階段。

事實正是這樣。從先秦的孔子、孟軻、荀卿，漢代的劉安、揚雄、桓譚、王充、班固、王逸，到魏晉的曹丕、曹植、陸機、摯虞、李充、葛洪各家的論著，以及《周易》的《繫辭》、《禮記》的《樂記》和《毛詩》的《序》，劉勰莫不「縱意漁獵」（《事類》）。凡是認爲正確的，或引申，或疏證，或作爲理論依據，或借以證成己説，旁搜遠紹，取精用弘，使古代的文學理論批評又邁進了一大步。比如藝術思維問題，陸機的《文賦》雖已接觸到了，但畢竟過於疏闊；到了劉勰手裏，則特列《神思》一篇冠於創作論之首，把極爲複雜而抽象的思維活動，有聲有色地描繪得非常生動形象，比陸機的論述更深入，更具體，就是最好的説明。「彌綸群言」（《序志》）的《文心雕龍》，涉及了當時文學的各個方面，既系統，又完整，爲我國古代文學理論奠定了基礎。從它問世以後，一直爲人們所重視。這方面的有關資料很多，我曾廣爲網羅，分别輯成十部分附録以便查閲。這裏無妨把附録前的每段短序鈔在下面，來看劉勰的《文心雕龍》在歷史上的地位和影響究竟怎樣。

著録第一　《文心》著録，始於《隋志》；自爾相沿，莫之或遺。雖卷帙無殊，而部次則異。蓋由疏而密，漸歸允當，斯乃簿録之通矩，不獨舍人一書爲然也。

品評第二　品評《文心》者，無代無之。見仁見智，言人人殊。閒嘗爲之蒐集，共得百有三家。其載諸專書者，如楊慎、鍾惺、曹學佺、陳仁錫、葉紹泰、黄叔琳、紀昀諸家評是。不與焉。歷代之褒貶抑揚，觀此亦思過半矣。

采摭第三　舍人《文心》，翰苑要籍。采摭之者，莫不各取所需：多則連篇累牘，少亦尋章摘句。其奉爲文論宗海，藝圃琳琅，歷代詩文評中，未能或之先也。涉獵所及，自唐至明，共得五十六書。引文長者，只録首尾辭句，以明起訖；原書有誤者，以殺篇幅故，不再舉正。清世較近，書亦易得，則從略焉。如《淵鑑類函》、《康熙字典》、《駢字類編》、《子史精華》、《圖書集成》等。

因習第四　《文心》一書，傳誦於士林者殆遍。研味既久，融會自深。故前人論述，往往與之相同，未必皆有掠美之嫌。或率爾操觚，偶忽來歷；或展轉鈔刻，致漏出處，亦非原爲乾没。然探囊揭篋，取諸人以爲善者，則異於是。此又當分别觀也。

引證第五　前修之於《文心》，多所運用：引申其説者，有焉；證成己論者，有焉；徵故考史，輯佚刊誤者，亦有焉。範圍之廣，已遍及四部。其影響鉅大，即此可見。今就弋釣所得，依次迻録如左。世之研治舍人書者，或亦有取乎斯。

考訂第六　《文心》「彌綸群言」，通曉匪易；傳世既久，脱誤亦多。昔賢書中，間有零星考訂。其徵事數典，正譌析疑，往往爲明清注家所未具。特爲輯録，以便參稽。孰得孰失，必有能辨之者。

序跋第七　《文心》卷末，原有《序志》一篇，於全書綱旨，言之差備。今之所録，則後人手筆，與舍人意趣，固不相同；然時移世異，銓衡自殊，其足卲者，正以此也。爰迻録於次，以見一斑。至論述版本及校勘者，亦併録焉。

版本第八　《文心》頗有異本，曾寓目者，無慮數十種、百許部；然多由黄氏輯注本出，未足尚也。餘皆一一詳爲勘對，亦優劣互呈，分别寫有校記，並識其行款。兹特簡述如後，於研討舍人書者，或不無小補云。

別著第九　舍人文集,《隋志》即未著録,亡佚固已久矣。今輯得二篇,皆完整無闕。原集雖不復存,亦可窺全豹於一斑也。

校記第十　《文心》傳世最早之本,當推敦煌唐寫本殘卷。撰校記者不止一家,繙檢匪易。海外已有合校專著問世,擬轉載其有關部分,俾讀者便於參稽。

從上面所鈔的第二、三、四、五、六附録短序中,已不難看出《文心雕龍》在歷史上地位之高,影響之大。其範圍遠遠超出文學理論批評之外,遍及經史子集四部,絶非《詩品》、《二十四詩品》、《六一詩話》、《後山詩話》、《四六話》、《韻語陽秋》、《四六談麈》、《文則》、《滄浪詩話》、《修辭鑑衡》、《薑齋詩話》、《漁洋詩話》、《談龍録》、《隨園詩話》等詩文評論著所能望其項背。再就那五部分附録所輯的資料看:如梁代的沈約、蕭繹,隋唐五代的劉善經、陸德明、顔師古、孔穎達、李善、盧照鄰、劉知幾、日本空海、白居易、陸龜蒙、徐鍇,宋代的孫光憲、李昉、邢昺、晏殊、黄庭堅、黄伯思、吕本中、吴曾、洪興祖、施元之、程大昌、洪邁、高似孫、祝穆、王應麟,元代的胡三省、潘昂霄、陶宗儀,明代的吴訥、徐禎卿、楊慎、唐順之、郎瑛、陳耀文、馮惟訥、謝榛、王世貞、屠隆、胡應麟、徐師曾、陳禹謨、梅鼎祚、陳繼儒、鍾惺、張溥、胡震亨、方以智,清代的黄生、馮班、周亮工、馬驌、顧炎武、王夫之、仇兆鰲、葉燮、閻若璩、汪師韓、朱彝尊、王士禛、臧琳、何焯、惠棟、沈德潛、杭世駿、戴震、余蕭客、錢大昕、盧文弨、袁枚、王鳴盛、畢沅、孫志祖、紀昀、趙翼、梁玉繩、李調元、焦循、郝懿行、張雲璈、黄丕烈、江藩、周中孚、沈欽韓、俞正燮、顧廣圻、劉寶楠、馬國翰、嚴可均、汪繼培、阮元、梁章鉅、曾國藩、劉熙載、李慈銘、姚振宗、譚獻、孫詒讓、王闓運、王先謙，近代的劉師培、林紓、姚永樸、孫德謙、李詳、章炳麟、黄侃、高閬仙、張孟劬、余季豫等一百餘人，都是各個歷史階段的著名專家、學者，無論是品評、采摭、因習，或者是引證、考訂，都足以説明他們對《文心雕龍》之重視；同時也説明了《文心雕龍》在歷史上是有它的崇高地位和巨大影響的。

然而，卻有人説「劉氏一部慘淡經營的偉著，不聞於世，一直埋没了一千多年，」直至清末，纔漸漸有人去注意它，纔爲章太炎先生所推賞」〔二三〕。説得如此肯定，也許未暇深考吧。

魯迅先生曾在《詩論題記》一文中寫道：「篇章既富，評騭自生，東則有劉彦和之《文心》，西則有亞里士多德之《詩學》，解析神質，包舉洪纖，開源發流，爲世楷式。」〔二四〕這樣高度的評價，劉勰是當之無愧的。

徵事數典，是魏晉以降文人日益講求的伎倆，劉勰自然也未能免俗。在他的筆下，四部群籍，任其驅遣，倒也「用人若己」（《事類》），宛轉自如，卻給讀者帶來了不少困難。儘管已有王惟儉、梅慶生、黄叔琳、李詳、范文瀾諸家的注釋，但仍有疑滯費解之處，需要繼續鑽研和抉發。

由於《文心雕龍》流傳的時間久，在展轉鈔刻的過程中，孳生了各式各樣的繆誤：或脱簡，或漏字，或以音訛，或以文變，不一而足。前人和時賢在這方面做了大量工作，對我們今天的研究有極大的幫助。但落葉尚未掃浄，還得再事點勘。因爲一字一句的差錯，並非無關宏旨。

三十餘年前由中華書局上海編輯所印行的《文心雕龍校注》，是以養素堂本爲底本，於《文心雕龍》原文後次以黄叔琳輯注、李詳補注，復殿以拙著校注拾遺和附録。舊稿原是一九三九年夏在燕京大學研究院畢業時的論文，因腹笥太儉，急就成章，疏漏紕繆，所在多有，久已不慊於心。十年動亂後期，居多暇日，遂將長期積累的資料分别從事訂補。志趣所寄，雖酷暑祁寒，亦未嘗中輟。朱墨雜施，致書眉行間無復空隙。乃另寫清本，繼續修改抽换，定稿後將「校注拾遺」與「附録」合爲一編，名曰《文心雕龍校注拾遺》，於一九八零年夏交上海古籍出版社出版。生也有涯，歲月易逝，未敢怠荒，隨即著手理董《抱朴子外篇校箋》定稿。且繕寫，且繙檢，無日不涉獵四部有關典籍。凡可補正《文心雕龍校注拾遺》的資料，皆一一録存。去年暑假，《抱朴子外篇校箋》下册竟業，念有生之年有限，又賈餘勇重新校理劉舍人書，前著之漏者補之，誤者正之；《文心》原文及黄、李兩家注，亦兼收並蓄，以便參閲，名曰《增訂文心雕龍校注》。不自藏拙，一再强爲掇補，錯誤仍所難免，切盼專家、學者批評指正。

一九九七年元月，明照於四川大學寓樓學不已齋，時年八十有八。

〔一〕見《宋書》卷九三《關康之傳》，《南齊書》卷五四《臧榮緒傳》，《梁書》卷五一《諸葛璩傳》。

〔二〕見《宋書》卷九三《周續之傳》，《梁書》卷五一《劉訏傳》又《劉歊傳》。

〔三〕見《宋書·周續之傳》、《梁書·劉歊傳》。

〔四〕〔九〕《高僧傳》卷八《釋僧遠傳》：「山居逸迹之賓，傲世凌雲之士，莫不策踵山門，展敬禪室；廬山何點、汝南周顒、齊郡明僧紹、濮陽吴苞、吴國張融，皆投身接足，諮其戒範。」

〔五〕見《梁書》卷五一《何胤傳》又《阮孝緒傳》及《劉訏傳》。

〔六〕見《宋書》卷九三《宗炳傳》。

〔七〕見《南齊書》卷五四《明僧紹傳》。

〔八〕見《梁書》卷五十《任孝恭傳》。

〔一〇〕宋齊諸代所稱之定林寺，皆上定林寺。清孫文川《南朝佛寺志》卷上「上定林寺」條有説。

〔一一〕〔一三〕〔一五〕並見《高僧傳》卷三《曇摩密多傳》。

〔一二〕見於《高僧傳》者，如僧遠、僧柔、法通、智稱、道嵩、超辯、慧彌、法願、僧祐等是。

〔一四〕〔一七〕見《高僧傳》卷十一《釋僧祐傳》。

〔一六〕見《會稽掇英總集》卷十六《梁建安王造剡山石城寺石像碑》。

〔一八〕見《北山録》卷十《外信篇》。

〔一九〕見劉毓崧《通義堂文集》卷十四《書文心雕龍後》。

〔二〇〕余曾寫《劉勰〈滅惑論〉撰年考》一文，推定《滅惑論》成於《文心雕龍》之前。載一九七九年《古代文學理論研究叢刊》第一輯。

〔二一〕見《列寧全集》第二卷《評經濟浪漫主義》。

〔二二〕見《中國通史簡編》修訂本第二編第五章。

〔二三〕吴熙《對於劉勰文學的研究》，見梁溪圖書館標點《文心雕龍》卷首。

〔二四〕見《魯迅研究年刊》創刊號。

梁書劉勰傳箋注

劉舍人身世，梁書、南史皆語焉不詳。文集既佚，攷索愈難。雖多方涉獵，而弋釣者仍不足成篇。原擬作一年譜或補傳。爰就梁書本傳視南史稍詳酌爲箋注，冀有知人論世之助云爾。

劉勰，字彦和。

按本文所有「勰」字，原皆作「⿰思劦」（包括題目）。二字本同。爾雅釋詁下：「勰，和也。」説文劦部：「⿰思劦，同思之龢也。」釋訓：「美士爲彦。」古人立字，展名取同義。説詳論衡詁術篇。舍人名勰字彦和，猶劉協之字伯和，見後漢書卷九獻帝紀及李賢注引帝王紀（當是帝王世紀）。爾雅釋詁下釋文：「（勰）本又作協。」是協與勰通。顔勰此依北齊書卷四五文苑顔之推傳。梁書卷五十文學下本傳則作協，顔氏家廟碑同（南史卷七二文學傳作協）。之字子和然也。唐顔師古匡謬正俗卷五忽有「劉軌思文心雕龍」之語，殊爲可疑。攷軌思乃北齊渤海人，史祇稱其説詩甚精，天統後主緯年號中任國子博士。見北齊書卷四四及北史卷八一儒林傳。它無著述。隋書卷七五儒林劉焯傳：「少與河間劉炫同受詩於同郡劉軌思。」（北史卷八二儒林下焯傳同）亦未言軌思有何著述也。與舍人之時地既不相同，北齊天統時，舍人遷化已三十餘年。學行亦復各異。非顔監誤記，清葉廷琯吹網録卷五主此説。即後世傳寫之譌。劉勰之爲劉軌思，與劉勰之爲劉思協（見宋釋德珪北山録註解隨函卷上法籍興篇），蓋皆由偏旁致誤。又按宋宗室長沙景王道憐之孫有名勰字彦龢見宋書卷五一宗室長沙景王道憐傳（卷十五禮志二及卷八一顧覬之傳均止舉其名）。玉篇龠部：「龢，今作和。」廣韻八戈：「龢，或曰古和字。」者，舍人姓名字均與之同。至名字相同者，則前有晉之周勰彦和，見晉書卷五八本傳。並世有北魏之拓跋勰彦和。見魏書卷二一下本傳。古今撰同名録、同姓名録及同姓字録者皆未著，故覃及之。

東莞莒人。

按莒，故春秋莒子國。前漢屬城陽，後漢屬琅邪。見續漢郡國志三（後漢書卷三一）及宋書卷三五州郡志一。晉太康元年，置東莞郡，十年，割莒屬焉。永嘉喪亂，其地淪陷。渡江以後，明帝始僑立南東莞郡於南徐州，鎮京口。見晉書卷十五地理志下。宋齊諸代因之。見南齊書卷十四州郡志上。蓋以其「衿帶江山，表裏華甸，經塗四達，利盡淮海，城邑高明，士風淳壹，苞總形勝，實唯名都」宋文帝元嘉二十六年徙民實京口詔中語，見宋書卷五文帝紀。故也。爾時北方士庶之避難過江者，亦往往於此寓居。晉書卷九一儒林徐邈傳：「徐邈，東莞姑幕人也。祖澄之，爲州治中。屬永嘉之亂，遂與鄉人臧琨等率子弟並閭里士庶千餘家南渡江，家於京口。」晉書卷八二徐廣傳：「東莞姑幕人，侍中邈之弟也。」宋書卷五五徐廣傳：「廣上表曰：『……臣又生長京口。』」（南史卷三三廣傳同）是徐氏自澄之後，即世居京口。梁慧皎高僧傳卷十一釋智稱傳：「姓裴，河東聞喜人。魏冀州刺史徽之後也。祖世避難，寓居京口。」南齊書卷五一裴叔業傳：「河東聞喜人，晉冀州刺史徽後也。徽子游擊將軍黎，遇中朝亂，子孫没涼州，仕於張氏。……叔業父祖晚渡。」未審叔業父祖渡江後，亦寓居京口否？並其明證。舍人一族之世居京口，見後引宋書劉穆之及劉秀之傳。當係避寇僑居，與徐澄之、臧琨等之「南渡江家於京口」，裴氏之「避難寓居京口」同。它如孟懷玉本平昌安丘人，關康之本河東楊人，諸葛璩本琅邪陽都人，皆世居京口（見宋書卷四七懷玉本傳（南史卷十七本傳同）又卷九三隱逸康之本傳（南史卷七五隱逸上本傳同）、梁書卷五一處士璩本傳（南史卷七六隱逸下本傳同））。蓋皆因永嘉之亂避地僑居。夫僑立州縣，本已不存桑梓；而史氏狃於習俗，仍取舊號。非舍人及其父、祖猶生於莒，長於莒也。莒即今山東莒縣，京口則爲今江蘇鎮江。一北一南，固遠哉遥遥也。明乎此，於當時南北文學之異，始能得其肯綮所在。蓋南北長期對峙，雙方地域不同，對文學創作誠然有所影響；但尤要者，則爲各自不同之經濟。從屬於政治之文學，必受社會經濟之制約。文心雕龍、詩品風格之與水經注、洛陽伽藍記、劉子諸書不相侔者，職是故也。梁書卷四九文學上鍾嶸傳：「潁川長社人，晉侍中雅七世孫也。」晉書卷七十鍾雅傳：「潁川長社人也。……避亂東渡，元帝以爲丞相記室參軍。」是潁川長社乃嶸之原籍，七世祖時已僑居江左（高僧傳卷十三釋法願傳：「本姓鍾，……先潁川長社人，祖世避難，移居吴興長城。」如嶸與法願同宗，則僑居之地，或即爲吴興長城）。故詩品風格與文心同。隋劉善經四聲論見文鏡祕府論天卷以爲吴人，係就其僑居之地言；宋黄庭堅與王觀復書山谷尺牘卷一稱爲南陽指海本修辭鑑衡卷二引作南朝，非是（景印元刊本修辭鑑衡作南陽，餘師録卷二引黄書同）。

人，則誤屬邑里；按南陽有二，在山東者，宋曰益都，屬青州（莒屬密州）。見宋史卷八五地理志一。明人纂諸子彙函卷二四選文心原道等五篇，題爲雲門子。按彙函舊題歸有光輯，當是假託。四庫全書總目提要卷一三一子部雜家類存目八、周中孚鄭堂讀書記卷五八諸子彙函下均辨之。者，謂舍人嘗於青州府明代以莒縣爲莒州，屬青州府。見明史卷四一地理志二。南雲門山讀書，自號雲門子，見彙函雲門子解題。乃傅會杜撰。彙函所選，凡九十三種，除書原名子者外，餘幾全稱爲某某子（僅白虎通、風俗通二書未改稱）。如桓譚新論之爲荆山子，王充論衡之爲宛委子等，皆以其鄉井之名山傅會。清世之修山東方志者，亦復展轉沿襲，繫舍人虚名於本土，乾隆山東通志卷二八、光宣山東通志卷一六三、嘉慶莒州志卷十三、嘉慶重修一統志卷一七八人物門中，均列有舍人，蓋相沿承襲舊志。廣書耆舊，無非夸示鄉賢耳。明鈔本類説卷九題舍人爲東平人，當是傳寫之誤。又按南朝之際，莒人多才，而劉氏尤衆，其本支與舍人同者，都二十餘人；見後表。雖臧氏之盛，臧燾（宋書卷五五、南史卷十八有傳）、臧質（宋書卷七四有傳）、臧榮緒（南齊書卷五四高逸、南史卷七六隱逸下有傳）、臧盾、臧厥（梁書卷四二有傳）、臧嚴（梁書卷五十文學下有傳）、臧熹、臧凝、臧稜、臧未甄、臧逢世（見南史臧燾傳、梁書臧嚴傳及顔氏家訓風操篇），諸史皆書爲東莞莒人。其實早已過江，且歷仕南朝矣。亦莫之與京。是舍人家世淵源有自，於其德業，不無啟厲之助。且名儒之隱居京口講學者，先後有關康之、見宋書及南史本傳。臧榮緒、見南齊書及南史本傳。諸葛璩見梁書及南史本傳。諸家，流風遺韻，或有所受之矣。它若高僧之出自東莞者，亦時有之：如竺僧度、見高僧傳卷四。竺法汰、同上卷五。釋寶亮、同上卷八。釋道登、見唐釋道宣續高僧傳卷六。釋寶瓊同上卷七。皆其選。舍人之歸心内教，未始非受其薰習也。

祖靈真，宋司空秀之弟也。

按靈真事蹟不可攷。史不叙其官，蓋未登仕。梁平原劉訏之父亦名靈真，齊武昌太守。見梁書卷五一處士劉訏傳（南史卷四九訏傳同）。宋書卷八一劉秀之傳：「劉秀之字道寶，東莞莒人。劉穆之從兄子也。世居京口。……（大明）八年卒。……上孝武帝甚痛惜之。詔曰：『秀之識局明遠，才應通暢，……興言悼往，益增痛恨。可贈侍中、司空，持節、都督、刺史、校尉如故。』」南史卷十五秀之傳較略。又卷四二劉穆之傳：「劉穆之字道和，小字道民，東莞莒人。漢齊悼惠王肥後也。世居京口。」南史卷十五穆之傳較略。是東莞莒爲穆之之原籍，史傳言之甚明。異苑卷四又卷七亦並謂穆之爲東莞人。宋傅亮撰司徒劉穆之碑見藝文類聚卷四七引。稱爲彭城人，則由「世重高門，人輕寒族，競以姓望所出，邑里相矜」史通邑里篇語。使然。此劉子玄所以有「碑頌所勒，茅土定名，虚引他邦，冒爲己邑：……姓卯金者，咸曰彭城」同上之譏也。宋書卷三九百官志上：「司空，一人，掌水土事；郊祀，掌掃除，陳樂器；大喪，掌將校復土。」

父尚，越騎校尉。

按尚之事蹟亦不可攷。越騎校尉，本漢武帝置，後代因之。掌越人來降，因以爲騎也。一説：取其材力超越。見宋書卷四十百官志下。舍人邑里家世既已箋注如上，復本宋書劉穆之、劉秀之、海陵王休茂卷七七三傳，南齊書劉祥、卷三六徐孝嗣卷四四兩傳，文選卷四十任昉奏彈劉整文及劉岱墓志載一九七七年文物第六期列表如左（表見下頁）。

勰早孤，篤志好學。

按六朝最重門第，立身揚名，干祿從政，皆非學無以致之。故史傳所載少好學，如謝靈運（見宋書卷六七、南史卷十九本傳）、范曄（見宋書卷六九、南史卷三三本傳）是。少篤學，如關康之（見宋書、南史本傳）、劉瓛（見南齊書卷三九、南史卷五十本傳）是。孤貧好學，如江淹（見梁書卷十四本傳）、孔子袪（見梁書卷四八、南史卷七一本傳）是。孤貧篤志好學如沈約（見梁書卷十三、南史卷五七本傳）、袁峻（見梁書卷四九、南史卷七二本傳）是。者，比比皆是。舍人其一也。又按舍人篤志所學者，蓋儒家之著作居多。後來撰文心以「述先哲之誥」，文心序志篇語。其原道、徵聖、宗經之濃厚儒家思想，諒即孕育於斯時。

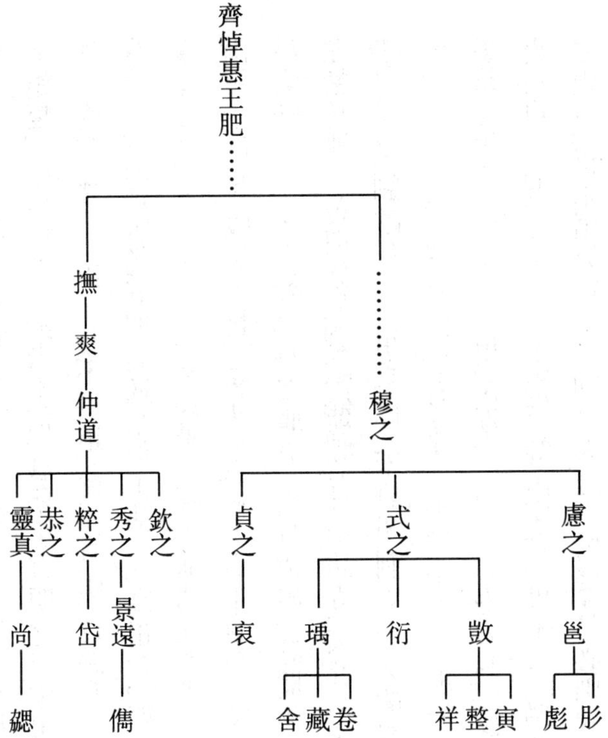

【附注】 慮之，宋書卷七三、南史卷三四顔延之傳並作憲之。蓋是。 彤，殿本等作肜。以其弟名彪例之，彤字是。 南齊書卷五四高逸、南史卷七五隱逸上宗測傳載贈送測長子者有劉寅，未審即任昉彈文中之劉寅否？

家貧不婚娶。

按舍人早孤而能篤志好學，其衣食未至空乏，已可概見。而史猶稱爲貧者，蓋以其家道中落，又早喪父，生生所資，大不如昔耳，非即家徒壁立，無以爲生也。如謂因家貧，致不能婚娶，則更悖矣。無徵不信，試舉史實明之。宋書卷九三隱逸周續之傳：「入廬山事沙門釋慧遠……以爲身不可遣，餘累宜絶，遂終身不娶妻。」南史卷七五隱逸續之傳無「遂終身不娶妻」句。南齊書卷五四高逸褚伯玉傳：「高祖含，始平太守；父逿，征虜參軍。伯玉少有隱操，寡嗜欲。年十八，父爲婚。婦入前門，伯玉從後門出。遂往剡，居瀑布山。……在山三十餘年，隔絶人物。」南史卷七五隱逸上伯玉傳同。梁書卷五一處士劉訏傳：「父靈真，武昌太守。……長兄絜，爲之聘妻，剋日成婚，訏聞而逃匿。事息，乃還。……訏善玄言，尤精釋典。曾與族兄劉歊聽講於鍾山諸寺，因共卜築宋熙寺東澗，有終焉之志。」南史卷四九訏傳同。又劉歊傳：「祖乘民，宋冀州刺史；父聞慰，齊正員郎。世爲二千石，皆有清名。……（歊）及長，博學有文才，不娶，不仕。與族弟訏並隱居求志，遨遊林澤，以山水書籍相娛而已。……精心學佛。」南史卷四九歊傳同。彼四人者，皆非寒素。其不婚娶，固非爲貧也。而謂舍人之不婚娶，純由家貧，可乎？或又以居母喪爲說，亦復非是。因三年之喪後，仍未婚娶也。然則舍人之不婚娶者，必別有故，一言以蔽之，曰信佛。此亦可從彼四人之好尚而探出消息：周續之之「入廬山事沙門釋慧遠」，褚伯玉之「有隱操，寡嗜欲」，劉訏之「尤精釋典」，劉歊之「精心學佛」，皆與彼等之不婚娶有關。所不同者，伯玉溺於道；如晉書卷九四隱逸傳中郭文、楊軻、公孫永、石坦、陶淡五人之不娶，皆溺於道者。高僧傳卷十一釋僧從傳：「稟性虚静，隱居始豐瀑布山。學兼内外，精修五門。……與隱士褚伯玉爲林下之交，每論道説義，輒留連信宿。」是伯玉亦與聞法味者也。續之、訏、歊篤於佛而已。舍人本博通經論，長於佛理者；後且變服出家。信佛之篤，比之訏、歊，有過之而無不及。益見舍人之不婚娶，原非由於家貧。至謂當時門閥制度，甚爲森嚴。託姻結好，必須匹敵。舍人既是貧家，高門誰肯降衡？其鰥居終身，乃囿於簿閥，非能之而不欲，寔欲之而不能也。此説雖辨，然亦未安。緣舍人入梁，即登仕涂，境地既已改觀，行年亦未四十。高即不成，低亦可就。如欲婚娶，猶未爲晚。「孤貧負郭而居」之顔延之，「行年三十猶未婚」；見宋書南史延之傳。「兄弟三人共處蓬室一間」之劉瓛，見南史瓛傳。「年四十餘未有婚對」，見南齊書、南史瓛傳。後皆各有其耦，便是例證。何點長而拒婚，老而又娶，見梁書卷五一、南史卷三十點傳。尤爲最好説明。高僧傳卷十一釋僧祐傳：「年十四，家人密爲訪婚，祐知而避至定林，投法達法師。達亦戒德精嚴，爲法門梁棟。祐師奉竭誠，及年滿具戒，執操堅明。」舍人依居僧祐，既多歷年所，於僧祐避婚爲僧之事，豈能無所聞知，未受影響？若再證以上引褚伯玉、劉訏之避婚，則舍人因信佛而終身不娶，更爲有徵已。

依沙門僧祐，與之居處積十餘年，遂博通經論，因區別部類，録而序之。今定林寺經藏，勰所定也。

按高僧傳釋僧祐傳：「釋僧祐，本姓俞氏。……永明齊武帝年號中，敕入吴，試簡五衆，並宣講十誦，更申受戒之法。凡獲信施，悉以治定林、建初及修繕諸寺，並建無遮大集捨身齋等。及造立經藏，抽校卷軸。……初，祐集經藏既成，使人抄撰要事，爲三藏記、法苑記、世界記、釋迦譜及弘明集等，皆行於世。」據此，舍人依居僧祐，博通經論，別序部類，疑在齊永明中僧祐入吴試簡五衆，宣講十誦，造立經藏，抽校卷軸之時。以上略本范文瀾文心序志篇注説。僧祐使人抄撰諸書，由今存者文筆驗之，恐多爲舍人捉刀。明曹學佺文心雕龍序：「竊恐祐高僧傳，按高僧傳乃慧皎撰，非僧祐也。曹氏蓋誤信隋志耳（隋書卷三三經籍志二雜傳類著録之高僧傳，題爲僧祐撰本誤。清姚振宗隋志攷證卷二十史部十已辨其非）。乃勰手筆耳。」曹序全文見後附録七。徐𤊹文心雕龍跋：「曹能始學佺字云：『沙門僧祐作高僧傳，乃勰手筆。』今觀其法集總目録序及釋迦譜序、世界序按序上合有「記」字。等篇，全類勰作。則能始之論，不誣矣。」徐跋全文見後附録七。清嚴可均全梁文卷七二釋僧祐小傳自注：「按梁書劉勰傳：『……今定林寺經藏，勰所定也。』如傳此言，僧祐諸記序，或雜有勰作，無從分別。」皆持之有故，言之成理，可謂先得我心。又按當時廟宇，饒有貲財，富於藏書。舍人依居僧祐後，必「縱意漁獵」，文心事類篇語。爲後來「彌綸群言」文心序志篇語之巨著「積學儲寶」。文心神思篇語。於繼續攻讀經史群籍外，研閲釋典，諒亦焚膏繼晷，不遺餘力。故能博通經論，簿録寺中經藏也。經論，謂三藏中之經藏與論藏也。經爲如來之金口説法，法華經、涅槃經等是；論爲菩薩之祖述，唯識論、俱舍論等是。定林寺，即上定林寺，亦稱定林上寺。因下定林寺齊梁時已久廢，故往往省去「上」字，而止稱爲定林寺。故址在今南京市紫金山。原名鍾山。自宋迄梁，寺廟廣開，高僧如僧遠、僧柔、法通、智稱、道嵩、超辯、慧彌、法願輩，皆居此寺。見高僧傳各本傳。處士、名流如何點、周顒、明僧紹、吴苞、張融、袁昂、何胤等，王侯如蕭子良、蕭宏、蕭偉之徒，亦皆策踵山門，展敬禪室；或諮戒範，或聽内典，見高僧傳卷八釋僧遠傳又卷十一釋僧祐傳及南史卷三十何胤傳又卷五十明僧紹傳。曾極一時之盛。舍人寄居此寺長達十餘年之久，而又博通經論，竟未變服者，蓋緣濃厚儒家思想支配之也。

天監初，起家奉朝請。

按梁書卷二武帝紀中：「（天監元年夏四月）改齊中興二年爲天監元年。」晉書職官志：「奉朝請，本不爲官，無員。漢東京罷三公、外戚、宗室、諸侯，多奉朝請。奉朝請者，奉朝會請召而已。」宋書百官志下：「奉朝請，無員，亦不爲官。漢東京罷省三公、外戚、宗室、諸侯，多奉朝請。奉朝請者，奉朝會請召而已。」通鑑卷一三五齊紀一胡注：「奉朝請者，奉朝會請召而已，非有職任也。」南齊書卷十六百官志：「侍中……領官有奉朝請……永明中，奉朝請至六百餘人。」據下臨川王宏引兼記室推之，舍人起家奉朝請，當爲天監三年前兩年中事。又按舍人終齊之世，未獲一官。天監初，始起家奉朝請。其仕涂梗阻，絶非偶然。梁書卷一武帝紀上：「（中興二年二月）高祖上表曰：『且聞中間立格，甲族以二十登仕，後門以過立試吏。』」南史卷六梁本紀上同。隋書卷二六百官志上：「陳依梁制，年未滿三十者，不得入仕。」據文心雕龍序志篇「齒在踰立」語，是文心成書時，舍人行年已三十開外，約在齊永泰至中興四年間。負書求譽沈約，諒亦不出此時。並詳後。未幾入梁，即起家奉朝請。隱侯蓋與有力焉。清乾隆編修山東通志卷二八人物志一謂沈約見文心，大重之，言諸朝。仕至東宫通事舍人。蓋想當然之辭。舍人之先世，本鄒魯華胄，過江後則非著姓。北齊書卷四五文苑顔之推傳：「（觀我生賦自注）中原冠帶，隨晉渡江者百家，故江東有百譜。」新唐書卷一九九儒學中柳沖傳：「（柳）芳之言曰：『過江則爲僑姓，王、謝、袁、蕭爲大。』」是僑姓四大族中，原無劉氏。宋書劉穆之傳：「嘗白高祖武帝曰：『穆之家本貧賤，贍生多闕。』」南史同。南史穆之傳：「少時家貧。」宋書無。是東晉一代，劉氏固非勢族。穆之傳史未叙先世，秀之祖爽、父仲道皆祇爲縣令。其非勢族可知。自穆之發迹後，始世有顯宦。如劉秀之、劉式之、劉瑀、劉祥是。

舍人之祖靈真既未登仕，父尚所官亦不過越騎校尉。遠非「貴仕素資，皆由門慶，平流進取，坐致公卿」梁蕭子顯語，見南齊書卷二三褚淵、王儉傳論。者可比。而已又早孤，已無餘蔭，可資憑藉。其能廁身仕涂，殊爲不易。如沈約、沈崇傃、劉霽、司馬筠、劉昭、何遜、劉沼、任孝恭諸人之入仕，亦皆自奉朝請始。見梁書各本傳。可知「英俊沈下僚」，固不獨舍人一人爲然也。

中軍臨川王宏引兼記室。

按梁書卷二二臨川王宏傳：「臨川靜惠王宏，字宣達，太祖第六子也。……天監元年，封臨川郡王。……尋爲使持節散騎常侍，都督揚南徐州諸軍事，後將軍，揚州刺史。……三年，加侍中，進號中軍將軍。四年，高祖詔北伐，以宏爲都督南北兖、北徐、青、冀、豫、司、霍八州，北討諸軍事。」南史卷五一宏傳較略。又武帝紀中：「（天監）三年，春正月戊申，後將軍揚州刺史臨川王宏進號中軍將軍。」舍人被引兼記室，當始於天監三年正月以後，蕭宏進號可案也。高僧傳釋僧祐傳：「梁臨川王宏……並崇其戒範，盡師資之敬。」意蕭宏往來定林寺頂禮僧祐時，即與舍人相識，且知擅長辭章，故於其起家奉朝請之初引兼記室。慧琳弘明集卷八音義云：「劉勰，人姓名也。晉桓玄記室參軍。」（見一切經音義卷九六）所繫朝代與人俱誤。干寶司徒議：「記室，主書議。凡有表章雜記之書，掌創其草。」（北堂書鈔卷六九引。嚴輯全晉文卷一二七所輯干寶文漏此條）宋書卷八四孔覬傳：「（覬）轉署（衡陽王義季）記室，奉牋固辭曰：『記室之局，實惟華要。自非文行秀敏，莫或居之。……夫以記室之要，宜須通才敏思，加性情勤密者。覬學不綜貫，性又疏惰，何可以屬知祕記，秉筆文閨？……若實有螢爝，增暉光景，固其騰聲之日，飛藻之辰也。』」又略見通典卷三一。梁書卷四九文學上鍾嶸傳：「衡陽王元簡出守會稽，引爲寧朔記室，專掌文翰。」南史卷七二文學嶸傳同。又吴均傳：「建安王偉爲揚州，引兼記室，掌文翰。」是王府記室之職，甚爲華要，專掌文翰。先後在蕭宏府中任斯職者，除舍人外，尚有王僧孺、見梁書卷三三本傳（南史卷五九僧孺傳同）殷芸、見梁書卷四一本傳。劉昭、見梁書卷四九文學上本傳（南史卷七二文學昭傳同）。丘遲、見梁書卷四九文學上本傳（南史卷七二文學遲傳同）。劉沼見梁書卷五十文學下本傳諸家，皆一時之選也。記室，詳下句注。又按梁釋寶唱經律異相序：「聖謂梁武帝旨以爲像正浸末，信樂彌衰；文句浩漫，尠能該洽。以天監七年，敕釋僧旻等備鈔衆典，顯證深文，控會神宗，辭略意曉，于鑽求者已有太半之益。」唐釋道宣續高僧傳卷一釋寶唱傳：「天監七年，帝以法海浩汗，淺識難尋，敕莊嚴寺名僧旻，於定林上寺纘衆經要抄八十八卷。」又卷五釋僧旻傳：「……仍選才學道俗釋僧智、僧晃、臨川王記室東莞劉勰等三十人，同集上林寺按「林」上疑脱「定」字鈔一切經論，以類相從，凡八十按「十」下當再有「八」字卷，皆令取衷於旻。」是天監七年備鈔衆經之役，舍人曾參與其事矣。隋費長房歷代三寶記：「衆經要抄一部并目録，八十八卷。……天監七年十一月，帝以法海浩博，淺識窺尋，卒難該究。因敕莊嚴寺沙門釋僧旻等於定林上寺，緝撰此部，到八年夏四月方了。見寶唱録。」卷十一（按寶唱撰經目録見隋書卷三五經籍志四）。是天監七年十一月之前，舍人仍任職蕭宏府中，故道宣稱其銜也。

遷車騎倉曹參軍。

按舍人遷任此職，當在天監八年四月撰經功畢之後。宋書百官志上：「江左以來，諸公置長史、倉曹……各一人。……今諸曹則有録事、記室、户曹、倉曹……凡十八曹參軍。……江左初，晉元帝鎮東，丞相府有録事、記室……倉曹……騎士車曹參軍。」南齊書百官志：「凡公督府置……諮議參軍二人。諸曹有録事、記室、户曹、倉曹……城局法曹……十八曹。局曹以上署正參軍，法曹以下署行參軍，各一人。」隋書百官志上：「梁武受命之初，官班多同宋齊之舊。……諸公及位從公開府者，置官屬有……記室……列曹參軍……舍人等官。」

出爲太末令，政有清績。

按出令太末之年，以下文除仁威南康王記室推之，當在天監十年蕭績尚未進號仁威將軍前。其先一年許，蓋司倉曹參軍時也。政有清績，當須時日。假定爲一二三年，則天監十一年左右，仍在太末任內。太末，漢舊縣。屬會稽郡。見漢書卷二八地理志上。齊時屬東陽郡。見南齊書州郡志上。今浙江衢縣即其地。縣，小者置長，大者置令。見宋書百官志下。則是闕非左遷矣。又按文心雕龍議對篇云：「難矣哉，士之爲才也！或練治而寡文，或工文而疏治。」程器篇亦云：「達則奉時以騁績。」舍人出宰百里，正其「奉時騁績」之日；小試牛刀，即政有清績，固非「工文疏治」者也。

除仁威南康王記室。

按梁書卷二九南康王績傳：「南康簡王績，字世謹。高祖第四子。天監八按「八」字誤，當依梁書武帝紀中、南史梁本紀上及績傳作「七」。年，封南康郡王。……十年，遷使持節都督南徐州諸軍事，南徐州刺史，進號仁威將軍。……十六年，徵爲宣毅將軍，領石頭戍軍事。」南史卷五三績傳較略。上文假定舍人作太末令至天監十一年左右，則除爲蕭績記室之年，必與之相繼；迄遷步兵校尉時，約爲六七年。任期固甚久也。

兼東宮通事舍人。

按晉書職官志：「案晉初初置舍人、通事各一人，江左合舍人通事，謂之通事舍人。掌呈奏案章。」宋書百官志下：「晉初，置舍人一人，通事一人；江左初，合舍人通事，謂之通事舍人。掌呈奏案章。」隋書百官志上：「通事舍人，舊入直閣內。梁用人殊重，簡以才能，不限資地，多以他官兼領。」東宮通事舍人職責，諸史雖未詳，顧名思義，蓋與通事舍人無甚差忒，惟所屬有異耳。通鑑卷一三八齊紀四胡注：「東宮官屬：文則……洗馬、舍人。」梁書文學上庾於陵傳：「舊事，東宮官屬，通爲清選。……近世用人，皆取甲族有才望者。」「者」字從南史卷五十於陵傳增補。是舍人之兼東宮通事舍人，甚爲梁武所重視。梁書文學上庾肩吾傳：「歷王府中郎、雲麾參軍並兼記室參軍。中大通三年，王晉安王蕭綱。爲皇太子，（肩吾）兼東宮通事舍人。」南史卷五十肩吾傳同。又文學下何思澄傳：「久之，遷秣陵令，入兼東宮通事舍人。」南史卷七二思澄傳同。足見東宮通事舍人多以他官兼領，且不止一人。陳書卷三二孝行殷不害傳：「年十七，仕梁，廷尉平。按「廷」上當從南史有「爲」字。不害長於政事。……大同五年，遷鎮西府記室參軍；尋以本官兼東宮通事舍人。是時朝廷政事，多委東宮。不害與舍人庾肩吾直日奏事，梁武帝嘗謂肩吾曰：『卿是文學之士，吏事非卿所長，何不使殷不害來邪！』」南史卷七四孝義下不害傳同（太平御覽卷二四六引三國典略文略同）。舍人亦文學之士，昭明愛接，諒由此時始。

時七廟饗薦，已用蔬果。

按隋書卷七禮儀志二：「晉江左以後，乃至宋齊相承，始受命之主，皆立六廟，虛太祖之位。……（中興二年）四月，（梁武）即皇帝位。……遂於東城時祭訖，遷神主於太廟。

始自皇祖太中府君,皇祖淮陰府君,皇高祖濟陰府君,皇曾祖中從事史府君,皇祖特進府君並皇考,以爲三昭三穆,凡六廟。追尊皇考爲文皇帝,皇妣爲德按梁書武帝紀中、南史梁本紀上、通鑑梁紀一並作「獻」。皇后,廟號太祖。皇祖特進以上,皆不追尊。擬祖遷於上,而太祖之廟不毁,與六親廟爲七。」梁書武帝紀中、南史梁本紀上均略。梁書武帝紀中:「(天監十六年)夏四月甲子,初去宗廟牲。……冬十月,去宗廟薦脩,始用蔬果。」隋書禮儀志二:「(天監)十六年四月,詔曰:『……宗廟祭祀,猶有牲牢,無益至誠,有累冥道。……可量代。』……十月,詔曰:『今雖無復牲腥,猶有脯脩之類,……可更詳定,悉薦時蔬。』左丞司馬筠等參議:『大餠代大脯,餘悉用蔬菜。』帝從之。」(佛祖統紀:「天監十六年……敕太醫不得以生類爲藥。……宗廟薦羞,始用蔬果。」)是七廟饗薦之改用蔬果,自天監十六年冬十月始也。

而二郊農社,猶有犧牲。

按隋書卷六禮儀志一:「梁南郊爲圓壇,在國之南。……常與北郊間歲正月上辛行事,用一特牛,祀天皇上帝之神於其上;以皇考太祖文帝配。……北郊,爲方壇於北郊。……與南郊間歲正月上辛,以一特牛,祀后地之神於其上;以德后配。」又禮儀志二:「凡人非土不生,非穀不食;土穀不可偏祭,故立社稷以主祀。古先聖王,法施於人民。則祀之，故以句龍主社，周棄主稷而配焉。歲凡再祭，蓋春求而秋報。……梁社稷在太廟西。其初蓋晉元帝建武元年所創：有太社、帝社、太稷，凡三壇。……每以仲春仲秋，並令郡國、縣祠社稷先農。……舊太社廩犧吏牽牲，司農省牲，太祝吏讚牲。天監四年，明山賓議：『……謂宜以太常省牲，廩犧令牽牲，太祝令讚牲。』帝唯以太祝讚牲爲疑。……餘依明議。」是二郊農社，原用犧牲也。七廟饗薦改用蔬果，既始於天監十六年十月，則二郊農社之「猶有犧牲」，其指次年正月、八月之祀乎？此可據史傳推知者也。

勰乃表言二郊宜與七廟同改。

按傳文於七廟饗薦曰「已用蔬果」，於二郊農社曰「猶有犧牲」，以「猶有」與「已用」對文，則舍人陳表，爲時當在天監十七年八月之後，此又可就史傳推知者。惜舍人文集亡佚，它書亦未見徵引，表所具陳者，已無從攷索矣。又按廣弘明集卷二六。叙梁武斷殺絕宗廟犧牲事：「梁高祖武皇帝臨天下十二按當作「六」。年，下詔去宗廟犧牲，修行佛戒，蔬食斷欲。上定林寺沙門僧祐、龍華邑正柏超度等上啟云：『京畿既是福地，而鮮食之族，猶布筌網；……請丹陽、琅琊二郡水陸，並不得蒐捕。』」舍人表言二郊宜與七廟同改，與僧祐等之上啟如出一轍。此固風會所鍾，然其信佛之篤，亦可見矣。

詔付尚書議，依勰所陳。

按南史梁本紀上：「（天監十六年）三月丙子，敕太醫不得以生類爲藥，……於是祈告天地宗廟，以去殺之理，欲被之含識，郊廟牲牷，皆代以麪，其山川諸祀則否。廣弘明集叙梁武斷殺絶宗廟犧牲事文略同。時以宗廟去牲，則爲不復血食。公卿異議，朝野喧囂。竟不從。」足見當時儒釋相爭之烈。故舍人表言二郊宜與七廟同改，即詔付尚書議。此又與僧祐等上啟而「敕付尚書詳之」同上。之事例同。上之所好，下必有甚，宜其依舍人所陳也。至於尚書之議，雖不復存，然江貺、王述、謝幾卿、周捨諸家參議僧祐等上啟之文尚在；同上。觸類以推，亦可得其仿佛。

遷步兵校尉，兼舍人如故。

按步兵校尉因陳表而遷，其年當在天監十七年八月以後。梁武之世，拜步兵校尉者，多士林名流，如賀瑒、賀季、崔靈恩、盧廣、孔子袪等是。並見梁書卷四八儒林傳。故曾任王府記室兼東宮通事舍人之劉杳，於大同元年遷步兵校尉時，昭明太子即以阮嗣宗相儗，而謂之曰：「酒非卿所好，而爲酒厨之職，政爲不愧古人耳！」見梁書卷五十文學下杳傳（南史卷四九杳傳同）。是舍人之遷步兵校尉，固當時殊遇也。宋書顔延之傳：「尋轉太子中庶子；頃之，領步兵校尉。」（南史延之傳同）梁書沈約傳：「齊初爲征虜記室，帶襄陽令。所奉之主，齊文惠太子也。太子入居東宮，爲步兵校尉，管書記。」（南史約傳同）又任昉傳：「拜太子步兵校尉，管東宮書記。」（南史昉傳同）並其旁證。尤可異者，劉杳爲王府記室時，兼東宮通事舍人；遷步兵校尉後，亦兼舍人如故。何其相似乃爾耶！宋書卷三武帝紀下：「（永初二年）五月己酉，置東宮屯騎、步兵、翊軍三校尉官。」南史卷一宋本紀上同。通鑑卷一三八齊紀四胡注：「東宮官屬：……武則左、右衛率，翊軍、步兵、屯騎三校尉。」又按傳自此後未再叙官職，蓋舍人入直東宮，至昭明未卒之前猶然。非深被愛接，何克臻此？

昭明太子好文學，深愛接之。

按梁書卷八昭明太子傳：「昭明太子統，字德施。高祖長子也。……引納才學之士，賞愛無倦。恒自討論篇籍，或與學士商榷古今；閒則繼以文章著述，率以爲常。于時東宮有書幾三萬卷，名才並集。文學之盛，晉宋以來，未之有也。」南史卷五三統傳同。又卷三三劉孝綽傳：「時昭明太子好士愛文，孝綽與陳郡殷芸、吴郡陸倕、琅邪王筠、彭城到洽等，同見賓禮。」南史卷三九孝綽傳同。又同上。王筠傳：「昭明太子愛文學士，常與筠及劉孝綽、陸倕、到洽、殷芸等，游宴玄圃。」南史卷二二筠傳同。又卷四一王規傳：「敕與陳郡殷鈞、琅邪王錫、范陽張緬同侍東宮，俱爲昭明太子所禮。」南史卷二二規傳同。舍人深得文理者，與昭明相處既久，奇文共賞，疑義與析，必甚得君臣魚水之遇，其深被愛接也固宜。又梁書昭明太子傳：「太子亦崇信三寶，遍覽衆經，乃於宮内別立慧義殿，專爲法集之所。招引名僧，談論不絶。」（南史統傳同）舍人本博通經論，長於佛理，與昭明之愛接，或亦有關。又按昭明生於齊中興元年九月，見梁書本傳（南史同）。時文心書且垂成，而後來選樓所選者，往往與文心之「選文定篇」文心序志篇語。合；是文選一書，或亦受有舍人之影響也。近人駱鴻凱文選學纂集第一。攷之不審，乃謂「雕龍論文之言，又若爲文選印證」。其然，豈其然乎？清李羲鈞縉山書院文話謂舍人爲昭明所愛接，崇尚文藝，故有雕龍之作。亦非。

初，勰撰文心雕龍五十篇，論古今文體，引而次之。

太平御覽卷六百一引此文，「初」字無，有「自齊入梁」四字。按御覽所引非是。文心成書，實在齊之末世。由時序篇「暨皇齊馭寶，運集休明，太祖以聖武膺籙，高郝懿行云：「按『高』疑『世』字之譌。」祖以睿文纂業，文帝以貳離含章，中郝懿行云：「按『中』疑『高』字之譌。」宗以上哲興運；並文明自天，緝遐梅慶生云：「疑作『熙』。」景祚」云云觀之，可得三證：此篇所述，自唐虞以至劉宋，皆但舉其代名，而特於齊上加一「皇」字。沈約於齊建元四年撰齊竟陵王題佛光文（見廣弘明集卷十六），亦用有「皇齊」二字。證一。魏晉之主，稱謚號而不稱廟號，至齊之四主，惟文帝以身後追尊，止稱爲帝，餘並稱祖稱宗。證二。歷朝君臣之文，有褒有貶，獨於齊則竭力頌美，絕無規過之詞。證三。以上用清劉毓崧通義堂文集卷十四書文心雕龍後説。原文見後附録六。至「今聖歷方興，文思光被，海岳降神，才英秀發，馭飛龍於天衢，駕騏驥於萬里，經典禮章，跨周轢漢，唐虞之文，其鼎盛乎」十句，溢美已極，則爲專頌時君和帝者。故冠「今」字於其首，以顯示成書年限。郝懿行云：「按劉氏此書，蓋成於蕭齊之季，東昏之年。故其論文，盛夸當代，而不與銓評。著述之體，自其宜也。」所言雖不如劉毓崧之文翔實確切，然亦不中不遠矣。餘如明詩、通變、指瑕、才略四篇，所評皆至宋代而止；於齊世作者，則未涉及，亦其旁證。惟自隋志以下著錄唐寫本缺首篇。皆署曰梁，蓋以其所終之世題之。此本古籍題署之常，無足怪者。是書原道以下二十五篇論文之體，神思以下二十四篇言文之術，序志統攝全書。傳文乃渾言之耳。又按文心雕龍程器篇云：「摛文必在緯軍國，……窮則獨善以垂文。」序志篇論「文章之用」則云：「五禮資之以成，六典因之致用，君臣所以炳煥，軍國所以昭明。」篇末贊語又以「文果載心，余心有寄」作結。是舍人未仕前之撰文心，自負亦不淺矣！

其序曰：「夫文心者，言爲文之用心也。……茫茫往代，既洗予聞；眇眇來世，儻塵彼觀。」

按此文心序志篇文，實即全書總序。篇中於撰述宗旨，言之甚明。一則曰：「敷讚聖旨，莫若注經，而馬鄭諸儒，弘之已精，就有深解，未足立家。唯文章之用，實經典枝條，……詳其本源，莫非經典。而去聖久遠，文體解散，……離本彌甚，將遂訛濫。……於是搦筆和墨，乃始論文。」再則曰：「詳觀近代之論文者多矣：至於魏文述典，陳思序書，……各照隅隙，鮮觀衢路，……又君山公幹之徒，吉甫士龍之輩，汎議文意，往往閒出，並未能振葉以尋根，觀瀾而索源。不述先哲之誥，無益後生之慮。蓋文心之作也：本乎道，師乎聖，體乎經，酌乎緯，變乎騷，文之樞紐，亦云極矣。」是文心之作，乃述儒家先哲之誥，爲我國古代文論專著。所謂道也，經也，緯也，騷也，皆中夏所有，與梵夾所論述者無關。且其搦筆和墨，尋根索源之日，儒家思想適居主導地位。余曾撰有從文心雕龍原道、序志兩篇看劉勰的思想一文，推論劉勰撰寫文心雕龍時之主導思想爲儒家思想。載一九六二年文學遺産增刊第十一輯。論文徵聖，窺聖宗經，亦與駁斥三破論及爲京師寺塔、名僧碑誌製文之意趣不同。故文心五十篇之内，不曾雜有佛理僅論説篇用「般若」一詞。也。

既成，未爲時流所稱。

按南史卷五齊本紀下明帝紀：「（永泰元年）秋七月己酉，帝崩於正福殿。……群臣上謚曰明皇帝，廟號高宗。」南齊書卷六明帝紀無群臣上謚句。據時序篇「高宗原作中宗。攷南齊諸帝無廟號中宗者。以舍人本文次第推之，當爲高宗無疑。以上哲興運」之語，則文心成書必在永泰元年七月以後。南齊書卷七。東昏侯紀：「建武明帝年號。元年，立爲皇太子。永泰元年七月己酉，高宗崩，太子即位。……永元元年春正月戊寅，大赦。改元。……（永元三年）十二月丙寅，新除雍州刺史王珍國、侍中張稷率兵入殿，廢帝。」南史齊本紀下東昏侯紀同。南史齊本紀下和帝紀：「中興元年春三月乙巳，皇帝即位。大赦。改永元三年爲中興。……（中興二年三月）丙辰，遜位于梁。」南齊書卷八和帝紀略同。據時序篇「皇齊馭寶」文，則文心成書又必在中興二年三月以前。以上推演劉毓崧説。前後相距，將及四載。全書體思精密，雖非短期所能載筆，然其殺青可寫，當在此四年中；最後定稿，諒不出於和帝之世。時舍人仍託足桑門，身名未顯，其不爲時流所稱也必矣。地勢使然，正令人不能不有感於澗松之篇。又按舍人自齊入梁，至大同四年或五年乃卒，詳後。其間凡三十七八年。吏事之餘，於頗爲自負之文心，偶加修訂，精益求精，容或有之。如謂其書「作於齊代，告成梁朝」，此李詳語，見媿生叢録卷二。則未敢苟同也。劉汝霖東晉南北朝學術編年繫「劉勰撰文心雕龍」於天監元年；日本鈴木虎雄沈約年譜於天監十年下云：「此書（按指文心）必成於梁初。」亦復非是。

勰自重其文，欲取定於沈約，約時貴盛，無由自達。乃負其書候約出，干之於車前，狀若貨鬻者。

按梁書卷十三沈約傳：「沈約，字休文。吴興武康人也。……篤志好學，晝夜不倦。……遂博通群籍，能屬文。……（永元二年）改授冠軍將軍、司徒左長史、征虜將軍、南清河太守。高祖梁武帝。在西邸，按在雞籠山。見南齊書卷四十竟陵王子良傳。與約游舊；按子良開西邸招士，約與武帝等並曾往遊。見南齊書子良傳、梁書武帝紀上（南史同）及約傳。建康城平，按在和帝中興元年十二月。引爲驃騎司馬，按在中興二年正月。通鑑卷一四五梁紀一胡注：「爲（蕭）衍驃騎大將軍府司馬。」將軍如故。……梁臺建，爲散騎常侍、吏部尚書兼右僕射。按在中興二年二月。……博物洽聞，當世取則。」南史卷五七約傳同。據此，約仕齊世，和帝時最爲貴盛；官驃騎司馬，遷梁臺吏部尚書兼右僕射。名雖府僚，實則權侔宰輔。舍人之無由自達，當在此時。以上本劉毓崧説。又按梁書王筠傳：「尚書令沈約當世辭宗，每見筠文，咨嗟吟味，以爲不逮也。約於郊居宅造閣齋，請此字原脱，據南史筠傳補。筠爲草木十詠，書之於壁。」南史筠傳無尚書令沈約當世辭宗以下四句。又卷四九文學上何遜傳：「沈約亦愛其文，嘗謂遜曰：『吾每讀卿詩，一日三復，猶不能已。』其爲名流所稱如此。」南史卷三三遜傳同。吳均傳：「沈約嘗見均文，頗相稱賞。」南史卷七二均傳同。又卷五十文學下王籍傳：「嘗於沈約坐，賦詠得燭，甚爲約賞。」何思澄傳：「爲遊廬山詩，沈約見之，大相稱賞，自以爲弗逮。約郊居宅新構閣齋，因命工書人題此詩於壁。」南史思澄傳同。劉杳傳：「約郊居宅，時新構閣齋，二字據南史杳傳補。杳爲贊二首，並以所撰文章呈約。約即命工書人題其贊於壁。」是約在當時，固好獎掖文學後進者。舍人生丁「世胄躡高位」之代，而又不甘沉淪，賦成三都，寔賴玄晏一序。故不惜負書於隱侯車前，作貨鬻之狀。世説新語文學篇：「鍾會撰四本論始畢，甚欲使嵇公按即嵇康。一見。置懷中既定，畏其難，懷不敢出。於户外遥擲，便回急走。」舍人行徑，頗相類似。與劉杳爲贊、呈文，亦無二致。「音實難知，知實難逢；逢其知音，千載其一乎！」舍人於知音篇曾慨乎言之。其負書以求「當世辭宗」品題，諒非得已。齊蕭遥光有言：「文義之事，此是士大夫以爲伎藝，欲求官耳。」見南史卷四一齊宗室始安王遥光傳。陳姚察亦謂：「二漢求賢，率先經術；近世取人，多由文史。」見梁書卷十四江淹任昉傳論。然則舍人之干隱侯，殆亦有「奉時騁績」之圖乎？

約便命取讀，大重之，謂爲深得文理，常陳諸几案。

按梁書沈約傳：「（約）撰四聲譜，以爲在昔詞人，累千載而不寤，而獨得胸襟，窮其妙旨，自謂入神之作。」南史約傳同。其撰宋書卷六七謝靈運傳論，亦暢談音韻。舍人書中，適有聲律一篇。休文之大重，固不必僅在乎此；然以此引爲知音，則意中事也。至「謂爲深得文理」，與稱賞王筠、何遜、吴均、王籍、何思澄之詩文無異；「常陳諸几案」，則又與書王筠、何思澄、劉杳之詩、贊於壁相同。梁書杳傳：「（沈約）仍報杳書曰：『……故知麗辭之益，其事弘多，輒當置之閣上，坐卧嗟覽。』」與陳文心於几案，更爲近似。「良書盈篋，妙鑒迺訂。」文心知音篇贊語。休文之於舍人，豈非相得益章？清紀昀沈氏四聲攷卷下。乃謂：「休文四聲之説，同時詆之者鍾嶸，宗之者劉勰。嶸以名譽相軋，故肆譏彈；勰以宗旨相同，故蒙賞識。文章門户，自昔已然；千古是非，於何取定？」空談門户，渾言是非，殊有未安。所撰四庫全書總目提要集部總序卷一四八又謂：「詩文評之作，著於齊梁。觀同一八病四聲也，鍾嶸以求譽不遂，乃致譏排；劉勰以知遇獨深，繼爲推闡。詞場恩怨，亘古如斯！」其説亦與事實不符。尋文心之定名也，數彰大衍，舍人已自言之。見序志篇。是其負書干約之前，原有聲律一篇序志篇有「閲聲字」語。在内。非感恩知遇，始爲推闡也。且聲律之説，齊永明時已有争論；永明末，沈約、謝朓、王融以氣類相推轂，高唱聲韻，陸厥即不謂然，曾與約書致詰，約亦以書答之，各持所見，辭多偏激。見南齊書卷五二文學陸厥傳（南史卷四八厥傳同）。鍾嶸亦持異議。見詩品序。北魏甄琛且斥以「不依古典，妄自穿鑿」。約亦答書申辨。見文鏡祕府論天卷隋劉善經四聲論引。而文心爲「彌綸群言」之文論專著，特闢一篇論之，乃勢理之所必然。況舍人所論，頗能自出機杼，並非與休文雷同一響。近人黄侃竟以「隨時」見文心雕龍（聲律篇）札記。相譏，亦復非是。又按宋葉廷珪海録碎事卷十八云：「劉勰撰文心雕龍論古今文體，未爲時所重；沈約大賞之，陳於几案。於是競相傳焉。」蓋本傳文而意加末句，未必別有所據也。葉氏引書多注明出處，而此條獨否，不知何故。

然勰爲文長於佛理，京師寺塔及名僧碑誌，必請勰製文。

按文心全書，雖不關佛理，然其文理密察，組織謹嚴，似又與之有關。所製寺塔碑誌，今存者僅梁建安王南平王蕭偉曾封建安王。造剡山石城寺像碑一篇，唐釋道世法苑珠林卷二一。敬教篇曾簡叙其緣起：「梁建安王患，降夢，能開剡縣石像，病可得愈。……梁太子舍人劉勰製碑於像前。」全文載宋孔延之會稽掇英總集。卷十六（藝文類聚卷七六曾節引數小段。明陳翼飛文儷卷十五、梅鼎祚釋文紀卷二七、清嚴可均全梁文卷六十，皆僅就類聚迻録，是不知有全篇也。）餘如釋僧祐出三藏記集卷十二法集雜記銘目録所列鍾山定林上寺碑銘，一卷。建初寺初創碑銘，一卷。僧柔法師碑銘，一卷（又見高僧傳）。及高僧傳所言釋僧柔卷八。釋僧祐卷十一。釋超辯卷十二。三碑，皆祇見其目，文已亡佚。若目亦不得見者，更不知凡幾。至弘明集卷八。之滅惑論，則辯護之文，北山録卷十外信篇謂舍人「會道控儒，承經作訓」，蓋指此類文言之。非碑誌類也。又按梁武之世，迷信三寶，爾時爲名僧「刻石銘德」，見於正續高僧傳者，尚有周興嗣、見高僧傳卷八釋寶亮傳。陸倕、見高僧傳卷十釋寶誌傳（景德傳燈録卷二七寶誌禪師條同）及續高僧傳卷十六釋慧勝傳。高爽、見高僧傳釋寶亮傳。蕭機、續高僧傳卷五釋智藏傳：「以普通三年九月十日卒于寺（開善寺）房。……新安太守蕭機製文。」按梁書卷二二太祖五王蕭機傳，未言機爲新安太守（南史卷五二梁宗室下機傳同）。又卷四一蕭幾傳：「末年專尚釋教。爲新安太守，郡多山水，特其所好，適性遊履，遂爲之記。」（南史卷四一齊宗室蕭幾傳同）是機字誤，當作幾。謝幾卿、見續高僧傳卷六釋慧超傳。何胤、見續高僧傳卷五釋僧旻傳。殷鈞、見續高僧傳釋智藏傳。阮孝緒、見續高僧傳釋僧旻傳。袁昂、見高僧傳卷八釋智順傳。蕭子雲、見高僧傳卷八釋法通傳。

謝舉、同上。王筠、見高僧傳釋寶誌傳(梁書卷三三、南史卷二二王筠傳、南史卷七六隱逸釋寶誌傳、景德傳燈録並同)及續高僧傳卷五釋法雲傳。蕭綱、見續高僧傳釋僧旻傳。蕭繹見續高僧傳釋僧旻傳、釋法雲傳、釋智藏傳又卷十六釋僧副傳。十四家,其文雖未采録,二十篇之目固歷歷可數。藝文類聚及傳法正宗記所引王僧孺、棲玄寺雲法師碑銘,見類聚卷七六。陸倕、誌法師墓志銘,見類聚卷七七。王筠、國師草堂寺智者約法師碑,見類聚卷七六。蕭衍、菩提達磨大師碑,見傳法正宗記卷五。蕭綱、同泰寺故功德正智寂師墓志銘、宋姬寺慧念法師墓志銘、甘露鼓寺敬脱法師墓志銘、湘宫寺智蒨法師墓志銘、淨居寺法昂墓志銘,並見類聚卷七七。蕭綸、揚州僧正智寂法師墓志銘,見類聚卷七七。蕭繹莊嚴寺僧旻法師碑、光宅寺大僧正法師碑,見類聚卷七六。七家之作,雖少全璧,十二篇之要指固可概見。除複重之三篇王筠一篇、蕭繹二篇複重。外,通計得二十有九篇。至寺刹佛塔碑誌,明梅鼎祚釋文紀、卷二十至二十九。清嚴可均全梁文所輯,亦不下三十篇。如益以頌誄銘贊,篇數更多。即以碑文而論,竟有一僧而立二碑如寶亮、寶誌、法通、法雲是。三碑如智藏是。至四碑如僧旻是。者。佞佛諛墓,不已甚乎!高僧傳所記爲僧撰製碑文之十二人中,梁代即有七人(沈約之釋法獻碑撰於齊世,未計入)。釋文紀全書共四十五卷,梁代即有十卷,比其它各代之卷帙都多。

有敕,與慧震沙門於定林寺撰經。

按齊永明中,僧祐於定林寺造立經藏,搜校卷軸,舍人曾爲之經紀;天監七八年間,僧旻於上定林寺鈔撰衆經，舍人亦參與其事，已如前説。此復往撰經者，蓋上兩次編撰之後，續有增益，尚待理董，而舍人又博通經論，長於簿録，故佞佛之梁武，再敕舍人與慧震共修纂之。惟傳文闊略，慧震事蹟亦不可攷，致何年受敕撰經，遽難指實。又按梁書卷二七。殷鈞傳：「乃更授散騎常侍，領步兵校尉，侍東宮。尋改領中庶子。昭明太子薨，官屬罷。又領右游擊，除國子祭酒，常侍如故。」南史卷六十鈞傳無昭明太子薨下三句。又劉杳傳：「（昭明）太子薨，新宫建，舊人例無停者。」南史杳傳同。又卷四。簡文帝紀：「（中大通）三年四月乙巳，昭明太子薨。五月丙申，詔曰：『……（晉安王綱）可立爲皇太子。』」新宫建後，庚肩吾兼東宮通事舍人。見梁書、南史肩吾傳。舍人爲昭明舊人，既不得留，又未新除其它官職，中大通三年四月後，或即受敕於上定林寺與慧震共事撰經乎？

證功畢，遂啟求出家，先燔鬢髮以自誓。敕許之。乃於寺變服，改名慧地。未朞而卒。

按撰經僅有二人，當非短期所能竣事。其始年雖難遽定，出家之年尚可探索。宋釋祖琇隆興佛教編年通論卷八。梁：「大同元年，慧約法師垂誡門人，言訖合掌而逝。……（大同）三年四月，昭明太子薨。按蕭統卒於中大通三年。祖琇繫年有誤。……名士劉勰者，雅爲原誤作無。太子所重。撰文心雕龍五十篇。……累官通事舍人。表求出家，先燔鬢自誓。帝嘉之，賜法名惠與慧通。御覽卷六五七引梁書即作惠。地。」又釋志磐佛祖統紀卷三七。梁：「（大同）三年，昭明太子統薨。按此繫年誤，與祖琇同……（大同）四年，通事舍人劉勰，雅爲太子所重。……是年，表求出家，賜名慧地。」又釋本覺釋氏通鑑卷五。梁：「辛亥三。即中大通三年。四月，昭明太子統卒。……丙辰二。即大同二年。劉勰……表求出家，……帝嘉之，賜法名惠地。」元釋念常佛祖歷代通載卷九。梁：「辛亥。即中大通三年。是年四月，昭明太子薨。……劉勰者，名士也。……表求出家，……帝嘉之，賜法名惠地。」又釋覺岸釋氏稽古略卷二梁：「辛亥。中大通三年四月，太子統卒。……丙辰。大同二年，梁通事舍人劉勰表求出家，帝嘉之，賜僧洪名慧地。」五書均以舍人出家於昭明既卒之後，揆諸情理，可信無疑。范文瀾注謂舍人出家，當在普通元二年間。非是（其時昭明未卒）。至所繫之年雖有差異，然亦不難攷訂。蓋證功畢即啟求出家，變服未幾即卒，皆十二箇月内事，傳文言之甚明。如能推得舍人卒年，則五書之得失，昭然若揭矣。尋梁書文學傳中名次，舍人列於謝幾卿之後王籍之前，先後蓋以卒年爲叙。然十四人中亦有先後失叙者：如劉峻與劉沼、王籍與劉杳、謝徵是。此史家合傳通例也。幾卿傳云：「普通六年，詔遣領軍將軍西昌侯蕭深按當作淵。此避唐高祖諱改也。藻督衆軍北伐，幾卿啟求行，擢爲軍師長史，加威戎將軍。軍至渦陽退敗，幾卿坐免官。居宅在白楊石井，朝中交好者，載酒從之，賓客滿坐。時左丞庾仲容亦免歸，二人意志相得，並肆情誕縱，或乘露車，歷遊郊野；既醉，則執鐸挽歌，不屑物議。

湘東王在荊鎮，與書慰勉之。……幾卿雖不持檢操，然於家門篤睦。……幾卿未及序用，病卒。」南史卷十九幾卿傳所叙微異。幾卿免官後與庾仲容之行徑，仲容傳亦見文學下。亦有記載：「遷安西武陵王諮議參軍，除尚書左丞，坐推糾不直免。……唯與王籍、謝幾卿情好相得。二人時亦不調，遂相追隨，誕縱酣飲，不復持檢操。」南史卷三五仲容傳同。武陵王紀以大同三年閏九月改授安西將軍、益州刺史，見梁書武帝紀下。仲容蓋未隨府；除尚書左丞不久，即坐事免歸。其時疑在大同四年。幾卿與之肆情誕縱，當亦不出是年之外。因不屑物議，故湘東王繹在荊鎮蕭繹自普通七年十月至大同五年七月，皆在荊鎮。見梁書武帝紀下。與書慰勉。幾卿答書，滿腹悲憤，如「言念如昨，忽焉素秋，恩光不遺，善謔遠降。……徒以老使形疎，疾令心阻，沈滯牀簟，彌歷七旬，夢幻俄頃，憂傷在念。……懷私茂德，竊用涕零」云云，絶望哀鳴，溢於言表。傳末謂其未及序用病卒，蓋即卒於大同四年之冬者。籍傳云：「歷餘姚錢塘令，並以放免。……遷中散大夫，尤不得志。遂徒行市道，不擇交遊。湘東王爲荊州，引爲安西府諮議參軍，帶作塘令。南史卷二一籍傳下有「相小邑，寡事，彌不樂」三句。不理縣事，日飲酒。人有訟者，鞭而遣之。少時卒。」湘東王繹在荊鎮於大同元年十二月進號安西將軍，至五年七月始入爲護軍將軍、安右將軍、領石頭戍軍事。見梁書武帝紀下。籍被引爲安西府諮議參軍，帶作塘令，當在蕭繹尚爲安西將軍期內。謝徵傳亦見文學下。謂徵於「大同二年卒官,……友人琅邪王籍集其文爲二十卷」。則籍之卒必在大同二年謝徵卒之後,五年七月蕭繹未離荆州之前。舍人名次既厠於謝幾卿、王籍之間,其卒年固不應先於謝幾卿或晚於王籍。再以佛祖統紀所繫舍人出家之年大同四年。相印證,亦極吻合。祖琇、本覺、念常、覺岸四家繫年,與梁書文學傳中所列舍人名次先後不符。傳文既言舍人變服未朞而卒,是其出家與卒均在十二箇月以内。如此段時間前後跨越兩年,則舍人之卒,非大同四年即次年也。又按序志篇「齒在踰立」云云,述其撰文心緣起。假定舍人於永泰元年「搦筆和墨」亦序志篇語。時爲三十二三歲,由此往上推算,當生於宋明帝泰始二三年間。其卒也,上文已推定爲大同四年或五年。一生歷宋、齊、梁三世,計得七十二三歲。南朝文學家中,年踰古稀如舍人者,寔爲罕見。又按舍人不於依居僧祐之年或受敕撰經之日變服;證功畢始啟求出家,遁入空門。此固與信佛深化有關,然亦未始非無可奈何之歸宿也。

文集行於世。

按舍人文集,隋志即未著録。豈隋世已亡之耶?抑唐武德中被宋遵貴漂没底柱之餘,而其目録亦爲所漸濡殘缺耶?見隋書卷三二經籍志一。南史删去此句,則是集唐初實已不存,思廉殆仍舊史文耳。清嘉慶重修一統志卷一七八山東沂州府二人物門,於劉勰小傳末,仍贅「有文集行於世」一句，不去葛龔，亦其疏矣。又按今存劉子五十五篇，本北齊劉晝撰，與文心各成家言；而前人多錯認顔標，屬之舍人，非也。余前撰有劉子理惑一文，曾詳爲論列，載一九三七年燕京大學文學年報第三期。唐釋慧琳一切經音義卷九十音高僧傳八。釋僧柔傳謂：「劉勰梁朝時才名之士也，著書四卷，名曰劉子。」亦非也。明廖用賢又誤以北魏拓跋勰所撰之要略魏書卷二一下獻文六王彭城王傳：「勰敦尚文史，物務之暇，披覽不輟，撰自古帝王賢達至於魏世子孫，三十卷，名曰要略。」爲舍人著述。尚友録卷十二劉勰條：「（勰）又撰自古帝王至於魏世，通三十卷，名爲魏略。」張冠李戴，無乃太謬乎？特於末簡，略爲舉正。

文心雕龍校注卷一

原道第一

文之爲德也大矣，與天地並生者何哉〔一〕？夫玄黄色雜①，方圓體分②，日月疊璧③，以垂麗天之象；山川焕綺，以鋪理地之形：此蓋道之文也。仰觀吐曜，俯察含章，高卑定位，故兩儀既生矣。惟人參之，性靈所鍾，是謂三才〔二〕；爲五行之秀，實天地之心〔三〕。一本實上有人字，心下有生字。心生而言立，言立而文明，自然之道也。傍及萬品〔四〕，動植皆文：龍鳳以藻繪呈瑞〔五〕，虎豹以炳蔚凝姿④；雲霞雕色〔六〕，有踰畫工之妙；草木賁華〔七〕，無待錦匠之奇。夫豈外飾？蓋自然耳。至於林籟結響，調如竽瑟❶〔八〕；泉石激韻，和若球鍠：故形立則章成矣，聲發則文生矣。夫以無識之物，鬱然有彩，有心之器，其無文歟！

人文之元，肇自太極，幽贊神明，易象惟先〔九〕。庖犧畫其始⑤，仲尼翼其終⑥，而乾坤兩位，獨制文言。言之文也，天地之心哉❷！若迺河圖孕乎八卦⑦，洛書韞乎九疇⑧❸〔一〇〕，玉版金鏤之實⑨，丹文緑牒之華⑩〔一一〕，誰其尸之〔一二〕？亦神理而已。自鳥跡代繩⑪，文字始炳，炎皡遺事，紀在三墳⑫❹，而年世渺邈〔一三〕，聲采靡追。唐虞文章，則煥乎始馮本作爲。盛〔一四〕。元首載歌⑬，既發吟詠之志；益稷陳謨⑭〔一五〕，元作謀，楊改。亦垂敷奏之風。夏后氏興，業峻鴻績〔一六〕，九序惟歌⑮〔一七〕，勳德彌縟⑯〔一八〕。逮及商周，文勝其質〔一九〕，雅頌所被，英華日新。文王患憂⑰〔二〇〕，繇辭炳曜⑱〔二一〕，符采複隱❺〔二二〕，精義堅深。重以公旦多材〔二三〕，振元作縟，朱改。其徽烈❻〔二四〕，剬詩緝頌⑲❼〔二五〕，斧藻群言⑳。至夫子繼聖，獨秀前哲〔二六〕，鎔鈞六經㉑，必金聲而玉振；雕琢情性❽〔二七〕，組織辭令，木鐸起而千里應㉒〔二八〕，席珍流而萬世響㉓，寫天地之輝光，曉生民之耳目矣。

爰自風姓㉔，暨於孔氏，玄一作元。聖創典㉕，素王述訓㉖〔二九〕，莫不原道心以敷章〔三〇〕，以敷，一作裁文，從御覽改。研神理而設教〔三一〕，取象乎河洛〔三二〕，問數乎蓍龜，觀天文以極變，察人文以成化；然後能經緯區宇〔三三〕，彌綸彝憲〔三四〕，發輝疑作揮。事業〔三五〕，彪炳辭義。故知道沿聖以垂文，聖因文而明道，旁通而無滯〔三六〕，一作涯，從御覽改。日用而不匱〔三七〕。易曰：鼓天下之動者者字從御覽增。存乎辭。辭之所以能鼓天下者，迺道之文也。

贊曰：道心惟微，神理設教。光采元聖〔三八〕，炳燿仁孝。龍圖獻體，龜書呈貌。天文斯觀，民胥以傚〔三九〕。

【黄叔琳注】

①**玄黃**〔易〕夫玄黃者，天地之雜也，天玄而地黃。

②**方圓**〔大戴禮記〕天道曰圓，地道曰方。

③**日月疊璧**〔易坤靈圖〕至德之萌，日月若聯璧。

④**炳蔚**〔易〕大人虎變，其文炳也。又曰：君子豹變，其文蔚也。

⑤**庖犧畫其始**〔易繫辭〕庖犧氏之王天下也，仰則觀象于天，俯則觀法于地，觀鳥獸之文與地之宜，近取諸身，遠取諸物，於是始作八卦，以通神明之德，以類萬物之情。

⑥**仲尼翼其終**〔易通卦驗〕孔子作上彖、下彖、上象、下象、上繫、下繫、文言、説卦、序卦、雜卦爲十翼。

⑦**河圖**〔易正義〕伏羲氏有天下，龍馬負圖以出於河，遂法之畫八卦。

⑧**洛書**〔周書洪範〕天乃錫禹洪範九疇。〔注〕易言河出圖，洛出書，聖人則之，蓋治水功成，洛龜呈瑞。

⑨**玉版**〔王子年拾遺記〕帝堯在位，聖德光洽，河洛之濱得玉版，方尺，圖天地之形。

⑩**丹文緑牒**〔宋書志序〕握河括地緑文赤字之書，言之詳矣。

⑪**鳥迹**〔許氏説文序〕黄帝之史蒼頡，見鳥獸蹏迒之迹，知分理之可相别異也，初作書契。　**代繩**見徵聖篇象夬注。

⑫**三墳**書久亡。〔元吴萊三墳辨〕三墳書，近出僞書也。世或傳，大抵言伏羲本山墳而作連山，神農本氣墳而作歸藏，黄帝本形墳而作乾坤。無卦爻，有卦象，文鄙而義陋，與周官太卜所掌異焉。

⑬**元首載歌**見章句篇。

⑭**陳謨**書有益稷篇。

⑮**九序惟歌**書大禹謨篇文。

⑯**彌縟**〔王充論衡〕德彌盛者，文彌縟。

⑰**文王憂患**〔易傳〕夏商之末，易道中微，文王拘于羑里，係以彖辭，易道復興。

⑱**繇辭**繇音宙。〔杜預左傳注〕繇，卜兆辭也。〔續文章緣起〕繇，夏后作鑄鼎繇。繇，卜辭也。

⑲**剬詩緝頌**剬，〔韻會〕多官切，整飭貌。〔書〕周公居東二年，乃爲詩以貽王，名之曰鴟鴞。王亦未敢誚公。〔國語〕周公之爲頌曰：思文后稷，克配彼天。

⑳**斧藻**〔揚子法言〕吾未見好斧藻其德，若斧藻其楶

者。㉑**鎔鈞**〔董仲舒傳〕猶泥之在鈞，唯甄者之所爲；猶金之在鎔，唯冶者之所鑄。顏師古曰：鈞，造瓦之法，其中旋轉者。鎔，謂鑄器之模範也。㉒**千里應**〔易繫辭〕君子居其室，出其言善，則千里之外應之。㉓**席珍**〔禮記〕儒有席上之珍以待聘。㉔**風姓**〔史記〕伏羲氏以風爲姓。㉕**玄聖**〔班固典引〕縣象闇而恒文乖，彝倫斁而舊章闕，故先命玄聖，使綴學立制。〔注〕玄聖，孔子也。㉖**素王**〔拾遺記〕夫子未生時，有麟吐玉書於闕里，文云：水精之子，繼衰周而爲素王。

【李詳補注】

❶**林籟二句**詳案：〔宋玉高唐賦〕纖條悲鳴，聲似竽籟。❷**乾坤四句**詳案：阮文達揅經室集文言説本此。❸**河圖二句**詳案：紀文達云：何晏論語注引孔安國之説，謂河圖即八卦，與此孕乎八卦語相合。知五十五點之僞圖，彦和未見也。洛書配九宫，北齊盧辯注大戴禮已有是語，則其説起於南北朝，故彦和亦云然。❹**炎皞二句**黄注三墳書久亡，元吴萊三墳辨云云。紀云此宜先注三墳，而以書亡僞注之説附於後，且書出毛漸，宋人已言之，不得引元人之説。詳案：毛漸説出直齋書録解題，謂漸得之民間，不云書出於漸，紀氏似誤。❺**符采複隱**詳案：〔左思蜀都賦〕符采彪炳。劉逵〔注〕符采，玉之横文也。❻**徽烈**詳案：〔應璩與王將軍書〕雀鼠雖微，猶知徽烈（文選劉峻廣絶交論李善注引）。❼**剬詩緝頌**紀云剬即剸字，説文訓爲齊，言切割而使之齊，與詩義無涉。古帖制字多書爲剬，此剬字疑爲制之訛。〔史記五帝本紀〕依鬼神以剬義。〔注〕剬有制義，是二字相亂已久，不必定用本訓也。詳案：張守節〔史記正義〕論字例云，制字作剬，緣古字少，通共用之，史漢本有此古字者乃爲好本。據此，

剬即制字，既不可依説文訓剸爲齊，亦不必辨剬制相似之譌也。❽**雕琢情性**詳案：〔司馬遷報任少卿書〕雕琢曼辭。

【楊明照校注】

〔一〕**文之爲德也大矣，與天地並生者何哉？** 據養素堂本（後同）。

范文瀾注：「按易小畜大象：『君子以懿文德。』彥和稱文德本此。」

按范注簡化「文之爲德」爲文德，已覺非是；又謂文德本於「君子以懿文德」，則更爲牽强。因兩書辭句各明一義，本無共通之處。禮記中庸「中庸其至矣乎」釋文：「一本作：『中庸之爲德其至矣乎！』」又：「鬼神之爲德其盛矣乎！」論語雍也：「中庸之爲德也其至矣乎！」句法皆與「文之爲德也大矣」相仿。「文之爲德」不能簡化爲文德，正如「中庸之爲德」、「鬼神之爲德」不能簡化爲中庸德、鬼神德然。朱熹中庸章句：「程子（程頤）曰：『鬼神天地之功用，而造化之迹也。』……愚謂：『……爲德，猶言性情功效。』」挹彼注兹，甚爲吻合。「文之爲德」者，猶言文之功用或功效也。隋書文學傳序：「然則文之爲用其大矣哉！」寓意與「文之爲德也大矣」同，亦有力旁證。（一九八八年曾撰文心雕龍原道篇「文之爲德也大矣」句試解一文，論證較詳，載文史第三十二輯。）又按左傳昭公二十六年：「禮之可以爲國也久矣，與天地並。」莊子齊物論：「天地與我並生。」

〔二〕**惟人參之，性靈所鍾，是謂三才。**

「性」，四庫全書文溯閣本後簡稱文溯本。剜改作「四」。

按此三句，謂人於三才中爲有生之最靈者。故下文緊承之曰：「爲五行之秀，實天地之心。」孝經聖治章：「子曰：『天地之性，人爲貴。』」春秋繁露人副天數篇：「天地之精所以生物者，莫貴於人。」説文人部部首：「人，天地之性最貴者也。」漢書刑法志：「夫人宵天地之貌，懷五常之性，聰明精粹，有生之最靈者也。」論衡龍虚篇：「天地之性，人爲貴。」均足爲此文注脚。文溯本作「四靈」，則非其旨矣。麟、鳳、龜、龍爲四靈，見禮記禮運。宗經篇「洞性靈之奥區」，又「性靈鎔匠」，情采篇「若乃綜述性靈」，序志篇「性靈不居」，亦並以「性靈」二字連文。

〔三〕**爲五行之秀，實天地之心。**

黄叔琳校云：「一本實上有人字，心下有生字。」

按元至正本後簡稱元本、明弘治馮允中本後簡稱弘治本、汪一元本後簡稱汪本、佘誨本後簡稱佘本、四部叢刊景印本即張之象本初刻或原刻（詳後附録八），後稱張甲本、張之象本與四部叢刊景印者間有不同（蓋爲張氏改刻或他人覆刻），後稱張乙本。如兩本相同時，則統稱張本、兩京遺編本後簡稱兩京本、明王世貞批本後簡稱王批本（此書已成海内外孤本）、何允中廣漢魏叢書本後簡稱何本、胡震亨本後簡稱胡本、王惟儉訓故本後簡稱訓故本、梅慶生萬曆音註本後簡稱萬曆梅本、凌雲本後簡稱凌本、合刻五家言本後簡稱合刻本、梁杰訂正本後簡稱梁本、祕書十八種本後簡稱祕書本、謝恒鈔本後簡稱謝鈔本（即黄叔琳所稱之馮本）、奇賞彙編本後簡稱彙編本、漢魏別解本後簡稱別解本、清謹軒鈔本後簡稱清謹軒本、又尚古堂本後簡稱尚古本、日本岡白駒本後簡稱岡本、四庫全書文津閣本後簡稱文津本，如與文溯本相同時，則統稱四庫本（臺北景印文淵閣本渾然一色，原書剜改字句已無跡可尋，故未援引）、王謨漢魏叢書本後簡稱王本、鄭珍原藏鈔本後簡稱鄭藏鈔本、崇文書局本後簡稱崇文本、子苑三二、文儷十三、諸子彙函二四，並與黄校一本同。梅慶生天啓二年校定本後簡稱天啓梅本。如與萬曆梅本相同時，則統稱梅本。「人」「生」二字無，各空一格當係就原版剜去者。文溯本無「人」字。吴翌鳳校本作「人爲五行之秀，心實天地之心」。禮記禮運：「故人者，其天地之德，陰陽之交，鬼神之會，五行之秀氣也。……故人者，天地之心也，五行之端也，食味、别聲、被色而生者也。」爲舍人此文所本。疑原作「爲五行之秀氣，實天地之心生」。「氣」正作「气」，「人」其殘也；「生」字非羨文。下文「心生而言立」，即緊承「天地」句。徵聖篇贊「秀氣成采」，亦以「秀氣」連文。春秋演孔圖：「秀氣爲人。」後漢書郎顗傳章懷注、御覽三百六十引。文選王融曲水詩序：「冠五行之秀氣。」陸德明經典釋文序：「人稟二儀之淳和，含五行之秀氣。」並其旁證。

〔附注〕臺北商務印書館景印四庫全書文淵閣本兩種文心雕龍，已非原書本來面目。其爲館臣校改者，皆無迹可尋，故未持本核對。

〔四〕**傍及萬品。**

「傍」，何焯校作「旁」。

按何校「旁」是。張松孫本、詩法萃編並已改作「旁」。説文上部：「旁，溥也。」又人部：「傍，近也。」近義於此不愜，當原是「旁」字。史記五帝本紀「旁羅日月星辰」，漢書郊祀志上「旁及四夷」，文選張衡東京賦「旁震八鄙」，其詞性並與此同，足爲推證。「旁及萬品」者，猶言溥及萬品耳。又按此下一段文意，蓋本論衡書解篇。自「或曰：士之論高，何必以文」至「物以文爲表，人以文爲基」。文長不具録。

〔五〕**龍鳳以藻繪呈瑞。**

按管子水地篇：「龍生於水，被五色而游，故神。」韓詩外傳八：「夫鳳五彩備明。」論衡書解篇：「然龍鱗有文，神鳳五色。」

〔六〕**雲霞雕色。**

按河圖括地象：「崑崙山出五色雲氣。」藝文類聚卷一、太平御覽卷八引。宋書符瑞志下：「雲有五色，太平之應也。」十洲記：「（崑崙）錦雲燭日，朱霞九光。」

〔七〕**草木賁華。**

黄侃札記：「易釋文引傅氏云：『賁，古斑字，文章皃。』王肅符文反，云：『有文飾黄白皃。』」按王肅原文「皃」應爲「色」。

按易序卦：「賁者，飾也。」此「賁」字亦當訓爲飾。黄氏引傅、王兩家音義，於此均不愜。此「賁」字與上句「雕色」之「雕」，皆當作動詞解。書僞湯誥：「賁若草木。」枚傳：「賁，飾也。……焕然咸飾，若草木同華。」釋文：「賁，彼義反。」蓋舍人語意所本。

〔八〕**調如竽瑟。**

四部叢刊三編景印宋本御覽後簡稱宋本御覽。卷五八一引作「諷如竽琴」，明鈔本御覽後簡稱明鈔本御覽、日本喜多村直寬仿宋本御覽後簡稱喜多本御覽。作「調如竽琴」，明倪焕刻本御覽後簡稱倪刻御覽、明周堂銅活字本御覽後簡稱活字本御覽、清鮑崇城刻本御覽後簡稱鮑本御覽。作「調如竹琴」。尚古本作「調如竽瑟」。岡本同。

按諸本御覽及岡本、尚古本皆誤，當以作「調如竽瑟」爲是。另一明活字本御覽與今本同，未誤。古籍中無「竽琴」連文者：禮記樂記「然後鍾磬竽瑟以和之」，管子霸形篇「陳歌舞竽瑟之樂」，墨子三辯篇「息於竽瑟之樂」，莊子胠篋篇「鑠絶竽瑟」，楚辭招魂「竽瑟狂會搷鳴鼓些」，並其證也。餘書尚多有之。「竹琴」連文，亦不詞。「竹」蓋「竽」之殘誤。「調」與下句之「和」對舉，宋本御覽作「諷」，乃形近之誤。岡本、尚古本作「竿」，亦「竽」之形誤。

〔九〕**幽贊神明，易象惟先。**

按漢書眭兩夏侯京翼李傳贊：「幽贊神明，通合天人之道者，莫著乎易、春秋。」易説卦「幽贊於神明而生蓍」韓注：「幽，深也。贊，明也。」

〔一〇〕**洛書韞乎九疇。**

「疇」，龍谿精舍叢書本後簡稱龍谿本。作「章」。

按書洪範「天迺錫禹洪範九疇」，漢書五行志上：「所謂天迺錫禹大法九章，常事所次者也。」論衡正説篇：「禹之時得洛書，書從洛水中出，洪範九章是也。」是「疇」、「章」二字於此並通。然元明以來各本無作「章」者，黄氏輯注本亦然。龍谿本自黄本出而又作「章」，當爲鄭氏妄改。

〔一一〕**玉版金鏤之實，丹文緑牒之華。**

「實」，御覽凡諸本御覽同者，後統言不別。五八五引作「寶」。朱謀㙔校作「寶」。

按「實」、「寶」二字形近，易譌。諸子篇「懷寶挺秀」，元本、弘治本等誤作「懷實」。此當作「實」，始能與「華」字相儷。「實」就質言，「華」就文言。「華」、「實」對舉，本書恒見，例多，不具舉。不僅此處爾也。

〔二〕**誰其尸之？**

按詩召南采蘋：「誰其尸之？」毛傳：「尸，主。」

〔三〕**而年世渺邈。**

「渺」，宋本、鈔本、活字本、喜多本、鮑本御覽引作「眇」。

按以諸子篇「鬼谷眇眇」，序志篇「眇眇來世」例之，「眇」字是。「渺」爲「眇」之後起字。

〔四〕**唐虞文章，則煥乎始盛。**

「始」，黃校云：「馮本作『爲』。」

按御覽引作「爲」。徵聖篇：「遠稱唐世，則煥乎爲盛。」辭義與此同，可證作「爲」是也。上文「鳥迹代繩，文字始炳」，已言文之起原；下言「元首載歌，……益稷陳謨」云云，正明唐虞文章煥乎爲盛之績。若作「始盛」，匪特上下文意不屬，且與「文字始炳」之「始」字重出矣。

〔五〕**益稷陳謨。**

「謨」，黃校云：「元作謀，楊（慎）改。」此沿梅慶生校語。

按御覽引作「謨」經史子集合纂類語九引同，楊改徐𤊹亦校作「謨」。是也。麗辭篇：「『滿招損，謙受益。』」亦以「陳謨」爲言。後漢書崔寔傳：「（政論）故皋陶陳謨，而唐虞以興。」是「陳謨」二字，固有所本也。文溯本剜改爲「謨」。

〔一六〕**業峻鴻績。**

黃侃札記：「案『業』『績』同訓『功』，『峻』『鴻』皆訓『大』，此句位字，殊違常軌。」　岡本作「峻業鴻績」。

按古人行文，位字確有違常軌者。然亦不能一一以後世語法相繩。如論語鄉黨之「迅雷風烈」，大戴禮記夏小正之「剥棗栗零」，其比與此正同。岡本「峻業」二字，蓋意乙。非是。

〔一七〕**九序惟歌。**

「惟」，御覽引作「詠」。

按舍人是語本書僞大禹謨，當以作「惟」爲是。其作「詠」者，蓋涉上「吟詠」句而誤。明詩篇：「及大禹成功，九序惟歌。」亦其證。

〔一八〕**勳德彌縟。**

按説苑修文篇：「德彌盛者，文彌縟。」黃注引論衡書解篇文嫌晚。

〔一九〕**逮及商周，文勝其質。**

按禮記表記：「子曰：『虞夏之質，殷周之文，至矣。虞夏之文，不勝其質；殷周之質，不勝其文。』」此舍人遺詞所本。

〔二〇〕**文王患憂。**

「患憂」，宋本御覽引作「憂患」。

按此文當作「患憂」，於聲調始諧。宋本御覽蓋涉易繫辭下文而誤。

〔二一〕**繇辭炳曜。**

「曜」，御覽引作「燿」。

按説文火部：「燿，照也。」無「曜」字。御覽作「燿」，是也。贊文「炳燿仁孝」，詔策篇「符命炳燿」，並作「燿」，尤爲切證。

〔二二〕**符采複隱。**

按文選曹植七啟：「符采照爛。」李注引劉淵林蜀都賦注：「符采，玉之横文也。」

〔二三〕**重以公旦多材。**

「材」，御覽引作「才」。

按書金縢「乃元孫不若旦多材多藝」，論衡死僞篇「材」作「才」；隋書王貞傳「（謝齊王索文集啟）昔公旦之才藝，能事鬼神」，亦作「才」。今本文心作「材」，蓋寫者據金縢改也。論語泰伯有「如有周公之才之美」語。

〔二四〕**振其徽烈。**

「振」，黄校云：「元作『縟』，朱（謀㙔）改。」此沿梅校。御覽引作「振」。

按「縟」字蓋涉上「勳德彌縟」句而誤。朱改作「振」，是也。唐逢行珪進鬻子注表「振其徽烈」一語，即襲於此，正作「振」，是唐宋人所見文心均未誤。

〔二五〕**剬詩緝頌。**

「剬」，徐𤊹校云：「當作『制』。」 御覽引作「制」。 文儷作「顓」。

按以宗經篇「據事剬範」敦煌唐寫本作「制範」論之，此必原是「制」字。「制」之篆文作「𠛱」，隸作「𠛱」，與「剬」相似，因形似而誤，非古通用也。梅、黄兩家音注並非，紀昀、李詳曲爲之説亦謬。王念孫（讀書雜志三）、錢大昕（三史拾遺一）、梁玉繩（史記志疑一）並謂史記五帝本紀「依鬼神以剬義」之「剬」爲「制」之譌。又按國語周語上：「是故周文公之頌曰：『載戢干戈，……允王保之。』」韋注：「文公，周公旦之謚也。頌，時邁之詩。」又周語中：「周文公之詩曰：『兄弟鬩於牆，外禦其侮。』」漢書劉向傳：「文王既没，周公思慕，歌詠文王之德，其詩曰：『於穆清廟，……秉文之德。』」吕氏春秋古樂篇：「周公旦乃作詩曰：『文王在上，其命維新。』以繩文王之德。」文選王襃四子講德論：「昔周公詠文王之德，而作清廟。」是小雅常棣、大雅文王、周頌清廟暨時邁，並周公所制，故舍人云然。文儷作「顓」，蓋由「剬」致誤。

〔二六〕**至夫子繼聖，獨秀前哲。**

「前」，倪刻御覽引作「才」。

按孟子公孫丑上：「宰我曰：『以予觀於夫子，賢於堯舜遠矣。』子貢曰：『……自生民以來，未有夫子也。』有若曰：『豈惟民哉！……聖人之於民，亦類也。出於其類，拔乎其萃，自生民以來，未有盛於孔子也。』」此舍人「獨秀前哲」語所本。倪刻御覽「前」作「才」，非是。

〔二七〕**雕琢情性。**

「情性」，御覽引作「性情」。　譚獻校作「性情」。

按作「性情」，與下句之「辭令」聲韻始調。元本、明弘治活字本後簡稱活字本、兩京本、謝鈔本並作「性情」，未倒。逢行珪進鬻子注表有此語，亦作「性情」，當據乙。

〔二八〕**木鐸起而千里應。**

「起」，御覽引作「啟」。喻林八七、經史子集合纂類語九引同。　何焯校作「啟」。

按「啟」字義長。元本、弘治本、汪本、佘本、張本、兩京本、王批本、何本、胡本、訓故本、合刻本、梁本、別解本、尚古本、岡本、四庫本、王本、鄭藏鈔本、崇文本、文儷、諸子彙函，亦並作「啟」，不誤。「啟」、「起」音近，易譌。左傳僖公二十五年「晉於是始啟南陽」，注疏本亦誤「啟」爲「起」，與此同。

〔二九〕**玄聖創典，素王述訓。**

「玄」，黃校云：「一作『元』。」此沿梅校。　曹學佺云：「『玄』作『元』者，宋諱也。」

按曹説是。「玄聖」與「素王」對。莊子天道篇：「以此處下，玄聖素王之道也。」正以玄聖素王連文。淮南子主術篇：「（孔子）專行教道，以成素王。」説苑貴德篇：「（孔子）於是退作春秋，明素王之道，以示後人。」漢書董仲舒傳：「孔子作春秋，先正王而繫萬事，見素王之文焉。」説苑貴德篇：

「（孔子）於是退作春秋，明素王之道，以示後人。」論衡超奇篇：「然則孔子之春秋，素王之業也。」又定賢篇：「孔子不王，素王之業，在於春秋。」隸釋魯相史晨祠孔廟奏銘：「（孔子）故作春秋以明文命，……臣以爲素王稽古，德亞皇代。」徐幹中論貴驗篇：「仲尼爲匹夫，而稱素王。」素王一詞，黄注引拾遺記，范注引杜預春秋左氏傳集解序，皆非根柢。（廣弘明集釋法琳九箴篇：「玄聖創典，以因果爲宗；素王陳訓，以名教爲本。」遺辭似出於此，所異者僅以玄聖爲佛祖耳。）

〔三〇〕**莫不原道心以敷章。**

「以敷」，黄校云：「一作『裁文』，從御覽改。」

按逢行珪進鬻子注表有「莫不原道心以裁章」語，亦襲於此，是文心原不作「以敷」。雜文篇「而裁章置句」，章句篇「裁章貴於順序」，並以「裁章」爲言。則此文當作「莫不原道心以裁章」，明矣。

〔三一〕**研神理而設教。**

按易觀象辭：「聖人以神道設教。」

〔三二〕**取象乎河洛。**

「取」，御覽引作「著」。張紹仁校作「著」。

按書記篇有「取象於夬」語，則「著」字非是。鶡冠子泰録篇：「故天地陰陽之受命、取象於神明之效，既已見矣。」可資旁證。

〔三三〕**然後能經緯區宇。**

按左傳昭公二十八年：「經緯天地曰文。」杜注：「經緯相錯，故織成文。」文選東京賦薛注：「天地之内稱寓。」寓，宇之籀文，見説文宀部。

〔三四〕**彌綸彝憲。**

按易繫辭上：「易與天地準，故能彌綸天地之道。」王肅注：「彌綸，纏裹也。」文選陸機文賦李注引。書僞冏命：「永弼乃后于彝憲。」枚傳：「使敬用所言，當長輔汝君於常法。」

〔三五〕**發輝事業。**

「輝」，黄校云：「疑作『揮』。」

按「揮」字是。御覽引正作「揮」，訓故本亦作「揮」。當據改。舍人剡山石城寺石像碑：「發揮勝相。」程器篇：「君子藏器，待時而動，發揮事業。」並其切證。「發揮」連文出易乾文言。其作「輝」者，乃音之誤。事類篇「表裏發揮」，元本、弘治本、活字本、汪本等作「發輝」。是「揮」與「輝」易淆之證。

〔三六〕**旁通而無滯。**

「滯」，黄校云：「一作『涯』，從御覽改。」

按錢謙益藏趙氏鈔本御覽作「滯」見馮舒校語，本爲誤字余所見宋本、鈔本、倪本、活字本、喜多本、鮑本御覽均作「涯」，黄氏憑馮舒校語徑改爲「滯」，非是。文溯本亦剜改爲「滯」。王批本作「涯」，是也。當據改。

〔三七〕**日用而不匱。**

按左傳襄公二十九年：「用而不匱。」詩大雅既醉：「孝子不匱。」毛傳：「匱，竭。」

〔三八〕**光采元聖**。

「元」，元本、弘治本、活字本、汪本、佘本、張本、兩京本、王批本、何本、胡本、訓故本、梅本、凌本、合刻本、梁本、祕書本、謝鈔本、別解本、尚古本、岡本、文溯本、崇文本、文儷、彙函作「玄」。

按「元」字是。書僞湯誥：「聿求元聖。」枚傳訓「元」爲大，此亦應爾。史傳篇：「法孔題經，則文非元聖。」其稱孔子爲「元聖」，正與此同。諸本作「玄」，蓋涉篇中「玄聖創典」句致誤。篇中之「玄聖」係指「伏羲諸聖」，此句之「元聖」則指孔子，不能混而爲一。（墨子尚賢中篇：「湯誓曰：『聿求元聖。』」）易林訟之同人：「元聖將終，尼父悲心。」（又小畜之坤、同人之頤、豫之大有、兑之坤、革之震並有此二語。）是稱孔子爲元聖，始於漢也。湯誓之「元聖」指伊尹。

〔三九〕**民胥以傚**。

「傚」，王批本、彙函作「倣」。

按詩小雅角弓：「爾之教矣，民胥傚矣。」「傚」，「倣」之俗體。當改正。鄭箋：「胥，皆也。」

徵聖第二

夫作者曰聖,述者曰明。陶鑄性情,功在上哲。夫子文章,可得而聞,則聖人之情,見乎文辭矣〔一〕。先王聖化,布在方册〔二〕,夫子風采,溢於格言〔三〕。是以遠稱唐世,則焕乎爲盛;近襃周代,則郁哉可從:此政化貴文之徵也。鄭伯入陳,以文一作立。辭爲功①〔四〕;宋置折俎,以多文元作方,孫改。舉禮②:此事蹟貴文之徵也。襃美子産,則云言以足志,文以足言;泛論君子,則云情欲信,辭欲巧③:此修身貴文之徵也。然則志元作忠,謝改。足而言文〔五〕,情信而辭巧,迺含章之玉牒④,秉文之金科矣⑤❶。夫鑒周日月〔六〕,妙極機疑作幾。神⑥〔七〕;文成規矩,思合符契。或簡言以達旨,或博文以該情,或明理以立體,或隱義以藏用。故春秋一字以襃貶⑦,喪服舉輕以包重⑧,此簡言以達旨也。邠詩聯章以積句⑨,儒行縟説以繁辭⑩,此博文以該情也。書契斷決以象夬⑪〔八〕,文章昭晰以象離⑫〔九〕,此明理以立體也。四象精義以曲隱⑬,五例微辭以婉晦⑭,此隱義以藏用也。故知繁略殊形〔一〇〕,隱顯異術,抑引隨時,變通會適〔一一〕,徵之周孔,則文有師矣。

是以子元脱,楊補。政論文⑮,必徵於聖;稚圭勸學⑯,四字元脱,楊補。必宗於經。易稱辨物正言,斷辭則備;書云辭尚體要,弗惟好異〔一二〕。故知正言所以立辯〔一三〕,體要所以成辭;

辭成無好異之尤，辯立有斷辭之義〔一四〕。雖精義曲隱，無傷其正言；微辭婉晦，不害其體要。體要與微辭偕通，正言共精義並用；聖人之文章，亦可見也。顏闔以爲仲尼飾羽而畫⑰，徒莊子作從。事華辭。雖欲訾聖，訾字一作此言二字，誤。弗可得已〔一五〕。然則聖文之雅麗，固銜華而佩實者也〔一六〕。天道難聞，猶或鑽仰；文章可見，胡寧勿思〔一七〕？若徵聖立言，則文其庶矣。

贊曰：妙極生知〔一八〕，睿哲惟宰〔一九〕。精理爲文❷，秀氣成采。鑒懸日月〔二〇〕，辭富山海。百齡影徂〔二一〕，千載心在。

【黄叔琳注】

①**文辭爲功**〔左傳〕鄭子産獻捷于晉，晉人問陳之罪，子産對之。仲尼曰：志有之，言以足志，文以足言。晉爲伯，鄭入陳，非文辭不爲功，慎辭哉。②**多文舉禮**〔左傳〕宋人享趙文子，司馬置折俎，禮也。仲尼使舉是禮也，以爲多文辭。〔注〕舉，謂記録之也。③**情欲信，辭欲巧**禮記表記篇文。④**玉牒**〔左思吴都賦〕玉牒石記。〔注〕玉牒石記皆典策類也。⑤**金科**〔揚雄劇秦美新〕金科玉條。〔注〕謂法令也。言金玉，佞辭也。⑥**幾神**〔易〕惟幾也，故能成天下之務；惟神也，故不疾而速，不行而至。⑦**褒貶**〔杜預春秋序〕春秋以一字爲褒貶。⑧**喪服舉輕包重**如舉緦不祭，則重於緦之服，其不祭不言可知；舉小功不税，則重於小功者，其税可知，皆語約而義該也。⑨**邠詩**〔詩傳〕周成王立，

年幼不能蒞阼，周公以冢宰攝政。乃述后稷公劉之化，作詩以戒，謂之豳風。⑩**儒行**〔禮記儒行篇〕哀公問曰：敢問儒行？孔子曰：遽數之不能終其物，悉數之乃留，更僕未可終也。⑪**象夬**〔易繫辭〕上古結繩而治，後世聖人易之以書契。百官以治，萬民以察，蓋取諸夬。⑫**象離**〔易〕離，麗也，日月麗乎天，百穀草木麗乎土，重明以麗乎正，乃化成天下。項安世曰：日月麗乎天而成明，百穀草木麗乎土而成文，故離爲文又爲明。⑬**四象**〔易繫辭〕易有四象，所以示也。〔朱子本義〕四象，謂陰陽老少。⑭**五例**〔春秋序〕爲例之情有五，一曰微而顯，二曰志而晦，三曰婉而成章，四曰盡而不污，五曰懲惡而勸善。⑮**子政**〔漢書〕劉向，字子政。⑯**稚圭**〔漢書〕匡衡，字稚圭，成帝即位，上疏勸經學。⑰**顔闔**〔莊子〕哀公問於顔闔曰：吾以仲尼爲貞幹，國其有瘳乎？曰：仲尼方且飾羽而畫，從事華辭，夫何足以上民？

【李詳補注】

❶**金科**黄注揚雄劇秦美新金科玉條，注謂法令也，言金玉佞辭也。紀云注爲王莽而言，此引以贊孔子，則不必存佞辭一句。當引李善注，言金玉貴之也。詳案言金玉一句，乃黄注自下己意，文選注實無此文。紀謂不必存，似混此語爲善注矣。❷**精理爲文**詳案：〔王僧達答顔延年詩〕珪璋既文府，精理亦道心。

【楊明照校注】

〔一〕**則聖人之情，見乎文辭矣。**

「文」，敦煌唐寫本後簡稱唐寫本。無。

按無「文」字與易繫辭下合。今本蓋涉上下諸「文」字而衍，當據删。抱朴子外篇鈞世：「情見乎辭，指歸可得。」遺辭亦本易繫而無「文」字，其確爲誤衍無疑。論衡超奇篇有「情見於辭」語。

〔二〕**先王聖化，布在方册。**

「聖化」，唐寫本作「聲教」。

按唐寫本是也。練字篇：「先王聲教，書必同文。」是其切證。「聲教」二字出書禹貢。

〔三〕**夫子風采，溢於格言。**

「風采」，唐寫本作「文章」。

按唐寫本作「文章」與上重複，非是。書記篇：「詳總書體，本在盡言，所原作「言」，據御覽五九五引改。以散鬱陶，託風采。」彼以書記能「託風采」，此則謂孔子之「風采」溢於格言，持論正相一致。三國志魏書崔琰傳：「太祖征并州，留琰傅文帝於鄴。世子仍出田獵，變易服乘，志在驅逐。琰書諫曰：『蓋聞「盤於游田」，書（無逸）之所戒，魯隱「觀魚」，春秋（隱公五年）譏之。此周、孔之格言，二經之明義。』」抱朴子外篇審舉：「格言不吐庸人之口。」文選潘岳閑居賦「奉周任之格言」呂延濟注：「格，至也。」

〔四〕**鄭伯入陳，以文辭爲功。**

「文」，黄校云：「一作『立』。」　馮舒云：「『立』當作『文』。」何焯校「文」。

按「立」字是。唐寫本、元本、弘治本、活字本、汪本、佘本、張本、兩京本、王批本、何本、胡本、訓故本、梅本、凌本、合刻本、梁本、祕書本、謝鈔本、彙編本、別解本、清謹軒本、尚古本、岡本、文津本、王本、張松孫本、鄭藏鈔本、崇文本、彙函，並作「立」。黄氏據馮舒、何焯説改「立」爲「文」，雖與左傳襄公二十五年合，而昧其與下「多文」句之詞性不侔且相複也。

〔五〕**然則志足而言文。**

「志」，黄校云：「元作『忠』，謝（兆申）改。」此沿梅校。

按此爲回應上文「言以足志，文以足言」之辭，謝改「志」是也。唐寫本、元本、活字本、兩京本、何本、訓故本、謝鈔本、合刻本、梁本、清謹軒本、尚古本、岡本、王本、鄭藏鈔本、崇文本，並作「志」凡由梅本出者不列，後同。未誤。經史子集合纂類語九引作「志」，四庫本剜改爲「志」。

〔六〕**夫鑒周日月。**

「周」，尚古本、岡本作「同」。王批本作「周」。

按諸子篇贊：「智周宇宙。」語意與此相仿，則作「同」非也。謝靈運辨宗論：「體無鑒周。」廣弘明集十八。正以「鑒周」二字連文。子苑三二引作「周」，亦可證「同」字之誤。

〔七〕**妙極機神。**

「機」，黄校云：「疑作『幾』。」此本馮舒、何焯説。

按易繫辭上「唯幾也故能成天下之務，唯神也故不疾而速，不行而至」釋文：「『幾』，本作『機』。」舍人遺辭多用異字，非特此爾，論説篇「鋭思於機此依元本、弘治本等。神之區」亦然。南齊書劉祥傳「（連珠）大道常存，機神之智永絶」；隋書經籍志一「夫經籍也者，機神之妙旨」；弘明集卷十三。王仲欣答釋法雲與王公朝貴書「皇帝叡聖自天，機神獨遠」；廣弘明集卷十九。蕭子顯御講摩訶般若經序「蓄機神於懷抱」，並作「機神」。逢行珪進鬻子注表有「妙極機神」語，即襲於此，作「機」。子苑引，亦作「機」。是「機」字固未誤也。黄氏過信馮舒、何焯之説，疑不誤爲誤，非是。

〔八〕**書契斷決以象夬。**

「斷決」，唐寫本作「決斷」。

按唐寫本是也。七略：「書以決斷；斷者，義之證也。」初學記卷二一、御覽卷六百九引。易繫辭下韓注：「夬，決也；書契所以決斷萬事也。」並其證。

〔九〕**文章昭晰以象離。**

「晰」，唐寫本作「哲」；「象」，唐寫本作「効」。徐𤊹「哲」汪本如此。校作「晰」；張紹仁校「哲」。

按唐寫本並是。玉篇日部：「晰，之逝切，明也。哲、晣並同上。」「晰」俗字，當以作「晰」爲正。何本、合刻本、梁本、尚古本、岡本、王本、崇文本作「晰」，不誤。漢書司馬相如傳下「闇昧昭晰」，顔注：「晰音之舌反。」後漢書張衡傳贊「孰能昭晰」，章懷注：「晰音制。」文選何晏景福殿賦「猶眩曜而不能昭晰也」，古文苑班婕妤擣素賦「焕若荷華之昭晰」，並作「晰」。總術篇「辯者昭晰」，尚未誤。正緯篇「孝論昭晰」，明詩篇「唯取昭晰之能」，亦當準此改作「晰」。「象離」，與上句「象夬」複，唐寫本作

「効」，是也。「効」，「效」之俗。本書「效」字，唐寫本皆作「効」。

〔一〇〕**故知繁略殊形。**

「形」，唐寫本作「制」。

按唐寫本是。「制」謂體制。

〔一一〕**變通會適。**

「會適」，唐寫本作「適會」。

按唐寫本是。章句篇「隨變適會」，練字篇「詩騷適會」，養氣篇「優柔適會」，並其證也。高僧傳支遁傳「默語適會」，又唱導論「適會無差」，亦以「適會」爲言。

〔一二〕**書云「辭尚體要，弗惟好異」。**

「弗惟」，唐寫本作「不唯」。

按「弗」作「不」，與僞畢命合。本書今作「弗」者，唐寫本均作「不」。「唯」「惟」古通。畢命作「惟」。

〔一三〕**故知正言所以立辯。**

「辯」，唐寫本作「辨」。

按此語承上「易稱辨物正言」句，當以作「辨」爲是。下「辯立」亦然。張本、王批本、謝鈔本、清謹軒本、文溯本並作「辨」。子苑引作「辨」，未誤。稗編七五引同。

〔一四〕**辯立有斷辭之義。**

「義」，唐寫本作「美」。

按「美」「義」二字易譌。劉子傷讒篇「譽人不增其美」，諸本皆誤「美」爲「義」。此當作「美」，始能與上句之「尤」字對。

〔一五〕**雖欲訾聖，弗可得已。**

黄校云：「『訾』字一作『此言』二字，誤。」此襲馮舒、何焯説。

按唐寫本正作「訾」。黄氏據馮舒、何焯説改「訾」，是也。「已」，亦當從唐寫本作「也」。議對篇：「雖欲求文，弗可得也。」句法與此同，可證。論語子張：「叔孫武叔毁仲尼。子貢曰：『無以爲也，仲尼不可毁也。』」皇侃義疏：「（叔孫武叔）又訾毁孔子也。」禮記喪服四制：「訾之者，是不知禮之所由生也。」鄭注：「口毁曰訾。」釋文：「訾，毁也。」

〔一六〕**固銜華而佩實者也。**

「銜」，喻林八八引作「御」；彙函同。

按淮南子本經篇：「草木之句萌銜華戴實而死者，不可勝數。」當爲舍人所本。作「御」非是。沈約愍衰草賦：「昔日兮春風，銜華兮佩實。」（類聚八一引）並「御」爲「銜」誤字切證。楊慎均藻卷四四質引作「銜華佩實」。

〔一七〕**胡寧勿思。**

「胡寧」，唐寫本作「寧曰」。

按詩小雅四月、大雅雲漢並有「胡寧忍予」之文。是「胡寧」二字，原有所本。南齊書王儉傳「胡寧無感」，文選王粲贈文叔良詩「胡寧不師」，張華勵志詩「胡寧自舍」，王讚雜詩「胡寧久分析」，傅亮爲宋公求加贈劉前軍表「胡寧可昧」，亦並以「胡寧」爲言。唐寫本作「寧曰」，蓋涉次行「贊曰」而誤。

〔一八〕**妙極生知。**

按論語季氏：「孔子曰：『生而知之者，上也。』」邢疏：「謂聖人也。」

〔一九〕**睿哲惟宰。**

「睿」，唐寫本作「叡」。

按「睿」「叡」古今字。以誄碑篇「雖非叡作」、史傳篇「叡此依御覽六百四、史略五引。旨幽隱」例之，此必原是「叡」字，前後一律。逸周書謚法篇：「聰明叡哲曰獻。」孔注：「有通知之聰也。」文選張衡東京賦：「睿哲玄覽，都茲洛宮。」薛注：「睿，聖也。玄，通也。」李注：「尚書（洪範）曰：『睿作聖，明作哲。』」唐寫本作「叡」，是也。

〔二〇〕**鑒懸日月。**

按方言揚雄答劉歆書：「（張）伯松曰：『是縣諸日月，不刊之書也。』」玉篇心部：「懸，挂也。本作縣。」

〔二一〕**百齡影徂。**

按莊子盜跖篇：「人上壽百歲。」吕氏春秋安死篇：「人之壽久不過百。」莊子知北游篇：「人生天地之間，若白駒之過郤，忽然而已。」釋文：「白駒，或云：『日也。』」史記魏豹傳：「人生一世間，如白駒過隙耳。」漢書顔注：「言其速疾也；白駒，謂日景也。」徂，往也；爾雅釋詁。行也。詩大雅桑柔鄭箋。

宗經第三

三極彝訓①，其書言經〔一〕。經也者，恒久之至道，不刊之鴻教也。故象天地，效鬼神，參物序，制人紀〔二〕；洞性靈之奧區〔三〕，極文章之骨髓者也。皇世三墳，帝代五典，重以八索，申以九邱②❶〔四〕；歲歷緜曖，條流紛糅③。自夫子刪述，而大寶咸一作啓。耀〔五〕。於是易張十翼④，書標七觀⑤，詩列四始⑥，禮正五經⑦，春秋五例⑧。義既極乎性情，辭亦匠於文理〔六〕，故能開學養正⑨，昭明有融。然而道心惟微，聖謨元作謀，改謨。卓絶〔七〕，牆宇重峻，而吐納自深〔八〕。譬萬鈞之洪鐘⑩〔九〕，無錚錚之細響矣⑪。

夫易惟談天〔一〇〕，夫字從御覽增。入一作人，從御覽改。神致用⑫；故繫稱旨遠辭文〔一一〕，元作高，孫改。言中事隱⑬，韋編三絶⑭，固哲人之驪淵也⑮。書實記言〔一二〕，而訓詁茫昧〔一三〕，通乎爾雅⑯，則文意曉然〔一四〕。故子夏歎書⑰，昭昭若日月之明，離離如星辰之行〔一五〕，言昭灼也〔一六〕。詩主言志，詁訓同書，摛風裁興，藻辭譎喻⑱，温柔在誦，故最附深衷矣。禮以一作貴。立體〔一七〕，一本下有「弘有」二字。據事制範〔一八〕，章條纖曲，執而後顯，採掇生疑作片。言〔一九〕，莫非寶也。春秋辨理，四句一十六字元脱，朱按御覽補。一字見義，五石六鷁⑲，以詳略成文；雉門兩觀⑳，以先後顯旨。其婉章志晦㉑，諒以邃矣〔二〇〕。尚書則覽文如詭，而尋理即暢；春秋則觀辭立曉，而訪義方隱。此聖人之殊致〔二一〕，表裏之異體者也。

至根柢槃深〔二二〕，枝葉峻茂〔二三〕，辭約而旨豐，事近而喻遠，是以往者雖舊，餘味日新，後進追取而非晚〔二四〕，元作曉。前修文一作運。用而未先〔二五〕，可謂太山徧雨，河潤千里者也㉒。

故論説辭序，則易統其首〔二六〕；一作旨。詔策章奏，則書發其源；賦頌歌讚，則詩立其本；銘誄箴祝，則禮總其端；紀傳銘朱云：當作移。檄，則春秋爲根〔二七〕：並窮高以樹表，極遠以啟疆，所以百家騰躍，終入環内者也。若稟經以製式，酌雅以富言，是仰山而鑄銅，煮海而爲鹽也❷〔二八〕。故文能宗經，體有六義：一則情深而不詭，二則風清而不雜，三則事信而不誕，四則義直而不回〔二九〕，五則體約而不蕪，六則文麗而不淫。揚子比雕玉以作器㉓〔三〇〕，謂五經之含文也。夫文以行立，行以文傳，四教所先，符采相濟。勵德樹聲〔三一〕，莫不師聖，而建言脩辭，鮮克宗經。是以楚豔漢侈，流弊不還，正末歸本，不其懿歟？

贊曰：三極彝道，訓深稽古。致化歸一，分教斯五〔三二〕。性靈鎔匠，文章奧府〔三三〕。淵哉鑠乎，群言之祖。

【黄叔琳注】

①**三極**〔易〕六爻之動，三極之道也。〔孔穎達疏〕是天地人三才至極之道。②**三墳五典八索九邱**〔孔安國尚書序〕伏羲、神農、黄帝之書謂之三墳，言大道也。少昊、顓頊、高辛、唐虞之書，謂之五典，言

常道也。八卦之説謂之八索，求其義也。九州之志謂之九邱，邱，聚也。言九州所有，土地所生，風氣所宜，皆聚此書也。③**紛糅**〔楚辭九辯〕惟其紛糅而將落兮。〔注〕紛糅，衆雜也。④**十翼**見原道篇。⑤**七觀**〔尚書大傳〕六誓可以觀義，五誥可以觀仁，甫刑可以觀誡，洪範可以觀度，禹貢可以觀事，皋陶可以觀治，堯典可以觀美。⑥**四始**〔詩序注〕關雎者風之始，鹿鳴者小雅之始，文王者大雅之始，清廟者頌之始。〔詩緯汎歷樞〕大明在亥，水始也。四牡在寅，木始也。嘉魚在巳，火始也。鴻鴈在申，金始也。⑦**五經**〔禮記祭義〕禮有五經，莫重於祭。五經，謂吉凶軍賓嘉。⑧**五例**見徵聖篇。⑨**養正**〔易〕蒙以養正，聖功也。⑩**萬鈞**〔西京賦〕洪鐘萬鈞。〔注〕三十斤曰鈞。⑪**錚錚**〔劉盆子傳〕鐵中錚錚。〔説文〕曰：錚，金聲也。鐵之錚錚，言微有剛利也。⑫**入神致用**〔易〕精義入神，以致用也。⑬**旨遠辭文，言中事隱**〔易繫辭〕其旨遠，其辭文，其言曲而中，其事肆而隱。⑭**韋編**〔漢書〕孔子晚而好易，讀之韋編三絶，故爲之傳。⑮**驪淵**〔莊子〕夫千金之珠，必在九重之淵，而驪龍頷下。⑯**爾雅**〔爾雅序〕爾雅者，所以通訓詁之指歸，叙詩人之興詠，總絶代之離辭，辨同實而異號者也。釋詁一篇周公所作。釋言以下或言仲尼所增，子夏所足，叔孫通所益，梁文所補。⑰**子夏歎書**〔尚書大傳〕子夏讀書畢，見於夫子。夫子問焉，子何爲於書？子夏對曰：書之論事也，昭昭如日月之代明，離離若參辰之錯行，上有堯舜之道，下有三王之義，商所受於夫子，志之於心，弗敢忘也。⑱**譎喻**〔詩序〕主文而譎諫，言之者無罪，聞之者足以戒。⑲**五石六鷁**〔春秋〕僖公十六年正月，隕石於宋五，六鷁退飛過宋都。〔公羊傳〕曷爲先言隕而後言石？隕石記聞，聞其磌然，視之則石，察之則五。曷爲先言六而後言鷁退飛？記見也。視之則六，察之則鷁，徐而察之則退飛。⑳**雉門兩觀**〔春秋〕定公二年五月，雉門及兩觀災。冬十月，新作雉門及兩觀。〔公羊傳〕雉門及兩觀災何？兩觀微也。然則曷爲不言雉門災及兩觀？主災者兩觀也。主災者兩觀，則曷爲後言之？不以微及大也。㉑**婉章志晦**見五例注。㉒**太山徧雨，河潤千里**〔公羊傳〕觸石而出，膚寸而合，不崇朝而徧雨乎天下者，唯太山爾。河海潤於千里。〔春秋考異郵〕河者，水之氣，四瀆之精，所以流化，故曰河潤千里。㉓**揚子**〔漢書〕揚雄字子雲，著法言。**雕玉**〔法言〕玉不雕，璠璵不作器；言不文，典謨不作經。

黄云：是篇梅本「書實記言」以下有「而訓詁茫昧，通乎爾雅，則文意曉然」云云，無「然覽文」以下十字。「章條纖曲」下有「執而後顯，採掇生辭，莫非寶也。春秋辨理」云云，注：四句十六字元脱，朱從御覽補。無「觀辭立曉」以下十二字。「諒以邃矣」下有「尚書則覽文如詭，而尋理即暢；春秋則觀辭立曉，而訪義方隱」云云。按爾雅本以釋詩，無關書之訓詁，且五經分論，不應獨舉書與春秋，贅以覽文云云。鬱儀所補四句，辭亦不類，宜從王惟儉本。

紀云：癸巳三月，與武進劉青垣編修在四庫全書處，以永樂大典所載舊本校勘，正與梅本相同，知王本爲明人臆改。

【李詳補注】

❶**皇世三墳四句**黄注引孔安國書序云云，紀云宜先引左傳於前。詳案：〔左傳昭十二年〕是能讀三墳五典，八索九邱。〔正義〕引賈逵説三墳三皇（皇，通行本作王，宋本作皇）之書，五典五帝之典，八索八王

之法，九邱九州亡國之戒。彥和言皇世三墳，當用賈侍中説，孔安國僞書序，不足憑也。❷仰山鑄銅二句詳案：（史記吴王濞傳）吴有豫章銅山，濞則招致天下亡命，益鑄錢，煮海水爲鹽，國用富饒。

【楊明照校注】

〔一〕**三極彝訓，其書言經。**

「言」，唐寫本作「曰」。

按「曰」字是。論説篇：「聖哲彝訓曰經。」總術篇：「常道曰經。」並其證。博物志四：「聖人制作曰經。」御覽六百八引正作「曰」，不誤。書酒誥：「聰聽祖考之彝訓。」孔傳：「言子孫皆聰聽父祖之常教。」

〔二〕**故象天地，效鬼神，參物序，制人紀。**

按漢書禮樂志：「六經之道同歸，……故象天地而制禮樂，所以通神明，立人倫，正情性，節萬事者也。」又儒林傳序：「古之儒者，博學虖六藝之文；六藝者，王教之典籍，先聖所以明天道，正人倫，致至治之成法也。」舍人立論，殆宗於此。

〔三〕**洞性靈之奧區。**

「奧區」，唐寫本作「區奧」。

按唐寫本誤倒。贊中「奧府」，與此「奧區」意同。事類篇：「實群言之奧區。」其切證也。後漢書班固傳：「（西都賦）防禦之阻，則天下之奧文選作「隩」。區焉。」李注：「奧，深也。」此「奧區」二字之所自出。文選張衡西京賦「實惟地之奧區神皋」，王融三月三日曲水詩序「福地奧區之湊」，亦並作「奧區」，可證。

〔四〕**申以九邱。**

按此「邱」字乃黄氏例避孔子諱所改，當依各本作「丘」。後「乘邱」、「邱明」、「介邱」、「發邱」、「孔邱」等「邱」字均仿此，不再出。

〔五〕**而大寶咸耀。**

「咸」，黄校云：「一作『啓』。」　何焯改「啓」。

按唐寫本及御覽引並作「啓」。「啓」草書與「咸」相近，故誤。此當以作「啓」爲長。

〔六〕**義既極乎性情，辭亦匠於文理。**

「極」，唐寫本作「挺」；宋本御覽六百八引作「埏」。明鈔本御覽同。

按「埏」字是，「挺」其形誤也。作「埏」，始能與下句之「匠」字相儷。老子第十一章：「埏埴以爲器。」河上公注：「埏，和也。埴，土也。和土以爲飲食之器。」荀子性惡篇：「故陶人埏埴而爲器。」楊注：「陶人，瓦工也。埏，擊也。埴，黏土也。擊黏土而成器。埏，音羶。」淮南子精神篇：「譬猶陶人之埏埴也，其取之地而已爲盆盎也。」論衡物勢篇：「今夫陶冶者，初埏埴作器，必模範爲形。」李尤安哉銘：「埏埴之巧，甄陶所成。」御覽七百六十引。釋僧祐弘明集序：「理擅繫表，乃埏埴周、孔矣。」並足爲「極」當作「埏」之證。「埏乎性情」，與徵聖篇「陶鑄性情」之辭意全同。曰「埏」，曰「陶鑄」，皆喻教育培養之道也。淮南子泰族篇：「入學庠序，以修人倫，此皆人之所有於性，而聖人之所匠成也。」「匠於文理」，猶言文理之所匠成也。

〔七〕**聖謨卓絶。**

「謨」，黄校云：「元作『謀』，改『謨』。」此沿梅校。　徐𤊹、何焯並校爲「謨」。

按唐寫本及御覽引並作「謨」。明詩篇：「聖謨所析，義已明矣。」亦以「聖謨」爲言，改「謨」是也。書僞伊訓：「聖謨洋洋，嘉言孔彰。」枚傳：「洋洋，美善，言甚明可法。」

〔八〕**牆宇重峻，而吐納自深。**

「而」，唐寫本無；御覽引同。

按二句一意貫注，「而」字實不應有，當據删。書僞五子之歌：「峻宇彫牆。」枚傳：「峻，高大。」

〔九〕**譬萬鈞之洪鍾。**

「洪」，御覽引作「鴻」。　「鍾」，何本、訓故本、凌本、合刻本、祕書本、別解本、增定別解本、王本、鄭藏鈔本作「鐘」。

按「洪」與「鴻」，「鍾」與「鐘」並通。知音篇贊「洪鍾萬鈞」，何本等亦作「鐘」。文選張衡西京賦「洪鐘萬鈞」薛注：「洪，大也。……三十斤曰鈞。……言大鐘乃重三十萬斤。」

〔一〇〕**夫易惟談天**至**表裏之異體者也。**

范文瀾云：「陳（漢章）先生曰：『宗經篇「易惟談天」至「表裏之異體者也」二百字，並本王仲宣荆州文學志文。』案仲宣文見藝文類聚三十八，御覽六百八。」

按類聚三八引王粲荆州文學記官志無此文；御覽六百七所引者亦然。御覽全書中引王粲荆州文學官志止此一處。其六百八此據宋本、鈔本、喜多本及鮑本。引「自夫子删述」至「表裏之異體者也」一百餘字，明標爲文心雕龍，非荆州文學官志也。陳氏蓋據嚴輯全後漢文卷九一。爲言；范氏所注出處，亦係迻録嚴書。皆不曾一檢類聚及御覽，故爲嚴可均所誤。而嚴可均又由明銅活字本御覽或倪刻御覽。致誤。銅活字本御覽六百七於引荆州文學官志一則後，即接「夫易惟談天，……表裏之異體者也」一百八十八字。倪刻御覽同。既有錯簡，又脱書名，嚴可均遂誤爲王粲荆州文學記官志中文耳。類聚所引荆州文學記官志自「有漢荆州牧曰劉君」至「聲被四字」凡三百二十八字，其文序贊俱全。若闌入文心此一百八十八字，實不倫類（張溥漢魏六朝一百三家集王侍中集所輯録之荆州文學記官志，即無此段），該書俱在，亦可覆案。

〔一一〕**故繫稱旨遠辭文。**

「文」，黄校云：「元作『高』，孫（汝澄）改。」此沿梅校。

按唐寫本作「高」。杜預春秋左傳集解序：「言高則旨遠。」抱朴子内篇極言：「其言高，其旨遠。」陳書周弘正傳：「（梁武帝詔）設卦觀象，事遠文高。」「言高」、「文高」與「辭高」一實，足見「高」字未誤。尤其是梁武詔文之「文高」與敦煌寫本之「辭高」，「文」「辭」二字雖異，其同用「高」字則一。此絶非偶然巧合，而是二人彼時所見之易繫，必有作「高」字者，否則兩書均作「高」字之故，雖欲考索，莫由也已。

〔一二〕**書實記言。**

「記」，唐寫本作「紀」。

按御覽六百引亦作「紀」，與唐寫本合。當據改。訓故本、龍谿本作「紀」。

〔一三〕**而訓詁茫昧。**

「訓詁」，唐寫本作「詁訓」。御覽引作「誥訓」，「誥」乃「詁」之形誤。

按元本、弘治本、活字本、汪本、佘本、張本、兩京本、王批本、胡本、訓故本、梁本、四庫本亦並作「詁訓」。謝鈔本作「訓詁」，馮舒乙爲「詁訓」。以下文「詁訓同書」及練字篇「雅以淵源詁訓」例之，此自以作「詁訓」爲得。後漢書桓譚傳：「皆詁訓大義，不爲章句。」徐幹中論治學篇「矜於詁訓」，郭璞爾雅序：「夫爾雅者，所以通詁訓之指歸。」文選左思三都賦序「歸諸詁訓」，亦並以「詁訓」爲言。

〔一四〕**通乎爾雅，則文意曉然。**

黄叔琳云：「按爾雅本以釋詩，無關書之訓詁。」

按黄説謬。大戴禮記小辯篇：「爾雅以觀於古，足以辯言矣。」漢書藝文志六藝略：「書者古之號令，號令於衆，其言不立具，則聽受施行者弗曉；古文讀應爾雅，故解古今語而可知也。」後漢書賈逵傳：「逵數爲帝（肅宗）言：古文尚書與經傳爾雅詁訓相應。」論衡是應篇：「爾雅之書，五經之訓故，儒者所共觀察也。」

〔一五〕**故子夏歎書，昭昭若日月之明，離離如星辰之行。**

唐寫本「明」上有「代」字，「行」上有「錯」字。

按唐寫本是。舍人此語本尚書大傳略説，原文范注已引。韓詩外傳二作論詩，孔叢子論書篇作論書。而大傳原有「代」「錯」二字。孔叢子同。韓詩外傳「代明」作「光明」，「離離」作「燎燎」。當據增。禮記中庸：「辟如四時之錯行，如日月之代明。」亦其旁證。

〔一六〕**言昭灼也。**

「昭」，唐寫本作「照」。

按「照」字是，「昭」蓋涉上「昭昭」句而誤。西京雜記六「照灼涯涘」，文選謝靈運擬魏太子鄴中集詩「照灼爛霄漢」，又鮑照舞鶴賦「對流光之照灼」，昭明太子集詠同心蓮「照灼本足觀」，並其證。

〔一七〕**禮以立體。**

黄校云：「一本下有『弘用』二字。」

按本段分論諸經，發端皆四字句，此不應獨爲六字句也。唐寫本、元本、弘治本、活字本、汪本、佘本、張本、萬曆梅本、謝鈔本、四庫本並無「弘用」二字，御覽亦無。兩京本、王批本、何本、胡本、訓故本、淩本、合刻本、梁本、祕書本、天啟梅本、別解本、增定別解本、清謹軒本、尚古本、岡本、王本、鄭藏鈔本、崇文本有，皆非也。

〔一八〕**據事剬範。**

按「剬」當依唐寫本改作「制」。已詳原道篇「剬詩緝頌」條。

〔一九〕採掇生言。

「生」，黄校云：「疑作『片』。」此襲何焯説。紀昀云：「『生』字疑『聖』字之訛。」天啟梅本、張松孫本、崇文本作「王」。

按「片」字是。唐寫本及御覽引正作「片」。朱彝尊經義考卷一百三十引作「片」。當據改。文溯本、詩法萃編作「片」。紀説未可從。作「王」亦非。史傳篇：「貶在片言，誅深斧鉞。」是本書作「片言」之證。

〔二〇〕諒以邃矣。

「以」，唐寫本作「已」。

按「已」字較勝。正緯篇「亦已甚矣」，句法與此同，可證。

〔二一〕此聖人之殊致。

「人」，唐寫本作「文」；御覽引同。徐𤊹校作「文」。

按「文」字是。漢書叙傳下儒林傳述：「獷獷亡秦，滅我聖文。」即「聖文」二字之所自出。後漢書張純曹褒鄭玄傳論：「自秦焚六經，聖文埃滅。」弘明集顏延之重釋何衡陽：「藉意探理，不若析之『聖文』。」徵聖篇「聖文之雅麗」，史傳篇「聖文之羽翮」，亦並以「聖文」爲言，皆謂儒家經典也。

〔二二〕至根柢槃深。

「槃」，唐寫本作「盤」。

按以總術篇「夫不截盤根」例之，作「盤」前後一律。

〔二三〕**枝葉峻茂。**

按離騷：「冀枝葉之峻茂兮。」王注：「峻，長也。」

〔二四〕**後進追取而非晚。**

「晚」，黄校云：「元作『曉』。」此沿梅校。　徐𤊹校作「晚」。按唐寫本、何本、謝鈔本作「晚」。徐、梅校改是也。

〔二五〕**前修文用而未先。**

「文」，黄校云：「一作『運』。」

按唐寫本作「久」是也。「文」其形誤。「久用」與上句「追取」相對爲文。天啟梅本據曹學佺説改作「運」，非是。後漢書班固傳：「（典引）扇遺風，播芳烈，久而愈新，用而不竭。」文選王儉褚淵碑文：「久而彌新，用而不竭。」

〔二六〕**故論説辭序，則易統其首。**

「首」，黄校云：「一作『旨』。」

按天啟梅本始改爲「旨」。以下文之「發其源」、「總其端」、「爲根」例之，「首」字並不誤。王批本、子苑三二引作「首」，益見梅改「首」爲「旨」之非。

〔二七〕**紀傳銘檄，則春秋爲根。**

「銘」，黄校云：「朱云：『當作移。』」此沿梅校。　唐寫本作「盟」。　清謹軒本作「符」。

按「銘」字與上「銘誄箴祝」句複，唐寫本作「盟」，是也。春秋左氏傳中所載盟辭至夥，如桓元年越之盟，僖九年葵丘之盟等不下十篇。故舍人云然。移文漢世始有，見漢書律曆志上、公孫弘傳、劉歆傳、張安世傳等。周代尚無其體，不得與檄相提並論。朱氏謂「銘」當作「移」，蓋據本書第二十篇檄移。爲説，而昧其時序之不合也。清謹軒本作「符」，亦非。

〔二八〕**是仰山而鑄銅，煮海而爲鹽也。**

「仰」，唐寫本作「即」；「也」上有「者」字。

按唐寫本並是。史記吴王濞傳：「乃益驕溢，即山鑄錢，煮海水漢書無水字。爲鹽。」索隱：「即者，就也。」漢書鼂錯傳：「上（景帝）曰：『吴王即山鑄錢，煮海爲鹽。』」顔注：「即，就也。」此舍人遺辭所本。則作「仰」者，乃形近之誤也。

〔二九〕**四則義直而不回。**

「直」，唐寫本作「貞」。

按唐寫本是也。明詩篇「辭譎義貞」，論説篇「必使時利而義貞」，並其證。廣雅釋詁一：「貞，正也。」

〔三〇〕**揚子比雕玉以作器。**

「揚」，弘治本、汪本、佘本、張本、兩京本、王批本、何本、合刻本、梁本、祕書本、別解本、尚古本、岡本、王本作「楊」。

按子雲之姓，本從木不從手，段玉裁、王念孫曾有詳覈考證。見讀書雜志卷四三揚雄傳條。孫志祖讀書脞録卷六。亦云：「古人但有從木之楊姓，無從扌之揚姓。」弘治本等作「楊」，尚未爲俗所亂。其它篇中之「揚子」、「揚雄」不再出。

〔三一〕 **勵德樹聲。**

「勵」，唐寫本作「邁」。

按左傳莊公八年：「夏書曰：『皋陶邁種德。』」杜注：「夏書，逸書也。……邁，勉也。」書僞大禹謨有此語（枚傳訓「邁」爲「行」）。又僖公二十八年：「距躍三百，曲踊三百。」杜注：「百，猶勱也。」釋文：「勱，音邁。」疏本誤「勱」爲「勵」，與此同。蓋初由「邁」作「勱」，後遂譌爲「勵」耳。當據唐寫本改正。書僞畢命：「彰善癉惡，樹之風聲。」枚傳：「立其善風，揚其善聲。」左傳文公六年：「君子曰：『……是以並建聖哲，樹之風聲。』」文選吴質在元城與魏太子牋：「若乃邁德種恩，樹之風聲。」

〔三二〕 **致化歸一，分教斯五。**

「歸」，唐寫本作「惟」。

按「惟一」與「斯五」對，唐寫本是也。「歸」字蓋涉正文末「正末歸本」句誤。書僞大禹謨有「惟精惟一」語。禮記經解：「孔子曰：『入其國，其教可知也：其爲人也，温柔敦厚，詩教也；疏通知遠，書教也；廣博易良，樂教也；絜靜精微，易教也；恭儉莊敬，禮教也；屬辭比事，春秋教也。』」樂經久亡，篇中亦止論五經。故云「分教斯五」。與押韻亦有關。

〔三三〕**文章奥府。**

按後漢書崔駰傳：「（崔篆慰志賦）騁六經之奥府。」傅子：「詩之雅頌，書之典謨，文質足以相副。翫之若近，尋之若遠，陳之若肆，研之若隱，浩浩乎其文章之淵府也。」書鈔九五、御覽五九九又六百八引。

正緯第四

夫神道闡幽，天命微顯，馬龍出而大易興，神龜見而洪範燿。故繫辭稱河出圖，洛出書，聖人則之，斯之謂也。但世夐文隱，好生矯誕，真雖存矣，僞亦憑焉。

夫六經彪炳，而緯候稠疊①；孝論昭晢❶〔一〕元作哲，許改。而鉤讖葳蕤②。按經驗緯，其僞有四：蓋緯之成經，其猶織綜，絲麻不雜，布帛乃成〔二〕；今經正緯奇，倍擿千里〔三〕，其僞一矣。經顯，聖訓也；緯隱，神教也。聖訓宜廣〔四〕，神教宜約，而今緯多於經，神理更繁，其僞二矣。有命自天〔五〕，迺稱符讖，而八十一篇③，皆託於孔子〔六〕，則是堯造緑圖④，昌制丹書⑤，其僞三矣。商周以前，圖籙頻見⑥，春秋之末，群經方備，先緯後經，體乖織綜，其僞四矣。僞既倍疑作掊。摘❷，則義異自明。經足訓矣，緯何豫焉〔七〕？

原夫圖籙之見，迺昊天休命，事以瑞聖，義非配經。故河不出圖，夫子有歎，如或可造，無勞喟然。昔康王河圖，陳於東序⑦，故知前世符命⑧〔八〕，歷代寶傳⑨，仲尼所撰，序録而已。於是伎數之士，附以詭術，或說陰陽，或序災異⑩，若鳥鳴似語⑪，蟲葉成字⑫，篇條滋蔓，必假孔氏⑬〔九〕，通儒討覈，謂起哀平⑭❸〔一〇〕，東序秘寶⑮〔一一〕，朱紫亂矣〔一二〕。至於光武之世⑯，篤信斯術〔一三〕，風化所靡⑰，學者比肩，沛獻集緯以通經⑱，曹褒撰讖以定禮⑲〔一四〕，乖道謬典，亦已甚矣。是以桓譚疾其虚僞⑳，尹敏戲疑作巇。其深瑕㉑〔一五〕，張衡發其僻謬㉒，荀悦明其詭誕㉓〔一六〕，四賢博練，論之精矣。

若乃羲農軒皞之源，山瀆鍾律之要㉔，白魚赤烏之符㉕〔一七〕，黄金紫玉之瑞㉖〔一八〕，元作理，孫改。事豐奇偉，辭富膏腴，無益經典，而有助文章。是以後來辭人〔一九〕，採摭英華〔二〇〕，平子恐其迷學，奏令禁絶；仲豫惜其雜真，未許煨燔㉗；前代配經，故詳論焉。

贊曰：榮河温洛㉘〔二一〕，是孕圖緯。神寶藏用，理隱文貴。世歷二漢，朱紫騰沸。芟夷譎詭，糅其雕蔚〔二二〕。

【黄叔琳注】

①**緯候**〔後漢方術傳〕緯候之部。緯，七緯也。候，尚書中候也。②**葳蕤**〔司馬相如封禪文〕紛綸葳蕤。〔注〕言衆多也。③**八十一篇**〔隋經籍志〕河圖九篇，洛書六篇，云自黄帝至周文王所受本文。又三十篇，云九聖之所增演。又七經緯三十六篇，並云孔氏所作，合爲八十一篇。④**緑圖**〔河圖挺佐輔〕黄帝至於翠嬀之川，鱸魚折溜而至，蘭葉朱文，以授黄帝，名曰緑圖。⑤**丹書**〔尚書帝命驗〕季秋之月甲子，赤爵銜丹書止於酆，集於昌户。其書曰：敬勝怠者吉，怠勝敬者滅。〔大戴禮〕武王召尚父問曰：黄帝、顓頊之道存乎？尚父曰：在丹書。王欲聞之則齋矣。⑥**圖籙**〔後漢方術傳〕光武尤信讖言，士之赴趣時宜者，皆馳騁穿鑿，爭談之也。故王梁、孫咸名應圖籙，越登槐鼎之任，鄭興、賈逵以附同稱

顯，桓譚、尹敏以乖忤淪敗。又〔謝夷吾傳〕綜校圖籙。⑦**東序**〔書顧命〕河圖在東序。⑧**符命**〔揚雄傳〕爰清靜，作符命。〔翰林志〕董景真曰：吾聞帝王之興，必有符命。⑨**歷代寶傳**〔書顧命傳〕河圖八卦。伏羲王天下，龍馬出河，遂則其文，以畫八卦，謂之河圖，歷代傳寶之。⑩**序災異**〔隋經籍志〕漢末郎中郗萌集圖緯讖雜占爲五十卷，謂之春秋災異，宋均、鄭玄並爲讖律之註。然其文辭淺俗，顛倒舛謬，不類聖人之旨。⑪**鳥鳴似語**〔左傳〕鳥鳴於亳社，如曰嘻嘻。甲午，宋大災，宋伯姬卒。⑫**蟲葉成字**〔漢書〕昭帝時，上林柳樹斷。一朝起立，生枝葉，有蟲食葉成文字，曰：公孫病已立。宣帝本名病已，蓋帝將膺大位之徵。⑬**假孔氏**〔隋經籍志〕説者曰：孔子既叙六經以明天人之道，知後世不能稽同其意，故别立緯及讖以遺來世。其書出於前漢。⑭**起哀平**〔書洪範疏〕緯候之書，不知誰作，通人討覈，謂起哀平。⑮**祕寶**〔班固典引〕御東序之祕寶以流其占。⑯**光武**〔東觀漢記〕光武避正殿讀讖，坐廡下，淺露中風，苦欬也。⑰**風化所靡**〔隋經籍志〕光武以圖讖興，遂盛行於世。詔東平王蒼正五經章句，皆命從讖。俗儒趨時，益爲其學，篇卷第目，轉相增廣，言五經者皆憑讖爲説。⑱**沛獻**〔後漢書〕沛獻王輔好經書，善説京氏易、孝經、論語傳及圖讖，作五經論，時號之曰沛王通論。⑲**曹褒**〔後漢書〕曹褒受命次序禮事，依準舊典，雜以五經讖記之文，撰次天子至於庶人冠婚吉凶終始制度，以爲百五十篇。⑳**桓譚**〔後漢書〕帝方信讖，多以決定嫌疑。桓譚上疏曰：觀先王之記述，咸以仁義正道爲本，非有奇怪虚誕之事。㉑**尹敏**〔後漢書〕帝令尹敏校圖讖，敏對曰：讖書非聖人所作，其中多近鄙別字，頗類世俗之辭，恐疑誤後生。㉒**張衡**〔後漢書〕自中興以後，儒者爭學圖緯。張衡上疏曰：立言於前，有徵於後，謂之讖書。自漢取秦，莫或稱讖。若夏侯勝、眭孟之徒，以道術立名，其所述著，無讖一言。劉向父子領校祕書，閲定九流，亦無讖録。成哀之後，乃始聞之。殆必虚僞之徒，以要世取資，宜收藏圖讖，一禁絶之，則朱紫無所眩，典籍無瑕玷矣。㉓**荀悦**（後漢書）荀悦作申鑒俗嫌篇曰：世稱緯書仲尼所作，臣叔父爽辨之，蓋發其僞也。有起於中興之前，終張之徒之作乎。㉔**山瀆**（顔延之曲水詩序）咎緯昭應，山瀆效靈。**鍾律**（漢藝文志）有鍾律災異、鍾律叢辰日苑、鍾律消息。㉕**白魚赤烏**（史記）武王渡河，中流，白魚躍入王舟中。王俯取以祭。既渡，有火自上復於下，至於王屋，流爲烏，其色赤，其聲魄云。㉖**黄金**（禮斗威儀）君乘金而王，其政平，則黄金見深山。**紫玉**（雒書）王者不藏金玉，則紫玉見於深山。㉗**未許煨燔**荀悦辨緯書爲僞，或曰燔之。曰：仲尼之作則否，有取焉則可，曷其燔？㉘**榮河**（尚書中候）帝堯即政，榮光出河，休氣四塞。**温洛**（易乾鑿度）帝盛德之應，洛水先温，九日乃寒。

【李詳補注】

❶**孝論昭晢**詳案：明吴興凌雲本晢原作哲，許改。（孫氏詒讓札迻）云：説文日部：昭晢明也。晢或作晰，晰即晰之譌體。此書徵聖、明詩、總術三篇昭晰字，元本、馮鈔本（指馮舒鈔本）亦並作晢，用通借字也。（易）大有九四象云：明辯晢也。（釋文）云晢又作哲。彦和用經語多從別本。（札迻語在徵聖篇「文章昭晢」條下，係據黄蕘圃校元至正本。案明凌雲所見元本昭晢在正緯篇，故翦裁孫語歸此條下。）❷**僞既倍摘**黄注倍疑作掊。紀云疑作備摘。（札迻）云：案上文「今經正緯奇，倍擿千里」，倍

摘即倍擿，字並與適通。〔方言〕云：適，牾也。（廣雅釋詁同）〔郭注〕云：相觸迕也。倍摘，猶言背迕也。（紀校上倍擿云擿疑作適，背適猶曰背馳。案紀以倍爲背得之，而釋適爲馳，則亦未允。）黄、紀説並失之。　❸**通儒二句** 黄注書洪範疏「緯候之書，不知誰作，通人討覈，謂起哀平」，詳案書疏即用彦和語，黄取以證此非是。通人自指張衡之説，見黄本篇後註。

【楊明照校注】

〔一〕**孝論昭晳。**

「孝」，唐寫本作「考」。　「晳」，唐寫本作「晢」。梁本、别解本、張松孫本、崇文本同。

按「孝」，孝經也；「論」，論語也。孝經有鉤命訣，論語有讖，故繼云「鉤讖葳蕤」。猶上之先言六經，而繼云「緯候」然也。唐寫本作「考」，非是。「晳」當從唐寫本作「晢」。

〔二〕**絲麻不雜，布帛乃成。**

按禮記禮運：「治其絲麻，以爲布帛。」

〔三〕**倍擿千里。**

「擿」，唐寫本作「摘」。

按「擿」「摘」二字本通，猶「指摘」之爲「指擿」，「發摘」之爲「發擿」也。然以下文「僞既倍摘」例之，此當依唐寫本作「摘」，上下始能一律。

〔四〕**經顯，聖訓也，**又。　**聖訓宜廣。**

唐寫本兩「聖」字並作「世」。

按唐寫本是。夸飾篇：「雖詩書雅言，風俗原誤作「格」，此據謝鈔本。訓世，事必宜廣。」此云「世訓」，因與下句「神教」對，故作「世訓」。彼云「訓世」，其義一也。

〔五〕**有命自天。**

按詩大雅大明：「有命自天，命此文王。」

〔六〕**而八十一篇，皆託於孔子。**

按桓譚新論：「讖出河圖洛書，但有兆朕，而不可知；後人妄復加增依託，稱是孔丘，誤之甚也。」意林三引。荀悦亦謂「八十一首非仲尼之作」，見申鑒俗嫌篇。

〔七〕**緯何豫焉。**

「豫」，唐寫本作「預」。

按以祝盟篇「祝原作「呪」，此從唐寫本。何預焉」及指瑕篇「何預情理」例之，作「預」前後一律。

〔八〕**故知前世符命。**

「世」，唐寫本作「聖」。

按上文明言「圖籙之見，迺昊天休命，事以瑞聖」。則此當以作「聖」爲是。

〔九〕**篇條滋蔓，必假孔氏。**

「假」，唐寫本作「徵」。

按緯書多稱引孔子爲説，唐寫本作「徵」較勝。

〔一〇〕**通儒討覈，謂起哀平。**

「謂」下唐寫本有「僞」字。

按唐寫本是也。書洪範孔疏：「緯候之書，不知誰作，通人討覈，謂僞起哀平。」孔疏即襲用舍人語，正有「僞」字。此文蓋傳寫者求其句整而删耳。黄注曾引書孔疏即删去「僞」字。玉海六三引作「謂爲起哀平」，亦足爲原有「僞」字之證。玉海「僞」作「爲」，或由寫刻致誤，亦未可知。（書序孔疏「通人考正，僞起哀平」語，亦出自文心。）

〔一一〕**東序秘寶。**

「秘」，唐寫本作「祕」。

按「秘」俗體，作「祕」是也。元本、弘治本、汪本、佘本、張本、王批本、何本、訓故本、梁本、别解本、尚古本、岡本、四庫本、王本、鄭藏鈔本、崇文本並作「祕」。當據改。後漢書班固傳：「（典引）御東序之祕寶。」章懷注：「御猶陳也。東序，東廂也。祕寶，謂河圖之屬。尚書（顧命）曰：『天球、河圖在東序。』孔安國注曰：『河圖，八卦是也。』」文選典引李善引蔡邕注：「東序，牆也。尚書（顧命）曰：『（顓頊）河圖（雒書）在東序。』」吕向曰：「東序，東廂也。祕寶，則河圖也。」

〔一二〕**朱紫亂矣。**

按論語陽貨：「子曰：『惡紫之奪朱也。』」集解引孔安國曰：「朱，正色。紫，間色之好者。惡其邪好而奪正色。」孟子盡心下：「孔子曰：『……惡紫，恐其亂朱也。』」後漢書張衡傳：「（上疏）宜收藏圖讖，一禁絶之，則朱紫無所眩，典籍無瑕玷矣。」

〔一三〕**至於光武之世，篤信斯術。**

「於」，唐寫本無。

按此爲承上叙述之辭，「於」字不必有，當據删。

〔一四〕**曹褒撰讖以定禮。**

「撰」，唐寫本作「選」。

按唐寫本是。「選讖」，即後漢書本傳所謂「雜以五經讖記之文」之意。若作「撰」，則非其指矣。

〔一五〕**尹敏戲其深瑕。**

「深瑕」，唐寫本作「浮假」。

按唐寫本是。謂其虚而不實也。麗辭篇「浮假者無功」，亦以「浮假」連文，可證。

〔一六〕**荀悦明其詭誕。**

「誕」，唐寫本作「託」。

按申鑒俗嫌篇：「世稱緯書仲尼之作也。……有起於中興之前，終張之徒之作乎。」「詭託」，即「終張之徒之作」之意。應從唐寫本改「誕」爲「託」。晉書藝術傳序：「然而詭託，近於妖妄。」亦以「詭託」爲言。

〔一七〕**白魚赤烏之符。**

「烏」，唐寫本作「雀」。

按史記周本紀：「武王渡河中流，白魚躍入王舟中，武王俯取以祭。既渡，有火自上復於下，至於王屋，流爲烏，其色赤，其聲魄云。」尚書中候雒師謀：「有火自天，出於王屋，流爲赤烏。」鄭玄注云：「文王得赤雀丹書，今武王致赤烏。」御覽八四引。論衡初稟篇：「文王得赤雀，武王得白魚赤烏。」是赤雀爲文王事，赤烏爲武王事矣。然古亦混言不別，吕氏春秋應同篇：「及文王之時，天先見火，赤烏銜丹書集於周社。」是以赤烏屬之文王也。舍人此文，殆原作「赤雀」，傳寫者求其與「白魚」同爲武王事而改之耳。

〔一八〕**黄金紫玉之瑞。**

「瑞」，黄校云：「元作『理』，孫改。」此沿梅校。徐𤊹「理」校作「瑞」。

按唐寫本、元本、弘治本、佘本、兩京本、何本、王批本、訓故本、梁本、謝鈔本、别解本、清謹軒本、尚古本、岡本、四庫本、王本、鄭藏鈔本、崇文本並作「瑞」。黄省曾申鑒俗嫌篇注、讖語三、文通一、振綺類纂二引，亦並作「瑞」。孫改徐校是也。

〔一九〕**是以後來辭人。**

「後」，唐寫本作「古」。

按舍人就其身世以前言，故云「古來辭人」。後頌讚、事類、指瑕、物色、知音、序志六篇，亦均有類似辭句。唐寫本作「古」，是也。當據改。

〔二〇〕**採摭英華。**

「採」，唐寫本作「捃」。

按以事類篇「捃摭經史」又「捃摭須覈」例之，唐寫本作「捃」，是也。史記十二諸侯年表序：「及如荀卿、孟子、公孫固、韓非之徒，各往往捃摭春秋之文以著書。」漢書刑法志：「於是相國蕭何攈古捃字。摭秦法。」顔注：「攈摭，謂收拾也。」又藝文志：「武帝時，軍政楊僕捃摭遺逸，紀奏兵録。」顔注：「捃摭，謂拾取之。」並以「捃摭」二字連文。

〔二一〕**榮河温洛。**

「榮」，唐寫本作「采」。　元本、弘治本、活字本、張乙本、兩京本、何本、梅本、凌本、合刻本、梁本、祕書本、謝鈔本、彙編本、別解本、清謹軒本、尚古本、岡本、王本、張松孫本、鄭藏鈔本、崇文本作「滎」。

何焯云：「『榮』謂榮光也。作『滎』非。」

按「采」、「滎」二字並誤。抱朴子佚文：「翫榮河者，若浮南濱而涉天漢。」書鈔一百五十引。文選江淹詣建平王上書：「榮光塞河。」李注：「尚書中候曰：『成王觀於洛河，沈璧，禮畢，王退。俟至於日昧，榮光並出幕河。』」初學記九。帝王部事對：「温洛　榮河。」事類賦七。地部水：「温洛榮河之瑞。」並引易乾鑿度及尚書中候以注，原文黃注已具。尤爲切證。

〔二二〕**糅其雕蔚。**

「糅」，唐寫本作「採」。　兩京本、胡本作「揉」。

按「糅」、「揉」並誤。唐寫本作「採」，是也。「採其雕蔚」，即篇末「捃摭英華」之意。

辨騷❶第五

自風雅寢聲〔一〕，莫或抽緒〔二〕，奇文鬱起，其離騷哉①〔三〕！固已軒翥詩人之後②〔四〕，奮飛辭家之前，豈去聖之未遠，而楚人之多才乎③！昔漢武愛騷，而淮南作傳④〔五〕，以爲國風好色而不淫，小雅怨誹元作謗，許改。而不亂〔六〕。若離騷者，可謂兼之。蟬蜕穢濁之中⑤，浮游塵埃之外，皭然涅而不緇，雖與日月争光可也。班固以爲露才揚己❷，忿懟沉江；羿澆二姚⑥，與左氏不合；崑崙懸一作玄。圃⑦〔七〕，非經義所載。然其文辭麗雅，爲詞賦之宗，雖非明哲〔八〕，可謂妙才。王逸以爲詩人提耳⑧〔九〕，屈原婉順。離騷之文，依經立義：駟虬乘翳⑨〔一〇〕，則時乘六龍⑩；崑崙流沙⑪，則禹貢敷土。名儒辭賦，莫不擬其儀表，所謂金相玉質，百世無匹者也。及漢宣嗟歎，以爲皆合經術；揚雄諷味，亦言體同詩雅〔一一〕。四家舉以方經，而孟堅謂不合傳，褒貶任聲，抑揚過實，可謂鑒而弗精，翫而未覈者也。

將覈其論，必徵言焉。故其陳堯舜之耿介⑫，稱湯武之祇敬⑬〔一二〕，典誥之體也；譏桀紂之猖披⑭〔一三〕，傷羿澆之顛隕〔一四〕，規諷之旨也；虬龍以喻君子⑮，雲蜺以譬讒邪⑯，比興之義也〔一五〕；每一顧而掩涕⑰〔一六〕，歎君門之九重⑱，忠怨之辭也；觀茲四事，同於風雅者也。至於託雲龍⑲，説迂怪，豐隆求宓妃⑳，鴆鳥媒娀女㉑〔一七〕，詭異之辭也；康回傾地㉒，夷羿彈元作蔽，孫改。日㉓〔一八〕，木夫元作天，謝改。九首㉔〔一九〕，土伯三目㉕〔二〇〕，元作足，朱改。譎怪之談也；依彭咸之遺則㉖，從子胥以自適㉗，狷狹之志也；士女雜坐，亂而不分㉘，指以爲樂，娛酒不廢，沉湎日夜㉙，舉以爲懽，荒淫之意也：摘此四事，異乎經典者也。故論其典誥則如彼，語其夸誕則如此。固知楚辭者，體慢元作憲，朱據宋本楚辭改。於三代〔二一〕，而風雅於戰國〔二二〕，乃雅頌之博徒㉚，而詞賦之英傑也。觀其骨鯁所樹，肌膚所附，雖取鎔經意，亦自鑄偉辭〔二三〕。故騷經九章㉛，朗麗以哀志；九歌九辯㉜，綺靡以傷情；遠游天問㉝，瓌詭而惠巧；招魂招隱㉞〔二四〕，馮云：招隱楚辭本作大招，下云屈宋莫追，疑大招爲是。耀豔而深華〔二五〕；卜居摽放言之致㉟❸，漁父寄獨往之才㊱〔二六〕。故能氣往轢古，辭來切今，驚采絶豔，難與並能矣。

自九懷以下㊲，遽躡其跡，而屈宋逸步，莫之能追。故其叙情怨，則鬱伊而易感；述離居，則愴怏而難懷；論山水，則循聲而得貌；言節候，則披文而見時。是以枚賈追風以入麗，馬揚沿波而得奇㊳，其衣被詞人，非一代也。故才高者菀其鴻裁，中巧者獵其豔辭〔二七〕，吟諷者銜其山川，童蒙者拾其香草。若能憑軾以倚雅頌，懸轡以馭楚篇，酌奇而不失其真〔二八〕，翫華而不墜其實〔二九〕，則顧盼可以驅辭力〔三〇〕，欬唾可以窮文致〔三一〕，亦不復乞靈於長卿㊴，假寵於子淵矣㊵。

贊曰：不有屈原，豈見離騷〔三二〕？驚才風逸，壯志煙高〔三三〕。山川無極，情理實勞。金相玉式〔三四〕，艷溢錙毫。元作絶益稱豪，朱考宋本楚辭改。

【黄叔琳注】

①**離騷**〔屈原列傳〕原名平，楚之同姓也。爲楚懷王左徒，王甚任之。上官大夫讒之，王怒而疏屈平，故憂愁幽思而作離騷。離騷者，猶離憂也。②**軒翥**〔班固典引〕甘露宵零於豐草，三足軒翥於茂樹。〔注〕軒翥，飛貌。③**楚人多才**〔左傳〕惟楚有才，晉實用之。④**淮南**〔漢書〕淮南王安好書，武帝使爲離騷傳，旦受詔，日食時上。⑤**蟬蜕**〔淮南子〕蟬飲而不食，三十日而蜕。⑥**羿澆**〔離騷〕羿淫游以佚畋兮，又好射夫封狐。澆身被服强圉兮，縱欲而不忍。〔注〕羿，有窮之君，夏時諸侯也。因夏衰亂，代之爲政。娱樂畋獵。信任寒浞，使爲國相。浞殺羿而取羿妻，生澆，强梁多力，縱放其慾，不能自忍也。**二姚**〔離騷〕及少康之未家兮，留有虞之二姚。〔注〕有虞，國名。姚姓，舜後也。昔寒浞使澆殺夏后相，少康逃奔有虞，虞因妻以二女。⑦**崑崙懸圃**〔天問〕崑崙懸圃，其尻安在？〔注〕崑崙，山名，其巔曰懸圃。⑧**王逸**〔後漢書〕王逸字叔師，爲侍中，著楚辭章句行於世。⑨**駟虬乘翳**〔離騷〕駟玉虬以乘鷖兮，溘埃風余上征。⑩**時乘六龍**易乾彖辭。⑪**崑崙流沙**〔禹貢〕崑崙析支渠搜。又曰：餘波入于流沙。〔離騷〕忽吾行此流沙兮。⑫**陳堯舜**〔離騷〕彼堯舜之耿介兮，既遵道而得路。⑬**稱湯武**〔離騷〕湯禹儼而祇敬兮，周論道而莫差。⑭**譏桀紂**〔離騷〕何桀紂之猖披兮，夫惟捷徑以窘步。⑮**虬龍**〔涉江〕駕青虬兮驂白螭。〔注〕虬螭，神獸，宜於駕乘，以喻賢人清白可信任

也。⑯**雲蜺**〔離騷〕飄風屯其相離兮，帥雲蜺而來御。〔注〕飄風，無常之風，以興邪惡。雲蜺，惡氣，以喻佞人。⑰**掩涕**〔離騷〕長太息以掩涕兮。⑱**君門**〔九辯〕豈不鬱陶而思君兮，君之門以九重。〔注〕閶闔扃閉，道路塞也。⑲**雲龍**〔離騷〕駕八龍之婉婉兮，載雲旗之委蛇。〔注〕言己德如龍，可制御八方，；己德如雲雨，能潤施萬物也。⑳**豐隆求宓妃**〔離騷〕吾令豐隆乘雲兮，求宓妃之所在。〔注〕豐隆，雲師，一曰雷師。宓妃，神女也，以喻隱士。㉑**鴆鳥媒娀女**〔離騷〕望瑶臺之偃蹇兮，見有娀之佚女。吾令鴆爲媒兮，鴆告余以不好。〔注〕有娀，國名，謂帝嚳之妃，契母簡狄也。配聖帝，生賢子，以喻貞賢也。鴆，運日也。羽有毒可殺人，以喻讒賊。言我使鴆鳥爲媒，以求簡狄。其性讒賊，還詐告我，言不好也。㉒**康回傾地**〔天問〕康回憑怒，地何故以東南傾？〔注〕康回，共工名。怒觸不周山，地柱折故傾。㉓**夷羿彈日**〔天問〕羿焉彈日，烏焉解羽。〔注〕淮南言堯時十日並出，草木枯死，堯命羿仰射十日，中其九日。日中九烏皆死，墮其羽翼。〔説文〕彈，射也。㉔**木夫九首**〔招魂〕一夫九首，拔木九千些。〔注〕有丈夫一身九頭，强梁多力，從朝至暮，拔大木九千株也。㉕**土伯三目**〔招魂〕土伯九約，其角觺觺些。參目虎首，其身若牛些。〔注〕土伯，后土之侯伯也。其貌如虎，而有三目，身又肥大，狀如牛也。㉖**彭咸**〔離騷〕願依彭咸之遺則。〔注〕彭咸，殷賢大夫，諫其君不聽，投水而死。則，法也。㉗**子胥**〔橘頌〕浮江淮而入海兮，從子胥而自適。㉘**士女雜坐，亂而不分**〔招魂句注〕言恣意調戲，亂而不分別也。㉙**娭酒不廢，沉湎日夜**〔招魂句注〕言晝夜以酒相樂也。㉚**博徒**〔信陵君傳〕公子聞趙有處士毛公，藏於博徒。㉛**九章**王逸曰：屈原放於江南之野，復作九章。章者著明也。言己所陳忠信之道甚著明也。㉜**九歌**王逸曰：昔楚南郢之邑，其俗信鬼而好祀，其祠必作歌樂鼓舞，屈原因爲作九歌之曲，託以諷諫。**九辯**王逸曰：宋玉，屈原弟子，閔惜其師忠而放逐，故作九辯以述其志。㉝**遠游**王逸曰：遠游者，屈原之所作也。屈原履方直之行，不容於世，遂叙妙思，託配仙人，與俱游戲。**天問**王逸曰：天問者，屈原之所作也。屈原放逐，憂心愁悴，彷徨山澤，經歷陵陸，見楚有先王之廟及公卿祠堂，圖畫天地山川神靈，及古賢聖怪物行事，因書其壁，呵而問之，以渫憤懣，舒寫愁思。㉞**招魂**王逸曰：宋玉憐哀屈原厥命將落，作招魂，欲以復其精神，延其年壽。**大招**王逸曰：大招者，屈原之所作也。或曰景差，疑不能明也。屈原放流，恐命將終，所行不遂，故憤然大招其魂。又曰招隱士者，淮南小山之所作也。小山之徒，閔傷屈原，雖身沉没，名德顯聞，與隱處山澤無異，故作招隱士之賦以章其志也。㉟**卜居**王逸曰：卜居者，屈原之所作也。原放棄，乃往太卜之家，卜以居世，何所宜行。㊱**漁父**王逸曰：漁父者，屈原所作也。漁父避世時遇屈原，怪而問之，遂相應答。㊲**九懷**王逸曰：九懷者，王褒之所作也。懷者，思也。褒讀屈原之文，追而愍之，故作九懷以裨其詞，遂列於篇。褒字子淵。㊳**枚賈馬揚**（漢藝文志）楚臣屈原離讒憂國，作賦以諷，有惻隱古詩之義。其後宋玉、唐勒，漢興枚乘、司馬相如，下及揚子雲，競爲侈麗閎衍之辭，没其諷諭之義。又（賈誼傳）誼爲長沙王太傅，意不自得，及渡湘水，爲賦以弔屈原。㊴**乞靈**（左傳）願乞靈於臧氏。**長卿**（漢書）司馬相如，字長卿。㊵**假寵**（左傳）君若苟無四方之虞，則願假寵以請於諸侯。

【李詳補注】

❶辨騷紀云：離騷乃楚詞之一篇，統名楚詞爲騷，相沿之誤也。詳案：〔周中孚鄭堂札記〕云：〔史記太史公自序〕屈原放逐，著離騷。又云作詞以諷諫，連類以争義，離騷有之。〔漢書遷傳〕屈原放逐，乃賦離騷。皆舉首篇以統其全書。據此，彥和亦統全書而言，紀氏殆未審也。❷**班固以爲露才揚己**至**王逸以爲云云**詳案：今俱見〔洪興祖楚辭章句補注〕後。紀氏謂班固、王逸二條失註，此並列在楚詞，而失之目曉。案淮南離騷傳亦見楚詞章句。❸**卜居句**詳友丹徒陳祺壽云：〔論語微子篇〕隱居放言。〔集解〕引包咸云：放，置也，不復言世務。〔卜居〕云：吁嗟默默兮，誰知吾之廉貞。故彥和以放言美之。案此句下云漁父寄獨往之才，亦言漁父鼓枻而去，獨往不返也。陳説甚確。

【楊明照校注】

〔一〕**自風雅寢聲。**

按文選班固兩都賦序：「昔成康没而頌聲寢。」李注：「周道既微，雅頌並廢。」李周翰曰：「寢，息也。」又皇甫謐三都賦序：「至於戰國，王道陵遲，風雅寢頓。」張銑注：「頓，壞也。」

〔二〕**莫或抽緒。**

按説文手部：「㩅，引也。㩅或从由。」又糸部：「緒，絲耑也。」玉篇耑部：「（耑）今爲端。」段注：「抽絲者得緒而可引。引申之，凡事皆有緒可纘。」太玄玄瑩：「群倫抽緒。」文選張華勵志詩：「大猷玄漠，將抽厥緒。」張銑注：「言大道玄漠，猶將抽其端緒。」「莫或抽緒」者，蓋謂風雅之難爲繼也。

〔三〕**奇文鬱起，其離騷哉！**

「鬱」，楚辭補注作「蔚」；廣廣文選十七。同。

按文選班固西都賦：「神明鬱其特起。」梁書沈約傳：「（郊居賦）值龍顔之鬱起。」是「鬱」字較勝。

史記屈原傳：「屈平之作離騷，……明道德之廣崇，治亂之條貫，靡不畢見。其文約，其辭微，其志絜，其行廉，其稱文小而其指極大，舉類邇而見義遠。」漢書藝文志詩賦略：「春秋之後，周道寖壞，顔注：「寖，漸也。」……而賢人失志之賦作矣。大儒孫卿及楚臣屈原離讒憂國，皆作賦以風，顔注：「離，遭也。風讀曰諷。」咸有惻隱古詩之義。」王逸離騷經序：「離騷之文，……其詞温而雅，其義皎而朗，凡百君子，莫不慕其清高，嘉其文采。」文選皇甫謐三都賦序：「至於戰國，王道陵遲，……於是賢人失志，辭賦作焉。是以孫卿、屈原之屬，遺文炳然，辭義可觀。存其所感，咸有古詩之意。」均足與此文相發。

〔四〕**固已軒翥詩人之後。**

按楚辭遠游：「鸞鳥軒翥而翔飛。」洪興祖補注：「方言十：『翥，舉也。楚謂之翥。』」

〔五〕**昔漢武愛騷，而淮南作傳。**

按章炳麟國故論衡明解故上：「淮南爲離騷傳，其實序也，太史依之以傳屈原。」

〔六〕**小雅怨誹而不亂。**

「誹」，黄校云：「元作『謗』，許（無念）改。」此沿梅校。　徐𤊹亦校爲「誹」。

按唐寫本、楚辭補注、廣廣文選、謝鈔本、彙函、賦略緒言作「誹」。許改、徐校是也。

〔七〕**崑崙懸圃。**

「懸」，黄校云：「一作『玄』。」此沿梅校。

按唐寫本、何本、別解本、清謹軒本、崇文本作「玄」。文選張衡東京賦：「右睨玄圃。」李注：「（淮南子）墜形。又曰：『懸圃在崑崙閶闔之中。』『玄』與『懸』古字通。」

〔八〕**雖非明哲。**

按「非明哲」，謂其投汨羅而死。詩大雅烝民：「既明且哲，以保其身。」

〔九〕**王逸以爲詩人提耳。**

按詩大雅抑：「匪面命之，言提其耳。」

〔一〇〕**駉虬乘翳。**

「駉」，宗本作「駉」。芸香堂本、翰墨園本同。「翳」，郝懿行改「鷖」。鈴木虎雄云：「洪本按即洪興祖楚辭補注本。『翳』作『鷖』，可從；諸本皆誤。」據范文瀾注引，後同。

按舍人用字，多從別本，此亦爾也。離騷：「駟玉虬以乘鷖兮。」舊校云：「『鷖』，一作『翳』。」後漢書馮衍傳下章懷注楊慎均藻八霽引亦作「翳」。是「鷖」、「翳」二字，古本相通。不能謂爲「諸本皆誤」。訓故本、廣廣文選、彙函、屈復楚辭新注即作「鷖」。「駉」、「駉」並誤，當據各本改作「駟」。黄本前除宗本作「駉」外，餘皆作「駟」。

〔一一〕**揚雄諷味，亦言體同詩雅。**

「諷」，唐寫本作「談」。「味」，稗編七三、古論大觀三五作「咏」。褚德儀云：「『味』疑『咏』字之譌。」按「談」、「咏」並誤。晉書袁宏傳「（王）珣諷味久之」，世説新語賞譽篇「諷味遺言」，弘明集十二釋慧遠與桓太尉論料簡沙門書「二者諷味遺典」，廣弘明集三阮孝緒七録序「講説諷味，方軌孔籍」，顔氏家訓文章篇「孝元梁元帝。諷味，以爲不可復得」，並「諷味」連文之證。又按子雲語無考，黄、范諸家注亦未詳。王逸楚辭天問後序：「昔屈原所作，凡二十五篇，世相教傳，而莫能説天問；以其文義不次，又多奇怪之事。自太史公口論道之，多所不逮；至於劉向揚雄援引傳記舊校云：「一作經傳。」以解説之，亦不能詳悉。」舍人謂其「體同詩雅」之言，就此可得其仿佛。

〔一二〕**稱湯武之祗敬**。

「湯武」，唐寫本作「禹湯」；楚辭補注、廣廣文選同。元本、兩京本作「湯禹」。

按離騷「湯禹儼而祗敬兮」，又「湯禹嚴而求合兮」，並作「湯禹」；九章懷沙「湯禹久遠兮」，亦作「湯禹」。疑舍人此文，原從離騷作「湯禹」。傳寫者以爲失叙，乃改爲「湯武」耳。若本作「禹湯」，恐不致誤也。漢書宣元六王傳：「湯禹所以成大功也。」論衡知實篇：「雖湯禹之察，不能過也。」其叙湯禹次第，與離騷同，亦可作爲旁證。

〔一三〕**譏桀紂之猖披**。

「猖」，梅本、凌本、合刻本、梁本、祕書本、謝鈔本、彙編本、别解本、增定别解本、彙函、張松孫本作「昌」。「披」，楚辭補注、廣廣文選、詩源辨體二作「狂」。

按離騷：「何桀紂之猖披兮。」舊校云：「『猖』，一作『昌』。」唐寫本文選、五臣本文選作「昌」。是「猖」與「昌」通。「披」作「狂」，疑誤。

〔一四〕**傷羿澆之顛隕。**

按離騷：「羿淫遊以佚畋兮，又好射夫封狐；……澆身被服强圉兮，縱欲而不忍。日康娱而自忘兮，厥首用夫顛隕。」

〔一五〕**虬龍以喻君子，雲蜺以譬讒邪，比興之義也。**

按王逸離騷序：「離騷之文，依詩取興，引類譬諭；……虬龍鸞鳳以託君子，飄風雲霓以爲小人。」

〔一六〕**每一顧而掩涕。**

按黄注僅舉離騷「長太息以掩涕兮」句以注，似於舍人文意未盡。當再引九章哀郢「望長楸而太息兮，涕淫淫其若霰；過夏首而西浮兮，顧龍門而不見」四句及抽思「望北山而流涕兮，臨流水而太息」二句。

〔一七〕**豐隆求宓妃，鴆鳥媒娀女。**

唐寫本「豐」上有「駕」字，「鴆」上有「憑」字。

按「駕」、「憑」二字當據增，始能與上「託雲龍説迂怪」句一例，否則辭意不明矣。

〔一八〕**夷羿彈日。**

「彈」，黄校云：「元作『蔽』，孫改。」此沿梅校。　唐寫本作「斃」。

按唐寫本是也。楚辭天問：「羿焉彃日？」舊校云：「『彃』，一作『斃』。」舍人用傳記文，多從别本，此必原是「斃」字。楚辭補注、廣廣文選作「弊」；元本、弘治本、活字本、汪本、佘本、張本、王批本、兩京本、胡本、文津本、古論大觀作「蔽」，皆音同形近之誤。諸子篇「羿弊十日」，玉海三五。引作「斃」；元本、弘治本、活字本、汪本、佘本、張本、兩京本、何本、胡本、梅本、合刻本、梁本、謝鈔本等同。尤爲切證。廣弘明集三。江淹遂古篇：「羿迺斃日，事豈然兮？」亦作「斃」。並其證。稱「羿」爲「夷羿」，見左傳襄公四年虞人箴。徐幹中論務本篇有「射如夷羿」語。

〔一九〕**木夫九首。**

「夫」，黄校云：「元作『天』，謝改。」此沿梅校。按謝改與招魂合，是也。唐寫本、楚辭補注、兩京本、何本、訓故本、梁本、别解本、尚古本、岡本、文溯本、王本、鄭藏鈔本、崇文本並作「夫」；廣廣文選、文儷、彙函、詩源辨體，引亦作「夫」。均未誤。

〔二〇〕**土伯三目。**

「目」，黄校云：「元作『足』，朱改。」此沿梅校。按朱改是也。唐寫本、楚辭補注、活字本、何本、訓故本、梁本、謝鈔本、别解本、尚古本、岡本，正作「目」。廣廣文選、文儷、彙函、詩源辨體引，亦作「目」，均未誤。

〔二一〕**體慢於三代。**

「慢」，黄校云：「元作『憲』，朱據宋本楚辭改。」此沿梅校。

按「憲」字不誤，朱改非也。唐寫本、元本、弘治本、活字本、汪本、佘本、張本、兩京本、王批本、胡本、訓故本、謝鈔本、文津本、稗編、廣廣文選、文儷、古論大觀、賦略緒言、七十二家評楚辭附録、觀妙齋楚辭並作「憲」。詔策篇：「體憲風流矣。」亦以「體憲」爲言。「體憲三代」，即篇中「依經立義」、「皆合經術」、「同於風雅」、「取鎔經意」之意。宋施元之蘇軾詩注十七。林子中以詩寄文與可及佘與可既没追和其韻首「君詩與楚詞」句引：「劉勰辨騷：『楚詞者，體慢於三代，……詩〔詞〕賦之英傑也。』」是德初所見文心亦誤「憲」爲「慢」，與宋本楚辭同。

〔二二〕**而風雅於戰國。**

「雅」，唐寫本作「雜」。

按唐寫本是。時序篇：「屈平聯藻於日月，宋玉交彩於風雲，觀其豔説，則籠罩雅頌，故知暐燁之奇意，出乎縱横之詭俗也。」正可作爲「風雜於戰國」一語注脚。

〔二三〕**雖取鎔經意，亦自鑄偉辭。**

「偉」，唐寫本作「緯」。

按唐寫本誤。偉辭，猶奇辭也。説文人部：「偉，奇也。」此云偉辭，上云奇文，意本相承，其義一也。唐寫本蓋因經緯多相對舉而誤。書叙指南五、玉海二百四引，宋本楚辭、元本、弘治本、活字本、汪本、王批本等，並作「偉」。詔策篇：「辭義多偉。」書記篇：「實志高而文偉。」可資旁證。

〔二四〕**招魂招隱。**

「招隱」，徐㶿校作「大招」。　馮舒云：「『招隱』，楚辭本作『大招』。下云『屈宋莫追』，疑『大招』爲是。」譚獻亦校爲「大招」。

按徐、譚校馮説是。唐寫本、張乙本、訓故本、廣廣文選並作「大招」，未誤。

〔二五〕**耀豔而深華。**

「深」，唐寫本作「采」。

按唐寫本是。「深」正作「罙」，蓋「采」初誤爲「罙」，後遂變爲「深」也。

〔二六〕**漁父寄獨往之才。**

「往」，楚辭補注作「任」；附校語云：「一云：『獨任，當作獨往。』」徐㶿校作「任」。廣廣文選作「任」。

按「任」字非是。「獨往」連文，始見於淮南王莊子略要，見范注引孫人和説。六朝人多用之。南齊書高逸傳序「次則揭獨往之高節」，梁書沈約傳「（郊居賦）實有心於獨往」，又處士諸葛璩傳「將幽貞獨往」，抱朴子外篇刺驕「高蹈獨往」，文選謝靈運入華子崗是麻源第三谷詩「且申獨往意」，江淹雜體詩許徵君首「資神任獨往」，並其證。若作「獨任」，則與漁父所言不合矣。

〔二七〕**故才高者菀其鴻裁，中巧者獵其豔辭。**

「菀」，唐寫本作「苑」；楚辭補注、楊慎均藻十灰、廣廣文選同。

按「苑」字是。「菀」與「苑」古雖相通，但本書則全用「苑」字。詮賦篇「夫京殿苑獵」，以「苑獵」連文，與此以「苑」「獵」對舉，其比正同。雜文篇「苑囿文情」，體性篇「苑囿其中矣」，練字篇「頡以苑囿奇文」，其用「苑」字義亦並與此同。此固不應單作「菀」也。總術篇「制勝文苑哉」，元本、活字本、王批本「苑」作「菀」，是「苑」「菀」二字易淆之證。

〔二八〕**酌奇而不失其真。**

「其真」，唐寫本作「居貞」。

按「貞」字是，「居」則非也。楚辭補注、訓故本、廣廣文選、七十二家評注楚辭附録、八十四家評點楚辭集注總評、觀妙齋楚辭，並作「其貞」。貞，正也；廣雅釋詁一。誠也。文選思玄賦舊注。銘箴篇「秉茲貞厲」，論說篇「必使時利而義貞」，活字本並誤「貞」爲「真」；事類篇「則改事失真」，活字本又誤「真」爲「貞」。是「貞」「真」二字固易淆誤也。

〔二九〕**翫華而不墜其實。**

按三國志魏書邢顒傳：「庶子劉楨書諫（曹）植曰：『……私懼觀者將謂君侯習近不肖，禮賢不足，采庶子之春華，忘家丞邢顒。之秋實。』」志林：「虞喜曰：『……世人奇其英辯，造次可觀，而哂吕侯吕岱。無對爲陋，不思安危終始之慮，是樂春藻之繁華，而忘秋實之甘口也。』」三國志吳書諸葛恪傳裴注引。顏氏家訓勉學篇：「夫學者猶種樹也，春玩其華，秋登其實。」北齊書文苑傳序：「開四照於春華，成萬寶於秋實。」

〔三〇〕**則顧盼可以驅辭力。**

「盻」，唐寫本作「眄」。梅本作「盼」。

按「眄」「盻」「盼」三字，形音義俱别。王觀國學林卷十辨之甚詳。説文目部：「眄，目偏合視此依段注。也。」又：「盻，恨視也。」頁部：「顧，還視也。」玉篇目部：「盼，黑白分也。」三字形近，每致淆誤。此當以作「眄」爲是。漢書叙傳上：「（答賓戲）虞卿以顧眄而捐相印也。」晉書文苑趙至傳：「（與嵇蕃書）從容顧眄，綽有餘裕。」

〔三一〕**欬唾可以窮文致。**

按説文欠部：「欬，屰气也。」今作逆氣。又口部：「唾，口液也。」欬唾之間爲時甚暫，此與上句之「顧眄」皆喻其易也。

〔三二〕**不有屈原，豈見離騷。**

「原」，唐寫本作「平」。

按時序篇「屈平聯藻於日月」，物色篇「然屈平所以能洞監風騷之情者」，知音篇「昔屈平有言」，並稱屈子之名。則此當從唐寫本作「平」，前後始能一律。

〔三三〕**驚才風逸，壯志煙高。**

「志」，唐寫本作「采」。「煙」，楚辭補注舊校云：「一作『雲』。」

按「驚才」就作者言，「壯采」則就作品言，當從唐寫本作「采」爲是。詮賦篇「時逢壯采」，亦以「壯采」連文。舍人品評歷代作家作品，多用壯字衡量，如雜文「取美於宏壯」，又「壯語畋獵」，諸子「心奢而辭壯」，檄移「壯有骨鯁」，又「並壯筆也」，封禪「祀天之壯觀矣」，又「疎而能壯」，體性「六曰壯麗」，「故言壯而情駭」，夸飾「壯辭可得喻其真」，才略「蘇秦歷説壯而中」，又劉琨「雅壯而多風」等篇中之「壯」字，其明徵也。又按後漢書逸民傳贊：「遠性風疎，逸情雲上。」沈約梁武帝集序：「牋記風動，表議雲飛。」類聚十四引。並以「風」、「雲」相對，疑此文亦然。文選陸機漢高祖功臣頌：「身與煙消，名與風興。」其以「煙」、「風」對舉，與文心此文之以「風」、「煙」對舉一實。蓋舍人書在長期展轉鈔、刻過程中，傳世者絶非一種版本，字句有異固無足怪。

〔三四〕**金相玉式。**

按詩大雅棫樸：「追琢其章，金玉其相。」毛傳：「相，質也。」説苑修文篇：「詩曰：『彫琢其章，金玉其相。』言文質美也。」左傳昭公十二年：「其詩曰：『祈昭之愔愔，式昭德音。……式如玉，式如金。』」杜注：「式，用也。昭，明也。……金玉，取其堅重。」

文心雕龍校注卷二

明詩第六

大舜云：詩言志，歌永言。聖謨所析，義已明矣。是以在心爲志，發言爲詩，舒文載實〔一〕，其在兹乎！詩者，持也，持人情性〔二〕；三百之蔽，義歸無邪，持之爲訓，有符焉爾。

人禀七情，應物斯感，感物吟志，莫非自然。昔葛天氏樂辭云，玄鳥在曲①〔三〕；黄帝雲門②，理不空綺〔四〕。朱云：當作絃。至堯有大唐一作章。之歌③，舜造南風之詩④〔五〕，觀其二文，辭達而已〔六〕。及大禹成功，九序惟歌⑤；太康敗德，五子咸怨⑥〔七〕：順美匡惡⑦，其來久矣。自商暨周，雅頌圓備〔八〕，四始彪炳⑧，六義環深⑨。子夏監絢素之章，子貢悟琢磨之句，故商賜二子，可與言詩〔九〕。自王澤殄竭⑩，風人輟采〔一〇〕，春秋觀志⑪，諷誦舊章，酬酢以爲賓榮⑫，吐納而成身文⑬〔一一〕。逮楚國諷怨，則離騷爲刺〔一二〕。秦皇滅典，亦造仙詩⑭。

漢初四言，韋孟首唱⑮，匡諫之義，繼軌周人〔一三〕。孝武愛文，柏梁列韻⑯〔一四〕，嚴馬之徒⑰，屬辭無方〔一五〕。至成帝品録⑱，三百餘篇，朝章國采〔一六〕，亦云周備；而辭人遺翰，莫見五言⑲，所以李陵班婕妤見疑於後代也⑳〔一七〕。按召南行露㉑〔一八〕，始肇半章；孺子滄浪，亦有全曲；暇豫優歌㉒，遠見春秋；邪徑童謠㉓，近在成世：閱時取證〔一九〕，一作徵。則五言久矣。又古詩佳麗，或稱枚叔㉔，其孤竹一篇㉕，則傅毅之詞。比采一作類。而推〔二〇〕，兩漢之作乎？觀其結體散文，直而不野，婉轉附物〔二一〕，怊悵切情〔二二〕，實五言之冠冕也。至於張衡怨篇㉖〔二三〕，清典一作曲，從紀聞改。可味❶〔二四〕，仙詩緩歌㉗，雅有新聲。

暨建安之初㉘，五言騰踊〔二五〕，文帝陳思㉙，縱轡以騁節，王徐應劉㉚，望路而爭驅。並憐風月，狎池苑，述恩榮，敘酣宴，慷慨以任氣，磊落以使才。造懷指事，不求纖密之巧；驅辭逐貌，唯取昭晰之能〔二六〕：此其所同也。乃正始明道㉛〔二七〕，詩雜仙心㉜，何晏之徒㉝，率多浮淺，唯嵇志清峻㉞〔二八〕，阮旨遥深㉟，故能標焉。若乃應璩百一㊱〔二九〕，獨立不懼〔三〇〕，辭譎義貞〔三一〕，亦魏之遺直也〔三二〕。

晉世群才，稍入輕綺，張潘左陸㊲〔三三〕，比肩詩衢❷，采縟於正始〔三四〕，力柔於建安，或析文以爲妙〔三五〕，或流靡以自妍〔三六〕，此其大略也〔三七〕。江左篇製，溺乎玄風㊳，嗤笑徇務之志㊴，崇盛亡機之談〔三八〕。袁孫已下㊵，雖各有雕采，而辭趣一揆，莫與爭雄；所以景純仙篇㊶，挺拔而爲俊矣❸〔三九〕。宋初文詠㊷〔四〇〕，體有因革，莊老告退，而山水方滋㊸〔四一〕；儷采百字之偶，爭價一句之奇，情必極貌以寫物，辭必窮力而追新：此近世之所競也。

故鋪觀列代〔四二〕，而情變之數可監；撮舉同異，而綱領之要可明矣。若夫四言正體，則雅潤爲本；五言流調，則兩則字從御覽增。清麗居宗；華實異用，唯才所安。故平子得其雅，叔夜含其潤，茂先凝其清㊹，景陽振其麗㊺〔四三〕；兼善則子建仲宣㊻〔四四〕，偏美則太沖公幹㊼〔四五〕。然詩有恒裁，思無定位，隨性適分，鮮能通圓〔四六〕。若妙識所難，其易也將至；忽之爲易，其難也方來〔四七〕。至於三六雜言㊽，則出自篇什㊾〔四八〕；離合之發㊿，則明於圖讖(51)〔四九〕；回文所興❹，則道原爲始(52)；聯句共韻(53)，則柏梁餘製；巨細或殊，情理同致，總歸詩囿，故不繁云。

贊曰：民生而志，詠歌所含。興發皇世，風流二南。神理共契，政序相參。英華彌縟，萬代永耽。

【黃叔琳注】

①**葛天氏樂詞，玄鳥在曲**〔呂氏春秋〕葛天氏之樂，三人摻牛尾投足以歌八闋：一曰載民，二曰玄鳥，三曰遂草木，四曰奮五穀，五曰敬天常，六曰達帝功，七曰依地德，八曰總萬物之極。②**雲門**〔周禮〕大司樂奏黃鐘，歌大呂，舞雲門，以祀天神。〔史〕黃帝命大容作雲門大卷樂。③**大唐之歌**〔尚書大傳〕維五紀，奏鍾石，論人聲，及乃鳥獸咸變於前，秋養耆老而春食孤子，乃勃然韶樂興於大麓之野。執事還歸二年，謬然，乃作大唐之歌。一作大章。〔漢禮樂志〕堯作大章。④**南風**〔家語〕舜彈五弦之琴，造南風之詩，其詩曰：南風之薰兮，可以解吾民之慍兮。南風之時兮，可以阜吾民之財兮。⑤**九**

序見虞書。⑥**五子**見夏書。⑦**順美**〔孝經〕將順其美，匡救其惡。⑧**四始**見宗經篇。⑨**六義**〔毛詩序〕詩有六義焉：一曰風，二曰賦，三曰比，四曰興，五曰雅，六曰頌。⑩**王澤殄竭**〔班固賦〕王澤竭而詩不作。⑪**觀志**〔左傳〕鄭伯享趙孟于垂隴，七子從。趙孟曰：七子從君以寵武也，請皆賦以卒君貺，武亦以觀七子之志。⑫**賓榮**〔左傳〕詩以言志，志誣其上而公怨之，以爲賓榮，其能久乎？⑬**身文**〔左傳〕言，身之文也。⑭**仙詩**〔史記〕秦始皇使博士爲仙真人詩，令樂人弦歌之。⑮**韋孟**〔漢書〕韋孟爲楚元王傅。傅子夷王及孫王戊。戊荒淫不遵道，孟作詩諷諫。⑯**柏梁**〔任昉文章緣起〕七言詩，漢武帝柏梁殿聯句。⑰**嚴**〔嚴助傳〕助，會稽吴人，嚴夫子子也。〔注〕夫子，嚴忌也。〔藝文志〕莊夫子賦二十四篇。〔注〕名忌，吴人。常侍郎莊怱奇賦十一篇。〔注〕怱奇者或言莊夫子子，或言族家子，莊助昆弟也。嚴助賦三十五篇。**馬**司馬相如，見前。⑱**成帝品録**〔漢藝文志〕成帝詔劉向校經傳諸子詩賦，每一書已，向輒條其篇目，撮其指意，録而奏之。歌詩二十八家，三百一十四篇。⑲**五言**〔鍾嶸詩品〕夏歌曰：鬱陶乎余心。楚辭曰：名余曰正則。雖詩體未全，然是五言之濫觴也。逮漢李陵，始著五言之句矣。⑳**李陵**〔詩品〕漢都尉李陵詩，其源出於楚辭，文多悽怨者之流。陵名家子，有殊才，生命不諧，聲頽身喪。使陵不遭辛苦，其文亦何能至此。**倢伃**〔詩品〕漢倢伃班姬詩，其源出於李陵。團扇短章，辭旨清捷，怨深文綺，得匹婦之致。侏儒一節，可以知其工矣。㉑**行露**誰謂雀無角云云，四句皆五言。㉒**暇豫**〔國語〕驪姬通於優施，欲害申生，而難里克。優施乃飲里克酒，中飲，優施起舞曰：暇豫之吾吾，不如鳥烏。人皆集於菀，己獨集於枯。㉓**邪徑**〔漢五行志〕成帝時歌謡曰：邪徑敗良田，讒口害善人，桂樹華不實，黄雀巢其巔。故爲人所羡，今爲人所憐。㉔**枚叔**古詩十九首，〔文選注〕並云古詩，蓋不知作者。或云枚乘，然詩云驅車上東門，又云游戲宛與洛，此辭兼東都，非盡是乘明矣。〔徐陵玉臺新咏〕謂青青河畔草、西北有高樓、涉江采芙蓉、庭中有奇樹、迢迢牽牛星、東城高且長、明月何皎皎七首是乘作。乘字叔。㉕**孤竹**〔後漢書〕傅毅字武仲。孤竹一篇，謂十九首冉冉孤生竹篇也。㉖**張衡怨篇**其辭曰：猗猗秋蘭，植彼中阿。有馥其芳，有黄其葩。雖曰幽深，厥美彌嘉。之子云遥，我勞如何。㉗**仙詩緩歌**〔張衡同聲歌〕素女爲我師，儀態盈萬方，衆夫所希見，天老教羲皇。㉘**建安**〔後漢獻帝紀〕建安元年，春正月癸酉，郊祀上帝於安邑，大赦天下，改元建安。下所云文帝、陳思、王、徐、應、劉，俱當時作詩者也。㉙**文帝陳思**〔詩品〕魏文帝詩其源出於李陵，頗有仲宣之體。陳思王植詩源出於國風，骨氣奇高，詞采華茂，情兼怨雅，體被文質，粲溢今古，卓爾不群。故孔氏之門如用詩，則公幹升堂，思王入室，景陽潘陸，自可坐於廊廡之間矣。㉚**王徐應劉**〔魏志〕王粲字仲宣，徐幹字偉長，應瑒字德璉，劉楨字公幹。〔魏文帝與吴質書〕偉長懷文抱質，恬淡寡欲，有箕山之志，可謂彬彬君子矣。德璉常斐然有述作之意，其才學足以著書，美志不遂，良可痛惜。公幹有逸氣，但未遒耳。其五言詩之善者，妙絶時倫。仲宣獨自善於辭賦，惜其體弱，不足起其文，至其所善，古人無以遠過。㉛**正始**〔魏志〕齊王芳改元正始。㉜**詩雜仙心**言其皆宗老莊。㉝**何晏**〔典略〕何晏字平叔。鍾嶸曰：平叔鴻雁之篇，風規見矣。㉞**嵇**〔晉書〕嵇康字叔夜。鍾嶸曰：嵇康詩頗似魏文，過爲峻切，訐直露才，傷淵雅之志。然託喻清遠，良有鑒裁，亦未失高流矣。㉟**阮**〔晉書〕阮籍字嗣宗。鍾嶸曰：阮籍詩其源出於小雅，無雕蟲之功。而詠懷之作，可以陶性靈，發幽思，言在耳目之内，情寄八荒之表，洋洋乎會於風雅，使人忘其鄙近。自致遠大，頗多感慨之詞。厥旨淵放，歸趣難求。㊱**應璩百一**〔魏志〕應璩字休璉。〔魏氏春秋〕齊王芳即位，曹爽輔政，多違法度，璩作百一詩以諷。序云：時謂爽曰：公聞周公巍巍之稱，安知百慮有一失乎。故以百一名篇。㊲**張潘左陸**〔詩評序〕晉太康中，三張、二陸，兩潘、一左，勃爾復興，踵武前王，風流未沫，亦文章之中興也。按三張，載字孟陽，協字景陽，亢字季陽。王注引張華誤。二陸，機字士衡，雲字士龍。兩潘，岳字安仁，尼字正叔。一左，思字太沖。㊳**玄風**〔沈約宋書〕在晉中興，玄風獨扇，爲學窮於柱下，博物止乎七篇。馳騁文辭，義殫於此。自建武暨於義熙，歷載將百，雖綴響聯詞，波屬雲委，莫不寄言上德，託意玄珠，遒麗之詞，無聞焉耳。㊴**嗤笑**〔干寶晉紀總論〕學者以莊老爲宗，而黜六經；談者以虛薄爲辯，而賤名檢；當官者以望空爲高，而笑勤恪。㊵**袁**〔晉書〕袁宏字彦伯，有逸才。鍾嶸曰：彦伯詠史，雖文體未遒，而鮮明緊健，去凡俗遠矣。**孫**〔晉書〕孫統字承公，弟綽字興公，並任誕不羈，而善屬文。舊注引孫楚，楚卒於惠帝初，不得爲江左也。㊶**景純**〔臧榮緒晉書〕郭璞字景純，著遊仙詩十四篇。㊷**宋初**〔宋書〕仲文始革孫許之風，叔源大變太元之氣。爰逮宋氏，顔謝騰聲，靈運之興會標舉，延年之體裁明密，並方軌前哲，垂範後昆。㊸**山水**謂顔謝騰聲，如選詩游覽諸作也。㊹**茂先**〔晉書〕張華字茂先。㊺**景陽**〔詩品〕晉張協詩雄於潘岳，靡於太沖，風流調達，實曠代之高手；詞采葱蒨，音韻鏗鏘，使人味之，亹亹不倦。㊻**子建仲宣**〔詩品〕王粲詩其源出於李陵，發愀愴之詞，文秀而質羸。在曹劉間别構一體，方陳思不足，比魏文有餘。㊼**太沖公幹**〔詩品〕左思詩其源出於公幹，文典以怨，頗爲精切，得諷諭之致，雖野於陸機，而深於潘岳。謝康樂常言左太沖詩、潘安仁詩古今難比。㊽**三六雜言**〔文章緣起〕三言詩晉夏侯湛所作，六言詩漢谷永作。㊾**出自篇什**〔摯虞文章流别〕詩之流也，有三言四言五言六言七言九言。古詩率以四言爲體，而時一句二句雜在四言之間，後世演之，遂以爲篇。三言者「振振鷺」、「鷺于飛」之屬是也，五言者「誰謂雀無角」之屬是也，六言者「我姑酌彼金罍」之屬是也，七言者「交交黄鳥止于桑」之屬是也，九言者「泂酌彼行潦挹彼注兹」之屬是也。㊿**離合**〔文章緣起〕孔融作四言離合詩。(51)**圖讖**孔子作孝經及春秋河洛成，告備於天。有赤虹下，化爲黄玉，長三尺，上刻文云：寶文出，劉季握；卯金刀，在軫北；字禾子，天下服。合卯金刀爲劉，禾子爲季也。(52)**回文所興，道原爲始**道原未詳，舊注引賀道慶，然道慶四言回文之前已有璇璣圖詩，不可謂之始矣。〔唐武后璇璣圖序〕前秦苻堅時，扶風竇滔妻蘇氏名蕙字若蘭，滔鎮襄陽，絶蘇氏音問，蘇氏因織錦爲迴文。五彩相宣，縱廣八寸，題詩二百餘首，計八百餘言，縱横反覆，皆爲文章。又〔雜體詩序〕晉傅咸有迴文反覆詩二首，反覆其文以示憂心展轉也。是又在竇妻前。(53)**聯句**見柏梁注。

【李詳補注】

❶**張衡怨篇二句**黄注引衡詩但作其辭曰云云，不記所出。案〔御覽〕（九百八十三）載衡怨詩曰：秋蘭，嘉美人也。嘉而不獲用，故作是詩。此是詩序，當並録之。詩與黄引同。明梅慶生淩雲兩本並作清曲，黄據困學紀聞改典非也。紀氏亦以清曲爲是，云曲字作婉字解。❷**晉世群才四句**詳案：沈約〔宋書〕謝靈運傳論：降及元康，潘陸特秀，律異班賈，體變曹王，縟旨星稠，繁文綺合。❸**景純仙篇**

二句詳案：〔鍾嶸詩品〕郭景純用儁上之才，變創其體。又云文體相輝，彪炳可玩，始變永嘉平淡之體，故稱中興第一。❹**回文所興句**〔困學紀聞〕（卷十八評詩）云：詩苑類格謂回文出於竇滔妻所作，文心雕龍云回文所興則道原爲始。又傅咸有回文反覆詩，温嶠有回文詩，皆在竇妻前。翁元圻〔注〕引四庫全書總目宋桑世昌回文類聚提要：藝文類聚載曹植鏡銘，回環讀之，無不成文，實在蘇蕙以前。詳案梅慶生音注本云宋賀道慶作四言回文詩一首，計十二句，四十八言，從尾至首，讀亦成韻。道原無可考，恐慶字之誤。案道慶之前回文作者已衆，不得定原字爲慶字之誤。

【楊明照校注】

〔一〕**舒文載實。**

按文選顏延之贈王太常詩：「舒文廣國華。」李注：「王逸楚辭（九歎怨思）注曰：『發文舒今本楚辭作序。詞，爛然成章。』」張銑注：「舒其文章。」

〔二〕**詩者，持也，持人情性。**

「詩」上，唐寫本有「故」字。

按「故」字於此爲承上領下之詞，實不可少，應據增。漢書翼奉傳：「奉對曰：『……故詩之爲學，情性而已。五性不相害，六情更廢興。』」

〔三〕**昔葛天氏樂辭云，玄鳥在曲。**

唐寫本無「天」「氏」「云」三字。　郝懿行云：「按『云』字疑衍。」

按唐寫本脱「天」字，「氏」「云」二字則當據删。樂府篇「葛天八闋」，事類篇「按葛天之歌」，並止作「葛天」，無「氏」字。玉海一百六。引，正作「昔葛天樂辭」，未衍未脱。

〔四〕**黄帝雲門，理不空綺。**

「綺」，黄校引朱云：「當作『絃』。」此沿梅校。

按朱説是。唐寫本及玉海引並作「絃」，當據改。

〔五〕**至堯有大唐之歌，舜造南風之詩。**

「舜」，御覽五八六引作「虞」。

按上言「堯」，下言「虞」，不相倫比，御覽所引非是。

〔六〕**辭達而已。**

按論語衛靈公：「子曰：『辭達而已矣。』」集解引孔安國曰：「凡事莫過於實，辭達則足矣，不煩文豔之辭。」

〔七〕**太康敗德，五子咸怨。**

「怨」，唐寫本作「諷」；御覽引同。徐𤊹校作「五字感諷」。

按「諷」字是。上云「歌」，此云「諷」，文本相對爲義。故下言「順美匡惡」也。「順美」指「大禹」二句，「匡惡」指「太康」二句。傳寫者蓋泥於僞五子之歌文而改耳。徐校非。

〔八〕**自商暨周，雅頌圓備。**

鈴木云：「案『圓』字可疑，下文亦云『周備』，『圓』疑『周』字訛。」

按「圓」字未誤，本書亦屢用「圓」字。例多不具舉。鄭玄詩商頌長發箋：「圓，謂周也。」是「圓備」即「周備」，無煩改字。其未如下文作「周備」者，蓋與上句「自商暨周」之「周」字相避耳。

〔九〕**故商賜二子，可與言詩。**

「與」，御覽引作「以」。

按舍人此文本於論語，一見學而，一見八佾。而論語並作「與」，則御覽所引非是。

〔一〇〕**自王澤殄竭，風人輟采。**

「殄」，御覽引作「弥」。

按「弥」爲「彌」之簡書，「殄」又作「殄」，形近易誤。此當以作「殄」爲是。殄，盡也；説文歺部。絶也。詩邶風新臺毛傳。漢書禮樂志：「王澤既竭，而詩不能作。」兩都賦序：「王澤竭而詩不作。」

〔一一〕**春秋觀志，諷誦舊章，酬酢以爲賓榮，吐納而成身文。**

按漢書藝文志詩賦略：「古者，諸侯卿大夫交接鄰國，以微言相感，當揖讓之時，必稱詩以諭其志，蓋以别賢不肖而觀盛衰焉。」

〔一二〕**逮楚國諷怨，則離騷爲刺。**

按「刺」字誤。當依唐寫本、何本、王批本、訓故本、梅本、凌本、彙編本、尚古本、岡本、王本、鄭藏鈔本作「刺」。史記屈原列傳：「屈平之作離騷，蓋自怨生也。」

〔一三〕**匡諫之義，繼軌周人。**

「人」，活字本御覽引作「文」；何本、梅本、淩本、合刻本、梁本、祕書本、彙編本、別解本、增定別解本、清謹軒本、尚古本、岡本、張松孫本、鄭藏鈔本、崇文本、讀書引十二同。 唐寫本作「人」。凡唐寫本與今本同者，後不再出。

按「文」字誤。 通變篇「暨楚之騷文，矩式周人」，比興篇「所以文謝於周人也」，並稱詩三百篇作者爲「周人」。 若作「周文」，則與下句「孝武愛文」之「文」字複矣。 梅慶生天啟二年重修本已改爲「人」。

〔一四〕**孝武愛文，柏梁列韻。**

按柏梁臺詩顧炎武日知録謂出後人擬作，原文范注已具。 確爲不易之論。 但前代無有疑其爲僞者。如漢武帝集：「武帝作柏梁臺，詔群臣二千石有能爲七言詩者，乃得上坐。 御史大夫曰：『刀筆之吏臣執之。』」御覽二二五引。 東方朔傳：「漢武帝在柏梁臺上使群臣作七言詩。」世說新語排調篇劉注引（東方朔傳疑是東方朔別傳）。 顔延之庭誥：「柏梁以來，繼作非一，所纂至七言而已。」御覽五八六引。 王僧孺謝齊竟陵王使撰衆書啟：「柏梁初構，首屬驂駕之辭。」類聚五五引。 顔之推觀我生賦：「時參柏梁之唱。」北齊書文苑本傳。 並其證。 宋武帝有華林都亭曲水聯句效柏梁體詩，梁武帝有清暑殿聯句效柏梁體詩，並見類聚五六節引。

〔一五〕**嚴馬之徒，屬辭無方。**

按漢書禮樂志：「以李延年爲協律都尉，多舉司馬相如等數十人造爲詩賦；略論律呂，以合八音之調，作十九章之歌。」又佞幸傳：「是時，上武帝。方興天地諸祠，欲造樂，令司馬相如等作詩頌。延年輒承意弦歌所造詩，爲之新聲曲。」此云「嚴馬之徒」，漢書云「司馬相如等」，所指當屬一事。然則十九章之歌，有「嚴馬之徒」所作在内乎？禮記内則：「三十，……博學無方。」鄭注：「方，猶常也。至此學無常，在志所好也。」郊祀歌十九章中，有三言、四言或雜言，無完整五言。並無固定形式，故云「屬辭無方」。

〔一六〕**朝章國采。**

按漢書藝文志詩賦略：「高祖歌詩二篇，泰一雜甘泉壽宫歌詩十四篇，宗廟歌詩五篇，……出行巡狩及游歌詩十篇，諸神歌詩三篇，送迎靈頌歌詩三篇。」等，「朝章國采」，蓋指此類歌詩而言。

〔一七〕**所以李陵班婕妤見疑於後代也。**

「妤」，唐寫本無，御覽引同。　「疑」，御覽引作「擬」。

按曹植班婕妤畫贊：「有德有言，實惟班婕。」初學記十引。陸厥中山王孺子妾歌：「班婕坐同車。」文選。並止稱「班婕」。則此當據唐寫本及御覽删「妤」字。上文明言「辭人遺翰，莫見五言」，自以作「疑」爲是。顔延之庭誥：「逮李陵衆作，總雜不類，是假託，非盡陵制。」御覽五八六引，宋書延之傳無。此李陵詩見疑後代之尚可考者。

〔一八〕**按召南行露。**

「召」，唐寫本作「邵」；宋本、刻本、鮑本御覽引同。倪本、活字本御覽作「郡」，「郡」即「邵」之誤。

按詩大序「故繫之召公」釋文：「『召』，本亦作『邵』，同上照反；後『召南』、『召公』皆同。」舍人用字，多從別本；再以詮賦篇「昔邵公稱公卿獻詩」相證，此必原作「邵」也。

〔一九〕 **閲時取證。**

「證」，黄校云：「一作『徵』。」 何焯校作「徵」。吴翌鳳校同。

按唐寫本及御覽引並作「徵」。釋僧祐弘明集後序：「故復撮舉世典，指事取徵。」則作「徵」是也。

〔二〇〕 **比采而推。**

「采」，黄校云：「一作『類』。」 何焯校作「類」。紀昀云：「『類』字是。」

按黄氏所稱「一作類」者，蓋指何焯校本。唐寫本作「彩」，誄碑篇「文采允集」，唐寫本亦作「彩」。御覽引作「采」，與今本同。則何校、紀評未可從也。

〔二一〕 **婉轉附物。**

「婉」，唐寫本作「宛」；御覽引同。

按以章句篇贊「宛轉相騰」，麗辭篇「則宛轉相承」，物色篇「既隨物以宛轉」例之，作「宛」是。當據改。

〔二二〕 **怊悵切情。**

「怊」，御覽引作「惆」。

按風骨篇有「怊悵述情」，序志篇「怊悵於知音」，則御覽所引未可從也。楚辭東方朔七諫謬諫：

「然怊悵而自悲。」王注：「怊悵，恨貌也。」補注：「怊，音超。」

〔二三〕**至於張衡怨篇。**

按平子怨詩，除黄注所引者外，文選王粲贈士孫文始詩李注引張衡怨詩曰：「同心離居，絶我中腸。」續古文苑卷四、丁福保全漢詩卷二所輯張衡詩佚此條。 用韻不同，所作或非一首。

〔二四〕**清典可味。**

「典」，黄校云：「一作『曲』，從紀聞改。」梅慶生天啟二年重修本已改爲「典」。 徐𤊹云：「當作『典』。」

紀昀云：「是『清曲』。『曲』字作『婉』字解。」

按作「典」是也。唐寫本、御覽、玉海五九引、王批本並作「典」。陸士衡集遂志賦：「思玄精練而和惠，欲麗前人，而優游清典，漏幽通矣。」亦以「清典」二字品評。

〔二五〕**五言騰踊。**

「踊」，唐寫本作「躍」。 御覽、玉海引作「踴」；元本、弘治本、活字本、汪本、佘本、張本、兩京本、何本、王批本、訓故本、凌本、合刻本、梁本、祕書本、謝鈔本、彙編本、別解本、清謹軒本、尚古本、岡本、文津本、張松孫本、鄭藏鈔本、崇文本、漢魏詩乘總録、詩源辨體四、讀書引十二同。

按「躍」「踴」通用。以宗經篇「百家騰躍」，總術篇「義味騰躍而生」例之，此當以作「躍」爲是。今本作「踊」，殆「踴」之殘誤。 漢書食貨志下：「而不軌逐利之民畜積餘贏以稽市物，痛騰躍。」顔注：「晉灼曰：『痛，甚也。言計市物賤，豫益畜之，物貴而出賣，故使物甚騰躍也。』師古曰：『不軌，謂不循軌度者也。言以其贏餘蓄積羣貨，使物稽滯在己，故市價甚騰貴。』」

〔二六〕**唯取昭晰之能。**

「晰」，唐寫本作「晣」；御覽引同。　徐焮云：「『哲』汪本。當作『晰』。」

按「晣」字是。已詳徵聖篇「文章昭晰以象離」條。

〔二七〕**乃正始明道。**

「乃」，唐寫本作「及」；御覽引同。

按「及」字是。

〔二八〕**唯嵇志清峻。**

按文選向秀思舊賦序：「余與嵇康呂安居止接近，其人並有不羈之才，然嵇志遠而疏。」

〔二九〕**若乃應璩百一。**

「一」，唐寫本作「壹」。

按才略篇：「休璉風情，則百壹標其志。」此當從唐寫本作「壹」，前後始能一律。

〔三〇〕**獨立不懼。**

按易大過象辭：「君子以獨立不懼。」

〔三一〕**辭譎義貞。**

「貞」，御覽引作「具」。　玉海引作「正」。

按「貞」字是。宗經篇「四則義貞此從唐寫本。而不回」，論説篇「必使時利而義貞」，並其證。御覽作「具」，乃形近之誤；玉海作「正」，則爲避宋仁宗嫌名改。廣雅釋詁一：「貞，正也。」

〔三二〕**亦魏之遺直也。**

按左傳昭公十四年：「仲尼曰：『叔向，古之遺直也。』」杜注：「言叔向之直，有古人遺風。」

〔三三〕**張潘左陸。**

唐寫本作「張左潘陸」；御覽引同。

按詮賦、時序、才略三篇所叙西晉作者，皆左先於潘，此亦應爾。宋書謝靈運傳論「潘陸特秀」，南齊書文學傳論「潘陸齊名，機岳之文永異」，梁書文學上庾肩吾傳「太子蕭綱。與湘東王書：『……近則潘陸顔謝』」，詩品上「景陽潘陸，自可坐於廊廡之間矣」，亦並以潘陸連稱。

〔三四〕**采縟於正始。**

「采」，倪本、鮑本御覽引作「綵」。

按「綵」字説文所無，當以作「采」爲是。文鏡祕府論南卷。論文意篇：「古人云：『采縟於正始。』」即引此文，不作「綵」。

〔三五〕**或枏文以爲妙。**

「枏」，唐寫本、兩京本、訓故本、龍谿本作「析」；活字本、鮑本御覽引同。

廣韻二十三錫：「析，分也。字從木斤，破木也。枏，俗。」是「枏」爲「析」之俗體，當據正。五經文字：「析作柝，譌。」

〔三六〕**或流靡以自妍。**

按顏延之庭誥：「至於五言流靡，則劉楨、張華。」御覽五八六引。沈約答甄琛書：「作五言詩者，善用四聲，則諷詠而流靡。」文鏡祕府論天卷四聲論篇引。高僧傳經師傳論：「詠歌之作，欲使言味流靡，辭韻相屬。」是「流靡」謂辭韻和諧也。史通言語篇：「言流靡而不淫。」又雜説下篇：「李陵集有與蘇武書，詞采壯麗，音句流靡。」

〔三七〕**此其大略也。**

按孟子滕文公上：「此其大略也。」趙注：「略，要也。」

〔三八〕**崇盛亡機之談。**

「亡」，徐𤊹云：「當作『忘』。」郝懿行説同。譚獻校作「忘」。按徐、郝説、譚校是。唐寫本正作「忘」；御覽引同。選詩約注二引亦作「忘」。天啟梅本已改作「忘」，當從之。祕書本、張松孫本已照改。

〔三九〕**所以景純仙篇，挺拔而爲俊矣。**

按李弘範翰林明道論：「（郭）景純善於遥寄，綴文之士，皆同宗之。」明鈔本太平廣記十三郭璞條引。文選木華海賦：「又似地軸挺拔而争迴。」李注：「廣雅（釋詁一）曰：『挺，出也。』」

〔四〇〕**宋初文詠**

按「文詠」此專就詩言。晉書劉琨傳：「文詠爲當時所許。」宋書謝靈運傳：「（山居賦）援紙握管，會性通神。」自注：「『及山棲以來，别緣既闌，尋慮文詠，以盡暇日之適；便可得通神會性，以永終朝。』」南齊書孔稚珪傳：「好文詠。」魏書成淹傳：「子霄，好爲文詠。」

〔四一〕**莊老告退，而山水方滋。**

「莊」，唐寫本作「嚴」；御覽引同。

按漢書五行志上：「嚴公二十年『夏，齊大災』。」顔注：「嚴公，謂莊公也。避明帝諱，故改曰嚴。凡漢書載謚，姓爲嚴者，皆類此。」又王貢兩龔鮑傳序：「（嚴君平）依老子、嚴周之指，著書十餘萬言。」顔注：「嚴周即莊周。」史通五行志錯誤篇「直云嚴公」原注：「嚴公即莊公也。漢避明帝諱，故改曰嚴。」是舍人此文或原作「嚴」，與論説篇「莊尤」之作「嚴尤」同。故唐寫本及御覽仍作「嚴」也。它篇之「莊周」却不作「嚴」。又按章炳麟國故論衡辨詩篇：「玄言之殺，語及田舍；田舍之隆，旁及山川雲物。」即出自此文。

〔四二〕**故鋪觀列代。**

「鋪」，龍谿本作「敷」。

按後漢書班固傳：「（典引）鋪觀二代洪纖之度。」章懷注：「鋪，徧也。」是「鋪觀」一詞之所自出。封禪篇「鋪觀兩漢隆盛」，尤爲切證。龍谿本作「敷」，乃意改。

〔四三〕**叔夜含其潤，茂先凝其清，景陽振其麗。**

「含」，唐寫本作「合」。宋本、鈔本、倪本、喜多本、鮑本御覽引同。「凝」，唐寫本作「擬」。宋本、鈔本、倪本、活字本、鮑本御覽引同。「振」，唐寫本作「震」。

按「含」、「凝」、「振」三字並是。文鏡祕府論南卷。論文意篇：「古人云：『……叔夜含其潤，茂先凝其清，景陽振其麗。』」當即引此文。是空海所見文心，與今本正同。

〔四四〕**兼善則子建仲宣。**

按顏延之庭誥：「至於五言流靡，則劉楨、張華；四言側密，則張衡、王粲；若夫陳思王，可謂兼之矣。」御覽五八六引。持論與舍人微異。蕭統文選所選曹、王詩，四言五言均有之。

〔四五〕**偏美則太沖公幹。**

「偏」，宋本、倪本、喜多本、鮑本御覽引作「徧」。

按此謂太沖、公幹詩作，長於五言。「徧」字非是。文選所選劉、左兩家詩，均止有五言，即其明證。

〔四六〕**鮮能通圓。**

「通圓」，唐寫本作「圓通」；御覽引同。

按作「圓通」是。論說篇「義貴圓通」，封禪篇「辭貫圓通」，並其證。庾亮釋奠祭孔子文「應感圓通」，類聚卷三八引。釋僧祐出三藏記集胡漢譯經音義同異記序「終隔圓通」，舍人滅惑論「觸感圓通」，高僧傳釋僧遠傳「業行圓通」，楞嚴經六「十三者，六根圓通，明照無二」，亦並以「圓通」爲言。史通自叙篇有「識味圓通」語。

〔四七〕**若妙識所難，其易也將至；忽之爲易，其難也方來。**

「之」，唐寫本作「以」；御覽引同。

按作「以」是也。國語晉語四：「文公問於郭偃曰：『始也吾以治國爲易，今也難。』對曰：『君以爲易，其難也將至矣；君以爲難，其易也將至焉。』」即此文之所自出，正作「以」字。當據正。

〔四八〕**則出自篇什。**

按「篇什」，猶言「風雅」。蓋「風詩」以篇計，雅詩以什計也。沈約宋書謝靈運傳論「紛披風什」之「風什」，與此「篇什」同。文選李善注：「毛詩題曰：『鹿鳴之什。』説者云：『詩每十篇同卷，故曰什也。』」

〔四九〕**則明於圖讖。**

「明」，徐𤊹校「萌」；馮舒校同。

按唐寫本及御覽引，並作「萌」。徐、馮兩家所校，是也。天啟梅本已改爲「萌」。張松孫本同。

樂府第七

樂府者，聲依永，律和聲也。鈞天九奏①，既其上帝〔一〕；葛天八闋②，爰乃皇時。自咸英以降③，亦無得而論矣。至於塗山歌於候人④，始爲南音；有娀謠乎飛燕⑤，始爲北聲；夏甲歎於東陽⑥，東音以發；殷整元作釐。思於西河⑦，西音以興：音聲推移〔二〕，亦不一概矣。匹元作及，許改。夫庶婦〔三〕，謳吟土風，詩官採言，樂盲元作育，許改。被律〔四〕，志感絲篁〔五〕，氣變金石〔六〕。是以師曠覘風於盛衰⑧，季札鑒微於興廢⑨，精之至也。

夫樂本心術，故響浹肌髓〔七〕，先王慎焉，務塞淫濫⑩。敷訓胄子〔八〕，必歌九德⑪，故能情感七始⑫，化動八風⑬。自雅聲浸微，溺音騰沸⑭，秦燔樂經，漢初紹復，制氏紀其鏗鏘⑮，叔孫定其容與⑯〔九〕。於是武德興乎高祖⑰，四時廣於孝文⑱，雖摹韶夏，而頗襲秦舊，中和之響〔一〇〕，闃其不還。暨武帝崇禮，始立樂府⑲，總趙代之音，撮齊楚之氣，延年以曼聲協律⑳，朱馬以騷體製歌〔一一〕。桂華雜曲㉑，麗而不經；赤雁群篇㉒，靡而非典〔一二〕；河間薦雅而罕御㉓，故汲黯致譏於天馬也㉔。至宣帝雅頌，詩效鹿鳴㉕〔一三〕；邇及元成〔一四〕，稍廣淫樂㉖。正音乖俗，其難也如此。暨後郊廟，惟雜雅章，辭雖典文，而律非夔曠。至於魏之三祖㉗，氣爽才麗，宰割辭調，音靡節平。觀其北上衆引，秋風列篇，或述酣宴，或傷羈戍，志不出於淫蕩〔一五〕，辭不離於哀思㉘，雖三調之正聲㉙，實韶夏之鄭曲也〔一六〕。逮於晉世，則傅玄曉音㉚，創定雅歌，以詠祖宗；張華新篇㉛，亦充庭萬㉜。然杜夔調律㉝，音奏舒雅〔一七〕；荀勗改懸，聲節哀急，故阮咸譏其離聲㉞〔一八〕，後人驗其銅尺，和樂精妙，固表裏而相資矣。故知詩爲樂心，聲爲樂體〔一九〕。樂體在聲，瞽師務調其器；樂心在詩，君子宜正其文。好樂無荒㉟，晉風所以稱遠㊱；伊其相謔㊲，鄭國所以云亡。故知季札觀辭，不直聽聲而已〔二〇〕。

若夫豔歌婉孌㊳，怨志詄絶〔二一〕，淫辭在曲，正響焉生？然俗聽飛馳，職競新異〔二二〕，雅詠温恭，必欠伸魚睨㊴〔二三〕；奇辭切至，則拊髀雀躍㊵：詩聲俱鄭，自此階矣。凡樂辭曰詩，詩聲曰歌〔二四〕，聲來被辭，辭繁難節；故陳思稱李延年閑於增損古辭，多者則宜減之〔二五〕，明貴約也。觀高祖之詠大風㊶，孝武之歎來遲㊷，歌童被聲，莫敢不協；子建士衡，咸有佳篇〔二六〕，並無詔伶人，故事謝絲管，俗稱乖調，蓋未思也。至於斬俞羡長云：疑作軒。伎疑作岐。鼓吹㊸〔二七〕，漢世鐃挽㊹，雖戎喪殊事，而並總入樂府，繆襲所致㊺〔二八〕，亦有可算焉。昔子政品文，詩與歌別，故略具樂篇〔二九〕，以標區界。

贊曰：八音摛文〔三〇〕，樹辭爲體。謳吟坰野，金石雲陛〔三一〕。韶響難追，鄭聲易啟。豈惟觀樂，於焉識禮〔三二〕。

【黄叔琳注】

①**鈞天九奏**〔史記〕趙簡子疾瘠，語大夫曰：我之帝所甚樂，與百神遊於鈞天，廣樂九奏萬舞，不類三代之樂，其聲動人心。②**葛天八闋**見明詩篇。③**咸英**〔樂緯〕黄帝樂曰咸池，帝嚳樂曰六英。④**塗山**〔吕氏春秋〕禹行功，見塗山之女，禹未之遇而巡省南土。女令妾待禹於塗山之陽，作歌曰：候人兮猗。實始作爲南音。⑤**有娀**〔吕氏春秋〕有娀氏有二佚女，爲之九成之臺，飲食必以鼓。帝令燕往視之，鳴若謚隘，二女愛而争搏之，覆以玉筐。少選，發而視之，燕遺二卵北飛，遂不返。二女作歌，一終曰：燕燕往飛。實始作爲北音。⑥**夏甲**〔吕氏春秋〕夏后氏孔甲田于東陽萯山，天大風晦盲，孔甲迷惑，入于民室。主人方乳，或曰之子是必有殃，后曰：以爲余子，孰敢殃之。子長成人，幕動折橑，斧斫斬其足。孔甲曰：嗚呼有疾，命矣夫！乃作破斧之歌，實始爲東音。⑦**殷整**〔吕氏春秋〕周昭王親將征荆，辛餘靡爲王右。王抎於漢中，辛餘靡振王北濟，周公乃候之於西翟。殷整甲徙宅西河，猶思故處，實始作爲西音。⑧**師曠**〔左傳〕晉人聞有楚師。師曠曰：不害。吾驟歌北風，又歌南風，南風不競，多死聲，楚必無功。⑨**季札**〔左傳〕吴公子札來聘，請觀周樂。爲之歌鄭，曰：美哉，其細已甚，民弗堪也，是其先亡乎？爲之歌齊，曰：美哉，泱泱乎大風也哉！表東海者其太公乎？國未可量也。⑩**淫濫**〔樂記〕流辟、邪散、狄成、滌濫之音作，而民淫亂。⑪**九德**〔漢禮樂志〕周詩既備，而其器用張陳，周官具焉。朝夕習業，以教國子。皆學歌九德，誦六詩，習六舞五聲八音之和。故帝舜命夔曰：女典樂，教胄子。⑫**七始**〔禮樂志〕七始華始，肅倡和聲。〔注〕七始，天地四時人之始。華始，萬物英華之始也。以爲樂名，如六英也。〔王應麟玉海〕黄鍾、林鍾、太簇爲天地人之始，姑洗、蕤賓、南吕、應鍾爲

四時之始。⑬**八風**〔易緯〕八節之風謂之八風。〔左傳〕夫舞所以節八音而行八風。〔杜注〕八風，八方之風也。以八音之器播八方之風，手之舞之，足之蹈之，節其制而叙其情。⑭**溺音**〔樂記〕子夏曰：今君之所好者其溺音乎？文侯曰：敢問溺音何從出也？子夏曰：鄭音好濫淫志，宋音燕女溺志，衛音趨數煩志，齊音敖辟喬志。此四者皆淫於色而害於德，是以祭祀弗用也。⑮**制氏**〔禮樂志〕漢興樂家有制氏，以雅樂聲律世世在太樂官，但能紀其鏗鏘鼓舞，而不能言其義。⑯**叔孫**〔禮樂志〕叔孫通因秦樂人，制宗廟樂。⑰**武德**〔禮樂志〕武德舞者，高祖四年作，以象天下樂己行武以除亂也。⑱**四時**〔禮樂志〕四時舞者，孝文所作，以明示天下之安和也。⑲**始立樂府**〔禮樂志〕武帝定郊祀之禮，乃立樂府，采詩夜誦，有趙、代、秦、楚之謳。〔按〕孝惠二年，夏侯寬已爲樂府令，則樂府之立，未必始於武帝也。⑳**延年**〔漢書佞幸傳〕李延年善歌，爲新變聲。上欲造樂，令司馬相如等作詩頌。延年輒承意弦歌所造詩，爲之新聲曲。女弟李夫人産昌邑王，繇是貴爲協律都尉。㉑**桂華**〔禮樂志〕安世樂房中歌十七章，其七曰桂華。㉒**赤鴈**〔禮樂志〕郊祀歌象載瑜十八：太始三年，行幸東海，獲赤鴈作。㉓**河間薦雅**〔禮樂志〕河間獻王有雅材，以爲治道非禮樂不成，因獻所集雅樂，天子下太樂官常存肄之，歲時以備數，然不常御。常御及郊廟皆非雅聲。㉔**汲黯**〔史記樂書〕武帝得神馬渥洼水中，歌曲曰：太一貢兮天馬下。後伐大宛，得千里馬，歌詩曰：天馬來兮從西極。汲黯進曰：凡王者作樂，上以承祖宗，下以化兆民；今陛下得馬，詩以爲歌，協於宗廟，先帝百姓，豈能知其音耶？㉕**詩效鹿鳴**〔王褒傳〕宣帝時，天下殷富，數有嘉應，上頗作歌詩，欲興協律之事。於是益州刺史王襄欲宣風化於衆庶，聞王褒有俊才，請與相見，使褒作中和樂職宣布詩，選好事者令依鹿鳴之聲，習而歌之。㉖**稍廣淫樂**〔禮樂志〕成帝時，鄭聲尤甚。黄門名倡丙彊、景武之屬，富顯於世，貴戚五侯定陵、富平外戚之家，淫侈過度，至與人主争女樂。㉗**三祖**〔鍾嶸詩品〕魏武帝、魏明帝詩，曹公古直，甚有悲涼之句。叡不如丕，亦稱三祖。㉘**哀思淫蕩**按魏太祖苦寒行「北上太行山」云云，通篇寫征人之苦。文帝燕歌行「秋風蕭瑟天氣涼」云云，亦託辭於思婦，所謂或傷羈戍，辭不離於哀思也。他若文帝於譙作孟津諸作，則又或述酣宴，志不出於淫蕩之證也。㉙**三調**〔晉樂志〕有因絲竹金石，造歌以被之，魏世三調歌辭之類是也。又〔唐樂志〕曰：平調、清調、瑟調，皆周房中曲之遺聲，漢世謂之三調。又有楚調，漢房中樂也，與前三調總謂之相和調。㉚**傅玄**〔晉樂志〕泰始二年，詔郊祀明堂禮樂，權用魏儀，遵周室肇稱殷禮之義，但改樂章而已，使傅玄爲之詞云。㉛**張華**〔晉樂志〕使郭夏、宋識等造正德、大豫二舞，其樂章張華所作。㉜**庭萬**〔詩邶風〕簡兮篇：公庭萬舞。〔公羊傳〕萬者何，干舞也。〔何休注〕干謂楯也，能爲人扞難，而不使害人，故聖王貴之，以爲武樂。萬者其篇名。㉝**杜夔**〔晉樂志〕魏武平荆州，獲漢雅樂郎河南杜夔，能識舊法，以爲軍謀祭酒，使創定雅樂。㉞**荀勖、阮咸**〔晉樂志〕荀勖以杜夔所制律吕，校太樂，總章、鼓吹八音，與律吕乖錯，乃制古尺，作新律吕，以調聲韻。勖又作新律，自謂宮商克諧，然論者猶謂勖暗解。時阮咸妙達八音，論者謂之神解。咸常心譏勖新律聲高，以爲高近哀思，不合中和。每公會樂作，勖意咸謂之不調，以爲異己，出咸爲始平相。後有田父耕於野，得周時玉尺，勖以校己所治鐘鼓金石絲竹，皆短校一米，於此伏咸之妙，徵歸。㉟**好樂無荒**詩唐風蟋蟀篇。㊱**晉風**

〔左傳〕季札觀樂，爲之歌唐，曰：思深哉！其有陶唐氏之遺民乎？不然何憂之遠也。〔注〕晉本唐國。㊲**伊其相謔**詩鄭風溱洧篇。㊳**豔歌**〔樂府〕古豔歌古辭，一曰妍歌。㊴**欠伸魚睨**〔鮑昭謝見原疏〕大喜猝至，小願所圖，魚愕雞睨，且悚且慚。㊵**拊髀雀躍**〔莊子〕雲將東遊，過扶搖之枝，而適遭鴻濛。鴻濛方將拊髀雀躍而遊。㊶**詠大風**〔史記〕高帝還歸過沛，悉召故人父老子弟縱酒。發沛中兒得百二十人，教之歌。酒酣，高祖擊筑自爲歌詩曰：大風起兮雲飛揚，威加海内兮歸故鄉，安得猛士兮守四方。㊷**歎來遲**〔漢書外戚傳〕李夫人卒，帝思念不已。方士少翁言能致其神，迺夜張燈燭，設帷帳，陳酒肉，而令上居他帳遥望。見好女如李夫人之貌，上愈益相思悲感，爲作詩曰：是邪非邪，立而望之，偏何姍姍其來遲！令樂府諸音家絃歌之。㊸**軒岐鼓吹**〔崔豹古今注〕短簫鐃歌，軍樂也，黄帝使岐伯作。漢樂有黄門鼓吹，天子以燕樂群臣。短簫鐃歌，鼓吹之一章耳。㊹**漢世鐃挽**〔宋樂志〕漢鼓吹鐃歌十八曲。〔譙周法訓〕挽歌者，高帝召田横，至尸鄉自殺，從者不敢哭，爲此歌以寄哀音焉。〔古今注〕薤露、蒿里，並喪歌也。言人命如薤上之露，易晞滅也。亦謂人死魂魄歸乎蒿里。至孝武時，李延年乃分爲二曲，薤露送王公貴人，蒿里送士大夫庶人，使挽柩者歌之，亦呼爲挽歌。㊺**繆襲**〔文章志〕繆襲字熙伯，作魏鼓吹曲及挽歌。

【楊明照校注】

〔一〕**既其上帝。**

「既」，唐寫本作「暨」。　「其」，玉海一百六引作「具」。

按「暨」、「具」二字並誤。章表篇「既其身文」，奏啓篇「既其如兹」，程器篇「既其然矣」，句法並與此同。舍人剡山石城寺石像碑「金剛既其比堅」，亦可證。子苑六五引作「既其」，益足證唐寫本及玉海之誤。王批本作「既其」。

〔二〕**音聲推移。**

「音」，唐寫本作「心」。

按唐寫本是。「心聲」二字出揚子法言問神篇，此指歌辭。書記、夸飾、附會三篇，並有「心聲」之文。高誘淮南子脩務篇注：「推移，猶轉易也。」

〔三〕**匹夫庶婦。**

「匹」，黄校云：「元作『及』，許改。」　唐寫本作「及匹夫庶婦」。

按唐寫本是。許改以前各本均作「及夫庶婦」，乃「及」下脱一「匹」字。許改於文意雖合，於語勢則失矣。

〔四〕**樂盲被律。**

「盲」，黄校云：「元作『育』，許改。」此沿萬曆梅本校語。　彙編本、祕書本、崇文本作「肓」。清謹軒本作「音」。　徐𤍠云：「樂胥，大胥。見禮記。」唐寫本作「肙」。

按徐説是。「育」、「盲」、「肓」、「音」四字並誤。天啓梅本改「胥」，注云：「許改。」是許乃改「育」爲「胥」，非改爲「盲」也。唐寫本作「肙」，即「胥」之或體。韓勑碑、桐柏廟碑「胥」並作「肙」（廣韻九魚：「胥，俗作胥。」）。周禮春官大司樂：「大胥中士四人，小胥下士八人。」禮記王制：「小胥，大胥。」鄭注並云：「樂官屬也。」文王世子「大胥贊之」注同。尚書大傳略説：「胥與就膳徹。」鄭注亦云：「胥，樂官也。」即其義。此作「樂胥」，與上句「詩官」相對。玉海一百六引正作「胥」，不誤。當據改。

〔五〕**志感絲篁。**

「篁」，唐寫本作「簧」。

按總術篇「聽之則絲簧」，亦以「絲簧」連文，則此當從唐寫本改作「簧」，前後一律。文選馬融長笛賦有「漂凌絲簧」語，吕向注：「絲，琴瑟也。簧，笙也。」

〔六〕**氣變金石。**

「石」，唐寫本作「竹」。

按詩品序：「古曰詩頌，皆被之金竹。」疑此原亦作「金竹」。傳寫者蓋狃於「金竹」連文不習見而改耳。禮記樂記：「金、石、絲、竹，樂之器也。」八音之鐘爲金，簫爲竹。

〔七〕**夫樂本心術，故響浹肌髓。**

按禮記樂記：「應感起物而動，然後心術形焉。」鄭注：「術所由也。」漢書禮樂志「然後心術形焉」顔注：「術，道徑也，心術，心之所由也。」漢書董仲舒傳：「仲舒對曰：『……樂者，所以變民風，化民俗也。其變民也易，其化人也著。故聲發於和而本於情，接於肌膚，臧於骨髓。故王道雖微缺，而筦絃之聲未衰也。』」（禮樂志「夫樂本情性，而臧骨髓」二語，即本仲舒對策。）

〔八〕**敷訓胄子。**

按書舜典：「帝曰：『夔！命汝典樂，教胄子。』」釋文引馬融曰：「胄，長也；教長天下之子弟。」

〔九〕**叔孫定其容與。**

「與」，唐寫本作「典」。

按唐寫本是。後漢書曹襃傳論：「漢初，天下創定，朝制無文，叔孫通頗採經禮，參酌秦法，雖適物觀時，有救崩敝；然先王之容典，蓋多闕矣。」章懷注：「容，禮容也，典，法則也；謂行禮威儀俯仰之容貌也。」舍人所謂「定容典」者，蓋指其制宗廟樂見漢書禮樂志，范注已具。之禮容法則也。新唐書歸崇敬傳：「治禮家學，多識容典。」亦可爲此當作「容典」之證。

〔一〇〕**中和之響。**

按禮記樂記：「故樂者，天地之命，中和之紀，人情之所不能免也。」（荀子樂論篇略同）又見史記樂書、白虎通德論禮樂篇。荀子勸學篇：「樂之中和也。」楊注：「中和，謂使人得中和悅也。」

〔一一〕**朱馬以騷體製歌。**

「朱」，沈巖校作「枚」。吴翌鳳校同。文體明辨六有此文，「朱」作「司」。詩法萃編同。

按「朱」字不誤。朱爲朱買臣，王惟儉、梅慶生所注是也。沈、吴校爲「枚」，文選李善注曾四引枚乘樂府詩句（美人在雲端，天路隔無期），蓋沈、吴所據。徐、許改作「司」，並非。

〔一二〕**桂華雜曲，麗而不經；赤雁群篇，靡而非典。**

按宋書樂志一：「漢武帝雖頗造新哥歌本字，然不以光揚祖考，崇述正德爲先；但多詠祭祀見事，及其祥瑞而已。商周雅頌之體，闕焉。」隋書音樂志上：「武帝裁音律之響，定郊丘之祭，頗雜謳謡，非全雅什。」並足與此文相發。

〔一三〕**至宣帝雅頌，詩效鹿鳴。**

唐寫本作「至宣帝雅詩，頗效鹿鳴」。

按唐寫本是。今本「頌」字，乃「頗」之倒誤。「頗效鹿鳴」者，即漢書王褒傳「選好事者，令依鹿鳴之聲，習而歌之」之意。

〔一四〕**邇及元成。**

「邇」，唐寫本作「逮」。

按「逮」字是。

〔一五〕**志不出於淫蕩。**

「淫」，唐寫本作「慆」。元本、弘治本、汪本、張本、兩京本、何本、胡本、訓故本、梅本、凌本、合刻本、梁本、祕書本、彙編本、別解本、清謹軒本、尚古本、岡本、文津本、張松孫本、崇文本作「滔」；詩紀別集一、子苑六五、漢魏詩乘總録、古樂苑衍録總論、文儷同。

按「慆」字是。「滔」蓋「慆」之形誤；「淫」非由字誤，即寫者妄改。左傳昭公元年：「先王之樂，所以節百事也。……於是乎有煩手淫聲，慆堙心耳；乃忘平和，君子弗聽也。杜注：「五降而不息，則雜聲並奏，所謂鄭衛之聲。」……君子之近琴瑟，以儀節也，非以慆心也。」杜注：「爲心之節儀，使動不過度。」尚書大傳：「師乃慆，前歌後舞。」鄭玄注。曰：「慆，喜也。衆大喜，前歌後舞也。」御覽四六七引。說文心部：「慆，説悦。也。」玉篇心部：「慆，喜也；慢也。」廣韻六豪：「慆，悦樂。」「志不出於慆蕩」，承上「或述酣宴」句，「悦」、「喜」、「慢」、「悦樂」四訓，皆與文意吻合。

〔一六〕**雖三調之正聲，實韶夏之鄭曲也。**

按南齊書蕭惠基傳：「宋大明以來，聲伎所尚，多鄭衛淫俗，雅樂正聲，鮮有好者。惠基解音律，尤好魏三祖曲及相和歌。每奏，輒賞悦不能已。」足與此文相發。

〔一七〕**然杜夔調律，音奏舒雅。**

按傅暢晉諸公贊：「律成，散騎侍郎阮咸謂（荀）勗所造聲高，高則悲，……今聲不合雅，懼非德政中和之音，必是古今尺有長短所致。然今鐘磬是魏時杜夔所造，不與勗律相應，音聲舒雅，而久不知李慈銘批校謂：「不知疑當作不如。」夔所造，時人爲之不足改易。」世説新語術解篇劉注引。舍人「音奏舒雅」語本此。

〔一八〕**故阮咸譏其離聲。**

「聲」，唐寫本作「磬」。

按唐寫本是也。禮記明堂位：「垂之和鍾，叔之離磬。」鄭注：「和、離，謂次序其聲縣也。」孔疏：「叔之離磬者，叔之所作編離之磬，……和、離謂次序其聲縣也者，聲解和也，縣解離也，言縣磬之時，其磬希疏相離。」據此，咸譏荀勗之離磬者，蓋以其改懸依杜夔所造鍾磬有所參池詳范注。而言。若作「聲」，則非其指矣。

〔一九〕**聲爲樂體。**

按左傳昭公二十一年：「夫音，樂之輿也；而鐘，音之器也。」杜注：「樂因音而行。音由器以發。」

〔二〇〕**故知季札觀辭，不直聽聲而已。**

按「辭」字蓋涉下文而誤，當作「樂」。事見左傳襄公二十九年。贊中亦有「豈惟觀樂」語。禮記樂記：「君子之聽聲，非聽其鏗鏘而已。」又見史記樂書、説苑修文篇。

〔二一〕**怨志詄絶。**

「詄」，譚獻校改「訣」。

按譚校是。唐寫本、元本、兩京本、胡本、王批本正作「訣」，未誤。當據改。

〔二二〕**職競新異。**

按詩小雅十月之交：「職競由人。」毛傳：「職，主也。」

〔二三〕**必欠伸魚睨。**

按儀禮士相見禮：「君子欠伸。」鄭注：「志倦則欠，體倦則伸。」文選王褒洞簫賦：「魚瞰雞睨。」李注：「魚目不瞑，雞好邪視，故取喻焉。瞰，視也；睨，邪視也。」

〔二四〕**凡樂辭曰詩，詩聲曰歌。**

「詩聲」，唐寫本作「咏聲」。

按唐寫本是。「咏」同「詠」。漢書藝文志六藝略：「誦其言謂之詩，詠其聲謂之歌。」舍人語似本此。禮記樂記：「歌，詠其聲也。」史記樂書同。國語魯語下：「歌，所以詠詩也。」説苑修文篇：「歌，詠其聲。」並其證。今本蓋涉上「詩」字而誤，當據改。

〔二五〕**故陳思稱李延年閑於增損古辭，多者則宜減之。**

「李」，唐寫本作「左」。

按唐寫本是。今本蓋寫者不甚了了左延年其人其事，而又囿於上文「延年以曼聲協律」句妄改耳。晉書樂志上：「杜夔傳舊雅樂四曲：一曰鹿鳴，二曰騶虞，三曰伐檀，四曰文王，皆古聲辭。及太和魏明帝年號。中，左延年改夔騶虞、伐檀、文王三曲，更自作聲節，其名雖存，而聲實異。」此左延年「增損古辭」之可考者。「多者則宜減之」，蓋緣「自作聲節」故也。

〔二六〕**子建士衡，咸有佳篇。**

「咸」，唐寫本作「亟」。

按作「亟」是。「亟」，屢也。漢書刑法志顏注。諸子篇「鶡冠緜緜，亟發深言」，時序篇「微言精理，亟滿玄席」，其用「亟」字義與此同。

〔二七〕**至於斬伎鼓吹。**

「斬」，黄校引俞羨長云：「疑作『軒』。」此沿梅校。詩紀別集一作「斬」，注云：「疑作『軒』。」漢魏詩乘總録、古樂苑衍録一注並同。 唐寫本作「軒」。訓故本、謝鈔本、崇文本、文儷同（天啟梅本改作「軒」，張松孫本從之）。

「伎」，黄校云：「疑作『岐』。」 唐寫本作「岐」。訓故本同。 天啟梅本改作「代」。張松孫本從之（崇文本同）。

按作「軒岐」是。東觀漢記樂志：「黄門鼓吹，……其短簫鐃歌，軍樂也。其傳曰：『黄帝岐伯所作，以建威揚德，風敵此字原脱，今補。勸士也。』」宋書樂志一、續漢禮儀志中劉注引蔡邕禮樂志同。 天啟梅本改「伎」爲「代」，蓋緣不得其解，由未作注可知。 而又求與下句「漢世鐃挽」相儷耳。

〔二八〕 **繆襲所致。**

唐寫本作「繆朱所改」。紀昀云：「『致』，當作『制』。」

按唐寫本「致」作「改」是，「朱」則非也。以其字形推之，「朱」當作「韋」。蓋草書「韋」、「朱」形近，故「韋」誤爲「朱」。「繆」是繆襲，「韋」是韋昭。「所改」，謂繆襲所改魏鼓吹曲十二篇，韋昭所改吴鼓吹曲十二篇也。歌辭並見宋書樂志四及樂府詩集十六。 晉書樂志下：「漢時有短簫鐃歌之樂，其曲有朱鷺……釣竿等曲，列於鼓吹，多序戰陣之事。及魏受命，改其十二曲，使繆襲爲詞，述以功德代漢。改朱鷺爲楚之平，言魏也；……改上邪爲太和，言明帝繼體承統，太和改元，德澤流布也。其餘並同舊名。是時，吴亦使韋昭製十二曲名，以述功德受命。改朱鷺爲炎精缺，言漢室衰，孫堅奮迅猛志，念在匡救，王迹始乎此也；改上邪曲爲玄化，言其時主修文武，則天而行，仁澤流洽，天下喜樂也。其餘亦用舊名不改。」樂府詩集十六所叙略同。 據此，舍人僅就鼓吹曲而言。黄、范兩家注涉及熙伯挽歌，恐非。

〔二九〕**故略具樂篇。**

「具」，唐寫本作「序」。

按凌本作「叙」，與唐寫本合。「序」、「叙」古通用不別。

〔三〇〕**八音摛文。**

按周禮春官大師：「皆文之以五聲：宮，商，角，徵，羽；皆播之以八音：金，石，土，革，絲，木，匏，竹。」鄭注：「文之者，以調五聲，使之相次，如錦繡之有文章。」此句「文」字義與彼同。

〔三一〕**金石雲陛。**

按「雲陛」，謂宮廷。左思七諷：「建雲陛之嵯峨。」文選謝朓始出尚書省詩李注（誤作七牧），又沈約齊安陸昭王碑（又誤作七略）李注引。南齊書孔稚珪傳：「臣謹仰述天官，伏奏雲陛。」文選謝朓始出尚書省詩：「十載朝雲陛。」

〔三二〕**豈惟觀樂，於焉識禮。**

「禮」，萬曆梅本作「體」。漢魏詩乘總録作「理」。

按「體」、「理」均誤。此二句係用吴季札事。篇中曾明言之。禮記檀弓下：「孔子曰：『延陵季子，吴之習於禮者也。』」説苑修文篇、家語曲禮子貢問篇同。

詮賦第八

詩有六義，其二曰賦。賦者，鋪也❶；鋪采摛文，體物寫志也。昔邵吕覽作召。公稱公卿獻詩①，師箴賦〔一〕。傳云：登高能賦②❷，可爲大夫。詩序則同義，傳説則異體，總其歸塗，實相枝幹。劉向云明不歌而頌〔二〕，班固稱古詩之流也③。至如鄭莊之賦大隧④，士蔿之賦狐裘⑤，結言摳韻〔三〕，詞自己作，雖合賦體，明而未融⑥。及靈均唱騷⑦，始廣聲貌〔四〕。然賦也者〔五〕，受命於詩人⑧，拓疑作括。宇於楚辭也⑨❸〔六〕。於是荀況禮智⑩，宋玉風釣⑪，爰錫名號，與詩畫境，六義附庸，蔚成大國。遂許云：當作述。客主元作至。以首引，極聲元脱，曹補。貌以窮文，斯蓋別詩之原始，命賦之厥初也。

秦世不文，頗有雜賦⑫。漢初詞人，順流而作，陸賈扣其端⑬，賈誼振其緒⑭，枚馬同其風⑮〔七〕，王揚騁其勢⑯，皋朔元作翔，曹改。已下⑰，品物畢圖。繁積於宣時，校閲於成世⑱，進御之賦，千有餘首，討其源流，信興楚而盛漢矣⑲。夫京殿苑獵⑳，述行序志㉑，並體國經野，義尚光大，既履端於倡序㉒〔八〕，亦歸餘於總亂㉓。序以建言，首引情本；亂以理篇，迭致文契〔九〕。按那之卒章㉔，閔馬元作焉，朱改。稱亂，故知殷人輯頌，楚人理賦，斯並鴻裁之寰域，雅文之樞轄也。至於草區禽族㉕，庶元作鹿，曹改。品雜類〔一〇〕，則觸興致情，因變取會；擬諸形容，則言務纖密；象其物宜，則理貴側附〔一一〕：斯又小制之區畛，奇巧之機要也。

觀夫荀結隱語㉖，事數自環；宋發巧談㉗〔一二〕，實始淫麗㉘；枚乘兔園㉙，舉要以會新；相如上林㉚，繁類以成豔；賈誼鵩鳥㉛，致辨於情理；子淵洞簫㉜，窮變於聲貌；孟堅兩都㉝，明絢元作朋約，朱考御覽改。以雅贍；張衡二京㉞，迅發一作拔。以宏富〔一三〕；子雲甘泉㉟，構深瑋之風；延壽靈光㊱，含飛動之勢〔一四〕：凡此十家，並辭賦之英傑也〔一五〕。及仲宣靡密，發端必遒；偉長博通㊲，時逢壯采；太沖安仁㊳，策勳於鴻規；士衡子安㊴，底績於流制〔一六〕；景純綺巧㊵，縟理有餘；彥伯梗概㊶，情韻不匱〔一七〕：亦魏晉之賦首也。

原夫登高之旨，蓋覩物興情。情以物興，故義必明雅；物以情觀〔一八〕，故詞必巧麗。麗詞雅義，符采相勝，如組織之品朱紫，畫繪之著玄黃，文雖新而有質〔一九〕，色雖糅而有本〔二〇〕，一作儀。此立賦之大體也。然逐末之儔，蔑棄其本，雖讀千賦㊷，愈惑體要〔二一〕；遂使繁華損枝❹，膏腴害骨，無貴風軌〔二二〕，莫益勸戒：此揚子所以追悔於雕蟲，貽誚於霧縠者也㊸。

贊曰：賦自詩出，分歧異派。寫物圖皃，蔚似雕畫。抑滯必揚，言庸無隘〔二三〕，風歸麗則，辭翦美稗〔二四〕。

【黃叔琳注】

①召公〔國語〕召公曰：故天子聽政，使公卿至於列士獻詩，瞽獻典，史獻書，師箴，瞍賦，矇頌，百工諫。

②**登高能賦**〔漢藝文志〕傳曰：不歌而頌謂之賦，登高能賦，可以爲大夫。③**古詩之流**〔班固兩都賦序〕賦者古詩之流也。④**鄭莊**〔左傳〕鄭莊公感潁考叔之言，與武姜隧而相見。公入而賦大隧之中，其樂也融融。⑤**士蔿**〔左傳〕晉獻公使士蔿爲夷吾城屈，不慎，置薪焉。讓之，退而賦曰：狐裘尨茸，一國三公，吾誰適從？⑥**未融**〔左傳〕明夷之謙，明而未融。⑦**靈均**屈原字。〔史記〕屈原名平，憂愁幽思而作離騷。⑧**詩人**〔藝文志〕春秋之後，聘問歌詠不行於列國。學詩之士，逸在布衣，而賢人失志之賦作矣。⑨**括宇**〔西京雜記〕相如曰：賦家之心，包括宇宙，總覽人物。〔藝文志〕大儒孫卿及楚臣屈原，離讒憂國，作賦以風。⑩**荀況**〔史記〕荀卿，趙人，名況，著有禮賦、智賦。⑪**宋玉**〔宋玉風賦〕見文選。釣賦見賦苑。⑫**雜賦**〔藝文志〕秦時雜賦九篇。⑬**陸賈**〔藝文志〕陸賈賦三篇。⑭**賈誼**〔藝文志〕賈誼賦七篇。⑮**枚**〔藝文志〕枚乘賦九篇。**馬**〔藝文志〕司馬相如賦二十九篇。⑯**王**〔藝文志〕王褒賦十六篇。**揚**〔藝文志〕揚雄賦十二篇。⑰**皋**〔藝文志〕枚皋賦百二十篇。**朔**〔漢書〕東方朔有皇太子生禖屏風殿上柏柱平樂觀賦。⑱**成世**〔兩都賦序〕武宣之世，言語侍從之臣，時時間作。或以抒下情而通諷諭，或以宣上德而盡忠孝，雍容揄揚，著於後嗣，亦雅頌之亞也。故孝成之世，論而録之，蓋奏御者千有餘篇。⑲**興楚盛漢**〔吴訥文章辨體〕古今言賦，自騷之外，咸以兩漢爲古，蓋非晉魏以還所及。⑳**京殿**〔文選〕兩都、二京、靈光、景福之類是也。**苑獵**上林、甘泉、長楊、羽獵之類是也。㉑**述行**北征、東征之類是也。**序志**幽通、思玄之類是也。㉒**履端**〔左傳〕先王之正時也，履端於始，歸餘於終。㉓**總亂**〔王逸楚辭注〕亂，理也，所以發理詞指，總撮其要也。極意陳詞，

文彩紛華，然後結括一言，以明所起也。㉔**那之卒章**〔國語〕閔馬父曰：正考父校商之名頌十二篇於周太師，以那爲首。其輯之亂曰：自古在昔，先民有作，温恭朝夕，執事有恪。㉕**草區禽族**〔藝文志〕雜禽獸六畜昆蟲賦十八篇。雜器械草木賦三十三篇。㉖**荀結隱語**〔荀子禮賦注〕言禮之功用甚大，時人莫知，故假爲隱語，問之先王。㉗**宋發巧談**〔文選〕宋玉有高唐賦、神女賦、好色賦。㉘**淫麗**〔藝文志〕揚子曰：詩人之賦麗以則，詞人之賦麗以淫。㉙**兔園**〔漢書〕枚乘字叔，游梁，梁客皆善屬詞賦，乘尤高。兔園，苑名。〔賦苑〕有枚乘兔園賦。㉚**上林**〔司馬相如傳〕相如請爲天子游獵之賦，賦奏，天子以爲郎。亡是公言上林廣大，侈靡多過其實。㉛**鵩鳥**〔賈誼傳〕誼爲長沙傅三年，有鵩飛入誼舍，止於坐隅。鵩似鴞，不祥鳥也。誼既以謫居長沙，長沙卑溼，誼自傷悼，以爲壽不得長，迺爲賦以自廣。㉜**洞簫**〔王褒傳〕太子喜褒所爲甘泉及洞簫頌，令後宮貴人左右皆誦讀之。㉝**兩都**〔後漢書〕班固字孟堅，上兩都賦，盛稱洛邑制度之美。㉞**二京**〔後漢書〕張衡字平子，永元中，天下承平日久，自王侯以下，莫不踰侈，衡乃擬班固兩都作二京賦，因以諷諫。㉟**甘泉**〔漢書〕揚雄字子雲，正月從上甘泉還，奏甘泉賦以諷。㊱**靈光**〔後漢書〕王逸子延壽，字文考，游魯作靈光殿賦。蔡邕亦造此賦，未成，及見延壽所爲，遂輟翰。㊲**仲宣偉長**〔魏志〕王粲字仲宣，徐幹字偉長。〔文選〕曹子建與楊德祖書曰：昔仲宣獨步於漢南，偉長擅名於青土。㊳**太沖**〔臧榮緒晉書〕左思字太沖，欲作三都賦，乃詣著作郎張載訪岷邛之事，遂構思十稔，門庭藩溷皆著紙筆，得句即疏之。賦成，張華見而咨嗟，都邑豪貴競相傳寫。**安仁**〔晉書〕潘岳字安仁，弱冠辟司空太尉府，舉秀才，高步一時。所著有耕藉、射雉、西征、秋興、閒居、懷舊諸賦。㊴**士衡**〔臧榮緒晉書〕陸機字士衡，與弟雲勤學，聲溢四表，機妙解情理，作文賦。**子安**〔晉書〕成公綏字子安，少有俊才，口吃。張華一見甚善之，時人以貧賤不重其文。仕至中臺郎，著有嘯賦。㊵**景純**郭璞字景純。〔晉中興書〕曰：璞以中興王宅江外，乃著江賦，述川瀆之美。㊶**彥伯**〔晉陽秋〕袁宏字彥伯，賦苑有袁彥伯東征賦。㊷**讀千賦**〔桓譚新論〕余素好文，見子雲善爲賦，欲從之學。子雲曰：能讀千首賦，則善爲之矣。㊸**雕蟲霧縠**〔揚子法言〕或問：吾子少好賦？曰：然。童子雕蟲篆刻。俄而曰：壯夫不爲也。或曰：霧縠之組麗。曰：女工之蠹矣。

【李詳補注】

❶**賦者鋪也二句**詳案：〔毛詩關雎序〕詩有六義，二曰賦。〔正義〕曰：賦者鋪陳今之政教善惡，其言通正變，兼美刺。詳謂屈原、荀卿之賦，庶幾似之。其後皆不免如彥和所云鋪采摛文，體物寫志矣。❷**傳云登高能賦二句**詳案：語見今〔毛詩定之方中傳〕〔正義〕大夫臣之最尊，故責其能。黄注引漢書藝文志，彥和先引毛傳，後言劉向云云，係分別言，不以不歌而頌語歸之傳也。❸**拓宇於楚辭**黄疑拓作括。紀云：拓字不誤，開拓之義也。〔顏延年宋郊祀歌〕開拓土宇。李善〔注〕引漢書虞詡曰：先帝開拓土宇。❹**繁華損枝**詳案：〔戰國策秦策〕木實繁者披其枝。

【楊明照校注】

〔一〕**昔邵公稱公卿獻詩，師箴賦。**

「邵」，黄校云：「吕覽作『召』。」此沿梅校。　活字本御覽五八七引作「召」；訓故本同。　唐寫本無「卿」字，「賦」上有「暬」字；御覽引有「卿」字「暬」字。　謝兆申校作「師箴瞍賦」；沈巖、紀昀校同。　訓故本作「師箴瞍賦」；賦略緒言引同。　天啟梅本改作「師箴瞍賦」。「箴瞍」二字品排刻，當係剜改（文溯本剜增「瞍」字）。　徐𤊹校作「師暬箴賦」。

郝懿行云：「按國語作『師箴瞍賦』，疑遺一字。」

按「邵」字未誤。已詳明詩篇「案召南行露」條。「公」字當有。舍人此文本國語周語下，原文黃、范兩家注已具（梅注引呂氏春秋達鬱篇不愜）。應以作「師箴瞍賦」爲是。史記周本紀、潛夫論潛歎篇亦並作「師箴瞍賦」。

〔二〕**劉向云明不歌而頌。**

唐寫本「劉」上有「故」字，「云」字無；御覽、類要三一引同。

郝懿行云：「按『明』字疑衍。」

按「故」字當據增，「云」字應照刪。「不歌而頌」，本見漢書藝文志詩賦略，原出詩鄘風定之方中毛傳。而稱劉向者，因漢志出於七略，而七略又本諸別録故也。

〔三〕**結言拒韻。**

「拒」，唐寫本作「短」；御覽引同。　倫明所校元本作「擷」；兩京本、胡本同。　徐𤊹校爲「短」。　郝懿行云：「按集韻：『拒』與『短』同。」

按作「短」是。「拒」爲「短」之俗體。見廣韻二十四緩短字下。「擷」又由「拒」致誤。文賦：「或託言於短韻。」李注：「短韻，小文也。」又：「故踸踔於短韻。」呂延濟注：「短韻，小篇也。」宋書索虜傳：

「（宋文帝詔）吾少覽篇籍，頗愛文義，……感慨之來，遂成短韻。」梁書文學上庾肩吾傳：「（太子與湘東王書）性既好文，時復短詠。」亦並以「短韻」爲言，皆謂篇體不廣也。才略篇：「季鷹辨切於短韻。」可證此處之「⿰扌豆」，原必作「短」也。

〔四〕**始廣聲皃。**

按「皃」字當依各本及御覽引作「貌」，始與全書一律；贊中「皃」字同。「皃」爲「貌」之籀文。

〔五〕**然賦也者。**

「然」下唐寫本有「則」字。

按「則」字實不可少，御覽、類要引並有「則」字。賦略緒言引亦有「則」字。當據增。

〔六〕**拓宇於楚辭也。**

「拓」上唐寫本有「而」字；御覽引同。　「拓宇」，梅本作「招字」，引孫（汝澄）云：「疑是『體憲』。」　黄校云：「『拓』疑作『括』。」王本、鄭藏鈔本已改作「括」。　郝懿行云：「按『拓』字於義自通，不必作『括』。」

按「而」字當據增。唐寫本、御覽、玉海五九並作「拓宇」，是也。姚範援鶉堂筆記：「詩有六義，賦居其一，故曰『受命楚辭』，無賦名也。『拓』字爲是，言恢拓疆宇耳。作『括』非。注指黄注。尤謬。」所評甚當。後漢書竇憲傳：「班固作銘封燕然山銘。曰：『恢拓境宇，振大漢之天聲。』」李注：「拓，開也。」宋書王景文傳：「（太宗）乃下詔曰：『……拓宇開邑。』」古文苑揚雄益州牧箴：「拓開疆宇。」並足爲此當作「拓宇」之證。孫、黄説皆非。

〔七〕**枚馬同其風。**

「同」，唐寫本作「播」；御覽引作「洞」。

按漢賦至枚馬發揚光大，唐寫本作「播」是。播，揚也；左傳昭公四年杜注。猶揚也。周禮大師鄭玄注。「同」、「洞」二字均誤。

〔八〕**既履端於倡序。**

「倡」，唐寫本作「唱」；御覽引同。何焯義門讀書記文選第一卷、讀書引十二同。

按說文口部：「唱，導也。」又人部：「倡，樂也。」此當以作「唱」爲是。元本、弘治本、活字本、汪本、佘本、張本、兩京本、王批本、何本、胡本、訓故本、梅本、凌本、合刻本、謝鈔本、彙編本、別解本、祕書本、尚古本、岡本、張松孫本、王本、鄭藏鈔本、崇文本並作「唱」，不誤。可見「倡」字爲黄本誤刻。上文「靈均唱騷」，明詩篇「韋孟首唱」，頌讚篇「唱發之辭」，雜文篇「觀枚氏首唱」，封禪篇「蔚爲首唱」，章句篇「發端之首唱」，附會篇「首唱榮華」，是本書屢用「唱」字之證。

〔九〕**迭致文契。**

唐寫本作「寫送文勢」；鈔本、倪本、活字本、鮑本御覽引同。宋本御覽「送」誤「迭」，喜多本「文」誤「於」。

按作「寫送文勢」是也。「寫送」二字見晉書文苑袁宏傳及世說新語文學篇劉注引晉陽秋。高僧傳釋曇智傳：「雅好轉讀，雖依擬前宗，而獨拔新異，高調清徹，寫送有餘。」又附釋曇調：「寫送清雅，恨功夫未足。」亦並以「寫送」爲言。文鏡祕府論論文意篇：「開發端緒，寫送文勢。」正以「寫送文勢」成句。今本「迭」「契」二字，乃「送」「勢」之形誤，致文不成義。

〔一〇〕**庶品雜類。**

「庶」，黄校云：「元作『鹿』，曹（學佺）改。」此沿梅校。 徐𤊹、馮舒校同。

按唐寫本、訓故本正作「庶」。曹、徐、馮校是也。

〔一一〕**擬諸形容，則言務纖密；象其物宜，則理貴側附。**

按易繫辭上：「聖人有以見天下之賾，而擬諸其形容，象其物宜，是故謂之象。」

〔一二〕**宋發巧談。**

「巧」，唐寫本作「夸」；御覽、類要引作「誇」。

按「夸」字是，「誇」與「夸」通。「巧」其形誤也。夸飾篇：「自宋玉、景差，夸飾始盛。」即其證。當據改。

〔一三〕**張衡二京，迅發以宏富。**

「發」，黄校云：「一作『拔』。」 唐寫本、元本、弘治本、活字本、汪本、佘本、張本、兩京本、胡本、王批本、訓故本、文津本作「拔」；御覽、類要、新箋決科古今源流至論前集二、經史子集合纂類語九引同。

按作「拔」是，「發」蓋涉上下文而誤。六朝習用「拔」字，如晉書文苑袁宏傳「辭又藻拔」，梁書文學上庾肩吾傳「（蕭綱）與湘東王書『謝客吐言天拔』」，又吴均傳「均文體清拔」，世説新語文學篇「支道林……出藻奇拔」，詩品中「氣調勁拔」，蕭統陶淵明集序「辭彩精拔」，是也。本書明詩篇「景純仙篇，挺拔而爲俊矣」，雜文篇「觀枚氏首唱，信獨拔而偉麗矣」，隱秀篇「秀也者，篇中之獨拔者也」，其用「拔」字義與此同。猶今言突出。

〔一四〕**延壽靈光，含飛動之勢。**

「含」，元本、汪本、佘本、張本、兩京本、何本、胡本、王批本、梅本、凌本、合刻本、梁本、祕書本、謝鈔本、別解本、清謹軒本、尚古本、岡本、文津本、張松孫本、崇文本作「合」。何焯云：「『合』，疑作『含』。」類要引作「含」。

按「合」爲「含」之形誤。類要引正作「含」，當據改。宋劉沆謝啟：「對靈光之殿，難含飛動之詞。」見能改齋漫録卷十四記文。遺辭即出於此，可證。白帖十一宫殿：「壯麗之規，飛動之勢。」蓋亦本舍人語。

〔一五〕**凡此十家，並辭賦之英傑也。**

「英傑」二字，元本、弘治本、活字本、汪本、佘本、張本、兩京本、王批本、何本、胡本、訓故本、梅本、凌本、合刻本、梁本、祕書本、謝鈔本、彙編本、別解本、清謹軒本、尚古本、岡本、文津本、王本、張松孫本、鄭藏鈔本、崇文本作「流」。

按「流」字過於空泛，當以作「英傑」爲長。文選皇甫謐三都賦序：「至如相如上林，揚雄甘泉，班固兩都，張衡二京，馬融廣成，王生靈光，……皆近代辭賦之偉也。」彼言爲「偉」，此言爲「英傑」，其義無異也。辨騷篇：「固知楚辭者，……而詞賦之英傑也。」句法與此相同，亦可證。唐寫本、文溯本作「英傑」，不誤。御覽、類要、玉海、小學紺珠四引，亦並作「英傑」。

〔一六〕士衡子安，底績於流制。

按「底」當作「厎」，各本皆誤。書舜典：「乃言厎可績。」孔傳：「厎，致。」釋文：「厎，之履反。」又禹貢：「覃懷厎績。」釋文：「厎，之履反。」是「底績」字當作「厎」，而讀爲之履反。與從广之「底」，音義俱别。當校正。

〔一七〕彦伯梗概，情韻不匱。

范注：「張衡東京賦薛綜注：『梗概不纖密，言粗舉大綱如此之言也。』（袁宏）東征賦述名臣功業，皆略舉大概，故云彦伯梗概。」

按本段評論賦家，皆舉其代表作而言；此二句所指，疑爲宏之北征賦。續晉陽秋：「宏從（桓）温征鮮卑，故作北征賦，宏文之高者。」（世説新語文學篇劉注引）晉書文苑宏傳亦云：「從桓温北征，作北征賦，皆其文之高者。」世説新語文學篇：「桓宣武命袁彦伯作北征賦，既成；公與時賢共看，咸嗟歎之。時王珣在坐，云：『恨少一句，得「寫」字足韻，當佳。』袁即於坐攬筆益云：『感不絶於余心，泝流風而獨寫。』公謂王曰：『當今不得不以此事推袁。』」劉注引晉陽秋曰：「宏嘗與王珣、伏滔同侍温坐，温令滔讀原誤作續，據晉書宏傳改。其賦至『致傷於天下』，於此改韻。珣原脱，據晉書補。云：『此韻所詠，慨深千載，今於「天下」之後便移韻，於寫送之致，如爲未盡。』滔乃云：『得益「寫」一句，或當小勝。』桓公語宏：『卿試思益之。』宏應聲而益。王、伏稱善。」晉書宏傳略同。據此，則「梗概」應與時序篇「梗概多氣」之「梗概」同，猶言慷慨也。「情韻不匱」，亦即王珣所謂「此韻所詠，慨深千載」之意。范注謂：「東征賦述名臣功業，皆略舉大概，故云彥伯梗概。」並未得其肯綮所在，錯會「梗概」二字之含義也。

〔一八〕**物以情觀。**

「觀」，唐寫本作「覩」；御覽引同。

按「覩」字是。上云「覩物興情」，故承之曰「情以物興」；此當作「物以情覩」，始將上句文意完足。昭明太子集答晉安王書：「炎涼始貿，觸興自高。覩物興情，更向篇什？」亦可資旁證。

〔一九〕**文雖新而有質。**

「新」，唐寫本作「雜」。　徐𤊹云：「當作『雜』。」

按作「雜」是。淮南子本經篇高注：「雜，糅也。」廣雅釋詁一：「糅，雜也。」此云「雜」，下云「糅」，文本相對爲義。若作「新」，則不倫矣。宋本、鈔本、倪本、喜多本御覽引作「雜」，不誤。當據改。

〔二〇〕**色雖糅而有本。**

「本」，黄校云：「一作『儀』。」　何焯校作「儀」。

按唐寫本作「義」，蓋偶脱亻旁。御覽、玉海、子苑三二、喻林八八引作「儀」。此句就色采言，當以作「儀」爲是。元本、弘治本、佘本、兩京本、胡本、王批本、訓故本、謝鈔本並作儀，未誤。當據改。

〔二一〕**愈惑體要。**

「愈」，御覽引作「逾」。

按以頌讚篇「年積逾遠」，時序篇「庾以筆才逾親」例之，作「逾」，前後一律。

〔二〕**無貴風軌。**

「貴」，唐寫本作「實」。　宋本、鈔本、活字本、喜多本、鮑本御覽引作「貫」，倪本御覽作「貴」。

按「實」字是。「貫」乃「實」字脱其宀頭，而「貴」又由「貫」致誤。文選袁宏三國名臣序贊：「風軌德音，爲世作范。」呂延濟釋「風軌」爲「善風高跡」。

〔三〕**⿰木片滯必揚，言庸無隘。**

唐寫本「⿰木片」作「抑」，「庸」作「曠」。郝懿行云：「按『⿰木片』字疑『片』字之譌。」

按唐寫本是。郝説非。賦主於鋪張揚厲，故曰「抑滯必揚，言曠無隘」。又按文賦「言窮者無隘，論達者唯曠」二語，與此本不甚愜，而孫人和乃謂「文賦云，『言曠者無隘』，此彦和所本」。其説及引文固誤；范文瀾不檢原著，因仍其誤，豈非一誤再誤！

〔四〕**辭翦美稗。**

「美」，唐寫本作「稊」。

按孟子告子上「不如荑稗」，長短經八。善亡篇引作「稊稗」。是「稊」與「荑」通。「美」乃「荑」之形誤。

頌讚第九

四始之至，頌居其極。頌者，容也，所以美盛德而述形容也。昔帝嚳之世，咸墨爲頌①〔一〕，以歌九韶〔二〕。自商已下〔三〕，文理允備〔四〕。夫化偃一國謂之風，風正四方謂之雅，容告神明謂之頌。風雅序人，事兼變正②；頌主告神③，義必純美〔五〕。魯國元脱，曹補。以公旦次編④，商人以前王追録⑤〔六〕，斯乃宗廟之正歌，非讌饗之常詠也〔七〕。時邁一篇⑥，周公所製；哲人之頌，規式存焉。夫民各有心〔八〕，勿壅惟口⑦；晉輿元作興，曹改。之稱原田⑧〔九〕，元作由，曹改。魯民之刺裘鞸⑨，直言不詠，短辭以諷，邱明子高，並諜爲誦：斯則野誦之變體，浸被乎人事矣。及三閭橘頌⑩，情采芬芳，比類寓意，又覃及細物矣〔一〇〕。

至於秦政刻文⑪，爰頌其德，漢之惠景⑫，亦有述容，沿世並作，相繼於時矣。若夫子雲之表充國⑬❶，孟堅之序戴侯⑭，武仲之美顯宗⑮，史岑之述熹元作僖，曹改。后⑯〔一一〕，或擬清廟，或範駉那，雖淺深不同〔一二〕，詳略各異，其褒德顯容，典章一也。至於班傅之北征西巡⑰〔一三〕，元作逝變爲序引，豈不褒過而謬體哉〔一四〕！馬融之廣成上林⑱，疑作東巡。雅而似賦〔一五〕，何弄文而失質乎〔一六〕！又崔瑗文學⑲，蔡邕樊渠⑳，並致美於序，而簡約乎篇；摯虞品藻㉑，頗爲精覈，至云雜以風雅㉒，而不變旨趣，徒張虚論，有似黄白之僞説矣㉓。及魏晉辨頌〔一七〕，鮮有出轍，陳思所綴㉔，以皇子爲標〔一八〕；陸機積篇㉕，惟功臣最顯；其褒貶雜居，固末代之訛體也。

原夫頌惟典雅〔一九〕，辭必清鑠；敷寫似賦，而不入華侈之區；敬慎如銘，而異乎規戒之域。揄揚以發藻，汪洋以樹義。一作儀。唯纖曲巧致〔二〇〕，與情而變，其大體所底〔二一〕，如斯而已。

讚者，明也，助也。二字從御覽增。昔虞舜之祀，樂正重讚，蓋唱發之辭也。及益讚於禹㉖〔二二〕，伊陟讚於巫咸㉗〔二三〕，並颺言以明事〔二四〕，嗟歎以助辭也〔二五〕。故漢置鴻臚㉘，以唱拜爲讚〔二六〕，即古之遺語也。至相如屬筆㉙〔二七〕，始讚荆軻❷。及遷史固書〔二八〕，託讚褒貶，約文以總録，頌體以論辭；又紀傳後元作侈，朱考御覽改。評，亦同其名，而仲治流別〔二九〕，謬稱爲述㉚，失之遠矣。及景純注雅㉛，動植必讚〔三〇〕，一作讚之，從御覽改。義兼美惡，亦猶頌之變耳。然本其爲義，本字從御覽增。事生奬歎，所以古來篇體，促而不廣〔三一〕，一作曠，從御覽改。必結言於四字之句，盤桓乎數韻之辭，約舉以盡情，昭灼以送文〔三二〕，此其體也。發源雖遠，而致用蓋寡，大抵所歸，其頌家之細條乎〔三三〕！

贊曰：容體底頌，勳業垂讚〔三四〕。鏤彩摛文，聲理有爛〔三五〕。年積逾遠〔三六〕，音徽如旦〔三七〕。降及品物，炫辭作翫。

【黄叔琳注】

①**咸墨**墨應作黑。〔呂氏春秋〕帝嚳命咸黑作爲聲歌，九招、六列、六英。②**變正**〔詩序〕王道衰，政教失，而變風變雅作矣。③**頌主告神**〔詩大序〕頌者，美盛德之形容，以其成功告於神明者也。④**公旦**〔詩傳〕成王賜魯天子之禮樂以祀周公，故有魯頌。⑤**商人**〔詩序商頌〕那，祀成湯也。烈祖，祀中宗也。玄鳥，祀高宗也。長發，大禘也。殷武，祀高宗也。皆前代祭祀宗廟之樂。⑥**時邁**〔國語〕周文公之詩曰：載戢干戈，載櫜弓矢。我求懿德，肆于時夏，允王保之。〔韋昭注〕文公，周公旦之謚也。頌時邁之詩，武王既伐紂，周公爲作此詩，巡守告祭之樂歌。⑦**壅口**〔國語〕民慮之於心，而宣之於口，成而行之，胡可壅也。若壅其口，其與能幾何？⑧**原田**〔左傳〕晉侯聽輿人之頌曰：原田每每，舍其舊而新是謀。⑨**裘韠**〔孔叢子〕子順曰：先君初相魯，魯人謗頌之曰：麛裘而芾，投之無戾；芾而麛裘，投之無郵。〔呂氏春秋〕同。芾作韠。〔高誘注〕韠，小貌。此子順述孔子之事，非子高也。子高，孔穿之子。⑩**三閭橘頌**〔離騷序〕屈原與楚同姓，仕於懷王，爲三閭大夫。著九章，内一篇曰橘頌。⑪**秦政**〔史記〕秦始皇者，名政。東行郡縣，上鄒嶧山，立石，與魯諸儒生議刻石，頌秦德。⑫**惠景**〔漢藝文志〕李思孝景皇帝頌十五篇。⑬**表充國**〔趙充國傳〕充國字翁孫，功德與霍光等，列畫未央宮。成帝時，西羌嘗有警，上思將帥之臣，追美充國，迺召黄門郎揚雄，即充國圖畫而頌之。⑭**序戴侯**〔後漢書〕竇融字周公，光武八年，與大軍會高平，封安豐侯，卒謚戴。〔文章流别〕有班固安豐戴侯頌。⑮**美顯宗**〔後漢書〕傅毅字武仲，追美孝明帝功德最盛，而廟頌未立，乃依清廟作顯宗頌十篇。⑯**述熹后**〔文選注〕范曄後漢書曰：王莽末，沛國史岑字孝山，以文顯。〔文章志七志〕並載岑出師頌，而集林又載岑和

熹鄧后頌。計莽末以訖和熹，百有餘年。又〔東觀漢記〕東平王蒼上光武中興頌，明帝問校書郎：此與誰等？對曰：前世史岑之比。斯則莽末史岑，明帝時已云前世，不得爲和熹之頌明矣。蓋有二史岑，字子孝者，仕王莽；字孝山者，當和熹。書典散亡，未詳爵里，諸家遂以孝山之文，載於子孝之集。⑰**班傅**〔後漢書〕竇憲遷大將軍，以傅毅爲司馬，班固爲中護軍，憲府文章之盛，冠於當世。毅所著詩賦誄頌諸作凡二十八篇，固所著賦銘誄頌諸作凡四十一篇。⑱**馬融**〔馬融傳〕融字季長。鄧太后臨朝，鄧騭兄弟輔政，俗儒世士以文德可興，武功宜廢。融以爲文武之道，聖賢不墜；五材之用，無或可廢，上廣成頌以諷諫。太后怒，遂令禁錮之。安帝親政，出爲河間王長史。時車駕東巡岱宗，融上東巡頌，召拜郎中。⑲**崔瑗**〔崔瑗傳〕瑗所著賦、碑、銘、箴、頌、七蘇、南陽文學官志、歎辭、移社文、悔祈、草書勢、七言，凡五十七篇。其南陽文學官志，諸能爲文者，皆自以弗及。⑳**樊渠**〔蔡邕樊惠渠頌〕略曰：陽陵縣東，土氣辛螫，嘉穀不植，而涇水長流。京兆尹樊君諱陵字德雲，遂樹柱累石，委薪積土，基趺工堅，清流浸潤，昔日鹵田化爲甘壤，農民熙怡悦豫，謂之樊惠渠云。㉑**摯虞**〔摯虞傳〕虞字仲洽，撰古文章類聚，區分爲三十卷，名曰流別集。各爲之論，辭理愜當，爲世所重。㉒**雜以風雅**〔文章流別論〕揚雄充國頌，頌而似雅。傅毅顯宗頌，雜以風雅之意。馬融之廣成、上林，純爲今賦之體，而謂之頌。㉓**黄白僞説**〔呂氏春秋〕相劍者曰：白所以爲堅也，黄所以爲牣也，黄白雜則堅且牣，良劍也。難者曰：黄白雜則不堅且不牣，焉得爲利劍也。㉔**陳思**曹植字子建，封陳思王，集有皇子生頌。㉕**陸機**〔陸機集〕有漢高祖功臣頌。**樂正重讚**〔尚書大傳〕舜爲賓客，禹爲主人。樂正進贊曰：尚考大室之義，唐爲虞賓，至今衍於四海，成禹之變，垂於萬世之後。於是俊乂百工相和而歌慶雲。㉖**益讚於禹**見書大禹謨篇。㉗**伊陟**〔書〕在太戊時，則有若伊陟、臣扈，格于上帝，巫咸乂王家。〔注〕伊陟，伊尹之子。巫氏咸名。〔史記封禪書〕伊陟贊巫咸。㉘**鴻臚**〔漢書注〕鴻，聲也。臚，傳也。所以傳聲贊導九賓也。㉙**相如**〔文章緣起〕司馬相如荆軻贊，世已不傳。厥後班孟堅漢史以論爲贊，至宋范曄更以韻語。㉚**謬稱爲述**〔漢書注〕顔師古曰：史遷云爲某事作某本紀、某列傳，班固謙不敢言作，而改言述，蓋避作者之謂聖而取述者之謂明也。但後之學者不曉此爲漢書叙目，見有述字，乃呼爲漢書述，失之遠矣。摯虞尚有此惑，其餘曷足怪乎？㉛**景純注雅**〔郭璞傳〕璞字景純，注釋爾雅，別爲音義圖譜。

【李詳補注】

❶**子雲之表充國**至**而失質乎**詳案：彦和此論，本之摯仲治〔文章流別論〕。〔御覽五百八十八〕引流別論云：昔班固爲安豐戴侯頌，史岑爲出師頌、和熹鄧后頌，與魯頌體意相類。揚雄趙充國頌，頌而似雅，傅毅顯宗頌，文與周頌相似，而雜以風雅之意。若馬融廣成、上林之屬，純爲今賦之體，而謂之頌，失之遠矣。黄注所引不備。❷**相如屬筆二句**詳案：〔漢書藝文志〕雜家有荆軻論五篇。班固自注：軻爲燕刺秦王，不成而死，司馬相如等論之。案王氏應麟〔漢藝文志考證〕，引彦和論繫於荆軻論下，而未辨論與讚歧分之故。詳疑彦和所見漢書本作荆軻讚，故采入頌讚篇。若原是論字，則必納入論説篇中，列班彪王命、嚴尤三將之上矣。

【楊明照校注】

〔一〕**咸墨爲頌。**

「咸墨」，唐寫本作「咸黑」；事物考二、山堂肆考角集三五、文通八引同。宋本、鈔本、倪本、活字本御覽五八八、唐類函一百五引作「咸累」。喜多本、鮑本作「咸墨」。路史後紀疏仡紀引作「成累」。廣博物志三三引同。

按作「咸黑」是。咸黑事見吕氏春秋古樂篇。原文黄、范兩家注已具。古樂志亦云：「古之善歌者有咸黑。」御覽五七三引。「咸墨」、「咸累」、「成累」，均誤。

〔二〕**以歌九韶。**

「韶」，唐寫本作「招」；宋本、倪本、活字本、喜多本、鮑本御覽引同。

按作「招」與吕氏春秋古樂篇合。事物紀原集類四、玉海六十、風雅逸篇十、詩紀前集附録、事物考二、唐類函一百五、山堂肆考引，亦並作「招」。當據改。

〔三〕**自商已下。**

「商」下，唐寫本有「頌」字。

按有「頌」字，語意始明。御覽、唐類函引，亦並有之。當據增。

〔四〕**文理允備。**

「理」，淩本作「禮」。「允」，倪刻御覽、唐類函引作「克」。

按作「禮」非是。宗經篇「辭亦匠於文理」，詔策篇「文理代興」，章表篇「文理彌盛」，奏啟篇「文理迭興」，通變篇「非文理之數盡」，時序篇「故知歌謡文理，……文理替矣」，其以「文理」連文，並與此同。「克」亦誤字。顔延之重釋何衡陽：「案東魯階差僑、札，理不允備。」弘明集四。可資旁證。誄碑篇贊：「文采允集。」其用「允」字義與此同。

〔五〕**風雅序人，事兼變正；頌主告神，義必純美。**

「事」上「義」上，唐寫本並有「故」字。

按唐寫本是。御覽、唐類函引，亦有兩「故」字，與唐寫本合。「兼」御覽誤作「資」。王批本「人故」、「神故」品排刻。

〔六〕**魯國以公旦次編，商人以前王追録。**

「國」，黄校云：「元脱，曹補。」此沿梅校。張本、王批本、訓故本作「人」。唐寫本「國」「人」二字並無；御覽引同。玉海引無「國」字；元本、弘治本、活字本、汪本、佘本、兩京本、胡本、謝鈔本同。

按「國」「人」二字均不必有。玉海、元本等有「人」字，乃涉上下文誤衍者，曹學佺因配補「國」字，非是。

〔七〕**非讌饗之常詠也。**

「讌饗」，唐寫本作「饗讌」；宋本、活字本、喜多本、鮑本御覽引作「饗燕」。「饗」鈔本御覽誤作「響」；倪刻本又誤作「嚮」。謝鈔本作「燕饗」，馮舒乙爲「饗燕」。

按元本、弘治本、汪本、佘本、張本、兩京本、王批本、訓故本、文津本並作「饗讌」，與唐寫本合。玉海引亦作「饗讌」。「燕」與「讌」通。

〔八〕**夫民各有心。**

按詩大雅抑：「覆謂我僭，民各有心。」

〔九〕**晉輿之稱原田。**

「輿」，黃校云：「元作『興』，曹改。」「田」，黃校云：「元作『由』，曹改。」並沿梅校。

按曹改是。與左傳僖公二十八年合，原文黃、范兩家注已具。唐寫本、黃丕烈所校元本、活字本、何本、訓故本、謝鈔本、清謹軒本、四庫本、詩紀前集三、文通八，並作「晉輿之稱原田」，不誤。弘治本、汪本、佘本、張本、兩京本、王批本、胡本之「田」字尚未誤。

〔一〇〕**又覃及細物矣。**

按詩大雅蕩：「覃及鬼方。」爾雅釋言：「覃，延也。」

〔一一〕**史岑之述熹后。**

「熹」，黃校云：「元作『僖』，曹改。」此沿梅校。

按唐寫本作「燕」，蓋「熹」之形誤。玉海引作「熹」，文通八同。何本、謝鈔本、清謹軒本亦作「熹」，未誤。

〔一二〕**雖淺深不同。**

「淺深」，唐寫本作「深淺」；御覽引同。

按元本、弘治本、活字本、汪本、佘本、張本、兩京本、王批本、何本、訓故本、合刻本、梁本、別解本、尚古本、岡本、四庫本、王本、崇文本並作「深淺」，未倒。「深淺不同」與下句「詳略各異」，本相對成文。若作「淺深」，則聲調不諧矣。

〔一三〕**至於班傅之北征西巡。**

「巡」，黃校云：「元作『逝』。」梅本校云：「(『逝』)疑作『巡』。」　馮舒云：「『逝』，疑作『巡』。」　唐寫本作「征」。

按「逝」字固誤，黃氏依梅校逕改爲「巡」，亦非。當依唐寫本作「征」。傅毅所撰西征頌，御覽三五一尚引其殘文。

〔一四〕**豈不褒過而謬體哉！**

「褒」，唐寫本作「通」。

按唐寫本非是。「褒」亦過也，讀如史記司馬穰苴傳贊「如其文也，亦少褒矣」之「褒」。若作「通」，則不可解矣。

〔一五〕**馬融之廣成上林，雅而似賦。**

「上林」，黃校云：「疑作『東巡』。」此沿梅校。　馮舒校同。

按舍人此評，本文章流別論。原文黃、李兩家注已具。既沿用仲治之語，想必得見季長之文。玉燭寶典三引馬融上林頌曰:「鶉鴿如煙。」嚴氏全後漢文十八所輯馬融文漏此條。是季長此頌,隋世尚存,故杜氏得徵引之也。何得因其頌文久佚,而遽疑作「東巡」耶!

〔一六〕**何弄文而失質乎?**

劉永濟校釋:「『弄文』,疑『美文』之譌。」

按本書屢用「弄」:雜文篇贊「負文餘力,飛靡弄巧」,諧隱篇「纖巧以弄思」,養氣篇「常弄閑於才鋒」,其用「弄」字義與此同。議對篇「若不達政體,而舞筆弄文」,正以「弄文」爲言。劉説誤。

〔一七〕**及魏晉辨頌。**

「辨」,唐寫本作「雜」。

按「辨」字蓋涉上文「而不辨此依唐寫本。旨趣」致誤,當據唐寫本改作「雜」。

〔一八〕**以皇子爲摽。**

按「摽」當依各本改作「標」。

〔一九〕**原夫頌惟典雅。**

「雅」,御覽引作「懿」。徐𤊹校作「懿」。

按徐蓋據御覽校也。唐寫本正作「懿」。足見文心原不作「雅」,當校正。

〔二〇〕**唯纖曲巧致。**

唐寫本作「雖纖巧曲致」;宋本、鈔本、喜多本、鮑本御覽引同。活字本誤作「典致」,倪刻本誤作「委曲」。

按作「雖纖巧曲致」是。「唯」係「雖」之殘誤，訓故本「雖」字未誤。「曲巧」二字誤倒。諧隱篇「纖巧以弄思」，正以「纖巧」連文；神思篇「文外曲致」，亦以「曲致」爲言。文章緣起注引作「唯纖巧曲致」，僅「唯」字有誤。

〔二二〕**其大體所底。**

「底」，唐寫本作「弘」；御覽引同。鮑本因避清高宗諱改作「宏」。

按「弘」字是。「弘」與「宏」通，「底」蓋「宏」之形誤。通變篇「宜宏大體」，語意與此同，可證。

〔二三〕**及益讚於禹。**

「讚」，唐寫本作「贊」；御覽、玉海六二、事物紀原集類四、事物原始、新鐫古今事物原始十一、事物考二引同。

按本段共用八「讚」字，僅此與下句唐寫本及御覽等作「贊」，餘亦作「讚」。以原道篇「幽讚此依元本、弘治本、活字本等，黄本已改爲「贊」。神明」及宗經篇「賦頌歌讚」他篇「讚」字尚多有之。相證，舍人於「讚」字皆用或體。書僞大禹謨：「三旬，苗民逆命。益贊於禹曰：『唯德動天，無遠弗届。……至誠感神，矧茲有苗！』」是此句唐寫本等作「贊」，乃據僞大禹謨改也。

〔二四〕**伊陟讚於巫咸。**

「讚」，唐寫本、弘治本、汪本、佘本、張本、兩京本、王批本、何本、訓故本、梅本、合刻本、祕書本、謝鈔本、彙編本、別解本、清謹軒本、文溯本、王本、鄭藏鈔本、崇文本作「贊」；御覽、玉海、事物紀原集類、事物原始、新鐫古今事物原始、事物考引同。

按唐寫本以下各本作「贊」，蓋亦據書序原文黄、范兩家注已具。改，未必是舍人之舊也。今檢全書正文，自原道篇「幽讚神明」至序志篇「敷讚聖旨」，五十篇中之用「讚」字者，凡二十三處；而「贊」字除每篇之「贊曰」外，則止有論説篇「辨史則與贊評齊行」及「贊者明意」，麗辭篇「而臯陶贊云」，才略篇「益則有贊」四處。是舍人於「讚」、「贊」二字之使用，固有區别也。又按書咸有一德後附亡書序：「伊陟相大戊，……伊陟贊于巫咸，作咸乂四篇。」孔傳：「伊陟，伊尹子。……贊，告也。巫咸，臣名。皆亡。」釋文引馬融云：「巫，男巫也，名咸。殷之巫也。」漢書郊祀志上：「太戊修德，桑穀死。伊陟贊巫咸。」顔注引孟康曰：「巫咸，殷賢臣。贊，説也，謂伊陟説其意也。」書序、漢志原皆作「贊」，舍人却都改爲「讚」，與上「益讚於禹」句之「讚」字同，絶非偶然巧合，而是由於區别使用「讚」、「贊」二字之又一明證。

〔二四〕**並颺言以明事。**

「颺」，事物紀原集類、事物原始、新鐫古今事物原始引作「揚」。

按作「揚」非是。「颺言」二字出書益稷。孔傳：「大言而疾曰『颺』。」比興篇「颺言以切事者也」，語意與此同，可證。時序篇亦有「颺言讚時」語。釋僧祐齊太宰竟陵文宣王集録序「或颺言以泛解」，亦作「颺言」。

〔二五〕**嗟歎以助辭也。**

按毛詩序：「言之不足，故嗟歎之。」禮記樂記：「長言之不足，故嗟歎之。」鄭注：「長言之，引其聲也。嗟歎，和續之也。」釋文：「和，胡卧反。」

〔二六〕**故漢置鴻臚，以唱拜爲讚。**

按漢書百官公卿表上：「典客，秦官，……武帝太初元年更名大鴻臚。」顏注引應劭曰：「郊廟行禮讚九賓，鴻聲臚傳之也。」胡廣漢官解詁：「鴻，聲也。臚，傳也。所以傳聲讚導九賓也。」初學記十二、御覽二三二引。

〔二七〕**至相如屬筆。**

「筆」，御覽、玉海、漢書藝文志考證七引作「詞」。　譚獻云：「御覽作『相如屬辭』，是也。」

按唐寫本作「筆」，聲律篇亦有「屬筆易巧」語，可證「筆」字不誤。抱朴子外篇鈞世：「使屬筆者，得采伐漁獵其中。」又辭義：「屬筆之家，亦各有病。」是遠在舍人之前，葛洪已一再驅遣「屬筆」二字矣。

〔二八〕**及遷史固書。**

唐寫本作「及史斑囙書」。　御覽、玉海引作「及史班書記」。

按唐寫本是也。本書「班」字唐寫本均作「斑」。「囙」乃「因」之或體。史傳篇「史班立紀」此依訓故本。及「故張衡摘史班之舛濫」，可證。元本、弘治本、活字本、汪本、佘本、張本、兩京本、胡本、王批本並作「及史班固書」，「固」乃「因」之誤。或寫者妄改。今本及御覽、玉海所引皆非，當據唐寫本校正。

〔二九〕**而仲治流別。**

「治」，唐寫本作「冶」；元本、弘治本、汪本同，鈔本御覽五八八引亦同。文津本、文溯本剜改作「洽」；芸香堂本、翰墨園本、思賢講舍本同。

按唐寫本蓋避高宗諱省去一點，致成「冶」字，元本等因之。四庫本作「洽」，乃館臣據武英殿本晉書妄改，百衲本晉書雖已作「治」，館臣未必得見。未可從也。以序志篇「仲治此依梁書、玉海等，芸香堂本、翰墨園本、思賢講舍本亦誤爲「洽」。流別」論之，此必原是「治」字，前後一律。世説新語文學篇「左太沖作三都賦初成」條劉注：「摯仲治宿儒知名。」又「太叔廣甚辯給，而摯仲治長於翰墨」條劉注引王隱晉書曰：「摯虞字仲治。」南齊書文學傳論：「仲治之區判文體。」金樓子終制篇：「高平劉道真、京兆摯仲治，並遺令薄葬。」又立言篇下：「摯虞論（蔡）邕玄表賦曰：『（幽）通精以整，思玄博而贍，玄表擬之而不及。』余以爲仲治此説爲然也。」並「洽」爲「治」之誤確證。水經洛水、穀水注中所引摯説，亦均作「仲治」。

〔三〇〕 **動植必讚。**

「必讚」，黄校云：「一作『讚之』，從御覽改。」

按唐寫本、清謹軒本作「贊之」；元本、弘治本、活字本、汪本、佘本、張本、兩京本、王批本、何本、胡本、訓故本、梅本、合刻本、梁本、祕書本、謝鈔本、彙編本、別解本、尚古本、岡本、王本、張松孫本、鄭藏鈔本、崇文本並作「讚之」。「讚之」於此自通，不必依御覽改。

〔三一〕 **促而不廣。**

「廣」，黄校云：「一作『曠』，從御覽改。」

按「曠」亦「廣」也。漢書鄒陽傳顔注：「曠，廣也。」無煩改字。唐寫本、元本、弘治本、活字本、汪本、佘本、張本、兩京本、何本、胡本、王批本、訓故本、梅本、合刻本、梁本、祕書本、凌本、謝鈔本、彙編本、別解本、清謹軒本、尚古本、岡本、文溯本、王本、張松孫本、鄭藏鈔本、崇文本並作「曠」；子苑三二、文體明辨四八、文通十二引，亦作「曠」。

〔三二〕**昭灼以送文。**

「昭」，唐寫本作「照」；御覽引同。

按「照」字是。已詳宗經篇「言昭灼也」條。

〔三三〕**大抵所歸，其頌家之細條乎？**

按桓範政要論讚象篇：「夫讚象之所作，所以昭述勳德，思詠政惠，此蓋詩頌之末流矣。」群書治要四七引。可以證成舍人此說。

〔三四〕**容體底頌，勳業垂讚。**

「體」，唐寫本作「德」。

按唐寫本是。「容德」與「勳業」對。「底」亦疑爲「厎」之誤。左傳昭公元年：「叔向曰：『厎禄以德。』」杜注：「厎，致也。」釋文：「厎，音旨。」

〔三五〕**鏤彩摛文，聲理有爛。**

唐寫本作「鏤影摛聲，文理有爛」。

按唐寫本是也。元本、弘治本、活字本、汪本、佘本、張本、兩京本、何本、胡本、梅本、凌本、合刻本、梁本、祕書本、謝鈔本、彙編本、清謹軒本、尚古本、岡本、文津本、王本、張松孫本、鄭藏鈔本、崇文本，「彩」並作「影」，與唐寫本合；惟「聲文」二字誤倒。佘本作「文理」。「影」「聲」相對成義，「文理」連文亦本書所恒見。舍人剡山石城寺石像碑有「朱桂鏤影」語。

〔三六〕**年積逾遠。**

「積」，唐寫本作「迹」。

按唐寫本是。「年迹」與下句「音徽」對。文選王屮頭陀寺碑：「身逾遠而名劭。」

〔三七〕**音徽如旦。**

按詩大雅思齊：「大姒嗣徽音。」鄭箋：「徽，美也。」文選王儉褚淵碑文：「音徽與春雲等潤。」李注：「音徽，即徽音也。」詩大雅板「昊天曰旦」毛傳：「旦，明。」

祝盟第十

天地定位〔一〕，祀徧群神〔二〕。元作臣，朱改。六宗既禋①，三望咸秩②〔三〕，甘雨和風，是生黍稷〔四〕，兆民所仰，美報興焉〔五〕。犧盛惟馨，本於明德〔六〕，祝史陳信，資乎文辭〔七〕。昔伊耆元作祁，柳改。始蜡③〔八〕，以祭八神。其辭云：土反元作及，許改。其宅，水歸其壑，昆蟲毋作，草木歸其澤。則上皇祝文，爰在茲矣。舜之祠田云：荷此長耜，耕彼南畝，四海俱有。利民之志，頗形於言矣❶〔九〕。至於商履，聖敬日躋④，玄牡告天⑤，以萬方罪己〔一〇〕，即郊禋之詞也；素車禱旱⑥，以六事責躬〔一一〕，則雩禜之文也⑦。及周之大祝⑧，掌六祝之辭。是以庶物咸生，陳於天地之郊；旁作穆穆，唱於迎日之拜⑨；夙興夜處，言於祔廟之祝⑩；多福無疆⑪，布於少牢之饋；宜社類禡⑫，莫不有文〔一二〕。所以寅虔許補於神祇〔一三〕，嚴恭於宗廟也。春秋已下，黷祀諂祭，祝幣史辭〔一四〕，靡神不至〔一五〕。至於張老成室⑬，致善於歌哭之禱〔一六〕；蒯聵臨戰⑭，獲佑於筋骨之請〔一七〕：雖造次顛沛，必於祝矣〔一八〕。若夫楚辭招魂，可謂祝辭之組纚也〔一九〕。漢之群祀〔二〇〕，肅其旨一作百。禮〔二一〕，既總碩儒之儀，亦參方士之術〔二二〕。所以祕祝移過⑮，異於成湯之心；侲子敺疫⑯，元作歐疾，王改。同乎越巫之祝⑰：禮失之漸也〔二三〕。至如黃帝有祝邪之文⑱，東方朔有罵鬼之書⑲，於是後之譴呪，務於善罵。唯陳思誥咎⑳，元脱，曹補。裁以正義矣❷。若乃禮之祭祀，事止告饗；而中代祭文，兼讚言行，祭而兼讚，蓋引神而作也〔二四〕。又漢代山陵，哀策流文㉑，周喪盛姬，内史執策㉒。然則策本書贈〔二五〕，因哀而爲文也。是以義同於誄，而文實告神，誄首而哀末，頌體而祝一作呪。儀，太史所作之讚，因周之祝文也〔二六〕。凡群言發華，而降神務實，脩辭立誠，在於無媿。祈禱之式，必誠以敬〔二七〕；祭奠之楷，宜恭且哀：此其大較也。班固之祀濛山，祈禱之誠敬也；潘岳之祭庾婦㉓，奠祭之恭哀也〔二八〕：舉彙而求，昭然可鑒矣。

盟者，明也。騂毛白馬㉔，珠盤玉敦㉕，陳辭乎方明之下㉖，祝告於神明者也〔二九〕。在昔三王，詛盟不及㉗〔三〇〕，時有要誓，結言而退㉘。周衰屢盟〔三一〕，以及要契㉙〔三二〕，始之以曹沫㉚，終之以毛遂㉛。及秦昭盟夷㉜，設黄龍之詛〔三三〕；漢祖建侯，定山河之誓㉝。然義存則克終，道廢則渝始，崇替在人，呪何預焉？若夫臧洪歃辭，氣截雲蜺〔三四〕；劉琨鐵誓㉞，精貫霏霜；而無補於晉漢，反爲仇讎❸〔三五〕。故知信不由衷，盟無益也〔三六〕。夫盟之大體，必序危機，獎忠孝，共存亡，戮心力，祈幽靈以取鑒，指九天以爲正〔三七〕，感激以立誠，切至以敷辭，此其所同也。然非辭之難，處辭爲難。後之君子，宜在殷鑒〔三八〕，忠信可矣，無恃神焉！

贊曰：毖祀欽明〔三九〕，祝史惟談。立誠在肅，脩辭必甘〔四〇〕。季代彌飾，絢言朱藍。神之來格〔四一〕，所貴無慚〔四二〕。

【黃叔琳注】

①**六宗**〔書〕禋於六宗。〔孔安國傳〕一四時，二寒暑，三日，四月，五星，六水旱。〔漢郊祀志注〕六宗，星、辰、風伯、雨師、司中、司命。一説云：乾坤六子。又一説：天宗三，日、月、星辰；地宗三，泰山、河、海。或曰：天地間游神也。②**三望**〔左傳〕僖公三十一年，卜郊不從，乃免牲，猶三望。〔注〕望，祭山川也。③**伊耆**〔禮記郊特牲〕伊耆氏始爲蜡。蜡也者，歲十二月合聚萬物而索饗之也。八神：先嗇一，司嗇二，百種三，農四，郵表畷五，貓虎六，坊七，水庸八。④**聖敬日躋**詩商頌長發篇。⑤**玄牡**見書湯誓。⑥**素車**〔尸子〕湯之救旱也，素車白馬，布衣，身嬰白茅，以身爲牲，禱曰：政不節與？民失職與？苞苴行與？讒夫昌與？宫室崇與？女謁盛與？⑦**雩禜**〔左傳〕龍見而雩。〔注〕旱祭也。又曰：雪霜風雨之災則禜之。〔説文〕禱雨爲雩，禱晴爲禜。⑧**太祝**〔周禮春官〕太祝掌六祝之辭，以事鬼神，曰順祝、年祝、吉祝、化祝、瑞祝、筴祝。⑨**庶物迎日**〔大戴禮〕孝昭冠辭：皇皇上天，照臨下土；庶物群生，各得其所，靡今靡古。維予一人某敬拜皇天之祐。又曰：明光於上下，勤施於四方，旁作穆穆。維予一人某敬拜迎於郊。以正月朔日，迎日於東郊。⑩**祔廟**〔儀禮〕明日以其班祔，用嗣尸。曰：孝子某孝顯相，夙興夜處，小心畏忌不惰，其身不寧，用尹祭，嘉薦普淖，普薦溲酒，適爾皇祖某甫，以隮祔爾孫某甫。⑪**多福無疆**〔儀禮〕少牢饋食禮：主人酳尸，尸酢主人，祝嘏主人曰：皇尸命工祝，承致多福無疆于汝孝孫。⑫**宜社**〔王制〕天子將出，類乎上帝，宜乎社，造乎禰。諸侯將出，宜乎社，造乎禰。〔注〕宜，祭名。**類禡**〔詩〕是類是禡。〔傳〕師祭也。類於上帝，禡於所征之地。⑬**張**

老成室〔檀弓〕晉獻文子成室，晉大夫發焉。張老曰：美哉輪焉！美哉奂焉！歌於斯，哭於斯，聚國族於斯！⑭**蒯聵**〔左傳〕衛太子禱曰：曾孫蒯聵，敢昭告皇祖文王，烈祖康叔，文祖襄公，鄭勝亂從，晉午在難，使鞅討之。蒯聵不敢自佚，備持矛焉。敢告無絶筋，無折骨，無面傷，以集大事。⑮**祕祝**〔漢郊祀志〕文帝詔曰：祕祝之官，移過於下，朕甚弗取，其除之。⑯**侲子**〔後漢禮儀志〕大儺謂之逐疫，選中黄門子弟十歲以上、十二以下百二十人爲侲子。⑰**越巫**〔郊祀志〕粤人勇之言，粤人俗鬼，而其祠皆見鬼，數有效。昔東甌王敬鬼，壽百六十歲。後世怠嫚，故衰耗。武帝乃命粤巫，立粤祝祠。⑱**祝邪**〔山海經〕東望山有獸名白澤，能言語。王者有德，明照幽遠則至。〔軒轅記〕帝於桓山得白澤神獸，能言，達於萬物之情。因問天地鬼神之事。帝令寫爲圖，作祝邪之文以祝之。⑲**罵鬼**〔王延壽夢賦序云〕臣遂得東方朔與臣作罵鬼之書。按朔與延壽隔世久遠，或朔本有書，延壽得之則可，曰「與臣作」謬矣。倘作書亦是夢中事，便無所不可。然彦和又豈以烏有爲實録乎？非後人傳寫之誤，即前代有傅會失實者。⑳**誥咎**〔曹子建誥咎文序〕五行致災，先史咸以爲應政而作。天地之氣，自有變動，未必政治之所興致也。於時大風發屋拔木，意有感焉，聊假上帝之命，以誥咎祈福。㉑**哀策**〔文章緣起〕漢樂安相李尤作和帝哀策。㉒**執策**〔穆天子傳〕天子西至於重璧之臺，盛姬告病，天子哀之。於是觴祀而哭，内史執策。〔注〕策，所以書贈賵之事。㉓**祭庾婦**〔潘岳集〕有爲諸婦祭庾新婦文。㉔**騂毛**〔左傳〕瑕禽曰：昔平王東遷，吾七姓從王，牲用備具，王賴之而賜之騂毛之盟。〔注〕赤牛也。**白馬**〔漢書〕王陵曰：高皇帝刑白馬而盟曰：非劉氏而王者，天下共擊之。㉕**珠盤玉敦**〔周禮天官〕

玉府若合諸侯，則共珠盤玉敦。㉖**方明**〔漢律曆志〕太甲元年，以冬至越茀祀先王於方明。〔注〕方明者，神明之象也。以木爲之，方四尺，畫六采，東青西白，南赤北黑，上玄下黄。㉗**詛盟**〔穀梁傳〕詛盟不及三王。㉘**結言**〔公羊傳〕古者不盟，結言而退。㉙**要契**〔左傳〕使王叔氏與伯輿合要，王叔氏不能舉其契。〔注〕要，合要辭。理曲無以爲答，故不能舉其契要之辭。㉚**曹沫**〔國語〕曹沫爲魯將，三北。魯莊公與齊桓公會於柯而盟，沫執匕首，劫桓公於壇，盡歸魯之侵地。㉛**毛遂**〔史記〕秦圍邯鄲，平原君求救於楚。議日中不決，毛遂按劍歷階而上曰：從之利害，兩言而決。合從者爲楚，非爲趙也。楚王曰：唯唯。遂謂左右曰：取雞狗馬之血來。遂奉銅盤而跪進之楚王，曰：王當歃血，次者吾君，次者遂。遂定從於殿上。㉜**秦昭**〔常璩巴志〕秦昭襄王與夷人刻石盟曰：秦犯夷，輸黄龍一雙；夷犯秦，輸清酒一鍾。㉝**山河**〔史記高祖功臣年表〕封爵之誓曰：黄河如帶，泰山如礪，國以永寧，爰及苗裔。　**臧洪**〔臧洪傳〕洪字子源，太守張超請爲功曹。時董卓圖危社稷，超與洪西至陳留，見兄邈計事。邈與語，大異之。邈先有謀約，會超至，定議。乃與諸牧守大會酸棗，設壇場。將盟，既而莫敢先登，咸共推洪。洪升壇歃血，辭氣慷慨，聞其言者，無不激揚。㉞**劉琨**〔劉琨傳〕琨字越石。建武元年，琨與段匹磾期討石勒，匹磾推琨爲大都督，歃血載書，檄諸方守，俱集襄國。琨、匹磾進屯固安，以俟衆軍。匹磾從弟末波納勒厚賂，獨不進，乃沮其計。琨、匹磾以勢弱而退。

【李詳補注】

❶**舜之祠田云至頗形於言矣**〔札迻〕顧校（謂顧千里校本）云：困學紀聞引尸子曰：舜兼愛百姓，務

利天下，其田也，荷彼耒耜，耕彼田畝，與四海俱有其利。案尸子文見御覽八十一，其田也作其田歷山也，無祠田之文。今無可考。❷**陳思誥咎二句**詳案：〔困學紀聞〕（卷十七）引作詰咎，謂假天帝之命，以詰風伯雨師。詰字較誥字爲長。陳思此文前詰風伯雨師，後有「皇祇赫怒，顧叱豐隆，息飈遏暴，慶雲是興。甘澤微微，雨我公田，爰既我私，年登歲豐，民無餒飢」云云，所謂裁以正義也。❸**臧洪歃辭至反爲仇讎**詳案：黄注引後漢書臧洪傳「無不激揚」下，當添入自是之後，諸軍各懷遲疑，莫適先進，遂使糧儲單竭，兵衆乖散。原引晉書劉琨傳「以勢弱而退」下，當添入末波許琨爲幽州刺史，共結盟而襲匹磾，請琨爲内應，而爲匹磾邏騎所得。琨別屯故征北府小城，未之知也，來見匹磾，匹磾遂留琨。會王敦密使匹磾殺琨，匹磾遂稱有詔收琨，遂縊之。如此方與彥和本文「無補晉漢，反爲仇讎」相合。

【楊明照校注】

〔一〕**天地定位。**

按易説卦傳：「天地定位，山澤通氣。」

〔二〕**祀偏群神。**

「神」，黄校云：「元作『臣』，朱改。」此沿梅校。

按「臣」改「神」是。唐寫本正作「神」。書舜典「偏於群神」，孔傳：「羣神，謂丘陵墳衍，古之聖賢皆祭之。」國語楚語下：「天子偏祀羣神品物。」

〔三〕**三望咸秩。**

按公羊傳僖公三十一年：「卜郊不從，乃免牲，猶三望。……三望者何？望，祭也。然則曷祭？祭泰山、河、海。」穀梁傳范注引鄭玄曰：「望者，祭山川之名也。謂海也，岱也，淮也。」舍人上云「六宗」，此云「三望」，皆實有所指。黄、范兩家注僅引左傳杜注，似嫌空泛。文選東京賦：「元祀惟稱，群望咸秩。」薛綜注：「謂大祭天地之禮既舉，羣岳衆神，望以祭祀之，皆有秩次。」李注：「尚書（洛誥）曰：『咸秩無文。』王肅曰：『秩，序也。』左氏傳（昭公十三年）曰：『乃（大）有事於羣望。』孔安國尚書（舜典）傳曰：『在遠者，望而祭之。』」今本有異。

〔四〕**甘雨和風，是生黍稷。**

按唐寫本是。詩小雅甫田：「以祈甘雨，以介我稷黍，以穀我士女。」爾雅釋天：「甘雨時降，萬物以嘉。」

「黍稷」，唐寫本作「稷黍」。

〔五〕**兆民所仰，美報興焉。**

按周禮春官小祝：「掌小祭祀，將事侯禳禱祠之祝號，以祈福祥，順豐年，逆時雨，寧風旱。」鄭玄注：「侯之言候也。候嘉慶，祈福祥之屬；禳，禳卻凶咎，寧風旱之屬；順豐年，而順爲之祝辭。」禮記郊特牲：「社所以神地之道也。地載萬物，天垂象，取財於地，取法於天，是以尊天而親地也。故教民美報焉。」

〔六〕**犧盛惟馨，本於明德。**

按左傳僖公五年：「(周書)又曰：『黍稷非馨，明德惟馨。』」杜注：「周書，逸書。馨，香之遠聞。」書僞君陳：「黍稷非馨，明德惟馨。」枚傳：「所謂芬芳，非黍稷之氣，乃明德之馨，勵之以德。」

〔七〕**祝史陳信，資乎文辭。**

按左傳襄公二十七年：「子木問於趙孟曰：『范武子之德何如？』對曰：『夫子之家事治。言於晉國，無隱情；其祝史陳信於鬼神，無愧辭。』」杜注：「祝陳馨香，德足副之，故不愧。」又昭公二十年：「晏子曰：『日宋之盟，屈建問范會之德於趙武，趙武曰：「夫子之家事治。言於晉國，竭情無私；其祝史祭祀，陳信不愧。」』」

〔八〕**昔伊耆始蜡。**

「耆」，黄校云：「元作『祁』，柳改。」此沿梅校。

按禮記郊特牲釋文：「(伊耆氏)或云即帝堯。」詩含神霧：「慶都與赤龍合婚，生赤帝伊祁堯。」初學記九引。帝王世紀：「堯，伊祁姓也。」同上。史記五帝紀索隱：「(堯)姓伊祁氏。」是「伊耆」之「耆」本有作「祁」者，不必依郊特牲改爲「耆」也。

〔九〕**舜之祠田云：荷此長耜，耕彼南畝，四海俱有。利民之志，頗形於言矣。**

唐寫本「四」上有「與」字。

按尸子：「舜兼愛百姓，務利天下。其田也，荷彼耒耜，耕彼南畝，與四海俱有其利。」御覽八二、困學紀聞十引。正有「與」字。當據增。又按路史後紀疏仡紀：「(帝舜)故祠於田曰：『荷此長耜，耕彼南畝，四海俱有。』志利民也。」長源以三語爲祠田文，與舍人同。

〔一〇〕**以萬方罪己。**

按左傳莊公十一年：「禹湯罪己，其興也悖焉。」杜注：「悖，盛貌。」釋文：「悖，蒲忽反。一作勃，同。」

〔一一〕**以六事責躬。**

按荀子、大略篇。說苑君道篇。所載湯禱旱之辭，均未標有「六事」二字。後漢書鍾離意傳：「上疏曰：『……昔成湯遭旱，以六事自責。』」章懷注引帝王世紀同。又周舉傳：「對曰：『……成湯遭災，以六事剋己。』」

〔一二〕**宜社類禡，莫不有文。**

按黃、范兩家注皆僅釋「宜社類禡」之義，而於「有文」之說，則未之及。周禮春官大祝：「大師宜於社，造於祖，設軍社類上帝，國將有事於四望；及軍歸，獻於社，則前祝。」鄭玄注：「前祝者，王出也，歸也，將有事於此神；大祝居前，先以祝辭告之。」舍人所謂「有文」者，即指祝辭言之也。

〔一三〕**所以寅虔於神祇。**

「虔」，黃校云：「許補。」梅本校云：「（虔）許改。」

按「許補」當從梅本作「許改」。元本等乃誤「虔」爲「處」，弘治本作「處」。非有脱落也。唐寫本、兩京本、王批本、胡本、訓故本、別解本、謝鈔本、清謹軒本、尚古本、岡本、文溯本並作「虔」。「祇」，當依唐寫本、弘治本、汪本、梅本改作「祇」。

〔一四〕**祝幣史辭。**

「祝」，元本、弘治本、汪本、佘本、張本、兩京本、何本、胡本、王批本、梅本、凌本、合刻本、梁本、祕書本、謝鈔本、彙編本、清謹軒本作「祀」。　謝兆申「祀」校作「祝」。何焯校同。　「幣」，唐寫本作「弊」。

按「祀」「弊」二字皆誤。左傳成公五年：「梁山崩，……故山崩川竭，君爲之不舉。……祝幣，史辭以禮焉。」杜注：「（祝幣）陳玉帛；（史辭）自罪責。」又昭公十七年：「祝，用幣；史，用辭。」杜注：「用幣於社，用辭以自責。」並其證。子苑九四引作「幣」，未誤。

〔一五〕**靡神不至。**

按詩大雅雲漢：「靡神不舉。」鄭箋：「言王宣王。爲旱之故，求於群神，無不祭也。」又：「靡神不宗。」鄭箋：「言徧至也。」

〔一六〕**至於張老成室，致善於歌哭之禱。**

唐寫本「成」作「賀」，「善」作「美」。

按禮記檀弓下：「晉獻文子成室，晉大夫發焉。張老曰：『美哉輪焉！美哉奐焉！歌於斯，哭於斯，聚國族於斯。』君子謂之善頌善禱。」鄭注：「善頌，謂張老之言；善禱，謂文子之言。」則此「禱」字當作「頌」。舍人蓋誤記。「成」「善」，亦當依唐寫本改作「賀」「美」。

〔一七〕**獲佑於筋骨之請。**

「佑」，唐寫本作「祐」；子苑引同。

按「祐」字是。兩京本、胡本作「祐」。説文示部：「祐，助也。」作「祐」，始與蒯聵之禱辭合。

〔一八〕**雖造次顛沛，必於祝矣。**

按論語里仁：「君子無終食之間違仁，造次必於是，顛沛必於是。」集解引馬融曰：「造次，急遽；顛沛，偃仆。雖急遽偃仆不違仁。」

〔一九〕**可謂祝辭之組纚也。**

「纚」，唐寫本作「麗」。

按唐寫本是。法言吾子篇：「或曰：『霧縠之組麗。』」李注：「言可好也。」此「組麗」二字所本。「纚」字係涉「組」之偏旁而誤者。王念孫廣雅疏證二下。釋詁：「組麗，猶純麗也。」

〔二〇〕**漢之群祀。**

「之」，唐寫本作「氏」。

按詔策篇「晉氏中興」，奏啟篇「晉氏多難」，句法並與此同，則唐寫本作「氏」是也。

〔二一〕**肅其旨禮。**

「旨」，唐寫本作「百」。　何焯校作「百」。

按「百」字是。「百禮」蓋概括之辭，言其禮多耳。詩小雅賓之初筵、周頌豐年及載芟並有「以洽百禮」之文，皆謂合聚衆禮以祭也。漢書食貨志下有「百禮之會」語。誄碑篇「百此依唐寫本及御覽引。言自陳」，今本「百」誤「旨」，其誤與此同。

〔三二〕**既總碩儒之儀，亦參方士之術。**

范文瀾云：「『儀』唐寫本作『義』，案當作『議』爲是。……謂如武帝命諸儒及方士議封禪，公玉帶上黄帝時明堂圖之類。」

按范説是。史記司馬相如傳：「（封禪文）乃遷思回慮，總公卿之議，詢封禪之事。」漢書司馬相如傳下同。可證。

〔三三〕**禮失之漸也。**

「禮」，唐寫本作「體」。何焯校「體」爲「禮」。四庫本剜改爲「禮」。

按元本、弘治本、汪本、佘本、張本、兩京本、何本、胡本、訓故本、梅本、合刻本、祕書本、謝鈔本、彙編本、别解本、張松孫本、崇文本作「體」。文通十四引同。「體」謂事體，即上所云「漢氏羣祀」。其字未誤，黄叔琳不應從何焯校本改爲「禮」也。文選皇甫謐三都賦序：「誇競之興，體失之漸。」即舍人「體失之漸也」所本。王批本、子苑引作体（鈔者誤以「体」爲「體」之簡寫）。

〔三四〕**祭而兼讚，蓋引神而作也。**

「神」，徐𤊹校作「伸」；沈巖、徐乃昌校同。凌本、祕書本作「伸」；文通十四引同。

按此言祝文體制之蕃衍，「伸」字是。易繫辭上：「引而伸之，觸類而長之。」

〔三五〕**然則策本書贈。**

「贈」，唐寫本作「賵」。

按儀禮既夕禮：「書賵於方。」鄭注：「方，板也。書賵奠賻贈之人名與其物於板。」則唐寫本作「賵」是也。「賵」、「贈」二字形近，每易淆誤。左傳襄公二十九年：「楚人使公親襚。」杜注：「諸侯有遣使賵襚之禮。」釋文：「賵，一本作贈。」是其例。

〔二六〕**太史所作之讚，因周之祝文也。**

唐寫本作「太祝所讀，固祝之文者也」。

范文瀾云：「……案太常卿屬官，有太史令一人。禮儀志載太史令奉謚哀策，則彥和所云『太史作讚』，當爲指漢代而言矣。唐寫本作『太祝所讀，固祝之文者也』。語意似不甚明。」

按唐寫本語意甚明。續漢百官志二：「太祝令一人，六百石。本注曰：『凡國祭祀，掌讀祝及迎送神。』」宋書百官志上：「太祝令一人，丞一人。掌祭祀，讀祝迎送神。」今本實不可解，當據唐寫本改正。

〔二七〕**祈禱之式，必誠以敬。**

按禮記曲禮上：「禱祠祭祀，供給鬼神，非禮不誠不莊。」鄭注：「莊，敬也。」

〔二八〕**奠祭之恭哀也。**

「奠祭」，唐寫本作「祭奠」。

按唐寫本是。上文「祈禱之式，必誠以敬」，故承之曰「祈禱之誠敬也」。此當作「祭奠之恭哀也」，始能與上「祭奠之楷，宜恭且哀」二句相應。

〔二九〕**陳辭乎方明之下，祝告於神明者也。**

按儀禮覲禮：「諸侯覲于天子，爲宫方三百步，四門壇十有二尋，深四尺，加方明于其上。方明者，木也。方四尺，設六色：東方青，南方赤，西方白，北方黑，上玄，下黄。」鄭注：「方明者，上下四方神明之象也。上下四方之神者，所謂神明也。會同而盟，明神監之，則謂之天。天之司盟有象者，猶宗廟之有主乎？」周禮秋官司盟：「掌盟載之灋。凡邦國有疑會同，則掌其盟約之載及其禮儀，北面詔明神。」鄭玄注：「載，盟辭也。盟者書其辭於策，……明神，神之明察者，謂日月山川也。覲禮加方明於壇上，所以依之也。詔之者，讀其載書以告之也。」黄、范兩家注引漢書律曆志下嫌晚且略。

〔三〇〕**在昔三王，詛盟不及。**

按荀子大略篇：「盟詛不及三王。」楊注：「莅牲曰盟，此語出禮記曲禮下。謂殺牲歃血告神，以盟約也。」論衡自然篇：「要盟不及三王。」三國志魏書高柔傳裴注引孫盛曰：「聞五帝無誥誓之文，三王無盟祝之事。然則盟誓之文，始自三季。」

〔三一〕**周衰屢盟。**

按詩小雅巧言：「君子屢盟，亂是用長。」鄭箋：「屢，數也。盟之所以數者，由世衰亂，多相背違。」鹽鐵論詔聖篇：「夏后氏不倍言，殷誓，周盟，德信彌衰。」

〔三二〕**以及要契。**

唐寫本作「弊及要劫」。

按唐寫本是。公羊傳莊公十三年：「莊公升壇，曹子手劍而從之。……已盟，曹子摽劍而去之。要盟可犯，而桓公不欺；曹子可讎，而桓公不怨。」解詁：「臣約束君曰『要』，彊見要脅而盟爾，故云『可犯』。以臣『劫』君，罪『可讎』。」是「要劫」不能如范氏截然分爲兩事作注，明矣。且舍人於此語下，即緊接「始之以曹沬，終之以毛遂」二句，「要劫」史實已爲指明，何勞它求耶？

〔三三〕**及秦昭盟夷，設黄龍之詛。**

按秦昭盟夷事，見後漢書南蠻傳及華陽國志巴志。惟「黄龍」爲何物，向無釋之者。郝懿行文心雕龍輯注批注云：「按黄龍非可輸之物，疑黄龍當爲璜瓏之省文。説文：『璜，半璧也。瓏，禱旱玉也，龍文。』按見玉部。抑或作黄瓏，爲瓏玉色黄者耳。」其説當否，姑録以備考。

〔三四〕**若夫臧洪歃辭，氣截雲蜺。**

唐寫本「歃辭」作「唾血」，「氣」作「辭」。

按後漢書臧洪傳：「洪乃攝衣升壇，歃血而盟。」三國志魏書臧洪傳：「（洪）親登壇，歃血而盟。」則此當作「歃血」明矣。穀梁傳桓公三年范注「不歃血而誓盟」釋文：「歃，本又作唼。」唐寫本蓋先由「歃」作「唼」，後遂譌爲「唾」耳。元明以來各本因脱去「血」字，故移「辭」字屬上，而增一「氣」字以彌縫其闕，於文殊不辭矣。幸有唐寫本可資訂正。

〔三五〕**而無補於晉漢，反爲仇讎。**

「於」，唐寫本無。

按唐寫本是。「無補晉漢」與「反爲仇讎」，文正相對。

〔三六〕**故知信不由衷，盟無益也。**

「不由」，唐寫本作「由不」。

按唐寫本非是。左傳隱公三年：「君子曰：『信不由中，「衷」與「中」通。質無益也。』」又桓公十二年：「君子曰：『苟信不繼，盟無益也。』」

〔三七〕**指九天以爲正。**

「正」，文章辨體彙選四十引作「証」。

按作「証」非是。楚辭離騷：「指九天以爲正兮。」王注：「指，語也；九天，謂中央八方也；正，平也。」又九章惜誦：「指蒼天以爲正。」宋書武帝紀上：「（義熙三年策）訴蒼天以爲正。」並其證。賈子新書耳痺篇：「指九天而爲證。」其「證」字亦誤。

〔三八〕**宜在殷鑒。**

「在」，唐寫本作「存」。

按「在」「存」二字形近，此當以唐寫本作「存」爲長。詩大雅蕩：「殷鑒不遠，在夏后之世。」鄭箋：「此言殷之明鏡不遠也。」

〔三九〕**毖祀欽明。**

「祀」，活字本作「祝」。　「欽明」，唐寫本作「唾血」。

按書召誥：「毖祀于上下。」孔傳：「爲治當慎祀于天地。」此「毖祀」二字所本。活字本作「祝」，非是。「欽明」，疑爲「方明」之誤。篇中有「方明」之文。此句統言祝與盟二者，「毖祀方明」，即慎祀上下四方神明之意。於祝於盟，均能闓合。若作「欽明」，既不愜洽；若據唐寫本之「唾血」改爲「哂血」，則又不能施之於祝矣。

〔四〇〕**立誠在肅，脩辭必甘。**

「立」，活字本作「意」。

按「立誠」二字，篇中兩見，且與「脩辭」或「敷辭」對舉，「脩辭立誠」語出易乾文言。故此句亦以「脩辭」爲對。作「意誠」非是。

〔四一〕**神之來格。**

按詩大雅抑：「神之格思。」毛傳：「格，至也。」書益稷：「祖考來格。」

〔四二〕**所貴無慚。**

「貴」，活字本作「責」。

按「責」爲「貴」之形誤。篇中「凡群言發華，而降神務實，脩辭立誠，在於無媿」云云，即「所貴無慚」之意。

文心雕龍校注卷三

銘箴第十一

昔帝軒刻輿几以弼違①〔一〕，大禹勒筍簴而招諫②〔二〕；成湯盤盂，著日新之規，武王户席③，題必戒之訓；周公慎言於金人④，仲尼革容於欹器⑤〔三〕：則先聖鑒戒〔四〕，其來久矣。故銘者，名也。觀器必也正名，審用貴乎盛德〔五〕。蓋臧武仲之論銘也⑥，曰：天子令德，諸侯計功，大夫稱伐。夏鑄九牧之金鼎⑦，周勒肅慎之楛矢⑧，令德之事也；吕望銘功於昆吾⑨，仲山鏤績於庸器⑩，計功之義也；魏顆紀勳於景鐘⑪〔六〕，元作銘，曹改。孔悝表勤於衛鼎⑫，稱伐之類也。若乃飛廉有石槨之錫⑬，靈公有蒿里之謚⑭〔七〕，銘發幽石〔八〕，吁可怪矣。趙靈勒跡於番吾⑮〔九〕，元作禺，楊改。秦昭刻博元作傅，朱改。於華山⑯〔一〇〕，夸誕示後，吁可笑元作茂，又作戒。也〔一一〕。詳觀衆例，銘義見矣。至於始皇勒岳⑰，政暴而文澤，亦有疏通之美焉。若班固燕然之勒⑱，張昶華陰之碣⑲〔一二〕，序亦盛矣。蔡邕銘思，獨冠古今〔一三〕；橋元作僑，孫改。公之鉞⑳〔一四〕，元作箴。吐納典謨；朱穆之鼎㉑，全成碑文，溺所長也。至如敬通雜器㉒，準矱戒銘〔一五〕，而事非其物，繁略違中。崔駰品物㉓，讚多戒少；李尤積篇㉔，義儉辭碎〔一六〕。

蓍龜神物，而居博弈之中〔一七〕；衡斛嘉量，而在臼杵之末〔一八〕。曾名品之未暇，何事理之能閑哉！魏文九寶㉕，器利辭鈍。唯張載元作采，謝改。劍閣㉖〔一九〕，其才清采，迅足駸駸〔二〇〕，後發前至，勒銘岷漢〔二一〕，得其宜矣。

箴者，所以攻疾防患，喻鍼石也〔二二〕。斯文之興，盛於三代，夏商二箴㉗，餘句頗存❶。及周之辛甲，百官箴一篇㉘，體義備焉〔二三〕。迄至春秋，微而未絶。故魏絳諷君於后羿，楚子訓民於在勤㉙。戰代以來，棄德務功，銘辭代興，箴文委絶〔二四〕。至揚雄稽古，始範虞箴㉚，作卿尹州牧二十五篇〔二五〕。及崔胡補綴㉛，總稱百官❷，指事配位，鞶鑑可徵，信所謂追清風於前古〔二六〕，攀辛甲於後代者也。至於潘勗符節㉜，要而失淺；温嶠傅臣㉝〔二七〕，博而患繁；王濟國子㉞，引廣一作多。事雜〔二八〕；一作寡。潘尼乘輿㉟，義正體蕪：凡斯繼作，鮮有克衷。至於王朗雜箴㊱，乃置巾履，得其戒慎，而失其所施。觀其約文舉要，憲章戒銘〔二九〕，而水火井竈，繁辭不已❸，志有偏也。

夫箴誦於官〔三〇〕，銘題於器，名目雖異〔三一〕，而警戒實同。箴全禦過，故文資确元作確，朱改。切㊲〔三二〕；銘兼褒讚，故體貴弘潤：其取事也必覈元作覆。以辨〔三三〕，其摛文也必簡而深，此其大要也。然矢言之道蓋闕❹〔三四〕，庸器之制久淪，所以箴銘異用〔三五〕，罕施於代。惟秉文君子〔三六〕，宜酌其遠大焉。

贊曰：銘實表器，箴惟德軌。有佩於言〔三七〕，無鑒於水〔三八〕。秉兹貞厲，敬言乎履。義典則弘，文約爲美。

【黄叔琳注】

①**輿几**〔皇王大紀〕帝軒作輿几之箴，以警宴安。②**筍簴**〔鬻子〕大禹爲銘於筍簴曰：教寡人以道者擊鼓，教以義者擊鐘，教以事者振鐸，語以憂者擊磬。③**户席**〔大戴禮〕尚父道丹書之言，武王聞之，惕若恐懼，退而爲戒，書於席四端、於機、於鑑、於盥盤、於楹、於杖、於帶、於履屨、於觴豆、於户、於牖、於劍、於弓、於矛，盡爲銘焉，以戒後世子孫。④**金人**〔家語〕孔子觀周，入后稷之廟，有金人焉，三緘其口，而銘其背曰：古之慎言人也，無多言，多言多敗。⑤**欹器**〔荀子〕孔子觀於魯桓公之廟，有欹器焉，問於守者，爲宥坐之器，虚則欹，中則正，滿則覆，歎曰：烏有滿而不覆者哉？⑥**論銘**〔左傳〕季武子以所得於齊之兵作林鐘，而銘魯功焉。臧武仲曰：非禮也。夫銘，天子令德，諸侯言時計功，大夫稱伐。今稱伐則下等也，計功則借人也，言時則妨民多矣，何以銘爲？⑦**金鼎**〔左傳〕王孫滿對楚子曰：昔夏之有德，遠方圖物，貢金九牧，鑄鼎象物。⑧**楛矢**〔國語〕仲尼曰：昔武王克商，通道九夷百蠻，肅慎氏貢楛矢。先王欲昭其令德之致遠也，故銘其筈曰：肅慎氏之楛矢。⑨**吕望**〔史記〕太公望吕尚者，東海上人。〔蔡邕銘論〕吕尚作周太師，其功銘於昆吾之鼎。⑩**仲山**〔竇憲傳〕南單于遺憲古鼎，其傍銘曰：仲山甫鼎，其萬年，子子孫孫永保用。**庸器**〔周禮〕典庸器掌藏樂器庸器。〔注〕庸器，伐國所獲之器，若崇鼎貫鼎及以其兵物所鑄銘也。⑪**魏顆**〔國語〕昔克潞之役，秦來圖敗晉功，魏顆以其身卻退秦師

於輔氏，親止杜回。其勳銘於景鐘。⑫**孔悝**（禮記祭統）有衛孔悝之鼎銘。⑬**飛廉**（秦本紀）蜚廉爲紂石北方，還無所報，爲壇霍太山。而報得石棺，銘曰：帝令處父，不與殷亂，賜爾石棺以華氏。死，遂葬於霍太山。⑭**靈公**（莊子）衛靈公死，卜葬于沙邱。掘之數仞，得石槨焉。洗而視之，有銘焉，曰：不馮其子，靈公奪而埋之。**蒿里**見樂府鐃挽注。⑮**趙靈**（韓子）趙主父令工施鉤梯而緣番吾，刻疏人迹其上，廣三尺，長五尺，而勒之曰：主父嘗游於此。⑯**秦昭**（韓子）秦昭王令工施鉤梯而緣華山，以松柏之心爲博，箭長八尺，棋長八寸，而勒之曰：昭王與天神博於此。⑰**勒岳**（秦始皇本紀）始皇上泰山，立石封祠祀，刻石頌秦德焉而去。⑱**燕然**（竇憲傳）南單于請兵北伐，拜憲車騎將軍。大破單于，登燕然山，刻石勒功，紀漢威德。令班固作銘。⑲**華陰**（古文苑）華陰堂闕碑銘，張昶爲北地太守段煨作。⑳**橋公之鉞**（蔡中郎集）橋玄黃鉞銘，帝命將軍，秉兹黃鉞；威靈振耀，如火之烈。公之在位，群狄斯柔；齊斧罔設，人士斯休。㉑**朱穆之鼎**（蔡中郎集）忠文朱公名穆字公叔，延熹六年卒。肆其孤用作兹寶鼎，銘載休功，俾後裔永用享祀，以知其先之德。按伯喈作朱公叔墳前石碑，前用散體，後系四言韻語，至鼎銘則純作散體大篇，不著韻語，所謂全成碑文也。㉒**敬通**（馮衍傳）衍字敬通，所著賦誄銘説雜文五十篇。㉓**崔駰**（崔駰傳）駰字亭伯，所著賦詩銘頌書記表七依婚禮結言達旨酒警，合二十一篇。㉔**李尤**（後漢書）李尤字伯仁，所著詩賦銘誄頌七歎哀典凡一十八篇。（文章流別論）尤自山河都邑至刀筆算契，無不有銘，而文多穢病。㉕**九寶**（典論）魏太子丕，造寶劍寶刀三，匕首三，皆因姿定名。其文曰：選咨良金，命彼國工，精而鍊之，至於百辟，恨不遇薛燭、青萍也。㉖**劍閣**（張載傳〕載父收，蜀郡太守。載至蜀省父，道經劍閣，以蜀人恃險好亂，因著銘以作誡。張敏見而奇之，乃表上其文，武帝遣使鐫之於劍閣焉。㉗**夏**〔逸周書文傳解〕引夏箴云：中不容利，民乃外次。**商**〔呂氏春秋名類篇〕引商箴云：天降災布祥，並有其職。㉘**百官**〔左傳〕魏絳謂晉侯曰：昔周辛甲之爲太史也，命百官官箴王闕。㉙**在勤**〔左傳〕楚自克庸以來，其君無日不討國人而訓之，箴之曰：民生在勤，勤則不匱。㉚**虞箴**〔揚雄自序〕箴莫善於虞箴，作州箴。㉛**崔胡**〔文章流別論〕揚雄依虞箴作十二州、十二官箴，傳於世。不具九官，崔氏累世彌縫其闕，胡公又以次其首目而爲之解，署曰百官箴。㉜**潘勖**〔衛覬傳〕建安末，河南潘勖與覬並以文章顯。〔文章志〕勖字元茂，初名芝，改名勖。㉝**温嶠**〔晉書〕温嶠遷太子中庶子，在東宮數陳規諷，獻侍臣箴。㉞**王濟**〔王濟傳〕濟字武子，文辭秀茂，累官侍中，以忤旨左遷國子祭酒。㉟**潘尼**〔晉書〕潘尼爲乘輿箴。㊱**王朗**〔王朗傳〕朗字景興，歷官御史大夫，所著奏議論記咸傳於世。㊲**确切**确，堅正也。〔崔實傳〕指切時要，言辯而确。

【李詳補注】

❶**斯文之興四句**黄注逸周書文傳解引夏箴云：中不容利，民乃外次。呂氏春秋名類篇引：天降災布祥，並有其職。詳案：嚴氏元照蕙櫋雜記，據呂覽謹聽篇引周箴：夫自念斯學，德未暮。謂三代皆有箴，不獨夏商，舉此爲周箴餘句之證。❷**揚雄稽古**至**總稱百官**詳案：〔後漢書胡廣傳〕初揚雄依虞箴作十二州、二十五官箴，其九箴亡闕，後涿郡崔駰及子瑗及臨邑侯劉騊駼增補十六篇，廣復繼作四篇，凡四十八篇。文甚典美，乃悉撰次首目，爲之解釋，名曰百官箴。案黄注引文章流別，未知原補有劉騊

騐，又不著崔氏父子之名及胡公所補凡幾篇，故據廣傳益其未備。❸**王朗雜箴至繁辭不已**詳案：（藝文類聚八十）魏王朗雜箴：家人有嚴君焉，井竈之謂也。俾冬作夏，非竈孰能？俾夏作冬，非井孰閑？❹**矢言之道蓋闕**詳案：（段氏玉裁説文注）云：蓋闕疊韻字。案二字雖見論語，而義近歇後，如盍各言提之類，六朝人所習用也。

【楊明照校注】

〔一〕**昔帝軒刻輿几以弼違。**

事始引作「軒轅輿几以弼不逮」；事物紀原集類四、事物考二引同。宋本御覽五百九十引作「昔軒轅帝刻輿以弼違」。鈔本御覽「帝」作「常」，餘同。活字本御覽作「昔軒轅刻輿以弼違」。喜多本、鮑本御覽作「昔軒轅帝刻輿几以弼違」。唐寫本作「昔帝軒刻輿几以弼違」。

按唐寫本與今本同。是諸書所引，各有脱誤。書益稷「予違汝弼」孔傳：「我違道，汝當以義輔正我。」史記夏本紀作「予即辟，女匡拂予」。晉書武帝紀：「（泰始二年詔）擇其能正色弼違，匡救不逮者。」又郭璞傳：「（上疏）是以古之令主開納忠讜，以弼其違。」諧隱篇有「其次弼違曉惑」語。

〔二〕**大禹勒筍簴而招諫。**

「筍」，唐寫本作「簨」。

按廣韻十七準：「簨，簨虡。笋，上同。」禮記明堂位：「夏后氏之龍簨虡。」鄭注：「簨虡，所以縣鍾磬也。横曰簨，飾之以鱗屬。植曰虡，飾之以贏屬、羽屬。」又檀弓上「有鐘磬而無簨虡」，儀禮既夕禮鄭注引作「有鐘磬而無筍虡」。是「筍虡」與「簨虡」同。論衡雷虛篇：「鍾鼓而不空懸，須有簨簴，然後能安，然後能鳴。」阮諶三禮圖：「簨虡，兩頭並爲龍以銜組。」文選顏延之三月三日曲水詩序李注引。

〔三〕**仲尼革容於欹器。**

按孔子觀欹器事，互見各書，早者自屬荀子。原文黄、范兩家注已具。然舍人「革容」二字，則本淮南子道應篇也。上云「慎言」，故此以「革容」（猶今言「變色」）對。

〔四〕**則先聖鑒戒。**

唐寫本作「列聖鑒戒」；御覽引同。　徐𤇯校作「列聖」。

按唐寫本、御覽是也。今本「則」字乃「列」之形誤。「則聖鑒戒」，於文不辭，故又增「先」字以足之耳。封禪篇「騰休明於列聖之上」，正以「列聖」連文。宋書孝武帝紀「（大明七年詔）列聖遺式」，又謝莊傳「（奏改定刑獄）示列聖之恒訓」，南齊書海陵王紀「（皇太后令）列聖繼軌」，文選左思魏都賦「列聖之遺塵」，又顏延之應詔讌曲水作詩「業光列聖」，並其證也。

〔五〕**故銘者，名也。觀器必也正名，審用貴乎盛德。**

唐寫本作「銘者，名也；親器必名焉。正名審用，貴乎慎德」。　徐𤇯「盛」校作「慎」。

按唐寫本僅「親」字有誤，唐寫本「觀」皆作「親」。餘並是也。今本作「觀器必也正名」，蓋寫者涉論語子路「必也正名乎」之文而誤。後遂於「名」字下加豆。「盛」，御覽、玉海六十引亦並作「慎」，與唐寫本合。餘同今本。法言修身篇：「或問銘。曰：『銘哉！銘哉！有意於慎也。』」是銘之用，固在慎德矣。頌讚篇：「敬慎如銘。」亦可證。

〔六〕**魏顆紀勳於景鐘。**

「鐘」，黄校云：「元作『銘』，曹改。」此沿梅校。按曹改是。唐寫本、何本、訓故本、梁本、别解本、尚古本、岡本、清謹軒本、文溯本正作「鐘」。御覽、玉海六十又二百四引、王批本並作「鍾」。金石例九、文通十二同。「鍾」與「鐘」通。

〔七〕**靈公有蒿里之謚。**

「蒿」，唐寫本作「舊」。御覽引作「奪」。按「奪」字是。「舊」乃「奪」之形誤，「蒿」則寫者臆改。「奪里」見莊子則陽篇。原黄、范兩家注已具。博物志八文略同。

〔八〕**銘發幽石。**

按鮑氏集蕪城賦：「莫不埋魂幽石。」

〔九〕**趙靈勒跡於番吾。**

「吾」，黄校云：「元作『禺』，楊改。」此沿梅校。唐寫本作「潘吾」；御覽引同。徐𤊹「禺」校「吾」。按韓非子道藏本、張榜本、趙用賢本並作「潘吾」，與唐寫本合。廣韻二十二元：「番，翻、盤、潘三音。」「番」與「潘」音同得通，「番吾」，即「潘吾」矣。楊改、徐校「禺」爲「吾」，是也。金石例九、文通十二引並作「番吾」。

〔一〇〕**秦昭刻博於華山。**

「博」，黃校云：「元作『傳』，朱改。」此沿梅校。

按唐寫本、訓故本、謝鈔本並作「博」；玉海引同。御覽亦誤作「傳」。朱改是也。

〔一一〕**吁可笑也。**

「笑」，黃校云：「元作『茂』；又作『戒』。」徐𤊹云：「『茂』，當作『戒』；一作『笑』。」何焯校「戒」。

按曹學佺改「茂」爲「笑」，見梅本。黃氏從之，是也。唐寫本、何本、別解本、謝鈔本、尚古本、岡本作「笑」；御覽引同。諧隱篇「至魏文因俳説以著笑書」，元本、弘治本等亦誤「笑」爲「茂」，與此同。「笑」與「茂」草書形近。

〔一二〕**張昶華陰之碣。**

「昶」，唐寫本作「旭」；御覽引同。

按「旭」爲「昶」形近之誤。郭緣生述征記：「華岳三廟前立碑，段煨所刻；其文，弘農張昶所造。」書鈔一百二引。初學記五引文舒碑序，標目亦誤作張旭。各本皆然。是張昶、張旭易誤之證。玉海六十引作「張昶」，未誤。

〔一三〕**蔡邕銘思，獨冠古今。**

按陸士龍文集八。與兄平原書：「蔡氏所長，唯銘頌耳。」

〔一四〕**橋公之鉞。**

黄校云：「（橋）元作『僑』，孫改；（鉞）元作『箴』。」此沿梅校。

按唐寫本正作「橋公之鉞」；玉海引同。御覽各本均誤。謝鈔本、别解本、尚古本、岡本作「橋公之銘」，「橋」字尚未誤。

〔一五〕**至如敬通雜器，準矱戒銘。**

「戒」，唐寫本、御覽引作「武」。

按「武」字是。「武銘」者，武王所題席、机等十七銘（見大戴禮記武王踐阼篇）也。馮衍所作多則效之，故云。

〔一六〕**李尤積篇，義儉辭碎。**

按李尤集序：「尤好爲銘讚，門階户席，莫不有述。」文選任昉齊竟陵文宣王行狀李注引。摯虞文章流别論：「李尤爲銘，自山河都邑至刀筆算契，無不有銘；而文多穢病，討論潤色，亦可采録。」御覽五百九十引。華陽國志十中。廣漢士女：「李尤字伯仁，……侍中賈逵薦尤有相如、揚雄之才，明帝當作和帝。召作東觀、辟雍、德陽諸觀賦銘、懷戎頌，百二十銘，著政事論七篇，帝善之。拜諫議大夫，樂安相。」後漢書文苑上李尤傳只統言其著有銘。隋書經籍志四集部曾著録「（梁）有樂安相李尤集五卷，亡」。嚴可均全後漢文卷五十。所輯李尤文，以銘爲最多。「百二十銘」，已輯得八十四銘。如是「積篇」，讀後確有「義儉辭碎」之感。

〔一七〕**蓍龜神物，而居博弈之中。**

「中」，唐寫本作「下」；御覽引同。

按「中」字與上「繁略違中」之「中」複，作「下」是。易繫辭上：「探賾索隱，鉤深致遠，以定天下之吉凶，成天下之亹亹者，莫大乎蓍龜。是故天生神物，聖人則之。」

〔一八〕**衡斛嘉量，而在臼杵之末。**

「臼杵」，唐寫本作「杵臼」；御覽引同。

按考工記有嘉量銘。摯虞文章流别論：「天子銘嘉量。」御覽五百九十引。故舍人云然。易繫辭下：「斷木爲杵，掘地爲臼。臼杵之利，萬民以濟。」此經書中以「臼杵」連文之最先見者。本文作「臼杵」，正與之同。其他典籍則相沿作「杵臼」，命名者亦然。故唐寫本及御覽引，均作「杵臼」也。

〔一九〕**唯張載劍閣。**

「載」，黄校云：「元作『采』，謝改。」此沿梅校。徐𤊹校作「載」。

按謝改、徐校是也。唐寫本、何本、梁本、謝鈔本、四庫本正作「載」；御覽、玉海、文通引同。「采」字蓋涉下句而誤。

〔二〇〕**迅足駸駸。**

按詩小雅四牡：「駕彼四駱，載驟駸駸。」毛傳：「駸駸，驟貌。」釋文引字林云：「馬行疾也。」盧藏用陳子昂文集序「觀其逸足駸駸」，遣辭即出於此。

〔二一〕勒銘岷漢。

「勒銘」，唐寫本作「詔勒」。

按唐寫本是也。「詔勒」，即晉書載本傳「武帝遣使鐫之於劍閣山」之意。今本蓋寫者據銘末「勒銘山阿」句改也。御覽引「勒銘」作「銘勒」，非。文選劍閣銘張孟陽名下李注引臧榮緒晉書曰：「張載父收爲蜀郡太守，載隨父入蜀，作劍閣銘，益州刺史張敏見而奇之，乃表上其文。世祖武帝。遣使鐫石記焉。」

〔二二〕箴者，所以攻疾防患，喻鍼石也。

唐寫本「箴者」下有「針也」二字。　宋本、倪本、喜多本、鮑本御覽五八五引「防」作「除」，「石」下有「垣」字。

按本書釋名，概繫二字以訓，此應從唐寫本增「針也」二字。山海經東山經：「高氏之山，……其下多箴石。」郭注：「可以爲砥針治癰腫者。」淮南子説山篇：「醫之用針石。」高注：「石針所抵，彈人雍痤，出其惡血。」漢書藝文志方技略：「而用度箴石湯火所施。」顔注：「箴，所以刺病也。石謂砭石，即石箴也。」後漢書文苑下趙壹傳：「鍼石運乎手爪。」章懷注：「古者以砭石爲鍼。凡鍼之法，……彈而怒之，搔而下之，此運手爪也。」並足證御覽「石」下有「垣」字之非。唐寫本及玉海五九引，均作「防患」，「垣」字亦無。「針」與「鍼」同。見玉篇金部及廣韻二十一侵。「箴」與「針」、「鍼」音同得通。

〔二三〕及周之辛甲，百官箴一篇，體義備焉。

唐寫本作「周之辛甲，百官箴闕，唯虞箴一篇，體義備焉」；御覽引同。

按今本文意不明，當據唐寫本及御覽訂補。事物考二。引作「及周辛甲，百官箴闕，虞人之箴，體義備焉」；文章緣起注引作「及周之辛甲，百官箴闕，惟虞人箴一篇，體義備焉」。詞句雖小異，要足以證今本之非。

〔二四〕**箴文委絶。**

「委」，唐寫本作「萎」；御覽引同。

按「萎」字是。楚辭離騷：「雖萎絶其何傷兮。」王注：「萎，病也。」又九章思美人：「遂萎絶而離異。」並作「萎」。夸飾篇：「言在萎絶，寒谷未足成其凋。」尤爲切證。今本此文作「委」，蓋寫者偶脱艸頭耳。王批本「姜」蓋寫刻之誤。

〔二五〕**至揚雄稽古，始範虞箴，作卿尹州牧二十五篇。**

「作」，唐寫本、弘治本、活字本、汪本、佘本、張本、兩京本、胡本、萬曆梅本、訓故本、謝鈔本、彙編本無；御覽、玉海、金石例引同。何焯增「作」字。

按「作」字實不可少。漢書揚雄傳贊：「箴莫善於虞箴，作州箴。」後漢書胡廣傳：「初，揚雄依虞箴作十二州二十五官箴。」崔瑗叙箴：「昔揚子雲讀春秋傳虞人箴而善之，於是作爲九州及二十五官原誤作管。箴。」御覽五八八引。摯虞文章流别論：「揚雄依虞箴作十二州十二有脱誤。官箴。」書鈔一百二引。左傳襄公四年孔疏：「漢成帝時，揚雄愛虞箴，遂依仿之，作十二州二十五官箴。」並足以證此文應有「作」字。元本、何本、凌本、梁本、祕書本、天啟梅本、別解本、清謹軒本、尚古本、岡本、四庫本、王本、張松孫本、鄭藏鈔本、崇文本尚未脱。

〔二六〕**聲鑑可徵，信所謂追清風於前古。**

唐寫本「可」作「有」，「所」作「可」，「信」字無；御覽引同。

按作「有徵」是。「可」字蓋涉下句「可謂」而誤。「有徵」二字出左傳昭公八年，議對、總術兩篇並用之。玉海、金石例引亦無「信」字，與唐寫本、御覽合。

〔二七〕**温嶠傅臣。**

「傅」，唐寫本、王批本、訓故本作「侍」；御覽、玉海、何氏類鎔十五引同。

按作「侍」與晉中興書類聚四九、初學記十引。及晉書嶠本傳黄、范兩家注已具。合。當據改。

〔二八〕**引廣事雜。**

黄校云：「（廣）一作『多』，（雜）一作『寡』。」　徐𤊹云：「『雜』一作『寡』，是。」　何焯「廣」改「多」，「雜」改「寡」。

按唐寫本作「引多而事寡」；御覽引同。玉海引作「文多事寡」，惟「文」字有異并少一「而」字。徐校、何改是也。

〔二九〕**憲章戒銘。**

「戒」，唐寫本作「武」；御覽引同。

按「武」字是。武銘者，謂武王所題席、機等十七銘也。景興雜箴，多所則效之，故云。禮記中庸：「仲尼祖述堯舜，憲章文武。」朱熹中庸章句：「祖述者，遠宗其道。憲章者，近守其法。」

〔三〇〕**夫箴誦於官。**

「官」，御覽引作「經」。

按「經」字誤。左傳襄公四年：「昔周辛甲之爲大史也，命百官箴王闕。」杜注：「使百官各爲箴辭，戒王過。」詩小雅庭燎序：「庭燎，美宣王也，因以箴之。」國語周語上：「師箴。」韋注：「師，少師也。箴，箴刺王闕，以正得失也。」並「箴誦於官」之義。

〔三一〕**名目雖異。**

「目」，唐寫本作「用」；御覽引同。

按王批本亦作「用」。此承上「箴誦於官，銘題於器」之辭，「用」字是也。

〔三二〕**故文資确切。**

「确」，黄校云：「元作『確』，朱改。」此沿梅校。

按唐寫本及御覽引並作「确」。以奏啟篇「表奏确切」例之，自以作「确」爲是。後漢書崔寔傳：「（政論）指切時要，言辯而确。」章懷注：「确，堅正也。音口角反。」王批本作「确」。

〔三三〕**其取事也必覈以辨。**

「覈」，黄校云：「元作『覆』。」此沿梅校。

按「覈」字是。唐寫本、張本、王批本、何本、訓故本、凌本、梁本、謝鈔本、彙編本、別解本、尚古本、岡本、文溯本、王本、崇文本作「覈」。辭學指南、金石例、文斷總論、子苑二三、何氏類鎔、文通引，亦並作「覈」。梅校是也。

〔三四〕**然矢言之道蓋闕。**

按書盤庚上：「率籲衆慼，出矢言。」孔傳：「出正直之言。」

〔三五〕**所以箴銘異用。**

「異」，唐寫本作「寡」。宋本、喜多本御覽引作「實」。

按上文明言「矢言之道蓋闕」，則「寡」字是。「實」蓋由「寡」致誤。

〔三六〕**惟秉文君子。**

「秉」，汪本、佘本、張本、兩京本、胡本作「乘」。

按「乘」字誤。徵聖、章表、時序三篇並有「秉文」之文。詩周頌清廟：「秉文之德。」毛傳：「執文德之人也。」

〔三七〕**有佩於言。**

按「佩」讀如韓非子觀行篇「西門豹性急，佩韋以自緩；董安于性緩，佩弦以自急」之「佩」。

〔三八〕**無鑒於水。**

按書酒誥：「古人有言曰：『人無於水監，當於民監。』」孔傳：「視水見己形，視民行事見吉凶。」國語吴語："申胥進諫曰：『……王夫差盍亦鑑於人，無鑑於水。』"韋注："鑑，鏡也。以人爲鏡見成敗，以水爲鏡見形而已。"墨子非攻中："古者有語曰：『君子不鏡於水而鏡於人。鏡於水見面之容，鏡於人則知吉與凶。』"史記蔡澤傳："蔡澤曰：『……吾聞之，鑒於水者見面之容，鑒於人者知吉與凶。』"太公陰謀武王鏡銘："以鏡自照者見形容，以人自照者見吉凶。"（後漢書朱穆傳章懷注引）

誄碑第十二

周世盛德，有銘誄之文〔一〕。大夫之材①，臨喪能誄〔二〕。誄者，累也〔三〕；累其德行，旌之不朽也。夏商已前，其詳靡聞〔四〕。周雖有誄，未被于士。又賤不誄貴②，幼不誄長，在萬乘則稱天以誄之〔五〕，讀誄定謚〔六〕，其節文大矣。自魯莊戰乘邱③，始及于士。逮尼父卒，哀公作誄④〔七〕。觀其慭遺之切，嗚呼之歎，雖非叡作，古式存焉。至柳妻之誄惠子⑤，則辭哀而韻長矣。暨乎漢世，承流而作。揚雄之誄元后⑥，文實煩穢，沙麓撮其要〔八〕，而摯疑成篇，有脱誤。安有累德述尊〔九〕，而闊略四句乎❶？杜篤之誄⑦，有譽前代；吴誄雖工，而他篇頗疏❷，豈以見稱光武，而改盼千金哉⑧〔一〇〕！傅毅所制，文體倫序；孝山崔瑗⑨，辨絜相參〔一一〕：觀其序事如傳，辭靡律調，固誄之才也❸。潘岳構意⑩，專師孝山，巧於序悲，易入新切，御覽作麗。所以隔代相望，能徵厥聲者也。至如崔駰誄趙，劉陶誄黄⑪❹，並得憲章，工在簡要〔一二〕。陳思叨名，而體實繁緩，文皇誄末，旨言自陳⑫，其乖甚矣。若夫殷臣誄湯，追褒元鳥之祚〔一三〕；周史歌文，上闡后稷之烈：誄述祖宗，蓋詩人之則也。至於序述哀情，則觸類而長。傅毅之誄北海⑬，云白日幽光，雰霧杳冥；始序致感，一作惑，從御覽改。遂爲後式，景而效者〔一四〕，彌取於工元作功，謝改。矣〔一五〕。詳夫誄之爲制，蓋選言録行，傳體而頌文，榮始而哀終。論其人也，曖乎若可覿〔一六〕；道其哀也，悽焉如可傷：此其旨也。

碑者，埤也。上古帝皇，紀號封禪⑭〔一七〕，樹石埤岳，故曰碑也。周穆紀跡于弇山之石⑮，亦古碑之意也〔一八〕。又宗廟有碑，樹之兩楹，事止元作正。麗牲⑯〔一九〕，未勒勳績❺，而庸器漸缺，故後代用碑，以石代金，同乎不朽，自廟徂墳，猶封墓也。自後漢以來，碑碣雲起⑰，才鋒所斷，莫高蔡邕〔二〇〕。觀楊賜之碑⑱，骨鯁訓典；陳郭二文⑲，詞一作句，從御覽改。無擇言〔二一〕；周乎衆碑，莫非清允。其叙事也該而要，其綴采也雅而澤；清詞轉而不窮，巧義出而卓立；察其爲才，自然而至。孔融所創⑳，有慕伯喈〔二二〕；張陳兩文㉑，辨給足采：亦其亞也。及孫綽爲文㉒，志在碑誄〔二三〕；温王郄庾，辭多枝雜〔二四〕；桓彝一篇㉓，最爲辨裁〔二五〕。夫屬碑之體，資乎史才。其序則傳，其文則銘。標序盛德，必見清風之華；昭紀鴻懿，必見峻偉之烈：此碑之制也〔二六〕。夫碑實銘器，銘實碑文，因器立名，事光當作先。於誄〔二七〕。是以勒石讚勳者，入銘之域〔二八〕；樹碑述已者〔二九〕，同誄之區焉。

贊曰：寫實追虛〔三〇〕，碑誄以立。銘德慕行〔三一〕，文采允集〔三二〕。觀風似面，聽辭如泣。石墨鐫華，頹影豈忒〔三三〕。

【黃叔琳注】

①**大夫之材**見詮賦篇登高能賦注。

②**賤不誄貴**〔禮記〕賤不誄貴，幼不誄長，禮也。惟天子稱天以

誄之，諸侯相誄，非禮也。③**魯莊**〔檀弓〕魯莊公及宋人戰于乘邱，縣賁父御，卜國爲右。馬驚敗績，公隊，佐車授綏。公曰：末之卜也。縣賁父曰：他日不敗績而今敗績，是無勇也。遂死之。圉人浴馬，有流矢在白肉。公曰：非其罪也。遂誄之。士之有誄，自此始也。④**哀公**〔左傳〕孔子卒，哀公誄之曰：旻天不弔，不憖遺一老，俾屏予一人以在位，煢煢余在疚。嗚呼哀哉！尼父，無自律！⑤**柳妻**〔説苑〕柳下惠死，門人將誄之。妻曰：將誄夫子之德耶？則二三子不如妾知之也。乃誄曰：夫子之不伐兮，夫子之不竭兮，夫子之信誠而與人無害兮。柔屈從俗，不强察兮。蒙恥救民，德彌大兮。雖遇三黜，終不弊兮。豈弟君子，永能厲兮。嗟乎惜哉，乃下世兮。庶幾遐年，今遂逝兮。嗚呼哀哉，神魂泄兮。夫子之謚，宜爲惠兮。⑥**誄元后**〔漢書〕王莽建國五年，元后崩，詔揚雄作誄曰：太陰之精，沙麓之靈。作合於漢，配元生成。⑦**杜篤**〔後漢書〕杜篤字季雅。大司馬吴漢薨，光武詔諸儒誄之。篤爲誄最高，帝美之。⑧**改盻千金**〔國策〕蘇代説淳于髡曰：人有賣駿馬者，比三旦立市，人莫之知。伯樂還而視之，去而顧之，一旦而馬價十倍。⑨**孝山**〔後漢書〕蘇順字孝山，和安間，以才學見稱，所著賦論誄哀辭雜文凡十六篇。⑩**潘岳**〔潘岳集〕有楊荆州誄、楊仲武誄、夏侯常侍誄、馬汧督誄。⑪**劉陶**〔劉陶傳〕陶字子奇，濟北貞王勃之後，著書數十萬言。⑫**自陳**〔曹子建集〕文皇誄：自「咨遠臣之眇眇兮，感凶問以怛驚」以下，皆自陳之辭。⑬**北海**〔後漢書〕北海靖王興，齊武王伯升子也，永平七年薨。〔古文苑〕傅毅此誄，其文不全，亦無白日幽光之語。⑭**封禪**〔管子〕古者封禪泰山禪梁父者七十二家。⑮**弇山**〔穆天子傳〕天子觴西王母於瑤池，遂驅升乎弇山，乃紀迹於弇山之石，而樹之槐，眉曰西王母之山。⑯**麗牲**〔祭義〕牲入廟門麗于碑。〔説文注〕古宗廟立碑繫牲，後人因於上紀功德。〔孫何碑解〕碑者，乃葬祭饗聘之際，所植一大木耳。而其字從石者，將取其堅且久，未聞勒銘其上也。今喪葬令其螭首龜趺，洎丈尺品秩之制。又易之以石者，後儒增耳。⑰**碑碣**〔後漢書注〕方者謂之碑，圓者謂之碣。⑱**楊賜**〔楊賜傳〕賜字伯獻，歷官太尉，卒謚文烈。〔蔡中郎集〕有司空文烈侯楊公碑。⑲**陳郭**〔蔡中郎集〕有陳太邱碑、郭有道碑。⑳**孔融**〔孔融傳〕融字文舉，與蔡邕素善。邕卒，後有虎賁士貌類於邕，融每酒酣，引與之同坐，曰：雖無老成人，尚有典型。所著詩頌碑文凡三十五篇。㉑**張陳兩文**孔文舉有衛尉張儉碑銘。陳文無考。融没於曹子建之前，非陳思王也。㉒**孫綽**〔孫綽傳〕綽字興公，歷官著作郎。於時文士，綽爲其冠。温王郄庾諸公之薨，必須綽爲碑文，然後刊石。〔世説新語〕孫興公作庾公誄，多寄託之辭。既成，示庾道恒。庾見，慨然送還之曰：先君與君，自不至於此。㉓**桓彝**〔桓彝傳〕彝字茂倫，歷官宣城内史。在郡蘇峻反，爲其將韓晃所害，綽爲碑文。

【李詳補注】

❶**揚雄之誄元后至闊略四句乎**〔注〕云：摯疑成篇有脱誤，札迻云：此謂揚雄作元后誄，漢書元后傳僅撮舉四句，非其全篇也。摯疑成篇，摯當即摯虞。蓋揚文全篇，虞偶未見，撰文章流别，遂疑全篇只此四句。故彦和難以累德述尊，必不如此闊略也。文無脱誤。❷**杜篤之誄四句**詳案：藝文類聚〔四十七〕載篤大司馬吴漢誄云：篤以爲堯隆稷契，舜嘉皋陶，伊尹佐殷，吕尚翼周。若此五臣，功無與疇。今漢吴公，追而六之。乃作誄曰：朝失鯁臣，國喪爪牙。天子愍悼，中宫咨嗟。四方殘暴，公不征兹。

征兹海内，公其攸平。泯泯群黎，賴公以寧。勳業既崇，持盈守虚。功成即退，名勒丹書。功著金石，與日月俱。其餘他篇未見。❸**孝山崔瑗**至**固誄之才也**詳案：藝文類聚（十二）蘇順（順字孝山）和帝誄略云：往代崎嶇，諸夏擅命。爰兹發號，民樂其政。奄有萬國，群臣咸秩，大孝備矣。閟宫有侐，由昔姜嫄。祖妣之室，本支百世，神契惟一。（又卷十五）崔瑗竇貴人誄云：若夫貴人，天地之所留神，造化之所殷勤。華光耀乎日月，才智出乎浮雲。然猶退讓，未嘗專寵。樂慶雲之普覆，悼時雨之不廣。憂國念祖，不敢迨遑。彦和所謂序事如傳，詞靡律調，於此可見一斑。❹**崔駰誄趙二句**詳案：後漢書崔駰傳，所著詩、賦、銘、頌、書、記、表、七依、婚禮、結言、達旨、酒警二十一篇；劉陶傳言作七曜論，匡老子，反韓非，復孟軻，及上書言當世便事、條教、賦奏、書記、辨疑，凡百餘篇。蔚宗所記皆不言有誄。彦和差遠范氏，乃作此云，宜具目覩，所未詳矣。❺**碑者埤也**至**未勒勳績**詳案：劉氏竇楠漢石例（卷一）云：紀功德亦以石，但不名碑，故史記封禪書引管子秦始皇本紀並云刻石，不言立碑。墓用石名碑，與刻石紀功德名碑皆始於漢，文心雕龍謂碑名肇自上古，其説恐非。又兩楹不得有碑，是蓋指中庭之碑言也。

【楊明照校注】

〔一〕**周世盛德，有銘誄之文。**

按後漢書种岱傳：「（李）燮聞岱卒，痛惜甚，乃上書求加禮於岱，曰：『……周禮盛德，有銘誄之文。』」章懷注：「周禮司勳曰：『凡有功者，銘書於王之太常。』又曰：『卿大夫之喪，賜謚誄也。』」

〔二〕**大夫之材，臨喪能誄。**

「材」，馮舒校作「才」。　宋本、活字本、喜多本御覽五九六引作「才」。　黄注云：「『大夫之材』，見詮賦篇『登高能賦』注。」

按唐寫本作「才」。馮校蓋據御覽校。是也。「喪紀能誄，可以爲大夫」，止見詩鄘風定之方中毛傳；黄氏於詮賦篇「登高能賦」句注亦止引漢志「傳曰『不歌而頌當作誦。謂之賦，登高能賦，可以爲大夫』」三句。與此原不相涉，而云「見詮賦篇『登高能賦』注」，不僅前後失照，其未一檢漢志尤謬。

〔三〕**誄者，累也。**

御覽引無「累也」二字。

按「累也」二字當有，始與本書釋名例符。

〔四〕**夏商已前，其詳靡聞。**

「詳」，唐寫本作「詞」。

按唐寫本是也。「詞」通作「辭」，本書「辭」字，唐寫本多作「詞」。而「辭」俗又作「辞」，與「詳」形近，故誤。文章流别論：「詩頌箴銘之篇，皆有往古成文，可放依而作；惟誄無定制，故作者多異焉。」御覽五九六引。舍人謂「其詞靡聞」者，即仲治無「往古成文」之意。

〔五〕**在萬乘則稱天以誄之。**

唐寫本「在」上有「其」字；倪本御覽引同。宋本、鈔本、活字本御覽有「其」字無「在」字。

按「其」字當有。於「乘」下加豆，文勢較暢。詔策篇「其在三代，事兼誥誓」，檄移篇「其在金革，則逆黨用檄」，章表篇「其在文物，赤白曰章」，句法並與此同，可證。

〔六〕**讀誄定謚。**

按周禮春官大師：「大喪，帥瞽而廞，作匱，謚。」鄭玄注：「廞，興也。……陳其生時行迹爲作謚。」又小史：「卿大夫之喪，賜謚，讀誄。」論衡道虚篇：「誄生時所行爲之謚。」

〔七〕**逮尼父卒，哀公作誄。**

唐寫本「卒」上有「之」字；御覽引同。

按有「之」字，語勢較勝。

〔八〕**沙麓撮其要。**

「麓」，唐寫本作「鹿」；御覽引同。

按春秋經僖公十四年「秋八月辛卯，沙鹿崩」，作「鹿」，舍人必原用「鹿」字。今本蓋寫者據漢書元后傳改耳。

〔九〕**安有累德述尊。**

「累」，另一明鈔本御覽引作「誄」。

按作「誄」非是。文選顔延之宋文皇帝元皇后哀策文：「累德述懷。」徐陵玉臺新詠序：「萬年公主，非無累德之辭。」並其證。

〔一〇〕而改盻千金哉！

「盻」，唐寫本作「眄」；喜多本、鮑本御覽引同。　宋本、活字本御覽作「眄」。　鈔本、倪本御覽作「盻」。　梅本、祕書本、王本、張松孫本作「盼」。

按「眄」字是，餘並非也。已詳辨騷篇「則顧盻可以驅辭力」條。

〔一一〕辨絜相參。

「絜」，唐寫本作「潔」；鈔本、喜多本、鮑本御覽引同。宋本、倪本、活字本御覽作「潔」，當是「潔」之殘字。

按以議對篇「文以辨潔爲能」例之，「潔」字是。

〔一二〕工在簡要。

「工」，御覽引作「貴」。

按以徵聖篇「功在上哲」，體性篇「功在初化」，定勢篇「功在銓別」，物色篇「功在密附」例之，疑作「功」爲是。御覽作「貴」非也。

〔一三〕若夫殷臣誄湯，追褒元鳥之祚。

紀昀云：「『誄湯』之説未詳。」

范文瀾云：「商頌長發序云：『長發，大禘也。』正義曰：『成湯受天明命，……故歌詠天德，因此大禘而爲頌。』『玄鳥之祚』，即簡狄吞鳦卵而生契之事，正義所謂『歌詠天德』也。若然，彦和文意當指長發篇言之。」　唐寫本「誄」作「詠」。　兩京本「祚」作「祥」。

按此文明言「追褒玄鳥之祚」，而長發七章，並無詠述簡狄吞鳦卵生契辭句，恐非舍人所指。玄鳥篇首以「天命玄鳥，降而生商」發端，即「追褒玄鳥之祚」也；「篇中曰『武湯』、曰『后』、曰『先后』、曰『武王』，皆謂湯」，陳奂詩毛氏傳疏玄鳥篇中語。即「詠湯」也。然則此二句所指，其爲商頌之玄鳥篇乎？「詠」當依唐寫本作「詠」；「元」此黄氏例避清諱改。亦應從各本改「玄」。「祚」，兩京本作「祥」，是。徐𤊹校作「祥」。

〔一四〕**景而效者。**

「景」，唐寫本作「影」；宋本、喜多本御覽引同。

按本書率用「影」字，疑此原亦作「影」。

〔一五〕**彌取於工矣。**

「工」，黄校云：「元作『功』，謝改。」此沿梅校。唐寫本作「切」；宋本、鈔本、活字本御覽引同。倪本御覽作「巧」。

按「切」字是。「功」乃「切」之形誤。本書有「切」字辭句，凡三十二處。足見「切」字爲舍人所習用者。其含義大致相同，此亦宜然。謝改爲「工」，非是。當據唐寫本及御覽改作「切」。

〔一六〕**論其人也，曖乎若可覿。**

按「曖」本無其字，當作「僾」。説文人部：「僾，仿佛也。」禮記祭義：「祭之日，入室，僾然必有見乎其位。」釋文：「僾，音愛，微見貌。」孔疏：「僾，髣髴見也。」説苑修文篇：「祭之日，將入户，僾然若有見乎其容。」釋僧祐齊太宰竟陵文宣王法集録序：「靜尋遺篇，僾乎如在。」

〔一七〕**上古帝皇，紀號封禪。**

「皇」，唐寫本作「王」；倪本、鮑本御覽、子苑三二引同。文章辨體彙選六四二引同。

按禮記逸禮：「三王禪云云，五帝禪亭亭。」文選王融曲水詩序李注引。漢書兒寬傳：「封泰山，禪梁父，昭姓考瑞，帝王之盛節也。」東觀漢紀趙憙上言曰：「自古帝王，每世之隆，未嘗不封禪。」並「皇」當作「王」之證。

〔一八〕**亦古碑之意也。**

「古」，唐寫本無。　元本、弘治本、汪本、佘本、張本、兩京本、王批本、何本、胡本、訓故本、梅本、凌本、合刻本、梁本、祕書本、謝鈔本、彙編本、別解本、清謹軒本、尚古本、岡本、王本、張松孫本、鄭藏鈔本作「石」。馮舒「石」校作「古」。何焯校同。

按「石」字誤；馮舒、何焯據御覽校爲「古」，亦非。玉海六十。引無「古」字，與唐寫本正合。當據刪。

〔一九〕**又宗廟有碑，樹之兩楹，事止麗牲。**

「止」，黄校云：「元作『正』。」　謝兆申云：「（正）當作『止』。」

按「止」字是。唐寫本、謝鈔本正作「止」；御覽、玉海引同。祝盟篇「事止告饗」，句法與此同，亦可證。禮記祭義：「祭之日，君牽牲，穆答君，卿大夫序從；既入廟門，麗於碑。」鄭注：「麗，猶繫也。」孔疏：「君牽牲入廟門，繫著中庭碑也。」

〔二〇〕**才鋒所斷，莫高蔡邕。**

按李充起居誡：「中世蔡伯喈長於爲碑。」書鈔一百引（嚴輯全晉文五三所輯李充文佚此條）。

〔二一〕**詞無擇言。**

「詞」，黄校云：「一作『句』，從御覽改。」

按唐寫本、元本、弘治本、汪本、佘本、張本、兩京本、王批本、何本、胡本、訓故本、梅本、凌本、合刻本、梁本、祕書本、謝鈔本、彙編本、張松孫本、崇文本並作「句」；文通十七。引同。足見「句」字並未誤。「言」作「字」解，「句無擇言」者，謂句中無可挑剔之字也。「擇言」二字見書呂刑。論衡自紀篇有「口無擇言，筆無擇文」語。

〔二二〕**孔融所創，有慕伯喈。**

「慕」，唐寫本作「摹」。

按「摹」字是。樂府篇「雖摹韶夏」，哀弔篇「結言摹詩」，體性篇「故宜摹體以定習」，皆謂其摹仿也。

〔二三〕**及孫綽爲文，志在碑誄。**

唐寫本作「志在於碑」；御覽引同。

按晉書綽本傳止稱其善爲碑文，原文黄、范兩家注已具。本段亦單論碑，「誄」字實不應有，當據訂。南齊書文學傳論：「孫綽之碑，嗣伯喈之後。」亦足以證「誄」字誤衍。（文選集注六二。公孫羅文選鈔引文録云：「……故温、郗、王、庾諸公之薨，非興公爲文，則不刻石也。」）

〔二四〕**辭多枝雜。**

「雜」，宋本、倪本、喜多本、鮑本御覽引作「離」。

按「離」字是。「枝離」，疊韻連語。議對篇「支離構辭」，聲律篇「割棄支離」，並以「支離」連文，可證。（「支」與「枝」通。）

〔二五〕**最爲辨裁。**

唐寫本「裁」下有「矣」字；御覽引同。倪刻御覽「裁」作「才」。

按有「矣」字語勢較勝，當據增。范甯穀梁傳集解序：「公羊辯而裁。」楊疏：「辯，謂説事分明；裁，謂善能裁斷。」則作「才」非是。議對篇：「辭裁以辨。」亦可證。（「辨」與「辯」通。）

〔二六〕**此碑之制也。**

「制」，唐寫本作「致」；御覽引同。

按「致」字是。致，極也。（國語吳語韋注。）神思篇：「其思理之致乎？」其「致」字義與此同，亦可證。

〔二七〕**因器立名，事光於誄。**

「光」，黄校云：「當作『先』。」（此沿梅校。）徐𤊹云：「（光）當作『先』。」

按唐寫本正作「先」。徐、梅校是也。

〔二八〕**是以勒石讚勳者，入銘之域。**

「石」，唐寫本作「器」；御覽引同。徐𤊹校「器」。按「器」字是。銘箴篇：「銘題於器。」即其義也。王批本作「器」，當據改。

〔二九〕**樹碑述已者。**

「已」，唐寫本作「亡」；御覽引同。徐𤊹校作「亡」。按「亡」字是。「已」其形誤也。稗編七五引作「亡」，未誤。王批本亦作「亡」。當據改。

〔三〇〕**寫實追虛。**

「實」，唐寫本作「遠」。按唐寫本是。左傳襄公二十五年：「言之無文，行而不遠。」「寫遠」，謂寫成文字以傳之久遠也。今本蓋寫者緣「虛」字而妄改。

〔三一〕**銘德慕行。**

「慕」，唐寫本作「纂」。按唐寫本是。「纂」謂纂集。練字篇「爾雅者，孔徒之所纂」，諸本多誤「纂」爲「慕」，是二字形近易混之例。

〔三二〕**文采允集。**

「文采」，唐寫本作「光彩」。按唐寫本是。「光彩」承上「銘德纂行」句，則指其人之「德」「行」，非謂碑誄之文彩也。本書「采」字，唐寫本均作「彩」。

〔三〕**頹影豈忒。**

「忒」，唐寫本作「戢」。

按本贊純用緝韻，立、集、泣、戢，廣韻悉入緝韻，且係獨用。此當以作「戢」爲是。若作「忒」則失其韻矣。忒在德韻。禮記緇衣「其儀不忒」釋文：「忒，本或作貣。」而「貣」俗又作「貳」，與「戢」形近。蓋「戢」初誤爲「貳」，後又誤爲「忒」耳。文選陸機歎逝賦：「惜此景之屢戢。」李注引賈逵國語注曰：「惜，痛也。戢，藏也。」又夏侯湛東方朔畫贊：「墟墓徒存，精靈永戢。」劉良注：「戢，藏也。」傅咸螢火賦：「當朝陽而戢影。」類聚九七引。孫綽庾公誄：「永戢話言，口誦心悲。」世説新語方正篇劉注引。

哀弔第十三

賦憲孫云：當作議德。之謚❶，短折曰哀①〔一〕。哀者，依也。悲實依心，故曰哀也。以辭遺哀，蓋不淚之悼〔二〕，故不在黄髮，必施夭元作天。昏②❷。昔三良殉秦③，百夫莫贖，事均夭横〔三〕，黄鳥賦哀，抑亦詩人之哀辭乎！暨漢武封禪，而霍子侯元作光病，曹改。又一本作霍嬗。暴亡④〔四〕，帝傷而作詩〔五〕，亦哀辭之類矣⑤。及後漢汝陽王亡，崔瑗哀辭，始變前式。元作戒，謝改。然履突鬼門，怪而不辭〔六〕；駕龍乘雲，仙而不哀；又卒章五言，頗似歌謠，亦彷彿乎漢武也〔七〕。至於蘇慎疑作順。張升⑥〔八〕，並述哀文，雖發其情華，而未極心實。建安哀辭，惟偉長差善，行女一篇⑦，時有惻怛〔九〕。及潘岳繼作，實踵其美〔一〇〕。觀其慮善辭變〔一一〕，情洞悲苦，叙事如傳，結言摹詩，促節四言，鮮有緩句，故能義直而文婉，體舊而趣新，金鹿澤蘭⑧，莫之或繼也。原夫哀辭大體，情主於痛傷，而辭窮乎愛惜❸。幼未成德〔一二〕，故譽止於察惠；譽字，御覽作與言二字。弱不勝務，故悼加乎膚色。悼字下御覽有惜字，膚一作容。隱心而結文則事愜，觀文而屬心則體奢。奢體爲辭，則雖麗不哀；必使情往會悲，文來引泣，乃其貴耳。

弔者，至也。詩云：神之弔矣，言神至也〔一三〕。君子令終定謚，事極理哀，故賓之慰主，以至到爲言也。壓溺乖道⑨，所以不弔矣〔一四〕。又宋水鄭火⑩，行人奉辭，國災民亡，故同弔也。及晉築虒元作虎，孫改。臺⑪〔一五〕，齊襲燕城，史趙元脱，孫補。蘇秦〔一六〕，翻賀爲弔⑫❹，虐民搆敵，亦亡之道。凡斯之例，弔之所設也。或驕貴而殞身，或狷忿御覽作介。以乖道〔一七〕，或有志而無時〔一八〕，或美才而兼累〔一九〕：追而慰之，並名爲弔。自賈誼浮湘⑬，發憤弔屈〔二〇〕，體同而事覈，辭清而理哀，蓋首出之作也。及相如之弔二世⑭，全爲賦體，桓譚以爲其言惻愴，讀者歎息。及平一作卒。章要切，斷而能悲也〔二一〕。揚雄弔屈⑮，思積功寡，意深文略，故辭韻沉膇⑯。班彪蔡邕⑰，並敏于致語〔二二〕，然影附賈氏，難爲並驅耳。胡阮之弔夷齊⑱，褒而無聞〔二三〕；仲宣所制，譏呵實工〔二四〕。然則胡阮嘉其清〔二五〕，王子傷其隘〔二六〕，各一本下有其字。志也〔二七〕。禰衡之弔平子⑲，縟麗而輕清；陸機之弔魏武⑳，序巧而文繁。降斯以下，未有可稱者矣。夫弔雖古義，而華辭未造〔二八〕；華過韻緩，則化而爲賦。固宜正義以繩理，昭德而塞違〔二九〕，割析褒貶〔三〇〕，哀而有正，則無奪倫矣〔三一〕。

贊曰：辭定所表，在彼弱弄㉑。苗而不秀㉒，自古斯慟〔三二〕。雖有通才，迷方告一作失。控㉓❺〔三三〕。千載可傷〔三四〕，寓言以送〔三五〕。

【黄叔琳注】

①**短折**〔汲冢周書〕蚤孤短折曰哀，恭仁短折曰哀。②**夭昏**〔左傳〕札瘥夭昏。〔注〕夭死曰札，小疫

曰瘥，短折曰夭，未名曰昏。③**三良**〔左傳〕秦伯任好卒，以子車氏之三子爲殉，皆秦之良也。國人哀之，爲之賦黄鳥。〔詩秦風〕黄鳥篇是也。④**霍子侯**〔霍去病傳〕去病薨，子嬗嗣。嬗字子侯，上愛之，幸其壯而將之，爲奉車都尉，從封泰山而薨。〔漢武帝集〕嬗死，上甚悼之，乃自爲歌詩。⑤**哀辭**〔文章流別論〕哀辭者，誄之流也。⑥**張升**〔後漢書〕張升字彦真，著賦誄頌碑書凡六十篇。⑦**行女**〔曹子建集〕行女哀辭：三年之中，二子頻喪。〔文章流別論〕建安中，文帝與臨淄侯各失稺子，命徐幹、劉楨等爲哀詞。是偉長亦有行女篇也。⑧**金鹿澤蘭**〔潘岳集〕金鹿哀辭。金鹿，岳之幼子也。又爲任子咸妻作孤女澤蘭哀辭。澤蘭，子咸之女也。⑨**厭溺**〔檀弓〕死而不弔者三，畏、厭、溺。⑩**宋水**〔左傳〕莊公十一年秋，宋大水，公使弔焉，曰：天作淫雨，害於粢盛，若之何不弔！**鄭火**〔左傳〕昭公十八年，宋衛陳鄭皆火，陳不救火，許不弔災。⑪**虒臺**〔左傳〕游吉相鄭伯以如晉，亦賀虒祁也。史趙見子太叔曰：甚哉其相蒙也。可弔也而又賀之。⑫**翻賀爲弔**〔國策〕燕易王初立，齊宣王因燕喪而攻之，取十城。蘇秦爲燕説齊王，再拜而賀，因仰而弔曰：燕雖弱小，秦王之少壻也。大王利其十城，而與强秦爲讎，是食烏喙之類也。齊王曰：善！歸燕之十城。⑬**浮湘**〔賈誼傳〕誼爲長沙王傅，意不自得，及渡湘水，爲賦以弔屈原。⑭**弔二世**〔司馬相如傳〕武帝還過宜春宮，相如奏賦以哀二世行失。〔注〕宜春，本秦之離宮，胡亥於此爲閻樂所殺，故感其處而哀之也。⑮**弔屈**〔揚雄傳〕雄作書，往往摭離騷文而反之，自峄山投諸江流，以弔屈原，名曰反離騷。⑯**沉膇**〔左傳〕沉溺、重膇之疾。⑰**蔡邕**〔蔡邕集〕弔屈原文：卒壞覆而不振，顧抱石其何補。

⑱**胡阮**〔文選思舊賦注〕胡廣弔夷齊文曰：援翰録弔以舒懷兮。〔魏志〕阮瑀字元瑜，爲魏武管記室，弔伯夷文曰：余以王事，適彼洛師；瞻望首陽，敬弔伯夷。求仁得仁，見歎仲尼；没而不朽，身滅名飛。⑲**禰衡**〔後漢書〕禰衡字正平，弔平子文：余今反國，命駕言歸；路由西鄂，追弔平子。平子，張衡字也。衡，楚西鄂人。⑳**弔魏武**〔陸機弔魏武文〕悼繐帳之冥冥，怨西陵之茫茫；登雀臺而群悲，眝美目其何望。㉑**弱弄**〔左傳〕弱不好弄。㉒**苗而不秀**〔揚子法言〕育而不苗者，吾家之童烏乎！〔世説新語〕王戎子萬子，有大成之風，苗而不秀。㉓**告控**〔左傳〕翦焉傾覆，無所控告。

【李詳補注】

❶**賦憲之謚**孫云當作議德，紀云：賦憲二字出汲冢周書，王伯厚困學紀聞已有考證，不得妄改爲議德。詳案：困學紀聞(卷二)周書謚法：惟三月既生魄，周公旦太師望相嗣王發既賦憲，受臚于牧之野。原注今本缺誤。文心雕龍云賦憲之謚出於此。案伯厚所采周書，出宋范鎮編定六家謚法中。孫云作議德者，孫無撓也，見明吴興凌雲本。黄注前列元校姓氏有兩孫氏：一汝澄字無撓，一孫良蔚字文若，非見凌本則不知其爲無撓也。❷**蓋不淚之悼三句**詳案：北堂書鈔(卷一百二)引文章流別論：哀辭者，以施之童殤夭折，不以壽終者也。❸**情主於痛殤二句**詳案：書鈔(卷一百二)引文章流別論：哀辭者，哀痛爲主，而緣以歎惜之辭。❹**史趙蘇秦二句**紀云：史趙蘇秦皆一時説辭，不得列之弔類。詳案：彦和明言「凡斯之例，弔之所設」，與上「弔者至也」一段，彼明弔字之訓，此推弔字之例，未爲不可。

⑤**迷方告控**詳案：鮑照擬古第一首，迷方獨淪誤。

【楊明照校注】

〔一〕**短折曰哀。**

按書洪範：「六極：一曰凶短折。」史記宋微子世家集解引鄭玄曰：「未齔曰凶。索隱：「未齔，未毁齒也。」未冠曰短，未婚曰折。」

〔二〕**以辭遣哀，蓋不淚之悼。**

「不淚」，唐寫本作「下流」；宋本、鈔本、喜多本御覽五九六引同。倪刻御覽作「下淚」；子苑二三引同。何焯改作「不淚」。

按作「下流」是。「下淚」、「不淚」皆非也。三國志魏書閻溫傳：「（張）就終不回，私與（父）恭疏曰：『……願不以下流之愛，使就有恨於黃壤也。』」又樂陵王茂傳：「太和元年，徙封聊城公，其年爲王。詔曰：『……今封茂爲聊城王，以慰太皇太后下流之念。』」王沈魏書：「（建安）二十二年九月，（太祖東征）大軍還，武宣皇后左右侍御見后（甄后）顔色豐盈，怪問之曰：『后與二子（明帝、東鄉公主）別久，下流之情，不可爲念。』」三國志魏書后妃甄皇后傳裴注引。是「下流」一詞爲當時常語，子之於父，孫之於祖，均得通用。後指瑕篇於潘岳哀文遺辭不當，而評之曰：「禮文在尊極，而施之下流。」其用「下流」二字義，正與此同，亦最確切内證。元本及諸明本「不」皆作「下」，僅誤「流」爲「淚」耳。黃氏從何焯改「下」爲「不」而作「不淚」，誤矣。

〔三〕**事均夭橫。**

「橫」，唐寫本作「枉」；御覽引同。

按「枉」字是。書洪範「一曰凶短折」孔疏：「鄭玄以爲凶短折皆是夭枉之名。」帝王世紀：「伏羲氏……乃嘗味百藥而制九針，以拯夭枉焉。」御覽七二一引。華陽國志巴志：「是以清儉，夭枉不聞。」文選謝靈運廬陵王墓下詩：「脆促良可哀，夭枉特兼常。」陶弘景肘後百一方序：「其間夭枉，焉可勝言。」類聚七五引。並以「夭枉」爲言。庾信哀江南賦：「功業夭枉，身名埋没。」亦以「夭枉」喻其帝業短折。

〔四〕**暨漢武封禪，而霍子侯暴亡。**

「子侯」，黄校云：「元作『光病』，曹改；此沿梅校。又一本作『霍嬗』。」

按黄氏所稱一本是也。唐寫本、訓故本及御覽引，並作「霍嬗」。佘本作「霍去病」，謝兆申校作「霍侯」，徐𤊹校作「霍光」，皆非。曹改非是。史記封禪書：「天子既已封太山，無風雨災。而方士更言『蓬萊諸神，若將可得』。於是上欣然庶幾遇之。乃復東至海，上望冀遇蓬萊焉。奉車子侯暴病，一日死。」漢書郊祀志上同（范注引風俗通義及通鑑，均嫌晚）。漢書霍去病傳：「嬗字子侯。」日知録二七。云：「史記汪此字衍。『奉車子侯暴病，一日死』。死於海上，非死於泰山下也。索隱所引新論，殊謬。」

〔五〕**帝傷而作詩。**

按漢武帝集：「奉車子侯暴病，一日死。上甚悼之，乃自爲歌詩。」類聚五六、御覽五九二引。

〔六〕**然履突鬼門，怪而不辭。**

按論衡訂鬼篇：「山海經又曰：『滄當作東。海之中，有度朔之山，上有大桃木，其屈蟠三千里，其枝間東北曰鬼門，萬鬼所出入也。』」今本無。文選陸機挽歌：「今託萬鬼鄰。」李注引海水經當是山海經。曰：「東海中有山焉，名度索，上有大桃樹，東北瘣枝名曰鬼門，萬鬼所聚。」

〔七〕**駕龍乘雲，仙而不哀；……亦彷佛漢武也。**

「彷佛」，唐寫本作「髣髴」；御覽引同。

按「彷佛」，「仿佛」之俗。見廣韻三十六養及八物。說文人部：「仿，相似也。」又：「佛，見不審也。」玉篇人部：「仿，仿佛，相似也。」又：「佛，仿佛也。」切韻殘卷三十五養：「髣，髣髴。古作仿佛。」一切經音義二：「仿佛，聲類作髣髴。同。」是「髣髴」爲「仿佛」之後起字，其義一也。又按漢武傷霍嬗詩及崔瑗汝陽王哀辭，均不可考。惟史記封禪書索隱引顧胤云：「案武帝集，帝與子侯家語云：『道士皆言子侯得仙，不足悲。』」亦可推瑗所作之不哀也。

〔八〕**至於蘇慎張升。**

「慎」，黄校云：「疑作『順』。」此沿梅校。

按唐寫本及御覽引，並作「順」。當據改。文章流別論：「哀辭者，誄之流也。崔瑗、蘇順、馬融等爲之，率以施於童殤夭折，不以壽終者。」御覽五九六引。是孝山曏以哀辭著稱也。所著十六篇中即有哀辭在內。見後漢書文苑上順本傳。

〔九〕**時有惻怛。**

按禮記問喪：「惻怛之心，痛疾之意。」漢書文帝紀「爲之惻怛不安」顏注：「惻，痛也。怛，恨也。」

〔一〇〕**及潘岳繼作，實踵其美。**

「踵」，唐寫本作「鍾」；御覽引同。

按「鍾」字是。才略篇：「潘岳敏給，辭自和暢，鍾美於西征，賈餘於哀誄。」是其證。左傳昭公二十八年：「天鍾美於是。」當是「鍾美」二字之所自出。隸釋張納碑：「鍾美積德。」亦以「鍾美」爲言。

〔一一〕**觀其慮善辭變。**

「善」，唐寫本作「贍」。宋本、喜多本御覽作「贍」。

按「贍」字是。「贍」乃「贍」之誤。章表篇「觀其體贍而律調」，才略篇「理贍而辭堅」，句法並與此相同，可證。

〔一二〕**幼未成德。**

「德」，宋本、鈔本、喜多本、鮑本御覽引作「性」。

按「性」字非是。穀梁傳桓公十八年：「謚，所以成德也。」閔元年、文元年傳同。范注：「謚者，行之迹，所以表德。」子苑引作「德」，足證「德」字未誤。

〔一三〕**言神至也。**

唐寫本「神」下有「之」字。

按有「之」字語勢較勝。

〔一四〕**所以不弔矣。**

「矣」，唐寫本無。　馮舒校沾「矣」字。

按元本、弘治本、汪本、佘本、張本、兩京本、王批本、何本、胡本、梅本、凌本、合刻本、梁本、祕書本、謝鈔本、彙編本、別解本、尚古本、岡本、文津本、王本、張松孫本、鄭藏鈔本、崇文本並無「矣」字，與唐寫本合。馮舒校沾「矣」字，蓋據御覽也。尋繹語勢，「矣」字不必有。子苑引無「矣」字，亦足證馮舒單憑御覽一書沾字之非。

〔一五〕**及晉築虒臺。**

「虒」，黃校云：「元作『虎』，孫改。」此沿梅校。

按孫改是也。唐寫本、何本、訓故本、梁本、謝鈔本四庫本係剜改。正作「虒」；鈔本、喜多本御覽引同。文通十八引亦作「虒」。

〔一六〕**史趙蘇秦。**

「趙」，黃校云：「元脱，孫補。」此沿梅校。

按唐寫本、何本、訓故本、梁本、謝鈔本四庫本係剜改。並有「趙」字；御覽、文通引同。孫補是也。

〔一七〕**或狷忿以乖道。**

按説文心部：「忿，悁也。」又「悁，忿也。」戰國策趙策二：「秦忿悁含怒之日久矣。」鶡冠子世兵篇：「故曹子曹沫。去忿悁之心，立終身之功。」史記魯仲連傳：「棄忿悁之節。」韓非子亡徵篇：

「心悁忿而不訾前後者，可亡也。」文選潘岳西征賦：「方鄙吝之忿悁。」並作「忿悁」或「悁忿」。疑此文「狷」字亦當作「悁」，始合。

〔一八〕**或有志而無時。**

按後漢書趙岐傳：「初名嘉，……年三十餘，有重疾，臥蓐七年，自慮奄忽，乃爲遺令勑兄子曰：『大丈夫生世，遁無箕山之操，仕無伊呂之勳，天不我與，復何言哉！可立一員石於吾墓前，刻之曰：漢有逸人，姓趙名嘉。有志無時，命也奈何！』」

〔一九〕**或美才而兼累。**

「美才」，唐寫本作「行美」。

按作「行美」較勝。

〔二〇〕**自賈誼浮湘，發憤弔屈。**

按袁淑弔古文：「賈誼發憤於湘江。」類聚四十引。

〔二一〕**及平章要切，斷而能悲也。**

按「及」字與上「及相如之弔二世」句複，語意亦不合，疑爲「乃」之誤。本書「乃」「及」字多互誤。「平」字亦當依唐寫本及御覽改爲「卒」。徐𤊹校作「卒」，天啟梅本已改作「卒」（張松孫本從之）。

〔二二〕**班彪蔡邕，並敏于致語。**

「語」，唐寫本作「詰」；宋本、鈔本御覽引同。

按「詰」字是。下句云：「影附賈氏，難爲並驅。」今誦長沙弔屈原文，自「訊曰」以下有「致詰」意。叔皮伯喈所作，雖無全璧，然據類聚卷四十引蔡邕弔屈原文，卷五六引班彪弔離騷文。所引者，亦皆有「致詰」之辭。老子第十四章：「此三者，不可致詰。」是「致詰」二字固有所本也。易恒九三王注：「德行無恒，自相違錯，不可致詰。」又明夷「箕子之明夷」釋文：「漫衍無經，不可致詰。」後漢書袁安傳論：「雖有不類，未可致詰。」抱朴子内篇微旨：「淵乎妙矣難致詰。」亦並以「致詰」爲言。

〔三三〕**胡阮之弔夷齊，褒而無聞。**

「聞」，唐寫本作「間」。御覽引作「文」。天啟梅本改作「文」。

按唐寫本是也。「無間」二字，出論語泰伯。漢書叙傳上「（谷）永指以駁譏趙、李，亦無間顔注：「間，非也。」云」，蔡中郎集朱公叔議「是後覽之者亦無間焉」，傅玄七謨序「僉曰妙焉，吾無間矣」，類聚五七引。弘明集柳憕答梁武帝敕「聖情玄覽，理證無間」，其用「無間」義與此同。「褒而無間」，蓋謂伯始、元瑜所作，止有褒揚而無非難也。今觀類聚所引殘文並見卷三七，誠有如舍人所評者。左傳莊公十五年「鄭人間之」釋文：「（間）一本作聞。」是「間」與「聞」易淆之證。御覽引作「文」，則又由「聞」致誤。

〔三四〕**仲宣所制，譏呵實工。**

按陸士龍集與兄平原書：「仲宣文……其弔夷齊辭不爲偉，兄二弔自美之；但其呵二子小工，正當以此言爲高文耳。」是舍人此評，本士龍也。

〔二五〕**然則胡阮嘉其清。**

按孟子萬章下：「孟子曰：『伯夷聖之清者也。』」

〔二六〕**王子傷其隘。**

按孟子公孫丑上：「孟子曰：『伯夷隘。』」趙注：「懼人之污來及己，故無所含容。言其太隘狹也。」

〔二七〕**各志也。**

黄校云：「『各』下，一本有『其』字。」　徐𤇯沾「其」字。　天啟梅本「各其」二字品排刻。當是剜沾「其」字。王批本「其志」二字品排刻。

按有「其」字，文意乃足。唐寫本及御覽引，並有「其」字。奏啟篇：「若夫傅咸勁直，而按辭堅深；劉隗切正，而劾文闊略，各其志也。」句法與此相同，可證。才略篇有「各其善也」語。漢書張陳王周傳贊「(陳)平自免，以智終。王陵廷爭，杜門自絶，亦各其志也」語式不殊，僅多一「亦」字耳。論語先進有「亦各言其志也」語。

〔二八〕**夫弔雖古義，而華辭未造。**

鈴木云：「案『末』，『未』字之誤。」

按鈴木說是。雜文篇有「暇豫之末造」語。儀禮士冠禮：「夏之末造也。」鄭注：「造，作也。」禮記郊特牲亦有此文。

〔二九〕昭德而塞違。

按左傳桓公二年：「君人者，將昭德塞違。」孔疏：「昭德，謂昭明善德，使德益章聞也。塞違，謂閉塞違邪，使違命止息也。」

〔三〇〕割析褒貶。

「割」，唐寫本作「剖」；鈔本御覽引同。

按「剖」字是。「剖」「割」形近，古籍中每易淆誤。體性篇「剖析毫釐」，麗辭篇「剖毫析釐」，並以「剖析」爲言。文選張衡西京賦：「剖析毫釐，擘肌分理。」即「剖析」二字之所自出。

〔三一〕則無奪倫矣。

按書舜典：「八音克諧，無相奪倫。」孔傳：「倫，理也。」

〔三二〕苗而不秀，自古斯慟。

按論語子罕：「子曰：『苗而不秀者，有矣夫！秀而不實者，有矣夫！』」皇侃義疏：「又爲歎顏淵爲譬也。」又先進：「顏淵死，子哭之慟。從者曰：『子慟矣！』曰：『有慟乎？非夫人之爲慟，而誰爲！』」集解引馬融曰：「慟，哀過也。」法言問神篇：「育而不苗疑當作苗而不育。注同。者，吾家之童烏乎！」李注：「童烏，子雲之子也。仲尼悼顏淵『苗而不秀』，子雲傷童烏『育而不苗』。」隸釋鄭固碑：「苗而不毓。」又逢盛碑：「苗而不秀。」弘明集理惑論：「顏淵有『不幸短命』之記，『苗而不秀』之喻。」

〔三三〕迷方告控。

「告」，黃校云：「一作『失』。」何焯校作「失」。

按「失」字是。唐寫本正作「失」。文選鮑照擬古詩之二：「南國有儒生，迷方獨淪誤。」李注：「莊子（駢拇）曰：『小惑易方。』郭象曰：『東西易方，於禮（今本作體）未虧。』」此「迷方」二字所本。「失控」，謂失其控制。

〔三四〕**千載可傷。**

按文選古詩十九首之十三：「驅車上東門，遥望郭北墓。……下有陳死人，杳杳即長暮。潛寐黃泉下，千載永不寤。」張銑注：「寤，覺也。」

〔三五〕**寓言以送。**

按禮記祭義：「哀以送往。」又問喪：「哀以送之。」

雜文第十四

智術之子，博雅之人，藻溢於辭，辭盈乎氣〔一〕，苑囿文情，故日新殊致。宋玉含才，頗亦負俗①〔二〕，始造對問②，以申其志〔三〕，放懷寥廓〔四〕，氣實使之。及枚乘摛豔〔五〕，首製七發③，腴辭雲搆〔六〕，夸麗風駭〔七〕。蓋七竅所發，發乎嗜欲，始邪末正，所以戒膏粱之子也。揚雄覃思文闊❶〔八〕，業深綜述，碎文瑣語〔九〕，肇爲連珠④，玉海作揚雄覃思文閣，碎文瑣語，肇爲連珠。其辭雖小而明潤矣〔一〇〕。凡此三者，文章之枝派，暇豫之末造也〔一一〕。

自對問以後，東方朔效而廣之，名爲客難⑤。託古慰志，疏而有辯。揚雄解嘲⑥，雜以諧謔〔一二〕，迴環自釋，頗亦爲工。班固賓戲⑦，含懿采之華；崔駰達旨⑧，吐典言之裁；張衡應問⑨〔一三〕，密而兼雅；崔實客譏⑩，整而微質；蔡邕釋誨⑪，體奧而文炳；景純客傲⑫，情見而采蔚：雖迭相祖述，然屬篇之高者也。至於陳思客問，辭高而理疏；庾敳元作凱，欽改。客咨⑬〔一四〕，意榮而文悴〔一五〕。元作粹，朱改。斯類甚衆，無所取裁矣〔一六〕。原茲文之設〔一七〕，迺發憤以表志。身挫憑乎道勝〔一八〕，時屯寄於情泰，莫不淵岳其心，麟鳳其采，此立本之大要也〔一九〕。

自七發以下，作者繼踵。觀枚氏首唱⑭，信獨拔而偉麗矣。及傅毅七激⑮，會清要之工；崔駰七依，入博雅之巧；張衡七辨⑯，結采綿靡；崔瑗七厲⑰〔二〇〕，植義純正〔二一〕；陳思七啟，取美於宏壯；仲宣七釋⑱，致辨於事理。自桓麟七説以下⑲，左思七諷以上，枝附影從〔二二〕，十有餘家。或文麗而義暌，或理粹而辭駁。觀其大抵所歸，莫不高談宮館，壯語畋獵，窮瓌奇之服饌，極蠱媚之聲色❷〔二三〕；甘意摇骨體〔二四〕，楊云：當作髓。豔詞動魂識〔二五〕，雖始之以淫侈，而終之以居正〔二六〕，然諷一勸百，勢不自反；子雲所謂先騁鄭衛之聲，曲終而奏雅者也⑳。唯七厲叙賢，歸以儒道，雖文非拔群❸，而意實卓爾矣。

自連珠以下，擬者間出。杜篤賈逵之曹㉑，劉珍潘勗之輩㉒❹，欲穿明珠，多貫魚目㉓〔二七〕。可謂壽陵匍匐㉔，非復邯鄲之步〔二八〕；里醜元作配，謝改。捧心㉕〔二九〕，不關西施之嚬矣。唯士衡運思，理新文敏，而裁章置句，廣於舊篇，豈慕朱仲四寸之璫乎㉖！夫文小易周，思閑可贍。足使義明而詞淨，事圓而音澤，磊磊自轉，可稱珠耳〔三〇〕。

詳夫漢來雜文，名號多品，或典誥誓問㉗，或覽略篇章㉘，或曲操弄引㉙，或吟諷謡詠㉚。總括其名，並歸雜文之區；甄别其義，各入討論之域；類聚有貫，故不曲述。

贊曰：偉矣前修，學堅多飽〔三一〕。負文餘力，飛靡弄巧。枝辭攢映，嘒若參昴❺〔三二〕。慕嚬之心，於焉祇攪〔三三〕。

【黄叔琳注】

①**負俗**〔漢武帝紀〕士或有負俗之累而立功名。　②**對問**〔文選宋玉對楚王問〕楚襄王問於宋玉曰：

先生其有遺行與，何士民衆庶不譽之甚也？對曰：唯，然，有之。願大王寬其罪，使得畢其辭。③**七發**〔文選註〕七發者，説七事以啟發太子也，猶楚詞七諫之流。枚乘事梁孝王，恐孝王反，故作七發以諫之。④**連珠**〔傅玄叙連珠〕曰：連珠者，興於漢章之世，班固、賈逵、傅毅三子受詔作之。其文體，辭麗而言約，不指説事情，必假喻以達其旨，而覽者微悟，合於古詩勸興之義。欲使歷歷如貫珠，易覩而可悦，故謂之連珠也。按文章緣起，連珠，揚雄作，是連珠非始於班固也。嗣後潘勗擬連珠，魏王粲倣連珠，晉陸機演連珠，宋顏延之範連珠，齊王儉暢連珠，梁劉孝儀探物作豔體連珠。又陳懋仁文章緣起注：北史李先傳，魏帝召先讀韓子連珠二十二篇。韓子，韓非子。書中有聯語，先列其目，而後著其解，謂之連珠。據此，則連珠又兆韓非矣。⑤**客難**〔東方朔傳〕朔上書陳農戰彊國之計，辭數萬言，終不見用。朔因著論，設客難己，用位卑以自慰諭。⑥**解嘲**〔揚雄傳〕哀帝時，丁、傅、董賢用事，諸附離之者，或起家至二千石。時雄方草太玄，有以自守，泊如也。或嘲雄以玄尚白，而雄解之，號曰解嘲。⑦**賓戲**〔班固漢書叙傳〕固永平中爲郎，典校祕書，專篤志於博學，以著述爲業，或譏以無功。又感東方朔、揚雄自諭以不遭蘇張范蔡之時，曾不折之以正道，明君子之所守，故聊復應焉。其辭曰賓戲。⑧**達旨**〔崔駰傳〕駰常以典籍爲業，未遑仕進之事。或譏其太玄靜，將以後名失實，駰擬揚雄解嘲，作達旨以答焉。⑨**應間**〔張衡傳〕衡不慕當世所居之官，輒積年不徙。自去史職，五載復還，乃設客問，作應間以見其志。⑩**客譏**客疑作答。〔崔實傳〕實因窮困，以酤釀販鬻爲業，時人多以此譏之。建寧中，病卒。所著碑、論、箴、銘、答、七言、祠文、表記、書凡十五篇。⑪**釋誨**〔蔡邕傳〕邕閒居翫古，不交當世，感東方朔客難及揚雄、班固、崔駰之徒，設疑以自通，乃斟酌群言，韙其是而矯其非，作釋誨以戒厲云爾。⑫**客傲**〔郭璞傳〕璞字景純，好卜筮，縉紳多笑之。又自以才高位卑，乃著客傲。⑬**庾敳**〔晉書〕庾敳字子嵩。⑭**首唱**〔傅玄七謨序〕昔枚乘作七發，而屬文之士，作者紛焉。通儒大才馬季長、張平子亦引其源而廣之。馬作七厲，張造七辨。⑮**七激**〔後漢文苑傳〕傅毅以顯宗求賢不篤，士多隱處，作七激以爲諷。⑯**七依七辯**注詳下。⑰**崔瑗七厲**〔崔瑗傳〕有七蘇，無七厲。⑱**七啟七釋**〔曹子建七啟序〕昔枚乘作七發，傅毅作七激，張衡作七辯，崔駰作七依，辭各美麗，余有慕之焉，遂作七啟，並命王粲作焉。粲字仲宣，作者曰七釋。⑲**七說**〔摯虞文章志〕桓麟文在者十八篇，有七說一篇。⑳**曲終奏雅**〔漢書〕揚雄以爲靡麗之賦，勸百風一，猶騁鄭衛之音，曲終奏雅，不已戲乎！㉑**杜篤**〔後漢文苑傳〕杜篤所著賦、誄、弔、書、讚、七言、女誡及雜文，凡十八篇。**賈逵**〔賈逵傳〕逵作詩、頌、誄、書、連珠、酒令，凡九篇。㉒**劉珍**〔後漢文苑傳〕劉珍著誄、頌、連珠凡七篇。㉓**魚目**〔參同契〕魚目豈爲珠，蓬蒿不成檟。㉔**壽陵**〔莊子秋水篇〕子獨不聞夫壽陵餘子之學行於邯鄲與？未得國能，又失其故行矣，直匍匐而歸耳。㉕**里醜**〔莊子天運篇〕西施病心而矉其里，其里之醜人見而美之，歸亦捧心而矉其里。㉖**四寸璫**〔列仙傳〕朱仲者，會稽市販珠人。魯元公主以七百金從仲求珠，仲乃獻四寸珠而去。〔風俗通〕耳珠曰璫。㉗**典**〔爾雅〕典，經也。〔後漢文苑傳〕李尤所著詩、賦、銘、誄、頌、七歎、哀、典，凡二十八篇。**誥**〔爾雅〕誥，誓，謹也。〔注〕皆所以約勤謹戒衆。〔文章緣起〕誥，漢司隸從事馮衍作。**誓**〔文章緣起〕誓，漢蔡邕作艱誓。**問**對問。㉘**覽**〔呂不韋傳〕不韋使其客人人著所聞，集論以爲八覽、六論、十二紀，二十餘萬言，號曰呂氏春秋。**略**〔漢藝文志〕劉歆總群書而奏其七略。**篇**〔漢藝文志〕凡將一篇，司馬相如作。急就一篇，黄門令史游作。元尚一篇，將作大匠李長作。**章**〔藝文志〕蒼頡七章者，秦丞相李斯所作也。爰歷六章者，車府令趙高所作也。博學七章者，太史令胡毋敬所作也。㉙**曲**〔鼓吹曲〕一曰短簫鐃歌。〔蔡邕禮樂志〕短簫鐃歌，軍樂也，黄帝岐伯所作，以建威揚德，風敵勸士也。〔晉書樂志〕武帝令傅玄製鼓吹曲二十二篇，以代魏曲。**操**〔風俗通〕閉塞憂愁而作，命其曲曰操。操者，言遇災遭害，困厄窮迫，雖怨恨失意，猶守禮義，不懼不懾，樂道而不失其操者也。**弄**〔琴書〕蔡邕雅好琴道，入青溪訪鬼谷先生所居。山有五曲，一曲製一弄。**引**〔古今注〕箜篌引，朝鮮津卒霍里子高妻麗玉所作也。㉚**吟**〔古今樂録〕張永元嘉枝録有吟歎四曲，一曰大雅吟。**諷**七諷。**謡**〔爾雅〕徒歌謂之謡。〔穆天子傳〕有白雲謡、黄澤謡。**詠**〔辨樂論〕神農教民食穀，有豐年之詠。夏侯湛作離親詠。

【李詳補注】

❶**揚雄覃思文閣**黄注：玉海作文閣。紀云：當作閣。詳謂作閣是也。漢書雄傳：校書天禄閣上。彦和語指此，猶謝靈運詩又哂子雲閣，以閣爲揚氏故事也。漢書叙傳述「輟而覃思，草法篹玄」，又賓戲「揚雄覃思，法言太玄」，孟堅蓋兩言之，即雄傳所言好深湛之思也。❷**極蠱媚之聲色**詳案：文選張衡南都賦：侍者蠱媚。善注：蠱，已見西京賦。案西京賦「妖蠱豔夫夏姬」，善注：左氏傳，子産曰：在周易，女惑男謂之蠱。蠱，媚也。又張衡思玄賦：咸姣麗以蠱媚。❸**雖文非拔群句**詳案：漢書景十三

王傳贊：夫唯大雅，卓爾不群。文用此。❹**自連珠以下四句**詳案：杜篤連珠云：能離光明之顯，長吟永嘯。（文選蜀都賦注、嵇康幽憤詩注、秀才入軍詩注引）賈逵連珠云：夫君人者，不飾不美，不足以一民。（文選景福殿賦注引）潘勗擬連珠云：臣聞媚上以布利者，臣之常情，主之所患。忘身以憂國者，臣之所難，主之所願。是以忠臣背利而修所難，明主排患而獲所願。（藝文類聚五十七引）惟劉氏之作未見。❺**嘒若參昴**詳案：（毛詩小星篇）嘒彼小星，維參與昴。傳曰：嘒，微也。參，伐也。昴，留也。箋云：言此處無名之星亦隨伐留在天。案彥和借譬雜文，正用箋義，不得以紀文達童而習之之説棄之不引也。（紀評於黃注原引易道篇及大戴禮云：此等皆童而習之之典，能讀文心雕龍者，不患其不知此數條。）

【楊明照校注】

〔一〕**藻溢於辭，辭盈乎氣。**

唐寫本次「辭」字作「辨」。

按「辨」字是。「辨盈乎氣」，與上「藻溢於辭」相對爲文。次「辭」字乃涉上句而誤。漢書東方朔傳：「辯知閎達，溢於文辭。」顔注：「溢者，言其有餘也。」

〔二〕**宋玉含才，頗亦負俗。**

按戰國策趙策二：「（武靈）王曰：『……夫有高世之功者，必負遺俗之累。』」史記趙世家：「夫有高世之功者，負遺俗之累。」正義：「負，留也。……今變爲胡服，是負留風俗之譴累也。」漢書武帝紀：「（元封五年詔）士或有負俗之累而立功名。」顔注引晉灼曰：「負俗，謂被世譏論也。」越絶書外傳記范伯篇:「有高世之材者,必有負俗之累。」唐滂唐子:「夫士有高世之名,必有負俗之累。」意林五引。

〔三〕**始造對問,以申其志。**

紀昀云:「卜居漁父,已先是對問,但未標對問之名耳。然宋玉此文載於新序,其標曰對問,似亦蕭統所題。」

按文心成於齊代,爲時先於文選;昭明既可標題,舍人又何嘗不可?紀説過泥。

〔四〕**放懷寥廓。**

按史記司馬相如傳:「(大人賦)上寥廓而無天。」漢書司馬相如傳下顔注:「嵺廓,廣遠也。嵺音遼。」嵺廓與寥廓同。晉書文學傳論:「懷天地之寥廓,賦辭人之所遺。」

〔五〕**及枚乘摛豔,首製七發,……所以戒膏粱之子也。**

按此段文意本摯虞文章流別論,見類聚五七及御覽五百九十引。

〔六〕**腴辭雲搆。**

「搆」,唐寫本作「構」;御覽五百九十引同。

按「構」字是。「搆」乃「構」之俗。比興篇「比體雲構」,時序篇「英采雲構」,此依弘治本、汪本等,黄本亦誤爲「搆」。並其證。

〔七〕**夸麗風駭。**

按文選嵇康琴賦：「闐爾奮逸，風駭雲亂。」張銑注：「闐爾，猶豁然也。奮逸，騰起也。駭，亂也。」

〔八〕**揚雄覃思文闊。**

「覃」，唐寫本作「淡」；鈔本御覽引作「談」。「闊」，御覽、玉海五四引作「閣」。文通十一引同。紀昀云：「『闊』，當作『閣』。」譚獻校作「閣」。

按「淡」、「談」並誤；「閣」字是，訓故本正作「閣」。此文「覃思」，即漢書揚雄傳「默而好深湛之思」也。又叙傳述「輟而覃思，草法纂玄」，文選答賓戲「揚雄覃思，法言太玄」，晉書夏侯湛傳「揚雄覃思於太玄」，蓋舍人謂雄「覃思」之所自出。魏書常景傳揚雄讚亦有「覃思邈前修」語。神思篇「覃思之人」，才略篇「業深覃思」，尤爲本書一再以「覃思」連文内證。

〔九〕**碎文璅語。**

「璅」，御覽引作「瑣」。

按「璅」「瑣」二字，古多通用不别。易旅「旅瑣瑣」、詩小雅節南山「瑣瑣姻亞」，釋文並云：「一本作璅。」是也。以諸子篇「璅語必録」例之，此當作「璅」，前後始能一律。

〔一〇〕**其辭雖小而明潤矣。**

唐寫本「其」上有「珠連」二字。

按「珠連」二字當有，於「辭」下加豆。「珠連其辭」，所以「釋名章義」也。

〔一一〕**暇豫之末造也。**

「豫」，唐寫本作「預」；御覽引同。

按「暇豫」二字出國語晉語二。「預」「豫」雖通，但當以作「豫」爲是。明詩篇「暇豫優歌」，時序篇「暇豫文會」，都用「豫」字，與此同。子苑三二引，亦作「豫」。

〔一二〕**揚雄解嘲，雜以諧謔。**

「謔」，唐寫本作「調」。

按研閱其文，實未至於謔。作「調」是也。

〔一三〕**張衡應閒。**

「閒」，唐寫本作「問」；元本、弘治本、活字本、汪本、佘本、張本、兩京本、何本、胡本、王批本、訓故本、梅本、淩本、合刻本、梁本、祕書本、謝鈔本、彙編本、清謹軒本、文溯本、王本、張松孫本、鄭藏鈔本、崇文本並同。馮舒云：「『問』當作『閒』。」

按諸本皆誤。隸釋張平子碑：「再爲史官，而發應閒之論。」是當作「閒」切證。後漢書衡傳及章懷注引衡集原文黄、范兩家注已具。亦並作「閒」。章懷注：「閒，非也。」黄氏從馮舒説改「問」爲「閒」，是也。

〔一四〕**庾敳客咨。**

「敳」，黄校云：「元作『凱』，欽改。」此沿梅校。

按欽改是也。唐寫本、訓故本、謝鈔本正作「敳」。

〔一五〕**意榮而文悴。**

「悴」，黄校云：「元作『粹』，朱改。」此沿梅校。徐𤊾校作「瘁」。

按朱改是也。唐寫本、何本、訓故本、謝鈔本、清謹軒本並作「悴」。以總術篇「或義華華猶榮也。而聲悴」證之，當以作「悴」爲是。

〔一六〕**無所取裁矣。**

「裁」，唐寫本作「才」。

按唐寫本是也。論語公冶長：「無所取材。」「材」與「才」通。蓋舍人所本。檄移篇「無所取才矣」，尤爲切證。

〔一七〕**原兹文之設。**

唐寫本「原」下有「夫」字。

按唐寫本是。正緯、詮賦、頌讚、哀弔、史傳、論説、章表、指瑕八篇，均有用「原夫」語句，當據增「夫」字。

〔一八〕**身挫憑乎道勝。**

按淮南子精神篇：「故子夏見曾子，一臞，一肥。曾子問其故，曰：『出見富貴之樂而欲之，入見先王之道又説之；兩者心戰，故臞；先王之道勝，故肥。』」（又見韓非子喻老篇「道勝」作「義勝」，汪繼培輯尸子卷下「道勝」作「言勝」。）

〔一九〕**此立本之大要也。**

「本」，唐寫本作「體」。

按唐寫本是也。「體」俗簡寫作「体」，後遂誤爲「本」耳。銘箴篇「體義備焉」，即有誤「體」爲「本」者，其比正同。徵聖篇「或明理以立體」，宗經篇「禮以立體」，書記篇「隨事立體」，定勢篇「莫不因情立體」，並足爲此當作「立體」之證。

〔二〇〕**崔瑗七厲。**

黄注云：「瑗本傳有『七蘇』，無『七厲』。」

按傅玄七謨序：「昔枚乘作七發，……通儒大才，馬季長、張平子亦引其源而廣之，馬作七厲，張造七辯。或以恢大道而導幽滯，或以黜瑰奓而託諷詠。」類聚五七、御覽五百九十引。是作七厲者，乃馬融而非崔瑗。以下文「唯七厲叙賢，歸以儒道，雖文非拔群，而意實卓爾矣」推之，則崔瑗合作馬融。容齋隨筆七七發條「馬融七廣」，「廣」即「厲」之誤。七厲非崔瑗所作，此亦有力旁證。

〔二一〕**植義純正。**

「植」，唐寫本作「指」。

按以檄移篇「故其植義颺辭」例之，此當以「植」字爲是。唐寫本作「指」，殆「植」之形誤。

〔二二〕**枝附影從。**

按揚雄覈靈賦：「枝附葉從，表立景讀爲影。隨。」文選陳琳檄吴將校部曲文，又蔡邕郭有道碑文李注引。

〔二三〕**極蠱媚之聲色。**

按「蠱」與「冶」通。晏子春秋諫下篇「古冶子」，後漢書馬融傳廣成頌。作「古蠱」；文選張衡南都賦「侍者蠱媚」，五臣本作「冶媚」，是其證。（明周嬰卮林六。蠱冶通用條有説，可參閲。）

〔二四〕**甘意摇骨體。**

「體」，黄校引楊慎。云：「當作『髓』。」此沿梅校。徐𤇾校作「髓」。

按「髓」字是。唐寫本、訓故本正作「髓」；御覽引同。宗經、體性、風骨、附會、序志五篇，並有「骨髓」之文。楊慎均藻十三職引作「髓」，蓋改引，非所見文心作「髓」也。

〔二五〕**豔詞動魂識。**

「動」，唐寫本、弘治本、活字本、汪本、張本、兩京本、王批本、胡本、訓故本作「洞」；御覽、均藻十三職、稗編七五引同。別解本作「勒」。

按上句云「摇骨髓」，此句又云「動魂識」，嫌複。當以作「洞」爲是。宗經篇「洞性靈之奥區」，哀弔篇「情洞悲苦」，議對篇「又郊祀必洞於禮」，風骨篇「洞曉情變」，聲律篇「練才洞鑒」，練字篇「莫不洞曉」，才略篇「洞入夸豔」，是本書屢用「洞」字，皆指其深度言也。「洞魂識」，猶司馬相如上林賦「洞心駭耳」之「洞心」然也。漢書司馬相如傳上顔注：「洞，徹也。」別解本作「勒」，又「動」之形誤。

〔二六〕**雖始之以淫侈，而終之以居正。**

按後漢書文苑下邊讓傳：「作章華賦，雖多淫麗之辭，而終之以正。」

〔二七〕**欲穿明珠，多貫魚目。**

按韓詩外傳佚文：「魚目似珠。」文選任昉到大司馬記室牋李注引。雒書：「秦失金鏡，魚目入珠。」鄭玄注：「魚目亂真珠。」文選盧諶贈劉琨詩序李注引（到大司馬記室牋注所引無鄭注）。唐子：「魚目似珠。」意林五引。

〔二八〕**可謂壽陵匍匐，非復邯鄲之步。**

按壽陵餘子學行邯鄲，最先見莊子秋水篇，人皆知之。黃注已具。但此二句遺辭，則本班嗣報桓譚書。漢書叙傳上：「嗣報曰：『昔有學步於邯鄲者，曾未得其髣髴，又復失其故步，遂匍匐而歸耳！』」御覽三九四引莊子，兩「行」字皆作「步」。疑非莊子之舊。

〔二九〕**里醜捧心。**

「醜」，黃校云：「元作『配』，謝改。」此沿梅校。

按謝改是。唐寫本、訓故本、梁本、謝鈔本正作「醜」；御覽引同。喻林八九、文通十一引亦作「醜」。

〔三〇〕**磊磊自轉，可稱珠耳。**

「磊磊」，唐寫本作「落落」。

按練字篇：「參伍單複，磊落如珠矣。」疑此當作「磊落」。

〔三一〕**學堅多飽。**

「多」，唐寫本作「才」。

按唐寫本是也。「學」「才」相對爲文，若作「多」，則不倫矣。體性篇：「夫才有天資，學慎始習。」事類篇：「才自内發，學以外成，有學飽而才餒，有才富而學貧。學貧者迍邅於事義，才餒者劬勞於辭情。……才爲盟主，學爲輔佐。」亦皆以「學」「才」相提並論。是「多」爲誤字，審矣。

〔三二〕**嘒若參昴。**

「嘒」，唐寫本作「彗」。

按詩召南小星：「嘒彼小星，維參與昴。」毛傳：「嘒，微貌。參，伐也。昴，留也。」鄭箋：「此言衆無名之星，亦隨伐、留在天。」舍人語本此。唐寫本作「彗」，乃偶脱其口旁耳。

〔三三〕**慕嚬之心，於焉祇攪。**

唐寫本作「慕嚬之徒，心焉祇攪」。

按唐寫本是也。今本蓋先誤「徒」爲「於」，因乙「心」字屬上句耳。詩陳風防有鵲巢「心焉忉忉」，又「心焉惕惕」，小雅節南山之什巧言「心焉數之」，嵇中散集幽憤詩「心焉内疚」，陸士龍集贈鄭曼季詩「心焉忼慨」，並以「心焉」連文，可證。詩小雅何人斯：「祇攪我心。」毛傳：「攪，亂也。」鄭箋：「祇，適也。」

諧隱〔一〕第十五

芮良夫之詩云①：自有肺腸，俾民卒狂。夫心險如山②，口壅若川③，怨怒之情不一，歡謔之言無方。昔華元棄甲④，城者發睅目之謳，臧紇喪師⑤，國人造侏儒之歌：並嗤戲形貌，内怨爲俳也〔二〕。又蠶蟹鄙諺⑥，貍首淫哇⑦，苟可箴戒，載于禮典。故知諧辭讔言，亦無棄矣。

諧之言皆也。辭淺會俗，皆悦笑也。昔齊威元作宣，許改。酣樂，而淳于説甘酒⑧；楚襄讌集，而宋玉賦好色⑨：意在微諷，有足觀者〔三〕。及優旃之諷漆城⑩，優孟之諫葬馬⑪，並譎辭飾説，抑止昏暴。是以子長編史，列傳滑稽⑫〔四〕，以其辭雖傾回，意歸義正也。但本體不雅〔五〕，一作雜。其流易弊。於是東方枚皋⑬，餔糟啜醨⑭，無所匡正，而詆嫚媟元作媒，謝改。弄〔六〕，故其自稱爲賦，迺亦俳也；見視如倡，亦有悔矣。至魏文元作大。因俳説以著笑元作茂，孫改。書〔七〕，薛綜憑宴會而發嘲調⑮，雖抃推疑誤。席〔八〕，而無益時用矣。然而懿文之士，未免枉轡；潘岳醜婦之屬〔九〕，束晳賣餅之類⑯〔一〇〕，尤而一作相。效之〔一一〕，蓋以百數。魏晉滑稽，盛相驅扇，遂乃應瑒之鼻，方於盜削卵；張華之形，比乎握舂杵。曾是莠言〔一二〕，有虧德音，豈非溺者之妄笑⑰〔一三〕，元作茂，朱改。胥靡之狂歌歟⑱？

讔者，隱也；遯辭以隱意，譎譬以指事也。昔還社元作楊。求拯元作極。于楚師〔一四〕，喻眢井而稱麥麴⑲；叔儀乞糧于魯人，歌佩玉而呼庚癸⑳；伍舉刺荆王以大鳥㉑，齊客譏薛公以海魚㉒；莊姬託辭于龍尾㉓，臧文謬書于羊裘㉔：隱語之用，被于紀傳。大者興治濟身，其次弼違曉惑。蓋意生于權譎，而事出于機急，與夫諧辭，可相表裏者也。漢世隱書㉕，十有八篇，歆固編文❶，録之歌末。昔楚莊齊威，性好隱語㉖〔一五〕。至東方曼倩㉗，尤巧辭述〔一六〕。但謬辭詆戲，無益規補。自魏代以來，頗非俳優，而君子嘲一本無嘲字。隱，化爲謎語㉘〔一七〕。謎也者，迴互其辭，使昏迷也。或體目文字，或圖象品物，纖巧以弄思〔一八〕，元作忠，謝改。淺察以衒辭，義欲婉而正，辭欲隱而顯。荀卿蠶賦㉙，已兆其體。至魏文陳思，約而密之；高貴鄉公㉚，博舉品物，雖有小巧，用乖遠大。夫觀古之爲隱〔一九〕，理周要務，豈爲童稚之戲謔，搏髀而抃笑哉！然文辭之有諧讔，譬九流之有小説㉛，蓋稗官所采㉜，以廣視聽。若效而不已，則髡袒而入室，旃孟之石交乎㉝！

贊曰：古之嘲隱，振危釋憊。雖有絲麻，無棄菅蒯〔二〇〕。會義適時，頗益諷誡。空戲滑稽，德音大壞。

【黄叔琳注】

①**芮良夫**〔詩桑柔傳〕芮伯刺厲王之詩。〔左傳〕周芮良夫之詩。②**心險**〔莊子〕孔子曰：凡人心險

於山川。③**口壅**〔國語〕召公曰：防民之口，甚於防川。川壅而潰，傷人必多，民亦如之。④**華元**〔左傳〕宋華元獲於鄭，宋以兵車文馬贖之。宋城，華元爲植。城者謳曰：睅其目，皤其腹，棄甲而復。于思于思，棄甲復來。⑤**臧紇**〔左傳〕臧紇救鄫，侵邾，敗於狐駘。國人誦之曰：臧之狐裘，敗我於狐駘；我君小子，朱儒是使，朱儒朱儒，使我敗於邾。⑥**蠶蠏**〔檀弓〕成人有其兄死而不爲衰者，聞子皋將爲成宰，遂爲衰。成人曰：蠶則績而蠏有匡，范則冠而蟬有緌，兄則死而子皋爲之衰。⑦**貍首**〔檀弓〕原壤之母死，孔子助之沐槨。原壤登木歌曰：貍首之斑然，執女手之卷然。⑧**説甘酒**〔滑稽列傳〕齊威王好爲長夜之飲，置酒後宮，召淳于髡賜之酒。問曰：先生能飲幾何而醉？對曰：臣飲一斗亦醉，一石亦醉。故曰：酒極則亂，樂極則悲，萬事盡然，言不可極，極之而衰。以諷諫焉。王曰：善。乃罷長夜之飲。⑨**賦好色**〔文選〕大夫登徒子侍于楚襄王，短宋玉。玉著登徒子好色賦，王稱善。⑩**諷漆城**〔滑稽列傳〕秦二世欲漆其城，優旃曰：善！漆城蕩蕩，寇來不能上，即欲就之，易爲漆耳。顧難爲蔭室。於是二世笑之，以其故止。⑪**諫葬馬**〔滑稽列傳〕楚莊王有所愛馬死，欲以棺槨大夫禮葬之。優孟曰：以楚國堂堂之大，何求不得，而以大夫禮葬之，薄，請以人君禮葬之。諸侯聞之，皆知大王賤人而貴馬也。於是王乃使以馬屬太官，無令天下久聞也。⑫**滑稽**〔史記滑稽列傳注〕崔浩云：滑，音骨。稽，流酒器也。轉注吐酒，終日不已，言出口成章，辭不窮竭，若滑稽之吐酒。故揚雄酒賦云「鴟夷滑稽，腹大如壺，盡日盛酒，人復藉沽」是也。又姚察云：滑稽，猶俳諧也。滑，讀如字。稽，音計也。言諧語滑利，其計智疾出，故云滑稽。⑬**東方枚皋**〔枚皋傳〕自言爲賦不如相如，又言爲賦迺俳，見視如倡，自悔類倡也。故其賦有詆諆東方朔，又自詆諆其文。⑭**餔糟啜醨**〔楚辭〕衆人皆醉，何不餔其糟而歠其醨。⑮**薛綜**〔薛綜傳〕綜字敬文，仕吴守謁者僕射。蜀使張奉來聘，綜嘲之曰：有犬爲獨，無犬爲蜀，横目勾身，蟲入其腹。⑯**束晳**〔束晳傳〕束嘗爲勸農及麪諸賦，文頗鄙俗，時人薄之。⑰**溺者**〔左傳〕吴王曰：溺人必笑，吾將有問也。⑱**胥靡**〔書傳〕使胥靡刑人築護此道，説賢而隱，代胥靡築之以供食。〔疏〕胥，相也。靡，隨也。古者相隨坐輕刑之名。又〔漢書注〕師古曰：聯繫使相隨而服役之，故謂之胥靡，猶今之役囚徒，以鎖聯綴耳。⑲**眢井麥麴**〔左傳〕楚子圍蕭，還無社與司馬卯言，號申叔展。叔展曰：有麥麴乎？曰：無。有山鞠窮乎？曰：無。河魚腹疾奈何？曰：目於眢井而拯之。⑳**佩玉庚癸**〔左傳〕哀公十三年夏，公會單平公、晉定公、吴夫差于黄池，吴申叔儀乞糧於公孫有山氏曰：佩玉蘂兮，余無所繫之！旨酒一盛兮，余與褐之父睨之！對曰：粱則無矣，麤則有之。若登首山以呼曰：庚癸乎，則諾。〔杜注〕庚，西方，主穀。癸，北方，主水。㉑**大鳥**〔楚世家〕莊王即位三年，不出號令。伍舉曰：願有進隱。曰：有鳥在於阜，三年不蜚不鳴，是何鳥也？莊王曰：三年不蜚，蜚將沖天；三年不鳴，鳴將驚人。舉退矣，吾知之矣。㉒**海魚**〔戰國策〕靖郭君將城薛，曰：無爲客通。齊人有請者曰：臣請三言而已矣。因見之。客趨而進曰：海大魚。君曰：客有於此。客曰：君不聞大魚乎？網不能止，鉤不能牽，蕩而失水，則螻蟻得意焉。今夫齊，亦君之水也，君長齊，奚以薛爲？夫齊雖隆薛之城到於天，猶之無益也。君曰：善！乃輟城薛。㉓**龍尾**〔列女傳〕楚莊姬上隱語於王曰：大魚失水，有龍無尾，牆欲内崩，而王不視。王問之，對曰：魚失水，離國五百里也。

龍無尾，年三十無太子也。牆崩不視，禍將成而王不改也。㉔**羊裘**〔列女傳〕臧文仲使於齊，齊拘之。文仲微使人遺公書，謬其辭曰：斂小器，投諸台。食獵犬，組羊裘。琴之合，甚思之。母見書而泣曰：吾子拘而有木治矣。㉕**漢世隱書**〔漢藝文志〕隱書十八篇。師古曰：劉向别録云：隱書者，疑其言以相問，對者以慮思之，可以無不諭。㉖**性好隱語**〔滑稽列傳〕齊威王之時喜隱。索隱曰：喜隱謂好隱語。㉗**曼倩**〔東方朔傳〕舍人恚曰：朔擅詆欺天子從官，當棄市。上問朔，何故詆之？對曰：臣非敢詆之，乃與爲隱耳。舍人不服，因曰：臣願復問朔隱語。朔應聲輒對，變詐鋒出，莫能窮者。㉘**謎**〔古詩所〕鮑照有井字謎。㉙**蠶賦**〔賦苑〕荀卿蠶賦，通篇皆形似之言，至末語始云，夫是之謂蠶理。㉚**高貴鄉公**〔晉陽秋〕高貴鄉公神明爽儁，德音宣朗。景王曰：上何如主也？鍾會對曰：才同陳思，武類太祖。景王曰：若如卿言，社稷之福也。㉛**九流**〔漢藝文志〕有儒家者流，道家者流，陰陽家者流，法家者流，名家者流，墨家者流，縱横家者流，雜家者流，農家者流，小説家者流。諸子十家，其可觀者，九家而已。㉜**稗官**〔漢藝文志〕小説家者流，蓋出於稗官，街談巷語，道聽塗説之所造也。如淳曰：王者欲知閭巷風俗，故立稗官，使稱説之。師古曰：稗官，小官。漢名臣奏，唐林請省置吏，公卿大夫至都官稗官各減什三是也。㉝**石交**〔史記〕棄仇讎而得石交。

【李詳補注】

❶**漢世隱書三句**詳案：歌末，當作賦末。漢書藝文志雜賦十二家，隱書居其末。孟堅云：右雜賦十二家二百二十三篇。核其都數，有隱書十八篇在内，則作賦末宜矣。

【楊明照校注】

〔一〕**諧隱**

「隱」，唐寫本作「讔」；元本、弘治本、活字本、汪本、佘本、張本、兩京本、王批本、何本、胡本、訓故本、合刻本、梁本、謝鈔本、清謹軒本、尚古本、岡本、文溯本、王本、張松孫本、鄭藏鈔本、崇文本並同。文津本剜改作「讔」。

按「諧隱」字本止作「隱」。然以篇中「讔者，隱也」論之，則篇題原是「讔」字甚明。

〔二〕**内怨爲俳也。**

范文瀾云：「『俳』，當作『誹』。放言曰『謗』，微言曰『誹』。『内怨』，即腹誹也。」

按「内」讀曰「納」。説文人部：「俳，戲也。」「内怨爲俳」，即「納怨爲戲」也。舍人所舉「眄目之謳」，「侏儒之歌」，皆「納怨爲戲」具體例證。子苑一百引作「俳」，益見范説非是。

〔三〕**有足觀者。**

「足觀」，倫明所校元本作「定稱」；兩京本、胡本同。

按議對、指瑕、總術三篇，並有「足觀」之文，子苑亦引作「足觀」。是作「定稱」之本，未可從也。「定」或爲「足」之誤（詔策篇有「足稱母師」語。）

〔四〕**是以子長編史，列傳滑稽。**

按子長，司馬遷字。（史記自序、漢書遷傳均缺史公之字。）法言君子篇：「多愛不忍，子長也。」李

注：「史記叙事，但美其長，不貶其短，故曰多愛。」後漢書張衡傳：「（應閒）子長諜之，爛然有第。」章懷注：「司馬遷字子長，作史記。」論衡自紀篇：「稽之子長不當。」荀悦漢紀孝武皇帝紀五：「（天漢元年）司馬子長……遂著史記。」仲長統昌言：「子長、班固，述作之士。」文選任昉王文憲集序李注引。此司馬遷字之見於兩漢著述者。

〔五〕**但本體不雅。**

「雅」，黄校云：「一作『雜』。」

按佘本、何本、凌本、祕書本作「雅」，天啟梅本改「雅」，黄氏從之，是也。黄氏底本爲萬曆梅本。顔氏家訓文章篇：「東方曼倩，滑稽不雅。」注此正合。

〔六〕**而詆嫚媟弄。**

「媟」，黄校云：「元作『媒』，謝改。」梅本作「媟」，無校語（此沿馮舒校語）。

按訓故本作「娸」，是也。漢書枚皋傳：「故其賦有詆娸東方朔。」顔注：「詆，毁也；娸，醜也。」廣雅釋詁二：「娸，醜也。」

〔七〕**至魏文因俳説以著笑書。**

黄校云：「（文）元作『大』；（笑）元作『茂』，孫改。」此沿梅校。

按元明各本皆作「大」，馮舒、何焯始校爲「文」，然未言所據。黄氏竟從而改之，殊違闕疑之義，未可從也。「茂」，文通十五引作「笑」，孫改是。又按「大」字固誤，改「文」亦未允當。疑原是「人」

字。「至魏人因俳説以著笑書」，蓋指魏邯鄲淳之笑林也。其人其事，附見三國志魏書王粲傳及裴注所引魏略。粲傳云：「自潁川邯鄲淳、繁欽……弘農楊修、河内荀緯等，亦有文采。」魏略云：「淳一名竺，字子叔。博學有才章。……太祖曹操。素聞其名，召與相見，甚敬異之。……（曹）植初得淳甚喜，延入坐，不先與談。……誦俳優小説數千言訖，謂淳曰：『邯鄲生何如邪？』」是子建所誦者，必然是笑林之組成部分。其書原有三卷（隋唐志子部曾著録），惟今已亡佚。今檢閲馬國翰所輯二十五條，確係因仍俳説，「空戲滑稽」；雖抃笑帷席，卻無益諷誡。故舍人不稱道名姓，而衹以「魏人」目之，雖含有貶意，但未涉及他人；後乃節外生枝，滋蔓糾紛矣。「魏文因俳説以著笑書」，即其一例。

〔八〕**雖抃推席**。

「推」，黄校云：「疑誤。」此沿梅校。　何焯校作「忭懽几席」。　范文瀾云：「『推』，當是『帷』字之誤，『抃帷席』，即所謂『衆坐喜笑』也。」

按「抃」下疑脱「笑」字，篇末「搏髀而抃笑哉」句可證。文選曹丕與鍾大理書：「笑與抃會。」亦以「笑」「抃」對舉。「推」，范謂爲「帷」之誤，是也。何校非。劉師培中古文學史第三課謂「推」疑「雅」字。

〔九〕**潘岳醜婦之屬**。

按岳文已佚。初學記十九引有劉思真醜婦賦，御覽三八二所引較略。安仁所作，或亦類是。

〔一〇〕**束晳賣餅之類**。

按世説新語雅量篇:「殷荆州仲諶有所識,作賦,是束晳慢戲之流。」劉注引張騭文士傳:「束晳曾爲餅賦諸文,文甚俳謔。」嚴可均全晉文八七據書鈔、類聚、初學記、御覽輯録成篇。

〔一〕**尤而效之。**

「而」,黄校云:「一作『相』。」　馮舒云:「『相』當作『而』。」何焯校同。

按「相」字蓋涉下「盛相驅扇」句而誤。黄氏從馮説、何校改爲「而」,是也。元明各本皆作「相」。左傳僖公二十四年:「尤而效之,罪又甚焉。」又襄公二十一年:「尤而效之,其又甚焉。」當爲舍人所本。又定公六年有「尤人而效之」語。

〔二〕**曾是莠言。**

按詩小雅正月:「莠言自口。」毛傳:「莠,醜也。」詩中屢以「曾是」二字連文,論語亦有之。

〔三〕**豈非溺者之妄笑。**

「笑」,黄校云:「元作『茂』,朱改。」此沿梅校。

按朱改是也。佘本、訓故本、謝鈔本並作「笑」;均藻五歌、喻林八九、諧語三、文通十五引同。

〔四〕**昔還社求拯于楚師。**

黄校云:「(社)元作『楊』;(拯)元作『極』。」此沿梅校。

按梅校是。漢書藝文志考證八、諧語二、文通引,並作「昔還社求拯於楚師」,何本、梁本、謝鈔本、清謹軒本、尚古本、岡本同。元本、佘本、張本、兩京本、胡本、訓故本「拯」字未誤。

〔一五〕昔楚莊齊威，性好隱語。

按黄注僅引史記滑稽傳以證齊威王之好隱語，而於楚莊則闕如。上文「伍舉刺荊王以大鳥」句，雖已引史記楚世家以注，但未明言莊王好隱。當補注。韓非子喻老篇：「楚莊王莅政三年，無令發，無政爲也。右司馬御座，而與王隱。」呂氏春秋重言篇：「荊莊王立三年，不聽〔朝〕而好讔。」「朝」字據渚宮舊事及類聚二四引補。新序雜事二：「楚莊王蒞政三年，不治而好隱戲。」並楚莊好隱語之可考者。

〔一六〕至東方曼倩，尤巧辭述。

按漢書東方朔傳：「指意放蕩，頗復詼諧，辭數萬言。」又叙傳下：「東方贍辭，詼諧倡優。」顏注：「詼，音恢。」漢紀孝武皇帝紀二：「元光五年，……（東方）朔又上書自訟，獨不得大官，因陳農戰强國之計數萬言。專用商鞅、韓非之語。文旨放蕩，頗復以恢諧。」並曼倩巧辭述之證。

〔一七〕而君子嘲隱，化爲謎語。

黄校云：「一本無『嘲』字。」　徐𤊹校沾「嘲」字。譚獻校同。　天啟梅本「子嘲」二字品排刻，當是剜沾「嘲」字。

按元本、弘治本、活字本、汪本、佘本、張本、兩京本、何本、胡本、王批本、萬曆梅本、凌本、合刻本、梁本、祕書本、謝鈔本、彙編本、清謹軒本、王本、鄭藏鈔本、崇文本並無「嘲」字，是也。此處「隱」字作顯隱之隱解，非嘲隱意也。上云「自魏代已來，頗非俳優」，此言其變爲謎語之故耳。

〔一八〕纖巧以弄思。

「思」，黄校云：「元作『忠』，謝改。」此沿梅校。

按謝改是。謝鈔本、讔語二。引，正作「思」。

〔一九〕**夫觀古之爲隱。**

按「夫觀」二字當乙。詮賦篇「觀夫荀結隱語」，史傳篇「觀夫左氏綴事」，比興篇「觀夫興之託諭」，事類篇「觀夫屈宋屬篇」，才略篇「觀夫後漢才林」，可證。

〔二〇〕**雖有絲麻，無棄菅蒯。**

「菅」，弘治本、汪本、佘本、張本、兩京本、王批本、文津本作「管」。文溯本剜改爲「菅」。

按「管」字誤。左傳成公九年：「詩曰：『雖有絲麻，無棄菅蒯。』」杜注：「逸詩也。」孔疏：「（爾雅）釋草云：『白華野菅。』郭璞曰：『菅，茅屬。』陸璣毛詩疏曰：『菅似茅，而滑澤無毛，宜爲索，漚及曝尤善。』蒯與菅連，亦菅之類。」

文心雕龍校注卷四

史傳第十六

開闢草昧，歲紀緜邈，居今識古，其載籍乎！軒轅之世，史有倉頡①，主文之職，其來久矣。曲禮曰：史載筆。左右〔一〕。史者，使也；執筆左右，八字元脫，按胡孝轅本補。使之記也〔二〕。元作已，按胡本改。古元脫，孫補。者，左史記事者，右史記言者②〔三〕。言經則尚書③，事經則春秋④。唐虞流于典謨，商夏被于誥誓〔四〕。自汪本作洎。周命維新〔五〕，姬公定法，紬三正以班歷⑤〔六〕，貫四時以聯事⑥，諸侯建邦，各有國史〔七〕，彰善癉惡，樹之風聲〔八〕。自平王微弱，政不及雅〔九〕，憲章散紊，彝倫攸斁〔一〇〕。昔者二字從御覽增。夫子閔王道之缺，傷斯文之墜，靜居以歎鳳，臨衢而泣麟⑦，於是就太師以正雅頌，因魯史以修春秋，舉得失以表黜陟，徵存亡以標勸戒〔一一〕；褒見一字，貴踰軒冕；貶在片言，誅深斧鉞。然睿旨存亡二字衍。幽隱〔一二〕，胡本作祕。經文婉約，邱明同時，實得微言〔一三〕，乃原始要終〔一四〕，創爲傳體⑧。傳者，轉也；轉受經旨，以授於後，實聖文之羽翮，記籍之冠冕也。

及至從横之世，及字從御覽增。史職猶存。秦并七王，而戰國有策⑨〔一五〕，蓋録而弗叙，故即簡而爲名也❶〔一六〕。漢滅嬴項，武功積年，陸賈稽古，作楚漢春秋⑩。爰及太史談〔一七〕，世惟執簡⑪；子長繼志⑫〔一八〕，元作至，胡改。甄序帝勣。比堯稱典，則位雜中賢；法孔題經，則文非元聖〔一九〕。故取式呂覽⑬，通號曰紀〔二〇〕，紀綱之號，亦宏稱也〔二一〕。元脱，謝補。故本紀以述皇王，列傳以總侯伯，八書以鋪政體，十表以譜年爵，雖殊古式，而得事序焉。爾其實録無隱之旨⑭，博雅宏辯之才，愛奇反經之尤⑮，條例踳落之失⑯，叔皮論之詳矣⑰。及班固述漢⑱，因循前業，觀司馬遷之辭，思實過半〔二二〕。其十志該富⑲，讚序弘麗，儒雅彬彬，信有遺味。至於宗經矩聖之典，端緒豐贍之功，遺親攘美之罪⑳〔二三〕，徵賄鬻筆之愆㉑，公理辨之究矣㉒。觀夫左氏綴事，附經間出，于文爲約，而氏族難明。及史遷各傳，人始區詳而易覽〔二四〕，述者宗焉。及孝惠委機，呂后攝政㉓，班史立紀㉔〔二五〕，違經失元脱，朱補。實。何則？庖犧以來，未聞女帝者也。漢運所值，難爲後法。牝雞無晨㉕，武王首誓；婦無與國㉖，齊桓著盟；宣后亂秦㉗，呂氏危漢㉘：豈唯政事難假，亦名號宜慎矣〔二六〕。張衡司史，而惑同遷固，元帝王元作年二，孫改。后㉙，欲爲立紀〔二七〕，謬亦甚矣。尋子弘雖僞㉚，要當孝惠之嗣；孺子誠微㉛，實繼平帝之體〔二八〕：二子可紀，何有於二后哉〔二九〕？

至於後漢紀傳，發源東觀㉜。袁張所製㉝，偏駁不倫。薛謝之作㉞，疎謬少信。若司馬彪之詳實㉟，若字從御覽增。華嶠之準當㊱〔三〇〕，則其冠也。及魏代三雄㊲，記傳互出。陽秋魏略之屬㊳，江表吴録之類㊴，或激抗難徵，或元脱，謝補。疎闊寡要〔三一〕。唯陳壽三志㊵，文質辨洽，荀張比之於遷固，非妄譽也〔三二〕。

至於晉代之書，繁乎著作㊶。陸機肇始而未備㊷；王韶續末而不終㊸❷；干寶述紀㊹，以審正得御覽作明。序；孫盛陽秋㊺，以約舉爲能。按春秋經傳，舉例發凡㊻；自史漢以下，莫有準的。至鄧璨元作瑛，朱改。晉紀㊼〔三三〕，始立條例，又擺落一作撮略，從御覽改。漢魏，憲章殷周〔三四〕，雖湘川曲學㊽〔三五〕，亦有心典謨〔三六〕。及安元作交，朱改。國立例〔三七〕，乃鄧氏之規焉。

原夫載籍之作也，必貫乎百氏〔三八〕，元作姓。被之千載，表徵盛衰，殷鑒興廢；使一代之制，共日月而長存，王霸之跡，並天地而久大〔三九〕。是以在漢之初，史職爲盛，郡國文計，先集太史之府㊾，欲其詳悉於體國〔四〇〕；必閱石室，啟金匱㊿，抽裂帛〔四一〕，檢殘竹〔四二〕，欲其博練於稽古也。是立義選言，宜依經以樹則〔四三〕；勸戒與奪，必附聖以居宗；然後銓評昭整(51)，苛濫不作矣。然紀傳爲式，編年綴事，文非泛論，按實而書，歲遠則同異難密〔四四〕，事積則起訖易疎，斯固總會之爲難也。或有同歸一事，而數人分功，兩記則失於複重，偏舉則病於不周，此又銓配之未易也。故張衡摘史班之舛濫(52)，傅玄譏後漢之尤煩(53)〔四五〕，皆此類也。

若夫追述遠代，代遠多僞，公羊高云傳聞異辭(54)，荀況稱録遠略近〔四六〕，蓋文疑則闕〔四七〕，貴信史也。然俗皆愛奇〔四八〕，莫顧實理〔四九〕。傳聞而欲偉其事，録遠而欲詳其跡，於是棄同即異〔五〇〕，穿鑿傍説，舊史所無，我書則傳〔五一〕，此訛濫之本源，而述遠之巨蠹也。至於記編同時，時元脱，胡補。同多詭〔五二〕，雖定哀微辭[55]〔五三〕，而世情利害。勳榮之家，雖庸夫而盡飾；迍敗之士〔五四〕，雖令德而常嗤，理欲二字衍。吹霜煦一作噴，從御覽改。露，寒暑筆端〔五五〕，此又同時之枉〔五六〕，可爲歎息者也〔五七〕。爲字從御覽增。故元作欲，朱改。述遠則誣矯如彼，記近則回邪如此，析理居正，唯素臣元作心，今改。乎[56]〔五八〕！

若乃尊賢隱諱，固尼父之聖旨，蓋纖瑕不能玷瑾瑜也〔五九〕；奸慝懲戒，實良史之直筆，農夫見莠，其必鋤也〔六〇〕：若斯之科，亦萬代一準焉。至於尋繁領雜之術，務信棄奇之要，明白頭訖之序，品酌事例之條，曉其大綱，則衆理可貫。然史之爲任，乃彌綸一代，負海内之責，而嬴是非之尤〔六一〕，秉筆荷擔〔六二〕，莫此之勞。遷固通矣，而歷詆後世。若任情失正〔六三〕，文其殆哉！

贊曰：史肇軒黄，體備周孔。世歷斯編，善惡偕總。騰褒裁貶，萬古魂動。辭宗邱明，直歸南董[57]。

【黄叔琳注】

①**倉頡**〔叙世本注〕黄帝之世，始立史官，倉頡沮誦，居其職矣。　②**左右史**〔玉藻〕動則左史書之，言

則右史書之。③**言經則尚書**王肅曰：上所言，下爲史所書，故曰尚書。④**事經則春秋**〔諸侯年表〕孔子西觀周室，論史記舊聞，興於魯而次春秋，以制義法，王道備，人事浹。左邱明因孔子史記具論其語，成左氏春秋。虞卿上采春秋，下觀近世，爲虞氏春秋。吕不韋集六國時事，爲吕氏春秋。⑤**三正**〔書甘誓〕怠棄三正。〔注〕三正，子丑寅之正也。⑥**四時**〔杜預春秋序〕記事者，以事繫日，以日繫月，以月繫時，以時繫年。史之所記，必表年以首事，年有四時，故錯舉以爲所記之名。⑦**泣麟**〔孔叢子〕叔孫氏之車子曰鉏商，樵於野而獲獸焉。衆莫之識，以爲不祥，棄之五父之衢。孔子往觀，泣曰：麟也。麟出而死，吾道窮矣。⑧**創爲傳體**〔春秋序〕左邱明受經於仲尼，以爲經者不刊之書也。故傳或先經以始事，或後經以終義，或依經以辯理，或錯經以合異，隨義而發其例之所重。⑨**戰國有策**〔戰國策劉向序〕國策，或曰國事，或曰短長，或曰事語，或曰長書，或曰修書，臣向以爲戰國時游士輔所用之國，爲之策謀，宜爲戰國策。其事繼春秋以後，訖楚漢之起，二百四十五年間之事皆定，以殺青，書可繕寫，得三十三篇。⑩**楚漢春秋**〔史記索隱〕陸賈撰。記項氏與漢高祖初起之事，名楚漢春秋。⑪**世惟執簡**〔太史公自序〕司馬喜生談。談爲太史公，仕於建元元封之間，有子曰遷。太史公發憤且卒，執遷手而泣曰：余先周室之太史也，自上世嘗顯功名，虞夏典天官事，後世中衰，絶於予乎？汝復爲太史，則續吾祖矣。談卒三歲，而遷爲太史令。⑫**子長繼志**〔司馬遷傳〕太史公仍父子相繼纂其職，曰：余維先人罔羅天下放失舊聞，王迹所興，原始察終，見盛觀衰，論考之行事，略三代，録秦漢，上紀軒轅，下至于兹，著十二本紀，既科條之矣。並時異世，年差不明，作十表。禮樂損益，律歷改易，兵權山川鬼神，天人之際，承敝通變，作八書。二十八宿環北辰，三十輻共一轂，運行無窮，輔弼股肱之臣配焉，忠信行道以奉主上，作三十世家。扶義俶儻，不令己失時，立功名於天下，作七十列傳。凡百三十篇，爲太史公書。遷字子長。⑬**呂覽**注見雜文篇。⑭**實録無隱**〔司馬遷傳贊〕劉向、揚雄皆稱遷有良史之材，服其善叙事理，其文直，其事核，不虚美，不隱惡，故謂之實録。⑮**愛奇**〔揚子法言〕多愛不忍，子長也。仲尼多愛，愛義也。子長多愛，愛奇也。〔史記叙傳〕但美其長，不愛其短，故曰愛奇。⑯**條例**〔檀超傳〕超與江淹掌史職，上表立條例。⑰**叔皮論之**〔班彪傳〕彪字叔皮。斟酌前史，而譏正得失，其略論曰：遷之所紀，採經摭傳，分散百家之事，甚多疎略。論學術則崇黄老而薄五經，序貨殖則輕仁義而羞貧窮，道游俠則賤守節而貴俗功，此其大敝傷道也。又曰：一人之精，文重思煩，故其書刊落不盡，尚有盈辭多不齊一。⑱**述漢**〔漢書叙傳〕固探纂前記，綴輯所聞，以述漢書。起於高祖，終於孝平王莽之誅，十有二世，一百三十年，綜其行事，爲春秋考紀表志傳，凡百篇。⑲**十志**律歷，禮樂，刑法，食貨，郊祀，天文，五行，地理，溝洫，藝文。⑳**遺親攘美**史記必稱父談太史公，漢書多踵彪所作後傳，而曾不及之。㉑**徵賄鬻筆**〔陳壽傳〕丁儀、丁廙有盛名於魏，壽謂其子曰：可覓千斛米見與，當爲尊公作佳傳。丁不與之，竟不爲立傳。㉒**公理**〔後漢書〕仲長統字公理，著論曰昌言，略曰：數子之言當世得失皆究矣，然多謬通方之訓，好申一隅之説。㉓**委機攝政**〔漢外戚傳〕惠帝以戚夫人事，因病歲餘，不能起，日飲爲淫樂，不聽政，七年而崩。迺立孝惠後宫子爲帝，太后臨朝稱制。㉔**立紀**漢書高后紀第三。㉕**牝雞**見書牧誓。㉖**婦無與國**〔穀梁傳〕葵邱之盟曰：毋使婦人與國事。㉗**亂**

秦〔匈奴列傳〕秦昭王時，義渠戎王與宣太后亂，有二子。

㉘**危漢**〔高后紀〕太后以惠帝無子，取後宮美人子名之，以爲太子。惠帝崩，太子立爲皇帝，年幼，太后臨朝稱制，廼立兄子呂台、産、禄、台子通四人爲王，封諸呂六人爲列侯。四年夏，少帝自知非皇后子，出怨言。皇太后幽之永巷，立恒山王弘爲皇帝。太后崩，禄、産謀作亂，悉捕諸呂皆斬之。大臣相與陰謀，以爲少帝及三弟爲王者，皆非孝惠子，復共誅之，尊立文帝。

㉙**元后**〔張衡傳〕衡以爲王莽本傳，但應載篡事而已，至於編年月，紀災祥，宜爲元后本紀。

㉚**子弘**〔呂后本紀〕惠帝二年，常山王不疑薨，以其弟襄成侯山爲常山王，更名義。孝惠崩，太子立爲帝，太后以帝病久不已，不能繼嗣，帝廢位，立常山王義爲帝，更名曰弘。

㉛**孺子**〔王莽傳〕平帝崩時，元帝世絶，而宣帝曾孫有見王五人，莽惡其長大，曰：兄弟不得相爲後。廼選玄孫中最幼廣戚侯子嬰，年二歲，託以爲卜相最吉，立之。

㉜**東觀**東觀漢記一百四十三卷，起光武至靈帝，劉珍等撰。

㉝**袁張**後漢書一百一卷，袁山松撰。後漢南記五十八卷，張瑩撰。

㉞**薛謝**後漢記一百卷，薛瑩撰。後漢書一百三十卷，無帝紀，謝承撰。

㉟**司馬彪**〔司馬彪傳〕彪討論衆書，綴其所聞，起於世祖，終於孝獻，編年二百，録世十二，通綜上下，方貫庶事，爲紀志傳凡八十篇，號曰續漢書。

㊱**華嶠**〔華嶠傳〕嶠以漢紀煩穢，慨然有改作之意。起於光武，終於孝獻，爲帝紀十二卷，皇后紀二卷，十典十卷，傳七十卷，及三譜序傳目録，凡九十七卷。嶠以皇后配天作合，前史作外戚傳以繼末編，非其義也，故易爲皇后紀以次帝紀。又改志爲典，以有堯典故也。而改名漢後書。奏之，詔朝臣會議。時中書監荀勗、令和嶠、太常張華、侍中王濟，咸以嶠文質事核，有遷固之規，實録之風，藏之祕府。

㊲**三雄**〔潘

岳詩〕三雄鼎足。〔注〕三雄，即三國之主。㊳**陽秋**魏陽秋異同八卷，孫壽著。**魏略**魏略五十卷，魚豢著。㊴**江表**〔虞溥傳〕溥撰江表傳，卒後子勃上於元帝，詔藏於祕書。**吴録**吴録三十卷，張勃撰。㊵**三志**〔陳壽傳〕壽撰魏吴蜀三國志，張華深善之，謂壽曰：當以晉書相付耳。㊶**著作**〔晉書〕元康二年詔，著作舊屬中書令，祕書既典文籍，宜改爲祕書著作。於是改隸祕書省，著作郎一人，謂之大著作，專掌史任。㊷**肇始**晉紀四卷，陸機撰。㊸**續末**〔王韶之傳〕韶之私撰晉安帝陽秋，及成時，人謂宜居史職，即除著作佐郎，使續後事。㊹**干寶**〔干寶傳〕寶字令升，王導薦之元帝，領國史，著晉紀。自宣帝訖於愍帝，凡二十卷。其書簡略，直而能婉，咸稱良史。㊺**孫盛**〔孫盛傳〕盛字安國，累遷祕書監，著晉陽秋，詞直而理正，咸稱良史。㊻**舉例發凡**〔春秋序〕發凡以言例。〔注〕如隱公七年，凡諸侯同盟，于是稱名之類有五十條，皆以凡字發明類例。㊼**鄧粲**〔鄧粲傳〕荆州刺史桓沖請爲别駕，粲以父騫有忠信言而世無知者，乃著元明紀十篇。㊽**湘川**鄧粲長沙人。㊾**先集太史**〔漢儀注〕太史公，武帝置。天下計書，先上太史，副上丞相。㊿**石室金匱**〔太史公自序〕遷爲太史令，紬史記石室金匱之書。(51)**詮評**謝承曰詮，陳壽曰評。(52)**張衡**〔張衡傳〕衡條上司馬遷、班固所叙與典籍不合者十餘事。(53)**傅玄**〔傅玄傳〕玄雖顯貴，而著述不廢，撰論經國九流及三史故事，評斷得失，各爲區例，名爲傅子。(54)**公羊高**〔漢藝文志〕公羊傳十一卷。〔注〕公羊子，齊人。師古曰：名高。傳曰：所見異辭，所聞異辭，所傳聞又異辭。(55)**定哀微辭**〔史記〕孔子著春秋，隱桓之間則章，至定哀之際則微，謂其切當世之文，而罔褒忌諱之辭也。(56)**素臣**〔春秋序〕説者以仲尼自衛反魯，修春秋，立素王，邱明爲素臣。㊼**南董**齊南史氏，晉董狐。

【李詳補注】

❶**及至縱横之世**至**爲名也**詳案：戰國策劉向序，以爲戰國游士輔所用之國，爲之策謀，宜爲戰國策。向蓋改原名國事、短長、事語、長書、修書諸名，然終以彥和即簡爲名爲正，觀其言戰國有策，加一有字，則指史策明矣。劉知幾史通六家篇論戰國策，亦襲彥和之説。❷**陸機肇始而未備二句**詳案：隋書經籍志：晉紀四卷，陸機撰。晉紀十卷，宋吴興太守王韶之撰。史通正史篇：晉史，洛京時，陸機始撰三祖紀。晉江左史，自鄧粲、孫盛、王韶之已下相次繼作。遠則偏記兩帝，近則唯叙八朝。案陸機止記宣景文三帝，是肇始未備也。宋書王韶之傳，韶之私撰晉安帝陽秋成，時人謂宜居史職，即除著作佐郎。續後事訖義熙九年，是續末而不終也。黄注俱未了悉。

【楊明照校注】

〔一〕**曲禮曰：史載筆。左右。**

郝懿行云：「按『左右』二字疑衍。」

按郝説是。何本、王批本、凌本、合刻本、梁本、别解本、增定别解本、清謹軒本、尚古本、岡本、王本、鄭藏鈔本、崇文本均無「左右」二字；祕書本、梅慶生天啟二年重修本「左右」二字無，空兩格（當是刻後剜去者）。續文選、文章辨體彙選四八三引同。曲禮上原無左右二字，此蓋涉下文誤衍。

〔二〕**史者，使也：執筆左右，使之記也。**

「史者使也執筆左右」八字，黄校云：「元脱，按胡孝轅本疑即胡氏續文選。補。」此沿梅校。

按此八字當有。御覽六百三、文章辨體彙選引，正有此八字；何本、凌本、合刻本、梁本、別解本、增定別解本、謝鈔本、清謹軒本、尚古本、岡本、文溯本、王本、鄭藏鈔本、崇文本同。

〔三〕**左史記事者，右史記言者。**

御覽引作「左史記言，右史書事」。

按漢書藝文志六藝略：「左史記言，右史記事；事爲春秋，言爲尚書。」禮記玉藻：「動則左史書之，言則右史書之。」左右所記，與班相反。申鑒時事篇：「左史記言，右史記動；動爲春秋，言爲尚書。」鄭玄六藝論：「右史紀事，左史記言。」言動之分，則與班同。中論虚道篇：「左史記事，右史記言。」事言之别，又與班異。孰是孰非，難定於一。然以御覽所引論之，舍人殆原宗漢志説；今本或寫者據玉藻改也。又兩「者」字當據御覽删。

〔四〕**商夏被于誥誓。**

「商夏」，謝鈔本、文溯本作「夏商」。

按作「夏商」是。銘箴篇「夏商二箴」，誄碑篇「夏商已前」，並未倒其時序，此亦應爾。

〔五〕**自周命維新。**

「自」，黄校云：「汪本作『洎』。」「維」，元本、弘治本、汪本、佘本、張本、兩京本、王批本、何本、合刻本、梁本、清謹軒本、尚古本、岡本、文津本、王本、鄭藏鈔本、崇文本作「惟」；續文選同。

按此文緊承上「唐虞流于典謨，商夏被于誥誓」二句，作「洎」是。「洎」，及也。文選張衡東京賦薛綜注。元本、弘治本、活字本、張本、兩京本、王批本、胡本、訓故本、謝鈔本、文溯本亦並作「洎」；續文選同。詩大雅文王：「周雖舊邦，其命維新。」則作「維」是也。封禪篇「固維新之作也」，亦作「維」，可證。奏啟篇「惟新日用」，時序篇「至武帝惟新」，二「惟」字亦當改作「維」。

〔六〕**紬三正以班歷。**

「歷」，元本、弘治本、汪本、佘本、張本、兩京本、王批本、何本、梅本、凌本、合刻本、梁本、祕書本、謝鈔本、彙編本並作「曆」；續文選同。

按「曆」字説文所無，新附有。當以作「歷」見説文止部。爲是。

〔七〕**諸侯建邦，各有國史。**

按漢書藝文志六藝略：「古之王者，世有史官，君舉必書。」申鑒時事篇：「古者，天子諸侯有事必告於廟，朝有二史，……君舉必記，臧否成敗，無不存焉。」

〔八〕**彰善癉惡，樹之風聲。**

按書僞畢命：「彰善癉惡，樹之風聲。」枚傳：「明其爲善，病其爲惡，立其善風，揚其善聲。」

〔九〕**自平王微弱，政不及雅。**

按范甯春秋穀梁傳序：「平王以微弱東遷，……列黍離於國風，齊王德於邦君，所以明其不能復雅，政化不足以被羣后也。」

〔一〇〕**彝倫攸斁。**

按書洪範：「彝倫攸斁。」孔傳：「斁，敗也。」史記宋微子世家作「常倫所斁」。范甯春秋穀梁傳序：「昔周道衰陵，乾綱絶紐，禮壞樂崩，彝倫攸斁。」釋文：「彝，常；倫，理也。斁，丁故反。字書作殬，敗也。」

〔一一〕**於是就太師以正雅頌，因魯史以修春秋，舉得失以表黜陟，徵存亡以摽勸戒。**

「太」，御覽六百四、史略五引作「大」；弘治本、活字本、汪本、張本、兩京本、王批本、續文選、文津本同。

按「大」字是，讀若泰。論語八佾作「大」。漢書司馬遷傳贊：「及孔子因魯史記而作春秋。」三國志魏書文帝紀：「（黄初二年詔）昔仲尼資大聖之才，……因魯史而制春秋，就太師而正雅頌。」范甯春秋穀梁傳序：「於是就大師而正雅頌，因魯史而修春秋，……舉得失以彰黜陟，明成敗以著勸戒。」

「摽」，當改作「標」。

〔一二〕**然睿旨存亡幽隱。**

黄校云：「（存亡）二字衍；（隱）胡本作『祕』。」此沿梅校。徐𤋮云：「御覽無『存亡』二字爲是。」

馮舒云：「『存亡』各本衍此二字，功甫本無。」

按御覽、史略引並作「然叡旨幽祕」，是也。「存亡」二字，蓋涉上文誤衍。續文選無。當據刪。

〔一三〕**邱明同時，實得微言。**

「時」，御覽、史略引作「恥」。　　徐𤊹云：「『時』當作『恥』。」

按史記十二諸侯年表序：「（孔子）故西觀周室，論史記舊聞，興於魯而次春秋。……魯君子左丘明懼弟子人人異端，各安其意，失其真，故因孔子史記，具論其語，成左氏春秋。」漢書藝文志六藝略：「仲尼思存前聖之業，……以魯周公之國，禮文備物，史官有法，故與左丘明觀其史記，……丘明恐弟子各安其意，以失其真，故論本事而作傳，明夫子不以空言説經也。」杜預春秋左氏傳集解序：「左丘明受經於仲尼。」據此，則當作「時」無疑，故繼云「實得微言」也。御覽、史略引作「恥」者，蓋涉論語公冶長「左丘明恥之，丘亦恥之」之文而致誤耳。文章辨體彙選四八三引作「時」。

〔一四〕乃原始要終。

按易繫辭下：「原始要終，以爲質也。」

〔一五〕及至從横之世，史職猶存，秦并七王，而戰國有策。

按漢書司馬遷傳贊：「春秋之後，七國並争；秦兼諸侯，有戰國策。」

〔一六〕蓋録而弗敘，故即簡而爲名也。

御覽、戰國策校注後序、史略引「弗」作「不」；下「而」字無。「即」，元本、弘治本、汪本、宗本、張本、兩京本、何本、胡本、王批本、梅本、凌本、合刻本、梁本、祕書本、謝鈔本、別解本、增定別解本、清謹軒本、尚古本、岡本、王本、張松孫本、鄭藏鈔本、崇文本作「節」。馮舒校改「節」爲「即」，王批本、四庫本剜改爲「即」。

按史通六家篇：「夫謂之策者，蓋録而不序，故即簡以爲名。」文即本此。「弗」「不」義同，本書「弗」字御覽多引作「不」。下「而」字當有，史通「以」字可證；元本等作「節」，乃形近之誤。續文選作「即」。

〔一七〕**爰及太史談。**

御覽、史略引無「太」字；續文選同。

按無「太」字是。稱司馬談爲史談，與稱司馬遷爲史遷同。

〔一八〕**子長繼志。**

「志」，黄校云：「元作『至』，胡改。」此沿梅校。

按御覽、史略引，正作「志」。胡改是也。何本作「志」。禮記中庸：「夫孝者，善繼人之志，善述人之事者也。」此「繼志」二字之所自出。

〔一九〕**法孔題經，則文非元聖。**

按「元聖」謂孔子也。已詳原道篇「光采元聖」條。或改「元」爲「玄」，非是。

〔二〇〕**故取式吕覽，通號曰紀。**

按校讎通義漢志諸子篇：「吕氏之書，蓋司馬遷之所取法也。十二本紀，倣其十二月紀；八書，倣其八覽；七十列傳，倣其六論。則亦微有所以折衷之也。」持論即本文心。

〔二一〕**亦宏稱也。**

「也」，黄校云：「元脱，謝補。」此沿梅校。徐𤊹校補「也」字。

按補「也」字是。御覽、史略引，正有「也」字。張本、何本、王批本、訓故本、梁本、謝鈔本亦並有之」，續文選同。

〔二二〕**觀司馬遷之辭，思實過半。**

「司馬遷」，御覽、史略引作「史遷」；續文選同。

按作「史遷」是也。下文即作「史遷」。封禪篇「是史遷八書」，書記篇「觀史遷之報任安」，時序篇「於是史遷壽王之徒」，知音篇「乃稱史遷著書」，並作「史遷」，可證。易繫辭下：「知者觀其彖辭，則思過半矣。」

〔二三〕**遺親攘美之罪。**

按傅子：「班固漢書，因父得成，遂没不言彪，殊異馬遷也。」意林五引（今本錯入楊泉物理論中，此從嚴可均全晉文卷四七傅子解題下說）。顏氏家訓文章篇：「班固盜竊父史。」並足證成仲長公理之說。文選任昉王文憲集序李注引昌言云：「子長班固，述作之士。」是昌言書中實有評論班固之語。

〔二四〕**及史遷各傳，人始區詳而易覽。**

梅慶生天啟二年重修本「始」下有「區別」二字。品排刻，當是就原版剜改。

按今本語意欠明，確有脱文。以論説篇「八名區分」，序志篇「則囿別區分」例之，「區」下當補一「分」字，並於「分」下加豆。

〔二五〕**班史立紀。**

按「班史」二字當乙。「史」謂史遷，「班」謂班固。下文「故張衡摘史班之舛濫」，正作「史班」可證。

訓故本未倒，當據正。

〔二六〕**豈唯政事難假，亦名號宜慎矣。**

按左傳成公二年：「仲尼聞之曰：『……唯器與名，不可以假人。君之所司也，政之大節也。若以假人，與人政也。政亡，則國家從之。』」杜注：「器，車服。名，爵號。」又昭公三十二年：「（史墨對曰）是以爲君，慎器與名，不可以假人。」杜注：「器，車服。名，爵號。」

〔二七〕**元帝王后，欲爲立紀。**

「帝王」，黄校云：「元作『年二』，孫改。」此沿梅校。

按孫改與後漢書張衡傳合。謝鈔本作「元帝皇后」，馮舒校「皇」爲「王」。

〔二八〕**實繼平帝之體。**

按公羊傳文公九年：「繼文王之體。」史記外戚世家序「自古受命帝王及繼體守文之君」索隱：「繼體謂非創業之主，而是嫡子繼先帝之正體而立者也。」

〔二九〕**二子可紀，何有於二后哉？**

「二后」，元本、弘治本、活字本、汪本、張本、兩京本、何本、胡本、合刻本、梁本、祕書本、謝鈔本、別解本、增定別解本、尚古本、岡本作「三后」。　徐𤊹校「三」爲「二」；馮舒云：「『三后』當作『二后』。」　鈴木云：「案上文『元帝王后』若正，此『二后』之『二』字宜作『王』，此『二』字若正，上文『帝王』宜作『平二』。『元平二后』，謂元帝平帝二皇后也。」

按作「二后」是。鈴木氏説甚辨，其實非也。此乃總駁司馬遷、班固、張衡之辭，「二后」，即史漢所立吕后本紀之吕后及張衡欲爲元后本紀之元后。且張衡上疏止言「宜爲元后本紀」，並未涉及平帝皇后。本段上文亦明言「尋子弘雖僞，要當孝惠之嗣；孺子誠微，實繼平帝之體」，故以「二子可紀，何有於二后哉」作結語。既非專指王后一人，亦未包有平帝皇后在内也。王批本作「二后」。

〔三〇〕**華嶠之準當。**

按華嶠集序：「嶠作後漢書百卷，張華等稱其有良史之才，足以繼迹遷、固。」書鈔九九引。

〔三一〕**或疎闊寡要。**

「或」，黄校云：「元脱，謝補。」此沿梅校。

按御覽、史略引有「或」字。張本、何本、訓故本、梁本、謝鈔本亦並有之；續文選同。謝補是也。

〔三二〕**唯陳壽三志，文質辨洽，荀張比之於遷固，非妄譽也。**

范文瀾云：「彦和謂『荀張比之於遷固』，張係張華，荀不知何人，豈（荀）勗嘗稱其書，既而又疾之耶？抑『荀』或是『范』之誤。范頵表言：『陳壽作三國志，辭多勸誡，明乎得失，有益風化。』或即彦和所指，『非妄譽也』。」

按荀爲何人，黄注缺如；范氏雖注亦未妥。華陽國志後賢志：「吴平後，（陳）壽乃鳩合三國史，著魏吴蜀三書六十五篇，號三國志。又著古國志五十篇，品藻典雅。中書監荀勗、令張華深愛之，以班固、史遷不足方也。」即此文所本，則荀爲荀勗無疑。

〔三三〕**至鄧璨晉紀。**

「璨」，黃校云：「元作『⿰王癸』，朱改。」此沿梅校。徐𤊹校作「粲」。

按當依御覽、史略、玉海四六。引作「粲」，始與晉書本傳合。訓故本作「粲」，未誤。續文選同。張松孫本已改作「粲」。

〔三四〕**又擺落漢魏，憲章殷周。**

「擺落」，黃校云：「一作『撮略』，從御覽改。」

按史略亦作「擺落」。尋繹上下文意，作「擺落」是。陶淵明集飲酒詩之十二：「擺落悠悠談，請從余所之。」梁書謝朏傳：「簪紱未褫，而風塵擺落。」並以「擺落」爲言。

〔三五〕**雖湘川曲學。**

「川」，元本、弘治本、汪本、佘本、張本、何本、梅本、凌本、合刻本、梁本、祕書本、謝鈔本、彙編本、別解本、增定別解本、清謹軒本、尚古本、岡本、王本、鄭藏鈔本、崇文本作「州」。四庫本剜改爲「川」。

按十三州記：「（長沙）有萬里沙祠，而西自湘州至東萊萬里，故曰長沙也。」史記貨殖傳正義引。水經湘水注：「湘水又北逕昭山西，山下有旋泉，深不可測，故言昭潭無底也。亦謂之曰湘州潭……晉懷帝以永嘉元年，分荆州湘中諸郡，立湘州，治此城之内。」隋書地理志下：「長沙郡，本注：『舊置湘州。』」則「州」字是。戰國策趙策二：「窮鄉多異，曲學多辨。」説苑談叢篇：「窮鄉多曲學。」

〔三六〕**亦有心典謨。**

「心」下，宋本、倪本、活字本、喜多本御覽及史略引有「放」字。鈔本御覽作「扵」，鮑本御覽作「於」。

按「放」字當有，鮑本御覽作「於」，即「放」之誤；鈔本御覽作「扵」，又「於」之俗。讀爲仿。「心放典謨」，即上文所謂「憲章殷周」也。

〔三七〕**及安國立例。**

「安」，黄校云：「元作『交』，朱改。」此沿梅校。

按朱改是也。御覽、史略引正作「安」；元本、兩京本、王批本、何本、續文選、梁本、尚古本、岡本亦作「安」。未誤。

〔三八〕**必貫乎百氏。**

「氏」，黄校云：「元作『姓』。」此沿梅校。

按梅校是。何本、梁本、謝鈔本正作「氏」；文通七引同。

〔三九〕**使一代之制，共日月而長存，王霸之跡，並天地而久大。**

按易繫辭上：「乾以易知，坤以簡能；易則易知，簡則易從；易知則有親，易從則有功；有親則可久，有功則可大；可久則賢人之德，可大則賢人之業。」張衡上表：「臣仰幹史職，……願得專於東觀，畢力於紀記，竭思於補闕。俾有漢休烈，比久長於天地，並光明於日月。」後漢書張衡傳章懷注引。

〔四〇〕**欲其詳悉於體國。**

「國」下玉海四六引有「也」字。

按有「也」字，始與下「欲其博練於稽古也」句儷。王批本、續文選、古論大觀三五亦有之，當據增。周禮天官序官：「惟王建國，辨方正位，體國經野，設官分職，以爲民極。」

〔四一〕**抽裂帛。**

按史記自序：「遷爲太史令，紬史記石室金匱之書。」作「紬」字；漢書遷傳亦作「紬」。顔注：「紬，謂綴集之。音胄。」則此「抽」字當作「紬」。上文「紬三正以班歷」，尤爲切證。

〔四二〕**檢殘竹。**

按劉楨魯都賦：「採逸禮於殘竹。」書鈔一百引。劉峻答劉之遴借類苑書：「閱微言於殘竹。」類聚五八引。殘竹，殘簡。

〔四三〕**是立義選言，宜依經以樹則。**

按「是」字疑涉上誤衍。續文選「是」下有「故」字。

〔四四〕**歲遠則同異難密。**

按作「周曲」較勝。

「同異」，御覽引作「周曲」。

〔四五〕**傅玄譏後漢之尤煩。**

按休奕語不可考。「尤」疑當作「冗」。晉書司馬彪傳：「（續漢書叙）漢氏中興，訖於建安，忠臣義士，亦以昭著；而時無良史，記述煩雜，譙周雖已删除，然猶未盡。」袁宏後漢紀序：「予嘗讀後漢書，煩穢雜亂，睡而不能竟也。」並足爲「後漢宂煩」之證。

〔四六〕**荀況稱録遠略近。**

按荀子非相篇：「傳者久則論略，近則論詳；略則舉大，詳則舉小。」舍人所稱，當即此文。然遺辭適與之反，且與本段亦相舛馳。豈傳寫有誤耶？史通煩省篇亦作「録遠略近」，浦二田通釋已論及之矣，又韓詩外傳三：「夫傳者久則愈略，近則愈詳。略則舉大，詳則舉細。」即出自荀子。益見此文「録遠略近」之誤昭然若揭，當乙作「録近略遠」或「略遠録近」始合。

〔四七〕**蓋文疑則闕。**

按穀梁傳桓公五年：「春秋之義，信以傳信，疑以傳疑。」

〔四八〕**然俗皆愛奇。**

按論衡藝增篇：「俗人好奇，不奇，言不用也。」

〔四九〕**莫顧實理。**

「實理」，御覽、史略引作「理實」。文通七引同。

按作「理實」是。書記篇：「翰林之士，思理實焉。」正作「理實」。書僞畢命「辭尚體要」枚傳：「辭以理實爲要。」後漢書朱浮傳：「（上疏）小違理實，輒見斥罷。」又王充傳：「充好論證，始若詭異，終有理實。」論衡亂龍篇：「不得道理實也。」亦並以「理實」爲言。

〔五〇〕**於是棄同即異。**

按左傳襄公二十九年：「子大叔曰：『棄同即異，是謂離德。』」

〔五一〕**舊史所無，我書則傳。**

「傳」，御覽引作「博」。馮舒校作「博」。

按「博」字義長。玉海亦引作「博」。

〔五二〕**時同多詭。**

「時」，黄校云：「元脱，胡補。」此沿梅校。

按御覽、史略引，並有「時」字；何本、梁本、謝鈔本同。

〔五三〕**雖定哀微辭。**

按公羊傳定公元年：「定哀多微辭。」

〔五四〕**迍敗之士。**

「敗」，御覽、史略引作「貶」。

按「貶」字較勝。

〔五五〕**理欲吹霜呴露，寒暑筆端。**

黄校云：「（理欲）二字衍。」此沿梅校。又云：「（呴）一作『噴』，從御覽改。」馮舒云：「『理欲』，錢本無，誤衍。」

按上句末之「常嗤」，當依御覽、史略改作「嗤埋」。「理」即「埋」之誤。上句之「常」字與此句之「欲」字，皆係妄增。「噴」，改「煦」是。記纂淵海七五、續文選亦並作「煦」。老子第二十九章：「或呴或吹。」河上公注：「呴，温也；吹，寒也。有所温，必有所寒也。」莊子刻意篇：「吹呴呼吸。」釋文：「呴，亦作煦。」韓詩外傳七：「避文士之筆端。」

〔五六〕此又同時之枉。

「枉」下，御覽、史略引有「論」字。

按有「論」字，語意始明。説文木部：「枉，衺曲也。」廣雅釋詁一：「枉，曲也。」「枉論」，謂持論偏頗也。

〔五七〕可爲歎息者也。

黄校云：「『爲』字從御覽增。」

按史略亦有「爲」字，黄本從御覽增，是也。天啓梅本「可爲」二字品排刻，當是就萬曆版剜增也。黄本出自萬曆梅本。

〔五八〕析理居正，唯素臣乎！

「臣」，黄校云：「元作『心』，今改。」此沿梅校。徐𤊹校作「素臣」。紀昀云：「陶詩有『聞多素心人』句，所謂有心人也。似不必定改『素臣』。」

按文選顔延之陶徵士誄：「長實素心。」李注：「禮記（檀弓下）曰：『有哀素之心。』鄭玄（注）曰：

『凡物無飾曰素。』」南齊書崔慧景傳：「平生素心，士大夫皆知之。」江文通文集陶徵君田居詩：「素心正如此。」並以「素心」連文。養氣篇：「豈聖賢之素心。」尤爲切證。不必泥於本篇專論史傳而改「心」爲「臣」也。元本、王批本、子苑三二引作「心」，是「心」字不誤。

〔五九〕**蓋纖瑕不能玷瑾瑜也。**

按左傳宣公十五年：「瑾瑜匿瑕。」杜注：「匿亦藏也。雖美玉之質，亦或居藏瑕穢。」詩大雅抑「白圭之玷」毛傳：「玷，缺也。」

〔六〇〕**農夫見莠，其必鋤也。**

按左傳隱公六年：「周任有言曰：『爲國家者，見惡如農夫之務去草焉：芟夷蘊崇之，絶其本根，勿使能殖，則善者信矣。』」杜注：「芟，刈也。夷，殺也。蘊，積也。崇，聚也。」釋文：「信，如字；一音申。」孟子盡心下：「孔子曰：『惡似而非者：惡莠，恐其亂苗也。』」趙注：「莠之莖葉似苗。」

〔六一〕**負海内之責，而贏是非之尤。**

「贏」，元本、弘治本、活字本、汪本、佘本、張本、兩京本、何本、王批本、訓故本、凌本、合刻本、梁本、天啟梅本、祕書本、別解本、增定別解本、清謹軒本、岡本、尚古本、王本、張松孫本、鄭藏鈔本、崇文本作「羸」。四庫本剜改作「贏」。馮舒校作「贏」。

按「贏」字是。子苑、續文選、古論大觀、文通引，亦並作「贏」，未誤。當據改。贏，受也；左傳襄公三十一年杜注。負，擔也。漢書刑法志顔注。淮南子脩務篇：「又況贏天下之憂，而任海内之事者乎！」「任」

字從王念孫説增補。

〔六二〕**秉筆荷擔。**

按國語晉語九：「（士茁）對曰：『臣以秉筆事君。』」

〔六三〕**若任情失正。**

按宋書范曄傳：「（獄中與諸甥姪書）班氏最有高名，既任情無例，不可甲乙辨。」「任情」二字出此。

諸子第十七

諸子者，入道見志之書〔一〕。太上立德，其次立言〔二〕。百姓之群居，苦紛雜而莫顯；君子之處世，疾名德之不章。唯英才特達，則炳曜垂文〔三〕，騰其姓氏，懸諸日月焉。昔風后元脱，曹補。力牧伊尹①〔四〕，咸其流也。篇述者，蓋上古遺語，而戰伐所記者也❶〔五〕。至鬻熊知道②，而文王諮詢，餘文遺事，録爲鬻子。子自肇始，莫先於兹。及伯陽識禮③，而仲尼訪問，爰序道德，以冠百氏。然則鬻惟文友，李實孔師〔六〕，聖賢並世，而經子異流矣。

逮及七國力政，俊乂蠭起〔七〕。孟軻膺儒以磬折④，莊周述道以翱翔⑤；墨翟執儉确之教⑥，尹文課名實之符⑦；野老治國於地利⑧，騶子養政於天文⑨〔八〕；申商刀鋸以制理⑩，鬼谷脣吻以策勳⑪；尸佼元作狡，柳改。兼總於雜術⑫〔九〕，青史曲綴以街談⑬〔一〇〕。承流而枝附者，不可勝算，並飛辯以馳術〔一一〕，饜禄而餘榮矣。

暨於暴秦烈火，勢炎崑岡〔一二〕，而煙燎之毒，不及諸子。逮漢成留一作普。思，子政讎校⑭〔一三〕，於是七略芬菲⑮，九流鱗萃⑯〔一四〕，殺青所編，百有八十餘家矣⑰。迄至魏晉，作者間出，讕讕與調同，元作讕，朱改。言兼存⑱，瑣語必録，類聚而求，亦充箱照軫矣⑲〔一五〕。然繁辭謝補。雖積〔一六〕，而本體易總，述道言治，枝條五經。其純粹者入矩，踳駁者出規〔一七〕。禮記月令⑳，取乎呂氏之紀；三年問喪㉑，寫乎荀子之書：此純粹之類也。若乃湯之問棘，云蚊睫有雷霆之聲㉒〔一八〕；惠施對梁王㉓，云蝸角有伏尸之戰㉔；列子有移山跨海之談㉕，淮南有傾天折地之説㉖：此踳駮之類也。是以世疾諸混同一作洞。虚誕〔一九〕。按歸藏之經㉗，大明迂怪，乃稱羿弊十日㉘〔二〇〕，嫦娥奔月㉙〔二一〕。殷湯疑作易。如兹，況諸子乎？至如商韓㉚，六蝨五蠹㉛，棄孝廢仁，轘藥之禍㉜，非虚至也。公孫之白馬孤犢㉝，辭巧理拙，魏牟比之鴞鳥〔二二〕，非妄貶也。昔東平求諸子史記㉞，而漢朝不與。蓋以史記多兵謀，而諸子雜詭術也。然洽聞之士，宜撮綱要，覽華而食實，棄邪而採正，極睇參差，亦學家之壯觀也。

研夫孟荀所述，理懿而辭雅；管晏屬篇㉟，事覈而言練；列御寇之書，氣偉而采奇；鄒子之説，心奢而辭壯；墨翟隨巢㊱，意顯而語質；尸佼尉繚㊲，術通而文鈍；鶡冠緜緜㊳，亟發深言；鬼谷眇眇，每環奥義；情辨以澤，文子擅其能㊴；辭約而精，尹文得其要；慎到析密理之巧㊵；韓非著博喻之富；呂氏鑒遠而體周㊶〔二三〕；淮南汎採而文麗〔二四〕：斯則得百氏之華采，而辭氣疑脱。文之大略也〔二五〕。

若夫陸賈典語㊷❷〔二六〕，賈誼新書㊸，揚雄法言㊹，劉向説苑㊺，王符潛夫㊻，崔實政論㊼，仲長昌言㊽，杜夷幽求㊾：咸一作或。叙經典〔二七〕，或明政術，雖標論名，歸乎諸子。何者？博明萬事爲子，適辨一理爲論〔二八〕，彼皆蔓延雜説，故入諸子之流。夫自六國以前，去聖未遠，故能越世高談，自開户牖。兩漢以後，體勢漫弱〔二九〕，雖明乎雖乎二字元作難于，朱改。坦途〔三〇〕，而類多依採，此遠近之漸變也。嗟夫！身與時舛，志共道申，標心於萬古之上，而送懷於千載之下〔三一〕，金石靡矣，聲其銷乎〔三二〕！

贊曰：大夫處世〔三三〕，懷寶挺秀〔三四〕。辨雕萬物〔三五〕，智周宇宙〔三六〕。立德何隱，含道必授。條流殊述，若有區囿〔三七〕。

【黄叔琳注】

①**風后**〔漢藝文志〕風后十三篇。〔注〕圖二卷。黄帝臣，依託也。**力牧**〔藝文志〕力牧二十二篇。〔注〕六國時所作，託之力牧。力牧，黄帝相。**伊尹**〔藝文志〕伊尹五十一篇。〔注〕湯相。〔又〕伊尹説二十七篇。〔注〕其語淺薄，似依託也。②**鬻熊**〔子略〕鬻子年九十，見文王。王曰：老矣。鬻子曰：使臣捕獸逐麋已老矣，使臣坐策國事尚少也。文王師焉。著書二十二篇，名曰鬻子。③**伯陽**〔史記〕老子者，姓李氏，名耳，字伯陽。孔子適周，問禮於老子，謂弟子曰：老子其猶龍耶？老子居周，久之，見周之衰，遂去。至關，關令尹喜曰：子將隱矣，彊爲我著書。迺著書上下篇，言道德之意五千餘言而去。④**孟軻**〔史記〕孟軻，鄒人也，受業子思之門人。述唐虞三代之德，是以所如者不合，退而與萬章之徒序詩書，述仲尼之意，作孟子七篇。⑤**莊周**〔史記〕莊子名周，其學本歸於老子之言，故著書十餘萬言，

大抵率寓言也。楚威王厚幣迎之，許以爲相。周笑曰：無污我！我寧游戲污瀆之中自快，無爲有國者所羈。⑥**墨翟**〔史記〕墨翟，宋之大夫，善守禦，爲節用。〔藝文志〕墨子七十一篇。**儉确**〔太史公自序〕墨者亦尚堯舜道，言其德行曰：堂高三尺，土階三等，茅茨不翦，采椽不刮。食土簋，啜土刑，糲粱之食，藜藿之羹。夏日葛衣，冬日鹿裘。其送死桐棺三寸，舉音不盡其哀。教喪禮，必以此爲萬民之率。使天下法若此。⑦**尹文**〔劉向别録〕尹文子學本莊老，其書自道以至名，自名以至法，以名爲根，以法爲柄，凡二卷，僅五千言。〔藝文志〕尹文子一篇。〔注〕説齊宣王，先公孫龍。師古曰：劉向云：與宋鈃俱遊稷下。⑧**野老**〔藝文志〕野老十七篇。〔注〕應劭曰：年老居田野，相民之耕種，故曰野老。⑨**騶子**〔史記〕齊有三騶子。騶衍深觀陰陽消息，而作怪迂之變，終始大聖之篇，十餘萬言。〔藝文志〕鄒子四十九篇。〔注〕名衍，齊人，爲燕昭王師。居稷下，號談天衍。⑩**申**〔史記〕申不害相韓昭侯，學本黄老而主刑名。著書二篇，號曰申子。**商**〔商君傳〕衛鞅既破魏還，秦封之於商十五邑，號爲商君。〔藝文志〕商君二十九篇。⑪**鬼谷**〔蘇秦傳〕東事師於齊，而習之於鬼谷先生。〔注〕扶風、池陽、潁川、陽城並有鬼谷墟，蓋是其人所居，因爲號。又曰：鬼谷子書云：蘇秦欲神祕其道，故假名鬼谷。⑫**尸佼**〔藝文志〕尸子二十篇。〔注〕名佼，魯人。秦相商君師之。鞅死，佼逃入蜀。⑬**青史**〔藝文志〕青史子五十七篇。〔注〕古史官，記事也。⑭**讎校**〔藝文志〕成帝使謁者陳農求遺書於天下，詔光禄大夫劉向等校之。每一書已，向輒條其篇目，撮其旨意，録而奏之。〔魏都賦〕讎校篆籀。⑮**七略**〔藝文志〕劉向卒，哀帝復使向子侍中奉車都尉歆卒父業，歆於是總群書而奏其七略，故有輯略、六藝略、諸子略、詩賦略、兵書略、術數略、方技略。⑯**九流**注見正緯篇。**殺青**〔吴祐傳〕殺青簡以寫經書。〔注〕以火炙簡令汗，取其青易書，復不蠹，謂之殺青。⑰**百有八十餘家**〔藝文志〕凡諸子百八十九家，四千三百二十四篇。⑱**讕言**〔藝文志〕讕言十篇。〔注〕不知作者。〔廣韻〕讕言，逸言也。⑲**充箱**〔韓詩外傳〕成王之時，有三苗貫桑而生，同爲一秀，大幾滿車，長幾充箱。**照軫**〔田敬仲完世家〕梁王曰：寡人國小，尚有徑寸之珠，照車前後各十二乘者十枚。⑳**月令**〔禮記月令第六〕孔穎達正義：鄭目録云：名曰月令者，以其紀十二月政之所行也。吕不韋集諸儒所著爲十二月紀，合十餘萬言，名爲吕氏春秋，篇首皆有月令，與此篇同。㉑**三年問喪**荀子禮論前半，褚先生補史記禮書採入，其後半皆言喪禮。三年之喪一段，與禮記三年問同文。㉒**蚊睫**〔列子〕江浦之麽蟲，名曰焦螟，群飛而集於蚊睫，弗相觸也。徐以氣聽，砰然聞之，若雷霆之聲。㉓**惠施**〔藝文志〕惠子一篇。〔注〕名施，與莊子同時。㉔**蝸角**〔莊子〕有國於蝸之左角者曰觸氏，有國於蝸之右角者曰蠻氏，時相與争地而戰，伏尸數萬，逐北旬有五日而後反。按此係戴晉人語，今云惠施，誤也。㉕**列子**〔藝文志〕列子八篇。〔注〕名禦寇，先莊子，莊子稱之。**移山**〔列子〕太行、王屋二山，方七百里，高萬仞。愚公懲出入之迂也，聚室而謀移之。**跨海**〔列子〕渤海中有五山，岱輿、員嶠、方壺、瀛洲、蓬萊。龍伯之國有大人，舉足不盈數步，而暨五山之所。㉖**淮南**〔漢書〕淮南王安，爲人好書，招致賓客方術之士數千人，作爲内書二十一篇，外書甚衆，又有中篇八卷，言神仙黄白之術，亦二十餘萬言。**傾天折地**〔淮南天文訓〕昔者共工與顓頊争爲帝，怒而觸不周之山，天柱折，地維絶。㉗**歸藏**〔帝王世紀〕殷人因黄帝易曰歸藏。皇甫謐曰：歸藏易以純坤爲首，坤爲地，萬物莫不歸而藏於其中，故曰歸藏。 ㉘**羿弊十日**注見辨騷篇。 ㉙**奔月**〔歸藏易〕嫦娥以西王母不死之藥服之，遂奔月爲月精。 ㉚**韓**〔史記〕韓非者，韓之諸公子也，喜刑名法術之學，爲人口吃，而善著書，作孤憤、五蠹、内外儲、説林、説難十餘萬言。 ㉛**六蝨**〔商子〕農商官三者，國之常食官也。農闢地，商致物，官法民。三官生蝨六：曰歲，曰食，曰美，曰好，曰志，曰行。六者有樸必削。 **五蠹**〔韓非子五蠹篇〕學者，言古者，帶劍者，近御者，及商工之民，此五者邦之蠹也。 ㉜**轘**〔左傳杜預注〕車裂曰轘。〔商君傳〕秦孝公卒，太子立，公子虔之徒告商君欲反，秦惠王車裂商君以徇。 **藥**〔史記〕秦攻韓，韓王遣非使秦，李斯使人遺非藥，使自殺。 ㉝**公孫**〔列子〕公孫龍誑魏王曰：白馬非馬，孤犢未嘗有母。〔按〕列子所述魏公子牟正深悦公孫龍之辨，所謂承其餘竅者也。莊子秋水篇則異是。龍問牟，吾自以爲至達已，今聞莊子之言，無所開吾喙，何也？公子牟有埳井之鼃謂東海之鼈之喻，是鴞鳥當作井鼃矣。 ㉞**東平**〔漢書〕東平思王宇，宣帝子。成帝時來朝，上疏求諸子及太史公書。大將軍王鳳以諸子書或反經術，或明鬼神，太史公書有戰國縱横之謀，不許。 ㉟**管晏**〔藝文志〕晏子八篇。〔注〕名嬰，謚平仲。管子八十六篇。〔注〕名夷吾。 ㊱**隨巢**〔藝文志〕隨巢子六篇。〔注〕墨翟弟子。 ㊲**尉繚**〔藝文志〕尉繚二十九篇。〔注〕六國時。師古曰：尉姓，繚名也。 ㊳**鶡冠**〔藝文志〕鶡冠子一篇。〔注〕楚人，居深山，以鶡爲冠。 ㊴**文子**〔藝文志〕文子九篇。〔注〕老子弟子，與孔子同時，而稱周平王問，似依託者也。 ㊵**慎到**〔史記〕慎到學黄老道德之術，因發明序其指意，著十二論。 ㊶**呂氏**注見雜文篇。 ㊷**陸賈**〔史記〕高帝謂陸生曰：試爲我著秦所以失天下，吾所以得之者何，及古成敗之國。陸生迺粗述存亡之徵，凡著十二篇。每奏一篇，高帝未嘗不稱善，左右呼萬歲，號其書曰新語。㊸**賈誼**〔藝文志〕賈誼五十八篇。㊹**法言**〔揚雄傳〕雄見諸子各以其知舛馳，雖小辯終破大義，故人時有問雄者，常用法應之，譔以爲十三卷，象論語，號曰法言。㊺**説苑**〔漢書〕劉向採傳記行事，著新序、説苑，凡五十篇。㊻**潛夫**〔王符傳〕符耿介不同於俗，隱居著書，以譏當時失得，不欲章顯其名，故號曰潛夫論。㊼**政論**〔崔寔傳〕寔字子真，明於政禮，論當世便事數十條，名曰政論。指切時要，言辨而确，當世稱之。㊽**昌言**注見史傳篇。㊾**幽求**〔晉書〕杜夷字行齊，廬江人。懷帝時舉方正，著幽求子二十篇。

【李詳補注】

❶**篇述者至戰伐所紀者也**〔札迻〕云：元本作戰代。紀云：戰伐，當作戰國。案元本是也。銘箴、養氣、才略三篇，竝有戰代之文，紀校非。❷**陸賈典語**〔札迻〕云：典，當作新。新語十二篇，今書具存。史記賈本傳及正義引七録並同，皆不云典語。〔隋書經籍志〕梁有典語十卷，吴中夏督陸景撰。（亦見馬總意林）與陸賈書別，彦和蓋偶誤記也。

【楊明照校注】

〔一〕**諸子者，入道見志之書。**

「入」，玉海五三引作「述」。

按元本作「入」；子苑三四引同。是「入」字不誤。玉海所引蓋涉下文「莊周述道以翺翔」及「述道言治」之「述道」而誤。未可從也。

〔二〕**太上立德，其次立言。**

「言」，活字本作「事」。

按此文出左傳襄公二十四年，原文范注已具。作「事」非是。子苑引作「言」，可證。

〔三〕**則炳曜垂文。**

按「曜」當作「燿」。已詳原道篇「繇辭炳曜」條。後漢書劉瑜傳：「上書陳事曰：『……蓋諸侯之位，上法四七，垂文炳燿，關之盛衰者也。』」

〔四〕**昔風后力牧伊尹。**

黄校云：「（后）元脱，曹補。」

按元本作「昔□力牧伊尹」，兩京本、胡本、訓故本作「昔者力牧伊尹」；子苑引同。是此文原止作「昔者力牧伊尹」，「風」字係誤衍，「后」字乃臆補。

〔五〕**而戰伐所記者也。**

郝懿行云：「按『伐』疑『代』字之譌。蓋風后力牧諸篇，皆六國人依託也。」孫詒讓札迻。云：「『戰伐』，元本作『戰代』。馮本、活字本並同。按元本是也。銘箴、養氣、才略三篇，並有『戰代』之文。」

按郝、孫説是。弘治本、汪本、佘本、張本、兩京本、王批本、胡本、訓故本、天啟梅本、別解本、尚古本、岡本並作「代」；子苑引同，當據改。

〔六〕**及伯陽識禮，而仲尼訪問，爰序道德，以冠百氏。然則鬻惟文友，李實孔師。**

范文瀾云：「孔子問禮於老聃，見禮記曾子問篇，當可信。惟著道德經之老子，當即其子爲魏將者，時代遠在孔子後，不得爲孔子師。」子苑同今本。

按吕氏春秋當染篇：「孔子學於老聃。」韓詩外傳五：「仲尼學乎老聃。」白虎通德論辟雍篇：「孔子師老聃。」潛夫論讚學篇：「孔子師老聃。」後漢書孔融傳：「先君孔子與君先人李老君，同德比義，而相師友。」章懷注：「家語觀周篇。曰：『孔子謂南宫敬叔曰：「吾聞老聃博古而達今，通禮樂之源，明道德之歸，即吾之師也，今將往矣。」遂至周，問禮於老聃焉。』」是舍人此説，實有所本也。

〔七〕**逮及七國力政，俊乂蠭起。**

按漢書藝文志諸子略：「諸子十家，其可觀者，九家而已。皆起於王道既微，諸侯力政，時君世主，好惡殊方。是以九家之術，蠭出並作。」顔注：「蠭與鋒同。」又五行志中之下：「京房易傳曰：『天子弱，諸侯力政。』」顔注：「政亦征也。言專以武力相征討。一説：諸侯之政，當以德禮，今王室微弱，文教不行，遂乃以力爲政，相攻伐也。」又游俠傳序：「陵夷至於戰國，合從連衡，力政争彊。」顔注：「力政者，棄背禮義，專任威力也。」

〔八〕**騶子養政於天文。**

按下文「鄒子之説，心奢而辭壯」，字又作「鄒」，前後不同，當改其一。時序篇有「鄒子以談天飛譽」語。

〔九〕**尸佼兼總於雜術。**

「佼」，黄校云：「元作『狡』，柳改。」此沿梅校。

按兩京本、何本、胡本、梁本、謝鈔本、別解本、尚古本、岡本並作「佼」；子苑引同。柳改是也。

〔一〇〕**青史曲綴以街談。**

按漢書藝文志諸子略：「小説家者流，蓋出於稗官。街談巷語，道聽塗説者之所造也。」青史子入小説家，故云「曲綴以街談」。

〔一一〕**並飛辯以馳術。**

「辯」，元本、弘治本、汪本、佘本、張本、兩京本、王批本、何本、合刻本、梁本、祕書本、別解本、清謹軒本、尚古本、岡本、四庫本、王本、鄭藏鈔本、崇文本作「辨」。

按作「辨」非是。文選孔融薦禰衡表「飛辯騁辭」，潘岳夏侯常侍誄「飛辯摛藻」，並作「辯」。逢行珪鬻子序：「馳術飛辯者矣。」語即出此，尤爲切證。子苑作「辯」，未誤。

〔一二〕**暨於暴秦烈火，勢炎崑岡。**

按書僞胤征：「火炎崑岡，玉石俱焚。」枚傳：「山脊曰岡。崑山出玉。言火逸而害玉。」此二句指秦始皇焚書（見史記秦始皇紀及李斯傳）。

〔一三〕**子政讎校。**

「挍」，子苑引作「校」；王批本同。

按時序篇「子政讎校於六藝」作「校」，前後不一律。此當依各本改爲「校」。「讎校」字本作「校」，集韻始有

「挍」字。

〔一四〕**九流鱗萃。**

元本、弘治本、活字本、汪本、佘本、張本、兩京本、何本、胡本、訓故本、萬曆梅本、凌本、合刻本、梁本、祕書本、謝鈔本、彙編本、別解本、尚古本、岡本、古論大觀並作「流鱗活字本誤作「麟」。萃止」；子苑引同。天啟梅本「九流」二字品排刻，「萃」下空一格。四庫本剜改爲「九流鱗萃」。王批本作「流鱗萃」，脱「九」字。

按「九流鱗萃」與上句「七略芬菲」相對，諸本皆誤。才略篇有「辭翰鱗萃」語（文選張衡西京賦「鳥集鱗萃」，古文苑張衡温泉賦「士女曄其鱗萃」二）

〔一五〕**類聚而求，亦充箱照軫矣。**

范文瀾云：「『照軫』，疑當作『被軫』。釋僧祐出三藏記集雜録序：『書序之繁，充車而被軫矣。』……『充箱被軫』，猶言車不勝載。」

按「照軫」自通，無煩改字。韓詩外傳十：「魏王惠王。曰：『若寡人之小國也，尚有徑寸之珠，照車前後十二乘者十枚。』」又見史記田完世家。考工記：「車軫四尺。」鄭注：「軫，輿後横木。」説文車部：「軫，車後横木也。」「照軫」，喻雜著繁多。子苑作「照軫」，王批本同。

〔一六〕**然繁辭雖積。**

「辭」，黄校云：「謝補。」此沿梅校。

按張本、何本、訓故本、梁本、謝鈔本、別解本、尚古本、岡本並有「辭」字。文溯本剜增「辭」字。謝補是也。

〔一七〕**踳駮者出規。**

「駮」，弘治本、汪本、佘本、張本、兩京本、王批本、何本、梅本、凌本、合刻本、祕書本、謝鈔本、彙編本、別解本、清謹軒本、尚古本、岡本、四庫本、王本、張松孫本、鄭藏鈔本、崇文本作「駁」；子苑、喻林八九引同。

按諸本是也。說文馬部：「駮，馬色不純。」又：「駁獸，如馬，倨牙，食虎豹。」是二字義別。「踳駁」字當作「駮」明矣。莊子天下篇「其道舛駁」，文選魏都賦李注引司馬（彪）云：「踳讀曰舛，乖也；駮，色雜不同也。」是司馬彪本「舛」作「踳」。說文舛爲部首，重文作「踳」。

〔一八〕**若乃湯之問棘，云蚊睫有雷霆之聲。**

按列子湯問篇本作「夏革」，此作「棘」，兼用莊子逍遥遊文也。列子張注：「夏革，即夏棘，字子棘。」

〔一九〕**是以世疾諸混同虛誕。**

何焯云：「『諸』下疑脱『子』字。」　訓故本「諸」下有一白匡。

「同」，黃校云：「一作『洞』。」　范文瀾云：「『諸』下脱一『子』字。『混同』，疑當作『鴻洞』。『鴻洞』，相連貌，謂繁辭也。」

按何、范謂「諸」下脱「子」字是。讀書引十有「子」字。范謂「混同」當作「鴻洞」則非。元本、弘治本、活字本、汪本、佘本、張本、兩京本、王批本、何本、胡本、訓故本、梅本、凌本、合刻本、梁本、祕書本、謝鈔本、別解本、增定別解本、清謹軒本、尚古本、岡本、文津本、王本、張松孫本、鄭藏鈔本、崇文本並作「混洞」;子苑、古論大觀引同。黄氏改「洞」作「同」,非也。「混洞虚誕」四字平列,而各明一義:「混」謂其雜,「洞」謂其空,「虚」謂其不實,「誕」謂其不經,皆就踳駁方面言。若作「鴻洞」,則爲聯綿詞,與澒洞、虹洞、港洞同。與「虚誕」二字不類矣。

〔二〇〕**乃稱羿弊十日。**

「弊」,玉海引作「斃」;元本、弘治本、活字本、汪本、佘本、張本、兩京本、何本、胡本、梅本、凌本、合刻本、梁本、祕書本、謝鈔本、彙編本、別解本、清謹軒本、尚古本、岡本、文津本、王本、張松孫本、鄭藏鈔本、崇文本同。文溯本剜改作「斃」。郝懿行改「弊」爲「斃」。經義考卷一引作「斃」。

按「斃」字是。已詳辨騷篇「夷羿彃日」條。子苑引此文作「斃」,未誤。

〔二一〕**嫦娥奔月。**

「嫦」,玉海引作「常」。元本、弘治本、活字本、汪本、佘本、張本、兩京本、何本、胡本、訓故本、合刻本、謝鈔本、別解本、清謹軒本、尚古本、岡本、文溯本、王本、鄭藏鈔本、崇文本作「姮」;子苑引同。文津本剜改爲「嫦」。

按玉海所引是也。「常娥」字本作「常」;歸藏:「昔常娥以不死之藥奔月。」(文選月賦注、宣貴妃誄注、祭顔光禄文注、御覽九八四引)。或作恒。淮南子覽冥篇:「譬若羿請不死之藥於西王母,恒娥竊以奔月。」(此高誘注本,許慎注本則作常)。後人以其爲羿妻,乃加女旁爲「嫦」與「姮」耳。「常娥奔月」事,學齋佔畢三、湛淵靜語一、夢蕉詩話、遜志齋雜鈔壬集、讀書叢録並有説，兹不贅。

〔二二〕**魏牟比之鴞鳥。**

「鴞鳥」，黄注云：「當作『井鼃』。」　謝鈔本「鴞」作「梟」。

按「井鼃」與「鴞鳥」之形音不近，恐難致誤。以其字形推之，疑「鳥」當作「鳴」，寫者偶脱其口旁耳。説苑談叢篇：「梟逢鳩，鳩曰：『子將安之？』梟曰：『我將東徙。』鳩曰：『何故？』梟曰：『鄉人皆惡我鳴，以故東徙。』鳩曰：『子能更鳴，可矣；不能更鳴，東徙猶惡子之聲。』」曹植令禽惡鳥論即出自此文。是梟與鴞同。之鳴聲，固爲人所惡者已。易林蠱之恒：「梟鳴室北，聲醜可惡。」魯連子：「齊辯士田巴，辯於狙丘，議於稷下，毁五帝，罪三王，呰五伯，離堅白，合同異，一日服千人。有徐劫者，其弟子曰魯仲連，……往請田巴曰：『……國亡在旦夕，先生奈之何！若不能者，先生之言，有似梟鳴，出聲而人惡之。願先生勿復言！』田巴曰：『謹聞命矣。』」史記魯仲連傳正義、御覽四六四又九二七引。彼仲連之譏田巴，儗以梟鳴，則魏牟之比公孫，或亦乃爾。蓋皆厭其詹詹多言，不切實用，而方以鴞鳴之可惡也。

〔二三〕**呂氏鑒遠而體周。**

按桓譚新論：「秦呂不韋請迎高妙，作呂氏春秋。書成，布之都市，懸置千金，以延示衆士，而莫能有變易者；乃其事約豔，體具而言微也。」文選楊修答曹植牋李注引。

〔二四〕**淮南汎採而文麗。**

按「汎採」二字當乙，始能與上句之「鑒遠」相儷。採泛，謂淮南王書採摭廣泛也。

〔二五〕**而辭氣文之大略也。**

「氣」下，黄校云：「疑脱。」此沿梅校。

徐𤍠圈去「文」字；范文瀾云：「『文』，疑是衍字。」

按無「文」字是。「文」蓋「之」之誤，章表篇「原夫章表之爲用也」，元本等誤「之」爲「文」，其比正同。而原有「之」字亦復書出，遂致辭義晦澀。論語泰伯：「曾子言曰：『……出辭氣，朱注：「辭，言語。氣，聲氣也。」斯遠鄙倍矣。』」此「辭氣」二字之最先見者。本書亦屢以「辭氣」連文：封禪篇「法家辭氣」，議對篇「辭氣質素」，書記篇「辭氣紛紜」，章句篇「所以節文辭氣」，總術篇「辭氣叢雜而至」是也。詔策篇「此詔策之大略也」，體性篇「才氣之大略哉」，句法均與此同，尤爲切證。古論大觀無「文」字，當據删。

〔二六〕**若夫陸賈典語。**

按「典」孫詒讓謂當作「新」，見札迻十二。是也。訓故本正作「新」。文溯本剜改爲「新」。

〔二七〕**咸叙經典。**

「咸」，黄校云：「一作『或』。」

按當從一本作「或」，始與下句一例。訓故本正作「或」。天啓梅本已改作「或」，張松孫本從之。

〔二八〕**適辨一理爲論。**

范文瀾云：「『適』，疑當作『述』。論説篇云『述經叙理曰論』。」

按「適」字未誤。「適辨一理」與上句「博明萬事」相對爲文，以明子書與論之研討範圍有所不同。「適」，讀爲敵，主也。見詩衛風伯兮毛傳。

〔二九〕**體勢漫弱。**

「漫」，譚獻校作「浸」。

按譚校是。元本、弘治本、活字本、汪本、佘本、張本、兩京本、訓故本、四庫本正作「浸」；子苑、天中記三七、茹古略集十五引，亦並作「浸」。文選陸倕石闕銘：「晉氏浸弱。」是「浸弱」連文之證。樂府篇有「自雅聲浸微」語。

〔三〇〕**雖明乎坦途。**

黄校云：「『雖』『乎』二字，元作『難』『于』，朱改。」此沿梅校。

按朱改是也。莊子秋水篇：「明乎坦塗。」「塗」與「途」通。即此語之所自出。訓故本、謝鈔本、茹古略集作「雖明于」，別解本、清謹軒本、岡本作「雖明乎」。

〔三一〕**標心於萬古之上，而送懷於千載之下。**

按桓範政要論序作：「夫奮名於百代之前，而流譽於千載之後，以其覽之者益，聞之者有覺故也。」群書治要四七引（「益」上疑脱一字）。逢行珪鬻子序：「馳心於萬古之上，寄懷於千載之下，庶垂道見志，懸諸日月。」

〔三二〕**金石靡矣，聲其銷乎？**

按此即序志篇「名踰金石之堅」之意。「其」，豈也。「其」「豈」音近互通。

〔三三〕 **大夫處世。**

「大」，何本、訓故本、凌本、梁本、天啟梅本、祕書本、別解本、尚古本、岡本、王本、張松孫本、鄭藏鈔本、崇文本作「丈」。張紹仁校作「丈」。

按「丈」字是。程器篇有「安有丈夫學文」語。後漢書張奐傳：「（奐）嘗與士友言曰：『大丈夫處世，當爲國家立功邊境。』」又陳蕃傳：「蕃曰：『大丈夫處世，當埽除天下，安事一室乎！』」南齊書王秀之傳：「（苟）丕乃遺書曰：『……丈夫處世，豈可寂漠恩榮！』」世説新語言語篇：「（龐）士元從車中謂曰：『吾聞丈夫處世，當帶金佩紫。』」並足資旁證。

〔三四〕 **懷寶挺秀。**

「寶」，元本、弘治本、活字本、汪本、佘本、張本、兩京本、胡本、訓故本、文津本作「實」。文溯本剜改爲「寶」。

按「實」字非是。「懷寶」出論語陽貨，其義亦長。後漢書郎顗傳：「（黄瓊）被褐懷寶，含味經籍。」又郭符許傳贊：「林宗懷寶。」抱朴子外篇行品：「含英懷寶。」文選王褒四子講德論：「幸遭聖主平世而久懷寶。」並以「懷寶」爲言。晉書潘尼傳：「（釋奠頌）篤生上嗣，繼期挺秀。」

〔三五〕 **辨雕萬物。**

「辨」，凌本作「辯」。

按「辯」字是。莊子天道篇：「辯雖彫與雕通。萬物，不自説也。」作「辯」。情采篇：「莊周云：『辯雕萬物。』」亦作「辯」。則此不應作「辨」矣。

〔三六〕**智周宇宙。**

按易繫辭上：「知周乎萬物而道濟天下，故不過。」韓注：「知周萬物，則能以道濟天下也。」釋文：「知，音智。」因與上句之「萬物」相避，故作「智周宇宙」。

〔三七〕**條流殊述，若有區囿。**

按以定勢篇「夫情致異區，文變殊術」例之，「述」當作「術」。此蓋涉篇中諸「述」字而誤者。雜文篇「智術之子」，倫明所校元本「術」誤爲「述」；議對篇「祖述春秋」，兩京本、胡本「述」又誤爲「術」。是「述」「術」二字易互誤之證。

論説第十八

聖哲元作世，朱按玉海改。彝訓曰經，述經叙理曰論。論者，倫也；倫理無爽，則聖意不墜。無爽元作有無，聖字上無則字，從御覽改。昔仲尼微言，門人追記，故仰其經目，稱爲論語〔一〕。蓋群論立名，始於兹矣。自論語已前，經無論字❶〔二〕；六韜二論①〔三〕，後人追題乎？詳觀論體，條流多品，陳政則與議説合契，釋經則與傳注參體，辨史則與贊評齊行，銓文則與叙引共紀〔四〕。故議者宜言，説者説語，傳者轉師，注者主解，贊者明意，評者平理，序者次事，引者胤辭：八名區分，一揆宗論。論也者，彌綸群言，而研精元脱，朱補。一理者也〔五〕。

是以莊周齊物②，以論爲名❷；不韋春秋，六論昭列③；至石渠論藝④，白虎通講⑤，聚述聖言通經〔六〕，論家之正體也。及班彪王命⑥，嚴尤元作允，朱改。三將⑦〔七〕，敷述昭情，善入史體。魏之初霸，術兼名法；傅嘏王粲⑧，校練名理〔八〕。迄至正始，務欲守文〔九〕；何晏之徒，始盛元論〔一〇〕。於是聃周當路⑨，與尼父争塗矣。詳觀蘭石之才性〔一一〕，仲宣之去代❸〔一二〕，叔夜之辨聲⑩，太初之本元⑪❹，輔嗣之兩例⑫〔一三〕，平叔之二論⑬❺，並師心獨見〔一四〕，鋒穎精密，蓋人倫之英也〔一五〕。至如李康運命⑭，同論衡而過之⑮〔一六〕；陸機辨亡⑯，元作正，謝改。效過秦而不及⑰〔一七〕：然亦其美矣。次及宋岱元作代。郭象⑱〔一八〕，元作蒙，朱據舊本改。鋭思於幾神之區〔一九〕；夷甫裴頠⑲，交辨於有無之域⑳；並獨步當時，流聲後代。然滯有者全繫於形用，貴無者專守於寂寥，徒鋭偏解，莫詣正理；動極神源，其般若之絶境乎㉑？逮江左群談，惟玄是務；雖有日新，而多抽前緒矣。至如張衡譏世，韻似俳説〔二〇〕；孔融孝廉，但談嘲戲；曹植辨道㉒，體同書抄：言不持正，論如其已〔二一〕。汪本作才不持論，甯如其已。

原夫論之爲體，所以辨正然否〔二二〕，窮于有數，追于無形，兩于字從汪本改。迹一作鑽。堅求通〔二三〕，鉤深取極〔二四〕；乃百慮之筌蹄㉓，萬事之權衡也。故其義貴圓通，辭忌枝碎；必使心與理合，彌縫莫見其隙〔二五〕；辭共心密，敵人不知所乘：斯其要也。是以論如御覽作辟。析薪，貴能破理。斤利者越理而横斷，辭辨者反義而取通：覽文雖巧，而檢跡如妄〔二六〕。唯君子能通天下之志〔二七〕，安可以曲論哉？若夫注釋爲詞，解散論體，雜文雖異，總會是同〔二八〕。若秦延君元作君延，楊改。之注堯典㉔〔二九〕，十餘萬字；朱普之解尚書㉕，三十萬言：所以通人惡煩，羞元作差，朱改。學章句〔三〇〕。若毛公之訓詩㉖，安國之傳書㉗，鄭君之釋禮㉘，王弼之解易，要約明暢，可爲元作謂。式矣〔三一〕。

説者，悦也。兑爲口舌㉙，故言咨悦懌〔三二〕；過悦必僞，故舜驚讒説。説之善者，伊尹以論味隆殷㉚〔三三〕，太公以辨釣興周㉛；及燭武行而紓鄭㉜，端木出而存魯㉝，亦其美也。暨戰國爭雄，辨士雲踊〔三四〕；從横參謀，長短角勢〔三五〕；轉丸騁其巧辭㉞，飛鉗伏其精術㉟；一人之辨，重於九鼎之寶；三寸之舌㊱，强於百萬之師；六印磊落以佩㊲〔三六〕，五都隱賑而封㊳❻。至漢定秦楚，辨士弭節〔三七〕，酈君既斃於齊鑊㊴，蒯子幾入乎漢鼎㊵；雖復陸賈籍甚㊶，張釋傅會㊷，杜欽文辨㊸，樓護脣舌㊹，頡頏萬乘之階，抵噓公卿之席㊺〔三八〕，並順風以託勢，莫能逆波而泝洄矣❼。

夫說貴撫會，弛張相隨，不專緩頰㊻，亦在刀筆㊼。范雎之言事㊽〔三九〕，李斯之止逐客㊾，並煩情入機，動言中務，雖批逆鱗㊿，而功成計合，此上書之善說也。至於鄒陽之說吴梁(51)，喻巧而理至，故雖危而無咎矣。敬通之說（元脱，孫補。）鮑鄧(52)，事緩而文繁，所以歷騁（元作聘，柳改。）而罕遇（元作過。）也〔四〇〕。凡說之樞要，必使時利而義貞；進有契於成務〔四一〕，退無阻於榮身。自非譎敵，則唯忠與信，披肝膽以獻主〔四二〕，飛文敏以濟辭，此說之本也。而陸氏直稱說煒曄以譎誑，何哉？

贊曰：理形於言，敘理成論。詞深人天，致遠方寸。陰陽莫貳〔四三〕，鬼神靡遯。說爾飛鉗，呼吸沮勸〔四四〕。

【黄叔琳注】

①**六韜**〔漢藝文志〕周史六弢六篇。〔注〕惠襄之間，或曰顯王時，或曰孔子問焉。師古曰：即今之六韜也，蓋言取天下及軍旅之事。〔按〕六韜有霸典文論、文師武論。②**齊物**莊周著齊物論。③**六論**

呂不韋輯呂氏春秋，有開春、慎行、貴值、不苟、似順、士容六論。④**石渠**〔翟酺傳〕孝宣論六經於石渠。〔注〕宣帝詔諸儒講五經於殿中，兼平公羊、穀梁同異，上親臨决焉。時更崇穀梁，故言此六經也。石渠，閣名。⑤**白虎**〔章帝紀〕建初四年，詔諸生諸儒會白虎觀，講議五經同異，帝親臨稱制臨决，如孝宣甘露石渠故事，作白虎議奏。⑥**王命**〔班彪傳〕隗囂擁衆天水，問彪曰：往者周亡，戰國並争，天下分裂，意者縱横之事，復起於今乎？彪既疾囂言，又傷時方艱，乃著王命論。⑦**三將**〔王莽傳〕大司馬嚴尤非莽攻伐四夷，數諫不從，著古名將樂毅、白起不用之意，及言邊事，凡三篇，以風諫莽。〔通志〕嚴尤三將軍論一卷。⑧**傅嘏**〔魏志〕傅嘏字蘭石，常論才性同異，鍾會集而論之。**王粲**〔魏志〕王粲著詩賦論議垂六十篇。⑨**聃周**〔史記〕老子者，姓李氏，名耳，字伯陽，謚曰聃。著書上下篇，言道德之意五千餘言。莊子者，名周，著書十餘萬言，大抵率寓言也。⑩**叔夜**〔嵇康傳〕康字叔夜，作聲無哀樂論。略曰：以殊方異俗，歌哭不同，使錯而用之，或聞哭而歡，或聞歌而感，斯非音聲之無常哉！⑪**太初**〔魏志〕夏侯玄，字太初。〔注〕玄嘗著樂毅、張良及本無、肉刑論。按本玄，本無，未知孰是。⑫**輔嗣**〔魏志〕鍾會與山陽王弼並知名。弼好論儒道，辭才逸辯，注易及老子。〔注〕弼字輔嗣。⑬**平叔**〔魏志〕何晏好老莊言，作道德論。〔注〕晏字平叔。⑭**運命**李康著運命論。⑮**論衡**〔王充傳〕充以爲俗儒守文，多失其真，乃閉門潛思，著論衡八十五篇。⑯**辯亡**〔陸機傳〕機以祖父世爲將相，有大勳於江表，深慨孫皓舉而棄之，乃論權所以得，皓所以亡，又欲述其祖父功業，作辯亡論二篇。⑰**過秦**賈誼著過秦論。⑱**宋岱**〔通志〕晉荆州刺史宋岱通易論一卷。**郭象**〔郭象傳〕象字子玄，好老莊，能清言，閑居以文論自娛，著碑論十二篇。⑲**夷甫**〔王衍傳〕衍字夷甫，好清談。魏正始中，何晏、王弼等祖述老莊，立論以爲天地萬物皆以無爲爲本，衍甚重之，惟裴頠以爲非，著論以譏之。⑳**交辨有無**〔晉諸公贊〕自魏太常夏侯玄等，皆著道德論。後進庾敳之徒，希慕簡曠。裴成公疾世俗尚虛無之理，作崇有二論以折之。時人莫能難，惟夷甫來，理如小屈，時人即以王理難裴，理還復伸。㉑**般若**〔曇霍傳〕霍持一錫杖，令人跪曰：此是波若眼。〔廣韻〕般若，梵語，謂智慧也。㉒**辯道**曹植著辯道論二篇。㉓**筌蹄**〔莊子雜篇〕筌者所以在魚，得魚而忘筌；蹄者所以在兔，得兔而忘蹄。〔注〕筌，魚笱也。蹄，兔網也。㉔**秦延君**〔漢儒林傳〕張山拊事小夏侯建爲博士，論石渠，授信都秦恭延君，恭增師法至百萬言。〔桓譚新論〕秦延君但説粤若稽古，即三萬言。㉕**朱普**〔儒林傳〕尚書歐陽氏學，平當授九江朱普公文。〔桓榮傳〕榮習歐陽尚書，事博士九江朱普。㉖**毛公**〔儒林傳〕毛公趙人也，治詩，爲河間獻王博士。㉗**安國**〔儒林傳〕孔氏有古文尚書，孔安國以今文字讀之，因以起其家，逸書得十餘篇，蓋尚書茲多於是矣。㉘**鄭君**〔鄭玄傳〕鄭玄好學，注儀禮、禮記，答臨孝存周禮難，凡百餘萬言。㉙**口舌**〔易彖〕兑，説也。〔説卦傳〕兑爲口舌。㉚**論味**〔吕氏春秋〕伊尹説湯以至味曰：凡味之本，水最爲始。五味三材，九沸九變，火之爲紀。時疾時徐，滅腥去臊除羶，必以其勝，無失其理。調和之事，必以甘酸苦辛鹹，先後多少，其齊甚微，皆有自起。㉛**辨釣**〔吕氏春秋〕吕尚坐茅以漁，文王勞而問取。尚曰：魚求於餌，乃牽其緡。人食於禄，乃服於君。以餌取魚，以禄取人，以小釣釣川而擒其魚，以中釣釣國而擒其萬國諸侯。㉜**紓鄭**〔左傳〕秦晉圍鄭，鄭伯使燭之武夜縋而出，説秦伯。秦伯與鄭盟，晉亦去之。㉝**存魯**〔仲尼弟子傳〕端木賜字子貢，至齊説田常曰：名存亡魯，實困彊齊，智者不疑也。㉞**轉丸**鬼谷子有轉丸篇。文闕。㉟**飛鉗**〔鬼谷子〕著飛箝篇。㊱**九鼎三寸**〔平原君傳〕平原君曰：毛先生一至楚，而使趙重於九鼎大呂。毛先生以三寸之舌，彊於百萬之師。㊲**六印**〔蘇秦傳〕秦喟然歎曰：使我有雒陽負郭田二頃，吾豈能佩六國相印乎？㊳**五都**〔張儀傳〕秦惠王封儀五邑。**隱賑**〔爾雅〕賑，富也。〔注〕謂隱賑富有。〔蜀都賦〕居邑隱賑。㊴**酈君**〔酈生傳〕淮陰侯聞酈生伏軾下齊七十餘城，迺夜度兵襲齊。齊王田廣以爲酈生賣己，遂烹酈生。㊵**蒯子**〔淮陰侯傳〕信方斬，曰：吾悔不用蒯通之計，乃爲兒女子所詐。高祖捕通，欲烹之。通曰：秦失其鹿，天下共逐之。欲爲陛下所爲者甚衆，顧力不能耳，又可盡烹之耶？迺釋通之罪。㊶**陸賈**〔陸賈傳〕陸生游漢廷公卿間，名聲籍甚。㊷**張釋**〔張釋之傳〕釋之言便宜事，文帝曰：卑之無甚高論，令今可施行也。於是釋之言秦漢間事，文帝稱善。㊸**杜欽**〔杜欽傳〕帝舅大將軍王鳳以外戚輔政，求賢知自助，奏請欽爲大將軍軍武庫令，後爲議郎，以病免。徵詣大將軍幕府，國家政謀，鳳常與欽慮之。京兆尹王章言鳳專權蔽主之過，欽令鳳上疏謝罪，乞骸骨。文指甚哀。鳳心慚稱病篤，欲遂退，欽復説鳳起視事。章死詔獄，衆庶冤之，以譏朝廷。欽欲救其過，復説鳳舉直言極諫。其補過將美，皆此類也。㊹**脣舌**〔漢游俠傳〕樓護字君卿，與谷永俱爲五侯上客。長安號曰：谷子雲筆札，樓君卿脣舌。言其見信用也。㊺**抵嘘**疑作抵戲。〔杜周傳贊〕業因勢而抵陒。〔注〕陒，音詭，一説陒讀與戲同音，許宜反，險也。言擊其危險之處。鬼谷有抵戲篇也。㊻**緩頰**〔魏豹傳〕漢王聞魏豹反，謂酈生曰：緩頰往説魏豹，能下之，吾以萬户封若。〔注〕緩頰，徐言譬喻也。㊼**刀筆**〔蕭相國世家〕太史公曰：蕭相國何，於秦時爲刀筆吏。〔劉盆子傳注〕古者記事於簡策，謬誤者以刀削而除之，故曰刀筆。㊽**范雎**〔范雎傳〕王稽載雎入秦，説昭王廢王后，逐穰侯，拜爲相。㊾**李斯**〔李斯傳〕斯西説秦，秦王拜斯爲客卿。會韓人鄭國來間秦，以作注溉渠。已而覺，秦宗室大臣請一切逐客。斯上書秦王，乃除逐客之令。㊿**逆鱗**〔韓非説難〕龍喉下有逆鱗徑尺，嬰之則必殺人。人主亦有逆鱗，説者能無嬰人主之逆鱗，則幾矣。(51)**鄒陽**〔鄒陽傳〕吴王濞陰有邪謀，陽奏書諫。爲其事尚隱，惡指斥言，故先引秦爲喻，因道胡、越、齊、趙、淮南之難，然後迺致其意。吴王不内其言。去之梁。羊勝、公孫詭等疾陽，惡之孝王。孝王怒，下陽吏，將殺之。迺從獄中上書。書奏，孝王立出之。(52)**敬通**〔馮衍傳〕衍字敬通。更始二年，遣鮑永行大將軍事，安集北方。衍因以計説永，永素重衍，乃以衍爲立漢將軍。〔劉峻廣絶交論注〕馮衍與鄧禹書曰：衍以爲寫神輸意，則聊成之説，碧雞之辯，不足難也。

【李詳補注】

❶**自論語以前經無論字**紀云：觀此，知古文尚書梁時尚不行於世，故不引論道經邦之文，然周禮卻有論字。詳案：困學紀聞卷十七：文心雕龍云：論語以前，經無論字。晁子止云：不知書有論道經邦。閻〔箋〕論道經邦乃晚出書周官篇，本考工記或坐而論道來。案文達之評據此。又紀聞何箋云：論道經邦本於古文尚書，未可以詆彦和。又云：劉彦和或不讀古文尚書。案此何氏爲彦和左袒。何又云：書中議對篇即引議事以制。此則何氏卓見，可以證彦和不引論道經邦之疎。蓋彦和本文士，於經學不甚

置意，且當時並不知古文尚書爲僞也。❷**莊子齊物以論爲名**紀云：物論二字相連，此以爲論名似誤。錢辛楣同年（案錢説見十駕齋養新録卷十九）引王伯厚云：莊子齊物論非欲齊物也。蓋謂物論之難齊也。邵子〔詩〕齊物到頭爭。恐誤。按左思〔魏都賦〕萬物可齊於一朝。劉淵林〔注〕莊子有齊物之論。劉琨答盧諶書：遠慕老莊之齊物。文心雕龍論説篇：莊子齊物，以論爲名。是六朝人已誤以齊物二字連讀。詳案：莊子齊物論郭象注：夫自是而非彼，美己而惡人，物莫不皆然，是非雖異，而彼我均也。正是齊物之意。六朝既有此讀，故邵子宗之。其觀物外篇云：莊子齊物，未免乎較量。亦讀與詩同，非誤也。文達、少詹，似皆未得其旨。❸**仲宣之去代**〔札迻〕云：代，當作伐，形近而誤。〔隋書經籍志〕儒家，梁有去伐論集三卷，王粲撰。即此。去伐，言去矜伐。藝文類聚（二十三）引袁宏去伐論。仲宣諭意，當與彼同。❹**太初之本玄**黄〔注〕魏志：夏侯玄字太初。〔注〕玄嘗著樂毅、張良及本無、肉刑論。本玄，本無，未知孰是，〔札迻〕云：本玄論，張溥輯太初集已佚。考列子仲尼篇，張〔注〕引夏侯玄曰：天地以自然運，聖人以自然用。自然者道也，道本無名，故老子曰彊爲之名。仲尼稱堯蕩蕩无能名焉云云，與本無之義正合。疑即本無論之文。無无玄元，傳寫貿亂，遂成岐互爾。❺**平叔之二論**黄〔注〕魏志：何晏好老莊言，作道德論。〔札迻〕云：隋書經籍志道家：梁有老子道德論二卷，何晏撰。世説文學篇云：何平叔注老子始成，詣王輔嗣，見王注精奇，因以所著爲道德二論。是二論即道德論，顯較無疑。考晏有無爲論，見晉書王衍傳。又有無名論，見列子仲尼篇注。無爲無名，皆道德經語，殆即二論之細目與？❻**六印磊落以佩二句**詳案：〔後漢書蔡邕傳〕連衡者六印磊落。張衡〔西京賦〕郊甸之內，都邑殷賑。五都貨殖，既遷既引。案殷音隱，義通。❼**並順風以託勢二句**詳案：〔荀子勸學篇〕順風而呼，聲非加疾也，而聞者彰。〔詩秦風〕遡洄從之，道阻且長。〔毛傳〕逆流而上曰遡洄。

【楊明照校注】

〔一〕**故仰其經目，稱爲論語。**

「仰」，范文瀾云：「『仰其經目』，疑當作『抑其經目』，謂謙不敢稱經也。」

按范説是，「仰」乃「抑」之形誤。宋本、鈔本御覽五九五引，正作「抑」。當據改。又按鄭玄論語序：「易、詩、書、禮、樂、春秋，策皆二尺四寸，原誤作「皆尺二寸」，據杜預左傳注序孔疏所引鄭序改。孝經謙，半之；論語八寸策者，三分居一，又謙焉。」儀禮聘禮「百名以上書於策」賈疏引。鄭序之「論語八寸策」，可視爲論語「抑其經目」最確切注脚。

〔二〕**自論語已前，經無論字。**

范文瀾云：「『論語已前，經無論字』，非謂經書中不見論字，乃謂經書無以論爲名者也。上文云『群論立名』，下文云『六韜二論』，皆指書名篇名言之。」

按范説是。鄭玄周禮外史掌達書名于四方。注：「古曰名，今曰字。」又論語子路必也正名乎。注：「古者曰名，今世曰字。」是「經無論字」，即「經無論名」也。因上「群論立名」句已用「名」字，故改爲「字」字以避重出也。

〔三〕**六韜二論。**

「二」，郡齋讀書志四上引作「三」。日知録二四司業條引同。

按六韜有霸典文論、文師武論詳范注。二篇，「三」字非。玉海六二、子苑三二引作「二」，未誤。

〔四〕**銓文則與叙引共紀。**

范文瀾云：「『銓』，當作『詮』。……史傳多以『譔』爲之。」

按范説是。子苑、文章辨體總論、七修類藁二九引，並作「詮」；清謹軒本同。又按下文「序者次事」即承此而言，「叙」、「序」上下不同，應改其一。定勢篇：「史論序注，則師範於覈要。」則此處之「叙」當改「序」，始合。

〔五〕**而研精一理者也。**

「精」，黄校云：「元脱，朱補。」此沿梅校。　謝兆申補「析」字。

按御覽、玉海、文章辨體彙選三八二又三九二、文通九引，並有「精」字；王批本「精一」二字品排刻。梁本、謝鈔本同。朱補是也。謝補「析」非。書僞孔傳序「研精覃思」，文選左思三都賦序「而論者莫不詆訐其研精」，張華勵志詩「研精躭道」，夏侯湛東方朔畫贊「乃研精而究其理」，並以「研精」爲言。

〔六〕**至石渠論藝，白虎通講，聚述聖言通經。**

謝兆申云：「疑作『白虎通講，聚述聖言，旁通經典』。」

徐𤊹删「通」「言」二字。　天啟梅本「講」上「聖」下各空一格。係就萬曆版之「通」「言」二字剜去。

孫詒讓云：「今本文心雕龍『述』上衍『聚』字，『聖』下衍『言』字，應依御覽引删。」見籀高述林四白虎通義考下篇。

按徐、梅删去「通」「言」二字，是也。「論藝」與「講聚」相對爲文。時序篇：「然中興之後，群才稍改前轍，華實所附，斟酌經辭；蓋歷政講聚，故漸靡儒風者也。」正指章帝會諸儒白虎觀而言，其文亦作「講聚」。今本「通」字，非緣白虎通德論之名衍，即涉下「通」字而誤；「言」字亦涉上文誤衍者。御覽此據宋本、鈔本、倪本、活字本。及玉海引，並無「通」「言」二字，當據删。孫氏所據御覽蓋鮑刻本。

〔七〕**嚴尤三將。**

按後漢書光武帝紀上：「伯升又破王莽納言將軍嚴尤。」章懷注：「桓譚新論云：『莊尤，字伯石。』此言『嚴』，避明帝諱也。」則此文之稱「嚴尤」，乃沿漢避明帝諱而未改復者也。

〔八〕**傅嘏王粲，校練名理。**

按魏晉士流校練名理者，不乏其選。三國志魏書鍾會傳：「及壯，有才數技藝，而博學精練名理。」晉書范汪傳：「遂博學多通，善談名理。」世説新語言語篇：「王（衍）曰：『裴僕射（頠）善談名理，混混有雅致。』」劉注引冀州記曰：「頠弘濟有清識，稽古，善言名理。」荀粲别傳：「粲太和初到京邑，與傅嘏談，嘏善名理，粲尚玄遠。」世説新語文學篇「傅嘏善言虚勝」條劉注引。

〔九〕**迄至正始，務欲守文。**

范文瀾云：「魏氏三祖，皆有文采。正始中，玄風始盛。高貴鄉公才慧夙成，好問尚辭，有文帝之風。

蓋皆守文之主。」

按范説誤。何休公羊解詁序：「斯豈非守文徐疏：「守文者，守公羊之文。」持論，敗績失據之過哉！」後漢書張純曹襃鄭玄傳論：「漢興，諸儒頗修藝文，及東京學者，亦各名家。而守文之徒，滯固所禀，……遂令經有數家，家有數説，章句多者，或乃百餘萬言。」又王充傳：「以爲俗儒守文，多失其真。」又黨錮傳序：「自武帝以後，崇尚儒學，懷經協術，所在霧會，至有石渠分争之論，黨同伐異之説。守文之徒，盛於時矣。」又儒林下何休傳：「乃作春秋公羊解詁，……皆經緯典謨，不與守文同説。」是「守文」乃指今古學者之「滯固所禀」，拘牽文義而言，非謂「守文之主」也。又按「務欲」二字，疑有脱誤。當作「無務」神思篇「無務苦慮」，風骨篇「無務繁采」。或「不欲」，文意始順。下文「師心獨見」，正所謂不守文也。

〔一〇〕**何晏之徒，始盛元論。**

「元」，御覽引作「玄」。文通九引同。

按「玄」字是。元本、弘治本、活字本、汪本、佘本、張本、兩京本、王批本、何本、胡本、訓故本、梅本、凌本、合刻本、梁本、祕書本、謝鈔本、彙編本、尚古本、岡本、崇文本並作「玄」。清謹軒本、四庫本作「玄」。（凡各本作「玄」，黄本作「元」者，皆黄氏例避清諱改也。後仿此。）

〔一一〕**詳觀蘭石之才性。**

按蘭石文已佚，其詳無由得知。袁準有才性論，見類聚卷二一三引。嚴輯全晉文五四輯有之，可參閲。

〔一二〕**仲宣之去代。**

「代」，宋本、活字本御覽引作「伐」；玉海引同。

按「伐」字是。說詳札迻十二。訓故本正作「伐」。當據改。

〔一三〕**輔嗣之兩例。**

按李治敬齋古今黈二：「王弼既注易，又作略例上下二篇。」舍人所謂「兩例」，當指易略例上下篇言之。惜今通行略例本已非舊矣。姚振宗隋志考證六：「王弼兩例，即易、老略例。」

〔一四〕**並師心獨見。**

按莊子人間世篇：「夫胡可以及化，猶師心者也。」文子上義篇：「必有獨見之明，然後能擅道而行。」吕氏春秋制樂篇：「故『禍兮福之所倚，福兮禍之所伏』。見老子第五十八章。聖人所獨見，衆人焉知其極。」

〔一五〕**蓋人倫之英也。**

「人倫」二字，御覽、玉海引止作「論」。

按作「論」字是。章表篇「並表之英也」，與此句法相同，可證。彼篇爲章表，故云「表之英」；彼段論表。此篇爲論説，故云「論之英」。此段論論。若作「人倫」，則非其旨矣。

〔一六〕**至如李康運命，同論衡而過之。**

按論衡有逢遇、命禄、氣壽、命義等篇，故云。

〔一七〕**陸機辨亡，效過秦而不及。**

「亡」，黄校云：「元作『正』，謝改。」此沿梅校。　徐𤊹校作「亡」。

按御覽、文通引作「亡」；梁本、謝鈔本、清謹軒本、尚古本、岡本同。謝改是也。陸士龍集與兄平原書：「辨亡則已是過秦，對事求當可得耳。」當爲評士衡辨亡論之最先見者。

〔一八〕**次及宋岱郭象。**

黄校云：「（岱）元作『代』，（象）元作『蒙』，朱據舊本改。」此沿梅校。

按玉海、文通引，正作「宋岱郭象」；訓故本、梁本、謝鈔本、清謹軒本、尚古本、岡本同。朱改是也。

〔一九〕**鋭思於幾神之區。**

「幾」，元本、弘治本、汪本、佘本、張本、兩京本、何本、訓故本、梅本、凌本、合刻本、梁本、祕書本、謝鈔本、清謹軒本、尚古本、岡本、文津本、王本、張松孫本、鄭藏鈔本、崇文本作「機」。文淵本剜改爲「幾」。

按「機」字是。已詳徵聖篇「妙極機神」條。又按梅本原作「機」，是「幾」乃黄氏臆改。

〔二〇〕**至如張衡譏世，韻似俳説。**

按「韻」字於義不屬，且與下「但談嘲戲」句不倫，疑爲「頗」之形誤。哀弔篇「卒章五言，頗似歌謡」，聲律篇「翻迴取均，頗似調瑟」，句法並與此相類，可證。漢書揚雄傳下：「雄以爲賦者，……又頗似俳優淳于髠、優孟之徒，非法度所存，賢人君子詩賦之正也，於是輟不復爲。」「頗似俳優」之「頗」，尤爲「韻」當作「頗」切證。

〔二一〕**言不持正，論如其已。**

黄校云：「汪本作『才不持論，寧如其已』。」

按汪氏私淑軒原刻及覆刻，皆作「才不持論如其已」元本、弘治本、佘本、兩京本、謝鈔本同。七字。黄校有誤。張本、胡本、王批本作「才不持論，寧如其已」，是也。徐𤊹即於私淑軒本「如」字上方書一「寧」字。當從之。漢書嚴助傳「朔、皋不根持論」，又東方朔傳贊「不能持論」，又儒林傳：「（董）仲舒通五經，能持論。」風俗通義十反篇「范滂辯於持論」，文選典論論文「然不能持論」，並以「持論」爲言。此爲評張衡譏世、孔融孝廉、曹植辨道之辭，謂所作不能持論，寧可擱筆也。訓故本作「才不持論，如寧其已」，「如寧」二字誤倒。老子第九章：「持而盈之，不如其已。」河上公注：「已，止也。」

〔二二〕**原夫論之爲體，所以辨正然否。**

按論衡超奇篇：「桓君山作新論，論世間事，辨照然否。」又自紀篇：「論説辯然否。」

〔二三〕**迹堅求通。**

「迹」，黄校云：「一作『鑽』。」天啟梅本作「鑽」。

按「鑽」字義長。御覽、文章辨體彙選三九二、文章緣起注引，並作「鑽」。論語子罕：「鑽之彌堅。」當爲「鑽堅」二字所本。

〔二四〕**鉤深取極。**

按易繫辭上：「探賾索隱，鉤深致遠。」孔疏：「物在深處，能鉤取之；物在遠方，能招致之。卜筮能然，故云鉤深致遠也。」三國志魏書邴原傳：「裴注引原別傳曰：『鄭君玄。學覽古今，博聞彊識，鉤深致遠，誠學者之師模。』」

〔二五〕 **必使心與理合，彌縫莫見其隙。**

按左傳桓公五年：「先偏後伍，伍承彌縫。」杜注：「承偏之隙，而彌縫闕漏也。」又昭公二年：「季武子拜曰：『敢拜子之彌縫敝邑，寡君有望矣。』」杜注：「彌縫，猶補合也。」

〔二六〕 **而檢迹如妄。**

紀昀云：「『如』當作『知』。」此依芸香堂本（翰墨園本誤作「却」）。

按紀説是。宋本、鈔本、活字本、喜多本、鮑本御覽引，正作「知」。當據改。又按天啓梅本已改爲「知」，黄氏底本爲萬曆梅本，故仍作「如」。

〔二七〕 **唯君子能通天下之志。**

按易同人彖辭：「唯君子爲能通天下之志。」王注：「君子以文明爲德。」孔疏：「此更贊明君子貞正之義，唯君子之人於同人之時，能以正道通達天下之志，故利君子之貞。」釋文：「謂文理通明也。」集解：「虞翻曰：『唯，獨也。』」

〔二八〕 **若夫注釋爲詞，解散論體，雜文雖異，總會是同。**

按「雜」當作「離」，字之誤也。禮記學記：「一年，視離經辨志。」鄭注：「離經，斷句絶也。」正義：「離經，謂離析經理，使章句斷絶也。」此「離」字義當與彼同。「離文」，謂離析原書章句，分別作注。

即下文所舉「毛公之訓詩，安國之傳書，鄭君之釋禮，王弼之解易」之類是。後漢書桓譚傳章懷注：「章句，謂離章辨句，委曲枝派也。」應劭風俗通義序：「漢興，儒者競復比誼會意，爲之章句，家有五六，皆析文便辭。」「離文」，即「析文」也。

〔二九〕**若秦延君之注堯典。**

「延君」，黄校云：「元作『君延』，楊改。」梅本作楊云：「注疏作『近君』。」

按作「延君」是。玉海四二引作「延君」；訓故本同。四庫本剜乙爲「延君」。

〔三〇〕**所以通人惡煩，羞學章句。**

「羞」，黄校云：「元作『差』，朱改。」此沿梅校。

按玉海、文通引，正作「羞」；謝鈔本同。朱改是也。羞學章句者，除范注引證揚雄、班固外，尚不乏人：後漢書桓譚傳：「博學多通，徧習五經，皆詁訓大義，不爲章句。」又王充傳：「好博覽而不守章句。」又荀淑傳：「博學而不好章句。」盧植傳：「能通古今學，好研精而不守章句。」又逸民梁鴻傳：「博覽無不通，而不爲章句。」蓋章句之學，辭過枝離，義鮮圓通，博覽者多所不爲，故舍人云然。

〔三一〕**要約明暢，可爲式矣。**

「爲」，黄校云：「元作『謂』。」徐𤊹校作「爲」。天啟梅本改作「爲」。紀昀云：「『謂』字不訛，不必改『爲』字。」

按黄氏依天啟梅本改「爲」字是。四庫本剜改作「爲」。玉海引正作「爲」。紀説未可從。

〔三一〕**故言咨悦懌。**

「咨」，何焯校作「資」。鈴木說同。

按何校是。銘箴篇「箴全禦過，故文資確切」，檄移篇「順命資移」，書記篇「注序世統，事資周普」，又「徵召防僞，事資中孚」，語法並與此同，可證。

〔三二〕**伊尹以論味隆殷。**

按史記殷本紀：「伊尹名阿衡，阿衡欲奸湯而無由，乃爲有莘氏媵臣，負鼎俎，以滋味説湯，致于王道。」吕氏春秋本味篇所論雖詳，然不如殷紀之要約明暢，言簡意賅。

〔三四〕**辨士雲踊。**

「踊」，何焯校作「涌」。　紀昀云：「『踊』，當作『涌』。」

按文選趙景真與嵇茂齊書：「若乃顧影中原，憤氣雲踊。」是「踊」字自通，無煩改作。

〔三五〕**從横參謀，長短角勢。**

按長短即從横也。史記六國年表序：「務在彊兵并敵，謀詐用而從衡短長之説起。」又田儋傳贊：「蒯通者，善爲長短説。」索隱：「言欲令此事長，則長説之；欲令此事短，則短説之。故戰國策亦名曰『短長書』是也。」又主父偃傳：「學長短縱横之術。」漢書偃傳作「學長短從横術」。顏注引服虔曰：「蘇秦法百家書説也。」又酷吏張湯傳：「邊通，學長短。」集解引漢書音義曰：「長短術興於六國時。行長入短，其語隱謬，用相激怒。」漢書湯傳：「邊通，學短長。」顏注引應劭曰：「短長術興於六國時。長短其語隱謬，用相激怒也。」張晏曰：「蘇秦張儀之謀，趣彼爲短，歸此爲長，戰國策名長短術也。」淮南子要略篇：「故縱横脩淮南王安避父諱改長爲脩。短之説生焉。」劉向戰國策書録：「中書本號：……或曰短長，……或曰長書，或曰脩書。……生從横短長之説，左右傾側。」並其證。世説新語讒險篇：「袁悦有口才，能短長説。」

〔三六〕**六印磊落以佩。**

按後漢書蔡邕傳：「（釋誨）連衡者六印磊落。」

〔三七〕**辨士弭節。**

按離騷：「吾令羲和弭節兮。」王注：「弭，按也；按節，徐步也。」史記司馬相如傳：「（子虚賦）於是楚王乃弭節裴回。」集解：「郭璞曰：『或云節，今之所杖信節也。』」弭，止也。詩小雅沔水毛傳。

〔三八〕**抵嘘公卿之席。**

按「嘘」當作「巇」。鬼谷子有抵巇篇，陶弘景注云：「抵，擊實也；巇，釁隙也。」今本作「嘘」，蓋誤山爲口，而又脱其戈旁耳。

〔三九〕**范雎之言事。**

徐𤊹云：「『事』上疑脱一字。」

按「事」上合有一字，始與下「李斯之止逐客」句相儷。戰國策秦策三：「范子因王稽入秦，獻書昭王曰：『……今臣之胸不足以當椹質，要不足以待斧鉞，豈敢以疑事嘗試於王乎？……利則行之，害則舍之，疑則少嘗之，雖堯舜禹湯復生，弗能改已。語之至者，臣不敢載之於書；其淺者，又不足聽也。……願少賜游觀之閒，望見足下而入之。』」據此，「事」上疑脱「疑」字。後才略篇「范雎上書密而至」，即此言有疑事之書也。

〔四〇〕**敬通之説鮑鄧，事緩而文繁，所以歷騁而罕遇也。**

黄校云：「（説）元脱，孫補；（騁）元作『聘』，柳改；（遇）元作『過』。」並沿梅校。

按何本、梁本、謝鈔本並有「説」字；「騁」「遇」二字亦未誤。文通十一引同。清謹軒本亦同。

〔四一〕**進有契於成務。**

按易繫辭上：「夫易開物成務。」集解：「陸績曰：『聖人觀象而制网罟耒耜之屬，以成天下之務，故曰成務也。』」

〔四二〕**披肝膽以獻主。**

按漢書蒯通傳：「乃先微感（韓）信曰：『臣願披心腹，墮顏注：「墮，毁也。音火規反。」肝膽。』」後漢書竇融傳：「（上書）故遣劉鈞口陳肝膽。」又郎顗傳：「顗乃詣闕拜章曰：『……披露肝膽，書不擇言。』」均足證成舍人此説。

〔四三〕**陰陽莫貳。**

按「貳」爲「貣」之形誤。「貣」即「忒」也。禮記緇衣「其儀不忒」，釋文：「『忒』本或作『貣』。」即其證。書洪範「衍忒」，史記宋微子世家作「衍貣」。是「衍貣」、「衍忒」一實。易豫彖辭：「天地以順動，故日月不過，四時不忒。」又觀彖辭：「觀天之神道，而四時不忒。」詩大雅抑：「昊天不忒。」漢書禮樂志：

「(郊祀歌)寒暑不忒況皇章。」顔注引臣瓚曰:「忒,差也。寒暑不差,言陰陽和也。」揚雄連珠:「陰陽和調,四時不忒。」御覽四六八又四六九引。「陰陽莫貳」即陰陽莫忒,喻論説之精微。管子勢篇:「動作不貳」。王念孫讀書雜志(管子第八)謂「貳」當作「貣」。其誤與此同。此文之誤,蓋先由「忒」作「貣」,後遂譌爲「貳」耳。

〔四四〕**呼吸沮勸。**

按文選江賦:「呼吸萬里。」李注:「言其疾也。」左傳襄公二十七年:「賞罰無章,何以沮勸。」孔疏:「沮,止也。」呼吸,喻時間。沮勸,指事務。

詔策第十九

皇帝御寓①〔一〕，其言也神。淵嘿黼扆②〔二〕，而響盈四表，唯詔策乎〔三〕！昔軒轅唐虞，同稱爲命。命之爲義，制性之本也。其在三代，事兼誥誓〔四〕。誓以訓戎③，誥以敷政④〔五〕，命喻自天，故授官元作管。錫胤⑤〔六〕。易之姤象，后以施命誥四方。誥命動民，若天下之有風矣〔七〕。降及七國，並稱曰令。令者，使也〔八〕。秦并天下，改命曰制。漢初定儀則，則命有四品〔九〕：疑衍一則字，以定儀爲讀。一曰策書，二曰制書，三曰詔書，四曰戒敕⑥。敕戒州部〔一〇〕，詔誥百官〔一一〕，制施赦命〔一二〕，策封王侯。策者，簡也。制者，裁也。詔者，告也。敕者，正也。詩云畏此簡書，易稱君子以制度數〔一三〕，禮稱明君之詔，書稱敕天之命：並本經典以立名目。遠詔近命，習秦制也。記稱絲綸⑦，所以應接群后。虞重納言，周貴喉舌。故兩漢詔誥，職在尚書⑧。王言之大，動入史策，其出如綍，不反若汗⑨。是以淮南有英才，武帝使相如視草⑩〔一四〕；隴右多文士，光武加意於書辭⑪：豈直取美當時，亦敬慎來葉矣〔一五〕。

觀文景以前，詔體浮新〔一六〕；武帝崇儒，選言弘奥。策封三王⑫，文同訓典；勸元作觀，謝改。戒淵雅〔一七〕，垂範後代；及制誥嚴助〔一八〕，即云厭承明廬⑬，蓋寵才之恩也。孝宣璽書，賜太守陳遂⑭❶〔一九〕，賜太守，元作責博士，考漢書改。汪本作責博進陳遂。亦故舊之厚也。逮光武撥亂，留意斯文，而造次喜怒，時或偏濫。詔賜鄧禹，稱司徒爲堯⑮；敕責侯霸，稱黄鉞一下⑯：若斯之類，實乖憲章。暨明帝崇學〔二〇〕，雅元作惟，朱改。詔間出。安和政弛〔二一〕，禮閣鮮才⑰，每爲詔敕，假手外請〔二二〕。建安之末，文理代興，潘勗九錫⑱，典雅逸群；衛覬元作凱，孫改。禪誥⑲，符命炳燿〔二三〕，弗可加已。自魏晉誥策，職在中書⑳，劉放張華㉑，互管斯任〔二四〕，施命發號〔二五〕，洋洋盈耳〔二六〕。魏文帝下詔，辭義多偉，至於作威作福㉒，其萬慮之一弊乎？晉氏中興，唯明帝崇才㉓，以温嶠文清㉔，故引入元脱，朱按御覽補。中書〔二七〕。自斯以後，體憲元作慮，朱改。風流矣〔二八〕。

夫王言崇秘〔二九〕，大觀在上，所以百辟其刑，萬邦作孚。故授官選賢，則義炳重離之輝㉕；優文封策，則氣含風雨之潤〔三〇〕；敕戒恒誥，則筆吐星漢之華；治戎燮伐，則聲有洊雷之威㉖；眚災肆赦，則文有春露之滋；明罰敕法，則辭有秋霜之烈：此詔策之大略也。

戒敕爲文，實詔之切者，周穆命郊元作鄧，朱考穆天子傳改。父受敕憲㉗〔三一〕，此其事也。魏武稱作敕戒，當指事而語，一作誥，從御覽改。勿得依違，曉治要矣。及晉武敕戒，備告百官：敕都督以兵要，戒州牧以董司，警郡守以恤隱〔三二〕，勒牙門以禦衛，有訓典焉。

戒者，慎也，禹稱戒之用休。君父至尊，在三罔元作同，許改。極㉘〔三三〕，漢高祖之敕太子㉙，東方朔之戒子㉚，亦顧命之作也。及馬援已下㉛，各貽家戒〔三四〕。班姬女戒㉜，足稱母師也〔三五〕。教者，效也，言出而民效也。契敷五教〔三六〕，故王侯稱教❷。昔鄭弘之守南陽㉝，條教爲後所述〔三七〕，乃事緒明也。孔融之守北海㉞，文教麗而罕於理〔三八〕，乃治體乖也。若諸葛孔明之詳約㉟〔三九〕，庾稚恭之明斷㊱，並理得而辭中，教一作辭，從御覽改。之善也。自教以下，則又有命。詩云有命在天，明爲重也；周禮曰師氏詔王，爲輕命㊲〔四〇〕。今詔重而命輕者，古今之變也❸。

贊曰：皇王施令，寅嚴宗誥。我有絲言〔四一〕，兆民尹好〔四二〕。輝音峻舉，鴻風遠蹈。騰義飛辭，渙其大號〔四三〕。

【黄叔琳注】

①**皇帝**〔獨斷〕漢天子正號曰皇帝。皇帝，至尊之稱。皇者，煌也，盛德煌煌，無所不照。帝者，諦也，能行天道，事天審諦。②**黼扆**〔禮記〕天子負黼扆南鄉而立。〔書傳〕黻扆，屏風，畫爲斧文，置户牖間。③**誓以訓戎**書甘誓、湯誓、泰誓、牧誓、費誓、秦誓是也。④**誥以敷政**書召誥、洛誥是也。⑤**命以授官**書微子之命、蔡仲之命、畢命、冏命是也。⑥**制策詔戒**〔獨斷〕天子之言曰制詔，其命令一曰策書，二曰制書，三曰詔書，四曰戒書。策書，策者，簡也，以命諸侯王三公。制書，帝者制度之命也。其文曰制詔三公，赦令贖令之屬是也。詔書者，詔，誥也。有三品，其文曰：告某官，官如故事。是爲詔書。戒書，戒敕刺史太守及三邊營官，被敕文曰：有詔敕某官。是爲戒敕也。世皆名此爲策書，失之遠矣。

⑦**絲綸**〔緇衣〕王言如絲，其出如綸。王言如綸，其出如綍。⑧**尚書**〔漢官儀〕尚書，唐虞官也。龍作納言。〔詩〕云：惟仲山甫，王之喉舌。秦改稱尚書，漢亦尊此官，典機密也。⑨**反汗**〔楚元王傳〕劉向曰：易曰涣汗其大號，言號令如汗，汗出而不反者也。今出善令，未能逾時而反，是反汗也。⑩**視草**〔淮南王傳〕武帝以安辯博，善爲文辭，每爲報書及賜，帝召司馬相如等視草迺遣。⑪**加意**〔隗囂傳〕囂賓客掾史，多文學生，每所上事，當世士大夫皆諷誦之。故帝有所辭答，尤加意焉。⑫**策封三王**〔三王世家〕有齊王策、燕王策、廣陵王策。太史公曰：封立三王，天子恭讓，群臣守義，文辭爛然，甚可觀也。褚先生曰：孝武帝之時，同日拜三子爲王，爲作策以申戒之。⑬**厭承明廬**〔嚴助傳〕助以對策擢中大夫，上問所欲，對願爲會稽太守。武帝賜書曰：制詔會稽太守。君厭承明之廬，勞侍從之事，出爲郡吏。〔注〕承明廬在石渠閣外。⑭**陳遂**〔游俠傳〕陳遵祖父遂，宣帝微時與有故，相隨博弈，數負進。及宣帝即位，用遂，稍遷至太原太守，迺賜遂璽書曰：制詔太原太守，官尊禄厚，可以償博進矣。⑮**稱堯**〔鄧禹傳〕帝以關中未定，而鄧禹久不進兵，下敕曰：司徒堯也，亡賊桀也，宜以時進討，鎮慰西京，係百姓之心。⑯**黄鉞**〔光武賜侯霸璽書〕崇山幽都何可偶，黄鉞一下無處所。欲以身試法耶？⑰**禮閣**〔蕭惠基傳〕王儉朝宗貴望，惠基同在禮閣，非公事不私覿焉。⑱**潘勗**〔文章志〕潘勗字元茂。相魏公九錫策命，勗所作也。**九錫**〔韓詩外傳〕諸侯有德，天子錫之。一錫車馬，再錫衣服，三錫虎賁，四錫樂器，五錫納陛，六錫朱户，七錫弓矢，八錫鈇鉞，九錫秬鬯。〔魏志〕建安十八年，使御史大夫郗慮持節，策命曹操爲魏公，加九錫。⑲**衛覬禪誥**〔衛覬傳〕覬還漢朝爲侍郎，勸贊禪代之義，爲文誥之

詔。⑳**中書**〔劉放傳〕黄初初，改祕書爲中書，以放爲監。〔王獻之啟瑯琊王爲中書監表〕中書職掌詔命，非輕才所能獨任，自晉建國，常命宰相參領。中興以來，益重其任，故能王言彌孅，德音四塞者也。㉑**劉放**〔劉放傳〕放善爲書檄，三祖詔命，多放所爲。**張華**〔張華傳〕華遷長史，兼中書郎，朝議表奏，多見施用。㉒**威福**〔蔣濟傳〕文帝詔夏侯尚曰：卿腹心重將，特當任使，作威作福，殺人活人。尚以示濟。帝問濟：天下風教何如？對曰：但見亡國之語耳。帝作色問故。濟具以答，因曰：作威作福，書之明戒。天子無戲言，唯陛下察之。於是帝遣追取前詔。㉓**崇才**〔晉明帝紀〕欽賢愛客，雅好文辭，當時名臣，自王導、庾亮輩，溫嶠、桓彜、阮放等，咸見親待。㉔**文清**〔晉書〕太寧初，詔溫嶠曰：卿既以令望，忠允之懷，著於周旋，且文清而旨遠，宜居深密。欲即以爲中書令，朝端亦咸以爲宜。㉕**重離**〔易離卦〕象曰：離，麗也，重明以麗乎正。象曰：明兩作離，大人以繼明照于四方。㉖**洊雷**〔易震卦〕象曰：洊雷震。〔程傳〕洊，重襲也。上下皆震，故爲洊雷。雷重仍則威益盛。㉗**敕憲**〔穆天子傳〕丙寅，天子屬官效器，乃命正公郊父受敕憲，用伸□八駿之乘，以飲於枝洔之中。㉘**在三**〔國語〕民生於三，事之如一。父生之，師教之，君食之，故一事之。惟其所在，則致死焉。㉙**敕太子**〔漢高祖手敕太子〕吾遭亂世，當秦禁學，自喜謂讀書無益。洎踐祚以來，時方省書，乃使人知作者之意。追思昔所行，多不是。又云：汝見蕭、曹、張、陳諸公侯，吾同時人，倍年於汝者，皆拜。㉚**戒子**〔東方朔傳贊〕朔戒其子以尚容：首陽爲拙，柳惠爲工；飽食安步，以仕易農；依隱玩世，詭時不逢。㉛**馬援**〔馬援傳〕援誡兄子嚴郭書曰：吾欲汝曹聞人過失，如聞父母之名，耳可得聞，口不可得言也。好議論人長短，妄是非正法，此吾所大惡也。汝曹知吾惡之甚矣，所以復言者，施衿結褵，申父母之戒，欲使汝曹不忘之耳。㉜**班姬**〔後漢列女傳〕扶風曹世叔妻者，班彪之女也，名昭。博學高才，作女誡七篇，有助内訓。㉝**鄭弘**〔鄭弘傳〕弘爲南陽太守，條教法度，爲後所述。㉞**孔融**〔九州春秋〕孔融守北海，教令辭氣温雅，可玩而誦。論事考實，難可悉行。㉟**諸葛孔明**〔諸葛亮傳〕陳壽等言：論者或怪亮文彩不豔，而過於丁寧周至。臣愚以爲咎繇大賢也，周公聖人也，考之尚書，咎繇之謨略而雅，周公之誥煩而悉。何則？咎繇與舜、禹共談，周公與群下矢誓故也。亮所與言，盡衆人凡士，故其文指不得及遠也。然其聲教遺言，皆經事綜物，公誠之心，形於文墨，足以知其人之意理，而有輔於當世。㊱**庾稚恭**〔庾翼傳〕翼字稚恭，代亮鎮武昌，勞謙匪懈，戎政嚴明。㊲**輕命**按周官師氏職無此文。

【李詳補注】

❶**孝宣璽書二句**明凌雲本賜太守元作責博于，梅考漢書改。〔札迻〕云：疑當作責博于陳遂。此陳遂負博進，璽書責其償，漢書所載甚明。元本唯于字譌作士，責博二字則不誤，梅、黄固妄改，紀校亦誤，讀漢書皆不足憑也。詳案：黄注從梅改。紀云：責博進當作償博進。償責并從貝脚，以形似誤，故孫云然。❷**教者效也**至**稱教**詳案：〔蔡邕獨斷〕諸侯言曰教。❸**詩云**至**古今之變也**黄〔注〕案周官師氏職無此文。〔札迻〕云：此據師氏職有掌以媺詔王之文，明以臣詔君，爲詔輕於命，非謂周禮有輕命之文也。黄注謬。

【楊明照校注】

〔一〕**皇帝御寓。**

「寓」，宋本、活字本、喜多本御覽五九三引作「寓」；元本、活字本、張乙本、胡本同。王批本作「寓」。按「寓」爲「宇」之籀文，見說文宀部。作「寓」非。宋書孝武帝紀：「（大明四年詔）昔絏衣御寓。」又樂志一：「今帝德再昌，大孝御寓。」南齊書禮志下：「（李撝議）聖上馭馭與御古今字。寓。」文選沈約奏彈王源：「自宸歷御寓。」並以「御寓」爲言。可證。范注底本誤「寓」爲「寓」。且引「黄云案馮本作『寓』」。前後失照，吁可怪矣！

〔二〕**淵嘿黻扆。**

劉永濟云：「御覽五九三作『負扆』。按：審文義當從御覽作『負』。負屬動詞也。」

按劉說是。儀禮覲禮：「天子衮冕負斧依。」依與扆通。鄭注：「負，謂背之南面也。」禮記明堂位：「天子負斧依釋文：「依，本又作扆。」南鄉而立。」鄭注：「負之言背也。」淮南子氾論篇：「周公繼文王之業，……負扆而朝諸侯。」高注：「負，背也。扆，户牖之間，言南面也。」宋書順帝紀：「（昇明元年詔）負扆巡政。」又臧質傳：「（上表）遂令負扆席圖。」南齊書高帝紀上：「（宋帝禪位下詔）負扆握樞。」並其證。

〔三〕**唯詔策乎！**

「唯」上御覽引有「其」字。

按有「其」字較勝。易乾文言：「知進退存亡而不失其正者，其唯聖人乎！」詩豳風東山序：「說以使民，民忘其死，其唯東山乎！」禮記射義：「發而不失正鵠者，其唯賢者乎！」語式並與此同，可證。

〔四〕**其在三代，事兼誥誓。**

按穀梁傳隱公八年：「誥誓不及五帝。」荀子大略篇亦有此語。故舍人云然。

〔五〕**誓以訓戎，誥以敷政。**

「戎」，御覽引作「誡」。徐𤊹云：「『戎』當作『戒』。」何本、凌本、王本、文溯本、鄭藏鈔本作「戒」；王批本作「戎」。

按「誡」、「戒」並非。文選班固典引蔡邕注：「本事曰誥，戎事曰誓。」是「戎」字不誤。

〔六〕**故授官錫胤。**

「官」，黄校云：「元作『管』。」梅本校云：「(管)疑作官。」何焯改「官」。

「胤」，芸香堂本作「允」。翰墨園本、思賢講舍本同。范文瀾云：「『允』當作『胤』。」

按下文有「故授官選賢」語，黄從梅、何說改「管」爲「官」是。清避世宗胤禛諱缺左筆作「亂」，芸香堂本等徑改爲「允」。范謂「允」當作「胤」，似不知其原爲避諱所改也。

〔七〕**誥命動民，若天下之有風矣。**

按「誥命動民」，即詩大序「風以動之，教以化之」之意。「下」字誤衍，當删。後漢書蔡邕傳：「邕上封事曰：『……風者，天之號令，所以教人也。』」章懷注引翼氏風角曰：「風者，天之號令，所以譴告人君者。」論衡感虚篇：「夫風者，氣也。論者以爲天〔地〕之號令也。」風俗通義佚文：「風者，天之號令，譴告人君風而靡者也。」書鈔一五一引。

〔八〕**降及七國，並稱曰令。令者，使也。**

宋本、鈔本、活字本、喜多本、鮑本御覽引兩「令」字並作「命」。元本、弘治本、活字本、汪本、張本、胡本、萬曆梅本、謝鈔本、彙編本上「令」下「命」；文通四引同。

按作「命」與下「改命曰制」句符。何本、凌本、合刻本、梁本、天啟梅本、張松孫本、崇文本並作「命」，不誤。元本等上作「令」，非是。

〔九〕**漢初定儀則，則命有四品。**

黄校云：「『疑衍一『則』字，以『定儀』爲讀。」此襲何焯説。紀昀云：「上『則』字作法程解，非衍文。」

御覽引「則」字不重，「命」字無。文通引「則」字不重。

按御覽所引是也。章表篇：「漢定禮儀，則有四品。」與此可互發明。紀氏故爾立異，非是。

〔一〇〕**敕戒州部。**

「部」，宋本、鈔本、活字本、喜多本、鮑本御覽引作「郡」。倪刻御覽、子苑三二引作「邦」；元本、弘治本、活字本、汪本、佘本、張本、兩京本、胡本、訓故本、萬曆梅本、謝鈔本、彙編本、文津本同。

按「郡」字是。「部」「邦」皆非也。秦立郡縣後，通稱地方爲州郡，見於史記、漢書、後漢書及隸釋中者，多至不可勝舉。本書檄移篇，亦有「州郡徵吏」語。是此文「部」字當從御覽改作「郡」切證。

「州部」，乃周代稱呼，戰國策楚策四、莊子達生篇、韓非子顯學篇並有「州部」之文。非舍人所宜用；「邦」，蓋「郡」之誤。王批本作「郡」。

〔一一〕**詔誥百官。**

「誥」，御覽引作「告」；子苑引同。

按以下文「詔者，告也」證之，「告」字是。胡廣漢制度：「詔書者，詔，告也。」後漢書光武帝紀上章懷注引。

〔一二〕**制施赦命。**

「命」，御覽引作「令」。

按獨斷上：「制書，帝者制度之命也。……三公赦令、贖令之屬是也。」則此當以作「令」爲是。

〔一三〕**易稱君子以制度數。**

「度數」，顧校作「數度」。元本、弘治本、汪本、佘本、張本、兩京本、王批本、胡本、訓故本、四庫本作「數度」。

按作「數度」與易節象辭合。當據乙。

〔一四〕**是以淮南有英才，武帝使相如視草。**

按趙翼陔餘叢考二一視草條：「漢書淮南王安傳：『安善爲文詞，武帝每爲報書，常召司馬相如等視草迺遣。』視草二字始見此。言作書已就，令相如等覆視草稿始遣去，非令相如等作書也。」

〔一五〕**豈直取美當時，亦敬慎來葉矣。**

「亦」，謝兆申疑作「亦以」。徐𤊹校同。

按以練字篇「豈直才懸，抑亦字隱」例之，「亦」上似脱「抑」字。哀弔篇「抑亦詩人之哀辭乎」，物色篇「抑亦江山之助乎」，並以「抑亦」連文。三國志蜀書諸葛亮傳：「臣壽等言：……亮之器能政理，抑亦管、蕭之亞匹也。」亦以「抑亦」爲言。均足證此文「亦」上所脱者，定是一「抑」字。謝説、徐校，未可從也。

〔一六〕**觀文景以前，詔體浮新。**

「新」，御覽引作「雜」。徐𤊹校「雜」。

按「雜」字是。「浮雜」，蓋謂文景以前詔書直言事狀，不似武帝以後之以經典緣飾也。史記三王世家贊：「文辭爛然，甚可觀也。」索隱：「又按武帝集，此三王策皆武帝手製。」又太史公自序：「三子之王，文辭可觀。」並其證也。

〔一七〕**勸戒淵雅。**

「勸」，黄校云：「元作『觀』，謝改。」此沿梅校。徐𤊹校作「勸」。

按御覽引作「勸」；謝鈔本同。謝改、徐校是也。

〔一八〕**及制詔嚴助。**

馮舒云：「『誥』，當作『詔』。」范注誤爲黄丕烈校。何焯、郝懿行説同。

按「詔」字是。漢制度：「制書者，帝者制度之命，其文曰『制詔三公』。」後漢書光武帝紀上章懷注、御覽五九三引。獨斷：「制詔者，王者之言必爲法制也。」今本無，此據文選潘勗册魏公九錫文李注及御覽五九三引。漢書嚴助傳本作「制詔會稽太守」云云。

〔一九〕**賜太守陳遂。**

黄校云：「『賜太守』，元作『責博士』，考漢書改。此沿梅校。汪本作『責博進陳遂』。」馮舒云：「『賜太守』，元版作『責博士』，梅鼎祚所改也。當作『責博進』。」按汪氏私淑軒原刻及覆刻、王批本，皆作「責博士陳遂」，弘治本、張本、佘本、兩京本、胡本、凌本、合刻本同。黄校有誤。孫詒讓札迻十二。謂當作「責博于陳遂」，甚是。梅鼎祚所改非也。訓故本作「責太守陳遂」亦非。

〔二〇〕**暨明帝崇學。**

「帝」，御覽引作「章」。按「章」字是。時序篇「及明帝疊耀」，誤與此同。隋書經籍志一：「光武中興，篤好文雅；明章繼軌，尤重經術。」可資旁證。

〔二一〕**安和政弛。**

「安和」，御覽引作「和安」。按御覽所引是也。訓故本正作「和安」，與時序合。當據乙。

〔二二〕**每爲詔敕，假手外請。**

按後漢書周榮傳：「尚書陳忠上疏薦（周）興曰：尚書出納帝命，爲王喉舌。臣等既愚闇，而諸郎多文俗吏，鮮有雅才，每爲詔文，宣示内外，轉相求請。」足證舍人此説。史通載筆篇：「古者國有詔命，皆人主所爲。……至於近古則不然。凡有詔敕，皆責成羣下，但使朝多文士，國富辭人，肆其筆端，何事不録。……其君雖有反道敗德，唯頑與暴。觀其政令，則辛、癸不如；讀其詔誥，則勳、華再出。此所謂假手也。」

〔三〕衛覬禪誥，符命炳燿。

「命」，御覽引作「采」。徐𤊹云：「御覽作『符采』。」

按「采」字是。「符采炳燿」，與上「典雅逸群」相對爲文。且「符采」專就覬之辭翰言，若作「符命」，則非其指矣。傳寫者非泥於符命之説妄改，即涉下文而誤。原道、宗經、詮賦、風骨諸篇，並有「符采」之文。

〔四〕劉放張華，互管斯任。

「互管」，宋本、鈔本、活字本、喜多本、鮑本御覽引作「管于」；倪刻本御覽作「牙管」，元本、弘治本、活字本、汪本、佘本、張本、兩京本、胡本、訓故本同。

按諸本並非。「互」或作「𠀤」，見廣韻十一暮互字下其作「牙」者，乃「𠀤」之譌；作「管于」者，則譌而倒誤者也。玉海六四。引作「互管」，不誤。文通引同。

〔五〕施命發號。

「命」，宋本、鈔本、活字本、喜多本、鮑本御覽引作「令」。

按「令」字是。書僞冏命：「發號施令，罔有不臧。」文子下德篇：「發號施令，天下從風。」淮南子本經篇：「發號施令，天下莫不從風。」又要略篇：「發號施令，以時教期。」吴子勵士篇有「發號布令，而人樂聞」語。贊中「皇王施令」，亦可證。

〔二六〕**洋洋盈耳。**

按論語泰伯：「子曰：『師摯之始，關雎之亂，洋洋乎盈耳哉！』」集解引鄭玄曰：「洋洋盈耳，聽而美之。」朱集注：「洋洋，美盛意。」後漢書延篤傳：「篤聞，乃爲書止。（李）文德曰：『……夕則消揺内階，咏詩南軒，……洋洋乎其盈耳也。』」章懷注：「洋洋，美也。」

〔二七〕**以温嶠文清，故引入中書。**

「引入」，黄校云：「元脱，朱按御覽補。」此沿梅校。

按何本、王批本、謝鈔本有「引入」二字。史記高祖紀：「吕公者，好相人。見高祖狀貌，因重敬之，引入坐。」漢書高帝紀上作「引入坐上坐」。顔注：「上坐，尊處也，令於尊處坐。」後漢書馬援傳：「會召援，夜至，帝光武帝。大喜，引入，具以群議質之。」並以「引入」爲言，皆謂其重敬之也。

〔二八〕**體憲風流矣。**

「憲」，黄校云：「元作『慮』，朱改。」此沿梅校。　徐𤊹云：「（慮）當作『憲』，後『敕憲』本此。」

按朱蓋據御覽改，是也。何本、謝鈔本正作「憲」，未誤。辨騷篇：「體憲於三代。」亦以「體憲」爲言，尤切證也。

〔二九〕**夫王言崇秘。**

「秘」，宋本、鈔本、倪本、喜多本、鮑本御覽引作「祕」；元本、弘治本、汪本、佘本、張本、兩京本、王批本、胡本、梁本、尚古本、岡本、四庫本同。

按説文示部：「祕，神也。」廣韻六至：「祕，密也。……俗作秘。」是「祕」與「秘」爲正俗字，當據御覽及元本等改作「祕」爲是。

〔三〇〕則氣含風雨之潤。

「風」，御覽、玉海引作「雲」。子苑作「雨」，王批本同。

按易繫辭上：「潤之以風雨。」即此文所本。「雲」字非。

〔三一〕周穆命郊父受敕憲。

「郊」，黄校云：「元作『鄧』，朱考穆天子傳改。」此沿梅校。

按何本、梁本、謝鈔本、尚古本、岡本作「郊」，朱改是也。

〔三二〕警郡守以恤隱。

按國語周語上：「勤恤民隱，而除其害也。」韋注：「恤，憂也；隱，痛也。」

〔三三〕君父至尊，在三罔極。

「罔」，黄校云：「元作『同』，許改。」此沿梅校。

按許改非是。「在三同極」者，即國語晉語一欒共子謂「民生於三，事之如一」全文黄、范兩家注已具。之意。若改作「罔」，則非其指矣。宋書徐羨之傳：「（元嘉三年詔）民生於三，事之如一，愛敬同極。」

南齊書文惠太子傳：「（王）儉曰：『資敬奉君，必同至極。』」亦可證。後漢書王充王符仲長統傳論：「若夫玄聖御世，則天同極。」章懷注：「極猶致也，言法天之道同其致也。」南齊書柳世隆傳：「立人之本，二理同極。」其用「同極」二字與此文同，可資旁證。

〔三四〕**及馬援已下，各貽家戒。**

按劉向集有誡子書，御覽四五九引。時在伏波前，舍人説未諦。繼援而爲家戒者，代有其人：後漢書陳寵傳有陳咸戒子孫文，三國志魏書王昶傳有昶戒子書，晉書王祥傳有祥遺令訓子孫文，類聚二三引有王修誡子書，御覽四五九引有魏文帝誡子書、杜恕家事戒、顏延之庭誥等，是也。

〔三五〕**班姬女戒，足稱母師也。**

按漢書外戚傳下：「倢伃誦詩及窈窕、德象、女師之篇。」顏注：「詩，謂關雎以下也。窈窕、德象、女師之篇，皆古箴戒之書也。故傳云誦詩及窈窕以下諸篇，明詩外别有此篇耳。」列女傳母儀魯之母師傳：「母師者，魯九子之寡母也。……（魯）大夫美之，言於穆公。賜母尊號曰母師。使明請夫人，夫人諸姬皆師之。君子謂母師能以身教。」舍人以女戒「有助内訓」，故以「母師」譬之也。

〔三六〕**契敷五教。**

按書舜典：「帝曰：『契，百姓不親，五品不遜，汝作司徒，敬敷五教，在寬。』」孔傳：「布五常之教，務在寬。」史記五帝紀集解：「鄭玄曰：『五品，父、母、兄、弟、子也。』王肅曰：『五品，五常也。』馬融曰：『（五教）五品之教。』」

〔三七〕**昔鄭弘之守南陽，條教爲後所述。**

范文瀾云：「後漢書鄭弘傳：『政有仁惠，……遷淮陰太守。』……案黄注引鄭弘傳曰：『弘爲南陽太守，條教法度，爲後所述。』考弘傳並無此語，未知其何見而云然。……竊疑『昔鄭弘之守南陽』，當作『昔鄭弘之著南宫』。……『陽』是『宫』之誤，『南宫』既誤『南陽』，後人乃改『著』字爲『守』字，不知弘實未爲南陽太守也。」

按范注大誤。漢書卷六十六。公孫劉田王楊蔡陳鄭傳八人合傳。之「鄭」，即鄭弘也。其傳曰：「鄭弘字穉卿，……兄昌字次卿，……次卿爲太原、涿郡太守，弘爲南陽太守，皆著治迹，條教法度，爲後所述。」此即舍人遺辭所本，亦即黄注之所自出。是正文本無誤字，黄氏亦未誤記也。惜黄氏未著書名，致范氏不諳所在，横生異議，既已誤穉卿爲巨君，後漢書鄭弘傳「弘字巨君」。復欲移南陽作南宫，不自知其非，而反以黄注爲誤，真可謂笑他人之未工，忘己事之已拙者矣！

〔三八〕**孔融之守北海，文教麗而罕於理。**

宋本、鈔本、活字本御覽引作「文教麗而罕施」。

按作「文教麗而罕施」，是也。困學紀聞：「孔北海答王休教曰：『掾清身潔己，歷試諸難，謀而鮮過，惠訓不倦；余嘉乃勳，應乃懿德，用升爾於王庭，其可辭乎？』文辭温雅，有典誥之風，漢郡國之條教如此。自注云：『然歷試諸難，恐不可用。』」卷十三。實足爲此文注脚。司馬彪九州春秋：「孔融守北海，教令辭氣温雅，論事考實，難可悉行。」三國志魏書崔琰傳裴注引。抱朴子外篇清鑒：「孔融、邊讓，文學邈俗，而並不達治務，所在敗績。」亦可證。

〔三九〕**若諸葛孔明之詳約。**

「約」，宋本、活字本、喜多本御覽引作「酌」。

按「酌」字是。「詳酌」與下句「明斷」對文。三國志蜀書諸葛亮傳陳壽上諸葛氏集表：「論者或怪亮文彩不豔，而過於丁寧周至。」「丁寧周至」，即「詳酌」也。晉書孝友李密傳：「（張華）次問：『孔明言教何碎？』密曰：『昔舜、禹、皋陶相與語，故得簡雅；大誥與凡人言，宜碎。孔明與言者無己敵，言教是以碎耳。』華善之。」令伯所答，足與此文之「詳酌」相發。

〔四〇〕**詩云：有命在天，明爲重也；周禮曰：師氏詔王，爲輕命。**

「在」，馮舒云：「當作『自』。」天啟梅本「在」改「自」。

「明爲重也」，徐𤊹校作「明命爲重」；「爲輕命」，徐𤊹校作「明詔爲輕」。天啟梅本同。

盧文弨云：「當作：『詩云：「有命自天。」明爲重也。周禮曰：「師氏詔王。」明爲輕也。』下衍一『命』字。」抱經堂文集十四。

按馮、盧説是，當從之。

〔四一〕**我有絲言。**

按禮記緇衣：「子曰：『王言如絲，其出如綸。』」鄭注：「言言出彌大也。綸，今有秩，嗇夫所佩也。」釋文：「綸，音倫。……綬也。」孔疏：「王言初出微細如絲，及其出行於外，言更漸大如似綸也。言綸麤於絲。」

〔四二〕 **兆民尹好。**

「尹」，何焯校「式」。　　范文瀾云：「『尹好』，疑當作『式好』。『式』，語辭也。」按「尹」字於此，實不可解；然與「式」之形音俱不近，似難致誤。疑係「伊」之殘字。文選顏延之陶徵士誄：「伊好之洽。」呂延濟注：「伊，惟；洽，合也。」「伊好」連文，即出於此。圖書集成一三七引，正作「伊」。當據訂。左傳閔公元年：「天子曰兆民，諸侯曰萬民。」

〔四三〕 **渙其大號。**

「渙」，元本、弘治本、汪本、佘本、張本、兩京本、何本、王批本、合刻本、梁本、岡本、尚古本、文津本、文溯本剜改爲「涣」。王本、崇文本並作「焕」。　　徐𤊹校作「渙」。圖書集成引作「焕」。按諸本作「焕」誤。徐校作「渙」是也。易渙：「九五，渙汗其大號。」王注：「散汗大號，以盪險阨者也。」孔疏：「人遇險阨驚怖而勞，則汗從體出……以散險阨者也。」李鼎祚集解：「九家易曰：『……故宣布號令，百姓被澤，若汗之出身不還反也。』」漢書劉向傳：「乃上封事諫曰：『……易曰：「渙汗其大號。」言號令如汗，汗出而不反者也。』」顏注：「言王者渙然大發號令，如汗之出也。」

檄移第二十

震雷始於曜電〔一〕，出師先乎威聲，故觀電而懼雷壯，聽聲而懼兵威。兵先乎聲，其來已久〔二〕。昔有虞始戒於國，夏后初誓於軍，殷誓軍門之外，周將交刃而誓之。故知帝世戒兵，三王誓師①，宣訓我衆，未及敵人也〔三〕。至周穆西征，祭公謀父稱古有威讓之令，令有文告之辭②〔四〕，即檄之本源也。及春秋征伐，自諸侯出〔五〕，懼敵弗服，故兵出須名〔六〕，振此威風，暴彼昏亂。劉獻公之所謂告之以文辭，董之以武師元作師武。者也③〔七〕。齊桓征楚，詰元作告。苞汪本作菁。茅之闕④〔八〕；晉厲伐秦，責箕郜之焚⑤；管仲吕相，奉辭先路，詳其意義，即今之檄文。暨乎戰國，始稱爲檄。檄者，皦也；宣露於外〔九〕，皦然明白也。張儀檄楚⑥，書以尺二，明白之文，或稱露布⑦，播諸視聽也〔一〇〕。夫兵以定亂，莫敢自專，天子親戎，則稱恭行天罰〔一一〕；諸侯御師，則云肅將王誅〔一二〕。故分閫推轂⑧，奉辭伐罪〔一三〕，非唯致果爲毅⑨，亦且厲辭爲武。使聲如衝元作衡。風所擊⑩〔一四〕，元作繫。氣似欃槍所掃⑪〔一五〕，奮其武怒〔一六〕，總其罪人，懲其惡稔之時〔一七〕，顯其貫盈之數〔一八〕，摇奸宄之膽〔一九〕，訂信慎之心〔二〇〕；使百尺之衝⑫，摧折於咫書，萬雉之城⑬，顛墜於一檄者也。觀隗囂之檄亡新，布元作有。其三逆⑭，文不雕飾，而辭切事明，隴右文士⑮，得檄之體矣。陳琳之檄豫州⑯，元脱。壯有骨鯁，雖奸閹攜養⑰，章密太甚〔二一〕，發邱摸金⑱，誣過其虐；然抗辭書釁，皦然露骨元作固，孫改。又一本作暴露。矣。敢指曹公之鋒，幸哉免袁黨之戮也〔二二〕。鍾會檄蜀⑲，徵驗甚明；桓公檄胡⑳〔二三〕，觀釁尤切，並壯筆也。

凡檄之大體，或述此休明，或叙彼苛虐，指天時，審人事，算彊弱，角權勢，標蓍龜于前驗，懸鞶鑑于已然，雖本國信，實參兵詐〔二四〕。譎詭以馳旨，煒曄以騰説，凡此衆條，莫或違之者也〔二五〕。故其植義颺辭，務在剛健；插羽以示迅，不可使辭緩；露板以宣衆，不可使義隱〔二六〕；必事昭而理辨，氣盛而辭斷，此其要也。若曲趣密巧，無所取才矣。又州郡徵吏㉑，亦稱爲檄，固明舉之義也。

移者，易也；移風易俗，令往而民隨者也〔二七〕。相如之難蜀老㉒，文曉而喻博，有移檄之骨焉。及劉歆之移太常㉓，辭剛而義辨，文移之首也〔二八〕。陸機之移百官㉔，言約而事顯，武移之要者也。故檄移爲用，事兼文武，其在金革，則逆黨用檄，順元作煩，曹改。命資移〔二九〕，所以洗濯民心〔三〇〕，堅同元作用，曹改。符契〔三一〕，意用小異，而體義大同，與檄參伍，故不重論也。

贊曰：三驅弛剛㉕❶〔三二〕，九伐先話㉖〔三三〕。鞶鑑吉凶，蓍龜成敗。惟壓鯨鯢㉗〔三四〕，抵落蜂蠆㉘❷〔三五〕。移寶一作實。易俗〔三六〕，草偃風邁〔三七〕。

【黄叔琳注】

①**戒兵誓師**〔司馬法〕有虞氏戒於國中，欲民體其命也。夏后氏誓於軍中，欲民先成其慮也。殷誓於軍門之外，欲民先意以待事也。周將交刃而誓之，以致民志也。②**威讓文告**〔國語〕周穆王將征犬戎，祭公謀父諫曰：先王耀德不觀兵，有威讓之令，有文告之辭。③**文辭武師**〔左傳〕晉侯使叔向告劉獻公曰：抑齊人不盟，若之何？對曰：盟以底信，君苟有信，諸侯不貳，何患焉？告之以文辭，董之以武師，雖齊不許，君庸多矣。④**包茅**〔左傳〕齊侯以諸侯之師伐楚，管仲曰：爾貢包茅不入，王祭不共，無以縮酒，寡人是徵。⑤**箕郜**〔左傳〕晉侯使吕相絶秦曰：入我河縣，焚我箕郜，我是以有輔氏之聚。⑥**檄楚**〔張儀傳〕儀嘗從楚相飲，相亡璧，意儀盜之，掠笞數百。張儀既相秦，爲文檄告楚相曰：始吾從若飲，我不盜而璧，若笞我。若善守汝國，我顧且盜而城。徐廣曰：檄，一作咫尺之檄。〔漢匈奴傳〕漢遺單于書，以尺一牘，中行説令單于以尺二寸牘及印封，皆令廣長大。⑦**露布**〔魏武帝述志令〕露布天下。〔文章緣起〕漢露布，賈弘爲馬超伐曹操所作。〔封氏聞見記〕露布者，謂不封檢，露而宣布，欲四方速知，亦謂之露版者。魏武奏事云：有警急，輒露版插羽是也。⑧**分閫推轂**〔馮唐傳〕唐對曰：臣聞上古王者遣將也，跪而推轂曰：閫以内，寡人制之。閫以外，將軍制之。⑨**致果**〔左傳〕殺敵爲果，致果爲毅。⑩**衝風**〔韓安國傳〕安國曰：衝風之衰，不能起毛羽。〔注〕衝風，疾風之衝突者也。⑪**欃槍**〔天官書〕紫宫左三星曰天槍，所見之國，不可舉事用兵。〔司馬相如賦〕攬欃槍以爲旌兮。張揖曰：彗星爲欃槍。⑫**百尺之衝**〔國策〕蘇子説齊閔王曰：百尺之衝，折之衽席之上。〔詩

皇矣注〕衝，衝車也，從旁衝突者也。⑬**萬雉之城**〔公羊傳〕雉者何？五板而堵，五堵而雉，百雉而城。一曰城高一丈曰堵，三堵曰雉。〔班固西都賦〕建金城之萬雉。⑭**三逆**〔隗囂傳〕囂移檄告郡國曰：故新都侯王莽，慢侮天地，悖道逆理。昔秦始皇毀壞謚法，以一二數欲至萬世，而莽下三萬六千歲之歷，言身當盡此度，是其逆天之大罪也。分裂郡國，斷截地絡，發冢河東，攻劫邱壟，此其逆地之大罪也。攻戰之所敗，苛法之所陷，饑饉之所夭，疾疫之所及，以萬萬計，其死者則露屍不掩，生者則奔亡流散，婦女流離係虜，此其逆人之大罪也。⑮**隴右文士**詳詔策篇。⑯**陳琳**〔陳琳傳〕琳避難冀州，袁紹使典文章。嘗爲紹檄，酷詆曹操。袁氏敗，琳歸操。操謂曰：卿昔爲本初移書，但可罪狀孤而已，何乃上及父祖耶？琳謝罪。操愛其才而不咎。⑰**姦閹攜養**〔陳琳檄〕司空曹操，祖父中常侍騰，與左悺、徐璜並作妖孽。父嵩乞匄攜養，因贓假位。操贅閹遺醜，本無懿德。⑱**發邱摸金**〔陳琳檄〕操又特置發邱中郎將，摸金校尉，所過隳突，無骸不露。⑲**鍾會**〔鍾會傳〕會移檄蜀將吏士民曰：蜀相牡見禽於秦，公孫述授首於漢，此皆諸賢所備聞也。明者見危於無形，智者規禍於未萌，豈晏安酖毒，懷祿而不變哉？⑳**桓公**〔桓温檄胡文〕胡賊石勒，暴肆華夏，齊民塗炭，至使六合殊風，九鼎乖越。寡人不德，忝荷戎重。先順者獲賞，後伏者蒙誅，此之風範，想所聞也。㉑**州郡徵吏**〔王遜傳〕遜爲甯州刺史，未到州，遥舉董聯爲秀才。建寧功曹周悦謂聯非才，不下版檄。〔劉訏傳〕本州刺史張稷辟爲主簿，主者檄召，訏乃挂檄於樹而逃。㉒**難蜀**〔司馬相如傳〕相如使蜀，蜀長老多言通西南夷之不爲用。相如欲諫，業已建之，不敢。乃著書藉蜀父老爲辭，而已詰難之，以風天子，且因宣其使指，令百姓皆知天子意。㉓**移太常**（楚元王傳）劉歆欲建立左氏春秋及毛詩逸禮古文尚書皆列於學官，哀帝令歆與五經博士講論其義。諸博士或不肯置對，歆因移書太常博士責讓之。㉔**移百官**按（成都王穎傳）穎表請誅羊玄之、皇甫商等，檄長沙王乂使就第，乃與王顒將張方伐京都。以陸機爲前鋒都督。陸機至洛，與成都王牋曰：王室多故，羊玄之等乘寵凶豎，皇甫商同惡相求，共爲亂階云云。或機此時有移百官文，後代失傳耳。㉕**三驅**（易）比九五，王用三驅。㉖**九伐**（周禮）大司馬以九伐之法正邦國。㉗**鯨鯢**（左傳）古者明王伐不敬，取其鯨鯢而封之，以爲大戮，於是乎有京觀。（杜注）鯨鯢，大魚名，以喻不義之人，吞食小國。㉘**蜂蠆**（左傳）臧文仲曰：君無謂邾小，蜂蠆有毒，而況國乎！

【李詳補注】

❶**三驅弛剛**紀云：剛，疑作綱。（札迻）云：當作弛網。網爲綱，三寫成剛，遂不可通。呂氏春秋異用篇説湯解網，令取三面舍一面，與易比九五「三驅失前禽」之文偶合，故彥和兼用之。❷**惟壓鯨鯢二句**（札迻）云：案惟壓義不可通。惟，黄校元本（謂黄蕘圃校元本）、馮本、汪本、活字本並作摧，是也。當據正。

【楊明照校注】

〔一〕**震雷始於曜電。**

按漢書禮樂志：「（安世房中歌）靁震震，電燿燿。」又刑法志：「刑罰威獄，以類天之震曜殺戮也。」顔注：「震，謂雷電也。」又敘傳下：「靁電皆至，天威震燿。」述刑法志。靁，雷本字。見説文雨部。

〔二〕兵先乎聲，其來已久。

按史記淮陰侯傳：「廣武君對曰：『兵固（漢書信傳作故。）有先聲而後實者。』」

〔三〕宣訓我衆，未及敵人也。

按尹文子佚文：「將戰，有司讀誥誓，三令五申之，既畢，然後即敵。」（文選東京賦李注引。）

〔四〕祭公謀父稱古有威讓之令，令有文告之辭。

馮舒校去次「令」字。　郝懿行云：「按下『令』字疑衍，應據國語刪。」

按御覽五九七引無次「令」字；訓故本同。馮校、郝説是也。（國語周語上原無次「令」字。）

〔五〕及春秋征伐，自諸侯出。

按論語季氏：「天下無道，則禮樂征伐，自諸侯出。」

〔六〕故兵出須名。

按禮記檀弓下：「師必有名。」鄭注：「庶幾其師有善名。」漢書高帝紀上：「新城三老董公遮説漢王曰：『臣聞「順德者昌，逆德者亡」，「兵出無名，事故不成」。』」顔注引蘇林曰：「名者，伐有罪。」

〔七〕劉獻公之所謂告之以文辭，董之以武師者也。

「武師」，黄校云：「元作『師武』。」　馮舒云：「（師武）當作『武師』。」

按御覽引作「武師」，與左傳昭公十三年合。（原文黄、范兩家注已具。）馮校、黄乙是也。「公」下「之」字，亦當據御覽删。

〔八〕**齊桓征楚，詰苞茅之闕。**

「苞」，黄校云：「汪本作『菁』。」王批本作「青」，誤。按御覽引作「菁」；元本、弘治本、活字本、佘本、張本、兩京本、胡本、訓故本、合刻本、文津本同。舍人此文，蓋本穀梁僖公四年。作「菁茅」。管子輕重丁篇、韓非子外儲説左上、史記夏本紀、新序雜事四並有「菁茅」之文。下云「箕部」，二地名。此云「菁茅」，禹貢孔傳以爲二物。文本相對。若作「苞茅」，左傳本作「包」，他書多引作「苞」。與左傳雖合，「包」「苞」古通。於詞性則失矣。禹貢孔傳：「其所包裹而致者。」左傳杜注：「包，裹束也。」是「包」爲動詞。

〔九〕**宣露於外。**

「露」，御覽引作「布」；玉海二百三引同。

按「布」字是。「露」蓋涉下而誤。

〔一〇〕**明白之文，或稱露布，播諸視聽也。**

「露布」下，御覽引作「露布者，蓋露板不封，布諸視聽也」；事文類聚別集七、玉海引同。

按今本文意不足，當以御覽等所引爲是。容齋續筆十引作「露布者，蓋露板不封，布諸觀聽也」；胡三省通鑑卷二六九注引同。「觀」字雖異，其所見本固未脱也。文章辨體總論、文體明辨三十、山堂肆考角集三六所引與御覽同，當係轉引，未必明世尚有未脱之本也。又按「播」字應依御覽諸書作「布」。

〔一〕**天子親戎，則稱恭行天罰。**

「恭」，元本、弘治本、活字本、汪本、佘本、張本、兩京本、訓故本、合刻本、四庫本作「龔」。　徐𤊹校作「恭」。

按「恭」「龔」同音通假。書甘誓「今予惟恭行天之罰」，孔傳：「恭，奉也。」呂氏春秋先己篇高注引作「龔」；僞泰誓下「奉予一人恭行天罰」，文選東都賦李注引作「龔」。並其證。不必校「龔」爲「恭」也。御覽、何本、王批本等作「恭」。

〔二〕**諸侯御師，則云肅將王誅。**

按書僞泰誓上：「皇天震怒，命我文考，肅將天威。」枚傳：「言天怒紂之惡，命文王敬行天罰。」

〔三〕**奉辭伐罪。**

按書僞大禹謨：「肆予以爾衆士，奉辭罰罪。」文選潘岳西征賦李注引作「伐罪」，與此同。

〔四〕**使聲如衝風所擊。**

黄校云：「（衝）元作『衡』；（擊）元作『繫』。」此沿梅校。　徐𤊹「衡」校「衝」，「繫」校「擊」。

按宋本、喜多本御覽及文通引，正作「衝風所擊」。徐校、梅改是也。史記韓長孺傳：「安國曰：『……衝風之末，力不能漂鴻毛。』」漢書韓安國傳顔注：「衝風，疾風之衝突者也。」鹽鐵論輕重篇：「衝風飄鹵。」

〔五〕**氣似欃槍所掃。**

按後漢書崔駰傳：「（崔篆慰志賦）運欃槍以電埽兮。」李注：「欃槍，彗也。」埽與掃通。

〔一六〕**奮其武怒。**

按左傳昭公五年：「薳啓彊曰：『……奮其武怒，以報其大恥。』」

〔一七〕**懲其惡稔之時。**

「懲」，宋本、鈔本、活字本、喜多本御覽引作「徵」。

按「徵」字較勝。訓故本亦作「徵」。左傳昭公十八年：「萇弘曰：『毛得必亡，是昆吾稔之日也。』」杜注：「稔，熟也。」曹丕答曹洪書：「今魯罪兼苗桀，惡稔厲莽。」文選陳琳爲曹洪與魏文帝書李注引。

〔一八〕**顯其貫盈之數。**

按書僞泰誓上：「商罪貫盈，天命誅之，予弗順天，厥罪惟鈞。」孔傳：「紂之爲惡，一以貫之，惡貫已滿，天畢其命。今不誅紂，則爲逆天，與紂同罪。」左傳宣公六年：「中行桓子曰：『使疾其民以盈其貫。』」

〔一九〕**摇奸宄之膽。**

「宄」，宋本、喜多本御覽引作「兇」；鈔本、活字本作「⿱宀兇」（兇之俗）。倪刻本御覽作「宄」。

按「兇」「宄」並非。書舜典：「寇賊姦宄。」孔傳：「在外曰姦，在内曰宄。」釋文：「宄，音軌。」左傳成公十七年：「長魚矯曰：『亂在外爲姦，在内爲軌。』」釋文：「軌，一作宄。」「奸」，與「姦」通。元本、弘治本、活字本、汪本等作「姦」。

〔二〇〕**訂信慎之心。**

「慎」，御覽引作「順」。　徐𤊹校作「順」。

按「順」字是。前哀弔篇「至於蘇慎、張升」，亦誤爲「慎」，是「慎」「順」易誤之證。

〔二一〕**雖奸閹攜養，章密太甚。**

「密」，宋本、鈔本、活字本、喜多本御覽引作「實」。　徐𤊹校「實」。　王批本作「實」。

按「實」字是。左傳桓公二年：「郜鼎在廟，章孰甚焉。」語意與此同，可證。

〔二二〕**皦然露骨矣。敢指曹公之鋒，幸哉免袁黨之戮也。**

黃校云：「(骨)元作『固』，孫改。此沿萬曆梅本校語；天啟梅本作「布」，校云：元作「固」，孫改。又一本作『暴露』。」王批本作「暴露」。　謝兆申云：「疑作『固矣，敢指曹公之鋒；幸哉！獲免袁黨之戮也』。」　鈴木云：「案『矣敢』當作『敢矣』，與下句『幸哉』相對。」　紀昀云：「『指』當作『攖』。」

按黃校一本是。御覽引作「曝暴之俗體。露」。左傳襄公三十一年：「亦不敢暴露。」是「暴露」二字連文之證。元本、弘治本等因「露」上脱「暴」字，而又誤「固」爲「骨」，遂作「皦然露骨矣」。其實非也。「固矣」當屬下讀，與孟子告子下「固哉高叟之爲詩也」之「固哉」同。謝校近是。「指」字不誤。詩鄘風蝃蝀有「莫之敢指」語。紀氏蓋泥於孟子盡心下「莫之敢攖」之文而爲説耳。

〔二三〕**桓公檄胡。**

「公」，御覽引作「温」。　徐𤊹校「温」。

按上云「鍾會」，此忽云「桓公」，似不倫類。且本書論述作者，除曹操、羊祜、庾亮外，它無稱爲公者。當以御覽所引爲是。王批本作「温」。未誤。當據改。

〔二四〕**實參兵詐。**

按孫子軍爭篇：「故兵以詐立。」韓非子難一篇：「戰陣之間，不厭詐僞。」吕氏春秋義賞篇：「昔晉文公將與楚人戰於城濮。……咎犯對曰：『……繁戰之君，不足於詐。君亦詐之而已。』」高注：「足猶厭也。詐者，謂詭變而用奇也。」淮南子人間篇：「戰陳之事，不厭詐僞。」説苑權謀篇：「晉文公與荆人戰於城濮，君問於咎犯。咎犯對曰：『……服戰之君，不足於詐。詐之而已矣。』」後漢書虞詡傳：「詡曰：『……今其衆新盛，難與争鋒；兵不猒與厭同。權，願寬假轡策，勿令有所拘閡而已。』」

〔二五〕**莫或違之者也。**

御覽引作「莫之或違者也」。徐㘬校同。

按御覽所引是。哀弔篇「莫之或繼也」，句法與此相同，可證。指瑕篇有「未之或改」語。

〔二六〕**插羽以示迅，不可使辭緩，露板以宣衆，不可使義隱。**

按史記陳豨傳「吾高祖。以羽檄徵天下兵」集解：「魏武帝奏事曰：『今邊有小警，輒露檄插羽。』飛羽檄之意也。駰案：推其言，則以鳥羽插檄書，謂之羽檄，取其急速若飛鳥也。」漢書高帝紀下「吾以羽檄徵天下兵」顔注：「檄者，以木簡爲書，長尺二寸，用徵召也。其有急事，則加以鳥羽插之，示速疾也。魏武奏事云：『今邊有警，輒露檄插羽。』檄音胡歷反。」

〔二七〕**移風易俗，令往而隨者也。**

按禮記樂記：「故樂行而倫清，耳目聰明，血氣和平，移風易俗，天下皆寧。」又見荀子樂論篇。孝經廣要道章：「移風易俗，莫善於樂。」史記李斯傳：「（諫逐客書）孝公用商鞅之法，移風易俗，民以殷盛，國以富彊。」

〔二八〕**文移之首也。**

按以下「武移之要者也」句相例，「首」下合有「者」字。

〔二九〕**順命資移。**

「順」，黄校云：「元作『煩』，曹改。」此沿梅校。

按御覽、文通引作「順」，何本、梁本、謝鈔本、别解本同。曹改是也。「命」，當依御覽改作「衆」。

〔三〇〕**所以洗濯民心。**

按左傳襄公二十一年：「洒濯其心。」崔實政論：「洗濯民心，湔浣浮俗。」意林三引。

〔三一〕**堅同符契。**

「同」，黄校云：「元作『用』，曹改。」此沿梅校。

按「用」字固誤，曹改爲「同」，亦非。當依御覽引作「明」。弘明集何承天答宗居士書：「證譬堅明。」金樓子立言篇下：「曹子建、陸士衡皆文士也，觀其辭致側密，事語堅明，意匠有序，遺言無失。」並以「堅明」爲言。王批本正作「明」，未誤。

〔三二〕**三驅弛剛。**

郝懿行云：「按『剛』字疑『網』字之訛。」

按孫詒讓札迻十二。亦謂當作「弛網」，與郝説同，是也。抱朴子外篇君道：「識弛網而悦遠。」即用湯網去三面事，正作「弛網」，其切證也。

〔三三〕**九伐先話。**

劉永濟云：「按『話』乃『誡』誤。……篇首所謂『始戒』、『戒兵』，『戒』即『誡』也。」

按劉説非是。「九伐先話」，即篇首「兵先乎聲」之意。且本贊純用夬韻，「誡」在怪韻。若改作「誡」，則失其韻矣。精於聲律之劉勰，絶不可能失誤如此。劉説殊繆！

〔三四〕**惟壓鯨鯢。**

「惟」，元本、弘治本、活字本、張乙本、兩京本、王批本、胡本、訓故本作「摧」；汪本、佘本、張甲本、何本、梅本、凌本、合刻本、梁本、祕書本、謝鈔本、彙編本、别解本、尚古本、岡本、四庫本、王本、張松孫本、鄭藏鈔本、崇文本作「推」。

按「摧」字是。喻林八七引正作「摧」。譚校作「摧」，「推」、「惟」並「摧」之殘誤。黄本原出梅氏，而梅原作「推」，諸本亦無作「惟」者，則「惟」字乃黄氏臆改。

〔三五〕**抵落蜂蠆。**

按各本皆作「抵」，與文意不合，疑當作「扺」。説文手部：「扺，側擊也。」「扺」音紙，與「抵」之音義俱别。

〔三六〕 **移寶易俗。**

黄校云：「（寶）一作『實』。」何焯改作「實」。徐𤊹云：「（寶）當是『風』字，本文有『移風』之語。『移寶』，於義不通。」

按「寶」喻帝位。時序篇有「曁皇齊馭寶」語。「移寶」，謂改朝換代。若依徐説改「寶」爲「風」，則與下句之「風邁」複，本書五十篇贊文中無是例也。

〔三七〕 **草偃風邁。**

按書僞君陳：「爾惟風，下民惟草。」枚傳：「民從上教而變，猶草應風而偃。」論語顔淵：「孔子對曰：『……君子之德風，小人之德草；草上之風必偃。』」集解引孔安國曰：「……偃，仆也。加草以風，無不仆者。猶民之化於上。」孟子滕文公上：「君子之德，風也；小人之德，草也。草上之風，必偃。」趙注：「偃，伏也。以風加草，莫不偃伏也。」

中國古典文學基本叢書

文心雕龍校注（全本）中册

〔南朝梁〕刘　勰　著
〔清〕黄叔琳注　李詳補注
楊明照　校注拾遺

中華書局

文心雕龍校注卷五

封禪第二十一

夫正位北辰，嚮明南面①，所以運天樞②，毓黎獻者③，何嘗不經道緯德，以勒皇蹟者哉〔一〕！録圖曰〔二〕：潬潬嗝嗝，棼棼雉雉，萬物盡化。言至德所被也。丹書曰④：義勝欲則從，欲勝義則凶〔三〕。戒慎之至也。則戒慎以崇其德，至德以凝其化〔四〕，七十有二君，所以封禪矣〔五〕。

昔黄帝神靈〔六〕，克膺鴻瑞，勒功喬岳〔七〕，鑄鼎荆山⑤。大舜巡岳⑥，顯乎虞典。成康封禪⑦，聞之樂緯。及齊桓之霸⑧，爰窺王跡，夷吾譎陳，當作諫。距以怪物〔八〕。固知玉牒金鏤⑨，專在帝皇也。然則西鶼東鰈，南茅北黍⑩，空談非徵，勳德而已。是史遷八書，明述封禪者〔九〕，固禋祀之殊禮，名元作銘，朱改。號之秘祝⑪，元脱，朱補。祀天之壯觀矣〔一〇〕。

秦皇銘岱⑫〔一一〕，文自李斯，法家辭氣，體乏弘潤；然疎而能壯，亦彼時之絶采也。鋪觀兩漢隆盛，孝武禪號於肅然⑬，光武巡封於梁父⑭，誦元作請，孫改。德銘勳，乃鴻筆耳〔一二〕。觀相如封禪⑮，蔚爲唱首〔一三〕，爾其表權輿，序皇王，炳元符⑯〔一四〕，鏡鴻業，驅前古於當今之下，騰休明於列聖之上，歌之以禎瑞，讚之以介邱⑰，絶筆兹文，固維新之作也。及光武勒碑⑱，則文自元作字。張純⑲〔一五〕，首胤典謨，末同祝辭，引鈎讖，叙離亂⑳，元脱，許補。一本作合。計武功，述文德，事覈理舉，華不足而實有餘矣。凡此二家，並岱宗實跡也。及揚雄劇秦，班固典引，事非鐫石，而體因紀禪。觀劇秦爲文㉑，影寫長卿，詭言遯辭，故兼包神怪㉒。然骨掣靡密〔一六〕，辭貫圓通，自稱極思，無遺力矣。典引所叙㉓，雅有懿乎〔一七〕，歷鑒前作，能執厥中〔一八〕，其致義會文，斐然餘巧，故稱封禪麗而不典〔一九〕，劇秦典而不實。豈非追觀易爲明，循勢易爲力歟！至於邯鄲受命㉔，攀響前聲，風末力寡〔二〇〕，輯韻成頌，雖文理順元作煩，一作頗。序〔二一〕，而不能奮飛〔二二〕。陳思魏德㉕，假論客主，問答迂緩，且已千言❶，勞深勣寡，飆燄缺焉。

兹文爲用，蓋一代之典章也。構位之始〔二三〕，宜明大體，樹骨於訓典之區，選言於宏富之路，使意古而不晦於深，文今而不墜於淺，義吐光芒，辭成廉鍔〔二四〕，則爲偉矣。雖復道極數殫〔二五〕，終然相襲〔二六〕，而日新其采元作來。者〔二七〕，必超前轍焉。

贊曰：封勒帝勣，對越天休〔二八〕。逖聽高岳㉖，聲英克彪〔二九〕。樹石九旻〔三〇〕，泥金八幽〔三一〕。鴻律蟠采，如龍如虬〔三二〕。

【黄叔琳注】

①**嚮明**〔易説卦傳〕聖人南面而聽天下，嚮明而治。　②**運天樞**〔天官書〕斗爲帝車，運於中央。〔春秋

運斗樞〕斗第一天樞。　③**黎獻**〔書益稷〕萬邦黎獻，共惟帝臣。〔傳〕黎獻，黎民之賢者也。　④**緑圖丹書**見正緯篇。　⑤**鑄鼎**〔漢郊祀志〕公孫卿曰：黄帝采首陽山銅鑄鼎於荆山下，鼎既成，有龍垂胡髯下迎黄帝。　⑥**巡岳**〔書舜典〕歲二月，東巡守，至於岱宗。五月，南巡守，至於南岳。八月，西巡守，至於西岳。十有一月朔，巡守至於北岳。　⑦**成康封禪**〔封禪書〕周德之洽，惟成王，成王之封禪則近之矣。　⑧**齊桓**〔漢郊祀志〕齊桓公既霸，會諸侯於葵邱，而欲封禪。管仲曰：古者封泰山禪梁父者七十二家，而夷吾所記者十有二焉，皆受命然後得封禪。管仲睹桓公不可窮以辭，因設之以事云云，桓公乃止。詳下西鶼東鰈注。　⑨**玉牒金鏤**〔後漢祭祀志〕封禪用玉牒書，藏方石。有玉檢，檢用金縷五，周以水銀，和金以爲泥。　⑩**西鶼東鰈南茅北黍**〔郊祀志〕管仲曰：古之封禪，鄗上黍，北里禾，所以爲盛。江淮間一茅三脊，所以爲藉也。東海致比目之魚，西海致比翼之鳥，然後物有不召而至者十有五焉。〔注〕比目魚其名謂之鰈，比翼鳥其名謂之鶼。　⑪**秘祝**見祝盟篇。　⑫**銘岱**〔秦始皇本紀〕始皇東行郡縣，上鄒嶧山，立石，與魯諸生議刻石頌秦德，議封禪望祭山川之事。遂上泰山，禪梁父，刻所立石。　⑬**禪號肅然**〔孝武本紀〕丙辰，禪泰山下趾東北肅然山。　⑭**巡封梁父**〔後漢祭祀志〕建武三十二年二月，皇帝東巡狩，至於岱宗，柴。甲午，禪於梁陰。　⑮**相如**〔司馬相如傳〕武帝曰：相如病甚，可往從悉取其書，若不然，後失之矣。使所忠往，而相如已死。其妻曰：長卿未死時，爲一卷書，曰：有使者來求書，奏之。其遺札書言封禪事。　⑯**元符**〔李善文選注〕元符，天符也。　⑰**介邱**〔封禪文〕以登介邱。〔注〕介，大也。邱，山也。言登泰山封禪也。　⑱**勒碑**〔後漢祭祀志〕建武三十二年二月，上至奉高，遣侍御史與蘭臺令史將工先上山刻石。⑲**張純**〔張純傳〕純奏上宜封禪曰：宜及嘉時，遵唐帝之典，繼孝武之業，以二月東巡狩，封於岱宗。明中興，勒功勳，復祖統，報天神，禪梁父，祀地祇，傳祚子孫，萬世之基也。中元元年，帝乃東巡岱宗，以純視御史大夫從，并上元封舊儀及刻石文。⑳**引鉤讖敘離亂**〔後漢祭祀志〕刻石文曰：王莽篡叛，宗廟隳壞，社稷喪亡，揚、徐、青三州首亂，兵革橫行。延及荆州，豪傑并兼，百里屯聚，往往僭號。北夷作寇，千里無煙，無雞鳴犬吠之聲。按文内多引河圖、赤伏符、會昌符、孝經鉤命決等書。㉑**劇秦**〔揚雄劇秦美新序〕司馬相如作封禪一篇，以彰漢氏之休。臣敢竭肝膽，寫腹心，作劇秦美新一篇，雖未究萬分之一，亦臣之極思也。㉒**兼包神怪**謂篇中元符靈契黄瑞涌出云云也。㉓**典引**〔班固典引序〕伏惟相如封禪，靡而不典，揚雄美新，典而亡實。臣不勝區區，竊作典引一篇。〔注〕典謂堯典，引猶續也。漢承堯後，故述漢德以續堯典。㉔**受命**邯鄲淳著魏受命述。㉕**魏德**〔陳思王集〕魏德論末曰：固將封泰山，禪梁父，歷名山以祈福，周五方之靈宇，越八九於往素，踵帝王之靈矩，流餘祚於黎烝，鍾元吉乎聖主。㉖**遜聽**〔封禪文〕遜聽者風聲。

【李詳補注】

❶**陳思魏德四句**詳案：今本陳思王集魏德論存六百餘字，俱係答辭。案北堂書鈔（一百四）引曹植魏德論：栖筆寢饋，含光而不明，朦竊惑焉。此審是客問語。朦竊惑焉四字，本張衡西京賦。朦，張作蒙，義通。

【楊明照校注】

〔一〕**何嘗不經道緯德，以勒皇蹟者哉！**

按「蹟」當作「績」。贊中「封勒帝勣」「勣」與「績」古今字。句可證。

〔二〕**録圖。** 紀昀云：「『録』，當作『緑』。」 范文瀾「録」，繹史五黃帝紀引作「緑」。 何焯校作「緑」。 云：「（紀）説無考。」

按正緯篇「則是堯造緑圖，昌制丹書」，亦以「緑圖」與「丹書」對。此亦應爾。（淮南子俶真篇：「洛出丹書，河出緑圖。」即丹書、緑圖對舉。）汪本、張本、訓故本並作「緑」。當據改。

〔三〕**丹書曰：義勝欲則從，欲勝義則凶。**

按大戴禮記武王踐阼篇：「武王踐阼三日，……然後召師尚父而問焉，曰：『黃帝、顓頊之道存乎？意亦忽不可得見與？』師尚父曰：『在丹書。王欲聞之，則齊齋。矣。』……師尚父西面道書之言曰：『敬勝怠者吉，怠勝敬者滅；義勝欲者從，欲勝義者凶。』」（六韜文韜明傳：「故義勝欲則昌，欲勝義則亡；敬勝怠則吉，怠勝敬則滅。」）尚書帝命驗丹書文與大戴禮記同，見史記周本紀正義。

〔四〕**則戒慎以崇其德，至德以凝其化。**

按「則」字上疑脫「然」字。本書屢以「然則」二字緊承上文（凡十見）。

〔五〕**七十有二君，所以封禪矣。**

按莊子佚文：「易姓而王，封於泰山，禪於梁父者，七十有二代；其有形兆垠堮勒石，凡千八百餘處。」續漢書祭祀志上劉注引。史記封禪書：「管仲曰：『古者封泰山、禪梁父者，七十二家。而夷吾所記者，十有二焉。』」今本管子封禪篇係據史記封禪書補。

〔六〕**昔黄帝神靈。**

按大戴禮記五帝德篇：「孔子曰：『黄帝，少典之子也，曰軒轅，生而神靈。』」史記五帝本紀：「黄帝者，少典之子，姓公孫，名曰軒轅，生而神靈。」又見家語五帝德篇。

〔七〕**勒功喬岳。**

按詩周頌時邁：「懷柔百神，及河喬嶽。」毛傳：「喬，高也。高岳，岱宗也。」釋文：「嶽，本亦作岳，同。音岳。」孔疏：「言高嶽岱宗者，以巡守之禮必始於東方，故以岱宗言之。」後知音篇「閱喬岳以形培塿」句之「喬岳」，泛指高山，與此「喬岳」之專指黄帝「上泰山封」各明一義，不能混而爲一。文選曹植七啓「喬岳無巢居之民」之「喬岳」，亦泛指高山。

〔八〕**夷吾譎陳，距以怪物。**

「陳」，黄校云：「當作『諫』。」此襲馮舒、何焯説。文溯本剜改爲「諫」。紀昀云：「『陳』訓敷陳，不必改『諫』。」「距」，何本、凌本、别解本、尚古本、岡本、王本、鄭藏鈔本、崇文本作「拒」。

按「諫」字是。奏啟篇「谷永之諫仙」，御覽五九四引作「陳仙」，是「諫」、「陳」易誤之例。詩大序：「主文而譎諫。」即「譎諫」二字所出。家語辯政篇：「孔子曰：『忠臣之諫君有五義焉：一曰譎諫。』」史記齊太公世家：「桓公稱曰：『吾欲封泰山，禪梁父。』管仲固諫不聽。乃説桓公以遠方珍怪物至，乃得封。桓公乃止。」足爲夷吾譎諫之證。「距」與「拒」通。

〔九〕**是史遷八書，明述封禪者。**

范文瀾云：「『是史遷八書』句不辭，『是』下疑脱一『以』字。」

按范説是。訓故本正有「以」字。當據增。

〔一〇〕**固禋祀之殊禮，名號之秘祝，祀天之壯觀矣。**

黄校云：「（名）元作『銘』，朱改；『祝』元脱，朱補。」此沿梅校。「天」下徐𤊹沾「下」字。

按「銘」字不誤，紀昀已評之矣。「天」上「祀」字與上「禋祀」複，疑爲「祝」之形誤；「天」下應從徐説補「下」字。史記司馬相如傳：「（封禪文）皇皇哉！斯事天下之壯觀。」當爲舍人此語所本。「禋祀之殊禮」與「銘號之秘祝」爲平列句，「天下之壯觀矣」則總攝之辭，非同上二句平列也。周禮春官大宗伯：「以禋祀祀昊天上帝。」國語周語上：「精意以享，禋也。」「秘」，當依各本作「祕」。

〔一一〕**秦皇銘岱。**

「秦」下，元本、弘治本、活字本、汪本、佘本、張本、兩京本、何本、訓故本、梅本、凌本、合刻本、梁本、祕書本、謝鈔本、彙編本、別解本、尚古本、岡本、文津本、王本、張松孫本、鄭藏鈔本、崇文本並有「始」字；文通五引同。

按「始」字不必有。明詩篇：「秦皇滅典，亦造仙詩。」知音篇：「秦皇、漢武，恨不同時。」皆祇稱「秦皇」，可證。

〔一二〕**誦德銘勳，乃鴻筆耳。**

「誦」，黄校云：「元作『請』，孫改。」此沿梅校。

按何本、梁本、謝鈔本、别解本、尚古本、岡本作「誦」，孫改是也。史記秦始皇紀：「二十八年，始皇東行郡縣，……乃遂上泰山，立石，封，祠祀。……刻所立石，其辭曰：『……二十有六年，初并天下，罔不賓服。親巡遠方黎民，登兹泰山，周覽東極。從臣思迹，本原事業，祗誦功德。』」又：「（議刻金石）今皇帝并一海内，以爲郡縣，天下和平。……羣臣相與誦皇帝功德，刻于金石，以爲表經。」論衡須頌篇：「古之帝王建鴻德者，須鴻筆之臣褒頌紀載，鴻德乃彰，萬世乃聞。」

〔一三〕**觀相如封禪，蔚爲唱首。**

按明詩篇「漢初四言，韋孟首唱」，雜文篇「觀枚氏首唱」，章句篇「發端之首唱」，附會篇「若首唱榮華」，並作「首唱」。則此「唱首」二字當乙。

〔一四〕**炳元符。**

「元」，元本、弘治本、活字本、汪本、佘本、張本、兩京本、何本、胡本、梅本、凌本、合刻本、梁本、祕書本、謝鈔本、彙編本、别解本、尚古本、岡本、崇文本作「玄」；文通引同。文溯本缺末筆。

按「玄」字是。黄本避清諱改作「元」。文選揚雄劇秦美新：「玄符靈契。」李注：「玄符，天符也。」

〔一五〕**及光武勒碑，則文自張純。**

「自」，黄校云：「元作『字』。」此沿梅校。

按上文「秦皇銘岱，文自李斯」，句法與此同，「字」改「自」是。何本、謝鈔本正作「自」；文通引同。

〔一六〕**然骨掣靡密。**

按「骨掣」二字不辭，疑當作「體製」。定勢、附會兩篇並有「體制」之文。郝懿行云：「按『掣』疑本作『制』，下篇『應物掣巧』，一作『制』，是也。」

〔一七〕**典引所叙，雅有懿乎。**

紀昀云：「『乎』當作『采』。」

按紀説是。雜文篇：「班固賓戲，含懿采之華。」是舍人於孟堅文評爲「懿采」，前後兩言之。時序篇「鴻風懿采」，亦可證。

〔一八〕**能執厥中。**

按書僞大禹謨：「允執厥中。」論語堯曰作「允執其中」。

〔一九〕**故稱封禪麗而不典。**

按「麗」當作「靡」，始與典引合。張瞻劇秦美新注：「相如封禪，靡而不典。」書鈔一百引。蓋沿用孟堅文，亦作「靡」。明詩篇有「靡而非典」語。可證。

〔二〇〕**風末力寡。**

按史記韓長孺傳：「衝風之末，力不能漂鴻毛，非初不勁，末力衰也。」漢書韓安國（字長孺）傳顔注：「衝風，疾風之衝突者也。」

〔二一〕**雖文理順序。**

「順」，黃校云：「元作『煩』；此沿萬曆梅本校語。一作『頗』。」

按元本、弘治本、活字本、汪本、佘本、張本、王批本作「煩」，文津本同。確爲誤字。萬曆梅本改「順」，蓋據徐𤊹校也。謝鈔本、彙編本、鄭藏鈔本、文溯本（剜改）作「順」。尋繹語意，曹學佺校作「頗」見凌本、天啟梅本、祕書本、張松孫本校語。極是。倫明所校元本正作「頗」。當據改。兩京本、何本、胡本、訓故本、合刻本、梁本、祕書本、別解本、尚古本、岡本、崇文本並作「頗」。

〔二二〕**而不能奮飛。**

按詩邶風柏舟：「靜言思之，不能奮飛。」

〔二三〕**搆位之始。**

「搆」，元本、兩京本作「構」；文章辨體彙選一九八引同。

按「構」字是。已詳雜文篇「腴辭雲搆」條。

〔二四〕**辭成廉鍔。**

按莊子說劍篇：「以清廉士爲鍔。」釋文引司馬彪云：「鍔，劍刃也。」

〔二五〕**雖復道極數殫。**

按文選揚雄劇秦美新：「道極數殫。」李注：「言天道既極，曆數又殫。」張銑注：「漢道已極，曆數窮盡。」廣雅釋詁一：「殫，盡也。」

〔二六〕**終然相襲。**

按文選嵇康琴賦：「歷世才士，並爲之賦頌。其體制風流，莫不相襲。」李注：「孔安國尚書（大禹謨）傳曰：『襲，因也。』」大禹謨原是「習」字，李注乃改引爲「襲」與賦文相應（此例李注多有之）。「習」與「襲」同，見大禹謨孔疏。

〔二七〕**而日新其采者。**

「采」，黄校云：「元作『來』。」　徐𤊹校「采」。天啟梅本改「采」。

按改「來」爲「采」，是也。雜文篇有「麟鳳其采」語。

〔二八〕**對越天休。**

按詩周頌清廟：「對越在天。」鄭箋：「對，配；越，於也。」又大雅江漢：「對揚王休。」鄭箋：「對，答。休，美。」國語周語中：「各守爾典，以承天休。」韋注：「典，常也。休，慶也。」書僞湯誥：「以承天休。」枚傳：「守其常法，承天美道。」

〔二九〕**聲英克彪。**

按「聲英」二字當乙，始能與上句之「逖聽」相儷。史記司馬相如傳：「（封禪文）蜚英聲。」索隱引胡廣曰：「飛揚英華之聲。」文選封禪文李注：「蜚，古飛字也。」

〔三〇〕**樹石九旻。**

按「九旻」，猶九天，言其高。史記封禪書：「（始皇）自太山至巔，立石頌秦始皇帝德，明其得封也。」又：「（武帝）東上太山，太山之草木葉未生，乃令人上石，立之太山巔。」續漢書祭祀志上：

「（元封元年）三月，上東上泰山，乃上石立之泰山巔。」

〔二〕**泥金八幽。**

按「泥金」，本作「金泥」。因與上句之「樹石」相儷，故乙轉爲「泥金」。白虎通德論封禪篇：「或曰：『封者，金泥銀繩，封之以印璽。』」風俗通義正失篇：「（封泰山禪梁父）或曰：『金泥銀繩，印之以璽。』」又漢官儀：「傳曰：『封者，以金泥銀繩，印之以璽。』」御覽六八二引。續漢書祭祀志上封禪：「乃求元封時封禪故事，議封禪所施用。有司奏當用方石再累置壇中，皆方五尺，厚一尺，用玉牒書藏方石（下）。牒厚五寸，長尺三寸，廣五寸，有玉檢。……檢用金縷五周，以水銀和金以爲泥。玉璽一方寸二分，一枚方五寸。」孟康漢書注：「王者功成治定，告成功於天。封，崇也，助天之高也。刻石紀號，有金策、石函、金泥、玉檢之封焉。」武帝紀「（元封元年）登封泰山」句注。「八」，指函內四正四隅。「幽」，隱也。說文𢆶部。「八幽」，謂玉牒藏函後覆蓋檢封也。

〔三〕**鴻律蟠采，如龍如虬。**

「律」，范文瀾引黃（丕烈）云：「活字本作『岳』。」

按顧、黃合校本文心雕龍，顧廣圻於「逖聽高岳」句下欄校云：「『岳』活『嶽』。」是所校謂「高岳」之「岳」活字本作「嶽」，本書「岳」字活字本皆作「嶽」。非謂「鴻律」之「律」活字本作「岳」也。范氏所引有誤。又按「鴻律」於此費解，「律」疑「筆」之誤。書記、鎔裁、練字三篇及本篇上文並有「鴻筆」之文。「鴻筆」，謂撰封禪文字之大手筆也。

章表第二十二

夫設官分職，高卑聯事①。天子垂珠以聽②，諸侯鳴玉以朝。敷奏以言，明試以功。故堯咨四岳〔一〕，舜命八元③〔二〕，固辭再讓之請，俞往欽哉之授〔三〕，並陳辭帝庭，匪假書翰。然則敷奏以言，則一作即。章表之義也；明試以功，即授爵之典也〔四〕。至太甲既立，伊尹書誡④，思庸歸亳⑤，又作書以讚〔五〕，元作纘。文翰獻替⑥，事斯見矣。周監二代，文理彌盛〔六〕，再拜稽首，對揚休命〔七〕，承文受册，敢當丕顯⑦，雖言筆未分⑧，而陳謝可見〔八〕。降及七國，未變古式，言事於主，皆稱上書〔九〕。秦初定制，改書曰奏。漢定禮儀，則有四品：一曰章，二曰奏，三曰表，四曰議⑨〔一〇〕。章以謝恩，奏以按劾，表以陳請，議以執異。章者，明也。詩云爲章于天，謂文明也；其在文物，赤白曰章⑩〔一一〕。表者，標也。禮有表記，謂德見于儀；其在器式，揆景曰表⑪〔一二〕。章表之目，蓋取諸此也。按七略藝文⑫，謠詠必録；章表奏議，經國之樞機，然闕而不纂者，乃各有故事而在職司也〔一三〕。

前漢表謝，遺篇寡存。及後漢察舉，必試章奏。左雄奏議⑬，臺閣爲式；胡廣章奏⑭，一作表。天下第一：並當時之傑筆也。觀伯始謁陵之章，足見其典文之美焉。昔晉文受册，三辭元脱，朱補。從命〔一四〕，是以漢末讓表，以三爲斷〔一五〕。曹公稱爲表不必三讓〔一六〕，又勿得浮華。所以魏初表章，指事造實，求其靡麗，則未足美矣〔一七〕。至於文舉之薦禰衡⑮，氣揚采飛；孔明之辭後主⑯，志盡文暢：雖華實異旨，並表之英也。琳瑀章表⑰，有譽當時；孔璋稱健⑱，則其標也。陳思之表⑲，獨冠群才。觀其體贍而律調，辭清而志顯，應物掣一作制。巧〔一八〕，隨變生趣，執轡有餘，故能緩急應節矣。逮晉初筆札，則張華爲儁⑳〔一九〕。元作儔。其三讓公封，理周辭要，引義比事，必得其偶，世珍鷦鷯㉑，莫顧章表。及羊公之辭開府㉒，有譽於前談；庾公之讓中書㉓，信美於往載〔二〇〕：一作冊。序志顯類〔二一〕，有文雅焉。劉琨勸進㉔，張駿自序㉕，文致耿介，並陳事之美表也〔二二〕。

原夫章表之元作文，謝改。爲用也〔二三〕，所以對揚王庭，昭明心曲〔二四〕。既其身文，且亦國華。章以造闕，風矩應明；表以致禁，骨采宜耀：循名課實〔二五〕，以章元脫，一作文。爲本者也〔二六〕。是以章式炳賁，志在典謨，使要而非略，明而不淺。表體多包，情僞屢遷，必雅義以扇其風，清文以馳其麗。然懇惻元作愜。者辭爲心使〔二七〕，浮侈者情爲文元作出。使〔二八〕，一作情爲文屈。繁約得正，華實相勝，脣吻不滯〔二九〕，則中律矣。子貢云：心以制之，言以結之，蓋一一作以。辭意也。荀卿以爲觀人美辭，麗於黼黻文章，亦可以喻於斯乎！

贊曰：敷奏絳闕㉖〔三〇〕，獻替黼扆㉗〔三一〕。言必貞明，義則弘偉。肅恭節文，條理首尾。君子秉文，辭令有斐〔三二〕。

【黃叔琳注】

①**聯事**〔周禮〕太宰以八法治官府，三曰官聯，以會官治。②**垂珠**〔玉藻〕天子玉藻，十有二旒。〔釋名〕祭服曰冕，玄上纁下，前後垂珠，有文飾也。③**八元**〔左傳〕舜臣。堯舉八元，使布五教于四方。④**書誡**〔書序〕太甲元年，伊尹作伊訓。⑤**思庸**〔書序〕太甲放諸桐。三年，復歸于亳，思庸，伊尹作太甲三篇。⑥**獻替**〔左傳〕君所謂可而有否焉，臣獻其否，以成其可。君所謂否而有可焉，臣獻其可，以去其否。⑦**丕顯**〔左傳〕僖公二十八年，王策命晉侯爲侯伯。晉侯三辭從命曰：重耳敢再拜稽首，奉揚天子之丕顯休命。受册以出。⑧**言筆**〔曲禮〕史載筆，士載言。⑨**章奏表議**〔獨斷〕凡群臣上書於天子者有四名：一曰章，二曰奏，三曰表，四曰駁議。⑩**赤白**〔考工記〕畫繢之事，赤與白謂之章。⑪**揆景**〔晉天文志〕鄭衆説，土圭之長，尺有五寸。以夏至之日，立八尺之表，其景與土圭等，謂之地中。〔桓譚新論〕二儀之大，可以章程測也。三綱之動，可以圭表測也。⑫**七略**見諸子篇。⑬**左雄**〔左雄傳〕自雄掌納言，多所匡肅。章表奏議，臺閣以爲故事。⑭**胡廣**〔胡廣傳〕舉孝廉，既到京師，試以章奏。安帝以廣爲天下第一。⑮**文舉**〔孔融傳〕融字文舉，文選有薦禰衡表。⑯**孔明**〔諸葛亮傳〕亮字孔明，後主建興五年，率諸軍北駐漢中，臨發上疏。表見文選。⑰**琳瑀**陳琳、阮瑀。〔典論〕琳、瑀之章表書記，今之儁也。⑱**孔璋**陳琳字孔璋。〔魏文帝與吴質書〕孔璋章表殊健。⑲**陳思之表**〔陳思王植傳〕太和二年，植常自憤怨，抱利器而無所施，上疏求自試。五年，植上疏求存問親戚。⑳**張華**〔張華傳〕初封廣武縣侯，進封壯武郡公，華十餘讓，中詔敦譬，乃受。㉑**鶬鶊**〔張華傳〕華初未知

名，著鷦鷯賦以自寄。㉒**辭開府**（羊祜傳）武帝時，加車騎將軍開府如三司之儀，祜上表固讓。載文選。㉓**讓中書**文選有庾亮讓中書監表。㉔**劉琨**文選有劉琨勸進表。㉕**張駿**（張駿傳）駿上疏曰：臣專命一方，職在斧鉞。勒、雄既死，人懷反正，謂季龍、李期之命，曾不崇朝。而皆纂繼凶逆，鴟目有年，遂使桃蟲鼓翼，四夷諠譁。臣之所以宵吟荒漠，痛心長路者也。㉖**絳闕**（孫楚傳）楚作書遺孫皓曰：竊號之雄，稽顙絳闕，球琳重錦，充於府庫。㉗**黼扆**見詔策篇。

【楊明照校注】

〔一〕**故堯咨四岳。**

按書堯典：「帝曰：『咨！四岳。』」孔傳：「四岳，即上羲和之四子，分掌四岳之諸侯，故稱焉。」史記五帝本紀：「堯又曰：『嗟！四嶽。』」集解：「鄭玄曰：『四嶽，四時官，主方嶽之事。』」

〔二〕**舜命八元。**

按左傳文公十八年：「高辛氏有才子八人：伯奮，仲堪，叔獻，季仲，伯虎，仲熊，叔豹，季貍。……天下之民，謂之八元。……舜臣堯，舉八元，使布五教于四方。」杜注：「契作司徒，五教在寬。故知契在八元之中。」孔疏：「舜典云：『帝曰：「契，百姓不親，五品不遜，汝作司徒，敬敷五教在寬。」』尚書『契敷五教』，此云『舉八元使布五教』，以此故知契在八元中也。」

〔三〕**固辭再讓之請，俞往欽哉之授。**

按書舜典：「帝曰：『俞。咨！禹，汝平水土，惟時懋哉！』禹拜稽首，讓于稷、契暨皋陶。帝曰：

『俞。汝往哉！』」孔傳：「然其所推之賢，不許其讓，勑使往宅百揆。」又：「帝曰：『俞。咨！伯，汝作秩宗，夙夜惟寅，直哉惟清。』伯拜稽首，讓于夔、龍。帝曰：『俞。往欽哉！』」孔傳：「然其賢，不許讓。」史記五帝本紀「俞」作「然」，「欽」作「敬」。

〔四〕**然則敷奏以言，則章表之義也；明試以功，即授爵之典也。**

按後漢書章帝紀：「（建初元年詔）敷奏以言，則文章可採；明試以功，則政有異迹。」

〔五〕**又作書以讚。**

「讚」，黃校云：「元作『纘』。」梅本校云：「當作『讚』。」　徐𤊹校「讚」。

按黃氏從梅說改「讚」是。宋本、鈔本、活字本、喜多本、鮑本御覽五九四引，正作「讚」；張本、王批本同。四庫本剜改爲「讚」。

〔六〕**周監二代，文理彌盛。**

按論語八佾：「子曰：『周監於二代，郁郁乎文哉！吾從周。』」集解引孔安國曰：「監，視也。言周文章備於二代，當從周也。」

〔七〕**對揚休命。**

按書僞說命下：「敢對揚天子之休命。」枚傳：「對，答也；答受美命而稱揚之。」

〔八〕**雖言筆未分，而陳謝可見。**

按「言」謂口頭陳辭，「筆」謂書翰，此承上「再拜稽首，對揚休命；承文受册，敢當丕顯」而言。黃注引禮記曲禮上「史載筆，士載言」以注，非是。

〔九〕 **言事於主，皆稱上書。**

范文瀾云：「王應麟（漢書藝文志）考證曰：『七國未變古式，言事於王，皆稱上書；秦初，改書曰奏。』案王説本文心此篇。『主』字疑今本誤，當依改作『王』。」

按范説是。玉海六一引，亦作「王」；元本、弘治本、汪本、佘本、張本、兩京本、王批本、何本、胡本、訓故本、梅本、凌本、合刻本、梁本、祕書本、謝鈔本、彙編本、尚古本、岡本、四庫本、王本、張松孫本、鄭藏鈔本、崇文本同。文體明辨二二引亦作「王」。黄本作「主」，蓋據御覽改也。蘇秦上書説秦惠王及爲齊上書説趙王，黄歇上書説秦昭王，趙括母上書趙王，並足爲「言事於王，皆稱上書」之證。

〔一〇〕 **四曰議。**

「議」上御覽引有「駮」字。

按漢雜事後漢書胡廣傳章懷注、事始、御覽五九四引。又獨斷上，並作「四曰駮議」。今本蓋寫者求其與上三句相儷，而删去「駮」字耳。

〔一一〕 **赤白曰章。**

「赤白」，宋本、鈔本、活字本、喜多本、鮑本御覽引作「青赤」。

按「赤白曰章」，見考工記。作「青赤」非是。倪刻御覽、子苑三二引作「赤白」，未誤。

〔一二〕 **揆景曰表。**

按淮南子本經篇：「天地之大，可以矩表識也。」高注：「表，影表。」黄注誤以劉晝書（見劉子心隱篇）爲桓譚新論，非是。史記司馬穰苴傳：「先馳至軍，立表下漏待（莊）賈。」索隱：「立表，謂立木爲表，以視日景。」詩鄘風定之方中：「揆之以日。」毛傳：「揆，度釋文：「待洛反。」也；度日出入，以知東西。」孔疏：「此度日出入，謂度其影也。」

〔一三〕**然闕而不纂者，乃各有故事而在職司也。**

范文瀾云：「『各有故事而在職司』，謂如漢志尚書類、禮類、春秋類、論語類各有議奏若干篇。又法家有鼂錯，儒家有賈山、賈誼等，諸人奏議皆在其中。」

按此文之意，蓋謂書奏送尚書者，則藏於尚書；送御史者，則藏於御史；送謁者者，則藏於謁者也。范説非也。

〔一四〕**昔晉文受册，三辭從命。**

「辭」，黄校云：「元脱，朱補。」此沿梅校。

按御覽、文通八引有「辭」字；何本、王批本、訓故本、謝鈔本、尚古本、岡本同。朱補是也。

〔一五〕**是以漢末讓表，以三爲斷。**

按應劭漢官儀：「和帝丁酉策書曰：『故太尉鄧彪，元功之族，而三讓彌高，海内歸仁，爲群賢首。』」書鈔五二、初學記十一、御覽二百六引。蔡中郎集東鼎銘：「乃詔曰：『其以大鴻臚喬玄爲司空。』再拜稽首以讓。帝曰：『俞。往！』三讓，然後受命。」又西鼎銘：「乃制詔曰：『其以光禄大夫玄爲太尉。』公拜稽首曰：『臣聞之，三讓莫克或從，臣不敢辟。』」並「三讓爲斷」之證。

〔一六〕**曹公稱爲表不必三讓。**

「必」，御覽引作「止」；弘治本、活字本、汪本、佘本、張本、兩京本、王批本、胡本、訓故本、萬曆梅本、謝鈔本、文津本同。　何焯改作「必」。

按「止」字誤；作「必」元本、何本、凌本、合刻本、梁本、天啟梅本、祕書本作「必」。亦非。操上書有「臣雖不敏，猶知讓不過三」類聚五一引。之語，疑原是「過」字。「過」，俗簡作「过」，草書誤爲「止」耳。

〔一七〕**求其靡麗，則未足美矣。**

「美」，宋本、鈔本、活字本御覽引無。

按「美」字實不應有，當據删。

〔一八〕**應物掣巧。**

「掣」，黄校云：「一作『制』。」　徐𤊹校作「製」；何焯改「制」。

按「掣」字誤，作「製」宋本、鈔本、活字本、喜多本御覽引作「製」；文通引同。作「制」倪本、鮑本御覽作「制」。均可。

〔一九〕**則張華爲儁。**

「儁」，黄校云：「元作『儔』。」此沿梅校。

按御覽、文通引正作「儔」；何本、梁本、謝鈔本同。體性篇「然才有庸儁」又「故辭理庸儁」，又「叔夜儁俠」，指瑕篇「雖有儁才」，才略篇「然子建思捷而才儁」，是本書用「儁」字。梅改是也。

〔二〇〕**信美於往載。**

「載」，黄校云：「一作『册』。」

按御覽引作「載」；張本、何本、梅本、凌本、合刻本、梁本、祕書本、謝鈔本、彙編本、王本、張松孫本、鄭藏鈔本、崇文本同。文通引亦作「載」，文溯本剜改爲「載」。文津本作「册」。元本、弘治本、活字本、汪本、佘本、兩京本、王批本、胡本作「再」，非「載」之聲誤，即「册」之形誤。此當以作「載」爲是。「往載」與上「前談」對。後漢書宦者傳序：「無謝於往載。」亦以「往載」爲言。

〔二一〕**序志顯類。**

「顯」，宋本、鈔本、喜多本、鮑本御覽引作「聯」。

按「聯」字是。叔子、元規所上表范注已具。可按也。物色篇：「是以詩人感物，聯類不窮。」正以「聯類」爲言。韓非子難言篇：「多言繁稱，連類比物。」史記魯仲連鄒陽傳贊：「鄒陽辭雖不遜，然其比物連類，有足悲者。」連類，即聯類也。一切經音義三：「連，古文聯，同。」

〔二二〕**並陳事之美表也。**

「表」，何焯校「者」。

按何校是。

〔二三〕**原夫章表之爲用也。**

「之」，黄校云：「元作『文』，謝改。」此沿梅校。徐𤊹校作「之」。

按御覽、稗編七五、文通引作「之」；王批本、何本、訓故本、謝鈔本、尚古本、岡本同。謝改、徐校是也。

〔二四〕**所以對揚王庭，昭明心曲。**

按易夬：「夬，揚于王庭。」集解：「鄭玄曰：『……揚，越也。』」詩秦風小戎：「亂我心曲。」鄭箋：「心曲，心之委曲也。」

〔二五〕**循名課實。**

按鄧析子無厚篇：「循名責實，君之事也。」又：「循名責實，察法立威，是明王也。」韓非子定法篇：「因任而授官，循名而責實。」淮南子主術篇：「故有道之主，……循名責實，使有司任而弗詔，責而弗教。」文子上仁篇：「循名責實，使自有司。」（疑有脱誤）

〔二六〕**以章爲本者也。**

「章」，黄校云：「元脱；一作『文』。」萬曆梅本作「章」，天啟梅本作「文」。　徐𤊹、馮舒校增「文」字。王批本有「文」字。

按御覽引有「文」字，校增「文」字，是也。此句爲總束章、表之辭，故云「以文爲本」；亦即贊末「辭令有斐」之意也。

〔二七〕**然懇惻者辭爲心使。**

「惻」，黄校云：「元作『愜』。」　馮舒、何焯校作「惻」。

按「惻」字是。御覽引正作「惻」。後漢書樂恢傳「（上書）聖人懇惻，不虚言也」，又黄瓊傳：「瓊辭疾讓封六七上，言旨懇惻，乃許之。」又史弼傳：「從事坐傳責曰：『詔書疾惡黨人，旨皆懇惻。』」晉書庾亮傳：「疏奏，詔曰：『省告懇惻執以感嘆。』」文選任昉齊竟陵文宣王行狀：「黜殯之請，至誠懇惻。」並以「懇惻」爲言。奏啟篇有「温嶠懇惻於費役」語，尤爲切證。

〔二八〕**浮侈者情爲文使。**

「文」，黄校云：「元作『出』；一作『情爲文屈』。」

按黄校一本是。天啟梅本即作「情爲文屈」。宋本、鈔本、活字本、喜多本御覽引作「情爲文出」，王批本同，下有「必使」二字；倪本、鮑本御覽作「情爲文屈」，下亦有「必使」二字。元本、弘治本、活字本、汪本等作「情爲出使」者，乃其上下脱「文」「必」二字，「出」又「屈」之譌。此當作「情爲文屈」，與上「辭爲心使」對；「必使」二字屬下句讀。

〔二九〕**唇吻不滯。**

「唇」，宋本、鈔本、活字本、喜多本、鮑本御覽引作「脣」。

按作「脣」是。説文肉部：「脣，口耑也。」又口部：「唇，驚也。」是二字意義各别。此當以作「脣」爲是。聲律篇「律呂脣吻」，知音篇「君卿脣舌」，並不誤。文章緣起注引作「脣」，未誤。章句篇「唇吻告勞」，誤與此同。亦當校正。

〔三〇〕**敷奏絳闕。**

按傅玄正都賦：「巍巍絳闕。」文選五等論李注引（赭白馬賦注引作北都賦，爲石仲容與孫皓書注又引作西都賦）。

〔三一〕**獻替黼扆。**

「替」，張甲本作「僣」。王批本作「替」。

按說文竝部：「暜，廢也；一曰偏下也。朁，或从兟从曰。」「替」爲「朁」之俗體。張甲本作「僣」，蓋由「朁」致誤。汪本、張乙本即作「朁」。「獻替」二字，出國語晉語九及左傳昭公二十年。篇首亦有「文翰獻替」句。

〔三二〕**君子秉文，辭令有斐。**

按「秉文」與上「肅恭節文」句重一「文」字，全書贊中無是例也。疑當作「秉筆」。史傳篇有「秉筆荷擔」語，此亦應爾。「秉筆」二字出國語晉語九。

奏啟第二十三

昔唐虞之臣，敷奏以言；秦漢之輔，上書稱奏。陳政事，獻典儀，上急變①，劾愆一作僭。謬〔一〕，總謂之奏。奏者，進也；言元脱，謝補。敷于下，情進于上也。

秦始立奏〔二〕，而法家少文。觀王綰之奏勳德②，辭質而義近；李斯之奏驪山③，事略而意逕：政御覽作故。無膏潤，形於篇章矣。自漢以來，奏事或稱上疏，儒雅繼踵，殊采可觀。若夫賈誼之務農④，鼂錯之兵事⑤〔三〕，元作卒，孫改。匡衡之定郊⑥，王吉之觀禮⑦〔四〕，温舒之緩獄⑧，谷永之諫仙⑨，理既切至，辭亦通暢〔五〕，一作達，又作辨。可謂識大體矣。後漢群賢，嘉言罔伏〔六〕。楊秉耿介於災異⑩，陳蕃憤懣於尺一⑪，骨鯁得焉；張衡指摘於史職⑫〔七〕，蔡邕銓列於朝儀⑬，博雅明焉。魏代名臣，文理迭興。若高堂天文⑭，王元作黄，從魏志改。觀教學⑮❶〔八〕，王朗節省⑯，甄元作甌，朱改。毅考課❷〔九〕，亦盡節而知治矣。晉氏多難，災屯流移〔一〇〕。劉頌殷勤於時務⑰，温嶠懇惻一作切。於費役⑱，並體國之忠規矣。

夫奏之爲筆，固以明允篤誠爲本〔一一〕，辨析疏通爲首。强志足以成務，博見足以窮理〔一二〕，酌古御今，治繁總要，此其體也。若乃按劾之奏，所以明憲清國。昔周之太僕，繩愆糾繆⑲；秦之御史，職主文法〔一三〕；漢置中丞⑳，總司按劾；故位在鷙一作摯。擊，砥礪其氣〔一四〕，必使筆端振風，簡上凝霜者也〔一五〕。觀孔光之奏董賢㉑，則實其奸回；路粹之奏孔融㉒，則誣其釁惡：名儒之與險士〔一六〕，固殊心焉。若夫傅咸元作盛。勁直㉓，而按辭堅深〔一七〕；劉隗切正㉔，而劾文闊略：各其志也。後之彈事㉕，迭相斟酌，惟新日用，而舊準弗差。然函人欲全，矢人欲傷，術在糾惡，勢必深峭〔一八〕。詩刺讒人，投畀豺虎；禮疾無禮，方之鸚猩㉖；墨翟非儒㉗，目以豕彘〔一九〕；孟軻譏墨，比諸禽獸：詩禮儒墨，既其如兹，奏劾嚴文，孰云能免？是以世人爲文，競於詆訶，吹毛取瑕，次骨爲戾㉘，復似善罵㉙，多失折衷〔二〇〕。若能闢禮門以懸規，標義路以植矩〔二一〕，然後踰垣者折肱㉚〔二二〕，捷徑者滅趾㉛〔二三〕，何必躁言醜句〔二四〕，詬元作話，謝改。病爲切哉〔二五〕？是以立範運衡，宜明體要；必使理有典刑，辭有風軌，總法家之式〔二六〕，秉儒家之文，不畏彊禦，氣流墨中，無縱詭隨，聲動簡外，乃稱絶席之雄㉜〔二七〕，直方之舉耳〔二八〕。一作也。

啟者，開也。高宗云：啟乃心，沃朕心。取其義也。孝景諱啟，故兩漢無稱。至魏國箋記，始云啟聞。奏事之末，或云謹啟〔二九〕。自晉來盛啟，用兼表奏。陳政言事，既奏之異條；讓爵謝恩，亦表之別幹。必斂飭元作散。入規，促其音節，辨要輕清，文而不侈，亦啟之大略也。

又表奏确切，號爲讜言㉝。讜者，偏也〔三〇〕。王道有偏，乖乎蕩蕩，下有脱字。其偏，故曰讜言也〔三一〕。孝成稱班伯之讜言，貴直也。自漢置八儀，密奏陰陽；皁囊封板㉞，故曰封事㉟。鼂錯受書，還上便宜㊱。後代便宜，多附封事，慎機密也〔三二〕。夫王臣匪躬，必吐謇諤㊲〔三三〕，事舉人存〔三四〕，故無待泛説也。

贊曰：皁飭司直㊳〔三五〕，肅清風禁❸。筆鋭干將，墨含淳酖〔三六〕。雖有次骨，無或膚浸〔三七〕。獻政陳宜，事必勝任。

【黄叔琳注】

①**急變**〔漢平帝紀〕乙未，義陵寢神衣在柙中。丙申旦，衣在外床上，寢令以急變聞。〔注〕非常之事，故云急變。②**王綰**〔秦始皇本紀〕秦初并天下，議帝號，丞相王綰等議曰：陛下平定天下，海内爲郡縣，法令由一統，五帝所不及。古有天皇，有地皇，有泰皇，泰皇最貴，臣等昧死上尊號王爲泰皇。③**李斯**〔蔡質漢儀〕李斯治驪山陵，上書曰：臣所將隸徒七十餘萬人，治驪山者已深已極，鑿之不入，燒之不難，叩之空空，如下天狀。④**務農**〔漢食貨志〕文帝即位，躬修儉節，思安百姓。時民近戰國，賈誼説上曰：積貯者，天下之大命也。今毆民而歸之農，使天下各食其力，末技游食之民，轉而緣南畝，則蓄積足而人樂其所矣。⑤**兵事**〔鼂錯傳〕匈奴彊，數寇邊，上發兵以禦之。錯上言兵事。⑥**定郊**〔漢郊祀志〕成帝初即位，丞相匡衡等奏言：帝王之事，莫大乎承天之序。承天之序，莫重於郊祀，宜於長安定南北郊爲萬世基。天子從之。⑦**王吉**〔王吉傳〕吉疏曰：安上治民，莫善於禮。願陛下與公卿大臣延及儒生，述舊禮，明王制，敺一世之民，躋之仁壽之域。⑧**温舒**〔路温舒傳〕宣帝初即位，温舒上書言

宜尚德緩刑。⑨**谷永**〔漢郊祀志〕成帝末年，頗好鬼神，亦以無繼嗣故，多上書言祭祀方術者，皆得待詔，祠祭上林苑中。谷永説上曰：臣聞明於天地之性，不可惑以神怪。盛稱奇怪鬼神，及言世有仙人，皆挾左道，懷詐僞，以欺罔世主。⑩**楊秉**〔楊秉傳〕帝時微行，幸河南尹梁胤府舍。是日大風拔樹，晝昏，秉因諫曰：王者至尊，出入有常，況以先王法服，而私出槃游，設有非常之變，上負先帝，下悔靡及。⑪**陳蕃**〔陳蕃傳〕時封賞踰制，蕃上疏諫曰：陛下宜採求得失，擇從忠善，尺一選舉，委尚書三公，使褒責誅賞，各有所歸。⑫**張衡指摘**〔張衡傳〕衡收檢遺文，畢力補綴，條上司馬遷、班固所叙與典籍不合者十餘事。又以爲王莽本傳，但應載篡事而已。至於編年月，紀災祥，宜爲元后本紀。又宜以更始之號，建於光武之初。⑬**朝儀**〔蔡邕獨斷〕正月朝賀，三公奉璧上殿，向御座北面。太常贊曰：皇帝爲君，興，三公伏。皇帝坐，乃進璧。舊儀，三公以下月朝，後省，常以六月朔十月朔旦朝。後又以盛暑省六月朝。故今獨以爲正月十月朔朝也。冬至陽氣起，君道長，故賀。夏至陰氣起，君道衰，故不賀。⑭**天文**〔高堂隆傳〕青龍中，大治殿舍，有星孛於大辰，隆上疏曰：今之宫室，實違禮度，乃更建立九龍，華飾過前。天彗章灼，始起於房心，犯帝座而干紫微，此乃皇天子愛陛下，是以發教戒之象，欲必覺寤陛下，不宜有忽，以重天怒。⑮**王觀**〔魏志〕觀字偉臺。⑯**節省**魏王朗有節省奏。⑰**劉頌**〔劉頌傳〕除淮南相。頌在郡上疏，言封國之制，宜如古典，及六州將士之役，凡數千言，詔褒美之。⑱**温嶠**〔温嶠傳〕太子起西池樓觀，頗爲勞費。嶠上疏以爲朝廷草創，巨寇未滅，宜應儉以率下。太子納焉。⑲**繩愆糾繆**〔書序〕穆王命伯冏爲周太僕正，作冏命，曰：惟余一人無良，實賴左右前後有位之士，匡其不及，繩愆糾繆，格其非心，俾克紹先烈。今予命汝作大正，正于群僕侍御之臣，懋乃后德，交修不逮。

⑳**中丞**〔漢百官公卿表〕御史大夫，秦官，一曰中丞，在殿中蘭臺，掌圖籍祕書，外督部刺史，内領侍御史員十五人，受公卿奏事，舉劾按章。

㉑**奏董賢**〔董賢傳〕賢自殺。王莽復風孔光奏賢：質性巧佞，翼奸以獲封侯；治第造冢，不異王制；死後以砂畫棺，至尊無以加，臣請收没入財物縣官。

㉒**奏孔融**〔孔融傳〕曹操令路粹枉奏融：昔在北海，見王室不靜，欲規不軌，云我大聖之後，有天下者，何必卯金刀。

㉓**傅咸**〔傅咸傳〕咸字長虞，剛簡有大節。顧榮與親故書曰：傅長虞爲司隸，勁直忠果，劾按驚人。雖非周才，偏亮可貴也。

㉔**劉隗**〔劉隗傳〕隗遷丞相司直，彈奏不畏彊禦。

㉕**彈事**六朝御史中丞劾奏曰彈事，文選有沈休文、任彦昇彈事。〔王淮之傳〕宋臺諫除御史中丞，爲百僚所憚。自彪之至淮之，四世居此職。淮之嘗作五言詩，范泰嘲之，卿惟解彈事耳。

㉖**鸚猩**〔曲禮〕鸚鵡能言，不離飛鳥；猩猩能言，不離禽獸。今人而無禮，雖能言，不亦禽獸之心乎！

㉗**墨翟非儒**〔墨子非儒篇〕貪于飲食，惰于作務，陷于饑寒，無以違之。是苦人氣覫鼠藏，而羝羊視賁彘起。君子笑之。

㉘**次骨**〔杜周傳〕周少言重遲，而内深次骨。〔注〕其用法深刻至骨。

㉙**善駡**〔留侯世家〕四皓曰：陛下輕士善駡，臣等義不受辱，故恐而亡匿。

㉚**踰垣**〔國語〕君有短垣而自踰之。

㉛**捷徑**〔離騷〕夫唯捷徑以窘步。

㉜**絶席**〔王常傳〕常爲横野大將軍，位次與諸將絶席。〔注〕絶席，謂尊顯之也。漢官儀曰：御史大夫、尚書令、司隸校尉皆專席，號三獨坐。

㉝**讜言**〔漢書叙傳〕禁中張畫屏風，畫紂醉踞妲己，作長夜之樂。上指畫問班伯，伯對曰：詩書淫亂之戒，其原皆在於酒。上迺喟然歎曰：吾久不見班生，今

日復聞讖言。㉞皁囊封板〔後漢禮儀志〕日冬至，召太史令各板書，封以皁囊。〔獨斷〕凡章表皆啟封，其言密事，得皁囊盛。㉟封事〔霍光傳〕上令吏民得奏封事，不關尚書。㊱上便宜〔鼂錯傳〕太常遣鼂錯受尚書伏生所，還因上便宜事。㊲謇諤〔陳蕃傳〕竇太后優詔蕃曰：忠孝之美，德冠本朝。謇諤之操，華首彌固。㊳司直〔百官公卿表〕武帝元狩五年，初置司直，掌佐丞相舉不法。

【李詳補注】

❶**王觀教學**黄注元作黄，從魏志改。詳案：太平御覽（九百六）引魏名臣奏有郎中黄觀，黄字不當輒改。❷**甄毅考課**詳案：太平御覽（二百十四）引魏名臣奏，駙馬都尉甄毅奏曰：漢時公卿皆奏事。選尚書郎，試，然後得爲之。其在職，自賫所發書詣天子前發省。便處當事輕重，口自決定。或天子難問，據案處正，乃見郎之割斷才技。魏則不然。今尚書郎皆天下之選，才技鋒出，亦欲騁其能於萬乘之前。宜如故事，令郎口自奏事，自處當。案毅奏僅見於此，未知即彦和所指否。魏志文德甄皇后傳「封兄子毅爲列侯，毅數上書陳時政者」是也。❸**皁飭司直二句**〔札迻〕云：飭疑當作袀。〔續漢書輿服志〕云：宗廟皆服袀玄。劉〔注〕云：獨斷曰：袀，紺繒也。〔吴都賦〕曰：袀，皁服。皁袀，即袀玄。詳案：吴都賦：六軍袀服。無袀皁服語，孫氏誤記。

【楊明照校注】

〔一〕**劾愆謬。**

「愆」，黄校云：「一作『僭』。」徐𤊹校作「愆」；何焯校同。御覽五九四引作「愆」。文溯本剜改爲「愆」。

按史記三王世家「（齊王策）厥有僁不臧」，漢書武五子傳作「愆」。廣韻二仙：「愆，過也。僁，俗。」元本、弘治本等作「僭」，蓋由「僁」致誤。史傳篇「徽賄鬻筆之愆」，御覽六百四、史略五引作「僁」。是此處或原作「僁」也。

〔二〕**秦始立奏。**

「始」下，御覽引有「皇」字。

按此不應有「皇」字。「秦始立奏」者，猶言秦初立奏耳。漢雜事：「秦初之制，改書爲奏。」御覽五九四引。事始：「漢雜事曰：『秦初定制，改書爲奏。』」章表篇：「秦初定制，改書曰奏。」尤明證也。

〔三〕**鼂錯之兵事。**

「事」，黄校云：「元作『卒』，孫改。」此沿梅校。徐𤊹校作「術」。

按御覽引作「術」，徐校是也。漢書鼂錯傳：「錯上言兵事曰：『……匈奴之長技三，中國之長技五。陛下又興數十萬之衆，以誅數萬之匈奴，衆寡之計，以一擊十之術也。今降胡義渠蠻夷之屬來歸誼者，其衆數千，飲食長技與匈奴同。可賜之堅甲絮衣，勁弓利矢，益以邊郡之良騎。令明將能知其習俗和輯其心者，以陛下之明約將之，即有險阻，以此當之；平地通道，則以輕車材官制之，兩軍相爲表裏，各用其長技，衡加之以衆，此萬全之術也。』」據此，則合作「術」字。不必僅以「錯上言兵事」一語，遽改爲「事」字也。

〔四〕**王吉之觀禮。**

「觀」，宋本、鈔本、活字本、喜多本御覽引作「勸」。

按「勸」字是。漢書本傳上疏可驗。今本「觀」字非緣「勸」之形近致誤，即涉上文而譌。當據改。

〔五〕辭亦通暢。

「暢」，黄校云：「一作『達』；又作『辨』。」　徐𤊹云：「當作辨。」

按鈔本、倪本、鮑本御覽引作「辨」。宋本、活字本御覽作「辦」，乃「辨」之誤。則「辨」字是。張本、訓故本作「明」（文津本作「解」）。

〔六〕嘉言罔伏。

按書僞大禹謨：「嘉言罔攸伏。」枚傳：「善言無所伏，言必用。」

〔七〕張衡指摘於史職。

「職」，宋本、喜多本、鮑本御覽引作「識」。

按「識」字是。「史」，指條上司馬遷、班固所叙與典籍不合者，「識」，指上疏論圖緯虚妄，並見後漢書本傳。若作「職」，則非其指矣。

〔八〕王觀教學。

「王」，黄校云：「元作『黄』，從魏志改。」　梅慶生云：「魏志作王觀，字偉臺。」　馮舒云：「『黄』當作『王』。」　何焯改作「王」。　王批本作「黄」。

按「黄」字不誤，李詳補注已辨之矣。御覽、玉海六一引，並作「黄」。類聚八五曾引魏黄觀奏，益足以證梅、馮、何、黃四家之非。

〔九〕**甄毅考課。**

「甄」，黃校云：「元作『甌』，朱改。」此沿梅校。　徐𤊹校作「甄」。

按御覽、玉海、文通八引作「甄」；王批本、訓故本、謝鈔本同。朱改是也。文溯本剜改爲「甄」。

〔一〇〕**晉氏多難，災屯流移。**

宋本、鈔本、喜多本、鮑本御覽引作「世交屯夷」。活字本御覽作「世教屯夷」。

按作「世交屯夷」是。宋書文帝紀：「（文帝）答曰：『皇運艱弊，數鍾屯夷。』」又：「（元嘉十九年詔）而頻遘屯夷。」南齊書高帝紀下：「（建元元年詔）末路屯夷。」文選傅亮爲宋公求加贈劉前軍表：「臣契闊屯夷。」並其證。

〔一一〕**固以明允篤誠爲本。**

按左傳文公十八年：「齊聖廣淵，明允篤誠。」杜注：「允，信也；篤，厚也。」

〔一二〕**博見足以窮理。**

按抱朴子外篇勗學：「廣博以窮理。」

〔一三〕**秦之御史，職主文法。**

「之」，御覽引作「有」。

按「有」字是。「之」蓋涉上而誤。

〔一四〕**故位在鷙擊，砥礪其氣。**

「鷙」，黃校云：「一作『摯』。」子苑三二作「摯」，王批本同。

按御覽引作「鷙」。元明以來各本皆作「摯」；馮舒、何焯校爲「鷙」。黃氏從之，是也。史記酷吏義縱傳：「而縱以鷹擊毛摯爲治。」集解引徐廣曰：「鷙鳥將擊，必張羽毛也。」漢書酷吏義縱傳顔注：「言如鷹隼之擊，奮毛羽執取飛鳥也。」漢書五行志上：「金，西方，萬物既成，殺氣之始也。故立秋而鷹隼擊。」又孫寶傳：「今日鷹隼始擊，當順天氣，以成嚴霜之誅。」春秋緯感精符：「霜者，殺伐之表也。季秋霜始降，鷹隼擊，王者順天行誅，以成肅殺之威。」白帖一引。「鷙擊」，即「鷹擊」或「鷹隼擊」也。作「摯擊」非。

〔一五〕**必使筆端振風，簡上凝霜者也。**

按崔篆御史箴：「簡上霜凝，筆端風起。」初學記十二引（嚴可均全前漢文六一所輯崔篆文漏此條）。

〔一六〕**名儒之與險士。**

按漢書王莽傳上：「莽以大司徒孔光名儒。」此「名儒」二字所本。程器篇亦有「然子夏（孔光字）無虧於名儒」語。

〔一七〕**若夫傅咸勁直，而按辭堅深。**

「勁直」，宋本、鈔本、活字本、喜多本、鮑本御覽引作「果勁」。

按作「果勁」是。「果」謂果敢，「勁」謂勁直。孫盛晉陽秋：「司隸校尉傅咸，勁直正厲，果於從政。先後彈奏百寮，王戎多不見從。」文選干寶晉紀總論李注引。正以「果」與「勁」二者並言。山公啟事：「孔顯有才能，果勁不撓，宜爲御史中丞。」書鈔三三又六二引。則直以「果勁」連文矣。

〔一八〕**術在糾惡，勢必深峭。**

按史記鼂錯傳：「錯爲人陗直刻深。」集解：「韋昭曰：『術岸高曰峭。』瓚曰：『陗，峻。』索隱：『峭，峻也。』」漢書錯傳顏注：「陗字與峭同。峭謂峻陿也。」

〔一九〕**墨翟非儒，目以豕彘。**

「豕」，御覽引作「羊」。

按「羊」字是。墨子非儒下：「貪於飲食，惰於作務，陷於飢寒，危於凍餒，無以違之，是若乞人，鼸鼠藏而羝羊視，賁彘起。」正以「羊」「彘」爲言。御覽所引與墨子合，當據改。

〔二〇〕**是以世人爲文，競於詆訶，吹毛取瑕，次骨爲戾；復似善罵，多失折衷。**

「世人」，御覽引作「近世」。

按「世人」二字嫌泛，御覽所引是也。宋書荀伯子傳：「（伯子）爲御史中丞，凡所奏劾，莫不深相謗毁，或延及祖禰，示其切直；又頗雜嘲戲，世人以此非之。」可資旁證。漢書中山靖王傳：「有司吹毛求疵。」後漢書杜林傳：「林奏曰：『……吹毛索疵，詆欺無限。……至於法不能禁，令不能止，上下相遁，爲敝彌深。』」章懷注：「詆欺，謂飾非成釁，非其本罪。……遁，猶回避也。」三國志吳書步騭傳：「（上疏）伏聞諸典校擿抉細微，吹毛求瑕，重案深誣，趨欲陷人。」史記孔子世家贊：「折中於夫子。」索隱：「離騷云：『明五帝以折中。』王叔師云：『折中，正也。』宋均云：『折，斷也。中，當也。言欲折斷其物而用之,與度相中當。』」「中」、「衷」古通。

〔二一〕**若能闢禮門以懸規,標義路以植矩。**

按孟子萬章下:「夫義,路也;禮,門也。惟君子能由是路,出入是門也。」

〔二二〕**然後踰垣者折肱。**

「肱」,王批本、凌本作「股」。

按易豐爻辭:「折其右肱。」左傳定公十三年:「齊高彊曰:『三折肱知爲良醫。』」是「折肱」二字固有所本也。凌本作「股」非。子苑引作「肱」。

〔二三〕**捷徑者滅趾。**

「趾」,御覽引作「跡」。

按易噬嗑爻辭:「屨校滅趾。」釋文:「趾,足也。」此「滅趾」二字所自出。「滅趾」與上句之「折肱」對,御覽所引非也。

〔二四〕**何必躁言醜句。**

按論語季氏:「言未及之而言,謂之躁。」集解引鄭玄曰:「躁,不安靜。」説文走部:「趮,疾也。」段注:「今字作躁。」是躁言謂疾言也。

〔二五〕**詬病爲切哉!**

「詬」,黄校云:「元作『話』,謝改。」此沿梅校。

按御覽引作「詬」；元本、活字本、何本、訓故本、梁本、謝鈔本、别解本同。謝改是也。禮記儒行：「常以儒相詬病。」鄭注：「詬病，猶恥辱也。」詩小雅斯干箋：「言時人骨肉用是相愛好，無相詬病也。」中論爵禄篇：「於是則以富貴相詬病矣。」文選晉紀總論：「蓋共嗤點以爲灰塵而相詬病矣。」並以「詬病」爲言。

〔二六〕**總法家之式。**

「式」，宋本、活字本、喜多本、鮑本御覽引作「裁」。

按史記自序：「（司馬談論六家要指）法家不别親疏，不殊貴賤，一斷於法。」據此，則作「裁」是。范甯穀梁傳集解序：「公羊辯而裁。」楊疏：「裁，謂善能裁斷。」詁此正合。

〔二七〕**乃稱絶席之雄。**

范文瀾云：「『絶席』，疑當作『奪席』。後漢書儒林戴憑傳：『帝令群臣能説經者，更相難詰，義有不通，輒奪其席，以益通者。憑遂重坐五十餘席。』」

按後漢書宣秉傳：「建武元年，拜御史中丞。光武特詔御史中丞與司隸校尉、尚書令會同，並專席而坐。故京師號曰『三獨坐』。」漢舊儀：「御史中丞朝會獨坐，出討姦猾；内與尚書令、司隸校尉會同，皆專席。京師號之曰『三獨坐』者也。」書鈔六二引。則「絶席」當作「專席」，始與本段所論吻合。若作「奪席」，似仍嫌泛也。

〔二八〕**直方之舉耳。**

「耳」，黄校云：「一作『也』。」何焯改「也」。

按御覽引作「也」；玉海同。何改是。易坤文言：「直，其正也；方，其義也。君子敬以直内，義以方外，敬義立而德不孤。直方大，不習無不利。」

〔二九〕**或云謹啟。**

元本、弘治本、活字本、汪本、佘本、張本、兩京本、何本、胡本、訓故本、梅本、凌本、合刻本、梁本、祕書本、謝鈔本、彙編本、別解本、尚古本、岡本、張松孫本、崇文本作「或謹密啟」。

按諸本非是。徐𤊹、馮舒、何焯均校爲「或云謹啟」，黄氏從之，是也。四庫本剜改爲「或云謹啟」。事始：「沈約書云：『景帝名啟，兩帝按當作漢。俱諱；魏國牋記，末方曰謹啟。』」事物紀原集類二：「魏國牋記，始云啟，末云謹啟。」並其證。御覽五九五引，正作「或云謹啟」。王批本同。

〔三〇〕**讜者，偏也。**

范文瀾云：「疑有脱字，似當云『讜者，正偏也』。」

按范氏謂有脱字甚是，惟謂作「正偏」，似與下「王道有偏，乖乎蕩蕩」不相應；疑當作「無偏」。書洪範：「無偏無黨，王道蕩蕩。」隸釋石門頌：「無偏蕩蕩，真雅以方。」並足與此文相發。

〔三一〕**王道有偏，乖乎蕩蕩；其偏，故曰讜言也。**

「蕩蕩」下，黄校云：「有脱字。」徐𤊹校增「矯正」二字。何焯校云：「『其偏』上當有闕文。」訓故本有二白匡。

按「其」下疑脱「言無」二字，觀上下文意可見。

〔二〕**後代便宜，多附封事，慎機密也。**

按後漢書蔡邕傳：「故密特稽問，……具對經術，以皁囊封上。」章懷注：「漢官儀曰『凡章表皆啓封，其言密事得皁囊』也。」公孫瓚傳注引同。

〔三〕**夫王臣匪躬，必吐謇諤。**

按易蹇：「象曰：『蹇，難也。』又：『六二，王臣蹇蹇，匪躬之故。』」孔疏：「履正居中，志匡王室，能涉蹇難而往濟蹇，故曰王臣蹇蹇也。盡忠於君，匪以私身之故，而不往濟君，故曰匪躬之故。」隸釋衛尉衡方碑：「謇謇王臣，羣公憲章。」又冀州從事張表碑：「委蛇公門，謇謇匪躬。」是「蹇」與「謇」通。韓詩外傳七：「（趙）簡子曰：『……昔者吾友周舍有言曰：千羊之皮，不若一狐之腋；衆人之唯唯，不若一士之諤諤。』」又見史記趙世家、新序雜事一。史記商君傳：「趙良曰：『……千人之諾諾，不如一士之諤諤。』」後漢書陳忠傳：「（上疏）忠臣盡謇諤之節，不畏逆耳之害。」又儒林上戴憑傳：「憑謝曰：『臣無謇諤之節，而有狂瞽之言。』」晉書武帝紀：「（泰始八年）帝曰：『讜言謇諤，所望於左右也。』」楚辭離騷：「余固知謇謇之爲患兮。」王注：「謇謇，忠貞皃也。」玉篇言部：「諤，正直之言也。」廣韻十九鐸：「諤，謇諤，直言。」

〔四〕**事舉人存。**

「舉」，活字本作「徙」。

按「徙」字誤。禮記中庸：「哀公問政，子曰：『文武之政，布在方策；其人存，則其政舉。』」

〔三五〕**皁飭司直。**

按「皁飭」二字不可解，札迻十二謂當作「皁約」，亦未可從。疑爲「白簡」之舛誤。晉書傅玄傳：「玄天性峻急，不能有所容；每有奏劾，或值日暮，捧白簡，整簪帶，竦踊不寐，坐而待旦。於是貴游懾伏，臺閣生風。」南齊書謝超宗傳：「上（世祖）積懷超宗輕慢，使兼中丞袁彖奏曰：『……超宗品第未入簡奏，臣輒奉白簡以聞。』」隋書儒林劉炫傳：「乃自爲贊曰：『……名不挂於白簡，事不染於丹筆。』」何尚之與顔延之書：「絳騶清路，白簡深劾。」初學記十二、通典二四引。文選任昉奏彈曹景宗：「臣謹奉白簡以聞。」又沈約奏彈王源：「臣輒奉白簡以聞。」集注：「鈔曰：『謂其有罪不得復用本官之紙，故我輒即奉白簡以聞天子也。』」據景印唐寫集注本迻録。詩鄭風羔裘：「邦之司直。」毛傳：「司，主也。」左傳襄公二十七年曾引此詩，杜注亦訓「司」爲「主」。

〔三六〕**墨含淳酖。**

按「酖」在覃韻，「禁」、「浸」、「任」並在沁韻，如讀「酖」，爲丁含切，則與「禁」、「浸」、「任」之韻不叶。左傳莊公三十二年經：「公子牙卒。」杜注：「飲酖而死。」釋文：「（酖）音鴆，本亦作鴆。」易小過九四王注「宴安鴆毒」釋文：「（鴆）本亦作酖。」是「酖」與「鴆」得相通假，讀爲直禁切，即在沁韻矣。

〔三七〕**無或膚浸。**

按論語顔淵：「子曰：『浸潤之譖，膚受之愬。』」集解：「鄭（玄）曰：『譖人之言，如水之浸潤，漸以成之。』馬（融）曰：『膚受之愬，皮膚外語，非其內實。』」

議對第二十四

周爰諮謀〔一〕，是謂爲議。議之言宜，審事宜也。易之節卦，君子以制度數議德行〔二〕。周書曰：議事以制，政乃弗迷。議貴節制，經典之體也。

昔管仲稱軒轅有明臺之議①，則其來遠矣。洪水之難，堯咨四岳〔三〕，宅揆之舉，舜疇五人〔四〕。一本作臣。三代所興，詢及芻蕘〔五〕。春秋釋宋②，魯桓務議❶〔六〕。及趙靈胡服③，而季父爭論；商鞅變法④，而甘龍交辨：雖憲章無算，而同異足觀。迄至元作今。有漢，始立駮議⑤。駮者，雜也；雜議不純，故曰駮也。自兩漢文明，楷式昭備〔七〕，藹藹多士〔八〕，發言盈庭〔九〕；若賈誼之遍代諸生⑥，可謂捷於議也。至如主父當作吾邱。之駮挾弓⑦，安國之辨匈奴⑧，賈捐之之陳於朱崖⑨〔一〇〕，劉歆之辨於祖宗⑩：雖質文不同，得事要矣。若乃張敏之斷輕侮⑪，郭躬之議擅誅⑫，程元作陳。曉之駮校事⑬〔一一〕，司馬芝之議貨錢⑭，何曾蠲出女之科⑮，秦秀定賈充之謚⑯〔一二〕，元作謐。事實允當，可謂達議體矣。漢世善駮，則應劭爲首⑰；晉代能議，則傅咸爲宗。然仲瑗博古⑱〔一三〕，而銓貫有叙；長虞識治，而屬辭枝繁；及陸機斷議，亦有鋒穎，而諛辭弗剪，頗累文骨〔一四〕：亦各有美，風格存焉。

夫動先擬議，明用稽疑，所以敬慎群務，弛張治術〔一五〕。故其大體所資，必樞紐經典，採故實於前代，觀通變於當今；理不謬搖其枝，字不妄舒其藻。又御覽作其。郊祀必洞於禮，戎事必一作要，又作宜。練於兵〔一六〕，田一作佃。穀先曉於農，斷訟務精於律；然後標以顯義，約以正辭，文以辨潔爲能，不以繁縟爲巧；事以明覈爲美，不以深隱爲奇：此綱領之大要也。若不達政體，而舞筆弄文，支離構辭，穿鑿會巧，空騁其華，固爲事實所擯，設得其理，亦爲遊辭所埋矣〔一七〕。昔秦女嫁晉，從文衣之媵，一本下有者字。晉人貴媵而賤女；楚珠鬻鄭，爲薰桂之櫝，鄭人買櫝而還珠⑲。若文浮於理，末勝其本，則秦女楚珠，復在於茲矣〔一八〕。

又對策者❷，應詔而陳政也；射策者⑳，探事而獻說也。言中理準，譬射侯中的〔一九〕，二名雖殊，即議之别體也。古之造士，選事考言。漢文中年，始舉賢良㉑，鼂錯對策，蔚爲舉首。及孝武益明，旁求俊乂〔二〇〕，對策者以第一登庸〔二一〕，射策者以甲科入仕〔二二〕，斯固選賢要術也〔二三〕。觀鼂氏之對，證驗古今〔二四〕，辭裁以辨，事通而贍，超升高第，信有徵矣。仲舒之對㉒，祖述春秋，本陰陽之化，究列代之變，煩而不慁者，事理明也。公孫之對㉓，簡而未博，然總要以約文，事切而情舉，所以太常居下，而天子擢上也。杜欽之對㉔，略而指事，辭以治宣，不爲文作。及後漢魯丕㉕，元作平，朱改。辭氣質素〔二五〕，以儒雅中策，獨一作以。入高第。凡此五家，並前元作明，謝改。又一本作列。代之明範也。魏晉已來，稍務文麗，以文紀實，所失已多，及其來選，又稱疾不會㉖，雖欲求文，弗可得也。是以漢飲博士，而雉集乎堂㉗；晉策秀才，而膺興於前㉘〔二六〕：無他怪也，選失之異耳。

夫駁議偏辨，各執異見；對策揄揚，大明治道。使事深於政術，理密於時務，酌三五以鎔世〔二七〕，而非迂緩之高談；馭權變以拯俗，而非刻薄之僞論；風恢恢而能遠，流洋洋而不溢，王庭之美對也。難矣哉，士之爲才也！或練治而寡文，或工文而疎治，對策所選，實屬通才〔二八〕，志足文遠㉙，不其鮮歟〔二九〕！

贊曰：議惟疇政，名實相課。斷理必綱，摛辭無懦〔三〇〕。對策王庭，同時酌和。治體高秉，雅謨遠播。

【黄叔琳注】

①**明臺**〔管子〕黄帝立明臺之議者，上觀於賢也。②**釋宋**〔春秋〕僖公二十二年，公會諸侯盟于薄，釋宋公。〔公羊傳〕執未有言釋之者，此其言釋之何？公與爲爾也。公與爲爾奈何？公與議爾也。按魯桓公無議釋宋事，桓當作僖。③**胡服**〔趙世家〕武靈王欲胡服，公子成曰：中國者，賢聖之所教也。今王舍此而襲遠方之服，變古之教，逆人之心。王曰：儒者一師而俗異，中國同禮而教離。今叔之所言者，俗也；吾之所言者，所以制俗也。公子成曰：王將繼簡襄之意，以順先王之志，臣敢不聽命乎？④**變法**〔商君列傳〕孝公既用衛鞅，鞅欲變法。甘龍曰：聖人不易民而教，知者不變法而治。鞅曰：龍之所言，世俗之言也。三代不同禮而王，五伯不同法而伯。孝公曰善，卒定變法之令。⑤**駁議**見章

表篇。⑥**賈誼**〔賈誼傳〕誼爲博士，每詔令議下，諸老先生不能言，賈生盡爲之對。人人各如其意所欲出，諸生于是以爲能。文帝説之。⑦**駁挾弓**〔吾邱壽王傳〕公孫弘奏言，禁民毋得挾弓弩便。上下其議。壽王對曰：臣恐邪人挾之而吏不能止，良民以自備而抵法禁，是擅賊威而奪民救也。上以難弘，弘詘服焉。按非主父偃事。⑧**辨匈奴**〔韓安國傳〕武帝時，匈奴請和親，大行王恢議伏兵襲擊。安國曰：匈奴輕疾悍亟之兵也，至如猋風，去如收電，難得而制。今使邊郡久廢耕織，以支胡之常事，其勢不相權也，臣故曰勿擊便。⑨**陳朱崖**朱崖當作珠厓。〔賈捐之傳〕珠厓又反，上使王商詰問捐之。捐之對曰：臣愚以爲非冠帶之國，禹貢所及，春秋所治，皆可且無以爲。願遂棄珠厓，專用恤關東爲憂。⑩**辨祖宗**〔劉歆武帝廟不宜毀議〕孝武皇帝南滅百粤，北攘匈奴，至今累世賴之。天子三昭三穆，與太祖之廟而七。孝宣皇帝舉公卿之議，既以爲世宗之廟，臣愚以爲不宜毀。⑪**斷輕侮**〔張敏傳〕建初中，有人侮辱人父者，而其子殺之。肅宗貰其死刑，自後因以爲比。遂定議以爲輕侮法。敏駁議曰：使執憲之吏，得設巧詐，非所以導在醜不争之義，可下三公廷尉蠲除其敝。議寢不省。敏復上疏，和帝從之。⑫**議擅誅**〔郭躬傳〕竇固出擊匈奴，秦彭爲副。彭在別屯，而輒以法斬人。固奏彭專擅，請誅之。顯宗乃引公卿朝臣平其罪科。躬曰：漢制棨戟，即爲斧鉞，於法不合罪。帝從躬議。⑬**駁校事**〔魏志〕程曉嘉平中爲黄門侍郎，時校事放横。曉上疏，遂罷校事官。⑭**議貨錢**〔司馬芝傳〕先是文帝罷五銖錢，令民以穀帛爲市。至明帝時，巧僞滋多，芝議以用錢非獨豐國，亦以省刑。從之。⑮**蠲出女科**〔晉刑法志〕魏法，犯大逆者誅及已出之女。毌邱儉之誅，其子甸妻荀氏應坐死，詔聽離婚。荀氏所生女芝爲劉子元妻，亦坐死，以懷姙繫獄。荀氏辭詣司隸校尉何曾乞恩，求没爲官婢以贖芝命。曾哀之，使主簿程咸上議曰：男不得罪於他族，而女獨嬰戮於二門，臣以爲在室之女，從父母之誅；既醮之婦，從夫家之罰。宜改舊科，以爲永制。⑯**定賈充謚**〔秦秀傳〕賈充薨，議謚。秀議曰：充以異姓爲後，絶祖父之血食，開朝廷之禍門，謚法昏亂紀度曰荒，請謚荒。⑰**應劭**〔應劭傳〕劭凡爲駁議三十篇。⑱**仲瑗**〔應劭傳〕劭字仲遠。〔注〕續漢書文士傳作仲援。漢官儀又作仲瑗。⑲**賣媵賤女買櫝還珠**〔韓子〕昔秦伯嫁其女於晉公子，令晉爲之飾裝，從衣文之媵七十人。至晉，晉人愛其妾而賤公女。此可謂善嫁妾，而未可謂善嫁女也。楚人有賣其珠於鄭者，爲木蘭之櫃，薰桂椒之櫝，綴以珠玉，飾以玫瑰，輯以翡翠。鄭人買其櫝而還其珠。此可謂善賣櫝矣，未可謂善鬻珠也。⑳**射策對策**〔蕭望之傳〕望之以射策甲科爲郎。〔注〕射策者，謂爲難問疑義，書之於策，量其大小，署爲甲乙之科，列而置之，不使彰顯。有欲射者，隨其所取得而釋之，以知優劣。射之言，投射也。對策者，顯問以政事經義，令各對之，而觀其文辭，定高下也。㉑**舉賢良**〔鼂錯傳〕詔有司舉賢良文學士，對策者百餘人，錯爲高第。㉒**仲舒**〔董仲舒傳〕仲舒少治春秋。武帝即位，舉賢良文學之士，前後百數，而仲舒以賢良對策舉首。㉓**公孫對**〔平津侯傳〕公孫弘使匈奴還，不合上意，病免歸。元光五年，詔徵文學，國人固推弘。弘至太常，太常令所徵儒士各對策百餘人，弘第居下。策奏，天子擢弘對爲第一。㉔**杜欽**〔杜欽傳〕日蝕地震，詔舉賢良方正能直言士，欽上對云云。㉕**魯丕**〔魯丕傳〕丕字叔陵，兼通五經，爲當世名儒。肅宗詔舉賢良方正，劉寬舉丕，時對策者百有餘人，惟丕在高第，關東號之曰五經復興魯叔陵。㉖**稱疾**

〔晉書〕元帝時，以天下喪亂，遠方孝秀，不復策試，到即除署。既經略粗定，乃詔試經，有不中科，刺史太守免官。其後孝秀莫敢應命，有送至京師，皆以疾辭。㉗**雉集**〔漢成帝紀〕鴻嘉二年春，行幸雲陽。三月，博士行飲酒禮。有雉蜚集于庭，歷階升堂而雊。詔舉敦厚有行義能直言者，冀聞切言嘉謀。㉘**麏興**〔晉五行志〕咸和六年正月，會州郡秀孝於樂賢堂。有麏見於前，獲之。孫盛以爲吉祥。夫秀孝天下之彦士，樂賢堂所以樂養賢也。自喪亂以後，風教陵夷。秀孝策試，乏四科之實，麏興於前，或斯故乎？㉙**志足文遠**〔左傳〕仲尼曰：志有之：言以足志，文以足言。不言，誰知其志？言之無文，行而不遠。

【李詳補注】

❶**春秋釋宋二句**詳案：錢氏大昕〔十駕齋養新録〕（卷十四）云：文心雕龍議對篇春秋釋宋魯桓務議二句，注家皆未詳。（詳案：時黄注已出，錢氏未見。）惠學士士奇云：案文當云魯僖預議，（詳案：又見惠棟九曜齋筆記卷一）預與與同，轉寫譌爲務耳。詳案：〔史記酈生陸賈列傳〕將相和調，則士務附。〔集解〕徐廣曰：務一作豫。豫與預通，此作務議，亦未爲不可也。❷**對策者句**詳案：此指公孫弘天子擢弘爲第一事，黄注置於公孫對下，失其次矣。

【楊明照校注】

〔一〕**周爰諮謀**。

「諮」，御覽五九五引作「咨」。祕書本作「咨」。　范文瀾云：「詩大雅綿『爰始爰謀』，箋云『於是始與豳人之從己者謀』。又『周爰執事』，箋云『於是從西方而往東之人，皆於周執事，競出力也』。『周爰諮謀』，語本此。」

按詩小雅皇皇者華：「載馳載驅，周爰咨謀。」毛傳：「忠信爲周；訪問於善爲咨。以上係上章「周爰咨諏」句傳。咨事之難易爲謀。」鄭箋：「爰，於也。」釋文：「『咨』，亦作『諮』。」此舍人所本。范説謬。「諮」，俗字，「咨」已从口，無庸再加言旁。當依御覽作「咨」，始與詩合。以論説篇「故言咨悦懌」，章表篇「故堯咨四岳」，本篇下文「堯咨四岳」，書記篇「短牒咨謀」諭之，此必原作「咨」也。

〔二〕**易之節卦，君子以制度數議德行。**

「度數」，活字本御覽引作「數度」。

按作「數度」始與易合。前詔策篇「易稱『君子以制度數』」，「數度」二字亦誤倒。

〔三〕**洪水之難，堯咨四岳。**

按書堯典：「帝曰：『咨！四岳。湯湯洪水方割，蕩蕩懷山襄陵，浩浩滔天，下民其咨！有能俾乂？』僉曰：『於！鯀哉！』」

〔四〕**宅揆之舉，舜疇五人。**

宋本、鈔本、活字本、喜多本、鮑本御覽引，「宅」作「百」，「人」作「臣」。徐𤊹「宅」校作「百」，「人」校作「臣」。天啟梅本「人」改「臣」。黃校云：「（人）一本作『臣』。」劉永濟云：「按舜典：舜新命六人，禹、垂、益、伯夷、夔、龍也。此作『五人』，疑誤。又舜典雖有『惠疇』、『疇若』之文，皆訓誰？此言舜疇五人，亦文不成義。『疇』乃『詶』之借字，亦作『譸』，魏元丕碑曰『譸咨群寮』是也。」

按「百」「臣」二字並是。「百揆」與上「洪水」對。論語泰伯：「舜有臣五人，而天下治。」集解引孔（安國）曰：「禹、稷、契、皋陶、伯益也。」聖賢群輔録：「禹、稷、契、皋陶、益，右舜五臣，見論語。」閻若璩尚書古文疏證四：「舜之佐二十有二人，其最焉者九官，又其最焉者五臣。」劉寶楠論語正義：「舜典言舜命禹百揆，棄爲稷，契爲司徒，皋陶爲士，益爲虞。此五人才最盛也。」是「五」字未誤。周生烈子：「舜嘗駕五龍以騰唐衢。」御覽八一引。抱朴子佚文：「舜駕五龍。」書鈔十一引。五龍，亦即五臣也。「疇」，讀爲「籌」。荀子正論篇「故至賢疇四海」楊注：「或曰：『疇，與籌同。謂計度也。』」是「疇」字於此，亦非不可解者。劉説誤。

〔五〕**詢及芻蕘。**

「芻」，元本、弘治本、活字本、汪本、佘本、張本、兩京本、王批本、何本、合刻本、梁本、别解本、尚古本、岡本、王本作「蒭」。

按詩大雅板：「先民有言，詢於芻蕘。」毛傳：「芻蕘，薪采者。」「芻」已從艸，不必再加艸頭也。

〔六〕**春秋釋宋，魯桓務議。**

「務」，宋本、鈔本、活字本、喜多本御覽引作「預」。徐𤊹校作「預」。天啟梅本改作「預」。

黄注云：「按魯桓公無議釋宋事，『桓』當作『僖』。」文溯本剜改爲「僖」。

按當作「魯僖預議」，始與公羊傳僖公二十一年合。惠棟九曜齋筆記卷一、錢大昕十駕齋養新録卷十四、陳鱣手校本文心。並有説。

〔七〕**楷式昭備。**

「昭」，元本、弘治本、汪本、佘本、張本、兩京本、謝鈔本、文津本作「照」。文溯本剜改爲「昭」。

按以宗經、頌讚二篇之「照灼」證之，「照」字是。

〔八〕**藹藹多士。**

按詩大雅卷阿：「藹藹王多吉士。」毛傳：「藹藹，猶濟濟也。」鄭箋：「王之朝多善士，藹藹然君子在上位者。」釋文：「爾雅（釋訓）云：『（藹藹）臣盡力也。』」

〔九〕**發言盈庭。**

按詩小雅小旻：「謀夫孔多，……發言盈庭。」

〔一〇〕**賈捐之之陳於朱崖。**

「朱崖」，黄注云：「當作『珠厓』。」文溯本剜改爲「珠厓」。　顧廣圻校「朱」作「珠」。

按法言孝至篇：「朱崖之絶，捐之之力也。」李注：「朱崖，南海水中郡。元帝時背叛不臣，議者欲往征之。賈捐之以爲無異禽獸也，『棄之不足惜，不擊不損威』。元帝聽之。事在漢書（賈捐之傳）。」作「朱崖」。後漢書東夷傳、水經温水注亦並作「朱崖」。此固不必依漢書本傳作「珠厓」也。

〔一一〕**程曉之駁校事。**

「程」，黄校云：「元作『陳』。」此沿梅校。

按御覽引作「程」；文通九引同。元本、弘治本、汪本、佘本、張本、王批本、何本、訓故本、謝鈔本同。

梅改是也。

〔二〕**秦秀定賈充之謚。**

「謚」，黄校云：「元作『謚』。」此沿梅校。按梅本改「謚」，黄氏誤作「謚」，非是。宋本、鈔本、倪本、活字本、鮑本御覽引作「謚」；文通引同。元本、張乙本、兩京本、王批本、胡本、訓故本、祕書本、謝鈔本、彙編本、張松孫本同。未誤。

〔三〕**然仲瑗博古。**

「瑗」，宋本、鈔本、活字本御覽引作「援」。天啟梅本作「遠」。王批本作「瑗」。按應劭之字，仲遠、仲援、仲瑗不一致；章懷注范書劭傳，亦未定其孰是孰非。惠棟後漢書補注卷五十二：「劉寬碑陰隸釋卷十一。有故吏南頓應劭仲瑗。洪适云：『漢官儀作瑗。』官儀既劭所著，又有此碑可據，則知『遠』、『援』皆非也。」是舍人此文之作仲瑗，信而有徵矣。水經河水注東阿縣下引應仲瑗曰：「有西故稱東。」亦作仲瑗。可資旁證。不必僅據范書遽改爲「遠」也。

〔四〕**而諛辭弗剪，頗累文骨。**

紀昀云：「『諛』當作『腴』。」

按御覽引作「腴」；文通引同。元本、弘治本、汪本、佘本、張本、兩京本、王批本、何本、胡本、訓故本、梅本、凌本、合刻本、梁本、祕書本、謝鈔本、彙編本、别解本、尚古本、岡本、四庫本、王本、張松孫本、崇文本同。紀説是也。雜文篇：「腴辭雲構。」正以「腴辭」二字組合，尤爲切證。正緯篇「辭富膏腴」，詮賦篇「膏腴害骨」，事類篇「必列膏腴」，總術篇「味之則甘腴」，是本書屢用「腴」字也。黃本作「諛」，非臆改，即誤刻。

〔一五〕**㢮張治術。**

「㢮」，宋本、鈔本、活字本、喜多本御覽引作「施」。子苑三二引作「弛」。

按「施」「弛」「㢮」爲「弛」之或體。古通，臧琳經義雜記七言之甚詳。「弛張」二字原出禮記雜記下，然古亦有作「施張」者，古文苑孔融離合作郡姓名字詩「出行施張」，郭元祖列仙傳讚「蓋萬物施張，渾爾而就」是也。御覽引作「施」，或文心古本如此。

〔一六〕**戎事必練於兵。**

「必」，黃校云：「一作『要』；又作『宜』。」何焯改「宜」。

按御覽引作「宜」。下文之「先」字「務」字，皆以不同字相對；上「郊祀必洞於禮」句，已著「必」字，此不應重出，當以作「宜」爲是。

〔一七〕**亦爲遊辭所埋矣。**

「遊」，御覽引作「浮」。

按易繫辭下：「誣善之人其辭游。」此「遊辭」二字所出。「遊」「游」同。御覽作「浮」，蓋涉下而誤。子苑引作「遊」。

〔一八〕**則秦女楚珠，復在於茲矣。**

「在」，宋本、鈔本、活字本、喜多本御覽引作「存」。

按「在」「存」二字形近，每易淆混。此當以作「存」爲是。文選曹植求通親親表：「則古人之所歎，風雅之所詠，復存於聖世矣。」又王儉褚淵碑文：「裴楷清通，王戎簡要，復存於兹。」句法並與此同，可證。

〔一九〕**譬射侯中的。**

按禮記射義：「射侯者，射爲諸侯也。射中，則得爲諸侯。」

〔二〇〕**及孝武益明，旁求俊乂。**

按漢書儒林傳贊：「自武帝立五經博士，開弟子員，設科射策，勸以官禄。」書臯陶謨：「俊乂在官。」釋文引馬融曰：「千人曰俊，百人曰乂。」又僞太甲上：「旁求俊彦。」枚傳：「旁，非一方。」又僞説命下：「旁招俊乂，列于庶位。」枚傳：「廣招俊乂，使列衆官。」

〔二一〕**對策者以第一登庸。**

按書堯典：「帝曰：『疇咨？若時登庸。』」孔傳：「庸，用也。」史記五帝紀：「堯曰：『誰可順此事？』」正義：「言將登用之嗣位也。」

〔二二〕**射策者以甲科入仕。**

按漢代射策以甲科入仕者，頗不乏人：漢書匡衡傳：「衡射策甲科，以不應令，除爲太常掌故。」顔注：「投射得甲科之策，而所對文指不應令條也。」又馬宫傳「以射策甲科爲郎」，翟方進傳「以射策甲科爲郎」，何武傳「以射策甲科爲郎」，王嘉傳「以明經射策甲科爲郎」，又儒林房鳳傳「以射策乙科爲太史掌故」，循吏召信臣傳「以明經甲科爲郎」是也。漢舊儀：「太常博士弟子試射策，中甲科補郎，中乙科補掌故。」史記鼂錯傳索隱引。

〔二三〕**斯固選賢要術也。**

「賢」，活字本、清謹軒本作「言」。

按此句爲總論對策、射策之辭，故云「選賢要術」。作「言」非。

〔二四〕**觀鼂氏之對，證驗古今。**

玉海六十引作「驗古明今」。

按以奏啟篇「酌古御今」，體性篇「擯古競今」，事類篇「援古以證今」例之，玉海所引是也。滅惑論亦有「驗古準今」語。元本、弘治本、活字本、汪本、王批本等原有脱文，僅存「驗古今」三字。王惟儉於「驗」上補「考」字，梅慶生據謝兆申説於「驗」上補「證」字，黄本從之，皆非是。

〔二五〕**及後漢魯丕，辭氣質素。**

「丕」，黄校云：「元作『平』，朱改。」此沿梅校。徐𤊹校作「丕」。顧廣圻云：「『𠀾』之誤也。」

按徐校、顧説是。三國志吴書闞澤傳裴注引吴録曰：「……澤曰：『以字言之，「不」「十」爲「丕」。』」玉篇一部：「丕，或作𠀾。」五經文字：「丕，石經作𠀾。」此蓋原作「魯𠀾」，後因誤「𠀾」爲「平」耳。王批本、何本、謝鈔本作「丕」，未誤。文通九引作「丕」。

〔二六〕**晉策秀才,而麏興於前。**

按宋書五行志二:「晉成帝咸和六年正月丁巳,會州郡秀、孝於樂賢堂,有麏見於前,獲之。孫盛曰:『夫秀、孝,天下之彥士,樂賢堂,所以樂養賢也。晉自喪亂以後,風教凌夷,秀無策試之才,孝乏四行之實。麏興於前,或斯故乎。』」晉書五行志中文有脱落,故改引宋書。

〔二七〕**酌三五以鎔世。**

按「三五」,謂三皇五帝。史記孔子世家:「楚令尹子西曰『……今孔丘述三五原誤作「王」,此據文選班固東都賦、劉琨勸進表、王融曲水詩序、袁宏三國名臣序贊、李康運命論李注所引改之法……』」漢書郊祀志下:「夫周秦之末,三五之隆。」顏注:「三謂三皇,五謂五帝也。」文選東都賦:「事勤乎三五。」劉良注:「三五,三皇五帝也。」

〔二八〕**對策所選,實屬通才。**

按杜恕篤論:「校才選能,莫善於對策。」意林五引。足與此文相發。

〔二九〕**不其鮮歟!**

按爾雅釋詁上:「鮮,善也。」讀息淺切。

〔三〇〕**斷理必綱,摛辭無懦。**

黄侃云:「此句與下句一意相足,下云『摛辭無懦』,則此『綱』字爲『剛』字之訛。」

按黄説是。訓故本正作「剛」。當據改。

書記第二十五

大舜云：「書用識哉①！」所以記時事也。蓋聖賢言辭，總爲之一作尚。書〔一〕，書之爲體，主言者也。揚雄曰②：「言，心聲也；書，心畫也。」聲畫形，君子小人見矣〔二〕。故書者，舒也。舒布其言，陳之簡牘③〔三〕，取象於夬④，貴在明決而已。三代政暇，文翰頗疎。春秋聘繁，書介彌盛：繞朝贈士會以策⑤❶〔四〕，子家與趙宣以書⑥，巫臣之遺子反⑦〔五〕，子産之諫范宣⑧，詳觀四書，辭若對面。又子服敬叔進弔書于滕君⑨，固知行人挈辭，多被翰墨矣〔六〕。及七國獻書，詭麗輻輳〔七〕；漢來筆札⑩，辭氣紛紜〔八〕。觀史遷之報任安⑪，東方朔之難公孫⑫❷〔九〕，楊惲之酬會宗⑬，子雲之答劉歆⑭，志氣槃桓〔一〇〕，各含殊采；並杼軸乎尺素〔一一〕，抑揚乎寸心❸〔一二〕。逮後漢書記，則崔瑗尤善。魏之元瑜⑮，號稱翩翩；文舉屬章⑯，半簡必録；休璉好事⑰，留意詞翰〔一三〕：抑其次也。嵇康絶交⑱，實志高而文偉矣；趙至叙元作贈，王性凝改。離⑲〔一四〕，迺少年之激切也〔一五〕。至如陳遵占辭⑳，百封各意；禰衡代書㉑，親疎得宜：斯又御覽作皆。尺牘之偏才也。

詳總書體，本在盡言，言以散鬱陶〔一六〕，託風采，故宜條暢御覽作滌蕩。以任氣〔一七〕，優柔以懌懷〔一八〕；文明從容，亦心聲之獻酬也㉒。若夫尊貴差序，則肅以節文。戰國以前，君臣同書㉓，秦漢立儀，始有表奏㉔；王公國内，亦稱奏書，張敞奏書於膠后㉕，其義美矣〔一九〕。迄至後漢，稍有名品，公府奏記，而郡將奏牋㉖〔二〇〕。記之言志，進己志也。牋者，表也，表識其情也〔二一〕。崔實奏記於公府㉗，則崇讓之德音矣；黄香奏牋於江夏㉘〔二二〕，亦肅恭之遺式矣。公幹牋記㉙，麗而規益〔二三〕，子桓弗論，故世所共遺❹；若略名取實，則有美於爲詩矣。劉廙謝恩㉚，喻切以至；陸機自理㉛，情周而巧：牋之爲善者也〔二四〕。原牋記之爲式，既上窺乎表，亦下睨乎書，使敬而不懾，簡而無傲〔二五〕，清美以惠其才，彪蔚以文其響，蓋牋記之分也。

夫書記廣大，衣被事體，筆劄雜名，古今多品。是以總領黎庶，則有譜籍簿録；醫歷星筮，則有方術占試〔二六〕；申憲述兵，則有律令法制；朝市徵信，則有符契券疏；百官詢事，則有關刺解諜〔二七〕；萬民達志，則有狀列辭諺：並述理於心，著言於翰，雖藝文之末品，而政事之先務也。

故謂譜者㉜，普也〔二八〕。注序世統，事資周普；鄭氏譜詩㉝，蓋取乎此。

籍者㉞，借也。歲借民力，條之於版〔二九〕；春秋司籍㉟〔三〇〕，即其事也。

簿者㊱，圃也。草木區別，文書類聚；張湯李廣㊲，爲吏所簿，别情僞也。

録者㊳，領也。古史世本㊴，編以簡策，領其名數，故曰録也。

方者㊵，隅也。醫藥攻病，各有所主，專精一隅，故藥術稱方。

術者㊶，路也。算歷極數，見路乃明，九章積微㊷，故以爲術；淮南萬畢㊸，皆其類也。

占者㊹，覘也。星辰飛伏，伺候乃見，精疑作登。觀書雲㊺〔三一〕，故曰占也。

式者㊻，元脱。則也〔三二〕。陰陽盈虛，五行消息，變雖不常，而稽之有則也。

律者㊼，中也。黄鐘調起㊽〔三三〕，五音以正，元本下多音以正三字。法律馭民，八刑克平，以律爲名，取中正也。

令者㊾，命也。出命申禁，有若自天〔三四〕；管仲下命一作令。如流水㊿〔三五〕，使民從也。

法者(51)，象也。兵謀無方，而奇正有象〔三六〕，故曰法也。

制者(52)，裁也。上行於下，如匠之制器也。

符者(53)，孚元作厚，謝改。也。徵召防僞，事資中孚〔三七〕；三代玉瑞(54)〔三八〕，漢世金竹(55)，末代從省，易以書翰矣〔三九〕。

契者(56)，結也。上古純質，結繩執契；今羌胡徵數，負販記緡，其遺風歟！

券者(57)，束也。明白約束，以備情僞，字形半分，故周稱判書(58)。古有鐵券(59)，以堅信誓〔四〇〕，王褒髯奴(60)，則券之楷也〔四一〕。

疏者，布也。布置物類，撮題近意，故小券短書，號爲疏也。

關者，閉也。出入由門，關閉當一作由。審；庶務在政，通塞應詳。韓非云：孫亶回元作四，朱改。聖相也⑥¹〔四二〕，而關於州部。蓋謂此也。

刺者⑥²，達也。詩人諷刺，周禮三刺⑥³，事叙相達，若針之通結矣。

解者，釋也。解釋結滯，徵事以對也。

牒者⑥⁴，葉也。短簡編牒，如葉在枝，温舒截蒲⑥⁵，即其事也。議政未定，故短牒咨謀。牒之尤密，謂之爲籤。籤者，纖一作籤。密者也〔四三〕。

狀者⑥⁶，貌也。體一作禮。貌本原〔四四〕，取其事實，先賢表謚，並有行狀⑥⁷〔四五〕，狀之大者也。

列者，陳也。陳列事情，昭然可見也。

辭者⑥⁸，舌端之文〔四六〕，通己於人。子産有辭⑥⁹，諸侯所賴，不可已也。

諺者，直語也。喪言亦不及文〔四七〕，元作交。故弔亦稱諺。廛路淺言，有實無華〔四八〕。鄒穆公云：囊滿汪本作漏。儲中⑦⁰〔四九〕，皆其類也。太誓曰：古人有言，牝雞無晨。大雅云：人亦有言，惟憂用老。並上古遺諺，詩書可引者也。至於陳琳諫辭，稱掩目捕雀⑦¹；潘岳哀辭，稱掌珠伉儷⑦²：並引俗説而爲文辭者也。夫文辭鄙俚，莫過於諺，而聖賢詩書，採以爲談，況踰於此，豈可忽哉！

觀此四疑作數。條〔五〇〕，並書記所總：或事本相通，而文意各異；或全任質素，或雜用文綺，隨事立體，貴乎精要；意少一字則義闕，句長一言則辭妨，並有司一作詞。之實務，而浮藻之所忽也。然才冠鴻筆，多疎尺牘，譬九方堙之識駿足[73]，而不知毛色牝牡也。言既身文，信亦邦瑞〔五一〕，翰林之士[74]，思理實焉。

贊曰：文藻條流，託在筆札。既馳金相，亦運木訥〔五二〕。萬古聲薦，千里應拔。庶務紛綸，因書乃察〔五三〕。

【黃叔琳注】

①**書用識哉**書益稷篇文。②**揚雄云云**見法言問神篇。③**簡牘**〔杜預春秋序〕大事書之於策，小事簡牘而已。④**象夬**見徵聖篇。⑤**贈策**〔左傳〕晉人患秦之用士會也，乃使魏壽餘僞以魏叛者以誘士會。士會行。繞朝贈之以策，曰：子無謂秦無人，吾謀適不用也。⑥**與書**〔左傳〕晉侯不見鄭伯，以爲貳於楚也。鄭子家使執訊而與之書，以告趙宣子。⑦**遺子反**〔左傳〕楚子重、子反以夏姬故，怨巫臣而殺其族。巫臣自晉遺二子書。⑧**諫范宣**〔左傳〕范宣子爲政，諸侯之幣重，鄭人病之。子産寓書於子西以告宣子。⑨**進弔書**〔檀弓〕滕成公之喪，使子服敬叔弔，進書。⑩**筆札**〔司馬相如傳〕相如請爲游獵之賦，上令尚書給筆札。〔注〕札，木簡之薄小者，時未多用紙，故給札以書。⑪**報任安**〔司馬遷傳〕遷被刑之後，爲中書令，尊寵任職，故人益州刺史任安予遷書，責以古賢臣之義。遷報

以書。⑫**難公孫**〔公孫弘傳〕武帝時，北築朔方，弘諫以爲罷弊中國。上使朱買臣等難弘置朔方之便，發十策，弘不得一。按〔東方朔傳〕有答客難，無難公孫弘事。⑬**酬會宗**〔楊惲傳〕惲失位家居，治産業，起室宅，以財自娱。友人孫會宗知略士也，與惲書諫戒之。惲報以書。⑭**答劉歆**揚雄字子雲。集有答劉歆書。⑮**元瑜**〔魏文帝集與吴質書〕元瑜書記翩翩，致足樂也。⑯**文舉**〔孔融傳〕融字文舉。魏文帝深好融文辭，募天下上融文章者，輒賞以金帛。⑰**休璉**〔文章叙録〕應璩字休璉，博學好屬文，善爲書記文。⑱**絶交**〔嵇康傳〕山濤將去選官，舉康自代，康乃與濤書告絶。⑲**叙離**〔晉文苑傳〕趙至與嵇康兄子蕃友善，及將遠適，乃與蕃書叙離，并陳其志。⑳**陳遵**〔陳遵傳〕起爲河南太守，既到官，治私書謝京師故人。遵憑几，口占書吏，且省官事，書數百封，親疏各有意。㉑**禰衡**〔後漢文苑傳〕禰衡爲黄祖作書記，輕重疏密，各得體宜。㉒**獻酬**〔世説〕人問：撫軍殷浩談竟何如？答曰：不能勝人，差可獻酬群心。㉓**君臣同書**如樂毅報燕王，燕王謝樂毅，上下無别，同稱書也。㉔**表奏**〔文章緣起〕表，淮南王安諫伐閩表。奏，漢枚乘奏書諫吴王濞。㉕**張敞**〔張敞傳〕敞拜膠東相。到膠東，居頃之，王太后數出遊獵。敞奏書諫。㉖**郡將**〔嚴延年傳〕延年新將。〔注〕新爲郡將也。謂郡守爲郡將者，以其兼領武事也。㉗**崔實**見諸子篇。㉘**黄香**〔後漢文苑傳〕黄香字文彊，江夏安陸人，所著賦牋奏書令凡五篇。㉙**公幹**劉楨字公幹。按魏文帝與吴質書，公幹五言詩妙絶當時，而不言其牋記，故云弗論。文帝字子桓。㉚**劉廙**〔劉廙傳〕魏諷反，廙弟偉爲諷所引，當相坐誅。太祖令曰：叔向不坐弟虎，古之制也，特原不問，徙署丞相倉曹屬。廙上疏謝曰：起煙於寒灰之上，生華於已枯之木。物不答施於天地，子不謝生於父母。㉛**陸機自理**〔陸機謝平原内史表〕横爲故齊王冏誣臣與衆人共作禪文，幽執囹圄，當爲誅始。臣乃崎嶇自列，片言隻字，不關其間，字蹤筆迹，皆可推校。㉜**譜**〔漢藝文志〕帝王諸侯世譜二十卷，古來帝王年譜五卷。〔劉杳傳〕王僧孺撰譜，訪杳血脈所因。杳云：桓譚新論云：太史三世表，旁行斜上，並效周譜。以此而推，當起周代。㉝**譜詩**〔鄭玄傳〕玄所著毛詩譜。〔注〕玄於詩、禮、論語，爲之作序。此譜亦序之類，避子夏序名，以其列諸侯世及之次，謂之爲譜。㉞**籍**〔蕭何世家〕高祖入關，何獨先走丞相府收圖籍，以是具知天下户口阨塞。㉟**司籍**〔左傳〕周景王謂籍談曰：昔而高祖孫伯黶司晉之典籍，以爲大政，故曰籍氏。㊱**簿**〔漢食貨志〕多張空簿。〔注〕簿，計簿也。㊲**張湯**〔史記酷吏傳〕天子以湯懷詐面欺，使使八輩簿責湯。〔注〕謂以文簿次第，一一責之。**李廣**〔李廣傳〕廣從大將軍擊匈奴，惑失道，大將軍使長史急責廣之幕府對簿。㊳**録**〔周禮〕職幣振掌事者之餘財，皆辨其物而奠其録。〔注〕定其録籍。㊴**世本**〔班彪傳〕左邱明有記録黄帝以來至春秋時帝王公侯卿大夫，號曰世本，一十五篇。〔馬總意林〕傅子曰：楚漢之際，有好事者作世本，上録黄帝，下逮漢末。㊵**方**〔漢藝文志〕經方十一家。經方者，辨五苦六辛，致水火之齊，以通閉解結。㊶**術**〔漢藝文志〕凡數術百九十家。數術者，皆明堂羲和史卜之職也。㊷**九章**〔鄭玄傳〕始通京氏易、公羊春秋、三統歷、九章算術。〔注〕三統歷，劉歆所撰。九章算術，周公作也，凡有九篇：方田一，粟米二，差分三，少廣四，均輸五，方程六，傍要七，盈不足八，鉤股九。㊸**萬畢**〔龜策傳〕臣爲郎時，見萬畢石朱方傳曰：有神龜在江南嘉林中。〔注〕萬畢術中有石朱方，方中説嘉林中，故云傳曰。淮南有畢萬術一卷。㊹占〔漢藝文志〕雜占十八家。雜占者，紀百事之象，候善惡之徵。㊺書雲〔左傳〕凡分至啟閉，必書雲物。㊻式〔周禮〕大師抱天時與大師同車。〔注〕太史主抱式以知天時，處吉凶。釋曰：據當時占文謂之式，以其見時候有法式，故謂載天文者爲式。〔漢藝文志〕羨門式法二十卷，羨門式二十卷。㊼律〔漢刑法志〕蕭何攈摭秦法，取其宜於時者，作律九章。㊽黄鐘〔漢律歷志〕五聲之本，生于黄鐘之律。㊾令〔蕭望之傳〕金布令甲。〔注〕金布者，令篇名也。其上有府庫金錢布帛之事，因以篇名。令甲者，其篇甲乙之次。㊿管仲〔管子〕下令如流水之原者，令順民心也。51法〔周禮疏〕齊景公時，大夫田穰苴作司馬法。至六國時，齊威王大夫等追論古法，又作司馬法，附于穰苴。〔漢藝文志〕張良、韓信序次兵法。52制〔禮記月令〕命有司修法制。53符〔東觀漢記〕郭丹初之長安，從宛人陳兆買入關符，以入函谷關。既入，封符乞人曰：不乘使者車不出關。54玉瑞〔周禮〕典瑞掌玉瑞玉器之藏。〔注〕瑞，符信也。〔五帝本紀〕修五禮五玉。〔注〕即五瑞也。55金竹〔孝文本紀〕初與郡國守相爲銅虎符、竹使符。56契〔周禮〕小宰之職，聽取予以書契。〔注〕書契謂出予受入之凡要，凡簿書之最目，獄訟之要詞，皆曰契。57券〔周禮天官小宰〕四曰聽稱責以傳別。〔注〕傳別，謂券書也。聽訟責者，以券書決之。〔地官質人〕大市以質，小市以劑。〔注〕大市人民馬牛之屬，用長券。小市兵器珍異之物，用短券。58判書〔周禮秋官〕朝士凡有責者，有判書以治則聽。〔注〕判，半分而合者。59鐵券〔漢高帝紀〕與功臣剖符作誓，丹書鐵券。60髯奴〔王褒僮約〕券文曰：資中男子王子淵，從成都安志里女子楊惠買亡夫時戶下髯奴便了，決賣萬五千。奴從百役使，不得有二言。(61)**孫亶回**〔韓子〕徐渠問田鳩曰：陽城義渠，名將也，而措於毛伯；公孫亶回，聖相也，而關於州部，何哉？田鳩曰：此無他，主有度，上有術之故也。(62)**刺**〔唐百官志〕諸司相質，其制有三：一曰關，二曰刺，三曰移。(63)**三刺**〔周禮〕司刺掌三刺三宥三赦之法，以贊司寇，聽獄訟。一刺曰訊群臣，再刺曰訊群吏，三刺曰訊萬民。(64)**牒**〔左傳〕右師不敢對，受牒而退。〔正義〕簡，牒也。牒，札也。(65)**截蒲**〔路温舒傳〕温舒取澤中蒲截以爲牒，編用寫書。(66)**狀**〔楊引傳〕引母終，經十三年，哀慕不改。郡縣鄉里三百人上狀稱美。(67)**行狀**〔文章緣起〕行狀，漢丞相倉曹傅胡幹作楊元伯行狀。(68)**辭**〔周書〕兩造具備，師聽五辭。五辭簡孚，正于五刑。(69)**子產**〔左傳〕叔向曰：辭之不可以已也。子產有辭，諸侯賴之，若之何其釋辭也。(70)**囊滿儲中**〔賈誼新書〕鄒穆公令食鳧雁者必以粃，於是倉無粃，而求易於民，二石粟而易一石粃。吏請以粟食之。公曰：去，非而所知也。汝知小計而不知大會。周諺曰「囊漏貯中」，而獨弗聞與？(71)**掩目捕雀**〔何進傳〕袁紹等欲召外兵向京城以脅太后，進然之。陳琳諫曰：易稱即鹿無虞，諺有掩目捕雀，夫微物尚不可欺以得志，況國之大事，其可以詐立乎！(72)**伉儷**〔潘黄門集〕楊仲武誄序：子之姑，予之伉儷。(73)**九方堙**〔淮南子〕秦穆公使九方堙求馬。三月而反，報曰：在於沙邱，牡而黄。使人往取之，牝而驪。穆公不說。伯樂曰：若堙之所觀者，天機也，得其精而忘其粗。馬至而果千里之馬。(74)**翰林**〔長楊賦〕藉翰林以爲主人。〔注〕翰，筆也。翰林，文翰之多若林。

【李詳補注】

❶繞朝贈士會以策黄評云：可證解作鞭策之謬。紀云：解作鞭策不謬，杜氏誤解爲書策耳。繞朝二語，對面啟齒即了，何必更題而贈之，故知策是鞭策，寓使策馬速行之意。詳案：杜注本云：策馬撾。黄氏故據彦和此説，以詆其謬。紀云「解作鞭策不謬」，正是附和杜説，又何得云杜氏誤解爲書策邪？解作書策乃服虔説，見左傳正義。服虔云：繞朝以策書贈士會。彦和係用服義，黄既不探其源，紀亦近於臆斷。　**❷東方朔句**黄注：東方朔有答客難，無難公孫弘事。詳案：〔御覽〕（四百六）東方朔與公孫弘書：蓋聞爵禄不相貴以禮，同類之游，不以遠近爲是。故東門先生居蓬户空穴之中，而魏公子一朝以百騎尊寵之；吕望未嘗與文王同席而坐，一朝讓以天下半。夫丈夫相知，何必撫塵而游，垂髮齊年，偃伏以日數哉！　案玩其辭氣，似與公孫弘不協，疑即是此書。　**❸並杼軸乎尺素二句**詳案：〔陸機文賦〕函緜邈於尺素，吐滂沛乎寸心。　**❹公幹牋記四句**詳案：〔魏志邢顒傳〕載楨諫曹植書云：家丞邢顒，北土之彦，少秉高節，玄静淡泊，言少理多，真雅士也。楨誠不足同貫斯人，並列左右，而楨禮遇殊特，顒反疏簡。私懼觀者將謂君侯習見不肖，禮賢不足，採庶子之春華，忘家丞之秋實。爲上招謗，其罪不小，以此反側。又〔王粲傳注〕引典略植答魏文帝書云：楨聞荆山之璞，曜元后之寶；隨侯之珠，燭衆士之好；南垠之金，登窈窕之首；貂鼲之尾，綴侍臣之幘。此四寶者，伏朽石之下，潛污泥之中，而揚光千載之上，發彩疇昔之外，亦皆未能初自接於至尊也。夫尊者所服，卑者所修也；貴者所御，賤者所先也。故夏屋初成，而大匠先立其下；嘉禾始熟，而農夫先嘗其粒。恨楨所帶，無他妙飾，若實殊異，尚可納也。此皆彦和所言麗而規益者。魏文典論論文，但以琳瑀書記爲儁，而云公幹壯而不密，是不重楨

之文，故言弗論。黄注僅言魏文與吴質書，於論字之原猶未悉也。

【楊明照校注】

〔一〕**總爲之書。**

「之」，黄校云：「一作『尚』。」何焯校作「之」。

按御覽五九五引作「之」。何校、黄改是也。

〔二〕**聲畫形，君子小人見矣。**

「見」上，弘治本、汪本、佘本、張本、兩京本、王批本、何本、胡本、訓故本、梅本、淩本、合刻本、祕書本、謝鈔本、尚古本、岡本、四庫本、王本、張松孫本、鄭藏鈔本、崇文本有「可」字；書記洞詮、文章辨體彙選六六引同。何焯云：「『可』，衍。」

按法言問神篇原無「可」字，諸本非。御覽引亦無。黄氏從何焯説删去「可」字，甚是。

〔三〕**陳之簡牘。**

「陳」，宋本、鈔本、活字本、喜多本御覽引作「染」。

按「染」字是。文選潘岳秋興賦序：「於是染翰操紙，慨然而賦。」又謝惠連秋懷詩：「朋來當染翰。」陶淵明集感士不遇賦：「此古人所以染翰慷慨。」又閑情賦序：「復染翰爲之。」沈約梁武帝集序：「時或染翰。」類聚十四引。蕭統文選序：「飛文染翰。」可證「染」字爲當時文士所習用。

〔四〕**繞朝贈士會以策。**

按舍人此文用服虔義。見左傳文公十三年孔疏。楊慎太史升菴文集卷四三、惠棟左傳補注卷二十、盧文弨鍾山札記卷一、梁玉繩瞥記卷十九均有所論證。

〔五〕**巫臣之遺子反。**

「遺」，宋本、鈔本、活字本、喜多本御覽引作「責」。

按書中有「爾以讒慝貪惏事君，而多殺不辜」之語，作「責」是也。

〔六〕**固知行人挈辭，多被翰墨矣。**

「挈」，宋本、喜多本御覽引作「絜」；書記洞詮同。

按穀梁傳襄公十一年：「行人者，挈國之辭也。」范注：「行人，是傳國之辭命者。」舍人語本此。作「絜」非。史通言語篇：「周監二代，郁郁乎文。大夫、行人，尤重詞命，語微婉而多切，言流靡而不淫，若春秋載『吕相絶秦』，按見左傳成公十三年。……是也。」又按左傳僖公四年「屈完使齊」、僖公三十年「燭之武退秦師」，亦皆行人挈國之辭載諸史策者。

〔七〕**詭麗輻輳。**

「輳」，宋本、鈔本、喜多本、鮑本御覽引作「湊」；汪本、張本、訓故本、四庫本同。顧廣圻校作「湊」。

按「湊」字是。説文水部：「湊，水上人所會也。」又車部：「轂，輻所湊也。」「輳」乃俗體，當以作「湊」爲正。

〔八〕**漢來筆札，辭氣紛紜。**

「氣」，宋本、鈔本、活字本、喜多本御覽引作「音」。又明鈔本御覽作「旨」。鮑本御覽同。

按漢來筆札，原非一家，内容較爲複雜，當以作「旨」爲是。「音」乃「旨」之形誤。

〔九〕**東方朔之難公孫。**

御覽引無「朔」字；「難」作「謁」。何焯校刪「朔」字。

按御覽所引，何刪是也。此云「東方」，與上句之「史遷」相儷。諧隱篇「於是東方、枚臯」，亦止稱「東方」與「枚臯」對。梁書文學下伏挺傳：「時僕射徐勉以疾假還宅，挺致書以觀其意，曰：『……近以蒲槧勿用，箋素多闕，聊效東方，獻書丞相。』」所隸蓋爲一事。則此文之「難」字，當從御覽所引作「謁」始合。惜謁書已佚，其詳不可得知耳。

〔一〇〕**志氣槃桓。**

「槃」，宋本、鈔本、倪本、喜多本御覽引作「盤」；書記洞詮同。

按以頌讚篇「盤桓乎數韻之辭」例之，作「盤」前後一律。當據改。

〔一一〕**並杼軸乎尺素。**

按詩小雅大東「杼柚其空」釋文：「柚，本又作軸。」是舍人此文從或本作也。神思篇「杼軸獻功」，亦然。文選文賦：「雖杼軸於予懷，怵他人之我先。」李注：「杼軸，以機喻也。」

〔一二〕**抑揚乎寸心。**

按文賦：「函綿邈於尺素，吐滂沛乎寸心。」李注：「列子（仲尼篇）文摯謂龍叔曰：『吾見子之心矣，方寸之地虚矣。』」

〔一三〕**休璉好事，留意詞翰。**

按應璩集序：「璩博學，好屬文，善爲書記。」書鈔一百三引。文選書類所選二十四首書中，休璉之作，即有其四。嚴可均全三國文卷三十所輯休璉文，全爲牋書。舍人稱其「留意詞翰」，洵不誣也。

〔一四〕**趙至叙離。**

「叙」，黄校云：「元作『贈』，王性凝改。」此沿梅校。

按御覽引作「贈」；弘治本、活字本、汪本、佘本、張本、兩京本、王批本、胡本、訓故本、書記洞詮、尺牘新鈔、文津本同。文溯本剜改爲「叙」。「贈」字自通，不必依唐修晉書至傳改爲「叙」也。

〔一五〕**迺少年之激切也。**

「切」，宋本、鈔本、活字本、喜多本、鮑本御覽引作「昂」。

按「昂」字是。「昂」，古作「卬」，「切」乃「卬」之誤。

〔一六〕**言以散鬱陶。**

「言」，御覽引作「所」。

按「所」字是。「言」乃涉上句而誤。

〔一七〕**故宜條暢以任氣。**

「條暢」，黃校云：「御覽作『滌蕩』。」按倪刻御覽作「條暢」。　子苑三二引作「條暢」。

按「滌蕩」與「條暢」同。淮南子泰族篇「柎循其所有而滌蕩之」，文子道原篇作「條暢」，是其證。

〔一八〕**優柔以懌懷。**

「柔」，御覽引作「游」。　子苑引作「柔」。

按「優柔」與「優游」於此均通。養氣篇有「優柔適會」語，作「柔」前後一律。大戴禮記子張問入官篇：「優而柔之，使自求之。」家語入官篇同，王注：「優，寬也。柔，和也。使自求其宜也。」杜預春秋經傳集解序：「優而柔之，使自求之。」孔疏：「優柔俱訓爲安，寬舒之意也。」

〔一九〕**張敞奏書於膠后，其義美矣。**

「其」下，宋本、鈔本、喜多本、鮑本、御覽引有「辭」字。

按原道篇「彪炳辭義」，詔策篇「辭義多偉」，才略篇「辭義溫雅」，並以「辭義」爲言。則此當據御覽補「辭」字，文意始完備。

〔二〇〕**公府奏記，而郡將奏牋。**

「奏牋」，宋本、鈔本、喜多本御覽引作「奉牋」。

按公府曰「奏記」，郡將曰「奉牋」，正示其名品之異。御覽所引是也。漢書丙吉傳吉「奏記霍光」，又蕭望之傳「鄭朋奏記望之」，又馮奉世傳「杜欽素高野王父子行能奏記於王鳳」，又朱博傳「文學儒吏時有奏記稱說云云」，後漢書李固傳「固奏記梁商」，三國志蜀書秦宓傳「奏記州牧劉焉薦儒士任定祖」。臧榮緒晉書：「太尉蔣濟聞（阮）籍有才雋而辟之，籍詣都亭奏記。」文選阮籍奏記詣蔣公李注解題引。此皆公府稱奏記之事見於史傳者。三國志魏書崔林傳：「文帝踐阼，拜尚書，出爲幽州刺史。北中郎將吴質統河北軍事。涿郡太守王雄謂林别駕曰：『吴中郎將上所親重，國之貴臣也；杖節統事州郡，莫不奉牋致敬。』」宋書孔覬傳：「轉署（衡陽王義季）記室，奉牋固辭。」上列二事，並「郡將奉牋」之證。漢書酷吏嚴延年傳：「（趙）繡見延年新將。」顔注：「新爲郡將也，謂郡守爲郡將者，以其兼領武事也。」刺史、太守當方面，總兵權，故稱將。如郡將、州將。

〔二〕**牋者，表也，表識其情也。**

「表識」，御覽引作「識表」；王批本、子苑、文體明辨二五、書記洞詮同。元本、弘治本、活字本、汪本、佘本、張本、兩京本、胡本、謝鈔本、訓故本同。

按説文竹部：「箋，表識書也。」此舍人説所本。「箋」與「牋」正俗字。當以作「表識」爲是。

〔三〕**黄香奏牋於江夏。**

「奏」，宋本、鈔本、倪本、喜多本御覽引作「奉」。

按「奉」字是。説已見上。

〔三〕**公幹牋記，麗而規益。**

「麗」上，御覽引有「文」字；王批本同。

按有「文」字，辭氣較勝。當據增。

〔二四〕 **牋之爲善者也。**

「爲」，御覽引無。

按「爲」字於此實不應有，蓋涉下句而衍。當據删。

〔二五〕 **簡而無傲。**

按書舜典：「剛而無虐，簡而無傲。」孔傳：「剛失之虐，簡失之傲，教之以防其失。」

〔二六〕 **則有方術占試。**

馮舒云：「『試』，當作『式』。」何焯、顧廣圻校同。

按作「式」始與下文合。馮説、何、顧校是也。張本、王批本、訓故本正作「式」。當據改。

〔二七〕 **則有關刺解諜。**

「刺」，何本、梅本、凌本、彙編本作「刺」；書記洞詮同。「諜」，元本、活字本、汪本、張本、兩京本作「牒」；子苑引作「牒」，振綺類纂二引同。郝懿行改「牒」。張紹仁校同。

按「刺」字當依各本改爲「刺」。下同。「諜」亦當改「牒」，始能與下文「牒者，葉也。短簡編牒，……故短牒咨謀。牒之尤密」諸「牒」字一律。

〔二八〕 **故謂譜者，普也。**

徐𤊹校删「故謂」二字。

按此下分述二十四種雜文，即由「故謂」二字領起，實不可删。天啟梅本從徐説删去「故謂」二字，非是。王批本、子苑引有「故謂」二字,足以證其原文非衍。

〔二九〕**籍者,借也。歲借民力,條之於版。**

范文瀾云:「釋名釋書契:『籍,籍也。所以籍疏(疏,條列也。)人民户口也。』左傳襄公二十五年『賦車籍馬』注:『籍,疏其毛色歲齒以備軍用。』周禮天官叙官司書賈疏:『簿,今手版。』此歲借民力説所本。」「籍」,子苑三二引作「藉」。

按范注雖引證三書,惜與「歲借民力」之説毫不相干。詩周頌載芟序:「春籍田而祈社稷也。」鄭箋:「籍之言借也,借民力治之,故謂之籍田。」禮記王制:「古者公田藉而不税,……用民之力,歲不過三日。」鄭注:「藉之言借也,借民力治公田。」公羊傳宣公十五年:「古者什一而藉。」何注:「什一以借民力。以什與民,自取其一爲公田。」國語周語上:「宣王即位,不籍千畝。」韋注:「籍,借也,借民力以爲之。」漢書賈山傳:「(至言)用民之力不過歲三日,什一而籍。」顏注:「什一,謂十分之中公取一也。籍,借也,謂借人力也。」並「歲借民力」説切證。周禮秋官司民:「掌登萬民之數,皆書於版。」鄭注:「版,今户籍也。」「條之於版」,蓋謂條例一年中所用民力之時間與次數也。

〔三〇〕**春秋司籍**

范文瀾云:「左傳昭公十五年:『孫伯黶司晉之典籍,以爲大政,故曰籍氏。』此春秋司籍説所本。」

按左傳正文「王周景王。曰:『叔氏,而讀上聲,下同。忘諸乎?……且昔而高祖孫伯黶,司晉之典籍,以爲大政,故曰籍氏。』」世繫非常清楚;注、疏且有扼要解釋。杜注:「叔,籍談字。孫伯黶,晉正卿。籍談九世祖。」孔疏：「孫伯黶爲晉之正卿。世掌典籍有功，故曰籍氏。是籍談九世祖也。」黄叔琳注所引傳文「周景王謂籍談曰：『昔而高祖孫伯黶，司晉之典籍，以爲大政，故曰籍氏。』」亦言簡意賅。范注却置左傳正文及注、疏於不顧，只摘取黄注「孫伯黶司晉之典籍，以爲大政，故曰籍氏」三句，並於孫伯黶三字左側加姓名標號，原世世代代之姓籍者籍談，突然變爲姓孫矣。引書如此鹵莽滅裂，其有誤也固無足怪。

〔三一〕**精觀書雲。**

「精」，黄校云：「疑作『登』。」此襲何焯説。

按作「登」與左傳僖公五年（原文范注已具）合。説苑辨物篇：「登靈臺以望氣氛。」後漢書明帝紀：「（永平二年）升靈臺望元氣。」又贊：「登臺觀雲。」中論歷數篇：「人君親登觀臺，以望氣而書雲物爲備者也。」亦可證「精」字之誤。

〔三二〕**式者，則也。**

「者」，黄校云：「元脱。」此沿梅校。　張紹仁校沾「者」字。

按有「者」字，始與上下各段合。張本、兩京本、何本、訓故本、梁本、謝鈔本、尚古本、岡本未脱；子苑、廣博物志二九、文通十六引，亦並有之。

〔三三〕**黄鐘調起。**

「鐘」，弘治本、汪本、佘本、張本、兩京本、王批本、何本、王本、鄭藏鈔本、崇文本作「鍾」。子苑引同。

按「鐘」與「鍾」古本相通，然以聲律篇「失黄鍾之正響」例之，此應據改爲「鍾」，前後始能一律。吕氏春秋古樂篇：「昔黄帝令伶倫作爲律，伶倫自大夏之西，乃之阮隃崐崘（即崑崙）之誤。之陰，取竹於嶰谿之谷，以生空竅厚鈞者，斷兩節間，其長三寸九分而吹之，以爲黄鍾之宫。……次制十二筒，以之阮隃之下，聽鳳皇之鳴，以别十二律。其雄鳴爲六，雌鳴亦六。以比黄鍾之宫，適合。黄鍾之宫，皆可以生之。故曰：『黄鍾之宫，律吕之本。』」

〔三四〕**出命申禁，有若自天。**

按詩大雅大明：「有命自天，命此文王。」鄭箋：「天爲將命文王君天下於周京之地。」

〔三五〕**管仲下命如流水。**

「命」，黄校云：「一作『令』。」　天啟梅本改「令」。文溯本剜改爲「令」。　馮舒云：「『下命』，當作『下令』。」

按作「令」始與管子牧民篇原文黄、范兩家注已具。及本段合。訓故本作「令」，未誤。史記管仲傳：「故其稱曰：『……下令如流水之原，令順民心。』」劉向管子書録：「故其書稱曰：『……下令猶流水之原，令順人心。』」並「命」當改「令」切證。文子精誠篇有「出令如流水之原」語。

〔三六〕**兵謀無方，而奇正有象。**

按孫子勢篇：「三軍之衆，可使必受敵而無敗者，奇正是也。」又：「凡戰者，以正合，以奇勝。」又：「戰勢不過奇正，奇正之變，不可勝窮也。奇正相生，如循環之無端，孰能窮之？」曹注：「先出合戰爲正，後出爲奇。正者，當敵奇兵，從傍擊不備也。」史記田單傳：「太史公曰：『兵以正合，以奇勝。善之者，出奇無窮。奇正還相生，如環之無端。……其田單之謂邪！』」

〔三七〕**符者，孚也。徵召防僞，事資中孚。**

「孚」，黄校云：「元作『厚』，謝改。」此沿梅校。徐𤇍校作「孚」。

按謝改、徐校是也。宋本、倪本、活字本、喜多本、鮑本御覽五九八引，正作「孚」；文通五引同。何本、訓故本、梁本、謝鈔本同。天啟梅本改「孚」。文選序：「書誓符檄之品。」張銑注：「符，孚也。徵召防僞，事資中孚。」文即襲此，亦可證。又按易雜卦傳：「中孚，信也。」

〔三八〕**三代玉瑞。**

「瑞」，倫明所校元本作「麟」；兩京本、胡本同。子苑引同。

按隋書樊子蓋傳：「（煬）帝顧謂子蓋曰：『……今爲公別造玉麟符，以代銅獸。』」北史子蓋傳同。是玉麟符隋煬帝時始造，作「麟」非是。玉瑞，黄注已具。

〔三九〕**易以書翰矣。**

俞正燮癸巳存稿七引作「代以繻」。

按御覽引此文，「易」作「代」，餘同今本；元明以來各種文心版本，亦無作「代以繻」者。俞氏蓋誤記。

〔四〇〕**古有鐵券，以堅信誓。**

按楚漢春秋：「高祖初，封侯者皆賜丹書鐵券，曰：『使黃河如帶，太山如礪，漢有宗廟，爾無絶世。』」御覽六三三引（五九八所引者有脱落）。漢書高帝紀下：「天下既定，……又與功臣剖符作誓，丹書鐵契，金匱石室，藏之宗廟。」漢紀高皇帝紀三：「封爵之日誓曰：『使黃河如帶，太山如礪，國以永存，爰及苗裔。』於是申以丹書之信，重以白馬之盟。」三輔故事：「婁敬爲高車使者，持節至匈奴，與其分土定界。作丹書鐵券，曰：『自海以南，冠蓋之士處焉；自海以北，控弦之士處焉。』」書鈔一百四、御覽七七九引。

〔四一〕**王褒髯奴，則券之楷也。**

「楷」，宋本、鈔本、活字本、喜多本御覽引作「諧」；岡本同。

按「諧」字是。諧隱篇云：「諧之言皆也，辭淺會俗，皆悦笑也。」釋此正合。「則券之諧」，謂王褒僮約僮約有「髯奴便了」語，故稱僮約爲髯奴（孫志祖讀書脞録卷七、朱亦棟群書札記卷十三並謂舍人所指爲僮約）。爲俳諧之券文也。南齊書文學傳論：「王褒僮約，束皙發蒙，滑稽之流。」亦可作爲旁證。顏氏家訓文章篇有「王褒過章僮約」語。

〔四二〕**孫亶回聖相也。**

「回」，黃校云：「元作『四』，朱改。」此沿梅校。

按朱改是。何本、訓故本作「回」；書記洞詮、文通十六引同。

〔四三〕**籤者，纖密者也。**

「纖」，黄校云：「一作『籤』。」　元本、弘治本、活字本、汪本、佘本、張本、兩京本、王批本、何本、胡本、訓故本、萬曆梅本、凌本、合刻本、梁本、祕書本、謝鈔本、王本、鄭藏鈔本、崇文本作「籤」。四庫本剜改爲「籤」。

按「籤」字非是。徐𤊹校「纖」、天啟梅本改「纖」，黄氏從之是也。明詩篇「不求纖密之巧」，詮賦篇「言務纖密」，指瑕篇「或精思以纖密」，並以「纖密」連文，可證。

〔四四〕**體貌本原。**

「體」，黄校云：「一作『禮』。」天啟梅本改「體」。　徐𤊹校作「體」。馮舒校同。

按「體」字是。佘本作「体」，「體」之俗，訓故本作「體」；文章辨體彙選四八引同。詩大雅卷阿鄭箋：「體貌則顒顒然敬順。」孔疏：「顒顒是覩其形狀，故以爲體貌敬順；敬順，即温和也。」文選宋玉登徒子好色賦：「玉爲人體貌閑麗。」李注：「閑，静也。麗，美也。」吕周翰注：「言玉容貌美麗。」又班彪王命論：「二曰體貌多奇異。」李注：「漢書（高帝紀上）曰：『高祖爲人，隆準而龍顔，美鬚髯，左股有七十二黑子。』」

〔四五〕**先賢表謚，並有行狀。**

「謚」，元本、弘治本、汪本、佘本、張本、兩京本、王批本、何本、梅本、合刻本、梁本、祕書本、尚古本、岡本、王本、張松孫本、鄭藏鈔本、崇文本作「諡」；廣博物志、書記洞詮、子苑、文通十八引同。

按「諡」字是。誄碑篇「讀誄定諡」作「諡」，未誤。議對篇「秦秀定賈充之諡」，黄本亦誤爲「謚」。

與此同。說文言部：「謚，行之迹也。从言益聲。」段注：「周書謚法解、（禮記）檀弓（下）、樂記、表記（鄭）注皆云：『謚者，行之迹也。』……六書故曰：『唐本説文無「謚」，但有「諡」。』……唐開成石經，宋一代書版皆作謚，不作諡。」考訂精闢，可視爲謚字定論。特迻録如上。文選行狀類任昉齊竟陵文宣王行狀，劉良注：「述其德行之狀。」堪稱行狀典範。又按文章緣起行狀目著録：漢丞相倉曹傅胡幹作楊元伯行狀。後漢書史弼傳章懷注引佚名裴瑜行狀。是行狀興於漢代，信有徵矣。宋吴曾乃謂行狀「南朝以來已有之」。見能改齋漫録卷二事始行狀説。清江藩又謂「至典午晉。之時，始有行狀」。見炳燭室雜文行狀説。皆非也。裴松之三國志注屢引諸家先賢行狀。

〔四六〕**辭者，舌端之文。**

按韓詩外傳七：「避辯士之舌端。」

〔四七〕**喪言亦不及文。**

「文」，黄校云：「元作『交』。」此沿梅校。楊慎升菴文集六四、古今諺、文通十六引作「文」。按孝經喪親章：「子曰：『孝子之喪親也，……言不文。』」舍人遣辭本此，當以作「文」爲是。情采篇：「孝經垂典，喪言不文。」亦可證。何本、訓故本、謝鈔本作「文」，不誤。四庫本剜改爲「文」。

〔四八〕**有實無華。**

「實」，升菴文集引作「質」。

按本書屢以「華」「實」對舉，楊引作「質」非。子苑引作「實」。

〔四九〕**囊滿儲中。**

「滿」，黄校云：「汪本作『漏』。」

按作「漏」與賈子新書春秋篇合。原文黄、范兩家注已具。新序刺奢篇：「周諺曰：『囊漏貯儲之借字。中。』」宋書范泰傳：「泰又諫曰：『……故囊漏貯中，識者不吝。』」南齊書顧憲之傳：「乃囊漏不出貯中。」並作「漏」。元本、弘治本、活字本、佘本、張本、兩京本、王批本、胡本、謝鈔本、訓故本、岡本亦並作「漏」；廣博物志、書記洞詮同。當據改。

〔五〇〕**觀此四條。**

「四」，黄校云：「疑作『數』。」顧廣圻校同。范文瀾云：「『四條』，疑當作『六條』。」

按「四」字固誤，然「數」「六」二字之形與「四」均不近，恐難致誤。疑原作「衆」，非舊本殘其下段，即寫者偶脱，故誤爲「四」耳。檄移篇：「凡此衆條。」句法與此同，可證。銘箴篇「詳觀衆例」，誄碑篇「周胡衆碑」，亦可證。

〔五一〕**信亦邦瑞。**

按左傳僖公二十五年：「（晉文）公曰：『信，國之寶也。』」

〔五二〕**亦運木訥。**

按論語子路：「子曰：『剛毅木訥，近仁。』」集解引王肅曰：「木，質樸也；訥，遲鈍也。」

〔五三〕**庶務紛綸，因書乃察。**

按易繫辭上：「上古結繩而治，後世聖人易之以書契，百官以治，萬民以察。」許慎説文解字叙：「及神農氏結繩爲治，而統其事，庶業其繁，飾僞萌生。黄帝之史倉頡，見鳥獸蹏迒之迹，知分理之可相別異也，初造書契，百工以乂，萬品以察。」

文心雕龍校注卷六

神思第二十六〔一〕

古人云：形在江海之上，心存魏闕之下①〔二〕。神思之謂也。文之思也，其神遠矣。故寂然凝慮，思接千載，悄焉動容，視通萬里；吟詠之間，吐納珠玉之聲；眉睫之前，卷舒風雲之色：其思理之致乎？故思理爲妙，神與物遊，神居胸臆，而志氣統其關鍵②〔三〕；物沿耳目，而辭令管其樞機〔四〕。樞機方通，則物無隱貌；關鍵將塞，則神有遯心。是以陶鈞文思③，貴在虚静〔五〕，疏瀹五藏，澡雪精神；積學以儲寶，酌理以富才，研閱以窮照，馴致以懌一作繹。辭〔六〕；然後使元解之宰〔七〕，尋聲律而定墨④；獨照之匠〔八〕，闚意象而運斤：此蓋馭文之首術，謀篇之大端〔九〕。

夫神思方運，萬塗競萌，規矩虚位，刻鏤無形；登山則情滿於山，觀海則意溢於海，我才之多少，將與風雲而並驅矣。方其搦翰，氣倍辭前；暨乎篇成，半折心始〔一〇〕。何則？意翻空而易奇，言徵實而難巧也〔一一〕。是以意授於思，言授於意；密則無際，疎則千里；或理在方寸，而求之域表；或義在咫尺〔一二〕，而思隔山河。是以秉心養術〔一三〕，無務苦慮；含章司契⑤〔一四〕，不必勞情也。

人之禀才，遲速異分；文之制體，大小殊功：相如含筆而腐毫⑥〔一五〕，揚雄輟翰而驚夢⑦，桓譚疾感於苦思⑧，王充氣竭於思慮⑨〔一六〕，張衡研京以十年，左思練都以一紀，雖有巨文，亦思之緩也。淮南崇朝而賦騷❶〔一七〕，枚皋應詔而成賦，子建援牘如口誦⑩，仲宣舉筆似宿構⑪〔一八〕，阮瑀據案而制書⑫〔一九〕，禰衡當食而草奏⑬，雖有短篇，亦思之速也。若夫駿發之士〔二〇〕，心總要術，敏在慮前，應機立斷⑭；覃思之人，情饒歧路〔二一〕，鑒在疑後，研慮方定。機敏故造次而成功，慮疑故愈久而致績。難易雖殊，並資博練。若學淺而空遲，才疏而徒速，以斯成器，未之前聞。是以臨篇綴慮，必有二患：理鬱者苦貧，辭溺者傷亂〔二二〕。然則博見一作聞。爲饋貧之糧〔二三〕，貫一爲拯亂之藥，博而能一，亦有助乎心力矣。

若情數詭雜，體變遷貿，拙辭或孕於巧義，庸事或萌於新意，視布於麻，雖云未費〔二四〕，杼軸獻功，煥然乃珍〔二五〕。至於思表纖旨，文外曲致，言所不追，筆固知止；至精而後闡其妙，至變而後通其數〔二六〕，伊摯不能言鼎⑮，輪扁不能語斤⑯，其微矣乎〔二七〕！

贊曰：神用象通，情變所孕。物以貌求，心以理應〔二八〕。汪作勝。刻鏤聲律，萌芽比興。結慮司契，垂帷制勝〔二九〕。

【黄叔琳注】

①**江海魏闕**〔莊子〕中山公子牟謂瞻子曰：身在江海之上，心居乎魏闕之下。奈何？　②**關鍵**〔老子〕善閉無關鍵而不可開。〔小爾雅〕鍵謂之籥。　③**陶鈞**〔鄒陽傳〕陽上書曰：聖王制世御俗，獨化於陶鈞之上。〔注〕陶家名轉者爲鈞，蓋取周回調鈞耳。言聖王制馭天下，亦猶陶人轉鈞。　④**定墨**〔禮玉藻〕卜人定龜，史定墨。　⑤**司契**〔陸機文賦〕意司契而爲匠。　⑥**相如**〔枚皋傳〕皋爲文疾，受詔輒成，故所賦者多。司馬相如善爲文而遲，故所作少而善於皋。　⑦**揚雄驚夢**〔桓譚新論〕成帝幸甘泉，詔揚子雲作賦。倦卧，夢其五臟出在地，以手收内。　⑧**桓譚苦思**〔桓譚新論〕余少時見揚子雲之麗文高論，而猥欲追及。嘗激一事而作小賦，用精思太劇，而立感動發病，彌日瘳。　⑨**王充**〔王充傳〕充閉門潛思，著論衡二十餘萬言。年漸七十，志力衰耗，乃造性書十六篇，裁節嗜欲，頤神自守。　⑩**口誦**〔楊修答臨淄侯曹子建牋〕嘗親見執事，握牘持筆，有所造作。若成誦在心，借書於手，曾不斯須，少留思慮。　⑪**宿搆**〔王粲傳〕粲字仲宣，善屬文，舉筆便成，無所改定，時人常以爲宿搆。然正復精意殫思，亦不能加也。

⑫**阮瑀據案**〔典略〕太祖嘗使阮瑀作書與韓遂，瑀於馬上具草書成呈之。太祖擥筆欲有所定，而竟不能增損。　⑬**禰衡草奏**〔禰衡傳〕劉表嘗與諸文人共草章奏。時衡出，還見之，開省未周，因毁以抵地。從求筆札，須臾立成，辭義可觀。表益重之。　⑭**應機立斷**〔劉向新序〕新以尚干將莫邪者，貴其立斷也。〔陳琳答東阿王牋〕拂鐘無聲，應機立斷。　⑮**伊摯**〔吕氏春秋〕湯得伊尹，明日設朝而見之。説湯以至味曰：鼎中之變，精妙微纖，口弗能言，志弗能喻。　⑯**輪扁**〔莊子〕輪扁謂桓公曰：以臣之事觀之，斲輪徐，則甘而不固，疾則苦而不入。不徐不疾，得之於手而應於心，口不能言，有數存焉於其間。

【李詳補注】

❶**淮南崇朝而賦騷**（札迻）云：高誘淮南子序云：詔使爲離騷賦，自旦受詔，日早食已上。即彦和所本也。（漢書本傳）云：武帝使爲離騷傳（班固楚辭序説同）。（王逸楚辭序）又云：作離騷經章句。並與淮南序不同。傳及章句，非崇朝所能成，疑高説得之。

【楊明照校注】

〔一〕**神思。**

按曹植寶刀賦：「規圓景以定環，攄神思而造象。」初學記二二、御覽三四六引（此蓋「神思」二字連文之最先見者）。三國志蜀書杜瓊傳：「（譙）周曰：『……由杜君之辭而廣之耳，殊無神思獨至之異也。』」又吴書樓玄傳：「（華覈上疏）宜得閒靜，以展神思。」晉書劉寔傳：「平原管輅嘗謂人曰：『吾與劉潁川兄弟（寔與弟智）語，使人神思清發，昏不假寐。』」宗炳别傳：「（畫山水序）聖賢映於絶代，萬趣融其神思。」歷代名畫記六引。南齊書文學傳論：「屬文之道，事出神思。」是「神思」之妙，至精至微，關係作家亦至鉅。故舍人特列爲專題系統論述，以冠下編之首。

〔二〕**古人云：形在江海之上，心存魏闕之下。**

按此二句除先見莊子讓王篇原文黄、范兩家注已具。外，文子下德篇、吕氏春秋審爲篇、淮南子俶真篇亦有之。而淮南下句作「神游魏闕之下」。其上文即先言神游效應，與神思篇前段中所描繪者，字句雖有多少之殊，立意固無異也。

〔三〕**神居胸臆，而志氣統其關鍵。**

范文瀾云：「據禮記孔子閒居『清明在躬，氣志如神』，此文『志氣』當作『氣志』。」

按孟子公孫丑上：「夫志，氣之帥也；氣，體之充也。」趙注：「志，心所念慮也；氣，所以充滿形體爲喜怒也。志帥氣而行之，度其可否也。」是舍人此語兼用孟子，故作「志氣」。莊子盜跖篇：「志氣欲盈。」文子九守篇：「夫精神志氣者，靜而日充以壯。」呂氏春秋誣徒篇：「不能教者，志氣不和。」淮南子精神篇：「弗疾去，則志氣日耗。」亦並以「志氣」爲言。前書記篇「志氣槃桓」，風骨篇「志氣之符契也」，其並作「志氣」，正與此同。並足説明「志氣」二字之不可妄乙。王批本、子苑三二引作「志氣」，是最有力明證。

〔四〕**物沿耳目，而辭令管其樞機。**

按國語周語下：「夫耳目，心之樞機也。」韋注：「樞機，發動也。心有所欲，耳目爲之發動。」

〔五〕**是以陶鈞文思，貴在虛靜。**

按荀子解蔽篇：「故治之要，在於知道。人何以知道？曰：『心。』心何以知道？曰：『虛壹而靜。心未嘗不藏也，然而有所謂虛；心未嘗不兩也，然而有所謂壹；心未嘗不動也，然而有所謂靜。……虛壹而靜，謂之大清明。』」足與此説相發。

〔六〕**馴致以懌辭。**

「懌」，黄校云：「一作『繹』。」天啟梅本改「繹」。

按「繹」字是。元本、弘治本、活字本、汪本、佘本、張本、兩京本、王批本、胡本、訓故本、四庫本作「繹」;子苑、喻林八八、稗編七五、湯紹祖續文選二七、胡震亨續文選十二、文儷十三同。「繹」,理也,方言六。尋繹也;文選王褒四子講德論李注引馬融論語注。「懌」,説也。説文新附。此當作「繹」,始能與上句「研閱以窮照」相承。易坤象辭:「履霜堅冰,陰始凝也;馴致其道,至堅冰也。」孔疏:「馴,猶狎順也;若鳥獸馴狎然。言順其陰柔之道,習而不已,乃至堅冰也。」

〔七〕**然後使元解之宰。**

按「元」當據各本作「玄」。黄氏避清諱改。子苑引作「玄」,當據改。

〔八〕**獨照之匠。**

按文子微明篇:「視于冥冥,聽于無聲,冥冥之中,獨有曉焉;寂寞之中,獨有照焉。」淮南子俶真篇:「視於冥冥,聽於無聲,冥冥之中,獨見曉高注:『曉,明也。』焉;寂漠之中,獨有照焉。」莊子天地篇無末二句,蓋脱。

〔九〕**謀篇之大端。**

按禮記禮器:「二者居天下之大端矣。」鄭注:「端,本也。」

〔一〇〕**暨乎篇成,半折心始。**

按「篇成」二字當乙,始能與上句之「搦翰」相對。宋書范曄傳:「(獄中與諸甥姪書)文章轉進,但才少思難;所以每於操筆,其所成篇,殆無全稱者。」足與此説印證。知音篇有「豈成篇之足深」語。

〔一一〕**意翻空而易奇，言徵實而難巧也。**

黄庭堅與王觀復書引「言」作「文」，「巧」作「工」。

按下文「是以意授於思，言授於意」，以「意」、「言」對舉，則此不應作「文」字；「工」爲平聲，與上句之「奇」字亦不協調。黄引未可從。御覽五八五、子苑引，並同今本，益足證黄引之非。

〔一二〕**或義在咫尺。**

「義」，文體明辨總論、藝苑巵言一引作「議」。

按「議」字非是。此云「義」，上云「理」，相互爲文。

〔一三〕**是以秉心養術。**

按詩鄘風定之方中：「秉心塞淵。」毛傳：「秉，操也。」又小雅小弁：「君子秉心。」鄭箋：「秉，執也。」

〔一四〕**含章司契。**

按老子第七十九章：「有德司契。」河上公注：「有德之君，司察契信而已。」文賦：「意司契而爲匠。」

〔一五〕**相如含筆而腐毫。**

「含」，事文類聚五、群書通要巳集二、山堂肆考角集三十引作「濡」。彙書詳註二二有此文，亦作「濡」。

按「含」「濡」二字，義並得通。元本、子苑引仍作「含」，是所見本與今本同。

〔一六〕**王充氣竭於思慮。**

「思」，事文類聚、群書通要、山堂肆考引作「沉」。彙書詳註同。

按「沉」字較勝。上云「苦思」，此云「沉慮」，文始相對；且複字亦避。當據改。

〔一七〕**淮南崇朝而賦騷。**

按孫詒讓札迻十二。謂舍人此文本高誘淮南子序，是也。章炳麟國故論衡明解故上：「淮南爲離騷傳，其實序也。」裴松之上三國志注表：「既謝淮南食時之敏。」文選任昉齊竟陵文宣王行狀：「淮南取貴於食時。」亦本高誘淮南子序。李商隱太尉衛公會昌一品集序「淮南王食時之工」。

〔一八〕**仲宣舉筆似宿搆。**

按「搆」當作「構」。已詳雜文篇「腴辭雲搆」條。

〔一九〕**阮瑀據案而制書。**

「案」，梅慶生云：「疑作『鞍』。」吴翌鳳、顧廣圻説同。

按「鞌」字是。典略：「太祖嘗使瑀作書與韓遂。時太祖適近出，瑀隨從，因於馬上具草。書成，呈之。太祖擥筆欲有所定，而竟不能增損。」三國志魏書王粲傳裴注、書鈔六九又一百三、類聚五八、御覽五九五引。金樓子：「劉備叛走，曹操使阮瑀爲書與備，馬上立成。」御覽六百引。「馬上具草」、「馬上立成」，即「據鞌制書」之謂。訓故本作「鞌」，未誤。當據改。

〔二〇〕**若夫駿發之士。**

按詩周頌噫嘻：「駿發爾私。」鄭箋：「駿，疾也；發，伐也。」陸士龍集贈顧驃騎詩二首序：「祈陽秉文之士，駿發其聲。」

〔二〕**情饒歧路。**

「歧」，元本、弘治本、汪本、佘本、張本、兩京本、王批本、何本、梅本、凌本、合刻本、梁本、祕書本、彙編本、别解本、清謹軒本、尚古本、岡本、四庫本、王本、張松孫本、鄭藏鈔本作「岐」；子苑、稗編、湯氏續文選、胡氏續文選、文儷、文通二一、四六法海十、賦略緒言同。

按爾雅釋宮：「二達謂之岐旁。」郭注：「岐道旁出也。」釋名釋道：「二達曰岐旁；物兩爲岐，在邊曰旁。」列子説符篇：「楊子之鄰人亡羊，既率其黨，又請楊子之豎追之。楊子曰：『嘻！亡一羊，何追者之衆？』鄰人曰：『多歧路。』」「歧路」連文，即出於此。子苑引作「歧路」，是所見本亦作「歧」也。當據改。

〔三〕**理鬱者苦貧，辭溺者傷亂。**

「苦」，宋本、倪本、活字本御覽五八五引作「始」。　鈔本御覽、子苑引作「若」；元本、弘治本、活字本、汪本、張甲本、兩京本、胡本同。

按「始」字非是。「苦貧」、「傷亂」，相對爲文。其作「若」者，即「苦」之形誤。

〔三〕**然則博見爲饋貧之糧。**

「見」，黄校云：「一作『聞』。」

按元明各本皆作「聞」，其義自通。何焯依御覽校作「見」，黄氏從之，似可不必。子苑引作「聞」，是所見本亦爲「聞」字，與元明各本同。

〔二四〕**視布於麻，雖云未費。**

類要三二引作「雖宋弗見」。喻林八八引作「雖未足貴」。徐𤊹「費」校作「貴」；天啟梅本改作「貴」。

按織麻爲布，其質仍是麻，故云「未費」。類要所引雖有脱誤，「雖」下脱「云」字（元本、弘治本等亦然），「宋」爲「未」之譌。然「弗見」二字由「費」致誤之迹則甚明顯。徐𤊹校「費」作「貴」，喻林引作「雖未足貴」，皆非。王批本、子苑引作「雖云未費」，與今本正同。

〔二五〕**杼軸獻功，焕然乃珍。**

按淮南子説林篇：「黼黻之美，在於杼軸。」高注：「白與黑爲黼，青與赤爲黻。皆文衣也。」

〔二六〕**至精而後闡其妙，至變而後通其數。**

按易繫辭上：「子曰：『知變化之道者，其知神之所爲乎？……是以君子將有爲也，將有行也，問焉而以言，其受命也如響。無有遠近幽深，遂知來物。非天下之至精，其孰能與於此！參伍以變，錯綜其數，通其變，遂成天下之文；極其數，遂定天下之象。非天下之至變，其孰能與於此！』」

〔二七〕**伊摯不能言鼎，輪扁不能語斤。其微矣乎！**

按孫子用閒篇：「昔殷之興也，伊摯在夏。」曹注：「伊尹也。」楚辭離騷：「摯咎繇而能調。」王注：

「摯，伊尹名。」又天問：「帝乃降觀，下逢伊摯。」王注：「摯，伊尹名也。」文賦：「是蓋輪扁所不得言，故亦非華説之所能精。」南齊書文學陸厥傳：「（沈）約答曰：『……韻與不韻，復有精麤，輪扁不能言。』」又文學傳論：「斲輪言之未盡。」阮籍集伏義與籍書：「昔者，輪扁不能言微。」類聚三二引。今本阮集作「昔輪扁不能言微於其弟」。皆用莊子天道篇輪扁言斲輪事。

〔二八〕**物以貌求，心以理應。**

「應」，黄校云：「汪作『勝』。」

按元本、弘治本、活字本、佘本、兩京本、王批本、胡本、訓故本、文溯本、四六法海亦並作「勝」，與下「垂帷制勝」句複，非是。張本、何本、梅本、凌本、合刻本、梁本、祕書本、謝鈔本、別解本、王本、張松孫本、鄭藏鈔本、崇文本作「應」，亦非。文津本剜改爲「媵」，是也。爾雅釋言：「媵，送也。」「心以理媵」，與上句「物以貌求」，文正相應。「媵」與「勝」形近，易誤。章句篇「追媵前句之旨」，元本等亦誤「媵」爲「勝」，與此同。附會篇：「若首唱榮華，而媵句憔悴。」是舍人屢用「媵」字也。何焯校作「賸」，未免舍近求遠。

〔二九〕**垂帷制勝。**

按「垂」，下也。荀子富國篇楊注。「垂帷」，即「下帷」。史記儒林董仲舒傳：「以治春秋，孝景時爲博士。下帷講誦，弟子傳以久次相受業，或莫見其面。蓋三年，董仲舒不觀於舍園。其精如此。」漢書仲舒傳同。漢紀武帝紀二作「下帷讀書」。漢書叙傳下董仲舒傳述：「下帷覃思，論道屬書。」束晳讀書賦：「垂帷帳以隱几，披紈素而讀書。」書鈔九八、類聚五五引。用仲舒事而作「垂帷帳」；顧野王玉篇序：「所以垂帷閉户，而覿遐年之世。」則作「垂帷」，正與此同。「垂帷制勝」，乃重申篇中「積學」、「博見」之要，非謂將軍之運籌帷幄，決勝千里也。「制勝」二字出孫子虛實篇。

體性第二十七

夫情動而言形〔一〕，理發而文見〔二〕，蓋沿隱以至顯〔三〕，因內而符外者也。然才有庸儁，氣有剛柔〔四〕，學有淺深，習有雅鄭，並情性所鑠〔五〕，陶染所凝，是以筆區雲譎，文苑波詭者矣❶。故辭理庸儁，莫能翻其才；風趣剛柔，寧或改其氣〔六〕；事義淺深，未聞乖其學；體式雅鄭，鮮有反其習：各師成心，其異如面❷〔七〕。

若總其歸塗，則數窮八體：一曰典雅，二曰遠奧，三曰精約，四曰顯附，五曰繁縟，六曰壯麗，七曰新奇，八曰輕靡。典雅者，鎔式經誥，方軌儒門者也。遠奧者，馥采典文〔八〕，經理元宗者也〔九〕。精約者，覈字省句，剖析毫釐者也〔一〇〕。顯附者，辭直義暢，切理厭心者也。繁縟者，博喻釀采〔一一〕，煒燁枝派者也。壯麗者，高論宏裁，卓爍異采者也〔一二〕。新奇者，擯古競今，危側趣詭者也。輕靡者，浮文弱植，縹緲附俗者也。故雅與奇反，奧與顯殊，繁與約舛，壯與輕乖，文辭根葉，苑囿其中矣。

若夫八體屢遷〔一三〕，功以學成，才力居中，肇自血氣；氣以實志，志以定言〔一四〕，吐納英華，莫非情性〔一五〕。是以賈生俊發〔一六〕，故文潔而體清；長卿傲誕，故理侈而辭溢〔一七〕；子雲沈寂，故志隱而味深；子政簡易①，故趣昭而事博〔一八〕；孟堅雅懿，故裁密而思靡；平子淹通，故慮周而藻密；仲宣躁銳〔一九〕，故穎出而才果；公幹氣褊，故言壯而情駭〔二〇〕；嗣宗俶儻，故響逸而調遠；叔夜儁俠，故興高而采烈〔二一〕；安仁輕敏，故鋒發而韻流；士衡矜重，故情繁而辭隱：觸類以推，表裏必符，豈非自然之恒資，才氣之大略哉！

夫才有天資，學慎始習〔二二〕，斲梓染絲②，功在初化，器成綵定，難可翻移。故童子雕琢〔二三〕，必先雅製，沿根討葉，思轉自圓，八體雖殊，會通合數，得其環中③，則輻輳相成〔二四〕。故宜摹體以定習，因性以練才，文之司南④，用此道也。

贊曰：才性異區〔二五〕，文辭繁詭〔二六〕。辭爲膚根，志實骨髓〔二七〕。雅麗黼黻，淫巧朱紫〔二八〕。習亦凝一作疑。真〔二九〕，功沿漸靡〔三〇〕。

【黄叔琳注】

①**簡易**〔劉向傳〕向字子政，爲人簡易無威儀。②**斲梓**〔周書〕若作梓材，既勤樸斲。**染絲**〔墨子〕墨子見染絲者而歎曰：染于蒼則蒼，染于黄則黄，故染不可不慎也。③**環中**〔莊子〕樞始得其環中，以應無窮。④**司南**〔韓子〕先王立司南以端朝夕。〔注〕司南，即指南車也，以喻國之正法。

【李詳補注】

❶**筆區雲譎二句**詳案：〔揚雄甘泉賦〕於是大厦雲譎波詭。〔注〕孟康曰：言厦屋變巧，乃爲雲氣水波相譎詭也。❷**各師成心二句**詳案：〔左傳〕襄公三十一年，子産曰：人心之不同，如其面焉。

【楊明照校注】

〔一〕**夫情動而言形。**

按詩大序：「情動於中而形於言。」禮記樂記有「情動於中故形於聲」語。

〔二〕**理發而文見。**

按禮記樂記：「理發諸外而民莫不承順。」鄭注：「理，容貌之進止也。」

〔三〕**蓋沿隱以至顯。**

按文賦：「或本隱以之顯。」

〔四〕**氣有剛柔。**

按抱朴子外篇尚博：「清濁參差，所禀有主，朗昧不同科，强弱各殊氣。」晉書文苑傳論：「夫賞好生於情，剛柔本於性。」

〔五〕**並情性所鑠。**

「鑠」，元本、弘治本、活字本、汪本、佘本、張本、兩京本、王批本、胡本、訓故本、梁本、四庫本作「爍」。

按孟子告子上：「仁義禮智，非由外鑠我也，我固有之也。」趙注：「仁義禮智，人皆有其端，懷之於内，非從外消鑠我也。」此「鑠」字義當與之同。作「爍」非。

〔六〕**風趣剛柔，寧或改其氣。**

按抱朴子外篇尚博：「清濁參差，所禀有主。朗昧不同科，强弱各殊氣。」晉書文苑傳論：「夫賞好生於情，剛柔本於性。」典論論文：「文以氣爲主，氣之清濁有體，不可力强而致。」

〔七〕**各師成心，其異如面。**

按莊子齊物論：「夫隨其成心而師之，誰獨且無師乎？」郭注：「夫心之足以制一身之用者，謂之成心。人自師其成心，則人各自有師矣；人各自有師，故付之而自當。」陸德明經典釋文序：「各師成心，製作如面。」即襲於此。

〔八〕**馥采典文。**

按以原道篇「符采複隱」，練字篇「複文隱訓」，隱秀篇「隱以複意爲工」，總術篇「奥者複隱」例之，「馥」當作「複」，始合。文心全書中僅此處用一「馥」字，殊爲可疑。與文意亦不合。

〔九〕**經理元宗者也。**

「元」，元本、弘治本、活字本、汪本、佘本、張本、兩京本、王批本、何本、梅本、凌本、合刻本、梁本、祕書本、謝鈔本、別解本、清謹軒本、尚古本、岡本、四庫本、崇文本作「玄」；子苑、文通二一引同。按「玄」字是。文選王儉褚淵碑文：「眇眇玄宗。」江文通文集張令爲太常領國子祭酒詔：「必能闡揚玄宗。」詩品中：「（郭璞詩）但遊仙之作，辭多慷慨，乖遠玄宗。」顔氏家訓勉學篇：「何晏王弼，祖述玄宗。」並其證。黄本蓋例清諱改。

〔一〇〕**剖析毫釐者也。**

按西京賦：「剖析毫釐，擘肌分理。」

〔一〕**博喻釀采。**

按說文酉部："醲，厚酒也。"廣雅釋詁三："醲，厚也。"玉篇酉部："醲，厚酒。"廣韻三鍾："醲，厚酒。"是"釀"當作"醲"，始合文意。禮記學記："能博喻，然後能爲師。"孔疏："博喻，廣曉也。"

〔二〕**卓爍異采者也。**

"爍"，活字本、謝鈔本作"鑠"。顧廣圻、張紹仁校作"鑠"。

按作"鑠"非是。"卓"，疑"焯"之誤。文選揚雄羽獵賦："隋珠和氏，焯爍其陂。"李注："焯，古灼字。"左思蜀都賦："符采彪炳，暉麗灼爍。"劉注："灼爍，豔色也。"嵇康琴賦："華容灼爍，發采揚明。"古文苑宋玉舞賦："珠翠灼爍而照曜兮。"章注："灼爍，鮮明貌。"張衡觀舞賦："光灼爍以發揚。"並其證。

〔三〕**若夫八體屢遷。**

按易繫辭下："易之爲書也不可遠，爲道也屢遷。"孔疏："屢遷者，屢，數也。"集解引虞翻曰："遷，徙也。"文賦："其爲物也多姿，其爲體也屢遷。"李注："文非一則，故曰屢遷。"

〔四〕**氣以實志，志以定言。**

按左傳昭公九年："味以行氣，氣以實志，志以定言。"杜注："氣和，則志充；在心爲志，發口爲言。"

〔五〕**吐納英華，莫非情性。**

按禮記樂記：「和順積中，而英華發外。」

〔一六〕**是以賈生俊發。**

范文瀾云：「神思篇『駿發之士』，此『俊』字疑當作『駿』。」

按宋書謝靈運傳論：「縱橫俊發，過於延之。」高僧傳唱導論：「辭吐俊發。」是作「俊」亦可。

〔一七〕**長卿傲誕，故理侈而辭溢。**

按文選班固典引：「司馬相如洿行無節，但有浮華之辭。」足爲「辭溢」之徵。

〔一八〕**子雲沈寂，故志隱而味深；子政簡易，故趣昭而事博。**

按諸子篇：「揚雄法言，劉向説苑。」時序篇：「子雲鋭思於千首，子政讎校於六藝。」才略篇：「雄向已後，頗引書以助文。」所叙次第，揚雄均在劉向前，與此相同。則王氏所引，未可從也。

困學紀聞十七引，「子雲」二句在「子政」二句下。

〔一九〕**仲宣躁鋭。**

按以程器篇「仲宣輕脆以躁競」論之，「鋭」是「競」之誤。三國志魏書杜襲傳：「魏國既建，爲侍中，與王粲、和洽並用。粲彊識博聞，故太祖游觀出入，多得驂乘；至其見敬，不及洽、襲。襲嘗獨見，至於夜半。粲性躁競，起坐曰：『不知公對杜襲道何等也？』洽笑答曰：『天下事豈有盡邪！卿晝侍可矣。悒悒於此，欲兼之乎？』」據此，應作「競」必矣。嵇中散集養生論：「今以躁競之心，涉希靜之塗。」抱朴子外篇嘉遯：「標退靜以抑躁競之俗。」隋書儒林劉炫傳：「炫性躁競。」顏氏家訓省事篇：「世見躁競得官者，便謂弗索何獲？」亦並以「躁競」爲言。

〔二〇〕**公幹氣褊，故言壯而情駭。**

按文選謝靈運鄴中詩集序：「（劉）楨卓犖偏人，而文最有氣，所得頗經奇。」李注引潘勗玄達賦曰：「匪偏人之自踶，訴諸衷於來哲。」李周翰注：「偏人，謂文才偏美於人。」文士傳：「劉楨辭氣鋒烈，莫有折者。」御覽三八五引。詩品上：「劉楨詩其源出於古詩，仗氣愛奇，動多振絶。」上所引者，均足證「褊」字有誤，當以作「偏」爲是。詩魏風葛屨序「其君儉嗇，褊急」孔疏：「褊急，言性躁。」釋此與文意不符。

〔二一〕**叔夜儁俠，故興高而采烈。**

按世説新語品藻篇：「簡文云：『何平叔巧累於理，嵇叔夜儁傷其道。』」足爲「儁」之徵。

〔二二〕**學慎始習。**

「慎」，玉海二百一引作「謹」。

按王氏避宋孝宗諱改引作「謹」，非所見本有異也。子苑引同今本。

〔二三〕**故童子雕瑑。**

「瑑」，元本、弘治本、活字本、汪本、佘本、張本、兩京本、何本、梅本、凌本、合刻本、梁本、祕書本、謝鈔本、彙編本、別解本、清謹軒本、尚古本、岡本、四庫本、王本、張松孫本、鄭藏鈔本、崇文本作「琢」；喻林九十、子苑、文通引同。沈巖改「琢」爲「瑑」。

按「瑑」「琢」二字本通，然以原道篇「雕琢情性」及情采篇「雕琢其章」例之，當以作「琢」爲是。漢書司馬遷傳：「（報任安書）今雖欲彫瑑曼辭以自解。」顏注：「瑑，刻也。音篆。」文選作「雕琢」。

〔二四〕**則輻輳相成。**

「輳」，元本、弘治本、汪本、兩京本、訓故本、四庫本作「湊」。

按「湊」字是。已詳書記篇「詭麗輻輳」條。

〔二五〕**才性異區。**

按荀子修身篇：「彼人之才性之相縣也，豈若跛鼈之與六驥足哉！」嵇康集明膽論：「賦受有多少，故才性有昏明。」抱朴子外篇勗學：「才性有優劣。」

〔二六〕**文辭繁詭。**

「辭」，馮舒校作「體」。元本、弘治本、汪本、佘本、張本、兩京本、何本、胡本、訓故本、合刻本、梁本、別解本、清謹軒本、尚古本、岡本、四庫本、王本、鄭藏鈔本、崇文本作「體」；喻林八八引同。

按作「體」是。「辭」字蓋涉下句而誤。「體」「性」本對言，作「辭」則非其旨矣。

〔二七〕**辭爲膚根，志實骨髓。**

范文瀾云：「『膚根』，『根』當作『葉』。」

按「膚根」於此，義不可通。改「根」作「葉」，恐亦非舍人之舊。漢書禮樂志：「夫樂本情性，浹肌膚而藏骨髓。」文子道德篇：「以耳聽者，學在皮膚；以心聽者，學在肌肉；以神聽者，學在骨髓。」淮南子原道篇：「不浸于肌膚，不浹于骨髓。」漢書禮樂志：「夫樂本情性，浹肌膚而臧骨髓。」又董仲舒傳：「仲舒對曰：『……故聲發於和而本於情，接於肌膚，臧於骨髓。』」抱朴子外篇辭義：「屬筆之家，亦各有病：……其淺者，則患乎妍而無據，證援不給，皮膚鮮澤，而骨鯁迴弱也。」皆用人體爲喻，以「肌膚」、「皮膚」與「骨髓」或「骨鯁」對舉，表其淺深之異。則此贊亦當如是。辨騷篇：「觀其骨鯁所樹，肌膚所附。」附會篇：「事義爲骨髓，辭采爲肌膚。」正以「肌膚」與「骨髓」或「骨鯁」對。則此處之「膚根」，似當作「肌膚」始合。「根」字蓋涉篇內兩「根」字而誤。

〔二八〕**淫巧朱紫。**

范文瀾云：「『朱紫』，當作『青紫』。」

按此與詮賦篇「組織之品朱紫」，定勢篇「宮商朱紫，隨勢各配」之「朱紫」，皆僅就其不同之色言，文選西京賦「土被朱紫」李注：「朱紫，二色也。」非關正色與間色也。若謂「朱」字不倫類，而改爲「青」，則「青」又何嘗不是正色？范說誤。

〔二九〕**習亦凝真。**

「凝」，黃校云：「一作『疑』。」紀昀云：「『疑』字是。莊子『乃疑於神』，正作『疑』字。後人或作『凝』，或作『擬』，皆不知妄改。」

按本書率用「凝」字，例多不具列。焉得盡如莊子達生篇。一一而改之！紀說未可從。

〔三〇〕**功沿漸靡。**

按漢書淮南衡山濟北王傳贊：「亦其俗薄，臣下漸靡使然。」又枚乘傳：「（上書諫吴王）泰山之霤穿石，單極之綆斷幹；水非石之鑽，索非木之鋸，漸靡使之然也。」王念孫讀書雜志漢書第九。謂：「案漸，讀漸漬之漸；靡，與摩同。漸靡，即漸摩。董仲舒傳云『漸民以仁，摩民以誼』，是也。」時序篇「故漸靡儒風者也」，其用「漸靡」義與此同。

風骨第二十八

詩總六義，風冠其首，斯乃化感之本源，志氣之符契也。是以怊悵述情，必始乎風〔一〕，沉吟鋪辭，莫先於骨。故辭之待骨，如體之樹骸；情之含風，猶形之包氣。結言端直，則文骨成焉；意氣駿爽，則文風清一作生。焉。若豐藻克贍，風骨不飛，則振采失鮮，負聲無力。是以綴慮裁篇，務盈守氣〔二〕，剛健既實①，輝光乃新〔三〕，其爲文用，譬征鳥之使翼也②。故練於骨者，析辭必精；深乎風者，述情必顯。捶字堅而難移，結響凝而不滯，此風骨之力也。若瘠義肥辭，繁雜失統，則無骨之徵也；思不環周〔四〕，索莫元作課，楊改。乏氣〔五〕，元作風，楊改。則無風之驗也。昔潘勗錫魏③，思摹經典，群才韜筆〔六〕，乃其骨髓峻也〔七〕；相如賦仙④，氣號凌雲，蔚爲辭宗❶，迺其風力遒也。能鑒斯要，可以定文，兹術或違，無務繁采。

故魏文稱文以氣爲主⑤，氣之清濁有體，不可力强而致。故其論孔融，則云體氣高妙；論徐幹⑥，則云時有齊氣；論劉楨，則云一本下有時字。有逸氣⑦〔八〕。公幹亦云：孔氏卓卓，信含異氣，筆墨之性，殆不可勝。並重氣之旨也。夫翬翟備色〔九〕，而翾翥百步〔一〇〕，肌豐而力沉也；鷹隼乏采〔一一〕，而翰飛戾天〔一二〕，骨勁而氣猛也：文章才力，有似於此。若風骨乏采，則鷙集翰林，采乏風骨，則雉竄文囿：唯藻耀而高翔〔一三〕，固文筆之鳴鳳也〔一四〕。

若夫鎔鑄一作冶。經典之範〔一五〕，翔集子史之術〔一六〕，洞曉情變，曲昭文體，然後能孚汪作莩。甲新意⑧〔一七〕，雕畫奇辭。昭體故意新而不亂，曉變故辭奇而不黷。若骨采未圓，風辭未練，而跨略舊規，馳騖新作，雖獲巧意，危敗亦多。豈空結奇字⑨，紕繆而成經矣〔一八〕。周書云：辭尚體要，弗惟好異。蓋防文濫也。然文術多門，各適所好，明者弗授，學者弗師；於是習華隨侈，流遁忘反〔一九〕。若能確乎正式，使文明以健〔二〇〕，則風清骨峻，篇體光華。能研諸慮〔二一〕，何遠之有哉〔二二〕！

贊曰：情與氣偕，辭共體並〔二三〕。文明以健，珪璋乃騁〔二四〕。蔚彼風力〔二五〕，嚴此骨鯁。才鋒峻立，符采克炳〔二六〕。

【黄叔琳注】

①**剛健**〔易〕彖曰：大畜剛健篤實，輝光日新其德。②**征鳥**〔禮記月令〕征鳥厲疾。③**錫魏**見詔策篇。④**賦仙**〔司馬相如傳〕相如以爲列仙之儒，居山澤間，形容甚臞，此非帝王之仙意也。乃遂奏大人賦。天子大悦，飄飄有淩雲氣，遊天地之間意。⑤**魏文**文以氣爲主云云，魏文帝典論論文語也。⑥**孔融徐幹**〔魏文帝集〕典論論文：王粲長於辭賦，徐幹時有齊氣，然非粲之匹也。孔融體氣高妙，有過人者，然不能持論，理不勝辭，至於雜以嘲戲。及其所善，揚班儔也。⑦**劉楨逸氣**〔魏志〕劉楨字公幹。文帝與吴質書曰：公幹有逸氣，但未遒耳。⑧**孚甲**〔詩疏〕楊之莩甲，早於衆木；昏姻失時，曾

木之不如也。〔後漢章帝詔〕方春生養，萬物莩甲，宜助萌陽，以育時物。

⑨**奇字**〔揚雄傳〕劉棻嘗從雄學作奇字。

【李詳補注】

❶**相如賦仙三句**　詳案：〔漢書叙傳述〕司馬相如蔚爲辭宗，賦頌之首。

【楊明照校注】

〔一〕**是以怊悵述情，必始乎風。**

按此專就「怊悵」爲言，則當據情采篇「蓋風雅之興，志思蓄憤」解之。史記自序：「詩三百篇，大抵聖賢發憤之所爲作也。」漢書食貨志上：「男女有不得其所者，因相與歌詠，各言其傷。」公羊傳宣公十五年何休解詁：「男女有所怨恨，相從而歌：飢者歌其食，勞者歌其事。」並足與此相發。

〔二〕**務盈守氣。**

按左傳昭公十一年：「單子會韓宣子于戚，視下，言徐。叔向曰：『單子其將死乎？……今單子爲王官伯，而命事於會，視不登帶，言不過步，貌不道容，而言不昭矣。不道，不共；不昭，不從。無守氣矣！』」孔疏：「言無守身之氣，將必死。」此「守氣」二字所出。

〔三〕**剛健既實，輝光乃新。**

按此用易大畜彖辭，係從漢儒舊讀：「剛健篤實，輝光日新。」「其德」二字屬下。惠棟漢書補注卷八、錢大昕潛研堂文集卷四、王引之經義述聞卷二、馬國翰目耕帖卷三、並有說。黃注從王弼斷句，與舍人文不相應，非是。漢書禮樂志：「被服其風，光煇日新。」隸釋度尚碑：「令聞彌崇，暉光日新。」傳咸周易詩：「暉光日新，照於四方。」類聚五五、初學記二一引。裴松之上三國志注表：「暉光日新，郁哉彌盛。」宋書樂志二張華四箱樂歌：「躋我王道，暉光日新。」文選張華勵志詩：「進德修業，暉光日新。」管輅別傳：「劉邠問輅：『易言「剛健篤實，輝光日新」，斯爲同不也？』」三國志魏書管輅傳裴注引。造句皆同漢儒舊讀。説文日部：「暉，光也。」又火部：「煇，光也。」音義並同。「輝」與「暉」、「煇」亦同。見廣韻八微煇字下。

〔四〕**思不環周。**

按文選張華勵志詩：「寒暑環周。」

〔五〕**索莫乏氣。**

「莫」，黄校云：「元作『課』，楊改。」此沿梅校。何焯云：「疑是『牽課』。」

按作「牽課」是。養氣篇「非牽課才外也」，正以「牽課」連文。「索」即「牽」之誤。宋書孝武帝紀：「（大明二年詔）勿使牽課虛懸。」又謝莊傳：「（與江夏王義恭牋）牽課尪瘵。」梁書徐勉傳：「（誡子崧書）牽課奉公，略不克舉。」出三藏記集序：「于是牽課羸恙，沿波討源。」徐孝穆集答族人梁東海太守長孺書：「牽課疲朽，不無辭製。」廣弘明集蕭繹内典碑銘集林序：「或首尾倫帖，事似牽課。」是牽課二字，爲南朝常語。

〔六〕**昔潘勗錫魏，思摹經典，群才韜筆。**

按殷洪疑爲芸之誤。小説：「魏國初建，潘勗字元茂，爲策命文。自漢武（策封三王）已來，未有此制。勗乃依商周憲章，唐虞辭義，温雅與典誥同風。於時朝士，皆莫能措一字。」御覽五九三引。

〔七〕**乃其骨髓峻也。**

「峻」，何本、凌本、合刻本、梁本、别解本、尚古本、岡本、王本、鄭藏鈔本、崇文本作「駿」；翰墨園本作「畯」。思賢講舍本同。

按以篇末「則風清骨峻」諭之，「駿」、「畯」並非。又按「峻」固可訓爲大，禮記大學鄭注。但骨可言大，而髓則不能言大；雖亦可訓爲美，淮南子覽冥篇高注。然止言骨髓之美，則又未盡「結言端直」之義。其應作「骾」，必矣。贊中有「嚴此骨鯁與骾通。」語，尤爲切證。附會篇「事義爲骨髓」，御覽五八五引作「骨骾」。是「骾」、「髓」二字易淆之例。

〔八〕**論劉楨則云有逸氣。**

「云」下，黄校云：「一本有『時』字。」　元本、弘治本、活字本、汪本、佘本、張本、兩京本、何本、訓故本、梅本、凌本、合刻本、梁本、祕書本、謝鈔本、彙編本、别解本、清謹軒本、尚古本、岡本、四庫本、王本、張松孫本、鄭藏鈔本、崇文本並有「時」字；漢魏詩乘總録、四六法海同。　馮舒云：「『時』字衍。」

按以魏文與吴質書原文黄、范兩家注已具。諭之，當以無「時」字爲是。諸本蓋涉上「時有齊氣」句而衍。

〔九〕**夫翬翟備色。**

按爾雅釋鳥：「伊洛而南，素質，五采皆備成章，曰翬。」郭注：「翬亦雉屬，言其毛色光鮮。」又：「鷂，山雉。」郭注：「長尾者。」書禹貢「羽畎夏翟」孔傳：「翟，雉名。」孔疏：「（爾雅）釋鳥云：『翟，山雉。』是『鷂』與『翟』同。說文羽部：『翟，山雉也。』」

〔一〇〕而翾翥百步。

「翾」，宋本、鈔本御覽五八五引作「翺」；倪本、活字本、鮑本御覽作「翔」。按說文羽部：「翾，小飛也。」玉篇羽部：「翾，小飛皃。」詁此正合。「翺」、「翔」二字皆非。

〔一一〕鷹隼乏采。

「乏」，御覽引作「無」。按「無」字是。「乏」乃涉下「乏采」而誤。

〔一二〕而翰飛戾天。

按詩小雅小宛：「宛彼鳴鳩，翰飛戾天。」毛傳：「翰，高；戾，至也。」

〔一三〕唯藻耀而高翔。

「唯」，御覽引作「若」；金石例九、文斷引同。按「若」與上重出，語勢亦不順，非是。宋書宗室臨川烈武王道規傳：「義慶上表曰：『……皇階藻曜。』」鮑氏集學劉公幹體之四：「藻耀君王池。」楚辭宋玉九辯：「將去君而高翔。」

〔一四〕固文筆之鳴鳳也。

「筆」，御覽、辭學指南、記纂淵海七五、金石例、文斷、文通二一引作「章」。按章句篇「文筆之同致也」，亦以「文筆」爲言，則此「筆」字不誤。詩大雅卷阿：「鳳皇鳴矣，於彼高岡。」鄭箋：「鳳皇鳴於山脊之上者，居高視下，觀可集止。」文選何晏景福殿賦：「故能翔岐陽之鳴鳳。」又孫綽遊天台山賦：「聽鳴鳳之嗈嗈。」

〔一五〕**若夫鎔鑄經典之範。**

「鑄」，黃校云：「一作『冶』。」　何焯校作「冶」。按元本、弘治本、活字本、汪本、佘本、張本、兩京本、胡本、王批本、訓故本、謝鈔本、四庫本並作「冶」；辭學指南、金石例、文斷、喻林引同。何校是也。

〔一六〕**翔集子史之術。**

按論語鄉黨：「色斯舉矣，翔而後集。」集解引周生烈曰：「迴翔審觀，而後下止也。」邢疏：「此『翔而後集』一句，以飛鳥喻也。」

〔一七〕**然後能孚甲新意。**

「孚」，黃校云：「汪作『莩』。」　元本、弘治本、活字本、佘本、張本、兩京本、何本、胡本、王批本、訓故本、合刻本、梁本、謝鈔本、別解本、清謹軒本、尚古本、岡本、四庫本、王本、鄭藏鈔本、崇文本，亦並作「莩」；辭學指南、金石例、文斷、喻林引同。　何焯校作「莩」。

按釋名釋天：「甲，孚甲也，萬物解孚甲而生也。」易解彖辭：「而百果草木皆甲坼。」孔疏：「百果草木皆莩甲開拆。」是「孚」、「莩」相通之證。「孚」之通「莩」，猶「包」之通「苞」也。

〔一八〕**豈空結奇字，紕繆而成經矣。**

「經」，元本、弘治本、活字本、汪本、張甲本、兩京本、何本、胡本、訓故本、梅本、王批本、凌本、合刻本、梁本、祕書本、謝鈔本、彙編本、別解本、尚古本、岡本、王本、鄭藏鈔本作「輕」；文通、四六法海、諸子彙函引同。　何焯改作「經」。　范文瀾云：「『經』字不誤，經，常也，言不可爲常道。『矣』字疑當作『乎』字。」

按「輕」字是，「經」則非也。「空結奇字，紕繆成輕」，殆即體性篇所斥「輕靡」之「輕」。「矣」字亦未誤。此文句式，與序志篇「豈取騶奭之群言雕龍也」同。「豈」，猶其也。見經傳釋詞卷五。　研味文意，實非疑問語氣。

〔一九〕**流遁忘反。**

徐𤊹云：「『遁』疑『蕩』字。」

按後漢書張衡傳：「衡因上疏陳事曰：『……夫情勝其性，流遯與遁通。忘反。』」晉書隱逸戴逵傳：「（放達爲非道論）則流遁忘反，爲風波之行。」文選張衡東京賦：「若乃流遁忘反，放心不覺。」均可證「遁」字不誤。　徐說非。諸子彙函作「遁」。

〔二〇〕**使文明以健。**

按易同人彖辭：「文明以健，中正而應。」

〔二一〕**能研諸慮。**

按易繫辭下："「能説諸心，能研諸侯之慮。」王弼周易略例明爻通變篇、李鼎祚周易集解序，並引作「能研諸慮」。舍人此語當用易繫辭，是所見本亦無「侯之」二字也。孫奕示兒編二謂「侯之」二字爲衍文；孫志祖示兒編案語，曾引舍人此文以證成其説。

〔二二〕**何遠之有哉！**

按論語子罕："「子曰："『未之思也夫？何遠之有哉！』」此依皇侃義疏本。左傳昭公二十一年："「死如可逃，何遠之有！」漢書楊胡朱梅云傳贊："「清則濯纓，何遠之有！」後漢書劉虞公孫瓚傳論："「則古之休烈，何遠之有！」三國志魏書文帝紀贊："「則古之賢主，何遠之有哉！」

〔二三〕**情與氣偕，辭共體並。**

按禮記樂記："「事與時並，名與功偕。」舍人語式步此。

〔二四〕**珪璋乃騁。**

「騁」，元本、弘治本、活字本、汪本、佘本、張本、兩京本、王批本、胡本、訓故本、謝鈔本、文津本作「聘」。文溯本剜改爲「騁」。何焯校作「聘」。

按禮記聘義："「以圭璋聘，重禮也。……圭璋特達，德也。」鄭注："「特達，謂以朝聘也。」孔疏："「行聘之時，唯執圭璋特得通達。」又儒行："「儒有席上之珍以待聘。」均足證「騁」乃「聘」之形誤。又按本贊上四句用「勁」韻，下四句用「梗」韻；若作「騁」，其韻雖與「梗」韻通用，騁在「靜」韻。然「並」字則羈旅無友矣。「聘」、「騁」形近易譌，論説篇「歷騁罕遇」，元本、弘治本、活字本、汪本等又誤「騁」爲「聘」。何校「騁」爲「聘」，當據改。

〔二五〕**蔚彼風力。**

按文選陸機贈賈謐詩：「蔚彼高藻，如玉之闌。」李注：「蔚，文貌。」

〔二六〕**符采克炳。**

按文選左思蜀都賦：「符采彪炳。」劉良注：「彪炳，光彩貌。」

通變第二十九

夫設文之體有常，變文之數無方，何以明其然耶〔一〕？凡詩賦書記〔二〕，名理相因，此有常之體也；文辭氣力，通變則久〔三〕，此無方之數也。名理有常，體必資於故實〔四〕；通變無方，數必酌於新聲：故能騁無窮之路，飲不竭之源。然綆短者銜渴①〔五〕，足疲者輟塗，非文理之數盡，乃通變之術疎耳。故論文之方，譬諸草木，根幹麗土而同性，臭味晞陽而異品矣〔六〕。

是以九代詠歌，志合文則。元作財，許無念改。黄歌斷竹②，質之至也；唐歌在昔，則廣於黄世；虞歌卿雲③，則文於唐時；夏歌雕牆④〔七〕，縟於虞代；商周篇什，麗於夏年。至於序志述時，其揆一也〔八〕。暨楚之騷文，矩式周人；漢之賦頌，影寫楚世；魏之策元作薦，許無念改。一本作篇。制，顧慕漢風〔九〕；晉之辭章，瞻望魏采。搉而論之〔一〇〕，則黄唐淳而質，虞夏質而辨，商周麗而雅，楚漢侈而豔，魏晉淺而綺〔一一〕，宋初訛而新。從質及訛，彌近彌澹。何則？競今疎古，風味一作末。氣衰也〔一二〕。今才穎之士，刻意學文，多略漢篇，師範宋集〔一三〕，雖古今備閱，然近附而遠疎矣。夫青生於藍⑤，絳生於蒨⑥，雖踰本色，不能復化〔一四〕。桓君山云：予見新進麗文，美而無採；及見劉揚言辭，常輒有得〔一五〕。此其驗也。故練青濯絳，必歸藍蒨〔一六〕，矯訛翻淺，還宗經誥；斯斟酌乎質文之間，而櫽括乎雅俗之際⑦〔一七〕，可與言通變矣。

夫誇張聲貌，則漢初已極，自兹厥後〔一八〕，循環相因，雖軒翥出轍，而終入籠内。枚乘七發云：通望兮東海，虹洞兮蒼天。相如上林云：視之無端，察之無涯，日出東沼，月生西陂〔一九〕。馬融廣成云：天地虹洞，固元作因，按頌文改。無端涯，大明出東，月生西陂〔二〇〕。揚雄校獵云：出入日月，天與地沓〔二一〕。張衡西京云：日月於是乎出入，象扶桑於濛汜〔二二〕。此並廣寓極狀，而五家如一。諸如此類，莫不相循，參伍因革，通變之數也。

是以規略文統，宜宏大體，先博覽以精閱，總綱紀而攝契；然後拓衢路，置關鍵，長轡遠馭〔二三〕，從容按節，憑情以會通，負氣以適變，采如宛虹之奮鬐⑧，光元作毛，曹改。若長離之振翼⑨〔二四〕，迺穎脱之文矣⑩。若乃齷齪於偏解⑪，矜激乎一致，此庭間之迴驟⑫，豈萬里之逸步哉！

贊曰：文律運周〔二五〕，日新其業。變則其疑作可。久〔二六〕，通則不乏。趨時必果，乘機無怯〔二七〕。一作路。望今制奇，參古定法。

【黄叔琳注】

①綆短〔莊子〕綆短者不可以汲深。②斷竹〔吴越春秋〕范蠡進善射者陳音。越王請音而問曰：孤

聞子善射，道何所生？音曰：臣聞弩生於弓，弓生於彈，彈起於古之孝子不忍見父母爲禽獸所食，故作彈以守之。故歌曰：斷竹續竹，飛土逐宍。按所歌者本黄帝時竹彈謡。③**卿雲**〔尚書大傳〕舜將禪禹，百工相和而歌卿雲。帝歌曰：卿雲爛兮，糺縵縵兮，日月光華，旦復旦兮。八伯咸進，稽首而和歌曰：明明上天，爛然是陳。日月光華，弘予一人。④**雕牆**〔書五子之歌〕峻宇雕牆。⑤**青藍**〔荀子〕青出之藍而青於藍。⑥**絳蒨**〔爾雅茹藘注〕今之蒨也。可以染絳。〔疏〕今染絳蒨也。一名茹藘，一名茅蒐。〔詩疏廣要注〕本草：茜根可以染絳。一名蒨。⑦**隱括**〔家語〕自極於隱括之中。⑧**宛虹**〔西京賦〕瞰宛虹之長鬐。〔注〕宛，謂屈曲也。鬐，虹鬣也。⑨**長離**〔張衡思玄賦〕前長離使拂羽兮。〔注〕長離，南方朱雀也。⑩**穎脱**〔平原君傳〕毛遂曰：臣今日請處囊中耳。使遂蚤得處囊中，乃脱穎而出，非特其末見而已。⑪**齷齪**〔張衡西京賦〕獨儉嗇以齷齪。〔注〕齷齪，小節也。〔司馬相如難蜀父老〕委瑣齷齪。〔注〕齷齪，局促也。⑫**庭間迴驟**〔楚辭哀時命〕騁騏驥于中庭兮，焉能極夫遠道。

【楊明照校注】

〔一〕**何以明其然耶？**

「明」，兩京本、胡本作「知」。

墨子尚同中篇「何以知其然也」，莊子胠篋篇「何以知其然邪」，淮南子人間篇「何以知其然也」，並作「知」。此處「明」字蓋寫者據後情采篇改也。子苑三二引作「知」，是所見本原作「知」之切證。

〔二〕**凡詩賦書記。**

按自明詩第六至書記第二十五，皆研討文體者；勢不能一一標出，故約舉首尾篇目以包其餘。舍人「論文叙筆」，原無辨騷在內，此亦一證也。

〔三〕**通變則久。**

按易繫辭下：「變則通，通則久。」

〔四〕**體必資於故實。**

按國語周語上：「賦事行刑，必問於遺訓而咨於故實。」韋注：「咨，謀也。故實，故事之是者。」「咨」，與「資」通。文選吴質在元城與魏太子牋，即作「資於故實」。

〔五〕**然綆短者銜渴。**

按荀子榮辱篇：「短綆不可以汲深井之泉。」楊注：「綆，索也。」淮南子説林篇：「短綆不可以汲深，器小不可以盛大，非其任也。」説苑政理篇：「(管仲)對曰：『夫短綆不可以汲深井，知鮮不可以與聖人之言。』」黄注曾引莊子至樂篇「綆短者不可以汲深」。

〔六〕**故論文之方，譬諸草木，根幹麗土而同性，臭味晞陽而異品矣。**

按易離彖辭：「離，麗也。日月麗乎天，百穀草木麗乎土。」王注：「麗，猶著也。」詩小雅湛露：「湛湛露斯，匪陽不晞。」毛傳：「陽，日也。晞，乾也。」左傳襄公八年：「季武子曰：『誰敢哉！今譬於草木，寡君在君，君之臭味也。』」杜注：「言同類。」又襄公二十二年：「公孫僑對曰：『……謂我敝邑，邇在晉國，譬諸草木，吾臭味也。』」杜注：「晉鄭同姓故。」又按「晞」，范注本、翰墨園本誤爲「晞」，（芸香堂本原不誤。）非是。

〔七〕**夏歌雕牆。**

「雕」，玉海一百六引作「彫」。

按作「彫」與書僞五子之歌合。

〔八〕**其揆一也。**

按孟子離婁下：「先聖後聖，其揆一也。」趙注：「揆，度也。言聖人之度量同也。」文選袁宏三國名臣序贊：「風美所扇，訓革千載，其揆一也。」李周翰注：「揆，理也。」

〔九〕**魏之策制，顧慕漢風。**

「策」，黃校云：「元作『薦』，許無念改。一本作『篇』。」

按萬曆梅本作「策」，有校語云：「元作『薦』，許無念改。」（凌本、祕書本同。）天啟梅本作「篇」，亦有校語云：「元作『薦』，許無念改。」（張松孫本同。）是許乃改「薦」爲「篇」，非改作「策」也。（作「策」。係萬曆梅本之誤。）此當以作「篇」爲是。明詩篇：「江左篇製，溺乎玄風。」語式與此同，可證。其作「薦」者，乃「篇」之形誤。（樂府篇「河間薦雅而罕御」，唐寫本又誤「薦」爲「篇」。）

〔一〇〕**摛而論之。**

「摛」，元本、弘治本、汪本、佘本、張本、兩京本、王批本、何本、胡本、梅本、凌本、合刻本、梁本、祕書本、謝鈔本、彙編本、别解本、尚古本、岡本、四庫本、王本、張松孫本、鄭藏鈔本作「確」；詩紀别集一引同。

按諸本非是。「摧」，揚摧也。廣雅釋訓：「揚摧，都凡也。」廣韻四覺：「摧，揚摧。」文選左思蜀都賦：「請爲左右揚摧而陳之。」劉注：「韓非有揚摧篇。班固（漢書叙傳下述食貨志）曰：『揚摧古今。』其義一也。」李注：「許慎淮南子注（俶真篇閒詁）曰：『揚摧，粗略也。』」

〔二〕**魏晉淺而綺。**

「綺」，六朝詩乘總録引作「浮」。

按明詩篇：「晉世群才，稍入輕綺。」則作「浮」非是。沈約宋書謝靈運傳論：「降及元康，潘陸特秀，縟旨星稠，繁文綺合。」亦可證。

〔三〕**風味氣衰也。**

「味」，黄校云：「一作『末』。」　徐𤊹云：「『味』字疑誤。」　孫人和云：「按作『末』是也。封禪篇云『風末力寡』，與此意同。」

按「末」字是。天啟梅本已改作「末」。黄氏所稱一本，蓋即天啟梅本。

〔三〕**今才穎之士，刻意學文，多略漢篇，師範宋集。**

按南齊書高祖十二王武陵昭王曄傳：「（曄）與諸王共作短句詩，學謝靈運體。」梁書文學下伏挺傳：「好屬文，爲五言詩，善效謝康樂體。」南史王籍傳：「爲詩慕謝靈運，至其合也，殆無愧色。時人咸謂康樂之有王籍，如仲尼之有丘明，老聃之有嚴莊。周。」詩品序：「次有輕薄之徒，笑曹劉爲古拙，謂鮑照羲皇上人，謝朓今古獨步。」並足爲「師範宋集」之證。

〔一四〕**夫青生於藍，絳生於蒨，雖踰本色，不能復化。**

按淮南子俶真篇：「今以涅染緇，則黑於涅；以藍染青，則青於藍。涅非緇也，青非藍也，玆雖遇其母，而無能復化已。」高注：「涅，礬石也。母，本也。」

〔一五〕**桓君山云：予見新進麗文，美而無採；及見劉揚言辭，常輒有得。**

范文瀾云：「劉揚，謂子駿、子雲也。」

按新論：「譚見劉向新序，陸賈新語，乃爲新論。」御覽六百二引。是君山之於新序，奉爲述作典範，推崇極矣。則「劉」當指劉向。本書諸子、體性、時序、才略四篇，亦皆以劉向與揚雄並舉，更是最確切旁證。范説誤。又按舍人此文所引者當是新論。孫馮翼、嚴可均（全後漢文卷十三至十五）輯本均漏此條。

〔一六〕**故練青濯絳，必歸藍蒨。**

「絳」，弘治本、活字本、汪本、佘本、張本、兩京本、王批本、胡本、萬曆梅本、訓故本、謝鈔本作「錦」；詩紀別集一、六朝詩乘總録引同。

按此爲回應上文「夫青生於藍，絳生於蒨」之辭，作「錦」非是。

〔一七〕**而隱括乎雅俗之際。**

「隱」，弘治本、汪本、佘本、張本、王批本、何本、梅本、凌本、梁本、祕書本、謝鈔本、彙編本、別解本、尚古本、岡本、張松孫本、崇文本作「隱」；詩紀別集一、文通二一引同。按「檃括」、「檃栝」、「隱括」、「隱栝」，古籍多互作。依説文當作「檃桰」。然以鎔裁篇「檃括情理」，指瑕篇「若能檃括於一朝」證之，則此亦當作「檃括」，前後始能一律。荀子性惡篇：「故枸木必將待檃栝烝矯然後直。」楊注：「檃栝，正曲木之木也。」

〔一八〕 **自兹厥後。**

按書無逸：「自時厥後。」文選皇甫謐三都賦序有此語。文選王儉褚淵碑文：「自兹厥後，無替前規。」

〔一九〕 **日出東沼，月生西陂。**

按「月生西陂」，當依上林賦作「入乎西陂」。此蓋寫者涉下廣成頌「月生西陂」而誤。孫志祖文選考異一、梁章鉅文選旁證十一並有説。

〔二〇〕 **大明出東，月生西陂。**

按後漢書馬融傳作「大明生東，月朔西陂」。此引「生」爲「出」、「朔」爲「生」，非緣舍人誤記，即由寫者涉上下文而誤。禮記禮器：「大明生於東，月生於西。」鄭注：「大明，日也。」

〔二一〕 **出入日月，天與地沓。**

按「沓」當依漢書揚雄傳上作「杳」。顔注：「謂苑囿之大，遥望日月皆從中出入，而天地之際杳然縣遠也。説者反以杳爲沓，解云重沓；非惟乖理，蓋以失韻。」文選旁證十二、朱亦棟群書札記十二、胡紹瑛文選箋證十一並有説。今此作「沓」，蓋寫者依文選改也。

〔二二〕**象扶桑於濛汜。**

按「於」字不可解，蓋涉上句而誤者。當依西京賦作「與」。續歷代賦話十四引作「與」，當是據賦文改。

〔二三〕**長轡遠馭。**

按文選孫楚爲石仲容與孫皓書：「長轡遠御，「御」、「馭」古今字。妙略潛授。」劉良注：「長轡遠御，謂有長遠之策也。」南齊書孔稚珪傳：「乃上表曰：『……長轡遠馭，子孫是賴。』」

〔二四〕**光若長離之振翼。**

「光」，黄校云：「元作『毛』，曹改。」此沿梅校。

按曹改是。漢書禮樂志：「長麗前掞光耀明。」顔注：「臣瓚曰：『長麗，靈鳥也。』故相如賦大人賦。曰：『前長麗漢書作「離」。而後矞皇。』舊説云：『鸞也。』師古曰：『麗，音離。』」

〔二五〕**文律運周。**

按文賦：「普辭條與文律。」曹子建集朔風詩：「四氣代謝，懸景運周。」

〔二六〕**變則其久。**

「其」，黄校云：「疑作『可』。」此沿梅校。　何焯校「堪」。

按「其」字與上句重出，固非；然與「可」之形不近，恐難致誤。改「堪」亦未必是。疑原作「甚」，非舊本闕其末筆，即寫者偶脱。時序篇「其鼎盛乎」，元本、兩京本、胡本「其」並作「甚」。是二字易誤之證。

〔二七〕**乘機無怯。**

「怯」，黄校云：「一作『跲』。」天啟梅本作「跲」。元本、弘治本、活字本、汪本、張本、兩京本、胡本、萬曆梅本、謝鈔本作「法」；何本、凌本、合刻本、梁本、祕書本、别解本、尚古本、岡本、王本、鄭藏鈔本、崇文本作「怯」。梅氏萬曆重刊本作「怯」（見馮舒校語），四庫本剜改爲「怯」。

按「法」字蓋涉末句「參古定法」而誤。以其形推之，「怯」與「法」較近，當以作「怯」爲是。

定勢第三十

夫情致異區，文變殊術，莫不因情立體，即體成勢也。勢者，乘利而爲制也〔一〕。如機發矢直，澗曲湍元作文，王性凝按本贊改。回〔二〕，自然之趣也。圓者規體，其勢也自轉；方者矩形，其勢也自安〔三〕：文章體勢，如斯而已。是以模經爲式者，自入典雅之懿；效騷元作驗，王改。命篇者，必歸豔逸之華〔四〕；綜意淺切者，類乏醞藉①〔五〕；斷一作斲。辭辨約者〔六〕，率乖繁縟：譬激水不漪，槁木無陰，自然之勢也。

是以繪事圖色，文辭盡情，色糅而犬馬殊形，情交而雅俗異勢，鎔範所擬，各有司匠，雖無嚴郛②，難得踰越。然淵乎文者，並總群勢，奇正雖反，必兼解以俱通；剛柔雖殊，必隨時而適用。若愛典而惡華，則兼通之理偏，似夏人争弓矢，執一不可以獨射也；若雅鄭而共篇，則總一之勢離，是楚人鬻矛譽楯③，兩難得而俱售也〔七〕。是以括囊雜體，功一作切，從御覽改。在銓別〔八〕，宫商朱紫，隨勢各配〔九〕。章表奏議，則準的乎典雅〔一〇〕；一作雅頌，從御覽改。賦頌歌詩，則羽儀乎清麗〔一一〕；符檄書移，則楷式於明斷；史論序注，則師範於覈要〔一二〕；箴銘碑誄，則體制於弘深；連珠七辭，則從事於巧豔：此循體而成勢，隨變而立功者也。雖復契會相參，節文互雜，譬五色之錦，各以本采爲地矣〔一三〕。

桓譚稱文家各有所慕，或好浮華而不知實覈，或美衆多而不見要約。陳思亦云：世之作者，或好煩文博採，深沉其旨者；或好離言辨白，分毫析釐者：所習不同，所務各異。言勢殊也。劉楨云：文之體指實强弱〔一四〕，使其辭已盡而勢有餘，天下一人耳，不可得也。公幹所談，頗亦兼氣。然文之任勢，勢有剛柔，不必壯言慷慨乃稱勢也。又陸雲自稱：往日論文，先辭而後情，尚勢而不取悦澤，及張公論文，則欲宗其言④。夫情固先辭，勢實須澤，可謂先迷後能從善矣〔一五〕。

自近代辭人，率好詭巧，原其爲體，訛勢所變，厭黷舊式，故穿鑿取新；察其訛意，似難而實無他術也，反正而已⑤。故文反正爲乏〔一六〕，元作支。辭反正爲奇。效奇之法，必顛倒文句〔一七〕，元作向，王改。上字而抑下，中辭而出外，回互不常，則新色耳〔一八〕。夫通衢夷坦，而多行捷徑者，趨近故也〔一九〕；正文明白，而常務反言者，適俗故也。然密會者以意新得巧，苟異者以失體成怪〔二〇〕。舊練之才，則執正以馭奇；新學之鋭，則逐奇而失正：勢流不反，則文體遂弊。秉兹情術，可無思耶！

贊曰：形生勢成，始末相承。湍迴似規〔二一〕，矢激如繩。因利騁節，情采自凝。枉轡學步〔二二〕，力止襄謝云：當作壽。陵〔二三〕。

【黄叔琳注】

①**醞藉**〔薛廣德傳〕廣德爲人温雅有醖藉。〔注〕醖，言如醖釀也。藉，有所薦藉也。②**郛**〔説文〕郛，郭也。〔西京賦〕經城洫，營郭郛。③**鬻矛譽楯**〔韓子〕客曰：人有鬻矛譽楯者，譽其楯之堅，物莫能陷也。俄而又譽其矛曰：吾矛之利，於物無不陷也。有應之曰：以子之矛，陷子之楯，何如？其人弗能應也。④**欲宗其言**〔陸清河集〕與兄平原書：往日論文，先辭而後情，尚潔而不取悦澤。嘗憶兄道張公父子論文，實欲自得，今日便欲宗其言。⑤**反正**〔左傳〕文反正爲乏。

【楊明照校注】

〔一〕**勢者，乘利而爲制也。**

按孫子計篇：「勢者，因利而制權也。」

〔二〕**澗曲湍回。**

「湍」，黄校云：「元作『文』，王性凝按本贊改。」此沿梅校。徐𤊹校作「湍」。

按「湍」字是。何本、梁本、别解本正作「湍」。

〔三〕**圓者規體，其勢也自轉；方者矩形，其勢也自安。**

按尹文子大道上篇：「圓者之轉，非能轉而轉，不得不轉也；方者之止，非能止而止，不得不止也。」淮南子原道篇：「員者常轉，自然之勢也。」孫子勢篇「圓方」作「木石」。

〔四〕**效騷命篇者，必歸豔逸之華。**

「騷」，黄校云：「元作『驗』，王改。」此沿梅校。徐𤊹云：「『驗』字必『騷』字之誤。篇目宗經第三，辨騷第五，可推矣。」

按「騷」字是。何本、訓故本、謝鈔本正作「騷」；子苑三二引同。才略篇有「景純豔逸」語。

〔五〕類乏醞藉。

「藉」，兩京本、何本、梅本、凌本、合刻本、梁本、祕書本、彙編本、別解本、尚古本、岡本、文津本、王本、鄭藏鈔本、崇文本作「籍」；文通三一引同。

按「醞藉」，又作「温藉」、「蘊藉」或「緼藉」，其「藉」字無作「籍」者。兩京本等作「籍」，誤。漢書薛廣德傳：「廣德爲人，温雅有醞藉。」顔注引服虔曰：「寬博有餘也。」黄、范兩家注引顔師古説，未安。

〔六〕斷辭辨約者。

「斷」，黄校云：「一作『斲』。」徐𤊹云：「當作『斲』。」

按「斷」字不誤。「斷辭」二字出易繫辭下。徵聖、比興兩篇亦並用之。子苑引作「斷」。

〔七〕是楚人鬻矛譽楯，兩難得而俱售也。

按此文失倫次，當作「是楚人鬻矛楯，譽兩，難得而俱售也」。始能與上文「似夏人爭弓矢，執一，不可以獨射也」相儷。舍人是語，本韓非子難一篇。原文范注已具（黄注所引見難勢篇）。若作「鬻矛譽楯」，既與韓子「兩譽矛楯」之説舛馳，復與本篇上文「雅鄭共篇，總一勢離」之意不侔。當校正。

〔八〕功在銓別。

「功」，黄校云：「一作『切』，從御覽改。」

按改「功」是也。徵聖篇「功在上哲」，體性篇「功在初化」，物色篇「功在密附」，句法並與此同，可證。廣博物志二九引，亦作「功」。

〔九〕**宮商朱紫，隨勢各配。**

按南齊書周顒傳：「顒音辭辯麗，宮商朱紫，發口成句。」

〔一〇〕**則準的乎典雅。**

「典雅」，黄校云：「一作『雅頌』，從御覽改。」

按記纂淵海七五、文斷引，亦作「典雅」。

〔一一〕**則羽儀乎清麗。**

按易漸爻辭：「鴻漸于陸，其羽可用爲儀。」

〔一二〕**則師範於覈要。**

「師」，御覽五八五引作「軌」；記纂淵海七五、文斷、廣博物志引同。

按通變篇「師範宋集」，才略篇「師範屈宋」，並以「師範」連文，此似以作「師」爲是。

〔一三〕**譬五色之錦，各以本采爲地矣。**

按考工記畫繢：「畫繢之事，雜五色。……凡畫繢之事，後素功。」鄭注：「素，白采也。後布之，爲其易漬汙也。」論語八佾：「子夏問曰：『巧笑倩兮，美目盼兮，素以爲絢兮。』何謂也？子曰：『繪事後素。』」集解引鄭玄曰：「繪，畫文也。凡繪畫，先布衆色，然後以素分布其間以成其文。」朱

注：「素，粉地，畫之質也。絢，采色，畫之飾也。……繪事，繪畫之事也。後素，後於素也。考工記曰：『繪畫之事，後素功。』謂先以粉地爲質，而後施五采。」淮南子原道篇：「色者，白立而五色成矣。」高注：「白者，所在當乙作在所。以染之，故五色可成也。」文子道原篇有此文，無注。

〔一四〕**劉楨云：文之體指實强弱。**

徐𤊹引謝肇淛云：「當作『文之體指，虛實强弱』。」黄侃云：「『文之體指實强弱』句有誤。細審彦和語，疑此句當作『文之體指貴强』，下衍『弱』字。」范文瀾云：「疑公幹語當作『文之體指，實殊强弱』。」劉永濟云：「『體』下疑脱一『勢』字。此句當作『文之體勢貴强』。『指』、『弱』二字衍，『實』又『貴』之誤。」

按此文確有誤脱，諸家之説仍有未安。「指」，疑爲「勢」之誤。南齊書文學陸厥傳：「劉楨奏書，大明體勢之致。」即此引文當作「體勢」之切證。本篇以「定勢」標目，篇中言文勢者不一而足；上文且有「即體成勢」及「循體成勢」之語，亦足以證當作「體勢」也。「實」下似脱一「有」字。原文作「文之體勢，實有强弱」。抱朴子外篇尚博有「强弱各殊氣」語。

〔一五〕**可謂先迷後能從善矣。**

按易坤：「先迷，後得主利。」左傳成公八年：「君子曰：『從善如流，宜哉！』」論語述而：「子曰：『三人行，必有我師焉。擇其善者而從之。』」

〔一六〕**故文反正爲乏。**

「乏」，黃校云：「元作『支』。」此沿梅校（按「支」當作「之」。元本、弘治本等乃作「之」，非作「支」也）。徐𤇈校作「乏」。

按「乏」字是。何本、兩京本、梁本、別解本、謝鈔本並作「乏」；文通二一引同。

〔一七〕**必顛倒文句。**

「句」，黃校云：「元作『向』，王改。」此沿梅校。徐𤇈校作「句」。朱彝尊校同。

按「句」字是。何本、梁本、別解本、謝鈔本並作「句」。

〔一八〕**回互不常，則新色耳。**

謝兆申云：「疑作『色新耳目』。」

按謝說近是。麗辭篇：「碌碌麗辭，則昏睡耳目。」句法與此同，可證。宋書謝靈運傳：「（山居賦）階基回互，橑櫨乘隔。」北史王劭傳：「劭復迴回之或體。互其字，作詩二百八十篇，奏之。」文選木華海賦：「乖蠻隔夷，迴互萬里。」李周翰注：「迴互，迴轉也。」

〔一九〕**夫通衢夷坦，而多行捷徑者，趨近故也。**

按老子第五十三章：「大道甚夷，而民好徑。」河上公注：「夷，平易也。」離騷：「夫唯捷徑以窘步。」王注：「捷，疾也。徑，邪道也。窘，急也。」

〔二〇〕**然密會者以意新得巧，苟異者以失體成怪。**

按「意新」、「失體」，詞性參差，以神思篇「庸事或萌於新意」，風骨篇「然後能孚甲新意」例之，當乙作「新意」，始能與「失體」相對。

〔二〕**湍迴似規。**

按此爲回應篇首「澗曲湍回」之辭，「迴」當作「回」，前後始一致。

〔三〕**枉轡學步。**

「枉」，元本、弘治本、汪本、佘本、張本、兩京本、胡本、訓故本、謝鈔本作「狂」；喻林引同。何本、萬曆梅本、凌本、梁本、祕書本、別解本、尚古本、岡本、王本、鄭藏鈔本、崇文本作「征」。徐𤊹校作「枉」；馮舒云：「『狂』，疑作『枉』。」

按以諧隱篇「未免枉轡」例之，「枉」字是。「狂」、「征」皆非。晉書藝術傳論：「然而碩學通人，未宜枉轡。」亦以「枉轡」爲言。

〔三〕**力止襄陵。**

「襄」，黄引謝云：「當作『壽』。」梅慶生天啟二年重修本已改作「壽」。

按此語本莊子秋水篇，原文范注已具。自以作「壽」爲是。雜文篇：「可謂壽陵匍匐，非復邯鄲之步。」正作「壽」，不誤。漢書叙傳上：「（班）嗣報曰：『……昔有學步於邯鄲者，曾未得其髣髴，又復失其故步，遂匍匐而歸耳！』」用典即本莊子，亦作壽陵。可證「襄」確爲「壽」之誤。

文心雕龍校注卷七

情采第三十一

聖賢書辭，總稱文章〔一〕，非采而何！夫水性虛而淪漪結〔二〕，木體實而花萼振〔三〕：文附質也。虎豹無文，則鞟同犬羊；犀兕有皮①，而色資丹漆：質待文也。若乃綜述性靈，敷寫器象，鏤心鳥跡之中②，織辭魚網之上③，其爲彪炳，縟采名矣。故立文之道，其理有三：一曰形文，五色是也；二曰聲文，五音是也；三曰情文，五性是也。五色雜而成黼黻〔四〕，五音比而成韶夏〔五〕，五情疑作性。發而爲辭章❶〔六〕，神理之數也。孝經垂典，喪言不文，故知君子常一作嘗。言〔七〕，未嘗質也。老子疾僞，故稱美言不信④，而五千精妙⑤，則非棄美矣。莊周云辯雕萬物，謂藻飾也。韓非云豔采辯説，謂綺麗也。綺麗以豔説，藻飾以辯雕⑥，文辭之變，於斯極矣。研味李老❷〔八〕，則知文質附乎性情；詳覽莊韓，則見華實過乎淫侈。若擇源於涇渭之流⑦，按轡於邪正之路，亦可以馭文采矣。夫鉛黛所以飾容，而盼倩生於淑姿〔九〕；文采所以飾言，而辯麗本於情性〔一〇〕。故情者文之經，辭者理之緯，經正而後緯成，理定而後辭暢，此立文之本源也。

昔詩人什篇，爲情而造文〔一一〕；辭人賦頌，爲文而造情。何以明其然？蓋風雅之興，志思蓄憤〔一二〕，而吟詠情性，以諷其上〔一三〕，此爲情而造文也；諸子之徒〔一四〕，心非鬱陶，苟馳夸飾，鬻聲釣世，此爲文而造情也；故爲情者要約而寫真，爲文者淫麗而煩濫。而後之作者，採濫忽真，遠棄風雅，近師辭賦，故體情之製日疎〔一五〕，逐文之篇愈盛。故有志深軒冕〔一六〕，而汎詠皋壤⑧；心纏幾務〔一七〕，而虛述人外⑨〔一八〕：真宰弗存⑩，翩其反矣〔一九〕。夫桃李不言而成蹊⑪，有實存也；男子樹蘭而不芳⑫，無其情也。夫以草木之微，依情待實；況乎文章，述志爲本，言與志反，文豈足徵？

是以聯辭結采，將欲明經〔二〇〕；汪本作理。采濫辭詭，則心理愈翳。固知翠綸桂餌⑬，反所以失魚〔二一〕。言隱榮華⑭，殆謂此也。是以衣錦褧衣，惡文太章〔二二〕；賁象窮白⑮，貴乎反本〔二三〕。夫能設謨謝云：當作模。以位理〔二四〕，擬地以置心，心定而後結音，理正而後摛藻⑯，使文不滅質，博不溺心，正采耀乎朱藍，間色屏於紅紫〔二五〕，乃可謂雕琢其章〔二六〕，彬彬君子矣〔二七〕。

贊曰：言以文遠，誠哉斯驗。心術既形〔二八〕，英華乃贍〔二九〕。吴錦好渝，舜英徒豔⑰〔三〇〕。繁采寡情，味之必厭〔三一〕。

【黄叔琳注】

①**犀兕**〔左傳〕華元答城者謳曰：牛則有皮，犀兕尚多？役人又歌曰：縱其有皮，丹漆若何？ ②**烏跡**見原道篇。 ③**魚網**〔東觀漢記〕黄門蔡倫典作上方，用樹皮及敝布魚網作紙。帝善其能。自是莫不用，天下咸稱蔡侯紙也。 ④**美言不信**〔老子〕信言不美，美言不信。 ⑤**五千**〔老子傳〕著書上下篇，言道德之意五千餘言。 ⑥**辯雕**〔莊子〕古之王天下者，知雖落天地，不自慮也。辯雖雕萬物，不自説也。 ⑦**涇渭**〔詩〕涇以渭濁，湜湜其沚。〔傳〕涇渭相入而清濁異。 ⑧**皋壤**〔莊子〕山林與？皋壤與？使我欣欣然而樂與？ ⑨**人外**〔宋書隱逸傳〕孔淳之遇釋法崇，因留共止，遂停三載。法崇歎曰：緬想人外，三十年矣，今乃傾蓋於兹，不覺老之將至也。 ⑩**真宰**〔莊子〕若有真宰而特不得其朕。 ⑪**桃李**〔李廣傳〕桃李不言，下自成蹊。 ⑫**樹蘭**〔淮南子〕男子樹蘭，美而不芳。 ⑬**翠綸桂餌**〔闕子〕以桂爲餌，鍛黄金之鉤，錯以銀碧，垂翡翠之綸。 ⑭**言隱**〔莊子〕言隱於榮華。 ⑮**賁象**〔易賁〕上九，白賁无咎。 ⑯**摛藻**〔漢書叙傳〕摛藻如春華。 ⑰**舜英**〔詩〕有女同行，顔如舜英。〔傳〕舜，木槿也。其花朝生暮落。

【李詳補注】

❶**五情發而爲辭章** 詳案：〔文選歐陽建臨終詩李善注〕文子曰：昔者中黄子曰：色有五色文章，人有五情。 ❷**研味李老** 紀云：李當作孝。孝老，猶云老易。詳案：此段首引孝經、老子，次引莊周、韓非，其下總詞則云研味李老，詳覽莊韓，紀以李當爲孝是也。李字易譌爲孝。〔列女傳班倢伃傳〕寡孝之行，譌爲寡李，可以取證。

【楊明照校注】

〔一〕**聖賢書辭，總稱文章。**

按原道、徵聖、宗經三篇，皆有所論證，兹不再贅。

〔二〕**夫水性虚而淪漪結。**

「漪」，元本、弘治本、汪本、張本、兩京本、王批本、文溯本作「猗」；文儷十三同。　謝鈔本作「漪」，馮舒校作「猗」。

按詩魏風伐檀：「河水清且淪猗。」毛傳：「小風水成文，轉如輪也。」釋文：「淪，音倫。韓詩云：『順流而風曰淪。淪，文貌。』」爾雅釋水：「小波爲淪。」釋名釋水：「水小波曰淪。淪，倫也，水文相次有倫理也。」又按伐檀首章「河水清且漣猗」釋文：「猗，……本亦作漪，同。」文選吴都賦：「刷盪漪瀾。」劉注：「漪瀾，水波也。」是「淪猗」字可作「漪」矣。定勢篇：「譬激水不漪。」則此或原是「漪」字，不必校改爲「猗」也。

〔三〕**木體實而花萼振。**

「花」，元本、弘治本、活字本、汪本、佘本、張本、兩京本、王批本、胡本、何本、訓故本、合刻本、梁本、别解本、尚古本、岡本、清謹軒本、四庫本、王本、鄭藏鈔本、崇文本作「華」；均藻十二震、喻林八八引同。按「華」字是。孫志祖讀書脞録（卷七）謂古書花皆作華，魏晉間始有之。　才略篇：「非群華之韡萼也。」是此亦當作「華」。詩小雅常棣：「常棣之華，鄂不韡韡。」鄭箋：「承華者曰鄂。」説文𠌶部韡下引詩作萼，文選六臣注本。束晳補亡詩李注引詩及鄭箋亦作蕚，與此同。

〔四〕**五色雜而成黼黻。**

按書益稷：「藻、火、粉米、黼、黻、絺繡，以五采彰施於五色，作服。」孔傳：「黼若斧形，黻爲兩己相背。」考工記：「白與黑謂之黼，黑與青謂之黻。」左傳桓公二年「火、龍、黼、黻，昭其文也」杜注：「白與黑謂之黼，形若斧。黑與青謂之黻，兩己相戾。」國語鄭語：「物一無文。」韋注：「五色雜，然後成文也。」抱朴子外篇交際：「孑色不能成袞龍之瑋燁。」又尚博：「群色會而袞藻麗。」裴松之上三國志注表：「竊惟繪事以衆色成文。」

〔五〕**五音比而成韶夏。**

徐𤊹云：「『夏』，一作『護』。」　喻林引作「華」。

按以樂府篇「雖摹韶夏」及「實韶夏之鄭曲也」證之，作「護」非是；事類篇：「聽者因以蔑韶夏矣。」其作「韶夏」與此同。「華」字尤謬。又按「比」，讀如史記樂書「協比聲律」、漢書食貨志上「比其音律」之「比」。顏注：「比，謂次之也。比，音頻二反。」

〔六〕**五情發而爲辭章。**

「情」，黃校云：「疑作『性』。」　馮舒云：「『情』，疑作『性』。」何焯說同。

按此句爲承上文「三曰情文，五性是也」之辭，確應作「性」。大戴禮記文王官人篇「民有五性」，白虎通德論情性篇「人稟陰陽氣而生，故内懷五性六情」，漢書翼奉傳「五性不相害，六情更興廢」，並以「五性」爲言。訓故本正作「五性」，不誤。當據改。

〔七〕**故知君子常言。**

「常」，黄校云：「一作『嘗』。」　天啟梅本改「常」。文溯本剜改爲「常」。

按「常」是也。「嘗」蓋涉下而誤。訓故本、祕書本、謝鈔本並作「常」；諸子彙函同。

〔八〕**研味李老。**

紀昀云：「『李』，當作『孝』；『孝老』，猶云『老易』。」

按紀説是。此句爲回應上文之辭，「孝」，孝經也；上文曾引孝經喪親章語。「老」，老子也。上文曾引老子第八十一章語。元本、弘治本、活字本、汪本、佘本、張本、兩京本、王批本、訓故本、梅本、凌本、祕書本、謝鈔本並作「孝」；文儷十三、文通二一、四六法海十同。當據改。諸子彙函作「孔」，誤。

〔九〕**而盼倩生於淑姿。**

「盼」，元本、弘治本、汪本、張本、兩京本、何本、梅本、凌本、梁本、祕書本、謝鈔本、彙編本、別解本、清謹軒本、尚古本、岡本、張松孫本、崇文本作「盻」；詩紀別集一、文儷、子苑三二、四六法海同。

按「盻」字非是。詩衛風碩人：「巧笑倩兮，美目盼兮。」毛傳：「倩，好口輔。盼，白黑分。」

〔一〇〕**而辯麗本於情性。**

「辯」，增定別解本、清謹軒本作「辨」；詩紀別集一、經史子集合纂類語九同。

按漢書王褒傳：「辭賦大者與古詩同義，小者辯麗可喜。」則作「辨」非是。子苑引作「辯」，與今本同。

〔二〕**昔詩人什篇，爲情而造文。**

「什篇」，藝苑巵言一、古逸書後卷引作「篇什」。

按明詩篇：「至於三六雜言，則出自篇什。」通變篇：「商周篇什，麗於夏年。」並以「篇什」爲言。則此當據乙爲「篇什」，始能一律。它書中言「篇什」者甚多，此不具列。

〔二〕**蓋風雅之興，志思蓄憤。**

按史記太史公自序：「詩三百篇，大抵賢聖發憤之所爲作也。」文選報任少卿書「抵」作「氐」。李注引爾雅釋言曰：「氐，致也。」郭璞曰：「音指。」漢書遷傳作「氐」，顏注：「氐，歸也，音丁禮反。」

〔三〕**而吟詠情性，以諷其上。**

按詩大序：「吟詠情性，以風其上。」「風」讀曰「諷」。孔疏：「動聲曰吟，長言曰詠。作詩必歌，故言吟詠情性也。」

〔四〕**諸子之徒。**

按上文以「詩人」、「辭人」分言，則此處之「諸子」承「辭人」，非謂九流十家也。

〔五〕**故體情之製日疎。**

按此「故」字不應有，疑涉上下文誤衍。

〔六〕**故有志深軒冕。**

按管子法法篇：「是故先王制軒冕足以著貴賤。」莊子繕性篇：「古之所謂得志者，非軒冕之謂也。……今之所謂得志者，軒冕之謂也。」成疏：「軒，車也；冕，冠也。」

〔一七〕**心纏幾務。**

「幾」，凌本作「機」。

按以徵聖篇「妙極機神」，論説篇「鋭思於機此依元本、弘治本等。黄本已改作「幾」。神之區」證之，「機」字是。文選嵇康與山巨源絶交書「機務纏其心」，爲此語所本。宋書王弘傳：「參讚機務。」又裴松之傳：「而機務惟殷。」梁書徐勉傳：「雖當機務，下筆不休。」又孔休源傳：「軍民機務，動止詢謀。」並其旁證。

〔一八〕**而虚述人外。**

按後漢書陳寵傳：「（尹）勤字叔梁，篤性好學，屏居人外，荆棘生門，時人重其節。」古文苑王融棲玄寺聽講畢遊邸園詩：「暢哉人外賞，遲遲眷西夕。」（又見廣弘明集卷三十上）

〔一九〕**翩其反矣。**

按詩小雅角弓：「騂騂角弓，翩其反矣。」朱熹集傳：「翩，反貌。」

〔二〇〕**將欲明經。**

「經」，黄校云：「汪本作『理』。」元本、弘治本、活字本、佘本、張本、兩京本、王批本、胡本、訓故本、合刻本、謝鈔本、四庫本亦並作「理」；稗編七三、詩紀別集一、喻林、文儷、四六法海同。

按以上下文諭之，「理」字是。

〔二一〕**固知翠綸桂餌，反所以失魚。**

按闕子：「魯人有好釣者，以桂爲餌，黄金之鉤，錯以銀碧，垂翡翠之綸，其持竿處位即是，然其得魚不幾矣。故曰：『釣之務不在芳飾，事之急不在辯言。』」御覽八三四引。黄、范兩家注皆引而不全，故備録之。

〔二二〕**是以衣錦褧衣，惡文太章。**

按禮記中庸：「詩曰：『衣錦尚絅。』惡其文之著也。」釋文：「絅，詩作『褧』。」朱集傳：「錦，文衣也。褧，禪也。錦衣而加褧焉，爲其文之太著也。」又中庸集注：「衣，去聲。絅，口迥反。惡，去聲。……褧、絅同。禪衣也。尚，加也。」

〔二三〕**賁象窮白，貴乎反本。**

按吕氏春秋壹行篇：「孔子卜得賁。孔子曰：『不吉。』子貢曰：『夫賁亦好矣，何謂不吉乎？』孔子曰：『夫白而白，黑而黑，夫賁又何好乎？』」高注：「賁，色不純也。」説苑反質篇：「孔子卦得賁，喟然仰而嘆息，意不平。子張進，舉手而問曰：『師聞賁者吉卦，而嘆之乎？』孔子曰：『賁非正色，是以嘆之。吾思夫質素，白當正白，黑當正黑。夫賁原誤「質」，從孫詒讓札迻改。又何也？吾亦聞之：丹漆不文，白玉不雕，寶珠不飾。何也？質有餘者，不受飾也。』」舍人語意，殆宗於此。家語好生篇略同。黄、范兩家注皆僅引易賁上九之辭，似有未盡。

〔二四〕**夫能設謨以位理。**

「謨」，黄校引謝云：「當作『模』。」此沿梅校。

按何本、别解本作「模」；文通、四六法海同。

〔二五〕**間色屏於紅紫。**

范文瀾云：「『紅紫』，疑當作『青紫』，上文云『正采耀乎朱藍』。」

按「紅」本間色，其字未誤。若改作「青」，則適爲正色矣。環濟要略：「正色有五，謂青、赤、黄、白、黑也。間色有五，謂紺、紅、縹、紫、流黄也。」御覽八一四引（文選江淹别賦李注止引下句）。論語鄉黨：「紅紫不以爲褻服。」皇侃義疏：「紅紫，非正色也。……侃案：五方正色：青、赤、白、黑、黄；五方間色：緑爲青之間，紅爲赤之間，碧爲白之間，紫爲黑之間，緇爲黄之間也。故不用紅紫，言是間色也。」又陽貨：「子曰：『惡紫之奪朱也。』」集解引孔（安國）曰：「朱，正色。紫，間色之好者。」荀子正論篇：「衣被則服五采，雜間色。」楊注：「服五采，言備五色也。間色，紅碧之屬。」法言吾子篇：「或問蒼蠅紅紫。」李注：「紅紫，似朱而非朱也。」南齊書文學傳論：「亦猶五色之有紅紫。」並以「紅紫」爲間色。説文糸部：「紅，帛赤白也。」段注：「謂如今之粉紅、桃紅。」范氏蓋錯認「紅」爲「朱」，故疑其字有誤。禮記王制：「屏之四方。」鄭注：「屏，猶放去也。」

〔二六〕**乃可謂雕琢其章。**

按詩大雅棫樸：「追琢其章，金玉其相。」毛傳：「追，彫也。金曰彫，玉曰琢。相，質也。」荀子富國篇：「故爲之雕琢刻鏤，黼黻文章，使足以辨貴賤而已，不求其觀。……詩曰：『雕琢其章，金玉其相。亹亹我王，綱紀四方。』此之謂也。」楊注：「相，質也。……言雕琢爲文章，又以金玉爲質。勉力爲善，所以綱紀四方也。與詩義小異也。」説苑脩文篇：「故聖人之與聖也，……周則又始，窮則反本也。詩曰：『彫琢其章，金玉其相。』言文質美也。」尋繹上下文意，舍人此語，以荀、劉兩家説解之最宜。

〔二七〕**彬彬君子矣。**

按論語雍也：「文質彬彬，然後君子。」集解引包咸曰：「彬彬，文質相半之貌。」

〔二八〕**心術既形。**

按禮記樂記：「應感起物而動，然後心術形焉。」鄭注：「術，所由也。形，猶見也。」管子七法篇：「實也，誠也，厚也，施也，度也，恕也，謂之心術。」漢書禮樂志顔注：「術，道徑也。心術，心之所由也。形，見也。」

〔二九〕**英華乃贍。**

按禮記樂記：「和順積中而英華發外。」

〔三〇〕**舜英徒豔。**

「舜」，元本、弘治本、汪本、佘本、張本、兩京本、胡本、訓故本作「蕣」；喻林八九、文體明辨四八、四六法海同。

按禮記月令：「（仲夏之月）木菫榮。」釋文：「菫，一名舜華。」爾雅釋草：「椵，木菫；櫬，木菫。」郭注：「别二名也。似李樹，華朝生夕隕。」邢疏：「其樹如李，其華朝生暮落。與草同氣，故在草中。……陸璣（草木）疏云：『舜，一名木槿。……今朝生暮落者是也。』」説文艸部：「蕣，木菫，朝生莫暮。落者。」「徒豔」，謂舜華朝生夕隕也。又按説文引「舜」作「蕣」，是二字本通。

〔三一〕**繁采寡情，味之必厭。**

按文賦：「言寡情而鮮愛。」

鎔裁第三十二

情理設位，文采行乎其中〔一〕。剛柔以立本，變通以趨時〔二〕。立本有體，意或偏長；趨時無方，辭或繁雜。蹊要所司，職在鎔裁，隱括情理，矯揉文采也〔三〕。規範本體謂之鎔，剪截浮詞謂之裁〔四〕。裁則蕪穢不生，鎔則綱領昭暢，譬繩墨之審分，斧斤之斲削矣。駢拇枝指①，由侈於性，附贅懸肬，實侈於形。二意兩出，義之駢枝也〔五〕；同辭重句，文之肬贅也。

凡思緒初發，辭采苦雜，心非權衡，勢必輕重〔六〕。是以草創鴻筆〔七〕，先標三準：履端於始，則設情以位體；舉正於中，則酌事以取類；歸餘於終，則撮辭以舉要。然後舒華布實，獻替疑作質，元作贊。節文〔八〕，繩墨以外，美材既斲，故能首尾圓合，條貫統序。若術不素定，而委心逐辭，異端叢至，駢贅必多。

故三準既定，次討字句。句有可削，足見其疏；字不得減，乃知其密。精論要語，極略之體；游心竄句，極繁之體〔九〕；謂繁與略，隨分所好〔一〇〕。引而伸之〔一一〕，則兩句敷爲一章；約以貫之，則一章删成兩句。思贍者善敷，才覈者善删。善删者字去而意留，善敷者辭殊而意汪本作義。顯〔一二〕。字删而意闕，則短乏而非覈；辭敷而言重，則蕪穢而非贍。

昔謝艾王濟②，西河文士，張俊當作駿。以爲艾繁而不可删〔一三〕，濟略而不可益；若二子者，可謂練鎔裁而曉繁略矣。至如士衡才優，而綴辭尤繁〔一四〕；士龍思劣，而雅好清省。及雲之論機，亟恨其多，而稱清新相接③，不以爲病，蓋崇友于耳❶。夫美錦製衣〔一五〕，脩短有度，雖翫其采，不倍領袖，巧猶難繁，況在乎拙。而文賦以爲榛楛勿剪④，庸音足曲⑤，其識非不鑒，乃情苦芟元作叅。繁也〔一六〕。夫百節成體，共資榮衛⑥；萬趣會文，不離辭情。若情周而不繁，辭運而不濫，非夫鎔裁，何以行之乎〔一七〕！

贊曰：篇章户牖，左右相瞰。辭如川流〔一八〕，溢則汎濫。權衡損益，斟酌濃淡。芟繁剪穢，弛於負擔〔一九〕。

【黄叔琳注】

①**駢拇**〔莊子〕駢拇枝指，出乎性哉，而侈於德。附贅縣疣，出乎形哉，而侈於性。②**謝艾**〔張重華傳〕主簿謝艾，兼資文武。③**清新**〔陸清河集〕與兄機書：兄文章之高遠絶異，不可復稱言，然猶皆欲微多，但清新相接，不以此爲病耳。④**榛楛**〔陸機文賦〕石韞玉而山暉，水懷珠而川媚；彼榛楛之勿翦，亦蒙榮于集翠。〔注〕榛楛，喻庸音也。以珠玉之句既存，故榛楛之辭亦美也。⑤**庸音**〔文賦〕放庸音以足曲。⑥**榮衛**〔内經〕榮衛不行，五藏不通。

【李詳補注】

❶**蓋崇友于耳**詳案：此謂陸雲推尊其兄，語近歇後。〔後漢書史弼傳〕陛下隆於友于。〔曹植求通親親表〕今之否隔，友于同憂。自後遂以友于爲常語。陶公詩亦云：再喜見友于。彥和又無論矣。

【楊明照校注】

〔一〕**情理設位，文采行乎其中。**

「設」下，兩京本、胡本有「乎其」二字。

按兩京本、胡本非是。易繫辭上：「天地設位，而易行乎其中矣。」舍人語式步此。

〔二〕**剛柔以立本，變通以趨時。**

按易繫辭下：「剛柔者，立本者也；變通者，趨時者也。」

〔三〕**蹊要所司，職在鎔裁，檃括情理，矯揉文采也。**

按以宗經、詮賦、誄碑、論說、隱秀等篇「釋名章義」之句式相例，「檃括」上疑脱「鎔裁者」三字。

〔四〕**剪截浮詞謂之裁。**

「剪」，何本、凌本、梁本、彙編本、尚古本、岡本、王本、鄭藏鈔本、崇文本、龍谿本作「翦」。

按正字作「前」，說文刀部：「前，齊斷也。」經傳多假「翦」爲之，「前」借爲歬後字。「剪」乃俗體。「前」已从刀，下復加刀，非是。何本等作「翦」，是也。書僞孔傳序：「翦截浮辭。」文選呂向注：「有浮豔之辭，如刀翦而截之。」

〔五〕**二意兩出，義之駢枝也。**

「二」，兩京本、胡本、訓故本、四庫本作「一」；子苑三三同。何焯、黄丕烈校作「一」。按「一」字是。「一意兩出」，始爲「義之駢枝」。若作「二」，則不相應矣。當據改。

〔六〕**心非權衡，勢必輕重。**

按禮記經解：「故衡誠縣，不可欺以輕重。」鄭注：「衡，稱也。縣，謂錘也。」釋文：「縣，音玄。稱，尺證反。錘，直僞反。」孟子梁惠王上：「權，然後知輕重。」趙注：「權，銓衡也，可以稱輕重。」慎子：「有權衡者，不可欺以輕重。」意林二引。漢書律曆志上：「衡權者，衡，平也，權，重也。衡所以任權而均物平輕重也。」

〔七〕**是以草創鴻筆。**

紀昀云：「『鴻』，當作『鳴』。後『鳴筆之徒』句可證。」

按紀説非是。論衡須頌篇、原文已見封禪篇「乃鴻筆耳」條下。抱朴子佚文「雖鴻筆不可益也」（意林四引）。並有「鴻筆」之文。晉書陳壽等傳論亦有「奮鴻筆於西京」語。封禪篇「乃鴻筆耳」，書記篇「才冠鴻筆」，亦並作「鴻筆」。練字篇「鳴筆之徒」句「鳴」字本誤，朱謀㙔已校改爲「鴻」矣。南齊書文學丘巨源傳：「朝廷洪筆，何故假手凡賤。」「洪」與「鴻」通。

〔八〕**獻替節文。**

「替」，黄校云：「疑作『質』；元作『贊』。」徐𤊹云：「『贊』，當作『替』，後有『獻替』之句。」何焯校改「質」。文溯本剜改爲「質」。

按徐説是。元本、弘治本、活字本、汪本等作「贊」，乃「朁」之形誤。「替」正字作「普」，或體作「朁」。何本、訓故本、謝鈔本正作「替」；文通二一引同。本書屢用「獻替」二字，何改「質」，非也。喻林八八引作「贇」亦非。

〔九〕**精論要語，極略之體；游心竄句，極繁之體。**

按此謂文之繁略，各有其體。「極略之體」，則「精論要語」不見其少；「極繁之體」，則「游心竄句」未嫌其多。

〔一〇〕**隨分所好。**

「隨」，元本、弘治本、汪本、佘本、張本、兩京本、王批本、何本、胡本、訓故本、梅本、凌本、合刻本、祕書本、謝鈔本、尚古本、岡本、四庫本、王本、張松孫本、鄭藏鈔本、崇文本作「適」；子苑引同。

按「適」字是。明詩篇「隨性適分」，養氣篇「適分胸臆」，並以「適分」爲言，可證。

〔一一〕**引而伸之。**

按易繫辭上：「引而申之，觸類而長之。」祝盟篇：「祭而兼讚，蓋引神而作也。」「神」即「伸」之誤。

〔一二〕**善敷者辭殊而意顯。**

「意」，黄校云：「汪本作『義』。」

按「義」字是。上云「意留」，此云「義顯」，始避重出。元本、弘治本、活字本、佘本、張本、兩京本、王批本、何本、胡本、訓故本、合刻本、尚古本、岡本、文溯本、王本、鄭藏鈔本、崇文本亦並作「義」；辭學指南、子苑、文斷引同。

〔一三〕**張俊以爲艾繁而不可删。**

「俊」，黄校云：「當作『駿』。」此沿梅校。

按訓故本正作「駿」；文通引同。章表篇「張駿自序」，亦作「駿」。當據改。

〔一四〕**至如士衡才優，而綴辭尤繁。**

按世説新語文學篇：「陸文若排沙簡金，往往見寶。」劉注：「文章傳曰：『機善屬文，司空張華見其文章，篇篇稱善，猶譏其作文大治，謂曰：人之作文，患於不才，至子爲文，乃患太多也。』」又：「孫興公云：『……陸文深而蕪。』」並足證成舍人此説。

〔一五〕**夫美錦製衣。**

按左傳襄公三十一年：「子産曰：『……子有美錦，不使人學製焉。』」杜注：「製，裁也。」

〔一六〕**乃情苦芟繁也。**

「芟」，黄校云：「一作『𠫨』。」此沿梅校。

按「𠫨」字是。元本、弘治本、汪本、佘本、張本、兩京本、胡本、王批本、訓故本並作「𠫨」；子苑、詩紀別集四同。謝鈔本作「删」，馮舒校「𠫨」；文溯本剜改爲「𠫨」。廣韻二十一震：「吝，……俗作『𠫨』。」是「𠫨」或「悋」，原爲「吝」之俗體。書僞仲虺之誥「改過不吝」枚傳：「有過則改，無所吝惜。」論語堯曰「出納之吝」皇疏：「吝，難惜之也。」説文口部：「吝，恨惜也。」段注：「慳吝，亦恨惜也。」後漢書張衡傳：「（思玄賦）栢舟悄悄吝文選作「悋」。不飛。」章懷注：「吝，惜也。」家語致思篇：「孔子曰：『商子夏名。之爲人也，甚悋於財。』」王注：「悋，嗇甚也。」上引諸書，於「情苦悋繁」涵義，便涣然冰釋，迎刃而解矣。梅慶生因贊中有「芟繁」之文，徑改「悋」爲「芟」，非是。由梅本出者，皆然。

〔一七〕**非夫鎔裁，何以行之乎！**

按論語爲政：「子曰：『人而無信，不知其可也。大車無輗，小車無軏，其何以行之哉！』」

〔一八〕**辭如川流。**

按詩大雅常武：「如川之流。」蔡邕何休碑：「辭述川流。」文選王儉褚淵碑文李注引。

〔一九〕**弛於負擔。**

按左傳莊公二十二年：「齊侯使敬仲爲卿，辭曰：『羈旅之臣，幸若獲宥，及於寬政，赦其不閑於教訓，而免於罪戾，弛於負擔，君之惠也。』」杜注：「敬仲，陳公子完。羈，寄也；旅，客也。宥，赦也。弛，去離也。」

聲律第三十三

夫音律所始，本於人聲者也〔一〕。聲含宮商〔二〕，肇自血氣，先王因之以制樂歌，故知器寫人聲〔三〕，聲非學當作效。器者也〔四〕。故言語者，文章神明，樞機吐納，律呂脣吻而已。古之教歌①，先揆以法，使疾呼中宮，徐呼中徵。夫商徵響高，宮羽聲下，抗喉矯舌之差，攢脣激齒之異，廉肉相準②，皎然可分。今操琴不調，必知改張③，摛文乖張〔五〕，而不識所調。響在彼絃，乃得克諧，聲萌我心，更失和律，其故何哉？良由內元作外，王改。聽難爲聰也〔六〕。故外聽之易，絃以手定；內聽之難，聲與心紛；可以數求，難以辭逐。凡聲有飛沈，響有雙疊〔七〕，二字脱。楊云：有字下諸本皆遺翕散二字。謝云：據下文當作雙疊二字。雙聲隔字而每舛，疊韻雜句而必睽④；沈則響發而斷，飛則聲颺不還；並轆轤交往⑤，逆鱗相比，迂其際會〔八〕，則往蹇來連⑥〔九〕，其爲疾病，亦文家之吃也⑦。夫吃文爲患，生於好詭，逐新趣異，故喉脣糺紛；將欲解結，務在剛斷。左礙而尋右，末滯而討前，則聲轉於吻，玲玲如振玉；辭靡於耳，纍纍如貫珠矣⑧。是以聲畫妍蚩，寄在吟詠〔一〇〕，吟詠滋味，流於字元作下，商孟和改。句，氣力孫云：氣力上當復有字句二字。窮於和韻⑨〔一一〕。異音相從謂之和，同聲相應謂之韻。韻氣一定，故餘聲易遺；和體抑揚，故遺響難契〔一二〕。屬筆易巧，選和至難〔一三〕，綴文難精，而作韻甚易，雖纖意一作毫。曲變〔一四〕，非可縷言，然振其大綱，不出兹論❶。

若夫宮商大和，譬諸吹籥⑩；翻迴取均⑪，頗似調瑟⑫。瑟資移柱〔一五〕，故有時而乖貳；籥含定管，故無往而不壹。陳思潘岳，吹籥之調也；陸機左思，瑟柱之和也。概舉而推，可以類見。又詩人綜韻，率多清切；楚辭辭楚，故訛韻實繁〔一六〕。及張華論韻，謂士衡多楚，文賦亦稱知楚不易，可謂銜靈均之聲餘，失黄鍾之正響也〔一七〕。凡切韻之動〔一八〕，勢若轉圜；訛音之作，甚於枘方⑬；免乎枘方，則無大過矣〔一九〕。練才洞鑒，剖字鑽響，識疎汪本作疎識。闊略〔二〇〕，隨音所遇，若長風之過籟，南元作東，葉循父改。郭之吹竽耳⑭❷〔二一〕。古之佩玉，左宮右徵⑮，以節其步，聲不失序，音以律文，其可忘王本作忽。哉〔二二〕！

贊曰：標情務遠，比音則近。吹律胸臆〔二三〕，調鍾脣吻⑯〔二四〕。聲得鹽梅〔二五〕，響滑榆槿⑰。割棄支離，宮商難隱。

【黄叔琳注】

①**古之教歌云云**見韓子。　②**廉肉**〔禮樂記〕先王制雅頌之聲以導之，使其曲直繁瘠廉肉節奏，足以感動人之善心而已矣。　③**改張**〔董仲舒策〕竊譬之琴瑟不調，甚者，必解而更張之，乃可鼓也。　④**雙聲疊韻**〔謝莊傳〕王元謨問莊：何者爲雙聲？何者爲疊韻？答曰：互護爲雙聲，磝碻爲疊韻。　⑤**轆轤**〔詩評〕單轆轤韻者，單出單入，兩句換韻。雙轆轤韻者，雙出雙入，四句換韻。　⑥**往蹇來連**易蹇

卦六四爻辭。⑦吃〔韓非傳〕非爲人口吃不能道説，而善著書。〔注〕吃：語難也。⑧纍纍〔禮樂記〕倨中矩，句中鉤，纍纍乎端如貫珠。⑨和韻楊慎曰：東董是和，東中是韻。⑩吹籥〔公羊傳去籥注〕籥：所吹以節舞也。吹籥而舞，文樂之長。⑪取均〔楊收傳〕旋宫以七聲爲均，均之爲言韻也。⑫調瑟〔揚子法言〕以往聖人之法治將來，譬猶膠柱而調瑟。⑬枘方〔宋玉九辯〕圜鑿而方枘兮，吾固知其鉏鋙而難入。〔注〕枘，刻木耑所以入鑿。⑭吹竽〔韓子〕南郭處士爲齊宣王吹竽。宣王悦之，廩食以數百人。湣王立，好一一而聽之，處士逃。⑮左宫右徵〔禮玉藻〕古之君子必佩玉，右徵角，左宫羽，趨以采齊，行以肆夏。⑯調鍾〔揚雄傳〕師曠之調鍾，竢知音者之在後也。〔注〕晉平公鍾，工者以爲調矣。師曠曰：臣竊聽之，知其不調也。至於師涓，而果知鍾之不調。是師曠欲善調之鍾，爲後世之有知音。⑰榆槿〔禮内則〕堇荁枌榆免薧滫瀡以滑之。

【李詳補注】

❶凡聲有飛沈至不出兹論詳案：〔周春雙聲疊韻譜〕（卷七）論文心雕龍此段云：案飛者揚也，沉者陰也。雙聲隔字而每舛者，雙聲必連二字，若上下隔斷，即非真雙聲。疊韻雜句而必睽者，疊韻亦必連二字。若雜於句中，即非正疊韻。雙疊得宜，斯陰陽調合。轆轤交往、逆鱗相比者，總指不單用也。迂其際會，謂陰陽不諧，雙疊不對，乃文字之吃，便成疾病矣。和者即雙聲也，故曰異音相從。韻者即疊韻也，故曰同聲相應。雙聲故曰難契至難，疊韻故曰易遣甚易。選和作韻，大綱不出乎此。蓋彦和精於音韻者，故其論如左礙尋右，末滯討前，可與休文前有浮聲後須切響，互相發明，蓋既用一雙疊字樣，必再

用一雙疊字様以配之也。〔原注〕吃引韓非口吃，與此無涉。和引楊升庵東董是和東中是韻，引之費解。案周引原注即黄注也。❷**若長風之過籟二句**〔札迻〕云：南，元本、汪本、活字本、馮本，並作東。注云：元作東，葉循父改。紀云：東郭吹竽，其事未詳。若南郭濫竽，則於義無取，殆必不然。案葉校改南，據韓非子内儲説上七術篇改也。今檢〔新論審名篇〕云：東郭吹竽而不知音。〔袁孝政注〕亦以齊宣王東郭處士事爲釋，則南郭古書自有作東郭者，不必定依韓子也。但濫竽事終與文意不相應耳。

【楊明照校注】

〔一〕**夫音律所始，本於人聲者也。**

按禮記樂記：「凡音之起，由人心生也；人心之動，物使之然也。感於物而動，故形於聲。」鄭注：「宫、商、角、徵、羽，雜比曰音，單出曰聲。形，猶見也。」又：「凡音者，生人心者也。情動於中，故形於聲；聲成文，謂之音。」又見吕氏春秋適音篇、史記樂書、説苑脩文篇。

〔二〕**聲含宫商。**

「含」，何本、凌本、梁本、祕書本、尚古本、岡本、王本、鄭藏鈔本作「合」。

按「合」字非是。「聲含宫商」，猶言聲含有宫商耳，非謂其合於宫商也。白虎通德論姓名篇：「人含五常而生，正聲有五：宫，商，角，徵，羽。」王批本作「含」，不誤。

〔三〕**故知器寫人聲。**

按淮南子本經篇：「雷震霆。之聲，可以鼓鐘寫也。」高注：「寫，猶放斅也。」此「寫」字亦應作放斆解。

〔四〕聲非學器者也。

「學」，黃校云：「當作『效』。」此沿梅校。范文瀾云：「『學器』，當作『效器』。」按「學」字不誤。廣雅釋詁三：「學，效也。」詁此正合。物色篇：「嚶嚶學草蟲之韻。」尤爲切證。

〔五〕摘文乖張。

「摘」，何本、凌本、梁本、天啟梅本、祕書本、尚古本、岡本、王本、張松孫本、鄭藏鈔本、崇文本作「擿」。按「摘」字是。樂府、詮賦、銘箴、程器四篇，並有「摘文」連文之句。左思七諷：「摘文潤世。」書鈔一百引（嚴可均全晉文卷七四所輯左思文佚此條）。

〔六〕良由内聽難爲聰也。

黃校云：「（内）元作『外』，王改。」此沿梅校。又云：「『由』字下，王本有『外聽易爲□而』六字。」按王氏訓故本所有六字，是也。下文「外聽之易」，「内聽之難」云云，即承此引申；如今本，則踸踔而行矣。元本、弘治本、活字本、汪本、佘本、張本、兩京本、胡本、王批本、謝鈔本作「良由外聽難爲聰也」，「聽」下「難」上即脱「易爲□而内聽」六字。喻林八九引此文，作「良由外聽易爲察，内聽難爲聰也」。正足以補訂今本之誤脱。范文瀾謂王本之白匡爲「巧」字，劉永濟疑是「力」字，乃想當然臆説，皆非也。

〔七〕響有雙疊。

「雙疊」，黃校云：「二字脱，楊（慎）云：『有字下，諸本皆遺「翕散」二字。』謝（兆申）云：『據下文，當作「雙疊」二字。』」此沿梅校。　徐𤇾補「翕散」二字，並云：「一本作『響有雙疊』。」　天啟梅本補「雙疊」二字。張本作「動靜」；何本、清謹軒本、岡本、尚古本作「高下」；訓故本作「翕散」。

按謝校、梅補是也。劉善經四聲論見文鏡祕府論天卷、玉海四五引，並作「響有雙疊」。可證。

〔八〕**迂其際會。**

紀昀云：「『迂』當作『迕』。」

按紀説是。四聲論引正作「迕」。當據改。

〔九〕**則往蹇來連。**

四聲論引「蹇」作「謇」；「連」，作「替」。

按「蹇」、「謇」通用，「替」則非也。舍人此語用易蹇六四爻辭。孔疏：「蹇，難也。……馬（融）云：『連，亦難也。』」

〔一〇〕**是以聲畫妍蚩，寄在吟詠。**

「蚩」，何本、梁本、清謹軒本、尚古本、岡本、文溯本、王本、鄭藏鈔本、崇文本作「媸」。王批本作「蚩」。

按「媸」字説文所無，古多以「蚩」爲之。後漢書文苑下趙壹傳：「孰知辨其蚩妍。」文選文賦：「妍蚩好惡。」江淹雜體詩孫廷尉雜述：「浪迹無蚩妍。」劉峻辨命論：「而謬生妍蚩。」並不作「媸」。本書以「妍蚩」連文者凡四處，各本亦多作「蚩」。此文四聲論所引，亦作「蚩」。則舍人原皆作「蚩」可知矣。法言問神篇：「故言，心聲也；書，心畫也。聲畫形，君子小人見矣。」李注：「聲發成言，畫紙成書。書有文質，言有史野。二者之來，皆由於心。」

〔一〕**吟詠滋味，流於字句，氣力窮於和韻。**

何本無「吟詠」二字。王本、鄭藏鈔本、崇文本同。徐𤊹删去「吟詠」二字，云：「二字似衍。」天啟梅本空二格。當係將原版之「吟詠」二字剜去。黄校云：「（字）元作『下』，商孟和改；孫云：『氣力上，當復有字句二字。』」此並沿梅校。

按「吟詠」二字原係誤衍，何本、徐校本、天啟梅本是也。孫氏不審，而欲再增「字句」二字以彌縫之，非是。「下」字不誤，元本、弘治本、活字本、汪本、佘本、張本、兩京本、王批本、胡本、訓故本亦並作「下」；詩紀别集一引同。商改爲「字」非。四聲論引，正作「滋味流於下句」。當據訂。

〔二〕**故遺響難契。**

「遺」，岡本作「遣」。尚古本同。

按岡本乃涉上而誤。非是。「遺響」與「餘聲」對文。文選洞簫賦有「吟氣遺響」語。

〔三〕**屬筆易巧，選和至難。**

「選」上，兩京本、胡本有「而」字。

按有「而」字，始能與下「綴文難精，而作韻甚易」相儷。

〔四〕**雖纖意曲變。**

「意」，黄校云：「一作『毫』。」天啟梅本改作「毫」。

按「毫」字較勝。黃氏所稱一本，蓋即天啟梅本。

〔一五〕**瑟資移柱。**

按淮南子氾論篇：「譬猶師曠之施瑟柱也，所推移上下者，無寸尺之度，而靡不中音。」鹽鐵論相刺篇：「膠柱而調瑟，固而難合矣。」

〔一六〕**楚辭辭楚，故訛韻實繁。**

按離騷：「民生各有所樂兮，余獨好脩以爲常；雖體解吾猶未變兮，豈余心之可懲。」又：「勉升降以上下兮，求矩矱之所同；湯禹嚴而求合兮，摯咎繇而能調。」言楚辭古音者，各執一辭，或謂「常」當作「恒」，或謂「懲」古音「長」；或謂「調」古讀如「重」，或謂「調」从言周聲，周之本體从用，兼有用聲等。以叶其韻。舍人所謂「訛韻實繁」，未審屬此類否？

〔一七〕**可謂銜靈均之聲餘，失黃鍾之正響也。**

按「聲餘」二字當乙，始能與「正響」相對。上文「餘聲易遣」，亦與「遺響難契」對。

〔一八〕**凡切韻之動。**

按此承上「詩人綜韻，率多清切」二句，非謂講求反切之切韻。

〔一九〕**則無大過矣。**

按論語述而：「子曰：『加我數年，五十以學易，可以無大過矣。』」

〔二〇〕**識疎闊略。**

「識疎」，黃校云：「汪本作『疎識』。」

按汪本是也。「疎識」、「闊略」，詞性始能相偶。元本、弘治本、活字本、佘本、張本、王批本、訓故本、梁本、謝鈔本、四庫本亦並作「疎識」；詩紀別集二、喻林八八引同。當據改。

〔二一〕**若長風之過籟，南郭之吹竽耳。**

黃校云：「『籟』字下，王本有『流水之浮花□□□鄭人之買櫝』十三字。」

按兩京本、胡本有「流水之浮花，鄭人之買櫝」十字，與訓故本略同。尋繹上下文意，實不應有。「長風」、「南郭」二句皆以音喻，「流水浮花」、「鄭人買櫝」於此似不倫類，疑爲後人妄增。文子自然篇：「若風之過簫，忽然而感之，各以清濁應。」淮南子齊俗篇：「若風之過簫，忽然感之，各以清濁應矣。」許注：「簫，籟也。」高注：「清，商；濁，宫也。」今齊俗篇爲許注本，此所引高注見酉陽雜俎砭誤篇。

〔二二〕**其可忘哉！**

「忘」，黃校云：「王本作『忽』。」

按「忽」字是。書記篇：「豈可忽哉！」辭意與此同，可證。漢書文帝紀「不敢忽」顏注：「忽，怠忘也。」

〔二三〕**吹律胸臆。**

按吹律用伶倫之崑崙斷竹制十二筒效鳳皇之鳴以別十二律事，見呂氏春秋古樂篇。原文已具書記篇「黃鐘調起五音以正」條。

〔二四〕**調鍾脣吻**。

「鍾」，元本、弘治本、活字本、汪本、宗本、張本、兩京本、王批本、何本、訓故本、梅本、凌本、合刻本、祕書本、謝鈔本、文溯本、王本、鄭藏鈔本、張松孫本作「鐘」；喻林引同。　何焯校「鍾」。

按「鍾」、「鐘」古本通用，然以總術篇「知夫調鐘未易」論之，當依各本作「鐘」，前後始能一律。呂氏春秋長見篇：「晉平公鑄爲大鐘，使工聽之，皆以爲調矣。師曠曰：『不調。請更鑄之。』平公曰：『工皆以爲調矣。』師曠曰：『後世有知音者，將知鐘之不調也。』」高注：「調，和也。」

〔二五〕**聲得鹽梅**

按書僞說命下：「若作和羹，爾惟鹽梅。」枚傳：「鹽，鹹；梅，醋。羹須鹹醋以和之。」「聲得鹽梅」，喻聲之和也。

章句第三十四

夫設情有宅，置言有位；宅情曰章，位言曰句。故章者，明也；句者，局也①。局言者聯字以分疆，明情者總義以包體，區畛相異②，而衢路交通矣。夫人之立言，因字而生句，積句而成章，積章而成篇〔一〕。篇之彪炳，章無疵也；章之明靡，句無玷也；句之清英〔二〕，字不妄也；振本而末從，知一而萬畢矣〔三〕。

夫裁文匠筆，篇有小大；離章合句，調有緩急；隨變適會〔四〕，莫見定準。句司數字，待相接以爲用；章總一義，須意窮而成體。其控引情理，送迎際會，譬舞容迴環，而有綴兆之位③；歌聲靡曼，而有抗墜之節也④。尋詩人擬喻，雖斷章取義，然章句在篇，如繭之抽緒〔五〕，原始要終〔六〕，體必鱗次。啟行之辭⑤，逆萌中篇之意；絕筆之言，追媵元作勝，謝改。前句之旨〔七〕；故能外文綺交，內義脈注，跗萼相銜⑥，首尾一體。若辭失其朋〔八〕元作明。則羈旅而無友〔九〕；事乖其次，則飄寓而不安。是以搜句忌於顛倒，裁章貴於順序，斯固情趣之指歸〔一〇〕，文筆之同致也。若夫筆句無常，而字有條數，四字密而不促，六字格而非緩❶〔一一〕，或變之以三五，蓋應機之權節也。至於詩頌大體，以四言爲正，唯祈父肇禋⑦，以二言爲句❷。尋二言肇於黃世，竹彈之謠是也⑧；三言興於虞時，元首之詩是也⑨；四言廣於夏年，洛汭之歌是也⑩；五言見於周代，行露之章是也⑪；六言七言⑫，雜出詩騷；而疑有脱字。體之篇成於兩漢〔一二〕：情數運周，隨時代用矣。

若乃改韻從調〔一三〕，所以節文辭氣，賈誼枚乘，兩韻輒易；劉歆桓譚，百句不遷：亦各有其志也。昔魏武論賦，嫌於積韻，而善於資代〔一四〕。陸雲亦稱四言轉句，以四句爲佳。觀彼制韻，志同枚賈。然兩韻輒易，則聲韻微躁，百句不遷，則脣吻告勞〔一五〕；妙才激揚，雖觸思利貞，曷若折之中和，庶保無咎。

又詩人以兮字入於句限〔一六〕，楚辭用之，字出句外。尋兮字成句〔一七〕，乃語助餘聲，舜詠南風⑬，用之久矣，而魏武弗好，豈不以無益文義耶！至於夫惟蓋故者，發端之首唱；之而於以者，乃劄句之舊體；乎哉矣也，亦送末之常科〔一八〕。據事似閑，在用實切。巧者迴運，彌縫文體，將令數句之外，得一字之助矣。外字難謬，況章句歟？

贊曰：斷章有檢，積句不恒。理資配主⑭，辭忌失元作告，謝改。朋。環情草孫云：當作節。調〔一九〕，宛轉相騰。離合同王本作同合。異〔二〇〕，以盡厥能。

【黄叔琳注】

①**明也局也**〔詩關雎疏〕章者，明也，總義包體，所以明情也。句者，局也，聯字分疆，所以局言也。

②**區畛**〔蜀都賦〕瓜疇芋區。〔注〕區，界畔也。〔周禮〕十夫有溝，溝上有畛。畛，田界。③**綴兆**〔禮

樂記）行其綴兆，要其節奏，行列得正焉。（注）綴兆，舞位也。④**抗墜**（禮樂記）歌者上如抗，下如墜，曲如折，止如槁木。⑤**啟行**（詩小雅）元戎十乘，以先啟行。啟行，喻始也。⑥**跗萼**（詩小雅）鄂不韡韡。（箋）承華者曰鄂。不，當作柎。柎，鄂足也。（疏）鄭以爲華下有鄂，鄂下有柎，由華以覆鄂，鄂以承華，華鄂相覆而光明，猶兄弟相順而榮顯。⑦**祈父**（小雅）祈父，予王之爪牙。**肇禋**（周頌）肇禋。迄用有成，維周之禎。⑧**竹彈謠**見通變篇。⑨**元首**（虞書）帝庸作歌曰：股肱喜哉，元首起哉，百工熙哉。皋陶乃賡載歌曰：元首明哉，股肱良哉，庶事康哉。（按）哉爲語助，以喜起熙、明良康爲韻，是三言也。⑩**洛汭**夏書五子之歌也。⑪**行露**見明詩篇。⑫**六言七言**同上。⑬**南風**同上。⑭**配主**（易豐）初九，遇其配主。

【李詳補注】

❶**筆句無常四句**詳案：錢少詹（十駕齋養新録）（卷十六）據此云：駢儷之文，宋人謂之四六，梁時文筆已多用四字六字矣。❷**二言二句**詳案：（黄生義府）云：此未知詩理，蓋「斷竹續竹，飛土逐宍」，必四言成句，語脈緊，聲情始切。若讀作二言，其聲嘽緩而不激揚，恐非歌旨，若昔人讀「黄絹幼婦外孫虀臼」成二言四句。此實妙解文章之味。又古文八字用四韻者，（老子）「知足不辱知止不殆」，（韓非）「名正物定名倚物徙」是也。

【楊明照校注】

〔一〕**夫人之立言，因字而生句，積句而成章，積章而成篇。**

「成章」，元本、弘治本、汪本、佘本、張本、兩京本、王批本、胡本、訓故本、文津本作「爲章」；翰苑新書序、子苑三二、唐音癸籤四引同。

按作「爲章」，與下句之「成篇」始不重出，是也。論衡正説篇：「文字有意以立句，句有數以連章，章有體以成篇。」

〔二〕**句之清英。**

「清」，何本、凌本、梁本、清謹軒本、尚古本、岡本、王本、鄭藏鈔本作「青」；詩法萃編作「菁」。子苑引同今本。

按時序篇「並結藻清英」，程器篇「昔庾元規才華清英」，是「青」「菁」二字皆誤切證。後漢書文苑下邊讓傳：「（蔡邕）薦（讓）於何進曰：『伏惟幕府初開，博選清英。』」晉書文苑傳序：「綜採繁縟，杼軸清英。」文選蕭統序：「略其蕪穢，集其清英。」呂延濟注：「清英，喻善也。」亦以「清英爲言」，並其旁證。

〔三〕**知一而萬畢矣。**

按莊子天地篇：「記曰：『通於一而萬事畢。』」荀子非相篇有「以一知萬」語。

〔四〕**隨變適會。**

按易繫辭上：「唯變所適。」韓注：「變動貴於適時，趣舍存乎其會也。」

〔五〕**如繭之抽緒。**

按文選張衡南都賦：「白鶴飛兮繭曳緒。」李周翰注：「猶蠶繭曳絲緒而相連。」

〔六〕**原始要終。**

按易繫辭下：「易之爲書也，原始要終，以爲質也。」論衡實知篇：「亦揆端推類，原始見終。」

〔七〕**追媵前句之旨。**

「媵」，黄校云：「元作『勝』，謝改。」此沿梅校。　徐𤊹校「媵」。

按謝改、徐校是也。弘治本、何本、訓故本、清謹軒本、岡本正作「媵」；文通二二引同。

〔八〕**若辭失其朋。**

「朋」，黄校云：「元作『明』。」此沿梅校。　徐𤊹云：「玩贊語，（明）當作『朋』。」

按何本、訓故本、謝鈔本、清謹軒本、岡本正作「朋」；文通引同。徐校、梅改是也。

〔九〕**則羈旅而無友。**

按楚辭宋玉九辯：「廓落兮，羈旅而無友生。」舊校云：「一無『生』字。」文選張衡思玄賦：「顝羈旅而無友兮。」

〔一〇〕**斯固情趣之指歸。**

按三國志吴書諸葛瑾傳：「與（孫）權談説諫喻，未嘗切愕，微見風彩，粗陳指歸。」郭璞爾雅序：「夫爾雅者，所以通詁訓之指歸。」邢疏：「指歸，謂指意歸鄉也。」抱朴子外篇鈞世：「情見乎辭，指歸可得。」

〔一一〕**六字格而非緩。**

按説文木部：「格，木長皃。」詁此正合。

〔一二〕**而體之篇成於兩漢。**

詩法萃編「體」上有「各」字。　范文瀾云：「『而體之篇』，疑當作『二體之篇』。『二體』，指上六言七言。」

「而」下，黃校云：「疑有脱字。」此沿梅校。

按「體」上應據補「各」字。上文已分述二言、三言、四言、五言緣起，則此「各體」當是雜體，亦即雜言詩也。各體之篇，成於兩漢者，謂雜言詩發展至兩漢，已由詩之「附庸」而「蔚爲大國」。如日出入、戰城南、上邪、烏生、董桃行、西門行、東門行、婦病行、孤兒行等，都成爲詩歌史上膾炙人口名篇。故云「各體之篇成於兩漢」。范説似是而實非也。

〔一三〕**若乃改韻從調。**

鈴木云：「按『從』疑作『徙』。」

按鈴木説是。文選嵇康琴賦「改韻易調，奇弄乃發」，晉書文苑袁宏傳「作北征賦：『……豈一性之足傷，乃致傷於天下。』其本至此便改韻。（王）珣云：『此賦方傳千載，無容率耳。今於「天下」之後，移韻徙事，然於寫送之致，似爲未盡。』」並可資旁證。姚振宗隋書經籍志考證別集類一引作「改韻易調」，蓋以意改也。

〔一四〕**昔魏武論賦，嫌於積韻，而善於資代。**

馮舒云：「『賦』，玉海按見玉海附刻辭學指南。作『詩』；『資』，作『貿』。」　何焯云：「『武』疑作『文』。」「資」改「貿」。　譚獻云：「『賦』，玉海作『詩』，是也；『資』，玉海作『貿』，是也。」按金石例九、文斷引，亦作「詩」、「貿」，當據改。又按魏武論賦語不可考；何焯疑爲魏文，亦未言所出。或出於想當然揣測。

〔一五〕**則唇吻告勞。**

按「唇」字當依元本、弘治本、活字本、汪本、佘本、張本、兩京本、王批本、何本、胡本等改爲「脣」。說已詳章表篇「脣吻不滯」條。

〔一六〕**又詩人以兮字入於句限。**

按「詩人」，謂詩三百篇作者。「句限」，猶言句内。

〔一七〕**尋兮字成句。**

「成」，元本、弘治本、汪本、佘本、張本、兩京本、王批本、胡本、訓故本、文津本作「承」。文溯本剜改爲「成」。

按「承」字是。

〔一八〕**乎哉矣也，亦送末之常科。**

「也」下，徐𤊹沾「者」字。

按有「者」字，始能與上兩句相儷。徐校是也。史通浮詞篇：「是以伊惟夫蓋，發語之端也；焉哉矣兮，斷句之助也。」即由舍人此文化出。

〔一九〕**環情草調。** 徐𤊹校「革」。

「草」，黄校引孫云：「當作『節』。」此沿梅校。按徐校是。「草」即「革」之形誤。「革」，改也；易革卦鄭注。更也。詩大雅皇矣毛傳。「革調」，申言篇中「改韻從調」之意。

〔二〇〕**離合同異。**

「合同」，黄校云：「王本作『同合』。」元本、弘治本、活字本、汪本、佘本、兩京本、王批本、何本、胡本、合刻本、梁本、清謹軒本、尚古本、岡本、四庫本、王本、鄭藏鈔本、崇文本亦並作「同合」。

按「合同」、「同合」，其義固無異也。

麗辭第三十五

造化賦形，支體必雙〔一〕，神理爲用，事不孤立〔二〕。夫心生文辭，運裁百慮，高下相須，自然成對。唐虞之世，辭未極文，而皋陶贊云①：罪疑惟輕，功疑惟重。益陳謨云②：滿招損，謙受益。豈營麗辭，率然對爾〔三〕。易之文繫③，聖人之妙思也。序乾四德，則句句相銜；龍虎類感，則字字相儷；乾坤易簡，則宛轉相承；日月往來，則隔行懸合：雖句字或殊，而偶意一也。至於詩人偶章，大夫聯辭，奇偶適變，不勞經營。自揚馬張蔡，崇盛麗辭，如宋畫吳冶④〔四〕，畫元作盡，冶元作治，朱改。刻形鏤法，麗句與深采並流，偶意共逸韻俱發。至魏晉群才，析句彌密，聯字合趣，剖一作割。毫析釐❶〔五〕。然契機者入巧，浮假者無功。

故麗辭之體，凡有四對：言對爲易，事對爲難，反對爲優，正對爲劣。言對者，雙比空辭者也；事對者，並舉人驗者也；反對者，理殊趣合者也；正對者，事異義同者也。長卿上林賦元脱，補。云⑤〔六〕：修容乎禮園，翺翔乎書圃。此言對之類也。宋玉神女賦云⑥：毛嬙鄣袂⑦〔七〕，不足程式；西施掩面，比之無色。此事對之類也。仲宣登樓云⑧〔八〕：鍾儀幽而楚奏⑨，莊舃顯而越吟⑩。此反對之類也❷。孟陽七哀云⑪：漢祖想枌榆⑫，光武思白水⑬。此正對之類也。凡偶辭胸臆，言對所以爲易也；徵元作擬，亦作徵。人之學，事對所以爲難也〔九〕；幽顯同志，反對所以爲優也；並貴共心，正對所以爲劣也〔一〇〕。又以事對，各有反正，指類而求，萬條自昭然矣〔一一〕。

張華詩稱遊鴈比翼翔，歸鴻知接翮；劉琨詩言元在詩字上。宣尼悲獲麟〔一二〕，西狩泣孔邱〔一三〕：若斯重出，即對句之駢枝也。是以言對爲美，貴在精巧；事對所先，務在允當⑭。若兩事相配，而優劣不均〔一四〕，是驥在左驂，駑爲右服也〔一五〕。若夫事或孤立，莫與相偶，是夔之一足⑮，趻踔而行也⑯〔一六〕。若氣無奇類，文乏異采〔一七〕，碌碌麗辭，則昏睡耳目〔一八〕。必使理圓事密，聯璧其章，迭用奇偶，節以雜佩〔一九〕，乃其貴耳。類此而思，理自汪本作斯。見也〔二〇〕。

贊曰：體植必兩，辭動有配。左提右挈❸，精味兼載。炳爍聯華，鏡靜含態。玉潤雙流〔二一〕，如彼珩珮〔二二〕。

【黄叔琳注】

①**臯陶贊**見虞書大禹謨。②**益陳謨**同上。③**文繫**〔易文言〕元者，善之長也。亨者，嘉之會也。利者，義之和也。貞者，事之幹也。君子體仁足以長人，嘉會足以合禮，利物足以和義，貞固足以幹事。〔又〕同聲相應，同氣相求。水流濕，火就燥，雲從龍，風從虎。〔繫辭〕乾道成男，坤道成女。乾知大始，坤作成物。乾以易知，坤以簡能。易則易知，簡則易從。易知則有親，易從則有功。有親則可久，有功則可大。可久則賢

人之德，可大則賢人之業。〔又〕日往則月來，月往則日來，日月相推而明生焉。寒往則暑來，暑往則寒來，寒暑相推而歲成焉。　④**宋畫**〔莊子〕宋元君將畫圖，衆史皆至。有一史後至者，儃儃然不趨，受揖不立，因之舍。公使人視之，則解衣般礴贏。君曰：可矣，是真畫者也。**吴冶**〔吴越春秋〕越王允常使歐冶子造劍五枚。⑤**上林**司馬相如字長卿，作上林賦。　⑥**神女**宋玉作神女賦。　⑦**毛嬙**〔莊子〕毛嬙、麗姬，人之所美也。⑧**登樓**見詮賦篇。　⑨**楚奏**〔左傳〕晉侯觀於軍府，見鍾儀，問曰：南冠而縶者誰也？　有司對曰：鄭人所獻楚囚也。使稅之，問其族，對曰：伶人也。使與之琴，操南音。范文子曰：樂操土音，不忘舊也。　⑩**越吟**〔陳軫傳〕軫曰：越人莊舄仕楚執珪，有頃而病。楚王曰：舄故越之鄙細人也，今仕楚執珪，富貴矣，亦思越不？　中謝對曰：凡人之思故，在其病也。彼思越則越聲，不思越則楚聲。使人往聽之，猶尚越聲也。⑪**孟陽**張載字孟陽，本集有七哀詩二首。　⑫**枌榆**〔漢郊祀志〕高祖詔御史，令豐治枌榆社。　⑬**白水**〔東京賦〕龍飛白水，鳳翔參墟。〔注〕白水，謂南陽白水縣，世祖初起之處也。　⑭**允當**〔左傳〕允當則歸。　⑮**夔**〔山海經〕東海中有流波山，上有獸，狀如牛，蒼身而無角，一足。　⑯**跉踔**〔莊子〕夔謂蚿曰：吾以一足跉踔而行，予無如矣。

【李詳補注】

❶**剖毫析釐**詳案：〔張衡西京賦〕剖析毫釐。　❷**仲宣登樓四句**詳案：〔庾信哀江南賦〕班超生而望反，温序死而思歸，亦祖仲宣，而詞並美麗。　❸**左提右挈**詳案：四字出史記張耳陳餘傳。

【楊明照校注】

〔一〕**造化賦形，支體必雙。**

按淮南子原道篇：「（大丈夫）乘雲陵霄，與造化者俱。」高注：「造化，天地。」又精神篇：「夫造化者，既以我爲坯矣。」高注：「言既以我爲人。」左傳昭公三十二年：「（史墨）對曰：『物生有兩，……體有左右。』」杜注：「謂有兩。」支體必雙，謂左右肩股。

〔二〕**神理爲用，事不孤立。**

按易説卦傳：「是以立天之道，曰陰與陽；立地之道，曰柔與剛；立人之道，曰仁與義。」老子第二章：「故有無相生，難易相成，長短相形，高下相傾，音聲相和，前後相隨。」穀梁傳莊公三年：「獨陰不生，獨陽不生。」

〔三〕**豈營麗辭，率然對爾。**

「爾」，元本、弘治本、活字本、汪本、佘本、張本、兩京本、胡本、王批本、訓故本、謝鈔本、文津本作「耳」；詩紀別集二引同。

按「耳」字是。全書中句末用「耳」字者，凡十七處。此亦宜然。明詩篇「有符焉爾」句，乃「焉爾」連文。

〔四〕**如宋畫吴冶。**

黄校云：「『畫』，元作『盡』；『冶』，元作『治』。朱改。」此沿梅校。

按梅本曾引朱云：「宋畫吴冶，語出淮南子。」按見脩務篇。黄氏注中未加徵引，亦云疏矣。又按何本、謝鈔本作「宋畫吴冶」，未誤。

〔五〕**剖毫析釐。**

「剖」，黄校云：「一作『割』。」　元本、弘治本、汪本、佘本、張本、兩京本、王批本、何本、胡本、訓故本、梅本、凌本、合刻本、梁本、祕書本、謝鈔本、彙編本、清謹軒本、尚古本、岡本、四庫本、王本、張松孫本、鄭藏鈔本、崇文本，亦並作「割」；詩紀別集二、漢魏詩乘總録引同。　何焯改「剖」。

按文選西京賦：「剖析毫釐。」是此語之所自出，不作「割」。體性篇「剖析毫釐者也」，亦然。黄氏從何校改「剖」，是也。「剖」、「割」形近，每易淆誤。哀弔篇「割析褒貶」，唐寫本「割」作「剖」；序志篇「至於割情析采」，元本、弘治本等「割」作「剖」。並其證。

〔六〕**長卿上林賦云。**

「賦」，黄校云：「元脱，補。」此沿梅校。

按本書引賦頗多，其名出兩字外者，皆未著「賦」字，此不應補。通變、事類兩篇，並有「相如上林云」之句，尤爲切證。梅氏補「賦」字，蓋求其與下「宋玉神女賦云」句相配耳。其實此「賦」字乃淺人所增，匪特與舍人選文稱名之例不符，且與下「仲宣登樓」、「孟陽七哀」二句亦不相偶也。王批本、子苑三二引，並無「賦」字。當據删。吟窗雜録二七引有「賦」字非。

〔七〕**毛嬙鄣袂。**

吟窗雜録引，「鄣」作「反」。王批本同今本。

按文選神女賦作「鄣」，不作「反」。劉良注解「鄣袂」爲「鄣袖」，亦原不作「反」之證。

〔八〕**仲宣登樓云。**

「樓」下，何本、淩本、梁本、祕書本、清謹軒本、岡本、尚古本、王本、鄭藏鈔本、崇文本有「賦」字。

按此亦不應有「賦」字。元本、弘治本、活字本、汪本、王批本等無之，是也。

〔九〕**徵人之學，事對所以爲難也。**

「徵」，黄校云：「元作『擬』；一作『徵』。」弘治本、汪本、兩京本、王批本、胡本、何本、訓故本、萬曆梅本即作「徵」。徐𤊹云：「（微）當作『徵』。」　唐云：「『微』當作『徵』，蓋用事則人之學可見矣。」見淩本、合刻本、梁本。　劉永濟云：「今按當作『擬人貴學』，『貴』字誤入下文『並貴同心』句，『並貴』當依紀評作『並肩』，各本皆誤。此文謂事對必舉人相擬，舉人之功，在乎博學，學不博則擬人不於其倫，故曰『所以爲難也』。」

按晉宋以降，隸事之風日盛，舍人曾列事類一篇論之；上文亦明言「事對爲難」。由弘治本、汪本等作「徵」推之，必原是「徵」字。元本、活字本、謝鈔本正作「徵」，未誤。梅慶生初校謂當作「擬」，見萬曆本。第六次校定本即改爲「徵」。見天啟本。可謂擇善而從矣。劉説非是。

〔一〇〕**並貴共心，正對所以爲劣也。**

「並貴其心」，廣博物志二九引作「並對苦心」。　紀昀云：「『貴』，當作『肩』。」子苑引同今本。

按上文之「幽顯同志」云云，是就所舉登樓賦例言；此處之「並貴共心」，則指所舉七哀詩例言。高祖、光武俱爲帝王，故云「並貴」；想枌榆、思白水同是念鄉，故云「共心」。紀説誤。董氏不得其肯縏所在，妄改爲「並對苦心」，失之遠矣。近於南京圖書館借閱所藏傳録何焯校本，何氏亦云：「並貴，謂高祖、光武。」

〔二〕**指類而求，萬條自昭然矣。**

范文瀾云：「案『萬』字衍，『自』爲『目』之誤。當作『指類而求，條目昭然』，即上所云『四對』也。」

按「萬條」，喻其多。如它篇之言「衆條」檄移篇「凡此衆條」。「衆例」銘箴篇「詳觀衆例」。然。「萬」字非衍文，「自」字亦未誤。「指類而求，萬條自昭然矣」，即觸類自能旁通之意。原謂由已論列者類推，並非複述上之「四對」。范説誤。

〔三〕**劉琨詩言。**

「言」，黄校云：「元在『詩』字上。」此沿梅校。　徐𤍽云：「『言詩』，當作『詩言』。」四庫本剜乙爲「詩言」。

按張本、何本、王批本、訓故本、謝鈔本並作「詩言」；詩紀萬曆本。別集二、文通二三引同。徐校、梅改是也。

〔三〕**西狩泣孔邱。**

「泣」，馮舒校作「涕」。　元本、弘治本、活字本、汪本、佘本、張本、兩京本、王批本、何本、合刻本、謝鈔本、尚古本、岡本、文津本、王本、鄭藏鈔本、崇文本作「涕」。

按晉書琨傳作「泣」；文選作「涕」。舍人原作何字雖不可知，然其義固無害也。

〔四〕**若兩事相配，而優劣不均。**

紀昀云：「『事』，當作『言』。」

按紀説非是。下文「若夫事或孤立，莫與相偶」，蓋言事奇無匹，故承云「是夔之一足，趻踔而行也」；此言事對不均，故承云「是驥在左驂，駑爲右服也」。吟窗雜録三七有此文作「事」，子苑引亦作「事」，足見「事」字未誤。

〔一五〕是驥在左驂，駑爲右服也。

「驥」，類要三二引作「驪」；吟窗雜録同。

按以下文「是夔之一足趻踔而行」係用莊子秋水故實相例，則此當以作「驪」爲長。「驪」，盜驪之省。列子周穆王篇：「命駕八駿之乘：……次車之乘：……左驂盜驪而右山子。」是「驪在左驂」一語，正用列子之「左驂盜驪」也。今本作「驥」，似嫌空泛。

〔一六〕是夔之一足，趻踔而行也。

「趻」，譚獻校作「踸」。　元本、弘治本、汪本、佘本、張本、兩京本、王批本、胡本、訓故本、謝鈔本、四庫本作「踸」；吟窗雜録、子苑、喻林八九、漢魏詩乘總録、藝苑卮言、天中記三七、翰苑新書序、續文章緣起引同。類要引作「堪」，當是「踸」之誤。

按「趻」字説文所無，新附有「踸」字。楚辭東方朔七諫怨世：「馬蘭踸踔而日加。」文賦：「故踸踔於短垣。」江文通文集鏡論語：「寧踸踔於馬蘭。」是古人率用「踸」字。又按舍人此文本莊子秋水篇，黄氏所注是也。范注先引韓非子事既不愜，繼引莊子文又未備，皆非。

〔一七〕**若氣無奇類，文乏異采。**

按「類」字費解，疑當作「貌」。夸飾篇：「至如氣貌山海，體勢宮殿，……光采煒煒而欲然，聲貌岌岌其將動矣。莫不因夸以成狀，沿飾而得奇也。」是「氣無奇類」之「類」，應改爲「貌」始合。物色篇：「寫氣圖貌。」亦其切證。蓋文心原有作「䫉」之本，寫者誤認爲「類」，遂以譌傳譌，流行至今。書洪範「一曰貌」釋文：「本亦作䫉。」說文皃部：「䫉，皃。或從頁。」玉篇頁部：「䫉，孟教切，容也。與皃同。」漢書刑法志：「夫人宵天地之䫉。」顏注：「䫉，古貌字。」一切經音義十二：「貌，古文皃、䫉二形。」荀子禮論篇：「䫉而不功。」楊注：「䫉，形也。」「䫉」字因不習見，故誤爲「類」耳。當校正。

〔一八〕**則昏睡耳目。**

按宋書樂志一：「魏文侯雖好古，然猶昏睡於古樂。」史通補注篇有「有昏耳目，難爲披覽」語。

〔一九〕**節以雜佩。**

按詩鄭風女曰雞鳴：「雜佩以贈之。」毛傳：「雜佩者，珩、璜、琚、瑀、衝牙之類。」

〔二〇〕**理自見也。**

「自」，黄校云：「汪本作『斯』。」

按元本、弘治本、活字本、佘本、張本、兩京本、王批本、胡本、訓故本、謝鈔本、四庫本亦並作「斯」，詩紀別集二統論下引同。是也。章表篇「事斯見矣」，語意與此同，可資旁證。

〔二一〕**玉潤雙流。**

按禮記聘義：「昔者，君子比德於玉焉：温潤而澤，仁也；……叩之，其聲清越以長。」淮南子説山篇：「夫玉潤澤而有光，其聲舒揚。」「雙流」，謂其光澤與聲，以喻麗辭之須講求藻飾及聲律也。

〔三〕**如彼珩珮。**

「珮」，喻林引作「佩」。

按元本、弘治本、汪本、佘本、張本、兩京本、胡本、王批本、文溯本並作「佩」。禮記玉藻：「古之君子必佩玉，……凡帶必有佩玉。」説文人部：「佩，大帶佩也。從人凡巾。」段注：「從人者，人所以利用也。從凡者，所謂無所不佩也。從巾者，其一耑也。……俗作『珮』。」玉篇人部：「佩，大帶佩也。」又玉部：「珮，本作佩。或從玉。」廣韻十八隊：「佩，玉之帶也。……珮，玉珮。俗。」是「珮」爲「佩」之俗體。篇末「節以雜『佩』」作「佩」，則此「珮」字亦應從元本、弘治本等及喻林引改爲「佩」始合。

文心雕龍校注卷八

比興第三十六

詩文弘奧，包韞六義①，毛公述傳②，獨標興體，豈不以風通一作異。而賦同〔一〕，比顯而興隱哉！故比者，附也；興者，起也。附理者切類以指事，起情者依微以擬議。起情故興體以立，附理故比例以生。比則畜憤以斥言〔二〕，興則環譬以記一作託。諷〔三〕。蓋隨時之義不一，故詩人之志有二也。

觀夫興之託諭〔四〕，婉而成章〔五〕，稱名也小，取類也大〔六〕。關雎有別③，故后妃方德〔七〕；尸鳩貞一④，故夫人象義〔八〕。義取其貞，無從於夷禽〔九〕；德貴其別，不嫌於鷙鳥⑤：明而未融，故發注而後見也。且何謂爲比？蓋寫物以附意，颺言以切事者也。故金錫以喻明德⑥，珪璋以譬秀民⑦〔一〇〕，螟蛉以類教誨⑧，蜩螗以寫號呼⑨，澣衣以擬心憂⑩，席卷汪本作卷席。以方志固⑪〔一一〕：凡斯切象，皆比義也。至如麻衣如雪⑫，兩驂如舞⑬，若斯之類，皆比類者也。楚襄信讒，而三閭忠烈〔一二〕，依詩製騷，諷兼比興〔一三〕。炎漢雖盛，而辭人夸毗⑭，詩刺道喪，故興義銷亡〔一四〕。於是賦頌先鳴，故比體雲構〔一五〕，紛紜雜遝，信舊章矣。

夫比之爲義，取類不常：或喻於聲，或方於貌，或擬於心，或譬於事。宋玉高唐云：纖條悲鳴，聲似竽籟。此比聲之類也。枚乘菟園云：焱焱紛紛，若塵埃之間白雲❶〔一六〕。此則比貌之類也〔一七〕。賈生鵩賦云〔一八〕：禍之與福，何異糾纆。此以物比理者也。王褒洞簫云：優柔溫潤⑮，如慈父之畜子也〔一九〕。此以聲比心者也。馬融長笛云：繁縟絡繹，范蔡之說也。此以響比辯者也。張衡南都云：起鄭舞，蠒曳元作蠒抽，按本賦改。緒〔二〇〕。此以容比物者也。若斯之類，辭賦所先，日用乎比，月忘乎興，習小而棄大，所以文謝於周人也〔二一〕。至於揚班之倫，曹劉以下，圖狀山川，影寫雲物，莫不纖疑作織。綜比義〔二二〕，以敷其華，驚聽回視〔二三〕，資此効績〔二四〕。又安仁螢賦云⑯：流金在沙。季鷹雜詩云⑰：青條若總翠〔二五〕。皆其義者也。故比類雖繁，以切至爲貴，若刻鵠元作鶴，謝改。類鶩⑱〔二六〕，則無所取焉。

贊曰：詩人比興，觸物圓覽。物雖胡越⑲，合則肝膽⑳〔二七〕。擬容取心，斷辭必敢㉑。攢雜詠歌，如川之渙〔二八〕。

【黄叔琳注】

①**六義**見明詩篇。②**毛公**〔漢藝文志〕毛詩故訓傳三十卷。毛公之學，自謂子夏所傳。③**關雎**〔詩小序〕關雎，后妃之德也。④**尸鳩**〔詩小序〕鵲巢，夫人之德也。國君積行累功以致爵位，夫人起

家而居有之，德如鳲鳩，乃可以配焉。⑤**鷙鳥**〔詩傳〕雎鳩，王雎也，摯而有別。〔注〕摯本亦作鷙。⑥**金錫**見衛風淇澳篇。⑦**珪璋**見大雅卷阿篇。⑧**螟蛉**見小雅小宛篇。〔揚子法言〕螟蛉之子殪而逢蜾蠃，祝之曰：類我類我，久則肖之矣。⑨**蜩螗**見大雅蕩之篇。⑩**澣衣**見邶風柏舟篇。⑪**席卷**同上。⑫**如雪**見曹風蜉蝣篇。⑬**如舞**見詩大叔于田篇。⑭**夸毗**見大雅板之篇。⑮**優柔温潤**〔王褒洞簫賦〕聽其巨音，則周流汜濫。并包吐含，若慈父之畜子也。〔又云〕優柔温潤，又似君子。⑯**安仁螢賦**〔潘岳螢火賦〕飄飄熲熲，若流金之在沙。岳字安仁。⑰**季鷹雜詩**〔張翰雜詩〕青條若總翠。翰字季鷹。⑱**刻鵠類鶩**〔馬援與兄子書〕效伯高不得，猶爲謹厚之士，所謂刻鵠不成尚類鶩者也。⑲**胡越**〔孔叢子〕胡越之人，同舟濟江，中流遇風波，其相救如左右手。⑳**肝膽**〔莊子〕自其異者視之，肝膽楚越也。㉑**必敢**〔李斯傳〕趙高曰：顧小而忘大，後必有害。狐疑猶豫，後必有悔。斷而敢行，鬼神避之，後有成功。

【李詳補注】

❶**枚乘菟園三句**〔札迻〕云：案枚賦見〔古文苑〕。焱焱作疾疾，誤，當據此正之。

【楊明照校注】

〔一〕**豈不以風通而賦同。**

「通」，黄校云：「一作『異』。」 天啟梅本改「異」。

按「通」，謂通於美刺；「同」，謂同爲鋪陳。天啟梅本改「通」爲「異」，非是。王批本作「通」。

〔二〕**比則畜憤以斥言。**

按「畜」當作「蓄」，音之誤也。説文艸部：「蓄，積也。」又田部：「畜，田畜也。」是二字意義各別。情采篇：「蓋風雅之興，志思蓄憤。」尤爲切證。何本、梁本、别解本、尚古本、岡本、王本、鄭藏鈔本、崇文本作「蓄」，不誤；何焯鈍吟雜録評、浦銑歷代賦話續集十四引同。當據改。

〔三〕**興則環譬以記諷。**

「記」，黄校云：「一作『託』。」　徐𤊹校作「託」。　天啟梅本改作「託」，張松孫本同。鈍吟雜録評引作「託」。　張本作「寄」。

按「記諷」不辭，「寄」字亦誤。當以作「託」爲是。此云「託諷」，下云「託諭」，其意一也。漢書叙傳下司馬相如傳述：「寓言淫麗，託風顔注：「風讀曰諷。」終始。」文選顔延之五君詠：「寓辭類託諷。」並以「託諷」連文。史通序傳篇亦有「或託諷以見其情」語。訓故本作「託」，未誤。當據改。

〔四〕**觀夫興之託諭。**

按文選曹植七啟：「假靈龜以託喻。」「諭」與「喻」同。

〔五〕**婉而成章。**

按左傳成公十四年：「君子曰：『春秋之稱，……婉而成章。』」杜注：「婉，曲也。謂曲屈其辭，有所辟諱，以示大順，而成篇章。」

〔六〕**稱名也小，取類也大。**

按易繫辭下：「其稱名也小，其取類也大。」韓注：「託象以明義，因小以喻大。」

〔七〕**關雎有别，故后妃方德。**

按淮南子泰族篇：「關雎興於鳥，而君子美之，爲其雌雄之不乘原誤作「乖」，據王念孫讀書雜志九淮南内篇第二十二説改。居也。」列女傳仁智魏曲沃負傳：「夫雎鳩之鳥，猶未嘗見乘居而匹處也。」

〔八〕**尸鳩貞一，故夫人象義。**

訓故本「夫」，作「淑」；「義」，作「儀」。下「義」字亦作「儀」。

按詩曹風鳲鳩：「鳲釋文：「鳲，音尸。」本亦作尸。」鳩在桑，其子七兮；淑人君子，其儀一兮。」如訓故本，是舍人此文所指，爲曹風之鳲鳩矣。王氏注即引曹風鳲鳩。然元明各本皆作「夫人象義」，則所指乃召南之鵲巢。原文黄、范兩家注已具。上云「后妃方德」，此云「夫人象義」，正相匹對。王本作「淑人」嫌泛，非也。

〔九〕**無從於夷禽。**

郝懿行云：「按『夷禽』，未詳其義。」　黄侃云：「『從』，當爲『疑』字之誤。」

按「從」，讀曰縱。説文糸部：「縱，緩也；一曰舍也。」夷，常也。書顧命孔傳、詩大雅皇矣傳。「無從於夷禽」，言常禽如尸鳩亦可歌詠，而不舍棄也。詩法萃編三引作「無惡於拙禽」，蓋以意改，非是。

〔一〇〕**珪璋以譬秀民。**

按此文有誤字。梅慶生以來各家俱引詩大雅卷阿之十一章以注，似是而實非也。因卷阿詩文與

「秀民」無涉，非舍人所指。「秀」，當作「誘」。今本脱其言旁耳。大雅板：「天之牖民，……如璋如圭，……牖民孔易。」毛傳：「牖，道也。……如璋如圭，言相合也。」孔疏：「牖與誘，古字通用，故以爲導也。……半圭爲璋，合二璋則成圭。」風俗通義聲音篇、書鈔十引「天之牖民」作「天之誘民」；禮記樂記、韓詩外傳五、史記樂書引「牖民孔易」作「誘民孔易」。則此處之「秀民」，當作「誘民」無疑。舍人用經傳語多從别本，此又一證矣。

〔二〕**席卷以方志固。**

「席卷」，黄校云：「汪本作『卷席』。」

按元本、弘治本、活字本、佘本、張本、兩京本、王批本、胡本、四庫本亦並作「卷席」；詩紀别集一引同。是也。上云「澣衣」，此云「卷席」，文始相儷。

〔三〕**楚襄信讒，而三閭忠烈。**

「楚襄」，元本、弘治本、活字本、汪本、張本、兩京本、王批本、何本、胡本、萬曆梅本、凌本、合刻本、梁本、祕書本、謝鈔本、彙編本、清謹軒本作「襄楚」；詩紀别集一引同。　馮舒云：「『襄楚』，當作『楚襄』。」　天啟梅本改「衰楚」。　尚古本、岡本作「楚懷」。

按三閭見讒，不止楚懷一代，亦非始於楚襄之世。下文以「炎漢雖盛，而辭人夸毗」與此對言，則「襄」字當依天啟梅本改作「衰」，始合文意。作「襄」作「懷」均非。才略篇「趙衰以文勝從饗」，元本、弘治本、活字本、汪本等亦誤「衰」爲「襄」，正與此同。

〔一三〕**依詩製騷，諷兼比興。**

按王逸楚辭章句序：「屈原履忠被譖，憂悲愁思，獨依詩人之義而作離騷。」又離騷序：「離騷之文，依詩取興，引類譬喻。」

〔一四〕**詩刺道喪，故興義銷亡。**

曹學佺云：「『詩』，當作『諷』。興起乎風，比近乎賦，興義銷亡，故風氣愈下。」譚獻校作「諷」。按訓故本正作「諷」。當據改。書記篇有「詩人諷刺」語。漢書藝文志詩賦略：「大儒孫卿及楚臣屈原，離讒憂國，皆作賦以風，咸有惻隱古詩之義。其後宋玉、唐勒，漢興，枚乘、司馬相如，下及揚子雲，競爲侈麗閎衍之詞，没其風諭之義。」顔注：「離，遭也。風讀曰諷。」足與此文相發。又按「刺」，當依元本、何本、梅本、凌本、彙編本、王本改作「刺」。詩紀別集一引同。

〔一五〕**於是賦頌先鳴，故比體雲構。**

按「故」字疑涉上誤衍。

〔一六〕**枚乘菟園云：「焱焱紛紛，若塵埃之間白雲。」**

按从三火之「焱」與从三犬之「猋」，音義俱別。說文焱部：「焱，火華也。」音琰。又犬部：「猋，犬走皃。」音飈。枚賦此段寫鳥，合是「猋」字。「猋猋紛紛」，蓋形容衆鳥「往來霞水，離散没合」之變化多端，不可名狀。文選班固西都賦：「颮颮紛紛，矰繳相纏。」李注：「颮颮紛紛，衆多之貌也。」說文風部。曰：「颮，古飇字也。」猋與颮通，是猋猋紛紛即颮颮紛紛。又東都賦「焱焱炎炎」，段玉裁說文解字注卷十下燚部下。謂當作「焱焱炎炎」。是「燚」、「焱」二字形近，固易互譌也。

〔一七〕**此則比貌之類也。**

按以上文「此比聲之類也」例之，「則」字不應有，當删。

〔一八〕**賈生鵩賦云。**

顧廣圻云：「『賦』，當作『鳥』。」譚獻説同。

按顧、譚説是。此段所引高唐、菟園、洞簫、長笛、南都諸賦，皆未著賦字，此亦應爾。詮賦篇所引菟園、洞簫、鵩鳥諸賦，而「鵩鳥」正不作「鵩賦」，亦可證。

〔一九〕**如慈父之畜子也。**

「畜」，元本、弘治本、活字本、汪本、佘本、張本、兩京本、何本、訓故本、梅本、凌本、合刻本、祕書本、謝鈔本、彙編本、王本、張松孫本、鄭藏鈔本、崇文本作「愛」；詩紀別集一、賦略緒言引同。何焯改作「畜」。

按梅本有校語云：「本賦作『畜』字。」是黄氏據文選洞簫賦改爲「畜」也。意舍人所見本有作「愛」者，不然，「愛」、「畜」二字之形、音俱不近，何由致誤？類聚四四所引王賦，惜未引此句。又按漢書陳湯傳「示棄捐不畜」顔注：「畜，謂愛養也。」可證元本等作「愛」並非字誤，不必僅依今本文選遽改爲「畜」也。

〔二〇〕**蠒曳緒。**

「曳」，黄校云：「元作『抽』，按本賦改。」此沿梅校。

按作「抽」蓋寫者依前章句篇「如繭之抽緒」句妄改。謝鈔本作「曳」，未誤。梅校、黄改是也。

〔二一〕**所以文謝於周人也。**

按文選顏延之贈王太常詩：「屬美謝繁翰。」李注：「謝，猶慚也。」周人，謂詩三百篇中周代作者。

〔二二〕**莫不織綜比義。**

「纖」，黄校云：「疑作『織』。」本何焯説（詩法萃編一引作「織」）。

按正緯篇：「蓋緯之成經，其猶織綜。」又：「先緯後經，體乖織綜。」並足證「纖」爲「織」之誤。當據改。

〔二三〕**驚聽回視。**

按漢書揚雄傳上：「（甘泉賦）目駭耳回。」顏注：「言驚視聽也。」文選李注：「蒼頡篇曰：『駭，驚也。』回，謂回皇也。」

〔二四〕**資此効績。**

按國語魯語下：「男女效績。」韋注：「績，功也。」文選文賦：「立片言而居要，乃一篇之警策。雖衆辭之有條，必待兹而效績。」李注：「必待警策之言，以效其功也。」廣韻三十六效：「效，又效力、效驗也。効，俗。」

〔二五〕**季鷹雜詩云：青條若總翠。**

「雜」，元本、弘治本、活字本、汪本、佘本、兩京本、胡本、訓故本、文津本作「春」；詩紀別集一、賦略緒言引同。徐㷆「春」校作「雜」。文溯本剜改爲「雜」。馮舒「雜」校作「春」。何焯校同。

按文選卷二九題作雜詩，徐氏蓋據文選校也。覆按其詞，發端四句即寫暮春景象：「暮春和氣應，白日照園林。青條若總翠，黄華如散金。」宜人春色，躍然紙上。元本、弘治本、王批本等作「春」，是也。當據改。

〔二六〕**若刻鵠類鶩。**

「鵠」，黄校云：「元作『鶴』，謝改。」此沿梅改。

按謝改是也。何本、訓故本、別解本、謝鈔本、尚古本、岡本正作「鵠」；歷代賦話續集十四引同。

〔二七〕**物雖胡越，合則肝膽。**

按淮南子俶真篇：「是故自其異者視之，肝膽胡越。」莊子德充符篇作楚越。高注：「肝膽，喻近；胡越，喻遠。」舍人遣辭本此。黄注引莊子外，復引孔叢子以釋胡越，不啻畫蛇添足矣。附會篇：「善附者，異旨如肝膽；拙會者，同音如胡越。」語意與此亦同。

〔二八〕**如川之涣。**

黄侃云：「『涣』字失韻，當作『澹』，字形相近而誤。『澹淡』，水貌也。」

按黄説是。「覽」、「膽」、「敢」皆敢韻字見廣韻上聲四十九敢。惟「涣」字在换韻廣韻去聲二十九换。確是失韻。作「澹」，則在敢韻内矣。當據改。又按文選西都賦：「澹淡浮。」李注：「澹淡，蓋隨風之貌也。」又高唐賦：「徙靡澹淡。」李注：「澹淡，水波小文也。」又七發：「湍流遡波，又澹淡之。」李注：「澹淡，摇蕩之貌也。」説文水部：「澹，水摇也。」玉篇水部：「澹，水動貌。」上所引者，對理解「如川之澹」句涵義，不無小助，故覃及之。

夸飾第三十七

夫形而上者謂之道，形而下者謂之器〔一〕。神道難摹，精言不能追其極；形器易寫，壯辭可得喻其真；才非短長，理自難易耳。故自天地以降，豫入聲貌，文辭所被，夸飾恒存。雖詩書雅言，風格訓世〔二〕，事必宜廣，文亦過焉。是以言峻則嵩高極天①，論狹則河不容舠②❶，説多則子孫千億③，稱少則民靡孑遺④；襄陵舉滔天之目⑤，倒戈立漂杵之論⑥，辭雖已甚，其義無害也。且夫鴞音之醜⑦，豈有泮林而變好；荼味之苦⑧，寧以周原而成飴：並意深褒讚，故義成矯飾〔三〕。大聖所録，以垂憲章。孟軻所云：説詩者不以文害辭，不以辭害意也〔四〕。

自宋玉景差⑨，夸飾始盛〔五〕。相如憑風，詭濫愈甚〔六〕：故上林之館，奔星與宛虹入軒⑩；從禽之盛〔七〕，飛廉與鷦鷯按本賦作焦明。俱獲⑪〔八〕。及揚雄甘泉，酌其餘波，語瓌奇則假珍於玉樹⑫〔九〕，言峻極則顛墜於鬼神⑬。至東都之比目⑭，西京之海若⑮，驗理則理無不驗〔一〇〕，窮飾則飾猶未窮矣。又子雲羽一作校。獵〔一一〕，鞭宓妃以饟屈原⑯〔一二〕；張衡羽獵，困元冥於朔野⑰〔一三〕。孌彼洛神〔一四〕，既非罔兩；惟此水師，亦非魑魅⑱〔一五〕；而虛用濫形，不其疎乎！此欲夸其威而飾元脫。其下有闕字。事，義睽剌也〔一六〕。至如氣貌山海，體勢宮殿，嵯峨揭業⑲，熠燿焜煌之狀，光采煒煒而欲然，聲貌岌岌其將動矣。莫不因夸以成狀，沿飾而得奇也。於是後進之才，奬氣挾聲，軒翥而欲奮飛，騰擲而羞跼步〔一七〕。辭入煒燁，春藻不能程其豔；言在萎絶，寒谷未足成其凋⑳。談歡則字與笑並，論慼則聲共泣偕〔一八〕，信可以發蘊而飛滯，披瞽而駭聾矣❷。

然飾窮其要，則心聲鋒起，夸過其理，則名實兩乖。若能酌詩書之曠旨，翦揚馬之甚泰❸〔一九〕，使夸而有節，飾而不誣，亦可謂之懿也。

贊曰：夸飾在用，文豈循檢。言必鵬運㉑，氣靡鴻漸㉒〔二〇〕。倒海探珠，傾崑取琰。曠而不溢，奢而無玷。

【黄叔琳注】

①**嵩高**〔大雅〕嵩高維嶽，峻極于天。②**容舠**〔國風〕誰謂河廣，曾不容刀。③**千億**〔大雅〕干禄百福，子孫千億。④**孑遺**〔小雅〕周餘黎民，靡有孑遺。⑤**滔天**〔堯典〕湯湯洪水方割，蕩蕩懷山襄陵，浩浩滔天。⑥**漂杵**〔武成〕前徒倒戈，攻于後以北，血流漂杵。⑦**鴞音**〔魯頌〕翩彼飛鴞，集于泮林。食我桑黮，懷我好音。⑧**荼味**〔大雅〕周原膴膴，堇荼如飴。⑨**景差**〔風賦〕楚襄王遊於蘭臺之宫，宋玉、景差侍。〔注〕宋玉、景差，楚大夫。⑩**奔星宛虹**〔上林賦〕奔星更於閨闥，宛虹拖於楯軒。⑪**飛廉焦明**〔上林賦〕徑峻赴險，越壑厲水，椎飛廉，弄獬豸。〔注〕飛廉，龍雀也，鳥身鹿頭。〔又〕捷鵷鶵，揜焦明。〔注〕焦明似鳳，西方之鳥也。⑫**玉樹**〔揚雄甘泉賦〕翠玉樹之青葱兮。〔注〕

漢武故事曰：上起神屋，前庭植玉樹，珊瑚爲枝，碧玉爲葉。⑬**鬼神**〔甘泉賦〕鬼魅不能自逮兮，半長途而下顛。〔注〕言鬼魅至此亦不能上，至半途而顛墜也。⑭**比目**〔西都賦〕投文竿，出比目。〔注〕東方有比目魚，不比不行。⑮**海若**〔西京賦〕海若游於玄渚。〔注〕海若，海神也。⑯**宓妃**〔揚雄羽獵賦〕鞭洛水之宓妃，餉屈原與彭胥。〔漢書音義〕宓妃，宓羲氏之女，溺死洛水爲神。⑰**元冥**〔左傳〕昧爲玄冥師。〔注〕玄冥，水官。昧爲水官之長。又共工氏以水紀，故爲水師而水名。按張衡羽獵賦文不全，無困元冥於朔野之語。⑱**魑魅**〔左傳〕魑魅罔兩，莫能逢之。〔注〕魑，山神。魅，怪物。罔兩，水神。⑲**嵯峨揭業**〔西京賦〕嵯峨崨嶫。〔上林賦〕嵯峨嶕嶫。〔魯靈光殿賦〕飛陛揭孽。⑳**寒谷**〔劉向别録〕鄒衍在燕，有谷寒，不生五穀，鄒子吹律而温至生黍也。㉑**鵬運**〔莊子〕北冥有魚，其名爲鯤，化而爲鳥，其名爲鵬，海運則將徙於南冥。㉒**鴻漸**易漸卦爻。

【李詳補注】

❶**論狹則河不容舠**〔札迻〕云：案〔詩衛風河廣〕曾不容刀，釋文云：刀字書作舠。〔廣雅釋器及釋名釋舟竝作䑇同〕彦和依字書作舠。〔説文舟部云：舠，船行不安也。從舟刖省聲，讀若抓，與詩容刀字音義俱别。〕❷**披瞽而駭聾**詳案：〔枚乘七發〕發瞽披聾。❸**翦揚馬之甚泰**詳案：〔張衡東京賦〕況初制於甚泰，服者焉能改裁。

【楊明照校注】

〔一〕**夫形而上者謂之道，形而下者謂之器。**

按易繫辭上：「是故形而上者謂之道，形而下者謂之器。」孔疏：「道是无體之名，形是有質之稱。凡有從无而生，形由道而立，是先道而後形。是道在形之上，形在道之下。故自形外已上者，謂之道也；自形内而下者，謂之器也。形雖處道器兩畔之際，形在器不在道也。既有形質可爲器用，故云形而下者謂之器也。」

〔二〕**雖詩書雅言，風格訓世。**

「格」，謝鈔本作「俗」。顧廣圻校作「俗」。

按「風格訓世」，義不可通。作「俗」是也。議對篇「風格存焉」，御覽五九五引「格」作「俗」，是二字易譌之例。「風」，讀爲「諷」。「風俗訓世」，即詩大序「風，風也，教也；風以動之，教以化之」之意。慧皎高僧傳序：「明詩書禮樂，以成風俗之訓。」語意與此同，尤爲切證。論語述而：「子所雅言：詩，書，執禮，皆雅言也。」集解引孔安國曰：「雅言，正言也。」

〔三〕**故義成矯飾。**

按荀子性惡篇：「古者聖王以人之性惡，以爲偏險而不正，悖亂而不治，是以爲之起禮義，制法度，以矯飾人之情性而正之，以擾化人之情性而導之也。」楊注：「矯，彊抑也。擾，馴也。」

〔四〕**孟軻所云：説詩者不以文害辭，不以辭害意也。**

按孟子萬章上：「故説詩者不以文害辭，不以辭害志；以意逆志，是爲得之。」朱熹集注：「文，字也。辭，語也。逆，迎也。……言説詩之法，不可以一字而害一句之義，不可以一句而害設辭之志，當以己意迎取作者之志，乃可得之。」

〔五〕**自宋玉景差，夸飾始盛。**

按文選皇甫謐三都賦序：「宋玉之徒，淫文放發，言過於實，誇競之興，體失之漸，風雅之則，於是乎乖。」

〔六〕**相如憑風，詭濫愈甚。**

按史記司馬相如傳：「無是公言天子上林廣大，山谷水泉萬物，及子虛言楚雲夢所有甚衆，侈靡過其實。」又見漢書司馬相如傳上。

〔七〕**從禽之盛。**

按易屯：「象曰：『即鹿无虞，以從禽也。』」「從禽」二字本此。三國志魏書高堂隆傳：「時文帝曹丕。爲太子，耽樂田獵，晨出夜還。（棧）潛諫曰：『……若逸於遊田，晨出昏歸，以一日從禽之娛，而忘無垠之釁，愚竊惑之。』」「禽」爲鳥獸總名。「從禽之盛」，謂田獵追逐鳥獸，所獲甚豐也。

〔八〕**飛廉與鷦鷯俱獲。**

「鷦鷯」，黃校云：「按本賦作『焦明』。」此沿梅校。

按作「焦明」是。訓故本正作「焦明」。史記司馬相如傳：「（上林賦）掩焦明。」漢書相如傳上同。集解：「焦明似鳳。」索隱：「樂葉圖徵曰：『焦明狀似鳳皇。』宋衷曰：『水鳥。』」又難蜀父老：「猶鷦明已翔乎寥廓，而羅者猶視乎藪澤。」文選作鷦鵬。楚辭劉向九歎遠遊：「駕鸞鳳以上遊兮，從玄鶴與鷦明。」王注：「鷦明，俊鳥也。」「焦明」、「鷦明」、「鷦鵬」，字形雖異，音義則同。「鷦鷯」，當據訓故本改作「焦明」始合。詩法萃編引作「鷦明」。又按莊子逍遥遊：「鷦鷯巢於深林，不過一枝。」釋文引李頤云：「鷦鷯，小鳥也。」文選張華鷦鷯賦：「鷦鷯，小鳥也。生於蒿萊之間，長於藩籬之下，翔集尋常之内。」又：「惟鷦鷯之微禽兮，……毛弗施於器用，肉弗登於俎味。」陸璣毛詩草木鳥獸蟲魚疏：「桃蟲，今鷦鷯是也，微小於黄雀。」（詩周頌小毖孔疏、爾雅釋鳥邢疏引）某氏詩義疏：「桃蟲，今鷦鷯，微小黄雀也。」（文選鷦鷯賦李注引）鷦鷯既微小，毛、肉又無所用之。「從禽」者不可能追逐。蓋淺人習見鷦鷯，罕見鷦鵬或鷦明，因而妄改致誤。元至正本已作鷦鷯，是二字之誤，早在六百五十五年前矣。

〔九〕**語瓌奇則假珍於玉樹。**

按文選左思三都賦序：「然相如賦上林而引『盧橘夏熟』，揚雄賦甘泉而陳『玉樹青葱』。假稱珍怪，以爲潤色。」張銑注：「潤其文章，使有光色。」又皇甫謐三都賦序：「而長卿之儔，過以非方之物，寄以中域，虚張異類，託有於無。」李周翰注：「司馬長卿揚雄之儔，所述物色，非本土所出也。中域，謂中國也。則長卿（賦）上林而言『盧橘夏熟』，揚雄賦甘泉而言『玉樹青葱』。是也。」

〔一〇〕**驗理則理無不驗。**

紀昀云：「『不驗』，當作『可驗』。」

按紀説是也。詩法萃編引作「可驗」。

〔一一〕**又子雲羽獵。**

「羽」，黄校云：「一作『校』。」　元本、弘治本、活字本、汪本、佘本、張本、兩京本、王批本、何本、胡本、梅本、凌本、合刻本、梁本、祕書本、清謹軒本、尚古本、岡本、四庫本、王本、張松孫本、鄭藏鈔本、崇文本亦並作「校」；湯氏續文選二七、胡氏續文選十二、文儷十三、四六法海十、賦略緒言引同。梅慶生云：「(校)當作『羽』。」何焯校同。按以通變篇引「出入日月，天與地沓」二句而標爲「校獵」證之，此當依諸本作「校」，前後始能一律。黄氏從梅、何兩家校徑改爲「羽」，非是。

〔一二〕**鞭宓妃以饟屈原。**

按賦文「鞭洛水之宓妃，餉屈原與彭胥」本是二句，各明一義。非子雲原意。史通雜説下：「(揚雄)自序又云不讀非聖之書。然其撰甘泉賦浦校：『當云羽獵賦。』劉勰文心已譏之矣。」

〔一三〕**困元冥於朔野。**

按黄氏例避清諱，改「玄」爲「元」。清謹軒本、四庫本缺末筆作「玄」。玄冥，水正也。見左傳昭公二十九年。

〔一四〕**孌彼洛神。**

按詩邶風泉水：「孌彼諸姬。」毛傳：「孌，好貌。」

〔一五〕**惟此水師，亦非魑魅。**

「師」，元本、弘治本、活字本、汪本、佘本、張本、兩京本、王批本、何本、胡本、訓故本、萬曆梅本、凌本、合刻本、梁本、祕書本、謝鈔本、別解本、尚古本、岡本、王本、鄭藏鈔本、崇文本作「怪」；湯氏續文選、胡氏續文選、四六法海、賦略緒言引同。　天啟梅本作「師」。

按國語魯語下：「木石之怪，曰夔、蝄蜽；水之怪，曰龍、罔象。」左傳宣公三年：「螭魅罔兩。」杜注：「螭，山神，獸形。魅，怪物。罔兩，水神。」是「怪」字未誤。黄本作「師」，蓋依天啟梅本改，惜未擇善而從也。

〔一六〕**此欲夸其威而飾其事，義暌剌也。**

黄校云：「（飾）元脱；此沿梅校。（其）下有闕字。」此襲何焯説。

按何本、謝鈔本有「飾」字，梅補是也。「事」下加豆，文義自通，非有闕脱也。

〔一七〕**騰擲而羞跼步。**

「擲」，元本、弘治本、汪本、佘本、張本、兩京本、王批本、何本、胡本、凌本、合刻本、梁本、別解本、清謹軒本、尚古本、岡本、四庫本、王本、鄭藏鈔本、崇文本作「躑」；湯氏續文選、胡氏續文選、文儷、四六法海、賦略緒言引同。何氏類鎔十五有此文，亦作「躑」。

按「躑」爲蹢之後起字，「擲」又躑之俗體，當據改爲「躑」。詩小雅正月：「謂天蓋高，不敢不局。」釋文：「局，本又作跼。」文選東京賦「豈徒跼高天蹐厚地而已哉」薛注：「跼，傴僂也。」字林：「跼，踡行不申也。」（文選赭白馬賦李注引）

〔一八〕**談歡則字與笑並，論感則聲共泣偕。**

「字」，徐𤏩校作「容」。　「偕」，經史子集合纂類語九引作「諧」。

按徐校、馮引皆非。文賦：「思涉樂其必笑，方言哀而已歎。」抱朴子外篇嘉遁：「言歡則木梗怡顔如巧笑，語戚則偶象嚬顣而滂沱。」並足與此文相發。

〔一九〕**翦揚馬之甚泰。**

按老子第二十九章：「是以聖人去甚、去奢、去泰。」

〔二〇〕**氣靡鴻漸。**

按漢書公孫弘傳贊：「公孫弘、卜式、兒寬皆以鴻漸之翼，困於燕爵。」顔注引李奇曰：「漸，進也。鴻一舉而進千里者，羽翼之材也。」説文非部：「靡，柀今字用披。靡也。」

事類第三十八

事類者，蓋文章之外〔一〕，據事以類義，援古以證今者也。昔文王繇易，剖判爻位，既濟九三，遠引高宗之伐①；明夷六五，近書箕子之貞②：斯略舉人事以徵義者也。至若胤征羲和，陳政典之訓③〔二〕；盤庚誥民，叙遲任之言④：此全引成辭以明理者也。然則明理引乎成辭，徵義舉乎人事，迺聖賢之鴻謨，經籍之通矩也。大畜之象，君子以多識前言往行，亦有包於文矣。

觀夫屈宋屬篇，號依詩人〔三〕，雖引古事，而莫取舊辭。唯賈誼鵩賦，始用鶡冠之説⑤；相如上林，撮引李斯之書⑥❶：此萬分之一會也〔四〕。及揚雄百元作六。官箴⑦〔五〕，頗酌於詩書；劉歆遂初賦⑧，歷叙於紀傳：漸漸綜採矣。至於崔班張蔡，遂捃摭經史⑨，華實布濩⑩〔六〕，因書立功，皆後人之範式也。

夫薑桂同地，辛在本性〔七〕；文章由學〔八〕，能在天資〔九〕。才自内發，學以外成〔一〇〕，有學飽而才餒，有才富而學貧。學貧者迍邅於事義，才餒者劬勞於辭情，此内外之殊分御覽作方。也〔一一〕。是以屬意立文，心與筆謀，才爲盟主，學爲輔佐，主佐合德〔一二〕，文采必霸，才學褊狹，雖美少功。夫以子雲之才，而自奏不學⑪，及觀書石室，乃成鴻采❷。表裏相資，古今一也。故魏武稱張子之文爲拙〔一三〕，然學問膚淺，所見不博〔一四〕，專拾掇崔杜小文〔一五〕，所作不可悉難，難便不知所出，斯則寡聞之病也。夫經典沉深，載籍浩瀚〔一六〕，實群言之奥區，而才思之神皋也。揚班以下，莫不取資，任力耕耨，縱意漁獵〔一七〕，操刀能割〔一八〕，必列汪作裂。膏腴〔一九〕，是以將贍才力，務在博見，狐腋非一皮能温⑫〔二〇〕，雞蹠必數千而飽矣⑬〔二一〕。是以綜學在博，取事貴約〔二二〕，校練務精，捃理一作摭。須覈〔二三〕，衆美輻輳〔二四〕，表裏發揮。劉劭趙都賦云⑭〔二五〕：公子之客，叱勁楚令歃盟⑮；管庫隸臣⑯，呵强秦使鼓缶⑰❸。用事如斯，可謂理得而義要矣。故事得其要，雖小成績，譬寸轄制輪⑱，尺樞運關也⑲。或微言美事，置於閑散，是綴金翠於足脛，靚粉黛於胸臆也〔二六〕。

凡用舊合機，不啻自其口出〔二七〕，引事乖謬，雖千載而爲瑕。陳思，群才之英也，報孔璋書云：葛天氏之樂，千人唱，萬人和，聽者因以蔑韶夏矣。此引事之實謬也。按葛天之歌，唱和三人而已。相如上林云：奏陶唐之舞，聽葛天之歌，千人唱，萬人和〔二八〕。唱和千萬人，乃相如接人，疑當作推之二字。然而濫侈葛天，推三成萬者，信賦妄書，致斯謬也❹。陸機園葵詩云：庇足同一智，生理合異端〔二九〕。夫葵能衛足⑳，事譏鮑莊；葛藟庇根㉑，辭自樂豫。若譬葛爲葵，則引事爲謬；若謂庇勝衛，則改事失真：斯又不精之患。夫以子建明練，士衡沈密，而不免於謬；曹仁之謬高唐，又曷足以嘲哉〔三〇〕？夫山木爲良匠所度㉒，經書爲文士所擇，木美而定於斧斤，事美而制於刀筆，研思之士，無慚匠石矣㉓。

贊曰：經籍深富，辭理遐亘。皜如江海〔三一〕，鬱若崑鄧〔三二〕。文梓共採㉔，瓊珠交贈。用人若己〔三三〕，古來無懵㉕。

【黄叔琳注】

①**高宗**〔易既濟〕九三，高宗伐鬼方，三年克之。②**箕子**〔易明夷〕六五，箕子之明夷，利貞。③**政典**〔夏書〕政典曰：先時者殺無赦，不及時者殺無赦。④**遲任**〔盤庚〕遲任有言曰：人惟求舊，器非求舊，惟新。⑤**鶡冠**〔漢藝文志〕鶡冠子一篇。〔注〕楚人，居深山，以鶡爲冠。按賈誼鵩鳥賦中多用鶡冠子語。⑥**引李斯書**〔李斯諫逐客書〕建翠鳳之旗，樹靈鼉之鼓。〔司馬相如上林賦〕建翠華之旗，樹靈鼉之鼓。⑦**百官**揚雄有百官箴。⑧**遂初**〔劉歆集〕有遂初賦。按賦中感往寓意，皆紀傳中事。⑨**捃摭**〔漢藝文志〕捃摭遺逸。〔注〕捃摭，謂拾取之。⑩**布濩**〔東京賦〕聲教布濩。〔注〕布濩，猶散被也。⑪**自奏不學**〔揚雄答劉歆書〕雄爲郎之歲，自奏少不得學，而心好沈博絶麗之文，願不受三歲之奉，且休脱直事之繇，得肆心廣意以自克就。有詔可，不奪奉，令尚書賜筆墨錢六萬，得觀書於石渠。⑫**狐腋**〔慎子〕千金之裘，非一狐之腋。⑬**雞蹠**〔淮南子〕善學者若齊王之食雞，必食其蹠數千而後足。⑭**劉劭**〔魏志〕劉劭字孔才，嘗作趙都賦，明帝美之。⑮**歃盟**毛遂事，見祝盟篇。⑯**管庫隸臣**〔檀弓〕所舉於晉國管庫之士，七十有餘家。〔左傳〕輿臣隸，隸臣僚。〔注〕隸，謂隸屬於吏也。⑰**鼓缶**〔藺相如傳〕趙王與秦王會澠池，秦王酒酣，令趙王鼓瑟。藺相如奉盆缶秦王，以相娛樂。

秦王不肯擊缶,相如曰:五步之内,相如請得以頸血濺大王矣。於是秦王不懌,爲一擊缶。〔風俗通義〕缶者,瓦器,所以盛酒,秦人鼓之以節歌也。按相如本宦者繆賢舍人,故云管庫隸臣。⑱**寸轄**〔淮南子〕夫車之所以能轉千里者,以其要在三寸之轄。⑲**運關**〔文子〕五寸之關,能制開闔,所居要也。⑳**衛足**〔左傳〕齊刖鮑牽。孔子曰:鮑莊子之智不如葵,葵猶能衛其足。㉑**庇根**〔左傳〕宋昭公將去群公子,樂豫曰:不可。公族,公室之枝葉也,若去之,則本根無所庇蔭矣。葛藟猶能庇其本根,故君子以爲比,況國君乎!㉒**山木**〔左傳〕山有木,工則度之。㉓**匠石**〔莊子〕匠石之齊,見櫟社樹。匠石不顧,曰:此不材之木也。〔嵇康琴賦〕匠石奮斤。㉔**文梓**〔吴越春秋〕越王使木工伐木,天生神木一雙,陽爲文梓,陰爲楩枏。㉕**無懵**〔左傳〕不與於會,亦無瞢焉。〔注〕瞢,悶也。瞢與懵同。

【李詳補注】

❶**觀夫屈宋屬篇**至**撮引李斯之書**詳案:相如〔大人〕影寫〔遠游〕,枚叔〔七發〕備摭〔吕覽〕,亦所謂取舊辭也。❷**夫以子雲之才**至**乃成鴻采**黄〔注〕揚雄答劉歆書:有詔可,不奪奉,令尚書賜筆墨錢六萬,得觀書於石渠。詳案:〔左思魏都賦劉逵注〕引作得觀書於石室。〔北堂書鈔〕(九十七、一百三)引並同。戴氏震方言疏證、錢氏繹方言箋疏,於揚答劉書,咸據選註及雕龍此篇改爲石室。且左賦所用石室,與日色革爲韻,必無誤理。黄〔注〕不究室之與渠所由致誤,亦其疏也。❸**劉劭趙都賦云五句**詳案:嚴氏可均輯全三國文,采劭趙都賦,未引此語。❹**陳思報孔璋書**至**致斯謬也**詳案:篇中接人乃接入之譌。古人引書,據前人引申之説,並爲本書,此例多有。紀云:千人萬人自指漢時之歌舞者,誠爲不錯〔觀

相如賦聽葛天氏之歌下一聽字，則千人唱萬人和必非原文明矣），而陳思亦非爲巨謬也。

【楊明照校注】

〔一〕**事類者，蓋文章之外。**

按「事類」非自己出，故曰「外」。

〔二〕**至若胤征義和，陳政典之訓。**

「政」，元本、弘治本、活字本、汪本、佘本、張本、兩京本、何本、胡本、訓故本、合刻本、謝鈔本、王本、清謹軒本、岡本、尚古本作「正」。顧廣圻校作「正」。

按書僞胤征本文作「政」；枚傳：「政典，夏后爲政之典籍。」亦作「政」。元本等及顧校皆誤。

〔三〕**觀夫屈宋屬篇，號依詩人。**

按王逸楚辭章句序：「而屈原履忠被譖，憂悲愁思，獨依詩人之義，而作離騷。」

〔四〕**此萬分之一會也。**

按戰國策韓策三：「段干越人謂新城君曰：『……故纆牽於事，萬分之一也，而難千里之行。』」史記張釋之傳：「今盜宗廟器而族之，有如萬分之一。」漢書張釋之傳作「有如萬分一」。後漢書黨錮杜密傳：「（密）對曰：『……使明府賞刑得中，令問休揚，不亦萬分之一乎？』」文選揚雄劇秦美新：「雖未究萬分之一。」

〔五〕**及揚雄百官箴。**

「百」，黄校云：「（百）元作『六』。」此沿梅校。　范文瀾云：「揚雄作十二州二十五官箴，不得云『揚雄百官箴』。（百官箴之名，起自胡廣。）百疑是州之誤。」

按「六」字固誤；改「百」亦非。范説是也。　銘箴篇：「至揚雄稽古，始範虞箴，作卿尹州牧二十五篇。及崔胡補綴，總稱百官。」挹彼注兹，最爲確切；亦可證作「六」、改「百」之謬。

〔六〕**華實布濩。**

「濩」，元本、弘治本、汪本、佘本、張本、兩京本、王批本、胡本、訓故本作「護」。

按「護」、「濩」同音通假。文選司馬相如封禪文「我氾布護之」作「護」；上林賦「布濩閎澤」，揚雄劇秦美新「布濩流衍」作「濩」，是其相通之證。「布濩」之作「布護」，猶「大濩」之作「大護」然也。郭璞上林賦注：「布濩，猶布露也。」

〔七〕**夫薑桂同地，辛在本性。**

「同」，御覽五八五引作「因」。

按「因」字是，「同」其形誤也。宋玉集序：「宋玉事楚懷王，友人言之王，王以爲小臣。玉讓友人。友曰：『薑桂因地而生，不因地而辛。』」書鈔三三引。　韓詩外傳七：「宋玉因其友見楚襄王，襄王待之無以異，乃讓其友。友曰：『夫薑桂因地而生，不因地而辛。』」新序雜事五、渚宮舊事三同。　爲舍人此文所本，正作「因」。　當據改。

〔八〕**文章由學**

「由」，御覽、記纂淵海七五引作「沿」。

按「沿」字較勝。文心全書中有「沿」字辭句，凡十二見，此其一也。有「由」字辭句僅四見。

〔九〕**能在天資。**

「資」，御覽引作「才」；文斷總論作文法引同。何焯改作「才」。

按「才」字是。下文屢以「才」、「學」對言，即承此引申。若作「資」，則上下不應矣。

〔一〇〕**才自内發，學以外成。**

「才」上，御覽引有「故」字。

按有「故」字，於義爲長。記纂淵海、文斷亦引有「故」字。當據增。

〔一一〕**此内外之殊分也。**

「分」，黄校云：「御覽作『方』。」顧廣圻校作「方」。

按宋本、鈔本、倪本、活字本、喜多本御覽作「分」；記纂淵海、文斷引同。是也。莊子逍遥遊：「定乎内外之分。」即舍人此語之所自出。黄、顧二家所據御覽爲鮑刻本。

〔一二〕**主佐合德。**

「德」，倪本、活字本、鮑本御覽引作「得」。

按「合德」二字出易乾文言。文子精誠篇「故大人與天地合德」，淮南子泰族篇「故大人者，與天地合德」，漢書律曆志上「衡權合德」，鶡冠子天則篇「與天地合德」，隸釋桐柏淮源廟碑「五嶽四瀆，與天合德」，並以「合德」爲言，則作「得」非也。

〔一三〕**故魏武稱張子之文爲拙。**

按「張子」未審爲張範否？邴原別傳：「河内張範，名公之子也。其志行有與（邴）原符，甚相親敬。（曹操）令曰：『邴原名高德大，清規邈世，魁然而峙，不爲孤用。聞張子頗欲學之。吾恐造之者富，隨之者貧也。』」三國志魏書邴原傳裴注引。

〔一四〕**然學問膚淺，所見不博。**

范文瀾云：「『然』字疑衍。」

按「然」，猶乃也。見經傳釋詞卷七。非衍文。

〔一五〕**專拾掇崔杜小文。**

按崔駰父子及杜篤皆有雜文，見嚴可均全後漢文卷二八又卷四四至卷四七。

〔一六〕**載籍浩瀚。**

「瀚」，元本、弘治本、活字本、汪本、佘本、張本、兩京本、胡本、王批本、訓故本、謝鈔本作「汗」；喻林八九引同。

按「瀚」、「汗」音同得通。

〔一七〕**縱意漁獵。**

按抱朴子外篇鈞世：「然古書雖多，未必盡美，要當以爲學者之山淵，使屬筆者得采伐漁獵其中。」

〔一八〕 **操刀能割。**

按左傳襄公三十一年：「子産曰：『……猶未能操刀而使割也。』」六韜文韜守土篇：「太宗曰：『……操刀必割。』」新書宗首篇：「黄帝曰：『操刀必割。』」

〔一九〕 **必列膏腴。**

「列」，黄校云：「汪作『裂』。」何焯校作「裂」。元本、弘治本、活字本、佘本、張本、兩京本、王批本、何本、胡本、訓故本、合刻本、梁本、別解本、尚古本、岡本、四庫本、王本、鄭藏鈔本、崇文本亦並作「裂」。按説文刀部：「列，分解也。」又衣部：「裂，繒餘也。」是分裂字本應作「列」，然古多通用不別。子苑三二作「裂」。

〔二〇〕 **狐腋非一皮能温。**

按慎子：「狐白之裘，非一狐之腋。」意林二、治要三七、御覽七六、文選四子講德論李注引。吕氏春秋用衆篇：「天下無粹白之狐，而有粹白之裘，取之衆白也。」淮南子説山篇：「天下無粹白狐，而有粹白之裘，掇之衆白也。」史記劉敬叔孫通傳贊：「語曰：『千金之裘，非一狐之腋也。』」説苑建本篇：「千金之裘，非一狐之皮。」文選王褒四子講德論：「故千金之裘，非一狐之腋。」又盧諶答魏子悌詩：「珍裘非一腋。」劉子薦賢篇：「狐白之裘，非一腋之毳。」

〔二一〕 **雞蹠必數千而飽矣。**

范文瀾云：「『數千』，似當作『數十』，『數千』不將太多乎？」

按古人爲文，恒多夸飾之辭，舍人於前篇言之備矣。如雞蹠數千，即爲太多，則所謂周游七十二君者，其國安在？白髮三千丈者，其長誰施耶？吕氏春秋用衆篇：「善學者，若齊王之食雞也，必食其跖與蹠同。數千而後足。」是舍人此文，本吕覽也。且本篇立論，務在博見，故謂「狐腋非一皮能温，雞蹠必數千而飽」。皆喻學者取道衆多，然後優也。

〔二二〕**是以綜學在博，取事貴約。**

「約」，吟窗雜録三七作「要」。

按「要」字非是。孟子離婁下：「博學而詳説之，將以反説約也。」袁準正書：「學莫大於博，行莫過於約。」御覽六一二引。並以「博」與「約」對舉。

〔二三〕**捃理須覈。**

「理」，黄校云：「一作『摭』。」　天啟梅本改作「摭」。

按「摭」字非是。吟窗雜録作「捃理貴覈」，是所見本作「理」。

〔二四〕**衆美輻輳。**

「輳」，元本、弘治本、汪本、張本、兩京本、王批本、訓故本、四庫本作「湊」。

按「湊」字是。已詳書記篇「詭麗輻輳」條。

〔二五〕**劉劭趙都賦云。**

「劭」，元本、弘治本、活字本、汪本、張本、兩京本、何本、胡本、别解本、尚古本、岡本、王本、鄭藏鈔本作

「邵」；梁本、清謹軒本作「卲」。

按丹鉛總録卷四。劉卲之卲從卩不從阝條：「劉卲，字孔才。宋庠曰：『卲，從卩。説文（卩部）：高也。故字孔才。揚子「周公之才之卲」今法言修身篇文異。是也。三國志（魏書劭傳）作劭，或作邵，從邑，皆非，不叶孔才之義；從卩爲卲，乃叶。』」宋説見人物志卷尾。則此當依梁本、清謹軒本改作「卲」。

〔二六〕**靚粉黛於胸臆也。**

按史記司馬相如傳：「（上林賦）靚莊刻飭。」集解引郭璞曰：「靚莊，粉白黛黑也。」

〔二七〕**不啻自其口出。**

按書秦誓：「其心好之，不啻如自其口出，是能容之。」孔傳：「心好之至也。」禮記大學引「是」作「寔」。

〔二八〕**相如上林云：奏陶唐之舞，聽葛天之歌，千人唱，萬人和。**

紀昀云：「『千人』、『萬人』，自指漢時之歌舞者。不過借陶唐葛天點綴其事，非即指上二事也。子建固誤，彦和亦未詳考也。」

按梁玉繩史記志疑卷三四。司馬相如傳聽葛天之歌千人唱萬人和條附案：「文心雕龍事類篇曰：『陳思報孔璋書云：葛天氏之樂，千人唱，萬人和，聽者因以蔑韶夏矣。案葛天之歌，唱和三人而已。相如上林，濫侈葛天，推三成萬；信賦妄書，致斯謬也。』余謂『千唱萬和』，此賦乃總承上文，非專言葛天；謬在陳思，不在相如。」梁章鉅文選旁證卷十一。上林賦「千人唱，萬人和」條略同。所論均視紀説爲長。

〔二九〕**陸機園葵詩云：庇足同一智，生理合異端。**

「合異端」，藝文類聚八二引作「各萬端」。

按士衡詩多偶句，類聚所引是也。作「各萬端」，始能與「同一智」相儷。園葵詩二首，文選載其第一首；四部叢刊影印陸士衡文集，小萬卷樓叢書所刻陸平原集，亦各祇有第一首。舍人此文所舉者，應屬第二首。今檢詩紀卷三十五。及漢魏六朝百三家集，卷四十九。園葵詩二首俱在。其第二首第六句，正作「生理各萬端」，與類聚所引合。當據改。

〔三〇〕**曹仁之謬高唐，又曷足以嘲哉！**

范文瀾云：「彦和譏曹洪之謬高唐，謂綿駒誤作王豹也。文帝答洪書佚。其中當有嘲辭。」

按上文明言「夫以子建明練，士衡沈密，而不免於謬」。故此承之曰：「曹仁當作洪。之謬高唐，又曷足以嘲哉！」意即曹洪非子建、士衡之比，其謬綿駒爲王豹，固無足嘲也。與曹丕答洪書之是否有嘲辭無關。

〔三一〕**皜如江海。**

按孟子滕文公上：「曾子曰：『不可。江漢以濯之，秋陽以暴之，皜皜乎不可尚已。』」趙注：「曾子不肯。以爲聖人之潔白，如濯之江漢，暴之秋陽。……皜皜，白甚也。」朱注：「暴，蒲木反。皜，音杲。……江漢水多，言濯之潔也。秋日燥烈，言暴之乾也。皜皜，潔白貌。尚，加也。言夫子道德明著，光輝潔白，非有若所能彷彿也。」

〔三二〕**鬱若崑鄧。**

按文選張衡西京賦：「珍物羅生，焕若崑崙。」李注：「山海經海内西經。云：『崑崙之墟，有珠樹、文玉樹。』」又：「嘉卉灌叢，蔚若鄧林。」李注：「山海經海外北經。曰：『夸父與日競走，渴飲河渭，不足；北飲大澤，未至，道渴死。棄其杖，化爲鄧林。』」列子湯問篇：「夸父不量力，欲追日影，逐之於隅谷之際。渴欲得飲，赴飲河渭。河渭不足，將走北飲大澤。未至，道渴而死。棄其杖，尸膏肉所浸，生鄧林。鄧林彌廣數千里焉。」淮南子地形篇：「夸父棄其策，是爲鄧林。」高注：「夸父，神獸也。飲河渭不足，將飲西海。未至，道渴死。……策，杖也。其杖生木而成林。鄧，猶木也。」

〔三〕**用人若己。**

按書僞仲虺之誥：「用人惟己。」枚傳：「用人之言，若自己出。」

練字第三十九

夫文象列而結繩移〔一〕，鳥跡明而書契作，斯乃言語之體貌，而文章之宅宇也。蒼頡造之，鬼哭粟飛①；黄帝用之，官治民察②。先王聲教，書必同文，輶軒之使③，紀言殊俗，所以一字體，總異音。周禮保張本有章字。氏掌教六書④〔二〕。秦滅舊章，以吏爲師⑤，及李斯删籀而秦篆興〔三〕，程邈造隸而古文廢⑥。漢初草律，明著厥法〔四〕，太史學童，教試六體⑦；又吏民上書，字謬輒劾。是以馬字缺畫⑧，而石建懼死，雖云性慎〔五〕，亦時重文也。至孝武之世，則相如譔篇⑨。及宣成二帝，徵集小學〔六〕，張敞以正讀傳業⑩，揚雄以奇字纂訓⑪，並貫練雅頌〔七〕，總閲音義，鴻元作鳴，朱改。筆之徒，莫不洞曉，且多賦京苑，假借形聲，是以前漢小學，率多瑋字，非獨制異，乃共曉難也〔八〕。暨乎後漢，小學轉疎，複文隱訓，臧否太半⑫。及魏代綴藻，則字有常檢，追觀漢作，翻成阻奥。故陳思稱揚馬之作，趣幽旨深，讀者非師傳不能析其辭〔九〕，非博學不能綜其理。豈直才懸，抑亦字隱〔一〇〕。自晉來用字，率從簡易，時並習易，人誰取難？今一字詭異，則群句震驚；三人弗識，則將成字妖矣。後世所同曉者，雖難斯易，時所共廢，雖易斯難〔一一〕，趣舍之間，不可不察。

夫爾雅者，孔徒之所纂⑬〔一二〕，元作慕，許改。而詩書之襟帶也；倉頡者，李斯之所輯〔一三〕，而鳥籀之遺體也〔一四〕；雅以淵源詁訓，頡以苑囿奇文，異體相資，如左右肩股，該舊而知新，亦可以屬文。若夫義訓古今，興廢殊用，字形單複，妍媸異體〔一五〕，心既託聲於言，言亦寄形於字，諷誦則績在宫商，臨文則能歸字形矣。

是以綴字屬篇，必須練擇〔一六〕：一避詭異，二省聯邊，三權重出〔一七〕，元作幽，欽愚公改。四調單複。詭異者，字體瓌怪者也。曹攄詩稱豈不願斯遊，褊心惡咆呶〔一八〕。兩字詭異，大疵美篇，況乃過此，其可觀乎！聯邊者，半字同文者也。狀貌山川，古今咸用，施於常文，則齟齬元作鉏鋙，朱改。爲瑕〔一九〕，如不獲免，可至三接，三接之外⑭，其字林乎！重出者，同字相犯者也。詩騷元作驗。適會〔二〇〕，而近世忌同，若兩字俱要，則寧在相犯〔二一〕。故善爲文者，富於萬篇，貧於一字，一字非少，相避爲難也。單複者，字形肥瘠者也。瘠字累句，則纖疎而行劣；肥字積文，則黯黮元作默，朱改。而篇闇⑮；善酌字者，參伍單複〔二二〕，磊落如珠矣。凡此四條，雖文不必有，而體例不無。若值而莫悟，則非精解。

至於經典隱曖，方册紛綸，簡蠹帛裂，三寫易字⑯，或以音訛，或以文變。子思弟子，於穆不祀者〔二三〕，音訛之異也❶。晉之史記，三豕渡河⑰〔二四〕，文變之謬也。尚書大傳有別風淮雨，帝王世紀云列風淫雨，別列淮淫，字似潛移，淫列義當而不奇，淮別理乖而新異。傅毅制誄，已用淮雨❷〔二五〕，固知愛奇之心，古今一也。史之闕文，聖人所慎〔二六〕，若依義棄奇，則可與正文字矣。

贊曰：篆隸相鎔，蒼雅品訓。古今殊跡，妍媸異分〔二七〕。字靡異流，文阻難運。聲畫昭精，墨采騰奮〔二八〕。

【黄叔琳注】

①**鬼哭粟飛**〔淮南子〕昔者蒼頡作書而天雨粟，鬼夜哭。②**官治民察**見徵聖篇象夬注。③**輶軒**〔風俗通〕周秦常以歲八月，遣輶軒之使，採異代方言，藏之祕府。④**六書**〔周禮〕保氏教國子六藝，五曰六書。〔注〕象形，會意，轉注，指事，假借，諧聲。⑤**吏師**〔秦始皇本紀〕若欲學法令，以吏爲師。⑥**刪籀造隸**〔漢藝文志〕蒼頡七章，秦丞相李斯所作也。文字多取史籀篇，而篆體復頗異，所謂秦篆者也。是時始造隸書矣，起於官獄多事，苟趨省易，施之於徒隸也。⑦**六體**〔漢藝文志〕漢興，蕭何草律，亦著其法，曰：太史試學童，能諷書九千字以上，乃得爲史。又以六體試之，課最者以爲尚書、御史、史書令史。吏民上書，字或不正輒舉劾。六體者，古文、奇字、篆書、隸書、繆篆、蟲書。〔注〕篆書謂小篆，蓋秦始皇使程邈所作也。隸書亦程邈所獻。⑧**馬字缺畫**〔萬石君傳〕長子建，爲郎中令。奏事下，建讀之，驚恐曰：書馬者與尾而五，今迺四，不足一，獲譴死矣。其爲謹慎，雖他皆如是。⑨**相如譔篇**〔漢藝文志〕武帝時，司馬相如作凡將篇，無復字。⑩**張敞傳業**〔漢藝文志〕倉頡多古字，俗師失其讀。宣帝時，徵齊人能正讀者，張敞從受之。傳至外孫之子杜林，爲作訓故。〔杜鄴傳〕鄴少孤，其母張敞女。鄴壯，從敞子吉學問，得其家書。吉子竦，又幼孤，從鄴學問，亦著於世，尤長於小學。鄴子林，

清靜好古，亦有雅材，其正文字，過於鄴、竦，故世言小學者由杜公。⑪**揚雄纂訓**〔漢藝文志〕元始中，徵天下通小學者以百數，各令記字於庭中。揚雄取其有用者，以作訓纂篇。⑫**太半**〔東京賦注〕凡數，三分有二爲太半。⑬**孔徒**〔西京雜記〕郭威以爲爾雅周公所制。余嘗以問揚子雲，子雲曰：孔子門徒游夏之儔所記，以解釋六藝者也。⑭**三接之外**按三接者，如張景陽雜詩「洪潦浩方割」、沈休文和謝宣城詩「別羽汎清源」之類。三接之外，則曹子建雜詩「綺縞何繽紛」、陸士衡日出東南隅行「璚珮結瑤璠」，五字而聯邊者四，宜有字林之譏也。若賦則更有十接二十接不止者矣。⑮**黯黮**〔劉向九歎〕望舊邦之黯黮兮。〔注〕黯黮，暗也。⑯**三寫**〔抱朴子〕書三寫，魚成魯，帝成虎。⑰**三豕**〔家語〕子夏見讀史志者云：晉師伐秦，三豕渡河。子夏曰：非也，己亥耳。讀者問諸晉史，果曰己亥。

【李詳補注】

❶**子思弟子三句**〔札迻〕云：案祀當作似。〔詩周頌〕維天之命，於穆不已。〔毛傳〕引孟仲子說。〔正義〕引〔鄭譜〕云：孟仲子者，子思弟子。又云：子思論詩於穆不已。仲子於穆不似。即彥和所本也。今所傳歐陽修輯本〔鄭譜〕無此二文。❷**尚書大傳至已用淮雨**詳案：盧氏文弨〔鍾山札記〕引已用淮雨下據宋本有元長作序亦用別風八字，當補入。又云〔古文苑〕載傅毅作北海靖王興誄云：白日幽光，淮雨杳冥。今雕龍誄碑篇所載，爲後人易以氛霧杳冥矣。〔蔡中郎集〕中有太尉楊賜碑云：烈風淮雨，不易其趣。今俗間本淮雨改作雖變，余所見者宋本也。安知烈風不亦出後人所改乎？元長序無考，唯〔陸士龍九愍〕有思振袂於別風之語，於彥和所舉之外，又得此二證。

【楊明照校注】

〔一〕**夫文象列而結繩移。**

按許慎說文解字序：「倉頡之初作書，蓋依類象形，故謂之文。……文者，物象之本。」此六字原脫，段依左傳宣公十五年孔疏補。「文象」二字，蓋出於此。易繫辭下：「上古結繩而治。」孔疏：「結繩者，鄭康成注云：『事大大結其繩，事小小結其繩。』」集解引九家易曰：「古者無文字，其有約誓之事，事大大結其繩，事小小結其繩。結之多少，隨物衆寡，各執以相考。」

〔二〕**周禮保氏掌教六書。**

「保」下，黃校云：「張本有『章』字。」按元本、弘治本、活字本、汪本、佘本、兩京本、王批本、何本、胡本、梅本、凌本、合刻本、梁本、祕書本、謝鈔本、彙編本、清謹軒本、尚古本、岡本、文津本、王本、張松孫本、鄭藏鈔本、崇文本亦並有「章」字；文溯本剜去「章」字。子苑四三、文通二三引同。皆非也。「教以六書」，見地官保氏，原文黃、范兩家注已具。非保章氏也。

〔三〕**及李斯刪籀而秦篆興。**

按芸香堂本誤「及」爲「乃」，翰墨園本、思賢講舍本同。非是。子苑引作「及」。

〔四〕**漢初草律，明著厥法。**

「草」，元本、弘治本、活字本、汪本、佘本、張本、兩京本、王批本、何本、胡本、梅本、凌本、合刻本、梁本、祕書本、謝鈔本、彙編本、清謹軒本、王本、張松孫本、鄭藏鈔本、崇文本作「章」；子苑、文通引同。

按「章」字非是。漢書藝文志六藝略：「漢興，蕭何草律，亦著其法。」顔注：「草，創造之。」舍人此文所本也。

〔五〕**雖云性慎。**

「慎」，漢書藝文志考證四引作「謹」。

按王氏避宋孝宗諱改引爲「謹」，非所見本有異也。體性篇「學慎始習」，王氏亦引「慎」爲「謹」。

〔六〕**徵集小學。**

「集」，何本、凌本、梁本、清謹軒本、尚古本、岡本、王本、鄭藏鈔本、崇文本作「習」；歷代賦話續集十四引同。子苑引作「集」。

按漢書藝文志六藝略：「至元始中，徵天下通小學者以百數，各令記字於庭中。」許慎説文解字叙：「孝平皇帝時，徵(爰)禮等百餘人，令説文字未央廷中。以禮爲小學元士。」則作「習」非也。

〔七〕**並貫練雅頌。**

按本段專論小學，「雅頌」二字於此不倫類，「頌」當作「頡」始合。「雅」謂爾雅，「頡」謂倉頡篇也。下文「雅以淵源詁訓，頡以苑囿奇文」，正以雅與頡對舉；贊中「蒼雅品訓」，亦以倉頡篇與爾雅連文。皆「頌」爲「頡」之誤切證。「雅頌」與小學無關。當據改。傳寫者蓋不習見「雅頡」連文，而妄改爲「雅頌」。

〔八〕**非獨制異，乃共曉難也。**

按「異」，謂異體；「難」，謂難字。

〔九〕**讀者非師傳不能析其辭。**

「傳」，凌本、祕書本、張松孫本、崇文本作「傅」。

按作「傅」非是。三國志魏書國淵傳：「二京賦，博物之書也。世人忽略，少有其師，可求能讀者從受之。」足與此相發。子苑引作「傳」。

〔一〇〕**豈直才懸，抑亦字隱。**

「直」，何本、祕書本、清謹軒本、尚古本、岡本、崇文本作「真」；歷代賦話續集引同。

按「真」字誤。詔策篇：「豈直取美當時，（抑）亦敬慎來葉矣。」亦以「豈直」連文可證。子苑引作「直」。

〔一一〕**時所共廢，雖易斯難。**

按以上文「後世所同曉者，雖難斯易」例之，「廢」下疑脱「者」字。

〔一二〕**夫爾雅者，孔徒之所纂。**

「纂」，黄校云：「元作『慕』，許改。」此沿梅校。徐𤊹云：「『慕』，當作『纂』。」

按何本、訓故本、清謹軒本作「纂」；文通引同。許改、徐校是也。鄭玄駁五經異義：「爾雅者，孔子門人所作，以釋六藝之言，蓋不誤也。」詩王風黍離孔疏引。郭璞爾雅序：「夫爾雅者，所以通詁訓之指歸，叙詩人之興詠，總絶代之離詞，辯同實而殊號者也。」西京雜記三：「（揚）子雲曰：『（爾雅）孔子門徒游、夏之儔所記，以解釋六藝者也。』」

〔一三〕**倉頡者，李斯之所輯。**

「倉」，元本、弘治本、汪本、佘本、張本、兩京本、王批本、何本、合刻本、梁本、清謹軒本、尚古本、岡本、四庫本、王本、鄭藏鈔本、崇文本作「蒼」。

按「倉」與「蒼」音同得通。然此與篇首及贊中之二「蒼」字不一律，應改其一。

〔一四〕**而鳥籀之遺體也。**

范文瀾云：「『鳥籀』當作『史籀』。藝文志云：『蒼頡七篇者，秦丞相李斯所作也。文字多取史籀篇。』説文序亦云：『斯作倉頡篇，取史籀大篆。』倉頡所載皆小篆，而鳥蟲書別爲一體，以書幡信，與小篆不同。」

按「鳥」字不誤。「籀」即史籀簡稱，「鳥」蓋指蒼頡初作之書言。説文序云：「黃帝之史倉頡，見鳥獸蹏迒之迹，……初造書契。」呂氏春秋君守篇：「蒼頡作書。」高注：「蒼頡生而知書，寫倣鳥跡，以造文章。」舍人謂之「鳥籀」，正如許君之云「古籀」説文序云：「今叙篆文，合以古籀。」然也。情采篇「鏤心鳥跡之中」，亦以「鳥跡」代替文字。且此文與上相儷，上云「詩書襟帶」，此云「鳥籀遺體」，詞性相同；若作「史籀」，則奇觚矣。説文序云：「及宣王太史籀著大篆十五篇，與古文或同或同二字據繫傳本增。或異。……斯作倉頡篇，……皆取史籀大篆，或頗省改。」或之云者，不盡然之詞。是大篆中存有古文之體，而蒼頡篇亦必有因仍之者。漢志云：「文字多取史籀篇。」則蒼頡篇所載，不盡爲小篆，又可知矣。故舍人檃之曰：「鳥籀之遺體也。」鳥蟲書自別爲一體，許君列爲亡新時六書之一，雖未箸其緣起，然廁於佐書之後，見説文序。其爲後起無疑。舍人豈不是審，而置於史籀之上哉！

〔一五〕**妍媸異體。**

「媸」，元本、弘治本、汪本、佘本、張本、王批本、訓故本、梅本、凌本、祕書本、謝鈔本、文溯本、王本、張松孫本、鄭藏鈔本作「蚩」。兩京本作「媸」（由其字體偏左推之，蓋原止作「蚩」，後乃加女旁）。

按作「蚩」是。已詳聲律篇「是以聲畫妍蚩」條。子苑引作「蚩」。

〔一六〕**是以綴字屬篇，必須練擇。**

徐𤊹云：「『練』，當作『揀』也。」廣博物志卷二九有此文，亦作「揀」。

按埤蒼：「練，擇也。」文選七發李注引。是「練」字未誤。徐説非。董氏蓋以意改。

〔一七〕**三權重出。**

「出」，黄校云：「元作『幽』，欽愚公改。」此沿梅校。兩京本、王批本、何本、訓故本、謝鈔本作「出」；文通引同。吟窗雜録三七、廣博物志、唐音癸籤並有此文，均作「出」。

按欽改是。

〔一八〕**曹攄詩稱豈不願斯遊，褊心惡哅呶。**

「攄」，芸香堂本作「據」。翰墨園本、思賢講舍本同。

按蕭齊前詩家無「曹據」其人；元明各本亦無作「曹據」者。「據」字當爲寫刻之誤。此與才略篇「曹攄清靡於長篇」之「曹攄」，應是一人。三國志魏書曹休傳裴注引文士傳曰：「（曹）肇孫攄，字顏遠。少厲志操，博學，有才藻。……大司馬齊王冏輔政，攄與齊人左思俱爲記室督從中郎。」書鈔六九引、唐修晉書良吏攄傳略同。詩品中：「季倫、石崇字。顏遠，並有英篇。」其詩丁福保全晉詩卷四。據文選及文館詞林輯得七首；惜漏此二句。又按文選卷二九。載其五言思友人詩及感舊詩各一首，皆長篇。故舍人於才略篇有「清靡於長篇」之評。

〔一九〕**則齟齬爲瑕。**

「齟齬」，黃校云：「元作『鉏銛』，朱改。」此沿梅校。何焯「銛」改「鋙」。黃丕烈所校元本作「鉏鋙」。元本、弘治本、汪本、佘本、張本、兩京本、胡本、訓故本亦並作「鉏銛」。按「銛」乃「鋙」之殘誤。楚辭九辯：「圜鑿而方枘兮，吾固知其鉏鋙而難入。」文選呂延濟注：「鉏鋙，相距貌。」玉篇齒部：「齟，牀呂切，齟齬。齬，牛莒切，齒不相值也。」廣韻八語：「齬，齟齬，不相當也；或作鉏鋙。」是「齟齬」即「鉏鋙」也。

〔二〇〕**詩騷適會。**

按三百篇中同字相犯者，不一而足；離騷如「非世俗之所服」，「退將復修吾初服」，「判獨離而不服」，即重出三「服」字。

〔二一〕**若兩字俱要，則寧在相犯。**

按如鄭白渠歌「池陽谷口」與「億萬之口」，二「口」字相犯；孤兒行「命獨當苦」與「不敢自言苦」，二「苦」字相犯之類是。顧炎武日知録卷二一有「古人不忌重韻」條。

〔二二〕**參伍單複。**

按易繫辭上：「參伍以變，錯綜其數。」孔疏：「參，三也；伍，五也。或三或五，以相參合，以相改變。略舉三、五，諸數皆然也。」

〔二三〕**於穆不祀者。**

「祀」，孫詒讓札迻卷十二。云：「當作『似』。」

按孫説是也。玉海四五、困學紀聞三、漢書藝文志考證二引，並作「似」。當據改。滅惑論亦誤「似」爲「祀」。

〔二四〕**三豕渡河。**

按「河」下當有「者」字，始與上「於穆不祀者」句相儷。風俗通義正失篇：「晉師己亥渡河，有『三豕』之文。」劉子審名篇：「『三豕』渡河，云彘行水上。」家語弟子解黄注已具，吕氏春秋察傳篇范注已具。

〔二五〕**傅毅制誄，已用淮雨。**

吴翌鳳云：「『淮雨』下，當缺『王元長曲水詩序用别風』事。」見北京大學圖書館所藏吴氏校本。

按顧廣圻亦校補「元長作序，亦用别風」八字。惟未言所據。盧文弨鍾山札記卷一。則謂宋本有「元長作序，亦有别風」二句。頃檢文選元長曲水詩序，實無用「别風」辭句；而盧氏所見宋本，又無從問津。姑存疑俟考。

〔二六〕**史之闕文，聖人所慎。**

按論語衛靈公：「子曰：『吾猶及史之闕文也，今亡矣夫！』」集解引包咸曰：「古之良史，於書字有疑，則闕之，以待知者。」漢書藝文志六藝略：「古制，書必同文，不知則闕，問諸故老。至於衰世，是非無正，人用其私。故孔子曰：『吾猶及史之闕文也，今亡矣夫！』蓋傷其寖不正。」又按春秋經桓公十四年「夏五」，杜注：「不書月，闕文。」又莊公二十四年「郭公」，杜注：「無傳，蓋經闕誤也。」並足爲此文注脚。

〔三七〕**妍媸異分。**

按此「媸」字，亦當從元本、弘治本、活字本、汪本、佘本、張本、兩京本、王批本、訓故本、梅本、謝鈔本等改作「蚩」。

〔三八〕**墨采騰奮。**

「采」，金壺記中引作「彩」。

按「采」、「彩」古通。

隱秀第四十

夫心術之動遠矣，文情之變深矣，源奧而派生，根盛而穎峻，是以文之英蕤〔一〕，有秀有隱。隱也者，文外之重旨者也；秀也者，篇中之獨拔者也。隱以複意爲工，秀以卓絶爲巧，斯乃舊章之懿績，才情之嘉會也。夫隱之爲體，義主汪作生。文外，秘響傍通〔二〕，伏采潛發，譬爻象之變互元作玄，王改。體①，川瀆之韞珠玉也。故互體變爻，而化成四象；珠玉潛水，而瀾表方圓②。始正而末奇，内明而外潤，使翫之者無窮，味之者不厭矣。彼波起辭間，是謂之秀，纖手麗音，纖麗字闕。宛乎逸態，若遠山之浮煙靄，孌女之靚容華。然煙靄天成，不勞於粧點；容華格定，無待於裁鎔；深淺而各奇，嬂字典無嬂字，應是穠字之誤。纖而俱妙，若揮之則有餘，而攬之則不足矣。

夫立意之士，務欲造奇，每馳心於玄默之表；工辭之人，必欲臻美，恒溺思於佳麗之鄉。嘔心吐膽，不足語窮；煅歲煉年，奚能喻苦？故能藏穎詞間，昏迷於庸目；露鋒文外，驚絶乎妙心。使醖藉者蓄隱而意愉，英鋭者抱秀而心悦，譬諸裁雲製霞，不讓乎天工，斲卉刻葩，有同乎神匠矣。若篇中乏隱，等宿儒之無學，或一叩而語窮；句間鮮秀，如巨室之少珍，馮本有此二字。若百詰詰字闕。而色沮：斯並不足於才思，而亦有媿於文辭矣。將欲徵隱，聊可指篇：古詩之離别③，樂府之長城④，詞怨旨深，而復兼乎比興；陳思之黄雀⑤，公幹之青松⑥，格剛才勁，而並長於諷諭；叔夜之，闕二字。嗣宗之，闕二字。境玄思澹，而獨得乎優閑；士衡之，闕二字。彭澤之⑦〔三〕，闕二字。以上四句功甫本闕八字。一本增入疎放豪逸四字。心密語澄，而俱適乎。下闕二字，一本有壯采二字。如欲辨秀，亦惟摘句：常恐秋節至，涼飆奪炎熱，意悽而詞婉，此匹婦之無聊也；臨河濯長纓，念子悵悠悠，志高而言壯，此丈夫之不遂也；東西安所之，徘徊以旁皇，心孤而情懼，此閨房之悲極也；朔風動秋草，邊馬有歸心〔四〕，氣寒而事傷，此羈旅之怨曲也。

凡文集勝篇，不盈十一；篇章秀句，裁可百二：並思合而自逢，非研慮之所求元作果，謝改。也〔五〕。或有晦塞爲深，雖奧非隱，雕削取巧，雖美非秀矣。故自然會妙，譬卉木之耀英華；潤色取美〔六〕，譬繒帛之染朱緑。朱緑染繒，深而繁鮮；英華曜樹〔七〕，淺而煒燁：秀句所以照文苑，蓋以此也。

贊曰：深文隱蔚，餘味曲包。辭生互體，有似變爻。言之秀矣，萬慮一交〔八〕。動心驚耳〔九〕，逸響笙匏〔一〇〕。

【黄叔琳注】

①**互體**〔左傳杜氏注〕易之爲書，六爻皆有變體，又有互體，聖人隨其義而論之。〔疏〕二至四，三至五，

兩體交互，各成一卦，先儒謂之互體。聖人隨其義而論之，或取互體，言其取義無常也。②**瀾表方圓**〔尸子〕水圓折者有珠，方折者有玉。③**古詩離别**〔古詩十九首〕行行重行行，與君生别離。④**樂府長城**〔樂府古辭〕有飲馬長城窟行。長城，蒙恬所築也。言征客之至長城而飲其馬，婦思之，故爲長城窟行。⑤**黄雀**陳思王有野田黄雀行。⑥**青松**〔劉公幹詩〕亭亭山上松。⑦**彭澤**〔陶潛傳〕潛字淵明，或云字元亮，爲鎮軍建威參軍，後爲彭澤令。

黄云：隱秀篇自始正而末奇至朔風動秋草朔字，元至正乙未刻於嘉禾者即闕此葉，此後諸刻仍之。胡孝轅朱鬱儀皆不見完書，錢功甫得阮華山宋槧本鈔補，後歸虞山，而傳録於外甚少。康熙庚辰，何心友從吴興賈人得一舊本，適有鈔補隱秀篇全文。辛巳，義門過隱湖，從汲古閣架上見馮己蒼所傳録功甫本，記其闕字以歸。如疎放豪逸四字，顯然爲不學者以意增加也。

紀云：癸巳三月，以永樂大典所收舊本校勘，凡阮本所補悉無之，然後知其真出僞撰。

【楊明照校注】

〔一〕**是以文之英蕤。**

「英」，吟窗雜録三七作「精」。

按文選嵇康琴賦：「鬱紛紜以獨茂兮，飛英蕤於昊蒼。」李注引説文曰：「（蕤）草木花貌。」按説文艸部：「蕤，草木華垂皃。」是李注脱「垂」字。呂延濟注：「鬱紛紜，枝葉繁茂盛也。英蕤，花也。昊蒼，天也。」是「英蕤」連文，出自琴賦。藝苑卮言一引，亦作「英蕤」。可證作「精」之誤。

〔二〕**秘響傍通。**

「秘」，元本、弘治本、汪本、佘本、張本、兩京本、王批本、訓故本、梁本、岡本、尚古本、文津本、崇文本作「祕」；喻林八八引同。

按「祕」字是。已詳正緯篇「東序秘寶」條。又按以原道篇「旁通而無涯」及剡山石城寺石像碑「妙應旁通」例之，「傍」當改作「旁」，始合。易乾文言有「旁通情也」語。

〔三〕**彭澤之□□。**

紀昀云：「稱淵明爲彭澤，乃唐人語，六朝但有徵士之稱，不稱其官也。」

按此篇所補四百餘字，出明人僞撰，紀氏已多所抉發，信而有徵。惟謂「稱淵明爲彭澤，乃唐人語」云云，則未確。鮑氏集卷四有「學陶彭澤體」一首，是稱淵明爲彭澤，非始於唐人也。

〔四〕**朔風動秋草，邊馬有歸心。**

「朔風」，張本作「涼風」。何本、梅本、凌本、合刻本、梁本、祕書本、清謹軒本、尚古本、岡本作「涼颸」；文通二一引同。

按元本止闕「朔」字，「風」字原有。弘治本、活字本、汪本、佘本、兩京本、胡本、訓故本同。謝鈔本、徐𤊹校本、何焯鈔本作「朔風」；詩紀別集四引同。是也。正長朔風之句，曾爲沈約、宋書謝靈運傳論。鍾嶸詩品中。所標舉，蕭統且以入選。見文選卷二九。作「涼風」、「涼颸」均非是。

〔五〕**非研慮之所求也。**

「求」，黄校云：「元作『果』，謝改。」梅校引謝云：「果，當作『求』。」　徐𤊹云：「『果』，一作『求』。」謝鈔本作「求」。按「果」與「求」之形音俱不近，恐難致誤。疑原是「課」字，偶脱其言旁耳。諸子篇「課名實之符」，章表篇「循名課實」，議對篇「名實相課」，指瑕篇「課文了不成義」，才略篇「多俊當作役。才而不課學」，其用「課」字義，並與此同，可證。

〔六〕潤色取美。

按「取」字與上「取巧」複，疑當作「致」。左傳文公十五年：「史佚有言曰：『兄弟致美。』」杜注：「各盡其美，義乃終。」此「致美」二字見於古籍之最早者。頌讚篇「並致美於序」，才略篇「亦致美於序銘」，亦並以「致美」連文。

〔七〕英華曜樹。

按此句爲回應上文「譬卉木之耀英華」之詞，「曜」、「耀」不同，當改其一。梅慶生天啟二年重修本已改「曜」爲「耀」。

〔八〕萬慮一交。

按江文通文集卷四。張黄門協。苦雨：「歲暮百慮交。」

〔九〕動心驚耳。

按文選枚乘七發：「涌觸並起，動心驚耳。」李周翰注：「涌觸，言滿於器也。並起，言多也。動心驚耳，言非常所聞見者也。」

〔一〇〕逸響笙匏。

按周禮春官大師：「皆播之以八音：金，石，土，革，絲，木，匏，竹。」鄭注：「匏，笙也。」賈疏：「笙，以插竹於匏；但匏、笙一也。故鄭以笙解匏。」文選古詩今日良宴會：「彈箏奮逸響，新聲妙入神。」劉良注：「奮，起也。」

文心雕龍校注卷九

指瑕第四十一

管仲有言①：無翼而飛者聲也，無根而固者情也。然則聲不假翼，其飛甚易；情不待根，其固匪難〔一〕：以之垂文，可不慎歟〔二〕？古來文才，異世爭驅〔三〕，或逸才以爽迅，或精思以纖密，而慮動難圓〔四〕，鮮無瑕病。陳思之文②，群才之俊也，而武帝誄云：尊靈永蟄〔五〕。明帝頌云：聖體浮輕〔六〕。浮輕有似於胡蝶〔七〕，永蟄頗疑於昆蟲〔八〕，施之尊極，豈其當乎❶〔九〕？左思七諷，説孝而不從，反道若斯，餘不足觀矣〔一〇〕。潘岳爲才，善於哀文〔一一〕，然悲内兄，則云感口澤③；傷弱子，則云心如疑④〔一二〕。禮文在尊極，而施之下流〔一三〕，辭雖足哀，義斯替矣。若夫君子擬人，必於其倫〔一四〕，而崔瑗之誄李公〔一五〕，比行於黄虞〔一六〕；向秀之賦嵇生，方罪於李斯⑤；與其失也，雖寧僭元作降，孫改。無濫⑥〔一七〕，然高厚之詩，不類甚矣⑦〔一八〕。凡巧言易摽，拙辭難隱，斯言之玷，實深白圭〔一九〕，繁例難載，故略舉四條。

若夫立文之道，惟字與義。字以訓正，義以理宣，而晉末篇章，依希其旨，始有賞際奇至之言，終無撫叩酬即謝云：當作酢。之語，每單舉一字，指以爲情。夫賞訓錫賚，豈關心解〔二〇〕，撫訓執握，何預情理〔二一〕？雅頌未聞〔二二〕，漢魏莫用；懸領似如可辯，課文了不成義：斯實情訛之所變，文澆之致弊。而宋來才英，未之或改，舊染成俗〔二三〕，非一朝也。近代辭人，率多猜忌，至乃比語求蚩，反音取瑕，雖不屑於古，而有擇於今焉。又製同他文，理宜刪革，若排王本作掠。人美辭〔二四〕，以爲己力〔二五〕，寶玉大弓⑧，終非其有〔二六〕。全寫則揭篋，傍采則探囊⑨，然世遠者太輕，時同者爲尤矣。

若夫注解爲書，所以明正事理；然謬於研求，或率意而斷。西京賦稱中黄育獲之疇⑩，而薛綜謬注謂之閹尹，是不聞執雕虎之人也❷〔二七〕。又周禮井賦，舊有疋馬⑪；而應劭釋疋⑫，或量首數蹄，斯豈辯物之要哉！原夫古之正名，車兩而馬疋〔二八〕，疋元脱，楊補。兩稱目〔二九〕，以並耦爲用。蓋車貳佐乘⑬〔三〇〕，馬儷驂服⑭，服乘不隻，故名號必雙，名號一正，則雖單爲疋矣⑮。疋夫疋婦，亦配義矣⑯〔三一〕。夫車馬小義，而歷代莫悟；辭賦近事，而千里致差〔三二〕；況鑽灼經典，能不謬哉！夫辯言一作疋。而數筌一作首。蹄〔三三〕，選勇而驅閹尹，失理太甚，故舉以爲戒。丹青初炳而後渝〔三四〕，文章歲久而彌光，若能檃括於一朝，可以無慚於千載也〔三五〕。

贊曰：羿氏舛射⑰〔三六〕，東野敗駕⑱。雖有儁才，謬則多謝⑲。斯言一玷，千載弗化。

令章靡疚，亦善之亞。

【黄叔琳注】

①**管仲言**〔管子戒篇〕管仲復於桓公曰：無翼而飛者聲也，無根而固者情也。②**陳思**〔陳思王集武帝誄〕幽闥一扃，尊靈永蟄。〔冬至獻襪頌〕翱翔萬域，聖體浮輕。③**口澤**〔禮玉藻〕父没而不能讀父之書，手澤存焉爾；母没而杯圈不能飲焉，口澤之氣存焉爾。④**如疑**〔檀弓〕孔子觀送葬者曰：善哉爲喪乎！其往也如慕，其反也如疑。〔潘岳金鹿哀辭〕將反如疑，回首長顧。金鹿，岳幼子也。⑤**方罪李斯**〔向秀傳〕嵇康被誅，秀作思舊賦云：昔李斯之受罪兮，歎黄犬而長吟。悼嵇生之永辭兮，顧日影而彈琴。⑥**寧僭無濫**〔左傳〕蔡聲子曰：歸生聞之，善爲國者，賞不僭而刑不濫。賞僭則懼及淫人，刑濫則懼及善人，若不幸而過，寧僭無濫。⑦**不類**〔左傳〕晉侯與諸侯宴於温，使諸大夫舞，曰：歌詩必類，齊高厚之詩不類。⑧**寶玉大弓**〔春秋〕盜竊寶玉大弓。〔左傳杜氏注〕盜謂陽虎也。寶玉，夏后氏之璜。大弓，封父之繁弱。⑨**胠篋探囊**〔莊子〕將爲胠篋探囊發匱之盜而爲守備，則必攝緘縢，固扃鐍，此世俗之所謂知也。⑩**中黄育獲**〔李善文選注〕尸子曰：中黄伯曰：余左執太行之獶而右搏雕虎。〔戰國策〕范雎説秦王曰：烏獲之力焉而死，夏育之勇焉而死。⑪**井賦疋馬**〔周禮小司徒〕經土地而井牧其田野。〔注〕井十爲通，通爲匹馬。〔疏〕三十家出馬一匹。⑫**應劭釋疋**〔應劭風俗通〕或曰：馬夜行目明，照前四丈，故曰一疋。或曰：度馬縱横，適得一疋。〔漢食貨志〕布帛長四丈爲匹。⑬**車貳佐乘**〔禮少儀〕乘貳車則式，佐車則否。〔注〕貳車，朝祀之副車也。佐車，戎獵之副

車也。又貳車者，諸侯七乘云云。⑭**馬儷**〔鄭風大叔于田〕兩驂如舞，兩服上襄。⑮**雖單爲疋**〔左傳〕匹夫無罪。〔正義〕曰：士大夫以上則有妾媵，庶人惟夫婦相匹。其名既定，雖單亦通，故書傳通謂之匹夫匹婦也。按〔易中孚〕象曰：馬匹亡，謂四與初絶，如馬之亡其匹也。可證訓疋之義，正與匹夫匹婦一例。⑯**配義**〔爾雅釋詁〕匹，合也。〔疏〕匹者，配合也。⑰**羿氏舛射**〔帝王世紀〕帝羿有窮氏與吴賀北遊，賀使羿射雀左目，誤中右目。羿抑首而媿，終身不忘。⑱**敗駕**〔莊子〕東野稷以御見莊公，進退中繩，左右旋中規。莊公以爲文弗過也，使之鉤百而反。顔闔遇之，入見曰：稷之馬將敗。公密而不應。少焉，果敗而反。公曰：子何以知之？曰：其馬力竭矣，而猶求焉，故曰敗耳。⑲**多謝**〔郭象莊子注〕不可多謝堯舜而推之爲兄也。

【李詳補注】

❶**陳思之文**至**豈其當乎**詳案：〔顔氏家訓文章篇〕亦言陳思王武帝誄遂深永蟄之思，是方父於蟲也。此篇當與顔訓參看，便知代言之體，不至病累。❷**西京賦稱中黄育獲之疇三句**詳案：今文選西京賦薛綜注無闇尹語。善注引尸子中黄伯，并未糾正薛注，想至唐時挩去此語矣。

【楊明照校注】

〔一〕**其固匪難**。

「匪」，兩京本、胡本、文津本作「非」。文溯本作「匪」。按作「非」與金樓子立言下篇合。

〔二〕以之垂文，可不慎歟！

「垂」，兩京本、胡本作「綴」。

按此爲申述上文之辭，作「綴」嫌泛。原道、諸子、程器三篇，並有「垂文」之語。金樓子亦作「垂」。

〔三〕古來文才，異世争驅。

「異」，兩京本、胡本作「畢」。王批本作「異」。

按「異」字較勝。物色篇：「古來辭人，異代接武。」「異世」與「異代」同。金樓子亦作「異」。

〔四〕而慮動難圓。

「圓」，金樓子作「固」。

按本書屢用「圓」字，「固」蓋涉上文而誤。詩商頌長發「幅隕既長」鄭箋：「隕當作圓。圓，謂周也。」詁此正合。

〔五〕陳思之文，群才之俊也，而武帝誄云：尊靈永蟄。

按曹植武帝誄：「窈窈玄宇，三光不入。潛闥一扃，尊靈永蟄。」類聚十三引（四部叢刊影印曹子建集卷九字句有脱誤）。

〔六〕明帝頌云：聖體浮輕。

按曹植冬至獻襪頌：「玉趾既御，履和蹈貞。行與禄邁，動以福並。南闚北户，西巡王城。翱翔萬域，聖體浮輕。」類聚七十引（曹集卷八祇有冬至獻襪頌表）。

〔附按〕董斯張吹景集卷三。子建未可輕詆：「劉彥和文心雕龍摘陳思瑕語，謂其誄武帝云『聖體浮輕』，誄明帝云『尊靈永蟄』，至以蝴蝶、昆蟲譏之。」今按遐周於文心原文尚未弄清，即信口開闔，妄下雌黄，無乃笑他人之未工，忘己事之已拙乎？

〔七〕**浮輕有似於胡蝶。**

「浮輕」，御覽引作「輕浮」；事文類聚別集五引同。

按此「浮輕」與下「永蟄」，皆承接上文，不應彼此差池。金樓子亦作「浮輕」。

〔八〕**永蟄頗疑於昆蟲。**

「疑」，金樓子作「擬」；御覽、事文類聚引同。

按漢書何武王嘉師丹傳贊：「董賢之愛，疑於親戚。」顏注：「疑，讀曰擬；擬，比也。」意舍人此文，原是「疑」字。金樓子等作「擬」，蓋改引也。

〔九〕**豈其當乎！**

「其」，張紹仁改「有」。顧廣圻校同。

按句首以「豈其」二字發端者，古籍中多有之。如詩陳風衡門二、三兩章僅八句，即有四句以「豈其」發端。可證改「其」爲「有」之非。又按御覽、事文類聚引此句，並作「不其蚩與嗤通。乎」，與金樓子合。

〔一〇〕**左思七諷，説孝而不從，反道若斯，餘不足觀矣。**

「道」，文通二五引作「古」。

按雜文篇：「自桓麟七説以下，左思七諷以上，……或文麗而義睽，或理粹而辭駁，……唯七厲叙賢，歸以儒道，雖文非拔群，而意實卓爾矣。」則七諷之「説孝不從」，當是違反「儒道」。原道篇贊「炳燿仁孝」，諸子篇「至如商韓，六蝨五蠹，棄孝廢仁」，程器篇「黄香之淳孝」，足見舍人爲重視「孝」者，故以「反道」評之。若作「古」，則非其指矣。論語泰伯：「子曰：『如有周公之才之美，使驕且吝，其餘不足觀也已。』」

〔一一〕**潘岳爲才，善於哀文。**

按王隱晉書：「潘岳善屬文，哀誄之妙，古今莫比，一時所推。」書鈔一百二引。晉書潘岳傳：「（岳）辭藻絶麗，尤善爲哀誄之文。」又傳論：「潘（岳）著哀詞，貫人靈之情性。」哀弔篇：「建安哀辭，惟偉長差善，……及潘岳繼作，實踵（鍾）其美。……金鹿澤蘭，莫之或繼也。」

〔一二〕**傷弱子，則云心如疑。**

按曹植於其首女金瓠之殤所作哀辭，有「悲弱子之無愆」曹集九。語，是「弱子」爲嬰孩通稱。

〔一三〕**禮文在尊極，而施之下流。**

按魏晉以後於子輩孫輩，皆稱之爲「下流」。已詳哀弔篇「蓋不淚之悼」條。

〔一四〕**若夫君子擬人，必於其倫。**

按禮記曲禮下：「儗人必於其倫。」鄭注：「儗，猶比也。」是「擬」當作「儗」，始與曲禮合。歷代賦話續集卷十四。引作「儗」，蓋意改也。

〔一五〕**而崔瑗之誄李公。**

按子玉誄文已佚。以其時考之，未審爲李固否？固曾爲太尉，且有盛名，見後漢書郎顗傳及固傳。對瑗亦極推崇，見後漢書瑗傳。見誅後，瑗爲之作誄，寄其哀思，諒合情理。

〔一六〕**比行於黄虞。**

按「黄虞」，謂黄帝、虞舜。漢書王莽傳贊：「而莽晏然，自以黄虞復出也。」又叙傳下：「僞稽黄、虞，繆稱典文。」述王莽傳。文選揚雄劇秦美新：「著黄虞之裔。」吕向注：「黄帝、虞舜，莽之先祖。」李善引史記五帝紀及漢書王莽傳中以注。

〔一七〕**與其失也，雖寧僭無濫。**

「僭」，黄校云：「元作『降』，孫改。」此沿梅校。

按何本、梁本、謝鈔本正作「僭」；文通引同。孫改是也。左傳襄公二十六年：「善爲國者，賞不僭而刑不濫。賞僭則懼及淫人，刑濫則懼及善人；若不幸而過，寧僭無濫。」詩商頌殷武「不僭不濫」毛傳：「賞不僭，刑不濫也。」

〔一八〕**然高厚之詩，不類甚矣。**

「厚」，元本、弘治本、活字本、汪本、佘本、張本、兩京本、王批本、何本、胡本、訓故本、梅本、凌本、合刻本、梁本、祕書本、謝鈔本作「原」；文通引同。　馮舒云：「『原』，當作『厚』。」

按黄氏改「原」爲「厚」是。高厚之詩不類，見左傳襄公十六年。原文黄注已具。

〔一九〕**斯言之玷，實深白圭。**

按詩大雅抑：「白圭之玷，尚可磨也；斯言之玷，不可爲也。」毛傳：「玷，缺也。」禮記緇衣：「詩云：『白圭之玷，尚可磨也；斯言之玷，不可爲也。』」鄭注：「玷，缺也。言圭之缺，尚可磨而平之；言之缺，無如之何。」左傳僖公九年：「君子曰：『詩所謂「白圭之玷，尚可磨也；斯言之玷，不可爲也。」』又見史記晉世家。荀息有焉。」杜注：「詩大雅言此言之缺難治，甚於白圭。」

〔二〇〕**夫賞訓錫賚，豈關心解？**

按宋書謝靈運傳論「諷高歷賞」，文選謝靈運游南亭詩「賞心唯良知」，又鄴中集詩序「賞心樂事」，謝朓之宣城出新林浦向板橋詩「賞心於此遇」，沈約游沈道士館詩「寄言賞心客」，任昉王文憲集序「綴賞無地」，並用賞字關心解之例。又按漢書酷吏尹賞傳：「尹賞，字子心。」古人立字，展名取同義。是賞關心解，漢人已用矣。

〔二一〕**撫訓執握，何預情理！**

按文選傅亮爲宋公修張良廟教「微管之歎，撫事彌深」，又「撫事懷人」，謝靈運從游京口北固應詔詩「撫志慚場苗」，顔延之宋文皇帝元皇后哀策文「撫存悼亡」，並用撫字預情理之例。

〔二二〕**雅頌未聞。**

按此段專就文字訓詁言，與詩之雅頌無關。「頌」乃「頡」之誤。已詳練字篇「並貫練雅頌」條。

〔二三〕**舊染成俗。**

按書僞胤征：「舊染污俗。」　何焯云：「疑作『採』。」吳翌鳳校同。

〔二四〕**若排人美辭。**

「排」，黄校云：「王本即訓故本。作『掠』。」文溯本剜改爲「掠」。

按説文手部：「排，擠也。」廣雅釋詁三：「排，推也。」其訓於此均不愜，當以作「掠」爲是。左傳昭公十四年：「己惡而掠美爲昏。」杜注：「掠，取也。」詁此正合。若作「排」，則與下幾句文意不屬矣。

〔二五〕**以爲己力。**

按左傳僖公二十四年：「竊人之財，猶謂之盜；況貪天之功，以爲己力乎！」

〔二六〕**寶玉大弓，終非其有。**

按黄、范兩家注均止引春秋經定公八年「（陽虎）盜竊寶玉大弓」以注，於義未備。當再引九年「得寶玉大弓」句，「終非其有」之意始明。

〔二七〕**西京賦稱中黄育獲之疇，而薛綜謬注謂之閹尹，是不聞執雕虎之人也。**

「疇」，岡本作「儔」。

按以詮賦篇「然逐末之儔」，時序篇「文蔚休伯之儔」，才略篇「則揚班儔矣」例之，作「儔」是也。又按張雲璈選學膠言，卷二西京賦薛綜注條。梁章鉅文選旁證卷三西京賦中黄之士條。並謂今文選注無閹尹之說，蓋爲李善刪去。

〔二八〕**原夫古之正名，車兩而馬疋。**

按書牧誓序：「武王戎車三百兩。」孔傳：「車稱兩。」詩召南鵲巢：「百兩御之。」毛傳：「百兩，百乘也。」此車稱「兩」之證。易中孚：「（六四）馬匹亡。」書文侯之命：「馬四匹。」此馬稱「匹」之證。廣韻五質：「匹，俗作疋。」活字本「疋」作「匹」，下同。

〔二九〕**疋兩稱目。**

「疋」，黄校云：「元脱，楊補。」此沿梅校。　徐𤊹校沾「疋」字。

按張本、何本、訓故本、謝鈔本並有「疋」字，未脱。

〔三〇〕**蓋車貳佐乘。**

按此文淆次，當乙作「車乘貳佐」，始能與下句「馬儷驂服」相對。「車乘貳佐」者，謂車乘有貳車、佐車也。

〔三一〕**疋夫疋婦，亦配義矣。**

「矣」，元本、弘治本、活字本、汪本、佘本、張本、兩京本、王批本、訓故本、四庫本作「也」。　馮舒校「矣」作「也」。何焯、顧廣圻校同。

按「也」字是。既與上「則雖單爲疋矣」句避複，語氣亦較勝。演繁露十四引此二句作：「如匹夫匹婦之稱匹也。」是所見本即作「也」，當據改。又按詩大雅文王有聲「作豐伊匹」毛傳：「匹，配也。」

玉篇匸部：「匹，配也。」

〔二〕**而千里致差。**

按禮記經解：「易曰：『君子慎始，差若豪氂，謬以千里。』孔疏謂爲易繫辭文，誤。」大戴禮記保傅篇：「易曰：『正其本，萬物理；失之毫氂，差之千里。』故君子慎始也。」又見新書胎教篇。說苑建本篇：「易曰：『建其本而萬物理，失之毫氂，差以千里。』是故君子貴建本而重立始。」史記自序：「故易曰：『失之毫氂，差以千里。』」漢書司馬遷傳作「差以毫氂，謬以千里」。集解：「駰案：今易無此語，易緯有之。」按見易乾鑿度。

〔三〕**夫辯言而數筌蹄。**

黃校云：「（言）一作『疋』；（筌）一作『首』。」萬曆梅本作「夫辯言而數筌蹄」，校云：「（筌）一作『首』。」天啟梅本作「夫辯疋而數首蹄」，校云：「（首）元作『筌』。」何本、淩本、梁本、祕書本、謝鈔本、尚古本、岡本、崇文本作「夫辯言而數首蹄」。元本、弘治本、活字本、汪本、佘本、兩京本、胡本、訓故本作「夫辯言而數蹄」，脫一「首」字。徐𤊹校補「首」字。王批本作「夫辯言而數筌」。按大戴禮記小辯篇：「爾雅以觀於古，足以辯言矣。」上文有「量首數蹄」語，則作「夫辯言而數首蹄」是也。

〔四〕**丹青初炳而後渝。**

按法言君子篇：「或問：『聖人之言炳若丹青，有諸？』曰：『吁，是何言與？丹青初則炳，久則渝。』」李注：「丹青初則炳然，久則渝變；聖人之書，久而益明。」晉書虞溥傳：「溥乃作誥以獎訓之，曰：『……故學之染人，甚於丹青。丹青吾見其久而渝矣，未見久學而渝者也。』」

〔三五〕**可以無慚於千載也。**

「慚」，何本、淩本、合刻本、梁本、岡本、尚古本、王本、崇文本作「愧」。按以祝盟篇「所貴無慚」及事類篇「無慚匠石矣」例之，作「愧」非是。養氣篇有「或慚鳧企鶴」語。

〔三六〕**羿氏舛射。**

按符子：「夏王使羿射於方尺之皮，徑寸之的。乃命羿曰：『子射之中，則賞子以萬金之費；不中，則削子以十邑之地。』羿容無定色，氣戰於胸中，乃援弓而射之，不中；更射之，又不中。」御覽七四五引。與帝王世紀黃、范兩家注已具。所載者不同，故迻録之。

養氣第四十二

昔王充著述，制養氣之篇①，驗己而作，豈虛造哉！夫耳目鼻口，生之役也〔一〕；心慮言辭，神之用也。率志委和〔二〕，則理融而情暢；鑽礪過分〔三〕，則神疲而氣衰：此性情之數也。夫三皇辭質〔四〕，心絶於道華；帝世始文，言貴於敷奏〔五〕；三代春秋，雖沿世彌縟，並適分胸臆，非牽課才外也。戰代枝詐，攻奇飾説〔六〕；漢世迄今，辭務日新，争光鬻采，慮亦竭矣。故淳言以比澆辭，文質懸乎千載；率志以方竭情，勞逸差於萬里；古人所以餘裕〔七〕，後進所以莫遑也〔八〕。

凡童少鑒淺而志盛，長艾識堅而氣衰②〔九〕。志盛者思鋭以勝勞，氣衰者慮密以傷神：斯實中人之常資，歲時之大較也〔一〇〕。若夫器分有限，智用無涯❶，或慚鳧企鶴③，瀝辭鐫思，於是精氣内銷，有似尾閭之波④〔一一〕；神志外傷，同乎牛山之木〔一二〕：怛惕之盛一作成。疾〔一三〕，亦可推矣。至如仲任置硯以綜述⑤，叔元作敬，孫無撓改。通懷筆以專業⑥〔一四〕，既暄之以歲序，又煎之以日時，是以曹公懼爲文之傷命〔一五〕，陸雲歎用思之困神⑦，非虛談也。

夫學業在勤，功庸弗怠，故有錐股自厲⑧，和熊以苦之人〔一六〕。志於文也，則申寫鬱滯〔一七〕，故宜從容率情，優柔適會〔一八〕。若銷鑠精膽，蹙迫和氣，秉牘以驅齡，灑翰以伐性⑨，豈聖賢之素心，會文之直理哉？ 且夫思有利鈍〔一九〕，時有通塞〔二〇〕，沐則心覆⑩，且或反常，神之方昏，再三愈黷〔二一〕。 是以吐納文藝，務在節宣⑪，清和其心，調暢其氣，煩而即捨，勿使壅滯❷〔二二〕；意得則舒懷以命筆〔二三〕，理伏則投筆以卷懷〔二四〕，逍遥以針勞，談笑以藥勸。常弄閑於才鋒，賈餘於文勇⑫〔二五〕，使刃發如新❸，腠理無滯⑬〔二六〕，雖非胎息之邁術⑭〔二七〕，斯亦衛氣之一方也。

贊曰：紛哉萬象，勞矣千想。元神宜寶，素氣資養。水停以鑒⑮〔二八〕，火靜而朗。無擾文慮，鬱此精爽⑯〔二九〕。

【黄叔琳注】

①**養氣**〔王充論衡自紀篇〕章和二年，罷州家居，年漸七十，乃作養性之書，凡十六篇。養氣自守，適食則酒，閉明塞聰，愛精自保，適輔服藥引導，庶冀性命可延，斯須不老。②**長艾**〔典禮〕五十曰艾。③**慚鳧企鶴**〔莊子〕鳧脛雖短，續之則憂。鶴脛雖長，斷之則悲。④**尾閭**〔莊子〕北海若曰：天下之水莫大於海，萬川歸之，不知何時止而不盈。尾閭泄之，不知何時已而不虛。〔注〕尾閭，海東川名。⑤**置硯**〔謝承後漢書〕王充於宅内門户牆柱，各置筆硯簡牘，見事而作，著論衡。⑥**懷筆**〔曹褒傳〕褒字叔通，博雅疏通，常憾朝廷制度未備，慕叔孫通爲漢禮儀，晝夜研精，沈吟專思，寢則懷抱筆札，行則誦習文書，當其念至，忘所之適。⑦**用思困神**〔陸雲與兄平原書〕兄文章已自行天下，多少無所在，且用

思困人，亦不事復及。⑧**錐股**〔戰國策〕蘇秦乃發書，陳篋數十，得太公陰符，伏而誦之。讀書欲睡，引錐自刺其股。⑨**驅齡伐性**〔王充効力篇〕秦武王與孟説舉鼎不任，絶脈而死。少文之人，與董仲舒等涌胸中之思，必將不任，有絶脈之變。王莽之時，省五經章句，皆爲二十萬，博士弟子郭路夜定舊説，死於燭下。精思不任，絶脈氣滅也。⑩**心覆**〔左傳〕晉侯之豎頭須求見，公辭焉以沐。謂僕人曰：沐則心覆，心覆則圖反，宜吾不得見也。僕人以告，公遽見之。⑪**節宣**〔左傳〕節宣其氣。⑫**賈餘**〔左傳〕齊高固曰：欲勇者賈余餘勇。⑬**腠理**〔吕氏春秋〕伊尹曰：用新去陳，腠理遂通。高誘曰：腠理，肌脈也。⑭**胎息**〔漢武内傳〕王真習閉氣而吞之，名曰胎息。行之斷穀一百餘年，肉色光美，力並數人。〔抱朴子〕胎息者，能以鼻口噓吸，如在胎之中。〔宋史藝文志〕有卧龍隱者胎息歌一卷。⑮**水停**〔莊子〕水靜則明燭鬚眉。⑯**精爽**〔左傳〕心之精爽，是謂魂魄。

【李詳補注】

❶**智用無涯**詳案：〔莊子養生主篇〕吾生也有涯，而知也無涯，以有涯隨無涯，殆已。〔郭注〕以有限之性，尋無極之知，安得而不困哉？〔陸氏釋文〕知，音智。❷**煩而即捨二句**詳案：〔左傳昭公元年〕先王之樂，所以節百事也。故有五節，遲速本末以相及。中聲以降，五降之後，不容彈矣。於是有煩手淫聲，慆堙心耳，乃忘平和，君子弗聽也。物亦如之，至於煩乃捨也已，無以生疾。又云：勿使有所壅閉湫底，以露其體。〔杜注〕湫，集也。底，滯也。露，羸也。❸**刃發如新**詳案：〔莊子養生主篇〕庖丁曰：臣之刀十九年矣，所解數千牛，而刀刃若新發於硎。〔釋文〕硎，音刑，磨石也。

【楊明照校注】

〔一〕**夫耳目鼻口，生之役也。**

按吕氏春秋貴生篇：「夫耳目鼻口，生之役也。」高注：「役，事也。」

〔二〕**率志委和。**

按莊子知北遊篇：「生非汝有，是天地之委和也。」釋文引司馬彪云：「委，積也。」

〔三〕**鑽礪過分。**

按文選任昉爲范尚書讓吏部封侯第一表：「固嘗鑽厲求學，而一經不治。」吕延濟注：「鑽先王之道，勉厲於學，不能精治一經也。」「礪」、「厲」，古今字。

〔四〕**夫三皇辭質。**

「皇」，兩京本、胡本作「王」。

按「王」字非是。孝經緯援神契：「三皇無文。」周禮地官保氏賈疏引。是其證。

〔五〕**帝世始文，言貴於敷奏。**

按書舜典：「敷奏以言。」孔傳：「敷，陳也。奏，進也。」

〔六〕**戰代枝詐，攻奇飾説。**

「枝」，兩京本、胡本、訓故本、岡本作「技」。　徐𤊹校「枝」作「譎」。

按「枝」與「技」於此均費解，與「譎」之形亦不近，恐非舍人之舊。疑當作「權」。權，俗作权。蓋初由權作权，後遂譌爲枝或技耳。此云「權詐」，正如諧隱篇「蓋意生於權譎」之「權譎」然也。説文言部：「譎，權詐也。」詩大序孔疏：「譎者，權詐之名。」揚雄尚書箴：「秦尚權詐。」類聚四八引。論衡定賢篇：「以權詐卓譎，能將兵御衆爲賢乎？是韓信之徒也。」漢書刑法志：「春秋之後，滅弱吞小，並爲戰國。……雄桀之士，因勢輔時，作爲權詐，以相傾覆。吳有孫武，齊有孫臏，魏有吳起，秦有商鞅，皆禽敵立勝，垂著篇籍。當此之時，合從連衡，轉相攻伐，代爲雌雄。……世方争於功利，而馳説者以孫、吳爲宗。」抱朴子外篇仁明：「曩六國相吞，豺虎力競，高權詐而下道德。」並以「權詐」連文，可證。又按劉向戰國策書録：「是故始皇因四塞之固，……并有天下，杖於謀詐之弊。」「枝」或「技」，豈「杖」之誤歟？以其形最近，姑附識於此。

〔七〕**古人所以餘裕。**

按孟子公孫丑下：「豈不綽綽然有餘裕哉！」趙注：「豈不綽然舒緩有餘裕乎？綽、裕皆寬也。」朱集注：「綽綽，寬貌。裕，寬意也。」

〔八〕**後進所以莫遑也。**

按詩召南殷其靁：「莫敢或遑。」毛傳：「遑，暇也。」鄭箋：「無敢或閒暇時。」

〔九〕**長艾識堅而氣衰。**

按呂氏春秋去宥篇：「人之老也，形益衰而智益盛。」高注：「老者見事多，所聞廣，故智益盛。」禮記曲禮上：「五十曰艾。」鄭注：「艾，老也。」釋文：「艾，五蓋反。謂蒼艾色也。」方言六：「艾，長老也。東齊、魯、衛之間，凡尊老或謂之艾。」釋名釋長幼：「五十曰艾。艾，乂也；乂，治也。治事能斷割芟刈，無所疑也。」鹽鐵論未通篇：「五十以上曰艾老。」

〔一〇〕**歲時之大較也。**

按史記貨殖傳序：「此其大較也。」索隱：「（較）音角。大較，猶大略也。」文選何晏景福殿賦：「羌瓌瑋以壯麗，紛彧彧其難分，此其大較也。」李注：「大較，猶大略也。」

〔一一〕**於是精氣内銷，有似尾閭之波。**

「波」，兩京本、胡本作「洩」。

按「洩」同「泄」。字是。玉篇水部：「泄，又思列切。漏也。洩，同上。」廣韻十七薛：「泄，漏泄也。……亦作洩。」上句言「銷」，下句言「洩」，文意始合；聲律亦諧。作「波」非是。文選嵇康養生論：「或益之以畎澮，而泄之以尾閭。」李注引司馬彪（莊子注）曰：「尾閭，水之從海水出者也。一名沃燋，在東大海之中。尾者，在百川之下，故稱尾。閭者，聚也。水聚族之處，故稱閭也。」李周翰注：「畎澮，細流也。尾閭，海水泄處也。言人之服藥，所益如細流之進，而乃多泄其精，如尾閭之泄。」

〔一二〕**神志外傷，同乎牛山之木。**

「木」，兩京本、胡本作「伐」。

按「伐」字是。「伐」與上句之「洩」皆動詞。孟子告子上：「孟子曰：『牛山之木嘗美矣，以其郊於大國也，斧斤伐之，可以爲美乎？是其日夜之所息，雨露之所潤，非無萌蘖之生焉，牛羊又從而牧之，是以若彼濯濯也。人見其濯濯也，以爲未嘗有材焉，此豈山之性也哉？……亦猶斧斤之於木也，旦旦而伐之，可以爲美乎？……故苟得其養，無物不長；苟失其養，無物不消。』」趙注：「牛山，齊之東南山也。邑外謂之郊。息，長也。濯濯，無草木之貌。牛山木嘗盛美，以在國郊，斧斤牛羊，使之不得有草木耳，非山之性無草木也。」

〔一三〕**怛惕之盛疾。**

「怛」，張本作「恒」。「盛」，黄校云：「一作『成』。」 天啟梅本改「成」。

按「恒」字誤。史記文帝紀：「後二年，上曰：『……今朕夙興夜寐，勤勞天下，憂苦萬民，爲之怛惕不安。』」是「怛惕」連文之證。漢書作「惻怛」，顔注：「惻，痛也。怛，恨也。怛音丁曷反。」「盛」讀平聲，在器中曰盛。史記文帝紀集解引應劭注。「怛惕盛疾」，猶言疾在怛惕之中，即憂能傷人之意也。天啟梅本改「成」，非是。

〔一四〕**叔通懷筆以專業。**

「叔」，黄校云：「元作『敬』，孫無撓改。」此沿梅校。

按訓故本、謝鈔本正作「叔」。孫改是也。

〔一五〕**是以曹公懼爲文之傷命。**

按曹公檄移、章表兩篇及此凡三見。它篇則稱魏武。當是曹操。其語它書未見徵引。魏略：「陳思王精意著作，食飲損減，得反胃病也。」御覽三七六引。抱朴子佚文：「揚雄作賦，有夢腸之談；曹植爲文，有反胃之論，言勞神也。」海録碎事十八引。録此以備參考。范注引金樓子嫌晚。

〔一六〕**夫學業在勤，功庸弗怠，故有錐股自厲，和熊以苦之人。**

「功庸弗怠」、「和熊以苦之人」二句，元本、弘治本、活字本、汪本、佘本、張本、王批本、萬曆梅本、謝鈔本、彙編本、文津本無。何焯云：「和熊，唐人事。此後人謬增。」

按兩京本、何本、胡本、訓故本、天啟梅本夾行沾刻。有此二句。尋繹文意，實不必有，確出後人謬增。天啟梅本後，各本皆從之。

〔一七〕**志於文也，則申寫鬱滯。**

何焯云：「『志』，疑作『至』。」紀昀説同。兩京本、胡本「也」下有「舍氣無依」四字；「滯」下有「玄解頓釋之輩」六字。

按何、紀説是。訓故本正作「至」。當據改。樂府篇「精之至也」，唐寫本誤「至」爲「志」；史傳篇「子長繼志」，元本等又誤「志」爲「至」。是「至」、「志」二字易淆誤之證。兩京本、胡本多出二句，亦爲後人妄增。

〔一八〕**優柔適會。**

按大戴禮記子張問入官篇：「優而柔之，使自求之。」家語入官篇同。王注：「優，寬也。柔，和也。使自求其宜也。」文選東方朔答客難呂延濟注：「優柔，寬容。使自求所宜也。」

〔一九〕**且夫思有利鈍。**

按陸士龍文集與兄平原書：「方當積思，思有利鈍。」

〔二〇〕**時有通塞。**

按文賦：「若夫應感之會，通塞之紀，來不可遏，去不可止。」

〔二一〕**再三愈黷。**

按易蒙：「初筮，告；再三，瀆。」釋文：「瀆，亂也。」「瀆」、「黷」古今字。

〔二二〕**是以吐納文藝，務在節宣，清和其心，調暢其氣，煩而即捨，勿使壅滯。**

「調」，何本、凌本、別解本、尚古本、岡本、王本、鄭藏鈔本、崇文本作「條」。按以書記篇「故宜條暢以任氣」例之，作「條」是。文選王褒四子講德論：「進者樂其條暢。」古文苑劉歆遂初賦：「玩琴書以條暢兮。」並以「條暢」爲言。申鑒俗嫌篇：「或問曰：『有養性乎？』曰：『養性秉中和，守之以生而已。……故君子節宣其氣，勿使有所壅閉滯底。』」黄注：「宣，散也。壅，外壅。閉，内閉。底，亦滯也。謂血氣集滯也。」

〔二三〕**意得則舒懷以命筆。**

「意得」，兩京本作「理鎔」；子苑三二引同。

按「理鎔」與下句「理伏」重出一字，非是。王批本作「意得」。

〔二四〕**理伏則投筆以卷懷。**

按文賦：「理翳翳而愈伏。」吕延濟注：「翳翳，暗貌。」

〔二五〕**常弄閑於才鋒，賈餘於文勇。**

「賈」上，兩京本有「時」字。

按「常」字直貫二句，「時」字不必有。子苑引無「時」字。

〔二六〕**腠理無滯**。

鈴木云：「『湊』，當作『腠』。」

按鈴木説是。兩京本、胡本、訓故本正作「腠」。

〔二七〕**雖非胎息之邁術**。

「邁」，顧廣圻校「萬」。

按元本、弘治本、汪本、張本、兩京本、胡本、王批本、訓故本正作「萬」；子苑、廣博物志二九引同。「萬術」與下句「一方」對，顧校是也。本書以「萬」與「一」對言辭句頗多，兹不具列。抱朴子内篇釋滯：「得胎息者，能不黄注所引脱『不』字。以鼻口噓吸，如在胞胎之中，則道成矣。」

〔二八〕**水停以鑒**。

按莊子德充符篇：「仲尼曰：『人莫鑒於流水，而鑒於止水。』」成疏：「鑒，照也。夫止水所以留鑒者，爲其澄清故也。」又：「平者，水停之盛也。」成疏：「停，止也。」文子九守篇：「人莫鑒於流潦，而鑒於澄水，以其清且靜也。」淮南子俶真篇：「人莫鑑於流潦，而鑑於止水者，以其靜也。」

〔二九〕**鬱此精爽**。

按左傳昭公七年：「用物精多，則魂魄强。是以有精爽，至於神明。」孔疏：「精，亦神也；爽，亦明也。」

附會第四十三

何謂附會？謂總文理，統首尾，定與奪，合涯際，彌綸一篇，使雜而不越者也〔一〕。若築室之須基構，裁衣之待縫緝矣。夫才量學文，宜正體製〔二〕，必以情志爲神明，事義爲骨髓，辭采爲肌膚，宮商爲聲氣，然後品藻元黄，摛振金玉〔三〕，獻可替否〔四〕，以裁厥中：斯綴思之恒數也〔五〕。凡大體文章，類多枝派，整派者依源，理枝者循幹，是以附辭會義〔六〕，務總綱領，驅萬塗於同歸，貞百慮於一致〔七〕，使衆理雖繁，而無倒置之乖，群言雖多，而無棼絲之亂〔八〕；扶陽而出條，順陰而藏跡〔九〕，首尾周密，表裏一體，此附會之術也。夫畫者謹髮而易貌〔一〇〕，射者儀毫而失牆①，鋭精細巧，必疎體統。故宜詘寸以信尺②，枉尺以直尋〔一一〕，棄偏善之巧，學具美之績，此命篇之經略也。

夫文變多汪作無。方〔一二〕，意見浮雜，約則義孤，博則辭叛〔一三〕，率故多尤③〔一四〕，需爲事賊④。且才分不同，思緒各異，或製首以通尾，或尺一作片。接以寸附，然通製者蓋寡，接附者甚衆。若統緒失宗，辭味必亂；義脈不流，則偏枯文體⑤。夫能懸識湊理⑥〔一五〕，然後節文一作文節。自會〔一六〕，如膠之粘木，豆之合黄矣。是以駟牡異力，而六轡如琴〔一七〕，並駕齊驅，而一轂統輻，馭文之法，有似於此。去留隨心，修短在手，齊其步驟，總轡而已⑦。

故善附者異旨如肝膽，拙會者同音如胡越⑧，改章難於造篇，易字艱於代句，此已然之驗也。昔張湯擬奏而再卻〔一八〕，虞松草表而屢譴，並理事之不明〔一九〕，而詞旨之失調也。及倪寬更草〔二〇〕，鍾會易字，而漢武歎奇⑨，晉景稱善者⑩，乃理得而事明，心敏而辭當也。以此而觀，則知附會巧拙，相去遠哉！若夫絶筆斷章，譬乘舟之振楫；會詞切理，如引轡以揮鞭。克終底績〔二一〕，寄深寫遠〔二二〕。若首唱榮華，而媵句憔悴〔二三〕，則遺勢鬱湮〔二四〕，餘風不暢，此周易所謂臀無膚，其行次且也〔二五〕。惟首尾相援，則附會之體，固亦無以加於此矣。

贊曰：篇統間關〔二六〕，情數稠疊。原始要終，疎條布葉。道味相附，懸緒自接。如樂之和⑪，心聲克協。

【黄叔琳注】

①**儀毫**〔吕氏春秋處方篇〕今夫射者儀毫而失牆，畫者儀髮而失貌，言審本也。②**詘寸**〔文子〕老子曰：屈寸而伸尺，小枉而大直，聖人爲之。③**率故多尤**〔文賦〕或率意而寡尤。④**事賊**〔左傳〕需，事之賊也。⑤**偏枯**〔吕氏春秋〕魯公孫綽曰：我固能治偏枯。⑥**懸識**〔扁鵲傳〕扁鵲過齊，桓侯客之，入朝見曰：君有疾在腠理，不治將深。⑦**總轡**〔家語〕善御馬者，正身以總轡。⑧**同音**〔賈誼傳〕胡粤之人，生而同聲，及其長而成俗，累數譯不能相通，行有雖死而不相爲者，則教習然也。⑨**歎奇**〔兒寬傳〕張湯爲廷尉，有疑奏已再見卻矣，掾史莫知所爲。寬爲言其意，掾史因使寬爲奏。奏成，即

時得可。異日湯見，上問曰：前奏非俗吏所及，誰爲之者？湯言兒寬。上曰：吾固聞之久矣。⑩**稱善**〔世説〕司馬景王命中書虞松作表，再呈不可。鍾會取視，爲定五字。松悦服，以呈景王。王曰：不當爾耶！⑪**如樂**〔左傳〕如樂之和，無所不諧。

【楊明照校注】

〔一〕**使雜而不越者也。**

按易繫辭下：「其稱名也，雜而不越。」韓注：「各得其序，不相踰越。」

〔二〕**夫才量學文，宜正體製。**

「量」，宋本、鈔本御覽五八五引作「童」。范文瀾云：「『才量學文』，『量』疑當作『優』，或係傳寫之誤。殆由『學優則仕』意化成此語。」

按范説誤。「量」之形音與「優」俱不近，恐難致誤；「才量學文」，與「學優則仕」亦毫不相干，何能由其化成？御覽引作「童」極是。「量」其形誤也。當據改。

〔三〕**摛振金玉。**

按孟子萬章下：「孔子之謂集大成。集大成也者，金聲而玉振之也。金聲也者，始條理也；玉振之也者，終條理也。」趙注：「孔子集先聖之大道，故成己之聖德者也。故能金聲而玉振之。振，揚也。故如金音之有殺，振揚玉音，終始如一也。」漢書兒寬傳：「寬對曰：『……唯天子武帝。建中和之極，兼總條貫，金聲而玉振之。』」顔注：「言振揚德音，如金玉之聲也。」漢書叙傳上：「（答賓戲）摛藻如春華。」顏注：「摛，布也。」

〔四〕**獻可替否。**

按左傳昭公二十年：「（晏子）對曰：『……君所謂可，而有否焉，臣獻其否，以成其可；君所謂否，而有可焉，臣獻其可，以去其否。』」晏子春秋外篇七同。杜注：「否，不可也。獻君之否，以成君可。」國語晉語九：「（史黯）對曰：『……夫事君者，諫過而賞善，薦可而替否，獻能而進賢，擇材而薦之。』」韋注：「薦，進也。替，去也。」

〔五〕**斯綴思之恒數也。**

「恒」，元本、弘治本、活字本、汪本、佘本、張本、兩京本、王批本、何本、胡本、梅本、凌本、合刻本、梁本、祕書本、彙編本、尚古本、岡本、四庫本、王本、張松孫本、鄭藏鈔本、崇文本作「常」；子苑三二、文通二一引同。御覽引作「恒」；訓故本、謝鈔本同。何焯校作「恒」。

按「恒」、「常」古多通用。然以文心全書諭之，用「常」字者，凡二十一見；用「恒」字者，僅十一見。似不必改「常」爲「恒」也。

〔六〕**是以附辭會義。**

按晉書文苑左思傳：「（劉逵注三都賦序）傳辭會義，抑多精致。」「附」與「傳」通。

〔七〕**驅萬塗於同歸，貞百慮於一致。**

按易繫辭下：「天下同歸而殊塗，一致而百慮。」

〔八〕**而無棼絲之亂。**

按左傳隱公四年：「以亂，猶治絲而棼之也。」釋文：「棼，亂也。」

〔九〕**扶陽而出條，順陰而藏跡。**

按後漢書崔駰傳：「（達旨）故能扶陽以出，順陰而入，春發其華，秋收其實，有始有極，爰登其質。」莊子漁父篇：「人有畏影惡迹而去之走者，舉足愈數而迹愈多，走愈疾而影不離身；自以爲尚遲，疾走不休，絶力而死。不知處陰以休影，處靜以息迹。」漢書枚乘傳：「吴王（濞）之初怨望謀爲逆也，乘奏書諫曰：『……人性有畏其景而惡其迹者，卻背而走，迹愈多，景愈疾，不知就陰而止，景滅迹絶。』」又見説苑正諫篇（「不知」作「不如」，文選上書諫吴王同）。荀子解蔽篇涓蜀梁事，有異。

〔一〇〕**夫晝者謹髮而易貌。**

范文瀾云：「『易貌』，疑當作『遺貌』。『遺貌』即『失貌』也。」

按「易」字不誤。范説非是。「易」，輕也；左傳襄公十五年杜注。輕易也。禮記樂記鄭注。詁此並無不合。「謹髮易貌」，即重小輕大之意。不必準吕氏春秋、處方篇。淮南子説林篇。之「失貌」，而改「易」爲「遺」也。孫鏘鳴吕氏春秋高注補正：「處方篇注未明。文心雕龍附會篇引此二語下，言『鋭精細巧，必疏體統』，似謹於小而忽於大之意。」見國故月刊第三册。孫説確得其肯綮所在。故迻録之。

〔一一〕**故宜詘寸以信尺，枉尺以直尋。**

按文子上義篇：「老子曰：『屈寸而伸尺，小枉而大直，聖人爲之。』」又：「老子曰：『屈者，所以求伸也；枉者，所以求直也。屈寸伸尺，小枉大直，君子爲之。』」尸子：「孔子曰：『詘寸而信尺，小枉而大直，吾爲之也。』」御覽八百三十引。淮南子氾論篇：「誳寸而伸尺，聖人爲之；小枉而大直，君子行之。」高注：「寸，小；尺，大；枉，曲也。」孟子滕文公下：「陳代曰：『……且志曰：「枉尺而直尋。」宜若可爲也。』」「詘」、「屈」通。「誳」，「詘」之或體。見説文言部詘字下。「信」讀爲伸。

〔二〕**夫文變多方。**

「多」，黃校云：「汪作『無』。」　馮舒「多」改「無」。何焯校同。

按御覽引作「無」；元本、弘治本、活字本、佘本、張本、兩京本、王批本、何本、胡本、訓故本、合刻本、梁本、祕書本、尚古本、岡本、四庫本、王本、鄭藏鈔本、崇文本同。通變篇「變文之數無方」，與此意同，當以作「無」爲是。明詩、諧隱、書記三篇並有「無方」之文。子苑引正作「無」，是所見本尚未誤也。「多」字蓋涉下文而誤。

〔三〕**博則辭叛。**

「叛」，弘治本、汪本、佘本作「判」。　徐𤊹校「判」爲「叛」。

按易繫辭下：「將叛者，其辭慚。」此「辭叛」二字所本。作「判」非是。王批本、子苑引作「叛」，可證。

〔四〕**率故多尤。**

「率」，御覽引作「變」。

按文賦：「或率意而寡尤。」舍人反其意而用之，與下「需爲事賊」句各明一義。作「變」非是。子苑引作「率」。

〔一五〕**夫能懸識湊理。**

「湊」，兩京本、胡本、訓故本作「腠」；子苑、文通引同。

按「腠」字是。「懸識腠理」，用扁鵲見蔡桓公史記扁鵲傳、新序雜事二作齊桓侯。事，見韓非子喻老篇。

〔一六〕**然後節文自會。**

「節文」，黄校云：「一作『文節』。」 元本、弘治本、活字本、汪本等作「文節」。

按御覽引作「節文」，是也。誄碑、章表、書記、定勢、鎔裁、章句六篇，均有「節文」之詞。元本、弘治本、活字本、汪本等作「文節」，誤。禮記坊記：「禮者，因人之情而爲之節文。」即舍人「節文」一詞所本。

〔一七〕**是以駟牡異力，而六轡如琴。**

「駟」，御覽引作「四」。何本、凌本、梁本、祕書本、尚古本、岡本、王本、鄭藏鈔本、崇文本亦並作「四」。毛詩中句有「四牡」者，凡二十七見，皆不作「駟」。詩小雅車舝：「四牡騑騑，六轡如琴。」鄭箋：「……其御群臣，使之有禮，如御四馬騑騑然，持其教令，使之調均，亦如六轡緩急有和也。」

〔一八〕**昔張湯擬奏而再卻。**

「擬」，宋本、鈔本御覽引作「疑」；王批本、子苑、廣博物志二九、文通引同。 元本、弘治本、活字本、汪本、佘本、張本、兩京本、何本、胡本、訓故本、梅本、凌本、合刻本、梁本、祕書本、謝鈔本、彙編本、尚古本、岡本、王本、張松孫本、鄭藏鈔本、崇文本亦並作「疑」。　馮舒、何焯校「疑」爲「擬」，黃氏從之。

按「擬」字是。「擬」爲動詞，「擬奏」，始能與下句之「草表」相儷。各本作「疑」，蓋狃於漢書兒寬傳「有疑奏已再見卻矣」句而改耳。殊不知彼文之「疑奏」，乃指所草之奏言；此處之「擬奏」，則就草擬其奏之事言。所指固不同也。

〔一九〕**並理事之不明。**

「理事」，御覽引作「事理」。

按銘箴篇「何事理之能閑哉」，雜文篇「致辨於事理」，議對篇「事理明也」，指瑕篇「所以明正事理」，並作「事理」。則此當以御覽所引爲是。論衡宣漢篇有「核事理之情」語。

〔二〇〕**及倪寬更草。**

「倪」，元本、弘治本、汪本、佘本、張本、兩京本、胡本、訓故本作「兒」；王批本、子苑、廣博物志引同。

馮舒校「倪」作「兒」。何焯校同。

按以時序篇「歎兒寬之擬奏」證之，此必原作「兒」也。當據改。漢書卷五八有傳作「兒」。

〔二一〕**克終底績。**

按「底」，當作「厎」。已詳詮賦篇「底績於流制」條。鄭藏鈔本作「厎」，未誤。

〔三二〕**寄深寫遠。**

元本、活字本作「寄在寫遠」；喻林八八引同。　弘治本、汪本、佘本作「寄在寫遠送」。　張本、何本、萬曆梅本、凌本、合刻本、梁本、祕書本、謝鈔本、尚古本、岡本作「寄在寫以遠送」；文通引同。　兩京本、王批本、胡本作「寄深寫遠送」。　吳翌鳳云「寄深寫遠」，與上四字作對。

按諸本皆誤。疑當作「寄在寫送」。「寫送」，六朝常語。已詳詮賦篇「迭致文契」條。

〔三三〕**若首唱榮華，而媵句憔悴。**

按文子上德篇：「有榮華者，必有愁悴。」淮南子説林篇：「有榮華者，必有憔悴。」漢書叙傳上：「（答賓戲）朝爲榮華，夕而焦瘁。」顏注：「焦音在消反。瘁與悴同。」文選答賓戲作「朝爲榮華，夕爲顛顇」。爾雅釋草：「木謂之華，草謂之榮。」析言則異，渾言則同。

〔三四〕**則遺勢鬱湮。**

按左傳昭公二十九年：「鬱湮不育。」杜注：「鬱，滯也；湮，塞也。」釋文：「湮，音因。」

〔三五〕**此周易所謂臀無膚，其行次且也。**

「且」，元本、弘治本、汪本、張本、王批本、謝鈔本作「睢」。訓故本作「鴡」。　徐𤊹云：「『睢』，當作『且』。」　何焯改「且」。

按舍人用經傳語，多從別本。以元本、弘治本等作「睢」推之，此必原是「睢」字。今作「且」者，蓋爲後人所改。絕不是文心即已作「且」也。又按廣雅釋訓：「趑睢，難行也。」玉篇隹部：「睢，次睢，行難也。」是「雎」字不誤，何煩依易夬卦爻辭改「雎」爲「且」耶？

〔二六〕**篇統間關。**

按此與下句「情數稠疊」相對，而各明一義。「篇統間關」，喻結構之曲折；「情數稠疊」，喻内容之繁富。則「間關」二字，與詩小雅車舝之「間關」異趣。漢書王莽傳下：「間關至漸臺。」顔注：「間關，猶言崎嶇展轉也。」後漢書鄧騭傳：「騭等辭讓不獲，遂逃避使者，間關詣闕。」章懷注：「間關，猶言崎嶇也。」又荀彧傳論：「荀君乃越河冀，間關以從曹氏。」章懷注：「間關，猶展轉也。」解此並合。

總術第四十四〔一〕

今元作令，商改。之常言〔二〕，有文有筆，以爲無韻者筆也，有韻者文也。夫文以足言，理兼詩書〔三〕，别目兩名，自近代耳。顔延年以爲筆之爲體，言之文也〔四〕；經典則言而非筆，傳記則筆而非言。請奪彼矛，還攻其楯矣❶〔五〕。何者？易之文言，豈非言文？若筆不言文，不得云經典非筆矣。將以立論，未見其論立也。予以爲發口爲言，屬筆曰翰〔六〕，常道曰經，述經曰傳〔七〕。經傳之體，出言入筆，筆爲言使，可强可弱。分疑有脱誤。經以典奥爲不刊，非以言筆爲優劣也。昔陸氏文賦，號爲曲盡①，然汎論纖悉〔八〕，而實體未該。故知九變之貫元作實，楊改。匪窮②，元作躬，孫改。知言之選難備矣。

凡精慮造文，各競新麗，多欲練辭，莫肯研術。落落之玉，或亂乎石③；碌碌之石，時似乎玉〔九〕。精者要約，匱者亦尠；博者該贍，蕪元作無，朱改。者亦繁〔一〇〕；辯者昭晳〔一一〕，淺者亦露；奥者複隱，詭者亦典〔一二〕。或義華而聲悴，或理拙而文澤。知夫調鐘未易〔一三〕，張琴實難〔一四〕。伶人告和〔一五〕，不必盡窕槬桍字衍。之中④〔一六〕；動用揮扇，何必窮初終之韻〔一七〕；魏文比篇章於音樂⑤，蓋有徵矣。夫不截盤根⑥，無以驗利器；不剖文奥，無以辨通才。才之能通，必資曉術，自非圓鑒區域，大判條例，豈能控引情元作清。源〔一八〕，制勝文苑哉！

是以執術馭篇，似善弈之窮數；棄元作築。術任心〔一九〕，如博塞之邀遇⑦〔二〇〕。故博塞之文，借巧儻來⑧，雖前驅有功，而後援難繼，少既無以相接，多亦不知所删，乃多少之並元作非，許改。惑〔二一〕，何妍蚩之能制乎〔二二〕？若夫善弈之文，則術有恒數，按部整伍，以待情會，因時順機，動不失正。數逢其極，機入其巧，則義味騰躍而生，辭氣叢雜而至。視之則錦繪，聽之則絲簧，味之則甘腴，佩之則芬芳，斷章之功，於斯盛矣。夫驥足雖駿，纆元作纏，許改。牽忌長⑨〔二三〕，以萬分一累，且廢千里。況文體多術，共相彌綸，一物攜貳，莫不解體。所以列在一篇，備總情變〔二四〕，譬三十之輻⑩，共成一轂❷，雖未足觀，亦鄙夫之見也〔二五〕。

贊曰：文場筆苑，有術有門。務先大體，鑑必窮源〔二六〕。乘一總萬，舉要治繁。思無定契，理有恒存。

【黄叔琳注】

①**曲盡**〔文賦序〕他日殆可謂曲盡其妙。②**九變**〔漢武帝詔〕詩云：九變復貫，知言之選。③**玉石**〔老子法本〕不欲琭琭如玉，落落如石。④**窕槬**〔左傳〕周景王將鑄無射，伶州鳩曰：夫音，樂之輿也，而鐘，樂之器也。窕則不滅，槬則不容，今鐘槬矣。⑤**魏文**〔魏文帝典論論文〕文以氣爲主，氣之清濁有體，不可力彊而致。譬之音樂，曲度雖均，節奏同檢，至於引氣不齊，巧拙有素，雖在父兄，不能移

其子弟。⑥**盤根**〔虞詡傳〕不遇盤根錯節，何以別利器乎？⑦**博塞**〔許慎説文〕博，局戲也，六箸十二棊也。又行棊相塞曰博塞。⑧**儻來**〔莊子〕軒冕在身，非性命也。物之儻來，寄也。⑨**纆牽**〔戰國策〕段干越謂韓相新城君曰：昔王良弟子駕千里之馬，過京父之弟子。京父之弟子曰：馬，千里之馬也；服，千里之服也；而不能取千里，何也？曰：子纆牽長。故纆牽於事，萬分之一也，而難千里之行。⑩**三十之輻**〔考工記〕輪輻三十，以象日月也。

【李詳補注】

❶**今之常言**至**還攻其楯矣**詳案：彦和言文筆別目兩名自近代，而顔延年以爲筆之爲體言之文也。案此尚言文筆未分，然南史顔延之傳，言其諸子，竣得臣筆，測得臣文。又作首鼠兩端之説，則無怪彦和詆之矣。惟南朝所言文筆界目，其理至微。阮文達〔揅經室文集〕有學海堂文筆策問，其子阮福擬對附後，即文達所修潤也。今摭其要以爲彦和左證。策問云：問六朝至唐，皆有長於文長於筆之稱，如顔延之云：竣得臣筆，測得臣文是也。何者爲文，何者爲筆，福擬對引金樓子立言篇云：屈原、宋玉、枚乘、長卿之徒，止於辭賦，則謂之文。至如不便爲詩如閻纂，善爲章奏如伯松，前此之流，汎謂之筆。吟詠風謡，流連哀思者謂之文。而學者率多不便屬辭，守其章句，遲於通變，質於心用。徒能揚榷若言，抵掌多識，然而挹源知流，亦足可貴。筆退則非謂成篇，進則不云取義，神其巧惠，筆端而已。至如文者，惟須綺縠紛披，宫徵靡曼，脣吻遒會，情靈摇蕩。福附案云：福讀此篇，呈家大人，大人曰：此足以明六朝文筆之分。福又引彦和無韻者筆，有韻者文，謂文筆之義，此最分明。蓋文取乎沉思翰藻，吟詠哀思，故以

有情辭聲韻者爲文。筆從聿，亦名不聿。聿，述也。直言無文采者爲筆。詳案：阮氏父子所斷斷於文筆之别，最爲精審。而以情辭聲韻附會彦和之説，不使人疑專指用韻之文而言，則於六朝文筆之分豁然矣。 ❷**三十之輻共成一轂**黄注〔考工記〕輪輻三十，以象日月也。詳案：當先引〔老子〕三十輻共一轂。

【楊明照校注】

〔一〕**總術。**

按今本有錯簡，本篇統攝神思至附會所論爲文之術，應是第四十五，殿九卷之後；時序與才略互有關聯，不能分散在兩卷，時序應爲第四十六，冠十卷之首。子苑卷三十二即以時序與才略兩篇相連，是所見文心篇之次第，尚未殽亂也。當據正。物色介於時序、才略之間，殊爲不倫，當移入九卷中，其位置應爲第四十一。指瑕、養氣、附會三篇依次遞降。

〔二〕**今之常言。**

「今」，黄校云：「元作『令』，商改。」此沿梅校。　徐𤊹「令」改「今」。

按「今」字是。元本、覆刻汪本、張本、兩京本、何本、胡本、訓故本、謝鈔本、四庫本並作「今」，不誤。宋翔鳳過庭録卷十五文筆條有説，兹從略。

〔三〕**夫文以足言，理兼詩書。**

按左傳襄公二十五年：「仲尼曰：『志有之：言以足志，文以足言。』」「詩」，謂有韻之文；「書」，謂無韻之文。

〔四〕**言之文也。**

按「文」謂文采，猶云言之文飾者也。

〔五〕**請奪彼矛，還攻其楯矣。**

按韓非子難一篇：「楚人有鬻楯與矛者，譽之曰：『吾楯之堅，物莫能陷也。』又譽其矛曰：『吾矛之利，於物無不陷也。』或曰：『以子之矛陷子之楯，何如？』其人弗能應也。」

〔六〕**予以爲發口爲言，屬筆曰翰。**

按論衡書解篇：「出口爲言，集札爲文。」又：「出口爲言，著文爲篇。」又按以下文「出言入筆，筆爲言使」及「非以言筆爲優劣也」驗之，「屬筆曰翰」，當乙作「屬翰曰筆」。

〔七〕**常道曰經，述經曰傳。**

按論衡書解篇：「聖人作其經，賢者造其傳；述作者之意，採聖人之志，故經須傳也。」博物志四：「聖人制作曰經，賢者著述曰傳。」

〔八〕**然汎論纖悉。**

按漢書食貨志上：「賈誼説上（文帝）曰：『……古之治天下，至孅至悉也，故其畜積足恃。』」顔注：「孅，細也。悉，盡其事也。孅與纖同。」文選上林賦「嫵媚孅弱」李注：「孅即纖字。」

〔九〕**落落之玉，或亂乎石；碌碌之石，時似乎玉。**

按老子第三十九章：「不欲琭琭文子符言篇作碌。如玉，落落如石。」河上公注：「琭琭，喻少；落落，喻多。」後漢書馮衍傳下：「又自論曰：『馮子以爲夫人之德，不碌碌如玉，落落如石。』」章懷注：「老子德經之詞也。言可貴可賤，皆非道真。玉貌碌碌，爲人所貴；石形落落，爲人所賤。」疑此處「玉」、「石」二字淆次。晏子春秋内篇下：「堅哉石乎！落落，視之則堅，無以爲久，是以速亡也。」亦可資旁證。

〔一〇〕**蕪者亦繁。**

「蕪」，黄校云：「元作『無』，朱改。」此沿梅校。徐𤊹校「蕪」。張乙本、王批本、何本、訓故本、謝鈔本並作「蕪」。

按朱改、徐校，是也。

〔一一〕**辯者昭晢。**

「晢」，元本、弘治本、汪本、佘本、張本、兩京本、王批本作「晢」。

按「晢」字是。已詳徵聖篇「文章昭晰以象離」條。

〔一二〕**詭者亦典。**

何焯云：「『典』字有譌。」

按「典」字與上文之「尠」、「繁」、「露」不倫類，疑爲「曲」之誤。

〔一三〕**知夫調鐘未易。**

按吕氏春秋長見篇：「晉平公鑄爲大鐘，使工聽之，皆以爲調矣。師曠曰：『不調，請更鑄之。』平公曰：『工皆以爲調矣。』師曠曰：『後世有知音者，將知鐘之不調也，臣竊爲君耻之。』至於師涓，而果知鐘之不調也。」高注：「調，和也。」又見淮南子脩務篇。漢書揚雄傳下：「（解難）師曠之調鍾，竢知音者之在後也。」抱朴子外篇喻蔽：「瞽曠之調鍾，未必求解於同世。」「鍾」、「鐘」音同得通。

〔一四〕**張琴實難。**

按漢書董仲舒傳：「仲舒對曰：『……竊譬之琴瑟不調，甚者必解而更張之，乃可鼓也。……當更張而不更張，雖有良工，不能善調也。』」禮樂志「辟之琴瑟不調，甚者必解而更張之，乃可鼓也」即本自仲舒對策。宋書樂志四何承天鼓吹鐃歌：「（上邪篇）琴瑟時未調，改弦當更張。」

〔一五〕**伶人告和。**

按國語周語下：「鍾成，伶人告和。」韋注：「伶人，樂人也。」

〔一六〕**不必盡窕槬梼之中。**

「梼」，黄校云：「字衍。」此沿萬曆梅本校語（天啟梅本已剜去「梼」字）。元本、弘治本、活字本、張本、兩京本、何本、胡本、訓故本、淩本、合刻本、祕書本、謝鈔本、尚古本、岡本、四庫本、王本、張松孫本、鄭藏鈔本、崇文本並無「梼」字。汪本誤爲「瓜梼」二字，佘本「槬」上有「瓜」字。

按「梼」當據删。蓋寫者誤重槬字未竣時，知其爲衍，故未全書；傳寫者不察，亦復書出，遂致文不成義。

〔一七〕**動用揮扇，何必窮初終之韻。**

何焯云：「『揮扇』，未詳。」　郝懿行云：「按『動用揮扇，何必窮初終之韻』二句，未詳。」　范文瀾云：「『動用揮扇』二句，未詳其義。」

按此文向無注釋，殆書中之較難解者。然反覆研求，亦有跡可尋：二語既承上「張琴」句，其義必與鼓琴之事有關。説苑善説篇：「雍門子周以琴見乎孟嘗君。……雍門子周引琴而鼓之，徐動宮、徵，微揮羽、角；初原誤作「切」，據桓譚新論改。終而成曲。孟嘗君涕浪汗增欷，下而就之曰：『先生之鼓琴，令文立若破國亡邑之人也。』」舍人遣辭，即出於此。如改「用」爲「角」，改「扇」爲「羽」，則文從字順，涣然冰釋矣。又按淮南子覽冥篇：「昔雍門子以哭見於孟嘗君，已而陳辭通意，撫心發聲，孟嘗君爲之增欷歍唈，流涕狼戾不可止。」高注：「雍門子名周，善彈琴，又善哭。雍門，齊西門也，居近之，因以爲氏。」漢書中山靖王傳：「雍門子壹微吟，孟嘗君爲之於邑。」顏注：「張晏曰：『齊之賢者，居雍門，因以爲號。』蘇林曰：『六國時人，名周，善鼓琴，母死無以葬，見孟嘗君而微吟也。』如淳曰：『雍門子以善鼓琴見孟嘗君，……孟嘗君喟然歎息也。』師古曰：『於邑，短氣貌。於音烏。』」二書所載皆有助於知人論世，故覃及之。

〔一八〕**豈能控引情源。**

「情」，黄校云：「元作『清』。」　梅本作「清」，校云：「當作『情』。」

按梅校是。「情源」與下句之「文苑」對。訓故本、梁本、謝鈔本正作「情」，未誤。文溯本剜改爲「情」。

章句篇「控引情理」，亦其旁證。

〔一九〕**棄術任心。**

「棄」，黄校云：「元作『築』。」此沿梅校。

按元本、弘治本、活字本、汪本、佘本、張本、兩京本、胡本、王批本、訓故本、謝鈔本作「無」；稗編七五、喻林八九引同。徐𤊹云：「『無』，一作『棄』。」以梅校「元作築」覆刻汪本作「桒」。推之，改「棄」是也。何本作「棄」。陸士衡文集五等諸侯論：「棄道任術。」句法與此相同，亦可證。

〔二〇〕**如博塞之邀遇。**

「邀遇」，兩京本、胡本作「邀遊」；喻林引同。馮舒云：「『邀遇』，一作『邀遊』。」

按「邀」，求也。文選廣絶交論李注引賈逵國語注。「遇」，偶也；爾雅釋言。得也。孟子離婁下趙注。「博塞邀遇」，喻「棄術任心」以從事撰述，如博徒之希求偶得然。下文「故博塞之文，借巧儻來」云云，即承此而言。文選西京賦：「不邀自遇。」薛注：「不須邀逐，往自得之。」蓋「邀遇」二字之所自出。兩京本、胡本作「邀遊」，乃據莊子駢拇篇「則博塞以遊」句臆改，而昧其與上下文意之不愜也。

〔二一〕**乃多少之並惑。**

「並」，黄校云：「元作『非』，許改。」此沿梅校。

按許改是也。何本、謝鈔本正作「並」。老子第二十二章：「少則得，多則惑。」舍人遣辭本此。

〔二二〕**何妍蚩之能制乎！**

鈴木云：「『蚩』，當作『媸』。」

按「蚩」字未誤，無煩改作。已詳聲律篇「是以聲畫妍蚩」條。又按「制」字與上下文意不符，疑爲「別」之誤。抱朴子外篇自序：「天才未必爲增也，直所覽差廣，而覺妍蚩之別。」可資旁證。

〔二三〕**夫驥足雖駿，纆牽忌長。**

「纆」，黄校云：「元作『纏』，許改。」此沿梅校。

按許改「纏」爲「纆」，是也。張本、何本、謝鈔本並作「纆」。「纆牽忌長」出典，見戰國策韓策三。原文范注已具。文選張華勵志詩：「纆牽之長，實累千里。」李注：「……千里之馬，繫以長索，則爲累矣。」李周翰注：「纆，索也，以御馬也。」

〔二四〕**所以列在一篇，備總情變。**

按謂神思以下各篇也。

〔二五〕**雖未足觀，亦鄙夫之見也。**

按曹子建集與楊德祖書：「今往僕少小所著辭賦一通相與，夫街談巷説，必有可采，擊轅之歌，有應風雅。匹夫之思，未易輕棄也。」舍人此語，蓋其自謙，猶子建云「匹夫之思」然也。

〔二六〕**鑑必窮源。**

「源」，汪本、佘本作「深」。

按「深」字失韻，非是。史記大宛傳贊有「窮河源」語。

時序第四十五〔一〕

時運交移，質文代變，古今情理，如可言乎？昔在陶唐，德盛化鈞〔二〕，野老吐何力之談①，郊童含不識之歌②。有虞繼作，政阜民暇，薰風詩於元后③〔三〕，爛雲歌於列臣④。盡其美者，何乃心樂而聲泰也〔四〕！至大禹敷土，九序詠功；成湯聖敬，猗歟作頌⑤。逮姬文之德盛，周南勤而不怨⑥〔五〕；大王之化淳，邠風樂而不淫⑦〔六〕；幽厲昏而板蕩怒⑧，平王微而黍離哀⑨。故知歌謠文理，與世推移，風動於上，而波震於下者〔七〕。

春秋以後，角戰英雄，六經泥蟠⑩〔八〕，百家飆駭。方是時也，韓魏力政〔九〕，燕趙任權，五蠹六蝨⑪，嚴於秦令，唯齊楚兩國，頗有文學。齊開莊衢之第⑫，楚廣蘭臺之宮⑬，孟軻賓館，荀卿宰邑⑭，故稷下扇其清風⑮，蘭陵鬱其茂俗，鄒子以談天飛譽，騶奭以雕龍馳響⑯，屈平聯藻於日月，宋玉交彩於風雲。觀其豔說，則籠罩雅頌。故知暐燁之奇意，出乎縱橫之詭俗也。

爰至有漢，運接燔書⑰，高祖尚武，戲儒簡學⑱，雖禮律草創⑲，詩書未遑〔一〇〕，然大風鴻鵠之歌⑳，亦天縱之英作也。施及孝惠，迄於文景㉑，經術頗興，而辭人勿用〔一一〕，賈誼抑而鄒枚沈㉒，亦可知已。逮孝武崇儒㉓，潤色鴻業，禮樂爭輝〔一二〕，辭藻競騖：柏梁展朝讌之詩㉔，金堤製恤民之詠㉕〔一三〕，徵枚乘以蒲輪㉖，申主父以鼎食㉗，擢公孫之對策㉘，歎兒寬之擬奏㉙〔一四〕，買臣負薪而衣錦㉚，相如滌器而被繡㉛；於是史遷壽王之徒㉜，嚴終枚皋之屬㉝，應對固無方，篇章亦不匱，遺風餘采，莫與比盛❶。越昭及宣㉞，實繼武績，馳騁石渠㉟，暇豫文會，集雕篆之軼材㊱〔一五〕，發綺縠之高喻㊲〔一六〕；於是王褒之倫，底祿待詔㊳〔一七〕，自元暨成㊴，降意圖籍，美元作笑。玉屑之譚，元作諫。清金馬之路㊵，子雲銳思於千首㊶，子政讎校於六藝㊷，亦已美矣。爰自漢室，迄至成哀，雖世漸百齡，辭人九變，而大抵所歸，祖述楚辭〔一八〕，靈均餘影，於是乎在。

自哀平陵替㊸，光武中興㊹，深懷圖讖㊺，頗略文華，然杜篤獻誄以免刑㊻，班彪參奏元作表，張僞度改。以補令㊼，雖非旁求，亦不遐棄。及明帝疊耀㊽，崇愛儒術〔一九〕，肄禮壁堂，講文虎觀㊾；孟堅珥筆於國史㊿〔二〇〕，賈逵給札元作禮，張改。於瑞元作端，張改。頌(51)，東平擅其懿文(52)，沛王振其通論(53)，帝則藩儀，輝光相照矣。自安和已下〔二一〕，迄至順桓(54)，則有班傅三崔(55)，王馬張蔡(56)〔二二〕，磊落鴻儒，才不時乏，而文章之選，存而不論〔二三〕。然中興之後，群才稍改前轍，華實所附，斟酌經辭，蓋歷政講聚，故漸靡儒風者也。降及靈帝(57)，時好辭製，造羲皇之書〔二四〕，開鴻都之賦〔二五〕，而樂松之徒，招集淺陋〔二六〕，故楊賜號爲驩兜，蔡邕比之俳優，其餘風遺文，蓋蔑如也〔二七〕。

自獻帝播遷[58]，文學蓬轉[59]，建安之末，區宇方輯。魏武以相王之尊[60]，雅愛詩章〔二八〕；文帝以副君之重[61]，妙善辭賦；陳思以公子之豪[62]，下筆琳瑯〔二九〕：並體貌英逸[63]〔三〇〕，故俊才雲蒸[64]。仲宣委質於漢南〔三一〕，孔璋歸命於河北，偉長從宦於青土，公幹徇質於海隅❷〔三二〕，德璉綜其斐然之思，元瑜展其翩翩之樂，文蔚休伯之儔，于叔元作子俶。德祖之侶〔三三〕，傲雅觴豆之前〔三四〕，雍容衽席之上，灑筆以成酣歌，和墨以藉談笑。觀其時文，雅好慷慨，良由世積亂離，風衰俗怨，並志深而筆長，故梗概而多氣也[65]。至明帝纂戎[66]〔三五〕，制詩度曲[67]，徵篇章之士，置崇文之觀[68]，何劉群才[69]，迭相照耀。少主相仍，唯高貴英雅[70]，顧盼合章〔三六〕，動言成論。於時正始餘風[71]，篇體輕澹，而嵇阮應繆[72]，並馳文路矣。

逮晉宣始基〔三七〕，景文克構〔三八〕，並跡沈儒雅，而務深方術。至武帝惟新，承平受命，而膠序篇章，弗簡皇慮。降及懷愍[73]，綴旒而已[74]〔三九〕。然晉雖不文，人才實盛[75]：茂先搖筆而散珠，太沖動墨而横錦，岳湛曜聯璧之華[76]，機雲摽二俊之采[77]，應傅三張之徒〔四〇〕，元作從。孫摯成公之屬，並結藻清英，流韻綺靡。前史以爲運涉季世，人未盡才，誠哉斯談，可爲歎息！

元皇中興[78]，披文建學，劉刁禮吏而寵榮[79]，景純文敏而優擢。逮明帝秉哲[80]〔四一〕，元作東晳。雅好文會，升儲御極，孶孶講藝，練情於誥策，振采於辭賦；庾以筆才逾親[81]〔四二〕，温以文思益厚[82]，揄揚風流，亦彼時之漢武也。及成康促齡，穆哀短祚[83]，簡文勃興[84]，淵乎清峻，微言精理，函何本改亟。滿元席〔四三〕，澹思濃采〔四四〕，時灑文囿。至孝武不嗣，安恭已矣(85)。其文史則有袁殷之曹，孫干之輩(86)，雖才或淺深，珪璋足用。自中朝貴元，江左稱盛〔四五〕，因談餘氣，流成文體。是以世極迍邅，而辭意夷泰，詩必柱下之旨歸(87)〔四六〕，賦乃漆園之義疏(88)❸。故知文變染乎世情，興廢繫乎時序，原始以要終，雖百世可知也〔四七〕。

自宋武愛文，文帝彬雅，秉文之德〔四八〕，孝武多才，英采雲構〔四九〕。自明帝元脱以下(89)〔五〇〕，文理替矣。爾其縉紳之林，霞蔚而飆起；王袁聯宗以龍章(90)，顏謝重葉以鳳采(91)，何范張沈之徒(92)，亦不可勝也〔五一〕。蓋聞之於世，故略舉大較。

暨皇齊馭寶(93)，運集休明：太祖以聖武膺籙，高祖以睿文纂業，文帝以貳離含章(94)，中宗以上哲興運〔五二〕，並文明自天，緝遐疑作熙。景祚〔五三〕。今聖歷方興，文思光元作充。被〔五四〕，海岳降神〔五五〕，才英秀發〔五六〕。馭飛龍於天衢，駕騏驥於萬里，經典禮章，跨周轢漢，唐虞之文，其鼎盛乎〔五七〕！鴻風懿采，短筆敢陳〔五八〕；颺言讚時〔五九〕，請寄明哲。

贊曰：蔚映十代〔六〇〕，辭采九變。樞中所動，環流無倦(95)。質文沿時，崇替在選。終古雖遠，曠汪作曖。焉如面〔六一〕。

【黃叔琳注】

①**野老**〔帝王世紀〕帝堯之世，天下太和，百姓無事，有老人擊壤而歌曰：日出而作，日入而息，鑿井而

飲，耕田而食，帝力何有於我哉！　②**郊童**〔列子〕堯治天下五十年，不知天下治與不治，乃微服遊於康衢，聞童謡云：立我蒸民，莫匪爾極，不識不知，順帝之則。　③**薰風**見明詩篇。　④**爛雲**見通變篇。　⑤**猗歟**〔鄭康成詩譜〕湯受命定天下，後世有中宗、高宗者，此三主有受命中興之功，時有作詩頌之者。商德之壞，武王伐紂，封紂兄微子啟爲宋公。七世至戴公時，大夫正考父校商之名頌十二篇於周太師，以那爲首，其首章曰：猗歟那歟！　⑥**周南**〔詩小序〕關雎、麟趾之化，王者之風，故繫之周南，言化自北而南也。　⑦**邠風**〔詩譜〕豳者，后稷之曾孫曰公劉者，自邰而出，所徙戎狄之地名。至商之末世，太王又避戎狄之難，而入處於岐陽。成王之時，周公避流言之難，出居東都；思公劉太王居豳之職，憂念民事至苦之功，以比序己志。後成王迎而反之。太史述其志主於豳公之事，故別其詩以爲豳國變風焉。　⑧**幽厲**〔詩小序〕板，凡伯刺厲王也。蕩，召穆公傷周室大壞也。厲王無道，天下蕩蕩，無綱紀文章，故作是詩也。　⑨**平王**〔詩註疏〕平王東遷，政遂微弱，不能復雅，下列稱風。〔詩黍離章註〕周既東遷，大夫行役至于宗周，過故宗廟宫室，盡爲禾黍。閔周室之顛覆，徬徨不忍去，故賦其所見。　⑩**泥蟠**〔班固答賓戲〕泥蟠而天飛者，應龍之神也。　⑪**五蠹六蝨**見諸子篇。　⑫**莊衢**〔騶奭傳〕頗采騶衍之術以紀文。齊王嘉之，自如淳于髡以下皆命曰列大夫，爲開第康莊之衢，高門大屋，尊寵之。　⑬**蘭臺**見夸飾篇景差注。　⑭**荀卿**〔荀卿傳〕卿適楚，春申君以爲蘭陵令。　⑮**稷下**〔孟子傳〕自鄒衍與齊之稷下先生如淳于髡、慎到、環淵、接子、田駢、騶奭之徒，各著書言治亂之事以干世主，豈可勝道哉？索隱曰：稷，齊之城門也。謂齊之學士集於稷門之下也。　⑯**談天雕龍**見諸子篇。　⑰**燔書**〔秦始皇本紀〕李斯奏請史官非秦記皆燒之。非博士官所職，天下敢有藏詩書百家語者，悉詣守尉雜燒之。令下三十日不燒，黥爲城旦。制曰可。⑱**戲儒**〔酈食其傳〕騎士曰：沛公不喜儒，諸客冠儒冠來者，沛公輒解其冠，溺其中。⑲**禮律草創**〔漢禮樂志〕漢興，撥亂反正，日不暇給，猶命叔孫通制禮儀，以正君臣之位。未盡備而通終。〔律曆志〕漢興，方綱紀大基，庶事草創，襲秦正朔，以北平侯張蒼言，用顓頊曆比於六曆。⑳**大風**見樂府篇。**鴻鵠**〔留侯世家〕上欲易太子，留侯諫不聽。及燕置酒，太子侍，東園公、甪里先生、綺里季、夏黄公四人從太子，上召戚夫人曰：彼四人輔之，羽翼已成，難動矣。戚夫人泣。上曰：爲我楚舞，吾爲若楚歌。歌曰：鴻鵠高飛，一舉千里，羽翮已就，横絶四海。横絶四海，當可奈何！雖有矰繳，尚安所施！㉑**文景**〔漢書〕孝文皇帝，高祖中子也。孝景皇帝，文帝太子也。贊曰：周云成康，漢言文景，美矣。㉒**賈誼**〔賈誼傳〕天子議以誼任公卿之位，絳、灌、東陽侯、馮敬之屬盡害之，迺毁誼曰：雒陽之人，年少初學，專欲擅權，紛亂諸事。於是天子後亦疎之，不用其議，以誼爲長沙王太傅。**鄒枚**鄒陽見前。〔枚乘傳〕景帝召拜乘爲宏農都尉。乘久爲大國上賓，與英俊並游，得其所好，不樂郡吏，以病免官。㉓**孝武**〔漢武帝紀贊〕孝武初立，表章六經，興太學，號令文章，焕焉可述。後嗣得遵洪業，而有三代之風。㉔**柏梁**見明詩篇。㉕**金堤**〔漢溝洫志〕武帝既封禪，發卒數萬人，塞瓠子決河。上悼功之不成，迺作歌。卒塞瓠子，築宫其上，名曰宣防。〔王尊傳〕河水盛溢，泛浸瓠子金堤。㉖**蒲輪**〔枚乘傳〕武帝自爲太子聞乘名，及即位，迺以安車蒲輪徵乘。㉗**鼎食**〔主父偃傳〕尊立衛皇后，及發燕王定國陰事，偃有功焉。大臣皆畏其口，賂遺累千金。人或説偃曰：太横矣。

主父曰：丈夫生不五鼎食，死即五鼎烹耳。㉘**對策**見議對篇。㉙**擬奏**見附會篇歎奇注。㉚**負薪**〔朱買臣傳〕家貧，常艾薪樵賣以給食。拜會稽太守。上謂曰：富貴不歸故鄉，如衣錦夜行，今子何如？　㉛**滌器**〔司馬相如傳〕相如與文君俱之臨邛，盡賣車騎，買酒舍。乃令文君當壚，相如身自著犢鼻褌，與庸保雜作，滌器於市中。後爲中郎將，至蜀，太守以下郊迎，縣令負弩矢先驅，蜀人以爲寵。㉜**壽王**〔吾邱壽王傳〕年少以善格五召待詔。後爲光禄大夫侍中。㉝**嚴**〔嚴安傳〕安，臨菑人，以故丞相史上書爲騎馬令。**終**〔終軍傳〕軍少好學，以辯博能屬文，上書言事。武帝異其文，拜爲謁者給事中。**枚皋**〔枚皋傳〕皋不通經術，詼笑類俳倡，爲賦頌好嫚戲，以故得媟黷貴幸，比東方朔、郭舍人等，而不得比嚴助等得尊官。㉞**昭**〔漢昭帝紀〕孝昭皇帝，武帝少子也。武帝崩，即皇帝位。**宣**〔漢宣帝紀〕孝宣皇帝，武帝曾孫，戾太子孫也。昭帝崩，徵昌邑王。王淫亂，大臣請廢，迎帝即皇帝位。㉟**石渠**見論説篇。㊱**雕篆**見詮賦篇。㊲**綺縠**同上。㊳**底禄**〔左傳〕叔向曰：底禄以德。㊴**元**〔漢元帝紀〕孝元皇帝，宣帝太子也，宣帝微時生民間。宣帝即位，立爲太子，壯大，柔仁好儒。宣帝崩，太子即皇帝位。**成**〔漢成帝紀〕孝成皇帝，元帝太子也。元帝崩，即皇帝位。㊵**金馬**〔滑稽傳〕東方朔歌曰：陸沈於俗，避世金馬門。㊶**千首**見詮賦篇。㊷**六藝**〔漢藝文志〕劉歆七略有六藝略。詳諸子篇。㊸**哀平**〔漢哀帝紀〕孝哀皇帝，元帝庶孫，定陶恭王子也。成帝無子，立爲皇太子。成帝崩，即皇帝位。〔漢平帝紀〕孝平皇帝，元帝庶孫，中山孝王子也。哀帝崩，即皇帝位。㊹**光武**〔後漢光武帝紀〕光武皇帝諱秀，長沙定王之後，誅王莽復漢。㊺**圖讖**見正緯篇。㊻**免刑**〔後漢文苑傳〕杜篤收送京師，會大司馬吳漢薨，光武詔諸儒誄之，篤於獄中爲誄最高。帝美之，賜帛免刑。㊼**參奏**〔班彪傳〕彪爲河西大將軍竇融畫策事漢。及融徵還京師，光武問曰：所上章奏，誰與參之？融以彪對。召見，拜徐令。㊽**明帝**〔後漢明帝紀〕孝明皇帝諱莊，光武第四子也。㊾**璧堂**璧雍，明堂也。〔通鑑〕明帝永平二年，上帥群臣躬養三老五更於辟雍。禮畢，上自爲下説。諸儒執經問難於前。冠帶縉紳之士，圜橋門而觀聽者，以億萬計。**虎觀**見論説篇。㊿**國史**見史傳篇述漢注。(51)**給札**〔賈逵傳〕有神雀集宮殿官府，帝問逵，逵對曰：此胡降之徵也。帝敕蘭臺給筆札，使作神雀頌。(52)**東平**〔後漢東平憲王傳〕蒼少好經書，雅有智思，上光武受命中興頌，帝甚善之。(53)**沛王**見正緯篇。(54)**安和順桓**〔後漢帝紀〕孝和皇帝諱肇，肅宗第四子也。孝安皇帝諱祐，肅宗孫也。孝順皇帝諱保，安帝之子也。孝桓皇帝諱志，肅宗曾孫也。(55)**班**固**傅**毅**三崔**駰、瑗、實。(56)**王**延壽**馬**融**張**衡**蔡**邕。俱見前。(57)**靈帝**〔後漢靈帝紀〕孝靈皇帝諱宏，肅宗玄孫也。〔蔡邕傳〕初，帝好學，自造羲皇篇五十章。因引諸生能引文賦者，本頗以經學相招，後諸爲尺牘及工書鳥篆者，皆加引召，遂至數十人。侍中祭酒樂松、賈護多爲無行趨勢之徒，並待制鴻都門下，熹陳方俗閭里小事。邕上封事曰：連偶俗語，有類俳優。〔楊賜傳〕虹蜺晝降嘉德殿前，賜書對曰：鴻都門下，招會群小，如驩兜、共工，更相薦説。(58)**獻帝**〔後漢獻帝紀〕孝獻皇帝諱協，靈帝中子也。初封陳留王，董卓立之。建安二十五年，禪于魏。贊曰：獻生不辰，身播國屯。(59)**蓬轉**〔西征賦〕飄萍浮而蓬轉。(60)**魏武**〔魏志〕太祖武皇帝姓曹，諱操，字孟德。舉孝廉，爲郎，遷丞相，封魏王。文帝追謚曰武皇帝。(61)**文帝**〔魏志〕文皇帝諱丕，字子桓，武帝太子也。建安十六年，爲五官中郎將副丞相。二十二年，立爲魏太子。太祖崩，嗣位爲丞相魏王，受漢禪，即皇帝位。㊷**陳思**〔魏志〕陳思王植字子建，善屬文。鄴銅爵臺新成，太祖悉將諸子登臺，使各爲賦，植援筆立成可觀，太祖甚異之。㊸**體貌**〔賈誼傳〕體貌大臣。〔注〕體貌，謂加禮容而敬之。〔典略〕路粹字文蔚，與陳琳等俱爲太祖典記室。㊹**俊才雲蒸**仲宣、孔璋、偉長、公幹、德璉、元瑜、子俶俱見前。楊修字德祖，太尉彪之子也，爲丞相倉曹屬主簿。繁欽字休伯，以文才機辯，少得名於汝潁，爲丞相主簿。㊺**梗概**按〔文選東京賦注〕云：不纖密。則是大概之意。此處運用各別。查字典引劉楨魯都賦云：貴交尚信，輕命重氣，義激毫毛，怨成梗概。是直作感慨用也。㊻**明帝**見前。㊼**度曲**〔漢書〕元帝吹洞簫，自度曲。〔注〕自隱度作新曲。㊽**崇文觀**〔魏志〕明帝四年，置崇文觀，徵善屬文者以充之。㊾**何晏劉劭**。俱見前。㊿**高貴**〔魏志〕高貴鄉公諱髦，東海定王之子。齊王芳廢，大臣立之，爲成濟所弒。㉛**正始餘風**〔世説〕王丞相與殷中軍共談，歎曰：正始之音，正當爾耳。又王敦見衛玠曰：不意永嘉之中，復聞正始之音。㉜**嵇康阮籍應璩繆襲**。俱見前。㉝**晉宣景文武懷愍**〔晉書〕司馬懿字仲達，仕魏爲太尉；武帝即位，追謚宣皇帝。懿長子師，字子元，仕魏爲大將軍，追謚景皇帝。師弟昭，字子上，仕魏封晉王，追謚文皇帝。昭子炎，字安世，受魏禪，謚武皇帝。懷皇帝諱熾，武帝第二十子也，惠帝無嗣，立爲皇太弟；在位六年，爲劉曜執歸，弒之。孝愍皇帝諱鄴，吳孝王晏之子也；初封秦王，懷帝遇害，大臣立之，在位四年，爲劉曜執歸，弒之。㉞**綴旒**〔公羊傳〕君若贅旒然，言爲下所執持東西耳。贅亦作綴。㉟**文才實盛**茂先、太沖、應璩、傅咸、張載、張協、張亢、孫綽、摯虞、成公綏，俱見前。〔晉文苑傳〕應貞，字吉甫，璩之子也。善談論，以才學稱。帝於華林園宴射，貞賦詩最美。76**聯璧**〔夏侯湛傳〕湛幼有盛才，文章宏富，善構新詞，而美容觀。與潘岳友善，每行止同輿接茵，京都謂之連璧。77**二俊**〔陸機傳〕太康末，與弟雲俱入洛，造張華，華素重其名，如舊相識，曰：伐吴之役，利獲二俊。78**元皇**〔晉元帝紀〕元皇帝諱睿，字景文，琅琊恭王覲之子也。愍帝崩，即皇帝位。79**劉**〔劉隗傳〕隗字大連，雅習文史，善求人主意。元帝深器遇之。**刁**〔刁協傳〕協字元亮，久在中朝，諳練舊事。朝廷凡所制度，皆稟於協焉。80**明帝**〔晉明帝紀〕明皇帝諱紹，字道畿，元皇帝長子也。性至孝，有文武才略，欽賢愛客，雅好文辭。81**庾**〔庾亮傳〕亮，明穆皇后之兄也。與温嶠俱爲太子布衣之好，明帝即位，拜中書監。82**温**〔温嶠傳〕嶠字太真，明帝即位，拜侍中，機密大謀，皆所參綜。83**成康穆哀**〔晉書〕成皇帝諱衍，字世根，明帝長子也，在位十七年。康皇帝諱岳，字世同，成帝同母弟也，在位二年。穆皇帝諱聃，字彭子，康帝子也，在位七年。哀皇帝諱丕，字千齡，成帝長子也，在位三年。84**簡文**〔晉簡文帝紀〕簡文皇帝諱昱，字道萬，元帝之少子也。帝少有風儀，善容止，留心典籍，不以居處爲意，凝塵滿席湛如也。85**孝武安恭**〔晉書〕孝武帝諱曜，字昌明，簡文第三子也，在位二十四年。安帝諱德宗，孝武帝長子也，在位二十年。恭帝諱德文，安帝同母弟也，劉裕廢安帝立之，在位二年，禪於宋。86**袁殷孫干**袁宏、孫盛、干寶，俱見前。〔殷仲文傳〕仲文少有才藻，桓玄將爲亂，使總領詔命，以爲侍中，領左衛將軍。玄九錫，仲文之辭也。87**柱下**〔法輪經〕老子在周武王時爲柱下史。88**漆園**〔史記〕莊子者，蒙人也，名周，嘗爲蒙漆園吏。89**武帝文帝孝武明帝**〔宋書〕武皇帝劉氏諱裕，彭城人，受晉恭帝禪。文皇帝諱義隆，武帝第三子也，檀道濟廢營陽王立之。孝武皇帝諱駿，文帝第三子也，初封武陵王，起兵誅元凶劭即位。明皇帝諱彧，文帝第十一子也，初封湘東王，廢帝被弒，大臣迎立之。⑽**王**〔宋書〕王僧達，少好學，善屬文，爲始興王濬參軍，歷遷中書令。王微，少好學，無不通覽，善屬文，年十六舉秀才，除南平王鑠右軍諮議參軍。素無宦情，稱疾不就。**袁**〔宋書〕袁淑博涉多通，好屬文，辭采遒豔，縱横有才辯，彭城王起爲祭酒，後遷至左衛率。元凶將爲弒逆，淑諫見害。淑兄湛，湛兄子顗，顗從弟粲並有名。**龍章**〔世説〕顧彦先八音之琴瑟，五色之龍章。⑼**顏**〔顏延之傳〕延之文章之美，冠絶當時，與謝靈運俱以詞彩齊名，江左稱顏謝焉。**謝**〔謝靈運傳〕靈運博覽群書，文章之美，江左莫逮。史臣曰：爰逮宋氏，顏謝騰聲。靈運之興會標舉，延年之體裁明密，並方軌前秀，垂範後昆。**鳳采**〔水經注〕廬山上有三石梁。吴猛將弟子登山過此梁，見一翁坐桂樹下。山川明淨，風澤清曠，嘉遁之士，繼響窟巖，龍潛鳳采之賢，往者忘歸矣。⑫**何范張沈**〔南史何遜傳〕遜弱冠，州舉秀才，范雲見其對策，大相稱賞，因結忘年交。謂所親曰：頃觀文人，質則過儒，麗則傷俗，其能含清濁，中今古，見之何生矣。沈約嘗謂遜曰：吾每讀卿詩，一日三復，猶不能已。〔范雲傳〕雲善屬文，下筆輒成，時人疑其宿構。〔張卲傳論〕有晉自宅淮海，張氏無乏賢良。及宋齊之間，雅道彌盛。其前則云敷、演、鏡、暢，蓋其尤著者也。然景胤敬愛之道，少微立履所由，其殆優矣。思光行己卓越，非常俗所遵，齊高帝所云：不可有二，不可無一。斯言其幾得矣。〔沈約傳〕約博通群籍，能屬文。⑬**皇齊**〔南齊高帝紀〕高皇帝諱道成，字紹伯，姓蕭氏，仕宋封齊王，受宋禪。〔南史〕齊高帝蕭道成，廟號太祖。武帝蕭賾，廟號世祖。文惠太子蕭長懋，追尊爲文帝，廟號世宗。明帝蕭鸞，廟號高宗。並無中宗、高祖。⑭**貳離**〔易離卦〕象曰：重明以麗乎正。象曰：明兩作離。⑮**環流**〔鶡冠子〕物極則反，命曰環流。

【李詳補注】

❶**遺風餘采二句** 詳案：〔漢書東方朔傳贊〕其流風遺書，蔑如也。❷**仲宣委質於漢南**至**海隅** 詳案：〔曹植與楊德祖書〕仲宣委質於漢南，孔璋鷹揚於河朔，偉長擅名於青土，公幹振藻於海隅。案委質即委贄。贄，古作質。❸**自中朝貴元**至**賦乃漆園之義疏** 詳案：〔沈約宋書謝靈運傳論〕在晉中興，玄風獨扇，爲學窮於柱下，博物止乎七篇。

【楊明照校注】

〔一〕**時序。**

按此篇當在才略之前，此篇論世，彼篇論人，本密邇相連。序志篇云：「崇替於時序，褒貶於才略。」明文可驗也。

〔二〕**德盛化鈞。**

按漢書馮野王傳：「吏民嘉美野王、立相代爲太守，歌之曰：『大馮君，小馮君，兄弟繼踵相因循，聰明賢知惠吏民，政如魯、衛德化鈞，周公、康叔猶二君。』」

〔三〕**薰風詩於元后。**

范文瀾云：「『詩於元后』，疑當作『詠於元后』。」

按范説非是，「詩」字自通。史記樂書：「高祖過沛，詩三侯之章。」又司馬相如傳：「（封禪文）詩大澤之博。」其「詩」字正作動詞用也。子苑三二引作「詩」。

〔四〕**盡其美者，何乃心樂而聲泰也！**

按論語八佾：「子謂韶，『盡美矣，又盡善也。』」集解引孔安國曰：「韶，舜樂名。」又按：范注以「何」字屬上句讀，非是。史記蒙恬傳贊：「何乃罪地脈哉！」又陸賈傳：「王何乃比於漢！」又李將軍傳：「尉曰：『今將軍尚不得夜行，何乃故也？』」又汲黯傳：「黯數質責（張）湯於上（武帝）前，曰：『……何乃取高皇帝約束紛更之爲？』」漢書霍光傳：「（昌邑）王曰：『徐之，何乃驚人如是！』」後漢紀靈帝紀中：「（劉）寵見老父曰：『何乃自苦來邪？』」三國志魏書陳琳傳：「太祖謂曰：『……何乃上及父祖邪？』」説苑建本篇：「何乃獨思若火之明也！」風俗通義愆禮篇：「何乃若茲者乎？」中論智行篇：「俱謂賢者耳，何乃以聖人論之？」世説新語輕詆篇：「周（伯仁）曰：『何乃刻畫無鹽，唐突西子也！』」並「何乃」連文之證。如范注斷句，摇曳語氣，便索然寡味矣。

〔五〕**逮姬文之德盛，周南勤而不怨。**

按左傳襄公二十九年：「吴公子札來聘，……請觀於周樂。使工爲之歌周南、召南。曰：『美哉！始基之矣，猶未也。然勤而不怨矣。』」杜注：「周南、召南，王化之基。猶有商紂，未盡善也。未能安樂，然其音不怨怒。」舍人遣辭本此。黄、范兩家注所引均不慊。

〔六〕**大王之化淳，邠風樂而不淫。**

按左傳襄公二十九年：「爲之歌豳。曰：『美哉！蕩乎！樂而不淫，其周公之東乎？』」杜注：「樂而不淫，言有節。周公遭管蔡之變，東征三年，爲成王陳后稷先公不敢荒淫，以成王業。故言其周公之東乎？」舍人遺辭本此。黄、范兩家注所引均不愜。又按「大」，讀爲泰。子苑三一作太。「邠」與「豳」同。玉篇邑部：「邠，亦作豳。」廣韻十七真：「豳，亦作邠。」王批本作「太」。

〔七〕**而波震於下者。**

范文瀾云：「『者』下當有『也』字。」　郝懿行云：「按『者』下疑有『也』字。」子苑引同今本。

按郝説是。當據增。范注他處曾明引郝説，而此獨否。似難免於掠人之美。

〔八〕**六經泥蟠。**

按法言問神篇：「龍蟠於泥，蚖其肆矣。」李注：「惟聖知聖，惟龍知龍，愚不知聖，蚖不知龍。聖道未彰，羣愚玩矣；龍蟠未升，蚖其肆矣。」黄、范兩家引答賓戲「泥蟠而天飛者，應龍之神也」二句以注，與文意不合，非是。

〔九〕**韓魏力政。**

按漢書五行志中之下：「京房易傳曰：『天子弱，諸侯力政。』」顔注：「政亦征也，言專以武力相征討。一説，諸侯之政，當以德禮，今王室微弱，文教不行，遂乃以力爲政，相攻伐也。」又藝文志：「（諸子略）諸子十家，其可觀者九家而已。皆起於王道既微，諸侯力政，時君世主，好惡殊方，是以九家之術，蠭出並作，各引一端，崇其所善，以此馳説，取合諸侯。」又游俠傳序：「周室既微，禮樂征伐自諸侯出。……陵夷至於戰國，合從連衡，力政争彊。」顔注：「力政者，棄背禮義，專任威力也。」

〔一〇〕**詩書未遑。**

按史記陸賈傳：「陸生時時前説稱詩書。高帝罵之曰：『乃公居馬上而得之，安事詩書！』」論衡佚文篇：「高祖始令陸賈造書，未興五經。」並足爲「詩書未遑」之證。

〔一一〕**而辭人勿用。**

按史記司馬相如傳：「會景帝不好辭賦。」足爲舍人此説之證。

〔一二〕**逮孝武崇儒，潤色鴻業，禮樂争輝。**

按班固兩都賦序：「至於武宣之世，乃崇禮官，考文章，内設金馬石渠之署，外興樂府協律之事，以興廢繼絶，潤色鴻業。」

〔一三〕**金堤製恤民之詠。**

按此句黄、范兩家注皆引漢書溝洫志，嫌晚。史記河渠書，纔是最先見者。

〔一四〕**歎兒寬之擬奏。**

「擬」，元本、活字本、汪本、佘本、張本、兩京本、胡本、文津本作「凝」；詩紀别集一、漢魏詩乘總録、子苑、湯氏續文選二七同。王批本、訓故本、謝鈔本作「疑」。馮舒校作「擬」。鈴木云：「(擬)當作『疑』。」

按「凝」、「疑」並誤。此云「擬奏」，明指寬所爲奏，其非「已再見却」之「疑奏」可知。不然，漢武何爲稱歎耶？且「擬奏」始能與上句之「對策」相對。

〔一五〕**集雕篆之軼材。**

按漢書王褒傳：「褒既爲刺史作頌，又作其傳，益州刺史因奏褒有軼材。上宣帝。迺徵褒。」

〔一六〕**發綺縠之高喻。**

范文瀾云：「『綺縠』，見詮賦篇。」

按詮賦篇「貽誚於霧縠」，范氏引法言吾子篇「霧縠之組麗」云云以注，是也。然「霧縠」與「綺縠」，詞面既不相同，含義亦復各異，何能混而爲一，挹彼注茲？此因仍黄注之失也。漢書王褒傳：「上宣帝。令褒與張子僑等並待詔，數從褒等放獵，所幸宫館，輒爲歌頌，第其高下，以差賜帛。議者多以爲淫靡不急。上曰：『不有博弈者乎？爲之猶賢乎已。』辭賦大者與古詩同義，小者辯麗可喜，辟如女工有綺縠，音樂有鄭衛，今世俗猶皆以此虞説耳目；辭賦比之，尚有仁義風諭，鳥獸草木多聞之觀，賢於倡優博弈遠矣。」舍人「綺縠高喻」之説，即由此出。王氏訓故、梅氏音注皆曾引漢書（褒傳）以注，黄、范兩家何以竟未一顧？吁可怪矣！

〔一七〕**底禄待詔。**

按左傳昭公元年：「厎禄以德。」杜注：「厎，致也。」釋文：「厎，音旨。」是「底」爲「厎」之誤，當據改。正文既誤爲「底」，黄、范兩家注，所引傳文亦誤爲「底」也。

〔一八〕**而大抵所歸，祖述楚辭。**

按宋書謝靈運傳論：「自漢至魏，……是以一世之士，各相慕習，源其飇流所始，莫不同祖風騷。」文選李注引續晉陽秋曰：「自司馬相如、王褒、揚雄諸賢，代尚詩賦，皆體則風騷。」並足與此文相發。

〔一九〕**及明帝疊耀，崇愛儒術。**

范文瀾云：「疑『明帝疊耀』，當作『明章疊耀』，『帝』與『章』形近而譌。」

按既云「疊耀」，則非一帝。范説是也。詔策篇「暨明帝崇學」，其誤「章」爲「帝」，與此同。論衡佚文篇：「孝明世好文人，並徵蘭臺之官，文雄會聚；今上章帝。即令，當作命。詔求亡失，購募以金，安得不有好文之聲？」隋書經籍志一：「光武中興，篤好文雅，明、章繼軌，尤重經術。四方鴻生鉅儒，負袠自遠而至者，不可勝算。石室、蘭臺，彌以充積。」並明、章二帝崇愛儒術之證。

〔二〇〕**孟堅珥筆於國史。**

按崔駰奏記竇憲：「珥筆持牘。」文選潘岳爲賈謐贈陸機詩李注引。文選曹植求通親親表：「執鞭珥筆。」李注：「珥筆，戴筆也。」劉良注：「珥，插也。」

〔二一〕**自安和已下。**

按「安和」二字當乙，始合時序。詔策篇「安和政弛」，誤與此同。

〔二二〕**則有班傅三崔，王馬張蔡。**

范文瀾云：「黄注謂『王』爲『王延壽』，延壽附見文苑王逸傳，似不得列『馬張蔡』之前。此『王』疑指

『王充』。充傳曰：『師事扶風班彪，……遂博通衆流百家之言。』章懷注引謝承書曰：『……近漢揚雄、劉向、司馬遷不能過也。』」

按黃注未誤，范氏自誤耳。才略篇：「二班兩劉，弈當作奕。葉繼采，……傅毅崔駰，光采比肩，瑗實踵武，能世厥風者矣。……馬融鴻儒，思洽識本作「登」。高，……王逸博識有功，而絢采無力。延壽繼志，瓌穎獨標，其善圖物寫貌，豈枚乘之遺術歟！張衡通贍，蔡邕精雅，文史彬彬，隔世相望。」所叙東漢作家，即有王延壽在内；名次先後，亦復與此略同。則「王」爲「王延壽」，當無疑義。詮賦篇曾稱「延壽靈光」爲「辭賦英傑」之一，是舍人之於延壽，推崇已極。且仲任原非文士，而本篇又專論文運升降；諸子篇尚未叙及其論衡，則此處之非王充，更可知矣。文選皇甫謐三都賦序：「其中高者：至如相如上林，……馬融廣成，王生靈光。……皆近代辭賦之偉也。」抱朴子外篇鈞世：「而奚斯路寢之頌，何如王生之賦靈光乎？」對王延壽之崇高品評，亦有力旁證。

〔三三〕**存而不論。**

按莊子齊物論：「六合之外，聖人存而不論。」

〔三四〕**造羲皇之書。**

按後漢書蔡邕傳：「初，（靈）帝好學，自造皇羲篇五十章。」典略：「熹平四年五月，帝自造皇羲原誤作義。五十章。」御覽九二引。通鑑漢紀四九孝靈皇帝上之下：「（熹平六年）與典略繫年不同。初，帝好文學，自造皇羲篇五十章。」是「羲皇」，當乙作「皇羲」。楚辭王逸九思疾世：「將諮詢兮皇羲。」嵇中散集述志詩:「寢足俟皇羲。」又太師箴:「紹以皇羲。」范泰高鳳贊:「邈矣皇羲。」類聚三六引。並稱伏羲爲「皇羲」。「皇羲」,蓋摘首章之頭二字以名其書也。

〔二五〕**開鴻都之賦。**

按後漢書靈帝紀:「(光和元年)始置鴻都門學生。」章懷注:「鴻都,門名也。於内置學。」後漢紀靈帝紀中:「(光和元年)初置鴻都門生,本頗以經學相招,後諸能爲尺牘詞賦及工書鳥篆者,至數千人。或出典州郡,入爲尚書侍中,封賜侯爵。」御覽九二又七四九引續漢書略同。

〔二六〕**而樂松之徒,招集淺陋。**

按後漢書酷吏陽球傳:「奏罷鴻都文學曰:『伏承有詔,敕中尚方爲鴻都文學樂松、江覽等三十二人圖象立贊,以勸學者。……案松、覽等皆出於微蔑,斗筲小人,依憑世戚,附託權豪,俛眉承睫,徼進明時;或獻賦一篇,或鳥篆盈簡,而位升郎中,形圖丹青;亦有筆不點牘,辭不辯心,假手請字,妖僞百品,莫不被蒙殊恩,蟬蛻滓濁。是以有識掩口,天下嗟歎。臣聞圖象之設,以昭勸戒,欲令人君動鑒得失。未聞豎子小人,詐作文頌,而可妄竊天官,垂象圖素者也。今太學、東觀足以宣明聖化。願罷鴻都之選,以消天下之謗。』」所言較楊賜、蔡邕兩傳詳,故迻録之。

〔二七〕**其餘風遺文,蓋蔑如也。**

按法言淵騫篇:「世稱東方生之盛也,言不純師,行不純表,其流風遺書,蔑如也。」漢書東方朔傳贊曾明引此文,李詳黄注補正誤以爲漢書贊語,非是。

〔二八〕**魏武以相王之尊，雅愛詩章。**

「詩章」，元本、弘治本、活字本無。兩京本、胡本作「篇翰」。汪本、佘本、張本、何本、王批本、訓故本、梅本、謝鈔本、四庫本作「詩章」；詩紀別集一、漢魏詩乘總録、續文選同。

按作「詩章」是也。王沈魏書：「（太祖）御軍三十餘年，手不捨書。晝則講武策，夜則思經傳。登高必賦，及造新詩，被之管絃，皆成樂章。」（三國志魏書武帝紀裴注、御覽九三引（范注引金樓子嫌晚）。

〔二九〕**下筆琳瑯。**

「瑯」，元本、弘治本、汪本、佘本、張本、兩京本、王批本、何本、梅本、凌本、合刻本、梁本、祕書本、彙編本、別解本、清謹軒本、尚古本、岡本、王本、張松孫本、鄭藏鈔本、崇文本作「琅」；詩紀別集一、漢魏詩乘總録、子苑、續文選同。

按「瑯」爲「琅」之俗體，當以作「琅」爲正。才略篇「磊落如琅玕之圃」作「琅」，此亦應爾。當據改，前後一律。

〔三〇〕**並體貌英逸。**

按戰國策齊策三：「孟嘗君令人體貌而親郊迎之。」鮑注：「體貌，有禮容也。」漢書賈誼傳：「（上疏陳政事）所以體貌大臣而厲其節也。」顔注：「體貌，謂加禮容而敬之。」

〔三一〕**仲宣委質於漢南。**

按左傳僖公二十三年：「策名委質。」孔疏：「策，簡策也。質，形體也。古之仕者，於所臣之人，書己名於策，以明繫屬之也。拜則屈膝而委身體於地，以明敬奉之也。」國語晉語九：「夙沙釐曰：

『……臣聞之，委質爲臣，無有二心。』」李詳補注謂「委質」爲「委贄」，非是。

〔三二〕**公幹狗質於海隅。**

「狗」，弘治本、汪本、佘本、張本、兩京本、胡本、文溯本作「徇」。　范文瀾云：「彦和『徇質於海隅』，語本陳思王而改『振藻』爲『徇質』，不知其説。」

按「狗」爲「徇」之俗體。「徇質」實不可解，殆涉前行之「委質」而誤。「質」，疑當作「禄」。論衡非韓篇：「夫志潔行顯，不徇爵禄。」文選謝靈運登池上樓詩：「徇禄反窮海。」李注引趙岐孟子注曰：「徇，從也。」今本盡心上作殉。是「徇禄」即「從禄」。此云「公幹徇禄於海隅」，與上句「偉長從宦於青土」，其意正同。

〔三三〕**于叔德祖之侣。**

「于叔」，黄校云：「元作『子俶』。」此沿梅校。　元本、活字本作「子叔」。　弘治本、汪本、佘本、張本、兩京本、胡本、王批本、謝鈔本、文津本作「子俶」；詩紀此據嘉靖本。別集一、子苑、續文選同。何本、合刻本、梁本、祕書本、別解本、增定別解本、清謹軒本、文溯本、王本、鄭藏鈔本、崇文本作「于俶」。　訓故本、漢魏詩乘總録作「子淑」。

按邯鄲淳之字，三國志魏書王粲傳裴注引魏略作「子叔」，此據宋本。書鈔六七引同。類聚七四則引作「淑」，淑上當脱一字。御覽七五三又引作「元淑」，頗不一致。然此處由各本作「子叔」、「子俶」、「于俶」、「子淑」與魏書注之「子叔」、類聚之「淑」、御覽之「元淑」相校，似應作「子淑」。法書要録八、金壺記上並作「子淑」，可證。又按邯鄲淳有二，姓名雖同，其字則異。本注所稱引者，字子淑，潁川人。曾撰笑林三卷，隋、唐志均著録。已詳諧隱篇「至魏文因俳説以著笑書」條。另一邯鄲淳字子禮，上虞人。曾撰曹娥碑，見後漢書列女曹娥傳章懷注引會稽典録。

〔三四〕**傲雅觴豆之前。**

「傲」，何本、别解本、清謹軒本、尚古本、岡本作「俊」。　徐𤊹云：「『雅』亦杯類，疑『雅』字或『岸』字。」

按「傲雅」、「俊雅」均不辭，徐𤊹疑「雅」爲「岸」字，是也。序志篇贊「傲岸泉石」，正以「傲岸」連文，且與下句之「咀嚼」相對。則此亦當作「傲岸」，始能與「雍容」對也。「傲岸」雙聲，「雍容」疊韻。晉書郭璞傳：「（客傲）傲岸榮悴之際，頡頏龍魚之間。」語式與此同，可證。鮑氏集代挽歌：「傲岸平生中。」廣弘明集釋真觀夢賦：「爾乃見一奇賓，傲岸驚人。」亦並以「傲岸」爲言。今本「雅」字，蓋涉次行「雅好慷慨」句而誤，當從徐説訂正。

〔三五〕**至明帝纂戎。**

按詩大雅烝民：「纘戎祖考。」韓奕亦有此文，毛傳均訓戎爲大，鄭箋則訓爲女（汝）。說文糸部：「纘，繼也。」左傳襄公十四年：「纂乃祖考。」杜注：「纂，繼也。」禮記祭統有「纂乃祖服」語，鄭玄亦解纂爲繼。是「纂戎」即「纘戎」矣。宋書宗室長沙景王道憐傳：「（元嘉九年詔）朕以寡德，纂戎鴻緒。」文選陸機答賈謐詩

「誕育洪胄，纂戎于魯」；潘岳楊荊州誄「纂戎洪緒，克構堂基」，李善並引烝民詩句以注，陸詩引作「纘戎」，潘誄引作「纂戎」。尤爲切證。此云「纂戎」，與下云「纂業」意同。

〔三六〕**顧盼合章**。

「合」，岡本作「含」。

按「含」字是。三國志魏書管寧傳：「含章素質，冰潔淵清。」宋書武三王廬陵孝獻王義真傳：「（元嘉三年詔）故廬陵王含章履正。」梁書皇后太宗簡皇后傳：「齊故太尉南昌公含章履道。」釋僧祐出三藏記集齊竟陵王世子撫軍巴陵王法集序：「至於才中含章，思入精理。」文選左思蜀都賦：「揚雄含章而挺生。」並以「含章」爲言。原道、徵聖、神思三篇亦有「含章」語；下文「文帝以貳離含章」，正作「含章」。「含章」二字原出易坤卦爻辭。均可證「合」確爲誤字，當據改。

〔三七〕**逮晉宣始基**。

按國語周語下：「自后稷之始基靖民。」韋注：「基，始也。靖，安也。自后稷播百穀以始安民。」左傳襄公二十九年：「使工爲之歌周南、召南。（季札）曰：『美哉！始基之矣。』」杜注：「周南、召南，王化之基。」

〔三八〕**景文克構**。

按書大誥：「厥子乃弗肯堂，矧肯構？」孔傳：「子乃不肯爲堂基，況肯構立屋乎？」

〔三九〕**降及懷愍，綴旒而已**。

按公羊傳襄公十六年：「君若贅旒然。」何注：「旒，旂旒。贅，繫屬之辭。……以旂旒喻者，爲下所執持東西是矣。」釋文：「贅，本又作綴。」後漢書張衡傳：「（應閒）夫戰國交争，戎車競驅，君若綴旒，人無所麗。」章懷注：「麗，附也。」

〔四〇〕**應傳三張之徒。**

「徒」，黄校云：「元作『從』。」此沿梅校。

按元本、弘治本、汪本、佘本、張本、兩京本、王批本、何本、胡本、訓故本、謝鈔本作「徒」；詩紀別集一、子苑、續文選同。梅改是也。

〔四一〕**逮明帝秉哲。**

「秉哲」，黄校云：「元作『東晢』。」此沿梅校。　徐𤊹校作「秉哲」。

按作「秉哲」是。書酒誥：「經德秉哲。」孔傳：「能常德持智也。」「秉德」二字，當出於此。南齊書高帝紀上：「（昇明三年）策相國齊公曰：『……姬旦秉哲，曲阜啟蕃。』」又豫章文獻王傳：「體道秉哲。」並以「秉哲」爲言。覆刻汪本、張乙本、王批本、何本、訓故本、謝鈔本、子苑、續文選作「秉哲」，未誤。元本、活字本、兩京本、胡本作「東哲」；弘治本、張甲本作「東哲」，僅「秉」字有誤（汪本作「東晢」）。

〔四二〕**庾以筆才逾親。**

范文瀾云：「『逾親』，當作『愈親』。」

按呂氏春秋務大覽：「此所以欲榮而逾辱也。」高注：「逾，益也。」是「逾親」即「益親」，無煩改字。曹子建集贈徐幹詩：「積久德逾宣。」文選潘岳寡婦賦：「思彌遠而逾深。」陸機文賦：「思按之而逾深。」梁書文學下王籍傳：「至若邪溪賦詩，其略云：『蟬噪林逾靜。』」其用「逾」字義並與此同。本書頌讚篇贊「年積逾遠」，亦用「逾」字也。范説誤。

〔四三〕**函滿元席。**

「函」，黃校云：「何本當是何焯校本。改『亟』。」

按何改「亟」是。汪本、佘本、兩京本、何本、王批本、訓故本、詩紀此據萬曆本。別集一、子苑並作「亟」。「亟」，讀爲器。數也，見左傳隱公元年釋文。屢也。見漢書刑法志顔注。「微言精理，亟滿玄席」二語，即晉書簡文帝紀所謂「尤善玄言，……不以居處爲意，凝塵滿席，湛如也」之意。此云「亟滿玄席」，下云「時灑文囿」，文正相對。猶諸子篇「鶡冠緜緜，亟發深言；鬼谷眇眇，每環奧義」之「亟」與「每」對然也。「元」，本作「玄」，此黃氏例避清諱改。下「貴元」句同。

〔四四〕**澹思濃采。**

「濃」，元本、活字本、汪本、佘本、張本、兩京本、王批本、胡本、訓故本作「醲」；詩紀別集一、子苑、續文選同。　馮舒校「濃」作「醲」。

按「醲」字是。説文酉部：「醲，厚酒也。」詁此甚合。廣雅釋詁三：「醲，厚也。」體性篇「博喻釀采」，劉永濟謂「釀」爲「醲」之誤，極是。此當據元本等改。「濃」爲「醲」，俾前後俱作「醲采」也。楊慎均藻卷二。九蟒引作「醲」，是所見本誤。今本「濃」字，蓋寫者因「澹思」之「澹」妄改。

〔四五〕**江左稱盛。**

「稱」，弘治本、兩京本、王批本、胡本、訓故本作「彌」；詩紀別集一、六朝詩乘總録同。　馮舒云：「『稱』，當作『彌』。」　何焯云：「『稱』，意改『彌』。」

按「稱」俗作「称」，覆刻汪本即作称。「彌」又作「弥」，二字形近易譌。此當以作「彌」爲是。說苑修文篇：「德彌盛者，文彌縟。」即「彌盛」二字之所自出。章表、書記兩篇，並有「彌盛」之文。南齊書劉瓛陸澄傳論：「執卷欣欣，此焉彌盛。」南史文學傳序：「降及梁朝，其流彌盛。」隋書牛弘傳：「（上表請開獻書之路）齊梁之間，經史彌盛。」張湛列子注序：「而寇虜彌盛。」成公綏正旦大會行禮歌：「於穆三皇，載德彌盛。」亦並以「彌盛」爲言。

〔四六〕**詩必柱下之旨歸。**

按漢書東方朔傳贊：「柱下爲工。」顏注引應劭曰：「老子爲周柱下史。」後漢書張衡傳：「（應閒）聊朝隱乎柱史。」章懷注引前書及應注。抱朴子内篇釋滯：「伯陽爲柱史。」文選王康琚反招隱詩：「老聃伏柱史。」李注引列仙傳曰：「李耳爲周柱下史。」黃注引法輪經非是。

〔四七〕**雖百世可知也。**

按論語爲政：「子張問『十世可知也？』子曰：『殷因於夏禮，所損益，可知也；周因於殷禮，所損益，可知也。其或繼周者，雖百世，可知也。』」

〔四八〕**秉文之德。**

按詩周頌清廟：「濟濟多士，秉文之德。」毛傳：「執文德之人也。」

〔四九〕**英采雲搆。**

「搆」，元本、弘治本、汪本、佘本、張本、兩京本、王批本、祕書本、謝鈔本作「構」；詩紀別集一、續文選同。

按作「構」是。已詳雜文篇「腴辭雲搆」條。

〔五〇〕**自明帝以下。**

「帝」，黃校云：「元脱。」此沿梅校。

按何本、訓故本、謝鈔本並有「帝」字，梅補是也。

〔五一〕**何范張沈之徒，亦不可勝也。**

范文瀾云：「『勝』字下疑脱『數』字。」

按「勝」字下並無脱字。以風骨篇「筆墨之性，殆不可勝」例之，即何范張沈所作，亦不易超越之意。

子苑同今本。

〔五二〕**高祖以睿文纂業。中宗以上哲興運。**

郝懿行云：「按『高』疑『世』字之譌；『中』疑『高』字之譌。」

按郝説是。當據改。

〔五三〕**緝遐景祚。**

「遐」，黃校云：「疑作『熙』。」此沿梅校。劉永濟云：「按元作『緝熙』不誤，此用詩『維清緝熙』也。」

按元明以來各本及子苑皆作「緝遐」，故梅慶生有「(『遐』)疑作『熙』」校語。不知劉氏何所據而云然。又按「遐」字似不譌，惟誤倒耳。如乙作「遐緝」，則文義自通。宋書隱逸周續之傳：「江州刺史劉柳薦之高祖曰：『……濯纓儒官，亦王猷遐緝。』」即「遐緝」連文之證。

〔五四〕**文思光被。**

「光」，黄校云：「元作『充』。」　梅慶生云：「(充)一作『光』。」　何焯改「光」。　元本、弘治本、汪本、佘本、張本、兩京本、王批本、何本、胡本、梅本、凌本、合刻本、梁本、祕書本、謝鈔本、彙編本、別解本、文津本、張松孫本、崇文本作「充」；詩紀別集一、續文選同。

按書堯典：「欽明文思安安，允恭克讓，光被四表，格于上下。」孔傳：「光，充也。」「光被」原非僻詞，諸本又皆作「充被」，疑舍人原從傳文作「充」。子苑作「光」。

〔五五〕**海岳降神。**

「岳」，兩京本作「嶽」。

按詩大雅崧高：「崧高維嶽，駿極于天。維嶽降神，生甫及申。維申及甫，維周之翰。四國于蕃，四方于宣。」毛傳：「崧，高貌。山大而高曰崧。嶽，四嶽也。東嶽岱，南嶽衡，西嶽華，北嶽恒。……嶽降神靈和氣，以生申、甫之大功。翰，幹也。」鄭箋：「降，下也。……申，申伯也。甫，甫侯也。皆有賢知，入爲周之楨榦之臣。」釋文：「嶽，字亦作岳。」禮記孔子閒居：「其在詩曰：『嵩高維嶽，峻極于天。……四國于蕃，四方于宣。』此文武之德也。」韓詩外傳五同。

〔五六〕**才英秀發。**

按文選左思蜀都賦：「王褒韡曄而秀發。」呂向注：「韡曄，光彩也。言王褒詞論生光彩，若草木秀盛而發也。」

〔五七〕**唐虞之文，其鼎盛乎！**

「其」，元本、兩京本、胡本作「甚」。

按「甚」字非是。明詩篇：「舒文載實，其在茲乎！」史傳篇：「居今識古，其載籍乎！」神思篇：「伊摯不能言鼎，輪扁不能語斤，其微矣乎！」練字篇：「況乃過此，其可觀乎！」又：「三接之外，其字林乎！」語式並與此同，可證。子苑作「其」。

〔五八〕**短筆敢陳。**

按短筆自謙之辭。宋書隱逸王弘之傳：「弘之（元嘉）四年卒，……顏延之欲爲作誄，書與弘之子曇生曰：『君家高世之節，有識歸重，豫染豪翰，所應載述。況僕託慕末風，竊以叙德爲事，但恨短筆不足書美。』」

〔五九〕**颺言讚時。**

按書益稷：「皐陶拜手稽首颺言曰：『念哉，率作興事，慎乃憲，欽哉！』」孔傳：「大言而疾曰颺。」釋文：「颺，音揚。」史記夏本紀作「揚言」。

〔六〇〕**蔚映十代。**

按文選謝靈運石壁精舍還湖中詩：「芰荷迭映蔚，蒲稗相因依。」劉良注：「芰、荷、蒲、稗皆水草。迭，遞也。映蔚，其色鬱茂隱映也。」

〔六一〕**終古雖遠，曠焉如面。**

「曠」，黃校云：「汪作『曖』。」元本、弘治本、活字本、兩京本、胡本、訓故本作「曖」。王批本、佘本、張本、文津本作「曖」，當係「曖」之誤。謝鈔本作「暖」，馮舒改「曖」。鈴木云：「『曖』當作『僾』，此用（禮記）祭義『僾然必有見乎其位』文。」

按「曠」字未誤。說文日部：「曠，明也。」詁此正合。曹子建集與吳質書：「申詠反覆，曠若復面。」可資旁證。鈴木說非是。又按本篇「總論其世」（紀昀評語），於十代崇替，持之有故，言之成理，一覽即曉。故篇末以「終古雖遠，曠焉如面」贊之。

文心雕龍校注卷十

物色第四十六

春秋代序〔一〕，陰陽慘舒〔二〕，物色之動，心亦搖焉。蓋陽氣萌而玄駒步①，陰律凝而丹鳥羞②，微蟲猶或入感，四時之動物深矣。若夫珪璋挺其惠心〔三〕，英華秀其清氣〔四〕，物色相召，人誰獲安〔五〕？是以獻歲發春③，悦豫之情暢；滔滔孟夏④，鬱陶之心凝；天高氣清⑤，陰沈之志遠；霰雪無垠⑥，矜肅之慮深。歲有其物，物有其容〔六〕；情以物遷，辭以情發。一葉且或迎意⑦，蟲聲有足引心。況清風與明月同夜，白日與春林共朝哉！

是以詩人感物，聯類不窮。流連萬象之際，沈吟視聽之區；寫氣圖貌，既隨物以宛轉〔七〕；屬采附聲，亦與心而徘徊。故灼灼狀桃花之鮮⑧〔八〕，依依盡楊柳之貌⑨，杲杲爲出日之容⑩，瀌瀌擬雨雪之狀⑪〔九〕，喈喈逐黄鳥之聲⑫，喓喓學草蟲之韻⑬；皎日嘒星⑭，一言窮理〔一〇〕，參差沃若⑮，兩字窮形〔一一〕：並以少總多，情貌無遺矣。雖復思經千載，將何易奪？及離騷代興，觸類而長〔一二〕，物貌難盡，故重沓舒狀，於是嵯峨之類聚〔一三〕，葳蕤之群積矣〔一四〕。及長卿之徒，詭勢瓌聲，模山範水，字必魚貫⑯，所謂詩人麗則而約言，辭人麗淫而繁句也⑰。

至如雅詠棠華⑱，或黃或白〔一五〕；騷述秋蘭⑲，緑葉紫莖：凡摛表五色，貴在時見，若青黃屢出，則繁而不珍。

自近代以來，文貴形似〔一六〕，窺情風景之上，鑽貌草木之中。吟詠所發，志惟深遠；體物爲妙，功在密附。故巧言切狀，如印之印泥〔一七〕，不加雕削，而曲寫毫芥。故能瞻言而見貌，印疑作即。字而知時也。然物有恒姿，而思無定檢，或率爾造極，或精思愈疎。且詩騷所標，並據要害，故後進鋭筆，怯於爭鋒。莫不因方以借巧，即勢以會奇，善於適要，則雖舊彌新矣。是以四序紛迴〔一八〕，而入興貴閑；物色雖繁，而析辭尚簡；使味飄飄而輕舉，情曄曄而更新〔一九〕。古來辭人，異代接武，莫不參伍以相變〔二〇〕，因革以爲功，物色盡而情有餘者，曉會通也。若乃山林皋壤，實文思之奥府〔二一〕，略語則闕，詳説則繁。然屈平所以能洞監風騷之情者，抑亦江山之助乎〔二二〕！

贊曰：山沓水匝，樹雜雲合。目既往還，心亦吐納。春日遲遲〔二三〕，秋風颯颯〔二四〕。情往似贈，興來如答。

【黃叔琳注】

①**玄駒**〔大戴禮夏小正〕十有二月，玄駒賁。玄駒也者，螘也。賁者何也？走於地中也。〔法言〕吾見

玄駒之步。②**丹鳥**〔夏小正〕八月，丹鳥羞白鳥。〔注〕丹鳥，螢也。白鳥，謂蚊蚋也。羞，進也，不盡食也。〔古今注〕螢，一名丹鳥，一名夜光。③**獻歲**〔楚辭招魂〕獻歲發春兮。④**滔滔**〔楚辭九章〕滔滔孟夏兮。⑤**天高**〔宋玉九辯〕泬寥兮天高而氣清。⑥**霰雪**〔楚辭九章〕霰雪紛其無垠兮。⑦**一葉**〔淮南子〕見一葉落而知歲之將暮。⑧**灼灼**〔詩周南〕桃之夭夭，灼灼其華。⑨**依依**〔詩小雅〕昔我往矣，楊柳依依。⑩**杲杲**〔詩衛風〕其雨其雨，杲杲出日。⑪**瀌瀌**〔詩小雅〕雨雪瀌瀌，見晛曰消。⑫**喈喈**〔詩周南〕黄鳥于飛，集于灌木，其鳴喈喈。⑬**喓喓**〔詩召南〕喓喓草蟲。⑭**皎日**〔詩王風〕謂予不信，有如皎日。**嘒星**〔詩周南〕嘒彼小星，三五在東。⑮**參差**〔詩周南〕參差荇菜。**沃若**〔詩衛風〕其葉沃若。⑯**魚貫**〔易剥卦〕六五，貫魚以宫人寵，無不利。⑰**麗則麗淫**見詮賦篇。⑱**棠華**〔詩小雅〕裳裳者華，或黄或白。⑲**秋蘭**〔楚辭九歌〕秋蘭兮青青，緑葉兮紫莖。

【楊明照校注】

〔一〕**春秋代序。**

按楚辭離騷：「日月忽其不淹兮，春與秋其代序。」王注：「代，更也；序，次也。」文子自然篇有「若春秋之代謝」語。

〔二〕**陰陽慘舒。**

按文選張衡西京賦：「夫人在陽時則舒，在陰時則慘。」薛綜注：「陽，謂春夏；陰，謂秋冬。」張銑注：「舒，逸也；慘，戚也。」

〔三〕**若夫珪璋挺其惠心。**

按晉書陸機陸雲傳：「觀夫陸機、陸雲，實荊衡之杞梓，挺珪璋於秀實。」文選王儉褚淵碑文：「公稟川岳之靈暉，含珪璋而挺曜。」李注：「禮記（聘義）曰：『珪璋特達。』廣雅（釋詁一）曰：『挺，出也。』」呂向注：「珪璋，美玉也。挺，出；曜，光也。」「惠」與「慧」古通。

〔四〕**英華秀其清氣。**

按禮記樂記：「是故情深而文明，氣盛而化神，和順積中而英華發外。」又見史記樂書、說苑修文篇。

〔五〕**物色相召，人誰獲安？**

按國語晉語四：「姜（氏）曰：『……日月不處，人誰獲安？』」

〔六〕**歲有其物，物有其容。**

按左傳昭公九年：「事有其物，物有其容。」杜注：「物，類也；容，貌也。」

〔七〕**既隨物以宛轉。**

按莊子天下篇：「與物宛轉。」成疏：「宛轉，變化也。」

〔八〕**故灼灼狀桃花之鮮。**

「花」，尚古本、岡本作「華」。

按作「華」是。已詳情采篇「木體實而花萼振」條。

〔九〕**瀌瀌擬雨雪之狀。**

鈴木云：「（瀌瀌）當作『麃麃』。」

按今小雅角弓作「瀌瀌」。陳奂詩毛氏傳疏卷二二云：「瀌瀌，疑詩本作『麃麃』，後人加水旁耳。韓詩外傳四、荀子非相篇、漢書劉向傳作『麃麃』。」鈴木氏蓋本陳氏爲説也。麃麃，盛也。漢書劉向傳顔注。又按角弓釋文「雨，音于付反」。是原讀去聲，屬動詞。若讀上聲，則與上句「出日」之「出」詞性不合矣。

〔一〇〕**皎日嘒星，一言窮理。**

按一言，一字也。此二句謂詩王風大車「有如皎原作「皦」（釋文：「本又作『皎』。」）。日」之「皎」，召南黄注誤作周南。小星「嘒彼小星」之「嘒」，雖祇一字，而日、星特徵，却顯而易見。舍人稱其「一言窮理」，並非過譽。

〔一一〕**參差沃若，兩字窮形。**

「窮」，元本、弘治本、汪本、佘本、張本、兩京本、王批本、何本、胡本、訓故本、梅本、凌本、合刻本、梁本、祕書本、彙編本、别解本、清謹軒本、尚古本、岡本、王本、張松孫本、鄭藏鈔本、崇文本作「連」；詩紀别集一、喻林八九、文儷十三、古逸書二二、湯氏續文選二七、胡氏續文選十二、賦略緒言、四六法海十同。　何焯「連」改作「窮」。

按「連」字是，何改非也。此二句謂詩周南關雎之「參差」，衛風氓之「沃若」，皆兩字相連聯緜詞，「參差」雙聲，「沃若」叠韻。以形容荇菜長短不齊，桑葉潤澤也。黄氏依何校改「連」爲「窮」，未能擇善而從。

〔二〕**觸類而長。**

按易繫辭上：「引而伸之，觸類而長之。」釋文：「長，丁丈反。」文選嵇康琴賦：「其餘觸類而長，所致非一。」

〔三〕**於是嵯峨之類聚。**

按楚辭九章涉江：「深林杳以冥冥兮，乃猨狖之所居。山峻高以蔽日兮，下幽晦以多雨。」又悲回風：「上高巖之峭岸兮，處雌蜺之標顛。據青冥而攄虹兮，遂儵忽而捫天。」並「嵯峨類聚」之證。

〔四〕**葳蕤之群積矣。**

按楚辭離騷：「余既滋蘭之九畹兮，又樹蕙之百畝；畦留夷與揭車兮，雜杜衡與芳芷。」又九歌山鬼：「辛夷車兮結桂旗，被石蘭兮帶杜衡；折芳馨兮遺所思，余處幽篁兮終不見天。」並「葳蕤群積」之證。

〔五〕**至如雅詠棠華，或黄或白。**

按詩小雅裳裳者華：「裳裳者華，或黄或白。」毛傳：「興也。裳裳，猶堂堂也。」鄭箋：「興者，華堂堂於上，喻君也。」是「裳裳」爲形容詞，與皇皇者華之「皇皇」訓爲「煌煌」見小雅皇皇者華毛傳。同。「華」亦泛指，傳、箋、釋文均未指實。非如「維常之華」之「常」屬於「常棣」見小雅采薇毛傳（常棣亦名棠棣）。也。據此，則「棠華」之「棠」，非緣舍人誤記，即由寫者臆改。或原作「裳華」。王批本作「裳」，是也。當據改。

〔一六〕**自近代以來，文貴形似。**

「形」，元本、弘治本、活字本、汪本、佘本、張本、兩京本、王批本作「則」；詩紀別集一、文儷、古逸書、湯氏續文選、胡氏續文選、賦略緒言、四六法海同。徐𤊹云：「『則』當作『似』。」

按「則」字非是。沈約宋書謝靈運傳論：「相如工爲形似之言。」詩品上：「晉黃門郎張協，巧構形似之言。」顔氏家訓文章篇：「何遜詩實爲清巧，多形似之言。」中興間氣集上：「于良史侍御，詩清雅，工於形似。」並其證。宋趙次公蘇軾書鄢陵王主簿所畫折枝詩「論畫以形似」句注引作「形似」，是所見本未誤。文鏡祕府論地卷論體勢等篇：「形似體者，謂貌其形而得其似，可以妙求，難以粗測者是。」

〔一七〕**如印之印泥。**

按吕氏春秋適威篇：「若璽之於塗也，抑之以方則方，抑之以圜則圜。」淮南子齊俗篇：「若璽之抑埴，正與之正，傾與之傾。」許注：「璽，印也。埴，泥也。印正而封亦正。」

〔一八〕**是以四序紛迴。**

按文選潘岳秋興賦：「四時忽其代序兮，萬物紛以迴薄。」李注引鵩鳥賦曰：「萬物迴薄。」吕向注：「薄，迫也。言四時代爲節序，萬物遞相遷迫也。」

〔一九〕**情曄曄而更新。**

吟窗雜録三七有此文，「更」作「恒」。

按「恒」字蓋涉上而誤。晉書文苑左思傳：「司空張華見（三都賦）而歎曰：『班、張之流也！使讀之者盡而有餘，久而更新。』」

〔二〇〕**莫不參伍以相變。**

按易繫辭上：「參伍以變，錯綜其數。」孔疏：「參，三也。伍，五也。或三或五以相參合，以相改變。」

〔二一〕**若乃山林皋壤，實文思之奧府。**

按莊子知北遊篇：「山林與？皋壤與？使我欣欣然而樂與？」釋文：「與，音餘。」奧府，已見宗經篇贊「文章奧府」條。所不同者，彼處之「奧府」專就「文章」方面言，此處之「奧府」則指「文思」方面言也。

〔二二〕**然屈平所以能洞監風騷之情者，抑亦江山之助乎！**

孫人和云：「能改齋漫録卷七引，無『能』字『監』字。」　子苑三二引，有「能」字「監」字。按海録碎事卷十八有此文，亦無「能」字「監」字。以聲律篇「練才洞監」例之，「監」字實不可少。全書中用「洞」字處凡八見。又按新唐書張説傳：「既謫岳州，而詩益悽婉，人謂得江山助云。」王勃鄭縣兜率寺浮圖碑：「野曠川明，風景挾江山之助。」王子安集卷十五。駱賓王秋日於益州李長史宅宴序：「操觚染翰，非無池水助人。」駱賓王集卷八。又初秋登王司馬樓宴序：「物色相召，江山助人。」同上。楊億許洞歸吳中詩：「騷人已得江山助。」西崑酬唱集卷下。宋祁江上宴集序：「江山之助，本出楚人之多才。」景文集卷九七並本舍人此説遺辭。

〔三三〕**春日遲遲。**

按詩豳風七月：「春日遲遲。」毛傳：「遲遲，舒緩也。」

〔三四〕**秋風颯颯。**

按楚辭九歌山鬼：「風颯颯兮木蕭蕭。」説文風部：「颯，風聲也。」此依段注本。廣雅釋訓：「颯颯，風也。」慧琳音義四八：「颯颯，風吹木葉落聲也。」

才略第四十七

九代之文，富矣盛矣；其辭令華采，可略而詳也〔一〕。虞夏文章，則有皋陶六德①，夔序八音②，益則有贊，五子作歌，辭義温雅，萬代之儀表也。商周之世，則仲虺垂誥③，伊尹敷訓④，吉甫之徒⑤，並述詩頌〔二〕，義固爲經，文亦師矣〔三〕。

及乎春秋大夫，則修辭聘會，磊落如琅玕之圃，焜燿似縟錦之肆〔四〕，薳敖元作教，曹改。擇楚國之令典⑥〔五〕，隨會講晉國之禮法⑦，趙衰元作襄，曹改。以文勝從饗⑧〔六〕，國僑以修辭扞鄭⑨〔七〕，子太叔美秀而文，公孫揮善於辭令〔八〕，皆文名之標者也。戰代任武，而文士不絶：諸子以道術取資，屈宋以楚辭發采，樂毅報書辨以義⑩，范雎上疏密而至〔九〕，蘇秦歷説壯而中，李斯自奏麗而動，若在文世，則揚班儔矣〔一〇〕。荀況學宗⑪，而象物名賦，文質相稱，固巨儒之情也。

漢室陸賈，首發奇采，賦孟春而選典誥〔一一〕，其辯之富矣❶。賈誼才穎，陵軼飛兔⑫〔一二〕，議愜而賦清，豈虚至哉？枚乘之七發，鄒陽之上書，膏潤於筆，氣形於言矣。仲舒專儒，子長純史，而麗縟成文，亦詩人之告哀焉。相如好書〔一三〕，師範屈宋，洞入夸豔，致名辭宗〔一四〕。然覆取精意〔一五〕，理不勝辭〔一六〕，故揚子以爲文麗用寡者長卿，誠哉是言也！王褒構采，以密巧爲致，附聲測貌，泠然可觀。子雲屬意，辭人疑誤。最深〔一七〕，觀其涯度幽遠，搜選詭麗，而竭才以鑽思，故能理贍而辭堅矣。桓譚著論，富號猗頓⑬〔一八〕，宋弘稱薦⑭，爰比相如，而集靈諸賦⑮，偏淺無才，故知長於諷論，不及麗文也〔一九〕。敬通雅好辭説，而坎壈盛世〔二〇〕，顯志自序⑯，亦蚌病成珠矣⑰。二班兩劉⑱，弈葉繼采〔二一〕，舊説以爲固文優彪，歆學精向〔二二〕，然王命清辯⑲，新序該練⑳，璿璧産於崑岡，亦難得而踰本矣。傅毅崔駰㉑，光采比肩，瑗實踵武〔二三〕，能世厥風者矣。杜篤賈逵，亦有聲於文，跡其爲才，崔傅之末流也。李尤元作充，王改。賦銘㉒，志慕鴻裁，而才力沈膇㉓，垂翼不飛㉔。馬融鴻儒，思洽識一作登。高〔二四〕，吐納經範，華實相扶。王逸博識有功，而絢采無力；延壽繼志，瓌穎獨標，其善圖物寫貌，豈枚乘之遺術歟㉕？張衡通贍，蔡邕精雅，文史彬彬，隔世相望。是則竹柏異心而同貞〔二五〕，金玉殊質而皆寶也。劉向之奏議，旨切而調緩；趙壹之辭賦㉖，意繁而體疎；孔融氣盛於爲筆，禰衡思鋭於爲文：有偏美焉。潘勗憑經以騁才，故絶群於錫命；王朗發憤以託志，亦致美於序銘〔二六〕。然自卿淵已前，多俊才而不課學；雄向已後，頗引書以助文〔二七〕：此取與之大際，其分不可亂者也。

魏文之才，洋洋清綺，舊談抑之，謂去植千里，然子建思捷而才儁，詩麗而表逸，子桓慮詳而力緩，故不競於先鳴；而樂府清越〔二八〕，典論辯要，迭用短長，亦無懵焉。但俗情抑揚，雷同一響，遂令文帝以位尊減才，思王以勢窘益價，未爲篤論也。仲宣溢才，捷而能密，文多兼善，辭少瑕累，摘其詩賦，則七子之冠冕乎㉗！琳瑀以符檄擅聲，徐幹以賦論標美，劉楨情高以會采，應瑒學優以得文，路粹楊修，頗懷筆記之工；丁儀邯鄲㉘，亦含論述之美：有足算焉。劉劭趙都㉙〔二九〕，能攀於前修；何晏景福㉚，克光於後進；休璉風情㉛，則百壹標其志；吉甫文理，則臨丹成其采❷；嵇康師心以遺論㉜〔三〇〕，阮籍使氣以命詩㉝：殊聲而合響，異翮而同飛。

張華短章，奕奕清暢，其鷦鷯寓意，即韓非之説難也㉞。左思奇才㉟，業深覃思，盡鋭於三都，拔萃於詠史，無遺力矣。潘岳敏給㊱，辭自疑作旨。和暢，鍾美於西征，賈餘於哀誄，非自外也。陸機才欲窺深㊲，辭務索廣〔三一〕，故思能入巧而不制繁；士龍朗練〔三二〕，元作陳，王青蓮改。以識檢亂，故能布采鮮淨，敏於短篇。孫楚綴思，每直置以疎通〔三三〕；摯虞述懷，必循規以温雅：其品藻流別，有條理焉。傅元篇章，義多規鏡；長虞筆奏，世執剛中㊳：並楨汪作杶。幹之實才〔三四〕，非群華之韡蕚也。成公子安選賦而時美〔三五〕，夏侯孝若具體而皆微㊴〔三六〕，曹攄清靡於長篇，季鷹辨切於短韻〔三七〕，各其善也。孟陽景陽，才綺而相埒〔三八〕，可謂魯衛之政，兄弟之文也〔三九〕。劉琨雅壯而多風，盧諶情發而理昭㊵，亦遇之於時勢也。景純豔逸，足冠中興〔四〇〕，郊賦既穆穆以大觀㊶，仙詩亦飄飄而凌雲矣〔四一〕。庾元規之表奏，靡密以閑暢，温太真之筆記，循理而清通：亦筆端之良工也。孫盛干寶〔四二〕，元作子實。文勝爲史，準的所擬，志乎典訓，户牖雖異，而筆彩略同。袁宏發軫以高驤，故卓出而多偏；孫綽規旋以矩步，故倫序而寡狀〔四三〕。殷仲文之孤疑作秋。興〔四四〕，謝叔源之閑情〔四五〕，並解散辭體，縹緲浮音：雖滔滔風流，而大澆文意。

宋代逸才，辭翰鱗萃，世近易明，無勞甄序。觀夫後漢才林，可參西京㊷；晉世文苑，足儷鄴都㊸；然而魏時話言，必以元封爲稱首㊹〔四六〕；宋來美談，亦以建安爲口實㊺〔四七〕。何也？豈非崇文之盛世，招才之嘉會哉？嗟夫，此古人所以貴乎時也〔四八〕！

贊曰：才難然乎〔四九〕，性各異稟。一朝綜文，千年凝錦。餘采徘徊〔五〇〕，遺風籍甚〔五一〕。無曰紛雜，皎然可品。

【黄叔琳注】

①**六德**〔書皋陶謨〕日嚴祗敬六德，亮采有邦。②**八音**〔書舜典〕帝曰夔，命汝典樂，教胄子，八音克諧，無相奪倫。③**仲虺**〔書序〕湯歸自夏，至於大坰，仲虺作誥。④**伊訓**〔書序〕成湯既殁，太甲元年，伊尹作伊訓。⑤**吉甫**〔詩大雅〕嵩高、烝民，皆尹吉甫作也。⑥**薳敖**〔左傳〕隨武子曰：蔿敖爲宰，擇楚國之令典，百官象物而動，軍政不戒而備，能用典矣。蔿敖即蔿艾獵，孫叔敖也。⑦**隨會**〔左傳〕晉士會平王室，王享之殽烝。武子私問其故。王曰：王享有體薦，宴有折俎，公當享，卿當宴，王室

之禮也。武子歸而講求典禮，以修晉國之法。⑧**趙衰**〔左傳〕秦穆公享公子重耳。子犯曰：偃不如衰之文也，請使衰從。公子賦河水，公賦六月。衰曰：君稱所以佐天子者命重耳，重耳敢不拜。⑨**國僑**〔左傳〕子產之爲政也，擇能而使之。馮簡子能斷大事，子太叔美秀而文，公孫揮能知四國之爲，而辨其大夫之族姓班位貴賤能否，而又善爲辭令。⑩**樂毅**〔樂毅傳〕毅爲燕昭王破齊，獨莒、即墨未服。昭王死，惠王即位，齊之田單聞之，乃縱反間於燕曰：齊兩城不下者，聞樂毅與燕新王有隙，欲連兵且留齊。惠王乃使騎劫代將，而召樂毅。樂毅畏誅，遂西降趙。惠王使人讓之，毅報以書。⑪**荀況**〔史記索隱〕荀卿名況。卿者，時人相尊而號爲卿也。有雲、蠶、箴等賦，見荀子。⑫**飛兔**〔呂氏春秋〕飛兔、騕褭，古之駿馬也。⑬**猗頓**〔水經注〕孔鮒曰：猗頓，魯之窮士也，聞朱公富，往而問術焉。朱公曰：子欲速富，當畜五牸。於是十年之間，其息不可計。以興富於猗氏，故曰猗頓也。〔論衡〕挾桓君山之書，富於積猗頓之財。⑭**宋弘稱薦**〔宋弘傳〕帝嘗問弘通博之士，弘薦沛國桓譚才學洽聞，能及揚雄、劉向父子。⑮**集靈**〔藝文類聚〕有桓譚集靈宫賦。⑯**顯志**〔馮衍傳〕衍與新陽侯交結，得罪，不得志，乃作賦自厲，命其篇曰顯志。顯志者，言光明風化之情，昭章元妙之思也。⑰**蚌病**〔淮南子〕明月之珠，螺蚌之病，而我之利也。⑱**二班**彪、固。**兩劉**向、歆。⑲**王命**見論説篇。⑳**新序**〔劉向傳〕向采傳記行事，著新序、説苑凡五十篇。㉑**崔駰**〔後漢書〕崔駰博學有偉才，善屬文，少游太學，與班固、傅毅同時齊名。子瑗，鋭志好學，盡能傳其父業。瑗子寔，少沈靜好典籍。傳贊曰：崔爲文宗，世禪雕龍。㉒**李尤**原作李充。按〔後漢獨行傳〕李充陳留人，不言有著述。〔晉中興書〕李充，江夏人，著學箴。然此在賈逵之後，馬融之前，則李尤也。尤在和帝時拜蘭臺令史，有函谷諸賦，并車諸銘。而賈逵仕明帝時，馬融仕順桓時，以序觀之，乃李尤無疑。㉓**沈膇**〔左傳〕成公六年，獻子曰：民愁則墊隘，於是乎有沈溺重膇之疾。㉔**垂翼**〔易明夷卦〕初九，明夷于飛，垂其翼。㉕**枚乘遺術**謂逸與延壽猶乘之於皋，而延壽殆欲突過前人也。㉖**趙壹**〔後漢文苑傳〕壹恃才倨傲，爲鄉黨所擯，乃作解擯。後屢抵罪，友人救得免，乃爲窮鳥賦以謝恩，又作刺世疾邪賦以舒其怨憤。㉗**七子**〔魏文帝典論〕今之文人，魯國孔融文舉、廣陵陳琳孔璋、山陽王粲仲宣、北海徐幹偉長、陳留阮瑀元瑜、汝南應瑒德璉、東平劉楨公幹。斯七子者，於學無所遺，於辭無所假，咸以自騁驥騄于千里，仰齊足而並馳。㉘**丁儀邯鄲**〔魏志〕自潁川邯鄲淳、繁欽、陳留路粹、沛國丁儀、丁廙、弘農楊修、河内荀緯等，亦有文采，而不在此七人之列。㉙**劉劭**注見事類篇。㉚**何晏**晏字平叔，有景福殿賦。〔文選注〕魏明帝將東巡，恐夏熱，故於許昌作殿，名曰景福。既成，命賦之，平叔遂有此作。㉛**休璉**〔應璩傳〕璩字休璉。曹爽秉政，多違法度，璩爲詩譏諷焉。子貞字吉甫，少以才聞，能談論。〔楚國先賢傳〕應休璉作百一詩譏切時事，偏以示在位者，咸皆怪愕，以爲應焚棄之，何晏獨無怪也。〔樂府廣題〕百者數之終，一者數之始。士有百行，終始如一，故云百一。㉜**嵇康**〔嵇康傳〕康以爲神仙稟之自然，非積學所得；至於導養得理，則安期、彭祖之倫可及，乃著養生論。㉝**阮籍**〔阮籍傳〕籍作詠懷詩八十餘篇，爲世所重。〔顏延年曰〕說者謂阮籍在晉文代，常慮禍患，故發此詠耳。㉞**韓非**非著說難、儲說。注見知音篇。㉟**左思**左思有詠史詩。㊱**潘岳**〔潘岳傳〕岳爲長安令，作西征賦，述所經人物山水，文清旨詣。㊲**窺深**

〔世説〕孫興公云：潘文淺而淨，陸文深而蕪。㊳**世執**咸，玄子也。**剛中**〔易蒙卦彖〕以剛中也。〔師卦象〕剛中而應。㊴**具體**〔按〕湛作周詩、昆弟誥，正如謝公評揚都賦所云：事事擬學，而不免儉狹者也。㊵**盧諶**〔盧諶傳〕劉琨敗喪，諶抗表理琨，文旨甚切。諶才高行潔，爲一時所推，值中原喪亂，淪陷非所。㊶**南郊**〔郭璞傳〕璞博學有高才，辭賦爲中興冠，嘗作南郊賦，帝見而嘉之。㊷**西京**光武都洛陽，長安在西，故曰西京。而文人遂以前漢爲西京，後漢爲東都也。㊸**鄴都**〔文選〕魏曹操都鄴，相州是也。㊹**元封**〔漢武帝紀〕上還登封泰山，降坐明堂，以十月爲元封元年。㊺**建安**見明詩篇。

【李詳補注】

❶**漢室陸賈至其辯之富矣四句**〔札迻〕云：案賦孟春蓋漢藝文志陸賈賦三篇之一。選典誥，當作進典語。諸子篇云：陸賈典語。並誤以新語爲典語也。〔史記陸賈傳凡著十二篇，每奏一篇，高帝未嘗不稱善，號其書以新語。進即謂奏進也。〕進選、語誥，皆形近而誤。❷**吉甫文理則臨丹成其采**詳案：藝文類聚〔卷八〕有〔晉應貞臨丹賦〕云：陟緜岡之迢遞，臨窈谷之濬遐，覽丹源之冽泉，眷懸流之清派云云。貞字吉甫。

【楊明照校注】

〔一〕**可略而詳也。**

按詩鄘風牆有茨「不可詳也」毛傳：「詳，審也。」呂氏春秋察微篇「公怒不審」高注：「審，詳也。」詁此正合。

〔二〕**吉甫之徒，並述詩頌。**

按舍人明言「吉甫之徒，並述詩頌」，則所指當非尹吉甫一人之作。黃、范兩家衹引詩大雅崧高、烝民、韓奕、江漢以注，殊有未盡。據毛詩序：公劉、泂酌、卷阿皆召康公戒成王而作；雲漢爲仍叔美宣王而作；常武爲召穆公美宣王而作；駉爲史克頌魯僖公而作。如益以刺詩，作者則更多也。

〔三〕**義固爲經，文亦師矣。**

范文瀾云：「『文亦師矣』句有缺字，疑『師』字上脱一『足』字。」

按「師」上確脱一字。以徵聖篇「徵之周孔，則文有師矣」證之，所脱者應是「有」字。

〔四〕**焜燿似縟錦之肆。**

按左傳昭公三年：「焜燿寡之人望。」孔疏引服虔云：「燿，照也。焜，明也。」

〔五〕**薳敖擇楚國之令典。**

「敖」，黃校云：「元作『教』，曹改。」此沿梅校。　徐𤊹校作「敖」。

按何本、訓故本、謝鈔本正作「敖」，曹改、徐校是也。

〔六〕**趙衰以文勝從饗。**

「衰」，黃校云：「元作『襄』，曹改。」此沿梅校。　徐𤊹校作「衰」。

按曹改、徐校是。何本、訓故本、謝鈔本正作「衰」。

〔七〕**國僑以修辭扞鄭。**

按陸士龍文集晉故散騎常侍陸府君誄：「國僑殞鄭，邦無竽笙。」此蓋稱子産爲國僑之最先見者。

扞，扞衛。

〔八〕**公孫揮善於辭令。**

「揮」，元本、弘治本、活字本、汪本、佘本、張本、兩京本、何本、胡本、王批本、訓故本、梅本、凌本、合刻本、梁本、祕書本、謝鈔本、彙編本、清謹軒本、尚古本、岡本、文津本、王本、張松孫本、鄭藏鈔本、崇文本作「翬」；子苑三二、文通二五引同。馮舒云：「『翬』，當作『揮』。」何焯改作「揮」。文溯本剜改爲「揮」。

按公孫揮字子羽，見左傳襄公二十四年。則本是「翬」字。古人立字，展名取同義。子羽名翬，猶羽父之名翬也。黄本依馮、何校徑改爲「揮」，蓋據左傳襄公三十一年原文黄、范兩家注已具。文耳。又按舍人用字多從別本，元本等又皆作「翬」，可能此文原是「翬」字。不必單據左傳遽改爲「揮」也。

〔九〕**范雎上疏密而至。**

按已詳論説篇「范雎之言事」條。

〔一〇〕**則揚班儔矣。**

按文選典論論文：「及其所善，揚班儔也。」劉良注：「揚雄、班固之儔也。」

〔一一〕**漢室陸賈，首發奇采，賦孟春而選典誥。**

孫詒讓云：「『選典誥』，當作『進典語』。諸子篇云『陸賈典語』，並誤以新語爲典語也。『進』、『選』，『語』、『誥』，皆形近而誤。」見札迻十二。范文瀾云：「據孫説，當作『進新語』。」劉永濟云：

「按『語』誤，作『誥』，是也。『選』乃『撰』字，二字古通。……不必據漢書改作『進』也。」

按子苑引作「選典誥」，是此文本無誤字。孫説未可從也。漢書藝文志詩賦略列賦爲四家，陸賈賦其一也。詮賦篇亦云：「秦世不文，頗有雜賦。漢初詞人，順流而作，陸賈扣其端。」是此處之「首發奇采」，當專指陸賈之賦而言，未包其新語在内。因諸子戰國已臻極盛，新語乃屬於「體勢浸弱」、「類多依採」之流，舍人於諸子篇曾明言之，豈能又以「首發奇采」相許？則「典誥」非「新語」之誤，更可知矣。「賦孟春而選典誥」，蓋止論賈之孟春賦，本爲一事。非謂其既賦孟春，又撰新語也。史傳篇：「是立義選言，宜依經以樹則。」詔策篇：「武帝崇儒，選言弘奥，策封三王，文同訓典。」封禪篇：「樹骨於訓典之區，選言於弘富之路。」又漢志諸子略所列「儒五十三家」，陸賈二十三篇即在其中。然則「（陸賈）賦孟春而選典誥」者，謂其賦選言於儒家典誥也。

〔一二〕**賈誼才穎，陵軼飛兔。**

按魯仲連子：「（田）巴謂徐劫曰：『先生魯仲連。乃飛兔也，豈直千里駒！』」史記魯仲連傳索隱引。陵軼，超越。

〔一三〕**相如好書。**

按史記司馬相如傳：「少時，好讀書。」

〔一四〕**致名辭宗。**

按漢書叙傳下：「蔚爲辭宗，賦頌之首。」述司馬相如傳。

〔一五〕**然覆取精意。**

「覆」，兩京本、胡本作「復」。　徐𤊹校作「覈」。　范文瀾云：「『覆』疑當作『覈』。」

按「覈」字是。清謹軒本正作「覈」，當據改。銘箴篇「其取事也必覈以辨」，元本、弘治本、活字本、汪本等亦誤「覈」爲「覆」，與此同。

〔一六〕**理不勝辭。**

按典論論文：「然不能持論，理不勝辭。」張銑注：「言文美理弱也。」

〔一七〕**子雲屬意，辭人最深。**

「人」，黄校云：「疑誤。」此沿梅校。　范文瀾云：「『人』當作『義』，俗寫致訛。」　劉永濟云：「按『人』乃『采』之誤。」

按范説是。漢書揚雄傳贊：「今揚子之書，文義至深。」可證此文「人」字確爲「義」之誤。「辭義最深」，即「文義至深」也。

〔一八〕**富號猗頓。**

按淮南子氾論篇高注：「猗頓，魯之富人。」孔叢子陳士義篇：「猗頓，魯之窮士也。耕則常飢，桑則長寒。聞陶朱公富，往而問術焉。朱公告之曰：『子欲速富，當畜五牸。』於是乃適西河，大畜牛羊于猗氏之南。十年之間，其滋息不可計。貲擬王公，馳名天下。以興富於猗氏，故曰猗頓。」史記貨殖傳「猗頓用盬鹽起」集解、文選過秦論「陶朱、猗頓之富」李注亦引孔叢子此文。黄注非。

〔一九〕**故知長於諷論，不及麗文也。**

「諷論」，徐𤊹云：「當作『諷諭』。」鈴木説同。　崇文本作「諷諭」。

按「論」字不誤。「諷」指其諷諫之疏見後漢書本傳。言，「論」則指新論。此以君山之「諷、論」並舉，正如後文評徐幹之以「賦、論」連言然也。上疏與新論皆屬於筆類，與辭賦異，故云「長於諷論，不及麗文」。子苑引作「諷論」，足證「論」非誤字。

〔二〇〕**而坎壈盛世。**

按楚辭劉向九歎怨思：「志坎壈而不違。」王注：「坎壈，不遇貌也。」

〔二一〕**弈葉繼采。**

按「弈」字誤，當依各本改作「奕」。奕葉，猶奕世。國語周語上：「奕世載德。」文選曹植王仲宣誄：「伊君顯考，奕葉佐時。」李周翰注：「伊，惟。考，父也。奕，不絶之稱也。」子苑作「奕」，未誤。

〔二二〕**歆學精向。**

按傅子：「或問劉歆劉向孰賢？傅子曰：『向才學俗而志忠，歆才學通而行邪。』」書鈔九五、御覽五九九引。

即此可見舊説之一斑。

〔二三〕**瑗實踵武。**

按楚辭離騷：「忽奔走以先後兮，及前王之踵武。」王注：「踵，繼也。武，跡也。」文選司馬相如封禪文：「率邇者踵武。」李注引漢書音義曰：「率，循也。邇，近也。踵，蹈也。武，迹也。」史記司馬相如傳索隱：「言循覽近代之事，則繼跡可知也。」

〔二四〕**馬融鴻儒，思洽識高。**

「識」，黄校云：「一作『登』。」　天啟梅本改作「識」；何焯校同。

按元本、弘治本、活字本、汪本、佘本、張本、兩京本、王批本、何本、胡本、訓故本、萬曆梅本、凌本、合刻本、梁本、祕書本、謝鈔本、彙編本、尚古本、岡本、崇文本皆作「登」，足見此文之「登」並非誤字。黄氏從梅、何校改爲「識」，非也。其餘各本已從天啟梅本作「識」。「思洽登高」，蓋謂其善於辭賦也。「登高能賦」，見詩鄘風定之方中毛傳及漢志。韓詩外傳七：「孔子曰：『君子登高必賦。』」後漢書本傳所叙季長撰述，即以賦爲稱首；今存者尚有琴賦、長笛賦、圍棊賦、樗蒲賦、龍虎賦等篇。見嚴輯全後漢文卷十八（其中有不全者）。而長笛一賦，且登選樓。是季長所作，以賦爲優，故云「思洽登高」。本篇評論作者，皆就其最擅長者言。若作「識高」，則空無所指矣。何況「登」與「識」之形音俱不近，焉能致誤？出三藏記集齊竟陵王世子撫軍巴陵王法集序：「雅好辭賦，允登高之才。」南齊書文學傳論：「卿、雲巨麗，升堂冠冕；張、左恢廓，登高不繼。」亦並以「登高」二字指賦。詮賦篇亦有「原夫登高之旨」語，子苑引作「登高」，亦可證改「登」爲「識」之謬。

〔二五〕**是則竹柏異心而同貞。**

按楚辭東方朔七諫初放：「若竹柏之異心。」王注：「竹心空，……柏心實。」同貞，蓋謂其歲寒不凋也。

〔二六〕**王朗發憤以託志，亦致美於序銘。**

范文瀾云：「魏志王朗傳：『朗著奏議論記，咸傳於世。』序銘未聞。」子苑同今本。

按銘箴篇：「至於王朗雜箴，乃置巾履，得其戒慎，而失其所施。觀其約文舉要，憲章武原誤作「戒」，此據唐寫本及御覽五八五改。銘，而水火井竈，繁辭不已，志有偏也。」此云「致美於序銘」，蓋指其「憲章武銘」諸作而言。范氏前後失照，祇見疏矣。

〔二七〕**然自卿淵已前，多俊才而不課學；雄向已後，頗引書以助文。**

按「俊」字於義不屬，當是「役」之形誤。左傳成公二年「以役王命」杜注：「役，事也。」此當作「役」而訓爲事，始合。史通雜説下篇：「昔劉勰有云：『自卿淵已前，多役才而不課學；向雄以後，頗引書以助文。』」是所見本未誤。當據改。

〔二八〕**而樂府清越。**

按禮記聘義：「叩之，其聲清越以長。」鄭注：「越，猶揚也。」

〔二九〕**劉劭趙都。**

「劭」，元本、弘治本、活字本、汪本、佘本、張本、兩京本、王批本、梅本、謝鈔本、彙編本、張松孫本作「邵」；子苑、文通二二五引同。祕書本作「邵」；歷代賦話續集十四引同。

按「邵」字是。已詳事類篇「劉劭趙都賦」條。

〔三〇〕**嵇康師心以遣論。**

「遣」，梅慶生云：「疑作『造』。」

按哀弔篇「以辭遣哀」，聲律篇「故餘聲易遣」，其「遣」字義與此同，是「遣」字不誤。何必改作！子苑引亦作「遣」。

〔三一〕**陸機才欲窺深，辭務索廣。**

按文賦：「言恢之而彌廣，思按之而逾深。」此「深」、「廣」二字所本。

〔三二〕**士龍朗練。**

「練」，黄校云：「元作『陳』，王青蓮改。」此沿梅校。徐𤊹云：「（陳）疑作『練』。」

按「練」字是。何本作「練」；文通引同。事類篇「子建明練」，「明練」與「朗練」同。爾雅釋言：「明，朗也。」晉書傅祗傳：「以才識明練稱。」又謝沈傳：「明練經史。」顏氏家訓勉學篇：「但明練經文，粗通注義。」

〔三三〕**孫楚綴思，每直置以疎通。**

范文瀾云：「……本傳及文選均載楚書。即遺孫皓書。觀其指陳利害，深切著明，措辭率直，無所隱避，殆所謂『直置疎通』也。『直置』不可解，『置』或『指』之誤歟？」子苑同今本。

按范説誤。此二句當是指其詩言，非謂所作遺孫皓書也。「子荆零雨之章」，沈約宋書謝靈運傳論。曾稱之；鍾嶸詩品中。亦特爲標舉；蕭統文選。且以入選。「直置疎通」，蓋即休文所謂「直舉胸情，非傍詩史」也。文鏡祕府論地卷。十體篇：「直置體者，謂直書其事，置之於句者是。」是「置」字未誤。宋書劉穆之傳：「穆之曰：『……而公指劉裕。功高勳重，不可直置。』」又謝方明傳：「（劉穆之）白高祖曰：『謝方明可謂名家駒，直置便自是台鼎人。』」梁書文學下伏挺傳：「挺致書（徐勉）以觀其意，曰：『……懷抱不可直置。』」江文通集雜體詩殷東陽首：「直置忘所宰。」亦並以「直置」連文。評文論事皆用此二字，足見爲當時常語。莊子馬蹄篇「一而不黨，命曰天放」成疏：「直置放任，則物皆自足。」

〔三四〕**並楨幹之實才。**

「楨」，黃校云：「汪作『杶』。」 元本、弘治本、活字本、張本、兩京本、胡本、訓故本、四庫本亦並作「杶」；詩紀別集、子苑引同。

按「杶」字與文義不符，非是。後漢書盧植傳：「（曹操）告守令曰：『（盧植）學爲儒宗，士之楷模，國家之楨幹也。』」三國志吳書陸凱傳：「（上疏）……姚信、樓玄、賀卲、張悌、郭逴、……或清白忠勤，或姿才卓茂，皆社稷之楨幹，國家之良輔。」例多不再列。並以「楨幹」爲言。佘本、何本、王批本、梅本、凌本、合刻本、謝鈔本、彙編本作「楨」，未誤；喻林八九、文通二五引同。程器篇贊「貞幹誰則」作「貞」，乃「楨」之借字。論衡語增篇：「夫三公鼎足之臣，王者之貞幹也。」即作「貞」。

〔三五〕**成公子安選賦而時美。**

按「選」讀爲「撰」。嚴可均全晉文卷五九所輯子安文，以賦爲最多；其嘯賦，曾選入文選。「選賦時美」，諒有嘯賦在内。

〔三六〕**夏侯孝若具體而皆微。**

按孟子公孫丑上：「子貢曰：『……昔者竊聞之：子夏、子游、子張皆有聖人之一體，冉牛、閔子、顏淵，則具體而微。』」朱集注：「一體，猶一肢也。具體而微，謂有其全體，但未廣大耳。」此句與上「成公子安選賦而時美」句緊接，則所論必然是賦，故云「具體而微」。今檢嚴可均全晉文六十八、六十九兩卷所輯夏侯湛文，其六十八卷幾全爲湛之賦（從寒雪賦至玄鳥賦凡二十四首）。歷代賦家篇數之多，恐未有出其右者。篇章雖短，名目却多，故以「具體而微」評之。

〔三七〕**季鷹辨切於短韻。**

按世説新語識鑒篇劉注引文士傳：「張翰，字季鷹。有清才美望，博學，善屬文。造次立成，辭義清新。」短韻，謂詩也。丁福保全晉詩卷四所輯翰詩五題，每首皆短，故云短韻。逯欽立晉詩卷七所輯翰詩同。

〔三八〕**孟陽景陽，才綺而相埒。**

「景陽」，元本、弘治本、活字本、汪本、佘本、張本、兩京本、王批本、何本、胡本、梅本、凌本、合刻本、祕書本、謝鈔本、彙編本、清謹軒本作「景福」；子苑、文通引同。四庫本剜改爲「陽」。梅慶生於「景福」下注「殿賦」二字。馮舒云：「『福』，當作『陽』。」何焯説同。

按史傳未言張載撰有景福殿賦，梅注二字誤。舍人一則曰「才綺而相埒」，再則曰「可謂魯衛之政，兄弟之文也」，則當以作「景陽」爲是。相埒，相等。

〔三九〕**可謂魯衛之政，兄弟之文也。**

按論語子路：「子曰：『魯衛之政，兄弟也。』」集解引包咸曰：「魯，周公之封；衛，康叔之封也。周公、康叔既爲兄弟，康叔睦於周公，其國之政，亦如兄弟也。」

〔四〇〕**景純豔逸，足冠中興。**

按太平廣記卷十三郭璞條引李弘範翰林明道論：「景純善於遥寄，綴文之士，皆同宗之。」詩品中：「晉弘農太守郭璞，憲章潘岳，文體相輝，彪炳可翫，始變永嘉平淡之體，故稱中興第一。」並足與舍人此說相發。

〔四一〕**仙詩亦飄飄而凌雲矣。**

「凌」，元本、活字本、兩京本、胡本作「陵」。

按「飄飄凌雲」，用司馬相如奏大人賦事，史記相如傳作「凌」，漢書作「陵」。「凌」、「陵」古通。以風骨篇「相如賦仙，氣號凌雲」例之，作「凌」前後一律。子苑引作「凌」。

〔四二〕**孫盛干寶。**

「干寶」，黃校云：「元作『子寶』。」此沿梅校。徐𤊹校作「干寶」。

按徐校是。訓故本正作「干寶」。

〔四三〕**孫綽規旋以矩步，故倫序而寡狀。**

按「狀」,疑當作「壯」。舍人謂其「倫序寡壯」,蓋如鍾嶸詩品序之評爲「平典似道德論」然也。興公詩由文館詞林所載四首觀之,確係「規旋矩步,倫序寡壯」。

〔四四〕**殷仲文之孤興。**

「孤」,黄校云:「疑作『秋』。」此襲何焯説。

按文選載仲文南州桓公九井作詩,有「獨有清秋日,能使高興盡」句,何氏蓋據此爲言。然由江淹雜體詩殷東陽首標目爲「興矚」,及所擬全詩觀之,「孤」字似不誤。「孤興」與下句之「閑情」對。「孤興」二字出文賦(子苑同今本)。

〔四五〕**謝叔源之閑情。**

按謝混之「閑情」,除文選所載游西池詩足以取證外,江淹雜體詩謝僕射首專以「遊覽」標目,亦可得其彷彿。

〔四六〕**然而魏時話言,必以元封爲稱首。**

按詩大雅抑:「告之話言。」毛傳:「話言,古之善言也。」左傳文公六年:「著之話言。」杜注:「話,善也。」文選司馬相如封禪文:「前聖所以永保鴻名而常爲稱首者,用此。」吕向注:「言古先聖帝明王所以長保大名爲王者之首者,用此道也。」元封,漢武帝年號。又按此以元封代表漢武帝時期(凡五十三年)。時序篇論其世云:「逮孝武崇儒,潤色鴻業,禮樂争輝,辭藻競鶩:柏梁展朝讌之詩,金堤製恤民之詠,徵枚乘以蒲輪,申主父以鼎食,擢公孫之對策,歎兒寬之擬奏,買臣負薪而衣錦，相如滌器而被繡；於是史遷壽王之徒，嚴終枚皋之屬，應對固無方，篇章亦不匱，遺風餘采，莫與比盛。」挹彼注茲，最爲確切。崇文盛世概況，亦曠若復面。

〔四七〕**宋來美談，亦以建安爲口實。**

按公羊傳閔公二年：「魯人至今以爲美談。」三國志蜀書諸葛亮傳：「臣（陳）壽等言：青龍二年春，亮帥衆出武功，分兵屯田，爲久駐之基。其秋病卒，黎庶追思，以爲口實。」又黃權傳：「宣王（司馬懿）與諸葛亮書曰：『黃公衡，快士也。每坐起，歎述足下，不去口實。』」建安，後漢獻帝年號（凡二十四年）。又按建安後期，文學特盛。時序篇論其世云：「自獻帝播遷，文學蓬轉，建安之末，區宇方輯。魏武以相王之尊，雅愛詩章；文帝以副君之重，妙善辭賦；陳思以公子之豪，下筆琳瑯；並體貌英逸，故俊才雲蒸。仲宣委質於漢南，孔璋歸命於河北，偉長從宦於青土，公幹徇質於海隅，德璉綜其斐然之思，元瑜展其翩翩之樂；文蔚休伯之儔，子淑德祖之侶，傲岸觴豆之前，雍容衽席之上，灑筆以成酣歌，和墨以藉談笑。」挹彼注茲，極爲吻合。招才嘉會情景，亦僾乎可覿。

〔四八〕**此古人所以貴乎時也！**

按貴，重視。時，時機，機遇。荀子宥坐篇：「夫遇不遇者，時也。」韓詩外傳七：「遇不遇者，時也。」說苑雜言篇：「遇不遇者，時也。」論衡逢遇篇：「遇不遇，時也。」家語在厄篇：「夫遇不遇者，時也。」五書論點相同，可見古人對時機、機遇之重視。

〔四九〕**才難然乎。**

按論語泰伯:「孔子曰:『才難! 不其然乎?』」

〔五〇〕**餘采徘徊。**

按文選張衡南都賦:「流風徘徊。」徘徊,反覆回旋。此指作品長期流傳。

〔五一〕**遺風籍甚。**

「籍」,張本作「藉」。

按史記陸賈傳:「陸生以此遊漢廷公卿間,名聲藉盛。」集解引漢書音義曰:「言狼籍甚盛。」漢書賈傳作「籍甚」。是「藉」、「籍」本通。然以論説篇「雖復陸賈籍甚」證之,則此亦當作「籍」,前後始能一律。

知音第四十八

知音其難哉！ 音實難知，知實難逢，逢其知音，千載其一乎〔一〕！ 夫古來知音，多賤同而思古，所謂日進前而不御，遥聞聲而相思也①。 昔儲説始出②，子虚初成③，秦皇漢武，恨不同時；既同時矣，則韓囚而馬輕❶，豈不明鑒同時之賤哉！ 至於班固傅毅，文在伯仲，而固嗤毅云④：「下筆不能自休。」及陳思論才⑤，亦深排孔璋；敬禮請潤色，歎以爲美談；季緒好詆訶，方之於田巴，意亦見矣。 故魏文稱文人相輕⑥，非虚談也。 至如君卿脣舌，而謬欲論文，乃稱史遷著書，諮東方朔，於是桓譚之徒，相顧嗤笑❷，彼實博徒，輕言負誚，況乎文士，可妄談哉！ 故鑒照洞明，而貴古賤今者，二主是也；才實鴻懿，而崇己抑人者，班曹是也；學不逮文，而信僞迷真者，樓護是也⑦：醬瓿之議⑧，豈多歎哉！

夫麟鳳與麏雉懸絶⑨，珠玉與礫石超殊，白日垂其照〔二〕，青眸寫其形〔三〕。 然魯臣以麟爲麏〔四〕，楚人以雉爲鳳⑩〔五〕，魏氏以夜光爲怪石⑪〔六〕，宋客以燕礫爲寶珠⑫。 形器易徵，謬乃若是；文情難鑒，誰曰易分？ 夫篇章雜沓，質文交加，知多偏好，人莫圓該。 慷慨者逆聲而擊節，醖藉者見密而高蹈〔七〕，浮慧者觀綺而躍心，愛奇者聞詭而驚聽。 會己則嗟諷，異我則沮棄〔八〕，各執一隅之解，欲擬萬端之變。 所謂東向而望⑬，不見西牆也〔九〕。

凡操千曲而後曉聲〔一〇〕，觀千劍而後識器〔一一〕；故圓照之象，務先博觀。閲喬岳以形培塿〔一二〕，酌滄波以喻畎澮〔一三〕，無私於輕重〔一四〕，不偏於憎愛，然後能平理若衡，照辭如鏡矣〔一五〕。是以將閲文情，先標六觀：一觀位體，二觀置辭，三觀通變，四觀奇正，五觀事義，六觀宫商。斯術既形〔一六〕，則優劣見矣。

夫綴文者情動而辭發，觀文者披文以入情〔一七〕，沿波討源〔一八〕，雖幽必顯。世遠莫見其面，覘文輒見其心。豈成篇之足深，患識照之自淺耳。夫志在山水，琴表其情⑭，況形之筆端，理將焉匿。故心之照理，譬目之照形，目瞭則形無不分，心敏則理無不達。然而俗監之迷者〔一九〕，深廢淺售，此莊周所以笑折楊⑮，宋玉所以傷白雪也⑯。昔屈平有言：文質疏内，衆不知余之異采⑰〔二〇〕。見異唯知音耳。揚雄自稱心好沈博絶麗之文〔二一〕，其事浮淺，亦可知矣〔二二〕。夫唯深識鑒奥〔二三〕，必歡然内懌〔二四〕，譬春臺之熙衆人⑱，樂餌之止過客⑲。蓋聞蘭爲國香⑳，服媚彌芬；書亦國華，翫澤王作繹。方美〔二五〕；知音君子，其垂意焉。

贊曰：洪鍾萬鈞〔二六〕，夔曠所定〔二七〕。良書盈篋〔二八〕，妙鑒迺訂。流鄭淫人〔二九〕，無或失聽。獨有此律，不謬蹊徑。

【黄叔琳注】

①**日進遥聞**〔鬼谷子内揵篇〕日進前而不御，遥聞聲而相思。　②**儲説**〔韓非傳〕非作孤憤、五蠹、内外

儲、説林、説難，十餘萬言。秦王見其書曰：寡人得見此人，與之遊，死不恨矣。因急攻韓，韓迺遣非使秦。李斯、姚賈害之，下吏治非。③子虚見麗辭篇上林注。④嗤毅〔魏文帝典論〕傅毅之於班固，伯仲之間耳，而固小之。與弟超書曰：武仲以能屬文爲蘭臺令史，下筆不能自休。⑤論才〔陳思王集〕與楊德祖書：以孔璋之才，不閑於辭賦，而多自謂能與司馬長卿同風。譬畫虎不成反爲狗者也。昔丁敬禮嘗作小文，使僕潤色之。僕自以才不過若人，辭不爲也。敬禮謂僕：卿何所疑難，文之佳惡，吾自得之，後世誰相知定吾文者耶！吾嘗歎此達言，以爲美談。劉季緒才不逮於作者，而好詆訶文章，掎摭利病。昔田巴毁五帝，罪三王，呰五霸於稷下，一旦而服千人。魯連一説，使終身杜口。劉生之辯，未若田氏，今之仲連，求之不難，可無歎息乎！丁廙字敬禮。季緒，劉表子也。⑥相輕〔魏文帝論〕文人相輕，自古而然。⑦樓護〔漢游俠傳〕樓護字君卿，少隨父爲醫長安，誦醫經本草方術數十萬言。長者謂曰：以君卿之才，何不宦學乎？繇是辭其父，學經傳，爲吏數年，甚得名譽。⑧醬瓿〔揚雄傳〕著太玄、法言，劉歆嘗觀之，謂雄曰：空自苦！今學者有利禄，然尚不能明易，又如玄何？吾恐後人用覆醬瓿也。⑨麟麏見史傳篇泣麟注。⑩雉鳳〔尹文子〕楚擔山雉者，路人問何鳥也。擔雉者欺之曰：鳳凰也，買而獻之楚王。⑪怪石〔尹文子〕魏之田父得玉徑尺，不知其玉也，以告鄰人。鄰人紿之曰：怪石也。歸而置之廡下，明照一室，怖而棄之於野。⑫燕礫〔闞子〕宋之愚人得燕石於梧臺之東，歸而藏之以爲寶。周客聞而觀焉，掩口而笑曰：與瓦礫不殊。⑬東向〔淮南子〕東面而望，不見西牆；南面而視，不覩北方。⑭琴表其情〔吕氏春秋〕伯牙鼓琴，鍾子期善聽。方鼓琴，志在泰山，子期曰：善哉乎鼓琴，巍巍乎若泰山。志在流水，曰：善哉乎鼓琴，洋洋乎若流水。⑮**折楊**〔莊子〕大聲不入於里耳，折楊皇荂則嗑然而笑。是故高言不正於衆人之心，至言不出，俗言勝也。⑯**白雪**〔宋玉對楚王問〕客有歌於郢中者，其始曰下里巴人，國中屬而和者數千人。其爲陽春白雪，國中屬而和者數十人。是以其曲彌高，其和彌寡。⑰**異采**〔屈平九章〕文質疏内兮，衆不知余之異采。⑱**春臺**〔老子〕衆人熙熙，如登春臺。⑲**樂餌**〔老子〕樂與餌，過客止。⑳**國香**〔左傳〕鄭文公有賤妾曰燕姞，夢天使與己蘭曰，以是爲而子，以蘭爲國香，人服媚之如是。

【李詳補注】

❶**古來知音至韓囚而馬輕**詳案：〔抱朴子廣譬篇〕貴遠而賤近者，常人之情也。信耳而遺目者，古今之所患也。是以秦王歎息於韓非之書，而想其爲人；漢武慷慨於相如之文，而恨不同世。及既得之，終不能拔，或納讒而誅之，或放之乎冗散。彥和之論本此。❷**君卿脣舌至相顧嗤笑**詳案：此事無考。〔史記太史公自序索隱〕桓譚云：遷所著書成，以示東方朔，朔皆署曰太史公。此史遷著書諮東方朔之證。惟彥和指此爲君卿所稱，而譚嗤之，不識譚此言上下抑有詆君卿之説否？姑識於此，以俟達者論之。

【楊明照校注】

〔一〕**逢其知音，千載其一乎！**

按漢書王襃傳：「（聖主得賢臣頌）上下俱欲，驩然交欣，千載壹合（文選作「一會」），論説無疑。」文選王褒四子講德論：「夫特達而相知者，千載之一遇也。」又袁宏三國名臣序贊：「千載一遇，賢智之嘉會。」李注：「東觀漢記太史官曰：『……忠孝之策，千載一遇也。』」晉書文苑袁宏傳作三國名臣頌。

〔二〕**白日垂其照。**

按徐幹中論治學篇：「譬如寳在於玄室，有所求而不見。白日照焉，則群物斯辨矣。」

〔三〕**青眸寫其形。**

按孟子離婁上：「存乎人者，莫良於眸子。」趙注：「眸子，瞳子也。」玉篇目部：「眸，目瞳子。」又：「瞳，目珠子。」今通稱眼珠或瞳仁。荀子大略篇「眸而見之也」楊注：「眸，謂以眸子審視之也。」廣雅釋詁一：「寫，盡也。」此句與上句「白日垂其照」對舉，則「青眸寫其形」之意，謂肉眼亦能識别麟鳳、珠玉等物之形態也。

〔四〕**然魯臣以麟爲麏。**

按公羊傳哀公十四年春：「西狩獲麟。……有以告者，曰：『有麕而角者。』」何注：「（麟）狀如麕，一角而戴肉。」釋文：「有麏，本又作麇，亦作麕。皆九倫反。麏也。」孔叢子記問篇：「叔孫氏之車子曰鉏商，樵於野而獲獸焉。衆莫之識，以爲不祥，棄之於五父之衢。冉有告夫子，曰：『有麕而肉角，豈天之妖乎？』夫子曰：『今何在？吾將觀焉。』遂往，謂其御高柴曰：『若求之言，其必麟乎？』到視之，果信。」魯臣，謂冉求。孟子離婁上「求也爲季氏宰」趙注：「求，孔子弟子冉求。季氏，魯卿季康子。宰，家臣。」史記仲尼弟子傳：「冉求字子有，……爲季氏宰。」集解引鄭玄曰：

「魯人。」

〔五〕**楚人以雉爲鳳。**

按笑林所載者，較尹文子大道下詳。蓋緣邯鄲淳渲染之也。見太平廣記四六一引。

〔六〕**魏氏以夜光爲怪石。**

「氏」，凌本、天啟梅本、祕書本、張松孫本作「民」。

按「民」字非是。孟子公孫丑上：「宋人有閔其苗之不長而揠之者。」抱朴子外篇知止「宋氏引苗」一語，即本於孟子。不作「人」而作「氏」，是「氏」與「人」一實。

〔七〕**醞藉者見密而高蹈。**

「藉」，覆刻黄本、芸香堂本、翰墨園本、思賢講舍本作「籍」。

按「籍」字非是。已詳定勢篇「類乏醞藉」條。

〔八〕**會己則嗟諷，異我則沮棄。**

按莊子在宥篇：「世俗之人，皆喜人之同乎己，而惡人之異於己也。」淮南子齊俗篇：「天下是非無所定，世各是其所是，而非其所非。所謂是與非各異，皆自是而非人。」抱朴子外篇擢才：「因以異乎己而薄之矣。」又辭義篇：「近人之情，愛同憎異，貴乎合己，賤於殊途。」

〔九〕**所謂東向而望，不見西牆也。**

「墻」，謝鈔本作「隅」，馮舒校爲「墻」。

按馮校是。「墻」俗體，當依彙編本、四庫本作「牆」。呂氏春秋去尤篇：「世之聽者，多有所尤。……其要必因人所喜，與因人所惡。東面望者，不見西牆；南鄉視者，不覩北方。意有所在也。」黄注引淮南子（氾論篇）嫌晚。

〔一〇〕**凡操千曲而後曉聲。**

按桓譚新論：「成少伯工吹竽，見安昌侯張子夏鼓瑟，謂曰：『音不過千曲以上，不足以爲知音。』」御覽五八一引（嚴輯全後漢文卷十三至十五所輯新論佚此條）。

〔一一〕**觀千劍而後識器。**

按桓譚新論：「余少好文，見揚子雲賦頌，欲從學。子雲曰：『能讀千賦，則善之矣。』」書鈔一百二引。又：「君大素曉習萬劍之名，凡器但遥觀而知，不須手持熟察。言能觀千劍，則曉知之。」書鈔一二三引。又：「揚子雲工於賦，王君大習兵器。余欲從二子學。子雲曰：『能讀千賦則善賦。』君大曰：『能觀千劍則曉劍。』」意林三引。

〔一二〕**閱喬岳以形培塿。**

按詩周頌般：「墮山喬岳。」鄭箋：「喬，高。」釋文：「墮，吐果反。郭（璞）云：『山狹而長也。』」爾雅釋山注。文選七啓：「喬岳無巢居之民。」呂延濟注：「喬岳，高山也。」是此處之「喬岳」，與封禪篇「勒功喬岳」之「喬岳」，各明一義，不能混而爲一。風俗通義山澤篇：「（培）謹按春秋左氏傳『培塿無松柏』左傳襄公二十四年本作『部婁』，蓋音近通假。言其卑小。」玉篇土部：「塿，培塿，小阜也。」

〔一三〕**酌滄波以喻畎澮。**

「澮」，元本、弘治本、汪本、佘本、張本、兩京本、胡本、謝鈔本作「⿰土會」。徐𤊹校作「澮」。王批本作「⿰土会」。

按「⿰土會」，字書所無，當以作「澮」爲是。爾雅釋水：「注溝曰澮。」釋名釋水：「注溝曰澮；澮，會也，小溝之所聚會也。」史記夏本紀「浚畎澮致之川」集解：「鄭玄曰：『畎澮，田間溝也。』」滄，滄海。滄波，滄海所揚之波。「畎澮」以小言，「滄波」以大言也。

〔一四〕**無私於輕重。**

按禮記經解：「故衡誠縣，不可欺以輕重。」鄭注：「衡，稱也。縣，謂錘也。」釋文：「縣，音玄。稱，尺證反。」孟子梁惠王上：「權，然後知輕重。」楚辭嚴忌哀時命：「執權衡而無私兮，稱輕重而不差。」王注：「差，過也。言己如得執權衡，能無私阿，稱量賢愚，必不過差，各如其理也。」

〔一五〕**然後能平理若衡，照辭如鏡矣。**

按申子：「鏡設精，無爲而美惡自服；衡設平，無爲而輕重自得。」羣書治要三六引。新書道術篇：「鏡儀而居，無執不臧，美惡畢至，各得其當。衡虛無私，平靜而處，輕重畢懸，各得其所。……如鑒（鏡）之應，如衡之稱。」說苑談叢篇：「鏡以精明，美惡自服。衡平無私，輕重自得。」

〔一六〕**斯術既形。**

「形」，廣博物志二九引作「行」。

按「行」字誤。禮記樂記：「應感起物而動，然後心術形焉。」鄭注：「言在所以感之也。術，所由也。形，猶見也。」釋文：「見，賢遍反。」即此語所本。情采篇贊「心術既形」，亦有力切證。

〔一七〕**觀文者披文以入情。**

「披文」，元本、活字本、兩京本、胡本作「披尋」；訓故本作「披辭」。

按訓故本是也。上句既言「綴文者情動而辭發」，則此當作「觀文者披辭以入情」，始能相應。

〔一八〕**沿波討源。**

按文賦：「或沿波而討源。」李注：「孔安國尚書（禹貢）傳曰：『順流而下曰沿。』源，水本也。」李周翰注：「或流情於波而求討其源也。」

〔一九〕**然而俗監之迷者。**

「監」，鈴木云：「宜作鑒。」

按以上文「文情難鑒」，下文「夫唯深識鑒奥」及贊中「妙鑒迺訂」證之，鈴木説是也。訓故本正作「鑒」。當據改。

〔二〇〕**昔屈平有言：文質疎内，衆不知余之異采。**

按楚辭九章懷沙王注：「采，文采也。言己能文能質，内以疏達，衆人不知我有異藝之文采也。」洪興祖補注：「内，舊音訥。疏，疏通也。訥，木訥也。」朱熹集注：「文質，其文不艷也。疏，迂闊也。内，木訥也。異采，殊異之文采也。」三家各攄所見，並不一致。特迻録如上，以便參稽。

〔二一〕**揚雄自稱心好沈博絶麗之文。**

按古文苑揚雄答劉歆書：「雄爲郎之歲，自奏少不得學，而心好沈博絶麗之文。」

〔二二〕**其事浮淺，亦可知矣。**

「其」下，訓故本有一白匡。　范文瀾云：「『其事浮淺』，疑當作『不事浮淺』。」

按此二句，承上「揚雄自稱心好沈博絶麗之文」句立論，其下白匡當補一「不」字，始合文意。

〔二三〕**夫唯深識鑒奥。**

按「鑒奥」疑當乙作「奥鑒」，與「深識」對。漢書叙傳上「淵哉深識」，文選盧諶贈劉琨詩「寄之深識」，王儉褚淵碑文「深識臧否」，並以「深識」爲言。是「深識」二字未倒。　此云「深識奥鑒」，與聲律篇之「練才洞鑒」，句法正相似也。

〔二四〕**必歡然内懌。**

按論衡佚文篇：「誠見其美，懽氣發於内也。」「歡」，與「懽」同。

〔二五〕**翫澤方美。**

「澤」，黄校云：「王作『繹』。」芸香堂本、翰墨園本誤「繹」爲「懌」。　范文瀾云：「『翫澤』，疑當作『翫繹』。」

按訓故本作「繹」，是。繹，尋繹也。文選王襃四子講德論李注引馬融論語八佾注。　范氏蓋不曾一檢黄校及未見過王本，故云「『翫澤』疑當作『翫繹』」。

〔二六〕**洪鍾萬鈞。**

「鍾」，何本、訓故本、凌本、謝鈔本、别解本、尚古本、岡本、文津本、王本、鄭藏鈔本作「鐘」。

按「鍾」與「鐘」通。文選張衡西京賦：「洪鐘萬鈞。」薛注：「洪，大也。……三十斤曰鈞。……言大鐘乃重三十萬斤。」

〔二七〕**夔曠所定。**

按夔已見才略篇「夔序八音」條。曠，師曠。已見總術篇「知夫調鐘未易」條。

〔二八〕**良書盈篋。**

按墨子非命上篇：「天下之良書，不可盡計數。」

〔二九〕**流鄭淫人。**

按禮記王制：「變禮易樂者，爲不從。不從者，君流。」鄭注：「流，放也。」論語衛靈公：「放鄭聲，遠佞人。鄭聲淫，佞人殆。」集解引孔安國曰：「鄭聲佞人亦俱能感人心，與雅樂賢人同，而使人淫亂危殆，故當放遠之也。」義疏：「云『鄭聲淫，佞人殆』者，出鄭聲佞人所以宜放遠之由也。鄭地聲淫而佞人鬬亂，使國家爲危殆也。」

程器第四十九

周書論士，方之梓材①，蓋貴器用而兼文采也。是以樸斲成而丹雘施，垣墉立而雕杇附〔一〕。而近代辭人，務華棄實，故魏文以爲古今文人，之之字衍。類不護細行❶〔二〕，韋誕所評②，又歷詆群才，後人雷同，混之一貫〔三〕，吁可悲矣！

略觀文士之疵：相如竊妻而受金③，揚雄嗜酒而少算④〔四〕，敬通之不循廉隅⑤〔五〕，杜篤之請求無厭⑥，班固諂竇以作威⑦，馬融黨梁而黷貨⑧❷〔六〕，文舉傲誕以速誅⑨〔七〕，正平狂憨以致戮⑩，仲宣輕脆以躁競〔八〕，孔璋傯恫以麤疎⑪〔九〕，丁儀貪婪以乞貨〔一〇〕，路粹餔啜而無恥〔一一〕，潘岳詭譸於愍懷⑫〔一二〕，陸機傾仄於賈郭⑬，傅玄剛隘而詈臺⑭，孫楚狠汪作佷。愎而訟府⑮〔一三〕，諸有此類，並文士之瑕累〔一四〕。文既有之，武亦宜然。古之將相，疵咎實多：至如管仲之盜竊⑯，吴起之貪淫⑰，陳平之污點⑱，絳灌之讒嫉，沿兹以下，不可勝數。孔光負衡據鼎⑲〔一五〕，而仄媚董賢，況班馬之賤職，潘岳之下位哉！王戎開國上秩⑳，而鬻官囂俗；況馬杜之磬懸〔一六〕，丁路之貧薄哉！然子夏無虧於名儒，濬沖不塵乎竹林者，名崇而譏減也。若夫屈賈之忠貞，鄒枚之機覺㉑，黄香之淳孝㉒，徐幹之沉默㉓，豈曰文士必其玷歟？

蓋人禀五材，修短殊用，自非上哲，難以求備〔一七〕。然將相以位隆特達，文士以職卑多誚，此江河所以騰湧〔一八〕，涓流所以寸折者也。名之抑揚，既其然矣；位之通塞，亦有以焉。蓋士之登庸，以成務爲用。魯之敬姜㉔，婦人之聰明耳；然推其機綜，以方治國〔一九〕；安有丈夫學文，而不達於政事哉？彼揚馬之徒，有文無質，所以終乎下位也〔二〇〕。昔庾元規才華清英，勳庸有聲，故文藝不稱，若非台岳，則正以文才也。文武之術，左右惟宜〔二一〕，郤縠敦書㉕，故舉爲元帥，豈以好文而不練武哉？孫武兵經㉖，辭如珠玉，豈以習武而不曉文也？

是以君子藏器，待時而動〔二二〕，發揮事業，固宜蓄素以弸中〔二三〕，散采元作悉，龔仲和改。以彪外㉗〔二四〕，楩柟其質㉘，豫章其幹，摛文必在緯軍國〔二五〕，負元作賢，龔改。重必在任棟梁〔二六〕，窮則獨善以垂文，達則奉時以騁績〔二七〕，若此文人，應梓材之士矣。

贊曰：瞻彼前修，有懿文德〔二八〕。聲昭楚南，采動梁北。雕而不器〔二九〕，貞幹誰則〔三〇〕。豈無華身，亦有光國〔三一〕。

【黄叔琳注】

①**梓材**〔書梓材〕若作室家，既勤垣墉，惟其塗塈茨。若作梓材，既勤樸斲，惟其塗丹雘。②**韋誕**〔文章叙録〕韋誕字仲將，太僕端之子。魚豢嘗舉王阮諸人以問誕，誕對曰：仲宣傷於肥戇，休伯都無格檢，元瑜病於體弱，孔璋實自粗疎，文蔚性頗忿鷙。③**竊妻受金**〔司馬相如傳〕卓王孫有女文君新寡，好

音，相如以琴心挑之。文君竊從户窺，心悦而好之，恐不得當也，夜亡奔相如。相如與馳歸成都。其後有人言，相如使蜀時受金，失官。④**嗜酒**〔揚雄傳〕雄家素貧，嗜酒，時有好事者，載酒肴從游學。⑤**敬通**〔馮衍傳〕衍字敬通。顯宗即位，人多短衍文過其實，遂廢于家。衍與婦弟書，數婦之惡，有云：以室家之故，捐棄衣冠，心專耕耘，以求衣食。⑥**杜篤**〔後漢文苑傳〕杜篤居美陽，與美陽令游，數從請託不諧，頗相恨。令怒，收篤送京師。⑦**班固**〔班固傳〕大將軍竇憲出征匈奴，以固爲中護軍與參議。及竇憲敗，固先坐免官。固不教學諸子，諸子多不遵法度，吏人苦之。⑧**馬融**〔馬融傳〕融爲梁冀草奏李固，又作大將軍西第頌，以此頗爲正直所羞。論曰：馬融奢樂恣性，黨附成譏，固知識能匡欲者鮮矣。⑨**文舉**〔孔融傳〕融字文舉，負其高氣，志在靖難。而才疏意廣，後爲曹操所殺。⑩**正平**〔後漢文苑傳〕禰衡字正平，少有才辯，而氣尚剛傲，後爲黄祖所殺。⑪**憁恫**〔廣韻〕憁恫，不得志也。⑫**詭譎**〔晉愍懷太子傳〕賈后將廢太子，詐稱上不和，召太子置别室，逼飲醉之。使潘岳作書草若禱神之文，有如太子素意，因醉而書之。令小婢以紙筆及書草使太子依而寫之。后以呈帝，廢太子。⑬**傾仄**〔陸機傳〕機好遊權門，與賈謐親善，以進趣獲譏。**賈郭**〔郭彰傳〕彰，賈后從舅也。與賈充素相親。遇賈后專朝，彰與參權勢，賓客盈門，世人稱爲賈郭。⑭**詈臺**〔傅玄傳〕玄轉司隸校尉，謁者以弘訓宫爲殿内，制玄位在卿下。玄恚怒，厲聲色而責謁者。謁者妄稱尚書所處，玄對百僚而罵尚書以下。御史中丞庾純奏玄不敬。⑮**訟府**〔孫楚傳〕楚參石苞驃騎軍事，初至，長揖曰：天子命我參卿軍事。因此而嫌隙遂構。苞奏楚與吴人孫世山共訕毁時政。楚亦抗表自理，紛紜經年。⑯**管仲盜竊**〔説苑〕鄒子曰：管仲故成陰之狗盜也。⑰**吴起**〔吴起傳〕起聞魏文侯賢，欲事之。文侯問李克曰：吴起何如人哉？李克曰：起貪而好色，然用兵，司馬穰苴不能過也。⑱**譏陳平**〔陳丞相世家〕絳侯、灌嬰等咸譏陳平曰：臣聞平家居時，盜其嫂；事魏不容，亡歸楚；歸楚不中，又亡歸漢。今日大王尊官之，令護軍。平受諸將金，金多者得善處，金少者得惡處。平，反覆亂臣也。〔賈誼傳〕絳、灌、東陽侯、馮敬之屬盡害之。〔注〕絳灌，周勃、灌嬰也。⑲**孔光**〔漢佞幸傳〕初，丞相孔光爲御史大夫時，董賢父恭爲御史，事光。及賢爲大司馬，與光並爲三公，上故令賢私過光。光知上欲尊寵賢，及聞賢當來也，光警戒衣冠，出門待望，見賢車迺却入。賢至中門，光入閤。既下車，迺出拜謁，送迎甚謹，不敢以賓客鈞敵之禮。賢歸，上聞之喜。⑳**王戎**〔王戎傳〕戎與阮籍諸人爲竹林之遊，戎嘗後至。籍曰：俗物已復來敗人意。戎笑曰：卿輩意亦復易敗耶！後以平吴功封安豐侯。南郡太守劉肇賂戎筒中細布五十端，爲司隸所糾。帝雖不問，然爲清慎者所鄙。㉑**鄒枚**〔鄒陽傳〕吴王濞陰有邪謀，陽奏書諫。吴王不内其言。於是鄒陽、枚乘、嚴忌知吴不可説，皆去之梁。㉒**黄香**〔後漢文苑傳〕黄香年九歲失母，思慕憔悴，殆不免喪，鄉人稱其至孝。太守劉護聞而召之，署門下孝子。香博學經典，究精道術，能文章。肅宗詔香詣東觀，讀所未嘗見書。㉓**徐幹**〔魏志〕徐幹字偉長。〔魏文帝書〕偉長懷文抱質，恬淡寡欲，有箕山之志，可謂彬彬君子矣。著中論二十餘篇，成一家之業，辭義典雅，足傳於後。㉔**敬姜**〔國語〕公父文伯退朝，朝其母，方績。文伯曰：以歜之家，而主猶績，懼干季孫之怒也。敬姜歎曰：昔聖王之處民也，擇瘠土而處之，勞其民而用之，男女效績，愆則有辟，古之制也。㉕**敦書**〔左傳〕晉侯蒐於被廬，作三軍，謀元帥。趙衰曰：郤穀可。臣亟聞其言矣，説禮樂而敦詩書。㉖**孫武**〔孫子傳〕孫武以兵法見吴王闔廬，闔廬曰：子之十三篇，吾盡觀之矣，可以小試勒兵乎？對曰：可。㉗**弸中彪外**〔揚子法言〕君子言則成文，動則成德，何以也？曰：以其弸中而彪外也。〔注〕弸，滿也。彪，文也。㉘**楩柟**〔陸賈新語〕楩柟豫章，天下之名木，立則爲大山衆木之宗，仆則爲世之用。

【李詳補注】

❶**魏文以爲古今文人類不護細行**詳案：〔魏文帝與吴質書〕古今文人，類不護細行，鮮能以名節自立。　❷**馬融黨梁而黷貨**黄注引融傳不及黷貨，今補。〔融傳〕先是有事忤大將軍梁冀旨，諷有司奏融在郡貪濁，免官。惠棟〔後漢書訓纂〕引〔三輔決録注〕融爲南郡太守，二府以融在郡貪濁，受主計掾岐肅錢四十萬。融子又强受吏白向錢六十萬，布三百匹，以肅爲孝廉，向爲主簿。

【楊明照校注】

〔一〕**垣墉立而雕杇附。**

「杇」，弘治本、汪本、佘本、張甲本、萬曆梅本、謝鈔本作「朽」；張乙本作「巧」；何本、凌本、合刻本、梁本、祕書本、尚古本、岡本、王本、張松孫本、鄭藏鈔本、崇文本作「墁」。

按元本、活字本、訓故本作「杇」；喻林八八引作「圬」。是「朽」爲「杇」之誤，「巧」爲「圬」之誤。「圬」，「杇」之或體。當以作「杇」爲正。論語公冶長：「子曰：『朽木，不可雕也；糞土之牆，不可杇也。』」集解引王肅曰：「杇，鏝也。」史記仲尼弟子傳「杇」作「圬」，「鏝」作「墁」（漢書董仲舒傳引作「圬」，顔注作「鏝」）。即此「雕杇」二字之所自出。爾雅釋宮：「鏝謂之杇。」郭注：「泥鏝。」釋文：「鏝，本或作槾。」説文木部：「杇，所以涂也。秦謂之杇，關東謂之槾。」何本等作「墁」，其義雖通，恐非舍人之舊。子苑九八引作「杇」，其時已在何本之前矣。

〔二〕**故魏文以爲古今文人之類不護細行。**

黄校云：「『之』字衍。」此沿梅校。　謝兆申云：「『之』字似衍。」　徐𤊹云：「無『之』字便不成文，伯元（即謝兆申）以爲衍，非是；若去『之』字，則『類』字連下句讀，亦通。」　馮舒云：「『文人』下，衍『之』字。」

按「之」字確爲衍文，於「人」下加豆。曹丕與吴質書本無「之」字。　訓故本無「之」字，是也。文通二五引同。當據删。淩本無「之」字，蓋依梅校删（文溯本剜去「之」字）。

〔三〕**混之一貫。**

按莊子德充符：「以可不可爲一貫。」吕氏春秋過理篇：「亡國之主一貫。」高注：「貫，同也。」後漢書皇后紀論：「至於賢愚優劣，混同一貫。」

〔四〕**揚雄嗜酒而少算。**

按漢書揚雄傳下贊：「雄以病免，復召爲大夫。家素貧，耆酒。」顔注：「耆讀曰嗜。」桓譚新論：「揚子雲爲郎，居長安，素貧。比歲亡其兩男，哀痛之，皆持歸葬於蜀，以此困乏。子雲察達聖道，明於死生，宜不下季札；然而慕戀死子，不能以義割恩，自令多費而致困貧。」御覽五五六引。　舍人所謂「少算」，蓋指此也。

〔五〕**敬通之不循廉隅。**

按「循」當作「修」,「修」與「脩」通,「循」蓋「脩」之誤。古籍中多有此例。漢書揚雄傳上:「不修廉隅以徼名當世。」又元后傳:「(王)禁有大志,不修廉隅。」晉書王國寶傳:「少無士操,不脩廉隅。」蕭綸隱居先生陶君碑:「含章貞吉,不脩廉隅。」文苑英華八七三。並其證也。

〔六〕**馬融黨梁而黷貨。**

按馬融黷貨事,其壻袁隗亦不諱言,見後漢書列女袁隗妻(馬倫)傳。左傳昭公十三年:「晉有羊舌鮒者,瀆貨無厭。」杜注:「瀆,數也。」釋文:「數,音朔。」「瀆」、「黷」古今字。顏氏家訓文章篇:「馬季長佞媚獲誚。」

〔七〕**文舉傲誕以速誅。**

按袁淑弔古文:「文舉疏誕以殃速。」類聚四十引。顏氏家訓文章篇:「孔融、禰衡,誕傲致殞。」詩召南行露毛傳:「速,召也。」

〔八〕**仲宣輕脆以躁競。**

范文瀾云:「王粲『輕脆躁競』,未知其事。韋誕謂其『肥戇』,疑『脆』『肥』皆『鋭』之譌也。體性篇云『仲宣躁鋭』。」

按體性篇「仲宣躁鋭」之「鋭」當作「競」,已詳彼篇校注。三國志魏書王粲傳:「(劉)表以粲貌寢而體弱通侻,裴注:「通侻者,簡易也。」不甚重也。」「侻」,與「脱」通。韋誕謂其「肥戇」之「肥」字,亦爲「脱」之誤。

疑此處「脆」字爲「脱」之形誤。後漢書列女曹世叔妻傳：「（女誡）若夫動靜輕脱。」晉書羊祜傳：「軍師徐胤執棨當營門曰：『將軍都督萬里，安可輕脱！』」南齊書謝朓傳：「江夏蕭寶玄。年少輕脱。」廣弘明集釋法雲上昭明太子啟：「退思輕脱，用深悚懼。」並以「輕脱」爲言。舍人稱「仲宣輕脱」，與劉表之以爲「通侻」同，皆謂其爲人簡易也。顔氏家訓文章篇：「王粲率躁見嫌。」

〔九〕**孔璋憁恫以麤疎。**

按玉篇心部：「憁，七弄切。憁恫，不得志也。」廣韻一送：「憁，憁恫。」又：「恫，憁恫，不得志。」集韻一送同。魚豢魏略：「仲將韋誕字。云：『……孔璋實自麤疏。』」三國志魏書王粲傳裴注引。顔氏家訓文章篇：「陳琳實號麤疎。」文選謝靈運擬魏太子鄴中集詩陳琳首：「袁本初書記之士，故述喪亂事多。」「皇漢逢屯邅，天下遭氛慝。董氏淪關西，袁家擁河北。單民易周章，窘身就羈勒。」呂向注：「周章，惶懼貌。窘，束也。言我孤獨易爲惶懼，故束身就紹羈勒。」然則孔璋之「麤疏」，蓋謂其「束身就紹羈勒」也。

〔一〇〕**丁儀貪婪以乞貨。**

按「貨」字與上「黷貨」重出，疑爲「貸」之形誤。史記孔子世家：「游説乞貸，不可以爲國。」又王翦傳：「將軍之乞貸，亦已甚矣。」又韓王信傳：「旦暮乞貸蠻夷。」梁書任昉傳：「世或譏其多乞貸。」鹽鐵論疾貪篇：「乞貸長吏。」並以「乞貸」連文。離騷：「衆皆競進以貪婪兮。」王注：「愛財曰貪。愛食曰婪。」

〔一一〕**路粹鋪啜而無恥。**

按奏啟篇：「觀孔光之奏董賢，則實其奸回；路粹之奏孔融，則誣其釁惡。名儒之與險士，固殊心焉。」斥粹爲「險士」，書中尚無類似評騭，是於其行徑，鄙之極矣。疑此句所指，仍爲「枉狀奏融」事。後漢書孔融傳：「曹操既積嫌忌，……遂令丞相軍謀祭酒路粹，枉狀奏融。……書奏，下獄棄市。」典略：「及孔融有過，太祖使粹爲奏，承旨數致融罪。……融誅之後，人覩粹所作，無不嘉其才而畏其筆也。」三國志魏書王粲傳裴注引。粹之「承旨數致融罪」，「誣其釁惡」，非「鋪啜無恥」者，豈甘爲之耶！孟子離婁上：「孟子謂樂正子曰：『子之從於子敖來，徒鋪啜也；我不意子學古之道而以鋪啜也！』」趙注：「子敖，齊之貴人右師王驩也。學而不行其道，徒食飲而已，謂之鋪啜也。樂正子本學古聖人之道，而今隨從貴人，無所匡正，故言不意子但鋪啜也。」又章指：「言學優則仕，仕以行道；……鋪啜沈浮，君子不與，是以孟子咨嗟樂正子也。」舍人「鋪啜」二字，即本孟子。

〔一二〕**潘岳詭譸於愍懷。**

「譸」，元本、弘治本、活字本、汪本、佘本、張本、兩京本、王批本、何本、胡本、訓故本、梅本、凌本、合刻本、梁本、祕書本、謝鈔本、彙編本、尚古本、岡本、張松孫本、崇文本作「禱」；漢魏詩乘總録、子苑、文通二五引同。

按「禱」字是。「詭禱」，即晉書愍懷太子傳所載「賈后將廢太子，……使黄門侍郎作書草，若禱神之文」者是也。顏氏家訓文章篇：「潘岳乾没取危。」

〔一三〕**孫楚狠愎而訟府。**

「狠」，黄校云：「汪作『佷』。」　馮舒校作「佷」。

按「佷」字是。元本、弘治本、活字本、張本、兩京本、胡本亦並作「佷」；漢魏詩乘總録、子苑引同。逸周書謚法篇：「愎佷與佷愎同。遂過曰刺。」易林恒之噬嗑：「狼戾復與愎通。佷。」並其證也。顔氏家訓文章篇：「孫楚矜誇凌上。」

〔一四〕**諸有此類，並文士之瑕累。**

按「類」，疑當作「纇」。説文糸部：「纇，絲節也。」段注：「節者，竹約也。引申爲凡約結之稱。絲之約結不解者曰纇。引申之，凡人之愆尤皆曰纇。左傳（昭公二十八年）『忿纇無期』，是也。」淮南子説林篇：「若珠之有纇，玉之有瑕。」以「纇」與「瑕」對言，是「纇」、「瑕」可互訓。老子第四十一章：「夷道若纇。」釋文：「（纇）雷對反。簡文云：『纇，疵也。』」玉篇糸部：「纇，力對切。絲節不調。」通變篇有「諸如此類」語，改「有」爲「如」亦可。

〔一五〕**孔光負衡據鼎。**

按詩商頌長發：「實維阿衡，實左右商王。」鄭箋：「阿，倚。衡，平也。伊尹，湯所依倚而取平，故以爲官名。」漢書彭宣傳：「宣上書言：三公鼎足承君。」又馬宫傳：「莽以大皇大后詔賜宫策曰：『……三公之任，鼎足承君。』」

〔一六〕**況馬杜之磬懸。**

按國語魯語上：「室如懸磬。」韋注：「懸磬，言魯府藏空虚，但有榱樑，如懸磬也。」左傳僖公二十六年「室如縣罄」釋文：「縣，音玄。罄，亦作磬，盡也。」顏氏家訓文章篇：「杜篤乞假無厭。」

〔一七〕**自非上哲，難以求備。**

按書僞伊訓：「與人不求備。」論語微子：「無求備於一人。」

〔一八〕**此江河所以騰湧。**

「湧」，顧廣圻校作「涌」。

按「湧」爲「涌」之或體，顧校是。

〔一九〕**魯之敬姜，婦人之聰明耳，然推其機綜，以方治國。**

黄注：「國語（魯語下）公父文伯退朝，朝其母，（其母）方績。……男女效績，愆則有辟，古之制也。」沿自梅注（極詳）。

按國語魯語文與此毫不相干，梅、黄兩家注皆誤。傳録黄丕烈、顧廣圻合校本，顧於黄氏輯注「敬姜」條有眉批：「列女傳：『文伯相魯，敬姜謂之曰：吾語汝！治國之要，盡在經矣。夫幅者所以正曲枉也，不可不彊，故幅可以爲將。畫者所以均不均服不服也。』」是舍人此文實出自列女傳母儀魯季敬姜傳，非國語魯語下也。其書均在，可覆按。

〔二〇〕**彼揚馬之徒，有文無質，所以終乎下位也。**

按文選班固典引序：「司馬相如洿行無節，但有浮華之辭，不周於用。」顏氏家訓文章篇：「揚雄德敗美新。」

〔二一〕**文武之術，左右惟宜。**

按司馬法天子之義篇：「文與武，左右也。」

〔二二〕**是以君子藏器，待時而動。**

按易繫辭下：「君子藏器於身，待時而動。」

〔二三〕**固宜蓄素以弸中。**

「弸」，元本、弘治本、汪本、張本、兩京本、王批本、胡本作「剛」；謝鈔本作「綱」，馮舒校作「剛」。何本、梅本、凌本、合刻本、梁本、祕書本、彙編本、尚古本、岡本作「綳」，文通引同。宗本、訓故本、四庫本、王本、張松孫本、鄭藏鈔本、崇文本並作「弸」。

按「剛」、「綳」二字皆誤。法言君子篇：「或問『君子言則成文，動則成德，何以也？』曰：『以其弸中而彪外也。』」李注：「弸，滿也。」即舍人「弸中」二字所本。下句亦用「彪外」二字。隸釋魯峻碑：「弸中獨斷，以效其節。」亦可證。

〔二四〕**散采以彪外。**

「采」，黃校云：「元作『悉』，龔仲和改。」此沿梅校。謝兆申校作「采」。徐𤊹校同。

按「采」字是。何本、訓故本、梁本、謝鈔本正作「采」；喻林八七、文通引同。

〔二五〕**摛文必在緯軍國。**

按後漢書班彪傳論：「敷文華以緯國典。」

〔二六〕**負重必在任棟梁。**

「負」，黄校云：「元作『賢』，龔改。」此沿梅校。

按元本、弘治本、活字本、汪本、佘本、張本、兩京本、何本、胡本、王批本、訓故本、梁本、謝鈔本並作「負」，未誤，龔改是也。喻林、子苑、文通引，亦並作「負」。三國志魏書高柔傳：「（上疏）今公輔之臣，皆國之棟梁，民所具瞻。」

〔二七〕**窮則獨善以垂文，達則奉時以騁績。**

按孟子盡心下：「窮則獨善其身，達則兼善天下。」晉書王隱傳：「隱曰：『蓋古人遭時則以功達其道，不遇則以言達其才。』」

〔二八〕**有懿文德。**

按易小畜：「象曰：『風行天上，小畜。君子以懿文德。』」集解引虞翻曰：「懿，美也。」

〔二九〕**雕而不器。**

按法言寡見篇：「或曰：『良玉不彫，美言不文，何謂也？』曰：『玉不彫，璵璠不作器。』」「雕」與「彫」通。

〔三〇〕**貞幹誰則。**

按易乾：「（文言）貞者，事之幹也。」集解引荀爽曰：「陰陽正而位當，則可以幹舉萬事。」又：「貞固足以幹事。」孔疏：「貞固足以幹事者，言君子能堅固貞正，令物得成，使事皆幹濟。」

〔三一〕**豈無華身，亦有光國。**

按文選蔡邕陳太丘碑文：「紆佩金紫，光國垂勳。」李注：「漢書（百官公卿表上）曰：『大司徒、大司馬、大司空皆金印紫綬。』」李周翰注：「三公皆帶金印，繫以紫綬。言此可以光國家大功也。勳，功也。」又陸機辨亡論上：「風雅，則諸葛瑾、張承、步騭以名聲光國。」

序志第五十

夫文心者，言爲文之用心也〔一〕。昔涓子琴心①，王孫巧心②，心哉美矣，故一本上有夫字。用之焉〔二〕！元脱，按廣文選補。古來文章，以雕縟成體，豈取騶奭之群言雕龍也③〔三〕？夫宇宙綿邈〔四〕，黎獻紛雜〔五〕，拔萃出類〔六〕，智術而已。歲月飄忽，性靈不居❶〔七〕，騰聲飛實④，制作而已。夫有衍。肖貌天地，稟性五才❷〔八〕，一作行。擬耳目於日月〔九〕，方聲氣乎風雷〔一〇〕，其超出萬物，亦已靈矣〔一一〕。形同草木之脆〔一二〕，名踰金石之堅，是以君子處世，樹德建言〔一三〕，豈好辯哉？不得已也〔一四〕！

予生七齡，乃夢彩雲若錦，則攀而採之。齒在踰立❸〔一五〕，則嘗夜夢執丹漆之禮器，隨仲尼而南行〔一六〕。旦而寤，迺怡然而喜，大哉聖人之難見也〔一七〕，乃小子之垂夢歟！自生人以來，未有如夫子者也〔一八〕。敷讚聖旨，莫若注經，而馬鄭諸儒，弘之已精〔一九〕，就有深解，未足立家。唯文章之用，實經典枝條〔二〇〕，五禮資之以成，六典因之致用〔二一〕，君臣所以炳煥，軍國所以昭明，詳其本源，莫非一作外。經典〔二二〕。而去聖久遠，文體解散，辭人愛奇，言貴浮詭，飾羽尚畫⑤，文繡鞶帨〔二三〕，離本彌甚，將遂訛濫。蓋周書論辭，貴乎體要；尼父陳訓，惡乎異端；辭訓之異，宜體於要。於是搦筆和墨❹〔二四〕，乃始論文。

詳觀近代之論文者多矣：至於一作如。魏文述典⑥，陳思序書⑦，應瑒文論⑧，陸機文賦⑨，仲治流別⑩〔二五〕，弘範翰林⑪，各照隅隙〔二六〕，鮮觀衢路；或臧否當時之才，或銓品前修之文，或汎舉雅俗之旨，或撮題篇章之意。魏典密而不周，陳書辯而無當，應論華而疏略，陸賦巧而碎亂，流別精而少巧〔二七〕，梁書作功。翰林淺而寡要〔二八〕。又君山公幹之徒，吉甫士龍之輩，汎議文意，往往間出〔二九〕，並未能振葉以尋根，觀瀾而索源〔三〇〕。不述先哲之誥，無益後生之慮。

蓋文心之作也，本乎道，師乎聖，體乎經，酌乎緯，變乎騷，文之樞紐，亦云極矣。若乃論文敘筆，則囿汪作品。別區分，原始以表末〔三一〕，釋名以章義，選文以定篇，敷理以舉統，上篇以上，綱領明矣。至於割情析采〔三二〕，一作表。籠圈條貫，摛神性，圖風勢，苞一作包。會通，閱聲字，崇替於時序〔三三〕，褒貶於才略，怊悵元作怡暢，王性凝改。於知音〔三四〕，耿介於程器〔三五〕，長懷序志，以馭群篇，下篇以下，毛目顯矣⑫〔三六〕。位理定名，彰乎大易之數〔三七〕，其爲文用，四十九篇而已。

夫銓序一文爲易，彌綸群言爲難，雖復一作或。輕采毛髮〔三八〕，深極骨髓，或有曲意密源，似近而遠。辭所不載，亦不勝數矣〔三九〕。及其品列一作許。成文〔四〇〕，有同乎舊談者，非雷同也，勢自不可異也〔四一〕。有異乎前論者，非苟異也，理自不可同也。同之與異，不屑古今〔四二〕，擘肌分理〔四三〕，唯務折衷❺〔四四〕。按轡文雅之場，環絡藻繪之府，亦幾乎備矣。但言不盡意，聖人所難〔四五〕，識在缾管⑬，何能矩矱〔四六〕。元脱，許補。茫茫往代〔四七〕，既沈一作洗。予聞〔四八〕，眇眇來世〔四九〕，儻塵彼觀也〔五〇〕。

贊曰：生也有涯，無涯惟智〔五一〕。逐物實難〔五二〕，憑性良易。傲岸泉石，咀嚼文義〔五三〕。文果載心，余心有寄〔五四〕。

【黄叔琳注】

①**涓子**〔文選注〕涓子，齊人，好餌术，隱於宕山，著琴心三篇。②**王孫**〔漢藝文志〕王孫子一篇。一曰巧心。③**雕龍**見諸子篇騶子注。④**騰聲**〔封禪文〕蜚英聲，騰茂實。⑤**飾羽**見徵聖篇。⑥**魏文**〔魏文帝集〕有典論論文、論方術。⑦**陳思**〔陳思王集〕與楊德祖書：僕少小好爲文章，迄至於今，二十有五年矣。然今世作者，可略而言也。⑧**應瑒**應瑒集有文質論。⑨**文賦**陸機集有文賦。⑩**流别**見頌讚篇。⑪**翰林**〔隋經籍志〕翰林論三卷，晉著作郎李充撰。〔晉書〕李充字弘度，江夏人，歷官大著作郎，注尚書及周易旨六論，釋莊論二篇，詩賦雜文二百四十首行於世。傳中不言有翰林論，而玉海引翰林論，亦云弘範。⑫**毛目**〔子華子〕毛舉其目，尚不勝爲數也。⑬**缾管**〔左傳〕挈缾之智。〔注〕喻小智也。〔莊子秋水篇〕是直用管闚天。

【李詳補注】

❶**歲月飄忽性靈不居**詳案：〔孔融論盛孝章書〕歲月不居。❷**肖貌天地二句**詳案：〔漢書刑法志〕夫人宵天地之貌，懷五常之性。彥和語本此。〔顏注〕宵，義與肖同。貌，古貌字。五常，仁義禮智信。❸**齒在踰立**詳案：謂踰三十也。古人每以論語紀年，如年十五則曰年始志學，三十則曰是時向立，年四十則曰行向不惑，五十則曰介已知命，六十則曰年垂耳順，唯七十人罕言之。此自魏晉以逮南朝文士多如此云。❹**搦筆和墨**詳案：〔莊子田子方篇〕舐筆和墨。❺**擘肌分理二句**詳案：〔張衡西京賦〕剖析豪氂，擘肌分理。〔史記孔子世家贊〕言六藝者，折中於夫子。〔索隱〕離騷：明五帝以折中。王叔師云：折中，正也。宋均云：折，斷也。中，當也。言欲折斷其物而用之。與度相中當也。案小司馬所引離騷在今九章中惜誦篇。王注殊不瞭悉，故置彼引此。中與衷通。

【楊明照校注】

〔一〕**夫文心者，言爲文之用心也。**

按論衡對作篇：「賢聖不空生，必有以用心。上自孔墨之黨，下至荀孟之徒，教訓必作垂文。」文賦：「余每觀才士之所作，竊有以得其用心。」

〔二〕**心哉美矣，故用之焉。**

黄校云：「一本（故）上有『夫』字；（焉）元脱，按廣文選補。」「焉」字係沿梅校。　梁書劉勰傳、宗本、訓故本、謝鈔本並有「夫」字「焉」字；胡氏續文選十二、經濟類編五四、廣文選删十一、漢魏六朝正史文選十九同。　元本、弘治本、活字本、汪本、張本、兩京本、王批本、胡本並有「夫」字。廣文選同。

按尋繹語氣，當以有「夫」字爲勝，屬上句讀。禮記中庸：「子曰：『中庸其至矣夫！』」又：「子曰：『道其不行矣夫！』」論語雍也：「伯牛有疾，子問之，自牖執其手，曰：『亡之，命矣夫！』」又：「子曰：『君子博學於文，約之以禮，亦可以弗畔矣夫！』」又子罕：「子曰：『苗而不秀者，有矣夫！秀而不實者，有矣夫！』」又憲問：「子曰：『君子而不仁者，有矣夫！』」法言學行篇：「禮義之作，有以矣夫！」又：「求而不得者，有矣夫！」並「矣夫」連文之證。他書尚多有之。如以「夫」屬下句讀，則頓失語氣摇曳之勢矣。

〔三〕 **豈取騶奭之群言雕龍也？**

「取」，元本、弘治本、汪本、張本、兩京本、何本、胡本、梅本、凌本、合刻本、梁本、祕書本、謝鈔本、彙編本、尚古本、岡本、王本、張松孫本、鄭藏鈔本、崇文本作「效」，讀書引十二、莒州志十三同。

按梁書、活字本、佘本、訓故本、四庫本並作「取」；廣文選、續文選、經濟類編、廣文選删、漢魏六朝正史文選同。原道篇「取象乎河洛」，奏啟篇「取其義也」，書記篇「取象於夬」，又「蓋取乎此」，其「取」字義與此同，則作「效」非是。史記孟子荀卿傳：「騶奭者，齊諸騶子，亦頗采騶衍之術以紀文。……故齊人頌曰：『談天衍，雕龍奭。』」集解引劉向别録曰：「……騶奭脩衍之文，飾若雕鏤龍文，故曰『雕龍』。」又按蔡中郎文集故太尉喬公廟碑：「文繁雕龍。」專用「雕龍」一典喻文學作品，當以此爲首見。後漢書崔駰傳贊：「崔爲文宗，世禪雕龍。」章懷注：「禪，謂相傳授也。」文選任昉宣德皇后令：「（蕭衍）文擅雕龍，而成輒削藁。」劉良注：「言專擅於文，若雕龍之彩飾。成也，則輒削除其藁草之本。」亦並以「雕龍」爲言。

〔四〕**夫宇宙綿邈。**

按文子自然篇：「往古來今謂之宙，四方上下謂之宇。」淮南子齊俗篇同。綿邈，悠遠，長遠。

〔五〕**黎獻紛雜。**

「獻」，兩京本、胡本作「文」。王批本同今本。

按「文」字與下文不應，非是。書益稷：「萬邦黎獻。」此「黎獻」二字所自出。封禪篇有「毓黎獻」語。諸子篇：「百姓之群居，苦紛雜而莫顯。」語意略同。

〔六〕**拔萃出類。**

「類」，元本、弘治本、活字本、汪本、兩京本、胡本、謝鈔本作「穎」。謝兆申云：「似作『類』。」馮舒改「類」。

按孟子公孫丑上：「出於其類，拔乎其萃。」趙注：「萃，聚也。」即此語所本。則作「穎」非也。三國志蜀書蔣琬傳：「琬出類拔萃，處群僚之右。」亦可證。

〔七〕**歲月飄忽，性靈不居。**

「居」，兩京本、胡本作「遏」。

按「遏」字非是。文選孔融論盛孝章書：「歲月不居，時節如流。」此書李詳補注曾引之。是其證。又陸機歎逝賦：「時飄忽其不再。」

注云：「曹改。」　謝兆申云：「『有』字，宜作『其』。」　天啟梅本作「自」，

〔八〕**夫有肖貌天地，禀性五才。**

「有」，黄校云：「『衍。』」此沿萬曆梅本校語。按梁書、佘本、訓故本並無「有」字；廣文選、天中記三七、經濟類編、喻林八六、廣文選删、漢魏六朝正史文選同。是也。文溯本剜去「有」字。列子楊朱篇：「楊朱曰：『人肖天地之類，當作貌。懷五常之性，有生之最靈者也。』」張注：「肖，似也。……性禀五行也。」漢書刑法志：「夫人宵天地之貌，懷五常之性，聰明精粹，有生之最靈者也。」顔注：「宵義與肖同，……貌，古貌字。五常，仁、義、禮、智、信。」並足證今本「夫」下「有」字確爲衍文。「才」，黄校云：「一作『行』。」此沿梅校。按「行」字是。元本、弘治本、活字本、汪本、佘本、張本、兩京本、何本、胡本、王批本、梅本、凌本、合刻本、梁本、祕書本、謝鈔本、彙編本、岡本、尚古本、王本、張松孫本、鄭藏鈔本、崇文本並作「行」。荀子非十二子篇：「案往舊造説，謂之五行。」楊注：「五行，五常：仁、義、禮、智、信是也。」是「五行」與「五常」義同。「肖貌天地，禀性五行」，意即「人肖天地之貌，懷五常之性」也。

〔九〕**擬耳目於日月。**

「擬」，兩京本作「娱」。

按「娱」字非是。擬，比也。漢書何武王嘉師丹傳贊顔注。靈樞經邪客篇：「天有日月，人有兩目。」文子九守篇：「耳目者，日月也。」淮南子精神篇：「是故耳目者，日月也。」春秋繁露人副天數篇：「耳目

戾戾，象日月也。」以上二書范注曾引之。論衡祀義篇：「日月猶人之有目。」孝經援神契：「兩目法日月。」開元占經一一三引。

〔一〇〕**方聲氣乎風雷。**

按靈樞經邪客篇：「天有風雨，人有喜怒；天有雷電，人有音聲。」文子九守篇：「血氣者，風雨也。」淮南子精神篇：「天有風雨寒暑，人有取與喜怒。……肝爲風，……脾爲雷，以與天地相參也。」春秋繁露人副天數篇：「鼻口呼吸，象風氣也。」論衡祀義篇：「風猶人之有吹煦也，雨猶人之有精液也，雷猶人之有腹鳴也。」

〔一一〕**其超出萬物，亦已靈矣。**

按書泰誓上：「惟人萬物之靈。」

〔一二〕**形同草木之脆。**

「同」，梅校云：「梁書作『甚』。」　徐𤊹校作「甚」。馮舒校同。

按佘本、訓故本作「甚」；廣文選、天中記、經濟類編、喻林、廣文選删、漢魏六朝正史文選同。下句云「名踰金石之堅」，疑「甚」字是。

〔一三〕**是以君子處世，樹德建言。**

按左傳襄公二十四年：「(叔孫)豹聞之，大釋文：「大音泰。」上有立德，其次有立功，其次有立言。雖久不廢，此之謂不朽。」

〔一四〕**豈好辯哉？不得已也！**

「辯」，元本、弘治本、汪本、張甲本、兩京本、王批本、何本、胡本、訓故本、合刻本、彙編本、尚古本、岡本、王本、鄭藏鈔本、崇文本作「辨」；讀書引、莒州志同。

按「辨」字非是。孟子滕文公下：「孟子曰：『予豈好辯哉？予不得已也！』」即此文所本，原是「辯」字。梁書、活字本、佘本、張乙本、梅本、凌本、祕書本、謝鈔本、四庫本、張松孫本亦並作「辯」，廣文選、經濟類編、廣文選删、漢魏六朝正史文選同。未誤。

〔一五〕**齒在踰立。**

按謂年過三十也。陶靖節集祭從弟敬遠文：「年甫過立。」南齊書文惠太子傳：「太子年始過立，久在儲宫。」梁書武帝紀上：「(申飭選人表)後門以過立試吏。」高僧傳釋僧濟傳：「年始過立，便出邑開講。」「踰立」與「過立」同，皆出自論語爲政「三十而立」一語。

〔一六〕**則嘗夜夢執丹漆之禮器，隨仲尼而南行。**

按史記孔子世家贊：「適魯，觀仲尼廟堂車服禮器。」又儒林傳序：「陳涉之王也，而魯諸儒持孔氏之禮器，往歸陳王。」又按世家載「使子貢至楚，楚昭王興師迎孔子」；「昭王將以書社地七百里封孔子」。舍人是最尊崇孔子者。故嘗夢隨其南行也。

〔一七〕**大哉聖人之難見也。**

御覽六百一引梁書，「大」上有「曰」字。今梁書無。

按南史緦傳亦有「曰」字。尋繹文氣，當以有「曰」字爲勝。芸香堂本、翰墨園本「也」誤作「哉」，非是。思賢講舍本已改爲「也」。

〔一八〕自生人以來，未有如夫子者也。

「人」，南史作「靈」。

按「靈」字非是。「人」當作「民」，蓋唐避太宗諱改而未校復者也。孟子公孫丑上：「子貢曰：『……自生民以來，未有夫子也。』」即此文之所自出。原道篇「曉生民之耳目矣」，亦作「生民」。可證。

〔一九〕而馬鄭諸儒，弘之已精。

「弘」，張松孫本、王本、芸香堂本、翰墨園本、思賢講舍本作「宏」；讀書引、莒州志同。

按諸本作「宏」，避清諱也。四庫本作「弘」，缺末筆。

〔二〇〕實經典枝條。

御覽引梁書作「實經典之條枝」。

按今梁書、南史緦傳並同今本，御覽所引非是。諸子篇：「述道言治，枝條五經。」尤爲切證。

〔二一〕五禮資之以成，六典因之致用。

御覽引梁書「成」下有「文」字，「致」上有「以」字。

按御覽所引非是。論語八佾：「子語魯大師樂曰：『樂其可知也：始作，翕如也；從之，純如也，皦如也，繹如也，以成。』」易繫辭上：「備物致用。」是「以成」、「致用」皆有所本也。今梁書、南史勰傳並同今本。

〔二二〕**莫非經典。**

「非」，黃校云：「一作『外』。」

按以宗經篇「莫非寶也」，誄碑篇「莫非清允」，體性篇「莫非情性」例之，「外」字非是。

〔二三〕**文繡鞶帨。**

按法言寡見篇：「今之學也，非獨爲之華藻也，又從而繡其鞶帨。」李注：「鞶，大帶也；帨，佩巾也。衣有華藻文繡，書有經傳訓解也。文繡之衣，分明易察；訓解之書，灼然易曉。」後漢書儒林傳論章懷注：「喻學者文煩碎也。」

〔二四〕**於是搦筆和墨。**

「筆」，何本、凌本、合刻本、梁本、尚古本、岡本、王本、鄭藏鈔本、崇文本作「管」；讀書引、莒州志同。

按「筆」、「管」於此並通，然梁書、南史作「筆」，御覽引梁書同。則「管」字或出後人臆改。廣文選、經濟類編、佘本、張乙本、訓故本、謝鈔本等並作「筆」。莊子田子方篇：「宋元君將畫圖，衆史皆至，受揖而立，舐筆和墨。」

〔二五〕**仲治流別。**

「治」，文津本作「洽」；係剜改。芸香堂本、翰墨園本、思賢講舍本、崇文本同。

按「治」字是，作「洽」非也。已詳頌讚篇「而仲治流別」條。

〔二六〕**各照隅隙。**

按淮南子說山篇：「受光於隙照一隅。」

〔二七〕**流別精而少巧。**

「巧」，黄校云：「梁書作『功』。」此沿梅校。紀昀云：「『功』字是。」

按史記自序：「（司馬談論六家要指）儒者博而寡要，勞而少功。」此「少功」二字所本，下翰林句用「寡要」二字。當以作「功」爲是。抱朴子内篇明本：「而儒者博而寡要，勞而少功。」唐貞觀修晉書詔：「（榮）緒煩而寡要，謂臧榮緒所撰晉書。（行）思勞而少功。謂徐廣所撰晉紀。」隋書經籍志序：「遂使書分爲二，詩分爲三，……春秋有數家之傳。其餘互有踳駁，不可勝言。此其所以博而寡要，勞而少功者也。」魏徵羣書治要序：「以爲六籍紛綸，百家踳駁。窮理盡性，則勞而少功；周覽泛觀，則博而寡要。」其用「寡要」、「少功」，亦皆出自史記自序。張乙本、訓故本、謝鈔本正作「功」；廣文選、經濟類編、廣文選删、漢魏六朝正史文選同。當據改。

〔二八〕**翰林淺而寡要。**

「淺」，玉海六二引作「博」。

按詩品序：「李充翰林，疎而不切。」所評與舍人略同。玉海所引，或伯厚意改之也。

〔二九〕**往往間出。**

按史記自序：「詩書往往間出矣。」

〔三〇〕**觀瀾而索源。**

按孟子盡心上：「觀水有術，必觀其瀾。」趙注：「瀾，水中大波也。」

〔三一〕**原始以表末。**

「末」，訓故本作「時」，注云：「一作『來』。」　顧廣圻校作「時」。

按「來」蓋由「末」致誤。何本又譌爲「未」。顧校「時」是。元本、弘治本、汪本、張甲本、兩京本、胡本、王批本作「時」。文心上篇自明詩至書記，於每種文體皆明其緣起，故曰「原始以表時」。若作「末」，則多所窒礙。因文體之次要者，舍人往往僅一溯源而已，並未詳其流變也。

〔三二〕**至於割情析采。**

「采」，黄校云：「一作『表』。」　梁書、佘本、廣文選作「表」。

按元本、弘治本、汪本、張甲本、兩京本、胡本、王批本、訓故本、四庫本作「剖情析采」，是也。「割」字亦當作「剖」，文選張衡西京賦「剖析毫釐」，體性篇「剖析毫釐者也」，麗辭篇「剖析毫釐」，並其證。

〔三三〕**崇替於時序。**

「替」，梁書、廣文選、經濟類編、廣文選刪、漢魏六朝正史文選作「贊」；張乙本、訓故本同。　佘本作「朁」。

按說文竝部：「普，廢也；一曰偏下也。朁，或从兟从曰。」則「贊」、「朁」均爲「替」之誤。「替」爲「朁」之俗體。時序篇贊「崇替在選」，尤其明證。國語楚語下：「藍尹亹曰：『吾聞君子唯獨居思念前世之崇替者。』」即「崇替」二字所本。祝盟篇有「崇替」語。

〔三四〕**惆悵於知音。**

「惆悵」，黄校云：「元作『怡暢』，王性凝改。」此沿梅校。

按梁書正作「惆悵」；廣文選、經濟類編、廣文選刪、漢魏六朝正史文選、佘本、張乙本、何本、訓故本、別解本、謝鈔本、尚古本、岡本同。從梅本出者未列。王改是也。舍人於知音篇中所露惆悵之情，極爲顯明。若作「怡暢」，則非其指矣。明詩、風骨二篇均有「惆悵」語。

〔三五〕**耿介於程器。**

按程器一篇，舍人抑鬱不平之氣，溢於辭表。則此「耿介」二字含義，與離騷彼堯舜之耿介兮。或九辯獨耿介而不隨兮。之「耿介」異趣。王逸離騷注訓耿爲光，訓介爲大。章表篇：「張駿自序，文致耿介。」奏啓篇：「楊秉耿介於災異，陳蕃憤懣於尺一。」皆有感憤之意。南齊書豫章王嶷傳：「雖修短有恒，能不耿介？」文選潘岳秋興賦：「宵耿介而不寐兮，獨展轉於華省。」謝惠連秋懷詩：「耿介繁慮積，展轉長宵半。」陸機猛虎行：「眷我耿介懷，俯仰愧古今。」劉鑠擬青青河邊草詩：「良人久徭役，耿介終昏旦。」應璩與滿公琰書：「追惟耿介，迄于明發。」與舍人所用「耿介」意正相合也。

〔三六〕**毛目顯矣。**

按抱朴子外篇君道：「操綱領以整毛目。」南齊書顧憲之傳：「舉其綱領，略其毛目。」又高逸顧歡傳：「綱領既理，毛目自張。」弘明集柳憕答梁武帝敕：「振領持綱，舒張毛目。」並以綱領與毛目對言。黄注引僞子華子非是。

〔三七〕 **彰乎大易之數。**

范文瀾云：「『大易』，疑當作『大衍』。」

按范説是。凌廷堪祀古辭人九歌：「探大衍兮取數。」校禮堂集卷六。是已疑「易」字爲誤矣。

〔三八〕 **雖復輕采毛髮。**

「復」，黄校云：「一作『或』。」　徐𤊹云：「梁書作『雖復』；伯元改爲『或』，又重下『或』字。」何焯改「或」。

按元本、弘治本、活字本、汪本、張甲本、兩京本、王批本、何本、胡本、訓故本、梅本、謝鈔本、四庫本作「復」，從梅本出者未列。與梁書同。廣文選、經濟類編、廣文選删、佘本、張乙本作「或」。論説、封禪、定勢三篇，並有「雖復」之文，則作「復」是。文鏡祕府論（北卷）論對屬篇（句端）有「假令、假使、假復……雖令、雖使、雖復」條。

〔三九〕 **亦不勝數矣。**

馮舒於「不」下沾「可」字。

按元本、弘治本、汪本、張甲本、兩京本、胡本、訓故本並有「可」字。以程器篇「不可勝數」例之，馮沾「可」字是也。謝兆申、徐𤊹校删「可」字，非是。

〔四〇〕**及其品列成文。**

「列」，黄校云：「一作『許』。」　徐𤊹校「評」。何焯校同。

按梁書、廣文選、胡氏續文選、經濟類編、廣文選删、漢魏六朝正史文選作「評」；佘本、張乙本、訓故本同。徐、何校是也。元本空一格，弘治本、謝鈔本墨釘。黄氏校語「許」字，當爲「評」之誤。

〔四一〕**有同乎舊談者，非雷同也，勢自不可異也。**

范文瀾云：「宗經篇取王仲宣成文，不以爲嫌，亦即此意。」

按范説誤。已詳宗經篇「夫易惟談天至表裏之異體者也」條。

〔四二〕**同之與異，不屑古今。**

按廣韻十六屑：「屑，顧也。」後漢書馬廖傳：「廖性質誠畏慎，不愛權執聲名，盡心納忠，不屑毁譽。」梁書謝朏傳：「衆頗譏之，亦不屑也。」又文學下謝幾卿傳：「既醉，則執鐸挽歌，不屑物議。」三書所用「不屑」字義，皆應作不顧解，此亦宜然。

〔四三〕**擘肌分理。**

按文選西京賦：「擘肌分理。」李周翰注：「雖毫氂肌理之間，亦能分擘。」淮南子要略篇許注：「擘，分也。」荀子解蔽篇楊注：「理，肌膚之文理。」此句喻分析精細。

〔四四〕**唯務折衷。**

按史記孔子世家贊：「中國言六藝者，折中於夫子。」索隱：「離騷云：『明五帝以折中。』王師叔二字當乙。云：『折中，正也。』宋均云：『折，斷也。中，當也。』按：言欲折斷其物而用之，與度相中當，故以言其折中也。」論衡自紀篇：「上自黄唐，下臻秦漢而來，折衷以聖道。」是「折中」與「折衷」字異義同。

〔四五〕**但言不盡意，聖人所難。**

按易繫辭上：「子曰：『書不盡言，言不盡意。』」

〔四六〕**何能矩矱。**

「矱」，黄校云：「元脱，許補。」此沿梅校。元本作「規矩」。兩京本同。汪本作「規短」。徐𤊹校作「矩矱」。

按梁書、廣文選、胡氏續文選、經濟類編、廣文選删、漢魏六朝正史文選作「矩矱」；佘本、張乙本、何本、訓故本、謝鈔本、別解本、岡本、尚古本同。許補、徐校是也。離騷：「求榘矱之所同。」王注：「榘，法也；矱，度也。」舊校云：「榘，一作矩。」

〔四七〕**茫茫往代。**

按文選左思魏都賦：「茫茫終古。」李注：「茫茫，遠貌。」

〔四八〕**既沈予聞。**

「沈」，黄校云：「一作『洗』。」梅校引謝云：「一作『洗』。」紀昀云：「『洗』字是。」范文瀾云：「『沈』一作『洗』。莊子德充符『不知先生之洗我以善耶。』陶弘景難沈約均聖論云『謹備以諮洗，願具啟諸蔽。』洗聞洗蔽，六朝人常語也。」

按戰國策趙策二：「（武靈）王曰：『子言世俗之間，常民溺於習俗，學者沈於所聞。』」則此當以作「沈」爲是。商子更法篇：「夫常人安於故俗，學者溺於所聞。」（又見史記商君傳，新序善謀篇）漢書揚雄傳下：「（解難）使溺於所聞，而不自知其非也。」「溺聞」，亦「沈聞」也。其作「洗」者，梁書、廣文選、經濟類編、廣文選刪、漢魏六朝正史文選、佘本、張乙本作「洗」。乃「沈」之形誤。盧文弨（抱經堂文集卷十四文心雕龍輯注書後）謂「沈」當作「況」，亦非。

〔四九〕**眇眇來世。**

「眇眇」，弘治本、汪本、張本、兩京本、何本、王批本、訓故本、王本、謝鈔本、岡本、尚古本、別解本、合刻本、梁本、崇文本作「渺渺」；讀書引同。

按諸子篇有「鬼谷眇眇」語，此亦應作「眇眇」，前後始一律。廣雅釋訓：「眇眇，遠也。」一切經音義七一同。是「眇眇」指「來世」時間之長言。若作「渺渺」，則與文意不符矣。廣韻三十小：「渺，渺淼，水皃。」

〔五〇〕**儻塵彼觀也。**

「儻」，弘治本、汪本、張本、兩京本、何本、胡本、王批本、訓故本、梅本、凌本、合刻本、梁本、謝鈔本、彙編本、別解本、岡本、尚古本、四庫本、王本、鄭藏鈔本、張松孫本、崇文本作「諒」；讀書引同。

按以宗經篇「諒以邃矣」證之，「諒」字是。黃本作「儻」，依梁書改也（梅本原作「諒」）。芸香堂本作「倘」，乃意改。

〔五一〕**生也有涯，無涯惟智。**

按莊子養生主：「吾生也有涯，而知也無涯。」釋文：「（知）音智。」

〔五二〕**逐物實難。**

按莊子天下：「惠施之才，駘蕩而不得，逐萬物而不反。」成疏：「馳逐萬物之末，不能反歸於妙本。」文選謝靈運過始寧墅詩：「束髮懷耿介，逐物遂推遷。」張銑注：「束髮，謂入仕。耿介，謂節操。言我入仕之時而懷節操，及後爲世事所迫，因而推遷不成宿心也。」

〔五三〕**傲岸泉石，咀嚼文義。**

按傲岸，高傲，不隨和世俗。晉書郭璞傳：「（客傲）傲岸榮悴之際，頡頏龍魚之間。」黄侃札記引鮑照代挽歌「傲岸平生中」句以注，嫌晚。咀嚼，仔細品味。史記司馬相如傳：「（上林賦）咀嚼蔆藕。」文選上林賦劉良注：「咀嚼，食物皃。」（説文口部：「咀，含味也。」段注：「含而味之。」）又按原道篇：「傍及萬品，動植皆文：龍鳳以藻繪呈瑞，虎豹以炳蔚凝姿；雲霞雕色，有踰畫工之妙；草木賁華，無待錦匠之奇。夫豈外飾，蓋自然耳。至於林籟結響，調如竽瑟；泉石激韻，和若球鍠。故形立則章成矣，聲發則文生矣。夫以無識之物，鬱然有彩，有心之器，其無文歟！」挹彼注兹，頗有助於對「傲岸泉石」與「咀嚼文義」之深入理解，故特爲迻録。

〔五四〕**文果載心，余心有寄。**

按文選皇甫謐三都賦序：「是以孫卿、屈原之屬，遺文炳然，辭義可觀。存其所感，咸有古詩之意。皆因文以寄其心，託理以全其制。」

中國古典文學基本叢書

文心雕龍校注

（全本）下册

〔南朝梁〕刘　勰　著

〔清〕黄叔琳注　李詳補注

楊明照　校注拾遺

中　華　書　局

文心雕龍校注附録

劉舍人文心雕龍，向爲學林所重。歷代之著録、品評，群書之采摭、因習，前人之引證、考訂，與夫序跋之多，版本之衆，均非其它詩文評論著所能比儗。惟散見各書，逐一繙檢，勢難周遍。今分别輯録，取便省覽。其别著二篇、疑文數則及唐寫本校記，亦附後備考。不賢識小，且多漏誤，尚望博雅君子有以教之。

著録第一

文心著録，始於隋志；自爾相沿，莫之或遺。雖卷帙無殊，而部次則異。蓋由疏而密，漸歸允當，斯乃簿録之通矩，不獨舍人一書爲然也。

一　入總集類者

隋書經籍志　集部　總集類

文心彫龍十卷　梁兼東宫通事舍人劉勰撰　卷三五頁二十下

【附注】　彫爲琢文本字，古多假雕爲之。

舊唐書經籍志　丁部集録　總集類

文心雕龍十卷　劉勰撰　卷四七頁二一上

玉海　藝文　總集文章

梁文心雕龍

南史文學傳：「劉勰，字彦和。天監中，兼東宫通事舍人。撰文心雕龍，論古今文體。其序略云云。沈約謂深得文理。」隋志總集類：「文心雕龍十卷，梁劉勰撰。」唐志（按此指新唐志）文史類　史通：「詞人屬文，其體非一，譬甘辛殊味，丹素異彩；後來祖述，識昧圓通，家有詆訶，人相掎摭，故劉勰文心生焉。」按見自叙篇　凡五十篇，原道至序志各系贊。卷五四頁九上下

二　入别集類者

袁州本郡齋讀書志　集部　别集類上

文心雕龍

右晉劉勰撰。按勰非晉人，此與唐釋慧琳弘明集音義（見一切經音義卷九六）誤同。評自古文章得失，别其體製，凡五十篇，各係之贊云。余嘗題其後曰：「世之詞人，刻意文藻，讀書多滅裂。杜牧之以龍星爲真龍，樊川文集卷一阿房宫賦：「長橋卧波，未雩何龍？」按左傳桓公五年：「龍見而雩。」杜注：「龍見，建巳之月，蒼龍宿之體，昏見東方，萬物始盛，待雨而大，故祭天遠爲百穀祈膏雨。」是牧之誤以天官蒼龍之宿爲真龍也。（學齋佔畢卷二阿房宫善用事條：「杜牧之阿房宫賦：『長橋卧波，未雲何龍？』正本元是『雲』字，後人傳寫之譌。云『未雩何龍』，殊爲無理。杜之意蓋謂長橋之卧波上，如龍之未得雲而飛去，正如『蛟龍得雲雨，終非池中物』之義。〔三國志吴書周瑜傳：「（上疏）恐蛟龍得雲，終非池中物

也。」」若加以『雩』字，則不惟無義，兼亦錯誤讀『龍』字了。左傳『龍見而雩』注謂龍星也，非龍也；龍星未見，則不之雩。今曰『未雩』，則龍當未見，何形可見；龍又星名，何有於長橋之勢哉？」是史氏以杜賦元是「雲」字，並非誤用左傳。）王摩詰以去病爲衛青，王右丞集卷一老將行：「衛青不敗由天幸。」按漢書霍去病傳：「去病所將常選，然亦敢深入；常與壯騎先其大軍，軍亦有天幸，未嘗困絶。」是天幸乃去病事，摩詰誤用。昔人譏之。沈括曾譏杜牧阿房宮賦誤用「龍見而雩」事，見夢溪筆談卷十四藝文一。然亦不足怪，蓋詩賦或率爾之作故也。今勰著書垂世，自謂『嘗夢執丹漆器，隨仲尼南行』，其自負不淺矣！觀其論説篇籍按籍字衍，當據文獻通考卷二四九所引删。稱『論語以前，經無論字，六韜三按當作二論，後人追題』，是殊不知書有『論道經邦』之言也。按自晁氏以降，多執僞周官「論道經邦」句以駁舍人，其實皆由錯會「經無論字」句「字」之詁訓所致。已詳論説篇。其疎略過於王、杜矣。」卷四上頁三十上下

孫氏祠堂書目内編　詞賦第十　別集

文心雕龍十卷　梁劉勰撰　一明人單刊本　一黄叔琳注本　卷四頁五上

三　入集部者

四庫全書薈要目　集部

文心雕龍一函　頁二五上

天禄琳琅書目後編　集部

文心雕龍　一函八册

梁劉勰撰。勰字彦和，東莞莒人。官東宫通事舍人，遷步兵校尉。後出家，名慧地。事具南史本傳。書十卷，凡五十篇。後略　卷十一頁二二下

四　入文集類者

文淵閣書目　文集

文心雕龍一部一册　卷九頁三下

祕閣書目　文集

文心雕龍一　頁四一下

五　入古文類者

行人司書目　古文

文心雕龍二本　頁六二下

六　入詩文名選類者

世善堂書目　集部　諸家詩文名選

文心雕龍二十卷　卷下頁二三上

【附按】 文心向無分二十卷者，陳氏書目多浮增卷帙，此其一也。

七 入雜文類者

萬卷堂藝文目録 雜文

文心雕龍十卷 劉勰 頁一一九上

八 入子類者

寶文堂書目 子

文心雕龍 卷上頁二九

徐氏家藏書目 子部 子類

文心雕龍十卷 第二册頁七上

楊升菴批點文心雕龍十卷 同上頁七下

奕慶藏書樓書目 子部 子之一 諸子

文心雕龍 六卷 梁劉勰撰 中册頁二上

【附按】 文心向無分爲六卷者，六字疑誤。

文瑞樓書目 子類 子書

文心雕龍十卷　梁東莞劉勰著　卷四頁一下

【附注】周中孚於金氏歸類頗不謂然，見所著鄭堂讀書記卷三二史部目録類一文瑞樓書目條。

鳴野山房書目　子之一　諸子

文心雕龍十卷　梁劉勰撰　楊慎批　卷二頁三七

九　入子雜類者

菉竹堂書目　子雜

文心雕龍一册　卷三頁八下

脈望館書目　子　雜家

文心雕龍二本　第二册頁七下

【附注】日本藤佐世見在書目於舍人書先入雜家，後又入總集家，因係兩屬，未列入。

十　入文史類者

新唐書藝文志　丁部集録　文史類

劉勰文心雕龍十卷　卷六十頁十五上

崇文總目　文史類

文心雕龍十卷　劉勰撰　卷五頁五五上

宋四庫闕書目　文史

辛處信注文心雕龍十卷　闕　第一册頁九八下

通志　藝文略第八　文類第十二　文史

文心雕龍十卷　梁劉勰撰　卷七十頁三二上

文心雕龍十卷　辛處信　同上

遂初堂書目　文史類

梁劉勰文心雕龍　頁四九下

直齋書録解題（集部）　文史類

文心雕龍十卷

梁通事舍人東莞劉勰彦和撰。勰後爲沙門，名慧地。卷二二頁六下

文獻通考　經籍考第七十六　集　文史

文心雕龍十卷　卷二四九頁十六上

【附注】　馬氏原采晁公武、陳振孫兩家説，因已見前，今略去。

宋史藝文志　集類　文史類

劉勰文心雕龍十卷　卷二百九頁十下

辛處信注文心雕龍十卷　同上

百川書志　集志七　文史

文心雕龍十卷

梁通事舍人劉勰撰。凡五十首，評騷賦詩頌二十七家，定别得失體制。本道原聖，暨於百氏，推窮起始，備陳其訣。如欲爲文，其可舍諸！篇末則係之以贊。信乎世之奇書也。卷十八頁十一下

十一　入文説類者

衢州本郡齋讀書志　集類　文説類

文心雕龍十卷

右晉劉勰撰。王先謙引錢氏大昕云：「勰，梁人。」評自古文章得失，别其體製……是殊不知書有「論道經邦」之言也。其疎略過於王、杜矣。王氏引盧氏拾補云：「『論道經邦』乃晚出古文，不足爲據。」又引錢氏云：「彦和未嘗誤。」卷二十頁十一上下

玄賞齋書目　集部卷第七　文説

劉勰文心雕龍頁六一

絳雲樓書目　文説類

文心雕龍　十卷　劉勰　卷四頁四上

十二　入詩文格評者

好古堂書目　集部　詩文格評

文心雕龍　十卷　梁劉勰　頁二九上

十三　入詩文評類者

國史經籍志　集類　詩文評

劉勰文心雕龍十卷　卷五頁八九上

辛處信文心雕龍十卷　同上頁八九下

【附按】　辛氏注明世已不復存，弱侯蓋因仍舊志，非目覩其書也。

澹生堂藏書目　集類第八　詩文評

文心雕龍二册　劉勰著　卷十四頁十六上

述古堂書目　詩文評

劉勰文心雕龍十卷　卷二頁十五上

讀書敏求記　集　詩文評

劉勰文心雕龍十卷

此書至正乙原誤作己未刻於嘉禾，弘治甲子刻於吳門，嘉靖庚子刻於新安，辛卯刻於建安，癸卯又刻於新安，萬曆己酉刻於南昌，至隱秀一篇，均之闕如也。按以上全同錢允治跋（見後附録七）錢功甫得阮華山宋槧本鈔補，始爲完書。後略　卷四頁三八下

章鈺校證引勞權云：「管校本云：『陳誰園先生萊孝云：是書至正乙未刻於嘉興郡學，弘治甲子監察御史馮允中刻於吳門，迨後屢有翻板，至隱秀一篇仍缺。予嘗得錢遵王藏馮己蒼校本，己蒼手録錢功甫跋語一則於後。又記云：謝耳伯嘗借功甫本於牧翁宗伯，宗伯仍祕隱秀一篇；己蒼以天啟丁卯從宗伯借得，因乞友人謝行甫録之。其隱秀一篇，恐遂多傳於世，聊自録之。則兩君之心頗近於隘，後之君子不可不以此爲戒。予則惟恐傳之不廣，或致湮没也。』」鈺案「謝耳伯」起至「或致湮没也」八十餘字，見義門先生集，上作己蒼云云，恐誤。卷四之下頁二一上下

【附按】「謝耳伯」起至「聊自録之」五十餘字，義門雖由馮跋（見後附録七）鎔裁而成，然字句已有所改易；且「兩君之心頗近於隘」云云，更非己蒼口吻。陳氏行文實誤。

四庫全書薈要目録　總目五　集部四　詩文評一

文心雕龍十卷

梁通事舍人劉勰撰。今依内府所藏明汪一元刻本繕録，據元、明槧本及楊慎、朱謀㙔諸家校本及國朝何允中漢魏叢書本、黄叔琳輯注本恭校。臣謹案：詩文，藝事也，而通於道，作之固難，解亦不易，鑒之偏正，好惡系焉。古人所以有取於評論也。宋史志、陳振孫書録解題及馬端臨經籍考，並標文史一目，

所録皆論之説；焦竑正名之曰詩文評，附於集部。今用其例焉。自來作者，或曰格、曰式、曰訣、曰品、曰句圖，各抒所見，深淺殊致，兹不具録。録劉勰一種，以發其凡云。頁一三一

【附注】何允中乃明萬曆時人，非清人也。（何氏漢魏叢書刻於萬曆二十年）

四庫全書文心雕龍提要

文心雕龍

臣等謹案：文心雕龍十卷，梁劉勰撰。其書原道以下二十五篇，論文章體製；神思以下二十四篇，論文章工拙，合序志一篇爲五十篇。據序志篇稱「上篇以下，下篇以上」，按原文作「上篇以上，下篇以下」，此意改。本止二卷。然隋志已作十卷，蓋後人所分。又據程材篇所言，此書實成於齊代。舊本署梁通事舍人劉勰撰，亦後人追題也。是書自至正乙未刻於嘉禾，至明弘治、嘉靖、萬曆間，凡經五刻，其隱秀一篇皆有缺文，明末常熟錢功甫稱得阮華山宋槧本鈔補四百餘字。然其書晚出，別無顯證。其辭亦頗不類：如「嘔心吐膽」，似摭李賀小傳語；「鍛歲煉年」，似摭六一詩話論周朴語；稱班姬爲「匹婦」，亦似摭鍾嶸詩品語。皆有可疑。況至正去宋未遠，不應宋本已無一存，三百年後乃爲明人所得。又考永樂大典所載舊本，闕文亦同。其時宋本如林，更不應内府所藏，無一定〔完〕刻。阮氏所稱殆亦影撰，何焯等誤信之也。至字句舛譌，自楊慎、朱謀㙔以下，遞有校正，而亦不免於妄改：如哀弔篇「賦憲之謚」句，皆云「賦憲」當作「議德」，蓋以「賦」形近「議」，「憲」形近「悳」，悳，古德字也。然考王應麟玉海曰：「周書謚法：『惟三月既生魄，周公旦、太公望相嗣王發，既賦

憲，受臚於物〔牧〕之野；將葬，乃制作謚。』文心雕龍云：『賦憲之謚。』出於此。」然則二字不誤，古人已言。以是例之，其以意雌黄者，多矣。乾隆四十二年正月恭校上。頁四二八至四二九

【附注】後集部提要與此文同，不再録列。又按：程材篇之「材」爲「器」之誤，而程器篇篇中亦未言及舍人成書之時，當改作時序篇始合。玉海當作困學紀聞（見卷二）。

四庫全書簡明目録　集部九　詩文評類

文心雕龍十卷

梁劉勰撰。分上下二篇：上篇二十有五，論體裁之别；下篇二十有四，論工拙之由，合序志一篇，亦爲二十五篇。其書於文章利病，窮極微妙。摯虞流别，久已散佚。論文之書，莫古於是編，亦莫精於是編矣。卷二十頁一上

四庫全書總目提要　集部四十八　詩文評類一

文心雕龍輯註十卷

國朝黄叔琳撰。叔琳有研北易鈔，已著録。考宋史藝文志，有辛處信文心雕龍註十卷，其書不傳。明梅慶生註，粗具梗概，多所未備。叔琳因其舊本，重爲删補，以成此編。其譌脱字句，皆據諸家校本改正。惟宗經篇末附註，極論梅本之舛誤，謂宜從王惟儉本；而篇中所載，乃仍用梅本，非用王本，殊自相矛盾。所註如宗經篇中「書實紀言，而訓詁茫昧，通乎爾雅，則文義曉然」句，謂「爾雅本以釋詩，無關書之訓詁」。案爾雅開卷第二字，郭註即引尚書「哉生魄」爲證；其他釋書者不一而

足，安得謂與書無關？詮賦篇中「拓宇於楚詞」句，「拓宇」字出顔延年宋郊祀歌，而改爲「括宇」，引西京雜記所載司馬相如「賦家之心，包括宇宙」語爲證，割裂牽合，亦爲未協。史傳篇中「徵賄鬻筆之愆，公理辨之究矣」句，「公理」爲仲長統字，此必所著昌言中有辨班固徵賄之事，今原書已佚，遂無可考。觀劉知幾史通，亦載班固受金事，與此書同。蓋昌言唐時尚存，故知幾見之也。乃不引史通互證，而引陳壽索米事爲註，與前漢書何預乎？又時序篇中論齊無太祖中宗，序志篇中論李充不字宏範，皆不附和本書。而指瑕篇中「西京賦稱中黄賁按當作育獲之疇，薛綜謬註謂之閹尹」句，今文選薛綜註中實無此語，乃獨不糾彈。小小舛誤，亦所不免。至於徵聖篇中「四象精義以曲隱」句，註引「易有四象，所以示也」。又引朱子本義曰：「四象，謂陰陽老少。」案繫辭「易有四象」孔疏引莊氏曰：「四象，謂六十四卦之中有實象，有假象，有義象，有用象，爲四象也。」又引何氏説，以「天生神物」八句爲四象。其解「兩儀生四象」，則謂金木水火秉天地而有。是自唐以前，均無陰陽老少之説。劉勰梁人，豈知後有邵子易乎？又「秉文之金科」句，引揚雄劇秦美新「金科玉條」，又引註曰：「謂法令也。言金玉，佞詞也。」案李善註曰：「金科玉條，謂法令。言金玉，貴之也。」此云佞詞，不知所據何本？且在劇秦美新，猶可謂之佞詞；此引註徵聖篇，而用此註，不與本意剌謬乎！其他如註宗經篇「三墳五典，八索九丘」，不引左傳，而引僞孔安國書序註；諧讔篇「荀卿蠶賦」不引荀子賦篇，而引明人賦苑，尤多不得其根柢。然較之梅註，則詳備多矣。卷一九五頁三上至五上

文心雕龍輯註十卷

國朝黄叔琳撰。因明梅慶生註本重爲補綴，雖未能一一精審，視梅本則十得六七矣。卷二十頁一下

愛日精廬藏書志　集部　詩文評類

文心雕龍十卷　明弘治刊本　臨馮氏已蒼校

梁通事舍人劉勰彦和述

馮允中重刊序　弘治甲子

隱秀一篇，出於錢禮部，即錢謙益既未見功甫原書，終爲可疑也。姑存之以俟後人。庚寅孟秋，同

文章緣起裝成一册。祖德識。卷三六頁一上至二上

【附注】　原録有朱謀㙔、錢允治、馮舒跋，今略去。

郘亭知見傳本書目　集部九　詩文評類

文心雕龍十卷　梁劉勰撰　卷十六頁十九上

文心雕龍輯註十卷　國朝黄叔琳撰　刊本　翻刊本　同上頁十九下

【附注】　原録有錢允治跋，今略去。

皕宋樓藏書志　集部　詩文評類

文心雕龍十卷　何義門校宋本

梁通事舍人劉勰撰　卷一一八頁一上

錢惟善序 至正十五年 同上

方元禎序 嘉靖庚子 同上

【附注】 錢惟善序當係鈔補。又原録有錢允治、何焯、沈巖跋，今略去。

善本書室藏書志 集部十九 詩文評類

文心雕龍十卷 嘉靖刊本 張紹仁、吴翌鳳校藏

梁通事舍人劉勰彦和述

勰，東莞人。自言嘗夢執丹漆之器，隨尼聖南行。寤思敷讚聖旨，莫若注經，而馬鄭諸儒，宏之已精。惟文章有裨經典，於是論著古今文體，以成此書。出示沈約，約大重之，謂其深得文理。凡十卷，合篇終序志爲五十篇。前有嘉靖庚子方元禎序，後有萬曆癸巳朱謀㙔跋。末有錢功甫記云：「此書至正乙未刻於嘉禾，……書於南宫舫之新居。時年七十四歲。」原跋全文見後附録七 更有孱守居士題識四條。見後附録七 此即功甫記稱之新安刻本也。後略 卷三九頁二五上下

【附按】 此本次行題「梁通事舍人劉勰彦和述」，則非嘉靖新安所刻（嘉靖庚子及癸卯新安刻本皆題「梁通事舍人劉勰撰」，見後附録八）；朱謀㙔、錢允治、馮舒三家跋文，亦非嘉靖刻本所宜有（疑爲張紹仁或吴翌鳳鈔補）。松生遺詞，殊嫌含混。 秋間科學出差，曾至南京圖書館借閲此本。審其字畫，實覆刻汪本也。次行之「彦和述」三字，係剜補改寫（卷六次行仍作「勰撰」二字）；朱、錢、馮三家跋文，爲吴翌鳳手鈔。向所疑者，涣然冰釋矣。一九七九年十二月補識。

書目答問 集部 詩文評第四

文心雕龍輯註十卷　梁劉勰　原刻本　黄叔琳註　盧氏廣州刻本頁二百三下

五萬卷閣書目記　集部　詩文評類

文心雕龍輯注十卷　梁劉勰撰　卷四頁三三上

文心雕龍訓故十卷　明王惟儉撰　明刊本　同上

【附注】　王氏訓故，明清公私書目中僅見此書著録。

鐵琴銅劍樓藏書目録　集部六　詩文評類

文心雕龍十卷　舊鈔本

題梁通事舍人劉勰彦和述。是書隱秀一篇，元至正乙未刻於嘉禾者，已闕此；後諸刻仍之。自錢功甫從阮華山得宋本補足，方有完書。功甫本藏絳雲樓，馮己蒼假以傳録，上方朱筆校字，一仍功甫之舊。己蒼有跋。卷二四頁一上

【附注】　瞿氏所藏者，爲明謝恒鈔馮舒校本。

四庫簡明目録標注　集部九　詩文評類

文心雕龍十卷　梁劉勰撰　繡谷亭書録云：「内隱秀一篇，脱數百字。元至正乙未嘉禾刊本已然，明弘治至萬曆各刻，皆缺如也。自錢功甫得阮華山宋刊本，始爲補録。後歸錢牧齋。及謝兆申校刊時，假於虞山，祕不肯與。故有明諸公皆不見此篇之全。近吴中何心友得錢遵王家藏馮己蒼手校本，此篇缺者在焉。何屺瞻著爲跋語，於是稍稍流傳於世。」按庫目提要辨明人校補，不足信。卷

二十頁一上下

適園藏書志　集部七　詩文評類

文心雕龍十卷 明刊本 梁劉勰撰。勰字彦和，東莞莒人。天監中，兼東宮通事舍人；遷步兵校尉，兼舍人如故。後出家爲沙門，改名慧地。事蹟具南史本傳。其書原道以下二十五篇，論文章體製；神思以下二十四篇，論文章工拙，合序志一篇爲五十篇。據序志篇「上篇以下、下篇以上」，本止二卷。然隋志已作十卷，蓋後人所分。按以上全用四庫提要説 此明汪一元刻本，口上有「私淑軒」三字，極佳。後略

卷十六頁一上

品評第二

品評文心者，無代無之。見仁見智，言人人殊。閒嘗爲之蒐集，共得百有三家。其載諸專書者，如楊慎、鍾惺、曹學佺、陳仁錫、葉紹泰、黄叔琳、紀昀諸家評是。不與焉。歷代之褒貶抑揚，觀此亦思過半矣。

一　總評全書者

梁沈約

梁書文學下劉勰傳：「約便命取讀，大重之，謂爲深得文理，常陳諸几案。」卷五十頁十六下（南史卷七二文學勰傳同）

隋劉善經

四聲論：「又吴人劉勰著雕龍篇云：『音有飛沈，響有雙疊；……和體抑揚，故遺響難契矣。』此論理到優華，控引肱按當是弘字博，計其幽趣，無以間然。但恨連章結句，時多澀阻，所謂能言之者也，未必能行者也。」文鏡祕府論天卷頁二六上下

唐盧照鄰

幽憂子集南陽公集序：「嗟乎！古今之士，遞相毁譽，至有操我戈矛，啟其墨守。三都既麗，徵夏熟

於上林；九辯已高，責春歌於下里。蹐按當作踳駁之論，紛然遂多。近日劉勰文心，鍾嶸詩評，異議蜂起，高談不息。人慙西氏，空論拾翠之容；質謝南金，徒辯荆蓬之妙。拔十得五，雖曰肩隨；聞一知二，猶爲臆説。佥曰未可，人稱屢中；化魯成魚，曷云其遠！……」卷六頁三下至四上

唐劉知幾

史通自叙篇：「詞人屬文，其體非一，譬甘辛殊味，丹素異彩；後來祖述，識昧圓通，家有詆訶，人相掎摭，故劉勰文心生焉。」卷十頁十八上下

唐釋神清

北山録異學篇：「至若文章之始，歌虞頌殷，逮周德下衰，詩人盛矣；詩人之後，騷宋變於風雅，賈馬楊班，漸變乎騷；逮按當作建安變乎賈馬；晉宋已降，咸韶不接；齊梁之間，花繪相擬。」宋釋慧寶注：「沈約、劉勰、任昉、謝安宋釋德珪北山録註解隨函卷下：「謝安，宜是謝朓。」等。」卷九頁三下至四上

唐陸龜蒙

甫里先生文集襲美先輩以龜蒙所獻五百言既蒙見和復示榮唱至于千字提獎之重蔑有稱實再抒鄙懷用伸詶謝詩：「鄴下曹父子，獵賢甚熊羆；發論若霞駁，原注：「魏文帝典論有論文篇。」裁詩如錦摛。……吾祖仗才力，原注：「士衡文賦。」革車蒙虎皮；手持一白旄，直向文場麾。……一篇邁華藻，萬古無孑遺。刻鵠尚未已，雕龍奮而爲。原注：「劉勰有文心雕龍。」劉生吐英辯，上下窮高卑。下臻宋與齊，上指軒從羲。豈但標八索，殆將包兩儀。人謡洞野老，騷怨明湘纍。立本以致詰，驅宏來抵隵。按當作巇（鬼谷

子有抵巇篇）清如朔雪嚴，緩若春煙羸。按當作羸　或欲開户牖，或將飾纓緌。雖非倚天劍，亦是囊中錐。皆由内史意，致得東莞　按當作莞　詞。」卷一頁五上至六上

宋孫光憲

白蓮集序：「風雅之道，孔聖之删備矣；美刺之説，卜商之序明矣。降自屈宋，逮乎齊梁，窮詩源流，權衡辭義，曲盡商榷，則成格言，其惟劉氏之文心乎！後之品評，不復過此。」卷首頁一上

宋宋祁

宋景文雜志：「沈隱侯曰：『古今爲文，當從三易：易見事，一也；易見字，二也；易讀誦，三也。』邢子才嘗曰：『沈侯文章用事，不使人覺，若胸臆語。』深以此服之。按以上出顔氏家訓文章篇　杜工部作詩，類多故實，不似用事者。是皆得作者之奥。樊宗師爲文，澀不可讀，亦自名家。才不逮宗師者，固不可效其體。劉勰文心雕龍，論之至矣。」見修辭鑑衡卷二頁九下至十上引

宋黄庭堅

山谷尺牘與王立之：「劉勰文心雕龍，劉子玄史通，此兩書曾讀否？所論雖未極高，然譏彈古人，大中文病，不可不知也。」卷一頁三上下

宋葉廷珪

海録碎事文學部上文章門：「劉勰撰文心雕龍，論古今文體，未爲時所重；沈約大賞之，陳於几案，於是競相傳焉。」卷十八頁二三上

明王文禄

文艷雜論：「漢鄭康成已開訓詁之文之端，其句也實而健；唐韓昌黎已開課試之文之端，其篇也達而昌；歷宋及元，則訓詁課試之文，弱而索。是古文之妙者，……三國六朝得八人焉：曹植、禰衡、張協、陸機、劉峻、江淹、庾信、劉勰，是也。」卷二頁一上

明胡維新

兩京遺編序：「勰文藻翩翩，讀之千古如掌，晉魏之濫觴乎？」卷首頁三上

明原一魁

兩京遺編後序：「陶冶萬彙，組織千秋，則勰亦六朝之高品也。」卷末頁三上

明何良俊

四友齋叢説文：「古今之論文者：有魏文帝典論，陸機文賦，摯虞文章流別論，任昉文章緣起，劉勰文心雕龍，柳子厚與崔立之論文書，近代則有徐昌穀談藝録諸篇。作文之法，蓋無不備矣。苟有志於文章者，能於此求之，欲使體備質文，辭兼麗則，則去古人不遠矣。」卷二三頁一下

明秦懷庭

刻徐幹中論序：「文心雕龍，葩藻勝矣。」卷首頁一下

明沈津

百家類纂劉子新論題辭：「然觀勰所著文心雕龍，辭旨偉麗。」卷三七頁一上

明孫鑛

文選文賦序評：「讀文心雕龍，則所能言者，自不盡于此。」卷七頁二二上

明胡應麟

詩藪内編古體中：「蕭統之選，鑒别昭融；劉勰之評，議論精鑿。鍾氏體裁雖具，不出二書範圍。至品或上中倒置，詞則雅俚錯陳，非蕭、劉比也。」卷二頁十六上

同上外編六朝：「六代選詩者，昭明文選，孝穆玉臺；評詩者，劉勰雕龍，鍾嶸詩品。劉、鍾藻騭，妙有精理，而製作不傳。」卷二頁三下

少室山房筆叢乙部史書佔畢一：「史通之爲書，其文劉勰也，而藻繪弗如。」卷十三頁九下

同上庚部華陽博議上：「集則有博於騷者，賦者，詩者，文者。……若劉勰之文心，兼該體要；鍾嶸之詩品，歷遡淵源；蕭統之銓擇，鎔鑑古今。……其皆博於集者與？」卷三八頁二下至三上

明鍾惺

叙五家言：「予嘗上下古今，而於周、齊、梁間得五人：曰辛計然，鬼谷先生，公孫子秉，劉晝，劉勰。……況文章代不乏人，寧有所謂雕龍者耶？然而太高傷理，太巧傷事，太矯揉傷自然，太藻飾傷本體。求其如五家言之淺而深，平而奇，華而實，各有合於聖人之旨者，蓋難之矣。故合而評之。」卷首頁六上至八上

明蔡復一

五家言序：「劉勰獨制文言，博聞貫一，爲饋貧之良藥，燦然乎其言之也。希於自然，爲至道符。」卷首頁六下至七上

明朱荃宰

文通自叙：「爰考諸家之書，彙成文、詩、樂、曲、詞五編，皆以通名之。求以自通其不通也，匪敢通於人也。匯而言之：陳思品第，止及建安；士衡九變，通而無貶。吁嗟彦升，不成權輿。雕龍來疥駝之譏，流別竭捃摭之力。」卷首頁三上下

【附按】來疥駝之譏者，乃北齊劉晝之六合賦（見北史卷八一儒林上晝本傳）。咸一既誤晝之六合賦爲劉子，又混劉子、文心爲一書，大謬。

明張溥

漢魏六朝一百三家集摯太常集題詞：「流別曠論，窮神盡理。劉勰雕龍，鍾嶸詩品，緣此起義，評論日多矣。」第三十八册卷首頁二上

清臧琳

經義雜記三劉三絶：「劉勰文心雕龍之論文章，劉劭人物志之論人，劉知幾史通之論史，可謂千古絶作，余所深嗜而快讀者。著書人皆姓劉，亦奇事也。」卷二五頁三下

清何焯

鈍吟雜録評：「大率文章體製，須以文心雕龍、文選兩書爲據。」卷四頁十下

清蔣士銓

評選四六法海目録論神思篇下：「文心雕龍當全録。」卷首頁十五下

同上目録末：「文心雕龍宜全選入。」卷首頁十九上

清紀昀

四庫全書總目提要詩文評類一小叙：「文章莫盛於兩漢，渾渾灝灝，文成法立，無格律之可拘。建安、黄初，體裁漸備，故論文之説出焉。典論，其首也。其勒爲一書，傳於今者，則斷自劉勰、鍾嶸：勰究文體之源流，而評其工拙；嶸第作者之甲乙，而溯厥師承，爲例各殊。」卷一九五頁一上

清孫梅

四六叢話論十四：「賦家之心，包括天地；文人之筆，涵茹古今。高下在心，淵微莫識。爾其徵家法，正體裁，等才情，標風會，内篇以叙其體，外篇以究其用，統二千年之汗牛充棟，歸五十首之掐腎擢肝，捶字選和，屢參解悟；宗經正緯，備著源流。此文心所以探作家之旨，而上下其議論也。」卷二二頁二上

同上作家四劉勰：「按士衡文賦一篇，引而不發，旨趣躍如。彦和則探幽索隱，窮神盡狀；五十篇之内，百代之精華備矣。其時昭明太子纂輯文選，爲詞宗標準。彦和此書，實總括大凡，妙抉其心。二書宜相輔而行者也。自陳隋下訖五代，五百年間作者，莫不根柢於此。嗚呼！盛矣。」卷三一頁二十上

同上作家五劉知幾：「按史通一書，所心摹手追者，文心雕龍也。觀其縱横辨博，固足並雄；而麗藻遒文，猶或未逮。」卷三二頁十四下

清沈叔埏

文心雕龍賦（以言立文明自然之道爲韻）：「惟靈心之結撰，出妙理之紛繁，鳳九苞而振藻，龍五采而高騫，推文章之作手，攬雕鏤之營魂。驚曼衍之瓌奇，祇是思抽乙乙；儼之而之夭矯，非徒狀類蜿蜿。是用標禪世之辭，帝歎崔駰之頌；何妨借談天之口，人誇鄒奭之言。若夫管遠曾闚，綆脩用汲；任索隱而探幽，須艱辛而苦澀；迨彪外而弸中，方大含而細入。書成繁露，幾經夢裏懷蛟；才可掞天，能使聲聞啟蟄。極風雲之變態，天池奮而將遷；涌波浪於詞源，海水因之盡立。斯其爲心也，潛兮若蟠龍之褭褭，淬兮若應龍之蝹蝹；欲刻雕於形象，先收攝乎靚聞；要搜羅夫千古，俄馳騖於八垠；襄文治於垂裳，足光黼黻；佐文思於輯瑞，擅美元纁。抽獨得之祕思，恰是珠探驪頷；縱獨扛之健筆，也同鼎列龍文。爰是行間采烈，字裏文生；炳如縟繡，和似瑽琤；逾鳥瀾而虎變，勝春麗而鯨鏗；經燕許之鉅公，固裁之而益煥；奪班倕之巧匠，且琢之而愈瑩。詎刻鵠之能方，誰猶約略；奚雕蟲之可擬，此最分明。爾乃看訝水翻，誦疑泉出；掀不竭之波瀾，構非常之工緻；既夸目而能奢，洵厭心而靡媿。擾如董父，未必知獨運之神；好是葉公，焉得窺此中之祕。感重淵之浮石，思有作之通靈；遡皇古之負圖，驗行文之所自。然而知希貴悟，見少誰憐；濬巧心而自憙，驚俗眼而難妍；倘華實之莫辨，即遇合之無緣。士簡詩存，因虞訥之譏而毀；彥和書在，得隱侯之譽以傳。惟心之相孚，所貴於適如其印；況文之有色，固出於不知其然。所以文呈萬狀，心有寸知；原不煩夫繩削，實同類於雕幾；曰九方與千里，真希代而冠時。龍豈久藏，裕文明於天下；豹雖暫隱，蔚文彩於來玆。躍津水而雙翔，誰復識同焕者；跳天門而直上，豈惟書賞義之。方今士盡懷珍，人争摛藻；名皆擅於文雄，志各抒其素抱；分宋豔與班香，兼漢製而魏造。澤躬開萬卷，藴雷雨之經綸；報國獻千篇，輝璧琮之藉繅。本心聲爲心畫，猶然仰倬彼於爲章；光文運於文昌，莫不徵化成於久道。」劍舟律賦卷下頁四下至六上

清章學誠

文史通義文德篇：「凡言義理，有前人疎而後人加密者，不可不致其思也。古人論文，惟論文辭而已矣。劉勰氏出，本陸機氏説按指文賦而昌論文心；蘇轍氏出，本韓愈氏説而昌論文氣。按蘇轍説見欒城集卷二二上樞密韓太尉書；韓愈説見昌黎集卷十六答李翊書。可謂愈推而愈精矣。」卷三頁二五上

同上文理篇：「至於論及文辭工拙，則舉隅反三，稱情比類，如陸機文賦，劉勰文心雕龍，鍾嶸詩品，或偶舉精字善句，或品評全篇得失；令觀之者得意文中，會心言外，其於文辭，思過半矣。」卷三頁三十下

同上詩話篇：「詩品之於論詩，視文心雕龍之於論文，皆專門名家，勒爲成書之初祖也。文心體大而慮周，詩品思深而意遠。蓋文心籠罩群言，而詩品深從六藝溯流别也。原有小注，今略。論詩論文而知溯流别，則可以探源經籍，而進窺天地之純，古人之大體矣。此意非後世詩話家流所能喻也。」原有小注，今略。卷五頁四五上

同上：「詩品、文心，專門著述，自非學富才優，爲之不易。故降而爲詩話，沿流忘源。爲詩話者，不復知著作之初意矣。」卷五頁四五下

校讎通義宗劉篇：「評點之書，其源亦始鍾氏詩品，劉氏文心。然彼則有評無點，且自出心裁，發揮道

妙，又且離詩與文而别自爲書。信哉！其能成一家言矣。」卷一頁八上

清凌廷堪

校禮堂文集祀古辭人九歌梁劉舍人勰：「言之精兮爲文，文之心兮不紛；以文闡文兮徒跡，以心授心兮乃神。造棘端兮鄭削，去鼻堊兮郢斤。用雕龍兮命篇，匪談天兮好奇。執禮器兮矩步，緬夜夢兮往時；從尼父兮南行，旦而寤兮志怡。豈文章兮宗旨，實聖人兮式憑。耿陟降兮中宵，信著書兮祥徵。今去君兮千載，文之法兮未改；境鑿鑿兮非誣，世遥遥兮相待。探大衍兮取數，語含豪兮渺然；前體製兮詳剖，後肌理兮密研；允斯文兮正鵠，願奕禩兮流傳。」卷六頁五下

同上上洗馬翁覃溪師書：「所謂文者，屈宋之徒，爰肇其始；馬揚崔蔡，實承其緒。建安而後，流風大暢；太清以前，正聲未泯。是故蕭統一序，已得其要領；劉勰數篇，尤徵夫詳備。」卷二二頁十上下

清劉開

劉孟塗駢體文與王子卿太守論駢體書：「至於宏文雅裁，精理密意，美包衆有，華耀九光，則劉彦和之文心雕龍，殆觀止矣。」卷二頁九上

同上書文心雕龍後：「自永嘉以降，文格漸弱，體密而近縟，言麗而鬬新；藻繪沸騰，朱紫夸耀；蟲小而多異響，木弱而有繁枝；理詘於辭，文滅其質。求其是非不謬，華實並隆，以駢儷之言，而有馳驟之勢，含飛動之彩，極瓌瑋之觀，其惟劉彦和乎！以爲鐘鼓琴瑟，所以理性也，而亦可以慆性；黼黻文章，所以飾情也，而亦可以掩情。故名川三百，非無本之泉也；寶璧十雙，皆自然之質也。是宜尋源

於經傳，毓材於性靈，問途於古先，假徑於賢哲；求溢藻於神爵而後，想盛事於青龍以前；磅礴以發端，感嘆以導興，優柔以竟業，慷慨而命辭。故其爲是編也：縱意筆區，徵采文囿，創局於宏富之域，廓基於峻爽之衢；騁節於八鑾，選聲於七律；樹骨於秋幹以立其體，津顏於春華以豐其膚；削句以郢人之斤，刻字以荆山之玉；清暉以鑑其隱，流雲以媚其姿；國風益其性情，春秋授以凡例，爾雅助其名物，騷人贈以芬芳。故能美善咸歸，洪細兼納；效妍於越豔，逞博於漢侈，獵奇於兩京，拾珍於七子，分膏於晉宋，振響於齊梁。歷世體製，罔不追摩；六代雲英，此其總會者矣。且夫衆美既出，通才實難：達於道者，或義肥而詞瘠；豐於文者，或言澤而理枯。彦和則俯察仰窺，宵思晝作，綜括儒術，淬厲才鋒，騰實於虛，揮空成有。大天文炳於日星，聖言孕於河洛，此原道所由作也。指成周爲玉律，以尼山爲金科，此述聖所由名也。伐薪必於崑鄧，汲水宜從江海，此宗經所由篤也。黄金紫玉，瑞而弗經；緑字黑書，古而非雅，此正讖所由嚴也。奇服以喻行修，芳草以表志潔；忠怨之意，與瀟湘競深，駘宕之懷，挾雲龍俱遠；未嘗乞幽於山鬼，自能取鑒於雲君，此辨騷所由詳也。故明詩以序四始之嫡友；詮賦以恢六義之屬國；樂府以古調而黜新聲，頌讚以神明而及人物；雜文以廣其波，諧隱以窮其派；諸子以蕩其趣，史傳以正其裁；誄碑弔引，沈至而哀往；箴銘論説，莊贍而切今。於是淵府既充，王言攸重：詔策則温以雨露，檄移則肅以風霜；封禪則隆以皇王，祝盟則將以天日；章表奏啟，則飛聲於廊廟；議對書記，則騰譽於公卿。分之，則千門森夫建章；合之，則九面歸乎衡岳。文家之審體，詞人之用心，莫備於是焉。故論及神思，則寸心捷於百靈；論及體性，則八途包乎萬變；論及風骨，則資力於天半之鸞鳳；論及情采，則借色於木末之芙蓉；論其夸飾，則因山而言高；論其隱秀，則聳條而獨拔。示人以璞，探驪得珠，華而不汩其真，鍊而不虧於氣，健而不傷於激，繁而不失之蕪，辨而不湜其偏，覈而不鄰於刻；文犀駭目，萬舞動心，誠曠世之宏材，軼群之奇構也。前修言文，莫不引重。自韓退之崛起於唐，學者宗法其言，而是書幾爲所掩。然彥和之生，先於昌黎，而其論乃能相合；是其見已卓於古人，但其體未脱夫時習耳。夫墨子錦衣適荆，無損其儉；子路鼎食於楚，豈足爲奢？夫文亦取其是而已，奚得以其俳而棄不重哉！然則昌黎爲漢以後散體之傑出，彥和爲晉以下駢體之大宗，各樹其長，各窮其力，寶光精氣，終不能掩也。」卷二頁十二下至十四下

清鮑桂星

賦則文賦評：「精湛不及雕龍，在當時談藝，固已高據一座。」卷一頁十八下

清梁章鉅

楹聯叢話序：「竊謂劉勰文心，實文話所託始。」卷首頁一下

清阮元

揅經室集書梁昭明太子文選序後：「自齊梁以後，溺于聲律；彥和雕龍，漸開四六之體。」三集二頁四上下

四六叢話後序：「良以言必齊偕，事歸鏤繪，天經錯以地緯，陰偶繼夫陽奇。……昭明勒選，六代範此規模；彥和著書，千古傳兹科律。」卷首頁四上

清陳廣寧

四六叢話跋：「蕭統之文選，劉勰之文心雕龍，不過備文章，詳體例。從未有鈎玄摘要，……如我夫子之集大成者也。」卷末頁一

清包世臣

藝舟雙楫叙：「論文之書，始於典論論文，而文賦繼之。魏文評時流得失，士衡論體裁當否。文心雕龍後出，則推本經籍，條暢旨趣，大而全編，小而一字，莫不以意逆志，得作者用心所在。」卷首頁一上

清劉澐

詩品臆説序：「詩品之作，耽思旁訊，精騖神游，乃司空氏生平最得力處。有劉舍人之精悍，而風趣過之；有鍾中郎之詳贍，而神致過之。」卷首頁一上

清張曰斑

尊西詩話：「夫文章與時高下，時至齊梁，佛學昌熾，而文隨以靡，其衰甚矣！當斯之際，不見漢魏渾樸古雅之氣，徒相賞於藻麗、穠纖、澹遠、韶秀之中。不善學之，但沿其卑靡浮豔之習，未有不頹波日下者。有能深於文理，折衷群言，究其指歸，而不謬於聖人之道者，則斷推劉勰一人而已。」卷下頁二九下

【附注】張氏此文，多襲自都穆跋。都跋見後附録七。

清曾國藩

經史百家簡編序：「梁世劉勰、鍾嶸之徒，品藻詩文，褒貶前哲；其後或以丹黄識别高下，於是有評點

之學。」卷首序目頁一上

清方東樹

昭昧詹言通論五古：「曹子建、孫過庭皆曰：『家有南威之容，乃可論於淑媛；有龍泉之利，然後議於斷割。』按見曹植與楊德祖書及孫虔禮書譜 以此意求之，如退之、子厚、習之、明允之論文，按指韓愈答李翺書、柳宗元答韋中立論師道書、李翺答朱載言書、蘇洵仲兄字文甫説等文 杜公之論詩，按指杜甫戲爲六絶句等詩 殆若孔、孟、曾、思、程、朱之講道説經，乃可謂以般若説般若者矣。其餘則不過知解宗徒，其所自造則未也。如陸士衡、按指文賦 劉彦和、鍾仲偉、按指詩品 司空表聖 按指詩品二十四則 皆是，既非身有，則其言或出於揣摩，不免空華目翳，往往未諦。」卷一頁三下至十四上

清伍紹棠

南北朝文鈔跋：「竊謂南北朝人所著書，多以駢儷行之，亦均質雅可誦。如范蔚宗、沈約之史論，劉勰文心雕龍，鍾嶸詩品，酈道元水經注，楊衒之洛陽伽藍記，斯皆篇章之珠澤，文采之鄧林。」卷末頁一下

清李羲鈞

緇山書院文話序：「禮經教人，『當其可之謂時』。按見學記 儒者爲文，必蘄其有濟于用。劉彦和爲昭明所愛接，崇尚文藝，故有雕龍之作。」卷首頁二上

【附按】昭明出世之年，文心書且垂成，李氏説誤。

清孫復清

復小齋賦話跋：「文之有話，始於劉舍人之文心雕龍，詩之有話，始於鍾記室之詩品；下至四六話、詞話、曲話，話日出而不窮，從未有話及於賦者。有之，自近人孫梅始。然其書世少傳本。吾邑浦柳愚先生績學工文，雅好辭賦，……則斯編也，雖不能與劉舍人、鍾記室輩較短絜長，以視王銍之四六話，當有過之無不及已。」卷末頁一上下

清傅上瀛

文選珠船序：「梁代有劉舍人、鍾記室，雖不在高齋學士之列，其所論著，與昭明之意多符，差異者什特一二耳。蓋前人名作，早有定價，先達之所嗟賞，後進之所鑽研，不越乎此也。」卷首頁一上

【附按】高齋學士乃晉安王蕭綱置（見南史卷五十庾肩吾傳），文心成書亦遠在文選之前，傅氏説誤。

清譚獻

復堂日記：「閱文心雕龍。童年習熟，四十後始識其本末。可謂獨照之匠，自成一家。章實齋推究六藝之原，未始不由此而悟。蔣苕生論儷體，言是書當全讀。固辭人之圭臬，作者之上駟矣。章氏云：『戰國文體最備。』此言亦開于彥和。」卷四頁八下

同上：「彥和著書，自成一子，上篇廿五，昭晰群言；下篇廿五，發揮衆妙。並世則詩品讓能，後來則史通失雋。文苑之學，寡二少雙。立言宏指，在于述聖宗經，所以群言就冶，衆妙朝宗者也。」卷五頁十三下

清張之洞

輶軒語語學第二　一通論讀書：「文心雕龍、鍾嶸詩品，爲詩文之門徑。」頁十四下

同上語文第三　一古文駢體文：「梁劉勰文心雕龍，操觚家之圭臬也。必應討究。」頁十四上

清許應鑅

重刊四六叢話跋：「文心雕龍之體例詳矣。然鉤抉元要，精妙簡賅，不得是書以疏其節目，分别枝流，則高遠而無階梯也。」卷末頁一下

清李家瑞

停雲閣詩話：「劉彦和著文心雕龍，可謂殫心淬慮，實能道出文人甘苦疾徐之故；謂有益於詞章則可，謂有益於經訓則未能也。乃自述所夢，以爲曾執丹漆禮器於孔子隨行，此服虔、鄭康成輩之所思，於彦和無與也。況其熟精梵夾，與如來釋迦隨行則可，何爲其夢我孔子哉？」卷一頁八上

清史念祖

俞俞齋文稿初集文心雕龍書後：「論文與作文殊，作者不必善論，論者不必善作。豈非以荆公手筆，而不明春秋；陸機作文賦，而已不踐言乎？劉彦和文心雕龍，稽古探源，於文章能道其所以，不溺六朝淺識，此由心得，不關才富也。其爲文亦稱贍雅；然徵引既繁，或支或割，辭排氣壅，如肥人艱步；極力騰踔，終不越江左蹊徑，亦毋尤才富，習囿之也。南史本傳稱其長於佛理，都下寺塔名僧碑誌，必請製文，是固寢饋於禪學者也。顧當摛藻揚葩，群言奔腕之際，乃能不雜内典一字，按論説篇用有般若二字視王摩詰詩文之儒釋雜糅，亦可以爲難矣。」卷二頁四八上

清李執中

劉彦和文心雕龍賦(以題爲韻)：「客有博綜古籍，品藻勝流，讀雕龍之論著，譏文體之徘優。爰造主人以申其説，曰：『蒙不解夫劉彦和之此著，胡爲亘六代三唐之久，而餘豔仍留也？彼其詞纖體縟，氣靡骨柔，毋變於齊梁之習，特重爲容止之修。五十篇目雖眉列，三萬言思比絲抽，實藝苑之莫貴，何撰述之能儔？乃復負簡候休文之轍，蜚聲儕文選之樓。居然價重儒林，言語欲齊蹤游夏；毋亦名成廣武，英雄同致慨曹劉者乎！』主人曰：『然歟？否否！所謂不習其素，徒習其絢，但玩其辭，未窮其變者也。夫永嘉既降，靡音斯扇，翦采爲腴，揉花作片，罔殷其輅，祇周厥弁；誠有如客之所云，毋詫世俗之目賤。若斯篇也，是非不謬於聖賢，義理一衷之經傳；故徒賞其運駢儷之作，而馳驟自如，極劬瑋之觀，而飛動自見；亦已無惡於馬班，耀輝於筆硯。而況萬萬於淫哇者流，不僅作一時之彦哉！則如縱意文囿，舒采文波，選聲乎協律，騁節於詞科；斲句則楚郢借削，鍊神則魯陽揮戈。風雅菁華，咸歸掇摭；爾騷名物，胥與搜羅。用能洪細兼納，古今不磨。此蓋全著之美善，擬之於物，殆如荆玉之有卞和也。又如原天地之道以爲學，徵聖人之言以述聞；宗經則仰儀山海，正緯則考證典墳；詩義明則質而不野，騷體辨則芬而不紛；賦詮其所自出，樂觀其所以分；頌讚上求之巫墨，祝盟爰溯乎蒿焄。或龍尾羊裘，辨託詞於諧讔；亦連珠璅語，標奇旨於雜文。識力深沈，字酌句斟，鍥而不已，義例彌森。正其裁於子史，廣其義於銘箴。哀弔誄碑，沈至而悲往；詔策論説，莊贍而切今。檄移則風霜比肅，封禪則天帝如臨，表啟則言思封板，議書則談必整襟。合之爲衡岳九面之曲曲，分之爲建章萬户之深深。不以文傳，固足振千秋之文教；即以文論，亦自傾絶世之文心。矧觀其言體性之真，則八途所包，萬變與括；究神思之雋，則寸心所匯，千里非迢。風骨則取喻於鷙雉之竄集，情采則借色於草木之夭喬，隱秀聳條而獨拔，夸飾因山以爲翹。文備百家，家著其説；文有一義，義靡不標。驪珠獨得，葉畫奚描？誠煌煌之傑構，豈子雲之所謂蟲雕！且夫駢詞本非枝指，偶語豈曰層峰？然使妃紅儷白，桃豔李穠，史無可鑄，經不堪鎔；徒餖飣之彌簡，矜針綫之非縫；則亦有無兩居其可，體用舉無所庸，而何取乎著作，徑宜束以自封。惟彦和則美搜藝圃，華耀筆鋒；理精意密，字順文從；義原菽粟，直瀉臆胸。無矯無澀，亦澹亦濃。擬以鍾嶸之品目，其殆亦文中之龍乎！』高談未終，客意已悟。謂：『文則出以比合，心實勞乎陶鑄。蒙以小道識之，等迷道於大路。庸詎知隱顯屈伸，風雲雨霧。龍之爲物也靈，雕之爲言也具。惟千古之文人，具此心其可數。第求之章句之間，夫何殊簡編之蠹。敢以子言，筆之竹素，冀有昭於來兹，藉以續夫文賦。』」沅湘通藝録卷七頁六十上至六一下

清馮可鏞

國朝駢體正宗評本序：「至若記室譚詩，曲標雅致；舍人序志，妙抉文心。……借月旦之品題，闡風騷之旨格，此評論家事也。」卷首頁一上

清鄧繹

藻川堂譚藝唐虞篇：「六朝才人，規規擬古，未嘗窺制作之本原；獨劉勰知而言之，亦莫能馳騁百家，而變化於規矩之外。」頁二三下

同上日月篇：「陸機文賦云：『來不可遏，去不可止。』東坡所云『行乎其所不得不行，止乎其所不得不止』按見經進東坡文集事略卷四六答謝民師書（卷七五文説同）也。又云：『思風發於胸臆，言泉流於脣齒。』東坡所云『如萬斛泉源，隨地湧出』按見文説（以上蘇文，均繫意引）。者也。不惟東坡，雖彦和之文心雕龍，亦多胎息於陸。」頁三上下

清林傳甲

中國文學史第十三篇南北朝至隋文體十劉勰文心雕龍艸論文之體：「文章紹於虞夏，盛於周秦，䌛於漢魏，渾渾灝灝，無法律可拘。建安黄初，體裁漸備，故論文之説出焉。典論，其首也。其勒成一書，傳習至今者，斷自文心雕龍始。劉勰身歷齊梁兩朝，正文學蔚興之際；其書實成於齊代，署曰梁通事舍人劉勰撰，則後人所追題也。原道以下二十五篇，皆論文章之體製；神思以下二十四篇，則論文章之工拙。學者由此討論瑕瑜，别裁真僞，博參廣考，亦有裨於文章。宋史藝文志有辛處信文心雕龍註十卷，其書不傳。明梅慶生註粗具梗概，多所未備。國朝黄叔琳輯註最善，有通行本。」頁百六二至百六三

【附注】林氏此文，多沿襲四庫全書總目詩文評類小序及文心雕龍提要。因係我國編撰文學史之第一人，故特爲迻録（嗣後出版之文學史，日益繁多，則概從略）。

近人劉師培

文説序：「昔文賦作于陸機，詩品始于鍾嶸，論文之作，此其濫觴。彦和紹陸，始論文心；子由按見欒城集卷二二上樞密韓太尉書述韓，按見昌黎集卷十六答李翊書始言文氣。後世以降，著述日繁。所論之旨，厥有

二端：一曰文體，二曰文法。雕龍一書，溯各體之起源，明立言之有當，體各爲篇，聚必以類，誠文學之津筏也。」頁一上

左盦外集蒐集文章志材料方法一古代論詩評文各書必宜詳録也：「劉氏文心雕龍，集論文之大成；鍾氏詩品，集論詩之大成。此二書所論，凡涉及歷代文章得失及個人詩文得失者，均宜分類摘録。」頁二下

近人孫德謙

劉向校讎學纂微叙源流篇：「至於劉彥和文心雕龍，不過詮品文字耳；然宗經一篇，則知箴銘諸體，無不本於六經，其識卓矣。而於詩賦各家，悉爲之窮竟源流，特惜宋齊以降，世近易明，遂從簡略。然後之爲學者，苟欲究文章源流，舍此則未有得也。」頁二六下

近人林紓

畏廬論文述旨：「綜言之：凡能讀書者，均能論文。論衡及抱朴子與文心雕龍，爲最古論文之要言。」頁一下

六朝麗指序：「夫論文之製，託始子桓。厥後宏範，謂之翰林。仲洽條其流別。士衡詮賦，曲盡能言。公曾撮題，雜撰乎集叙。自是孳多於世矣。其在六朝，往往間出：彥昇緣起，乃原六經；休炳一編，備稽江左。若夫隱侯述志，水德博徵；仲偉周游，風謡自局。其古今隱括，體用圓該，東莞雕龍，可云殆庶。」卷首頁一上下

近人李詳

媿生叢録：「劉知幾史通，體擬文心雕龍。雖擿辭稍遠齊梁，原注：「文心雕龍作於齊代，告成梁朝。」其博辨縱横，間以駢偶，隸事淹雅，不減彦和。」卷二頁二二上

近人金受申

文體通釋序：「建安以還，七子争鳴，是以文帝典論，特述論文之篇；士衡文賦，爰成體製之詞。其後文章緣起、文心雕龍，先後殺青，任昉、劉勰，稽古談文，雖高下之不同，精粗之懸殊，要皆揆之信而有徵。彦和之書，體用攸分，千百年來，稱爲雅雋。」卷首頁一上下

近人劉敦本

文章釋又跋：「文學凌夷，文體不講，或有論著，率多片面。陳騤文則，偏重修辭；蕭選著録三十七體；文心雕龍號稱淹博，亦不過三十餘體；其文章緣起等，更瞠乎其後矣。」卷末頁一上

【附注】王兆芳書原名文章釋，文體通釋係金受申所改。

文選評校：「文選序：『若夫姬公之籍』段上方，此序選文宗旨、選文條例皆具，宜細審繹，毋輕發難端。金樓子論文之語，劉彦和文心一書，皆其翼衛也。」序頁二下

【附注】季剛先生評校底本爲四明林氏翻刻，原藏外舅徐行可先生處。一九四零年暑假赴漢親迎，幸得細讀數過，并一一照録於崇文局本眉端，以便研閲。

近人黄侃

文選平點：「讀文選者，必須於文心雕龍所説能信受奉行，持觀此書，乃有真解。」卷一頁一

同上：「文選序：『若夫姬公之籍』一段，此序選文宗旨、選文條例皆具，宜細審繹，毋輕發難端。金樓子論文之語，劉彦和文心一書，皆其翼衛也。」卷一頁三

【附注】季剛先生熟精文選，先後評校之本不止一部。耀先君與余所録有異，所據蓋非一本。（念田君所藏乃父評校本，與余所録者亦不盡同。）

近人高閬仙

文章源流八本講義之門類：「摯氏流别，今惜不傳。故輯文者，首推蕭氏之文選；論文者，當溯劉氏之文心。彦和之書，推論體製，間及源流，宏綱既振，衆目亦張。」頁五九上

近人魯迅

魯迅佚文詩論題記：「篇章既富，評騭自生，東則有劉彦和之文心，西則有亞里士多德之詩學，解析神質，包舉洪纖，開源發流，爲世楷式。」魯迅研究年刊創刊號頁三五

近人周揚

答社會科學戰綫記者問：「中國的文化遺産非常豐富，確實是世界少有的。中國的古代文學理論遺産也十分豐富、十分寶貴。特别是《文心雕龍》，在古文論中占有首屈一指的地位，它是中國古文論中内容最豐富、最有系統、最早的一部著作，在中國没有其他的文論著作可以與之相比，在外國，古希臘亞里斯多德的《詩學》當然比《文心雕龍》産生更早，他是歐洲美學思想的奠基者。古羅馬則有賀拉斯的《詩藝》和郎吉納斯的《論崇高》都比《文心雕龍》早，但都不如《文心雕龍》完整綿密。布瓦羅的

《論詩藝》則後了將近十個世紀。《文心雕龍》和亞里斯多德的《詩學》有一個顯著不同，就是它只論詩文，而没有涉及戲文（戲劇文學），這是各個國家文化藝術發展的歷史道路不同的原故。這樣的著作在世界上是很稀有的。《文心雕龍》是一個典型，古代的典型，也可以説是世界各國研究文學、美學理論最早的一個典型，它是世界水平的，是一部偉大的文藝、美學理論著作。我看可以稱得起偉大兩字。在文論這個範圍裏，一千多年前能寫出這樣的著作，恐怕世界上很難找出來。當時世界上許多國家，包括歐洲的國家在内，還處于中世紀，或者中世紀以前，還是黑暗時代。當然，中世紀在文化上也有成就，不能一筆抹煞。但是中國在中世紀就作出了很大的貢獻。所以，《文心雕龍》這部書的價值，還有充分估價的必要。它確實是一部劃時代的一部書，雖然只有三萬七千字，但對文學的各種體裁、各種風格、文學的内容與形式、文學的批評鑒賞、文學的創作活動、文學的批判與繼承、文學與時代社會關係等等，他都作了詳盡無遺的探討，你不能説它不是百科全書式的著作。我們講《文心雕龍》的研究，首先要肯定它本身的意義、地位。用歷史觀點看這部著作本身帶有創造性。我這樣估價我看是站得住的。」録自社會科學戰綫（八三年四期）

二　分評各篇者

唐顔師古

匡謬正俗史記：「司馬子長撰史記，其自叙一卷，總歷自道作書本意。……及班孟堅爲漢書，亦放其意，於敘傳內，又歷道之；而謙不敢自謂作者，避於擬聖，故改作爲述。……摯虞撰流別集，全取孟堅書敘爲一卷，謂之漢述，已失其意。……劉軌思按軌思二字有誤，已詳前梁書劉勰傳箋注。文心雕龍，雖略曉其意，而言之未盡。」卷五頁一上

按見頌讚篇。

宋黃庭堅

豫章黃先生文集與王觀復書：「南陽劉勰嘗論文章之難云：『意翻空而易奇，文徵實而難工。』此語亦是。沈謝輩爲儒林宗主，時好作奇語，故後生立論如此。」卷十九頁十八上

按見神思篇。

宋晁補之

雞肋集離騷新序下：「劉勰文字卑陋不足言，而亦以（屈）原迂怪爲病。彼原嫉世，既欲蟬蛻塵埃之外，惟恐不異。乃（班）固與勰所論必詩之正，如無離騷可也。嗚呼，不譏於同浴而譏裸裎哉！又勰云：『士女雜坐，娛酒不廢，荒淫之意也。』是勰以招魂爲原作，誤矣。然大招亦說『粉白黛黑，清馨凍飲』，勰以此爲荒淫，則失原之意逾遠。原固曰：『世皆濁我獨清。』豈誠樂此濁哉？哀己之魂魄離散而不可復也，故稱楚國之美，矯以其沈酣汙泥之樂，若可樂者而招之，然卒不可復也，於是焉不失正以死而已矣。嗚呼，勰焉知離騷哉！」卷三六頁七上下

【附按】 劉勰以離騷統楚辭全書，乃因仍漢人舊說。晁氏故爾立異，橫加指責，非是。

宋晁公武

郡齋讀書志集部別集類上：「余嘗題其後曰：『世之詞人，刻意文藻，讀書多滅裂。杜牧之以龍星爲真龍，王摩詰以去病爲衛青，昔人譏之；然亦不足怪，蓋詩賦或率爾之作故也。今勰著書垂世，自謂夢執丹漆器，隨仲尼南行，其自負不淺矣；觀其論説篇籍衍稱「論語以前，經無論字，六韜三按當作二論，後人追題」，是殊不知書有「論道經邦」之言也。其疎略殆過於王、杜矣。』」卷四上頁三十上下

按見論説篇。

宋吕本中

「劉勰辨騷云：『叙情怨則鬱伊而易感，述離居則愴快而難懷。』此知文者也。言以述志，文以宣言，覩此可知。」見餘師録卷三頁十五上引

按見辨騷篇。

宋高元之

攻媿集高端叔墓誌銘：「（端叔）又曰：『班固、王逸、劉勰、顔之推，揚之者或過其實，抑之者多損其真。』」卷一百三頁三下

按見辨騷篇。

明徐禎卿

談藝録：「古詩降魏，詞人所遺，雖蕭統簡輯，過冗而不精；劉勰緒論，亦略而未備。」頁九下

按見明詩篇。

明馮惟訥

選詩約註序：「夫説詩者，辨體爲上，列訓次之。古之遺文，庶乎可采：繪寫群才，標明英藻，則參軍詩品擅其詳；敷論變異，沿陳宗旨，則通事文心著其略。」卷首頁一上下

按見明詩篇。

明謝榛

四溟詩話：「『若妙識所難，其易也將至；忽之爲易，其難也方來。』此劉勰明詩至要，非老於作者不能發。」卷四頁十三下

按見明詩篇。

明王世貞

史記評林序：「太史公史記，……然自東京以前，往往撫覈其體裁，而闊略於辭法；至陸機、劉勰輩，乃稍稍稱其文，而後世因之。」卷首頁一上下

按見史傳篇。

明徐師曾

文體明辨論一：「劉勰云：『……陳政，則與議説合契；釋經，則與傳註參體；辯史，則與贊評齊行；銓文，則與序引共紀。』此論之大體也。按勰之説如此。而蕭統文選，則分爲三：設論居首，史論次

之，論又次之。較諸勰說，差爲未盡。唯設論則勰所未及。……然詳勰之說，似亦有未盡者。愚謂析理，亦與議說合契；諷寓，則與箴戒同科；設辭，則與問對一致。必此八者，庶幾盡之。」卷三八頁一上

按見論說篇。

【附注】方熊文章緣起補註論下即沿襲師曾此說。

明梅鼎祚

書記洞詮凡例：「書記特命，劉勰而蕪其文；分列，昭明而靳于選。繇今遡昔，莫睹成書。」卷首頁一上

按見書記篇。

同上：「譜、籍、簿、録，方、術、占、試，律、命、法、制，符、契、券、疏，與夫關、刺、解、牒，狀、列、辭、諺，文心雕龍以爲並書記所總。其實體異旨歧，自難參混。至於論啟，反别附奏。今則合載。」卷首頁五上

按見書記篇及奏啟篇。

明董斯張

吹景集子建未可輕詆：「劉彦和文心雕龍，摘陳思瑕語，謂其誄武帝云：『聖體浮輕』；誄明帝云：『尊靈永蟄』。按聖體尊靈二句當互易；誄明帝之誄當作頌。至以蝴蝶昆蟲譏之。案廣雅曰：『二氣相接，輕清爲天。』按見釋天。二當作三。宣夜曰：『天無質，日月衆星自然浮生虛空之中。』按見書鈔卷一四九、御覽卷二等引抱朴子。以天擬父，蒼蒼者亦韓憑所化乎？繫辭云：『龍蛇之蟄，以存身也。』蟄龍不可以喻死君，則飛龍獨可以喻生君乎？文人相輕，直是不度德，不量力。今栩然其腹，而侈東莞之譏彈者，亦榆枋之

笑也。」卷三頁九上

按見指瑕篇。

明張溥

漢魏六朝一百三家集嵇中散集題詞：「『嵇詞清峻，阮旨遥深』，兩家詩定論也。」第三十一册卷首頁一上

按見明詩篇。

同上荀公曾集題詞：「江左文士，盛談『茂先散珠，太沖横錦』，若二荀按指顗、勗者，流忽而不言，不幾乘大輅笑椎輪乎！」第三十四册卷首頁一下至二上

按見時序篇。

同上陸清河集題詞：「集中大文雖少，而江漢同名。劉彦和謂其『布采鮮浄，敏於短篇』，殆質論歟？」第四十五册卷首頁二下

按見才略篇。

明許學夷

詩源辨體楚：「劉勰云：『離騷軒翥詩人之後，奮飛辭家之前，故其陳堯舜之耿介，……乃雅頌之博徒，而詞賦之英傑也。』按淮南王、宣帝、揚雄、王逸皆舉以方經，而班固獨深貶之。劉勰始折衷，爲千古定論。蓋屈子本辭賦之宗，不必以聖經列之也。」卷二頁二下至三上

按見辨騷篇。

同上漢魏總論：「古詩十九首，鍾嶸謂其體源出於國風；劉勰謂『宛轉附物，怊悵切情』是也。」卷三頁十下

按見明詩篇。

清馮班

鈍吟雜録正俗：「阮逸注文中子按見天地篇不解『八病』，知宋時聲韻之學已微。沈休文、謝靈運傳讚，劉彦和文心雕龍，統論梗概，牽於文勢，不得分別詳言。」碧滄軒本卷三頁五上

按指聲律篇。

清周亮工

尺牘新鈔選例：「彦和抽文心之祕，雕龍抉簡牘之精，後世言辭翰者，莫得踰其範焉。故是集即用原文按指書記篇以當弁首，無煩屬序，徒係支言。前賢明體之書，若爲今人預製；近代發函之作，先獲哲彦宣源。推是義也，豈獨一書？凡有作者，皆當定例。」卷首頁七上

按指書記篇。

清朱嘉徵

樂府廣序讀魏詩述：「鍾記室嘗論謝客集詩，逢詩輒取，曾無辯清濁，掎摭利病，爲嫌似已。劉彦和乃曰：『魏三祖氣爽才麗，音靡節平。』體性篇曰：『仲宣躁鋭，穎出而才果；公幹氣褊，言壯而情駭。』……彼數公者，其所爲定清濁，掎摭利病者，是耶？否耶？往者論文，辟諸音樂，曲度節奏均

也。至于引氣不齊，巧拙有素，夫詩亦猶是，安得以彼區區定其優劣哉！」目次頁一下至二上

按見樂府篇及體性篇。

清王夫之

古詩評選張衡怨篇：「劉勰稱此詩曰：『清曲可誦。』今不但求平子不得，正求解人如劉生，居然希矣。」卷二頁二上

按見明詩篇。

清黄生

義府二言：「劉勰文心雕龍云：『二言肇于黄世，竹彈之謡是也。』此言未知詩體。蓋『斷竹續竹，飛土逐宍』，必四言成句，語脈緊，聲情始切；若讀作二言，其聲嘽緩而不激揚，恐非歌旨。」卷下頁四五上

按見章句篇。

清葉燮

原詩外篇上：「詩道之不能長振也，由於古今人之詩評，雜而無章，紛而不一。六朝之詩，大約沿襲字句，無特立大家之才。其時評詩而著爲文者：如鍾嶸，如劉勰，其言不過吞吐抑揚，不能持論。然嶸之言曰：『邇來作者，競須新事，牽攣補衲，蠹文已甚。』斯言爲能中當時後世好新之弊。勰之言曰：『沈吟鋪辭，莫先於骨；故辭之待骨，如體之樹骸。』斯言爲能探得本原。此二語外，兩人亦無所能爲論也。」卷三頁十四下至十五上

按見風骨篇。

清閻若璩

尚書古文疏證第二百十九："「按文心雕龍夸飾篇云：『是以言峻則嵩高極天，論狹則河不容舠，說多則子孫千億，稱少則民靡孑遺，襄陵舉滔天之目，倒戈立漂杵之論。辭雖已甚，其義無害也。』余謂諸說皆可，獨『漂杵之論』不然。所以孟子特爲武王辨白，正以有害於義。此非劉勰輩文士所知。」卷八頁三十下

按見夸飾篇。

清汪師韓

詩學纂聞綺麗條："「魏文帝典論曰：『詩賦欲麗。』陸士衡文賦曰：『詩緣情而綺靡。』劉彦和明詩亦曰：『五言流調，清麗居宗。』以綺麗說詩，後之君子所斥爲不知理義之歸也。」頁三下

按見明詩篇。

清何焯

鈍吟雜録評："「千古區分比興二字，莫善於文心雕龍。比興篇云：『比者，附也；興者，起也。……比則蓄憤以斥言，興則環譬以託諷。』較之康成，按指周禮春官大師注尤圓通不滯。」卷四頁二十下

按見比興篇。

清姚範

援鶉堂筆記文心雕龍史傳：「『及至從横之世，史職猶存，秦并七王，而戰國有策，蓋録而弗叙，故即簡而爲名也。』按録而不叙，即簡爲名，劉知幾亦同彦和此說。按見史通六家篇 余謂此較向序按指劉向戰國策書録之義爲優。」卷四十頁四下

按見史傳篇。

清盧文弨

抱經堂文集戴東原注屈原賦序：「夫屈子之志，昭乎日月，而後世讀其辭，疑若放恣怪譎，不盡軌於正；良由炫其文辭，而昧其指趣，以説之者之過，遂謂其辭之未盡善。戴君則曰：屈子辭無有不醇者。此其識不亦遠過於班孟堅、顏介、劉季按當作彦和諸人之所云乎？」卷六頁七上下

按見辨騷篇。

清伍涵芬

讀書樂趣論文：「劉舍人論作文云：『清和其心，調暢其氣，煩而即捨，勿使壅滯。……逍遥以針勞，談笑以藥倦。』此用暇持滿之説也。可謂善養文機者矣。」卷五頁二上

按見養氣篇。伍氏此文，似襲自李日華紫桃軒又綴。

清袁枚

隨園詩話：「改詩難於作詩，何也？興會所至，容易成篇。改詩則興會已過，大局已定，有一二字于心不安，千力萬氣求易不得。竟有隔一兩月，于無意中得之者。劉彦和所謂『富于萬篇，窘按當作貧于

一字』，真甘苦之言。」卷二頁六下

按見練字篇。

同上：「北史按見卷八三文苑傳稱庾自直爲隋煬帝改詩，許其詆呵；帝必削改至于再三，俟其稱善而後已。煬帝雖非令主，如此虚心，亦云難得。第『改章難于造篇，易字艱于代句』。劉勰所言，深知甘苦矣。」卷八頁二三上

按見附會篇。

清王錕

綱目通論跋：「劉彦和謂史傳之作『宜依經以樹則，必附聖以居宗』，讀史者不可不知也。」卷首頁一下

按見史傳篇。

清王鳴盛

蛾術編説録二讖緯條：「摯虞文章流别論云：『緯候之作，雖非正文之制，取其縱横有義，反覆成章。』劉勰文心雕龍云：『六經彪炳，而緯候稠疊；……無益經典，有助文章。是以平子恐其迷學，奏令禁絶；仲豫惜其雜真，未許煨燔。』愚謂摯、劉皆文人，故其言如此。緯雖無益于經，康成所注，皆有益者，學者宜研究之。」卷二頁三十上下

按見正緯篇。

清紀昀

沈氏四聲考：「按休文四聲之説，同時詆之者鍾嶸，宗之者劉勰。嶸以名譽相軋，故肆譏彈；勰以宗旨相同，故蒙賞識。文章門户，自昔已然；千古是非，於何取定？」卷下頁四八上

按指聲律篇。

四庫全書總目提要集部總叙：「詩文評之作，著於齊梁。觀同一八病四聲也：鍾嶸以求譽不遂，乃致譏排；劉勰以知遇獨深，繼爲推闡。詞場恩怨，亘古如斯！」卷一四八頁一下至二上

按亦指聲律篇。

同上集部總集類存目二六藝流別：「至劉勰作文心雕龍，始以各體分配諸經，指爲源流所自，其説已涉於臆創。」卷一九二頁十七上

按見宗經篇。

清吴騫

拜經樓詩話：「少陵詩多用雙聲叠韻，人皆知之。又往往嵌雜於五七言中，使人乍讀之不覺，細玩之乃知其下字之妙。文心雕龍聲律篇云：『雙聲隔字而每舛，叠韻雜句而必睽。』夫音韻之學，莫盛於齊梁，而彦和之言猶若是。所以『老去漸於詩律細』，按見遣悶戲呈路十九曹長（杜詩詳註卷十八）非此老不能也。」卷四頁十上

按見聲律篇。

清李調元

賦話舊話一：「……又云：『事對者，並舉人驗也。宋玉神女賦云：毛嬙鄣面，按當作袂不足程式；西施掩面，比之無色。此事對之類也。』……又云：『王褒洞簫賦云：優柔温潤，如慈父之愛子也。此以聲比心者也。』可謂善言賦矣。」卷七頁二上

按上見麗辭篇，下見比興篇。

清王芑孫

讀賦卮言造句：「詮賦曰：『擬諸形容，則言務纖密；象其物宜，則理貴側附。』側附二字，可謂妙於語言。」頁十一下

按見詮賦篇。

清沈清瑞

讀賦卮言序：「劉勰詮賦，大暢風流。」卷首頁一下

按指詮賦篇。

清孫梅

四六叢話凡例：「若乃辨體正名，條分縷析，則文選序及文心雕龍所列，俱不下四十；而雕龍以對問、七發、連珠三者入於雜文，雖創例，亦其宜也。」卷首頁十五下

按見雜文篇。

清郭麐

槫園銷夏録：「劉彦和云：『妙識所難，其易也將至；忽之爲易，其難也方來。』真洞悉甘苦之言。」卷下頁十四下

按指明詩篇。

清劉熙載

藝概文概：「六代之文，麗才多而練才少；有練才焉，如陸士衡是也。蓋其思既能入微，而才復足以籠鉅，故其所作，皆傑然自樹質幹。文心雕龍但目以『情繁辭隱』，殊未盡之。」卷一頁十五上下

按見體性篇。

同上：「論不可使辭勝於理；辭勝理則以反人爲實，以勝人爲名，弊且不可勝言也。文心雕龍論説篇解論字，有『倫理有無』及『彌綸群言，研精一理』之説，得之矣。」卷一頁三六下

按見論説篇。

同上：「文心雕龍以『隱秀』二字論文，推闡甚精。其云『晦塞非隱，雕削非秀』，更爲善防流弊。」卷一頁三九下

按見隱秀篇。

同上詩概：「劉勰辨騷，謂楚辭『體慢於三代，風雅於戰國』。顧論其體不如論其志，志苟可質諸三代，雖謂『易地則皆然』，可耳。」卷二頁二下

按見辨騷篇。

同上：「張景陽詩開鮑明遠；明遠遒警絶人。然練不傷氣，必推景陽獨步。苦雨諸詩，尤爲高作。故鍾嶸詩品獨稱之。文心雕龍明詩云：『景陽振其麗。』麗何足以盡景陽哉！」卷二頁四下至五上

按見明詩篇。

清馬建忠

馬氏文通序：「劉氏文心雕龍云：『夫人之立言，因字而生句，積句而成章，積章而成篇。篇之彪炳，章無疵也；章之明靡，句無玷也；句之清英，字不妄也。振本而末從，知一而萬畢矣。』顧振本知一之故，劉氏亦未有發明。」頁二

按見章句篇。

近人姚永樸

文學研究法運會：「文心雕龍時序篇云：『昔在陶唐，德盛化鈞，野老吐何力之談，郊童含不識之歌。……自宋武愛文，文帝彬雅，王袁聯宗以龍章，顏謝重葉以鳳采，何范張沈之徒，亦不可勝數也。』案所論於晉宋以前文學廢興，已得其概；惟末於齊，語焉不詳。豈有所諱而然歟？」卷二頁一上至二下

同上性情：「文心雕龍情采篇云：『夫鉛黛所以飾容，而盼倩生於淑姿；文采所以飾言，而辨麗本於情性。……況乎文章，述志爲本；言與志反，文豈足徵！』斯言也，真搔著癢處矣。」卷三頁一下

同上氣味：「自孟子有養氣之語，按見公孫丑上而王充論衡自紀篇亦言之。然以氣論文，實始於魏文帝典論文。……自是以後，文心雕龍風骨篇云：『怊悵述情，必始乎風；沈吟鋪辭，莫先於骨。……思

不環周，索莫乏氣，則無風之驗也。』又云：『夫翬翟備色，而翾翥百步，肌豐而力沈也。……唯藻耀而高翔，固文筆之鳴鳳也。』養氣篇云：『夫學業在勤，功庸弗怠。……使刃發如新，湊理無滯，雖非胎息之邁術，斯亦衛氣之一方也。』此論氣之有關於文，與所以無耗損之者，皆得要領。」同上頁十五上至十六上

同上聲色：「文心雕龍練字篇有避詭異、省聯邊、權重出、調單複四法，而論重出尤精。其說云：『重出者，同字相犯者也。……若兩字俱要，則寧在相犯。故善爲文者，富於萬篇，貧於一字；一字非少，相避爲難也。』」同上頁三十上

近人劉師培

中國中古文學史講義第一課概論：「文區科臬，流衍萬殊；董按指董仲舒賈按指賈誼摛詞，未均羨絀。彥和綜律，始闡音和。」頁一下

按指聲律篇。

近人章炳麟

國故論衡文學總略：「如上諸說，前之昭明，後之阮氏，持論偏頗，誠不足辯。最後一說，以學說文辭對立，其規摹雖少廣，然其失也，祇以彣彰爲文，遂忘文字。故學說不彣者，乃悍然擯諸文辭之外。惟論衡所說，按指上文所引超奇篇略成條貫。文心雕龍張之，其容至博；顧猶不知無句讀文，此亦未明文學之本柢也。」頁六十上下

按見書記篇。

近人高閬仙

文章源流三文章之類別：「文章之類別，可括爲三：……三言情。言情之作，感人最深。……劉彥和文心雕龍曰：『夫鉛黛所以飾容，而盼倩生於淑姿；文采所以飾言，而辯麗本於情性。……而後之作者，採濫忽真，遠棄風雅，近師辭賦。故體情之製日疏，逐文之篇愈盛。故有志深軒冕，而汎詠皋壤；心纏幾務，而虛述人外。真宰弗存，翩其反矣。況乎文章述志爲本，言與志反，文豈足徵！』其論極爲透闢。」頁十二上下

按見情采篇。

同上四文章之形式及内容：「文章之形式，不外積字積句而已。……劉彥和文心雕龍曰：『夫人之立言，因字而生句，積句而成章，積章而成篇。……振本而末從，知一而萬畢矣。』又曰：『句有可削，足見其疏；字不得減，乃知其密。……字删而意闕，則短乏而非覈；辭敷而言重，則蕪穢而非贍。』又曰：『句司數字，待相接以爲用；章總一義，須意窮而成體。……故能外文綺交，内義脈注，跗萼相銜，首尾一體。』以上所述，可見宅句謀篇大要矣。」頁十八上下

按「夫人之立言至知一而萬畢矣」，見章句篇。「句有可削至則蕪穢而非贍」，見鎔裁篇。「句司數字至首尾一體」，見章句篇。

同上五文章之性質及功用：「文章之性質，不外剛柔二類。……劉彥和曰：『剛柔以立本，變通以趨時。立本有體，意或偏長；趨時無方，辭或繁雜。蹊要所司，職在鎔裁。』雖言文本於剛柔，尚未詳爲

推闡。」頁二十二上

按見鎔裁篇。

同上七作文之要義：「作文一字不安，恒爲一篇之累，故鍊字要焉。文心雕龍之言鍊字也，設爲四事：一避詭異，二省聯邊，三權重出，四調單複。……其第三事曰：『重出者，同字相犯者也。詩騷適會，而近世忌同，若兩字俱要，則寧在相犯。故善爲文者，富於萬篇，貧於一字，一字非少，相避爲難也。』紀文達稱其爲甘苦之言。」頁四十四上

按見練字篇。紀説見練字篇評

近人魯迅

魯迅全集摩羅詩力説二：「如中國之詩，舜云『言志』；按見書舜典 而後賢立說，乃云持人性情，三百之旨，無邪所蔽。夫既言志矣，何持之云？强以無邪，即非人志。」第一册頁二一六

按指明詩篇。

同上：「惟靈均將逝，腦海波起，通於汨羅，返顧高丘，哀其無女，則抽寫哀怨，鬱爲奇文。……感動後世，爲力非强。則劉彦和所謂『才高者菀其鴻裁，中巧者獵其豔辭，吟諷者銜其山川，童蒙者拾其香草』，皆著意外形，不涉内質，孤偉自死，社會依然。四語之中，函深哀焉。」同上

按見辨騷篇。

同上四：「中國漢晉以來，凡負文名者，多受謗毁，劉彦和爲之辯曰：『人禀五才，修短殊用，自非上

哲，難以求備；然將相以位隆特達，文士以職卑多誚，此江河所以騰湧，涓流所以寸折者。』東方惡習，盡此數言。」同上頁七二

按見程器篇。

同上漢文學史綱要第一篇自文字至文章：「梁之劉勰，至謂『人文之元，肇自太極』。原注：「文心雕龍原道。」三才所顯，並由道妙，『形立則章成矣，聲發則文生矣』，故凡虎斑霞綺，林籟泉韻，俱爲文章。其説汗漫，不可審理。」第十册頁五二二

同上第四篇屈原及宋玉：「離騷之出，其沾溉文林，既極廣遠，評騭之語，遂亦紛繁。……楚雖蠻夷，久爲大國，春秋之世，已能賦詩，風雅之教，寧所未習！幸其固有文化，尚未淪亡，交錯爲文，遂生壯采。劉勰取其言辭，校之經典，謂有異有同，固雅頌之博徒，實戰國之風雅，『雖取鎔經義，亦自鑄偉辭。……故能氣往轢古，辭來切今，驚采絶豔，難與並能』。原注：「文心雕龍辨騷。」可謂知言者已。」同上頁五四三

近人張孟劬

史微内篇子餘附諸子文説：「自古善論文者，莫如劉彦和。彦和論六藝之文曰：『尚書則覽文如詭，而尋理即暢；春秋則觀辭立曉，而訪義方隱。』原注：「文心雕龍此處缺論易禮詩三經，疑有脱文。」論諸子之文曰：『孟荀所述，理懿而辭雅；……淮南汎採而文麗。』可謂曉文章之流別，酌群言於蠡海者矣。」卷三頁二一下至二二上

按見宗經篇及諸子篇。

同上内篇原緯：「以劉彦和之博識，譏其無益於經典，而取其有助於文章。原注：説見正緯篇。篇中雖謂『按經驗緯，其僞有四』，然所指皆係圖讖附益之謬。觀其後云：『東序祕寶，朱紫亂矣。』則劉氏意在去僞存真，固未嘗肆言曲詆也。與劉子玄惑經、疑古按史通有疑古、惑經兩篇不同，學者不可不知。」卷五頁十九上

采摭第三

舍人文心，翰苑要籍。采摭之者，莫不各取所需：多則連篇累牘，少亦尋章摘句。其奉爲文論宗海，藝圃琳琅，歷代詩文評中，未能或之先也。涉獵所及，自唐至明，共得五十六書。引文長者，止録首尾辭句，以明起訖；原書有誤者，以殺篇幅故，不再舉正。清世較近，書亦易得，則從略焉。如淵鑑類函、康熙字典、駢字類編、子史精華、圖書集成等。

梁書　唐姚思廉

文學下劉勰傳：「初，勰撰文心雕龍五十篇，……其序曰：『夫文心者，言爲文之用心也。……茫茫往代，既洗予聞；眇眇來世，儻塵彼觀。』」卷五十頁十四上至十六下

按此序志篇文。

南史　唐李延壽

文學劉勰傳：「初，勰撰文心雕龍五十篇，……其序略云：『予齒在逾立，嘗夜夢執丹漆之禮器，隨仲尼而南行。……其爲文用，四十九篇而已。』」卷七二頁十八上

按此序志篇文。

事始　唐劉存

子：「劉勰文心曰：『鬻熊作書，題爲鬻子。』」涵芬樓排印本説郛卷十頁三上

按見諸子篇。

七發：「文心曰：『枚乘作七發。』」頁四上

按見雜文篇。

白氏六帖事類集 唐白居易

豹門炳蔚：「文心：『虎豹以炳蔚凝姿。』」卷二九頁六四下

按此原道篇文。

太平御覽 宋李昉等

樂部 十九 竽：「文心雕龍曰：『林籟結響，諷如竽琴。』」卷五八一頁四下

按此原道篇文。引文「諷」「琴」二字爲「調」、「瑟」之誤（以後各書引文有錯譌衍脱者不再出）

文部 一 叙文：「文心雕龍曰：『人文之元，肇自泰極；……辭之所以能鼓天下者，道之文也。』」卷五八五頁四上

按此亦原道篇文。

同上：「又曰：『方其搦翰，氣倍辭前；……博而能一，亦有助乎心力矣。』」同上頁四上

按此神思篇文。

同上：「又曰：『翬翟備色，而翾翥百步；……若藻曜而高翔，固文章之鳴鳳也。』」同上

按此風骨篇文。

同上：「又曰：『括囊雜體，功在銓别；……譬五色之錦，各以本采爲地矣。』」同上頁四上下

按此定勢篇文。

同上：「又曰：『夫薑桂因地，辛在本性；……乃理得而事明，心敏而辭當也。』」同上頁四下至五上

按此事類篇及附會篇文。

文部二詩：「文心雕龍曰：『詩者，持也。……總歸詩囿，故不繁云。』」卷五八六頁一上至二下

按此明詩篇文。

文部三賦：「文心雕龍曰：『詩有六義，其二曰賦。……此楊子所以追悔於雕蟲，貽誚於霧縠者也。』」卷五八七頁四下至五下

按此詮賦篇文。

文部四頌：「文心雕龍曰：『四始之至，頌居其極。……其大體所弘，如斯而已。』」卷五八八頁一下至二上

按此頌讚篇文。

同上讚：「文心雕龍曰：『讚者，明也，助也。……大抵所歸，其頌家之細條也。』」同上頁四下至五上

按此亦頌讚篇文。

同上箴：「文心雕龍曰：『箴所以攻疾除患，喻針石垣。』又曰：『斯文之興，盛於三代。……惟秉文

君子，宜酌其遠大矣。』」同上頁五下至六上

按此並銘箴篇文。

文部五碑：「文心雕龍曰：『碑者，裨也。……樹碑述亡者，同誄之區焉。』」卷五八九頁一上下

按此誄碑篇文。

文部六銘：「文心雕龍曰：『昔軒轅帝刻輿以弼違，……銘勒嶠漢，得其宜矣。』」卷五九〇頁四上至五上

按此銘箴篇文。

文部七辭：「文心雕龍曰：『枚乘擒豔，首製七發，……雖文非拔群，而意實卓爾矣。』」同上頁六下至七上

按此雜文篇文。

同上連珠：「文心雕龍曰：『楊雄雖小而明潤矣。……磊磊自轉，可稱珠耳。』」同上頁七下

按此亦雜文篇文。

文部九詔：「文心雕龍曰：『皇帝馭寓，其言也神。……此詔策之大略也。』」卷五九三頁一上至二上

按此詔策篇文。

同上教：「文心雕龍曰：『教者，傚也。……並理得而詞中，教之善也。』」同上頁七下

按此亦詔策篇文。

同上誡：「文心雕龍曰：『戒勑爲文，實詔之切者。……班姬女戒，足稱母師矣。』」同上頁七下至八上

按此亦詔策篇文。

文部十章表：「文心雕龍曰：『堯咨四岳，舜命八元，……蓋一辭意也。』」卷五九四頁一上至二上

按此章表篇文。

同上奏：「文心雕龍曰：『昔陶唐之臣，敷奏以言，……治繁總要，此其體也。』」同上頁四下至五上

按此奏啟篇文。

同上劾奏：「文心雕龍曰：『案劾之奏，所以明憲清國。……乃稱絶席之雄，直方之舉也。』」同上頁五下至六上

按此亦奏啟篇文。

文部十一論：「文心雕龍曰：『論者，倫理無爽，……惟君子能通天下之志，安可以曲論哉！』」卷五九五頁一上下

按此論説篇文。

同上議：「文心雕龍曰：『周爰咨謀，是謂爲議。……則秦女楚珠，復存於兹矣。』」同上頁三下至四下

按此議對篇文。

同上牋：「文心雕龍曰：『牋者，表也。……彪蔚以文其響，蓋箋記之分也。』」同上頁五下至六上

按此書記篇文。

同上啟：「文心雕龍曰：『啟者，開也。……文而不侈，亦啟之大略也。』」同上頁七上

按此奏啟篇文。

同上書記：「文心雕龍曰：『大舜云：書用識哉！……公府奏記，而郡將奏牋也。』」同上頁七上至八上

按此書記篇文。

文部十二 誄：「文心雕龍曰：『周世盛德，有銘誄之文。……送其哀也，悽焉如可傷。此其旨也。』」卷五九六頁二上至三上

按此誄碑篇文。

同上：「文心雕龍曰：『陳思之文，群才之儁也。……施之尊極，不其蚩乎！』」同上頁三上

按此指瑕篇文。

同上弔文：「文心雕龍曰：『弔者，至也。……哀而有正，則無奪倫矣。』」同上頁三下至四上

按此哀弔篇文。

同上哀辭：「文心雕龍曰：『哀者，依也。……文來引泣，乃其貴耳。』」同上頁七上下

按此亦哀弔篇文。

文部十三 檄：「文心雕龍曰：『昔有虞氏始戒於國，……若曲趣密巧，無所取才矣。』」卷五九七頁一上至二上

按此檄移篇文。

同上移：「文心雕龍曰：『移者，易也。……意用小異，而體義大同也。』」同上頁五上

按此亦檄移篇文。

同上露布:「文心雕龍曰:『露布者,蓋露板不封,布諸視聽也。』」同上頁六上

按今本文心無此文,當是檄移篇「或稱露布」下脱去者。

文部十四　符:「文心雕龍曰:『符者,孚也。……末代從省,代以書翰矣。』」卷五九八頁一上

按此書記篇文。

同上契券:「文心雕龍曰:『契者,結也。……今羌胡徵數負販,其遺風也。』」同上頁四上

按此亦書記篇文。

同上:「又曰:『券者,束也。……王褒髯奴,則券之諧也。』」同上

按此亦書記篇文。

文部十九　史傳上:「文心雕龍曰:『史者,使也。……言經尚書,事經春秋也。』」卷六百三頁一上

按此史傳篇文。

同上史傳下:「文心雕龍曰:『昔者夫子憫王道之缺,……折理居正,唯懿上心乎!』」卷六百四頁六上至七上

按此亦史傳篇文。

文部二十二　牒:「文心雕龍曰:『牒者,葉也。……牒之尤密謂之籤。』」卷六百六頁五上

按此書記篇文。

學部二　叙經典:「文心雕龍宗經篇曰:『三極彝訓,其書曰經。經也者,恒久之至道,不刊之鴻教

也。』」卷六百八頁一上

按此宗經篇文。凡原書所引文心已有篇名者，後不再注。

同上：「文心雕龍曰：『自夫子删述，而大寶啟耀。……此聖文殊致，表裏之異體者也。』」同上頁六上下

按此亦宗經篇文。

類要　宋晏殊

賦：「文心雕龍詮賦云：『劉向云不歌而頌，班固稱古詩之流也。』又曰：『及靈均賦騷，……而招字于楚辭也。』又曰：『繁積于宣時，……此揚子雲所以道悔于雕蟲，貽誚于霧縠者也。』」卷三一頁二十下至二一上

總叙雜文：「文心雕龍書記曰：『百官詢事，則有關次辭牘；萬民達志，則有狀列辭喭。』」同上頁三七下

退士著書：「文心雕龍論諸子云：『嗟夫！身與時舛，志與道申，標心萬古之上，而送懷於千載之下。金石靡矣，聲其銷乎？』」同上頁四十上下

譬諭語：「文心雕龍論書記曰：『才冠筆，多踈尺牘，譬九方堙之識駿足，而不知毛色之牝牡也。』」卷三二頁四下

同上：「又曰：『至于思表纖旨，文外曲致，……輪扁不能語斤，微□矣乎！……視布於麻，雖未弗見。』」同上

按此神思篇文。

同上：「又曰：『握辭或孕于巧義，……杼柚獻切，燥然乃珠。』」同上

按此亦神思篇文。

同上：「若兩字相犯，而優劣不均，是驪在左驂，駑爲右服。」同上

按此麗辭篇文。

同上：「若美事孤立，莫與相偶，是夔之一足，踸踔而行。」同上頁五上

按此亦麗辭篇文。

同上：「故爲文用事，雖小成績。譬寸轄制輪，尺樞運閼。」同上

按此事類篇文。

同上：「會己則嗟風，……所謂東向而望，不見西牆。」同上

按此知音篇文。

士未遇：「古來知音，多賤同世。……所謂日進前而不御，遥聞聲而相思者也。」卷三四頁十一下

按此亦知音篇文。

事物紀原 宋高承

集類詔：「又文心曰：『有熊唐虞，同稱曰命。其在三王，事兼誥誓。』」卷二頁一下

按見詔策篇。

同上移：「文心曰：『始于劉歆移太常。』」同上頁三下

按見檄移篇。

同上論：「文心曰：『昔仲尼微言，門人追記，目爲論語。蓋群論立名，始於兹矣。』」卷四頁九下

按見論説篇。

同上箴：「（文心）又曰：『斯文之興，盛於三代，……虞人之箴，體義備焉。』」同上頁十下

按見銘箴篇。

金壺記 宋釋適之

墨彩：「梁劉勰字贊曰：『子玄墨彩騰奮。』」卷中頁八上

按見練字篇。

宅宇：「梁劉勰曰：『字乃言語之體貌，文章之宅宇。』」同上

按亦見練字篇。

楚辭補注 宋洪興祖

附録：「劉勰辨騷：『自風雅寢聲，莫或抽緒，奇文蔚起，其離騷哉！……假寵於子淵矣。讚曰：不有屈原，豈見離騷？……金相玉式，豔溢錙毫。』」卷一頁五五上至五八上

【附注】 東觀餘論卷下校定楚辭序：「陳説之本，以劉勰辨騷在（王逸）序之前。」是楚辭載有辨騷，或始於陳説之（説之天聖中人，見郡齋讀書志卷四上楚辭類楚辭釋文下）。慶善蓋因仍舊本。

戰國策校注 宋鮑彪

後序：「劉勰文心雕龍云：『從横之世，史職猶存，秦并七王，而戰國有策。蓋録而不叙，故即簡爲名也。』」卷末頁七上

按此史傳篇文。

海録碎事　宋葉廷珪

聖賢人事部比喻門鳥鳴似語：「鳥鳴似語，蟲葉成字。」卷九上頁四五上

按此正緯篇文。

同上品題門鑒懸日月：「鑒懸日月，辭富山海。」卷九下頁七下

按此徵聖篇贊文。

史略　宋高似孫

劉勰論史：「昔者夫子愍王道之闕，傷斯文之墜，……及安國立例，乃鄧氏之規焉。」卷五頁十七上至十八下

按此史傳篇文。

又曰：「傳記爲式，編年綴事，……析理居正，唯懿士心乎！」同上頁十八下至十九上

按此亦史傳篇文。

新箋決科古今源流至論　宋林駉

前集：「劉勰曰：『相如上林，繁類以成豔；……張衡二京，迅拔以宏富。』」卷二頁十五上

按此詮賦篇文。

事文類聚　宋祝穆

別集文章部文章：「相如濡筆而腐毫，楊雄輟翰而驚夢，……張衡研京十年，左思練都一紀。」卷五頁八下

按此神思篇文。

同上：「陳植作武帝誄云：尊靈永蟄，……施於尊極，不其蚩乎！」同上頁十四上

按此指瑕篇文。

同上露布：「露布者，蓋露板不封，布諸視聽也。」卷七頁五上

按此檄移篇佚文。

同上檄：「移者，易也。移風易俗，令往而人隨者也。」同上頁八上

按此亦檄移篇文。

同上箴：「箴所以攻疾。」同上頁十下

按此銘箴篇文。

記纂淵海　宋潘自牧

著述部評文下：「『翬翟備色，而翔翥百步，……固文章之鳴鳳也。』『章表奏議，則準的乎典雅；……譬五色之錦，各以本采爲地矣。』」卷七五頁十二下

按前段風骨篇文，後段定勢篇文。

同上：「文章沿學，能在天資。……此内外之殊分也。」同上頁十二下至十三上

按此事類篇文。

同上史筆：「吹霜煦露，寒暑筆端。」同上頁四七上

按此史傳篇文。

玉海 宋王應麟

聖文御製詩歌：「文心雕龍：『堯有大唐之歌，舜造南風之詩，二文辭達而已。大禹成功，九叙惟歌。』」卷二九頁一上

按此明詩篇文。

同上：「唐歌在昔，則廣於黄氏；虞歌卿雲，文於唐時。」同上頁一下

按此通變篇文。

同上：「野老吐何力之談，郊童含不識之歌。」同上

按此時序篇文。

同上：「文心雕龍：『大風鴻鵠之歌，亦天縱之英作也。』」同上頁五上

按此亦時序篇文。

同上：「文心雕龍：『柏梁展朝燕之詩，金隄製恤民之詠。』」同上頁六上

按此亦時序篇文。

同上：「文心雕龍：『魏之三祖，氣爽才麗，……或述酣宴，或傷羈戍。』」同上頁八上

按此樂府篇文。

同上御製碑銘：「文心雕龍：『黄帝刻輿几以弼違，大禹勒筍簴而招諫。』」卷三一頁五上

按此銘箴篇文。

同上：「文心雕龍：『周穆紀迹于弇山之石。』」同上頁十下

按此誄碑篇文。

藝文書：「文心雕龍：『青史曲綴於街談。』」卷三七頁十一上

按此諸子篇文。

同上經解：「文心雕龍：『若秦延君之注堯典，十餘萬字；……要約明暢，可爲式矣。』」卷四二頁十二上

按此論説篇文。

同上正史：「文心雕龍：『後漢紀傳，發源東觀，……華嶠之準當，則其冠也。』」卷四六頁二五上

按此史傳篇文。

同上諸子：「梁劉勰曰：『諸子者，述道見志之書，……騰其姓氏，懸諸日月。』」卷五三頁一上

按此諸子篇文。

同上：「文心雕龍：『鬻熊知道，而文王咨謀。諸子肇始，莫先於斯。』」同上頁十一上

按此亦諸子篇文。

同上詩：「文心雕龍：『應璩百一，辭譎義正，亦魏之遺直也。』」卷五九頁六下

按此明詩篇文。

同上箴：「劉勰曰：『箴者，所以攻疾防患，喻鍼石也。』」同上頁二八下

按此銘箴篇文。

同上：「文心雕龍：『夏商二箴，餘句頗存。』」同上頁二九上

按此銘箴篇文。

同上：「文心雕龍曰：『魏絳諷君于后羿，楚子訓民於在勤。』」同上頁三一上

按此亦銘箴篇文。

同上：「文心雕龍：『揚雄稽古，始範虞箴，……所謂追清風於前古，攀辛甲於後代。』」同上頁三二上

按此亦銘箴篇文。

同上：「文心雕龍曰：『潘勗符節，要而失淺；……潘尼乘輿，義正體蕪。』」同上頁三五上

按此亦銘箴篇文。

同上銘：「劉勰曰：『穆王紀迹弇山之石，亦碑之意。』」卷六十頁三下

按此誄碑篇文。

同上：「文心雕龍：『夏鑄九鼎，……稱伐之類也。』」同上頁三下

按此銘箴篇文。

同上：「文心雕龍：『魏文九寶，器利辭鈍。』」同上頁八下

按此亦銘箴篇文。

同上頌：「文心雕龍：『帝嚳之世，咸墨爲頌，以歌九招。』」同上頁十四上

按此頌讚篇文。

同上奏疏：「劉勰曰：『漢世善駁，則應劭爲首；晉代能議，則傅咸爲宗。』」卷六一頁八上

按此議對篇文。

同上：「文心雕龍：『魏代名臣，文理迭興。……甄毅考課，亦盡節而知治矣。』」同上頁十一上

按此奏啟篇文。

同上論：「劉勰曰：『聖哲彝訓曰經，……彌綸群言，而研精一理者也。』」卷六二頁一上

按此論説篇文。

同上：「文心雕龍：『魏文述典，陳思序書……』又云：『翰林博而寡要。』」同上頁十四下

按此並序志篇文。

同上：詔令詔策：「文心雕龍曰：『光武留意斯文，……若斯之類，實乖憲章。』」卷六四頁二十上

按此詔策篇文。

同上：「文心雕龍：『虞重納言，周貴喉舌，……隴右多文士，光武加意於書辭。』」同上頁二四上

按此亦詔策篇文。

同上：「文心雕龍：『魏晉諸策，職在中書，劉放張華，互管斯任。』」同上頁二六上

按此亦詔策篇文。

同上：「文心雕龍曰：『授官則義炳重離之輝，……此詔策之大略也。』」同上頁三八下

按此亦詔策篇文。

同上郊祀群祀：「文心雕龍：『舜之祠田云：……利民之志，頗形於言。』」卷一百二頁三下

按此祝盟篇文。

同上：「文心雕龍：『周大祝掌六祝之辭，……宜社類禡，莫不有文。』」同上頁十一上

按此亦祝盟篇文。

同上音樂樂：「文心雕龍：『帝嚳之世，咸墨爲頌，以歌九韶。』」卷一百三頁六上

按此頌讚篇文。

同上樂章：「文心雕龍：『鈞天九奏，既具上帝；葛天八闋，爰及皇時。』『昔葛天樂辭，玄鳥在曲；……辭達而已。』」卷一百六頁一下

按上見樂府篇，下見明詩篇。

同上：「大禹成功，九叙惟歌。」同上

按此明詩篇文。

同上：「黄歌斷竹，質之至也。……商周篇什，麗於夏年。」同上

按此通變篇文。

同上：祥瑞地瑞：「文心雕龍：『録圖曰：潬潬嗚嗚，……丹書曰：義勝欲則從，……戒謹之至也。』」卷一九六頁三下

按此封禪篇文。

辭學指南 前人

作文法：「文心雕龍曰：『風骨乏采，則鷙集翰林；……若藻耀而高翔，固文章鳴鳳也。』」玉海卷二百一頁十五下

按此風骨篇文。

同上：「鎔冶經典之範，翔集子史之術，……然後能莩甲新意，彫畫奇辭。」同上

按此亦風骨篇文。

同上：「才有天資，學謹始習；……器成綵定，難可翻移。」同上

按此體性篇文。

同上：「情者，文之經；辭者，理之緯。」同上

按此情采篇文。

同上：「才爲盟主，學爲輔佐。」同上

按此事類篇文。

同上:「善爲文者,富於萬篇,貧於一字;一字非少,相避爲難也。」同上

按此練字篇文。

同上檄:「劉勰文心雕龍曰:『祭公謀父稱文告之辭,……必事昭而理辨,氣盛而辭斷,此其要也。』」卷二百三頁三二下

按此檄移篇文。

同上銘:「文心雕龍曰:『夏鑄九鼎,周勒楛矢,……稱伐之類也。』」卷二百四頁四下

按此銘箴篇文。

同上:「文心雕龍:『箴貴確切,……文必簡而深。』」同上頁六上

按此亦銘箴篇文。

同上頌:「文心雕龍曰:『帝嚳之世,咸墨爲頌,以歌九韶。』」同上頁十五下

按此頌讚篇文。

同上:「文心雕龍曰:『擬清廟,範駉那。』」同上頁十六上

按此亦頌讚篇文。

同上:「崔爰文學,……而簡約乎篇。」同上

按此亦頌讚篇文。

同上:「取鎔經意,自鑄偉辭。」同上

按此辨騷篇文。

同上：「又曰：『賈誼枚乘，兩韻輒易；……陸雲亦稱四言轉句，以四句爲佳。』」同上頁十六下

按此章句篇文。

困學紀聞 前人

評文：「文心雕龍謂：『英華出於情性：賈生俊發，則文潔而體清；子政簡易，則趣昭而事博；子雲沈寂，則志隱而味深；平子淹通，則慮周而藻密。』」卷十七頁二下至三上

按此體性篇文。

金石例 元潘昂霄

論古人文字有純疵：「文心雕龍曰：『風骨乏采，則鷙集翰林；……若藻耀而高翔，固文章鳴鳳也。』」卷九頁八九下

按此風骨篇文。

同上：「鎔冶經典之範，翔集子史之術，……孚甲新意，雕畫奇辭。」同上

按此亦風骨篇文。

同上：「才有天資，學謹始習，……器成綵定，難可翻移。」同上

按此體性篇文。

同上：「情者，文之經；辭者，理之緯。」同上

按此情采篇文。

同上：「才爲盟主，學爲輔佐。」同上

按此事類篇文。

同上：「善爲文者，富於萬篇，貧於一字；一字非少，相避爲難也。」同上

按此練字篇文。

學文凡例擬露布之始：「文心雕龍曰：『露布者，蓋露板不封，布諸視聽也。』」同上頁一百下

按此檄移篇佚文。

同上擬檄之式：「劉勰文心雕龍曰：『祭公謀父稱文告之辭，即檄之本原。……必事昭而理辯，此其要也。』」同上頁一〇二下

按此檄移篇文。

同上擬箴之式：「文心雕龍曰：『揚雄稽古，始範虞箴，……所謂追清風於前古，舉辛甲於後代。』」同上頁一〇五下

按此銘箴篇文。

同上擬銘之始：「文心雕龍曰：『夏鑄九鼎，周勒楛矢，……稱伐之類也。』」同上頁一〇六上

按此亦銘箴篇文。

同上擬銘之式：「文心雕龍曰：『箴貴確切，……文必簡而深。』」同上頁一〇六下

按此亦銘箴篇文。

同上擬頌之始：「文心雕龍曰：『帝嚳之世，咸墨爲頌，以歌九韶。』」同上頁一百十上

按此頌讚篇文。

同上擬頌之式：「文心雕龍曰：『擬清廟，範駉那。……而簡約乎篇。』『取鎔經意，自鑄偉辭。』」同上

按上見頌讚篇，下見辨騷篇。

同上：「又曰：『賈誼枚乘，兩韻輒易；……陸雲亦稱四言轉句，以四句爲佳。』」同上頁一百十上下

按此章句篇文。

【附按】 蒼崖所引文心，篇之先後，句之多少，皆沿襲王伯厚辭學指南，其不同者，惟增改標題耳。

群書通要 元王淵濟

巳集儒業門文章類：「相如濡筆而腐毫，揚雄輟翰而驚夢，桓譚疾感於苦思，王充氣竭於沉慮，張衡研京十年，左思練都一紀。」卷二頁二上

按此神思篇文。

文斷 明唐之淳

總論作文法：「文心雕龍云：『章表奏議，則準的乎典雅；……辟五色之錦，各以本采爲地矣。』」頁十三下

按此定勢篇文。

同上:「又云:『文章沿學,能在天才。……此内外之殊分也。』」同上

按此事類篇文。

同上:「文心雕龍云:『風骨乏采,則鷙集翰林;……若藻耀而高翔,固文章鳴鳳也。』」頁十九下

按此風骨篇文。

同上:「鎔冶經典之範,翔集子史之術,……孚甲新意,雕畫奇辭。」同上

按此亦風骨篇文。

同上:「才有天資,學謹始習,……器成綵定,難可翻移。」同上

按此體性篇文。

同上:「情者,文之經;辭者,理之緯。」頁二十上

按此情采篇文。

同上:「才爲盟主,學爲輔佐。」同上

按此事類篇文。

同上:「善爲文者,富於萬篇,貧於一字;一字非少,相避爲難也。」同上

按此練字篇文。

雜評諸家文論檄法:「文心雕龍云:『檄,皦也。……必事昭而理辨,氣盛而辭斷,此其要也。』」頁二三上下

按此檄移篇文。

同上論箴銘法：「文心雕龍云：『箴貴確切，銘貴弘潤，事必覈以辨，文必簡而深。』」頁二四下

按此銘箴篇文。

同上論記法：「文心雕龍云：『思贍者善敷，……辭敷而言重，則蕪穢而非贍。』」頁二五上

按此鎔裁篇文。

同上：「綜學在博，取事貴約。」同上

按此事類篇文。

同上論頌法：「文心雕龍云：『擬清廟，範駉那。』」頁二五下

按此頌讚篇文。

同上：「取鎔經意，自鑄偉辭。」同上

按此辨騷篇文。

同上：「賈誼枚乘，兩韻輒易；……陸雲亦稱四言轉句，以四句爲佳。」同上

按此章句篇文。

「文心雕龍云：『文章出於情性：……平子淹通，則慮周而藻密。』」頁四一下

按此體性篇文。

【**附按**】 愚士所引文心，亦沿襲辭學指南（或金石例）。

文章辨體　明吴訥

諸儒總論作文法：「章表奏議，則準的乎典雅；……辟五色之錦，各以本采爲地矣。」頁一下

按此定勢篇文。

丹鉛總録　明楊慎

劉勰論文：「劉勰云：『鉛黛所以飾貌，而盼倩生於淑姿；文采所以飾言，而辯麗本於情性。』」卷十九頁四上

按此情采篇文。

太史升菴文集　前人

四言詩：「劉彦和云：『四言正體，雅潤爲本；五言流調，清麗居宗。』」卷五八頁六下

按此明詩篇文。

均藻　前人

四支：「瘠義肥辭。」卷一頁十下

按此風骨篇文。

同上：「鉛黛所以飾貌〔容〕，而盼倩生於淑姬〔姿〕。」同上

按此情采篇文。

同上：「日進前而不御，遥聞聲而相思。」同上

按此知音篇文。
五微：「殊聲而合響，異翮而同飛。」卷一頁十三上
按此才畧篇文。
六魚：「翠綸桂餌，反以失魚。」卷一頁十五下
按此情采篇文。
十灰：「才高者苑其鴻裁。」卷一頁二十三上
按此辨騷篇文。
五歌：「溺者妄笑，胥靡狂歌。」卷一頁四十四上
按此諧隱篇文。
二腫：「弄閒於才鋒，賈餘於文勇。」卷二頁一下
按此養氣篇文。
四紙：「潭潭嗚嗚，棼棼雉雉。」原注：「録圖文，言至德所被也。」卷二頁四下
按此封禪篇文。
同上：「結藻清英，流韻綺靡。」同上
按此時序篇文。
五尾：「臧文謬書於羊裘，莊姬託辭於龍尾。」諧隱　卷二頁六下

按原有篇名者，不再注。後同

六語：「讕言瑣語。」卷二頁七下

按此諸子篇文。

九蟹：「六經泥蟠，百家飈駭。」卷二頁十一下

按此時序篇文。

十八巧：「意翻空而易奇，言徵實而難巧。」卷二頁十七下

按此神思篇文。

同上：「狐腋非一皮能温，雞跖必數千而飽。」同上

按此事類篇文。

二十二養：「捶字結響。」原注：「捶字堅而難移，結響凝而不滯。」卷二頁二十下

按此風骨篇文。

二十四迥：「世敻文隱。」卷二頁二十三上

按此正緯篇文。

二十六寢：「茂先摇筆而散珠，太沖動墨而横錦。」卷二頁二十五上

按此時序篇文。

二宋：「公旦劓詩緝頌。」卷三頁二上

按此原道篇文。

七遇：「吹霜噴露。」卷三頁七下

按此史傳篇文。

八霽：「駟虯乘翳。」劉勰辨騷　卷三頁九上

十二震：「水性虚而淪漪結，木體實而華萼振。」卷三頁十三下

按此情采篇文。

二十四敬：「世敻。世敻文隱。」卷三頁二十二上

按此正緯篇文。

二十九豔：「驚采絶豔。」卷三頁二十五下

按此辨騷篇文。

一屋：「精氣内消，有似尾閭之波，神志外傷，同乎牛山之木。」卷四頁三上

按此養氣篇文。

四質：「銜華佩實。」卷四頁六下

按此徵聖篇文。

十一陌：「謝艾繁而不可删，王濟略而不可益。」原注：「謝艾、王濟西河文士。」卷四頁十六上

按此鎔裁篇文。

十三職：「甘意摇骨髓，豔詞洞魂識。」卷四頁十八上

按此雜文篇文。

同上：「采如宛虹之奮鬐，毛若長離之振翼。」卷四頁十八下

按此通變篇文。

同上：「王逸博識有功，而絢綵無力。」同上

按此才略篇文。

稗編　明唐順之

文藝　二詩賦　文心雕龍五　論詮賦：「原夫登高之旨，蓋覩物興情；……此揚子所以追悔雕蟲，貽誚於霧縠者也。」卷七三頁一上下

同上辯騷：「昔漢武愛騷，而淮南作傳，……乃雅頌之博徒，而詞賦之英傑也。」同上頁一下至二上

同上論詩情采：「若詩人什篇，爲情而造文；……言隱榮華，殆謂此也。」同上頁二下至三上

按此情采篇文。

同上聲律：「若夫宫商大和，譬諸吹籥，……概舉而推，可以類見。」同上頁三上

同上樂府：「詩爲樂心，聲爲樂體。……詩聲俱鄭，自此階矣。」同上頁三下

文藝　四詞賦　文心雕龍十四　論徵聖：「夫鑒周日月，妙極機神，……若徵聖立言，則文其庶矣。」卷七五頁八下至九上

同上神思：「古人云：『形在江海之上，心存魏闕之下。』……伊摯不能言鼎，輪扁不能語斤，其微矣乎！」同上頁九上至十下

同上體性：「賈生俊發，故文潔而體清；……豈非自然之恒資，才氣之大略哉！」同上頁十下至十一上

同上風骨：「夫翬翟備色，翾翥百步，……唯藻耀而高翔，固文筆之鳴鳳也。」同上頁十一上下

同上總術：「是以執術馭篇，似善弈之窮數，……斷章之功，於斯盛矣。」同上頁十一下

同上對議：「夫駁議偏辨，各執異見，……志足文遠，不其鮮歟！」同上頁十一下至十二上

按此議對篇文。

同上章表：「原夫章表之爲用也，所以對揚王庭，……荀卿以爲觀人美辭，麗於黼黻文章。亦可以喻於斯乎！」同上頁十二上下

同上議：「文以辨潔爲能，不以繁縟爲巧；事以明覈爲美，不以深隱爲奇。」同上頁十二下

按此議對篇文。

同上書：「詳總書體，本在盡言。……文明從容，亦心聲之獻酬也。」同上

按此書記篇文。

同上論：「論之爲體，所以辨正然否，……唯君子能通天下之志，安可以曲論哉！」同上頁十二下至十三上

按此論説篇文。

同上銘箴：「夫箴誦於官，銘題於器，……其摛文也必簡而深，此其大要也。」同上頁十三上

同上雜文：「自七發以下，作者繼踵，……雖文非拔群，而意實卓爾矣。」同上頁十三上下

同上碑：「夫屬碑之體，資乎史才，……樹碑述亡者，同誄之區焉。」同上頁十三下至十四上

按此誄碑篇文。

同上誄：「夫誄之爲制，蓋選言録行，……道其哀也，悽焉如可傷，此其旨也。」同上頁十四上

按此亦誄碑篇文。

觀妙齋重校楚辭章句　明馮紹祖

總評：「劉勰曰：『自風雅寢聲，莫或抽緒，……假寵於子淵矣。』」辯騷　卷首附録頁十五上至十七下

同上：「又曰：『詩有六義，其二曰賦。……命賦之厥初也。』」詮賦　同上頁十七下至十八上

同上：「又曰：『詩人綜韻，率多清切；……失黄鐘之正響也。』」聲律　同上頁十八下

同上：「又曰：『詩文弘奥，包韞六義；……紛紜雜遝，信舊章矣。』」比興　同上頁十八下至十九下

同上：「又曰：『韓魏力政，燕趙任權，……出乎縱横之詭俗也。』」時序　同上頁十九下至二十上

同上：「又曰：『離騷代興，觸類而長，……抑亦江山之助乎？』」物色　同上頁二十上至二一下

古今事物考　明王三聘

文事箴：「（文心）又曰：『斯文之興，盛于三代，……虞人之箴，體義備焉。』」卷二頁十六下

按此銘箴篇文。

詩紀　明馮惟訥

前集歌：「劉勰云：『黄歌斷竹，質之至也。』又曰：『斷竹黄歌，乃二言之始。』」卷一頁一下

按上見通變篇，下見章句篇。

同上誦：「文心雕龍曰：『頌主告神，義必純美。……斯則野誦之變體，浸被乎人事矣。』」卷三頁九上

按此頌讚篇文。

同上銘：「文心雕龍曰：『昔帝軒刻輿几以弼違，……吁可茂矣。』」卷五頁一上

按此銘箴篇文。

同上箴：「文心雕龍曰：『箴者，所以攻疾防患，……楚子訓民於在勤。』」卷六頁一上

按此亦銘箴篇文。

同上祝辭：「文心雕龍曰：『昔伊祈始蜡，……利民之志，頗形於言矣。』」卷六頁六上

按此祝盟篇文。

同上：「文心雕龍曰：『周之大祝，掌六祀之辭，……旁作穆穆，唱於迎日之拜。』」同上頁九上

按此亦祝盟篇文。

同上誄：「文心雕龍曰：『尼父卒，哀公作誄。……至柳妻之誄惠子，則辭哀而韻長矣。』」同上頁十五上下

按此誄碑篇文。

別集統論上：「明詩：梁劉勰文心雕龍下並同『大舜云：詩言志，歌詠言。……總歸詩囿，故不繁

云』。」卷一頁三上至五上

同上：「樂府：『樂府者，聲依永，律和聲也。……故略具樂篇，以標區界。』」同上頁五上至七上

同上：「時序：『時運交移，質文代變，……颺言讚時，請寄明哲。』」同上頁七上至十一上

同上：「體性：『八體屢遷，功以學成，……才氣之大略哉！』」同上頁十一下

同上：「通變：『論文之方，譬諸草木，……可與言通變矣。』」同上頁十二下

同上：「情采：『夫鉛黛所以飾容，而盼倩生於淑姿，……乃可謂雕琢其章，彬彬君子矣。』」同上頁十二下至十三下

同上：「比興：『詩文弘奧，包韞六義，……則無所取焉。』」同上頁十三下至十五上

同上：「物色：『春秋代序，陰陽慘舒，……抑亦江山之助乎？』」同上頁十五下至十七上

統論下明體：「章句：『夫筆句無常，而字有條數，……情數運周，隨時代用矣。』」卷二頁五上

同上：「聲律：『凡聲有飛沉，響有□□，……音以律文，其可忘哉！』」同上頁十一下至十三上

同上：「麗辭：『造化賦形，支體必雙，……類此而思，理斯見矣。』」同上頁十七上至十八下

同上品藻一魏通論：「魏文之才，洋洋清綺，……異翮而同飛。」卷三頁八上下

按此才略篇文。

同上品藻二晉：「文之英蕤，有秀有隱，……非研慮之所果也。」卷四頁二上

按此隱秀篇文。

同上：「士衡才優，……乃情苦芟繁也。」同上頁三上下

按此鎔裁篇文。

同上晉通論：「張華短章，奕奕清暢；……雖滔滔風流，而太澆之意。」同上頁十九上至二十上

按此才略篇文。

選詩約註 前人

評議：「文心雕龍曰：『四言正體，雅潤爲本；……忽之爲易，其難也方來。』」卷首頁六上

按此明詩篇文。

漢：「劉勰文心雕龍曰：『漢初四言，韋孟首唱；……仙詩緩歌，雅有新聲。』」卷一頁一下至二上

按此亦明詩篇文。

魏：「文心雕龍曰：『建安初，五言騰踴，……驅辭逐貌，唯取昭晢之能。』」卷二頁一上

按此亦明詩篇文。

晉：「文心雕龍曰：『晉世群材，稍入輕奇；……所以景純仙篇，挺拔而爲俊矣。』」卷三頁一上

按此亦明詩篇文。

宋：「文心雕龍曰：『宋初文詠，體有因革，……此近世之所競也。』」卷五頁一上

按此亦明詩篇文。

天中記 明陳耀文

經典群言之祖：「『三極彝訓，其書言經。……河潤千里者也。』讚曰：『性靈鎔匠，……群言之祖。』」卷三七頁一上下

按此宗經篇文。

史後漢紀傳：「後漢紀傳，發源東觀，……華嶠之準當，則其冠也。」同上頁二十上

按此史傳篇文。

諸子立言：「諸子者，入道見志之書，……金石靡矣，聲其銷乎？」同上頁二三上

按此諸子篇文。

文章樹德建言：「夫宇宙□邈，黎獻紛雜，……豈好辨哉？不得已也！」同上頁三六上下

按此序志篇文。

同上異名：「七國言事於王，皆稱上書，……議以執異。」同上頁三七下

按此章表篇文。

同上文章骨髓：「五經者，象天地，效鬼神，……百家騰躍，終入環内者也。」同上頁三八上

按此宗經篇文。

同上任勢：「桓譚稱文家各有所慕，……可謂先迷後能從善矣。」同上頁三九下

按此定勢篇文。

同上文筆鳴鳳：「翬翟備色，而翔翥百步，……固文筆之鳴鳳也。」同上頁四十上

按此風骨篇文。

同上瑕病：「古來文才，異世争驅，……施之尊極，豈其當乎！」同上頁四二上

按此指瑕篇文。

同上貴時：「後漢才林，可參西京；……此古人所以貴乎時也。」同上頁四四上

按此才略篇文。

同上言對事對：「言對爲美，貴在精巧；……是夔之一足，踸踔而行也。」同上頁五四下

按此麗辭篇文。

同上遲速：「人之秉才，遲速異分；……亦思之速也。」同上

按此神思篇文。

同上騷驚采絶豔：「昔漢武愛騷，而淮南作傳，……假寵於子淵矣。」同上頁七十上下

按此辨騷篇文。

翰苑新書序 明陳文燭

「梁舍人劉勰有言曰：『孔子静居以嘆鳳，臨衢而泣麟，於是就大師以正雅頌，……褒見一字，貴踰軒冕；貶在片言，誅深斧鉞。』」卷首頁二上

按此史傳篇文。

「序乾四德，則句句相銜；龍虎類感，則字字相儷；乾坤易簡，則宛轉相承；日月往來，則隔行懸合。

雖句字或殊，而偶意則一也。」同上頁三上

按此麗辭篇文。

「長卿上林賦曰：修容乎禮園，……此正對之類也。」同上

按此亦麗辭篇文。

「然兩事相配，而優劣不均，……是夔之一足，踸踔而行也。」同上頁五上

按此亦麗辭篇文。

「積句爲章，積章成篇。」同上頁五下

按此章句篇文。

「聲轉於吻，玲玲如振玉；辭靡於耳，纍纍如貫珠。」同上

按此聲律篇文。

「綜述性靈，敷寫器象，鏤心鳥跡之中，織辭魚網之上。」同上

按此情采篇文。

「劉勰又言：『臨篇綴慮，必有二患：……然則博見爲饋貧之糧，貫一爲拯亂之藥。』」同上頁六下

按此神思篇文。

詞林海錯　明夏樹芳

玄駒：「文心雕龍：『陽氣萌而玄駒步，陰律凝而丹鳥羞。』」卷十五頁十六上

按此物色篇文。

藝苑巵言 明王世貞

「劉勰曰：『詩有恒裁，體無定位，……忽之爲易，其難也方來。』」卷一頁五上

按此明詩篇文。

「又曰：『情者，文之經；……理定而後辭暢。』」同上

按此情采篇文。

「又曰：『文之英蕤，有秀有隱；……秀也者，篇中之獨拔。』」同上

按此隱秀篇文。

「又曰：『意授於思，言授於意；……或議在咫尺，而思隔山河。』」同上

按此神思篇文。

「又曰：『詩人篇什，爲情而造文；……爲文者，淫麗而煩濫。』」同上頁五下

按此情采篇文。

【附注】 卷一頁二上引沈約曰：「姬文之德盛，周南勤而不怨；……風動於上，波震於下。」本文心時序篇文，誤以爲沈約語。

古今事物原始 明徐炬

移：「文心雕龍曰：『其事始于劉歆移文于太常博士。』」卷十一頁二七上

按見檄移篇。

山堂肆考　明彭大翼

文學文章：「文心雕龍：『相如濡筆而腐毫，……左思練都一紀。』」角集卷三十頁六下

按此神思篇文。

同上書問：「故文心雕龍曰：『陳遵占詞，旨意各具；禰衡代書，親疎得宜。』」同上卷三六頁九上

按見書記篇。

同上露布：「文心雕龍：『露布者，露板不封，布諸視聽也。』」同上頁十五下

按此檄移篇佚文。

經濟類編　明馮琦

文學類八論文：「劉彦和文心雕龍序：『夫文心者，言爲文之用心也。……眇眇來世，儻塵彼觀。』」卷五四頁十一下至十三下

按此序志篇文。

唐類函　明俞安期

文學部五頌一：「文心雕龍曰：『四始之至，頌居其極。頌者，容也；所以美盛德而述形容也。昔帝嚳之世，咸累爲頌，以歌九招。自商頌以下，文理克備。……斯乃宗廟之正歌，非饗燕之恒詠也。』」卷一百五頁二四下至二五上

按此頌讚篇文。

【附注】 俞氏於「頌一」小題下原有「雜采成篇」四字，以示其非采自書鈔、類聚、初學記、白帖諸唐人類書。

文體明辨 明徐師曾

文章綱領總論：「梁劉勰曰：『六經，象天地，效鬼神，參物序，制人紀，洞性靈之奥區，極文章之骨髓者也。……故文能宗經，有六善焉：……體約而不蕪，五也；文麗而不淫，六也。』」卷首頁一下

按見宗經篇。

同上：「梁劉勰曰：『意授於思，言授於意；密則無際，疎則千里。或理在方寸，而求之域表；或議在咫尺，而思隔山河。』」同上頁二下

按見神思篇。

同上論詩：「梁劉勰曰：『詩人善於形容，言峻則嵩高極天，論狹則河不容舠，説多則子孫千億，稱少則民靡孑遺。辭雖已甚，其意無害也。』」同上頁十一下

按見夸飾篇。

六語 明郭子章

讔語文心雕龍：「劉勰曰：『讔者，隱也。遯辭以隱意，譎譬以指事也。……豈爲童稚之戲謔，搏髀而抃笑哉！』」卷二頁三上至四上

按此諧隱篇文。

讖語梁：「劉勰雕龍曰：『夫神道闡幽，天命微顯，……前代配經，故詳論焉。』」卷三頁三下至五上

按此正緯篇文。

諧語梁：「劉勰文心雕龍：『諧之言皆也。辭淺會俗，皆悦笑也。……豈非溺者之妄笑，胥靡之狂歌歟？』」卷三頁六上下

按此諧隱篇文。

古逸書 明潘基慶

「劉勰物色：『春秋代序，陰陽慘舒，……然屈平所以能洞鑒風騷之情者，抑亦江山之助乎？』」卷二二頁二六上至二七下

「劉勰曰：『情者，文之經；……理定而後辭暢。』」後卷頁十上

按此情采篇文。

「文之英蕤，有秀有隱：……篇中之獨拔。」同上

按此隱秀篇文。

「詩人篇什，爲情而造文；……爲文者，淫麗而煩濫。」同上

按此情采篇文。

「四序紛迴，而入興貴閑；……情曄曄而更新。」同上

按此物色篇文。

「文心雕龍云：『異音相從謂之和，……故遺響難契。』」同上頁二三上

按此聲律篇文。

總録：「劉勰文心雕龍云：『漢初四言，韋孟首唱，……偏美則太沖公幹。』」明詩　卷首頁二上至三上

同上：「秦燔樂經，漢初紹復，……繆襲所致，亦有可算焉。」樂府　同上頁三上下

同上：「高祖尚武，戲儒簡學，……並馳文路矣。」時序　同上頁四上至五下

漢魏詩乘　明梅鼎祚

同上：「賈生俊發，故文潔而體清；……觸類以推，表裏必符。」體性　同上頁五下至六上

同上：「魏文稱文以氣爲主，……並重氣之旨也。」風骨　同上頁六上

同上：「詩頌大體，以四言爲正。……情數運周，隨時代用矣。」章句　同上頁六上下

同上：「詩人偶章，大夫聯辭，……然契機者入巧，浮假者無功。」麗辭　同上頁六下

同上：「略觀文士之疵：相如竊妻而受金，……孫楚佷愎而訟府。」程器　同上頁六下至七上

同上：「文心雕龍云：『魏文之才，洋洋清綺，……異翮而同飛。』」同上頁十七上下

按此才略篇文。

同上：「若夫宮商大和，譬諸吹籥，……陸機左思，瑟柱之和也。」聲律　同上頁十七下至十八上

同上：「文心雕龍云：『聯句共韻，柏梁餘製。』」卷六頁一上

按此明詩篇文。

同上:「文心雕龍云:『召南行露,始肇半章;……則五言久矣。』」同上頁五下

按此亦明詩篇文。

同上:「文心雕龍云:『張衡怨篇,清曲可誦。』」卷七頁五下

按此亦明詩篇文。

同上:「文心雕龍云:『孤竹一篇,傅毅之辭。』」卷八頁三下

按此亦明詩篇文。

古樂苑 前人

前卷彈歌:「劉勰云:『黄歌斷竹,質之至也。』又曰:『斷竹黄歌,乃二言之始。』」頁一下

按上見通變篇,下見章句篇。

衍録總論:「樂府 文心雕龍:『樂府者,聲依永,律和聲也。……故略具樂篇,以標區界。』」卷一頁一上至二下

同上:「九代詠歌,志合文財,……至於序志述時,其揆一也。」卷二頁一上

按此通變篇文。

同上:「漢初四言,韋孟首唱,……閲時取證,則五言久矣。」同上頁五上

按此明詩篇文。

喻林 明徐元太

文章門 一 尚文：「林籟結響，調如竽瑟；……有心之器，其無文歟？」 文心雕龍原道 卷八六頁五上下

同上：「龍鳳以藻繪呈瑞，虎豹以炳蔚凝姿；……夫豈外飾，蓋自然耳。」 文心雕龍原道 同上頁五下

同上：「夫玄黃色雜，方圓體分，……此蓋道之文也。」 文心雕龍原道 同上

同上：「自然會妙，譬卉木之耀英華；……英華耀樹而煒燁。」 文心雕龍隱秀 同上

同上：「夫不截盤根，無以驗利器；不剖文奧，無以辯通才。」 文心雕龍總術 同上

同上：「顏闔以爲仲尼飾羽而畫，徒事華辭，雖欲此言聖，弗可得已。」 文心雕龍徵聖 同上頁六上

同上：「天子垂珠以聽，諸侯鳴玉以朝。」 文心雕龍章表 同上

同上：「聃周當路，與尼父争塗矣。」 文心雕龍論説 同上

同上：「類聚而求，亦充箱照軫矣。」 文心雕龍諸子 同上

同上言論：「夫肖貌天地，稟性五才，……豈好辯哉？不得已也！」 文心雕龍序志 同上頁十九下

文章門 二 經義：「至夫子繼聖，獨秀前哲，……曉生民之耳目矣。」 文心雕龍原道 卷八七頁三下

同上：「重以公旦多材，褥其徽烈，剬詩緝頌，斧藻群言。」 文心雕龍原道 同上

同上：「龍圖獻體，……民胥以傚。」 文心雕龍原道贊 同上頁四上

同上：「河圖孕乎八卦，……亦神理而已。」 文心雕龍原道 同上

同上：「自夫子刪述，而大寶咸耀。」 文心雕龍宗經 同上

同上：「楊子比雕玉以作器，謂五經之含文也。」 文心雕龍宗經 同上

同上：「牆宇重峻，……無錚錚之細響矣。」文心雕龍宗經　同上

同上：「並窮高以樹表，……終入環内者也。」文心雕龍宗經　同上

同上：「性靈鎔匠，……群言之祖。」文心雕龍宗經贊　同上

同上：「韋編三絶，固哲人之驪淵也。」文心雕龍宗經　同上頁四下

同上：「夫六經彪炳，……而鉤讖葳蕤。」文心雕龍正緯　同上

同上：「詩爲樂心，……君子宜正其文。」文心雕龍樂府　同上

同上著述：「夫銓序一文爲易，……或有曲意密源，似近而遠。」廣文選劉彦和文心雕龍序　同上頁九下

【附按】此文心序志篇文，引劉節書非是。

同上才藝：「立德何隱？……若有區囿。」文心雕龍諸子贊　同上頁十五下

同上：「集雕篆之軼材，發綺縠之高喻。」文心雕龍時序　同上

同上：「買臣負薪而衣錦，相如滌器而被繡。」文心雕龍時序　同上

同上飾治：「然史之爲任，乃彌綸一代，……秉筆荷擔，莫此之勞。」文心雕龍史傳　同上頁十八下

同上：「故授官選賢，……此詔策之大略也。」文心雕龍詔策　同上頁十九上

同上：「出入由門，關閉宜審，庶務在政，通塞應詳。」文心雕龍書記　同上

同上有用：「申商刀鋸以制理，鬼谷脣吻以策勳。」文心雕龍諸子　同上頁二十下

同上：「暨戰國争雄，辨士雲踊，……强於百萬之師。」文心雕龍論説　同上頁二十下至二十一上

同上：「君子藏器，待時而動，……應梓材之士矣。」文心雕龍程器　同上頁二一上

同上：「春秋大夫，則修辭騁會，……焜燿似縟錦之肆。」文心雕龍才略　同上

同上：「褒見一字，貴踰軒冕；貶在片言，誅深斧鉞。」文心雕龍史傳　同上

同上：「三驅弛綱，……草偃風邁。」文心雕龍檄移贊　同上頁二一上下

同上：「分閫推轂，奉辭伐罪，……顛墜於一檄者也。」文心雕龍檄移　同上頁二一下

同上：「姦慝懲戒，實良史之直筆。農夫見莠，其必鋤也。」文心雕龍史傳　同上

同上：「魯之敬姜，婦人之聰明耳。……安有大夫學文，而不達於政事哉！」文心雕龍程器　同上

文章門　三　重質：「夫桃李不言而成蹊，……貴乎反本。」文心雕龍情采　卷八八頁五上

同上：「心定而後結音，……彬彬君子矣。」文心雕龍情采　同上頁五上下

同上貴質：「聖文之雅麗，固御華而佩實者也。」文心雕龍徵聖　同上頁八上

同上：「忠足而言文，……秉文之金科矣。」文心雕龍徵聖　同上

同上：「剛健既實，輝光乃新。……譬征鳥之使翼也。」文心雕龍風骨　同上

同上：「周書論士，方之梓材，……垣墉立而雕圬附。」文心雕龍程器　同上頁八下

同上：「夫水性虛而淪漪結，……縟彩明矣。」文心雕龍情采　同上

同上脩辭：「論如析薪，……辭辨者，反義而取通。」文心雕龍論説　同上頁九下

同上：「欲吹霜噴露，寒暑筆端。」文心雕龍史傳　同上

同上：「製同他文，理宜刪革。……傍採則探囊。」文心雕龍指瑕　同上

同上：「異體相資，如左右肩股。……亦可以屬文。」文心雕龍練字　同上頁十上

同上：「體物爲妙，功在密附。……印字而知時也。」文心雕龍物色　同上

同上：「章句在篇，如繭之抽緒。……體必鱗次。」文心雕龍章句　同上

同上：「拙辭或孕於巧義，……煥然乃珍。」文心雕龍神思　同上

同上：「神居胸臆，而志氣統其關鍵，……則神有遯心。」文心雕龍神思　同上

同上：「陶鈞文思，貴在虛静，……闚意象而運斤。」文心雕龍神思　同上頁十下

同上：「鎔冶經典之範，翔集子史之術，……雕畫奇辭。」文心雕龍風骨　同上

同上：「夫翬翟備色，翾翥百步，……固文筆之鳴鳳也。」文心雕龍風骨　同上頁十下至十一上

同上：「蔚彼風力，……符采克炳。」文心雕龍風骨贊　同上頁十一上

同上：「刻鏤聲律，……垂帷制勝。」文心雕龍神思贊　同上

同上：「凡切韻之動，勢若轉圜，……則無大過矣。」文心雕龍聲律　同上

同上：「左礙而尋右……纍纍如貫珠。」文心雕龍聲律　同上

同上：「練才洞鑒，……其可忘哉！」文心雕龍聲律　同上

同上：「標清務遠，……宮商難隱。」文心雕龍聲律　同上頁十一下

同上：「夫百節成體，……何以行之乎？」文心雕龍鎔裁　同上

同上：「蹊要所司，職在鎔裁。……斧斤之斲削矣。」文心雕龍鎔裁　同上

同上：「篇章户牖，……弛於負擔。」文心雕龍鎔裁贊　同上

同上：「夫絶筆斷章，……固亦無以加於此矣。」文心雕龍附會　同上頁十一下至十二上

同上：「夫畫者謹髮而易貌，……學具美之績。」文心雕龍附會　同上頁十二上

同上：「何謂附會？……裁衣之待縫緝矣。」文心雕龍附會　同上

同上：「理不謬摇其枝，字不妄舒其藻。」文心雕龍議對　同上

同上：「雖復契會相參，……各以本采爲地矣。」文心雕龍定勢　同上頁十二下

同上：「舒華布實，獻贊節文，……條貫始序。」文心雕龍鎔裁　同上

同上體格：「麗詞雅義，符采相勝，……此立賦之大體也。」文心雕龍詮賦　同上頁十三下

同上：「擬諸形容，則言務纖密；……奇巧之機要也。」文心雕龍詮賦　同上頁十三下至十四上

同上：「函人欲全，……比諸禽獸。」文心雕龍奏啟　同上頁十四上

同上：「刺者，達也。……若針之通結矣。」文心雕龍書記　同上

同上：「辭之待骨，如體之樹骸；……負聲無力。」文心雕龍風骨　同上

同上：「夫隱之爲體，……而瀾表方圓。」文心雕龍隱秀　同上頁十四上下

同上：「綜意淺切者，類乏醖藉；……難得踰越。」文心雕龍定勢　同上頁十四下

同上：「勢者，乘利而爲制也。……如斯而已。」文心雕龍定勢　同上

同上：「夫通衢夷坦，……適俗故也。」文心雕龍定勢　同上頁十四下至十五上

同上：「形生勢成，……力心襄陵。」文心雕龍定勢贊　同上頁十五上

同上：「論文之方，譬諸草木：……臭味晞陽而異品矣。」文心雕龍通變　同上

同上：「雖軒翥出轍，而終入籠内。」文心雕龍通變　同上

同上：「其控引情理，送迎際會，……而有抗墜之節也。」文心雕龍章句　同上

同上：「才性異區，文體繁詭，……功沿漸靡。」文心雕龍體性贊　同上

同上吐蘊：「夫神思方運，萬塗競萌，……將與風雲而並驅矣。」文心雕龍神思　同上頁十六上

同上：「心術之動遠矣，……根盛而穎峻。」文心雕龍隱秀　同上

同上：「言之秀矣，……逸響笙匏。」文心雕龍隱秀贊　同上

同上：「管仲有言：無翼而飛者，聲也；……可不慎歟！」文心雕龍指瑕　同上頁十六上下

同上：「意得則舒懷以命筆，……斯亦衛氣之一方也。」文心雕龍養氣　同上頁十六下

同上：「五色雜而成黼黻，……神理之數也。」文心雕龍情采　同上

同上：「鉛黛所以飾容，……此立文之本源也。」文心雕龍情采　同上頁十六下至十七上

同上：「心險如山，……歡謔之言無方。」文心雕龍諧讔　同上頁十七上

同上：「夫志在山水，……理將焉匿？」文心雕龍知音　同上

同上：「山沓水匝，……心亦吐納。」文心雕龍物色贊　同上

同上兼采：「夫驥足雖駿，纆牽忌長。……共成一轂。」文心雕龍總術　同上頁十八上

同上：「物雖胡越，合則肝膽。」文心雕龍比興贊　同上

同上奇特：「實聖文之羽翮，記籍之冠冕也。」文心雕龍史傳　同上頁十九下

同上：「樹骨於訓典之區，……則爲偉矣。」文心雕龍封禪　同上

同上：「至如氣貌山海，……聲貌岌岌其將動矣。」文心雕龍夸飾　同上頁二十上

文章門　四　豐贍：「若稟經以製式，……煮海而爲鹽也。」文心雕龍宗經　卷八九頁三下

同上：「夫經典沈深，……雞蹠必數千而飽矣。」文心雕龍事類　同上頁三下至四上

同上：「經籍深富，……瓊珠交贈。」文心雕龍事類贊　同上頁四上

同上：「言必鵬運，……奢而無玷。」文心雕龍夸飾贊　同上

同上：「物貌難盡，故重沓舒狀。……葳蕤之群積矣。」文心雕龍物色　同上

同上：「文辭根葉，苑囿其中矣。」文心雕龍體性　同上

同上：「洽聞之士，宜撮綱要，……亦學家之壯觀也。」文心雕龍諸子　同上

同上簡約：「根柢槃深，枝葉峻茂，……事近而喻遠。」文心雕龍宗經　同上頁六上

同上：「事得其要，雖小成績，……尺樞運關也。」文心雕龍事類　同上

同上擅長：「精理爲文，……辭富山海。」文心雕龍徵聖贊　同上頁七下

同上：「騷經九章，朗麗以哀志；……非一代也。」文心雕龍辯騷　同上頁七下至八上

同上：「觀其骨鯁所樹，……亦自鑄偉辭。」文心雕龍辯騷　同上頁八上

同上：「若能憑軾以倚雅頌，……假寵於子淵矣。」文心雕龍辯騷　同上頁八上下

同上：「不有屈原，……壯志煙高。」文心雕龍辯騷贊　同上頁八下

同上：「自風雅寢聲，……奮飛辭家之前。」文心雕龍辯騷　同上

同上：「陳思之表，獨冠群才，……故能緩急應節矣。」文心雕龍章表　同上

同上：「殷人輯頌，……雅文之樞轄也。」文心雕龍詮賦　同上

同上：「宮商大和，……瑟柱之和也。」文心雕龍聲律　同上頁八下至九上

同上：「按轡文雅之場，……亦幾乎備矣。」文心雕龍序志　同上頁九上

同上：「唯張采劍閣，其才清采，……後發前至。」文心雕龍銘箴　同上

同上：「負文餘力，……嘒若參昴。」文心雕龍雜文贊　同上

同上：「士衡運思，理新文敏，……豈慕珠仲四寸之璫乎？」文心雕龍雜文　同上

同上：「吟詠之間，吐納珠玉之聲；……其思理之致乎！」文心雕龍神思　同上

同上：「若擇源於涇渭之流，……亦可以馭文采矣。」文心雕龍情采　同上頁九下

同上：「文帝陳思，縱轡以騁節；王徐應劉，望路而爭驅。」文心雕龍明詩　同上

同上：「義直而文婉，……莫之或繼也。」文心雕龍哀弔　同上

同上：「若夫楚辭招魂，可謂祝辭之組纚也。」文心雕龍祝盟　同上

同上：「玉潤雙流，如彼珩佩。」文心雕龍麗辭贊　同上

同上：「外文綺交，……首尾一體。」文心雕龍章句　同上

同上：「後進之才，奬氣挾聲，……披瞽而駭聾矣。」文心雕龍夸飾　同上

同上：「丹青初炳而後渝，……可以無慚於千載也。」文心雕龍指瑕　同上頁十上

同上：「凡大體文章，類多枝派，……理枝者循幹。」文心雕龍附會　同上

同上：「夫能懸識湊理，……總轡而已。」文心雕龍附會　同上

同上：「爾其縉紳之林，……顏謝重葉以鳳采。」文心雕龍時序　同上頁十下

同上：「茂先摇筆而散珠，……流韻綺靡。」文心雕龍時序　同上

同上：「稷下扇其清風，……出乎縱横之詭俗也。」文心雕龍時序　同上

同上：「夫山木爲良匠所度，……無慚匠石矣。」文心雕龍事類　同上頁十下至十一上

同上：「敬通雅好辭説，……亦蚌病而成珠矣。」文心雕龍才略　同上頁十一上

同上：「寫氣圖貌，既隨物以宛轉；……情貌無遺矣。」文心雕龍物色　同上

同上均美：「張衡通贍，……異翮而同飛。」文心雕龍才略　同上頁十三下

同上：「傅玄篇章，……非群華之韡萼也。」文心雕龍才略　同上頁十四上

同上美疵：「吴誄雖工，……而改盼千金哉？」文心雕龍誄碑　同上頁十五下

同上：「雖三調之正聲，實韶夏之鄭曲也。」文心雕龍樂府　同上

同上：「若乃尊賢隱諱，……蓋纖瑕不能玷瑾瑜也。」文心雕龍史傳　同上

同上：「然才冠鴻筆，多踈尺牘，……而不知毛色牝牡也。」文心雕龍書記　同上頁十六上

同上：「述道言治，枝條五經，……踳駁者出規。」文心雕龍諸子　同上

同上：「袁宏發軫以高驤，……故倫序而寡狀。」文心雕龍才略　同上

同上工拙：「臨篇綴慮，必有二患：……亦有助乎心力矣。」文心雕龍神思　同上頁十七上

同上：「能騁無窮之路，……乃通變之術踈耳。」文心雕龍通變　同上

同上：「若愛典而惡華，則兼通之理偏，……兩難得而俱售也。」文心雕龍定勢　同上

同上：「拓衢路，置關鍵，……豈萬里之逸步哉！」文心雕龍通變　同上頁十七上下

同上：「今操琴不調，必知改張，……聲與心紛。」文心雕龍聲律　同上頁十七下

同上：「夫美錦製衣，脩短有度，……況在乎拙。」文心雕龍鎔裁　同上

同上：「屬意立文，心與筆謀，……雖美少功。」文心雕龍事類　同上

同上：「善附者異旨如肝膽，拙會者同音如胡越。」文心雕龍附會　同上頁十八上

同上：「執術馭篇，……於斯盛矣。」文心雕龍總術　同上

同上文病：「緯之成經，其猶織綜，……倍摘千里。」文心雕龍正緯　同上頁十九上

同上：「繁華損枝，……貽誚於霧縠者也。」文心雕龍詮賦　同上

同上：「曾是莠言，有虧德音，……胥靡之狂歌歟？」文心雕龍諧讔　同上

同上：「欲穿明珠，多貫魚目。……不關西施之嚬矣。」文心雕龍雜文　同上

同上：「若夫器分有限，智用無涯，……亦可推矣。」文心雕龍養氣　同上頁十九上下

同上：「羿氏舛射，……謬則多謝。」文心雕龍指瑕贊　同上頁十九下

同上：「是綴金翠於足脛，靚粉黛於胸臆也。」文心雕龍事類　同上

同上：「駢拇枝指，由侈於性；……文之肬贅也。」文心雕龍鎔裁　同上

同上：「若刻鶴類鶩，則無所取焉。」文心雕龍比興　同上

同上：「吴錦好渝，……味之必厭。」文心雕龍情采贊　同上

同上：「兩事相配，而優劣不均，……踸踔而行也。」文心雕龍麗辭　同上

文章門五飾外：「並未能振葉以循根，觀瀾而索源。」文心雕龍序志　卷九十頁三上

同上：「昔秦女嫁晉，從文衣之媵者，……復在於兹矣。」文心雕龍議對　同上

同上戒靡：「綺麗以豔説，……於斯極矣。」文心雕龍情采　同上頁五上

同上：「夫青生於藍，……不能復化。」文心雕龍通變　同上頁五下

同上：「凡摛表五色，貴在時見。……則繁而不珍。」文心雕龍物色　同上

同上：「辭人愛奇，言貴浮詭，……將遂訛濫。」文心雕龍序志　同上

同上好尚：「才高者菀其鴻裁，……童蒙者拾其香草。」文心雕龍辯騷　同上頁十上

同上：「承流而枝附者，……不及諸子。」文心雕龍諸子　同上

同上：「歌謡文理，與世推移，……而波震於下。」文心雕龍時序　同上

同上：「春秋以後，角戰英雄；……百家飇駭。」文心雕龍時序　同上

同上窮究：「至精而後闡其妙，……其微矣乎！」文心雕龍神思　同上頁十二上

同上：「夫唯深識鑒奥，……歡澤方美。」文心雕龍知音　同上頁十二上下

同上評品：「二班兩劉，奕葉繼采。……亦難得而踰本矣。」文心雕龍才略　同上頁十四下至十五上

同上：「夫麟鳳與麏雉懸絶，……誰曰易分？」文心雕龍知音　同上頁十五上

同上：「心之照理，譬目之照形，……宋玉所以傷白雪也。」文心雕龍知音　同上

同上：「各執一隅之解，……照辭如鏡矣。」文心雕龍知音　同上頁十五上下

同上：「洪鍾萬鈞，……不謬蹊徑。」文心雕龍知音贊　同上頁十五下

同上辨僞：「若鳥鳴似語，蟲葉成字，……必假孔氏。」文心雕龍正緯　同上頁十九上

同上學文：「夫才有天資，學慎始習，……用此道也。」文心雕龍體性　同上頁十九下至二十上

同上：「紛哉萬象，……鬱此精爽。」文心雕龍養氣贊　同上頁二十上

同上：「夫才量學文，宜正體製，……摛振金玉。」文心雕龍附會　同上

楚辭集解　明汪瑗

楚辭大序：「辯騷：『自風雅寢聲，莫或抽緒，……假寵於子淵矣。讚曰：不有屈原，豈見離騷？……金相玉式，豔溢錙毫。』」卷首頁八上至十上

按此辨騷篇文。

賦略 明陳山毓

緒言源流賦字義：「劉彦和曰：『詩有六義，其二曰賦。……命賦之厥初也。』」卷首頁一上下

按此詮賦篇文。

同上品藻屈原：「劉彦和曰：『自風雅寢聲，莫或抽緒，……其衣被詞人，非一代也。』」同上頁八下至十上

按此辨騷篇文。

同上論情文：「劉彦和曰：『情者，文之經；……翩其反矣。』」同上頁四七下至四八上

按此情采篇文。

同上論比興：「劉彦和曰：『詩文弘奥，包韞六義。……則無所取焉。』」同上頁四九上至五十下

按此比興篇文。

同上論誇飾：「劉彦和曰：『自天地以降，豫入聲貌。……亦可謂之懿也。』」同上頁五十下至五二上

按此夸飾篇文。

同上論物色：「劉彦和曰：『春秋代序，陰陽慘舒，……抑亦江山之助乎？』」同上頁五二下至五四上

按此物色篇文。

同上論遲速：「劉彦和曰：『人之禀才，遲速異分；……亦有助乎心力矣。』」同上頁五四下至五五上

按此神思篇文。

文通　明朱荃宰

正緯：「劉彦和曰：『夫神道闡幽，天命微顯，……前代配經，故詳論焉。』」卷一頁三三上至三四上

按此正緯篇文。

勑：「劉勰云：『戒勑爲文，實詔之切者。周穆王命鄧父受勑憲，此其事也。』」卷四頁十七上

按此詔策篇文。

封禪：「劉彦和曰：『夫正位北辰，嚮明南面，……必超前轍焉。』」卷五頁三下至五上

按此封禪篇文。

符：「文心曰：『符者，孚也。……易以書翰矣。』」同上頁十七上

按此書記篇文。

列傳：「劉勰曰：『原夫載籍之作也，……文其殆哉！』」卷七頁二六下至二八上

按此史傳篇文。

表：「文心曰：『禮有表記，謂德見儀；……亦可以喻於斯乎？』」卷八頁二上至三下

按此章表篇文。

上章：「雕龍曰：『設官分職，高卑聯事，……其在文物，赤白曰章。』」同上頁十二上下

按此亦章表篇文。

奏：「文心曰：『昔唐虞之臣，敷奏以言，……直方之舉耳。』」同上頁十八下至二十上

按此奏啟篇文。

彈文：「文心雕龍曰：『按劾之奏，所以明憲清國。……簡上霜凝者也。』」同上頁二七上

按此亦奏啟篇文。

議：「文心曰：『周爰諮謀，是謂爲議。……復在於茲矣。』」卷九頁十七下至十九上

按此議對篇文。

牒：「文心雕龍曰：『政議未定，短牒咨謀。』」同上頁二一上

按此書記篇文。

公移：「劉勰曰：『移者，易也。……故不重論也。』」同上頁二二下

按此檄移篇文。

書記：「文心曰：『大舜云：書用識哉！……而政事之先務也。』」卷十頁八上至十上

按此書記篇文。

書：「文心雕龍曰：『書體本在盡言，……則肅以節文。』」同上頁十二上下

按此亦書記篇文。

七：「文心雕龍曰：『枚乘摛豔，首製七發，……而意實卓爾矣。』」卷十一頁五上下

按此雜文篇文。

連珠：「雕龍曰：『揚雄覃思文閣，……磊磊自轉，可稱珠耳。』」同上頁七上

按此亦雜文篇文。

讚：「文心曰：『讚者，明也。……其頌家之細條乎？』」卷十二頁七上下

按此頌讚篇文。

誡：「文心曰：『戒勅爲文，實詔之切者。……足稱母師也。』」同上頁十八下

按此詔策篇文。

移書：「文心雕龍曰：『劉歆之移太常，……文移之首也。』」卷十三頁四上

按此檄移篇文。

諧讔：「劉彦和曰：『芮良夫云：自有肺腸，俾民卒狂。……旃孟之石交乎？』」卷十五頁九上至十下

按此諧隱篇文。

契券：「文心雕龍曰：『契，結也。……其遺風也。』」卷十六頁六上

按此書記篇文。

行狀：「劉勰曰：『狀者，貌也。……狀之大者也。』」卷十七頁十四上

按此亦書記篇文。

體性：「劉彦和曰：『夫情動而言形，……用此道也。』」卷二一頁一上至二上下

按此體性篇文。

情采：「劉彦和曰：『聖賢書辭，總稱文章，……彬彬君子矣。』」同上頁八上至九下

按此情采篇文。

定勢：「劉彥和曰：『夫情致異區，……可無思耶！』」同上頁十六上至十七下

按此定勢篇文。

鎔裁：「劉彥和曰：『情理設位，文采行乎其中。……何以行之乎？』」同上頁十八上至十九上

按此鎔裁篇文。

章句：「劉彥和曰：『夫設情有宅，置言有位；……外字難謬，況章句歟！』」卷二三頁十上至十二上

按此章句篇文。

練字：「劉彥和曰：『夫文象列而結繩移，……則可與正文字矣。』」同上頁十六上至十九上

按此練字篇文。

才略：「文心曰：『九代之文，富矣盛矣。……此古人所以貴乎時也。』」卷二五頁一上至五上

按此才略篇文。

程器：「劉彥和曰：『周書論士，方之梓材。……應梓材之士矣。』」同上頁六上至七下

按此程器篇文。

指瑕：「文心曰：『管仲有言：無翼而飛者，聲也；……可以無慚於千載也。』」同上頁十二上至十三下

按此指瑕篇文。

廣博物志　明董斯張

斧扆中:「堯有大唐之歌。」卷十頁三下

按此明詩篇文。

形體:「魏晉滑稽,盛相驅扇,……胥靡之狂歌歟?」卷二五頁四四上下

按此諧隱篇文。

藝苑一總經:「論説辭序,則易統其首;……煮海而爲鹽也。」卷二六頁四上

按此宗經篇文。

同上論語:「昔仲尼微言,門人追記,……六韜二論,後人追題乎?」同上頁五十上

按此論説篇文。

藝苑四:「揚雄覃思文閣,……唯士衡理新文敏。」卷二九頁十二下

按此雜文篇文。

同上:「夫書記廣大,衣被事體;……況踰於此,豈可忽哉!」同上頁二二上至二五下

按此書記篇文。

同上:「漢定禮儀,則有四品:……章表之目,蓋取諸此也。」同上頁二五下

按此章表篇文。

同上:「夫設情有宅,置言有位;……區畛相異,而衢路交通矣。」同上

按此章句篇文。

同上：「立文之道，其理有三：……神理之數也。」同上頁二六上

按此情采篇文。

同上：「括囊雜體，功在詮別；……各以本采爲地矣。」同上

按此定勢篇文。

同上：「昔張湯疑奏而再却，……心敏而辭當也。」同上

按此附會篇文。

同上：「古來文才，異世爭驅，……豈其當乎？」同上頁二六下

按此指瑕篇文。

同上：「後進之才，獎氣挾聲，……披瞽而駭聾矣。」同上頁二七上

按此夸飾篇文。

同上：「屬意立文，心與筆謀；……雖美少功。」同上

按此事類篇文。

同上：「思有利鈍，時有通塞；……斯亦衛氣之一方也。」同上

按此養氣篇文。

同上：「將閱文情，先標六觀：……則優劣見矣。」同上頁二七下

按此知音篇文。

同上：「文心雕龍云：『聯句共韻，柏梁餘製。』」同上頁四一下
按此明詩篇文。
同上：「靈帝時好辭製，……其餘風遺文，蓋蔑如也。」同上頁四二下
按此時序篇文。
同上：「文心雕龍云：『迴文所興，則道原爲始。』」同上頁四四上
按此明詩篇文。

評校楚辭集注 明蔣之翹

總評：「劉勰曰：『自風雅寢聲，莫或抽緒，……假寵于子淵矣。』」卷首頁二下至四下
按此辨騷篇文。

古儷府 明王志慶

道術部 儒：「劉勰徵聖：『妙極生知，睿哲惟宰。……百齡影徂，千載心在。』」卷八頁五六下

文章辨體彙選 明賀復徵

詔一：「劉勰曰：『秦并天下，改命曰制，令曰詔。……此詔策之大略也。』」卷一頁一上下
按此詔策篇文。

制一：「劉勰曰：『制者，裁也。上行於下，如匠之制器也。』『易稱君子以制度數，蓋本經典，以立名也。』」卷十二頁一上

按上見書記篇，下見詔策篇。

盟：「劉勰曰：『盟者，明也。……無恃神焉。』」卷四十頁一上下

按此祝盟篇文。

檄：「劉勰曰：『檄者，皦也。……此其要也。』」卷四二頁一上下

按此檄移篇文。

狀：「劉勰曰：『狀者，貌也。……取其事實也。』」卷四八頁一上

按此書記篇文。

説一：「劉勰曰：『説者，悦也。……此説之本也。』」卷六一頁一上

按此論説篇文。

上書：「劉勰曰：『按揚雄曰：言，心聲也；……陳之簡牘也。』」卷六六頁一上

按此書記篇文。

奏一：「劉勰曰：『奏者，進也。……此其體也。』」卷一二二頁一上

按此奏啟篇文。

章一：「劉勰曰：『章者，明也。……骨采宜耀。』」卷一二三頁一上

按此章表篇文。

彈事：「劉勰曰：『彈事者，必使理有典刑，……乃稱絶席之雄也。』」卷一四〇頁一上

按此奏啟篇文。

封事：「劉勰曰：『自漢置八儀，密奏陰陽，……愼機密也。』」卷一四二頁一上

按此亦奏啟篇文。

奏議一：「劉勰曰：『周爰諮謀，是謂爲議。……故曰駁也。』」卷一四九頁一上下

按此議對篇文。

奏啟一：「劉勰曰：『啟者，開也。……亦啟之大略也。』」卷一七八頁一上

按此奏啟篇文。

策：「劉勰曰：『對策者，應詔而陳政也。……即議之別體也。』」卷一八五頁一上

按此議對篇文。

符命一：「劉勰曰：『玆文爲用，蓋一代之典章也。……必超前轍焉。』」卷一九八頁一上下

按此封禪篇文。

書一：「劉勰按『揚雄曰：言，心聲也；……亦心聲之獻酬也』。」卷二百五頁一上

按此書記篇文。

奏記：「劉勰曰：『記者，志也。謂進己志也。』」卷二七三頁一上

按此亦書記篇文。

私箋一：「劉勰曰：『牋者，表也。表識其情也。』」卷二七四頁一上

按此亦書記篇文。

私疏：「劉勰曰：『疏者，布也。……故小券短書，號爲疏也。』」卷二七九頁一上

按此亦書記篇文。

史論一：「劉勰曰：『論者，倫也。……安可以曲論哉！』」卷三八二頁一上下

按此論説篇文。

解一：「劉勰曰：『解者，釋也。……徵事以對也。』」卷四三五頁一上

按此書記篇文。

頌一：「劉勰曰：『四始之至，頌居其極。……如斯而已。』」卷四五六頁一上下

按此頌讚篇文。

讚一：「劉勰曰：『讚者，明也。……其頌家之細條乎？』」卷四六三頁一上下

按此亦頌讚篇文。

史傳：「劉勰曰：『按曲禮曰：史載筆。……莫此之勞矣。』」卷四八三頁一下至二下

按此史傳篇文。

行狀：「劉勰曰：『先賢表謚，並有行狀，狀之大者也。』」卷五五一頁一上

按此書記篇文。

世譜一：「劉勰曰：『譜者，普也。……鄭氏譜詩，蓋取乎此。』」卷五五七頁一上

按此亦書記篇文。

録一：「劉勰曰：『録者，領也。……領其名數，故曰録也。』」卷六二五頁一上

按此亦書記篇文。

碑一：「劉勰曰：『碑者，埤也。……此碑之制也。』」卷六四二頁一上

按此誄碑篇文。

誄一：「劉勰曰：『誄者，累也。……此其旨也。』」卷七三六頁一上下

按此亦誄碑篇文。

哀辭：「劉勰曰：『哀者，依也。……乃爲貴耳。』」卷七四〇頁一上

按此哀弔篇文。

弔文一：「劉勰曰：『弔者，至也。……以至到爲言也。』」卷七四四頁一上

按此亦哀弔篇文。

潛確居類書 明陳仁錫

藝習部詩歌迴紋體：「文心雕龍：『迴文所興，則道源爲始。』」卷八一頁二六下

按此明詩篇文。

緝柳齋楚辭 明陸時雍、周拱辰

附録楚辭雜論：「劉勰曰：『自風雅寢聲，莫或抽緒，……假寵於子淵矣。』」辯騷 卷首頁一下至四上

同上：「又曰：『詩人綜韻，率多清切；……失黄鐘之正響也。』」聲律　同上頁四上

同上：「又曰：『詩文弘奥，包韞六義。……信舊章矣。』」比興　同上頁四上至五上

同上：「又曰：『離騷代興，則觸類而長，……抑亦江山之助乎？』」物色　同上頁五上至六上

經史子集合纂類語　明魯重民

教學部經籍：「易張十翼，書標七觀，……昭明有融。春秋辨理，一字見義，……尚書則覽文如詭，……而訪義方隱。故論説辭序，則易統其首；……極遠以啟疆。」劉子文心雕龍　卷九頁三上下

按此宗經篇文。

同上：「經顯，聖訓也；……神教宜約。」同上頁六下

按此正緯篇文。

同上文章：「鳥跡代繩，文字始炳。……曉生民之耳目矣。」同上頁四七上下

同上：「林籟結響，調如竽瑟；……聲發則文生矣。」劉子文心雕龍原道　同上頁五十下

按此原道篇文。

同上：「志足而言文，……秉文之金科矣。精理爲文，……千載心在。」徵聖　同上

同上：「枚乘擧要以會新，……張衡迅拔以宏富。」詮賦　同上頁五一上下

同上：「使意古而不晦于深，……辭成廉鍔。」封禪　同上

同上：「秦女嫁晉，從文衣之媵，……復在于兹矣。」議對　同上頁五一下至五二上

同上：「詳總書體，本在盡言，……亦心聲之獻酬也。」書記　同上頁五二上

同上：「博聞爲饋貧之糧，貫一爲拯亂之藥。」神思　同上頁五二下

同上：「辭之待骨，如體之樹骸；……此風骨之力也。」風骨　同上頁五二下至五三上

同上：「鉛黛所以飾容，而盼倩生於淑姿；……爲文而造情。」情采　同上頁五三上

同上：「外文綺交，內義脈注，……首尾一體。」章句　同上

同上：「辭入煒燁，春藻不能程其豔；……披瞽而駭聾矣。」夸飾　同上頁五三上下

同上：「木沓水匝，……興來如答。」物色　俱文心雕龍　同上頁五三下

文章緣起註　明陳懋仁

四言詩：「文心雕龍曰：『四言正體，雅潤爲本。』」頁一下

按此明詩篇文。

五言詩：「文心雕龍曰：『按召南行露，始肇半章；……則五言久矣。』又曰：『五言流調，清麗居宗。』」頁二上

按此亦明詩篇文。

表：「文心雕龍曰：『表體多包，情僞屢遷，……則中律矣。』」頁六上

按此章表篇文。

讓表：「文心雕龍曰：『漢末讓表，以三爲斷；曹公稱爲表不止三讓。』又曰：『三讓公封，……必得

其偶。』」頁六下

按此亦章表篇文。

書：「文心雕龍曰：『書體本在盡言，……則肅以節文。』」同上

按此書記篇文。

對賢良策：「文心雕龍曰：『對策者，應詔而陳政也。……理密于時務。』」頁七上

按此議對篇文。

牋：「文心雕龍曰：『牋記之爲式，既上窺乎表，亦下睨乎書，……蓋牋記之分也。』」頁七下

按此書記篇文。

奏：「文心雕龍曰：『奏之爲筆，固以明允篤誠爲本，……此其體也。』」頁八上

按此奏啟篇文。

論：「文心雕龍曰：『論之爲體，所以辨正然否，……斯其要也。』」頁八下

按此論説篇文。

議：「文心雕龍曰：『議之言宜，審事宜也。……經典之體也。』」頁九上

按此議對篇文。

彈文：「文心雕龍曰：『按劾之奏，所以明憲清國，……簡上霜凝者也。』」頁九下

按此奏啟篇文。

移書：「文心雕龍曰：『劉歆之移太常，……文移之首也。』」頁十上

按此檄移篇文。

銘：「文心雕龍曰：『昔帝軒刻輿几以弼違，……其摛文也必簡而深。』」頁十下

按此銘箴篇文。

箴：「文心雕龍曰：『箴者，所以攻疾防患，喻箴石也。……楚子訓民於在勤。』」頁十一上

按此亦銘箴篇文。

封禪書文：「文心雕龍曰：『搆位之始，宜用大體，……則爲偉矣。』」頁十一下

按此封禪篇文。

頌：「文心雕龍曰：『頌主告神，義必純美。……其大體所底，如斯而已。』」頁十二上

按此頌讚篇文。

碑：「文心雕龍曰：『屬碑之體，資乎史才。……此碑之制也。』」頁十三下

按此誄碑篇文。

誓：「文心雕龍曰：『盟之大體，必序危機，……此其所同也。』」頁十四上

按此祝盟篇文。

檄：「文心雕龍曰：『檄之大體，或述此休明，……無所取裁矣。』」頁十四下至十五上

按此檄移篇文。

弔文：「文心雕龍曰：『君子令終定謚，……則無奪倫矣。』」頁十八上

按此哀弔篇文。

祝文：「文心雕龍曰：『凡群發華，而降神實務，……此其大較也。』」頁十八下至十九上

按此祝盟篇文。

誄：「文心雕龍曰：『尼父卒，哀公作誄。……悽焉如可傷，此其旨也。』」頁二十上

按此誄碑篇文。

哀詞：「文心雕龍曰：『哀詞大體，情主於痛傷，……文來引泣，乃爲貴乎？』」頁二十下

按此哀弔篇文。

七發：「文心雕龍曰：『七竅所發，發乎嗜欲，……所以戒膏粱之子也。』」頁二一上

按此雜文篇文。

續文章緣起 前人

繇：「文心雕龍曰：『文王患憂，繇辭炳曜，符采隱複，精義堅深。』」頁三下

按此原道篇文。

思：「文心雕龍曰：『寂然凝慮，思接千載；……其思理之致乎？』」頁四下

按此神思篇文。

律詩：「文心雕龍曰：『言對爲美，貴在精巧；……是夔之一足，踸踔而行也。』」頁九下

按此麗辭篇文。

和詩:「文心雕龍曰:『氣力窮于和韻,……和體抑揚,故遺響難契。』」頁十下

按此聲律篇文。

牒:「文心雕龍曰:『政議未定,短牒咨謀。』」頁十二下

按此書記篇文。

法:「文心雕龍曰:『法者,象也。兵謀無窮,而奇正有象,故曰法也。』」頁十三上

按此亦書記篇文。

説難:「文心雕龍曰:『説者,悦也。……飛文敏以濟辭,此説之本也。』」頁十三上下

按此論説篇文。

唐音癸籤 明胡震亨

法微一:「劉勰曰:『怊悵述情,必始乎風;……則振采失鮮,負聲無力。』」卷二頁一下

按此風骨篇文。

法微二:「四言正體,雅潤爲本;五言流調,清麗居宗。」卷三頁一上

按此明詩篇文。

法微三:「改章難於造篇,易字艱於代句。」卷四頁一上

按此附會篇文。

同上：「言對爲易，事對爲難；正對爲劣，反對爲優。」同上頁四下

按此麗辭篇文。

同上：「因情立體，即體成勢。」同上頁五下

按此定勢篇文。

同上：「規範本體謂之鎔，……鎔則綱領昭暢。」同上

按此鎔裁篇文。

同上：「因字生句，積句爲章，積章成篇。……篇之彪炳，章無疵也。」同上

按此章句篇文。

同上：「啓行之辭，逆萌中篇之意；絶筆之言，追勝前句之旨。」同上頁六上

按此亦章句篇文。

七國考 明董説

秦瑣徵檄楚書：「文心雕龍曰：『檄者，皦也。宣布於外，皦然明白。張儀檄楚，書以尺一。明白之文。』」卷十四頁二下

按此檄移篇文。董氏不審文意，連引「明白之文」句，非是。

因習第四

文心一書，傳誦於士林者殆徧。研味既久，融會自深。故前人論述，往往與之相同，未必皆有掠美之嫌。或率爾操觚，偶忽來歷；或展轉鈔刻，致漏出處，亦非原爲乾没。然探囊揭篋，取諸人以爲善者，則異於是。此又當分别觀也。

金樓子　梁元帝蕭繹

立言下篇：「管仲有言：『無翼而飛者，聲也；無根而固者，情也。』然則聲不假翼，其飛甚易；情不待根，其固非難。以之垂文，可不慎歟？」又：「古來文士，異世争驅；而慮動難固，鮮無瑕病。陳思之文，群才之儁也，武帝誄云：『尊靈永蟄。』明帝頌云：『聖體浮輕。』浮輕有似於蝴蝶，永蟄可擬於昆蟲，施之尊極，不其嗤乎！」卷四頁十八下

按文心指瑕篇云：「管仲有言：『無翼而飛者，聲也；無根而固者，情也。』然則聲不假翼，其飛甚易；情不待根，其固匪難。以之垂文，可不慎歟？古來文才，異世争驅；或逸才以爽迅，或精思以纖密，而慮動難圓，鮮無瑕病。陳思之文，群才之俊也，而武帝誄云：『尊靈永蟄。』明帝頌云：『聖體浮輕。』浮輕有似於蝴蝶，永蟄頗疑御覽五九六引作擬，與金樓子合。於昆蟲，施之尊極，豈其當乎！」御覽引作不其蚩乎，與金樓子合。是蕭繹此文，襲自文心也。譚獻復堂日記卷五云：「（金樓子）又與文心雕龍、世説新語相出入，未免於稗販也。」

經典釋文 唐陸德明

序：「各師成心，製作如面。」又「染絲斲梓，功在初變；器成采定，難復改移。」卷首頁一下

按文心體性篇云：「各師成心，其異如面。」又云：「斲梓染絲，功在初化；器成綵定，難可翻移。」即元朗此文所本。

漢書注 唐顏師古

敘傳下其敘曰句：「自『皇矣漢祖』以下諸叙，皆班固自論撰漢書意，此亦依放史記之叙目耳。……但後之學者，不曉此爲漢書叙目，見有述字，因謂此文追述漢書之事，乃呼爲漢書述，失之遠矣。摯虞尚有此惑，其餘曷足怪乎！」卷一百頁一下

按文心頌讚篇云：「及遷史固書，託讚褒貶，約文以總録，頌體以論辭。又紀傳後評，亦同其名。而仲治流別，謬稱爲述，失之遠矣。」即顏監所本。

尚書正義 唐孔穎達

甘誓正義：「天子用兵，稱恭行天罰；諸侯討有罪，稱肅將王誅。」卷七頁九下

按文心檄移篇云：「天子親戎，則稱恭行天罰；諸侯御師，則云肅將王誅。」沖遠文本此。

洪範正義：「緯候之書，不知誰作？通人討覈，謂僞起哀平。」卷十二頁八上

毛詩正義 前人

按文心正緯篇云：「通人討覈，謂僞僞字原脱，據唐寫本補。起哀平。」即沖遠所本。

詩譜序正義：「黄帝有雲門之樂，至周尚有雲門，明其音聲和集；既能和集，必不空絃。」卷首頁一上

按文心明詩篇云：「黄帝雲門，理不空絃。」絃原誤作綺，據唐寫本及玉海一百六引改。沖遠説本此。

同上：「譜者，普也。註序世數，事得周普。」同上頁二下

按文心書記篇云：「故謂譜者，普也。注序世統，事資周普。」沖遠説襲此。

詩大序正義：「原夫作樂之始，樂寫人音，人音有小大高下之殊，樂器有宫徵商羽之異；依人音而制樂，託樂器以寫人，是樂本效人，非人效樂。」卷一之一頁二上

按文心聲律篇云：「夫音律所始，本於人聲者也。聲含宫商，肇自血氣；先王因之，以制樂歌。故知器寫人聲，聲非學器者也。」沖遠即本此爲説。

同上：「比顯而興隱，當先顯後隱，故比居興先也。毛傳特言興也，爲其理隱故也。」同上頁三上

按文心比興篇云：「毛公述傳，獨標興體，豈不以風通而賦同，比顯而興隱哉？」沖遠即本此爲説。

關雎正義：「句必聯字而言，句者，局也，聯字分疆，所以局言者也；章者，明也，總義包體，所以明情者也。」同上頁六下

按文心章句篇云：「故章者，明也；句者，局也。局言者，聯字以分疆；明情者，總義以包體。」沖遠説本此。

孝經正義　宋邢昺

孝經序正義：「積句以成章，章者，明也，總義包體，所以明情者也；句必聯字而言，句者，局也，聯字分疆，所以局言者也。」

【附按】 邢疏蓋轉録詩關雎正義。

晉書藝術傳序 唐太宗李世民

「真雖存矣，僞亦憑焉。」卷九五頁一上

按文心正緯篇云：「真雖存矣，僞亦憑焉。」世民語襲此。

鬻子序 唐逢行珪

「豈如寓言迂恢，馳術飛辯者矣。……馳心於萬古之上，寄懷於千載之下，庶垂道見志，懸諸日月。」卷首頁一下至二上

按文心諸子篇云：「諸子者，入道見志之書。……騰其姓氏，懸諸日月焉。……並飛辯以馳術，饜禄而餘榮矣。……標心於萬古之上，而送懷於千載之下。」行珪文本此。

進鬻子表 前人

「德業彌縟，英華日新，雕琢性情，振其徽烈。……莫不原道心以裁章，研神聖而啟沃，彌綸彝訓，經緯區中。……循環徵究，妙極機神。」同上頁二上下

按文心原道篇云：「九序惟歌，動德彌縟。……雅頌所被，英華日新。……重以公旦多材，振其徽烈。……雕琢情性，組織辭令。……莫不原道心以敷章，研神理而設教。……然後能經緯區宇，彌

綸彝憲。」又徵聖篇云：「夫鑒周日月，妙極機神。」並行珪遺辭之所自出。

文選李注 唐李善

表上題下：「至秦并天下改爲表，總有四品：一曰章，謝恩曰章；二曰表，陳事曰表；三曰奏，劾驗政事曰奏；四曰駮，推覆平論，有異事進之曰駮。六國及秦漢兼謂之上書。」卷三七頁一上

按文心章表篇云：「降及七國，未變古式，言事於主，皆稱上書。秦初定制，改書曰奏；漢定禮儀，則有四品：一曰章，二曰奏，三曰表，四曰議；章以謝恩，奏以按劾，表以陳請，議以執異。」蓋崇賢説所本。

文選五臣注 唐呂延濟等

文選序次則箴興於補闕句：「李周翰曰：『箴所以攻疾防患，亦猶針石之針以療疾也。』」卷首頁三上

按文心銘箴篇云：「箴者，所以攻疾防患，喻鍼石也。」即李氏所本。

同上又詔誥教令之流句：「呂向曰：『教，效也，言上爲下效。』」同上頁三下

按文心詔策篇云：「教者，效也，言出而民效也。」即呂氏所本。

同上書誓符檄之品句：「張銑曰：『符，孚也，徵召防僞，事資中孚；檄者，皦也，喻彼令皦然明白。』」同上

按文心書記篇云：「符者，孚也，徵召防僞，事資中孚。」又檄移篇云：「檄者，皦也，宣露於外，皦然明白。」並張氏所本。

史通 唐劉知幾

六家篇：「蓋傳者，轉也，轉受經旨，以授後人。」又「信聖人之羽翮，而述者之冠冕也」。卷一頁十上

按文心史傳篇云：「傳者，轉也，轉受經旨，以授於後，實聖文之羽翮，而記籍之冠冕也。」子玄語襲此。

同上：「暨縱横互起，力戰争雄，秦兼天下，而著戰國策。……夫謂之策者，蓋録而不序，故即簡以爲名。」同上頁十三下

按文心史傳篇云：「及至縱横之世，史職猶存，秦并七王，而戰國有策，蓋録而弗叙，故即簡而爲名也。」子玄語襲此。

言語篇：「戰國虎争，馳説雲湧，人持弄丸之辯，家挾飛鉗之術。」卷六頁一下

按文心論説篇云：「暨戰國争雄，辯士雲踴，……轉丸騁其巧辭，飛鉗伏其精術。」子玄語步此。

浮詞篇：「是以伊惟夫蓋，發語之端也；焉哉矣兮，斷句之助也。去之則言語不足，加之則章句獲全。」同上頁八下

按文心章句篇云：「至於夫惟蓋故者，發端之首唱；之而於以者，乃劄句之舊體；乎哉矣也者，亦送末之常科。據事似閑，在用實切。」子玄語本此。

叙事篇：「輪扁所不能語斤，伊摯所不能言鼎也。」同上頁二一上

按文心神思篇云：「伊摯不能言鼎，輪扁不能語斤。」子玄語本此。

事始　唐劉存

檄:「戰國策曰:『張儀檄楚。』始有此名也。」排印本説郛卷十頁三下

按文心檄移篇云:「暨乎戰國,始稱爲檄;……張儀檄楚,書以尺二。」劉氏以檄始張儀本此。

議:「管子曰:『軒轅有明臺之議。』」頁三下

按文心議對篇云:「昔管仲稱軒轅有明臺之議,則其來遠矣。」劉氏以議始軒轅本此。

祝文:「禮記曰:『伊耆氏始爲八按八字衍蜡,以祭八神:土反其宅,水歸其澤,按當作壑昆蟲無作,草木歸其宅。按當作澤』是祝文也。」頁三下

按文心祝盟篇云:「昔伊耆始蜡,以祭八神,其辭云:『土反其宅,水歸其壑,昆蟲毋作,草木歸其澤。』則上皇祝文,爰在茲矣。」劉氏説本此。

續事始　前蜀馮鑑

檄:「周穆王令祭公謀父爲威讓之辭以責狄人之情,此檄始也。」排印本説郛卷十頁三七上

按文心檄移篇云:「昔周穆西征,祭公謀父稱古有威讓之令,令有文告之辭,即檄之本源也。」馮氏説本此。

類要　宋晏殊

「淮南崇朝而賦騷,枚皋應詔而成賦,子建如口誦,仲宣如宿成,阮瑀據案而制書,禰衡當食而草奏。」見事文類聚别集卷五又群書通要巳集卷二引

按文心神思篇云：「淮南崇朝而賦騷，枚臯應詔而成賦，子建援牘如口誦，仲宣舉筆似宿搆，阮瑀據案而制書，禰衡當食而草奏。」類要文襲此。

事物紀原　宋高承

集類勑：「漢初定儀則四品，其四曰戒勑。」卷二頁一上

按文心詔策篇云：「漢初定儀則，則命有四品：……四曰戒敕。」高氏説本此。

同上表：「堯咨四岳，舜命九官，並陳辭不假書翰。則『敷奏以言』，章表之義也。」卷二頁三上

按文心章表篇云：「故堯咨四岳，舜命八元，……並陳辭帝庭，匪假書翰。然則『敷奏以言』，則章表之義也。」高氏説襲此。

同上祝文：「自伊耆氏始爲八蜡則有之，其文曰『土反其宅，水歸其壑，昆蟲毋作，草木歸其澤』是也。禮記云。」卷二頁四上

按此説出文心祝盟篇，已詳前。

同上啟：「魏國牋記，始云啟，末云謹啟。」卷二頁五上

按文心奏啟篇云：「至魏國箋記，始云啟聞，奏事之末，或云謹啟。」高氏説本此。

同上聯句：「自漢武爲柏梁詩，使群臣作七言詩，始有聯句體。」卷四頁九上

按文心明詩篇云：「聯句共韻，則柏梁餘製。」高氏説本此。

同上議：「管子曰：『軒轅有明堂按當作臺之議。』此蓋疑爲議之始也。」同上頁十上

按此説出文心議對篇，已詳前。

能改齋漫録　宋吴曾

事實封事：「……按漢置八儀，密奏陰陽，皂囊封板，故曰封事。」卷七頁二五上

按文心奏啓篇云：「自漢置八儀，密奏陰陽，皂囊封板，故曰封事。」虎臣文襲此。

海録碎事　宋葉廷珪

文學部上文章門文思奥府：「山林皋壤，實文思奥府，屈平所以洞風騷之情，抑亦江山之助。」卷十八頁十六下至十七上

按文心物色篇云：「若乃山林皋壤，實文思之奥府。……然屈平所以能洞監風騷之情者，抑亦江山之助乎？」葉氏語襲此。

文學部下詩門詩囿：「情理同致，總歸詩囿。」卷十九頁五上

按此文襲自文心明詩篇。

論詩　宋吴泳

「興之體足以感發人之善心，毛氏自關雎而下，總百十六篇，首繫之興，風七十，小雅四十，大雅四，頌二，注曰『興也』，而比、賦不稱焉。蓋謂賦直而興微，比顯而興隱也。」見困學紀聞卷三頁二上引

按文心比興篇云：「毛公述傳，獨標興體，豈不以風通而賦同，比顯而興隱哉？」吴氏説本此。鶴林集無此文

程史　宋岳珂

淳熙内禪頌條：「（王才臣）嘗作淳熙内禪頌一篇，其文贍蔚典麗。……才臣蓋師誠齋（楊萬里號），誠齋亟稱其文，有『發而爲文，自鑄偉辭……』等語。」卷十五頁六上

按「自鑄偉辭」句，出文心辨騷篇。

事文類聚　宋祝穆

別集文章部檄：「周末時，穆公按當作王令祭公謀甫爲威讓詞以責狄人之情，此檄之始也。」卷七頁八上

按此説出自文心檄移篇，已詳前。和父此文似沿襲續事始（彭大翼山堂肆考卷三六文學檄下又沿襲和父者）

吟窗雜録　舊題宋陳應行

雜體體格：「麗辭之體，凡有四對：言對爲易，事對爲難，反對爲優，正對爲劣。一曰言對，謂雙比空辭者也。長卿上林賦云：『修容乎禮園，翺翔乎書圃。』此言對也。二曰事對，謂並舉人驗者也。宋玉神女賦云：『毛嬙反袂，不足程式；西施掩面，比之無色。』此事對也。三曰反對，謂理殊趣合者也。仲宣登樓賦云：『鍾儀幽而楚奏，莊舄顯而越吟。』此反對也。四曰正對，謂事異義同者也。孟陽七哀云：『漢祖想枌榆，光武思白水。』此正對也。言對爲美，貴在精巧；事對爲先，務在允當。兩事相對，而優劣不均，是驥在左驂，駑居右服也。美事孤立，莫與爲偶，是夔之一足，踸踔而行也。」卷三七頁十四下至十六上

按此文全襲文心麗辭篇。

同上：「四序紛迴，而入興貴閑；物色雖繁，而析辭尚簡。……物色盡而情有餘者，曉會通也。」卷三七頁十六上

按此文襲自文心物色篇。

同上：「詩有四貴：綜學貴博，取事貴要，校練貴精，捃理貴覈。」卷三七頁十六上下

按文心事類篇云：「是以綜學在博，取事貴約，校練務精，捃理須覈。」雜録文襲此。

同上：「詩有四格：一曰避詭異，二曰省聯邊，三曰推按當作權重出，四曰調單復。按當作複何謂詭異？謂字體瓌怪是也；何謂聯邊？謂半字同文是也；何謂重出？謂同事相犯是也；何謂單複？謂瘠字累句、肥字損文是也。」卷三七頁十六下

按此文襲自文心練字篇。

同上：「文之精蕤，有隱有秀：隱也者，文外之重旨也；秀也者，篇中之獨拔也。隱以複意爲工，秀以卓絶爲巧。」卷三七頁十六下

按此文襲自文心隱秀篇。

【附注】吟窗雜録原爲蔡君謨孫名傳者所輯（見直齋書録卷二二）。宋末麻沙本乃改易姓氏（題狀元陳應行編），重編卷第（由三十卷衍爲五十卷）以眩人。四庫全書總目卷一九七提要曾辨其爲僞（周春杜詩雙聲疊韻譜卷七直引爲蔡傳吟窗雜録）。

玉海　宋王應麟

藝文正史：「在漢之初，史職爲盛，郡國文計，先集太史之府，……舊史所無，我書則傳，此訛濫之本

源，而述遠之巨蠹也。」卷四六頁五二下

按此文出文心史傳篇。凡文相同者，不再録原書。後同。

同上詩：「詩爲樂心，聲爲樂體，樂體在聲，瞽師務調其器；樂心在詩，君子宜正其文。樂辭曰詩，詩聲曰歌。」卷五九頁十五上

按此文出文心樂府篇。

同上銘碑：「銘，名也，觀器必也正名，審用貴乎慎德。碑，埤也，上古封禪，樹石埤岳；宗廟有碑，樹之兩楹，事止麗牲，未勒勳績，而庸器漸闕，故後代用碑，以石代金，同乎不朽。」卷六十頁一上

按此文出文心銘箴篇及誄碑篇。

同上奏疏：「唐虞之臣，敷奏以言；秦漢之輔，上書稱奏。奏者，進也，敷下情進于上也。」卷六一頁一上

按文心奏啟篇云：「昔唐虞之臣，敷奏以言；秦漢之輔，上書稱奏。……奏者，進也，言敷于下，情進于上也。」伯厚文襲此。

同上：「七國未變古式，言事於王，皆稱上書。秦初改書曰奏。」卷六一頁一下

按文心章表篇云：「降及七國，未變古式，言事於主，皆稱上書。秦初定制，改書曰奏。」伯厚文襲此。

同上：「奏之爲筆，固以明允篤誠爲本，辨析疏通爲首。……乃稱絶席之雄，直方之舉也。」卷六一頁二八上

按此文出文心奏啟篇。

同上策：「對策者，應詔而陳政也。……杜欽之對，略而指事。」卷六一頁二八下

按此文出文心議對篇。

郊祀封禪：「大舜巡岳，顯乎虞典；成康封禪，聞之樂緯。」卷九八頁三二上

按此文出文心封禪篇。

音樂樂章：「樂章者，聲依永，律和聲也。樂辭曰詩，詩聲曰歌。」卷一百六頁一上

按文心樂府篇云：「樂府者，聲依永，律和聲也。……凡樂辭曰詩，詩聲曰歌。」伯厚文襲此。

漢書藝文志考證　前人

春秋奏事二十篇：「七國未變古式，言事於王，皆稱上書。秦初改書曰奏。」卷三頁十一上

按此文出文心章表篇，已詳前。

申鑒注　明黄省曾

俗嫌篇世稱緯書仲尼之作也句：「光武之世，篤信斯術，學者風靡；是以桓譚張衡輩，常發其虚僞矣。」卷三頁七下

按文心正緯篇云：「至於光武之世，篤信斯術，風化所靡，學者比肩。……是以桓譚疾其虚僞，……張衡發其僻謬。」勉之注文出此。

太史升菴文集　明楊慎

風雅逸篇序：「其宛轉附物，怊悵切情，蓋不啻驚心動魄，一字千金而已。」卷二頁十八上

按文心明詩篇云：「婉轉附物，怊悵切情。」升菴語襲此。

五言律祖序：「五言肇于風雅，……遊女行露，已見半章；孺子滄浪，亦有全曲。」同上頁十九上

按文心明詩篇云：「按召南行露，始肇半章；孺子滄浪，亦有全曲。」升菴文襲此。

隱書：「左傳：薳揚求救於楚師，喻智井而稱麥麴；叔儀乞糧於魯人，歌佩玉而呼庚癸；伍舉刺荆王以大鳥，齊客譏薛公以海魚，莊姬託辭於龍尾，臧文謬書於羊裘。……」卷四六頁十四上

按文心諧隱篇云：「昔還社求拯于楚師，喻智井而稱麥麴；叔儀乞糧于魯人，歌佩玉而呼庚癸；伍舉刺荆王以大鳥，齊客譏薛公以海魚，莊姬託辭于龍尾，臧文謬書于羊裘，隱語之用，被于紀傳。」升菴文襲此。

文思遲速：「相如含筆而腐毫，枚皋應詔而奏賦，言文思遲速之異也。」卷五七頁十七下

按文心神思篇云：「人之禀才，遲速異分；……相如含筆而腐毫，……枚皋應詔而成賦。」升菴說本此。

古詩二言至十一言：「黃帝彈歌：『斷竹，𠩺（按當作續，蓋因𠩺續連文致誤。函海本作續。）木；（按當作竹。函海本作竹。）飛土，逐肉。』二言之始也。」卷六十頁二四下

按文心章句篇云：「尋二言肇於黃世，竹彈之謠是也。」升菴說本此。

古今諺 前人

古諺不可忽：「泰誓引：『古人有言，牝雞無晨。』大雅云：『人亦有言，惟憂用老。』並上古遺諺，詩書

所引者也。……而聖賢詩書，采以爲談，況踰此者，可忽乎哉！」卷一頁一上下

按文心書記篇云：「太誓曰：『古人有言，牝雞無晨。』大雅云：『人亦有言，惟憂用老。』並上古遺諺，詩書可引者也。……而聖賢詩書，採以爲談，況踰於此，豈可忽哉！」升菴文襲此。

解頤新語　明皇甫汸

「三六雜言，則自出按自出二字當乙篇什；離合之發，則明於圖讖；回文所興，則道原爲始；聯句共韻，則柏梁餘製。」潛確居類書卷八一引

按子循此文全襲文心明詩篇。

鹽鐵論序　明倪邦彥

「是故善附者異旨如肝膽，拙會者同音如胡越。」卷首頁一下

按此文襲自文心附會篇。

古今事物考　明王三聘

公式檄：「周穆王令祭公謀父爲威令按當作讓之辭以責狄人，此檄之始。戰國始稱爲檄。」卷二頁二上

按此說本文心檄移篇，已詳前。

彙書詳註　明王世貞輯鄒道元補

文史部文章：「有得之于敏者：淮南崇朝而賦騷，枚皋應詔而成賦，子建如口誦，仲宣如宿成，阮瑀據案而制書，禰衡當食而草奏。……有得之于遲者：相如濡筆而腐毫，揚雄輟翰而驚夢，桓譚疾感于苦

思，王充氣竭于沈慮，張衡研京十年，左思練都一紀。」卷二二頁四上

按此文襲自文心神思篇。

同上詩：「三六雜言，則出自篇什；離合之發，則明於圖讖；回文所興，則道原爲始；聯句共韻，則柏梁餘製。」同上頁十九上

按此文襲自文心明詩篇。

徐孝穆集評　明屠隆

謝兒報坐事付治中啟評：「捒按當作捶字堅而難移，接脈老而有韻。」卷三頁七下

按文心風骨篇云：「捶字堅而難移。」長卿評語襲此。

與楊僕射書評：「或暢言以達旨，或隱義以藏用。」卷四頁七上

按文心徵聖篇云：「或簡言以達旨，……或隱義以藏用。」長卿評語襲此。

同上：「造懷指事，無憚犯顔，惟蘄昭晰。」頁十上

按文心明詩篇云：「造懷指事，不求纖密之巧；驅辭逐貌，唯取昭晣之能。」長卿評語襲此。

徐州刺史侯安都德政碑評：「論農務則循聲而得貌，言節候則披文而見時。」卷九頁三上

按文心辨騷篇云：「論山水則循聲而得貌，言節候則披文而見時。」長卿評語襲此。

廣州刺史歐陽顧德政碑評：「發端必遒，體大而文炳。」同上頁四上

按文心詮賦篇云：「及仲宣靡密，發端必遒。」長卿評語襲此。

晉陵太守王厲德政碑評:「事豐奇偉,辭富膏腴。」同上頁六下

按此評語襲自文心正緯篇。

同上:「湊集致意,流靡自妍。」同上

按文心明詩篇云:「或流靡以自妍。」長卿評語襲此。

文體明辨　明徐師曾

樂府一:「蓋自鈞天九奏,葛天八閱,按當作闋　樂之來尚矣。……然延年以曼聲協律,司馬以騷體製歌;……然荀勗改杜夔之調,聲節哀急。」卷六頁一上

按文心樂府篇云:「鈞天九奏,既其上帝;葛天八闋,爰乃皇時。……延年以曼聲協律,朱馬以騷體製歌;……然杜夔調律,音奏舒雅;荀勗改懸,聲節哀急。」伯魯文襲此。

上書上:「按字書云:『書者,舒也,舒布其言,而陳之簡牘也。』……降及七國,未變古式,言事於王,皆稱上書。」卷二二頁一上

按文心書記篇云:「故書者,舒也,舒布其言,陳之簡牘。」又章表篇云:「降及七國,未變古式,言事於主,皆稱上書。」並此文所襲。

章:「古人言事,皆稱上書。漢定禮儀,乃有四品,其一曰章,用以謝恩。」卷二四頁一上

按文心章表篇云:「漢定禮儀,則有四品:一曰章,……章以謝恩。」即此文所襲。

牋:「古者君臣同書,至東漢始用牋記,公府奏記,郡將奏牋。……黄香之奏江夏,所謂郡將奏牋者

也。」卷二五頁三二下

按文心書記篇云：「戰國以前，君臣同書。……迄至後漢，稍有名品：公府奏記，而郡將奏牋。……黄香奏牋於江夏，亦肅恭之遺式矣。」即此文所襲。

奏疏上：「七國以前，皆稱上書；秦初改書曰奏；漢定禮儀，則有四品：一曰章，以謝恩；二曰奏，以按劾；三曰表，以陳請；四曰議，以執異。……及論其文，則皆以明允篤誠爲本，辨析疏通爲要，……世人所作，多失折衷。」卷二六頁一上

按文心章表篇云：「降及七國，未變古式，言事於主，皆稱上書。秦初定制，改書曰奏；漢定禮儀，則有四品：一曰章，……四曰議。章以謝恩，……議以執異。」又奏啟篇云：「夫奏之爲筆，固以明允篤誠爲本，辨析疏通爲首，……是以世人爲文，……多失折衷。」並此文所襲。

書記上：「蓋嘗總而論之，書記之體，本在盡言，……若夫尊卑有序，親疏得宜，是又存乎節文之間，作者詳之。」卷三一頁一上

按文心書記篇云：「詳總書體，本在盡言，……若夫尊貴差序，則肅以節文。」即此文所襲。

策問：「按古者選士，詢事考言而已。漢文中年，始策賢良。」卷三四頁一上

按文心議對篇云：「古之造士，選事考言；漢文中年，始舉賢良。」即此文所襲。

議：「文以辯潔爲能，不以繁縟爲巧；事以明覈爲美，不以深隱爲奇。」卷四二頁二七上

按此文襲自文心議對篇。

解:「揚雄始作解嘲,……雄文雖諧譃迴環,見譏正士,而其詞頗工。」卷四三頁五下

按文心雜文篇云:「揚雄解嘲,雜以諧譃,迴環自釋,頗亦爲工。」即此文所襲。

連珠:「蓋自揚雄綜述碎文,肇爲連珠。……否則欲穿明珠,多貫魚目。」卷四六頁五三下

按文心雜文篇云:「揚雄覃思文闊,業深綜述,碎文瑣語,肇爲連珠。……欲穿明珠,多貫魚目。」即此文所襲。

哀辭:「夫哀之爲言依也。悲依於心,故曰哀。以辭遺哀,故謂之哀辭也。……幼未成德,則譽止於察惠;弱不勝務,則悼加乎膚色。」卷六十頁二十上

按文心哀弔篇云:「哀者,依也。悲實依心,故曰哀也。以辭遺哀,蓋不淚之悼。……幼未成德,故譽止於察惠;弱不勝務,故悼加乎膚色。」即此文所襲。

喻林序　明郭子章

「詩有六義,其三曰比。言之貴喻,上矣。……靡不託物以附意,颺言以切事。……神道難摹,形器易寫;難摹者,精言不能追其極;易寫者,壯辭可得喻其真。……故曰:『物雖胡越,合則肝膽。擬容取心,斷辭必敢。』喻之謂也。」卷首頁一上至二上

按文心比興篇云:「且何謂爲比?蓋寫物以附意,颺言以切事者也。……物雖胡越,合則肝膽。擬容取心,斷辭必敢。」又夸飾篇云:「神道難摹,精言不能追其極;形器易寫,壯辭可得喻其真。」並相奎文所襲。

說儲　明陳禹謨

「張衡研京以十年，左思練都以一紀。」二集卷五頁五下

按文心神思篇云：「張衡研京以十年，左思練都以一紀。」錫玄文襲此。

古樂苑　明梅鼎祚

前卷古歌辭：「昔葛天八闋，爰乃皇時。黄帝雲門，理不空綺。堯有大唐之歌，舜造南風之詩。大禹成功，九叙惟歌；太康敗德，五子咸怨。其來久矣。……若夫塗山歌於候人，有娀謠乎飛燕，夏甲歎於東陽，殷氂（按當作整）思于西河，凡斯之屬，名存辭佚，亦具紀焉。」頁一上

按文心明詩篇云：「黄帝雲門，理不空綺。至堯有大唐之歌，舜造南風之詩，……及大禹成功，九序惟歌；太康敗德，五子咸怨。順美匡惡，其來久矣。」又樂府篇云：「葛天八闋，爰乃皇時。……至於塗山歌於候人，始爲南音；有娀謠乎飛燕，始爲北聲；夏甲歎於東陽，東音以發；殷整思於西河，西音以興。」並禹金所襲也。

衍録總論：「昔在陶唐，德盛化鈞，……盡其美者，何乃心樂而聲泰也。」卷二頁一上

按禹金此文全襲文心時序篇。

同上：「尋二言肇於唐（按當作黄）世，竹彈之謡是也。……而□之篇，成於兩漢。」同上頁四上

按此文襲自文心章句篇。

楚辭集解序　明焦竑

「離騷驚采絶豔，獨步古今，……自昔遡風而入味，沿波而得奇者，雖間有之，未有能闕其全者也。……余觀其書，按指汪瑗集解殆有意錯綜諸家而折衷之，非苟然者。今讀之，有同於昔談者，非强同也，理自不得異也；有異乎前論者，非好異也，理自不可同也。在學者善會之而已。」卷首頁一上至三上

按文心辨騷篇云：「……故能氣往轢古，辭來切今，驚采絶豔，難與並能矣。……是以枚賈追風以入麗，馬揚沿波而得奇。」又序志篇云：「及其品列成文，有同乎舊談者，非雷同也，勢自不可異也；有異乎前論者，非苟異也，理自不可同也。」弱侯文出此。

何氏類鎔　明何三畏

經史類諸子：「諸子稱子者，標心上古，洞究旨歸，越世高談，自開户牖。……此誠素相之事，入道見志之書。」卷十四頁十七上

按文心諸子篇云：「諸子者，入道見志之書。……故能越世高談，自開户牖。」士抑文襲此。

文苑類文章：「若後進負才奬氣，摛藻抒華，軒翥而欲奮飛，騰踯而羞跼步。……論慼則聲共泣偕，談歡則字與笑並，亦可以發幽而起滯，披瞽而駭聾矣。」卷十五頁三上下

按文心夸飾篇云：「於是後進之才，奬氣挾聲，軒翥而欲奮飛，騰擲而羞跼步。……談歡則字與笑並，論慼則聲共泣偕，信可以發藴而飛滯，披瞽而駭聾矣。」士抑文襲此。

同上賦：「賦者，鋪也。所以鋪采摛文，體物寫志也。」卷十五頁七上

按此文襲自文心詮賦篇。

同上箴：「夫箴者，……所以攻疾防患，喻鍼石也。……而漢世揚雄作十二州箴，十二官箴，所謂追清風于前古，攀辛甲于後代者矣。」卷十五頁九上

按文心銘箴篇云：「箴者，所以攻疾防患，喻鍼石也。……至揚雄稽古，始範虞箴，作卿尹州牧二十五篇。……信所謂追清風於前古，攀辛甲於後代者也。」士抑文襲此。

同上銘：「夫箴誦于官，而銘題于器。」卷十五頁十一上

按此文亦襲自文心銘箴篇。

同上頌：「夫四始之詩，頌居其極。頌者，容也，所以美盛德而述形容也。……帝嚳之世，咸墨爲頌，以歌九韶。……文惟雅馴，語必清鑠，敷陳似賦，而出乎華侈之區；敬慎如銘，而異乎箴規之域。……至乃野誦之體變者，浸淫人事；末代之體訛者，褒貶雜居。且有徒張虚辭，覃及細物者。」卷十五頁十二上至十三上

按此文襲自文心頌讚篇。

同上表：「表者，標也。……士人以此昭明心曲，對揚王庭。……昔者文舉薦禰衡之牘，氣揚采飛；孔明辭後主之篇，志盡詞暢。」卷十五頁十四上下

按此文襲自文心章表篇。

同上序：「如班固之序戴侯，……凡此皆雕琢性情，組織辭令。……故能意來切今，氣往轢古。……其奮飛詞家之前，軒翥才子之列。」卷十五頁十六上至十七上

按文心原道篇云：「雕琢情性，組織辭令。」又辨騷篇云：「固已軒翥詩人之後，奮飛辭家之

前。……故能氣往轢古，辭來切今。」並此文所襲。

同上記：「蓋意翻空而易奇，記徵實而難巧。……身歷遨遊，而志趣縈其關鍵；物沿耳目，而精神綰其樞機。涉林泉則興溢于林泉，觀山海則情滿于山海。……所以自古行人挈辭，才子染翰，其藉之記以卷舒風雲之色，吐納珠玉之聲。」卷十五頁十八上下

按此文襲自文心神思篇。

同上論：「論者，倫也。所以折衷一理，而彌綸群言。……製論者必以情志爲神明，以事義爲骨髓，以宫商爲聲氣，以芭采爲肌膚。……不然者，即繁文綺合，縟旨星稠，聲轉于脣，辭靡于耳，無爲貴論矣。戰國争雄，辨士蠭起，長短角勢，縱横參謀，轉丸騁其巧辭，飛鉗肆其精術；三寸之舌，强于百萬之師，一人之詞，重于九鼎之寶。酈君既爲齊鑊所斃，蒯子幾爲漢鼎所烹。」卷十五頁二十上下

按文心論説篇云：「論者，倫也。……論也者，彌綸群言，而研精一理者也。……暨戰國争雄，辨士雲踴，從横參謀，長短角勢，轉丸騁其巧辭，飛鉗伏其精術；一人之辨，重於九鼎之寶，三寸之舌，强於百萬之師。……酈君既斃於齊鑊，蒯子幾入乎漢鼎。」又聲律篇云：「則聲轉於吻，玲玲如振玉；辭靡於耳，纍纍如貫珠矣。」又附會篇云：「必以情志爲神明，事義爲骨髓，辭采爲肌膚，宫商爲聲氣。」並此文所襲。

同上策：「夫應詔而陳詞者，對策也；探事而獻説者，射策也。……空騁其華，固爲事實所擯；設得其理，亦爲浮靡所埋。」卷十五頁二二上至二三上

按此文襲自文心議對篇。

同上書：「故夫杼軸尺素，抑揚寸心。……而總之能條暢以任氣，優柔以懌懷，清華以攄才，彪蔚以振響。」卷十五頁二四上

按文心書記篇云：「並杼軸乎尺素，抑揚乎寸心。……故宜條暢以任氣，優柔以懌懷。……清美以惠其才，彪蔚以文其響。」即此文所襲。

同上檄：「檄者，皦也。其文皦然明白，宣諸中外，而播諸視聽者也。凡檄之大體，述此休明，叙彼苛虐，標蓍龜于前驗，懸鞶鑑于已然。……插羽以示迅，辭不可緩而不急；露版以諭衆，義不可隱而不彰。」卷十五頁二六上下

按文心檄移篇云：「檄者，皦也。宣露於外，皦然明白也。……或稱露布，播諸視聽也。……凡檄之大體，或述此休明，或叙彼苛虐，……標蓍龜于前驗，懸鞶鑑于已然。……插羽以示迅，不可使辭緩；露板以宣衆，不可使義隱。」即此文所襲。

同上雜文：「宋玉含才，始造對問，以申其志。……亦莫不淵嶽其心，鳳麟其采。……若枚乘之七發，崔駰之七依，……入博雅之巧，會清要之工。……然總之高談宫館，侈語游畋，窮服饌之瓌奇，極聲色之蠱媚，甘意摇骨，豔詞動魄；雖始之以示奢，而終之以居正。所謂先騁鄭衛之音，曲終而奏雅者也。杜篤賈逵之輩，劉珍潘勗之曹，欲穿明珠，多貫魚目。……是以總括其凡，並入藝文之域；陶甄其義，皆歸撰述之林。」卷十五頁三十至三一上

按此文襲自文心雜文篇。

文通 明朱荃宰

諸子百家：「以彼英才特達，炳曜垂文，騰姓氏而懸諸日月，標心萬古之上，送懷千載之下，要亦不可茹者焉。遡洄風后力牧伊尹而後，文諮道于鬻熊，孔問禮于伯陽，聖賢並世，而經子異流矣。……其述道言治，枝條六籍，純粹者入矩，踳駁者出規。……慎到理密，淮南詞麗，皆所謂入道見志之書，其次立言者也。」卷三頁四上至五上

按咸一此文襲自文心諸子篇。

冊：「皇帝御寓，其言也神。……施命發號，洋洋盈耳。」卷四頁八上至九下

按此文襲自文心詔策篇。

檄：「震雷始於曜電，出師先乎威聲。……又州郡徵吏，亦稱爲檄，固明舉之義也。」卷五頁七下至九上

按此文襲自文心檄移篇。

教：「鄭弘之守南陽，條教爲後所述，……並理得而辭中，辭之善也。」卷六頁十二下

按此文襲自文心詔策篇。

頌：「四始之至，頌居其極。……其大體所底，如斯而已。」卷八頁九上至十上

按此文襲自文心頌讚篇。

啟：「啟者，開也。……事舉人存，無待泛説。」卷八頁十三上下

按此文襲自文心奏啟篇。

奏：「七國以前，皆稱上書。……四曰議以執異。」卷八頁十六上

按此文襲自文心章表篇。

同上：「世人經世無術，競於詆訶，……亦何必躁言醜句，詬病爲切哉！」卷八頁十八上

按此文襲自文心奏啟篇。

策：「對策者，應詔而陳政也。……志足文遠，不其鮮歟？」卷九頁二下至三下

按此文襲自文心議對篇。

論：「聖哲彝訓曰經，述經叙理曰論。……要約明暢，可謂式矣。」卷九頁四下至六下

按此文襲自文心論説篇。

議：「詩云『周爰諮謀』，謂徧於咨議也。……議貴節制，經典之體也。」卷九頁十七上

按此文襲自文心議對篇。

説：「説者，悦也。……而陸氏直稱『説煒曄以譎誑』，何哉？」卷十一頁十四上至十五上

按此文襲自文心論説篇。

箴：「箴者，所以攻疾防患，喻鍼石也。……惟秉文君子，宜酌其遠大焉。」卷十二頁十五上至十六上。

按此文襲自文心銘箴篇。

盟：「盟者，明也。……忠信可矣，無恃神焉。」卷十四頁十二上下

按此文襲自文心祝盟篇。

祝文：「天地定位，祀徧群神。……舉彙而求，昭然可鑒矣。」卷十四頁十三上至十四下

按此文襲自文心祝盟篇。

雜著：「籍者，借也。……翰林之士，思理實焉。」卷十六頁九上至十上

按此文襲自文心書記篇。

碑：「碑者，埤也。……樹碑述已者，同誄之區焉。」卷十七頁二上下

按此文襲自文心誄碑篇。

誄：「周世盛德，有銘誄之文。……道其哀也，悽焉如可傷，此其旨也。」卷十八頁二上至三上

按此文亦襲自文心誄碑篇。

弔文：「弔者，至也。……哀而有正，則無奪倫矣。」卷十八頁五上至六上

按此文襲自文心哀弔篇。

哀詞：「賦憲之謚，短折曰哀。……文來引泣，乃其貴耳。」卷十八頁七下至八上

按此文亦襲自文心哀弔篇。

養氣：「夫耳目鼻口，生之役也；……雖非胎息之邁術，斯亦衛氣之一方也。」卷二一頁五上下

按此文襲自文心養氣篇。

風骨：「詩總六義，風冠其首。……能研諸慮，何遠之有哉？」卷二一頁六上至七下

按此文襲自文心風骨篇。

隱秀：「夫心術之動遠矣，文情之變深矣。……秀句所以照文苑，蓋以此矣。」卷二一頁十上下

按此文襲自文心隱秀篇。

通變：「文之體有常，變文之數無方。……此庭間之迴驟，豈萬里之逸步哉！」卷二一頁二十上至二一下

按此文襲自文心通變篇。

物色：「陽氣萌而玄駒步，陰律凝而丹鳥羞。……然屈平所以能洞監風騷之情者，抑亦江山之助乎？」卷二一頁二二上下

按此文襲自文心物色篇。

彌綸：「所謂附會，謂總文理，統首尾，……則附會之體，固亦無以加於此矣。」卷二一頁二三上至二四下

按此文襲自文心附會篇。

夸飾：「形而上者謂之道，形而下者謂之器。……使夸而有節，飾而不誣，亦可謂之懿矣。」卷二二頁二一上至二二上

按此文襲自文心夸飾篇。

對待：「造化賦形，支體必雙；……迭用奇偶，節以雜佩，乃其貴耳。」卷二三頁二九上三十下

按此文襲自文心麗辭篇。

茹古略集　明程良孺

文章：「元無妨濡筆而毫腐相如，故可堪輟翰而夢驚揚雄。」卷十五頁六下。

按文心神思篇云：「相如含筆而腐毫，揚雄輟翰而驚夢。」程氏文仿此。

同上：「擬耳目于日月，方聲氣于雷風。」同上頁七下

按文心序志篇云：「擬耳目於日月，方聲氣乎風雷。」程氏文襲此。

廣博物志　明董斯張

藝苑四：「綴字屬篇，必須揀擇：……三五單複，磊落如珠矣。」卷二九頁四十上下

按遐周此文襲自文心練字篇。

同上：「凡有四對：言對爲易，……正對爲劣。……並對苦按對苦二字有誤心，正對所以爲劣也。」卷二九頁四十下

按此文襲自文心麗辭篇。

漢魏別解序　明黄澍

「歲月飄忽，性靈不居，每念昔人騰聲蜚實，是則制作之言，遒然神往。」卷首頁八上

按文心序志篇云：「歲月飄忽，性靈不居，騰聲飛實，制作而已。」黄氏語襲此。

經史子集合纂類語　明魯重民

教學部詩：「詩總六義，風冠其首。……故深乎風者，述情必顯。」卷九頁二七上

按此文襲自文心風骨篇。

同上文章：「文能宗經，體有六義：……六則文麗而不淫。」卷九頁五十下

按此文襲自文心宗經篇。

同上：「騷經九章，朗麗以哀志；……童蒙者拾其香草。」卷九頁五一上

按此文襲自文心辨騷篇。

同上：「儷采百字之偶，争價一句之奇，情必極貌以寫物，辭必窮力而追新。」卷九頁五一上

按此文襲自文心明詩篇。

同上：「詞深人天，致遠方寸。」卷九頁五一上

按此文襲自文心論説篇贊。

同上：「隱心而結文則事愜，觀文而屬心則體奢。」卷九頁五一下

按此文襲自文心哀弔篇。

同上：「採故實于前代，觀通變于當今，理不謬摇其枝，字不妄舒其藻。」卷九頁五一下

按此文襲自文心議對篇。

同上：「玄解之宰，尋聲律而定墨；獨炤之匠，闚意象而運斤。」卷九頁五二上

按此文襲自文心神思篇。

同上：「方其搦翰，氣倍辭前；……意翻空而易奇，言徵實而難巧也。」卷九頁五二上

按此文亦襲自神思篇。

同上:「相如含筆而腐毫,揚雄輟翰而驚夢,……禰衡當食而草奏,雖有短篇,亦思之速也。」卷九頁五二上下

按此文亦襲自神思篇。

同上:「氣流墨中,聲動簡外。」卷九頁五二下

按文心奏啟篇云:「不畏彊禦,氣流墨中;無縱詭隨,聲動簡外。」即此文所襲。

文章緣起註 明陳懋仁

上書:「戰國時,君臣同書。」頁六下

按文心書記篇云:「戰國以前,君臣同書。」無功説襲此。

上疏:「自漢以來,奏事或稱上疏。」頁七上

按此文襲自文心奏啟篇。

啟:「啟,開也。高宗云:『啟乃心,沃朕心。』取其義也。」頁七下

按此文襲自文心奏啟篇。

令:「令,命也。出命申禁,俾民從也。」頁八上

按文心書記篇云:「令者,命也。出命申禁,有若自天。管仲下命如流水,使民從也。」無功説襲此。

駮:「漢興始立駮議,雜議不純,故謂之駮。」頁八下

按文心議對篇云:「迄至有漢,始立駮議。駮者,雜也。雜議不純,故曰駮也。」無功説襲此。

教：「教，效也。言出而民效也。」頁九下

按此文襲自文心詔策篇。

封事：「封事，慎機密也。」頁十上

按文心奏啟篇云：「後代便宜，多附封事，慎機密也。」無功文襲此。

讚：「讚者，明事而嗟嘆以助辭也。」頁十一下

按文心頌讚篇云：「並颺言以明事，嗟嘆以助辭也。」無功文襲此。

志録：「古史世本，編以簡策，領其名數，故曰録也。」頁十三上

按此文襲自文心書記篇。

露布：「露布者，露而不封，布諸視聽者也。」頁十四上

按文心檄移篇云：「露布者，蓋露板不封，布諸視聽也。」今本有脱文，此依御覽卷五九七引 無功文襲此。

解嘲：「解者，釋也。解釋結滯，徵事以對也。」頁十六下

按此文襲自文心書記篇。

行狀：「狀者，貌也。禮貌本原，取其事實也。」頁十九上

按此文亦襲自書記篇。

祭文：「夫禮祭以誠，止于告饗。」頁二十下

按文心祝盟篇云：「若乃禮之祭祀，事止告饗。」無功説襲此。

續文章緣起　前人

諺：「起上古，淺言朴語，出自廛陌，質而無華，有裨世務，故經傳多所引用。若大雅『人亦有言，惟憂用老』，牧誓『古人有牝鷄無晨』……之類，是也。」頁六下

按文心書記篇云：「諺者，直語也。……廛路淺言，有實無華，……太誓曰：『古人有言，牝雞無晨。』大雅云：『人亦有言，惟憂用老。』並上古遺諺，詩書可引者也。」無功説襲此。

按文心章句篇云：「故章者，明也；句者，局也。局言者，聯字以分疆；明情者，總義以包體。」無功説襲此。

章：「章者，明也，總義也，包體以明情也；句者，局也，聯字分疆，以局言也。」頁十二上

唐音癸籤　明胡震亨

法微三：「用字一避詭異，原注：「謂字體瓌怪，如古詩『褊心惡呦呶』之類。」二省聯邊，原注：「謂半字同文，如偏旁從山從水之類。不獲免，可至三接；三接外，同字林矣。」三權重出，原注：「謂同字相犯也。詩驗適會，若兩字俱要，則寧在相犯。爲文者富於萬篇，貧於一字。」四調單複。」原注：「謂字形之肥瘠也。瘠字累句，則纖疎而行劣；肥字積文，則黯黕而篇闇。」卷四頁一上

按文心練字篇云：「是以綴字屬篇，必須練擇：一避詭異，二省聯邊，三權重出，四調單複。詭異者，字體瓌怪者也。曹攄詩稱：『豈不願斯遊？褊心惡呦呶。』兩字詭異，大疵美篇。……聯邊者，半字同文者也。狀貌山川，古今咸用；施於常文，則齟齬爲瑕。如不獲免，可至三接；三接之外，

其字林乎？重出者，同字相犯者也。詩騷原誤作驗適會，而近世忌同。若兩字俱要，則寧在相犯。故善爲文者，富於萬篇，貧於一字。……單複者，字形肥瘠者也。瘠字累句，則纖疎而行劣；肥字積文，則黯黕而篇闇。」孝轅文襲此。

文章緣起補註 清方熊

弔文：「古者弔生曰唁，弔死曰弔。或驕貴而殞身，或狷忿而乖道，或有志而無時，或美才而兼累，後人追而慰之，並名曰弔文。……大抵髣髴楚騷，而切要惻愴，似稍不同。否則華過韻緩，化而爲賦。」頁三四上

按文心哀弔篇云：「或驕貴而殞身，或狷忿以乖道，或有志而無時，或美才而兼累，追而慰之，並名爲弔。……及相如之弔二世，全爲賦體，桓譚以爲其言惻愴，讀者歎息。及平章要切，斷而能悲也。……夫弔雖古義，而華辭未造。華過韻緩，則化而爲賦。」望子文襲此。

行狀：「先賢表謚，並有行狀。」頁三五下

按此文襲自文心書記篇。

祭文：「古之祭祀，止於告饗；中世以還，兼讚言行。」頁三九上

按文心祝盟篇云：「若乃禮之祭祀，事止告饗；而中代祭文，兼讚言行。」望子文襲此。

【附注】 清人論著，引書率注出處。如方氏者，實不多見。故亦不復輯録。

引證第五

前修之於文心，多所運用：引申其説者，有焉；證成己論者，有焉；徵故考史，輯佚刊誤者，亦有焉。範圍之廣，已遍及四部。其影響鉅大，即此可見。今就弋釣所得，依次迻録如左。世之研治舍人書者，或亦有取乎斯。

唐劉知幾

史通雜説 下篇：「昔劉勰有云：『自卿淵已前，多役才而不課學；向雄以後，頗引書以助文。』然近史所載，亦多如是。」卷十八頁三下

按見才略篇。

同上：「（揚雄）自序又云：『不讀非聖之書。』然其撰甘泉賦，通釋：「當云羽獵賦。」則云『鞭宓妃』云云。劉勰文心已譏之矣。」同上頁十二上

按見夸飾篇。

日本空海

文鏡祕府論六義篇：「六曰頌，……古人云：『頌者，敷陳以 按當作似 賦，而不華侈；恭慎如銘，而異規誡。』……」地卷頁十九下

按見頌讚篇。

同上論文意篇：「晉世尤尚綺靡。古人云：『采縟於正始，力柔於建安。』」南卷頁十八上下

按見明詩篇。

同上：「易曰：『文明健。』按見同人豈非兼文美哉！古人云：『具體唯子建仲宣，偏善則太沖公幹；平子得其雅，叔夜含其潤，茂先凝其清，景陽振其麗。』鮮能兼通。」同上頁二五下

按亦見明詩篇。

唐劉存

事始移：「劉勰文心曰：『劉歆移太常。』按此移文所起也。」排印本説郛卷十頁三下

按見檄移篇。

同上箴：「文心曰：『軒轅輿几與按當作以弼不逮。』即爲箴也。」同上

按見銘箴篇。

唐釋法琳

廣弘明集辨正論九箴篇「玄化幽微，遂令雞鳳混質」。注：「文心云：『楚人以山雞爲鳳。』」卷十三頁三十下

按知音篇本作「楚人以雉爲鳳」。尹文子大道上：「楚人擔山雉者，路人問『何鳥也？』擔雉者欺之曰：『鳳皇也。』路人曰：『我聞有鳳皇，今直見之。汝販之乎？』曰：『然則十金。』弗與。請加倍，乃與之。……國人傳之，咸以爲真鳳皇。」劉子審名篇：「楚之鳳凰，乃是山雞。」劉勰、劉晝用典均

出自尹文子，是山雞即雉。但法琳意改原著，非是。

南唐徐鍇

説文解字繫傳片部牒下：「牒，禮按當作札也。從片枼聲。臣鍇按：劉勰文心雕龍曰：『議政未定，短牒諮謀曰牒，簡也，葉在枝也。』」卷十三頁十五上

按見書記篇。

宋高承

事物紀原集類子：「文心雕龍曰：『鬻熊作書，題曰鬻子。』蓋周初人，此名子之始也。」卷四頁六下

按見諸子篇。

同上贊：「文心曰：『昔虞舜重贊，及益贊於禹，伊陟贊于巫咸，並揚言以明事，嗟嘆以助辭。故漢置鴻臚，唱拜爲贊。』如相如之贊荆軻，班固之褒貶以讚，皆取益贊於禹之義。要之，自司馬相如贊荆軻始。」同上頁十上

按見頌讚篇。

同上頌：「文心曰：『昔帝佶按文心作嚳，佶與嚳通。之世，成累按當作咸黑爲頌，以歌九招。』則頌起於帝佶也。」同上頁十下

按亦見頌讚篇。

同上箴：「文心曰：『軒轅輿凡按當作几以弼不逮。』即爲箴。」同上

按見銘箴篇。

宋任廣

書叙指南詞章詩閿上：「文不襲蹈，曰『自鑄偉辭』。」劉勰辯騷　卷五頁四上

按見辨騷篇。凡原書所引文心已有篇名者，後不再注。

同上：「文詞之妙，曰『轢古切今』。」辯騷　同上

宋張淏

雲谷雜記檄書露布所始：「文章緣起：『漢陳琳作檄曹操文。』謂檄文起于琳也。以文心雕龍考之，已有張儀檄楚書，隗囂檄亡新文矣。又如司馬相如喻蜀文，文選作喻蜀檄文。則檄不始于陳琳。」涵芬樓排印本説郛卷三十頁二六上（明刊宋代百家小説本東齋記事有此條，文全同）

按見檄移篇。

宋洪興祖

楚辭補注楚辭卷第一題下：「始漢武帝命淮南王安爲離騷傳，其書今亡。按屈原傳云：『國風好色而不淫，小雅怨誹而不亂，若離騷者，可謂兼之矣。』又曰：『蟬蜕於濁穢，以浮游塵埃之外，不獲世之滋垢，皭然泥而不滓。推此志，雖與日月争光可也。』班孟堅按見離騷序劉勰皆以爲淮南王語。豈太史公取其語以作傳乎？」卷一頁一上

按見辨騷篇。

宋吳曾

能改齋漫録事實江山之助：「劉勰文心雕龍物色篇云：『若乃山林皋壤，實文思之奧府……然屈平所以洞風騷之情者，抑亦江山之助乎？』故唐張説至岳陽，詩益淒惋，人以爲得江山之助。」卷七頁四二下

宋趙次公

蘇軾詩註書鄢陵王主簿所畫折枝第一首論畫以形似句：「劉勰文心雕龍言文章有云『形似』之語者。」集註分類東坡詩卷十一頁二九上引

按見物色篇。

同上辛丑十一月十九日，既與子由别於鄭州西門之外，馬上賦詩一篇寄之首但恐歲月去飄忽句：「又梁劉勰文心雕龍序志篇有曰『歲月飄忽，性靈不居』耳。」同上卷十六頁一下

同上次韻周開祖長官見寄首此生歲月行飄忽句：「劉勰文心雕龍云：『歲月飄忽，性靈不居。』」同上卷十八頁二九下

宋張戒

歲寒堂詩話：「詩序云：『情動于中而形于言，言之不足故嗟嘆之。』子建李杜皆情意有餘，洶湧而後發者也。劉勰云：『因情造文，不爲文造情。』若他人之詩，皆爲文造情耳。沈約云：『相如工爲形似之言，二班長于情理之説。』按見宋書謝靈運傳論　劉勰云：『情在詞外曰隱，狀溢目前曰秀。』梅聖俞云：『含不盡之意見于言外，狀難寫之景如在目前。』按見六一詩話引　三人之論，其實一也。」卷二頁八下至九上

按上見情采篇，下爲隱秀篇佚文。今本隱秀篇自「始正而末奇」至「朔風動秋草」朔字一段，出明人僞撰，故無此二句。蓋是篇宋世猶全，張氏得引之也。

宋施元之

蘇軾詩註林子中以詩寄文與可及余，與可既没，追和其韻首君詩與楚詞句：「劉勰辨騷：『楚詞者，體慢於三代，而風雅於戰國，乃雅頌之博徒，詞賦之英傑也。』」卷十七頁十一下至十二上

宋程大昌

演繁露馬匹：「馬以匹爲數，自古言匹馬，皆一馬也。文侯之命有『馬四匹』，不知當時何指？韓詩外傳謂：『馬夜行，目光所及，與匹練等；或曰匹，言價與匹帛等。』按今外傳無，它書亦未見徵引；惟類聚九三御覽八九七引風俗通文略同。不知孰是？因讀劉勰文心雕龍，其説爲長。曰：『古名車以兩，馬以匹，蓋車有佐乘，馬有驂服，皆以對並爲稱。雙名既定，則雖單亦復爲匹，如匹夫匹婦之稱匹是也。』此義甚通。」卷十四頁四上下

按見指瑕篇。

宋洪邁

容齋四筆露布：「用兵獲勝，則上其功狀於朝，謂之露布。今博學宏詞科以爲一題，雖自魏晉以來有之，然竟不知所出。唯劉勰文心雕龍云：『露布者，蓋露板不封，布諸觀聽也。』」卷十頁一下

按此檄移篇佚文。

宋王應麟

玉海藝文正史晉紀：「鄧粲著元明紀十卷。」原注：「隋志：『十一卷。』文心雕龍：『鄧粲晉紀，始立條例。』」卷四六頁二七下

按見史傳篇。

同上諸子商子：「晉庾峻曰：『秦塞斯路，利出一官，雖有處士之名，而無爵列於朝者，商君謂之六蝨，韓非謂之五蠹。』」原注：「文心雕龍云：『商韓之六蝨五蠹。』」卷五三頁十九上

按見諸子篇。

辭學指南露布：「隋志有魏武帝露布文九卷。世説云：『桓温北征，令袁宏倚馬前作露布，手不輟筆，俄成七紙。』按見文學篇 則魏晉已有之。當考。」原注：「文心雕龍曰：『露布者，蓋露板不封，布諸視聽也。』」玉海卷二百三頁二七下

按此檄移篇佚文。

同上檄：「檄，軍書也。……祭公謀父所謂『威讓之令，文告之辭』。」原注：「……文心雕龍曰：『檄，皦也。宣布於外，皦然明白。』」同上頁三二下

按此亦檄移篇文。

同上箴：「胡廣百官箴叙曰：『箴諫之興，所由尚矣。……墨子著書，稱夏箴之辭。』」原注：「文心雕龍曰：『揚雄稽古，始範虞箴，卿尹州牧二十五篇。……所謂追清風於前古，攀辛甲於後代。』」卷二百四頁三下

按見銘箴篇。

漢書藝文志考證小學：「字或不正，輒舉劾。」原注：「劉勰云：『馬字缺畫，而石建懼死。雖云性謹，亦時重文也。』」卷四頁十二上

按見練字篇。

同上道鬻子二十二篇：「劉向別録云：『鬻子名熊，封於楚。』劉勰曰：『鬻熊知道，而文王咨謀，諸子肇始，莫先於斯。』」卷六頁二下

按見諸子篇。

同上雜荆軻論五篇：「文章緣起：『司馬相如作荆軻讚。』文心雕龍：『相如屬詞，始讚荆軻。』」卷七頁十一下

按見頌讚篇。

小學紺珠藝文類辭賦十家：「荀卿　宋玉　枚乘兔園　相如上林　賈誼鵩鳥　子淵洞簫　孟堅兩都　張衡二京　子雲甘泉　延壽靈光。」原注：「文心雕龍：『凡此十家，辭賦之英傑。』」卷四頁五五上下

按見詮賦篇。

困學紀聞諸子：「尹知章序鬼谷子曰：『蘇秦張儀往事之，受捭闔之術十有二章；復受轉丸胠篋三章。……告二子以全身之道。』文心雕龍云：『轉丸騁其巧辭，飛鉗伏其精術。』」卷十頁二八上下

按見論説篇。

同上評詩：「文選注：『五言自李陵始。』文心雕龍云：『召南行露，始肇半章；孺子滄浪，亦有全

曲；暇豫優歌，遠見春秋；邪徑童謠，近在成世。則五言久矣。』」卷十八頁五下

按見明詩篇。

同上：「古詩十九首，『或云枚乘，疑不能明也。驅車上東門，遊戲宛與洛，辭兼東都，非盡是乘作』。按見文選古詩十九首題下李善注 文心雕龍云：『孤竹一篇，傅毅之詞。』」同上

按亦見明詩篇。

同上：「韓文公云：『六字常語一字難。』按見昌黎集卷七記夢詩 文心雕龍謂：『善爲文者，富於萬篇，貧於一字。』」同上頁十上

按見練字篇。

元胡三省

通鑑注後梁紀四（晉）王命掌書記王緘草露布，緘不知故事，書之於布，遣人曳之四句：「魏晉以來，每戰勝，則書捷狀，建之漆竿，使天下皆知之，謂之露布。露布者，暴白其事而布告天下；未嘗書之於布，而使人曳之也。文心雕龍曰：『露布者，蓋露板不封，布諸觀聽也。』」卷二六九頁二下

按此檄移篇佚文。

元陶宗儀

南村輟耕録：「檄書露布何所起乎？漢陳琳草檄，曹操見之，頓愈頭風。遂謂檄起於琳。説文：『檄，二尺書。』按見木部 徐鍇通釋曰：『檄，徵兵之書也。漢高祖以羽檄徵天下兵，有急則插以羽。爾

雅：木無枝爲檄。按見釋木 注：檄，擢直上也。』按見卷十一 文心雕龍有張儀檄楚書，隗囂檄亡新文；文選有司馬相如喻蜀檄文。則檄非自琳始也，明矣。」卷十八頁十四下

按見檄移篇。

明吴訥

文章辨體諸儒總論作文法露布：「文心雕龍又云：『露布者，蓋露板不封，布諸視聽。』近世帥臣奏捷，蓋本於此。」頁二九下

按此爲檄移篇佚文。

同上檄：「按釋文：『檄，軍書也。』……劉勰云：『凡檄之大體，或述此休明，或叙彼苛虐。……露板以宣衆，不可以義隱。』」頁三二下

按見檄移篇。

同上論：「按韻書：『論者，議也。』……劉勰云：『聖哲彝訓曰經，述經叙理曰論。』故凡『陳政，則與議説合契；……銓文，則與序引共紀』。信夫！」頁三八上

按見論説篇。

同上頌：「文心雕龍云：『頌須鋪張揚厲，而以典雅豐縟爲貴。按此二句非舍人文，當移置文心上。敷寫似賦，而不入華侈之區；敬慎如銘，而異乎規諫之域。』諒哉！」頁四四下

按見頌讚篇。

明戴冠

濯纓亭筆記：「露布者，文心雕龍所謂『露板不封，布諸視聽』是也。於雨露之露，初不相涉。初學記引春秋佐期云：『文露布，武露沈。』及宋均云：『甘露見布散者，人尚武。』按見卷一。佐下合有助字。其說大謬。」卷七頁七下

按此檄移篇佚文。

明黄省曾

申鑒注俗嫌篇有取焉則可句：「有取，如劉彦和所謂『羲農軒皞之源，山瀆鍾律之要，……無益經典，而有助文章』之類，是也。」卷三頁八下

按見正緯篇。

明李元陽

史記題評始皇本紀使博士爲僊真人詩上欄：「劉勰云：『秦皇滅籍，亦造仙詩。』」卷六頁二八上

按見明詩篇。

明楊慎

丹鉛總録文用韻：「文心雕龍聲律篇云：『異音相從謂之和，同聲相應謂之韻。韻氣一定，故餘聲易遣；和體抑揚，故遺響難契。』宋詞元曲，皆於仄韻用和音以叶平聲。蓋以平聲爲一類，而上去入三聲附之。如東董是和，東中是韻也。」卷十五頁十四下

丹鉛續録雜識翠足粉胸：「劉勰云：『綴金翠于足蹞，靚粉澤于胸臆。』以喻失其所施也。」卷六頁四下

按見事類篇。

太史升菴文集繞朝贈策：「左傳：『士會自秦歸晉，繞朝贈之以策云：子勿謂秦無人，吾謀適不用也。』按見文公十三年 策，如『布在方策』按見禮記中庸 之策，蓋書也。其下云云，即策文也。蓋士會將歸，繞朝諫止之而秦君不聽；及其行也，又難顯言。故贈之以策書云云，見秦之有人，使歸晉而不敢謀秦也。今以爲鞭策，非也。劉勰文心雕龍曰：『繞朝贈士會以策，子家與趙宣以書，巫臣之遺子反，子産之諫范宣，詳觀四書，辭若對面。』據此，則豈鞭策乎？李白詩：『臨行將贈繞朝鞭。』按見李集卷十七送羽林陶將軍詩 詩人趁韻之誤耳。」卷四三頁五上下

按見書記篇。

同上諺喭唁同：「論語云：『由也諺。』按見先進 諺，俗論也。或作喭，見文選注。按見西京賦李善注引虞喜志林 又作唁。劉勰曰：諺喭唁同一字。按此句非舍人語『諺者，直語也。廛路淺言，有質無華，喪言不文，故弔亦稱唁。』」卷六四頁十一上下（古今諺卷一有此條，文同）

按亦見書記篇。

風雅逸篇咸墨九招歌：「劉勰云：『帝嚳之世。』」卷一頁一上

按見頌讚篇。

均藻 前人

七虞：「影附賈氏，難爲並驅。」原注：「喻爲文忌隨人後也。」卷一頁十六上

按此哀弔篇文。

一送：「相如含筆而腐毫，揚雄輟翰而驚夢。」原注：「言苦思也。」卷三頁二上

按此神思篇文。

六月：「繁華損枝，膏腴害骨。」原注：「喻辭之害理。」卷四頁八上

按此詮賦篇文。

明胡侍

真珠船南北音：「周官：『鞮鞻氏掌四夷之樂，與其聲歌。東方曰靺，南方曰任，西方曰株離，北方曰禁。』按見春官宗伯下文心雕龍云：『塗山歌於候人，始爲南音；……殷鳌思於西河，西音以興。』是四方皆有音也。今歌曲但統爲南北二音。」卷三頁三八下（王驥德曲律卷一引有此文）

按見樂府篇。

明浦南金

修辭指南文學部：「文詞之妙，曰『轢古今』。」辯騷 卷十六頁九下

【附按】今上合有切字（此條似襲自任廣書叙指南）。

明郎瑛

七修類稿詩文類各文之始：「文章緣起曰：『露布，始於賈洪爲馬超伐曹操。』予考漢桓時，地因數震，

李雲露布上書，移副三府。注謂不封。按見後漢書李雲傳 則是漢時已有其名。至魏以後，專爲軍書，本義露於耳目，布之四海也。若元魏戰捷，欲聞於天下，乃書帛建于漆竿之上，名爲露布。文心雕龍又曰『露板』。皆因其名而巧於用義耳。」卷二九頁六下至七上

按見檄移篇。

同上：「論者，議也。昭明文選以其有二體：一曰史論，……一曰設論，……意恐過爲之分。善乎劉勰曰：『陳政，則與議説合契；釋經，則與傳註參體；辨史，則與贊辭齊行；詮文，則與序引共紀。』信夫。」同上頁七下

按見論説篇。

明皇甫汸

解頤新語：「劉勰云：『鈞天九奏，既其上帝；……殷鼇思于西河，西音以興。』……皆音樂之祖也。」

古樂苑衍録卷二引

按見樂府篇。

明謝榛

四溟詩話：「作詩不必執於一個意思，或此或彼，無適不可，待語意兩工乃定。文心雕龍曰：『詩有恒裁，思無定位。』此可見作詩不專於一意也。」卷三頁一下

按見明詩篇。

明王三聘

古今事物考文事頌：「詩序六義，其六曰頌。詩有商周魯三頌。文心曰：『帝嚳時咸黑爲頌，以歌九招。』則頌起于帝嚳也。」卷二頁十五下

按見頌讚篇。

同上讚：「文心曰：『昔舜禹重贊，及益贊于禹，伊陟贊于巫咸，……故漢置鴻臚，唱拜爲贊。』如相如贊荆軻，班固之褒貶以贊，蓋取益贊于禹之義。要自相如贊荆軻始。」同上頁十六上

按亦見頌讚篇。

同上箴：「文心曰：『軒轅輿几以弼不逮。』即爲箴。」同上頁十六下

按見銘箴篇。

明馮惟訥

詩紀前集祝辭：「舜祠田辭。」卷六頁六下

按見祝盟篇。

同上逸詩篇名咸墨九招歌：「劉勰云：『帝嚳之世，咸墨爲頌，以歌九招。』」附録頁一下

按見頌讚篇。

明周子義

子彙鬻子題辭：「按漢志：鬻子二十二篇，列之道家。……劉勰云：『鬻熊知道，而文王咨謀。諸子

肇始，莫先於斯。』今取以冠儒家。」卷首頁三下

按見諸子篇。

明凌稚隆

史記評林始皇本紀使博士爲仙真人詩上欄：「劉勰曰：『秦皇滅籍，亦造仙詩。』」卷六頁二八上下

按見明詩篇。

明李光縉

史記評林增補范雎傳范雎乃上書上欄：「劉勰曰：『夫說貴撫會，弛張相隨，不專緩頰，亦在刀筆。范雎之言事，李斯之止逐客，並煩情入機，動言中務；雖批逆鱗，而功成計合，此上書之善說也。』」卷七九頁三下

按見論說篇。

明徐炬

古今事物原始讚：「文心曰：『昔虞重贊，及益贊于禹，伊陟贊于巫咸，……故漢置鴻臚，唱拜爲贊。』如相如之贊荊軻，班固之褒貶以讚，皆取益贊于禹之義。要之，自司馬相如贊荊軻始。」卷十一頁二六上

按見頌讚篇。

明胡應麟

詩藪雜編遺逸上：「古詩十九首，並逸姓名，獨玉臺新咏取西北有高樓八首題枚乘，差可據。以諸篇

氣法例之，概當爲乘作。然鍾嶸詩品，已謂『王楊枚馬，吟咏靡聞』。文選、文心，亦無明指。不知玉臺何從得之。……劉彦和云：『孤竹一篇，傅毅之辭。』而玉臺了無作者。」

按見明詩篇。

明孫鑛

文選離騷評：「前世未聞，後人莫繼，亘古奇作也。劉勰曰：『不有屈原，豈見離騷？』信哉！」卷十六頁一上

按見辨騷篇贊。

明徐師曾

文體明辨四言古詩：「迨漢韋孟，始製長篇，……至論其正體，則梁劉勰所謂『以雅潤爲本』者，是也。」卷一頁十一上

按見明詩篇。

同上樂府一：「嗚呼！樂歌之難甚矣！工於辭者，調未必協；諧於律者，辭未必嘉。善乎劉勰之論曰：『詩爲樂心，聲爲樂體。……樂心在詩，君子宜正其文。』安得律辭兼得者而使之作樂哉！」卷六頁二下

按見樂府篇。

同上五言古詩上：「至論其體，則劉勰所云『五言流調，清麗居宗』者是也。」卷十一頁一下

按見明詩篇。

同上詔:「按劉勰云:『古者王言,若軒轅唐虞,同稱爲命。……漢初定命四品,其三曰詔。』後世因之。」卷十七頁四上

按見詔策篇。

同上敕:「按字書云:『敕,戒敕也。亦作勑。』……劉勰云:『戒敕爲文,實詔之切者。周穆王命郊按當作郊父受勑憲,此其事也。』」卷十八頁一上

按亦見詔策篇。

同上教:「按劉勰云:『教者,效也。言出而民效也。』……秦法,王侯稱教,而漢時大臣亦得用之,若京兆尹王尊出教告屬縣,是也。」卷二一頁五三下

按亦見詔策篇。

同上上書上:「古人敷奏諫説之辭,……然皆矢口陳言,不立篇目,……劉勰所謂『言筆未分』,此其時也。」卷二二頁一上

按見章表篇。

同上盟:「劉勰云:『盟者,明也,祝告於神明者也。』亦稱曰誓,謂約信之詞也。……夫盟誓之文,『必序危機,獎忠孝,……然義存則克終,道廢則渝始』。……嗚呼!勰爲斯言,其知盟誓之要者乎!」卷二九頁一上

按見祝盟篇。

同上檄：「若論其大體，則劉勰所稱『植義颺辭，務在剛健；……露板以宣衆，不可使義隱，此其要也』。可謂盡之矣。」卷二九頁二十上

按見檄移篇。

同上露布：「按露布者，軍中奏捷之辭也。書辭于帛，建諸漆竿之上。劉勰所謂『露板不封，布諸視聽』者，此其義也。」卷三十頁一上

按此檄移篇佚文。

明王惟儉

史通訓故雜説下篇「（揚雄）撰甘泉賦，則云『鞭宓妃』云云，劉勰文心已譏之矣」注：「前漢書揚雄羽獵賦：『鞭洛水之宓妃兮，餉屈原與彭胥。』劉勰文心雕龍夸飾篇云：『子雲校獵，鞭宓妃以餉屈原，彼洛神，既非魑魅；而虚用濫形，不其疎乎！』」史通訓故補卷十八頁十一下

明郭子章

六語諺語序：「朱文公曰：『諺，俗語也。』按見大學故諺有之曰句註 劉勰曰：『諺，直語也。』然有至理存焉。」卷首頁一上

按見書記篇。

明李維楨

昌谷詩解序：「杜樊川序謂：騷之苗裔，令未死，且加以理，可奴僕命騷。按見李賀歌詩編卷首　未爲不知長吉，亦未爲深知長吉。詩有別才，不必盡出於理。請就騷論，……劉舍人指其詭異、譎怪、狷狹、荒淫，四事異乎經典，而自有同乎風雅者。騷詣絕窮微，極命庶物，力奪天巧，渾成無迹。長吉則鋒穎太露，蹊徑易見。……是於騷特長擬議，未臻變化，安得奴僕騷也？」王琦李長吉歌詩彙解首卷頁十七上下

按見辨騷篇。

明顧起元

說略典述中：「左傳：『士會自秦歸晉，繞朝贈之以策云：子勿謂秦無人，吾謀適不用也。』策如『布在方策』之策，蓋書也。其下云云，即策文也。蓋士會將歸，繞朝諫止之，而秦君不聽；及其行也，又難顯言。故贈之以策書云云，見秦之有人，使歸晉而不敢謀秦也。今以爲鞭策，非也。劉勰文心雕龍曰：『繞朝贈士會以策，子家與趙宣以書，巫臣之遺子反，子產之諫范宣，詳觀四書，辭若對面。』據此，則豈鞭策乎？李白詩：『臨行將贈繞朝鞭。』詩人趁韻之誤耳。」卷十三頁一上下

按見書記篇。又按顧氏此文襲自升菴文集卷四三繞朝贈策條。升菴原文已見前

同上：「檄書露布何所起乎？漢陳琳草檄，曹操見之，頓愈頭風。遂謂檄起於琳。說文：『檄，二尺書。』徐鍇通釋曰：『檄，徵兵之書也。漢高祖以羽檄徵天下兵，有急則插以羽。爾雅：木無枝爲檄。注：檄，擢直上也。』文心雕龍有張儀檄楚書，隗囂檄亡新文；文選有司馬相如喻巴蜀檄文。則檄非自琳始也，明矣。」同上頁三八下

按見檄移篇。又按顧氏此文襲自南村輟耕録卷十八。南村原文已見前

明李日華

紫桃軒又綴：「劉舍人勰論作文云：『清和其心，調暢其氣，……逍遥以針勞，談笑以藥倦。』此用暇持滿之説也。天下事皆然，寧止文哉！」卷三頁十下

按見養氣篇。

明董斯張

吹景集内典中字義：「授記莂。莂字不見他書。釋名按見釋書契曰：『莂，别也。大書中央，中破别之也。』然則即今之合同契也。文心雕龍云：『券者，束也。明白約束，字形半分。周稱判書，古有鐵券，以堅信誓。』授記之説，得此始白。」卷九頁十三上

按見書記篇。

明賀復徵

文章辨體彙選尺牘一：「尺牘者，約情愫於尺幅之中，亦簡略之稱也。劉勰所謂『才冠鴻筆，多疎尺牘』，是也。」卷二五九頁一上

按見書記篇。

同上啟一：「劉勰曰：『啟者，開也。』開陳其意也。」卷二六六頁一上

按見奏啟篇。

同上私令：「劉勰曰：『令者，命也。』王祥訓子孫遺令，李暠戒諸子手令，是也。」卷二八〇頁一上

按見書記篇。

清馮班

鈍吟雜録正俗：「又樂府須伶人知音增損，然後合調。陳王、士衡，多有佳篇，劉彦和以爲『無詔伶人，事謝絲管』。則於時樂府，已有不歌者矣。」碧滄軒本卷三頁二下

按見樂府篇。

同上：「古詩十九首，或云枚叔，或云傅毅，詞有東都宛洛，鍾參軍疑爲陳王，按見詩品 劉彦和以爲漢人。既人代未定，但以古人之作，題曰古詩耳。」同上頁六上下

按見明詩篇。

同上古今樂府論：「古詩皆樂也。文士爲之辭曰詩，樂工協之于鍾吕爲樂。自後世文士，或不閑樂律，言志之文，乃有不可施于樂者。故詩與樂畫境。文士所造樂府，如陳思王、陸士衡，於時謂之乖調。劉彦和以爲『無詔伶人，故事謝絲管』。則是文人樂府亦有不諧鍾吕，直自爲詩者矣。」清詩話本頁一上

同上論樂府與錢頤仲：「陳王、陸機所製，時稱乖調。劉彦和以爲『無詔伶人，事謝絲管』。則疑當時樂府，有不能歌者。」同上頁三下

按並見樂府篇。

清馬驌

繹史有虞紀：「文心雕龍：『舜之祠田云：荷此長耜，耕彼南畝，四海俱有。利民之志，頗形於言矣。』」卷十頁二下

按見祝盟篇。

清顧炎武

音論古曰音今曰韻：「梁劉勰文心雕龍曰：『異音相從謂之和，同聲相應謂之韻。』」卷上頁一上下

按見聲律篇。

同上古人四聲一貫：「五方之音，有遲疾輕重之不同。……故注家多有疾言徐言之解；而劉勰文心雕龍謂『疾呼中宮，徐呼中徵』。原注：「韓非子外儲説右上篇有此語。」夫一字而可以疾呼徐呼，此一字兩音三音之所繇昉已。」卷中頁二十下至二一上

按亦見聲律篇。

日知録樂章：「古之詩，大抵出於中原諸國，其人有先王之風，諷誦之教，其心和，其辭不侈；而音節之間，往往合於自然之律。楚辭以下，即已不必盡諧。」原注：「文心雕龍言楚辭訛韻實繁。」卷五頁八上

按亦見聲律篇。

同上方音：「荀子每言案，楚辭每言羌，皆方音。劉勰文心雕龍云：『張華論韻，謂士衡多楚。可謂銜靈均之聲餘，失黄鍾之正響也。』」卷二九頁九下

按亦見聲律篇。

清朱鶴齡

毛詩通義小雅裳裳者華：「按説文：『常，下帬也。从巾，尚聲。』按見巾部 本作常。後从衣，作裳。而常但爲常久字。是裳裳本作常常。下云：『芸其黄矣。』又云：『或黄或白。』或疑即常棣。劉勰文心雕龍云：『雅咏常 按今本作棠 花，或黄或白。』亦以裳作常。」卷八頁二四下

按見物色篇。

清陳啟源

毛詩稽古編總詁舉要六義：「毛公獨標興體，朱子兼明比賦。然朱子所判爲比者，多是興耳。比興雖皆託喻，但興隱而比顯，興婉而比直，興廣而比狹。劉舍人論比義，以金錫、圭璋、澣衣、席卷之類當之。然則比者以彼況此，猶文之譬喻，與興絶不相似也。」卷二五頁六上

按見比興篇。

清仇兆鰲

杜詩詳註曲江三章之三短衣匹馬隨李廣句：「文心雕龍：『車兩馬匹，以並耦爲用。……匹夫匹婦，亦取配義也。』」卷二頁三七下

按見指瑕篇。

同上醉時歌先生有才過屈宋句：「文心雕龍：『屈宋逸步，莫之能追。』」卷三頁七上

按見辨騷篇。

同上奉贈太常張卿垍二十韻首友于皆挺拔句:「文心雕龍:『景純仙篇,挺拔而爲俊矣。』」同上頁三六上

按見明詩篇。

同上沙苑行苑中騋馬三千匹句:「……又據風俗通或云馬夜行,目明,照前四丈,故曰一匹。……三説紛紛,不如文心雕龍爲當。」同上頁四十下

按見指瑕篇。

同上北征首經緯固密勿句:「文心雕龍:『經緯區宇,彌綸彝憲。』」卷五頁三十下

按見原道篇。

同上喜聞官軍已臨賊境二十韻首威聲没巨鼇句:「文心雕龍:『震雷始於曜電,出師先乎威聲。』」同上頁四三下

按見檄移篇。

同上戲爲六絶句之五清詞麗句必爲鄰,竊攀屈宋宜方駕二句:「文心雕龍:『五言流調,清麗居宗。茂先凝其清,景陽振其麗。』又曰:『麗句與深采並流。』又曰:『相如好書,師範屈宋。』」卷十一頁八下

按上見明詩篇,中見麗辭篇,下見才略篇。

同上有感五首之四卑宫制詔遥句:「劉勰曰:『古者王言,同稱爲命;秦并天下,改命曰制,令曰詔。』」同上頁五四上

按見詔策篇。

同上贈崔十三評事公輔首陰沈鐵鳳闕句：「文心雕龍：『天高氣清，陰沈之志遠。』」卷十五頁十七上

按見物色篇。

同上白帝首千家今有百家存句：「文心雕龍：『百家飇駭。』」同上頁五十上

按見時序篇。

同上故右僕射相國曲江張公九齡首篇終語清省句：「文心雕龍：『士龍思劣，而雅好清省。』」卷十六頁三四下

按見鎔裁篇。

同上解悶十二首之六清詩句句盡堪傳句：「文心雕龍：『五言流調，清麗爲 按當作居 宗。』」卷十七頁四十下

按見明詩篇。

同上寄劉峽州伯華使君四十韻首會期吟諷數句：「文心雕龍：『吟諷者銜其山川。』」又神融躡飛動句：「文心雕龍：『延壽靈光，合 按當作含 飛動之勢。』」卷十九頁五三下

按上見辨騷篇，下見詮賦篇。

同上九月一日過孟十二倉曹十四主簿兄弟首清談見滋味句：「文心雕龍：『滋味流於字句。』」卷二十頁十八下

按見聲律篇。

同上戲作俳諧體遣悶二首之一異俗吁可怪句：「文心雕龍：『銘發幽石，吁可怪也。』」同上頁三九上

按見銘箴篇。

同上奉賀陽城郡王太夫人恩命加鄧國太夫人首芬芳孟母鄰句：「文心雕龍：『佩之則芬芳。』」卷二一頁八上

按見總術篇。

同上敬寄族弟唐十八使君首在今氣磊落句：「文心雕龍：『慷慨以任氣，磊落以使才。』」同上頁二六

按見明詩篇。

同上舟中苦熱遣懷奉呈陽中丞通簡臺省諸公首聲節哀有餘句：「文心雕龍：『聲節哀急。』」卷二三頁四三下

按見樂府篇。

清李因篤

漢詩音註張衡怨篇：「文心雕龍曰：『張衡怨篇，清曲可頌。』」按當作誦（今本作味）卷三頁七上

按見明詩篇。

同上古詩十九首冉冉孤生竹：「文心雕龍曰：『孤竹一篇，傅毅之辭。』」卷十頁四上

按亦見明詩篇。

【附注】姜任修古詩十九首繹序、陳祚明采菽堂古詩選卷三、聞人倓古詩箋卷一、張玉穀古詩賞析卷四、吴兆宜玉臺新詠箋註卷一、紀容舒玉臺新詠考異卷一、沈德潛古詩源卷四，於孤竹一詩，皆引舍人明詩篇説。證援

既同，後即不再列舉。

清閻若璩

尚書古文疏證 第七十四 ：「又按顧氏音學五書 按見音論卷上 言文人言韻，莫先於陸機文賦。余謂文心雕龍：『昔魏武論賦，嫌於積韻，而善於資代。』晉書律歷志：『魏武時，河南杜夔精識音韻，爲雅樂郎中令。』二書雖一撰於梁，一撰於唐，要及魏武杜夔之事，俱有韻字。知此學之興，蓋於漢建安中。不待張華論韻，何況士衡？故止可曰古無韻字，不得如顧氏云起晉宋以下也。」 卷五下頁十五上

按見章句篇。

清汪師韓

詩學纂聞樂府：「嘗考三百篇之聲歌，亡於東漢，而絶於晉；漢魏之樂府，亡於東晉，變於唐宋之長短句，而亂於金元之南北曲。前此，文心雕龍雖分詩與樂府爲二，原注：「昔子政品文，詩與歌別。故略具樂篇，以標區界。」然其論元成以後之樂章，『辭雖典文，而律非夔曠』；又論子建士衡之篇，『俗稱乖調』。奈何後之擬樂府者，妄用填詞之法以求合？……竊謂今人於詩，不妨以古樂府之題寫我胸臆，原注：「劉彦和曰：『樂心在詩。』」而不必競競句字間也。」 頁十上下

按見樂府篇。

清朱彝尊

經義考易 二 歸藏：「劉勰曰：『歸藏之經，大明迂怪，乃稱羿斃十日，嫦娥奔月。』」 卷三頁一下

按見諸子篇。

同上書一三皇五帝之書：「劉勰曰：『皇世三墳，帝代五典。』」卷七二頁一下

按見宗經篇。

同上書二百篇尚書：「劉勰曰：『書實紀言，而訓詁按當作詁茫昧，……離離如星辰之行，言昭灼也。』又曰：『尚書覽文如詭，而尋理則暢。』」卷七三頁二上

按亦並見宗經篇。

同上儀禮一禮古經：「劉勰原誤作表曰：『禮以立體據事，章條纖曲，執而後顯。采掇片言，莫非寶也。』」卷一百三十頁一下

按亦見宗經篇。

同上樂樂經：「劉勰曰：『秦燔樂經，漢初紹復，制氏紀其鏗鏘，叔孫定其容與。瞽師務調其器，君子宜正其文。』」卷一百六十七頁一下

按見樂府篇。

同上論語一古論語：「劉勰曰：『昔仲尼微言，門人追記，故仰其經目，稱爲論語。蓋群論立名，始於兹矣。』」卷二百十一頁二上

按見論說篇。

同上群經一漢石渠五經雜議：「劉勰曰：『石渠論藝，白虎通講，聚述聖言通經，論家之正體也。』」

卷二百三十九頁一上

按亦見論説篇。

同上通説 一 説經 上：「劉勰曰：『三極彝訓，其書言經。經也者，恒久之至道，不刊之鴻教也。自夫子删述，而易張十翼，書標七觀，詩列四始，禮正五經，春秋五例。論説辭序，則易統其首；詔策章奏，則書發其源；……銘誄箴祝，則禮總其端；紀傳銘檄，則春秋爲其根。徵之周孔，則文有師矣。是以子政論文，必徵於聖；稚圭勸學，必宗於經。』又曰：『聖哲彝訓曰經，述經叙理曰論。』又曰：『敷讚聖旨，莫若注經。』又曰：『秦延君之注堯典，十餘萬字；朱普之解尚書，三十萬言。所以通人惡煩，羞學章句。若毛公訓詩，……王弼解易，要約明暢，可爲式矣。』」卷二百九十五頁十下至十一上

按上見宗經篇，中見論説篇及序志篇，下見論説篇。

同上通説 四 説緯：「劉勰曰：『六經彪炳，而緯候稠疊；孝論昭晰，而鉤讖葳蕤。……通儒討覈，謂起哀平。東序祕寶，朱紫亂矣。……是以桓譚疾其虚僞，尹敏戲其深瑕，張衡發其僻謬，荀悦明其詭誕，四賢博練，論之精矣。』」卷二百九十八頁三上下

按見正緯篇。

清王士禎

漁洋山人文略雙江唱和集序：「詩三百篇於興觀群怨之旨，下逮鳥獸草木之名，無弗備矣。獨無刻畫山水者；間一有之，亦不過數篇，篇不過數語，如漢之廣矣、終南何有之類而止。漢魏間詩人之作，亦

與山水了不相及。迨元嘉間，謝康樂出，始創爲刻畫山水之詞，務窮幽極渺，抉山谷水泉之情狀。昔人所云『莊老告退，而山水方滋』者也。」卷二頁五上

按見明詩篇。

師友詩傳録王答：「古詩中，迢迢牽牛星、庭中有奇樹……等五六篇，玉臺新詠以爲枚乘作；冉冉孤生竹一篇，文心雕龍以爲傅毅之辭。二書出於六朝，其説必有據依。要之爲西京無疑。」頁三上

按亦見明詩篇。

清惠周惕

詩説：「毛公傳詩，獨言興不言比、賦，以興兼比、賦也。人之心思，必觸於物而後興，即所興以爲比而賦之，故言興而比、賦在其中，毛公之意，未始不然也。……文心雕龍曰：『毛公述傳，獨標興體，以比顯而興隱。』」

按見比興篇。

清何焯

義門讀書記文選賦宋玉高唐賦：「蘇子瞻謂『自玉曰唯唯以前皆賦，而此謂之序，大可笑』。按見東坡志林卷五　按相如賦首有亡是公三人論難，豈亦賦耶？是未悉古人之體製也。劉彦和云：『既履端于唱序，亦歸餘于總亂。序以建言，首引情本；亂以理篇，迭致文契。』則是一篇之中，引端曰序，歸餘曰亂，猶人身中之耳目手足，各異其名。蘇子則曰：莫非身也。是大可笑，得乎？」第一卷頁二一下

按見詮賦篇。

同上詩冉冉孤生竹：「劉彦和云：『古詩佳麗，或稱枚叔；其孤竹一篇，則傅毅之詞。』」第三卷頁八下

按見明詩篇。

同上沈約應王中丞思遠詠月高樓切思婦二句：「劉彦和曰：『言對爲易，事對爲難，反對爲優，正對爲劣。』思婦、上才，一憂一樂，『理殊趣合』者也。」同上頁十五上

按見麗辭篇。

同上雜文枚叔七發：「劉彦和以宋玉對問，枚叔七發，揚雄連珠，爲雜文之祖。」第五卷頁一上

按見雜文篇。

「劉彦和云：『七竅所發，發乎嗜欲，始邪末正，所以戒膏粱之子。』」見海録軒本文選卷三四頁一上欄（文選音義卷七文選旁證卷二八亦並引之）義門讀書記佚此條

按見雜文篇。

清馮景

蘇詩續補遺註寄清溪寺首君看巧更窮句：「文心雕龍：『轉丸騁其巧辭，飛鉗伏其精術。』」卷上頁二九上

按見論説篇。

清陳祖範

掌録車兩馬匹:「文心雕龍云:『車兩而馬疋,疋兩稱目,以並耦爲用。蓋車貳佐乘,馬儷驂服,服乘不隻,故名號必雙;名號一正,則雖單爲疋矣。疋夫疋婦,亦配義也。』幣帛之數,以四丈帛從兩頭各卷至中,則每卷二丈爲一端,二端爲一兩,所謂匹也。五匹爲束,得二十丈,所謂束帛也。」卷下頁二三上

按見指瑕篇。

清陳祚明

采菽堂古詩選漢四張衡怨篇:「文心雕龍曰:『張衡怨篇,清曲可誦。』」卷四頁四下

按見明詩篇。

清馬位

秋窗隨筆:「文心雕龍云:『召南行露,始肇半章;……邪徑童謡,近在成世。閲時取證,則五言久矣。』鍾嶸詩品云:『夏歌曰:鬱陶乎予心。楚謡曰:名余曰正則。雖詩體未全,然是五言之濫觴也。』以此而推,聲律雖起於沈約,而以前粗已具之。」頁七下

按見明詩篇。

清浦起龍

史通通釋序例篇枚乘首唱七發四句:「按文心雕龍:『自七發而下,有傅毅七激,崔駰七依,……桓麟七説,左思七諷,枝附影從,十有餘家。』」卷四頁九上

按見雜文篇。

同上言語篇人持弄丸之辯，家挾飛鉗之術二句：「文心論説篇：『轉丸騁其巧辭，飛鉗伏其精術。』」卷六頁六上

按見論説篇。

同上浮詞篇是以伊惟夫蓋四句：「按此四句，化用雕龍章句篇文。其原文云：『夫惟蓋故，發端之首唱；乎哉矣也，送末之常科。』」同上頁十二下

同上叙事篇「輪扁所不能語斤，伊摯所不能言鼎也」二句：「按輪扁二句，本文心神思篇成語。」同上頁二二下

同上人物篇其間若薄昭楊僕顔駟史岑之徒句：「雕龍云：『武仲之美顯宗，史岑之述熹后。』」卷八頁二二下

按見頌讚篇。

同上覈才篇盧思道雅好麗詞句：「文心雕龍有麗詞篇，論駢儷體。其文曰：『造化賦形，支體必雙；……豈營麗辭，率然成對。』」卷九頁六上

清惠棟

後漢書補注列傳第四立三十九年薨句：「劉勰曰：『傅毅之誄北海，云白日幽光，……景而效者，彌取于工矣。』」卷六頁四上

按見誄碑篇。

同上列傳第十九莫不勸服句：「劉勰曰：『崔瑗文學，蔡邕樊渠，並致美于序，而簡約乎篇。』」卷八頁

八下

按見頌讚篇。

同上列傳第四十二七蘇句：「見文心雕龍。」卷十二頁十下

按見雜文篇。

同上其南陽文學官志稱于後世句：「劉勰曰：『崔瑗文學，蔡邕樊渠，並致美于序，而簡約乎篇。』」同上

清沈德潛

古詩源彈歌：「劉勰曰：『斷竹黄歌，賢按當作質之至也。』」卷一頁十四上

按見通變篇。

説詩晬語：「阮公咏懷，反覆零亂，興寄無端，和愉哀怨，俶詭不羈，讀者莫求歸趣。遭阮公之時，自應有阮公之詩也。箋釋者必求時事以實之，則鑿矣。劉彦和稱『嵇旨清峻，阮旨遥深』。故當截然分道。」卷上頁十二上下

按見明詩篇。

同上：「前人評康樂詩，謂『東海揚帆，風日流利』。按此敖陶孫評語此不甚允。大約匠心獨造，少規往則鉤深極微，而漸近自然；流覽閒適中，時時浹洽理趣。劉勰云：『老莊告退，而山水方滋。』遊山水詩，應以康樂爲開先也。」同上頁十四上

按亦見明詩篇。

清胡鳴玉

訂譌雜録隱秀：「評詩文用穩秀字，於理無妨。但案出處，實是隱字。文心雕龍有隱秀篇，曰：『隱也者，文外之重旨者也；秀也者，篇中之獨拔者也。隱以複意爲工，秀以卓絶爲巧。』」卷十頁十三下至十四上

清杭世駿

諸史然疑三國志：「唐書藝文志稱魚豢魏略有五十卷，並不言有典略。按此緣新唐志缺著 隋志則並魏略亦無。按隋志著録之典略爲八十九卷，魏略即在其中。此注引魏略，又引典略，即一書也。……劉勰云：『陽秋魏略之屬，江表吴録之類，或激抗難徵，或踈闊寡要。』」頁八下至九上

按見史傳篇。

清戴震

方言疏證揚雄答劉歆書：「按劉勰文心雕龍書記篇云：『漢來筆札，辭氣紛紜，觀史遷之報任安，東方朔之難公孫，楊惲之酬會宗，子雲之答劉歆，志氣槃桓，各含殊采；並杼軸乎尺素，抑揚乎寸心。』」卷十三頁二二下

同上得觀書於石室句：「按室，各本訛作渠，蓋後人所改。左思魏都賦：『闚玉策於金縢，案圖籙於石室。』劉逵注云：『揚雄遺劉歆書曰：得觀書於石室。』文心雕龍事類篇曰：『夫以子雲之才，而自奏

不學，及觀書石室，乃成鴻采。表裏相資，古今一也。』今據以訂正。」同上頁二四下

清余蕭客

文選音義文選序讚：「文心雕龍：『至相如屬筆，始讚荆軻。』」卷一頁二下

按見頌讚篇。

同上檄：「文心雕龍：『暨乎戰國，始稱爲檄。張儀檄楚，書以尺二。』」同上

按見檄移篇。

同上啟：「文心雕龍：『魏國箋記，始云啟聞；奏事之末，或云謹啟。自晉來盛啟，用兼表奏。』」卷七頁二三下

按見奏啟篇。

清葉樹藩

文選按語文賦碑披文以相質句：「文心雕龍云：『後漢以來，碑碣雲起，……清辭轉而不窮，巧義出而卓立。』」卷十七頁七上

按見誄碑篇。

同上箴頓挫而清壯句：「文心雕龍云：『箴全禦過，故文資確切；銘兼褒讚，故體貴宏潤。』」同上頁七下

按見銘箴篇。

同上頌優游以彬蔚句：「文心雕龍云：『頌者，敷寫如賦，而不入華侈之區；敬慎如銘，而異乎箴規之域。』」同上

按見頌讚篇。

同上奏平徹以閑雅句：「文心雕龍云：『奏之爲筆，固以明允篤誠爲本；……治繁總要，此其體也。』」同上

按見奏啟篇。

同上說煒曄而譎誑句：「文心雕龍云：『夫說貴撫會，弛張相隨，不專緩頰，亦在刀筆。』」同上

按見論說篇。

清于光華

文選集評文選序書序符檄之品句：「文心雕龍：『暨乎戰國，始稱爲檄。張儀檄楚，書以尺二。』」卷首頁四七下

按見檄移篇。

同上體辨集說賦：「文心雕龍：『賦也者，受命於詩人，拓宇於楚辭也。……斯蓋別詩之原始，命賦之厥初也。』」同上頁五二上

按見詮賦篇。

同上詩：「文心雕龍：『大舜云：詩言志，歌永言。……感物吟志，莫非自然。』」同上

按見明詩篇。

同上詔：「文心雕龍：『古者王言，稱命，稱詔，稱誓。秦并天下，改命曰制，令曰詔，於是詔興焉。』」同上

按見詔策篇。

同上啟：「文心雕龍：『啟者，開也。……自晉來盛啟，用兼表奏。』」同上頁五二下

按見奏啟篇。

同上牋：「文心雕龍：『牋者，表也，識表其情也。』」同上

按見書記篇。

同上奏記：「文心雕龍：『奏，進也。……』『記之言志，進己志也。』」同上頁五三上

按上見奏啟篇，下見書記篇。

同上史論：「文心雕龍：『論也者，彌綸群言，而研精一理者也。辨史則與贊評齊行耳。』」同上頁五三下

按見論説篇。

同上論：「文心雕龍：『聖哲彝訓曰經，述經叙理曰論。……仰其經目，稱爲論語，而論名始焉。』」同上

按亦見論説篇。

同上誄：「文心雕龍：『誄者，累也。言人死後，按此四字臆加累其德行，旌之不朽也。』」同上

按見誄碑篇。

同上哀文：「文心雕龍：『議德（據孫汝澄說妄改）之謚，短折曰哀。……以辭遣哀，蓋不淚之悼。』」同上頁五四上

按見哀弔篇。

同上文賦銘博約而温潤句：「按文心雕龍云：『銘者，名也。觀器必也正名，審用貴乎盛德。』」卷四頁十六下

按見銘箴篇。

同上箴頓挫而清壯句：「文心雕龍云：『箴全禦過，故文資確切；銘兼頌讚，故體貴宏潤。』」同上頁十六上（眉批）

按亦見銘箴篇。

同上百一詩：「劉彦和曰：『應璩百一，獨立不懼，辭譎義貞，亦魏之遺直也。』」卷五頁三十上（眉批）

按見明詩篇。

同上李陵與蘇武詩：「文心雕龍：『終 按當作召 南行露，始兆 按當作肇 半章；孺子滄浪，亦有全曲；……邪徑童謡，近在成世。閱時取證，五言久矣。』」卷七頁二八上

按亦見明詩篇。

清袁守定

佔畢叢談談文：「蘇文忠曰：『生前富貴，死後文章。』按見集註分類東坡詩卷十三薄薄酒首 劉舍人曰：『歲

月飄忽，性靈不居，騰聲飛實，制作而已。』士君子以道爲飲，以理爲食，上之黼黻皇猷，稱一時大手筆，以文章佐國家盛治；……若既無補於國家，又無與於斯道，……與蜉蝣之朝生暮死何異！」卷五頁一上下

按見序志篇。

同上：「凡人體過肥者，必不靈；物之肥者，必不耐久；文之肥者，不可以壽世。故人之肥者曰笨伯，文之肥者曰癡。肥皆賤之之辭也。爲文紆朱拖紫，有何性靈？綴玉裝金，究屬尸氣。劉舍人所謂『采濫辭詭，心理愈翳，翠綸桂餌，反所以失魚』也。」同上頁十三上

按見情采篇。

同上：「柳子厚永州之役，著作始工；坡公海南文字，筆力益勁；昌黎陽山後諸作，醇乎其醇；楊用修編錮雲南，著作之富，甲於一代。古人文章，窮而愈進，劉舍人所謂『蚌病成珠』，是也。」同上頁十九下

按見才略篇。

時文蠡測第三十四則言不可襲人之詞：「曲禮曰：『毋勦說。』言不可擥取他人之言以爲己有也。劉舍人曰：『全寫則揭篋，傍采則探囊。』襲人之詞，古人至比之爲盜，可不戒哉！」頁十三下

按見指瑕篇。

清錢大昕

十駕齋養新録四六：「駢儷之文，宋人或謂之四六。謝伋四六談麈，王銍四六話，是也。考文心雕龍

章句篇有云：『筆句無常，而字有常按當作條數：四字密而不促，六字格而非緩；或變之以三五，蓋應機之權節也。』則梁時文筆，已多用四字六字矣。」卷十六頁二九上下

潛研堂全書風俗通義逸文馬稱匹注：「文心雕龍指瑕篇云：『周禮井賦（地官小司徒），舊有匹馬，而應劭釋匹，或量首數蹄，斯豈辯物之要哉！　原夫古之正名，車兩而馬匹，匹兩稱自〔目〕，以並耦爲用。蓋車貳佐乘，馬儷驂服，服乘不隻，故名號必雙。名號一定，則雖單爲匹矣。匹夫匹婦，亦配義也。夫車馬小義，而歷代莫悟；況鑽灼經典，能不謬哉！』」頁十上

恒言録人身類性靈：「晉書樂志序：『性靈之表，不知所以發于詠歌。……』文心雕龍：『性靈鎔匠，文章奧府。』」卷一頁五上

按見宗經篇贊。

同上常語類儻來：「今人以不期而至者曰儻來。莊子：『軒冕在身，非性命也。物之儻來，寄也。』按見繕性篇文心雕龍：『博塞之文，借巧儻來。』」卷二頁四下

按見總術篇。

清翟灝

通俗編政治移：「漢書公孫弘傳：『移病免歸。』注曰：『移書言病也。』……文心雕龍：『劉歆之移太常，文移之首也。』按凡官曹不相臨敬者，其文書則謂之移。」卷六頁八上

按見檄移篇。

同上闕：「文心雕龍：『闕者，閉也。……蓋謂此也。』宋書禮志：『……某曹闕某事……謹闕。』」同上

按見書記篇。

同上文學富於千篇貧於一字：「見文心雕龍練字篇。」卷七頁七下

同上飽學：「文心雕龍：『有飽學而才餒，有才富而學貧。』」同上頁八上

按見事類篇。

同上行事斟酌：「國語：『耆艾修之，而後王斟酌焉。』按見周語上……文心雕龍：『權衡損益，斟酌濃淡。』」卷十二頁十五上

按見鎔裁篇贊。

同上身體吹毛求疵：「韓非子：『不吹毛而求小疵，不洗垢而察難知。』按見大體篇……文心雕龍奏啟篇云：『吹毛取瑕。』」卷十六頁十九下

同上言笑傅會：「漢書袁盎傳：『雖不好學，亦善傅會。』……傅一作附。……文心雕龍有附會篇，曰：『何謂附會？謂總文理，統首尾，彌綸一篇，使雜而不越者也。』」卷十七頁十三下

同上服飾掌中珠：「文心雕龍書記篇：『潘岳哀辭，稱掌珠伉儷，引俗説而爲文辭者也。』杜甫寄漢中王詩：『掌中榮見一珠新。』」卷二五頁七下

同上聲音颯颯：「宋玉風賦：『有風颯然而至。』……文心雕龍：『春日遲遲，秋風颯颯。』」卷三五頁

八下

按見物色篇贊。

清盧文弨

風俗通義逸文馬一匹注：「文心雕龍指瑕篇云：『周禮井賦，舊有匹馬，而應劭釋匹，或量首數蹄，斯豈辯物之要哉！……夫車馬小義，而歷代莫悟；況鑽灼經典，能不謬哉！』」頁十下

抱經堂文集杜詩雙聲疊韻譜序：「蓋上古人人皆明之，故不必言。至六朝乃始有明言雙聲者：南人若劉勰，北人若楊衒之，按見洛陽伽藍記卷五凝圓寺條 其書可考也。」卷六頁十六上

按見聲律篇。

清袁枚

隨園詩話：「顧寧人言『三百篇無不轉韻者，唐詩亦然。惟韓昌黎七古，始一韻到底』。按日知録卷二一文微異 余按文心雕龍云：『賈誼枚乘，四 按當作兩 韻輒易；劉歆桓譚，百韻 按當作句 不遷，亦各從其志也。』則不轉韻詩，漢魏已然矣。」卷六頁一下（隨園隨筆卷二五略同）

按見章句篇。

清王鳴盛

蛾術編説人 九 鄭氏 玄 品藻：「劉勰文心雕龍序云：『敷贊聖旨，莫若注經；馬鄭諸儒，宏之已精。』」卷五九頁十九下

按見序志篇。

清周廣業

意林注鬻子：「案劉勰文心雕龍諸子篇云：『鬻熊知道，而文王諮詢，……子氏肇始，莫先於兹。』政言熊爲諸子之權輿也。然曰『録其遺文』，則固非出熊手矣。」卷一頁二上

同上王孫子：「案漢志：『王孫子一篇，一曰巧心。』文心雕龍序云：『涓子琴心，王孫巧心，心哉美矣，故用之焉。』是巧心，書名也。」卷二頁十四上

按見序志篇。

同上鬼谷子：「案是書始見隋志，前此未録。故柳子厚按見柳集卷四辯鬼谷子以爲後出，……文心雕龍稱其『脣吻策勳』，又言『鬼谷渺渺，每環奥義』。豈竟不審真僞，爲此虚美哉！」同上頁二十上

按並見諸子篇。

同上陸賈新語：「案此漢人著書之始。新語外，又有楚漢春秋，感春賦。文心雕龍所謂『首發奇采，賦孟春而選典誥』也。」同上頁二五上

按見才略篇。

同上新論：「文心雕龍云：『符讖八十一篇，皆託於孔子。』又云：『桓譚疾其虚僞。』」卷三頁十三下

按並見正緯篇。

同上風俗通：「文心雕龍云：『古名車以兩，馬以匹者，車貳佐乘，馬匹驂服，……匹夫匹婦，猶此義

也。』案古者士以上皆有妾媵，惟庶人無之。夫婦合而成家，古舉匹爲名。因之呼單丁隻妻亦云匹。」卷四頁七下

按見指瑕篇。

同上仲長統 原注：「廖無此字。」昌言：「廖本無統字者，梁避昭明太子諱。故文心雕龍叙諸子曰：『王符潛夫，崔實政論，仲長昌言，杜夷幽求。』獨於統舉姓。」卷五頁三下

按見諸子篇。

同上物理論：「蓋史記每採其父談曰太史公，漢書則絶不言彪，叙傳亦不之及。是没彪之功，異於遷也。……文心雕龍曰：『遺親攘美之罪，……公理辨之究矣。』則知昌言先有是説，但文佚不可考耳。」同上頁十九上

按見史傳篇。又按意林原有錯簡，評騭班固没彪之功云云，乃傅子之錯入物理論中者。嚴可均全晉文卷四七曾辨之。

清章宗源

隋書經籍志考證古史晉紀四卷 陸機撰：「文心雕龍史傳篇曰：『晉代之書，陸機肇始而未備。』」卷二頁二下

同上晉紀二十三卷 干寶撰：「文心雕龍史傳篇曰：『干寶述紀，以審正得序；孫盛陽秋，以約舉爲能。』」同上頁四上

同上晉紀十一卷 鄧粲撰：「文心雕龍史傳篇曰：『按春秋經傳，舉例發凡，……至鄧粲晉紀，始立條

例;……及安國立例,乃鄧氏之規焉。』」同上頁七下至八上

同上晉陽秋三十二卷 孫盛撰 :「文心雕龍才略篇曰:『孫盛干寶,文盛爲史,準的所擬,志乎典訓;户牖雖異,而筆彩略同。』」同上頁八下

同上晉紀十卷 王韶之撰 :「文心雕龍史傳篇曰:『王韶續末而不終。』」同上頁十上

同上楚漢春秋九卷 陸賈撰 :「文心雕龍史傳篇曰:『漢滅嬴項,武功積年,陸賈稽古,作楚漢春秋。』」卷三頁四上

同上漢朝議駮三十卷 應劭撰 :「文心雕龍議對篇曰:『漢世善駮,則應劭爲首。』」卷十二頁八下

清馮浩

樊南文集詳註爲安平公兖州奏杜勝等四人充判官狀(趙晢)妙極文場句:「文心雕龍:『文場筆苑,有術有門。』」卷二頁二上

按見總術篇。

同上爲李貽孫上李相公 德裕 啟前軍露板方事於羽馳二句:「文心雕龍:『檄者,皦也。或稱露布,播諸視聽也。插羽以示迅,露版以宣衆。』」卷三頁六下

按見檄移篇。

同上祭處士房叔父文鴻儒著美句:「文心雕龍:『馬融鴻儒。』」卷六頁十八上

按見才略篇。

同上爲裴懿無私祭薛郎中衮文曹劉才調句：「劉勰文心雕龍：『揚班之倫，曹劉以下。』」同上頁二八下

按見比興篇。

清孫志祖

讀書脞録齊物論：「莊子齊物論，張文潛、王厚齋皆以物論二字連讀，按見困學紀聞卷十（今本柯山集無文潛論莊子語）謂物論之難齊，而莊子欲齊之也。……志祖案文選魏都賦：『萬物可齊於一朝。』劉淵林注云：『莊子有齊物之論。』劉琨答盧諶書云：『遠慕老莊之齊物，近嘉阮生之放曠。』晉人崇尚元玄學，然皆不以物論二字連讀也。梁劉勰文心雕龍論説篇，直云『莊周齊物，以論爲名』，尤可證明六朝舊讀矣。」卷四頁五下至六上

文選李注補正思舊賦「昔李斯之受罪兮，歎黄犬而長吟」二句：「文心雕龍指瑕篇云：『君子擬人，必於其倫。向秀之賦嵇生，方罪於李斯，不類甚矣。』」卷一頁三九下

履齋示兒編繫辭曰：能説諸心，能研諸侯之慮。侯之二字是必傳寫之誤條案語：「文心雕龍風骨篇亦有『能研諸慮，何遠之有哉』語，足證六朝舊本皆無侯之二字。」卷二頁五下

清楊倫

杜詩鏡銓八哀詩張九齡首篇終語清省句：「文心雕龍：『士龍思劣，而雅好清省。』」卷十四頁二三上

按見鎔裁篇。

清紀昀

四庫全書總目提要凡例：「劉勰有言：『意翻空而易奇，詞徵實而難巧。』儒者説經論史，其理亦然。」卷首三頁八上

按見神思篇。

同上經部三十三五經總義類：「劉勰有言：『意翻空而易奇，詞徵實而難巧。』此雖論文，可例之於説經矣。」卷三三頁五六下

同上史部一正史類一漢書：「（班）固作是書，有受金之謗，劉知幾史通按見曲筆篇尚述之；然文心雕龍史傳篇曰：『徵賄鬻筆之愆，公理辨之究矣。』是無其事也。」卷四五頁二一上下

同上史部六別史類路史：「然引據浩博，文采瑰麗。劉勰文心雕龍正緯篇曰：『羲農軒皞之源，山瀆鍾律之要，……是以後來詞人，採摭英華。』泌之是書，殆於此類。」卷五十頁十九上下

同上子部二十七雜家類一鬻子：「今本所載，與賈誼新書所引六條，按見修政語下篇文格略同。疑即小説家之鬻子説也。……劉勰文心雕龍云：『鬻熊知道，文王咨詢。遺文餘事，録爲鬻子。』則裒輯成編，不出熊手。流傳附益，或構虚詞。故漢志列入小説家歟。」卷一一七頁二上下

按見諸子篇。

同上鶡冠子：「劉勰文心雕龍稱『鶡冠綿綿，亟發深言』。韓愈集按見卷十一有讀鶡冠子一首，……其説雖雜刑名，而大旨本原於道德，其文亦博辨宏肆。自六朝至唐，劉勰最號知文，而韓愈最號知道，二子稱之，宗元乃以爲鄙淺，按見柳集卷四過矣。」同上頁九上至十上

按亦見諸子篇。
同上集部別集類一揚子雲集：「然考漢書胡廣傳，按漢上當有後字稱雄作十二州箴，二十五官箴，其九箴亡。則漢世止二十八篇。劉勰文心雕龍稱『卿尹州牧二十五篇』，則又亡其三。」卷一四八頁二四上
按見銘箴篇。
同上詩文評類一文章緣起：「至於謝恩曰章，文心雕龍載有明釋；乃直以謝恩兩字爲文章之名，尤屬未協。」卷一九五頁七上
按見章表篇。
同上詩文評類二金石要例：「（宗羲）又據孫何碑解，論碑非文章之名，其説固是；然劉勰文心雕龍，已列此目。」卷一九六頁十二下
按見誄碑篇。
史通削繁叙事篇夫獵者漁者至唯一筌一目而已評：「此即陸機『片言居要』，按見文賦劉勰『寸樞轉關，寸轄制軸』之説。」卷二頁十上
按見事類篇。引文有異
同上然章句之言有顯有晦至事溢於句外評：「顯晦云云，即彦和隱秀之旨。」同上頁十下
按見隱秀篇。
清曾廷枚

香墅漫鈔史類露布：「用兵獲勝，則上其功狀於朝，謂之露布。雖自魏晉以來有之，然竟不知所出。惟文心雕龍云：『露布者，蓋露板不封，布諸觀聽也。』」卷二頁二三下

按此檄移篇佚文。曾氏蓋自它書轉引

同上子類古無謎字：「演繁露：『古無謎字，……至鮑照集，則有井謎按見卷七矣。』文心雕龍：『自魏代以來，頗非俳優，而君子嘲隱，化爲謎語。謎也者，迴互其辭，使昏迷也。』」卷三頁二七上

按見諧隱篇。

古諺閒譚叙：「余自幼時，即嘗聞里巷之辭，心切韙之，而苦不甚記憶。及閱劉舍人文心雕龍，云：『諺者，直語也。廛路淺言，文詞鄙俚，有實無華，莫過於諺。』殆與芻蕘無以異也。然考上古之世，如鄒穆公云『囊漏儲中』，陳琳諫詞『掩目捕雀』，並屬遺諺，先民多引以爲文者，直可與經史相證明。採爲譚説，作爲箴戒，奚可忽哉！」卷首頁一上

按見書記篇。

清趙翼

陔餘叢考左傳叙事氏名錯雜：「左傳叙事，每一篇中或用名，或用字，或用謚號。蓋當時文法如此。然錯見疊出，幾使人茫然不能識別：如子越椒之亂，按見左傳宣公四年一鬬般也，忽曰鬬般，忽曰子揚；一蔿賈也，忽曰蔿賈，忽曰伯嬴。……此究是古人拙處，史遷以後則無此矣。劉勰亦謂『左氏綴事，氏族難明；及史遷各傳，人始區詳而易覽』也。」卷二頁十九下至二十下

按見史傳篇。

同上月令：「……不知此篇按指禮記月令本呂氏原本，而禮家採入禮記中者。今呂氏春秋現在，可覆按也。……而鄭康成已謂是『不韋春秋之首章，禮家抄合爲記』。按見禮記月令正義引劉勰亦謂：『月令一篇，取乎呂氏之紀。』」卷三頁六上

按見諸子篇。

同上漢書：「又王莽篡位，班書不列入本紀而別爲莽傳，附於卷末，固是。但其體例，仍似本紀叙事。後漢張衡以爲莽傳但應載篡事；至於編年紀月，宜爲元后本紀。按見後漢書張衡傳此亦創論。然元后歿後莽尚未敗，則宜何書？……愚謂是時並不必立元后紀而立孺子嬰本紀爲是。孺子嬰被更始所殺之歲，即光武建元建武之歲，年月略無空缺。」原注：「余既創此論，自以爲得作史之法；及閲文心雕龍，有云：『子弘雖僞，要當孝惠之嗣；孺子誠微，實繼平帝之體。二子可紀，何有於二后哉！』則謂王莽傳宜改作孺子嬰紀。實有先獲我心者。」卷五頁十九上下

按見史傳篇。

同上露布：「……然露布之名，漢已有之。但非專用於軍旅耳。……亦謂之露版。……文心雕龍曰：『露布者，露版不封，布諸視聽也。』自賈洪作此討曹操，後遂專用於軍事。如世説『桓温北征，令袁宏倚馬作露布，手不停筆，俄成七紙』按見文學篇是也。然既爲征討時所用，則猶是檄文之類，非專用以奏捷者。故文心雕龍又云：『露布者，天子親戎，則稱恭行天罰；諸侯御師，則稱肅將王誅。』是

本以聲罪致討也。」卷二二頁十二下至十三上

按上爲檄移篇佚文，下亦見檄移篇。

同上詩筆：「陸游筆記：『六朝人謂文爲筆。』按見老學庵筆記卷九 ……不知六朝人之稱文與筆，又自有別。文心雕龍曰：『今俗常言：無韻者，筆也；有韻者，文也。』是六朝人以韻語爲文，散行爲筆耳。按南史沈約傳：『謝玄暉善爲詩，任彥昇工於筆，約兼而有之。』……則六朝所謂文筆，當以劉勰言爲據也。」卷二二頁二下至三上

按見總術篇。

同上謎：「謎即古之隱語。……據此，可見東漢末之好爲隱語也。然猶未謂之謎。其名曰謎，則自曹魏始。文心雕龍曰：『魏代以來，君子嘲隱化爲謎語。……魏文陳思，約而密之；高貴鄉公，又博舉品物。』然則高貴鄉公時，又嘗輯之成編矣。」同上頁十一下至十二下

按見諧隱篇。

同上敕：「詔敕爲君上之詞，本漢制。文心雕龍曰：『漢初定儀，命有四品：……三曰詔書，四曰戒敕。』蓋本尚書『敕天之命』按見益稷 也。又云：『戒敕爲文，實詔之切者。』然漢以後，敕字猶通用。凡官長之諭其僚屬，尊長之諭其子弟，皆曰敕。」同上頁十六下

按並見詔策篇。

同上一二言詩：「孔穎達詩正義序云：『詩以申志，……故詩之見句，少不減二，即祈父、肇禋之類

也。……』祈父、肇禋，劉勰亦引爲二字詩。」卷二三頁一上

同上三言詩：「……劉勰又引喜起歌爲三言之首，而謂詩之有三五言，多成於西漢。蓋國風山有榛，隰有苓；周頌綏萬邦，屢豐年之類，古詩中原有此句法，特漢初以之爲全篇，遂成此三言之一體耳。」同上頁一下至二上

按見章句篇。

同上四言詩：「蓋周秦以上及漢初詩，皆四言；自五言興而四言遂少。然漢魏六朝，亦尚有爲之者。文心雕龍以韋孟諷諫詩，爲四言首唱。此後如相如封禪頌，……陶淵明停雲詩，皆傑出者。」同上頁二下

按亦見章句篇。

按見明詩篇。

同上五言詩：「文心雕龍曰，漢成帝品録，三百餘篇，不見有五言。蓋在西漢時，五言猶是創體，故甄録未及也。……劉勰又曰：『召南行露，已肇半章；……則五言久矣。』又曰：『四字密而不促，六字格而非緩，或變之以三五，蓋應機之權衡按當作節也。』……按三百篇中，五言單句，固指不勝屈；若小雅『以介我稷黍，以穀我士女，……乃求千斯倉，乃求萬斯箱』等句，已皆連用五言，特未製爲全篇耳。漢初諸人，本此以爲全篇，遂成五言體。」同上頁三上下

按上見明詩篇，下見章句篇。

同上六言詩：「任昉云：『六言始於谷永。』按見文章緣起 然劉勰云：『六言七言，雜出詩騷。』今按毛詩

『謂爾遷於王都，曰予未有室家』等句，已開其端，則不始於谷永矣。或谷永本此體創爲全篇，遂自成一家。」同上頁四上

按見章句篇。

同上七言：「金玉詩話謂七言起於柏梁。然劉勰謂出自詩騷。孔穎達舉『如彼築室於道謀』按見小雅小旻爲七言之始。……顧寧人謂：『楚詞招魂、大招，去其些、只，即是七言。』按見日知録卷二一……至柏梁則通體皆七言，故後世以爲七言之始耳。」同上頁五上

按亦見章句篇。

同上五七律排：「五七律及排律，雖創於初唐沈宋諸人，然六朝已開其端。劉勰云：『左礙而尋右，末滯而討前；……詞靡于耳，纍纍如貫珠。』似已研究聲律。」同上頁七下

按見聲律篇。

同上樂府：「文心雕龍曰：『漢武立樂府，總趙代之音，撮齊楚之氣；……河間獻雅而不御，故汲黯致譏於天馬。』然則樂府本非雅樂也。又云：『軒代鼓吹，漢世鐃挽，並出樂府。』故樂府有鐃吹等曲。」同上頁十下至十一上

按並見樂府篇。

同上聯句：「……然聯句究當以漢武柏梁爲始。文心雕龍曰：『聯句共韻，柏梁餘製。』是也。」同上頁十六上

按見明詩篇。

同上雙聲疊韻：「雙聲疊韻起於六朝。……劉勰云：『雙聲隔字而每舛，疊韻雜句而必睽。』」同上頁二四下

按見聲律篇。

同上碑表：「……禮記祭義：『牲入廟門，麗牲于碑。』賈氏公彥以爲『宗廟皆有碑，以識日景』……按此數說，則古人宮寢墳墓，皆植大木爲碑。而其字從石者，孫何云：取其堅且久也。按見宋文鑑卷一二五碑解 劉勰則謂：『宗廟有碑，樹之兩楹，事止麗牲，未勒勳績，後代自廟徂墳，以石代金。』……古碑之傳於世者：漢有楊震碑，首題太尉楊公神道碑銘；按見隸釋卷十二 又蔡邕作郭有道、陳太丘墓碑文，載在文選；按見卷五八 後漢崔寔卒，袁隗爲之樹碑頌德。按見後漢書崔寔傳 故劉勰謂：『東漢以來，碑碣雲起。』」卷三二頁八下至九下

按並見誄碑篇。

同上文人相輕：「劉勰文心雕龍云：『韓非儲說始出，相如子虛賦初成，秦皇漢武，恨不同時；既同時矣，則韓囚而馬輕。豈非同時則賤哉！』此皆以同時見輕，固世情之所不免。然猶非彼此相忌而相軋也。劉勰又云：『班固、傅毅，文在伯仲，而固嗤毅，謂下筆不能自休。……故魏文稱文人相輕，非虛談也。』則此習自古已然。」卷四十頁八下至九上

按並見知音篇。

同上竊人著述：「顧寧人謂『昔人著述，往往自藏其名而托之於古人。如張霸百二尚書之類』。按日知録卷十八文微異今人則好竊人詩文以爲己作，此誠風尚之愈變愈下也。然昔人亦有竊人著作者，蔡邕疏云：『今待詔之士，或竊成文，虚冒姓氏。』按見後漢書蔡邕傳是漢末已有此風。世説：『向秀註莊子未竟而卒，郭象遂竊爲己註。』按見文學篇劉勰亦云：『排人美詞，以爲己力，寶玉大弓，終非己有。』」同上頁九下

按見指瑕篇。

清陳鱣

恒言廣證毁譽類指摘：「鱣按蜀志孟光傳：『光之指摘痛癢，多如此類。』……文心雕龍：『張衡指摘于史職。』」頁一八

按見奏啟篇。

同上疊字類斟酌：「鱣按……文心雕龍鎔裁篇：『權衡損益，斟酌濃淡。』」頁三四

按見鎔裁篇贊。

同上因循：「鱣按慎子因循篇：『因也者，因人之情也；……』……文心雕龍史傳篇：『及班固述漢，因循前業。』」頁三六

同上文翰類字謎：「鱣按文心雕龍諧隱篇：『昔楚莊、齊威，性好隱語。至東方曼倩，尤巧辭述。隱化爲謎語。……』人皆知其始于『黄絹幼婦』，而不知自伍舉、曼倩時，已有之矣。」頁八八

同上成語類吹毛求疵：「鱣按文心雕龍奏啟篇：『吹毛取瑕。』」頁九四

清王芑孫

讀賦巵言導源：「賦者，敷陳其事而直言之，其旨不尚玄微，其體匪宜空衍。劉勰云：『老莊告退，山水方滋。』王文考云：『功績存乎辭，德音昭乎聲。』按見文選魯靈光殿賦 左太沖云：『攝其體統，歸諸訓詁。』按見文選三都賦序 由斯論之，譚空說玄，都無是處。」頁四上

按見明詩篇。

同上謀篇：「詮賦曰：『履端于唱序，歸餘于總亂。亂以理篇，迭致文契。』蓋賦重發端，尤慎結局矣。」頁十上

同上造句：「練字曰：『三權重出。』古賦惟大篇不禁重出，若千言以內，初無累牘風雲，連篇月露之事；況於律賦，即虛字門接，大宜檢點。」頁十二上

同上獻賦：「獻賦始於漢。宋玉諸賦，頗稱楚王，然由意撰，羌非實事。漢賦孝成之世，奏御者千有餘篇，然非由自獻。蓋其時猶有輶軒之使，采詩夜誦，趙代秦楚之謳，皆列樂府；賦亦當在采中。故劉勰云『繁積于宣時，校閱于成世』也。」頁十三下至十四上

按見詮賦篇。

清孫梅

四六叢話表：「表以道政事，達辭情，文心論之詳矣。」卷十頁一上

按見章表篇。

同上章疏：「文心敍書思之作，曰章表，曰奏啟。」卷十三頁一上

按見章表篇及奏啟篇。

同上判：「文選雕績滿眼，判缺有閒；惟文心略舉厥義，附之契券，曰：『其字半分曰判。』」卷十九頁一下

按見書記篇。

同上序：「子雲、相如，因自序而爲傳；靈均、敬通，即騷賦以敍懷；彦和序志，夢執丹漆以南行；子玄自序，恐覆醬瓿而泣血。修名不立，没世無稱，哲人君子，所兢兢爾。」卷二十頁一下

同上：「嘗考文心論列諸體，獨不及序；惟論説篇有『序者次事』一語，豈以序爲議論之流乎？」同上頁一下至二上

同上記：「嘗考蕭氏文選，有奏記而無記；劉氏文心，有書記而無記。則知齊梁以上，列記不多。」卷二一頁一下

同上銘箴贊：「子山雜頌五十首，音韻鏗鏘，事辭周密矣。蓋其義隆歎美，體極褒崇。故文心考實，與頌同原。」卷二三頁二下

按見頌讚篇。

同上檄露布：「夫檄與露布，六朝不甚區别，故文心合而爲一。」卷二四頁二上下

按見檄移篇。

同上雜文：「能文之士，無施不可。多或累幅，少即數言，……雖無當於賦頌銘讚之流，亦未始非著作文章之任。則雕龍有雜文一目，叢話仍之。」卷二六頁一上

清程杲

四六叢話識語：「四六之文，世謂創自六朝，非篤論也。易大傳曰：『坤爲文。坤，偶象也。』按見説卦 文之有偶，其即坤之取象乎？在書：『滿招損，謙受益。』按見僞大禹謨 在詩：『覯閔既多，受侮不少。』按見邶風柏舟 諸如此類，謂非四六之濫觴耶！雕龍所引孔子繫易，四德句句相銜，龍虎字字相儷；乾坤易簡，宛轉相承；日月往來，隔行懸合。凡後世駢體對法，莫不悉肇於斯。」卷首頁七上

按見麗辭篇。

同上：「四六主對，對不可以不工。雕龍所論言對、事對、反對、正對，盡之矣。至謂言對易，事對難，反對優，正對劣；其所謂難者：若古『二十四考中書，三十六年宰輔』，按見唐詩紀事卷五四溫庭筠條 『秦塞重關一百二，漢室離宮三十六』按見駱賓王文集卷九帝京篇 之類，比事皆成絶對，故難也。近時繙類書舉故事，往往一意衍至數十句，不惟難者不見其難，亦且劣者彌形其劣。」卷首頁八下

按亦見麗辭篇。

清馮應榴

蘇詩合註犍爲王氏書樓首磊落萬卷今生塵句：「文心雕龍：『磊落如琅玕之圃。』」卷一頁三上

按見才略篇。

同上寄題清溪寺首秦儀固新學句：「文心雕龍：『新學之鋭，則逐奇而失正。』」同上頁二七下

按見定勢篇。

同上秀州報本禪院鄉僧文長老方丈首我除搜句百無功句：「文心雕龍：『搜句忌於顛倒。』」卷八頁三一上

按見章句篇。

同上和趙郎中捕蝗見寄次韻首愛君有逸氣句：「文心雕龍：『時有逸氣。』」卷十四頁十三下

按見風骨篇。

同上寓居定惠院之東雜花滿山有海棠一株土人不知貴也首忽逢絶豔照衰朽句：「文心雕龍：『驚采絶豔。』」卷二十頁十四上

按見辨騷篇。

清馮集梧

樊川詩集注洛中送冀處士東游首文理何優柔句：「文心雕龍：『條暢以順氣，優柔以懌懷。』」卷一頁三七下

按見書記篇。

同上長安雜題長句六首之四勢窘猶爲酒泥慵句：「文心雕龍：『思王以勢窘益價。』」卷二頁七下

按見才略篇。

同上東兵長句十韻首詩人章句咏東征句：「文心雕龍：『宅情曰章，位言曰句。……尋詩人擬喻，雖

斷章取義；然章句在篇，如繭之抽緒，原始要終，體必鱗次。』」同上頁十六上

按見章句篇。

同上夏州崔常侍自少常亞列出領麾幢十韻首別風嘶玉勒句：「文心雕龍：『尚書大傳有別風淮雨，帝王世紀云列風淫雨。別列淮淫，字似潛移。』」同上頁三八上

按見練字篇。

同上讀杜韓集首杜詩韓集愁來讀句：「文心雕龍：『今之常言：有文有筆，以爲無韻者，筆也；有韻者，文也。……別目兩名，自近代耳。』」同上頁三十下

按見總術篇。

同上春日言懷寄虢州李常侍十韻首驚夢起鴛鴦句：「文心雕龍：『揚雄輟翰而驚夢。』」同上頁三一上

按見神思篇。

同上奉和門下相公送西川相公兼領相印出鎮全蜀詩十八韻首威聲懾夜郎句：「文心雕龍：『震雷始于曜電，出師先乎威聲。』」同上頁三六下

按見檄移篇。

同上朱坡首無才筆漫提句：「文心雕龍：『庾以筆才逾親，温以文思益厚。』」同上頁三九上

按見時序篇。

同上偶題首千載更逢王侍讀句：「文心雕龍：『逢其知音，千載其一乎！』」卷四頁十下

按見知音篇。

清畢沅

釋名疏證釋書契「檄，激也。下官所以激迎其上之書文也」條：「説文（木部）云：『檄，二尺書。从木敫聲。』案戰國以來始有檄名，或以諭下，或以辟吏，或以徵召，或以威敵。未有如此所云者。文心雕龍云：『檄者，皦也。』亦似得之。」卷六頁四上下

按見檄移篇。

清陳本禮

屈辭精義序：「劉勰曰：『不有屈原，豈見離騷？』顧造化生人，同資化育，何孤臣孽子，天必厄其所遇，戾其所爲，窘之迫之，置之於莫可如何之地？蓋欲磨礱其大節，苦礪其貞操，俾其精誠所結，在天爲星辰，在地爲河嶽。夫然後知天之所以成之者，至矣。若屈子者，豈不可謂天之成之者歟？」卷首頁一上

按見辨騷篇贊。

清郝懿行

證俗文詔：「漢有四品：曰策書，曰制書，曰詔書，曰敕書是也。」原注：「文心雕龍：『敕戒州部，詔誥百官，制施赦命，策封王侯。』」卷八頁五上

按見詔策篇。

同上：「詔書……其版長尺一，所謂尺一牘者也。」原注：「漢書匈奴傳：『漢遺單于書以尺一牘，中行説令單于以尺二寸牘，及印封皆令廣長大。』案文心雕龍云：『張儀檄楚，書以尺二。』是則單于尺二寸牘，亦有因於古也，蓋用檄體。」同上頁五下

按見檄移篇。

同上：「軍中露布曰檄。」原注：「封氏聞見記亦謂之露版（按見卷四）。……文心雕龍：『暨乎戰國，始稱爲檄。……明白之文，或稱露布，播諸視聽也。』」同上頁六下

按亦見檄移篇。

同上：「公府文書曰移。」原注：「官曹公府不相臨敬，則爲移書，箋表之類也。……文心雕龍：『移者，易也。檄移爲用，事兼文武。』」同上頁七上

按亦見檄移篇。

同上書：「韻書者，起於形聲，成於依永，……音之興也，理自然耳。故知『聲有飛沈，響有雙疊』。原注：「二語見文心雕龍。」又是爲天籟，非本人聲者也。」原注：「文心雕龍：『音律所始，本於人聲者也。』」同上頁十四上下

按並見聲律篇。

同上：「晉宋以後，韻盛而音微。」原注：「文心雕龍：『異音相從謂之和，同聲相應謂之韻。』」同上頁十四下

按亦見聲律篇。

同上：「五聲出於五行，七音生於二變。『商徵響高，宮羽聲下，抗喉矯舌之差，攢脣激齒之異，廉肉相準，皎然可分。』」原注：「文心雕龍。」同上頁十五下

按亦見聲律篇。

同上：「洎梵學入中國，其術精密，三十六字母，若網在綱，秩爾有條。豈非『聲得鹽梅，響滑榆槿，割棄支離，宮商難隱』者哉！」原注：「文心雕龍。」同上頁十六上下

按亦見聲律篇贊。

曬書堂筆録文章以簡爲貴：「文賦云：『要辭達而理舉，故無取乎冗長。』……故知『榛楛勿翦，庸音足曲』。陸士衡猶取譏於彥和，又況下此者乎！」原注：「劉譏陸二語，見文心雕龍鎔裁篇。」卷五頁二六下至二七上

顏氏家訓斠記文章篇陳思王武帝誄，遂深永蟄之思；潘岳悼亡賦，乃愴手澤之遺條：「案文心雕龍指瑕篇云：『永蟄頗疑於昆蟲。』又云：『潘岳悲內兄，則云感口澤。』此云『悼亡賦愴手澤』，今檢潘集，都未見此二語，何也？」頁六下至七上

晉宋書故：「……考文心雕龍云：『今之常言，有文有筆，以爲無韻者筆也，有韻者文也。』又金樓子云：『不便爲詩如閻纂，善爲章奏如伯松，若此之流，汎謂之筆。』按見立言篇下 是也。又南史任昉傳：『尤長載筆，王公表奏，無不請焉。』據此二條，似專以章表爲筆。其實亦對文則別，散文則通耳。」頁九上下

按見總術篇。

清陳沆

詩比興箋枚乘詩箋：「古詩十九首，文心雕龍曰：『古詩佳麗，或云枚叔；其孤竹一篇，則傅毅之詞。比采而推，其兩漢之作乎？』李善亦以驅車上東門、游戲宛與洛，詞兼東都，非盡乘作。然徐陵玉臺新

詠，録枚乘古詩止九首，兩語皆不在其中。則十九首固非一人之詞。惟九章則爲乘作也。」卷一頁十七上

按見明詩篇。

清張雲璈

選學膠言魏都賦齊物論條：「雲璈按：……然劉越石答盧諶書『遠慕老莊之齊物』，夏侯湛莊周贊『齊物絶尤』，按見類聚三六引 文心雕龍云：『莊周齊物，以論爲名。』皆不以物論連用。」卷四頁二四下至二五上

按見論説篇。

同上上林賦相如賦非一日能就條：「雲璈按：西京雜記又云：『枚皋文章敏疾，長卿制作淹遲，……』按見卷三 據此，則長卿夙號淹遲，此賦自非成於一日也。文心雕龍亦云：『相如含筆而腐毫。』」卷五頁二四上下

按見神思篇。

同上别賦謂文爲筆條：「……雲璈又按：劉孝綽稱弟儀與威云：『三筆六詩。』三謂孝儀，六謂孝威也。……劉邈傳：『文筆三十餘篇。』是以文爲筆也。然雖統言曰筆，而其間亦略有别。文心雕龍所云『無韻者筆，有韻者文』是也。」卷八頁二六下至二七上

按見總術篇。

同上蘇李五言條：「……雲璈按：子卿答李陵之説，李注亦無明文，未必遂以爲在匈奴時作也。蘇李

之真僞姑勿論,若云五言始於二人,實謬。劉彦和亦以蘇李爲後人所擬,故云:『召南行露,始肇半章;……邪徑童謡,近在成世。閲時取證,五言久矣。』是不以五言起於蘇李也。」卷十二頁十七下至十八上

按見明詩篇。

同上任彦昇爲齊明帝讓宣城郡公第一表三讓條:「古人授官,例有讓表。文心雕龍云:『昔晉文受册,三辭從命。是以漢末讓表,以三爲斷。……』雲璈今按:齊明帝讓宣城郡公,范尚書讓吏部封侯,選載其第一表,是晉世以來,仍爲三讓也。」卷十六頁二六上

按見章表篇。

同上任彦昇奏劉整列稱條:「篇中供詞,多言列稱。按文心雕龍曰:『列,陳也。陳列事情,昭然如見也。』」卷十七頁十一下

按見書記篇。

清凌曙

群書答問:「問:『呂氏春秋勸學篇,凡説者,兑之也,非説之也,何謂也?』曰:『易序卦:巽者,入也;入而後説之,故受之以兑。』釋名:『兑,物得備足,皆喜悦也。』按見釋天 文心雕龍:『説者,悦也。兑爲口舌,故言咨悦懌。』據此,知爲師者,必先得學者之歡心,而後其説乃可行也。故易按見兑卦象曰:『麗澤兑,君子以朋友講習。』」卷上頁二十下

按見論説篇。

清沈欽韓

漢書疏證郊祀志上奉車子侯暴病一日死二句：「索隱：『新論云：武帝出璽印石財有朕兆，子侯沒印，帝畏惡，故殺之。』風俗通正失篇亦云然。顧胤案武帝集，帝與子侯家語云：道士皆言子侯得仙，不足悲。此説是也。按見史記封禪書案文心雕龍哀弔篇云：『霍子侯暴亡，帝傷而作詩。』然武帝豈有殺之之理乎？」卷十八頁三十下至三一上

同上藝文志黄帝銘六篇：「文心雕龍銘箴篇：『帝軒刻輿几以弼違。』」卷二五頁二四上下

同上孔甲盤盂二十六篇：「文心雕龍云：『成湯盤盂，著日新之規。』」同上頁四四下

按見銘箴篇。

同上荆軻論五篇：「文心雕龍頌讚篇：『相如屬筆，如按當作始讚荆軻。』」同上頁四八下

同上隱書十八篇：「劉勰諧隱篇：『至東方曼倩，尤巧辭述。……謎也者，迴互其辭，使昏迷也。』」同上頁六一上

同上李夫人及幸貴人歌詩三篇：「外戚傳有是邪非邪詩。」原注：「劉勰樂府篇：『孝武之歎來遲，歌童被聲。』」同上頁六二上

同上變怪誥咎十三卷：「文心雕龍：『黄帝有祝邪之文，東方朔有罵鬼之書；陳思誥咎，裁以正義。』」卷二六頁四五上

按見祝盟篇。

清迮鶴壽

蛾術編案語説字二十一韻書功過大小條：「鶴壽案：韻書之作，不始于沈約。文心雕龍云：『昔魏武論賦，嫌于積韻，而善于資代。』晉書律曆志云：『魏武時，河南杜夔精識音韻，爲雅樂郎中令。』二書雖一譔于梁，一譔于唐，要及魏武、杜夔之事，俱有韻字。則知此學之興，蓋在漢建安中。」卷三五頁二上

按見聲律篇。又按迮氏此文襲自閻若璩尚書古文疏證卷五下。百詩原文已見前

清嚴可均

鐵橋漫稿鬻子序：「諸子以鬻子爲最早。神農、黄帝、大禹、伊尹等書，疑皆依託；今亦不傳。……劉勰曰：『鬻熊知道，而文王咨謀，諸子肇始，莫先於斯。』誠哉是言。」卷五頁十八下

按見諸子篇。

全上古三代秦漢三國六朝文全上古三代文：「帝舜祠田：『荷此長耜……四海俱有。』」注：「文心雕龍祝盟篇引舜之祠田。」卷一頁七下

同上全後漢文：「班固安豐戴侯頌注：『文心雕龍：孟班按當作堅之頌按當作序戴侯。』文今佚。」卷二六頁二下

按見頌讚篇。

同上全三國文：「陳王植報陳孔璋書：『葛天氏之樂，……聽者因以蔑韶夏矣。』」注：「文心雕龍事類篇。」卷十六頁七下

同上全晉文：「左思七略注：『案當從文心雕龍作七諷。』」卷七四頁十七下

按見雜文篇及指瑕篇。

同上：「左思七諷注：『文心雕龍指瑕篇：左思七諷，説孝而不從。反道若斯，餘不足觀矣。』」同上

清焦循

孟子正義梁惠王章句上正義：「文心雕龍云：『夫設情有宅，置言有位，宅情曰章，位言曰句。章者，明也；句者，局也。局言者，解〔聯〕字以分疆；明情者，總義以包體。道〔區〕畛相異，而衢路交通矣。』」卷二頁一下

按見章句篇。

清馬國翰

目耕帖書四：「書序微子之命下，有歸禾、嘉禾二篇，俱佚。尚書大傳有嘉禾，當是佚篇之文。中記越裳氏使請曰：『吾國之黄耇曰，久矣天之無别風淮雨。』帝王世紀作烈風淫雨。劉勰文心雕龍：『烈淫義當而不奇，别淮理違而新異。』則知玄晏所見本，當不誤也。」卷十頁三八下

按見練字篇。

清錢熙祚

古文苑校勘記司空箴：「藝文類聚四十七又初學記十一，以此箴爲崔駰作。按後漢書云：『揚雄作十二州二十五官箴，其九箴亡闕。』按見胡廣傳文心雕龍稱『卿尹州牧二十五篇』。則比范氏所見，又少三

篇矣。」頁二二三下

按見銘箴篇。

同上傅毅北海王誄：「此文不全。文心雕龍誄碑篇引『白日幽光，雰霧杳冥』二句。」頁二九下

清汪喜孫

舊學蓄疑史漢書藝文志王史氏二十一篇，按大戴禮保傅篇有青史氏之説，王必青之脱誤條按語：「喜孫謹按：風俗通按見祀典篇文心雕龍並引青史氏之語。」頁八下

按見諸子篇。彦和止云「青史曲綴以街談」，並未引其語。又按王史氏二十一篇在六藝略，禮類青史子五十七篇在諸子略，小説家類各爲一書。汪中説誤。

清許槤

六朝文絜序：「余蓋深韙乎劉舍人之言也：『析辭尚絜。』然則文至六朝，絜矣乎？曰：繁冗莫六朝若矣。或曰：既繁冗之，復絜名之，厥又何説？曰：繁冗奚慮！夫『蹊要所司，職在鎔裁』。」卷首頁一上

按物色篇本作「物色雖繁，而析辭尚簡」。許氏以意改字，非是。末二句出鎔裁篇

清梁章鉅

退菴隨筆學文：「六朝以前，多以文筆對舉，或以詩筆對舉。詩即有韻之文，可以文統之。……劉勰文心雕龍云：『無韻者筆，有韻者文。』此以文與筆分言之也。」卷十九頁十六上

按見總術篇。

同上：「或疑文必有韻之語爲不盡然。不知此劉彦和之説也。文心雕龍總術篇云：『今之常言，有文有筆，無韻者筆，有韻者文。』彦和精於文理者，豈欺人哉！」同上頁十七上

文選旁證吴都賦注桀作東歌條：「此見晏子春秋。按内篇諫上文異（疑此有脱誤） 然文心雕龍樂府篇云：『夏甲歎於東陽，東音以發。』劉子亦云：『夏甲作破斧之歌，始爲東音。』按見辨樂篇 夏甲是孔甲，不作桀，蓋據吕氏春秋。」按見音初篇　卷七頁十九上

同上應休璉百一詩條：「隋書經籍志：『應璩百一詩八卷。』此特其一篇耳。文心雕龍謂：『應璩百一，辭譎義貞。』……鍾嶸詩品云：『應璩詩祖魏文，善指事，得激刺之旨。』又謂：『陶淵明詩出於應璩。』想皆評全詩。今僅存此首，無從證其是非也。」卷二十頁十八下

按見明詩篇。

同上王康琚反招隱詩與物齊終始注莊子有齊物論條：「按王伯厚謂莊子齊物論，非欲齊物也，蓋謂物論之難齊也。……則物論齊矣云云。按見困學紀聞卷十 此以齊物二字連讀，似誤。然劉琨答盧諶書，已云『遠慕老莊之齊物』。文心雕龍論説篇云：『莊周齊物，以論爲名。』是六朝以前，均作此解。」同上頁二三一上下

同上古詩十九首冉冉孤生竹條：「文心雕龍云：『孤竹一篇，傅毅之詞。』」卷二五頁六上

按見明詩篇。

同上答客難注以自慰諭條：「文心雕龍雜文篇云：『自對問以後，東方朔效而廣之，名曰客難。託古慰志，疎而有辨。』」卷三七頁二下

清張鑑

恒言録補注常語類風景：「鑑按文心雕龍：『窺情風景之上。』」卷二頁一上

按見物色篇。

清汪繼培

尸子序：「劉向序荀子，謂尸子著書，非先王之法，不循孔氏之術。劉勰又謂其『兼總雜術，術通而文鈍』。今原書散佚，未究大恉。諸家徵説，率皆采擷精華，翦落枝葉。單詞賸誼，轉可寶愛。」卷首頁二上

按見諸子篇。

同上卷下：「舜兼愛百姓，務利天下。其田歷山也，荷彼耒耜，耕彼南畝，與四海俱有其利。」原注：「文心雕龍祝盟篇云：舜之祠田云：荷此耒耜，……四海俱有。利民之志，頗形於言矣。」頁七下至八上

清宋翔鳳

帝王世紀周成王時，肅慎氏來獻楛矢石砮長尺有咫條：「文心雕龍練字篇曰：『尚書大傳有別風淮雨，帝王世紀云列風淫雨。』」卷五頁六下

清阮福

揅經室集學海堂文筆策問：「男福謹擬對曰：『自明人以唐宋八家爲古文，於是世之人惟知有唐宋古

文之稱。竊考之唐以前所稱，似不如此也。唐人每以文與筆並舉，又每以詩與筆並舉。是筆與詩文，似有別也。由唐溯晉，則南北朝文筆之稱，多見於史，分別更顯矣。況金樓子、文心雕龍諸書，極分明哉！……劉勰文心雕龍總術篇：今之常言，有文有筆。以爲無韻者，筆也；有韻者，文也。按文筆之義，此最分明。』」三集卷五頁七下至八上

清劉天惠

文筆考：「梁元帝金樓子云：『不便爲詩如閻纂，善爲章奏如伯松，若此之流，汎謂之筆；吟咏風謡，流連哀思謂之文。』按見立言篇 文心雕龍云：『有韻者謂之文，無韻者謂之筆。』其言文與筆，顯然有別。」學海堂集卷七頁十三上

按見總術篇。

清梁國珍

文筆考：「六朝文筆之説，顔延年以爲筆之爲體，言之文也。經典則言而非筆，傳記則筆而非言。而劉勰文心雕龍非之，謂『無韻者筆也，有韻者文也』。」學海堂集卷七頁十八上

按見總術篇。

清侯康

文筆考：「老學庵筆記：『南朝詞人，謂文爲筆……』按見卷九 文心雕龍章句篇云：『裁文匠筆……』才略篇云：『孔融氣盛於爲筆，禰衡思鋭於爲文。』是文非即筆，放翁所言誤矣。……尋其旨緒，乃文

與詩爲一類，非與筆爲一類。文筆詩筆，字異義同。劉彦和所謂『有韻者文，無韻者筆』是也。」學海堂集卷七頁二一上下

按見總術篇。

清羅日章

文選序注騷人之文句：「劉勰文心雕龍曰：『淮南崇朝而賦騷。』又曰：『昔漢武愛騷，而淮南作傳。』又曰：『效騷命篇者，必歸豔逸之華。』按此所謂騷人之文也。」學海堂集卷七頁三一下

按上見神思篇，中見辨騷篇，下見定勢篇。

同上弔祭悲哀之作句：「文心雕龍曰：『哀者，依也。以辭遣哀，蓋不淚之悼。』」同上頁三四上

按見哀弔篇。

清張杓

文選序注次則箴興於補闕句：「文心雕龍曰：『所以攻疾防患，喻鍼石也。』」學海堂集卷七頁三三上

按見銘箴篇。

清黄位清

文選序注表奏牋記之列句：「文心雕龍曰：『牋者，表也，識表其情也。』」學海堂集卷七頁三四上

按見書記篇。

清謝念功

文選序注表奏牋記之列句：「文心雕龍曰：『公府奏記，記之言志，進己志也。』」學海堂集卷七頁三四上

按見書記篇。

清曾釗

文選序注三言八字之文句：「文心雕龍云：『有韻者，文也。』則此三言八字，皆是有韻之作。」學海堂集卷七頁三四下

按見總術篇。

清馬瑞辰

毛詩傳箋通釋毛詩訓詁傳名義考：「漢儒説經，莫不先通詁訓。漢書揚雄傳（上）言：『雄少而好學，不爲章句，訓故通而已。』……劉勰所謂『秦延君之注堯典，十餘萬字，朱普之解尚書，三十萬言。所以通人惡煩，羞學章句』也。」

按見論説篇。

清錢繹

方言箋疏揚雄答劉歆書得觀書於石室句：「室，各本譌作渠。按文心雕龍事類篇：『夫以子雲之才，而自奏不學，及觀書石室，乃成鴻采。表裏相資，古今一也。』今據以訂正。」卷末附書頁二五上

清胡紹煐

文選箋證曹植七啟序昔枚乘作七發句：「按劉彦和文心雕龍云：『七竅所發，發乎嗜欲，始邪末正，所

以戒膏粱之子弟按弟字衍也。』據此，則七發本七竅所發，因以名之。後如七啟、七命，皆襲其名而昧其義矣。」卷二五頁十一下

按見雜文篇。

清朱緒曾

開有益齋讀書志曹子建集考異：「於是尋源竟流，核其原采之書：經則賈公彥、孔穎達之所徵，史則裴松之、沈休文之所載；唐宋類書，輔以封演樂史之記；梁陳總集，助以蕭繹、劉勰之談。……一字一句，必稽異同，必求根據。」卷五頁二上下

按文心明詩、樂府、頌讚、雜文、論説、封禪、章表、神思、定勢、事類、練字、時序、才略、知音、序志等篇，均有評騭曹植語。

清徐時棟

煙嶼樓讀書志經十一群經總義：「四庫提要以群經解立五經總義類而序之曰：『漢志以石渠五經雜義置孝經中，隋志録許慎五經異義諸家附論語之末，……今準以立名，庶幾近古。』按見卷三三經部三三愚按古人總解群經之書，寥寥數部，不能創立專門，故或置孝經中，或附論語後。……然則宜立何名？曰：『語求其近古，義求其安妥，則與其準唐人之隋書經籍志，不如采梁人之文心雕龍，而以群經爲號也。』」卷十一頁一上至二上

按見正緯篇。

清杜文瀾

古謠諺凡例：「諺者，直言之謂。」原注：「文心雕龍書記篇云：諺，直言也。」卷首頁一上下

清劉熙載

藝槩文槩：「六經，文之範圍也。聖人之旨，於經觀其大備，其深博無涯涘。乃文心雕龍所謂『百家騰踊，終入環内者也』。」卷一頁一上

按見宗經篇。

同上：「柳子厚與楊京兆憑書云：『明如賈誼。』按見柳集卷三十 一明字，體用俱見。若文心雕龍謂『賈生俊發，故文潔而體清』。語雖較詳，然似將賈生作文士看矣。」同上頁九上

按見體性篇。

同上：「文心雕龍謂『貫一爲拯亂之藥』。余謂貫一尤以泯形迹爲尚。唐僧皎然論詩，所謂『抛鍼擲綫』按見詩式明作用條 也。」同上頁三四下

按見神思篇。

同上詩槩：「『取象曰比，取義曰興。』語出皎然詩式。按見用事條 即劉彦和所謂『比顯興隱』之意。」卷二頁二上

按見比興篇。

同上：「劉彦和謂『士衡矜重』。而近世論陸詩者，或以累句訾之。然有累句，無輕句，便是大家品

位。」同上頁四上下

按見體性篇。

同上：「文心雕龍云：『嵇志清峻，阮旨遥深。』鍾嶸詩品云：『郭景純用儁上之才，劉越石仗清剛之氣。』余謂志、旨、才、氣，人占一字，此特就其所尤重者言之。其實此四字，詩家不可缺一也。」同上頁二八上

按見明詩篇。

同上賦槩：「班固言『賦者，古詩之流』。按見文選兩都賦序 其作漢書藝文志，論孫卿、屈原賦『有惻隱古詩之義』。劉勰詮賦，謂賦爲『六義附庸』。可知六義不備，非詩即非賦也。」卷三頁一上

同上：「騷爲賦之祖。太史公報任安書：『屈原放逐，乃賦離騷。』按見漢書司馬遷傳及文選 漢書藝文志：『屈原賦二十五篇。』不別名騷。劉勰辨騷曰：『名儒辭賦，莫不擬其儀表。』又曰：『雅頌之博徒，而辭賦之英傑也。』」同上頁二上

同上：「文心雕龍云：『楚人理賦。』隱然謂楚辭以後無賦也。李太白亦云：『屈宋長逝，無堪與言。』」按見李集卷二八夏日諸從弟登汝州龍興閣序 同上頁五上

按見詮賦篇。

同上：「賦辭欲麗，迹也；義欲雅，心也。『麗辭雅義』，見文心雕龍詮賦。前此，揚雄傳云：『司馬相如作賦，甚弘麗温雅。』法言云：『詩人之賦麗以則。』按見吾子篇 則與雅，無異旨也。」同上頁八下

同上：「屈原傳曰：『其志潔，故其稱物芳。』文心雕龍詮賦曰：『體物寫志。』余謂志因物見，故文賦

但言賦『體物』也。」同上頁九下

清陳澧

東塾讀書記禮記：「文心雕龍云：『儒行縟説以繁辭，此博聞以該情也。』原注：「徵聖篇。」未嘗有譏議之語。來鵠云：『儒行篇非仲尼之言。』原注：「儒義説。」則直加排斥矣。程伊川云：『儒行之篇，全無義理，如後世游説之士所爲誇大之説。觀孔子平日語言，有如是者否？』原注：「程氏遺書卷十七。」張橫渠則云：『某舊多疑儒行，今觀之亦多善處。書一也，已見與不見耳。故禮記之可疑者，姑置之。』原注：「橫渠此説，張子全書無之，此據衛氏禮記集説統説録之。」橫渠讀書審慎，勝於伊川矣。」卷九頁九上

同上諸子書：「韓昌黎進學解，稱孟荀二儒『吐辭爲經』。按見韓集卷十二……文心雕龍諸子篇云：『其純粹者入矩，三年問喪，寫乎荀子之書，此純粹之類也。』昌黎讀荀子，則云『時若不醇粹』。按見卷十一劉彦和論禮記所取諸篇，昌黎總論之，言各有當也。」卷十二頁一上

同上：「漢書藝文志云：『觀九家之言，舍短取長，則可以通萬方之略矣。』文心雕龍諸子篇云：『洽聞之士，宜撮綱要，覽華而食實，棄邪而採正。』……澧案隋書經籍志、唐書藝文志、梁庾仲容、沈約皆有子鈔。……皆所謂『舍短取長』者也。」同上頁二一上下

清孫鏘鳴

吕氏春秋高注補正處方篇今夫射者儀毫而失牆，畫者儀髮而易貌條：「注未明。再考。子注：『按文心雕龍附會篇引此二語，下言「鋭精細巧，必疎體統」，似謹於小而忽於大之意。』」國故月刊第三册頁十五上

清姚振宗

漢書藝文志條理封禪議對十九篇武帝時也漢封禪群祀三十六篇：「梁劉勰文心雕龍祝盟篇曰：『漢之群祀，肅其旨禮，既總碩儒之儀，亦參方士之術。……禮失之漸也。』」卷一頁二八下至二九下

同上變怪誥咎十三卷：「文心雕龍祝盟篇：『至于商履，聖敬日躋，素車禱旱，以六事責躬，則雩禜之文也。春秋已下，黷祀諂祭，祝幣史辭，靡神不至。』又曰：『祕祝移過，異乎成湯之心。』」卷五頁二六上

【附注】姚氏是書援引文心者，共有二十一處。以殺篇幅故，止録首尾各一則。

漢書藝文志拾補孝武皇帝柏梁臺詩：「文心雕龍明詩篇曰：『孝武愛文，柏梁列韻。』又曰：『聯句共韻，則柏梁餘製。』」卷三頁二上下

同上班倢伃集一卷：「文心雕龍明詩篇曰：『至成帝品録，三百餘篇，朝章國采，亦云周備；而辭人遺翰，莫見五言。所以李陵、班婕妤見疑於後代也。』」同上頁十八上下

【附注】是書所引文心，亦有二十處。仍依前例，首尾各録一則。

隋書經籍志考證經部二易類周易論一卷晉荆州刺史宋岱撰：「梁劉勰文心雕龍論説篇：『宋岱、郭象，鋭思于幾神之區。』」第二八頁

同上集部二之三別集類之四梁又有明帝集三十三卷亡：「文心雕龍時序篇有『宋武愛文，文帝彬雅，秉文之德；孝武多才，英采雲構。自明帝以下，文理替矣』。」第七五三頁

【附注】姚氏是書援引文心，凡二百七十餘條。亦止録首尾各一條以殺篇幅。其有關考訂者，已分別采入附録第六中。

清成蓉鏡

釋名補證釋書契「策書，教令於上，所以驅策諸下也」條：「策書　案漢制度曰：『帝之下書有四：一曰策書，策書者，編簡也。』文心雕龍亦云：『漢初定儀，則有四品：一曰策書。』」釋一頁八下

按見詔策篇。

同上釋典藝「詔書，詔，照也」條：「詔書　案蔡邕獨斷：『制詔，詔猶告也；告，教也。三代無其文，秦漢有也。』……後漢書光武紀注引漢制度曰：『帝之下書有四：三曰詔書。詔書者，詔，告也。其文曰告某官云〔云〕，如故事。』文心雕龍：『漢初定儀，則有四品：三曰詔書。』」

按亦見詔策篇。

清孫詒讓

籀高述林白虎通義考下：「竊嘗以白虎通義、白虎通德論、白虎通三名詳考之，而知通義爲建初之原名，通德論爲六朝人之改題，白虎通爲援引之省字也。……劉勰文心雕龍論説篇云：『石渠論藝，白虎通講，述聖通經，原注：「今本述上衍聚字，聖下衍言字，此依御覽引删。」論家之正軌也。』可證六朝時本，已有通德論之題，非蔚宗之誤改，亦不自宋崇文總目始矣。」卷四頁五上下

清王先謙

釋名疏證補釋書契「符，付也。書所敕命於上付使傳行之也」條引蘇輿曰：「文心雕龍：『符者，孚也。徵召防僞，事資中孚。三代玉瑞，漢世金竹，末代從省，代以書翰矣。』此云書所敕命於上，亦謂用

書翰者也。」卷六頁七下

按見書記篇。

同上「券，綣也。相約束繾綣以爲限也」條引蘇輿曰：「文心雕龍：『券者，束也。明白約束，以備情僞，字形半分，故周稱判書。古有鐵券，以堅信誓。王褒書（髯）奴，則券之楷也。』其義本此。」卷六頁八上

按亦見書記篇。

同上「書稱刺書，以筆刺紙簡之上也」條引蘇輿曰：「文心雕龍：『刺者，達也。詩人諷刺，周禮三刺，事叙相達，若針之通結矣。』即此刺字之義。」卷六頁九上

按亦見書記篇。

同上釋典藝「誄，累也。累列其事而稱之也」條引蘇輿曰：「文心雕龍亦云：『誄者，累也。累其功德（當作德行），旌之不朽也。』其義本此。」卷六頁十六下

按見誄碑篇。

漢鐃歌釋文箋正例略：「辭者，文言也；言成文而爲詩。慧地按劉勰出家後僧名云：『樂辭曰詩。』是也。豔者，辭中哀急婉孌之音。又慧地所謂『宫商大和，翻迴取均』者也。……所以鬱然荆豔，取重漢代；循其音節，俗聽飛馳。故劉氏釋豔，專屬之楚歌矣。……夫樂心在辭，務在正文；樂體在聲，要歸調器。漢詩辭豔，既乖雅歌，至延年協律以曼聲，復亡正響。古人所謂『詩聲俱鄭』。按見樂府篇以故仲舒增歎，而何武罷官者也。」卷首頁七上至八上

清王兆芳

文體通釋録：「録者，金所刻籙篰也，領也。總領事物，書于竹篰，後世以紙代也。劉勰曰：『古史世本，編以簡策，領其名數。』主于定例編記，領理繁雜。」頁八上

按見書記篇。

同上譜：「譜者，籍録也，布也，普也。布事籍録，令周普也。……劉勰曰：『事資周普。』」頁八下

按亦見書記篇。

同上符：「符者，信也，孚也。合竹及金玉爲信孚，後世以紙代也。……劉勰曰：『符者，孚也。徵召防僞，事資中孚。』」頁二六下

按亦見書記篇。

同上牋：「牋者，本字作箋。……表識所言之情事，上天子與王侯郡將也。劉勰曰：『郡將奏牋。』」頁二三上下

按亦見書記篇。

同上啟：「啟者，本字作启，開也，詣也。開啟以事，明事之所至詣，上天子與王侯大臣，奏表之變也。……劉勰曰：『晉來盛啟，用兼表奏。陳政言事，既奏之異條；讓爵謝恩，亦表之別榦。』」頁三三下至三四上

按見奏啟篇。

同上札牒:「札牒者,札,牒也;牒,札也。簡牘之小者,版書之屬也。劉勰曰:『議政未定,故短牒咨謀。』」頁三四上

按見書記篇。

同上奏記:「記亦志也。進事于王侯大臣,而伸言厥志,奏書之支别也。劉勰曰:『後漢公府奏記,進己志也。』」頁三六下

按亦見書記篇。

同上列辭:「列辭者,……陳事于官,條叙之而使上聞也。劉勰曰:『陳列事情,昭然可見也。』」頁三八下

按亦見書記篇。

近人饒炯

許書發凡類參論聲音之異:「禮記樂記篇載『凡音之起,由人心生也。……聲相應,故生變;變成方,謂之音』。……詩序:『情發於聲;聲成文,謂之音。』皆發明聲音之奥旨,此固先於六朝人而爲之説者也。」原注:「劉勰文心雕龍説:『異音相從謂之和,同聲相應謂之韻。』亦足爲古人用韻之證。」頁二八上

按見聲律篇。

近人江瑔

讀子卮言第十二章論老子之姓氏名字考:「後漢書桓帝紀章懷注引史記正作名耳,字聃,姓李氏。可知史記原書無字伯陽謚曰聃之文,而聃確爲老子之字矣。」原注:「考劉勰文心雕龍云:『伯陽識禮,而仲尼訪問,

爰序道德，以冠百氏。』亦稱老子爲伯陽，當必本於史記。勰爲梁人，則史記之竄改，必在梁以前魏晉以後。章懷所引，則未經竄改之本也。」卷二頁十五下

按見諸子篇。

近人劉師培

文説和聲第三：「……故宣之於口，或音涉鉤輈；若繩之以文，則體乖排偶。此則彦和所謂『作韻甚易，選和至難』者矣。」原注：「見文心雕龍聲律篇。」頁八下至九上

同上：「昔梁元帝之論文也，謂『宫徵靡曼，脣吻遒會』。原注：「見金樓子立言篇。」劉彦和文心雕龍亦曰：『聲不失序，音以律文。』欲求立言之工，曷以此語爲法乎？」頁十一下

按見聲律篇。

同上耀采篇第四：「六朝以來，風格相承。刻鏤之精，昔疏而今密；聲韻之叶，舊澀而新諧。凡江按指江淹范按指范雲之弘裁，沈按指沈約任按指任昉之巨製，莫不短長合節，追琢成章。故文選勒於昭明，屏除奇體；文心論於劉氏，備列偶詞。體製謹嚴，斯其證矣。」頁十三下至十四上

按指麗辭篇。

論文雜記：「上古之時，先有語言，後有文字；有聲音然後有點畫，有謡諺然後有詩歌。謡諺二體，皆爲韻語。謡訓徒歌，歌者，永言之謂也；諺訓傳言，言者直言之謂也。」原注：「文心雕龍云：『諺，直言，按文心本作語也。』」頁二上

按見書記篇。

同上：「箴銘碑頌，皆文章之有韻者也。然發源則甚古。箴者，古人諫誨之詞也。文心雕龍之言曰：『夏商二箴，餘句頗存。』按周辛甲爲太史，官箴王缺，而虞人一篇，列諸左傳。則箴體本於三代也。」頁三下

按見銘箴篇。

同上：「碑者，古人記功之文也。自無懷氏刻石泰山，爲立碑記功之始。」原注：「文心雕龍云：『碑者，埤也。上古帝王，始號封禪，樹石碑（按當作埤）岳，故名曰碑。』」同上

按見誄碑篇。

同上：「頌者，古人揄揚之詞也。……而帝嚳之世，咸墨爲頌，以歌九韶。」原注：「見文心雕龍。」頁三下至四上

按見頌讚篇。

左盦外集文章原始：「梁元帝金樓子云：『至如不便爲詩如閻纂，善爲章奏如伯松，若此之流，汎謂之筆。吟詠風謠，流連哀思者，謂之文。』原注：「立言篇。」劉彦和文心雕龍云：『今之常言，有文有筆，無韻者筆也，有韻者文也。』原注：「總術篇。」文筆區分，昭然不爽矣。」頁四下

同上國文雜記：「文心雕龍云：『置言有位，位言曰句。』所謂位言者，即綴字有次序之謂也。」頁五下

按見章句篇。

中國文學教科書第一課論解字爲作文之基：「劉氏文心雕龍曰：『夫人之立言，因字而生句，積句而成章，積章而成篇。』是則文也者，積衆字而成者也。故解字爲作文之基。」第一册頁一下

按亦見章句篇。

近人章炳麟

國故論衡正齋送：「文章流別曰：『詩頌箴銘之篇，皆有往古成文，可放依而作。惟誄無定制，故作者多異焉。見於典籍者，左傳有魯哀公爲孔子誄。』按見哀公十六年」原注：「文心雕龍及御覽五百九十六引。」頁一百零六下

按見誄碑篇。

同上：「自誄出者，後有行狀。誄之爲言累其行迹而爲之謚，故文心雕龍曰：『序事如傳，辭靡律調，誄之才也。』此則後人行狀實當斯體。」頁一百零七下至一百零八上

按亦見誄碑篇。

近人陳漢章

論語徵知録先進言語宰我子貢條：「謹按劉氏正義按指劉寶楠正義於四科諸賢，俱有所引證，而子貢無文以言之。今補以説苑善説篇引子貢曰：『出言陳辭，身之得失，國之安危也。』又文心雕龍章表篇引子貢曰：『心以制之，言以結之。』二事於他書不概見，程氏大中四書逸箋亦失之。」頁十二下

【附按】 舍人所引子貢語，出左傳哀公十二年。陳氏説誤。

近人黄侃

文選評校：「賦甲京都上上方　文心彫龍『夫京殿、苑獵、述行、序志，並體國經野，義尚光大；至於草

區禽族，庶品雜類，則觸興致情，因變取會』。據此，是賦之分題，昭明亦沿前貫耳。」卷一頁一上

【附注】　文選平點同。卷一頁四

同上：「江淹雜體詩顔特進首巡華過盈瑱句上方　巡與循通，讀循省之循。原注：「猶言循省榮華之遇。」六朝造語，多未必合本訓，當以意求之。文心彫龍（指瑕）云：『字以訓正，義以理宣。而晉末篇章，依希其旨，始有賞際奇至之言，終無原注：「當作有。此無即下撫字誤。」撫叩酬即之語，懸領似如可辯，課文了不成義。』案此巡華亦其方物也。」卷三十一頁二十五下

【附注】　文選平點同。卷四頁一七七

同上：「枚乘七發題注上方　劉舍人（文心雕龍雜文）以爲『七竅所發』。」卷三十四頁一上

【附注】　文選平點同。卷四頁一九四

同上：「任昉奏彈劉整劉寅妻范詣臺訴列句上方　列者，當時文書之稱。文心彫龍（書記）：『萬民達志，則有狀、列、辭、諺。』」卷四十頁六上

【附注】　文選平點有此條。卷四頁二二一「狀、列、辭、諺」下，有子注：「列，陳也。陳列事情，昭然如〔可〕見也。」此子注亦書記篇文。

同上：「司馬相如封禪文題上方　劇秦美新序但云『作封禪一篇』，無『文』字。本書注引，多稱爲封禪書。文心彫龍（封禪）亦但云『相如封禪』。」卷四十八頁一上

【附注】　文選平點同。卷五頁二七二　按論衡須頌篇、沈約宋書百官志上亦並稱此文爲封禪書。

近人魯迅

魯迅全集漢文學史綱要第四篇屈原及宋玉：「劉勰謂賦萌於騷，荀卿、宋玉，乃錫專名，與詩畫境，蔚成大國。又謂宋玉含才，始造對問，於是枚乘七發，揚雄連珠，抒憤之文，鬱然盛起。然則騷者，固亦受三百篇之澤，而特由其時游説之風而恢宏，因荊楚之俗而奇偉；賦與對問，又其長流之漫於後代者也。」第十册頁五四八

按上見詮賦篇，下見雜文篇。

近人張孟劬

史微内篇原緯：「原夫緯之起也，蓋王者神道設教之一耑也。……易曰：『河出圖，洛出書，聖人則之。』按見繫辭上 蓋包乎政教典章之所不逮矣。三五以降，我孔子録焉。」原注：「劉勰正緯篇曰：『昔康王河圖，陳於東序，……仲尼所撰，序録而已。』」卷五頁十六上

同上：「（隋志）又曰：『七經緯三十六篇，並云孔子所作；並前，合爲八十一篇。』按見經籍志一」原注：「劉彦和曰『有命自天，迺稱符讖，……則是堯造緑圖，昌制丹書』矣。是自古舊説，皆以此八十一篇屬之孔子也。」同上頁十八上

按見正緯篇。

近人余季豫

古籍校讀法明體例第二秦漢諸子即後世之文集設論條：「（漢書）東方朔傳：『朔因著論，設客難己，用位卑以自慰諭。』按據傳末言，此文即答客難亦在朔書二十篇之内。按漢志諸子略雜家有東方朔二十篇其體本是雜文，源出於屈原之漁父，宋玉之對問；而屈宋又仿莊子之寓言。故文心雕龍雜文篇曰『自對

問以後，東方朔效而廣之』也。」頁四零上

近人駱鴻凱

文選學義例第二：「知昭明分體，亦因仍前規耳。文心詮賦篇云：『夫京殿、苑獵、述行、序志，體國經野，義尚光大。至於草區禽族，庶品雜類，觸興致情，因變取會。』據此，是賦之分類，昭明仍前貫也。」頁二七

【附按】此文襲其師黃侃説（黃説已見上）。

考訂第六

文心彌綸群言，通曉匪易；傳世既久，脱誤亦多。昔賢書中，間有零星考訂。其徵事數典，正譌析疑，往往爲明清注家所未具。特爲輯録，以便參稽。孰得孰失，必有能辨之者。

宋洪興祖

楚辭補注附録劉勰辨騷班固以爲……羿澆二姚，與左氏不合四句：「離騷用羿澆等事，正與左氏合。孟堅所云，謂劉安説耳。」卷一頁五五下

按見辨騷篇。凡原書所引文心已有篇名者，後不再注。

同上：士女雜坐，亂而不分……荒淫之意也七句：「此皆宋玉之詞，非屈原意。自漢以來，靡麗之賦，勸百而諷一，其流至於齊梁而極矣，皆自宋玉唱之。」同上頁五六下

宋羅苹

路史注後紀疏仡紀高辛帝嚳氏……咸黑爲頌，以歌九招之就二句：「劉勰按勰之誤文心雕龍云：『帝俈之世，成累爲頌。』咸黑，見呂氏春秋。按見古樂篇作成累，字之誤也。」卷九上頁十四上

按見頌讚篇。今本作咸墨，墨亦黑之誤。又按高承事物紀原集類卷四引亦作成累，是宋世文心有誤爲成累者。

宋王應麟

玉海聖文御製箴贊頌：「文心彫龍：『夏商二箴，餘句頗存。』」原注：「呂氏春秋有商箴（按見應同篇）周箴（按見謹聽篇）。」卷三一頁十九下

按見銘箴篇。

同上藝文總集文章：「文心雕龍：『揚雄覃思文閣，碎文瑣語，肇爲連珠。……杜篤……唯士衡理新文敏。』」原注：「文選注引揚雄連珠（按見晉紀總論注、後漢書光武紀贊注、五等諸侯論注）、杜篤連珠（按見蜀都賦注、嵇康幽憤詩注、又贈秀才入軍詩注）。」卷五四頁四下

按見雜文篇。

同上詩：「文心雕龍：『王澤殄竭，風人輟采。……秦皇滅典，亦造僊詩。原注：「史記：『始皇使博士爲仙真人詩，及行所游天下，傳令樂人歌弦之（按見始皇本紀）。』」……所以李陵原注：「贈蘇武詩。」班婕妤原注：「怨歌行。」見疑於後代也。……又古詩佳麗，或稱枚叔；原注：「文選注：『古詩蓋不知作者，或云枚乘（按此李善注）。』」其孤竹一篇，則傅毅之詞。原注：「古詩有冉冉孤生竹。」……至於張衡怨篇，清典可味；原注：「見文選注（按見王粲贈士孫文始詩注），太平御覽（按見卷九八三）。」……江左篇製，溺乎玄風。』」卷五九頁十五下

按見明詩篇。

同上賦：「文心雕龍曰：『賦者，受命於詩人，而拓宇於楚辭也。……於是荀況禮智，原注：「漢志：『荀卿賦十篇。』今其存者，成相、佹詩並賦篇而七。賦篇曰禮，曰知，曰蠶，曰箴，曰雲。」宋玉風釣，原注：「見文選（按風賦見文選卷

十三），古文苑（按鈞賦見古文苑卷二）。」……秦世頗有雜賦。原注：「漢志：『秦時雜賦九篇。』」……陸賈扣其端，原注：「志：『三篇。』」賈誼振其緒，原注：「七篇。」枚、馬同其風，原注：「枚乘九篇，相如二十九篇。」王、揚騁其勢，原注：「王褒十六篇，揚雄十二篇。」……枚乘菟園，原注：「見古文（按文下合有苑字，見卷三），藝文類聚（按見卷六五）。」……仲宣原注：「王粲。」靡密，偉長原注：「徐幹。」博通，太沖原注：「左思。」安仁，原注：「潘岳。」策勳於鴻規；士衡原注：「陸機。」子安，原注：「成公綏。」底績於流制。景純原注：「郭璞。」綺巧，彥伯原注：「袁宏。」梗槩，……色雖糅而有儀，此立賦之大體也。』」卷五九頁二七下至二八上

按見詮賦篇。

同上銘：「文心雕龍：『飛廉有石槨之錫，靈公有蒿里之諡，原注：「莊子（按見則陽篇），博物志（按見卷八）石槨銘云：『靈公奪我里。』」……趙靈勒跡於番吾，秦昭刻博於華山，原注：「趙主父令工施鉤梯而緣番吾，刻疏人迹其上，而勒之曰：『主父嘗遊於此。』秦昭王令工施鉤梯而上華山，以松柏之心爲博，勒之曰：『昭王嘗與天神博於此（按並見韓非子外儲說左上篇）。』」……若班固燕然之勒，原注：「見後漢書。」張昶華陰之碣，原注：「見古文苑（按見卷十八），文選注有張昶華山堂闕銘（按見沈約游沈道士館注）。」橋公之鉞，吐納典謨；原注：「橋玄黃鉞銘見藝文類聚（按見卷六八）。」朱穆之鼎，全成碑文。原注：「文章流別云：見上（按上引流別曰：『後世器銘之佳者，有崔瑗几銘，朱公叔鼎銘。』）」敬通雜器，原注：「馮衍。見上（按上引初學記馮衍席前右、後右銘（並見卷二五）；文選注有馮衍爵銘（見吳都賦注、魏都賦注、景福殿賦注、江賦注）。」……張載劍閣，其才清采。』」卷六十頁十二上下

按見銘箴篇。

同上頌：「文心雕龍：『昔帝嚳之世，咸墨爲頌，……頌主告神，義必純美。原注：「流別論曰：『頌，詩之美者也。』」……非饗讌之恒詠也。原注：「商頌非以成功告神，其體異於周頌；魯頌詠僖公功德，纔如變風之美者耳，又與商頌異。」……至於秦政刻文，爰頌其德；原注：「見史記（按見始皇本紀）。」漢之惠景，原注：「李思孝景頌十五篇。」亦有述容。……若夫子雲之表充國，原注：「見漢書（按見趙充國傳）。」孟堅之叙戴侯，原注：「竇融。」武仲之美顯宗，原注：「傅毅作顯宗頌十篇。」史岑之述熹后，原注：「流別集及集林載史岑和熹鄧后頌並序。」……至於班傅之北征西逝，變爲序引，原注：「班固、傅毅竇將軍北征頌；又班固東巡、南巡頌。」……馬融之廣成上林，雅而似賦；原注：「見本傳。」……又崔瑗文學，蔡邕樊渠，原注：「瑗南陽文學頌，蔡邕京兆樊惠渠頌，並見藝文類聚（按崔頌見卷三八，蔡頌見卷九）；後漢郡國志引蔡邕作樊陵頌。」……陳思所綴，以皇子爲標；原注：「皇子生頌見初學記（按見卷十）；皇太子頌見類聚（按見卷四五，頌上亦有生字）。」陸機積篇，唯功臣最顯。原注：「見文選（按見卷四七）。」……敬慎如銘，而異乎規戒之域。』」卷六十頁三三上下

按見頌讚篇。

同上論：「文心雕龍：『自論語以前，經無論字，六韜二論，後人追題。原注：「六韜，霸典文論、文師武論。」莊周齊物，以論爲名；原注：「莊子内篇齊物論第二。」不韋春秋，六論昭列。原注：「吕氏春秋六論三十六篇。」石渠論藝，原注：「隋志：『石渠禮論四卷，戴聖撰。』」白虎講聚，原注：「肅宗會諸儒講論五經，作白虎通德論。」……嚴尤三將，原注：「太平御覽引嚴尤三將論（按見卷四三七）。唐内雜家一卷（按新唐書藝文志内部子録雜家：『嚴尤三將軍論一卷。』是内字有誤）。」蘭石之才性，原注：「傅嘏。嘏論才性同異，鍾會集而論之。」仲宣之去伐，原注：「隋志：『王粲去伐論集三

卷。』」叔夜之辯聲，原注：「嵇叔夜聲無哀樂論，見世説注（按見文學篇注）。」太初之本玄，原注：「夏侯玄著樂毅、張良及本無、肉刑論（按見魏志夏侯玄傳注引魏氏春秋）。」輔嗣之兩例，平叔之二論，原注：「隋志：『何晏撰老子道德論（論字原無，今補）二卷。』又見世説（按見文學篇）。以所注老子爲道德二論。」……李康運命，陸機辯亡，原注：「並見文選（按並見卷五三）。」宋岱、郭象，原注：「晉宋岱周易論一卷；郭象注。選注引郭象論（按見沈約三月三日率爾成篇詩注）。」夷甫、裴頠，原注：「裴頠著崇有論，王衍之徒攻難交至，頠著崇有、貴無二論，以矯虚誕。」並獨步當時，流聲後代。』」卷六二頁二一下至二二上

按見論説篇。

同上讚：「文心雕龍：『曰虞舜之祀，樂正重贊。原注：「尚書大傳。」……及益贊于禹，伊陟贊于巫咸；原注：「尚書（按見大禹謨及書序）。」至相如屬詞，始讚荆軻。原注：「文章緣起。」……及景純注雅，動植必讚。』」原注：「隋志：『郭璞爾雅圖讚二卷。』」卷六二頁二四上下

按見頌讚篇。

同上藝術：「文心雕龍正緯曰：『按經驗緯，其僞有四：……通儒謂爲起哀平，原注：「張衡云。」……沛獻集緯以通經，原注：「沛王通論。」……是以桓譚疾其虚僞，原注：「桓譚上疏：『巧慧小才，伎數之人，僞稱讖記。』」尹敏戲其深瑕，原注：「敏曰：『讖書非聖人所作，頗類世俗之辭。』」張衡發其僻謬，原注：「衡以圖緯虚妄，非聖人之法，上疏宜禁絶之。」荀悦明其詭誕。』」原注：「申鑒俗嫌第三：『世稱緯書仲尼之作。臣悦叔父爽辨之，蓋發其僞也。』」卷六三頁十一上下

辭學指南箴：「文心雕龍曰：『夏商二箴，餘句頗存。』夏箴見于周書文傳篇；商箴見于呂氏春秋名類篇。」玉海卷二百四頁一上（困學紀聞卷二亦有此條，文全同。）

畢沅呂氏春秋校正云：「舊作名類，乃召類之訛；然與卷廿篇目複。舊校云：『一名應同。』今即以應同題篇。」

按見銘箴篇。

漢書藝文志考證小説青史子五十七篇：「風俗通義引青史子書。按見祀典篇　大戴禮保傅篇：『青史氏之記曰：古者胎教。』隋志：『梁有青史子一卷。』」原注：「文心雕龍云：『青史曲綴以街談。』」卷七頁十四上

按見諸子篇。

同上雜賦隱書十八篇：「文心雕龍：『讔者，隱也。……至東方曼倩，尤巧辭述。』晉語：『有秦客廋辭於朝。』按見晉語五　新序：『齊宣王發隱書而讀之。』」按見雜事二卷八頁五下

按見諧隱篇。

小學紺珠藝文類七觀：「六誓可以觀義，五誥可以觀仁，甫刑可以觀誡，洪範可以觀度，禹貢可以觀事，皋陶謨可以觀治，堯典可以觀美。」原注：「尚書大傳孔疏曰：文心雕龍云：『書標七觀。』」卷四頁十五上

按見宗經篇。

困學紀聞書：「文心雕龍云：『書標七觀。』孔子曰：『六誓可以觀義，五誥可以觀仁，甫刑可以觀誡，洪範可以觀度，禹貢可以觀事，皋陶謨可以觀治，堯典可以觀美。』見大傳。」原注：「孔叢子云：『帝典觀美，大禹謨、禹貢觀事，皋陶謨、益稷觀政，泰誓觀義（按見論書篇）。』此其略異者。」卷二頁二五上

按見宗經篇。

同上：「周書謚法：『惟三月既生魄，周公旦、太師望相嗣王發既賦憲，受臚于牧之野，將葬，乃制作謚。』今所傳周書，云：『維周公旦、太公望開嗣王業，建功于牧之野，終葬，乃制謚。』與六家謚法所載不同。」原注：「蓋今本缺誤。文心雕龍云：『賦憲之謚。』出於此。」卷二頁三十下

按見哀弔篇。

同上詩：「鶴林吴氏論詩曰：『興之體足以感發人之善心。毛氏自關雎而下，總百十六篇，首繫之興，風七十，小雅四十，大雅四，頌二，注曰：興也，而比賦不稱焉。蓋謂賦直而興微，比顯而興隱也。』」原注：「文心雕龍曰：『毛公述傳，獨標興體，以比顯而興隱。』鶴林之言本於此。」卷三頁二上下

按見比興篇。

同上樂：「文心雕龍云：『二言肇於黄世，竹彈之謡是也。』」原注：「竹彈歌，見吴越春秋（按見句踐陰謀外傳）。」卷五頁二八上

按見章句篇。

同上諸子：「尸子曰：『舜兼愛百姓，務利天下。其田也：荷彼耒耜，耕彼南畝，與四海俱有其利；……天下歸之若父母。』文心雕龍：『舜之祠田云：荷此耒耜，耕彼南畝，四海俱有。』謂之祠田，豈它有所據乎？」卷十頁二四上下

按見祝盟篇。

同上考史：「文心雕龍謂：『江左篇製，溺乎玄風。』續晉陽秋曰：『正始中，王弼何晏好莊老；至過江，佛理尤盛。郭璞五言，始會合道家之言而韻之。許詢、孫綽，轉相祖尚，而詩騷之體盡矣。』」原注：「愚謂東晉玄虛之習，詩體一變，觀蘭亭所賦可見矣。」卷十三頁十四上

按見明詩篇。

同上評文：「文心雕龍云：『論語已前，經無論字。』晁子止云：『不知書有論道經邦。』」按見袁州本郡齋讀書志別集類上卷十七頁九上

按見論説篇。

同上評詩：「列女傳：式微，二人之作。按見黎莊夫人傳聯句始此。」原注：「……文心雕龍云：『聯句共韻，柏梁餘製。』」卷十八頁六上

按見明詩篇。

同上：「雕龍云：『張衡怨篇，清典可味。』御覽按見卷九八三載衡怨詩曰：『秋蘭，嘉美人也。猗猗秋蘭，植彼中阿；有馥其芳，有黃其葩；雖曰幽深，厥美彌嘉。之子之遠，我勞如何。』」同上頁六下

按亦見明詩篇。

同上：「詩苑類格謂回文出於竇滔妻所作。文心雕龍云：『回文所興，則道原爲始。』又傳咸有回文反覆詩，温嶠有回文詩，皆在竇妻前。」同上

按亦見明詩篇。

同上雜識：「文心雕龍云：『士衡才優，而綴辭尤煩；士龍思劣，而雅好清省。』今觀士龍與兄書曰：

『往日論文，先辭而後情，尚絜而不取悅澤。兄文章高遠絶異，然猶皆欲微多，但清新相接，不以此爲病耳。若復令小省，恐其妙欲不見。雲今意視文，乃好清省，欲無以尚，意之至此，乃出自然。』」卷二十頁四上下

按見定勢篇。

元潘昂霄

金石例學文凡例擬箴之始：「文心雕龍曰：『夏商二箴，餘句頗存。』夏箴見于周書文傳篇；商箴見于呂氏春秋名類篇。」原注：「又謹聽篇有周箴。」卷九頁一百四上

按見銘箴篇。

明楊慎

風雅逸篇：「劉勰云：『黄歌斷竹，質之至也。』又曰：『斷竹之歌，乃二言之始。』黄，黄帝也。」卷一頁一上

按上見通變篇，下見章句篇。

均藻 前人

六語：「應瑒之鼻，方於盜削卵，張華之形，比乎握舂杵。」原注：「文心雕龍紀諧隱事。」卷二頁七下

按此諧隱篇文。

十五翰：「易張十翼，書標七觀。」文心雕龍原注：「尚書大傳孔子曰：六誓可以觀義，五誥可以觀仁，呂刑可以觀誡，洪範可以觀度，禹貢可以觀治，堯典可以觀美。」卷三頁十五下

按此宗經篇文。（尚書大傳文蓋據困學紀聞二轉引）

十藥：「慚鳧企鶴。」原注：「本莊子（駢拇）鶴長鳧短語。」卷四頁十三上

按此養氣篇文。

明胡侍

真珠船斷竹歌：「文心雕龍云：『黄歌斷竹，質之至也。』又云：『二言肇於黄世，竹彈之謡是也。』按吴越春秋：『陳音曰：古者人民樸質，……死則裹以白茅，投於中野。孝子不忍見父母爲禽獸所食，故作彈以守之，絶鳥獸之害。故歌曰：斷竹，續竹；飛土，逐害。按害爲宍之誤 於是神農、黄帝弦木爲弧，剡木爲矢。』按見句踐陰謀外傳 蓋斷竹之歌，即竹彈之謡，神農前已有之，不肇於黄帝之世。」卷三頁一上

按上見通變篇，下見章句篇。

明胡應麟

少室山房筆叢甲部經籍會通三：「王孫子一篇，見漢志儒家。注：『名巧心。』劉勰雕龍末所稱『王孫巧心』，即此。」卷三頁十一上

按見序志篇。

明董斯張

吹景集子建未可輕詆：「劉彦和文心雕龍摘陳思瑕語，謂其誄武帝云：『聖體浮輕。』誄明帝云：『尊

靈永蟄。』按聖體、尊靈二句當互易；誄明帝之誄當作頌。至以蝴蝶、昆蟲譏之。」原注：「『按曹集：浮輕語出獻轅頌，永蟄語出武帝誄。劉亦誤引。』」卷三頁九上

按見指瑕篇。

同上附：「按雕龍書記篇云：『王褒髯奴，則券之楷也。』夫『縛箒裁盂』，出子淵之僮約；『癩鬚瘦面』，録文彊黄香字之諧語。緦也混之，非其瑕乎？所謂目察秋毫，不自見其睫者也。」卷三頁九下

廣博物志聲樂一：「文心雕龍云：『帝告之世，成累爲頌。』應是咸黑之誤。」卷三三頁十三下

按見頌讚篇。

明方以智

通雅釋詁綴集青史言汗青也：「文心雕龍云：『青史曲綴於街談。』藝文志有青史子五十七篇。風俗通引青史子書。按見祀典篇 大戴禮保傅篇：『青史氏之記曰：古者胎教。』隋志有梁青史子一卷。文心雕龍云：『青史曲綴於街談。』新書載青史氏言就蔞室一則，按見胎教篇 即胎教之文也。」卷三頁六上

按見諸子篇。

同上廋辭讔喻謂隱書也：「晉語：『有秦客廋辭於朝。』注：『廋，隱也。』按見晉語五 新序曰：『齊宣王發隱書而讀之。』按見雜事二 東方朔曰：『乃與爲隱耳。』按見漢書朔傳 漢志有隱書十八篇。呂覽審應篇：『成公賈之讔喻。』高注：『讔語。』劉勰曰：讔者，隱也。還社喻智井，叔儀歌佩玉，伍舉言大鳥，齊客譏海魚，莊姬託龍尾，臧文書羊裘，皆隱也。」同上頁十七上

按見諧隱篇。

同上連珠始於韓子：「……北史李先傳：『魏帝召先讀韓子二十二篇。』按先傳韓子下原有連珠論三字　任彦升文章緣起謂連珠之名，始於揚雄。非也。沈約、劉勰，皆言雄始。按沈説見類聚卷五七及事始連珠條　韓子比事，初立此名，而組織短章之體，則子雲也。勰曰：『雄覃思文閣，碎文瑣語，肇爲連珠。』是可想已。」同上頁十九上

按見雜文篇。

清馬驌

繹史黄帝紀：「文心雕龍：『緑圖曰：潬潬噏噏，棼棼雉雉，萬物盡化。』或作與物俱化，緑圖中文也。」卷五頁十四上

按見封禪篇。

清顧炎武

日知録司業：「梁劉勰文心雕龍謂：『論語以前，經無論字，六韜三按當作二論，後人追題。』今周官篇有『論道經邦』之語，蓋梅賾古文之書，其時未行。」卷二四頁十七上

按見論説篇。

清閻若璩

困學紀聞箋文心雕龍云論語已前經無論字、晁子止云不知書有論道經邦條：「若璩按『論道經邦』，乃

晚出書周官篇，本考工記『或坐而論道』來。」卷十七頁十一上

按見論説篇。

同上山谷與王觀復書曰劉勰嘗論文章之難云：「意翻空而易奇，文徵實而難工……故後生立論如此條：「璩按：何屺瞻按指何氏困學紀聞評謂山谷引用劉語，亦失其本旨。蓋劉云：『方其搦翰，氣倍辭前；……何則？意翻空而易奇，言徵實而難巧也。』此乃謂爲文者言不能足其志。」同上頁十二上

按見神思篇。

清汪師韓

詩學纂聞柏梁體：「文心雕龍云：『聯句共韻，柏梁餘製。』按困學紀聞曰：『列女傳：式微，二人之作，聯句始此。』按見卷十八然則聯句自三百篇已有矣。今人以七言每句用韻者，爲柏梁體。豈知每句用韻，創於虞廷之賡歌；按見益稷而盛於詩。若風之卷耳、原注：「後三章。」考槃、清人、還、著、十畝之間、月出、素冠，小雅之車攻，原注：「前三章及七章。」頌之長發，原注：「前五章。」皆是，特非七言耳。如吴越春秋所載樂師扈子窮劫之曲十八句，原注：「楚昭王反國。」采葛婦何苦之詩十三句，原注：「句踐歸國。」越軍河梁之詞，原注：「句踐伐吴。」雖似趙長君擬作，亦後漢人也。漢高祖大風歌，在柏梁前；魏文帝燕歌行，在柏梁後。至於拾遺記望娥、白帝子兩歌，按並見卷一遠在少昊時，明是王子年僞撰，晉人筆耳。」頁十一上下

按見明詩篇。

清何焯

困學紀聞評文心雕龍云論語已前經無論字、晁子止云不知書有論道經邦條：「『論道經邦』，出於古文尚書，未可以詆彥和也。」又：「劉彥和或不讀古文尚書。」又：「書中議對篇即引『議事以制』。」卷十七頁九下

按見論說篇。

同上山谷與王觀復書曰劉勰嘗論文章之難云：意翻空而易奇，文徵實而難工……故後生立論如此條：「彥和乃謂手爲心使之難，山谷錯會也。」同上頁十一上

按見神思篇。

文心雕龍批校原道篇贊道心惟微句右側：「道心句乃引荀子。」卷一頁三上（顧廣圻引作沈巖説）

【附注】 荀子解蔽篇：「道經曰：『人心之危，道心之微。』」

同上正緯篇贊榮河温洛句上方：「榮，謂榮光也。作滎非。」同上頁十一下（顧廣圻引作沈巖説）

同上詮賦篇既履端於倡序句上方：「蘇子瞻詆文選中高堂按當作唐賦，誤以賦語屬之序。直是未嫻前人體製。」卷二頁十三上

【附注】 蘇軾説見東坡志林卷五。

同上頌讚篇及三閭橘頌句上方：「橘頌，乃賦也。」同上頁十五下

同上至於班、傅之北征、西巡，變爲序引，豈不褒過而謬體哉！ 馬融之廣成、上林，雅而似賦，何弄文

而失質乎六句上方：「北征、廣成雖標頌名，其實賦。漢書王褒傳亦謂洞簫爲頌，並沿橋頌之名，何以獻譏！」同上頁十六上

同上史傳篇張衡司史，而惑同遷、固，元帝王后，欲爲立紀，謬亦甚矣五句上方：「呂氏立紀，著其實也。元后之時，王莽竊柄，政已他屬，又不當以此爲例。」卷四頁三上

同上論説篇自論語已前，經無論字二句上方：「『論道經邦』，唯見古文尚書，故彥和以爲經無論字。」

【附注】「論道經邦」見僞古文周官。

同上神思篇意翻空而易奇，言徵實而難巧也二句上方：「此二語人皆誤。彥和自謂詞意難於相副也。」卷六頁二上

同上養氣篇和熊以苦之人句上方：「和熊，唐人事。此後人謬增。」卷九頁四下

【附注】和熊事見新唐書柳仲郢傳。

同上物色篇然屈平所以能洞鑒風騷之情者，抑亦江山之助乎二句上方：「唐人謂燕公岳州以後，詩思凄婉，得江山之助，蓋出於此。岳州在江南，屈子所放之地也。」卷十頁三上

【附注】燕公事見新唐書張説傳。

同上才略篇張衡通贍，蔡邕精雅，文史彬彬，隔世相望四句上方：「世傳蔡邕是張之後身，故云隔世相望。」同上頁五上

【附注】裴頠語林：「張衡之初死，蔡邕母始孕。此二人才貌相類，時人云：『邕是衡之後身。』」御覽卷三百六十又三百九十六引

清徐文靖

竹書紀年統箋帝廑四年作西音：「箋按：吕氏春秋曰：『殷整甲徙宅西河，猶思故處，實始作爲西音。』按見音初篇 今據竹書，殷王河亶甲名整，自相遷嚻，無宅西河作西音之事。惟夏后胤甲即位元年，居西河；四年，作西音。而吕氏誤記殷整甲也。梁劉勰文心雕龍：『夏甲嘆于東陽，東音以發；殷整思于西河，西音以興。』是又以不韋誤矣。」卷四頁三上

按見樂府篇。

清浦起龍

史通通釋煩省篇遠略近詳條：「荀子非相篇：『傳者久則論略，近則論詳；略則舉大，詳則舉小。愚者聞其略而不知其詳，聞其詳而不知其大也。』按：文之誤，從劉勰文心來。文心云：『荀況稱録遠略近。蓋文疑則闕，貴信史也。』意亦自背。」卷九頁十七下

按見史傳篇。

清惠棟

古文尚書考辨梅氏增多古文之謬：「顧氏炎武按見日知録卷二四謂：『相之名不見于經，而説命有爰立作相之文；原有子注，今略去。劉氏勰謂論語以前，經無論字，而周官有論道經邦之語。』原注：「棟按六經論字皆讀爲倫：易屯象『君子以經論』，詩大雅『於論鼓鍾』，王制『必即天論』，中庸『經論天下之大經』，是也。公食大夫禮注云：『古文倫作論。』」皆梅氏之漏義也。」頁二一下至二二上

按見論説篇。

左傳補注(文公)十三年繞朝贈之以策：「服虔曰：『繞朝以策書贈士會。』按見正義引 劉勰曰：『春秋聘繁，書介彌盛，繞朝贈士會以策，子家與趙宣以書。』蓋用服説。原注：「杜氏以策爲馬撾。」韓非子曰：『繞朝之言當矣，其爲聖人於晉而爲戮於秦也，此不可不察。』按見説難篇 是繞朝因贈策之言而戮也。左氏不載，似韓非據秦史而言。」卷二十頁十五上

按見書記篇。

九曜齋筆記魯僖與議：「文心雕龍議對篇曰：『春秋釋宋，魯桓務議。』家君曰：『按文當云魯僖與議。公羊經僖公二十一年，釋宋公。傳曰：執未有言釋之者，此其言釋之何？公與爲爾也。公與爲爾奈何？公與議爾也。今注劉勰書者，皆不知引。』」卷一頁十下至十一上(十駕齋養新録卷十四引有此條)

同上馬一匹：「文心雕龍曰：『周禮井賦，舊有疋馬。應劭釋疋，爲量首數蹄。斯豈辨物之要哉！』按藝文類聚九十三卷載應劭風俗通曰：『馬一疋，俗説相馬及君子與人相疋；或曰馬夜行，目明照前四丈，故曰一疋；或曰度馬縱橫，適得一疋；或説馬死賣得一疋帛；或云春秋左氏説：諸侯相贈，乘馬束帛；帛爲疋，與馬之相疋耳。』今風俗通無此語，非全書也。」同上頁十六上下

按見指瑕篇。

同上斷竹：「吴越春秋按見句踐陰謀外傳 載孝子彈歌云：『斷竹，續竹；飛土，逐宍。』原注：「宍，古肉字。」劉勰曰：『黄歌斷竹，質之至也。』又曰：『斷竹黄歌，乃是按當作二 言之始。』」原注：「黄，黄帝今作害非。」

也。」卷三頁十四下

按上見通變篇，下見章句篇。

清姚範

援鶉堂筆記楚辭：「劉彦和辨騷『班固以爲露才揚己』云云，即出於班序。」卷四十頁一上

同上文心雕龍：「宋史藝文志有辛處信注文心雕龍十卷。」同上頁三上

同上宗經：「『書實記言，而訓詁茫昧，……此聖人之殊致，表裏之異體者也。』黄叔琳云：『是篇梅本按此萬曆梅本書實記言以下，有而訓詁茫昧，……按爾雅本以釋詩，無關書之訓詁。……宜從王惟儉本。』按前漢書藝文志：『古文讀應爾雅，故解古今語而可知也。』後漢書賈逵傳：『逵數爲肅宗言：古文尚書與經傳爾雅詁訓相應。』何得云爾雅無關書也？」同上頁三上至四上

同上辨騷：「『班固以爲露才揚己，忿懟沈江，羿、澆、二姚，與左氏不合；崑崙懸圃，非經義所載。』按班氏離騷經章句叙云：『説五子以失家巷，謂伍子胥。及至羿、澆、少康、有娀佚女，皆各以所識，有所增損，然猶未得其正也。』此並言淮南説騷之誤，彦和遂云與下崑崙、虙妃同爲讒屈之詞，失其指矣。」同上頁四上

同上詮賦：「『賦也者，受命於詩人，拓疑作括（此黄叔琳校語）宇於楚辭也。』注：『西京雜記：相如曰：賦家之心，包括宇宙，總覽人物。』按王損仲本按即王惟儉訓故本拓作招字於楚辭，疑誤。詩有六義，賦居其一，故曰受命，楚辭無賦名也。拓字爲是，言恢拓疆宇耳。作括非。注尤謬。」同上頁四上下

同上誄碑：「『揚雄之誄元后，文實煩穢，沙麓撮其要，而摯疑成篇。』有脱誤（此黄叔琳校語） 按此蓋謂摯虞不見雄此誄，而疑漢書所載爲成篇耳。」同上頁四下

同上隱秀：「『叔夜之 闕二字（此黄叔琳校語，下並同） 嗣宗之 闕二字 ……士衡之 闕二字 彭澤之 闕二字。以上四句，功甫本闕八字。一本增入疎放豪逸四字。』按此蓋舉稽、按當作嵇 阮、陸、陶之傳篇耳。」同上頁五上

清葉樹藩

文選按語雜詩上古詩十九首題下：「藩按：十九首，玉臺以中數章爲枚乘；文心雕龍以孤竹一篇爲傅毅之詞；……愚以爲大抵皆孤臣思婦友朋闊契死生新故之感，非一時作，亦非一人作。當從昭明統名以古詩爲允，正不必一一實其人也。」卷二九頁三下

按見明詩篇。

清袁守定

佔畢叢談談文：「劉舍人論文有忌重出之説，重出者，同字相犯也；有忌聯邊之説，聯邊者，半字同文，如江淮河漢是也。」卷五頁八下

按見練字篇。

清錢大昕

十駕齋養新録七言在五言之前：「楚詞招魂、大招多四言，去些、只助語，合兩句讀之，即成七言。荀子成相，荆軻送別，其七言之始乎？ 至漢而大風、瓠子見于帝製；柏梁聯句，一時稱盛，而五言靡聞。

其載于班、史者，唯邪徑敗良田童謠，出于成帝之世耳。劉彥和謂西京『詞人遺翰，莫見五言，所以李陵、班婕妤見疑于後代』。又謂『古詩佳麗，或稱枚叔』。則彥和亦未敢質言也。要之，此體之興，必不在景、武之世。觀漢書李陵傳，置酒起舞作歌，按此見蘇建傳附武傳，錢氏記誤。初非五言，則知河梁唱和，出于後人依託；不待『盈觴』之語，觸犯漢諱，始決其作僞也。按容齋隨筆卷十四李陵詩條即據盈字爲說 枚叔又在蘇、李之前，班、史不言有五言詩，其爲臆說，毋庸置辨矣。」卷十六頁四上下

按見明詩篇。

同上文筆：「劉彥和云：『今之常言，有文有筆，以爲無韻者，筆也；有韻者，文也。』原注：「文心雕龍總術篇。」按南史顏延之傳：『宋文帝問延之諸子才能。延之曰：竣得臣筆，測得臣文。』任昉傳：『尤長載筆，王公表奏，無不請焉。既以文才見知，時人云沈詩任筆。』殷璠云：『歷代詞人，詩筆雙美者，鮮矣。』按見河嶽英靈集卷中陶翰下題辭 杜牧之詩：『杜詩韓筆愁來讀，似倩麻姑癢處抓。』」按見杜集卷二讀杜韓集 同上頁二三上下

同上原道：「原道二字，出淮南原道訓；文心雕龍亦有原道篇。」同上頁二五上

同上齊物：「王伯厚謂：『莊子齊物論，非欲齊物也，蓋謂物論之難齊也。是非毀譽，一付於物，而我無與焉，則物論齊矣。邵子詩：齊物到頭爭 按見邵集卷三放言。恐誤。』以上見困學紀聞卷十 按左思魏都賦：『萬物可齊于一朝。』劉淵林注云：『莊子有齊物之論。』劉琨答盧諶書云：『遠慕老莊之齊物，近嘉阮生之放曠。』文心雕龍論說篇云：『莊周齊物，以論爲名。』是六朝人已誤以齊物兩字連讀，唐人多

取齊物兩字爲名，其誤不始康節也。」卷十九頁二十下

清高宗弘曆

唐宋詩醇隴西李白詩一　大雅久不作首：「昔劉勰明詩一篇略云：『兩漢之作，結體散文，直而不野，爲五言之冠冕。』又云：『建安之初，五言騰踴，不求纖密之巧，惟取昭晰之能。何晏之徒，率多浮淺，惟嵇志清峻，阮旨遥深，故能標焉。晉世群才，稍入輕綺，采縟於正始，力柔於建安。』觀白此篇，即劉氏之意。」卷一頁三上下

清盧文弨

群書拾補史文獻通考經籍七十六：「文心雕龍十卷。鼂氏云云：『觀其論説篇稱此字脱論語以前，經無論字，六韜三論，後人追題。是殊不知書有論道經邦之言，其疎略殆誤殊過於王杜矣。』原注：『按論道經邦，乃晚出古文，不足爲據。鼂氏遂輕詆彦和，過矣。』」頁十五上

鍾山札記別風淮雨：「尚書大傳：『越裳以三象重九譯而獻白雉，其使請曰：吾受命吾國之黄耇曰：久矣天之無別風淮雨，意者中國有聖人乎？』鄭康成注：『淮，暴雨之名也。』自後諸書所引，皆作烈風淫雨。若説苑辨物篇，書舜典正義，詩蓼蕭、臣工及周頌譜正義所引，皆無有作別風淮雨者。劉彦和雕龍練字篇有云：『尚書大傳有別風淮雨，帝王世紀云列風淫雨。別列淮淫，字似潛移。淫列義當而不奇，淮別理乖而新異。傅毅製誄，已用淮雨；元長作序，亦有別風。』原注：「今本脱此二句，宋本有之。」按古文苑載傅毅靖王興誄云：『白日幽光，淮雨杳冥。』但其文不全。今雕龍誄碑篇所載，爲後人易以氛

霧杳冥矣。蔡中郎集中有太尉楊賜碑云：『烈風淮雨，不易其趣。』今俗間本，淮雨改作雖變。余所見者，宋本也。安知烈風不亦出後人所改乎？元長序無考，惟陸士龍九愍有『思振袂於別風』按見士龍集卷七之語。於彥和所舉之外，又得此二證。」卷一頁十四上下抱經堂文集文心雕龍輯註書後：「余向有此本，粗加讎校。寓吴趨時，兒輩不謹，爲何人攜去，後遂不更蓄也。昨年吴秀才伊仲示余校本，無可比對，復就長安市覓得此本，紙墨俱不精。吴所録隱秀篇之缺文，及勝國諸人增删改正之處，此本具有之。然他人所改，俱著其姓，唯梅子庚獨不，不幾攘其美以爲己有耶！亦有異同數處：其練字篇引尚書大傳『別風淮雨』，於『傅毅制誄，已用淮雨』下，多『元長作序，亦用別風』八字。頃無王融集可檢，惟憶陸雲九愍有『思振袂於別風』之句，此亦一證也。傅毅作北海靖王興誄云：『白日幽光，淮雨杳冥。』古文苑所載，其文不全。今見此書誄碑篇者，又爲後人改去淮雨，易以氛霧二字矣。鄭康成注大傳云：『淮，急雨之名。』是不以爲字誤。而詩正義引大傳，竟改作列風淫雨。蓋義僻則人多不曉也。哀弔篇首云『賦憲之謚』，此出周書謚法解『既賦憲，受臚於牧之野，乃制作謚』。今所傳周書，文多脱誤，惟困學紀聞按見卷二所引，尚有此語。此於賦憲下引舊人校云『當作議德』，失之不考也。至詔策篇『賜太守陳遂』，汪本作『責博進陳遂』，正與下『故舊之厚』句相應，然責字亦疑償字之誤。其末引詩云『有命在天』，明爲重也；周禮曰，『師氏詔王』爲輕命。吴本亦如此。余以爲當作詩云『有命自天』，明爲重也；周禮曰『師氏詔王』，明爲輕也。下衍一命字。養氣篇『故有錐股自厲，和熊以苦之人』，按下六字吴本無，當本脱四字，不學者妄增成之，而忘其年代之不合也。末序志篇云：『茫茫往代，既沈予聞，眇眇來世，倘塵彼觀也。』謝耳伯云：『沈一作洗。』余疑皆未是。似當作況，況與貺古通用。又吴本倘字作諒。吴本從曲江錢惟善本臨出，前有其序。余遲暮之年，尚爲此矻矻，不欲虚見示之惠故也。凡異同處勝此本者，已具録之。爲語小兒子輩，慎勿再棄也。乾隆辛丑七月九日書。」卷十四頁十一下至十二下

清袁枚

隨園詩話：「聯句始式微。劉向烈按當作列女傳謂毛詩泥中、中露衛二邑名，式微之詩二人同作，是聯句之始。文心雕龍云：『聯句共韻，柏梁餘製。』」卷七頁十六下（隨園隨筆卷二四同）

按見明詩篇。又按袁氏此説出困學紀聞卷十八。王氏原文已見前

同上：「余按回文詩，相傳始于蘇若蘭，其實非也。文心雕龍云：『回文所興，道原爲始。』傳咸有回文反覆詩，温太真亦有回文詩，俱在竇滔之前。」卷十四頁三上（隨園隨筆卷二十同）

按亦見明詩篇。又按袁氏此説亦出困學紀聞卷十八。王氏原文已見前

清王鳴盛

蛾術編説録二讖緯：「……且曹襃傳云：『襃譔次漢禮，雜以讖記。』沛獻王輔傳云：『輔好經書及圖讖。』則知讖緯之在漢，通儒無不習之。若劉勰稱仲豫者，荀悦也。又言：『荀悦明其詭誕。』而悦傳並無以緯爲詭誕之説。」卷二頁二一下

按見正緯篇。又按荀悦以緯書爲詭誕當依唐寫本作託之説，出申鑒俗嫌篇。王氏失考。

同上説集一詩式：「漢人有無名氏古詩不下數十首，文選取其十九，而後人多臆揣某篇出某人，皆未足信。……李善云：『古詩或云枚乘。詩云：游戲宛與洛。則辭兼東都，非盡是乘明矣。』觀此，似當時以十九首並爲乘作者。劉勰以孤竹一首爲傅毅作，皎然以青青河畔草爲蔡邕作，按見詩式李少卿並古詩十九首條　疑皆非也。」卷七五頁十五上下

按見明詩篇。

清周廷寀

韓詩外傳校注卷第五「成王之時，有三苗貫桑而生，……久矣天之不迅風疾雨也」注：「（尚書）大傳（周傳）云『別風淮雨』。（鄭玄）注：『淮，暴雨之名。』説苑（辨物篇）云『烈風淫雨』。文心（練字篇）以爲『別、列、淮、淫，字似潛移。淫、列義當而不奇，淮、別理乖而新異』，是也。」卷五頁七下至八上

清孫志祖

讀書脞録髯奴文：「王楙野客叢書云：『古文苑所載髯奴詞，乃黄香所作，非王褒也。褒所著者，僮約爾。』按見卷九　志祖按：文心雕龍書記篇云：『王褒髯奴，則券之楷也。』李善東京賦注引王褒責髯奴文，與劉勰合，非僮約之誤。古文苑晚出，不足據也。」卷七頁十上

讀書脞録續編七觀：「尚書大傳云：『堯典可以觀美，禹貢可以觀事，咎繇可以觀治，鴻範可以觀度，六誓可以觀義，五誥可以觀仁，甫刑可以觀誡。』原注：「一作誠。」此文心雕龍宗經篇所謂『書標七觀』也。」卷一頁六上

文選考異上林賦入乎西陂：「按文心雕龍通變篇引上林賦，作『月生西陂』。然張揖注云：『日朝出苑之東池，暮入于苑西陂中。』則不當作『月生』也。與馬融廣成頌『大明出東，月生西沼』，辭旨自別。」卷一頁十八下

清紀昀

沈氏四聲考：「……同時惟劉勰篤信休文。文心雕龍係贊五十篇，以沈韻校，無不相應，蓋即用四聲譜者。故沈韻未備之數部，頗采以補闕。」卷上頁十上

四庫全書總目提要子部雜家類存目三戲瑕：「其名戲瑕者，取劉勰所云『尹敏戲其深瑕』義也。然此語出文心雕龍正緯篇，戲字頗無義理，故朱謀㙔等校本皆以爲詆字之誤，其說不爲無見。」卷一二六頁十五下

同上集部一楚辭類小序：「哀屈宋諸賦，定名楚辭，自劉向始也。後人或謂之騷，故劉勰品論楚辭，以辨騷標目。考史遷稱『屈原放逐，乃著離騷』。蓋舉其最著一篇。九歌以下，均襲騷名，則非事實矣。」卷一四八頁三上

同上集部總集類二回文類聚四卷補遺一卷：「考劉勰文心雕龍曰：『回文所興，則道原爲始。』梅庚按當作梅子庚註謂原當作慶，宋賀道慶也。蓋其時璇璣圖詩未出，故勰云然。」卷一八七頁十三下

清王太岳等

按見明詩篇。

四庫全書考證文心雕龍：「原道篇『自風姓及於孔氏，莫不原道心以敷章』，刊本以敷訛裁文，據太平御覽 按見卷五八五 改。」卷一百頁十四上

同上：「徵聖篇『志足而言文』，刊本志訛忠，據謝兆申本改。　又『子政論文』，刊本脱子字；又『稚圭勸學』，刊本脱此句，據楊慎本增。」同上

同上：「宗經篇『夫易惟談天，入神致用』，刊本入訛人，據太平御覽 按見卷六百八 改。　又『禮以立體』，刊本以訛季，據黄叔琳本改。」同上

同上：「辨騷篇『夷羿彃日』，刊本彃訛蔽；　又『土伯三目』，刊本目訛足，並據楚辭 按見楚辭補注本附録 改。」同上頁十四下

同上：「明詩篇『張衡怨篇，清典可味』，刊本典訛曲，據困學紀聞 按見卷十八 改。」同上

同上：「樂府篇『殷整思於西河，西音以興』，刊本整訛鼇，據吕氏春秋 按見音初篇 改。　又『樂盲被律』，刊本盲訛育，據黄叔琳本改。」同上

同上：「詮賦篇『述客主以首引，極聲貌以窮文』，刊本述訛遂，主訛至，又脱聲字，據曹學佺、黄叔琳諸本改增。　又『皋朔以下，品物畢圖』，刊本朔訛翔，據曹學佺本改。　又『那之卒章，閔馬稱亂』，刊本馬訛焉，據國語 按見魯語下 改。　又『草區禽族，庶品雜類』，刊本庶訛鹿，據曹學佺本改。　又『孟堅兩都，明絢以雅贍』，刊本明絢訛朋約，據太平御覽 按見卷五八七 改。」同上頁十四下至十五上

同上：「頌讚篇『讚者，明也，助也』，刊本脱助也二字，據太平御覽 按見卷五八八 增。　又『遷史、固書，

託讚褒貶』，刊本遷史訛史班，據黄叔琳本改。　又『紀傳後評，亦同其名』，刊本後訛侈，據太平御覽 同上 改。」同上頁十五上

同上：「祝盟篇『惟陳思誥咎，裁以正義』，刊本脱咎字，據曹學佺本增。」同上頁十五下

同上：「銘箴篇『魏顆紀勳於景鐘』，刊本鐘訛銘，據國語 按見晉語七 改。　又『橋公之鉞，吐納典謨』，刊本橋訛僑，鉞訛箴，據蔡邕黄鉞銘 按見蔡中郎集卷一 改。　又『張載劍閣，其才清采』，刊本載訛采，據晉書 按見載本傳 改。　又『温嶠侍臣，博而患繁』，刊本侍訛傳，據晉書 按見嶠本傳 改。」同上

同上：「雜文篇『庾敳客咨，意榮而文悴』，刊本敳訛鼓，據晉書 按見敳本傳 改。」同上

同上：「諧隱篇『蠶蟹鄙諺，載於禮典』，刊本蟹訛解，據檀弓改。　又『優旃之諷漆城，優孟之諫葬馬』，刊本旃孟二字互訛，據史記 按見滑稽傳 改。　又『還社求拯於楚師，喻眢井而稱麥麴』，刊本社訛楊，拯訛極，據左傳 按見宣十二年 改。」同上頁十六上

同上：「諸子篇『魏晉繁辭雖積，而本體易總』，刊本脱辭字，據謝兆申本增。」同上

同上：「論説篇『敬通之説鮑鄧，事緩而文繁』，刊本脱之説二字，據黄叔琳本增。」同上

同上：「詔策篇『孝宣璽書，賜太守陳遂』，刊本賜太守訛責博士，據漢書 按見游俠傳 改。　又『晉明帝以温嶠文清引入中書』，刊本脱引入二字，據太平御覽 按見卷五九三 增。」同上頁十六下

同上：「通變篇贊：『趨時必果，乘機無怯。』刊本時訛曉，怯訛法，據黄叔琳本改。」同上

同上：「麗辭篇『宋畫吴冶，刻形鏤法』，刊本畫訛晝，冶訛治，據朱謀㙔本改。」同上

同上：「事類篇『事得其要，雖小成績，譬尺樞運關也』，刊本尺訛天；又『微言美事，置於閒散』，刊本脱散字，並據黄叔琳本改增。」同上頁十七上

同上：「才略篇『薳敖擇楚國之令典』，刊本敖訛教；又『趙衰以文勝從饗』，刊本衰訛襄，並據左傳按上見宣十二年，下見僖二十三年改。」同上

同上文心雕龍輯注：「辨騷篇『駟虬乘翳，則時乘六龍』，刊本駟訛駉，據離騷改。」卷一百頁十八上

同上：「頌讚篇樊渠注『基趾工堅』，刊本趾訛跌，據蔡中郎集樊惠渠頌按見卷九改。」同上

同上：「銘箴篇『温嶠侍臣，博而患繁』，刊本侍訛傳，據晉書改。　又仲山注『南單于遺憲古鼎』，刊本古訛占，據前漢書按見後漢書竇憲傳（前字誤）改。　又『魏顆以其身卻退秦師於輔氏』，刊本於訛放，據晉語按見晉語七改。　又潘勗注『潘勗與覬並以文章顯』，刊本覬訛凱，據魏志衛覬傳改。」同上頁十八上下

同上：「論説篇敬通注『則聊城之説』，刊本城訛成，據文選注按見廣絶交論李注改。」同上頁十八下

同上：「封禪篇勒碑注『遺御史與蘭臺令史』，刊本御訛十，據後漢書按見祭祀志改。」同上

同上：「才略篇李尤注『有函谷諸賦，孟津諸銘』，刊本脱孟津二字，據李蘭臺集增。」同上頁十九上

清張玉穀

古詩賞析唐詩無名氏彈歌：「文心雕龍謂此歌爲斷竹黄歌。黄，指黄帝。今姑附此。」卷一頁三上

　　按見通變篇及章句篇。

清曾廷枚

香墅漫鈔子類弸中彪外：「揚子法言：『君子言則成文，動則成德，何以也？以其弸中而彪外也。』按見君子篇 文心雕龍程器：『是以君子藏器，待時而動，發揮事業，固宜蓄素以弸中，散采以彪外。』」卷三頁二五上

清趙翼

陔餘叢考史記一：「班彪謂司馬遷『序帝王則曰本紀，公侯傳國則曰世家，卿士特起則曰列傳』，按見後漢書班彪傳 是蓋以本紀、世家、列傳爲史遷創例。然文心雕龍云：遷取式吕覽，著本紀以述皇王。則遷之作紀，固有所本矣。今按吕覽十二月紀，非專述帝王之事。而史記大宛傳贊則云：『禹本紀言河出崑崙，高五百里。』又云：『禹本紀及山海經所有怪物，予不敢言之也。』是遷之作紀非本於吕覽，而漢以前别有禹本紀一書，正遷所本耳。」卷五頁一上

按見史傳篇。

同上迴文詩：「迴文詩世皆以爲始於蘇蕙，然劉勰謂『回文所興，道原爲始』。則非起於蘇蕙矣。道原，不知何姓何時人。按梅慶生注文心雕龍云：『宋有賀道慶作四言迴文詩一首，計十二句，從尾至首，讀亦成韻。勰所謂道原，或即道慶之訛也。』但道慶宋人，而蘇蕙苻秦人，則蕙仍在道慶前。而勰謂始自道原，意或當時南北分裂，蕙所作尚未傳播江南，而道慶在南朝實創此體，故以爲首耳。」卷二三頁十三下

按見明詩篇。

清周春

杜詩雙聲叠韻譜論各書劉勰文心雕龍一則凡聲有飛沈，響有雙叠……然振其大綱，不出兹論：「按飛者，揚也；沈者，陰也。『雙聲隔字而每舛』者，雙聲必連二字，若上下隔斷，即非正雙聲。『叠韻雜句而必睽』者，叠韻亦必連二字，若雜於句中，即非正叠韻。雙叠得宜，斯陰陽調合。『轆轤交往，逆鱗相比』者，總指不單用也。『迂其際會』，謂陰陽不諧，雙叠不對，乃文字之吃，便成疾病矣。和者，即雙聲也。故曰異音相從。韻者，即叠韻也。故曰『同聲相應』。雙聲，故曰『難契』、『至難』。叠韻，故曰『易遣』、『甚易』。選和作韻，大綱不出乎此。蓋彦和精於音韻者，故其論如右。『左礙尋右，末滯討前』，可與休文『前有浮聲，後須切響』之説，互相發明。蓋既用一雙叠字樣，必再用一雙叠字樣以配之也。　元注吃引韓非口吃，與此無涉；和引楊升庵東董是和，東中是韻，引之費解。」卷七頁三上至四上

按見聲律篇。

清梁玉繩

史記志疑司馬相如傳聽葛天氏之歌，千人唱，萬人和條附案：「文心雕龍事類篇曰：『陳思報孔璋書云：葛天氏之樂，千人唱，萬人和，聽者因以蔑韶夏矣。案葛天之歌，唱和三人而已。相如上林，濫侈葛天，推三成萬，信賦妄書，致斯謬也。』余謂千唱萬和，此賦乃總承上文，非專言葛天。謬在陳思，不在相如。」卷三四頁一二三下

同上無是公言天子上林廣大，山谷水泉萬物，及子虚言楚雲夢所有甚衆，侈靡過其實條附案：「左思

三都賦序，文心雕龍夸飾篇，並稱相如之賦詭濫不實。余謂上林地本廣大，且天子以天下爲家，故所叙山谷水泉，統形勝而言之。至其羅陳萬物，亦惟麟鳳蛟龍一二語爲增飾。觀西京雜記、三輔黄圖，則奇禽異木，貢自遠方，似不全妄。況相如明著其指，曰子虚、烏有、亡是，特主文譎諫之義爾。不必從地望所奠，土毛所産，而較有無也。程氏雍録按見卷九曾辨之。」同上頁二四上下

清白士集瞥記二：「文十三年，繞朝贈士會以策，服虔以爲策書，杜預以爲馬撾，前人多依杜注。……惟文心雕龍書記篇云：『繞朝贈士會以策，子家與趙宣以書，巫臣之遺子反，子産之諫范宣，詳觀四書，辭若對面。』用服虔説，僅見此條。」卷十九頁三上

清陳鱣

簡莊疏記春秋左氏傳：「（文公）十三年傳：『繞朝贈之以策。』注：『策，馬撾。』疏：『服虔云：繞朝以策書贈士會。』按説文策訓馬箠。按見竹部然册書多借用策。聘禮記云：『百名以上書於册，不及百名書於方。』中庸作『布在方策』。……此下云：『子無謂秦無人，吾謀適不用也。』即策中之文。……文心雕龍云：『春秋聘繁，書介彌盛，繞朝贈士會以策，子家與趙宣以書。』蓋用服注。」卷十一頁十五上下

按見書記篇。

文心雕龍輯註批校辨騷篇駉虯乘翳句上方：「（駉）按楚詞作駟。」並用朱點駉字中心，於其右側校駟卷一頁十三下

同上頌讚篇註樊渠條基趺工堅句上方：「按蔡集作基跂。」並用朱點趺字中心，於其右側校跂　卷二頁十八下

同上銘箴篇温嶠傳臣句上方：「按晉書作侍臣。」並於傳字右側用朱校侍　卷三頁二下

同上註潘勗條與凱並以文章顯句上方：「按晉書作與覬。」並於凱字右側用朱校覬　同上頁四下

同上論説篇註敬通條則聊成之説句上方：「按文選注作聊城。」並於成字左側用朱沾土旁　卷四頁十九上

【附按】　晉書當作魏志，陳氏引誤。

同上議對篇魯桓務議句上方：「鱣按文當是魯僖預議。預與與同，轉寫誤爲務耳。」並於桓務二字右側用朱校僖預二字　卷五頁十二下

清嚴元照

蕙櫋雜記：「文心雕龍銘箴篇：『斯文之興，盛于三代，夏商二箴，餘句頗存；及周之辛甲，百官箴一篇，體義備焉。』予考逸周書文傳解引夏箴曰：『中不容利，民乃外次。』吕覽應同篇引商箴曰：『天降災布祥，並有其職。』又謹聽篇引周箴曰：『夫自念斯學，德未暮。』是三代皆有箴，不獨夏商也。」頁二九下

清孫梅

四六叢話騷：「又揚子曰：『事辭稱則經。』按見吾子篇　文心以之論騷。」卷三頁二下

按見辨騷篇。

清浦銑

復小齋賦話：「劉彦和文心雕龍夸飾篇：『張衡羽獵，困元玄冥于朔野。』今賦無此語，蓋非全文也。

又頌讚篇：『馬融之廣成、上林，頌按當作雅而似賦。』按本傳：『安帝東巡岱宗，融上東巡頌。』上林，疑是東巡之誤也。」卷上頁二十下至二一上

清郝懿行

證俗文詔：「古者，上下通曰詔。……秦漢以下，唯天子以爲稱。秦有二品：曰制，曰詔，是也。」原注：「史記秦始皇紀：『二十六年，秦并天下，丞相王綰、御史大夫馮劫、廷尉李斯等議：命爲制，令爲詔。』文心雕龍：『昔軒轅、唐、虞，同稱爲命。其在三代，事兼誥誓；降及七國，並稱曰令；秦并天下，改命曰制。』按史記制、詔並始於秦，劉勰獨言制，非也。」卷八頁五上

按見詔策篇。

文心雕龍輯註批注卷首南史本傳初勰撰文心雕龍五十篇句上方：「按劉氏此書，蓋撰於蕭齊之世，觀時序篇可見。」本傳頁一上

同上原道篇剬詩緝頌註上方：「按周公緝頌，非止思文。頌讚篇云：『時邁一篇，按見周頌周公所製。』國語周語上引『載戢干戈』四句，以爲周文公之詩，是也。周語中：常棣按見小雅爲周文公之詩。」卷一頁三下

同上宗經篇末黄氏識語按爾雅本以釋詩，無關書之訓詁；且五經分論，不應獨舉書與春秋四句上方：「懿行按爾雅詁訓，義兼詩書。此注云云，愚所未曉。至於五經分論，獨舉書與春秋，所謂簡言達旨，辭尚體要，奚必徵引繁詞，乃爲可貴乎！練字篇云：『爾雅者，詩書之襟帶。』據兹一言，益知此注之紕繆。」同上頁九下

同上正緯篇朱紫亂矣句上方：「按朱紫亂矣句，本張衡疏云：『宜收藏圖讖，一禁絶之，則朱紫無所眩，典籍無瑕玷矣。』」同上頁十下

同上明詩篇逮楚國諷怨，則離騷爲刺二句上方：「按漢志以騷爲賦，此篇以騷爲詩，蓋賦者古詩之流，離騷者含詩人之性情，具賦家之體貌也。」卷二頁一下

同上離合註上方：「按孔融離合郡姓名詩，按見古文苑卷八 乃隱『魯國孔融文舉』六字，即如『卯金刀，字禾子』按出孝經右契（玉函山房有輯本）之比。故曰『明於圖讖』。然此體已起於越絶書，按見越絶篇叙外傳記 非始於孔融也。」同上頁六上

同上樂府篇始立樂府註上方：「按高祖四年已作武德之舞，按見漢書禮樂志 必樂府令司其事也。樂府之立，不始於武帝。黄氏此注，良爲有見。」同上頁十上

同上頌讚篇並諜爲誦句上方：「按諜，伺也；又譜也。後漢書張衡傳：『子長諜之，爛然有第。』注云：『諜，譜第也。與牒通。』」同上頁十五下

同上馬融之廣成、上林句上方：「按黄注：上林，疑作東巡。從馬融傳也。然摯虞文章流别作廣成、上林，按見御覽卷五八八引 是必舊有其篇，不見於本傳而後世亡之耳。」同上頁十六上

同上伊陟讚於巫咸句上方：「按書序：『伊陟讚於巫咸，作咸乂四篇。』」同上頁十六下

同上祝盟篇玄牡告天，以萬方罪己二句上方：「按白虎通三軍、三正篇並引論語『予小子履』數語 按見堯曰 爲湯伐桀告天之辭。」同上頁十九下

同上玄牡註上方：「按注云『見湯誓』誤也。考論語『予小子履，敢用玄牡，敢昭告於皇皇后帝』。孔注云：『墨子引湯誓 按見兼愛下 其辭若此。』疏云：『尚書湯誓無此文，而湯誥有之，又與此小異。唯墨子引湯誓，其辭與此正同。』又國語内史過引湯誓曰：『余一人有辠，無以萬夫；萬夫有辠，在余一人。』 按見周語上 此亦今湯誓之所無也。」同上頁二一下

同上史傳篇及班固述漢，因循前業二句上方：「按固述漢書，其自作者無幾，故謂之『述』耳。寔非謙也。今讀其書，明襲馬遷之史，陰竊叔皮之書。不但已也，藝文本劉歆七略，天文乃馬續所爲，其它類然，而又有大家集厥成。故史通述傅玄之言曰：『孟堅漢書，寔命世奇作；及與陳宗、尹敏、杜撫、馬嚴撰中興紀傳，其文曾不足觀。』 按見覈才篇 以是知漢書之非固作，明矣。」卷四頁二下

同上詔策篇皇帝御寓，其言也神，淵嘿黼扆三句上方：「按漢書成帝贊曰：『臨朝淵嘿，尊嚴若神。』」同上頁十九下

同上師氏詔王爲輕命句上方：「按師氏『掌以媺詔王』，是此文所本。應師氏詔王爲句。而黄氏注誤連爲輕命讀，故曰無此文矣。」同上頁二三上

同上檄移篇又州郡徵吏，亦稱爲檄二句上方：「按漢書申屠嘉傳『爲檄召通』，是則公府徵吏，亦稱爲檄，非獨州郡也。」同上頁二六上

同上章表篇雖言筆未分句上方：「按左傳載晉文受策之詞， 按見僖公二十八年 又韓詩外傳載孔子爲魯司寇之命，及孔子答詞， 按見卷八 皆所謂言筆未分者也。」卷五頁四下

同上議對篇魯丕註上方：「按魯丕對策見袁宏紀，按見卷十六孝安皇帝紀 而范史不載。」同上頁十七上

同上書記篇則有狀列辭諺句上方：「狀則左氏僖二十八年云『且曰獻狀』杜注：『責其功狀。』是也。」同上頁十九上

同上列者陳也句上方：「列字無注。按任彦昇彈事有列辭，按見文選卷四十奏彈劉整 古之傳列，今之供狀也。」同上頁二十下

同上諺者直語也，喪言亦不及文，故弔亦稱諺三句上方：「按説文：『諺，傳言也。』按見言部 『唁，弔生也。』按見口部 彦和欲混爲一，似未爲得。經史亦無通用之例。」同上

同上通變篇唐歌在昔句上方：「按尚書大傳：『讌然乃作大唐之歌，其樂曰：舟張辟雍，鶬鶬相從。八風回回，鳳皇喈喈。』按見虞夏傳 此即唐歌也。黄氏注引卿雲，而不知引此，何耶？明詩篇『堯有大唐之歌』。彼注亦未載歌詞。」卷六頁八下

同上聲律篇而作韻甚易句上方：「按古音通叶處多，故曰作韻甚易。」卷七頁七上

同上事類篇夫薑桂同地，辛在本性二句上方：「韓詩外傳：『薑桂因地而生，不因地而辛。』」按見卷八頁六下

同上隱秀篇有秀有隱句上方：「按神思篇云：『思表纖旨，文外曲致。』其隱之謂乎？陸士衡云：『若發穎豎，離衆絶致。』按見文賦 其秀之謂乎？」同上頁十三上

同上總術篇譬三十之輻，共成一轂二句上方：「按『三十輻共一轂』，語出老子。按見第十一章 黄氏注引

考工記，非也。」卷九頁十下

同上時序篇屈平聯藻於日月，宋玉交彩於風雲二句上方：「按史記稱離騷『雖與日月爭光可也』。按見屈原列傳 宋玉有風賦，又高唐賦 按並見文選 賦神女朝雲事。」同上頁十二上

同上雖世漸百齡，辭人九變，而大抵所歸，祖述楚辭四句上方：「按九變詳總術篇注。楚漢侈豔，大抵同歸，故云祖述者也。」同上頁十二下

同上暨皇齊馭寶，運集休明等十八句上方：「劉氏此書，蓋成於蕭齊之季，東昏之年。故其論文，盛夸當代，而不與銓評。著述之體，自其宜也。」同上頁十五下

同上才略篇九代之文句上方：「按時序篇贊稱『蔚映十代』，並數蕭齊而言也。茲篇及於劉宋而止，故云九代而已。」卷十頁三下

同上知音篇麟麏註上方：「按公羊傳『有麏而角』，按見哀公十四年 是此文所本。泣麟注引孔叢子，按指史傳篇注引孔叢子記問篇 無此語也。」同上頁十二下

同上程器篇至如管仲之盜竊句上方：「按禮雜記下篇，但言『管仲遇盜，取二人』。而說苑鄒子遂有管仲盜竊 按見尊賢篇 之說，恐亦好事者爲之爾。」同上頁十三下

同上班固註上方：「按燕然山銘，按見後漢書竇憲傳及文選 固所作也。諂竇之寔，注不及之，何也？困學紀聞二卷：『漢董賢册文 按見漢書佞幸董賢傳 言「允執其中」，按出論語堯曰 蕭咸謂「此堯禪舜之文，非三公故事」，按亦見董賢傳 班固筆之於史矣，而固紀憲之功，按指封燕然山銘 曰「納於大麓」，按見書舜典 「維

清緝熙」。按見詩周頌維清其諛甚於董賢之册。此固所以文姦言而無忌憚也。』」同上頁十五下

【附注】郝氏批注凡二百二十餘則，右止選録當中一部分。其是正文字者，已擇要采入校注拾遺中。

清徐養原

緯候不起於哀平辨：「昔劉彦和著書，稱『緯有四僞，通儒討覈，謂起哀平』。自爾相沿，俱同此說。……竊意緯書當起於西京之季，而圖讖則自古有之。史記趙世家：『扁鵲言秦穆公寤而述上帝之言，公孫支書而藏之，秦讖於是出矣。』秦按秦下合有始皇二字本紀：『燕人盧生使入海還，以鬼神事因奏録圖書。』蓋圖讖之名，實昉於此。他如三户之謡，按見史記項羽本紀祖龍之語，按見史記秦始皇本紀史記大宛傳：『天子發書易，神馬當從西北來。』大率類是。要之圖讖乃術士之言，與經義初不相涉。至後人造作緯書，則因圖讖而牽合於經義；其於經義，皆西京博士家言，爲今文學者也。蓋前漢說經者，好言災異，易有京房，尚書有夏侯勝，春秋有董仲舒，其說頗近於圖讖，著緯書者，因而文飾之。……易書春秋言災異者多，故緯書亦多；詩禮樂言災異者少，故緯書亦少。既比附經義，必勦襲古語，然後能取信於人。禮記經解引『君子慎始，差若毫氂，謬以千里』，祇稱易曰，不稱緯曰，而通卦驗有之；史記天官書引『雖有明天子，必視熒惑所在』，祇稱故曰，不稱緯曰，而春秋文耀鉤有之。此乃緯書襲用古語，非古人預知緯書而引之也。……莊子天道篇：『孔子西藏書於周室，繙十二經以說老聃。』其說本屬汗漫，而說者以六經六緯當之，謬矣。迨李尋傳按見漢書始有『六按當作五經六緯』之文。按尋說王根，在成帝之世，是時緯已萌芽，猶未入祕府，故劉向校書，獨不見録。以爲始於哀平之

際，王莽之篡，亦未必然也。夫緯體雖起於西京之末，而書中之說，多本於先儒，故純駁雜陳，精粗互見，談經之士，莫能廢焉。」詁經精舍文集卷十二頁八下至十下

清陳沆

詩比興箋古詩十篇箋：「冉冉孤生竹首，劉勰謂『孤竹一篇，傅毅之詞』。後漢書言毅少作迪志詩；又以顯宗求賢不篤，士多隱處，作七激以諷。此詩猶是旨也。」卷一頁三二上

按見明詩篇。

清張雲璈

四寸學聯句之始：「文心雕龍曰：『聯句共韻，柏梁餘製。』謂聯句起於漢武柏梁體。其實不然。按方勺泊宅編按見卷中：『式微之詩，劉向以爲二人所作，按見列女傳貞順黎莊夫人傳一在中露，一在泥中。』原注：「中露、泥中，毛傳皆以爲衛地。」非聯句之權輿乎？又按書五子之歌孔疏云：『五子作歌五章，每章各是一人之作，辭相連接，自爲終始。』是又在式微之前。」卷三頁四上

按見明詩篇。

選學膠言西京賦薛綜注條：「雲璈又按：文心雕龍指瑕篇云：『西京賦稱中黃育獲之儔，而薛綜注謂之奄尹，是不聞執雕虎之人也。』今文選薛注並無奄尹之說，未審彥和何據。豈當日薛注有未是者，李氏亦從而去之耶？」卷二頁十下

同上文賦策條：「立片言而居要，乃一篇之警策注：『以文喻馬也。言馬因警策而彌駿，以喻文資片

杜預以爲馬撾。前人多依杜注，李氏此注亦因杜爲説也。惟文心雕龍書記篇云，『繞朝贈士會以策，子家與趙宣以書，巫臣之遺子反，子産之諫范宣，詳觀四書，辭若對面』云云。用服説也。」卷九頁三上

言而益明也。』又引左傳繞朝贈士會以策。雲璈按：文公十三年，繞朝贈士會以策，服虔以爲策書；

同上七發雜文之祖條：「雲璈按：文心雕龍云：『自七發以下，作者繼踵。……惟七厲叙賢，歸以儒道，雖文非拔群，而意實卓爾矣。』按此於七發以下，得其源流矣。李氏以爲七諫之流，考東方朔在枚叔之後，何得擬之？且七諫自屬騷體，與此不類，故劉氏不數之也。崔瑗七厲，後漢書子玉本傳但有七蘇，無七厲。傅休奕七謨序云：『昔枚乘作七發，馬季長、張平子亦引其源而廣之，馬作七厲，張造七辨。』按見類聚卷五七引　據此，則七厲乃融作耳，彦和誤也。」卷十五頁一上至二上

按見雜文篇。

清江藩

炳燭室雜文行狀説：「劉勰文心雕龍云：『狀者，貌也。禮貌本原，取其事實，先賢表謚，並有行狀，狀之大者也。』蓋三代時誄而謚，於遣之日讀之。後世誄文，……『巧於序悲，易入新切』而已。……至典午之時，始有行狀，綜述生平行迹，上之於朝以請謚。任彦昇齊竟陵文宣王行狀，所謂『易名之典，請遵前烈』。按見文選卷六十　故文心雕龍以狀爲表謚，則狀亦誄之流也。」頁六下

按見書記篇。

清沈欽韓

漢書疏證藝文志秦時雜賦九篇：「劉勰詮賦篇：『秦世不文，頗有雜賦。』本諸此。」卷二五頁五九上

清陳壽祺

尚書大傳輯校周傳嘉禾久矣天之無烈風澍雨條：「按又曰：劉勰文心雕龍云：『尚書大傳別風淮雨，帝王世紀作列風淫雨。列淫義當而不奇，別淮理違而新異。』乃謂大傳字作別淮。考御覽先引尚書說曰：『淮雨。注：淮，暴雨之名也。』下又引尚書大傳曰：『久矣天之無烈風澍雨。注：暴雨也。』按並見卷十兩書兩注各不同，則尚書說非伏氏大傳；而大傳作澍不作淮，明矣。御覽四夷部六又引作注字，按見卷七八五此寫誤也。藝文類聚天部引作烈風迅雨，按見卷一亦非。而烈字諸書不異，鄭君亦無注，則大傳作烈不作別，又明矣。恐彥和適見誤本大傳，執以爲說，未可據也。尚書舜典正義，毛詩蓼蕭序、周頌譜正義，並引作烈風淫雨，則唐人因彥和之語改從帝王世紀，並易澍爲淫耳。」卷四頁五上

按見練字篇。

清顧廣圻

韓非子識誤問田篇公孫亶回條：「文心雕龍書記引此云『孫亶回』，無公字者，省耳。」卷下頁九下

文心雕龍輯註批校卷首梁劉勰撰題署上方：「按此所題非也。時序篇有『暨皇齊馭寶，運集休明』，是彥和此書作於齊世。」卷一頁一上

同上原道篇幽贊神明句上方：「舊本作讚，是也。易釋文云：『幽贊，本或作讚。』孔龢碑『幽讚神明』，白石神君碑『幽讚天地』，漢人正用讚字。」同上頁一下

同上道心惟微句上方：「沈巖校道心句乃引荀子。」同上頁三上

【附注】荀子解蔽篇：「道經曰：『人心之危，道心之微。』」

同上宗經篇故論説辭序，則易統其首；……紀傳銘檄，則春秋爲根十句上方：「顔氏家訓：『夫文章者，原出五經：詔命策檄，生於書者也；序述論議，生於易者也；歌詠賦頌，生於詩者也；祭祀哀誄，生於禮者也；書奏箴銘，生於春秋者也。』」按見文章篇　同上頁七下

同上篇末黄氏識語按爾雅本以釋詩，無關書之訓詁二句上方：「漢書藝文志：『書者古之號令，號令於衆，其言不立具，則聽受施行者弗曉。古文讀應爾雅，故解古今語而可知也。』」同上頁九下

同上正緯篇榮河温洛句下方：「沈校云：『榮，謂榮光也。一作滎，非。』」同上頁十一下

同上辨騷篇夷羿彈元作蔽，孫改日句上方：「天問章句曰：『彈，一作斃。』此蔽字當讀爲斃，不必依今楚辭改作彈也。斃日，亦見後諸子篇。」同上頁十四上

同上頌讚篇及遷史固書，託讚褒貶二句上方：「當依御覽作史班書記，以讚褒貶。史班，見後史傳篇。」卷二頁十七上

同上註伊陟條上方：「書序：『伊陟贊于巫咸，作咸乂四篇。』」同上頁十九上

同上祝盟篇舜之祠田云……四海俱有補註：「困學紀聞十：『尸子曰：舜兼愛百姓，務利天下。其田也：荷彼耒耜，耕彼南畝，與四海俱有其利；……天下歸之若父母。』文心雕龍云云。謂之祠田，豈它有所據乎？」同上頁二一下

同上銘箴篇註夏箴條上方：「又夏箴曰：『小人無兼年之食，遇天饑，妻子非其有也；大夫無兼年之食，遇天饑，臣妾輿馬非其有也。』」按見文傳篇　卷三頁四下

同上誄碑篇雰霧杳冥句上方：「（雰霧）古文苑淮雨。」鍾山札記　同上頁六上

【附注】　鍾山札記見卷一（原文已見前）。

同上哀弔篇賦憲　孫云：「當作議德。」之謚句上方：「困學紀聞　二：『周書謚法：惟三月既生魄，周公旦、太師望相嗣王發既賦憲，受臚于牧之野，將葬，乃制作謚。今所傳周書云云。與六家謚法所載不同。蓋今本缺誤。文心雕龍云：賦憲之謚。出于此。』」同上頁八下

同上諧隱篇張華之形，比乎握舂杵二句上方：「世説注引頭責秦子羽文：『范陽張華，又或頭如巾齏杵。』」按見排調篇注引張敏集　同上頁十六下

同上史傳篇徵賄鬻筆之愆句上方：「困學紀聞　十四：『劉允濟曰：班生受金。受金事未詳。』閻若璩曰：『北史柳虯傳：班固致受金之名。』」按見卷六四　卷四頁二下

同上論説篇自論語已前，經無論字二句上方：「困學紀聞　十七：『晁子止云：不知書有論道經邦。』若璩按：『論道經邦，乃晚出書周官篇，本考工記或坐而論道來。』廣圻按：彦和屢引東晉古文，如『夏歌雕牆』，通變篇『周書曰：議事以制，政乃弗迷』，議對篇『臯陶贊云：罪疑惟輕，功疑惟重。益陳謨云：滿招損，謙受益』，麗辭篇『胤征羲和，陳政典之訓』。」事類篇　同上頁十四上

同上詔策篇互管斯任句上方：「（黄丕烈校云：『互，元至正本、明活字本、汪一元本作牙。』）按古書

互作㸦，因誤爲牙。」同上頁二十下

同上檄移篇則稱恭行天罰句上方：「（黄丕烈校云：『龔，元本、活字本、汪本如此作 按馮本 按即謝恒鈔馮舒校本 空格。』）按龔即恭，或不知而闕疑。」同上頁二五上

同上封禪篇録圖曰……萬物盡化四句上方：「録圖佚文。」卷五頁一上

同上議對篇及後漢魯丕 元作平，朱改 句上方：「（平）丕之誤也。」同上頁十四下

同上書記篇繞朝贈士會以策句上方：「服虔曰：『繞朝以策書贈士會。』按見左傳文公十三年正義引 左傳補注曰：『劉𦑱蓋用服説；杜氏以策爲馬檛。』」按見卷二十 同上頁十七下

同上則有方術占試句上方：「（黄丕烈引馮舒校云：『試，當作式。』）作式爲是。」同上頁十九上

同上神思篇阮瑀據案而制書句上方：「（案）當作鞌。」卷六頁二下

同上麗辭篇註宋畫吴冶條上方：「淮南修務：『夫宋畫吴冶，刻刑鏤法，亂修曲出。』高誘注：『宋人之畫，吴人之冶，刻鏤刑法，亂理之文，修飾之巧，曲出於不意也。』」卷七頁十三上

同上夸飾篇至東都之比目，西京之海若，驗理則理無不驗，窮飾則飾猶未窮矣四句上方：「左太沖三都賦序：『然相如賦上林而引盧橘夏熟，揚雄賦甘泉而陳玉樹青葱，班固賦西都而歎以出比目，張衡賦西京而述以游海若。』」卷八頁四下

同上事類篇註雞蹠條上方：「吕氏春秋用衆篇曰：『善學者若齊王之食雞，必食其跖數千而後足。』淮南説山訓本之。」同上頁九上

同上練字篇妍媸異分句上方：「（黄丕烈校云：『按馮本蚩。』）蚩字是也。」同上頁十二上

同上指瑕篇陳思之文，群才之俊也，而武帝誄云：尊靈永蟄；又潘岳爲才，善於哀文，然悲内兄，則云感口澤八句上方：「顔氏家訓：『陳思王武帝誄，遂深永蟄之思；潘岳悼亡賦，乃愴手澤之遺，是方父於蟲，匹婦於考也。』」按見文章篇　卷九頁一下

同上程器篇孔璋惚恫以麤疎句上方：「顔氏家訓：『陳琳實號麤疎。』」按見文章篇　卷十頁十三下

同上註敬姜條上方：「列女傳：『文伯相魯，敬姜謂之曰：吾語汝：治國之要，盡在經矣。夫幅者所以正曲枉也，不可不彊，故幅可以爲將。畫者所以均不均，服不服也。』」按見母儀魯季敬姜傳　同上頁十六下

【附按】當再引「故畫可以爲正。……推而往引而來者，綜也；綜可以爲開内之師」數句，始能與正文「推其機綜，以方治國」相應。

清劉寶楠

漢石例墓碑例稱碑例：「宫廟之碑，皆在中庭。而文心雕龍云：『宗廟有碑，樹之兩楹，事正麗牲，原注：「按正當作止。」未勒勳績。』玉海亦謂『碑樹兩楹』。按見卷六十　按兩楹不得有碑，此説誤也。」卷一頁二上

按見誄碑篇。

同上：「然則墓用石名碑，與刻石紀功德名碑，皆始於漢。而文心雕龍謂：『碑者，埤也。上古帝皇，紀號封禪，樹石埤岳，故曰碑也。周穆紀迹于弇山之石，亦古碑之意。』此謂碑名肇自上古，其説恐非。」同上頁三下

按亦見誄碑篇。

清迮鶴壽

蛾術編案語説集一詩式條：「鶴壽案：劉彦和謂西京『詞人遺翰，莫見五言，所以李陵、班婕妤見疑于後代』。又謂『古詩佳麗，或稱枚叔』。則彦和亦未敢質言也。觀漢書李陵傳，置酒起舞作歌，並非五言，則知河梁唱和，出自後人依託；不待盈觴之語，觸犯漢諱，始决其爲僞作。况枚乘更在蘇、李之前，班、史並不云有五言詩乎？」卷七五頁十五下

按見明詩篇。又按此文襲自十駕齋養新録。錢氏原文已見前

清俞正燮

癸巳存稿符考：「蓋符者，三代時在物爲名：瑞曰符瑞，契曰符契，節曰符節。漢始有銅竹符定名之。文心雕龍云：『三代玉瑞，漢用金竹；末代從省，代以繻。』案莊子云：『焚符破璽。』按見胠篋篇　於符言焚，則三代之符亦以竹。漢書終軍傳『棄繻』，即是關符。則漢時亦或兼用繻。文帝紀：『十二年，除關無用傳。』注云：『李奇曰：傳，棨也。顔師古曰：棨，刻木爲合符也。或用繒帛。』非文心雕龍所謂末代也。」卷七頁十五下至十六上

按見書記篇。又按元明以來文心末句皆作「易以書翰矣」。理初所引非是。

清嚴可均

全上古三代秦漢三國六朝文全後漢文：「桓譚新論正經第九『秦近君能説堯典，篇目兩字之説，至十

餘萬言，但説曰若稽古三萬言』注：『按文心雕龍論説篇曰：若秦君延之注堯典，十餘萬字；朱普之解尚書，三十萬言。所以通人惡煩，羞學章句。』近君、君延，必有一誤。」卷十四頁八下

清梁章鉅

退菴隨筆讀史：「漢書創於班叔皮，成於其子孟堅；至八表、天文志未竟而卒，其妹班昭續成之。是書初出，有『徵賄鬻筆』之譏，文心雕龍辨之。」卷十六頁三上

按見史傳篇。

文選旁證西京賦中黄之士條：「先通奉公曰：『文心雕龍指瑕篇云：西京賦稱中黄育獲之儔，而薛綜謬注，謂之閹尹，是不聞執雕虎之人也。今薛注無閹尹之説，蓋李删之。』」卷三頁九下

同上上林賦入乎西陂條：「文心雕龍通變篇引上林賦『月生西陂』。按張揖注云云，則不當作『月生』也。」卷十一頁三上

同上千人倡，萬人和條：「六臣本及尤本倡作唱。文心雕龍事類篇：『陳思報孔璋書曰：葛天氏之歌，千人倡，按原作唱 萬人和，聽者因以蔑韶夏。按葛天之歌，倡和三人而已。相如上林，濫侈葛天，推三成萬。信賦妄書，致斯謬也。』按此賦千倡萬和，乃總承上文，非專屬葛天。當由陳思誤用，不得以此譏相如矣。」同上頁十三上下

清阮元

按此文與梁玉繩史記志疑卷三四説同。梁氏原文已見前

揅經室集文韻説:「福問曰:『文心雕龍云:今之常言,有文有筆,以爲無韻者,筆也;有韻者,文也。據此,則梁時恒言,有韻者,乃可謂之文。而昭明文選所選之文,不押韻脚者甚多,何也?』曰:『梁時恒言,所謂韻者,固指押脚韻,亦兼謂章句中之音韻,即古人所言之宫羽,今人所言之平仄也。』」續集卷三頁七下至八上

按見總術篇。

清汪繼培

緯候不始於哀平辨:「緯候之書,周季蓋已有之。讖言赤龍感女媪,劉季興;按見詩緯含神霧(類聚卷九八引)劉季發兵捕不道;按見後漢書光武帝紀上以及當途、按見後漢書袁術傳典午,按見三國志蜀志譙周傳莫不事合符節,智神蓍蔡。然而亡秦者胡,盧生奏其録;按見史記秦始皇本紀亡秦必楚,南公述其言。按見史記項羽本紀秦楚之際,祕文疊顯。其證一也。……宣帝時,王襃作九懷,其株昭篇云:『神章靈篇。』王逸注以爲河圖洛書讖緯文。按見楚辭章句成帝時,李尋説王根云:『五經六緯。』孟康注以六緯爲五經與樂緯;張晏注以爲五經就孝經緯。按見漢書李尋傳本文義隱,注爲闡達。其證五也。漢初求遺書,讖緯不入中祕,故劉向七略,不著於録。而民間誦習,歷可按驗。張衡謂『成哀之後,乃始聞之』;又言『成於哀平之際』。按並見後漢書衡本傳要據其盛行之日而言。劉勰正緯遂謂『起於哀平』;荀悦申鑒俗嫌篇以爲『起於中興之前,終張之徒之作』。均未爲得也。」詁經精舍文集卷十二頁十一上至十二下

清宋翔鳳

過庭録文筆：「按文筆之分，在晉以後。……故文心雕龍總術篇曰：『令之常言，原注：「元刻雕龍作令，俗刻改爲今。」有文有筆，……别目兩名，自近代耳。』按此可證文筆之分，在東晉之後。所謂『令之常言』者，蓋謂當時功令，有此别目也。然雕龍已暢辨其非。總術篇又云：『顔延年以爲筆之爲體，言之文也；……非以言筆爲優劣也。』惟梁元帝乃大分文筆之號。故金樓子立言篇云：『古人之學者有二，今人之學者有四。……而古之文筆，今之文筆，其源又異。……斯亦一時之盛。』按此知雕龍所謂令者，或是元帝之令。然元帝已言古之文筆與今之文筆其源異者，亦明言文筆之分，非自古矣。則文與筆分，近在六代。然當時學者已相辨論，不可復揚其波也。」卷十五頁十三上至十四下

按令字實誤，宋氏故爾立異，非是。且文心成書之時，蕭繹尚未出生，其説亦與時序不合。

清馬國翰

目耕帖易五：「漢書劉向傳引易曰：『涣汗其大號。』言號令如汗，汗出而不反者也。出善令未能踰時而反，是反汗也。北堂書鈔引王肅易注：『王者出令，不可復反，喻如身中汗出不可反也。』按見卷一百三與劉説合。劉勰文心雕龍：『其出如綍，不反若汗。』亦用漢書義也。」卷五頁四下

清萬希槐

按見詔策篇。

困學紀聞五箋集證：「文心雕龍神思篇：『方其搦翰，氣倍辭前；……何則？意翻空而易奇，言徵實而難巧也。』按此乃是手不從心之謂，非好作奇語也。」卷十七下頁七上

清劉毓崧

通義堂文集書文心雕龍後：「文心雕龍一書，自來皆題梁劉勰著，而其著於何年，則多弗深考。予謂勰雖梁人，而此書之成，則不在梁時，而在南齊之末也。觀於時序篇云『暨皇齊馭寶，運集休明，太祖以聖武膺籙，世祖以睿文纂業，文帝以貳離含章，高宗以上哲興運，並文明自天，緝遐原注：「遐，疑當作熙。」景祚。今聖歷方興，文思光被』云云。此篇所述，自唐虞以至劉宋，皆但舉其代名，而特於齊上加一皇字，其證一也。魏晉之主，稱謚號而不稱廟號，至齊之四主，惟文帝以身後追尊，止稱爲帝，餘並稱祖稱宗，其證二也。歷朝君臣之文，有褒有貶，獨於齊則竭力頌美，絕無規過之詞，其證三也。東昏上高宗之廟號，係永泰元年八月事，據『高宗興運』之語，則成書必在是月以後。梁武帝受和帝之禪位，係中興二年四月事，據『皇齊馭寶』之語，則成書必在是月以前。其間首尾相距，將及四載，所謂今聖歷方興者，雖未嘗明有所指，然以史傳核之，當是指和帝而非指東昏也。梁書勰傳云：『撰文心雕龍既成，未爲時流所稱，勰自重其書，欲取定於沈約。約時貴盛，無由自達，乃負其書，候約出，干之於車前。約便命取讀，大重之。』今考約之事東昏侯也，官司徒左長史征虜將軍南清河太守，雖品秩漸崇，而未登樞要；較諸同時之貴幸，聲勢曾何足言。及其事和帝也，官驃騎司馬，遷梁臺吏部尚書，兼右僕射。維時梁武尚居藩國，而久已帝制自爲，約名列府僚，而實則權侔宰輔，其委任隆重，即元勳宿將，莫敢望焉。然則約之貴盛，與勰之無由自達，皆不在東昏之時，而在和帝之時明矣。且勰爲東莞莒人，此郡僑置於京口，密邇建康，其少時居定林寺十餘年，故晚歲奉敕撰經證功，即於其地，則踪跡常在都城可知。約自高宗朝由東陽徵還，任内職最久，其爲南清河太守，亦京口之僑郡，與勰之桑梓甚近；加以性好墳籍，聚書極多，若東昏時此書業已流行，則約無由不見。其必待車前取讀，始得其書者，豈非以和帝時書適告成，故傳播未廣哉？和帝雖受制於人，僅同守府，然天命一日未改，固儼然共主之尊，勰之『颺言讚時』，亦儒生之職分。其不更述東昏者，蓋和帝與梁武舉義，本以取殘伐暴爲名，故特從而削之，亦猶文帝之後，不叙鬱林王與海陵王，皆以其喪國失位而已。東昏之亡，在和帝中興元年十二月，去禪代之期，不滿五月，勰之負書干約，當在此數月中，故終齊之世，不獲一官，而梁武天監之初，即起家奉朝請，未必非約延舉之力也。至於沈之宋書，成於齊世祖永明六年，而自來皆題梁沈約撰，與勰之此書，事正相類。特約之序傳言成書年月，而勰之序志未言成書年月，故人但知宋書成於齊，而不知此書亦成於齊耳。」卷十四頁二一五下至二一七上

清葉廷琯

吹網録匡謬正俗誤文：「劉勰，字彦和。後爲僧，名慧地。見南史。而顔師古匡謬正俗乃有劉軌思文心雕龍之語，未詳所出。或疑勰先曾以軌思爲字，後改彦和，而史文失記；師古必得先世遺聞，尚稱其舊字。余按劉軌思見北齊書儒林傳，祇稱其善説詩，别無箸作。北史亦同。且軌思是名非字，别是一人。此當由師古誤記而筆之書，非彦和舊字也。」卷五頁一上

清朱亦棟

群書札記馬一匹：「韓詩外傳：『顔回望吴門，見一匹練。孔子曰：馬也。然則馬之光景一匹長耳，

故後人號馬爲一匹。』按見類聚卷九三引（御覽卷八一八所引較略）……淵鑒引文心雕龍曰：『古名車以兩，名馬以匹。蓋車有佐乘，馬有驂服，皆以對並爲稱；單亦爲匹，如匹夫匹婦之稱匹也。此説較長。』按見淵鑒類函獸部五馬一 芹按：公羊傳：『匹馬隻輪無反者。』按見僖公三十三年 是單亦爲匹也。」卷四頁二四下至二五上

按見指瑕篇。

同上髯奴：「野客叢書：『魯直次炳之玉版 按黄集卷二版下有紙字（勉夫原著同） 詩韻曰：王侯鬚若緣坡竹。注：王褒髯奴詞曰：離離若緣坡之竹，鬱鬱若春田之苗。按古文苑所載髯奴詞，乃黄香所作，非王褒也。褒所著者，僮約耳。』按見卷九 考徐堅初學記：『王褒有奴號髯奴，嘗有辭責其鬚曰：我觀人鬚，離離若緣波 按當作坡 之竹，鬱鬱如春田之苗。若子髯既亂且赭，枯槁禿瘁，曾不如犬羊之毛。』按見卷十九 又王褒僮約：『王子淵從成都女子楊惠買夫時户下髯奴便了。』原注：「奴名。」則鬚髯奴辭，正王褒所作，不得以古文苑作黄香而駁之也。文心雕龍：『券者，束也。王褒髯奴，則券之楷也。』此亦指僮約而言。」卷十三頁二十下至二一上

按見書記篇。

清劉熙載

藝槩文槩：「劉彦和謂群論立名，始於論語。不引周官『論道經邦』一語，後世誚之。其實過矣。周官雖有論道之文，然其所論者未詳；論語之言，則原委具在。然則論非論語，奚法乎？」卷一頁三六下

按見論説篇。

同上詩槩：「詩序正義云：『比與興雖同是附託外物，比顯而興隱，當先顯後隱，故比居先也。毛傳特言興也，爲其理隱故也。』案文心雕龍比興篇云：『毛公述傳，獨標興體，豈不以風異而賦同，比顯而興隱哉？』正義蓋本於此。」卷二頁一下至二上

清李慈銘

桃華聖解盦日記：「尚書大傳：『别風淮雨。』别者，烈字形近之誤；淮者，淫字音近之借也。淫、冘音同，故冘豫亦作淫豫。古音侵、真可通轉，吴才老韻補以林、簪、葚、湛等字入真韻，故淫亦可借淮字爲之。文心雕龍謂淮别字新異，引傳毅用淮雨，王融用别風爲證。文人屬辭，非典要也。周禮職方氏『其浸潁湛』注：『湛，或爲淮。』此尤淮音近準之確證。」乙集第二集頁二下

按見練字篇。

清晏世澍

太史公本紀取式吕覽辨：「文心雕龍曰：『太史談世惟執簡，子長繼志，甄序帝勣，比堯稱典，則位雜中賢；法孔題經，則文非元聖。故取式吕覽，通號曰紀。紀綱之號，亦宏稱也。』按吕覽凡十二紀、八覽、六論，大抵據儒書者十之八九，參以道家墨家之書理者十之一二，二十餘萬言，頗爲有識者所推重，蓋不韋賓客之所集也。觀其報任安書曰：『不韋遷蜀，世傳吕覽。』又曰：『恨私心有所未盡，鄙陋没世，而文采不表於後世也。』言爲心聲，自比如此，豈非有所欣羡於其素哉！以此知劉舍人之言爲

有據，其爲取式呂覽無疑也。」沅湘通藝録卷二頁三六下

按見史傳篇

清姚振宗

隋書經籍志考證史部一正史類後漢書十七卷本九十七卷，今殘缺，晉少府卿華嶠撰：「文心雕龍史傳篇：『至於後漢紀傳，發源東觀。袁、張所製，偏駁不倫；薛、謝之作，疎謬少信。』原注：袁、張、薛、謝，謂袁山松、張瑩、薛瑩、謝承也。」第二零二頁

同上子部二道家梁有道德論二卷何晏撰，亡：「文心雕龍論説篇曰：『魏之初霸，術兼名法；……詳觀蘭石之才性，仲宣之去代，……輔嗣之兩例，平叔之二論，……蓋人倫之英也。』原注：傅嘏論才性，即鍾會所集四本論，見世説文學篇。王粲去伐論，見儒家。按見經籍三 王弼兩例，即易老略例。平叔二論，即此道德論也。」第四三二頁

同上子部九小説家笑林三卷後漢給事中邯鄲淳撰：「按文心諧讔篇曰：『至魏文因俳説以著笑書。』或即是書。淳奉詔所撰者，或即因笑書別爲笑林，亦未可知。」第四九八頁

同上集部二之一別集類一梁又有賈誼集四卷録一卷亡：「又(文心)事類篇曰：『觀夫屈、宋屬篇，號依詩人。……唯賈誼鵩賦，始用鶡冠之説。』原注：按此或爲鶡冠子轉襲鵩賦之語。」第六三二頁

同上漢成帝班婕妤集一卷：「文心雕龍明詩篇曰：『至成帝品録，三百餘篇，……所以李陵、班婕妤見疑於後代也。』原注：按成帝品録三百餘篇者，藝文志歌詩二十八家，三百一十四篇，其中無五言詩，

故後世疑李、班之詩或非本真。」第六四五頁

同上集部 二之二 別集類 二 後漢中郎將蔡邕集十二卷 梁有二十卷録一卷 ：「又（文心）才略篇曰：『張衡通贍，蔡邕精雅，文史彬彬，隔世相望。』原注：按裴頠語林曰：『衡之初死，蔡邕母始孕。此二人才貌相類，時人云：邕是衡之後身。』按見御覽卷三百六十又卷三百九十六引 故劉勰有是言。」第六六零頁

同上集部 二之三 別集類 三 梁又有隰陽侯李康集二卷録一卷 亡 ：「文心雕龍論説篇曰：『李康運命，同論衡而過之。』原注：按論衡先有命運等篇。」第六七六頁

同上集部 二之四 別集類 四 梁有晉驃騎將軍王濟集二卷 亡 ：「文心雕龍銘箴篇曰：『王濟國子，引廣事雜。』原注：按濟以諫齊王攸之國忤旨，左遷國子祭酒。據此所云，則其集有國子祭酒博士等箴，今已不傳矣。」第六九九頁

清孫詒讓

札迻淮南子高誘叙詔使爲離騷賦自旦受詔日早食已上愛而祕之莊校云本傳作使爲離騷傳條：「按此自作賦，與本傳不同。文心雕龍神思篇云：『淮南崇朝而賦騷。』即本高叙。」卷七頁十四上

同上金樓子立言篇 九下 管仲有言無翼而飛者聲也無根而固者情也條：「按此章與下章『古來文士異世爭驅』云云，當併爲一條，皆文心雕龍指瑕篇文。劉彦和時代較元帝略前，故此節録之。」卷十頁十四上下

清王闓運

尚書大傳補注嘉禾久矣天之無別風淮雨條：「補曰：『御覽引大傳作烈風澍雨；又引尚書説作淮雨。

按並見卷十 按劉彦和云：大傳別淮，帝王世紀作列淫。今以注論之：作淮乃須注，作淫不須注。作澍者，宋人所改，猶類聚改爲迅 按見卷一 耳。蓋鄭時猶有淮雨之名，後乃失其説耳。別風，今海中颶風，風四面至者，俗又改貝爲具矣。淮雨，匯雨，俄頃會集者，亦能覆舟，島夷畏之。』」 卷五頁九下至十上

按見練字篇。

清王先謙

漢鐃歌釋文箋正例略：「劉勰文心雕龍謂漢武始立樂府。師古不察，襲謬以注漢書。按見禮樂志 由此讀鐃歌者，以爲皆武帝時作。是大不然。高祖愛巴俞歌舞，令樂人習學之；嗣是樂府遂有巴俞鼓員矣。孝惠二年，夏侯寬爲樂府令矣。讀思悲翁、戰城南、巫山高三篇，知鐃歌肇於高祖之時；讀遠如期一篇，知鐃歌衍於宣帝之世。推原終始，皆在西都。蓋采詩協律，武宣代盛，前有作者，悉在輶軒。踵事所增，以時存録；刺上之作，不得獻焉。則又散之民間，傳之易代，同題異曲，於是乎出。」卷首頁三上

按見樂府篇。

近人劉師培

中國中古文學史講義第五課宋齊梁陳文學概略乙 文筆之區別：「按自晉書張翰、曹毗、成公綏各傳，均以文筆並詞，或云詩賦雜筆，……至文筆區別。蓋漢魏以來，均以有藻韻者爲文，無藻韻者爲筆。東晉以還，説乃稍別。……凡文之偶而弗韻者，皆晉宋以來所謂筆類也。故當時人士，於尺牘書記之

屬，詞有專工，而刀筆、筆札、筆記、筆奏之名，或詳於史册，或雜見群書。又王僧孺、徐勉、孔奂諸人，其彈事之文，各與集别，均足爲文筆區分之證。更即雕龍篇次言之：由第六迄於第十五，以明詩、樂府、詮賦、頌贊、祝盟、銘箴、誄碑、哀弔、雜文、諧讔諸篇相次，是均有韻之文也；由第十六迄於第二十五，以史傳、諸子、論説、詔策、檄移、封禪、章表、奏啟、議對、書記諸篇相次，是均無韻之筆也。此非雕龍隱區文筆二體之驗乎？……或者曰：『彦和既區文筆爲二體，何所著之書，總以文心爲名？』不知當時世論，雖區分文筆，然筆不該文，文可該筆。故對言則筆與文别，散言則筆亦稱文。」頁八十下至八三上

近人孫德謙

太史公書義法宗經篇：「劉彦和作文心雕龍，徵聖而下，繼以宗經。所以析爲二篇者，徵聖之意，則以聖人之言用爲考徵，其文稱『先王聖化，布在方册，夫子風采，溢於格言』是也。昧者不察，見其中有『必宗於經』之説，遂謂此與宗經無異。吾謂不然。徵聖、宗經，明明各自爲篇。宗經者，蓋言文章體用俱備於經，與徵聖之奉聖人論文爲主者，其道則有别。易之『同歸殊塗』，按見繫辭下是其説也。」卷上頁五上下

近人葉德輝

郋園讀書志集部：「文心雕龍世無宋刻，自明以來，隱秀篇脱去一葉，按元至正本即已脱去數百字，此語誤。自『始正而末奇』至『朔風動秋草』朔字止，共四百零字。何義門學士焯始據元刻阮華山本 按此語亦誤。

錢允治何焯兩家跋文（見後附録七），可覆按。校補，讀者始得其全。北平黄叔琳注此書，又據何校補入；何校所闕之字，則據别本補之。今坊行紀文達昀評點朱墨套印本，即以黄注爲藍本。然紀謂阮本四百餘字，祇論詩不論文，與全書不類，疑爲明人僞作；後又檢永樂大典校訂，亦無此篇脱文，因益信阮本之不可據。余謂凡書作僞，必有隙罅可尋，紀評所指，已足抉其僞迹，何況有永樂大典可證乎！此本爲康熙三十四年武林書坊抱青閣刻楊升庵評點本，兼刻明張墉洪吉臣二家合注。黄叔琳注亦引及之。按此語含混，且有謬誤。注中援據各本，訂譌補闕，一一注明原書原文，在明人注書，最有根柢。其隱秀篇亦闕四百餘字。楊升庵慎博極群書，又盡讀明文淵閣四部書，其中豈無一二善本與阮本合者爲其所見？何待何義門時始得見之？固知義門爲明人所欺，今人又爲義門所欺耳。坊刻本余向不取，而在康熙中葉民康物阜之時，其校刻之精，實遠勝于今日，故特爲標出之。後有讀者，幸毋忽視焉。壬寅夏六月二旬之四日，麗廔主人葉德輝記。」卷十六頁十一上至十二上

【附按】抱青閣本乃據姜午生本覆刻，而姜午生本又據梅慶生本覆刻者。三書俱在，大可覆按。其注與校語皆因仍梅本，亦可覆按。葉氏於抱青閣本推崇備至，蓋緣未曾目睹梅、姜二本所致耳。（葉氏所跋本今藏杭州大學圖書館）

近人李詳

媿生叢録：「文心雕龍知音篇：『古來知音，多賤今按當作同而思古，所謂日進前而不御，遙聞聲而相思。昔儲説始出，子虛初成，秦皇漢武，恨不同時；既同時矣，則韓囚而馬輕。』按抱朴子廣譬篇：『貴

遠而賤近者，常人之恒按當作用情也；信耳而遺按當作疑目者，古今之所患也。是以秦王歎息於韓非之書，而想其爲人；漢武慷慨於相如之文，而恨不同世。及既得之，終不能拔。或納説按當作讒而誅之，或放之乎冗散。』彦和之言，與之相似。」卷一頁四下至五上

近人章炳麟

國故論衡文學總略：「自晉以降，初有文筆之分。范曄自述其後漢書曰：『文患其事盡於形，情急於藻，義牽其旨，韻移其意。政可類工巧圖繪，竟無得也。……手筆差易，文不拘韻故也。』按見宋書曄傳文心雕龍云：『今之常言，有文有筆，有韻者文也，無韻者筆也。』然雕龍所論列者，藝文之部，一切並包，是則科分文筆，以存時論故，非以此爲經界也。」頁五六下

按見總術篇。

近人陳漢章

列女傳校注黎莊夫人傳：「又按方勺泊宅編：聯句始於式微。按見卷中困學紀聞：『式微，二人之作。聯句始此。』按見卷十八則文心雕龍、樂府解題謂聯句起漢武柏梁臺作，並失考此傳矣。」卷中頁八下

按見明詩篇。

近人黄侃

文選評校：「向秀思舊賦『昔李斯之受罪兮，歎黄犬而長吟』二句上方此言叔夜勝於李相，所謂『志遠』（賦序有『嵇志遠而疎』語），非以歎黄犬偶顧影彈琴也。劉舍人指瑕之篇譏其不類，殆未詳繹其

旨也。」卷十六頁十三上

【附注】文選平點同。卷二頁五八

同上：「揚雄劇秦美新題上方　文心（封禪）云『詭言遯辭』，得此文之真矣。又（揚子雲）名下注，非崇賢之語。以是責子雲，則卓茂名德，竇融功臣，張純通侯，皆有仕莽之嫌，何止區區一郎吏乎！」卷四十八頁六上

【附注】文選平點同。卷五頁二七六

同上：「班固典引題上方　篇中絶未言及封禪，而文心（封禪）云『體因紀禪』，沿誤於伯喈（指蔡邕注）也。」卷四十八頁十三上

【附注】文選平點同。卷五頁二七九

同上：「典引序『靡而不典』句上方　文心（封禪）引『靡』作『麗』，麗即靡耳，今人云精緻。不典，謂不主經。」卷四十八頁十四上

【附注】文選平點同。卷五頁二七九

同上：「班固史述贊題上方　文心（頌讚）云：『遷、固著書，託讚褒貶。又紀傳後評，亦同其名；而仲治流別，謬稱爲述，失之遠矣。』然則昭明承仲治之誤者也。」卷五十頁十八上

【附注】文選平點同。卷五頁二九上

同上：「賈誼過秦論題上方　論字後人所題。吴志闞澤傳，澤稱此篇爲過秦論，則稱論舊矣。文心諸子篇有賈子新書，而論説篇但云：『陸機辨亡，效過秦而不及。』並無專論過秦之詞。則彦和亦不題之

爲論也。」卷五十一頁一上

【附注】文選平點同。卷六頁二九五

按典論云：「余觀賈誼過秦，發周秦之得失，過古今之滯義，洽以三代之風，潤以聖人之化，斯可謂作者矣。」（御覽五百九十五引）是曹丕撰典論時尚未稱之爲論。

近人劉咸炘

史學述林史體論本紀：「本紀，本於春秋之經。紀、經二字同義。莊子稱『春秋經世』，按見齊物論 邵氏皇極經世，皆紀年；漢書律曆志所載世經，亦即年紀也。劉勰曰：『子長繼志，甄序帝績。比堯稱典，則位雜中賢；法孔題經，則文非元聖。故取式呂覽，通號曰紀。紀綱之號，亦宏稱也。』此論最明，得太史公上通尚書、春秋之意。」頁十下

按見史傳篇。

文學述林正名：「劉氏文心雕龍不主文筆之說，按見總術篇 蓋知格調之止於韻律駢式也。其書有諸子、史傳二篇，書記篇末且及譜簿、占試、符券、關牒，已漸破狹義爲廣義。然所詳仍在篇翰，此數者猶居附録也。」卷一頁五上

同上文選序說：「劉彥和氏文心雕龍，兼該六藝、諸子，與昭明之主狹義不同。其上二十五篇，宗經、正緯之後，即繼以辨騷、明詩、樂府、詮賦、頌讚，此皆詩賦本支；又次以祝盟、銘箴、誄碑、哀弔雜文，皆詩之支流；終以近詩之諧讔，然後次以史傳、諸子論說，然後次以告語之文詔策、檄移、封禪、章表、

奏啟、議對、書記；而於書記篇末，乃廣論經史諸流及日用無句讀之文，其叙次亦與文選序大略相同。」同上頁二七上下

近人余季豫

四庫提要辨證子部二兵家類六韜條：「嘉錫按……後漢書何進傳章懷太子注云：『太公六韜篇：第一霸典，文論；第二文師，武論，……』原注：……文心雕龍論説篇曰：『自論語以前，經無論字。六韜二論，後人追題乎？』即指文論、武論言之也。」頁五七九

同上集部一別集類一揚子雲集條：「按……文心雕龍銘箴篇曰：『戰代已來，棄德務功，銘辭代興，箴文委絶。至揚雄稽古，始範虞箴，作卿尹州牧二十五篇。……』劉勰著書，意在評文，不甚留心考證。觀其命筆遺辭，平鋪直叙，意謂揚雄所作只二十五官箴，而忘其尚有十二州箴；非亡佚之餘，僅存此數也。此蓋行文時，惟憑記憶，未暇檢書，失之不詳審耳。」頁一二二九至一二三零

古籍校讀法明體例第二秦漢諸子即後世之文集論條：「後漢書何進傳注：『太公六韜篇：第一霸典，文論；第二文師，武論。』按文心雕龍論説篇云：『昔仲尼微言，門人追記，故仰其經目，稱爲論語。……自論語已前，經無論字。六韜二論，後人追題乎？』二論，即謂此二篇。今本只作文韜，武韜，故黄叔琳注不得其解。」頁四零下

同上漢魏以後諸子：「論衡言『漢家極筆墨之林，書論之造，漢家尤多』。按見對作篇　桓範論子書，亦謂之著作書論。按見治要卷四七引序作篇　故漢以後著作名爲子書，其實論也。文心雕龍諸子篇云：『陸賈典

語，賈誼新書，揚雄法言，劉向説苑，王符潛夫，崔實政論，仲長昌言，杜夷幽求，或叙經典，或明政術，雖標論名，歸乎諸子。何者？博明萬事爲子，適辨一理爲論。』劉勰之言欲使論與子分，然漢魏子書，大抵適辨一理而已，未見其能博明萬事也。其間雖如王充政務書，以其上郡守之奏記，題爲備乏禁酒；原注：「見論衡對作篇。今本論衡無此二篇，知在所作政務書中。」傅玄選入著作，撰集魏書，亦以其史傳之稿，編入傅子，原注：「傅子四卷，嚴可均輯本編入全晉文。」頗有西漢以前人以文章爲著作之意。」頁四九上

近人高閬仙

文章源流總論：「論文之書，當於摯仲治。仲治著有文章流別集四十一卷，文章流別志論二卷。……今其書皆佚，而由文選注及北堂書鈔、藝文類聚、太平御覽等書所引流別論，尚可推知流別集者，蓋分體編録，實昭明文選之先河也。志蓋著作者之事迹，論則辨文章之體制，又劉彦和文心雕龍之引喤也。」頁一上

近人駱鴻凱

文選學義例第二：「（文心）頌贊篇云：『遷、固著書，託贊褒貶。又紀傳後評，亦同其名，而仲治流別，謬稱爲述，失之遠矣。』……是史述贊之名，昭明亦承仲治之誤者也。」頁二七

【附按】 此文係襲其師黄侃説（黄説已見前）。

同上：「又吴志闞澤傳有過秦論之稱，則此篇稱論已舊，非始昭明，明矣。」頁二七

【附按】 此文亦係襲其師説（同上）。

序跋第七

文心卷末，原有序志一篇，於全書綱旨，言之差備。今之所録，則後人手筆，與舍人意趣，固不相同；然時移世異，銓衡自殊，其足卲者，正以此也。爰迻録於次，以見一斑。至論述版本及校勘者，亦併録焉。

元錢惟善序

六經聖人載道之書，垂統萬世，折衷百氏者也。與天地同其大，與日月同其明，亘宇宙相爲無窮而莫能限量；後雖有作者，弗可尚已。自孔子没，由漢以降，老佛之説興，學者日趨於異端，聖人之道不行，而天地之大，日月之明，固自若也。當二家濫觴横流之際，孰能排而斥之？苟知以道爲原，以經爲宗，以聖爲徵，而立言著書，其亦庶幾可取乎。嗚呼！此文心雕龍所由述也。夫佛之盛，莫盛於晉宋齊梁之間，而通事舍人劉勰生於梁，獨不入於彼而歸於此，其志寧不可尚乎！故其爲書也，言作文者之用心；所謂雕龍，非昔之騶奭輩所能知也。勰自序曰：「文心之作也：本乎道，師乎聖，體乎經，酌乎緯，變乎騷。」自二卷以至十卷，其立論井井，有條不紊，文雖靡而説正，其旨不謬於聖人，要皆有所折衷，莫非六經之緒餘爾。雖曰一星土之微，不可與語天地之大，一螢爝之光，不可與語日月之明，視彼畔道而陷於異教者，顧不韙矣乎！嘉興郡守劉侯貞，家多藏書，其書皆先御史節齋先生手録。侯欲廣其傳，思與學者共之，刊梓郡庠，令余序其首。因念三十年前，嘗獲聆節齋先生教而拜床下；

今侯爲政是郡，不失其清白之傳，文章政事，爲時所推。余嘗職教於其地而目擊者，故不敢辭。若夫學者欲觀天地之大，覩日月之明，則自有六經在，此固不可並論。聖人不曰「不有博奕按當作弈者乎？爲之猶賢乎已」，按見論語陽貨況是書乎？侯可謂能世其家學者，故樂爲之序。至正十五年龍集乙未，秋八月，曲江錢惟善序。録自元至正本

【附注】四庫全書本錢氏江月松風集，無此序（全集十二卷皆詩，無文）；清光緒八年所刊者，此序亦漏收（附文一卷中，漏收此序）。

明馮允中序

天地間物，莫奇於書；奇則祕，祕則不行，此好古者之所同惜也。有能於其晦伏之餘，廣而通之，使不終至於泯没，非吾黨其誰與歸？梁通事舍人劉勰撰文心雕龍四十九篇，論文章法備矣。觀其本道原聖，暨於百氏，推窮起始，備陳其訣，自詩騷賦頌而下，凡爲體二十七家，一披卷而摛辭之道具；學者如不欲爲文則已，如欲爲文，舍是莫之能焉。蓋作者之指南，藝林之關鍵，大可以施廟堂資制作，小亦可以舒情寫物，信乎其爲書之奇也。余素粗知嗜文，每覽是書，輒愛翫不忍釋。然惜其摹印脱略，徐鈔作落是讀則有嘆。兹奉命至江南，巡歷之暇，偶聞都進士玄敬家藏善本，用假是正，既慰夙願矣。因以念夫國家右文圖治，彬彬乎著作之盛，與三代比隆，屈宋班馬，並駕於當時者踵相接，則固無庸求古以爲法矣。惟是石渠具草之用，皁囊封事之作，以迪後彦而備時需者，不可一日缺，則是編能無益乎！此予捐廩而行之者，蓋有以也。然世以其奇也而祕；至有克爲文者，又直視其祕，而不之鋟以

永厥傳，抑豈公天下之心哉！按史勰字彦和，東莞莒人。既成書以見沈約，約大重之，嘗陳諸几案。其爲當時所貴如此。覽者其毋徒以吕舍人所謂文一小技，與揚子雲所云雕蟲者埒觀，則庶乎資有益之文，而余志副矣。弘治十七年歲在甲子，四月上澣日，文林郎監察御史郴陽馮允中書於姑蘇行臺之涵清亭。録自弘治本

明方元禎序

文心雕龍凡十卷，合篇終序志一篇爲五十篇，梁通事舍人劉勰彦和所作也。勰，東莞人。自言嘗夜夢執丹漆之器，隨仲尼而南行；寤而思，敷讚聖旨，莫若注經，而馬鄭諸儒，弘之已精，就有深解，未足立家。唯文章之用，有裨經典。於是搦筆和墨，論著古今文體，以成此書。出示沈約，約大重之，謂其深得文理，常陳之几案。今讀其文，出入六經，貫穿百氏；遠搜荒古之世，近窮寓内之事；精推顥穹之微，粗及塵礫之細；陳明王之禮樂，述大聖之道德，蔚如也。至其陽秋先後作家，衮鉞區分，瑕瑜不掩，百年斷案，莫之異同。非博學雄辯，深識遐究，烏能及兹？若夫論著爲文之義，陳古繹今，别裁分體，如方員之規矩，聲音之律吕；雖使班馬長雲並列，將彬彬與揖，共升游夏之堂矣。論者以六朝齊梁而下，佛學昌熾，爲文多工纖巧駢儷，氣亦衰靡，概以律勰，豈通論哉！方今海内文教盛隆，操觚之士，争崇古雅，獨是書時罕印本，好古者思欲致之，恒病購求之難。吾邑汪子仁卿，博文談藝，喜而校刻之。嗚呼！此刻既行，世有休文，寧無同賞音者！吾知雋永之餘，固不必鐫肝刻肺，抽黄對白，而於文也，亦思過半矣。時嘉靖庚子六月既望，書于葵柏山齋。録自私淑軒本

明程寬序

昔之君子曰：「六朝無文章，惟陶淵明歸去來辭一篇爾。」按東坡志林卷七：「歐陽文忠公言：『晉無文章，唯陶淵明歸去來兮一篇而已。』」陶公人品甚高，固未易班；然六朝風靡，雋傑崇清虛之教，篇牘咸雪月之形，孰知太極一元之真，仲尼六經之訓乎哉！是故余竊於劉子原道有取焉。觀其述羲皇堯舜相傳之源流，闡天地萬物自然之法象，其知識有大過人者。其餘所著四十九篇，當時以沈文通品論見重。吁！後世詎知無沈之知音者耶！歲弘治甲子馮公允中，已録於吳；汪子一元，再録於歙；茲嘉靖辛丑建陽張子安明將重録於閩，以廣其傳，迺拜余屬余以序。序曰：「文之義大矣哉！魏文典論，隘而未揚；士衡文賦，華而未精。若氣揚矣，而法能玄博；義精矣，而詞能燁燁：兼斯二者，其劉子之文心乎！揚搉古今，鑿鑿不詭；樹之矩繩，彬彬可宗。誠文苑獨照之鴻匠，詞壇自得之天機也。究其所自，夫豈徒哉！蓋勰也，彩雲已兆七齡之初，丹漆獨隨大成之聖。夢之所寄，心亦寄焉；心之所寄，文亦寄焉。其志固，其幽芳，其歷時久，是故煥成一家，法垂百祀云。惜也道崇金聲玉振，而謂雕琢性情；志雅樹德建言，而詫知術拔萃；宗經而無得於六經，養氣而固迷其正氣，此劉子文心之所以爲雕龍也。自辨不群鄒奭，詎能免誚虛車？嗚呼！宇宙浩浩，喈高才之陵替；歲月悠悠，惟性靈之不居。君子誠欲啟此文心，能無把玩於五十篇之文？」或曰：「君子欲充此文心，則有宋儒原道之言，粹如也。」要之實得此文心，則羲皇堯舜一也，禹湯文武周公一也，孔子孟軻一也，天地與我一也；顧劉子見其本，宋儒見其末，劉子見其華，宋儒見其實云。録自徐𤊹批校本第一册卷首附葉（此序原爲徐𤊹鈔）

明佘誨序

齊梁以上，立言之士，無慮數千家。珠聯綺合，玉振金聲，彬彬焉，鏘鏘焉，於文雅之場矣。夫世代所趨，巧拙所指，作者殊科。擇源涇渭，則澄濁易清；按轡路岐，而康徑未顯。自非子野，安能雅俗並陳乎？故知宏覽尚於體裁，銓品存乎明鏡，文心雕龍之所以作也。文作於梁通事舍人劉勰氏，勰東莞人。嘗夜夢執丹漆之禮器，隨仲尼而南行；寤而喜，曰：「大哉！聖人之難見也！小子之垂夢與？」乃始論文，以成此籍。雖弘經之志未竟，庶乎聖典之英蕤矣。史稱勰博雅君子，醖釀篇章，今讀其文，網羅古今，彌綸載籍；遡文體之有始，要辭流之所終，析其義於毫芒，精其法於聾聵，誠文章之奥區，聲音之律吕也。至其銓衡往哲，品論群言，彰美指瑕，曲極情狀，昭昭乎化工之肖形，九原可作，懲其月旦矣！典論之制，徒擬夫七臣；文賦之摛，未窮乎九變，方斯何如哉？今天下文教隆盛，海内操觚之士，翕然同風，人繫麟鳳，家寶隨和，享弊帚於千金者，亦寡矣。顧擬迹前修，存乎體要，筌求是本，不異司南。苦印傳之不廣，博古者致憾於斯。予偶搜諸壁間，如見良玉，又惡夫己而不人者也，遂校梓布焉。文凡四十九篇，合篇終序志一篇，五十篇釐爲十卷。時嘉靖癸卯仲春朔日，古歙佘誨序。録自佘刻原本

明葉聯芳序

文生於心者也；文心，用心於文者也；雕，刻鏤也；龍，靈變不測而光彩者也；又籠取也。觀夫命名，則其爲文也可知矣。孔子曰：「詞達而已矣。」雕龍奚爲哉？聖人道德淵鴻，吐詞爲經，憲垂億

世；下此則言以徵志，文以永言；言之無文，行之不遠，文固弗可已夫！梁彥和氏著茲編爲凡四十有九，自書記以上，則文之名品；神思以下，則文之情度，所謂「綱領明，毛目顯」是已。稽聖據典，援經訂子，考傳彙略，褒同析（原誤作折）異，聖賢之藴，幽顯之閟，廣約之分，運畧之則，隱括之變，鈞鑄鎔⿰火夜，攢矗剔抉，翕儵韜截，洸漾混演，摩揣煅斵，各極其趣，成一家言；若錦綺錯揉，而毫縷有條；若星斗雜麗，而象緯自定；詭然而潛，耀然而見，爛然而章，燦然而絡，噫！信奇備矣哉！或謂傷於綺靡，而乏風骨，文以時論，梁之體自應爾也。夫衆材聚，始足以成匠氏之技；列寶積，始可以驗朱頓之富；群書徧，始能登藝苑之籙。千金之裘，非一狐之腋；九層之臺，非一陶之埴；牛溲敗鼓，兼蓄於醫師之良。則跂遐躅於邃古，寄妙想於異代者，里歌埤雅，尚不克遺，況茲縟集也哉？沙陽樂生應奎，家藏善本，獨好而刻以傳焉，其有得於是焉矣。因爲之序。嘉靖乙巳孟秋望日，臨橋葉聯芳書。録自徐𤊹批校本第一册卷首附葉（此序原爲徐𤊹子延壽鈔）

明樂應奎序

樂應奎曰：文心雕龍一書，文之思致備而品式昭矣。蓋嘗觀之序志之篇，而文之全體已具，各篇之中，而文之各法俱詳；且有窮源遡流之學，摘弊奇美之功，從善違否之義；又於各篇之末，約爲一贊，要而備，簡而明，精而不詭，予以是知文之思致備而品式昭也。劉彥和故自言：嘗夢從仲尼遊，寤而思敷贊聖言，莫若注經，迺搦筆和墨，論著古今文體，以成此書。出示沈休文，休文大重之，謂其深得文體，（按體當作理）常陳之几案而不置。然則是書，是開先於神助，而括盡乎人能者也。或曰怪，則嘗於練字之篇其厭奇怪也，已先言之矣。或曰拘於駢儷，如麗辭篇所云，則駢儷之體，亦非易作也。或又以其猶滯六朝之風氣，獨不曰文運每關乎世運，相爲汙隆者也。梁之時何時耶？然又可以過論乎哉！唯其思致備而品式昭，則亦可以傳也。但時前未尚是書，予雖得之家藏之久，猶未敢以自信。迄今聞之父師之言，與乎士類之論，多得我心同然。迺以梓行之。告成，用序其意如此云。同上

明朱載𡐤序

予生當海岱之墟，慶衍天潢之派，坐享千鍾，深慚尸素；行年四十，自媿無聞。是以心存尚友，志切探奇，誦讀則典墳丘索，上自聖經賢傳之旨，每肆焚膏；旁搜則史記國語，下逮百家衆技之流，頗煩絶韋。奈何世教下衰，衆言淆亂，放逸者泛濫乎繩檢，深詭者屈抑其音節，體裁舛戾，妄希武仲之下筆不休；斧藻參差，謬同季緒之詞詆弗置；無惑乎至文罔覿，而古□難期也。予嘗閉關却掃，馳騁藝圃之場，文章自秦漢而上，未暇殫述。嘗取六朝以下諸書，擇其事偕文告，語及故實，圓融密緻之體，峻潔遒勁之格，足以啟多識蓄德之助，擅登高作賦之奇者，惟梁通事舍人劉勰所著文心雕龍一書，凡十卷，合篇終序志爲五十篇。見其綱領昭暢，而條貫靡遺，什伍嚴整，而行綴不亂，標其門户，而組織成章，雕鏤錯綜，而輻輳合節，典雅則黄鐘大吕之陳，綺靡則祥雲繁星之麗，該贍儲太倉武庫之積，考覈拆黄熊白馬之辯，羽陵玉笥，奧遠畢收，牛鬼蛇神，祕怪悉録，語駢儷則合璧連珠，談芬芳則佩蘭紉蕙，酌聲而音合金匏，絢采而文成黼黻，真文苑之至寶，而藝圃之瓊葩也。惜其棗梨漫漶於歲月之深，訛謬踵承於亥豕之襲。爰命博雅之夫，懷鉛之士，勘校窮年，重鋟諸梓，以昭示來學焉。嗚呼！是刻也，英

華泄越，與日月而並明；聲名流播，垂古今而不朽；嗣休文芳躅之跡，敢步後塵；鼓朱弦疏越之音，寧無同賞者乎！　嘉靖四十五年歲次丙寅，上元。同上

【附注】　朱載璽，明宗室。明史諸王傳四：「（憲宗諸子）衡恭王祐楎，憲宗第七子。弘治十二年，之藩青州。……新樂王載璽，恭王孫也。博雅善文辭。」徐𤊹批校本第一册附葉其子延壽鈔此序，標作「青社誠軒載璽信父序」。考青社，即青州（出典見史記三王世家封齊王策文，以表其封地及爵位）；誠軒，號；載璽，名；信父，字也。（近見一文心雕龍專著，其中竟有「璽信父青州校刻本」標題，未免郢書燕説矣。）

明朱頤堀序

文心雕龍，梁通事舍人劉勰所著也。十卷四十九篇，序志一篇。先御史郴陽馮君已序之矣。予讀而愛之，命工翻刻，以廣其傳，因復爲序。夫文以載道，匪道弗文也，而況名以文心雕龍，又用心於道者也。道之大原出於天，則始之以原道，推而六經史傳，體裁各具，其間天地造化，物理人事，纖悉具備。信乎雕龍其心，而文之原於道者也。其視月露風雲，澁頤聱牙，信天淵之隔，而朱紫之異乎？且勰七齡，夢擷雲錦，踰立夢索河源。雲錦之章，觀乎天文以察時變，則在天之成象者。文之雕龍於心，形而上之道也。河源地脈，風行水上，以渙至文，則在地之成形者。文之雕龍於心，形而下之道也。徹上徹下，禮器不離，體天地之撰，通神明之德，尚體以法經，繇言以折聖，因文以見道，信龍游天衢，神化自然者也。引伸觸類，以繼其義。勰之用心，亦云苦矣。因書授徐左史，左史曰：「敬聞命矣。」盍考其行事之迹？按史勰東莞莒人，書成示沈約，約大重之，遂盛譚於梁苑，文士藉是爲見道一助，其功

焉可誣哉！若夫勦文詞而不本於心，刻削之技，蟲魚之書，寧不蹈宋人之弊，而興列子之歎乎？遂書。隆慶三年三月三日。録自隆慶本

【附注】宋人之弊，列子之歎，見韓非子喻老篇（列子説符篇同）。

明張之象序

文心雕龍十卷，四十九篇，合篇終序志一篇爲五十篇，梁通事舍人劉勰彦和所著也。勰生而穎慧，甫七齡，乃夢彩雲若錦，則攀而採之。齒在踰立，則又嘗夢持丹漆禮器，隨孔子南行，寤而喜焉。思敷贊聖道，莫若注經，而馬鄭諸儒，弘之已精，即有深解，未足表見。惟文章之用，羽翼經典，於是引筆行墨，論著古今文體，以成此書。勰自負蓋不淺矣！出示沈約，約大重之，謂爲深得文理，嘗陳諸几案。當是時如昭明太子最好文學，深愛接之。其爲名流賞識，殆不異其所自負也。今覽其書，採摭百氏，經緯六合，遡維初之道，闡大聖之德，振發幽微，剖析淵奥；及所論撰，則又操舍出入，抑揚頓挫，語雖合璧，而意若貫珠。綱舉目張，枝分派别，假譬取象，變化不窮。至其揚搉古今，品藻得失，持獨斷以定群嚣，證往哲以覺來彦，蓋作者之章程，藝林之準的也。自非博極群書，妙達玄理，頓悟精詣，天解神授，其孰能與於此耶？如在仲尼之門，較以文學，必當與游夏同科矣。或者謂六朝齊梁以下，佛學昌熾，而文多綺麗，氣甚衰靡，執以議勰，不亦謬乎！嗚呼！道貴自信，豈必求知？世無文殊，誰能見賞？阮光禄思曠有云：「非但能言人不可得，正索解人亦不可得。」按見世説新語文學篇　是以牙生輟絃於鍾子，匠石廢斤於郢人，作之難，知之難也！方今海内文教振興，綴學之士，競崇古雅，祕典奇

編，往往閒出。獨是書世乏善本，譌舛特甚，好古者病之。比客梁溪，友人秦中翰汝立藏本頗佳，請歸研討，始明徹可誦。且聞之山谷黄太史云：「論文則文心雕龍，評史則史通，二書均有益後學，不可不觀也！」按此文當是意引山谷與王立之書中語（原文已見前附録二） 予遂梓之，與史通並傳，不使掩没。又安得如休文者，共披賞哉！　勰作書大旨本末，語在序志及梁書列傳，故不論；論其時之遇不遇，類如此。萬曆七年歲次己卯春三月朔旦，碧山外史雲間張之象撰。録自張氏刻本

【附注】張氏刻本，有初刻或原刻與改刻或覆刻之别。後附録八有簡要説明。右序係據改刻或覆刻本迻録（「勰生而穎慧，甫七齡，乃夢彩雲若錦，則攀而採之。齒在踰立，則又嘗夢持丹漆禮器」三十二字，初刻或原刻本作「勰生而穎慧，七齡，夢彩雲若錦，攀而採之。齒在踰立，則嘗夢索源。又夢持丹漆禮器」。改刻或覆刻伸縮遷就字數之跡，甚爲顯然）。

明伍讓序

夫文之爲用大矣，而其旨莫備于書，書之言曰：「辭尚體要。」蓋謂言以足志，文以足言，用雖不同，而其體各有攸當；譬天呈象緯，地列流峙，人别陰陽，其孰能易之。故書之典謨訓誥，符采不同；詩之國風雅頌，音節自異；易之典奥；禮之閎該；春秋之謹嚴，蓋諷而可知其爲體也。故曰六經無文法；非無法也，夫文而能爲法也。世未有不明於體，而可以語法者。今世學士大夫，一意修古，無不尸祝司馬子長；第類多依採，而闇於指歸，獵其殘膏餘瀝，輒自神王，曰：此龍門令家法也。而不知設情有宅，置言有區，即如優孟學孫叔敖尚不可得，安所稱神理耶？試取子長紀傳書表觀之，一何奇

古雄深，不可端倪；至其報任安書，則又慷慨閎肆，若壅大川焉，決而放諸陸也，彼其體固自有在也。文心雕龍者，梁劉彦和勰所論著，其言文之體要備矣；大都本道而徵聖，酌緯而宗經，自騷賦以至書記，臚陳列示以詮序之要，而神思諸篇，則又直陳雅道，妙析言詮，標置六觀，陽秋九代，纚纚乎若鑑懸而衡設也。若夫程器一篇，則以警乎騖華而棄實者，與吾夫子躬行君子之旨合，蓋篤論哉！書成以示沈約，約大重之，常置几案，卓乎成一家言已。勰嘗夢綵雲若錦，則攀而拆（按當作採）之；又嘗夢操丹漆之器，隨仲尼南行。蓋致精久習，形諸夢寐，宜其品藻玄黄，若斯之諦也。其自序曰：「文果載心，余心有寄。」古人之立言於世，豈直目睫也哉！世未可以六朝語而易之也。綴文之士，玩其意不泥其詞，循派而索其源，酌奇而馭以正，則可以按轡文雅之場，而書所云「體要」，或者其庶幾乎！是書類多舛譌，不可讀，偶於里人所得善本，與近世所刻迴異，然亦不能無亥豕者。貴陽守謝君文炳，博雅士也，相與共讎之，間有疑者，仍闕焉。余爲刻置郡庠而序其大旨如此。萬曆十九年歲辛卯春仲，湘東伍讓子謙甫書。録自徐𤊹批校本第三册卷末附葉（此序原爲徐𤊹鈔。按此序未置第一册卷首諸序中，當是裝訂淆次）。

明王惟儉序

夫文章之道，蓋兩曜之麗天；綴文之術，則六轡之入握；不稟先民之矩，妄意絶麗之文，縱有駿才，將逸足之泛駕；豈無博學，終愚賈之操金。此彦和文心雕龍之所由作也。爾其自詔敕之弘筆，逮箋記之細文；由碑賦之巨篇，暨箴贊之短什。網羅千秋，鑽神思於奥窔；牢籠群彦，程品格於錙銖。篇體精嚴，骨氣爽緊，觀其序志之篇，薄典論爲不周，嗤文賦爲煩碎，知自待之不輕，審斯語之不謬矣。固宜昭明之鑒裁，深被愛接；隱侯之名勝，時置几案者也。惟是引證之奇，等絳老之甲子；兼之字畫之誤，甚晉史之己亥。爰因誦校，頗事箋釋，庶暢厥旨，用啟童蒙。余反覆斯書，聿考本傳，每怪彥和晚節，燔其鬢髮，更名慧地，是雖靈均之上客，實如來之高足也。乃篇什所及，僅般若之一語；援引雖博，罔祇陀之雜言。豈普通之津梁，雖足移人；而洙泗之畔岸，終難踰越者乎？且其持論深刻，摛詞藻繪，凡所撰著，必將含屈吐宋，陵顏蹈謝爲者；而新論一書，按新論（即劉子）非劉勰撰，已見前梁書劉勰傳箋注。類儒士之書抄，老生之常談，何也？匪知之難，惟行之難，士衡言之矣。萬曆己酉夏日，王惟儉序。録自王氏訓故本

明顧起元序

彥和之爲此書也，濬發靈心，而以雕龍自命。末篇叙志，垂夢聖人，意益鴻遠。前乎此者，有魏文之典，陸機之賦，摯虞之論，並爲藝苑縣衡。彥和囊舉而獄究之，疏瀹詞源，博裁意匠，甄叙風雅，揚搉古今，允哉！述作之金科，文章之玉尺也。至其辭條佚麗，蔚乎鸞龍，辨騷有云：「才高者菀其鴻裁，中巧者獵其豔詞。」殆是自爲賞譽耳！升菴先生酷嗜其文，咀唼菁藻，爰以五色之管，標舉勝義，讀者快焉。顧世夐文渝，駁蝕相禪，閒攄戡定，猶俟剡除。豫章梅子庾氏，既擷東莞之華，復賞博南之鑒，手自較讎，博稽精考，補遺刊衍，汰彼殽譌；凡升菴先生所題識者，載之行間，以覈詞致。至篇中曠引之事，畢用疏明；旁采之文，咸爲昭晰。使敦悦研味者，不滯子才之思；翫索鉤較者，直撮孝標之勝。若子庾者，徵獨爲劉氏之功臣，抑亦稱揚公之益友矣。昔彥和既著此書，欲取定于沈尚書，無由自達，

至乃負莢車前，示同粥販。洎休文取閱，大爲稱賞，謂其深得文理，陳諸几案。夫以寸心千古，猶假通人；名山寂寥，遺帙誰賞？肆今歷禩綿曖，不乏子雲，斯知羽陵之蠹，不腐神奇；西室之藏，寧憂泯絶？彦和固言「百齡影徂，千載心在」矣。故士有薄鐘鼎而貴竹素，絀珪組而伸觚翰，誠知不朽之攸寄，豈故抗辭以夸世哉？子庚系本仙源，洞精文事，閔雅道之澌淪也，是以寤寐昔賢，抽揚遺典，懲茲畫虎，冀彼真龍；豈徒茹華搴綵，糅其雕蔚已乎？君他所著述，固已彪炳一時，睹厥標尚，可以知其志之所存矣。萬曆己酉嘉平月，江寧顧起元撰於嬾真草堂。録自梅慶生萬曆音註本

明曹學佺序

劉勰撰文心雕龍五十篇，見於本傳；文獻通考諸家，評隲無稱焉。文之一字，最爲宋人所忌，加以雕龍之號，則目不閲此書矣。按宋人於文心，著録者八書(見前附録一)，品評者七家(見前附録二)，采摭者十二家(見前附録三)，因習者八家(見前附録四)，引證者十一家(見前附録五)，考訂者三家(見前附録六)。曹氏説非是。黄魯直以作文者不可無雕龍，作史者不可無史通，雖則推尊，亦乖倫次。魯直好掊擊，故引子玄也。論家劉子五卷，唐志亦謂勰撰；陳振孫歸之劉晝孔昭，謂序云：「晝傷己不遇，天下陵夷，播遷江表，故作是書。」按是勰以前人，似東渡時作，按此語亦誤。前梁書劉勰傳箋注曾略爲論及。其於文辭，燦然可觀。晁公武以淺俗譏之，亦不好文之一證矣。傳稱勰爲文深於佛理，京師寺塔，名僧碑誌，多其所作。予讀高僧傳往往及之，但惜不見全文一篇。勰不婚娶，依沙門僧祐，與之居處十餘年，博通經論，定林寺藏，勰所次也。竊恐祐高僧傳，乃勰手筆耳。沈約論文，欲易見事、易見理、使人易誦，而賞譽雕龍，謂其深得文理。大抵理

非深入，則不能躍。然彦和義炳而采流，故取重於休文也。雕龍上廿五篇，銓次文體；下廿五篇，驅引筆術。而古今短長，時錯綜焉。其原道以心，即運思於神也；其徵聖以情，即體性於習也。宗經詘緯，存乎風雅；詮賦及餘，窮乎變通。良工苦心，可得而言。夫雲霞焕綺，泉石吹籟，此形聲之至也；然無風則不行，風者，化感之本原，性情之符契。詩貴自然，自然者，風也；辭達而已，達者，風也。緯非經匹，以其深瑕；歌同賦異，流於侈靡。郡國文計，先集太史之府；諸家詭術，不應賢王之求。以至詞命動民，有取於巽；諧隱自喻，適用於時。豈非風振則本舉，風微則末墜乎？故風骨一篇，歸之於氣，氣屬風也。文理數盡，乃尚通變，變亦風也。剛柔乘利而定勢，緐簡趨時而鎔裁；律調則標清而務遠，位失則飄寓而不安。風刺道喪，比興之義已消；物色動摇，形似之工猶接。蓋均一風也，襲蘭轉蕙，足以披襟；伐木折屋，令人喪膽。倏焉而起，不知所自；倏焉而止，不知所終。善御之人，行乎八極；知音之士，程於尺幅。勰不云乎：「深於風者，其情必顯。」勰之深得文理也，正與休文之好易合；而勰之所以能易也，則有風以使之者矣。雕龍苦無善本，漶漫不可讀，相傳有楊用修批點者，然義隱未標，字譌猶故。予友梅子庾從事於斯，音註十五而校正十七，差可讀矣。予以公暇，取青州本對校之，閒一籤其大指，是亦以易見意而少補兹刻之易見事易誦者也。江州與子庾將別書。萬曆壬子仲春，友人曹學佺撰。録自凌雲刻本

明閔繩初刻楊慎批點本引

洪範五行，兆於龍馬之圖，列于禹箕之書。其見象於天也，爲五星；分位於地也，爲五方；行於四時

也，爲五德；稟於人也，爲五常；播於聲也，爲五音；發於文章爲五色。則五色之文，自陰符已記之矣。若夫握五管，點綴五色文，則吾明升菴楊先生實始基之。先生起成都，探奇摘豔，漁四部，弋七略，胸中具一大武庫。凡經目所涉獵，手所指點，若闇室而賜之燭，閉關而提之鑰也。豈與粉黛飾無鹽，效靚粧冶態，作倚市羞者，絜長較短哉！將令寶之者，如吴綾、如蜀錦、如冰綃、如火布，不勝目駴，後世文人之心之巧，蔑以加矣！至於文心雕龍之爲書，則有先生之五色管在。余知爲圖之河，書之洛而已，又何贅焉。吴興閔繩初玄宰甫撰。録自凌雲刻本

明傅巖序

夫攻金削木，並悉槧鉛；研羽審鱗，尚勞牘筆。矧以辭文自遺揚述哉！是故弘意高稱，魏文之論斯雋；渺情極揣，平原之賦獨繁。繇兹以還，風流幾墜。舍人劉勰者，崛發蕭代，翩燁梁年，恢量玄宗，搆裁虚位，因名窮體，遡原委之經營，摹思列則，妙深湛之變態。良以文非小技，爲用實宏，倚理瑀言，劑聲傳象，居胸臆則鬼神莫測，出脣腕則日月可縣。是故飾文武，播風聲，拓萬方，通億載，摇魂識於載籍之林，尋金石於句讀之表；或有遥海名山，真人祕笈，靡不受揆清思，託契淵衷。何則？精形具象，惟心最靈，綜補二儀，周羅萬物，雖媧皇之斷鼇，神禹之鑿石，羲肇其畫，字體未成，頡始其義，文情未暢；至於寸觚扢美，必待其人，意久而彌出其新，語工而益增其絢，此尼父所以遜辭命於不能也。顧趨芬就下，勢之自然，或競纖奇，殊乖作旨。子桓簡而難精，士衡詳而寡備，雕龍有爽，一言匪留，勰之意殆欲補亡乎？而思致贍麗矣。浙上傅巖書。録自姜午生本

明楊若題辭

夫道憑文以爲牕者也。而文非心則靈誰？予故知文心應精聖賢。梁劉勰夢仲尼南行而著爲兹集，良亦仿删定之遺，繼「吾衰」之歎耳。説者謂形若履，文在乎行，丹漆之祥，於斯爲驗。今國家文運丕變，士風競古，然而誕章圖徵，莫知雅鄭。至有淺嗜之夫，驟獵古先，自矜奇貴，淈度亂真，亦已甚矣！吾友姜鎮惡氏，幼髫嗜古，長而彌深，束髮攬毫，力屏足藻，卑視陋淺，而恒自悲其過侈，不啻介丘、枯澤，豈峛崺、惡沱也哉！噫嘻，「君子豹變，其文蔚也」。（易革象辭）書肆、説鈴，其何補焉？又奚怪童而習之，白猶紛如也。於是發槖搜金，窮笥檢牘，乃興斯刻，蓋猶淩厲之𦈡幪，而非緑衣紵絮也。子雲氏曰：「萬物紛錯，則縣諸天；衆言淆亂，則折諸聖。」（法言吾子篇）存則人，亡則書。蓋存人者書，而令書不亡者誰？天啟丙寅歲杪仁和楊若仲震題并書。録自姜午生本

【附按】文中淈度、足藻、介丘、枯澤、峛崺、惡沱、書肆、説鈴、童而習之、白猶紛如、𦈡幪、緑衣紵絮諸詞句，皆出自法言吾子篇。飽飣獺祭，無乃太甚！

明姜午生叙

若劉子者，可謂深乎文者也。故未始不紛藹而盈予掬，豈華説而獨精者哉！與夫挈瓶蹠踔者，固難同日語矣。夫言而苕，言而穎，則牢落徘徊，非庸常所掎偶，蓋精於華説者也。此其所以神龍變化，而爲文章之奥窟也。若若劉子可謂深於文者也，而言尚矣，序華實之興，窮音聲之妙，通情性之宜，仰制先型，俯規來彦，胎遺訓於未萌，發陳筌於既作；是故陳其樸，咀其英，融會其神液，莫不知摛辭之大

端矣。故曰善自見乃能備善，於道靡，於言靡假，恣睢猖行於聖賢百家之間，理道極於兩儀聲象，窮於衆物，斧藻通乎墳典，不衍乎經，不溢於華，銓衡殿最，而不爽於毫末。其文縏，其理富，其指適不復益，是言有物而懷韞以成，非孤興短韻也。故其纂組之所工，條流之所暢，情性之所得，莫不風發雲蒸，以盛稱其所獨會。豈曾率意竭情，而游譚於六藝之外，以取悔哉！是故著其業則天象麗，龍鳳出，虎豹蔚。而嘈囋之士，淫蕩之流，猶浮漂而不歸。吾知免夫！

清清謹軒鈔本序

勰著文心十卷，總論文章之始末，古今之妍媸。其文雖拘于聲偶，不離六朝之體；要爲宏博精當，鮮麗琢潤者矣。傳言勰聲名未振，書既成，欲取定於沈約，無繇自達，以負書候約於車前，狀若鬻貨者。約取讀，大重之，爲之標譽，而書乃傳。魏晉諸家，實難與並鑣争先矣。録自原鈔本

日本岡白駒序

昔者聖王之爲政也，其迹乃有詩書禮樂。詩書禮樂之教，雖高矣美矣哉！而其書所載，則不過事之與言而已。言之不喻也，文以足之。焕乎炳蔚，高矣美矣者，具存於文辭之間。世驟代馳，千載逝矣，其行也與其英，未之逮也，而庶其足以知耶？雖然，俗易物亡，言亦從之。玄酒猶醴酒與？鸞刀猶割刀與？繇秦漢以上，抱玉者聯肩，握珠者踵武，美哉！郁郁乎盛矣哉！凡物久則弊，至則變，物之情也。東西二京，既非一途；魏製晉造，斯乃畫境。降及齊梁，綺靡豔説，飾羽尚畫，又從而繡其鞶帨，紅以成紫，以鄭爲雅，朱曠不世，孰能辨之！東莞劉勰氏蓋有見乎兹焉，是籍之所由作也。乃旁

論文體，而要其樞紐，以爲古之爲辭者，爲情而造文；今之爲辭者，爲文而造情。淫麗煩濫，離本也邈焉以遠，言與志翩其反矣。辟諸楚人鬻珠，鄭文豈足徵乎哉！夫文章之道，情動而言形，理發而文見。其屬意立言也，心與筆謀，理苞塞不喻假之辭，體立理位，而後摛藻，使文不滅其質，言不隱於榮華，然後可謂彬彬君子矣。然是特即其修辭而矯弊，一齊衆楚，終不能動當時之習也，又其運未逮耳。自時厥後，浮縟益聘，按當作騁 採濫忽真，葉之解柯，枝之拔本，非虚語也。文辭之弊，至於斯極矣。韓柳崛起，一新宇内，倡古文而絀辭，乘其運而驅之，自歐蘇王曾諸曹，喁喁應於後，凡天下之搦管者，非理則弗道，非論則弗談，於是乎文辭掃地矣。五百之運，忽諸其逝。流弊所至，亦猶六代之於古也，言既非其言也，文雖在兹乎？後死者將奚從與焉！夫聖賢之書辭總稱文章，傳曰「文以載道」；「夫子之文章可得而聞」。則吾舍文辭何適矣？生於今之世，而讀古之經，辟若乎與微盧彭濮人語，以理逆諸，以言求諸，亦可以知也已。俾卯金氏當今之世，則攘袂而論者，其必在乎兹矣。余夙嗜此書，是年剞劂氏有請重鐫者，遂校訂並乙而付云。享保辛亥按當清雍正九年 春三月朔，西播岡白駒千里序。録自日本浪華書肆文海堂刻本

清黄叔琳序

劉舍人文心雕龍一書，蓋藝苑之祕寶也。觀其苞羅群籍，多所折衷，於凡文章利病，抉摘靡遺；綴文之士，苟欲希風前秀，未有可舍此而别求津逮者。若其使事遺言，紛綸葳蕤，罕能切究。明代梅子庚氏爲之疏通證明，什僅四三耳；略而弗詳，則創始之難也。又句字相沿既久，别風淮雨，往往有之。

雖子庚自謂校正之功五倍於楊用修氏，然中間脱訛，故自不乏，似猶未得爲完善之本。余生平雅好是書，偶以暇日，承子庚之綿蕞，旁稽博考，益以友朋見聞，兼用衆本比對，正其句字。人事牽率，更歷寒暑，乃得就緒，覆閲之下，差覺詳盡矣。適雲間姚子平山來藩署，因共商付梓。方今文治盛隆，度越先古，海内操奇觚，弄柔翰者，咸有騰聲飛實之思。竊以爲劉氏之緒言餘論，乃斯文之體要存焉，不可一日廢也。夫文之用在心，誠能得劉氏之用心，因得爲文之用心，于以發聖典之菁英，爲熙朝之黼黻，則是書方將爲魚兔之筌蹄，而又況於瑣瑣箋釋乎哉！　時乾隆三年歲次戊午秋九月，北平黄叔琳書。

録自養素堂本

【附按】　梅慶生字子庾，姓、名、字均相應。自黄氏誤庾爲庚，遂謬字相沿，無復知其爲非者。特舉正於此。

清姚培謙跋

此書向乏佳刻，少宰北平先生因舊注之闕略，爲之補輯，穿穴百家，翦裁一手。既博且精，誠足以爲功于前哲，嘉惠乎來兹矣。培謙於先生爲年家子，屢辱以文字教督，午秋過山左藩署，蒙出全帙見示，并命攜歸校勘，付之棗梨。謭劣無能爲役，又良工難得，遷延歲月而後告成。匪苟遲之，蓋重之而不敢輕云爾。乾隆六年辛酉仲秋，華亭姚培謙謹識。　録自養素堂本

清紀昀文心雕龍輯註批語

此書校本，實出先生，其注及評，則先生客某甲所爲。先生時爲山東布政使，案牘紛繁，未暇徧閲，遂以付之姚平山。晚年悔之，已不可及矣。長山聶松巖云。　録自芸香堂本卷首

此注不出先生手，舊人皆知之；然或以爲盧紹弓則未確。紹弓館先生家，在乾隆庚午辛未間，戊午歲方游京師，未至山東也。同上

清陳鱣文心雕龍輯註識語

文心雕龍及史通二書，少時最喜玩索，俱係北平黄氏刻本。史通既得盧弓父學士所臨宋本相校，而是書則未見宋刻，每爲恨事。取其便于展讀，常置案頭。閒有管窺之見，書諸上方焉。乾隆四十九年夏六月，陳鱣識。録自陳鱣手校本卷首

近人張孟劬文心雕龍輯註識語

自古統論學術者，史則有史通，詩則有詩品，文則有此書；惟經子二部無專書。余近纂史微内外篇，闡發六藝百家之流别。既卒業，復取八代文章家言犨治之。因瀏覽是編，證以昭明文選，頗多奧窔。而所藏本乃紀文達評定者，憑虚臆斷，武斷專輒，不一而足。繼而又得此册，雖非北平原槧，尚無紕繆；以視紀評，判若霄壤矣。爰加墨以識簡首。泉唐張采田按後改名爾田記。録自張氏手校本卷首

清張松孫序

周詩雅麗，漢賦喬皇。典午風流，每華言而少實；昭明精選，乃壽世而不磨。青宫窺玉海之藏，紫閣盡金相之彙，然而紛紜卷軸，疇是總持？輝映縹緗，誰歟甄綜？則有青州才子，宋代公孫，萃百家藝苑之精，研衆體詞場之妙，隨人變幻，歸我折衷，箸論者五十篇，示津梁於千百載。鏤文錯采，如吐鳳而欲飛；索隱鉤玄，取雕龍以爲號。珠璣歷落，常耀珊瑚玳瑁之旁；金石鏗訇，更越琴瑟管簫而上。

窺來衆妙，心結花叢；挹盡群芳，文成蘭氣。檢昔賢之篇什，幾燃太乙之藜；啟後學之聰明，如贈景純之筆。爾其留連初地，參契空王，敷辭於静悟之餘，心映水晶之域；摛藻於研幾之後，字成舍利之光。自喜性靈，流傳不朽；縱甘身隱，賞鑑寧孤？爰仰一世知音，賴有東陽家令；亦若三都作序，重煩玄晏先生。故歷唐宋元明，爲藝文志不祧之目；直比經史子集，爲絃誦家必讀之書。楊升菴闡發精微，厥功偉矣；梅子庚疏通訓詁，其旨深焉。乃迄今一百餘年，古篇漸缺；雖不至二三其説，真本難傳。徒問東觀之藏，意殷往代；空入洛陽之市，心切前人。余也册載宦場，一麾出守，家原儒素，酷類任昉之貧；學媿書淫，深慕張華之積。況東都士俗，堪上擬鄒魯之風；而古郡人文，宜益振絃歌之化。是編盡屈壘曹牆之藴，擅班香宋豔之能。試攬英華，快覩珠聯璧合；堪供佔畢，永稱玉律金科。惟思被諸膠庠，資多士下帷之讀；必當壽之梨棗，公一時希世之珍。爰爲數典而稽，瞭如指掌；庶使悦心以解，朗若列眉。視梅註而加詳，稍更陳式；集楊評而參考，敢步後塵。略避雷同，習見者尤滋娱目；再經剞劂，傳誦者益足饜心。寫入衍波牋中，碧窗觀海；攜到讀書樓上，烏几生雲。從兹比户流傳，儒林争賞，卷非緐衍，自薈紅珊碧樹之奇；集便批吟，莫弛黄絹青箱之志。文成競秀，可相與鼓吹齊梁；體善衆長，亦且得笙簧典籍云爾。乾隆五十六年歲在重光大淵獻，九月既望，長洲張松孫鶴坪氏并書。録自張刻原本

清王謨跋

右劉勰文心雕龍十卷，見隋唐志。按南史文學傳，勰字彦和，天監中兼東宮通事舍人，撰文心雕龍論

古今文體，凡五十篇，篇係以贊。沈約謂其「深得文理」。劉知幾亦云：「詞人屬文，其體非一，譬甘辛殊味，丹素異彩，後來祖述，識昧圓通，家有詆訶，人相掎摭，故劉勰文心生焉。」按見史通自叙篇 蓋亦服膺此書。而晁氏乃題其後以譏之，曰：「世之詞人，刻意文藻，讀書多滅裂。杜牧之以龍星爲真龍，王摩詰以去病爲衛青，昔人譏之；然亦不足怪，蓋詩賦或率爾之作故也。今勰著書行世，自謂嘗夢執丹漆器，隨仲尼南行，其自負亦不淺矣。乃其論説篇云：『六經論語以前，經無論字，六韜三論，後人追題。』是殊不知書有『論道經邦』之言也。其疎略過於王、杜矣。」按見郡齋讀書志別集類上 愚考「論道經邦」語出古文尚書周官，説者亦以爲非真尚書，則此字仍出論語後。要之，文心原主論文，不得以是爲病也。汝上王謨識。録自王氏漢魏叢書原刻本

清張澍序

昔摯虞纂文章流别，任昉作文章緣起，剖析裁製，義藴無遺。梁陳之間，鍾嶸詩品，袁昂書評，究其一端，揚厥芬芳，體斯狹矣。獨劉彦和文心雕龍，殫各體之軌範，標梟作之源流，誠操觚家之金鎞也。曉嵐相國舊有批本，抉其精汋，指其瑕纇；復于北平黄氏之注，糾繩舛謬。舍人之書，乃雕龍活現，心趯行間。余得原本于其孫香林觀察，爲之校刊以廣其傳。從此藝林樹幟，咸有準的，别裁僞體，爝火自消。則先生啟迪後學之心，庶不至湮没也。録自養素堂文集卷四頁十七下

【附注】 介侯此序，原代盧坤刻紀昀評本而作。後兩廣節署所刊朱墨套板，竟未用。不知何故。

清吴蘭修紀昀評本文心雕龍跋

右文心雕龍十卷，黄崑圃侍郎本，紀文達公所評也。是書自至正乙未刻於嘉禾，至明末刻於常熟，凡六本。按此語有誤，閲附録八所列板本自明。此爲黄侍郎手校，而門下客補注。時侍郎官山東布政使，不暇推勘，而遽刻之，尋自悔也。今按文達舉正凡二十餘事，其稱引參錯者，不與焉。固知通儒不出此矣。道光癸巳冬，宫保盧涿州夫子命余挍刻史通削繁既訖，復刊此本。此下原有子注，今略。昔黄魯直謂「論文則文心雕龍，論史則史通，學者不可不讀」。余謂文達之論二書，尤不可不讀。或曰：「文達辨體例甚嚴，删改故籍，批點文字，皆明人之陋習，文達固常訶之，是書得無自戾與？」余曰：「此正文達之所以辨體例也。學者苟得其意，則是書之自戾，可無議也。雖然，必有文達之識，而後可以無議也夫？」嘉應吴蘭修跋。録自芸香堂本

清錢泰吉曝書雜記

河間紀文達公文心雕龍評本，涿州盧公坤與史通同刻於廣中，皆嘉應吴君蘭修爲之校刻。史通削去繁文，注亦删改；此則書仍黄注原文，黄評用黑色，文達評用朱色，文達駁正注語，亦皆備録，紙墨及朱色評爛然可觀，勝姚氏平山所刻多矣。丙申秋日，衎石兄從大梁寄付銘恕，兄客廣州，盧公所贈也。別下齋叢書本卷一頁二九上下

近人李詳文心雕龍黄注補正序

文心雕龍有明一代校者十數家，朱鬱儀梅子庚王損仲其尤也。梅氏本有注，取小遺大，瑣瑣不備。北平黄崑圃侍郎注本出，始有端緒。復經獻縣紀文達公點定，糾正甚夥。盧敏肅刊於廣州，即是本也。

顧文達止舉其凡，黃氏所待勘者，尚不可悉舉。合肥蒯禮卿觀察，鄉病黃注之失，曾屬余爲注，會以授學子而止；然觀察之盛心所期余者，不可没也。時過亹亹，淹留無成，每取此書觀之，粗有見地。志創茅蕝，以啟後人，略以日課之法行之，日治一二條，稍可觀覽。準元吴禮部戰國策校注之例，名曰黃注補正。中有甚契於心，匪言可喻。將復廣求同志，共成此業。海内君子有善治是書者，若能助余張目，則於瑞安孫氏之外，原注：「孫氏札迻内有文心雕龍一種，研求字句，體準高郵王氏，與余書異。」未嘗不可別樹一幟云。宣統紀元三月，李詳。録自國粹學報己酉第八號文篇

又文心雕龍補注序

余昔有文心雕龍黃注補正一書，補者，補其罅漏；正者，正其違失。係用盧敏肅公所刻紀氏評本，凡經紀所糾者，皆未羼入。今老友唐君元素，爲其門人潮陽鄭君堯臣重刊黃本，徵余舊説。因稍加理董，附入紀氏及瑞安孫氏之説，統名補注，以示有所檢括云爾。時丙辰春仲，揚州興化李詳。録自龍谿精舍叢書本

明都穆跋

梁劉勰文心雕龍十卷，元至正間嘗刻於嘉興郡學，歷歲既久，板亦漫滅。弘治甲子，監察御史郴陽馮公出按吴中，謂其有益於文章家，而世不多見，爲重刻以傳。夫文章與時高下，時至齊梁，佛學昌熾，而文隨以靡，其衰盛矣！當斯之際，有能深於文理，折衷群言，究其指歸，而不謬於聖人之道如劉子者，誠未易得。是編一行，俾操觚之士，咸知作文之有體，而古人之當法，則馮公嘉惠學者之功，豈淺

淺哉！穆以進士試政内臺，受知於公，亦嘗有志古學而未之能者。因不媿荒陋，而書其後。吴人都穆識。録自弘治本卷末（南濠居士文跋卷一收有此跋，惟無「穆以進士試政内臺」以下五句）

明楊慎與張含書

批點文心雕龍，頗謂得劉舍人精意。此本亦古，有一二誤字，已正之。其用色：或紅，或黄，或緑，或青，或白，自爲一例；正不必説破，説破又宋人矣。蓋立意一定，時有出入者，是乖其例。人名用斜角，地名用長圈，然亦有不然者，如董狐對司馬，有苗對無棣，雖係人名、地名，而儷偶之切，又當用青筆圈之。此豈區區宋人之所能盡？高明必契鄙言耳。録自王惟儉訓故本卷末

林宗張姓，名民表。本載有此條，乃從南中一士大夫藏本録之者。然林宗本亦多誤，政不知楊公原本今定落何處耳。惟儉識。同上

張含字愈光，别號禺山，滇之永昌人也。寄懷人外，耽精詞賦。弱冠，從渠尊人宦游京師，李獻吉一見忘年，相與定交，爲作月塢癡人對，以寫其致。嗣後爲楊用修最所推服。以地遠莫可與談，乃于暇日選前人諸詩不常見者題品，名曰千里面談一卷，作書前後寄之；其書具論詞場得失，而言不及世事。己酉孟冬，梅慶生識。録自梅慶生萬曆音註本卷首

明朱謀㙔跋

往余弱冠，日手抄雕龍諷味，不舍晝夜。恒苦舊無善本，傳寫譌漏，遂注意校讎。往來三十餘年，參考御覽、玉海諸籍，并據目力所及，補完改正，共三百二十餘字。如隱秀一篇，脱數百字，不復可補；他

處尚有譌誤，所見吴、歙、浙本，大略皆然。雖有數處改補，未若余此本之最善矣。俟再諮訪博雅君子，增益所未備者而梓傳之，亦劉氏之忠臣，藝苑之功臣哉！萬曆癸巳六月日，南州朱謀㙔跋。録自萬曆梅本卷末

隱秀一篇脱數百字，不可復考。録自萬曆梅本隱秀篇末

隱秀中脱數百字，旁求不得，梅子庾既以注而梓之。按指萬曆三十七年刻本 萬曆乙卯夏，海虞許子洽於錢功甫萬卷樓檢得宋刻，適存此篇，喜而録之。來過南州，出以示余，遂成完璧。因寫寄子庾補梓焉。子洽名重熙，博奥士也。原本尚缺十三字，世必再有别本可續補者。録自梅慶生天啟二年重修本隱秀篇末

明謝兆申跋

始徐興公名𤊹得是批點本按即楊慎批點文心雕龍示予，予因取他刻數種復正之。比至豫章，以示朱鬱儀名謀㙔氏、李孔章名漢熚氏。彼各有所正，而鬱儀氏加詳矣。然僞缺尚亦有之。今歲，焦太史名竑讀予是本，以爲善也當梓。而會梅子庾氏慨文章之道日猥，盍以是書爲程爲則？乃肆爲訂補音注。使彦和之書，頓成嘉本。彦和有知，當驚知己於曠代矣。予嘗謂六朝之有文心雕龍也，是曰文史；其有水經注也，是曰地史。固當絶豔千古，不但孤炳一時也。子庾以爲知言。子庾别有水經注箋，將次第梓焉。姑識之於此。時萬曆三十有七年，綏安謝兆申譔。録自梅慶生天啟二年重修本卷末

此謝耳伯兆申字己酉年初刻是書時作也，未嘗出以示予。其研討之功，實十倍予。距今一十四載，予復改補七百餘字，乃無日不思我耳伯。六月間，偶從亂書堆得耳伯雕龍舊本，内忽見是稿，豈非精神

感通乃爾耶！令予悲喜交集者累日夕。因手書付梓，用以少慰云。天啟二年壬戌仲冬至日，麻原梅慶生識。同上

明徐𤊹跋

劉彦和文心雕龍一書，詞藻璀璨，儷偶豐贍。先人舊藏此本，已經校讎。𤊹少學操觚，時取披覽，快心當意，甘之若飴。每有綴辭，采爲筌餌。此羊棗之嗜，往往爲慕古者所竊笑也。然祕之帳中，積有年歲，非同好者，不出相示。但彦和自序一篇，諸處刻本俱脱誤，乃抄諸廣文選中。近於友生薛晦叔家獲覩鈔本一副，乃其叔父觀察滇南得歸者。中間爲楊用修批評圈點，用硃黄雜色爲記，又自祕其竅，不煩説破以示後人，大都於其整嚴新巧處而注意也。遂借歸數日，依其批點。蓋自愧才不逮前人，而識見譾陋，得此以爲法程，不啻楊先生之面命矣。前跋云：禺山者，初未知何許人。兹按升庵文集，禺山張姓，字愈光，雲南永昌人，年八十，工詩，善書。集中有跋愈光結交行，又有龍編行答禺山，又有五老圖壽禺山八十，又有重寄愈光二律，又有存没絶句懷及愈光，又有寄愈光六言四首。觀用修詩文推轂之言，可以識禺山之大概矣。萬曆辛丑三月望日，徐惟起徐𤊹原名惟起於緑玉齋。録自徐𤊹批校文心雕龍第三册卷末附葉（重編紅雨樓題跋卷一收有此跋）

此書脱誤甚多，諸刻本皆傳譌就梓，無有詳爲校定者。偶得升庵校本，初謂極精；辛丑之冬，攜入樵川，友人謝伯元謝兆申字伯元借去讎校，多有懸解。越七年，始付還。余反覆諷誦，每一篇必誦數過，又校出脱誤若干，合升庵伯元之校，尤爲嚴密。然更有疑而未穩，不敢妄肆雌黄，尚俟同志博雅者商略。

丁未夏日，徐惟起。同上。

文心雕龍一書，余嘗校之至再至三，其謁誤猶未盡釋然。彥和博綜群書，未敢遽指爲亥豕而臆肆雌黄也。今歲偶遊豫章，王孫鬱儀素以洽聞稱，余乃扣之。鬱儀出校本相示，旁引經史，以訂其訛，詳味細觀，大發吾覆。鬱儀僅有一本，乞之不敢，鈔之不遑；而王孫圖南欣然捐家藏斯本見贈。余方有應酬登眺之妨，鬱儀又請去重校，凡有見解，一一爲余細書之；鐙燭下作蠅頭小楷，六十老翁用心亦勤，愛我亦至矣。今之人略有一得，則視爲奇祕，不肯公諸人；偶有藏書，便祕爲帳中之寶。若鬱儀、圖南，真以文字公諸人者也。鬱儀名謀𡍲，石城王裔；圖南名謀𡒉，弋陽王裔，皆鎮國中尉，與余莫逆。時萬曆己酉十一月二十八日，徐惟起書於臨川舟次。録自重編紅雨樓題跋卷一（批校本第三册卷末附葉無此跋）

晁氏曰：「世之詞人，刻意文章，讀書多滅裂。……其疎略過於王、杜矣。」原注：文獻通考。按晁氏説出郡齋讀書志（全文已見附録一）。興公轉引通考，蓋未目睹讀書志原書也。庚戌穀日，又取鬱儀王孫本校一過。惟起書。録自批校本第三册卷末附葉

按藏經出三藏記按「記」下合有集字卷十二載勰有鍾山定林上寺碑銘、建初寺初創碑銘、僧柔法師碑銘三篇，有其目而無其文。曹能始云：「沙門僧祐作高僧傳，按此説有誤，已詳梁書劉勰傳箋注。乃勰手筆。」今觀其法集總目録序及釋迦譜序、世界序按「序」上合有「記」字等篇，全類勰作，則能始之論，不誣矣。壬子仲秋五日，興公志。同上

第四十隱秀一篇，原脱一板，予以萬曆戊午之冬，客遊南昌，王孫孝穆云：「曾見宋本，業已鈔補。」予

亟從孝穆録之。予家有元本,亦係脱漏,則此篇文字既絶而復蒐得之,孝穆之功大矣。因而告諸同志,傳鈔以成完書。古人云:「書貴舊本。」誠然哉! 己未秋日,興公又記。同上

此本吾辛丑年較讎極詳,梅子庾刻於金陵,列吾姓名於前,不忘所自也。後吾得金陵善本,遂舍此少觀。前序八篇,半出吾鈔録,半乃汝父即延壽手書,又金陵刻之未收者。家藏書多此。紙易蛀,當倍加珍惜。時取讀之,可資淹博也。崇禎己卯中秋,書付鍾震。(㶿孫,字器之)録自批校本第一册卷首附葉

眉上小字,是吾所書;閒有謝伯元註者,伯元看書甚細耳。同上

隱秀一篇,諸本俱脱,無從覓補。萬曆戊午之冬,客遊豫章,王孫朱孝穆得故家舊本,因録之。亦一快心也。興公識。録自批校本第三册隱秀篇末

梅慶生重梓有朱之蕃序一篇。録自批校本第三册卷末附葉

近人傅增湘徐興公校文心雕龍跋

文心雕龍一書,論文章之流別,爲詞苑之南針,文人學士,誦習不衰。而傳世乃少善本,阮華山之宋槧,自錢功甫一見後,蹤迹遂隱;即黄蕘圃所得之元至正嘉禾本,後此亦不知何往。明代刻本,以弘治甲子吴門本爲最先,嗣是嘉靖中,建安新安等處付梓者,凡四本,而奪文譌字,多不能舉正。至金陵梅慶生本出,乃取諸家校本,彙集而刊傳之,雖校定未必悉當,然考證之功,亦云勤矣。頃從李椒微師遺書中,假得徐興公手勘本。原書用嘉靖汪一元年刊,半葉十行,行二十字;版心上方,有「私淑軒」三字。其校讎始於萬曆二十九年辛丑,訖於四十七年己

末；逮崇禎己卯，乃手跋以付其孫鍾震。卷首南史本傳，及元明刻本序八首，均興公暨其子延壽所繕。歷年數十，留貽及於三世，詣力專精，良堪欽仰。各卷訂正之字，自興公所校外，所取者以楊升庵爲多，餘則謝耳伯朱鬱儀曹石倉諸家。今以梅子庾本對核興公之説，固已十取八九。此己卯跋中所謂「金陵刻本，列吾姓名，不忘所自」，正指此也。末卷序志篇，脱三百二十二字，取廣文選本訂補。其隱秀篇闕葉四百餘字，則萬曆戊午游豫章，於王孫朱孝穆許，始録得之。是所見在錢功甫之外矣。兹將興公前後跋語，書於左方，其各序咸有本書可考，不復盡録焉。辛巳五月十九日，藏園識。録自國民雜誌第十期

明曹學佺與徐𤊹書

文心雕龍曾校過數本，但首篇有「莫不原道心裁文章」之句，恐脱。及第四十隱秀篇，自「互體變爻而成化」起，至「珠玉潛水」止，俱亡。想兄所校者已精，幸録此二篇見示，則爲完書矣。戊申八月朔日，弟佺頓首。録自徐𤊹批校本文心雕龍第三册卷末附葉

明錢允治跋

按此書至正乙未刻于嘉禾，弘治甲子刻于吴門，嘉靖庚子刻于新安，辛卯刻于建安，癸卯又刻于新安，萬曆己酉刻于南昌，至隱秀一篇，均之闕如也。余從阮華山得宋本鈔補，始爲完書。甲寅七月二十四日，書于南宫坊之新居。時年七十四歲。功甫記。録自馮舒手校本卷末附葉（馮氏用墨筆自録）

【附按】庚子爲嘉靖十九年，辛卯爲嘉靖十年，癸卯爲嘉靖二十二年。序十年於十九年後，遣詞殊違常軌。疑「辛

卯」二字有誤。考程寬序云：「歲弘治甲子，馮公允中已鋟於吴，汪子一元再鋟於歙，茲嘉靖辛丑建陽張子安明將重鋟於閩，以廣其傳。」（序文已見上）建安爲福建著名刻書之地，是「辛卯」當作「辛丑」始合。又按：錢允治跋係馮舒自録，「辛丑」作「辛卯」，究由誰致誤，固難遽定。然以清馮彪於康熙六十年，跋明隆慶本文心雕龍引錢允治跋「辛卯」不作「辛丑」論之，（跋文見後）豈所見錢跋亦誤「辛丑」爲「辛卯」耶？（讀書敏求記卷四文心雕龍解題，亦誤作「辛卯」）又按：萬曆己酉刻于南昌者，即梅慶生萬曆三十七年音註本。然所刻之地，乃金陵（見上引徐𤊹崇禎己卯跋）而非南昌，錢氏蓋因子庾籍隸豫章致誤。

明馮舒跋

功甫姓錢，諱允治，郡人也。厥考諱穀，藏書至多。功甫卒，其書遂散爲雲烟矣。予所得毘陵集、陽春録、簡齋詞、嘯堂集古録，皆其物也。歲丁卯，予從牧齋借得此本，因乞友人謝行甫按名恒録之。録畢，閱完，因識此。其隱秀一篇，恐遂多傳于世，聊自録之。八月十六日，孱守居士記。録自馮舒手校本卷末附葉（馮氏用硃筆自繕）

南都有謝耳伯校本，則又從牧齋所得本而附以諸家之是正者也。讎對頗勞，鑒裁殊乏。惟云朱改，則必鑿鑿可據。今亦列之上方。聞耳伯借之牧齋時，牧齋雖以錢本與之，而祕隱秀一篇。故别篇頗同此本，而第八卷獨缺。今而後始無憾矣。同上

丁卯中秋日閱始，十八日始終卷。此本一依功甫原本，不改一字。即有確然知其誤者，亦列之卷端，不敢自矜一隙，短損前賢也。孱守居士識。同上

崇禎甲戌，借得錢牧齋趙氏鈔本太平御覽，又校得數百字。同上

壬申八月，校此一卷。録自馮舒手校本卷六首行

崇禎壬申仲冬，覆閲。默菴老人記。録自馮舒手校本卷十書尾

清王士禎帶經堂全集跋王損仲二書訓故

黄山谷云：「論文則文心雕龍，評史則史通，二書不可不觀。」按此意引山谷與王立之書，非原文。明王侍郎惟儉作雕龍、史通二書訓故。以此二訓故援據甚博，實二劉之功臣。卷九一頁十二下

清何焯跋

此書萬曆己卯雲間張之象所刻者，分上下篇，而序志別爲一篇，按余曾見張之象本凡五部，皆與義門所言不符，未知何故。似亦有本；然晁公武讀書志亦云五十篇，則此固未爲失也。晁引書有「論道經邦」之語，臣其論説篇中所謂「論語以前，經無論字」者爲疎略；則是時古文尚書之出未久，多疑其非古籍，恐難以遽議該洽之士爾。序志中，張氏刻脱誤尤甚，自「嘗夢執丹漆」至「觀瀾而索源」，中間失去數百字，按此蓋張氏初刻或原刻張氏書其後，遂云：「嘗夢索源。」按此亦張氏初刻或原刻近代寡學，蓋不足道也。録自皕宋樓藏書志卷一一八頁一下

序志中固自分上下篇，其中又自析爲四十九篇耳。子止引「論道經邦」駁之，固未爲失。議對篇中即引「議事以制」，同爲古文，何獨此之遺耶？同上頁二上

隱秀篇自「始正而末奇」至「朔風動秋草」朔字，元至正乙未刻於嘉禾者，即缺此一葉，此後諸刻仍之。胡孝轅、朱鬱儀皆不見完書，錢功甫得阮華山宋槧本鈔補；後歸虞山，而傳録於外甚少。康熙庚辰，

心友名煌弟從吴興賈人得一舊本，適有鈔補隱秀篇全文。除夕，坐語古小齋，走筆録之。同上頁二上下(義門先生集卷九收有此跋，「録之」下有「焯識」二字)

辛巳正月，過隱湖訪毛先生斧季，從汲古閣架上見馮已蒼先生所傳功甫本，記其闕字以歸。如「疏放豪逸」四字，顯然爲不學者以意增加也。上元夜，焯又識。同上頁二下(義門先生集卷九收有此跋)

康熙甲申，余弟心友得錢丈遵王家所藏馮已蒼手校本；功甫此跋，已蒼手鈔於後。乙酉，攜至京師，余因補録之。已蒼又記云：「謝耳伯嘗借功甫本于牧齋宗伯，宗伯仍祕隱秀一篇；已蒼以天啟丁卯從宗伯借得，因乞友人謝行甫録之。其隱秀一篇，恐遂多傳于世，聊自録之。」則兩公之用心，頗近于隘，後之君子，不可不以爲戒。若余兄弟者，蓋惟恐此篇傳之不廣，或致湮没也。乙酉除夕，呵凍記。同上頁二下至三上(義門先生集卷九收有此跋，「除夕」下有「香案小吏何焯」六字)

清馮彪跋

「按此書至正乙未刻于嘉禾，弘治甲子刻于吴門，嘉靖庚子刻于新安，辛卯刻于建安，癸卯又刻于新安，萬曆己酉刻于南昌，至隱秀一篇，均之闕如也。余從阮華山得宋本抄補，始爲完書。甲寅七月廿四日，書于南宫坊之新居，時年七十四歲。(錢)功甫記。」按以上爲錢允治原跋 功甫名允治，厥考穀，傳世好書，所藏精而富，今則散爲煙雲矣。余從錢牧齋得是書，前有元人一叙，極爲可嗤，因去之，而重加繕寫。其間譌字尚多，不更是正，貴存其舊云。馮彪　康熙辛丑七月廿六日，觀河老人年七十有七。録自復旦大學圖書館藏隆慶本卷末

清沈巖跋

庚寅夏，吾友子遵按蔣杲字得弘治刻本于吴興書賈，并爲予得嘉靖間刊于新安者。弘治本稍善，予本間有朱筆改正一二訛處，但不知爲何人手校。因從義門先生借所藏校本，與子遵勘對。至隱秀序志兩篇脱誤，亦都補定；并録吾師跋語五條，附載功甫跋語一條，以識隱秀全文前輩傳録之難，而此本幸爲完善矣。巖記。録自皕宋樓藏書志卷一一八頁三上

清吴騫跋

胡夏客曰：「隱秀篇書脱四百餘字，余家藏宋本獨完。」丁丑冬，復得崑山張誕嘉氏雅芑緘寄家藏鈔本，爲校定數字，以貽之朋好。夏客字宣子，海鹽人，孝轅先生子也。然據所録補四百餘言，尚不無魯魚。爰復爲校訂，録於簡端。槎客吴某記。録自拜經樓藏書題跋記卷四頁十上下

清黄丕烈跋

按讀書敏求記卷四謂此書至正己按當作乙未刻於嘉禾，而此本録功甫跋亦云然。然刻書緣起，未之詳也。頃郡中張青芝按即張位家書籍散出，中有青芝臨義門先生校本，首載錢序一篇，亦屬鈔補。爰録諸卷端素紙。行款用墨筆識之。噫！阮華山之宋槧不可見，即元刊亦無從問津，徒賴此校本流傳。言人人殊，即如此本爲沈寶硯（即沈巖）所臨，與青芝本又多異同；同出一師，而傳録各異，何以徵信乎？聊著於此，以見古刻無傳，臨校全不足信有如此者！甲子十一月六日，蕘翁記。録自蕘圃藏書題識卷十頁三七上（又見皕宋樓藏書志卷一一八）

戊辰三月,得元刻本校正,並記行款。復翁。同上頁三七下(同上)

此嘉靖庚子刻於新安本,郡中朱丈文游名奐家藏書也。文翁故後,書籍散亡,此册爲其甥所取售於五柳書居者。先是五柳主人按當是陶珠琳來云:「是校宋本,需直白金六兩。」余重之,故允其請。而書來,其實校語無足重,舊刻差可貴爾。擕屬潤賓校録一過,與向收弘治本並儲焉。己未中秋,檢書及此,爰題數語,以著顛末。蕘圃黄丕烈。同上(同上)

元刻文心雕龍校;馮鈔校本校。凡馮本及校與元刻合,加圈識之。録自傳録黄丕烈顧廣圻合校本卷五篇末

活字本校。與元刻合者,注一活字爲記。汪本覆校。蕘圃。同上

元刻文心雕龍,戊辰三月,馮鈔校本校。復翁。録自傳録黄丕烈顧廣圻合校本卷十篇末

凡馮校與元刻合者,加圈以别之。同上

汪本覆校。蕘圃。同上

活字本校。與元刻合者,加活字爲記。同上

案此云元作某者,與所校元本時有不合,何也?復翁。同上

【附按】「此云元作某者」,係指黄叔琳校語;而黄氏校語多沿用梅氏萬曆音註本,並非親覩元刊也。又元刊文心不止一種(詳附録八),故黄丕烈與梅慶生所校時有不合。

馮己蒼手校本,藏同郡周香巖按周錫瓚號香巖居士家。歲戊辰春,余校元刻畢,借此覆之。馮本謂出于錢牧齋,牧齋出于功甫,則其鈔必有自來矣。惜朱校紛如,即功甫面目已不能見。況功甫雖照宋槧增

隱秀一篇，而通篇與宋槧是一是二，更難分別。古書不得原本，最末可信；雕龍其坐此累歟？余既校元刻，又臨馮本，暇日當以元刊爲主，再以弘治活字、嘉靖汪刻參其異同，就所目見之刻本輯一定本。若馮校，可爲參考之助，因非目擊功甫本也。復翁。録自傳録黄丕烈顧廣圻合校本卷尾跋文後

清顧廣圻跋

甲寅孟冬，檢閲一過，見注按指黄叔琳輯註尚多疎舛；偶有舉正，著于上方。其所未盡，俟之暇日。十四日，燈下。顧廣圻記。録自傳録黄丕烈顧廣圻合校本卷首目録末

嘉靖庚子歙汪一元本校一過。澗蘋記。録自傳録黄丕烈顧廣圻合校本卷十篇末

【附注】復堂日記卷五云：「顧千里傳校文心雕龍十卷，蓋出黄蕘圃；蕘圃則據元刻本、弘治活字本、嘉靖汪一元刻本，朱墨合施，足爲是書第一善本。」所言不免過當。

近人陳準顧黄合校文心雕龍跋

劉氏之書，自成一家，昭晰群言，發揮衆妙，海内學者所公認也。但校本絶少，注釋不詳，所以校讎者非窮源討流，終難折衷。余於劉氏之書，頗有研究之志，苦無善本耳。但就所知者，惟弘治甲子吴門刊本，原注：「顧黄合校引活字本，即此本也。」按馮允中弘治甲子刊於吴門者，書尾有「吴人楊鳳繕寫」六字，非活字本也。陳説誤。嘉靖庚午，按「午」字誤，當作「子」。新安刊本，原注：「顧黄合校引汪一元本，即此本也。」辛丑建安刊本，癸卯新安刊本，萬曆乙酉按「乙」字誤，當作「己」。南昌刊本，原注：「天一閣書目爲萬曆七年張之象序，即此本也。」按張之象本刊於「萬曆七年、歲次己卯」，與萬曆（三十七年）己酉刊於南昌者，相距三十年，非一刻也。陳説誤。漢魏叢書本，兩京遺編

本。繡谷亭書録解題云：錢功甫有阮華山宋刊本，祕不肯示人，所以傳於世者極少也。餘杭譚中義藏有顧黄合校本十卷，至詳。吾邑孫仲容先生假此本傳録。（按此本今藏浙江省圖書館。孫氏有簡短識語：「光緒元年除日，倩友人傳録同年譚中義（獻）所弆顧黄合斠文心雕龍戰，記之。詒讓覆勘。」）乃從孫先生所校本轉迻書眉，以留其真，蓋抑劉氏之幸矣。顧黄合校本，李慈銘越縵堂日記云：顧黄二氏據元刊，弘治活字本，嘉靖汪一元本，朱墨合校，足爲是書第一善本。原道、時序篇紀氏云：此書實成於齊代，今題曰梁。按顧氏云：此所題非也。時序篇有「暨皇齊馭寶，運集休明」，是彦和此書，作於齊世。又「人文之元，肇自太極，幽贊神明，易象爲先」，顧氏所引舊本作讚，是也。「素王述訓，莫不原道心以敷章。」黄注云：以敷，一作裁文。不明來歷。今此本注：元刊本以敷章作裁文，活、汪本同。足見是書之勝於各本也。近來，敦煌有唐人寫本草書文心雕龍殘卷十篇，（按存十三篇，陳説誤。）爲燕京趙萬里先生校記一卷，足以匡正各本之失。余鑒唐人寫本雖不成帙，亦是瓌寶。爰附於後，羽翼而行。余友范君仲澐（文瀾）有文心雕龍講疏之作，以未見此本爲恨。乃轉告樸社，囑其集資刊行。余感良友之愛，亟付剞劂，俾此書流傳海内，學者有所共鑒焉。録自圖書館學季刊第二卷第二期

近人傅增湘跋

誦芬室主人（董康）自英京影印唐人寫本文心雕龍一卷，自徵聖至雜文，凡十三篇。取此本（天啟梅本）校勘，增改殆數百字，均視楊、朱、梅諸人所校爲勝。惜隱秀篇不存，無以發前人之覆耳。癸亥立夏後三日，藏園居士傅增湘記。録自卷首朱謀㙔跋後

近人趙萬里唐寫本文心雕龍殘卷校記序

敦煌所出唐人草書文心雕龍殘卷，今藏英京博物館之東方圖書室。起徵聖篇，訖雜文篇，原道篇存讚曰末十三字，諧讔篇僅見篇題，餘均亡佚。每頁二十行至二十二行不等。卷中淵字、世字、民字，均闕筆，筆勢遒勁，蓋出中唐學士大夫所書，西陲所出古卷軸，未能或之先也。據以迻校嘉靖本，按指四部叢刊中所景印者，實即闕張氏序及校者姓名之張之象本。其勝處殆不可勝數；又與太平御覽所引，及黄注本所改輒合，而黄本妄訂臆改之處，亦得據以取正。彦和一書，傳誦于人世者殆遍，然未有如此卷之完善者也。去年冬，余既假友人容　庚　君校本臨校一過，以其有遺漏也，復假原影印本重勘之，其見于御覽者亦附著焉。即以三夕之力，彙録成校記一卷，序而刊之，以質並世之讀彦和書者。丙寅花朝日記。録自清華學報第三卷第一期

近人張孟劬明正德仿元本文心雕龍書題

文心一書，六代覃奧。黄注行世最廣，而敷析淵旨，多未洞徹，考證疏舛，亦似稗販，蓋猶未脱明季注家結習。然視浦釋史通，則雅潔矣。其後孫詒讓有校記刊札迻中，吾友李審言有補注。聞江安傅氏藏元槧本，近敦煌新出唐寫本殘卷。往見吴興蔣氏樂地盦一明本，遠在胡孝轅本上，有明人識語，審爲正德仿元刊。亂離斯瘼，故篋叢殘，惜未能細勘也。此本初印，紙色古香可玩。爾田記。録自原燕京大學史學年報第二卷第五期

近人饒宗頤唐寫本文心雕龍景本

唐末人草書文心雕龍殘本，現藏大英博物院，原刊斯坦因目五四七八，Giles 新編列號七二八三。王重民敦煌古籍叙録著録。（P.283）

原本蝴蝶裝小册，中外人士，據以撰校記者，頗不乏人。有：

鈴木虎雄校記　見内藤博士還曆論叢　一九二六

趙萬里校記　見清華學報第二卷第一期　一九二六

向來謂此册起徵聖篇，訖雜文篇，原道篇存讚文末十三字，諧讔篇止有篇題，餘皆亡佚。（楊明照文心雕龍校注附録六）今勘以此顯微影本，徵聖篇僅至「或隱義以藏用」句之「義」字，下闕；宗經篇則自「歲曆綿曖」起，以上並缺。然審各家校語，徵聖篇下半每引唐寫本，豈此顯微影本，由第一頁至第二頁中間攝影時有奪漏耶？

唐寫本之可貴，以原道至辨騷諸篇而論，頗多勝義，如徵聖之「先王聲教」（同於練字篇），「辯立有斷辭之美」，宗經之「采掇片言」（「片」字本誤作「生」），正緯之「戲其浮假」（本作「深瑕」），辨騷之「體憲于三代，風雜于戰國」（原誤「憲」爲「慢」，誤「雜」爲「雅」），「苑其鴻裁」（原作「菀」），皆較舊本爲優。

文心宋本，今不可見，故宫週刊第五十六期有宋版文心雕龍景片（第一版），不悉何本。明刊人校者，楊明照「校注」與王利器「新書」序録，僅引嘉靖庚子（一五四〇）新安汪一元刊本而止。然前乎此者有弘治甲子（一五〇四）馮允中吴中刊本（見本刊封面），友人神田喜一郎博士藏有其書，其鬯盦藏書絶句謂「至珍馮本同球璧，除却唐鈔埶等科」者也。（此本卷末有「吴人楊鳳繕寫」一行，天禄琳琅書目著録誤以爲元版。）允爲唐鈔以後最重要之本子，因論唐鈔，故併記也。饒宗頤識。録自文心雕龍研究專號

【附按】故宫周刊第五十六期所登文心書影，乃明弘治十七年馮允中刻於吴中者，非宋版也。

版本第八

文心頗有異本，曾寓目者，無慮數十種，百許部；然多由黄氏輯註本出，未足尚也。餘皆一一詳爲勘對，亦優劣互呈，分别寫有校記，並識其行款。兹特簡述如後，於研討舍人書者，或不無小補云。

一　寫本

唐人草書殘卷本　余攝有影印本

甘肅敦煌莫高窟舊物，不幸被帝國主義分子匈牙利人斯坦因劫去，今藏英國倫敦博物館之東方圖書室。自原道篇贊「龍圖獻體」之「體」字起，至諧讔第十五篇名止。字作草體。册葉裝，每葉二十行至二十二行不等。卷中「淵」字「世」字「民」字均闕筆。「民」字亦有改作「人」字者　由銘箴篇「張昶」誤爲「張旭」推之，當出玄宗以後人手。「照」字却不避　屢以所攝影印本與諸本細勘，勝處頗多。吉光片羽，確屬可珍。實今存文心最古最善之本也。

明謝恒鈔本　北京圖書館藏

卷末有馮舒硃筆手跋，原跋已見附録七　知己蒼於天啟七年，從錢謙益借得錢允治本，而乞謝恒録之者。隱秀篇中允治鈔補之四百餘字，則爲己蒼自録。字畫工雅，疏朗悦目，與爲葉林宗所影寫之經典釋文，諒無以異。

黑格紙，白文。每半葉九行，行二十字。五篇相接，分卷則另起。其款式：

文心雕龍卷第一

梁通事舍人劉勰彦和述

原道第一

【附注】黄叔琳、黄丕烈所稱之馮本，即謝恒鈔本。季滄葦藏書目、稽瑞樓書目、鐵琴銅劍樓藏書目所著録之寫本，亦即是本也（卷首有諸家印記可證）。

清初清謹軒鈔本 北京大學圖書館藏

藍格。板心下欄有「清謹軒」三字。楷書。白文。不分卷，篇相銜接。每半葉九行，行二十字。贊皆略去。所鈔原道、徵聖、物色、才略等四十一篇，亦多删節。由事類篇「胤征」之「胤」末闕末筆或改爲「允」諭之，蓋鈔於世宗雍正之前；而原道、辨騷、祝盟、史傳、論説、神思、體性諸篇中之「玄」字皆闕末筆，則鈔於聖祖康熙之世可知矣。篇末所附短評，語多空泛，幾成蛇足。其款式：

文心雕龍

梁 劉 勰著

原衜

清四庫全書薈要本 臺北世界書局景印本

薈要總目五文心提要，明言「今依内府所藏明汪一元刻本繕録」。是此本依以繕録者當爲汪氏私淑軒本，按理不應有異。然持向録存之汪本校記相校，却不盡相同（例多不具列）。蓋館臣據别本校改也。惟書係影印，無從見其剜改之跡矣。卷首爲目録、提要，次即文心原書。每半葉八行，行二十一字（間有二十字者）。五篇相接，分卷則另起。其款式：

文心雕龍　卷一　　　　梁　劉　勰　撰

原道第一

清四庫全書文淵閣本　臺北商務印書館景印本

提要後載有明嘉靖十九年方元禎序，其依汪氏私淑軒本繕録可知。卷首爲目録、提要及方氏序，次即文心原書。每半葉八行，行二十一字（間有二十三字者）。五篇相接，分卷則另起。其款式：

文心雕龍卷一　　　　梁　劉　勰　撰

原道第一

【附注】文淵閣本與薈要本繕録底本雖同，但一核對，則往往有異。試以原道篇證之：「幽贊神明」此依黄叔琳養素堂本，下同。句之「贊」字，薈要本作「贊」，文淵本則作「讚」；「益稷陳謨」句之「謨」字，薈要本作「謨」，文淵本則作「謀」；「木鐸起而千里應」句之「起」字，薈要本作「起」，文淵本則作「啟」；「玄聖創典」句之「玄」字，薈要本作「元」，文淵本則作「玄」；「發輝事業」句之「輝」字，薈要本作「揮」，文淵本則作「輝」；「旁通而無滯」句之「滯」字，薈要本作「滯」，文淵本則作「涯」；「光采元聖」句之「元」字，薈要本作「元」，文淵本則作「玄」。若不展卷並觀，其間差異，恐難察覺也。

又黄叔琳輯注本　同右

卷首無目録，提要亦較略。總目提要最詳，已見前附録第一 黄氏序後爲文心原書 間有夾注 及輯注。輯注分附各篇後，低一格：標題辭句大字，餘則雙行小楷。原注於引用書名、舊注所施硃筆，此影印本乃渾然一色，無差別矣。每半葉八行，行二十一字。五篇相接，分卷則另起。其款式：

文心雕龍輯注卷一

詹事府詹事加吏部侍郎銜黄叔琳撰

原道第一

清四庫全書文津閣本 北京圖書館藏

提要題内府藏本，雖未言爲何刻，實即汪一元本也。書中既多剜改，其中固有因謄録筆誤剜改者；然多數則爲底本字誤校對時剜改。則已非所據底本之本來面目矣。卷首爲提要，次即文心原書。白文。每半葉八行，行二十一字。有剜增或剜删時則否 五篇相接，分卷則另起。其款式：

文心雕龍卷一

梁 劉 勰 撰

原道第一

又文溯閣本 遼寧省圖書館藏

格式行款與文津閣本同；所異則幾全在剜改處。姑以原道篇爲例：「性靈所鍾」此依養素堂本，下同。句之「性」字，文溯本剜改爲「四」，文津本則仍作「性」；「益稷陳謨」句之「謨」字，文溯本作「謨」係剜改，文津本則作「謀」；「旁通而無滯」之「滯」字，文溯本作「滯」係剜改，文津本則作「涯」；「莫不原道心以敷章」之「敷章」二字，文溯本剜改爲「敷章」，文津本則剜改爲「敷文」。同出一源，同屬一篇，而彼此剜改各異。僅「振其徽烈」句之「振」字，兩本俱剜改爲「振」。倘非兩相比對，孰能知其互有不同乃爾耶？

清四庫全書黄氏輯註文津閣本　北京圖書館藏

提要題江蘇巡撫採進本，當是養素堂原刻。書中偶有差異，疑爲謄録臣工筆誤 如原道篇「以鋪理地之形」句「理地」誤爲「地理」之類是 所致，非輯註有異本也。卷首爲提要，無黄氏序及例言 次即輯註原書。每半葉八行，行二十一字。眉端無黄氏評語 五篇相接，分卷則另起。註附當篇後，低一格；標註辭句係大寫，餘則夾行小楷；所引書名與原注者概用硃筆，以相區別。其款式：

文心雕龍輯註卷一　　梁　劉　勰　撰

吏部侍郎黄叔琳輯註

原道第一

又文溯閣本　遼寧省圖書館藏

卷首除提要外，有黄氏序及例言；書中亦間有剜改，如宗經篇「申以九邱」句之「邱」剜改爲「丘」，辨騷篇「駟虬乘翳」句之「駟」剜改爲「駟」，「翳」剜改爲「鷖」之類是。此與文津閣本之不盡同者。餘尚無異。其款式：

文心雕龍輯註卷一

詹事府少詹加吏部侍郎銜黄叔琳撰

原道第一

清鄭珍藏鈔本　四川省圖書館藏

詳校一過，蓋出於王謨漢魏叢書本；然亦間有不同。楷書。白文。每半葉八行，行十六字。五篇相接，分卷則另起。其款式：

文心雕龍目録

彦和劉　勰著

卷一

原道

二　刻本

（一）單刻本

元至正本　上海圖書館藏

卷首有錢惟善序，（原序已見附録七）知爲至正十五年刊於嘉興郡學者。字畫秀雅，猶有宋槧遺風。海内僅存之最早刻本也。惟刷印較晚，版面間有漫漶處。（史傳、封禪、奏啟、定勢、聲律、知音、序志等篇皆有漫漶字句）除隱秀、序志二篇有脱文（並非各脱一版。足見此二篇之有脱文，非自至正本始。）外，卷五亦闕第九葉。（議對篇自「以儒雅中策」之「儒」字起至書記篇「詳觀四書」之「四」字止）版心上魚尾上記字數，下魚尾下記刻工（楊青、楊茂、謝茂（或止有一謝字）姓名。白文。每半葉十行，行二十字。五篇相接，分卷則另起。其款式：

文心雕龍卷第一　　梁通事舍人劉　勰彥和述

原道第一

【附注】黄丕烈所校元本，行款悉與此本同，字則有異。當非一刻。倫明所校元本，字既有異，行款亦復不同（每半葉九行，行十七字；首行題「文心雕龍卷之一」，次行題「梁通事舍人東莞劉勰撰」），則又另爲一刻也。

明馮允中本　北京圖書館藏

卷首有馮氏序，原序已見附録七　知刻於弘治十七年。錢允治跋謂「弘治甲子刻於吴門」　原跋已見附録七　者，即此本。繕寫者爲楊鳳。卷尾有「吴人楊鳳繕寫」六字　刻印俱佳。爲有明一代最先之刻本，亦今存海內之孤本也。白文。每半葉十行，行二十字。五篇相接，分卷則另起。其款式：

文心雕龍卷第一　　梁通事舍人劉　勰

原道第一

【附注】原故宫周刊第五十六期所登文心書影，與此本全同，當爲一版。

明魯藩覆馮本　復旦大學圖書館藏

卷首有朱氏序，原序已見附録七　知翻刻於隆慶三年。惟比原版稍遜。

【**附注**】「梁通事舍人　劉勰」下墨筆書有「彦和述」三字，乃後人所增，原版固無之也。

明汪一元本　北京大學圖書館藏（有徐𤊹批校）

卷首有方元禎序，原序已見附録七　知刻於嘉靖十九年。錢允治跋謂「嘉靖庚子刻於新安」者，即此本。版心下方有「私淑軒」每葉皆然　三字，下欄右方有刻工姓名。序及卷一首葉記有黄璉、卷二首葉記有黄瑄、卷三首葉記有黄璵姓名　此汪氏原刻，極佳。白文。每半葉十行，行二十字。五篇相接，分卷則另起。其款式：

文心雕龍卷之一

梁通事舍人劉勰撰　明歙汪一元校

原道第一

明覆刻汪本　四川省圖書館藏

曾見此本五部。字多俗體：如变、辞、来、孝、啚、宝、国、乱、体、覌、亲、献、発、絵、会、万之類是　亦有臆補　如哀弔篇「而霍■暴亡」句之墨釘補刻爲「光」是　誤刻　如才略篇「二班兩劉」句之「二」誤刻爲「三」是　處。遜私淑軒原刻多矣。

【**附注**】黄丕烈所校汪本即覆刻。

明佘誨本　北京圖書館藏

卷首有佘氏序，原序已見附録七　知刻於嘉靖二十二年。錢允治跋謂「癸卯又刻於新安」者，即此本。版心下欄尚留有私淑軒本刻工　黄璉、黄瑄、黄璵　姓名，其出於汪氏原刻可知。亦間有不同　惟精緻不如耳。白文。每半葉十行，行二十字。五篇相接，分卷則另起。其款式：

文心雕龍卷之一　　梁通事舍人劉勰撰

原道第一

明張之象本　北京圖書館藏

此本不止一刻，曾寓目者凡五部，皆互有不同：序志篇有闕文、張氏序有「嘗夢索源」句、此曾爲何焯所譏，見附録七何氏跋。校閲名氏中錢日省之字爲「誠卿」者，屬第一種；序志篇無闕文、張氏序無「嘗夢索源」句、錢日省之字爲「三孺」者，屬第二種。此其大較也。至其它各篇字句之異，則不勝枚舉。如論説篇第一種本即無「兑爲口舌故」及「故舜驚讒説」十字；辨騷篇「招魂招隱」句之「招隱」，第一種本作「招隱」，第二種本則作「大招」之類是。大抵第一種本爲張氏初刻或原刻，第二種本爲張氏改刻或他人覆刻。而此兩種刻本中又不完全一致。如徵聖篇「文章昭晰以象離」句之「晰」字，第一種本作「晰」，第二種本作「哲」，而另一第一種本又作「哲」；辨騷篇「氣往轢古」句之「往」字，第一二兩種本均作「往」，而另一第一種本又作「性」；知音篇「樂餌之止過客」句之「樂」字，第一二兩種本均作「樂」，而另一第二種本又作「藥」之類是。豈張本問世後，萬曆中刻文心者，以張氏爲最先。冒刻者非一家歟？然版面尚無異也。卷首有張氏序，知原本刻於萬曆七年。目録前刻有梁書劉勰傳及訂正、校閲者名氏，每卷後又附刻校者姓名，爲明刻文心中創例。今存弘治本、嘉靖本尚未有此白文。每半葉十行，行十九字。五篇相接，分卷則另起。其款式：

文心雕龍卷之一

梁通事舍人東莞劉勰撰

原道第一

涵芬樓景印本 余藏

此本有二：一單行，一收在四部叢刊中；書牌均題爲「景印明嘉靖刊本」。四部叢刊書録謂原本「前後無刻書序跋，審其紙墨，當是嘉靖間刻」。所言似若有據。夷考其實，乃大謬不然。試先以萬曆五年張之象所刻史通證之：第一、史通附録有程一枝致張氏書二葉，此本卷二後即有「太學生程一枝校」七字。第二、史通半葉十行，行十九字；每篇相接，分卷則另起；篇名低上欄二格，作者題署下距底欄一格；板心魚尾下爲書名及卷數，下方兩側爲刻工姓名及全篇字數。此本版式、行款，悉與之同。第三、史通二十四名刻工中之陸本、張梗、章扦、章國華、袁宸，此本刻工亦有之。第四、史通與此本之字體、刀法，毫無二致。僅此四端，涵芬樓據以景印者之非嘉靖本，已昭然若揭。如再以萬曆七年張之象所刻文心原本比對，其板式、行款、字體、刻工姓名及板匡大小寬狹，無一不相吻合。若與嘉靖間汪一元、佘誨所刻者展卷並觀，不但審其紙墨了無相似處，風格亦各異其趣。然則此本爲張之象之初刻或原刻無疑也。涵芬樓諸公蓋爲書賈所欺，卷首之張氏序、梁書劉勰傳及訂正、校閲者名氏數葉均被割去（余見張刻本五部皆全）而錯認顔標耳。

明王世貞批，趙雲龍、沈嗣選校本 日本九州大學藏（岡村繁教授曾以景印本相贈）

書前後無序跋，刊刻年地雖不可知，然審其風格、刀法，諒不出於萬曆之世。白文。字多俗體、異體。有闕葉。每半葉八行，行二十字。五篇相接，分卷則另起。其款式：

文心雕龍卷第一

梁　通事舍人劉　勰　著

明　太史瑯琊王世貞　批

虎林後學趙雲龍　校

檇李沈嗣選仁舉　校

原道

【附按】全書既只有文心原文，眉端、行間未著一字，何批、校之有？（藝苑卮言一雖引有五則文心，但無批語；諸子彙函雲門子所選劉子有王氏評語，而所選原道、徵聖、辨騷、情采、風骨五篇文心，卻無批語。弇州山人四部稿、續稿等著述中，亦未見有涉及文心論述。）書賈盜名欺世，招摇牟利，古今皆然，固不必多怪也。

明王惟儉訓故本 北京圖書館藏

卷首有王氏序，原序已見附録七 知爲萬曆三十七年刻者。序後爲南史劉勰傳、凡例 共七條 及目録；卷末爲楊慎與張含書并王氏識語。每半葉十行，行二十字。篇自爲起訖。注附當篇後，所引書皆未著篇名 低一格，雙行。每篇字數，於板心左下欄注明。每卷寫刻人，於卷末最後一行注明。如卷之一終下方楊國俊寫陳世隆刊雙行小字並排刻所校正之字，於贊文末句右下方注明。如原道篇「民胥以傚」隔一格側注「校一字」三字；宗經篇「群言之祖」隔一格側注「校一百四十四字」七字。全書共「校九百一字，標疑七十四處」，於凡例第七條中明言之。在明人注書中，體例有足多者。其款式：

文心雕龍訓故卷之一　　河南王惟儉訓

原道第一

【附注】訓故本向爲罕見，明清公私書目中，僅五萬卷閣曾一著録（見五萬卷閣書目記卷四）；王漁洋生值清初，去損仲未遠，尚歷二十餘年始訪得之（見帶經堂全集卷九一又古夫于亭雜録卷一）。其傳本之少可知。

明梅慶生萬曆音註本　余藏

卷首有許延祖楷書顧起元序，原序已見附録七 知萬曆三十七年刻於南京。比訓故本約晚半年。顧序撰於十二月，損仲識語有「六月二十三日」之文可譣也。徐𤊹跋稱爲「金陵善本」原跋已見附録七 者，是也。序後爲梁書劉勰傳、楊慎與張含書並梅氏識語、凡例、共八條 讐校並音註校讐姓氏及目録；卷末爲朱謀㙔跋。每半葉九行，行十八字。五篇相接，分卷則另起。音校厠正文當字下，雙行。註附當篇後，所引書間有篇名 低一格；標註辭句外，均雙行。楊慎批點皆仍之，惟以五種符號代其五色耳。其款式：

楊升菴先生批點文心雕龍卷之一

梁　通事舍人劉　勰　著
明　豫　章　梅慶生音註

原道第一

明姜午生覆刻梅慶生萬曆音註本 復旦大學圖書館藏

此本一如梅氏萬曆三十七年刻於南京者，蓋就其本開雕也。卷首有傅巖序、楊若題辭及午生自叙。原文並見附録七 據楊若題辭末「天啟丙寅」語，知覆刻於天啟六年。其款式：

楊升菴先生批點文心雕龍卷之一

明　豫章梅慶生音註
長山姜午生訂校

梁劉　勰撰

原道第一

明梅慶生萬曆四十年復校本 臺北國立中央圖書館藏

封面題「復校音釋文心雕龍楊升菴先生五色圈點曹能始批評」，卷首有曹學佺、顧起元、馮允中、方元禎、程寬、葉聯芳、樂應奎、佘誨八家序。……卷末附刻都穆、朱謀瑋跋。每半葉九行，行十八字。五篇相接，分卷則另起。梁書劉勰傳、楊慎與張含書等皆同萬曆三十七年所刻者(多李本寧、曹學佺與梅慶生書) 其款式：

楊升菴先生批點文心雕龍卷之一

梁通事舍人劉　勰　著
明豫　章梅慶生音註

原道第一

明凌雲套印本　余藏

此本有梅慶生註，蓋刻於萬曆四十年後卷首曹學佺序撰於萬曆四十年天啟二年前，非以梅氏萬曆三十七年所刻者爲底本也。如銘箴篇「罕施於代」句，萬曆梅本作「罕施代」，天啟梅本作「罕施于代」，而此本作「罕施於代」；又如諸子篇贊「大夫處世」句之「大」字，萬曆梅本作「大」，天啟梅本作「丈」，而此本作「丈」。並其明證。徐𤊹校本附葉識語，有「梅慶生重梓有朱之蕃序一篇」萬歷四十年梅本、天啟梅本均無此序一則，是梅氏於萬曆三十七年後天啟二年前曾就原版重校改刻由天啟本推之，當係剜換，非另開雕。兩次矣。馮舒校本通變篇「乘機無怯」句之「怯」字有校語云：「梅本作怯。」今考萬曆梅本作「法」，天啟梅本作「跲」，而此本正作「怯」，與馮已蒼所見者同，當屬一刻。然則此本其出於梅氏所重校改刻者歟？卷首有曹學佺序、原序已見附録七。石倉此序既撰於萬曆四十年，而篇末又有「江州與子庾將別書」之句，是原爲梅氏重校改刻本而作明甚；則此本之刻於萬曆四十年後，抑可知矣。楊慎與張含書、閔繩初引、凌氏凡例、共六條梁書劉勰傳及校讎諸家姓氏。分批評、參評、音註、校正四類。五色套板：正文黑字，楊慎、曹學佺及各家評、校、音讀，區以四色，分列眉端。校者間著其字全書分爲上之上、上之下、下之上、下之下四子卷註亦別出爲四子卷，殿全書後。每半葉九行，行十九字。篇各爲起訖。其款式：

劉子文心雕龍卷上之上

　原道第一

明梅慶生天啟二年校定本余藏

卷首顧起元序爲天啟壬戌二年宋穀隸書，卷一首葉版心下欄前後有「天啟二年梅子庚第六次校定藏版」十四字，是此本爲天啟二年梅氏第六次校定改刻者。其愛好之篤，用力之勤，已可概見；然亦未必皆後出轉精也。如宗經篇「書實記言」至「表裏之異體者也」一大段，萬曆中所刻者本無大謬；此本幾經校定，反而「倒錯難通」。至其它妄改臆補處，尚不一而足。固知校讎之難，有如此者。序後增都穆跋一葉，餘皆如萬曆本，惟次第稍有不同耳。余見此本不下十許部，格式、行款、字體雖一如萬曆原刻，然紙墨則遜色多矣。由卷中間有空白及夾行諭之，蓋仍就萬曆原版剜改更換，亦非另行開雕也。刷印既久，故字跡不如萬曆本清晰。定勢一篇皆闕，更令人有俄空之感。書名葉尚存，所見本皆然左下方有「金陵聚錦堂梓」字樣。

【附注】　此本有覆刻。余經眼者凡二部，字跡均頗清晰；審其紙墨，亦與原刻所印行者不同。

明梅慶生天啟二年校定後重修本北京圖書館藏

此本余寓目者凡三部。卷首除宋穀隸書顧起元序外，增有洪寬行書曹學佺序，卷末附有謝兆申跋文及梅慶生識語各一則，此皆天啟二年校定本所無者。卷二首葉版心下欄前後有「天啟二年梅子庚第六次校定藏板」字樣，各篇眉端間有曹學佺評，此亦爲天啟二年校定本所無。其尤異者，則爲定勢篇不缺，隱秀篇補有四百餘字所謂脱文。至明詩、史傳、諸子、奏啟、隱秀、序志等篇剜改更换之跡，亦極顯著。是此本重修於天啟二年校定本之後，更可知矣。因經重修，故字跡清晰，紙墨亦佳。

明陳長卿覆刻梅慶生天啟二年校定本 余藏

此本一如梅氏天啟二年校定本。卷一首葉版心下欄前後有「天啟二年梅子庚第六次校定藏版」字樣 蓋覆刻也。紙墨較原刻爲佳。所見數部，定勢篇亦皆闕如。原刻有殘壞處，此本亦然。卷端書名葉尚存，左下方有「古吴陳長卿梓」字樣。

明陳長卿重修本 科學院圖書館藏

此本上半部與原刻同。下半部除補有定勢篇外，眉端復增有曹學佺評。一書而前後差異如是，不知何故？

明梁杰訂正本 上海圖書館藏

卷首有曹學佺序。每半葉九行，行二十字。篇各爲起止。註解因仍梅氏，間有删節 移附每卷後。音注當字右側。楊慎、曹學佺評語，梅慶生、許天叙、孫汝澄、謝兆申諸家校語，分列眉端。其款式：

文心雕龍卷一

梁　東莞劉　勰彦和　著

明　成都楊　慎用脩　評點

閩中曹學佺能始　參評

武林梁　杰廷玉　訂正

原道第一

清抱青閣重鐫姜午生本

扉葉左側上方有「康熙三十四年重鐫」八字，下方有「武林抱青閣梓行」七字，知此本爲清初杭州抱青閣重鐫。卷首所列校讎姓氏二十二人中，姜午生殿居最後，是此本與姜午生有關矣。細審全書正文、校語及注板面，皆酷似姜本，毫無相異之處。原就姜本上板，極爲顯著。其款式：

楊升菴先生批點文心雕龍

梁劉　勰撰

張　墉

明　　參注

洪吉臣

原道第一

【附注】「楊升菴先生批點文心雕龍」下，姜本原有「卷之一」三字（梅本同）。又按：卷首所列八條凡例，本梅慶生文筆，姜本因之（姜本出自梅本，前姜本條已有説明）。而抱青閣本乃題爲「武林周兆斗識」。張、洪二人於注並未著一字，而抱青閣本却署爲「參注」。盜鈴掩耳，得毋自欺欺人乎！

日本岡白駒校正句讀本　余藏（日本汲古書院景印本）

卷首有岡白駒序，原序已見附録七　知刻於享保辛亥，當清雍正九年。細審一過，蓋據明何允中本開雕。

惟未刻余誨序及「張遂辰閲」四字其相異處，非由意改，如原道篇「業峻鴻績」句之「業峻」作「峻業」、祝盟篇「黄帝有祝邪之文」句之「祝邪」作「利邪」是即寫刻之誤。如原道篇「調如竽瑟」句之「竽」誤作「竿」、徵聖篇「鑒周日月」句之「周」誤作「同」是然所校正，亦間有可取者。如書記篇「則券之楷也」句之「楷」字作「諧」、時序篇「顧盼合章」句之「合」作「含」是。每半葉九行，行二十字。白文。五篇相接，分卷則另起。其款式：

文心雕龍卷一

原道第一

梁　東莞劉勰著

日本尚古堂本 北京圖書館藏

此本爲木活字本，版心下有「尚古堂」三字。卷首有余當作余誨序。每半葉九行，行二十字。白文。五篇相接，分卷則另起。其款式：

文心雕龍卷一

原道第一

梁　東莞劉勰著　張遂辰閲

【附按】 此本蓋據岡本發排（如原道篇「調如竽瑟」句之「竽」作「竿」）而又參照何允中本（如原道篇「業峻鴻績」句之「業峻」不作「峻業」），故卷首有余（誤作余）誨序。其版排於何年不詳。

清黄叔琳輯註本 余藏

原刻爲乾隆六年養素堂本。嗣後覆刻甚多，其佳者幾於亂真。刊誤正譌，徵事數典，皆優於王氏訓故、梅氏音註遠甚，清中葉以來最通行之本也。卷首有黄氏序、原序已見附録七 南史劉勰傳、例言、共六條 元校姓氏 底本爲萬曆梅本，除增梅慶生、王惟儉兩家外，餘仍梅氏之舊，故云元校姓氏。 及目録；卷末有姚培謙跋。亦有移置卷首者 每卷前均列有參訂人姓名，各卷不同 卷終並附有「男 登賢雲門登穀春畬 校」字樣。每半葉九行，行十九字。五篇首尾相綴，分卷則另起。註附當篇後，所引書不盡著篇名 低一格；標註辭句外，均雙行。眉端間有黄氏評語。宗經、隱秀兩篇後有識語 其款式：

文心雕龍卷第一

北平黄叔琳崑圃　輯註

梁劉　勰撰　吴趨顧　進尊光　參訂

武林金　甡雨叔

原道第一

【附注】清顧鎮黄崑圃先生年譜謂輯註纂於雍正九年，因「舊本流傳既久，音註多譌，暇日繙閲，隨手訓釋」。一校於吴趨文學顧尊光進，再校於錢塘孝廉金雨叔甡；至乾隆三年，又與陳祖范論定之。而雲間姚平山培謙始請付梓。所言當屬可信，故逐録之。

清張松孫輯註本 余藏

卷首有張氏序，原序已見附録七 知刻於乾隆五十六年。序後爲凡例、共八條 梁書劉勰傳、楊慎與張含書並梅氏識語、元校姓氏沿用黃本及目録。此本雖參照梅氏天啟本音註、黃氏輯註刊刻，然亦間有不同，蓋據別本或以意改也。注釋多所删削，雙行厠正文當句下。每半葉九行，行十八字。篇自爲起止。其款式：

文心雕龍卷之一

梁劉　勰撰　　長洲張松孫鶴坪輯註

明楊　慎批點　　男　智瑩樂水校

原道第一

清盧坤刻紀評套印本 余藏

原刻爲芸香堂朱墨套印本。據書名葉後面書牌及卷末吳蘭修跋，原跋已見附録七知爲道光十三年盧坤所刻。底本雖由黃氏養素堂本出，然亦間有不同。如頌讚篇「仲治流別」句之「治」字作「洽」（序志篇同）；練字篇「及李斯删籀而秦篆興」句之「及」字作「乃」；序志篇「大哉聖人之難見也」句之「也」字作「哉」是。非由意改，即爲繕寫之誤。黃評黑字，紀評朱字；刻印精工，粲然可觀。與所刻史通削繁同每半葉十行，行二十一字。篇自爲起止。註附當篇後，低一格；標註辭句外，均雙行。卷終有「嘉應廩生吳梅修校」字樣。第三卷因紙無餘幅則否其款式：

文心雕龍卷第一

梁　劉　勰撰

北平黃叔琳注

河間紀　昀評

原道第一

清翰墨園覆刻芸香堂本　余藏

芸香堂本流傳較少，此本世多有之。何年覆刻不詳　惟刻印不如原刻，且有誤字，如風骨篇「乃其骨髓峻也」句之「峻」字誤爲「畯」；通變篇「臭味晞陽而異品矣」句之「晞」字誤爲「睎」是。蓋校勘不謹所致。范文瀾注即採用此本或四部備要本，由風骨篇之「畯」字、通變篇之「睎」字推知。其例言第一條稱「依據黄本」。不確。

清思賢講舍重刻紀評本　余藏

此本亦較通行。書名葉後面有書牌，知刻於光緒十九年。底本爲翰墨園本。由風骨篇之「畯」字可以知之（通變篇之「睎」已改爲「晞」）因非朱墨套板，黄、紀兩家評語，則各冠其姓以別之。四部備要即據此本排印，亦由風骨篇之「畯」字推知　而題爲「據原刻本校刊」。亦屬未確。

（二）叢書本

明胡維新兩京遺編本　余藏

此本由胡維新、原一魁遺編前後序　原序已略見附録二　論之，知刻於萬曆十年，爲明代叢書本中之最早者。白文。每半葉九行，行十七字。五篇相接，分卷則另起。其款式：

文心雕龍卷之一

梁通事舍人東莞劉勰彦和著

原道第一

明何允中漢魏叢書本 余藏

此本刻於萬曆二十年。卷首有佘誨序，蓋由佘本出。白文。每半葉九行，行二十字。五篇相接，分卷則另起。其款式：

文心雕龍卷一

梁　東莞劉勰著　張遂辰閲

原道第一

明鍾惺評合刻五家言本 余藏

五家言爲道言、即文子德言、即劉晝新論術言、即鬼谷子辨言、即公孫龍子文言即文心雕龍五種，鍾惺「合而評之」鍾氏叙五家言中語者。四庫全書總目提要卷一三四子部雜家類存目十一曾著録其書前有鍾氏及蔡復一叙，原叙已略見附録二惜皆未署年月。梅慶生萬曆文心音註本所列音註校讎姓氏，鍾惺即在其中，是伯敬於舍人書固有説也。余見此本凡數部，相其紙墨，均比聚錦堂天啟二年所刻梅氏第六次校定文心音註本早；而此本麗辭篇「微人之學」句所引梅氏「微當作擬」校語，乃出萬曆本而非天啟本。天啟本已改「微」作「徵」是此本刻於萬曆之季，固已信而有徵矣。每半葉九行，行二十字。篇各爲起止。註仍萬曆梅本，移附每卷後。楊慎、曹學佺、梅慶生、鍾惺四家評語，分別列諸眉端。其款式：

合刻五家言文心雕龍文言卷一

梁　東莞劉　勰彦和　著
成都楊　慎用脩
明　閩中曹學佺能始　合評
竟陵鍾　惺伯敬

原道第一

明鍾惺評祕書十八種本　余藏

卷首有曹學佺序，底本蓋出梅慶生萬曆三十七年後所重刻者。審其字體（軟體字）紙墨，比合刻五家言本晚，殆刻於天啟崇禎間。每半葉九行，行二十五字。（間有簡略夾注）篇自爲起訖。鍾氏評語（宗經、事類二篇無）分列眉端。（所評與五家言本不同）其款式：

文心雕龍卷一

梁　東莞劉　勰著
明　竟陵鍾　惺評

原道第一

明陳仁錫奇賞彙編本　余藏

彙編前有陳氏序，知刻於崇禎七年。此本卷首有佘誨序。底本爲萬曆梅本而間有不同，當係寫刻之誤。如原道篇「以鋪理地之形」句之「鋪」誤爲「舖」之類是 共選四十七篇，無隱秀、指瑕、總術三篇 析爲二卷。正文及贊多所删節。止十六篇有贊 每半葉十行，行二十字。間有簡略夾注 篇相連綴，分卷則另起。陳氏評語分列每篇上方。其款式：

劉子文心雕龍

原道

明黄澍葉紹泰評選漢魏别解本 四川省圖書館藏

漢魏别解十六卷，四十六種，黄澍、葉紹泰同編。四庫全書總目提要子部雜家類存目十一曾著録 此本屬其中一種，卷第居十四。字體紙墨與鍾惺評祕書十八種本近似。全書前有葉紹泰序，知刻於崇禎十一年。白文。每半葉九行，行二十六字。所選自原道、徵聖至知音、序志共三十二篇。有贊 篇自爲起止，後附葉氏評語；眉端評語以陳仁錫爲最多，楊慎、曹學佺、陶主敬、黄同德諸家亦間引之。其款式：

文心雕龍　　劉勰

梁

原道

明葉紹泰增定漢魏六朝别解本 科學院圖書館藏

紹泰初與黄澍同編漢魏别解，兹又有所擴充，新增四十七種 故以「增定」二字冠之。此本爲其中一種，卷第居四十三。全書前有鍾越序，知刻於崇禎十五年。種類雖增，篇目却減。所選僅有宗經、辨騷、夸飾、時序等十二篇，無贊 視原編幾少三之二矣。白文。每半葉九行，行二十六字。篇自爲起止，後附葉氏評語。其款式：

劉子文心雕龍　　　　劉　勰 梁

　宗經

清王謨漢魏叢書本 余藏

全書前有陳蘭森序，知刻於乾隆五十六年。卷首有佘誨序，卷末有王氏跋。原跋已見附録七 白文。每半葉九行，行二十字。五篇相接，分卷則另起。雖由何允中叢書本出，字句亦間有不同。其款式：

文心雕龍卷一

梁　東莞劉勰著　奉新彭瑞麟校

　原道第一

清崇文書局三十三種叢書本 余藏

書名葉後面有書牌，知刻於光緒三年。無序跋，未審原據何本。非出黄本 白文。每半葉十二行，行二十四字。五篇相接，分卷則另起。其款式：

文心雕龍卷一

梁東莞劉勰著

原道第一

民國鄭國勛龍谿精舍叢書本 四川省圖書館藏

書名葉後題「用宛平黄氏本校刊」。與養素堂本相校，無黄氏例言、南史劉勰傳及元校姓氏，眉端評語亦無之。字句頗有不同，蓋以意改，如原道篇「洛書韞乎九疇」句「疇」作「章」之類是 或寫刻之誤。如原道篇「雕琢情性」句「性」誤「形」之類是 注尚無異。據李詳補注序，知刻於民國五年。每半葉九行，行十九字。五篇相綴，分卷則另起。書末附有李氏補注二十葉。卷首有四庫全書提要，彼書體例然也。其款式：

文心雕龍卷第一

梁　劉　勰　纂

北平黄叔琳　注

興化李　詳補注

原道第一

三　選本

廣文選 明劉節編

卷四二選有序志篇。

天佚草堂刊定廣文選 明馬維銘編

卷十五選有序志篇。

廣廣文選　明周應治纂

卷十七選有辨騷篇。

廣文選删　明張溥編

卷十一選有序志篇。

續文選　明湯紹祖編

卷二七選有神思、夸飾、時序、物色四篇。四庫全書總目提要卷一九三集部總集類存目三謂是書「採自唐及明詩文，以續昭明之書」之説不確。因書中所選録者，非自唐代始。

續文選　明胡震亨撰

卷十二選有史傳、神思、夸飾、物色四篇。

文體明辨　明徐師曾撰

卷四八選有徵聖、辨騷、明詩、誄碑、史傳、詔策、情采、養氣、總術、物色、程器十一篇贊。

古逸書　明潘基慶選

卷二二選有物色篇。

古論大觀　明陳繼儒輯

卷三五選有辨騷、史傳二篇，卷三七選有諸子篇。皆節選

文儷　明陳翼飛輯

卷十三選有原道、辨騷、樂府、神思、情采、夸飾、物色、知音八篇。

諸子彙函　舊題明歸有光輯

【附按】　叢書舉要附注：「此書成於書賈之手，題名歸有光，恐係託名。」

卷二四　雲門子　選有原道、徵聖、辨騷、情采、風骨五篇。

四六法海　明王志堅編

卷十選有神思、風骨、情采、夸飾、物色五篇。

漢魏六朝正史文選　明許清胤、顧在觀輯

卷十九選有序志篇。

【附注】　清代以降選文心者，頗不乏人。因相距較近，書亦易得，故從略焉。

四　校本

明徐𤊹校本　北京大學圖書館藏

底本爲汪一元私淑軒原刻，已成今世罕見之本；名家手蹟，歷三百餘年而巋然無恙，尤足珍視。觀其萬曆己酉、崇禎己卯兩跋，已見附録七　知手校此本者，尚有朱謀㙔、謝兆申二家；而各篇所用色筆，又有朱藍黑三種。將何區分，殊難遽定。爰取梅慶生萬曆音註本略爲覈對，凡梅本校語云「朱改」者，此本率爲藍筆；云「謝改」者，此本率爲墨筆。然則此本之藍筆多爲朱謀㙔校，墨筆多爲謝兆申校乎？其硃筆合爲興公所校，不僅由於類推，校語之末往往注有「徐」字，尤可據也。至墨筆校語末亦間注有「徐」字者，蓋隨手點勘，原非一時，爲例不純，勢所難免。於藍黑兩色筆，皆應作如是觀。興公於舍人書用力甚勤，多所舉正，梅本曾列其名，無庸再贅。即以卷首輯録前人之八序已見附録七與隱秀篇鈔補之闕文論，亦有可稱者焉。八序之四已不易見；鈔補隱秀篇闕文，與傳録錢功甫本亦不全同。

明馮舒校本　北京圖書館藏

底本爲謝恒所鈔者。己蒼讎校此本再三，跋中曾具言之。原跋已見附録七先後所據有「元板」、當即至正十五年刊者「弘治甲子本」、即馮允中本「嘉靖癸卯本」、即佘誨本「功甫本」、即錢允治本「謝本」、即謝兆申校本「梅本」當爲萬曆重刊本六種；而明刻御覽及錢謙益所藏趙氏鈔本御覽不與焉。其用力亦云勤矣。凡所批校，皆用硃筆，或於行間，或於卷端，有條不紊，光采爛然。宜其爲有清一代收藏家所珍視。黄叔琳輯註雖曾引其説，如辨騷篇「招魂招隱」句下引「馮云招隱楚辭本作大招，下云『屈宋莫追』，疑大招爲是」是。然攘爲己有者，則不一而足。如徵聖篇「雖欲訾聖」句下有校語云：「訾字一作此言二字，誤。」即襲馮氏説。史傳篇「然睿旨存亡幽隱」句於「存亡」下有校語云：「二字衍。」亦襲馮氏説之類是。如未目睹此本，固難發其覆也。

清朱彝尊校本　北京圖書館藏

底本爲佘誨本。卷端大題下有識語二行：「丙午以硃筆讀一過，於京師；戊申以緑筆讀一過，於吴門。」品排楷書。并鈐有「彝尊」二字篆文方印。全書用朱緑兩色筆圈點，光采爛然。僅於定勢篇「必顛倒文向」之「向」校爲「句」，事類篇「靚粉黛於离臆」之「离」校爲「胸」而已。其它誤脱字句，固未之及也。

清佚名校本 上海圖書館藏

底本爲覆刻梅慶生天啟二年校定本。卷端大題下有墨筆識語云：「雍正庚戌五月二十三小暑日點畢。」是書中用墨筆點校者，如正緯篇「緯何豫焉」句之「豫」校「與」、通變篇「天與地沓」句之「沓」改「杳」是 與此爲一人。其用硃筆照黄叔琳輯注本勘誤及間下已意者，如原道篇「傍及萬品」句之「傍」塗去「亻」旁、史傳篇「史載筆左右」句圈去「左右」二字是 則又是一人，爲時亦較前者晚。由已對勘黄氏輯注本推知

清陳鱣校本 北京圖書館藏

底本爲黄氏輯註養素堂原刻。所點勘者雖止六處，已詳附録六 然皆精審不苟。

清徐渭仁校本 北京圖書館藏

底本爲張之象本。止照梅慶生本勘正誤字及迻録其音註，無所發明。

清吴翌鳳校本 北京大學圖書館藏

底本爲兩京遺編本。曾爲文徵明藏（卷首右下方有其篆文印記） 所校脱誤字句，多本梅慶生 何焯 黄叔琳 三家之説；間亦自下己意：如練字篇「傅毅制誄，已用淮雨」下欄批云：「當缺王元長曲水詩序用别風事」是。全書朱、黄、黑三色筆分别施用，字跡工整悦目。卷末下方有「吴翌鳳家藏文苑」長印一枚。

【附按】王融曲水詩序無用别風事，吴説誤。

清吴翌鳳張紹仁合校本 南京圖書館藏

底本爲覆刻汪一元本。卷終有加葉鈔補朱謀㙔、錢允治、馮舒三家跋文六則，末尾題「嘉慶乙亥三月，枚庵老人吴翌鳳借校一過」。書中所夾浮箋二十四枚，審其字跡，即翌鳳所書。各篇眉批多係迻録馮舒校語及正文點校，則出張紹仁手，硃筆楷書，極爲工整。

清程文校本 北京大學圖書館藏

底本爲兩京遺編本。書中除用硃筆點原道至詮賦及議對數篇外，頌讚篇未點完，諸子篇止點後半。僅於徵聖篇「五例微辭以婉晦」之「婉」右側畫「一」號及寫婉字，明詩篇「唯嵇旨清峻」之「旨」右側畫「一」號，練字篇「别風淮南」之「南」校爲「雨」而已。餘無可稱也。第六卷首行右下側有「程文閲一過」五字。北京大學圖書館所編李氏善本書目定爲清程文校本者以此。

傳録何焯校本 南京圖書館藏

底本爲梅慶生天啟二年重修本。書中各篇批校，既均冠有「何云」、「何本」、「何增」、「何定」、「何評」或「何鈔」等字樣；而辨騷、明詩、樂府、哀弔、體性、章句六篇中，又有「沈本作某」或「沈本改某」之語。是此本乃某氏傳録者，非沈巖親臨其師何焯校本也。沈巖原所用底本爲「嘉靖間刻於新安者」，見其跋文（已見附録七）。其本後歸陸心源，見皕宋樓藏書志卷一百十八（已見附録七）。卷首文心雕龍批評音註序下鈐有「馬曰璐」三字篆文方印一枚，未審此本即爲馬氏傳録否？

傳録郝懿行校本 吉林大學圖書館藏

底本爲思賢講舍本。書皮殘存甘鵬雲識語數字，知爲甘氏傳録。郝氏批校共二百二十餘則，原未刊布，幸賴此傳録之本得以窺其全豹。范文瀾注僅明引十許則，其餘間有乾没。

傳録黃丕烈顧廣圻合校本　余藏

黄、顧兩家所據校者，爲元刊本、與上海圖書館所藏、倫明所校者均不相同　明弘治活字本、覆刻汪一元本及謝恒鈔馮舒校本。朱墨分校，黄所校元刊本及謝鈔馮校本用朱筆，所校活字本及覆刻汪本則用墨筆；顧所校四本，皆用墨筆。一覽即曉。尤足尚者，所據元刊及弘治活字今已不可復得，有此傳校之本，亦仿佛廬山真面也。

百瞻樓傳録顧廣圻譚獻校本　北京大學圖書館藏

底本爲明陳長卿覆刻梅慶生天啟二年校定本。卷首大題下有識語云：「此篇假萬松蘭亭齋鈔本迻顧千里、譚復堂兩先生評校本。百瞻樓丙寅夏季標識。」顧校用朱筆傳録，譚校用墨筆傳録，以示區别。

原道篇眉端有卲校兩條，不知爲誰。

清褚德儀校本　北京圖書館藏

底本爲覆刻汪一元本。曾爲謝肇淛藏，卷首序題下有「謝在杭家藏書」篆文長印（卷一卷六首行下亦有）。書中除照黄叔琳輯註本點勘誤字及改正俗體外，己見甚少。

近人徐乃昌校本　北京大學圖書館藏

底本爲覆刻梅慶生天啟二年校定本。書中僅擇要迻録黄叔琳輯注本原稱姚本，以其爲姚培謙所刻故也。校語及評語，定勢篇據黄本鈔配，隱秀篇所謂脱文亦據黄本鈔補。無所發明。

近人傅增湘臨校唐寫本　北京圖書館藏

底本爲梅慶生天啟二年校定本。書皮有傅氏簡短識語　余曾比對一過，所校甚略。

又臨徐𤑰校本　北京圖書館藏

底本爲佘誨本。曾爲朱彝尊所藏者　徐興公手校本原以朱藍黑三色區分，傅氏概用硃筆對臨，宜其以二日之力即蕆事也。由卷之四次行有「辛巳五月十八日臨徐興公校本」十三字及卷第十終右下方有「辛巳五月十九日校畢沅叔記」十二字識語推知

近人張孟劬臨校胡震亨本　余藏

底本爲覆刻黄氏輯註本。相異字句，皆用墨筆隸書於簡端；較勝者，則以硃圈其右側。精審不苟，即此可見。震亨本傳世極少。明清公私書目未見著録（淩雲本卷首所列校正姓氏止著其姓字而空其名者，蓋據梅本史傳篇校語故也）梅氏音註本史傳篇校語四次徵引胡本，與此校本不同者，所據蓋震亨之續文選卷十二也。

近人倫明校元至正本　北京圖書館藏

底本爲芸香堂套印本。所校雖嫌疏闊，且僅有原道至書記二十五篇，蓋原本已殘　然與上海圖書館所藏者對勘，不但彼此文字有異，行款亦截然不同。因知元至正中所刻文心，倫氏只言「元至正中嘉興郡學刊本」，未標明年歲。非止一版也。

書囊無底，善本難求，雖就收藏家言；然研治一書而欲披覽衆本者，亦不無同感。文心各類不同之本，經眼者已如上述；其未得見者，仍臚列於次。聊爲張目，以便稽考，固非敢作虚左之待也。

一　寫本

明永樂大典本

見四庫全書總目卷一九五文心雕龍提要原文已見附録一（此後所引，已見前者不復注）及芸香堂本宗經、隱秀兩篇後紀昀識語。

明薛晦叔藏鈔本

見徐𤊹跋。

明張民表傳録楊慎批點本

見王惟儉訓故本卷末識語。

清張誕嘉藏鈔本

見拜經樓藏書題跋記。

二　刻本

明阮華山宋本

見錢允治跋。按此本終屬可疑，四庫全書總目提要卷一九五詩文評類及芸香堂本紀評見黄叔琳輯註例言、隱秀篇眉批及篇末識語並已辨之。

明朱謀㙔所見宋本

見徐𤊹跋。

清胡夏客家藏宋本

見拜經樓藏書題跋記。按夏客爲震亨子,震亨所刻文心,隱秀篇即有闕文;何焯謂其「不見完書」者,以此。夏客何從而有宋本?蓋其信口虛衒之辭,吴兔牀誤信之耳。

清盧文弨所見宋本

見鍾山札記卷一別風淮雨條子注。

元本

見天禄琳琅書目後編。卷十一頁二一下按此本葉德輝書林清話卷七以爲明刻,是也。皕宋樓藏書志卷一百零九有鐵崖文集五卷,爲弘治十四年馮允中刻本,卷末有「姑蘇楊鳳書於揚州之正誼書院」十三字;而馮允中弘治十七年所刻文心,書尾亦有「吴人楊鳳繕寫」六字。是天禄所藏實爲馮允中刻本,非元板也。彭元瑞蓋爲闕序之本及諸僞造印記所欺耳。

明弘治活字本

見黄丕烈蕘圃藏書題識。按蕘圃未言排印年月,其它書目亦未見著録,不知與馮允中本孰先孰後。將傳録校本與馮本比對,頗有不同,誤字亦較多。豈活字排板,在所難免歟?

明正德仿元本

吴興蔣氏樂地盦藏，有明人識語。見張孟劬先生遯堪書題。原文載原燕京大學史學年報第二卷第五期

明嘉靖辛丑閩刻本

見程寬序。

明嘉靖乙巳樂應奎刻本

見葉聯芳、樂應奎序。

青州本

見曹學佺序及凌雲本宗經篇評。按朱載璽文心雕龍序原序已見附録七謂嘉靖四十五年「命博雅之夫，懷鉛之士，勘校窮年，重鋟諸梓」。是曹學佺所稱之青州本，即朱氏刻本。惟明清公私書目未見著録，佚亡蓋已久矣。

明嘉靖本

見雙鑑樓善本書目。卷四頁四四下「十行，十八字。」按所見汪一元、佘誨兩嘉靖本，皆十行，二十字，與傅氏所藏者不同。刊刻年地，傅氏未詳言。

明萬曆辛卯伍讓刻本

見伍讓序。

明胡震亨本

余雖藏有臨校本，但未見原書，故復列於此。

明吉安劉雲刊梅慶生音註本

見日本户田浩曉「讀楊明照文心雕龍校注」。一九六零年日本大安雜誌第十二期

明梅慶生重梓有朱之蕃序本

見徐𤊹批校本第三册卷末附葉識語。按梅慶生萬曆三十七年及四十年音註本，天啟二年校定本及校定後重修本，均無朱之蕃序，是此本又在上列四刻之外也。惟書已不復存（公私書目皆未著録），朱序亦未見轉載，其重梓之年終難遽定耳。又按梅氏自萬曆己酉至天啟壬戌十四年間，凡六次重校改刻舍人書，用力之勤，初闢蹊徑，實有足多者。明人稱之爲「金陵善本」，並非過譽。

清黄叔琳節鈔本

見黄氏輯注本例言。

三　校本

明朱謀㙔校正本

見明鄭仲夔冷賞卷四所載天寶藏書目。按梅慶生萬曆音註本多引朱氏説，刊誤訂譌，大都「鑿鑿可據」。馮舒跋中語朱氏曾有跋道其甘苦：「往余弱冠，日手抄雕龍諷味，不舍晝夜。恒苦舊無善本，遂注意校讎。往來三十餘年，參考御覽、玉海諸籍，并據目力所及，補完改正，共三百二十餘字。」其於舍人書用力之勤且久，實有足欽者。

明錢允治校本

見錢氏跋。按允治得阮華山所稱宋本鈔補隱秀篇闕文外，於其它各篇似亦有所舉正。馮舒校本援引之「功甫本」見史傳篇或「錢本」，見史傳、隱秀二篇疑即錢氏校本。

明趙琦美藏校本

見脈望館藏書目。下册頁五上按玄度僅注「校過」二字，莫知其詳。

明謝兆申校本

見謝氏跋。按梅慶生音註、馮舒校本均屢引謝氏説，當即出自兆申校本。

明曹學佺校本

見曹氏與徐𤊹書。按梅氏音註本、凌雲本、合刻五家言本、梁杰訂正本均屢引曹氏説，當即出自學佺校本。

清葉樹蓮校宋本

見上善堂書目。頁二一五上按慶增標爲「校宋本」者，蓋以石君補有隱秀篇闕文故也。

清何焯校宋本

見皕宋樓藏書志。按陸氏所藏爲沈巖臨其師何焯校本；非焯手校本而焯跋文中所津津樂道者，爲鈔補隱秀篇闕文。一據吴興賈人舊本（見康熙庚辰跋），一據馮舒所傳錢允治本（見康熙辛巳跋）。實則爲「明人所欺」。剛父概以「校宋本」標之，蓋湊「皕宋」之數耳。是書今藏日本，静嘉堂文庫漢籍分類目録頁八四八列有之。

又按寶硯除臨義門所校者外，亦間下己意，傳録黄丕烈、顧廣圻合校本，顧氏曾引其説。

又何焯校本

見雙鑑樓善本書目。卷四頁四五上 按此爲義門手校本，傅氏曾明言之。

清蔣杲校本

見沈巖跋。按寶硯僅云「因從義門先生借所藏校本，與子遵勘對」。臨校後有無發明，則無由得知。

清張位校本

見蕘圃藏書題識。按此亦臨其師何焯校本者，與「寶硯所臨，又多異同」。蕘圃題識中語 蓋義門之校文心，原非一次，而沈巖、張位諸人所臨，復有先後。故「同出一師，傳録各異」同上也。

清盧文弨校本

見盧氏文心雕龍輯註書後。

清吴翌鳳校本

見盧氏文心雕龍輯註書後。按紹弓謂「吴本從曲江錢惟善本臨出，前有其序」。是伊仲據以校者，爲元至正乙未嘉禾本。紹弓復謂「其練字篇引尚書大傳『别風淮雨』，於『傅毅制誄，已用淮雨』下，多『元長作序，亦用别風』八字」。則伊仲所據，又不止元至正本矣。按元本無元長二句 北京大學圖書館所藏吴翌鳳校本，卷首未迻鈔錢惟善序，練字篇於「傅毅制誄，已用淮雨」下，僅云「當缺王元長曲水詩序用别風事」。南京圖書館所藏吴翌鳳、張紹仁合校本，卷首既未迻鈔錢氏序，練字篇「傅毅制誄，已用淮雨」下，亦無校語。均與盧氏所見者不同，當爲伊仲另一校本也。

又吴枚晞校本

見清吟閣書目。卷三頁十一上 按枚晞爲吴翌鳳别號。瞿氏謂此本係過錢功甫校明刊本，與北京大學圖書館、南京圖書館所藏吴氏校本亦不相同。是伊仲之於文心，曾多次讎校，所用之本又非一種也。

清吴騫校本

見拜經樓藏書題跋記。按此校本由胡夏客所稱宋本及張誕嘉藏鈔本出，槎客曾明言之。

四　注本

宋辛處信注

見宋四庫闕書目、第一册 通志藝文略卷七十 及宋史藝文志。卷二百九 按辛氏書久已不傳，因爲最先注舍人書者，故首列於此。

清金甡補注

見光緒杭州府志藝文志詩文評類。卷九五藝文十

清姚培謙箋注

見采社雜誌第六期李仰南文心雕龍研究所列參考書籍。

別著第九

舍人文集，隋志即未著録，亡佚固已久矣。今輯得二篇，皆完整無闕。原集雖不復存，亦可窺全豹於一斑也。

滅惑論 唐釋神清北山録卷二法籍興篇：「是以道則有化胡經、夷夏、三破、十異九迷；釋則有滅惑、駁夷夏、破邪、辯正。紛然陵駕，既悖而往，亦悖而復。」宋釋德珪北山録註解隨函卷上夷夏條：「夷夏論，道士顧歡作。」三破條：「身、家、國，亦是顧道士作也。」滅惑條：「劉思協（當由勰字誤爲思協二字）造滅惑論，破顧道士三破論。」又卷下顧歡條：「顧道士作三破論、夷夏論等謗佛。」是舍人此文，爲破顧歡三破論作也。

或 原誤作惑，據釋文紀卷二七、全梁文卷六十及日本大正藏經改。 造三破論者，義證庸近，辭體鄙拙。雖至理定於深識，而流言惑於淺情。委巷陋説，誠不足辨。又恐野聽，將謂信然。聊擇其可採，略標雅致。

三破論云：「道家之教，妙在精思得一，而無死入聖；佛家之化，妙在三昧神通，無生可冀，詺死爲泥洹。未見學死而不得死者也。」滅惑論曰：「二教真僞，焕然易辨。夫佛法練神，道教練形，形器必終，礙於一垣之裏；神識無窮，再撫六合之外。明者資於無窮，教以勝慧；闇者戀其必終，誑以仙術。極 極上疑脱二字 於餌藥，慧業始於觀禪。禪練真識，故精妙而泥洹可冀；藥駐僞器，故精思而翻騰無期。若迺棄妙寳藏，遺智養身，據理尋之，其僞可知。假使形翻無際，神暗 暗下疑脱二字 鳶飛戾天，寧免爲鳥？夫泥洹妙果，道惟常住，學死之談，豈析理哉！」三破論云：「若言太子是教主，主不落髮，而使人髡頭；主不棄妻，使〔使上合有而字〕人斷種，實可笑哉！明知佛教是滅惡之術也。伏聞君子之德，身體髮膚，受之父母，不敢毁傷，孝之始也。」滅惑論曰：「太子棄妻落髮，事顯於經；而反白爲黑，不亦罔乎！夫佛家之孝，所苞蓋遠。理由乎心，無繫於髮。若愛髮棄心，何取於孝？昔泰伯虞仲，斷髮文身，夫子兩稱至德中權。以俗内之賢，宜修世禮，斷髮讓國，聖哲美談。況般若之教，業勝中權；菩提之果，理妙克讓者哉！理妙克讓，故捨髮取道；業勝中權，故棄迹求心。準以兩賢，無缺於孝，鑒以聖境，夫何怪乎？」

第一破曰：「入國而破國者。誑言説僞，興造無費，苦剋百姓，使國空民窮，不助國，〔此句疑脱一字〕生人減損。況人不蠶而衣，不田而食，國滅人絶，由此爲失。日用損費，無纖毫之益，五災之害，不復過此。」滅惑論曰：「大乘圓極，窮理盡妙。故明二諦以遺有，辨三空以標無；四等弘其勝心，六度振其苦業。誑言之訕，〔原校：「一作詘。」〕豈傷日月？夫塔寺之興，闡揚靈教，功立一時，而道被千載。昔禹會諸侯，玉帛萬國；至於戰伐，〔當作代〕存者七君；更始政阜，民户殷盛；赤眉兵亂，千里無煙。國滅人絶，寧此之由？京索之時，石穀十萬；景武之世，積粟紅腐。非秦末多沙門，而漢初無佛法也。驗古準今，何損於政！」

第二破曰：「入家而破家。使父子殊事，兄弟異法，遺棄二親，孝道頓絶；憂娛各異，歌哭不同，骨血生讎，服屬永棄。悖化犯順，無昊天之報，五逆不孝，不復過此！」滅惑論曰：「夫孝理至極，道俗同貫,雖内外跡殊,而神用一揆。若命綴俗因,本修教於儒禮;運禀道果,固弘孝於梵業。是以諮親出家,法華明其義;聽而後學,維摩標其例。豈忘本哉!有由然也。彼皆照悟神理,而鑒燭人世,過駟馬於格言,逝川傷於上哲。故知瞬息盡養,無濟幽靈;學道拔親,則冥苦永滅。審妙感之無差,辨勝果之可必,所以輕重相摧,疑當作權去彼取此。若乃服制所施,事由追遠;禮雖因心,抑亦沿世。昔三皇至治,堯舜所慕,死則衣之以薪,葬之中野,封樹弗修,苴斬無紀,豈可謂三皇教民棄於孝乎?爰及五帝,服制焕然,未聞堯舜執禮,追責三皇。三皇無責,何獨疑佛?佛之無服,理由拔苦;三皇廢喪,事沿淳樸。淳樸不疑,而拔苦見尤,所謂朝三暮四,而喜怒交設者也。明知聖人之教,觸感圓通,三皇以淳樸無服,五帝以沿情制喪;釋迦拔苦,故棄俗反真,檢迹異路,而玄化同歸。」

第三破曰:「入身而破身。人生之體,一有毁傷之疾,二有髡頭之苦,三有不孝之逆,四有絶種之罪,五有亡體從誡,唯學不孝,何故言哉!誡令不跪父母,便競從之。兒先作沙彌,其母後作阿尼,則跪其兒。不禮之教,中國絶之,何可得從!」滅惑論曰:「夫棲形禀識,理定前業;入道居俗,事繫因果。是以釋迦出世,化洽天人,御國統家,並證道跡。未聞世界,普同出家,良由緣感不二,磧砂藏經本作一故名教有二。搢紳沙門,所以殊也。但始拔塵域,理由戒定。妻者愛累,髮者形飾;愛累傷神,形飾乖道。所以澄神滅愛,修道棄飾,理出常均,教必翻俗。若乃不跪父母,道尊故也;父母禮之,尊道故也。禮新冠見母,其母拜之,喜其備德,故屈尊禮卑也。介胄之士,見君不拜,重其秉武,故尊不加也。緇弁輕冠,本無神道,介胄凶器,非有至德;然事應加恭,則以母拜子,勢宜停敬,則臣不跪君。禮典世教，周孔所制，論其變通，不由一軌。況佛道之尊，標出三界，神教妙本，群致玄宗，以此加人，實尊冠冑，冠冑及禮，古今不疑，佛道加敬，將欲何怪！」

三破論云：「佛舊經本云浮屠，羅什改爲佛徒，知其源惡故也。所以詺爲浮屠，胡人凶惡。故老子云：『化其始，不欲傷其形。』故髡其頭名爲浮屠，況屠割也。至僧禕後改爲佛圖。本舊經云喪門，喪門，由死滅之門，云其法無生之教，名曰喪門。至羅什又改爲桑門，僧禕又改爲沙門。沙門，由沙汰之法，不足可稱。」滅惑論曰：「漢明之世，佛經始過，故漢譯言，音字未正。浮音似佛，桑音似沙，聲之誤也。以屠爲圖，字之誤也。羅什語通華戎，識兼音義，改正三豕，固其宜矣。五經世典，學不因譯，而馬鄭注説，音字互改。是以昭（當作於）穆不祀，謬師資於周頌；允塞宴安，乖聖德於堯典。至教之深，寧在兩字？得意忘言，莊周所領；以文害志，孟軻所譏。不原大理，唯字是求，宋人申束，豈復過此！」

三破論曰：「有此三破之法，不施中國，本正西域，何言之哉？胡人無二，剛强無禮，不異禽獸，不信虛無，老子入關，故作形像之教化之。」又云：「胡人麤獷，欲斷其惡種，故令男不娶妻，女不嫁夫。一國伏法，自然滅盡。」滅惑論曰：「雙樹晦跡，形像代興，固已理精無始，而道被無窮者矣。案李叟出關，運當周季，世閉賢隱，故往而忘歸。接輿避世，猶滅其迹，況適外域，孰見其蹤？於是姦猾祭酒，造化胡之經，理拙辭鄙，厮隸所傳。尋西胡怯弱，北狄凶熾，若老子滅惡，棄德用刑，何愛凶狄而反滅弱胡？遂令玁狁橫行，毒流萬世。豺狼當路，而狐狸是誅，淪湑爲酷，覆載無聞。商鞅之法，未至此虐；伯陽之道，豈其然哉！且未服則設像無施，信順則孥戮可息。既服教矣，方加極刑，一言失道，衆僞可見，東野之語，其如理何？」

三破論云：「蓋聞三皇五帝三王之徒，何以學道並感應，而未聞佛教？爲是九皇忽之，爲是佛教未出。若是佛教未出，則爲邪僞，不復云云。」滅惑論曰：「神化變通，教體匪一；靈應感會，隱現無際。若緣在妙化，則菩薩弘其道；化在麤緣，則聖帝演其德。夫聖帝菩薩，隨感現應，殊教合契，未始非佛。固知三皇已來，感滅而名隱；漢明之教，緣應而像現矣。若迺三皇德化，五帝仁教，此之謂道，似非太上；羲農敷治，未聞奏章，堯舜緝政，寧肯書符？湯武抒暴，豈當餌丹？五經典籍，不齒天師，而求授聖帝，豈不悲哉！」

三破論云：「道以氣爲宗，名爲得一。尋中原人士，莫不奉道。今中國有奉佛者，必是羌胡之種。若言非邪？何以奉佛！」滅惑論曰：「至道宗極，理歸乎一；妙法真境，本固無二。佛之至也，則空玄無形，而萬象並應；寂滅無心，而玄智彌照。幽數潛會，莫見其極；冥功日用，靡識其然。但言萬象既生，假名遂立。梵言菩提，漢語曰道。其顯跡也，則金容以表聖；應俗，則王宮以現生。拔愚以四禪爲始，進慧以十地爲階；總龍鬼而均誘，涵蠢動而等慈。權教無方，不以道俗乖應；妙化無外，豈以華戎阻情？是以一音演法，殊譯共解，一乘敷教，異經同歸。經典由權，故孔釋教殊而道契；解同由妙，故梵漢語隔而化通。但感有精麤，故教分道俗，地有東西，故國限内外。其彌綸神化，陶鑄群生無異也。固能拯拔六趣，總攝大千，道惟至極，法惟最尊。然至道雖一，歧路生迷。九十六種，俱號爲道，聽名則邪正莫辨，驗法則真僞自分。案道家立法，厥品有三：上標老子，次述神仙，下襲張陵，太上爲宗。尋柱史嘉遯，實惟大賢，著書論道，貴在無爲，理歸静一，化本虚柔。然而三世弗紀，慧業靡聞。斯迺導俗之良書，非出世之妙經也。若乃神仙小道，名爲五通，福極生天，體盡飛騰；神通而未免有漏，壽遠而不能無終。功非餌藥，德沿業修。於是愚狡方士，僞託遂滋。張陵米賊，述記昇天；葛玄野豎，著傳仙公。愚斯惑矣，智可罔與？今祖述李叟，則教失如彼；憲章神仙，則體劣如此。上中爲妙，猶不足筭，況效陵魯醮事章符，設教五斗，欲拯三界，以蚊負山，庸詎勝乎？標名大道，而教甚於俗；舉號太上，而法窮下愚。何故知邪？貪壽忌夭，含識所同，故肉芝石華，譎以翻騰；好色觸情，世所莫異，故黄書御女，誑稱地仙；肌革盈虚，群生共愛，故寶惜洟唾，以灌靈根；避災苦病，民之恒患，故斬縛魑魅，以快愚情；憑威恃武，俗之舊風，故吏兵鉤騎，以動淺心。至於消災淫術，厭勝姦方，理穢辭辱，非可筆傳，事合氓庶，故比屋歸宗。是以張角李弘，毒流漢季；盧悚孫恩，亂盈晉末。餘波所被，寔蕃有徒。爵非通侯，而輕立民户；瑞無虎竹，而濫求租税。糜費産業，蠱惑士女，運迍則蠍國，世平則蠹民。傷政萌亂，豈與佛同！且夫涅槃大品，寧比玄妙上清？金容妙相，何羨鬼室空屋？降伏天魔，不慕幻邪之詐；浄修戒行，豈同畢券之醜？積弘誓於方寸，孰與藏宫將於丹田？響洪鐘於梵音，豈若鳴天鼓於唇齒？校以形迹，精粗已懸；覈以至理，真僞豈隱？若以粗笑精，以僞謗真，是瞽對離朱，曰我明也。」弘明集卷八頁七上至十四上

【附按】 舍人此文既爲破顧歡三破論而作，則先瞭解歡之身世頗有必要。南齊書卷五四高逸顧歡傳：「顧歡字景

怡，吴郡鹽官人也。……永明元年，詔徵歡爲太學博士，同郡顧黯爲散騎郎。黯字長孺，有隱操，與歡俱不就徵。歡晚節服食，……自知將終，……剋死日。卒於剡山。……世祖詔歡諸子撰歡文議三十卷。」（南史卷七五隱逸歡傳同）永明爲齊武帝蕭賾年號，世祖是其廟號，在位凡十一年。傳既言「世祖詔歡諸子撰歡文議」，則歡之卒及所撰三破論，均合在永明中。（太平御覽卷六百六十四引真誥云：「顧歡……齊永明（原誤作平）中，卒於剡山。」（今真誥無此文）足見歡確卒於永明十一年之前）「佛道二家立教既異，學者互相非毀」，（歡傳中語）當時已蔚然成風。歡本「意黨道教」（同上）者，所撰夷夏論，曾招致各方詰難。（見歡傳及弘明集六七兩卷）觸類以推，舍人之造此論，應距三破論問世之日不遠。文心成書於齊和帝中興元二年間，（詳劉毓崧通義堂文集卷十四書文心雕龍後）上距永明之世已踰十載。换言之，即滅惑論早於文心成書之年。

滅惑論載今本弘明集第八卷中。出三藏記集卷十二所録弘明集子目亦列有之。唐釋智昇開元釋教録卷六謂釋僧祐出三藏記集撰於齊代，則其弘明集必先輯成始得著録；而滅惑論殺青又在弘明集輯成之前，更可知矣。（出三藏記集所録弘明集子目，當是原本次第；全書止十卷，滅惑論爲第五卷最後一篇。今之十四卷本，蓋僧祐入梁後重爲編輯者，故所補多梁代問世之作，如神滅與神不滅論難諸文即近兩卷。篇帙既增，滅惑論移至第八卷中，固其宜已。又出三藏記集所録弘明集子目，滅惑論上止冠「劉勰」二字。至磧砂藏本目録滅惑論下署「記室劉勰」，正文滅惑論下署「東莞劉記室勰」；吴惟明本則均署「梁劉勰」。後人追題，未足爲訓。猶文心雕龍本成於齊，而署爲「梁通事舍人劉勰彦和述」（元至正本）或「梁通事舍人劉勰」（明弘治本）然也）由此可見，滅惑論既被收在齊代即已輯成之弘明集中，其寫作時間，至遲亦比成書於齊末最後兩年内之文心早。

今本弘明集於滅惑論後，收有釋僧順釋三破論一篇（出三藏記集所録弘明集子目無此文，當係後來所補）。其題下云：「本論，道士假張融作。」（藏經本作「答道士假稱張融三破論」）不指實名姓，而斥之爲道士（舍人滅惑論首句稱之爲「或」），與卷六明僧紹正二教論（出三藏記集所録弘明集子目在第四卷）題下之「道士有爲夷夏論者，故作此以正之」同。一方偏見，原無足怪。所可異者，袁粲駁歡之夷夏論曾「託爲道人通公」（見歡傳），歡撰三破論又「假稱張融」，相似乃爾，絶非偶然。蓋融在宋世，即「有早譽」（見南齊書卷四一融傳），所寫文章，又「多爲世人所驚」（見南齊書及南史卷三二融傳）。歡之借重融名，無非爲己張目，以售其説耳。持異議者，乃謂道士盜用融名以欺世，必在齊明帝建武四年融卒已後始能動筆。否則，「嗜僧言，多肆法辯」（見南齊書融傳）如融者，豈能聽之任之，緘口不言？是三破論之非出自歡手，審矣。此論如能成立，滅惑論早於文心之論斷，固自若也。因從建武四五年下迄中興元二年，相距仍有三四年之久。

綜上所述，滅惑論無論是寫在永明十一年前或建武四年後，爲時均比文心成書早，此固無庸置疑者也。

梁建安王造剡山石城寺石像碑

藝文類聚卷七六曾節引此文，題作剡縣石城寺彌勒石像碑銘。宋孔延之會稽掇英總集卷十六所載，首尾完整，蓋「由搜巖剔藪而得之」者。高僧傳卷十三釋僧護傳：「像成之後，建安王所苦稍瘳，今年已康復。王後改封，今之南平王是也。」梁書卷二二南平王偉傳：「南平元襄王偉，字文達，太祖第八子也。……（天監元年）封建安郡王。……（天監）十七年，高祖以建安土瘠，改封南平郡王。」是建安王爲蕭偉。史稱「京師寺塔必請勰製文」，其爲一時大手筆可知。此僅存之碩果，益足珍已。

夫道源虚寂，冥機通其感；神理幽深，元匠思其契。類聚作玄德司其契。按老子第十章：「是謂玄德。」又第七十九章：「有德司契。」類聚所引蓋是。是以四海將寧，先集威集威類聚作入感鳳之寶；九河方導，已致應龍之書。況種智圓照，等覺徧知，揚萬化於大千，摛億形於法界。當類聚無當字其雲起攝誘之權，影現遊戲之力，可勝言類聚言下有者字哉！自優曇發華，而金姿誕應；娑羅變葉，而塔像代興。月喻論其跡隱，鏡譬辨其常照。所以刻香望標而自移，畫木趣井而懸峙；金剛泛海而遴集，石儀浮滬以遥渡；並造由人功，而瑞表神力。形器之妙，猶或至此；法身之極，庸詎可思！觀夫石城初立，靈證發於草創；彌勒建像，聖驗顯乎鐫刻。原始要終，莫非禎瑞。剡山峻絶，競爽嵩華；澗崖燭銀，岫巘蘊玉。故六通之聖地，八輩之奥宇。始有曇光比丘，雅修遠離，與晉世于蘭，仝時並學；蘭以慧解馳聲，光以禪味消影。歷遊巖壑，晚届剡山，遇見石室，班荆宴坐，始有雕虎造前，次有丹蟒依足，各受三皈，兹即引去。後見山祇盛飾，造帶訏談，光説以苦諦，神奉以崖窟，遂結伽藍，是名隱岳。後蘭公創寺，號曰元花。兹密通石城，而拱木扃阻，伯鸞所未窺，子平所不值，似石橋之天斷，猶桃源之地絶。荒茫以來，莫測年代；金剛欲基，斯路自啟。野人伐木，始通山蹊，翦棘藝麻，忽聞空響；此是佛地，不可種植，心悟神封，震驚而止。又光公禪室，耳屬東巖，常聞絃管，韻動霄漢，流五結之妙聲，凝九奏之清響。由是兹山，號爲天樂。至齊永明四年，有僧護比丘，刻意苦節，戒品嚴浄，進力堅猛，來憩隱嶽，游觀石城。見其南駢兩峰，北疊峻崿，東竦圓岑，西引斜嶺，四嶂相銜，鬱如鷲岳；曲間微轉，涣若龍池。加以削成青壁，當於前巘，天誘其衷，神啟其慮，心畫目準，願造彌勒，敬擬千尺，故坐形十丈。於是擎爐振鐸，四衆爰始胥宇，命曰石城。遂輔車兩寺，鼎足而處。克勤心力，允集勸助，疎鑿積年，僅成面璞。釋

（僧護傳作樸）此外則碩樹朦朧，巨藤交梗，後原燎及崗，林焚見石，有自然相光，正環像上，兩際圓滿，高谿峰鋭，勢超匠楷，功踰琢磨，法俗竦心，邑野驚觀，僉曰冥造，非今朝也。自護公神遷，事異人謝；次有僧淑比丘，纂修厥緒，雖劬勞招奬，夙夜匪懈，而運屬齊末，資力莫由，千里廢其積跬，百仞虧其覆簣。暨我大梁受歷，道鑄域中，秉玉衡而齊七政，協金輪而教十善，地平天成，禮被樂洽。瞻行衢而交讓，巡比屋其可封；慈化穆以風動，慧教煥以景燭，般若熾於香城，表刹嚴於浄土。希有之瑞，旦夕鱗集，難值之寶，歲時輻湊。鎮南將軍江州刺史建安王，道性自凝，神理獨照，動容立禮，發言成德，英風峻於閒平，茂績盛乎魯衛。自皇運維新，宣力邦國，初鎮樊沔，遷牧派江，酌寶樹聲，鞅掌於民政；率典頒職，密勿於官府。炎涼舛和，爰動勞熱；寢味貶常，興居睽豫。仁深祚遠，德滿慶鍾。乘兹久禱之福，將致勿藥之喜。所以休禎元會，妙應旁通。有始豐縣令吴郡陸咸，以天監六年十月二十二日，罷邑旋國，夕宿剡溪，值風雨晦冥，驚湍奔壯，中夜震惕，假寢危坐；忽夢沙門三人，乘流告曰：「君識性堅正，自然安隱；建安王感患未痊，由於微障。剡縣僧護造彌勒石像，若能成就，必獲康復。冥理非虛，宜相開導。」咸還都經年，稍忘前夢。後出門遇僧，云「聽講寄宿」，因言：「去歲剡溪風雨之夜，囑建安王事，猶憶此否？」咸當時憮然，答以「不憶」。道人笑曰：「但更思之！」仍既（當依釋僧護傳作即）辭去，不肯留止。心悟非凡，倒屣諮訪，而慢色頗形，詭辭難領。拂衣高逝，直去靡回。百步追及，忽然不見。咸霍爾意解，且憶前夢，乃剡溪所見第三人也。再顯靈機，重發神證，緣感昭灼，遂用騰啟。君王智境邈群，法忍超絶。邁優填之至心，踰波斯之建善；飡瑞言於群聖，膺福履於大覺。倍增懇到，會益喜捨。乃開藏寫貝，傾邸散金，裝嚴法身，誓取妙極。以定林上寺祐律師（即釋僧祐）德熾釋門，名蓋浄衆，虚心宏道，忘己濟物。加以貞鑒特達，研慮精深。乃延請東行，憑委經始，爰至啟敕，專任像事。律師應法若流，宣化如陽。揚船（類聚作舲）浙水，馳錫禹山。於是捫虚梯漢，構立棧道，狀奇肱之飛車，類僊腹之懸閣；高張圖範，冠彩虹蜺；椎鑿響於霞上，剖石灑乎雲表。命（類聚命上有信字）世之壯觀，曠代之鴻作也。初護公所鐫，失在浮淺，乃鏟入五丈，改造頂髻。事雖因舊，功實創新。及巖窟既通，律師重履，方精成像軀，妙量尺度；時寺僧慧逞，夢黑衣大神，翼從風雨，立於龕前，商略分數。是夜將旦，大風果起，拔木十圍，壓壞匠屋，師役數十，安寢無傷。比及詰朝，而律師已至。靈應之奇，類皆如此。既而謀猷四八之相，斟酌八十之好，雖羅漢之三觀兜率，梵摩之再覘法身，無以加也。尋巖壁縝密，表裏一體，同影岫之縹章，均帝石之驄色，内無寸隙，外靡纖瑕。雕刻右掌，忽然横絶，改斷下分，始合折中。方知自斷之異，神匠所裁也。及身相克成，瑩拭已定，當胸萬（釋僧護傳作卍是）字，信宿隆起，色以（疑當作似）飛丹，圓如植璧，感通之妙，孰可思議？天工人巧，幽顯符合。故光啟寶儀，發揮勝相，磨礱之術既極，繪事之藝方騁；棄俗圖於史皇，追法畫於波塞。青雘與丹砂（類聚作粟）競彩，白鋈（類聚作金）共紫銑争耀；從容滿月之色，赫奕聚日之輝。至於頂禮仰虔，罄折肅望，如須彌之臨大海，梵宫之跱上天。説法視笑，似不違於咫尺；動地放光，若將發於俄頃。可使曼陁逆風而獻芬，旃檀隨雲而散馥。梵王四鵠，徘徊而不去；帝釋千馬，躑躅而忘歸矣。初隱嶽未開，野絶人逕，及光公馴虎，時方雨雪，導跡污塗，始通西路。又東巖盤鬱，千里聯嶂，有石牛屆止，至自始豐，因其蹄涔，遂啟東道。尋石牛通嶮，不資蜀丁之力；文虎摽徑，無待漢守之威。豈四天驅道，爲像拓境者歟？以大梁天監十有二年，歲次鶉尾，二月十二日，開鑿爰始，到十有五年，龍集涒灘，三月十五日，妝畫云畢。像身坐高五丈，若立形，足至頂十丈，圓光四丈，座輪一丈五尺，從地隨龕，光趺通高十丈。自涅槃已後，一百餘年，摩竭提國始製石像，阿育輪王善容羅漢，檢其所造，各止丈六。鴻姿巨相，興我皇時，自非君王願力之至，如來道應之深，豈能成不世之寶，建無等之業哉！竊惟慈氏鼎來，拯斯忍刹，惟我聖運，福慧相符。固知翅城合契於今晨，龍華匪隔於來世。四藏寶奇，可蹻足而蹴；三會甘露，可洗心而待。睿王妙慶，現聖果於極樂；十方翾動，蒙法緣而等度矣。思柱石於天梯，想靈碑於地塔；樹茲紺碣，銘爲勝幢，金剛既其比堅，鐵圍可與共久。式奉偈讚，仍作頌曰：法身靡二，覺號惟億；百非絶名，萬行焉測？群萌殊感，聖應分極；釋尊隱化，慈氏現力。夐哉往緣，邈矣來際！求名受別，無垢立誓。凝神寂天，降胎忍世。七穫厥田，八萬伊歲。夷荆沈礫，飛花散寶，夜燎明珠，曉漩翠草。一音闡法，三會入道，府豈虛植？緣固人造。曰梁啟聖，皇實世雄，紺殿等化，赤澤均風。慈徧群有，智周太空；攝取嚴淨，匡飾域中。英英哲王，德昭珪璧；樂善以居，禮仁是宅。慧動真應，福交瑞跡，儀彼旃檀，像茲寶石。五仞其廣，百尺其袤，金顏日煇，紺螺雲覆。頻果欲言，鵝綱將授，調御詎遠，即心可觀。耆闍五峰，茲岳四嶺，緑篠織煙，朱桂鏤影。泉來石嘯，風去巖淨，梵釋爰集，龍神載聘。至因已樹，上果方凝，妙志何取？總駕大乘。願若有質，虛空弗勝，刹塵斯仰，邈劫永承。會稽掇英總集卷十六頁三上至九上（明陳翼飛文儷卷十五、梅鼎祚釋文紀卷二七、清嚴可均全梁文卷六十皆僅就藝文類聚迻録，是不知有全篇也）

【附按】碑文稱蕭偉之封號爲建安王；又謂石像於天監十五年三月十五日妝畫云畢。考梁書卷二武帝紀中：「（天監十七年三月）景（丙）申，改封建安王偉爲南平王。」是舍人此文，作於石像落成之後蕭偉尚未改封之前，即天監十五年三月至十七年三月兩年中也。

疑文

文心雕龍：「真宗詔中書置籍，記諫官御史之言事，行與不行，歲終具奏。」宋會要稿第四十九册儀制七之二一頁上

文心雕龍：「仁宗時，范鎮請禁中及中書密院，各置章奏簿，上以備觀覽之遺忘，下以責大臣之銷注。」同上儀制七之二三頁下

文心雕龍：「孝宗於群臣章奏，取其所當行者，疏之小册，以示大臣；或御便坐，則寘于香几，群臣皆得就觀。又有記事版，書其要旨，以備遺忘。」同上儀制七之三一頁下

文心雕龍竹生日：「竹有生日，五月十三也。移竹栽，宜用此日。或陰雨土虚，則鞭行，明年笋莖交出。」類説卷四三頁四二下

同上偷笋：「閶閻偷笋，隔籬埋□於牆下，一作埋猫狗 按此五字當是舊校誤入正文者 其笋自迸出。」同上頁四三上

岳州風土記、文心雕龍皆以五月十三日爲（竹）生日。山家清事頁一下（種竹法條）

右所録者，皆非舍人書所宜有，文亦不類。過而存之，聊以志疑云爾。

校記第十

文心傳世最早之本，當推敦煌唐寫本殘卷。撰校記者不止一家，繙檢匪易。海外已有合校專著問世，擬轉載其有關部分，俾讀者便於參稽。潘重規教授研治文心有年，多所論述。曾撰唐寫文心雕龍殘本合校，由香港新亞研究所出版。其校文部分，有助於點勘舍人書，特轉載如左。

（原道）民胥以傚　重規案：原卷傚作効。

徵聖第二　趙萬里云：「唐寫本篇名均頂格寫。」重規案：第，唐寫本作弟，以下各篇同。

則聖人之情見乎文辭矣（正文依四部叢刊本）　唐寫本無「文」字。趙云：「案今本有文字，蓋涉上下文而衍，當據删。」楊明照云：「按無文字與易繫辭下合。」

先王聖化　唐寫本「聖化」作「聲教」。楊云：「按唐本是也。練字篇『先王聲教，書必同文』，句法與此同，可證。聲教二字見書禹貢。」

夫子風采　唐寫本「風采」作「文章」。重規案：論語公冶長篇：「子貢曰：夫子之文章，可得而聞也。」夫子文章，正用論語，唐本是也。

以立辭爲功　鈴木云：「案諸本作立，燉煌本亦作立。」楊云：「其作文者，乃妄據左襄二十五年傳改，而昧與下多文句之詞性不侔，且相複也。」

以多方舉禮　唐寫本「方」作「文」。趙云：「案黄注本依孫校，改方作文，與唐本正合。」

此事蹟貴文之徵也　唐寫本「蹟」作「績」。范文瀾曰：「唐寫本作績是。爾雅釋詁：『績，功也。』」

然則忠足而言文　唐寫本「忠」作「志」，「而」作「以」。趙云：「案黄本依謝校，改忠作志，與唐本正合。」

迺含章之玉牒　唐本「迺」作「乃」。

妙極機神　黄叔琳校云：「疑作幾。」鈴木云：「案燉煌本作機。」

喪服舉輕以包重　唐寫本「包」作「苞」。楊云：「包與苞通。書禹貢『草木漸包』，説文引作蔪苞，是其證。」

儒行縟説以繁辭　唐寫本「辭」作「詞」。

書契斷決以象夬　唐寫本「斷決」作「決斷」。楊云：「按唐本是也。易繫辭下韓注：『夬，決也；書契所以決斷萬事也。』又七略：『書以決斷；斷者，義之證也。』初學記卷二一、御覽卷六百九引。」

文章昭晣以象離　楊云：「晣，唐本作晣；象，唐本作効。按唐本並是。晣俗字，當以作晣爲正。漢書司馬相如傳：『闇昧昭晣。』顔注：晣音之舌反。』後漢書張衡傳贊：『孰能昭晣。』章懷注：晣音制。』文選何晏景福殿賦：『猶眩曜而不能昭晣也。』古文苑班婕妤擣素賦：『若荷華之昭晣。』並作晣。總術篇：『辯者昭晢。』黄本誤作晢（晢與晣同）正作晢，不誤。又正緯篇『孝論昭晢』，明詩篇『唯取昭晣之能』，亦當依唐本改作晣。象離，與上句象夬複，唐本作効是也。（効，效之俗寫。本書效字，唐本皆作効。）」重規案：晰，原卷作晳，正緯篇晳亦作晳，皆不作晰。

五例微辭以婉晦　重規案：唐寫本以作而。

故知繁略殊形　孫蜀丞云：「唐寫本形作制。」

變通會適　孫云：「唐寫本會適作適會。」楊云：「按唐本極是。章句篇『隨變適會』，練字篇『詩騷適會』，養氣篇『優柔適會』，並其證也。」趙云：「案上云抑引隨時，與此句相對成文，則以作適會爲是，當據唐本乙。」

是以政論文必徵於聖必宗於經　唐寫本作「是以論文必徵於聖，窺聖必宗於經」。趙云：「案唐本是也。黄本依楊校，政上補『子』字，『必宗於經』句下，補『稚圭勸學』四字，臆説非是。」

斷辭則備　孫云：「唐寫本辭作詞。」

弗惟好異　唐寫本「弗」作「不」，「惟」作「唯」。楊云：「按弗作不，與僞畢命合。惟、唯通用。」

故知正言所以立辨　黄本作「辯」，唐寫本作「辨」。楊云：「按此語承上『易稱辨物正言』句，當以作辨爲是。下辯立亦然。」

辭成無好異之尤辨立有斷辭之義　唐寫本「成」下、「立」下均有「則」字，「義」作「美」。楊云：「此當作美，始能與上句之尤字對。」

徒事華辭　唐寫本「辭」作「詞」。黄叔琳校云：「徒，莊子作從。」鈴木云：梅本校注同。

雖欲此言聖　唐寫本「此言」作「呰」。趙云：「案黄本改作呰，與唐本正同。」

弗可得已　唐寫本「弗」作「不」,「已」作「也」。

猶或鑽仰　唐寫本「猶」作「且」。

胡寧勿思　唐寫本「胡寧」作「寧曰」。

若徵聖立言　唐寫本無「若」字。

贊曰　唐寫本「贊」作「讚」。趙云:「此下各篇均同。」

睿哲惟宰　唐寫本「睿」作「叡」。

精理爲文　規案:唐寫本「精理」作「精精」,蓋誤。

百齡影徂　規案:唐寫本「百」作「白」。

宗經第三

其書言經　唐寫本「言」作「曰」。趙云:「案太平御覽六百八引『言』亦作『曰』,與唐本正合。」

效鬼神　孫云:「唐寫本效作効。」

洞性靈之奥區　唐寫本「奥區」作「區奥」。楊云:「按唐本誤倒。贊中奥府,與此奥區同意。文選張衡西京賦:『實惟地之奥區神皋。』蓋舍人所本。事類篇:『實群言之奥區。』亦可證。」

自夫子刊述而大寶咸耀　唐寫本「刊」作「删」,「咸」作「啓」。趙云:「案御覽六百八引此文正與唐本合,黄校一本咸作啓,當據改。」

義既極乎性情　唐寫本極作挺　趙云:「案御覽六百八引作埏,以下文辭亦匠於文理句例之,則作埏是也。唐本作挻，則挻字之譌。」重規案：挺蓋挻之譌。説文：「挻，長也。」字林同。聲類云：「柔也。」（據釋文引）老子：「挻埴以爲器。」字或誤作埏。朱駿聲曰：「柔，今字作揉，猶煣也。凡柔和之物，引之使長，搏之使短，可析可合，可方可圓，謂之挻。陶人爲坯，其一端也。」

辭亦匠於文理　唐寫本「於」作「乎」。

聖謀卓絶　唐寫本「謀」作「謨」。趙云：「案黄本謀改謨，與唐本正合。」

而吐納自深　唐寫本無「而」字。趙云：「案唐本是也，今本即涉上文而衍。」

易惟談天人神致用　唐寫本「易」上有「夫」字，「人」作「入」。趙云：「案御覽六百八所引，均與唐本合，當據訂。」

故繫稱旨遠辭高　黄叔琳本「高」作「文」，云：「元作高，孫改。」唐寫本作「高」。

固哲人之驪淵也　唐寫本「固」作「故」。

書實記言　孫云：「唐寫本記作紀。」

而詁訓茫昧　黄本「詁訓」作「訓詁」，唐寫本作「詁訓」，「茫」作「芒」。

昭昭若日月之明　唐寫本「明」上有「代」字。

離離如星辰之行　唐寫本「行」上有「錯」字。楊云：「按唐本極是。舍人此語，本尚書大傳略説，而大傳原有代錯二字，當據增。禮記中庸：『辟如四時之錯行，如日月之代明。』亦其旁證。」

言昭灼也　唐寫本「昭」作「照」。楊云：「按照字與上昭昭句避，當據改。文選謝靈運擬魏太子鄴中集詩『照灼爛霄漢』，鮑照舞鶴賦『對流光之照灼』，並其證。」

敢最附深衷矣　唐寫本無「敢」字。趙云：「敢即最之譌而衍者，御覽六百八引亦無敢字，黄本改作故，非是。」

禮記立體　唐寫本「記」作「以」。

據事剬範　唐寫本「剬」作「制」。

章條纖曲　趙云：「唐寫本此下有『執而後顯採掇片言莫非寶也春秋辨理』十六字。案御覽六百八引亦有此文，黄本已據御覽增，惟片字誤作生。」重規案：原卷「掇」作「綴」。

五石六鷁　孫云：「鷁，御覽作鶂。」重規案：唐寫本正作鶂。

諒以邃矣　唐寫本「以」作「已」。

此聖人之殊致　唐寫本「人」作「文」。楊云：「按文字是。徵聖篇『聖文之雅麗』，史傳篇『聖文之羽翮』，句法並與此同，可證。」

至根柢槃深　唐寫本作「至於根柢盤固」。

是以往者雖舊餘味日新　趙云：「唐寫本『雖』作『唯』，『餘』上有『而』字。案而字今本脱，當據補。」

後進追取而非曉　唐寫本「曉」作「晚」。趙云：「案黄本曉改晚，與唐本正合。」

前修文用而未先　唐寫本「文」作「久」。趙云：「案唐本作久是，先疑即完字之譌。」楊云：「久用，與上句追取相對爲文。」重規案：班固典引：「久而愈新，用而不竭。」久用未先，正本班語。「未先」

與「非晚」亦相對爲文，非完字之譌也。

紀傳銘檄　唐寫本「紀」作「記」，「銘」作「盟」。趙云：「案唐本作盟是，黄本引朱云『銘當作移』，臆説未安。」重規案：「祝盟篇及檄移篇叙盟與檄之體皆源於春秋，作盟檄者是也。今本以音同而誤。嚴輯李充翰林論云：『盟檄發於師旅。』亦盟檄連文之證。」

終入環内者也　唐寫本「者也」二字無。

若稟經以製式　唐寫本「製」作「制」。

是仰山而煮銅　唐寫本「仰」作「即」。楊云：「按唐本極是。史記吴王濞傳：『乃益驕溢，即山鑄錢，煮海水（漢書濞傳無水字）爲鹽。』索隱：『即者，就也。』此舍人遺詞所本。則作仰者，乃形近之誤也。」

煮海而爲鹽也　唐寫本「也」上有「者」字。趙云：「案者字今本脱，當據補。」

四則義直而不回　唐寫本「直」作「貞」。楊云：「按唐本是也。明詩篇『辭譎義貞』，論説篇『必使時利而義貞』，並其證。」

楊子比雕玉以作器　唐寫本「楊」作「揚」，「揚」上有「故」字。

符采相濟　重規案：唐寫本「符」作「苻」，以後各篇同。蓋俗字。

勵德樹聲　唐寫本「勵」作「邁」。重規案：書大禹謨：「皋陶邁種德。」邁，字通作勱，書立政：「用勱相我國家。」此文邁德用大禹謨，當從唐本作邁。字或作勱，故誤爲勵耳。

正末歸本　唐寫本「正末」作「極正」。楊云：「按唐本非是。」

不其懿歟　唐寫本「歟」作「哉」。

致化歸一　唐寫本「歸」作「惟」。楊云：「按惟一與斯五對，唐本是也。」

正緯第四

神龜見而洪範燿　孫云：「唐寫本燿作耀。」

故繫辭稱河出圖　重規案：「辭」，唐寫本作「詞」。

斯之謂也　唐寫本「之」作「其」。

好生矯誕　唐寫本「誕」作「託」。

孝論昭哲　唐寫本「孝」作「考」，「哲」作「晢」。

按經驗緯　唐寫本「按」作「酌」。

倍擿千里　唐寫本「擿」作「摘」。

經顯聖訓也緯隱神教也　唐寫本「聖」作「世」（下同），兩「也」字無。

而今緯多於經　唐寫本「今」字無。

迺稱符讖　重規案：唐寫本「迺」作「乃」。

商周以前　唐寫本「以」作「已」。

圖録頻見　唐寫本「圖録」作「緑圖」。

緯何豫焉　唐寫本「豫」作「預」。

原夫圖録之見　唐寫本「原」字無，「圖録」作「緑圖」。

廼昊天休命　孫云：唐寫本「廼」作「乃」。

故知前世符命　唐寫本「世」作「聖」。

於是伎數之士　唐寫本「伎」作「技」。

或序災異　重規案：唐寫本「序」作「叙」。

謂起哀平　唐寫本「謂」下有「僞」字。

至於光武之世　唐寫本無「於」字。

曹褒撰讖以定禮　唐寫本「撰」作「選」。

尹敏戲其深瑕　唐寫本「深瑕」作「浮假」。趙云：「案此文與上句『桓譚疾其虛僞』，相對成文，則唐本作浮假是也。」

荀悦明其詭誕　唐寫本「誕」作「託」。

四賢博練論之精矣　唐寫本「論」字無。

白魚赤烏之符　唐寫本「烏」作「雀」。

黄金紫玉之理　唐寫本「金」作「銀」，「理」作「瑞」。趙云：「案黄本依孫校，改理爲瑞，與唐本正合。」

是以後來辭人　唐寫本「後」作「占」。楊云：「按後、古並通。」重規案：物色篇云：「古來辭人，異代接武。」當依唐寫本作古。

援摭英華　唐寫本「援」作「捃」。

平子恐其迷學　唐寫本「恐」作「慮」。

滎河温洛　唐寫本「滎」作「采」。楊云：「按唐本非是。」

糅其雕蔚　唐寫本「糅」作「採」。

辯騷第五　重規案：唐寫本「辯」作「辨」。

小雅怨誹而不亂　唐寫本「謗」作「誹」。趙云：案「黄本依許校改，改謗作誹，與唐本正合」。

可謂兼之　唐寫本無「兼之」二字。趙云：「案唐本是也。此文即承下文『蟬蜕穢濁之中，浮游塵埃之外』爲句，兼之二字，當是後人妄加。」重規案：「兼之」二字當有，唐寫本誤脱。史記屈原傳云：「國風好色而不淫，小雅怨誹而不亂，若離騷者，可謂兼之矣。」正用淮南傳之成文，兼之承上國風小雅而言，趙説誤。

崑崙懸圃　唐寫本「懸」作「玄」。

然其文辭麗雅　唐寫本「辭」字無。

名儒辭賦　唐寫本「辭」作「詞」。

以爲皆合經術　唐寫本「術」作「傳」。

揚雄諷味　唐寫本「諷」作「談」。

鑒而弗精　唐寫本「弗」作「不」。

翫而未覈者也　唐寫本「也」作「矣」。

稱湯武之祇敬　唐寫本「湯武」作「禹湯」，祇敬下脱「典誥之體也譏桀紂之猖披傷羿澆之顛隕規諷之旨」四句。

每一顧而淹涕　唐寫本「淹」作「掩」。

忠怨之辭也　唐寫本「辭」作「詞」。

同于風雅者也　唐寫本「于」作「乎」。

豐隆求宓妃　唐寫本「豐」上有「駕」字。趙云：「案此處上下文均三字爲句，駕字當據唐本補。」

鴆鳥媒娀女　唐寫本「鴆」上有「憑」字，「娀」作「娍」。趙云：「案唐本是也，今本有脱誤，當據訂。」

詭異之辭也　唐寫本「辭」作「詞」。

夷羿蔽日　唐寫本「蔽」作「彃」。趙云：「案唐本是也。黄本依孫校，改蔽爲彃，臆説未安。」

木天九首　唐寫本「天」作「夫」。趙云：「案黄本依謝校，據招魂改天作夫，與唐本正合。」

土伯三足　唐寫本「足」作「目」。趙云：「案黄本依朱校，據招魂改足作目，與唐本正合。」

士女雜座　唐寫本「座」作「坐」。

舉以爲懽　唐寫本「懽」作「歡」。

摘此四事　唐寫本「摘」作「指」。

異乎經典者也　唐寫本「乎」作「於」。

語其本誕則如此　唐寫本「本」作「夸」。

固知楚辭者　唐寫本「辭」作「詞」。

體憲於三代而風雅於戰國　唐寫本「雅」作「雜」。趙云：「案唐本是也，今本即涉下文『乃雅頌之博徒』而誤。」

雖取鎔經意　唐寫本「意」作「旨」。

亦自鑄偉辭　唐寫本「偉」作「緯」。趙云：「案唐本是也，緯辭與上句經意相對成文，緯譌作偉，則文不成義矣。」楊云：「案唐本非是。偉辭，猶奇辭也（説文：偉，奇也）。此云偉辭，上云奇文，意本相承，誼亦可通。唐本蓋因經緯多相對舉而誤。書叙指南五、玉海二百四引、元本、活字本、汪本等並作偉。」

故騷經九章　唐寫本「故」字無。

九歌九辯　唐寫本「歌」作「哥」，「辯」作「辨」。

綺靡以傷情　唐寫本「綺靡」作「靡妙」。

瓌詭而惠巧　唐寫本「惠」作「慧」。

招魂招隱　唐寫本「招隱」作「大招」。趙云：「案唐本是也。黄本引馮校，與唐本正合。」

耀艷而深華　唐寫本「深」作「采」。楊云：「按唐本是。深，正作罙，蓋采初譌作罙，後遂變爲深也。」

故能氣性轢古　唐寫本「性」作「往」。趙云：「案唐本是也，當據改。」

自九懷已下　唐寫本「已」作「以」。

遽躡其跡　唐寫本「跡」作「迹」。

其衣被詞人　唐寫本「詞」作「辭」。

故才高者菀其鴻裁　唐寫本「菀」作「苑」。趙云：「案唐本是也，苑與藴通，廣雅云：『藴，聚也。』是其義。」范文瀾云：「菀訓鬱，訓藴，是自動詞，下列三句中獵、銜、拾三字皆他動詞，語氣不順，疑菀即捥之假字，集韻捥取也。捥其鴻裁，謂取鎔屈宋製作之大義，以自鑄新辭，然此非淺薄所能，故曰才高者捥其鴻裁也。」重規案：漢書谷永傳師古注云：「菀古苑字。」苑囿字，六朝人往往書作菀，此菀即苑也。苑囿用作動詞，蓋範圍包括之意。詮賦篇云：「故知殷人輯頌，楚人理賦，斯並鴻裁之寰域，雅文之樞轄。」才高者苑其鴻裁，謂才高者能盡得其體製也。

中巧者獵其艷辭　唐寫本「辭」作「詞」。

酌奇而不失其真　唐寫本「其真」作「居貞」。楊云：「按貞字是，居則非也。宋本楚辭正作其貞。」

則顧盻可以驅辭力　唐寫本「盻」作「眄」。重規案：六朝人眄字，俗寫作眄，眄字是。

壯志煙高　唐寫本「志」作「采」。楊云：「按采字是。詮賦篇『時逢壯采』，亦以壯采連文。」

絕益稱豪　唐寫本作「艷逸錙毫」。趙云：「案黃本引朱校，據宋本楚辭改作艷溢錙毫，與唐本正合，惟逸作溢，乃聲近之訛。」

明詩第六

歌永言　唐寫本「歌」作「哥」。

聖謀所析　唐寫本「謀」作「謨」。趙云：「案唐本是也，本書謀謨多形近互譌。」

詩者持也　唐寫本「詩」上有「故」字。

有符焉爾　唐寫本「有」上有「信」字。

昔葛天氏樂辭云玄鳥在曲　唐寫本「天」字「氏」字「云」字均無。趙云：「案此文疑當作昔葛天樂辭，玄鳥在曲，方與下文黃帝雲門，理不空綺相對成文，今本衍氏字云字，唐本奪天字，均有誤，然終以唐本近是。」

黃帝雲門理不空綺　唐寫本「綺」作「絃」。趙云：「案唐本是也。黃本引朱校『綺當作絃』，與唐本正合。」

至堯有大唐之歌　唐寫本「唐」作「章」。

及大禹成功　唐寫本「功」字無。

九序惟歌　唐寫本「歌」作「哥」。

五子咸怨　唐寫本「怨」作「諷」。趙云：「案作諷義較長，御覽五八六引亦作諷，與唐本正合。」楊云：「按諷字是。上云歌，此云諷，文本相對爲義，故下言順美匡惡也（順美指大禹二句，匡惡指太康二句）。傳寫者蓋泥於僞五子之歌文而改耳。」

子夏監絢素之章　唐寫本作「鑒」。趙云作「鑑」，非。

可與言詩　唐寫本「詩」下有「矣」字。

自王澤殄竭　楊云：「殄，唐本作彌，御覽五八六引作弥。」重規案：唐寫本作弥，正是殄字。讚云「英華彌縟」，祝盟篇讚云「季代彌飾」，則作弥。御覽引作弥，乃殄之誤。

風人輟采　唐寫本「輟采」作「掇彩」。重規案：唐寫本誤。

酬酢以爲賓榮　唐寫本「爲」作「成」。重規案：唐寫本誤。

屬辭無方　唐寫本「辭」作「詞」。

所以李陵班婕妤　唐寫本「妤」字無。趙云：「案妤字可省，御覽五八六引亦無妤字，與唐本正合。」

按召南行露　唐寫本「按」作「案」，「召」作「邵」。趙云：「案御覽五八六引亦作邵，與唐本正合。」

暇豫優歌　唐寫本「歌」作「哥」。

閲時取證　唐寫本「證」作「徵」。

則傅毅之詞　唐寫本「詞」作「辭」。

比采而推　唐寫本「采」作「彩」。

兩漢之作乎　唐寫本「兩」上有「故」字，「乎」作「也」。趙云：「案御覽五八六引兩上有固字，固故音近而訛，疑此文當作固兩漢之作也，今本有脱誤。」重規案：固故字通，六朝文辭以故爲固者不勝枚舉，趙説未諦。

清曲可味　唐寫本「曲」作「典」。趙云：「案黄校改曲作典，與唐本及御覽五八六引均合。」

仙詩緩歌　唐寫本「歌」作「哥」。

暨建安初　唐寫本「安」下有「之」字。

五言騰踴　唐寫本「踴」作「躍」。

驅辭逐貌　唐寫本「辭」作「詞」。

乃正始明道　唐寫本「乃」作「及」。

唯稽旨清峻　唐寫本「稽旨」作「嵇志」。

若乃應璩百一　唐寫本「璩」作「瑒」，「一」作「壹」。重規案：唐本作瑒，誤。

張潘左陸　唐寫本作「張左潘陸」。趙云：「案唐本是也。與御覽五八六引合。」楊云：「按時序才略兩篇，並以左先於潘，此亦應爾。宋書謝靈運傳論：潘陸特秀；詩品上：景陽潘陸，自可坐於廊廡之閒矣。亦並以潘陸連稱。」

或柝文以爲妙　唐寫本「柝」作「析」。

嗤笑狥務之志　唐寫本「嗤」作「羞」，「狥」作「侚」。趙云：「案御覽五八六引嗤亦作羞，與唐本正合。」

崇盛亡機之談　唐寫本「亡」作「忘」。趙云：「案唐本是也，與御覽五八六引合。」

而辭趣一揆　唐寫本「辭」作「詞」，「趣」作「輒」。

莫與争雄　唐寫本「與」作「能」。

挺拔而爲俊矣　唐寫本「俊」作「儁」。

莊老告退　唐寫本「莊」作「嚴」。趙云：「案御覽五八六引亦作嚴，與唐本正合。」楊云：「按漢避顯宗諱改莊爲嚴，如莊光之爲嚴光，莊尤之爲嚴尤也。唐本及御覽猶作嚴者，蓋涉漢諱而誤耳。」

而情變之數可監　唐寫本「監」作「鑒」。趙云：「案御覽五八六引亦作鑒，與唐本正合。」

若夫四言正體雅潤爲本五言流調清麗居宗　唐寫本「雅」上「清」上均有「則」字。趙云：「案御覽五八六引亦有兩則字，與唐本正合，當據補。」

叔夜含其潤茂先凝其清景陽振其麗　唐寫本「含」作「合」，「凝」作「擬」，「振」作「震」。楊云：「按含、凝、振三字並是。文鏡祕府論論文意篇：『古人云：……叔夜含其潤，茂先凝其清，景陽振其麗。』當即引此文，是空海所見，與今本正同。」

鮮能通圓　唐寫本「通圓」作「圓通」。趙云：「案唐本是也，與御覽五八六引合。」楊云：「按作圓通是也。論説篇『義貴圓通』，封禪篇『辭貫圓通』，並其證。」

忽之爲易　唐寫本「之」作「以」。

則自出篇什　唐寫本「自出」作「出自」。

離合之發　唐寫本「離合」作「合離」。重規案：唐本誤。

則明於圖讖　唐寫本「則」下有「亦」字,「明」作「萌」。趙云:「案御覽五八六引亦作萌,與唐本正合。」

回文所興　唐寫本「回」作「廻」。

詠歌所含　唐寫本「歌」作「哥」。

樂府第七

既其上帝　唐寫本「既」作「曁」。楊云:「其,玉海一百六引作具。按曁、其二字並誤。章表篇『既其身文』,奏啟篇『既其如兹』,句法並與此同。舍人剡山石城寺石像碑『金剛既其比堅』(會稽掇英總集卷十六),亦可證。」

葛天八闋　唐寫本「闋」作「闃」。

自咸英以降　唐寫本「自」作「已」,「以」作「已」。重規案:自作已,唐寫本誤。

歌於候人　唐寫本「歌」作「哥」。

有娀謠乎飛燕　唐寫本「燕」作「鷰」。

殷鼇思于西河　唐寫本「鼇」作「鼇」,「于」作「於」。趙云:「案呂氏春秋音初篇云:殷整甲徙宅西河,猶思故處,實始作爲西音,此文當本呂覽,自以作整爲是,整鼇鼇均形近致訛。」

音聲推移　唐寫本「音」作「心」。

及夫庶婦　唐寫本「及」下有「疋」字。趙云:「案唐寫本是也,當據補,黄本依許校,改及作匹,非是。」

詩官採言　唐寫本「採」作「采」。

樂育被律　唐寫本「育」作「胥」。楊云：「盲，黄校云：元作育，許改。按盲、育並誤，唐本作胥（胥之或體）是也。周禮春官大司樂『大胥中士四人，小胥下士八人』，禮記王制『小胥、大胥』，鄭注並云：『樂官屬也。』尚書大傳略説『胥與就膳徹』，鄭注亦云：『胥，樂官也。』即其義。此作樂胥，與上句詩官相對。玉海一百六引正作胥，不誤。梅本校改胥，注云：許改。凌本、合刻本、馮本、黄本並誤作盲。」

志感絲篁　唐寫本「篁」作「簧」。

氣變金石　唐寫本「石」作「竹」。

精之至也　唐寫本「至」作「志」。

必歌九德　唐寫本「歌」作「哥」。

制氏紀其鏗鏘　唐寫本「鏗」作「鏗」。趙云：「案唐本是也，與黄本正合。」

叔孫定其容與　唐寫本「與」作「典」。范文瀾云：「案後漢書曹褒傳論，正作容典。」楊云：「按唐本極是。後漢書曹褒傳論：『漢初，天下創定，朝制無文，叔孫通頗採經禮，參酌秦法，雖適物觀時，有救崩敝，然先王之容典，蓋多闕矣。』章懷注：『容，禮容也；典，法則也。』謂行禮威儀之容貌也。舍人所謂定容典者，蓋指其制宗廟樂（見漢書禮樂志，范注已具）之禮容法則也。新唐書歸崇敬傳：

『治禮家學，多識容典。』亦可爲此當作容典之證。今本作與，非由字誤，即寫者據上句鏗鏘改耳。」

於是武德興乎高祖　唐寫本「乎」作「於」。

暨武帝崇禮　唐寫本「禮」作「祀」。趙云：「案漢書禮樂志云『武帝定郊祀之禮，乃立樂府』，則當以作祀，于義爲長。」王利器曰：「案兩都賦序：『至於武宣之世，乃崇禮官，考文章，内設金馬石渠之署，外興樂府協律之事。』此蓋彦和所本。唐寫本作祀，未可從。」

朱馬以騷體製歌　唐寫本「製」作「制」，「歌」作「哥」。

河間薦雅而罕御　唐寫本「薦」作「篇」。

至宣帝雅頌詩效鹿鳴　唐寫本「頌」字無，「詩」下有「頗」字。趙云：「案唐本是也，當據訂。」

邇及元成　唐寫本「邇」作「逮」。

暨後郊廟　唐寫本「後」下有「漢」字。

惟雜雅章　唐寫本「雜」作「新」。

觀其兆上衆引　唐寫本「兆」作「北」。

志不出於滔蕩　唐寫本「滔」作「慆」。

創定雅歌　唐寫本「歌」作「哥」。

荀最改懸　唐寫本「最」作「勗」。

聲節哀急　唐寫本「哀」作「稍」。

故阮咸譏其離聲　唐寫本「聲」作「磬」。楊云：「按唐本是也，禮記明堂位：『垂之和鍾，叔之離磬。』鄭注：『和、離，謂次序其聲縣也。』正義：『叔之離磬者，叔之所作編離之磬。……和、離謂次序其聲縣也者，聲解和也，縣解離也，言縣磬之時，其磬希疏相離。』據此，咸譏荀勗之離磬者，蓋以其改懸依杜夔所造鐘磬有所參池（詳范注）而言，若作聲，則非其指矣。」

和樂精妙　唐寫本「樂」下有「之」字。趙云：「案唐本是也，當據補。」

晉風所以稱遠　唐寫本「遠」作「美」。

若夫艷歌婉孌　唐寫本「歌」作「哥」，「孌」作「戀」。

怨志詄絶　唐寫本作「宛詩詄絶」。趙云：「案唐本近是，疑此文當作怨詩詄絶，與上句相對。」

拊髀雀躍　唐寫本「雀」作「爵」。

自此階矣　唐寫本「階」作「偕」。

詩聲曰歌　唐寫本「詩」作「咏」，「歌」作「哥」。

聲來被辭辭繁難節　唐寫本「辭」均作「詞」。

故陳思稱李延年閒於增損古辭　唐寫本「李」作「左」，「閒」作「閑」。

觀高祖之詠大風　唐寫本「觀」作「覩」。

歌童被聲　唐寫本「歌」作「哥」。

咸有佳篇　唐寫本「咸」作「亟」。

至於軒伎鼓吹　唐寫本「斬」作「軒」，「伎」作「歧」。

而並總入樂府　唐寫本「並」字無。

繆襲所致　唐寫本「襲」作「朱」，「致」作「改」。

詩與歌別　唐寫本「歌」作「哥」。

故略具樂篇以標區界　唐寫本「具」作「序」，「界」下有「也」字。

樹辭爲體　唐寫本「辭」作「詞」。

豈惟觀樂　唐寫本「觀」作「覩」。

詮賦第八

鋪采摛文　唐寫本「采」作「彩」。

昔邵公稱公卿獻詩師箴賦　唐寫本「卿」字無，「箴」下有「瞽」字。趙云：「案御覽五八七引箴下亦有瞽字，周語云：『天子聽政，使公卿至於列士獻詩，瞽獻典，史獻書，師箴，瞍賦，矇頌，百工諫。』據此則瞽字當從唐本及御覽訂。」范注云：「唐寫本下無卿字，非是。箴下有瞽字，應據國語改爲瞍字。」

劉向云明不歌而頌　唐寫本「劉」上有「故」字，「云」字無，「歌」作「哥」。趙云：「案御覽五八七引與唐本正合。」

結言短韻　唐寫本「拉」作「短」。范云：「拉即短之譌別字。」

詞自己作　唐寫本「詞」作「辭」。

然賦也者受命於詩人招宇於楚辭也　唐寫本「然」下有「則」字，「人」下有「而」字，「招宇」作「拓宇」。趙云：「案唐本是也，御覽五百七引此文辭下有者字，餘均與唐本正合，今本有脱誤，當從二書訂補。」

宋玉風鈞　唐寫本「鈞」作「均」。趙云：「案當依黄本作風鈞。」

遂客至以首引　唐寫本「至」作「主」，「首」作「守」。趙云：「案御覽五八七引至亦作主，與黄校及唐本均合，當據改。」

極貌以窮文　唐寫本「貌」上有「形」字。趙云：「案唐本是也，當據補。黄本依曹校，于貌上補聲字，與御覽五八七雖合，似未可據訂。」

漢初辭人　唐寫本「辭」作「詞」。

順流而作　唐寫本「順」作「循」。趙云：「案唐本是也，與御覽五八七引合。」

枚馬同其風　唐寫本「同」作「播」。趙云：「案御覽五八七引作洞，又與唐本異。」

皋翔已下　唐寫本「翔」作「朔」。趙云：「案唐本是也。與御覽五八七及黄本引曹校均合。」

夫京殿苑獵　唐寫本「夫」上有「若」字。趙云：「案唐本是也，與御覽五八七引合，當據補。」

述行序志　唐寫本「序」作「叙」。

既履端於唱叙　黄本作「倡」，唐寫本作「唱」。楊云：「按説文：『唱，導也。』又：『倡，樂也。』此當以作唱爲是。」

辭以理篇　唐寫本「辭」作「亂」。趙云：「案唐本是也，與黄本同。御覽五八七作詞，與嘉靖本同誤。」

迭致文契　唐寫本作「寫送文勢」。趙云：「案御覽五八七引此文，與唐本正合。」楊云：「按作寫送文勢是也。寫送二字見晉書文苑袁宏傳及世説新語文學篇注引晉陽秋。慧皎高僧傳（卷十三）附釋曇調云『寫送清雅』，亦以寫送爲言。文鏡祕府論文意篇：『開發端緒，寫送文勢。』正以寫送文勢成詞。今本迭契二字，乃送勢之誤。」

閔言稱亂　唐寫本「言」作「馬」。

故知殷人輯頌　唐寫本「輯」作「緝」。

斯並鴻裁之寰域　唐寫本「寰」作「環」。

鹿品雜類　唐寫本「鹿」作「庶」。

則觸興致情　唐寫本「致」作「置」。

斯又小制之區畛　唐寫本「制」作「製」。

宋發巧談　唐寫本「巧」作「夸」。趙云：「案作夸義較長，御覽五八七引亦作誇。」

枚乘菟園　唐寫本「菟」作「兔」。趙云：「案御覽五八七所引，與唐本正合。」

賈誼鵩鳥致辨於情理　唐寫本「鵩鳥」作「畏服」，「理」作「衷」。

朋約以雅贍　唐寫本「朋約」作「明絢」。趙云：「案唐本是也。與御覽五八七引正合。」

迅拔以宏富　黃叔琳本「拔」作「發」，校云：「一作拔。唐寫本作拔。」孫人和云：「御覽亦作拔。」

構深瑋之風　唐寫本「瑋」作「偉」。

合飛動之勢　唐寫本「合」作「含」。趙云：「案唐本是，與御覽五八七所引及黃本均同。」

並辭賦之流也　唐寫本作「並詞賦之英傑也」。趙云：「案唐本是，與御覽五八七所引及黃本均同。」

發端必遒　唐寫本「端」作「篇」。趙云：「案御覽五八七所引，與唐本正合。」

彥伯梗槩　趙云：「唐寫本梗槩作槩梗。」重規案：唐寫本乙倒，實亦作梗槩。

故義以明雅　唐寫本「以」作「必」。趙云：「案唐本是也，與御覽五八七所引及黃本均合。」

物以情觀　唐寫本「觀」作「覩」。趙云：「案御覽五八七引與唐本合，作覩義較長。」楊云：「案唐本是也。上云覩物興情，故承之曰情以物興；此當作物以情覩，始將上句文意完足。」

畫繪之著玄黃　孫云：「御覽著作差。」重規案：唐寫本亦作差。

文雖新而有質　唐寫本「新」作「雜」。

色雖糅而有本　唐寫本「本」作「義」。趙云：「案作義是也，御覽五八七所引，及黃校引一本作儀，亦其證。」

無貴風軌　唐寫本「貴」作「實」。

此楊子所以追悔雕蟲貽誚於霧縠者也　唐寫本「悔」下有「於」字。趙云：「案唐本是，與御覽五八七所引及黃本均合。」

分岐異派　唐寫本作「異流分派」。

枏滯必楊　唐寫本「枏」作「抑」,「楊」作「揚」。

言庸無隘　唐寫本「庸」作「曠」。

辭翦美稗　唐寫本作「詞翦稊稗」。

頌讚第九

咸墨爲頌　唐寫本「墨」作「黑」。趙云:「案唐本是也,呂氏春秋古樂篇云:『帝嚳命咸黑,作爲聲歌。』是其證。」楊云:「案唐本是也。咸黑事見呂氏春秋古樂篇。古樂志亦云:『古之善歌者有咸黑。』(御覽卷五七三引)廣博物志引此文作成累,校云:應是咸黑之誤。是董氏已先覺其誤矣。」

以歌九韶　唐寫本「歌」作「哥」,「韶」作「招」。楊云:「案作招與呂氏春秋古樂篇合。御覽五八八、事物紀原集類四、玉海六十、事物考二、唐類函二百五並引作招。」

自商以下　唐寫本作「自商頌已下」。趙云:「案唐本是也,當據補,與御覽五八八引合。」

容告神明謂之頌　唐寫本「容」上有「雅」字,「明」字無。

風雅序人事兼變正頌主告神義必純美　唐寫本「事」上「義」上均有「故」字。趙云:「案御覽五八八引此文,正與唐本合,今本有脱字,當據補。」

魯人以公旦次編商人以前王追録　唐寫本兩「人」字無。趙云:「案唐本是也,御覽八八所引,正與唐本同,當據删。」

斯乃宗廟之正歌　唐寫本「正歌」作「政哥」。

非饗讌之常咏也　唐寫本作「非饗讌之恒詠也」。

周公所製　唐寫本「製」作「制」。

晉輿之稱原田　唐寫本「輿」作「輿」。趙云：「案唐本是也。黄本依曹校改輿作輿，與唐本正合。」

魯民之刺裘鞸　唐寫本「鞸」作「韠」。

直言不詠　唐寫本作「直不言詠」。楊云：「唐本誤倒。直言不詠，短辭以諷，文本相對。」

丘明子高並諜爲誦斯則野誦之變體浸被乎人事矣　唐寫本「誦」均作「頌」，「乎」作「於」。

情采芬芳　唐寫本「情采」作「辭彩」。

又覃及細物矣　唐寫本「又」作「乃」，「及」下有「乎」字。

至於秦政刻文　唐寫本「於」作「乎」。

仲武之美顯宗　黄叔琳本「仲武」作「武仲」，唐寫本作「仲武」。重規案：唐寫本蓋誤。

史岑之述僖后　唐寫本「僖」作「燕」。

或範埛那　唐寫本「埛」作「駉」。趙云：「案唐本是也，御覽五八八所引，正與唐本合，黄本亦同。」

雖深淺不同　黄叔琳本「深淺」作「淺深」，唐寫本作「深淺」。

至於班傅之北征西逝　唐寫本「逝」作「征」。趙云：「案唐本是也，傅毅有西征賦，御覽卷三百五十一引之。」

豈不褒過而謬體哉　唐寫本「過」作「通」。

而不變旨趣　唐寫本「變」作「辨」。

及魏晉辨頌　唐寫本「辨」作「雜」。

原夫頌惟典雅　唐寫本「雅」作「懿」。趙云:「案御覽五八八引此文,正與唐本合。」

辭必清鑠　唐寫本「辭」作「詞」。

汪洋以樹義　唐寫本「義」作「儀」。

唯纖曲巧致　唐寫本作「雖纖巧曲致」。趙云:「案唐本是也,御覽五八八引此文,正與唐本合。」

與情而變　唐寫本「與」作「興」。

其大體所底　唐寫本「底」作「弘」。御覽五八八引作「宏」。

讚者明也　唐寫本「明也」下有「助也」二字。趙云:「案黄本從御覽五八八引,補助也二字,與唐本正合。」

蓋唱發之辭也　唐寫本「辭」作「詞」。

及益讚于禹　唐寫本「讚」作「贊」。趙云:「案御覽五八八所引,與唐本正合。」

嗟歎以助辭也　唐寫本「也」字無。

及史班固書　唐寫本「固」作「因」。重規案:王利器云:「唐寫本作及史班固書。」誤認「曰」字。

頌體以論辭　唐寫本作「頌體而論詞也」。趙云:「案御覽五八八引以亦作而,與唐本正同。」

又紀傳侈評　唐寫本「侈」作「後」。趙云：「案黄本依朱校，據御覽改侈爲後，與唐本正同。」

及景純注雅　唐寫本「注」下有「爾」字。

動植讚之　唐寫本「讚」作「贊」。

義兼美惡　唐寫本「義」作「事」。趙云：「案御覽五八八引作讚，唐本又異。」

然其爲義　唐寫本「然」下有「本」字。趙云：「案唐本是也，黄本據御覽于然下增本字，與唐本正合。」

促而不曠　黄叔琳本「曠」作「廣」，校云：「一作曠，從御覽改。」唐寫本作「曠」。楊云：「按御覽五八八所引非是。」

盤桓乎數韻之辭　唐寫本「乎」作「于」，「辭」作「詞」。

昭灼以送文　唐寫本「昭」作「照」。楊云：「宋本御覽五八八引同，按照字是。」

容體底頌　唐寫本「體」作「德」。

鏤影摛文　唐寫本「文」作「聲」。趙云：「案唐本是也，黄本作鏤彩摛文，非是。」

聲理有爛　唐寫本「聲」作「文」。趙云：「案唐本是也，當據改。」

年積逾遠　唐寫本「積」作「述」。楊云：「按迹字是。年迹與下音徽對。今本蓋聲之誤也。」

祝盟第十

祀徧群臣　唐寫本「祀」作「禮」，「臣」作「神」。

是生黍稷　唐寫本「黍稷」作「稷黍」。

資乎文辭　唐寫本「乎」作「于」,「辭」作「詞」。

昔伊祈始蜡　唐寫本「祈」作「耆」。趙云:「案唐本是也。黄本依柳校,改祈作耆,與唐本正同。」

其辭云　唐寫本「辭」作「詞」。

土及其宅　唐寫本「及」作「反」。趙云:「案唐本是也,黄本依許校,改及作反,與唐本正同。」

愛在兹矣　唐寫本「愛」作「曖」。

舜之祠田云荷此長耜耕彼南畝四海俱有　唐寫本「四」上有「與」字。趙云:「案唐本是也,與字當據補。御覽八十一引尸子云:『舜兼愛百姓,務利天下,其田歷山也,荷彼耒耜,耕彼南畝,與四海俱有其利。』觀路史後紀十二注及王應麟困學紀聞十,即彦和此文所本,是其證。」

即郊禋之祠也　唐寫本「祠」作「辭」。

則雩禜之文也　唐寫本「則」作「即」。

掌六祀之辭　唐寫本「祀」作「祝」。

夙興夜處　唐寫本「處」作「寐」。

言於附廟之祝　唐寫本「附」作「祔」,「祝」作「祀」。

多福無疆　唐寫本「無疆」作「无彊」。

所以寅處於神祇　唐寫本「處」作「虔」,「祇」作「祗」。

春秋已下　唐寫本「春」上有「自」字。

祀幣史辭　唐寫本「祀」作「祝」，「幣」作「弊」，「辭」作「詞」。

至於張老成室致善於歌哭之禱　唐寫本「於」作「如」，「成」作「賀」，「善」作「美」，「歌」作「哥」。趙云：「案唐本是也，檀弓下云：『晉獻文子成室，晉大夫發焉，張老曰：美哉輪焉，美哉奐焉，歌於斯，哭於斯，聚國族於斯。』即此文所出，當據唐本訂正。」

獲佑於筋骨之請　唐寫本「佑」作「祐」。

若夫楚辭招魂　唐寫本「辭」作「詞」。

可謂祝辭之組纚也　唐寫本「纚」作「麗」，「也」上有「者」字。楊云：「按唐本作麗是也。法言吾子篇：『或曰：霧縠之組麗。』此舍人組麗二字所本。」

漢之羣祀　唐寫本「漢」上有「逮」字，「之」作「氏」。趙云：「案逮字當據唐本補。」楊云：「按詔策篇『晉氏中興』，奏啓篇『晉氏多難』，句法與此相同，則唐寫本作氏是也。」

肅其旨禮　唐寫本「旨」作「百」。楊云：「按旨字不可解，唐本作百，是。百禮蓋概括之辭，言其禮多耳。誄碑篇：『百言自陳。』今本亦誤百爲旨，與此同。」

既總碩儒之儀　唐寫本「儀」作「義」。

異於成湯之心　唐寫本「於」作「乎」。

倀子敺疾　唐寫本「倀」作「振」，「疾」作「疫」。趙云：「案作疫，是也，與黃本依王氏校改正合。後漢書禮儀志云：『大儺謂之逐疫，選中黃門子弟，十歲以上，十二以下，百二十人爲侲子。』是其證。」

同乎越巫之祝　唐寫本「乎」作「於」，「祝」作「説」。

體失之漸也　黃本「體」作「禮」，唐寫本作「體」。

黃帝有祝邪之文　唐寫本「祝邪」作「呪耶」。重規案：六朝人邪耶同作。

唯陳思誥　唐寫本「誥」下有「咎」字，「誥」作「詰」。王利器云：「詰原作誥，從唐寫本改。咎原脱，梅據曹補。按曹補是，唐寫本正有咎字。子建詰咎文，見藝文類聚一百（詰誤誥）。困學紀聞十七云：『曹子建詰咎文，假天帝之命，以詰風伯雨師。』是也。」

若乃禮之祭祀　唐寫本「祀」作「祝」。重規案：唐本是。

祭而兼讚　唐寫本「讚」作「贊」。

蓋引神而作也　唐寫本「而」作「之」。

然則策本書贈因哀而爲文也　唐寫本「贈」作「賵」，「而」字無。楊云：「按儀禮既夕禮：『書賵於方。』鄭注：『方，板也。書賵奠賻贈之人名與其物於板。』則唐寫本作賵是也。賵、贈二字形近，每易淆誤。」

誄首而哀末　唐寫本「首」作「體」。

頌體而呪儀　唐寫本「呪」作「祝」。

太史所作之讚因周之祝文也　唐寫本作「太祝所讀固祝之文者也」。

凡群言發華而降神實務　唐寫本作「凡群言務華而降神務實」。

修辭立誠　唐寫本「辭」作「詞」。

在於無媿　唐寫本「媿」作「愧」。

班固之祀濛山　唐寫本「祀濛山」作「祠涿山」。趙云：「案唐本是也，文選顏延之曲水詩序注，王儉褚淵碑文注、虞羲詠霍將軍北伐詩注、宣德皇后令注、丘遲與陳伯之書注均引班固涿邪山祝文，今本譌涿爲濛，遂使後人無從考索矣。」

祈禱之誠敬也　唐寫本「祈禱」作「禱祈」。

奠祭之恭哀也　唐寫本「奠祭」作「祭奠」。

騂毛白馬　唐寫本「毛」作「旄」。趙云：「案唐本是也。騂旄出左襄十年傳，當據改。」

陳辭乎方明之下　唐寫本「辭」作「詞」。

以及要契　唐寫本「以」作「弊」，「契」作「刼」。

崇替在人　唐寫本「替」作「替」。趙云：「案唐本是也，與黄本正同。」

呪何預焉　唐寫本「呪」作「祝」，「預」作「豫」。

若夫臧洪歃辭氣截雲蜺　趙云：「唐寫本『歃辭』作『唾血』，『氣』作『辭』。」重規案：唐寫本實作若夫臧洪唽血辭截雲蜺。歃通作唽，後漢書馮衍傳：「唽血昆陽。」唐寫本歃寫作唽，乃唽字；欬唾字作「唾」，見辨騷篇，知此篇乃唽字，非唾字也。

而無補於晉漢反爲仇讎　唐寫本「補」下有「於」字，「晉漢」作「漢晉」，「反」上有「而」字。

故知信不由衷　趙云：「不由作由不。」重規案：唐寫本乙倒，實作「不由」。楊又襲趙而誤。

獎忠孝　唐寫本「獎」下有「乎」字。

共存亡戮心力　唐寫本作「存亡勠力」。

切至以敷辭　唐寫本「辭」作「詞」。

然非辭之難　唐寫本「辭」作「詞」。

宜在殷鑒　唐寫本「在」作「存」。

毖祀欽明　趙云：「唐寫本作毖祀唾血。」重規案：唐寫本實作「秘祀哂血」。

修辭必甘　唐寫本「辭」作「詞」。

文心雕龍卷之三　唐寫本作「卷弟三」。

銘箴第十一

大禹勒筍簴而招諫　唐寫本「筍」作「簨」，「而」作「以」。趙云：「案御覽五九〇引而作以。」

題必戒之訓　唐寫本「戒」作「誡」。趙云：「案御覽五九〇所引，與唐本正合。」

則先聖鑒戒　唐寫本作「列聖鑒戒」。趙云：「案唐本是也，御覽五九〇所引，正與唐本合。」楊云：「案唐本是也。今本則字乃列之形誤；則聖鑒戒，於文不辭，故又增先字以足之耳。封禪篇『騰休明於列聖之上』，正以列聖連文。」

故銘者名也　唐寫本無「故」字。

觀器必也正名審用貴乎盛德　唐寫本「必也」作「必名焉」，「盛」作「慎」。趙云：「御覽五九〇引盛作慎，與唐本合。」楊云：「唐寫本作『銘者，名也，親器必名焉。正名審用，貴乎慎德』。按唐本僅親字有誤（唐本皆作親），餘並是也。今本作觀器必也正名，蓋寫者涉論語子路『必也正名乎』之文而誤。後遂於名字下加豆。盛，御覽五九〇、玉海六〇亦並引作慎，與唐本合（餘同今本）。法言修身篇：『或問銘。曰：銘哉！銘哉！有意於慎也。』是銘之用，固在慎德矣。頌讚篇『敬慎如銘』，亦可證。」重規案：唐寫本觀旁勸旁草書皆與親相似，實非誤字。

蓋臧武仲之論銘也　唐寫本「武」字無。

曰天子令德諸侯計功大夫稱伐　唐寫本此三句脱。

夏鑄九牧之金鼎周勒肅慎之楛矢　唐寫本「鼎」字「矢」字均無。趙云：「案御覽五九〇所引與唐本正合。」

魏顆紀勳於景銘　唐寫本「銘」作「鍾」。楊云：「黄校云：『鐘，元作銘，曹改。』按曹改是。唐寫本作鐘，御覽五九〇、玉海二百四、金石例九並引作鍾。鐘與鍾通。」重規案：唐寫本實作鍾。

孔悝表勒於衛鼎　唐寫本「勒」作「勤」。趙云：「案唐本是也，與御覽五九〇所引合，黄本同。」

靈公有蒿里之謚　唐寫本「蒿」作「舊」。

吁可怪矣　唐寫本作「噫可怪也」。趙云：「案御覽五九〇所引與唐本正合。」

趙靈勒跡於番禺　唐寫本「跡」作「迹」，「番禺」作「潘吾」。趙云：「案唐本是也，御覽五九〇引此文，亦作番吾，張榜本韓子外儲説左上正作潘吾，與唐本合，番、潘通用。」

秦昭刻傳於華山　唐寫本「傳」作「博」。趙云：「案唐本是也。與御覽五九〇所引合，黄本依朱氏校改同。」

吁可茂也　唐寫本「茂」作「笑」。趙云：「案唐本是也，與御覽五九〇所引合，黄校同。」

亦有疎通之美焉　唐寫本「有」作「其」。

若班固燕然之勒　唐寫本「若」字無。

張昶華陰之碣　唐寫本「昶」作「旭」。

僑公之箴吐納典謨　唐寫本「僑」作「橋」，「箴」作「鉞」，「吐」上有「則」字。

準矱戒銘　唐寫本「戒」作「武」。趙云：「案唐本是也，當據改。」

而居博奕之中　唐寫本「中」作「下」。趙云：「案御覽五九〇所引，與唐本正合。」

而在臼杵之末　唐寫本「臼杵」作「杵臼」。

曾名品之末暇　唐寫本「末」作「未」。

何事理之能閒哉　唐寫本「閒」作「閑」。

唯張采劍閣　唐寫本「采」作「載」。趙云：「案唐本是也，御覽五九〇所引，正與唐本合，黄本依謝氏校改同。」

其才清采　唐寫本作「清采其才」。

勒銘岷漢　唐寫本「勒銘」作「詔勒」。趙云：「案御覽五九〇所引，正與唐本合。」楊云：「按唐本是也。詔勒，即晉書載本傳所謂武帝遣使鐫之於劍閣山之意。」

箴者　唐寫本下有「針也」二字。楊云：「按本書釋名，概繫二字以訓，此應從唐本增。」

斯文興盛於三代　唐寫本「文」下有「之」字。趙云：「案唐本是也，御覽五八八引同。」

及周之辛甲百官箴一篇體義備焉　唐寫本「及」字無，「箴」下有「闕唯虞箴」四字。趙云：「案唐本是也，御覽五八八引同。左襄四年傳曰：『昔周辛甲之爲大史也，命百官官箴王闕，于虞人之箴曰：芒芒禹跡，畫爲九州，經啟九道，民有寢廟（中略），獸臣司原，敢告僕夫。』即此文所出，各本俱脫，當據唐本補訂。」

楚子訓民於在勤　唐寫本「民」作「人」。趙云：「案與御覽五八八所引合。」

銘辭代興　唐寫本「辭」作「詞」。

箴文委絶　唐寫本「委」作「萎」。趙云：「案與御覽五八八所引合。」

卿尹州牧廿五篇　唐寫本「州」作「九」。

鞶鑑可徵　唐寫本「可」作「有」。趙云：「案唐本是也，御覽五八八引同。」

信所謂追清風於前古攀辛甲於後代者也　唐寫本「信」字無，「所」作「可」。趙云：「案唐本是也，御覽五八八引同。」

温嶠傅臣　唐寫本「傅」作「侍」。趙云：「案唐本是也，御覽五八八引同。晉書温嶠傳云：『嶠在東宮，數陳規諷，獻侍臣箴。』是其證。」

引廣事雜　唐寫本作「引多而事寡」。趙云：「案唐本是也，與御覽五八八及黄校引一本均合。」

義正體蕪　唐寫本「正」下有「而」字。

乃寘巾履　唐寫本「履」作「屨」。

得其戒慎而失其所施　唐寫本「戒」作「誡」，「所」字無。

憲章戒銘　唐寫本「戒」作「武」。趙云：「案唐本是也，與御覽五八八引合。」

名目雖異　唐寫本「目」作「用」。楊云：「按此承上箴誦於官銘題於器之詞，用字是也。宋本御覽五八八引同。」

故文質確切　唐寫本「質」作「資」，「確」作「确」。趙云：「案唐本是也，與御覽五八八引合，黄本依朱改同。」

所以箴銘異用　唐寫本「異」作「寡」。

罕施代　唐寫本「施」下有「後」字。趙云：「案唐本是也，與御覽五八八引合，黄本施下有於字，即後字之譌。」

唯乘文君子宜酌其遠大焉　唐寫本「乘」作「秉」，「大」下有「者」字。

銘實表器　唐寫本「表器」作「器表」。趙云：「案唐本是也。器表與下句德軌相儷見義。」

敬言乎履　唐寫本作「警乎立履」。趙云：「案唐本是也，當據訂。」

誄碑第十二

其詳靡聞　唐寫本「詳」作「詞」。趙云：「案唐本是也，當據改。」

在萬乘　唐寫本「在」上有「其」字。楊云：「按其字當有，於乘下加豆，文勢較暢。檄移篇：『其在金革，則逆黨用檄。』詔策篇：『其在三代，事兼誥誓。』章表篇：『其在文物，赤白曰章。』句法並與此同，可證。」

逮尼父卒　唐寫本「父」下有「之」字。趙云：「案唐本是也，與御覽五九六引同。」

觀其慭遺之切　唐寫本「切」作「辭」。

至柳妻之誄惠子　唐寫本「妻」作「婁」。

暨乎漢世　唐寫本「乎」作「于」。

文實煩穢　唐寫本「煩」作「繁」。

沙麓撮其要而摰疑成篇　唐寫本「麓」作「鹿」，「摰」作「執」，「其」字無。趙云：「案明鈔本御覽五九六，引此文有其字，餘與唐本同。」楊云：「案春秋僖十四年經：秋八月辛卯，沙鹿崩。作鹿。舍人必原作鹿。寫者蓋據漢書元后傳改耳。」

傅毅所制　唐寫本「制」作「製」。

孝山崔瑗　唐寫本「孝山」作「蘇順」。趙云：「案孝山乃蘇順字，此處不當稱字，當從唐本訂改。」

辨絜相參　唐寫本「絜」作「潔」。

觀序如傳　唐寫本「觀」下有「其」字,「序」下有「事」字。

潘岳構意　唐寫本「意」作「思」。

巧於序悲　唐寫本「序」作「叙」。

能徵厥聲者也　唐寫本「徵」作「徽」。

文皇誄末旨言自陳　唐寫本「末」誤「未」,「旨」作「百」,「言」下有「而」字。

若夫殷臣誄湯　唐寫本「誄」作「詠」。

周史歌文　唐寫本「歌」作「哥」。

始序致惑　唐寫本「惑」作「感」。趙云:「案唐本是也,與御覽五九六所引合。」

景而效者　唐寫本「景」作「影」。

詳夫誄之爲制　唐寫本「制」作「製」。

道其哀也悽焉如可傷　唐寫本「道」作「述」,「如」作「其」。

碑者埤也　唐寫本「埤」作「裨」。趙云:「案與御覽五八九所引同。」

上古帝皇　唐寫本「皇」作「王」。趙云:「案與御覽五八九所引同。」楊云:「按以封禪篇固知玉牒金鏤,專在帝皇也例之,皇字是。」

始號封禪　唐寫本「始」作「紀」。趙云:「案與御覽五八九所引同,當據改。」

樹石埤岳　唐寫本「埤」作「裨」。趙云：「案與御覽五八九所引同。」

亦石碑之意也　唐寫本「石」字無。

事正麗牲　唐寫本「正」作「止」。趙云：「案唐本是也，與御覽五八九所引及黄校均合。」楊云：「祝盟篇『事止告饗』，句法與此相同，亦足爲當作止之證。」

自後漢以來　唐寫本「以」作「已」。

周乎衆碑莫非清允　唐寫本「乎」作「胡」。趙云：「案唐本是也，與御覽五八九引合，蔡中郎文集有汝南周勰碑，陳留太守胡碩碑，太傅胡廣碑，今本胡譌作乎，則文義殊乖矣。」

察其爲才自然而至　唐寫本「至」下有「矣」字。楊云：「案唐本是也，與御覽五八九引合。」

有慕伯喈　唐寫本「慕」作「摹」。

及孫綽爲文志在碑誄　唐寫本「志在碑誄」作「志在於碑」。楊云：「宋本御覽五八九引同。按晉書綽本傳止稱其善於碑文（詳黄注），本段亦單論碑，誄字實不應有，當據訂。」

温王郗庾　唐寫本「郗」作「郗」。

最爲辨裁　唐寫本「裁」下有「矣」字。

其序則傳　唐寫本「序」作「叙」。

標序盛德　唐寫本「序」作「叙」。

此碑之制也　唐寫本「制」作「致」。楊云：「宋本御覽五八九引同。」

事光於誄　唐寫本「光」作「先」。楊云:「唐寫本是也。與御覽五八九引合。」

是以勒石讚勳者入銘之域　唐寫本「石」作「器」。趙云:「案與御覽五八九引同。」楊云:「按器字長。銘箴篇『銘題於器』,即其義也。」

樹碑述己者　唐寫本「己」作「亡」。楊云:「宋本御覽五八九引同。」

寫實追虚　唐寫本「實」作「遠」。

銘德慕行　唐寫本「慕」作「纂」。趙云:「案作纂義較長。」

文采允集　唐寫本「文」作「光」。

頽影豈忒　唐寫本「忒」作「戢」。楊云:「本贊純用緝韻,此當以作戢爲是;若作忒,則失其韻矣。」

哀弔第十三

蓋下淚之悼　唐寫本「淚」作「流」。楊云:「御覽五九六引作下流。按作下流是。三國志魏書閻温傳載張就被拘執與父恭疏,有『願不以下流之愛,使就有恨於黄壤也』語,其用下流二字誼,正與此同。」鈴木云:「作下流可從。下流指卑者而言。指瑕篇曰:『施之下流。』雕龍下流之義可知。」

事均夭横　唐寫本「横」作「枉」。趙云:「案與御覽五九六引合。」楊云:「按枉字是。華陽國志巴志:『是以清儉夭枉不聞。』文選謝靈運廬陵王墓下詩:『脆促良可哀,夭枉特兼常。』並其證。」

抑亦詩人之哀辭乎　唐寫本「辭」作「詞」。

而霍侯暴亡　唐寫本「侯」作「嬗」。楊云:「黄本作子侯,校云:『元作光病,曹改;又一本作霍嬗。』

按黄氏所稱一本是也。唐本、宋本御覽五九六引，並作霍嬗。漢書霍去病傳：『嬗字子侯。』曹改非。」

及後漢　唐寫本「及」上有「降」字。趙云：「案唐本是也，與御覽五九六引合。」

始變前戒　唐寫本「戒」作「式」。趙云：「案唐本是也，與御覽五九六引合，黄本據謝氏校改同。」

怪而不辭　唐寫本「辭」字缺。

頗似歌謡　唐寫本「歌」作「哥」。

亦彷佛乎漢武也　唐寫本作「亦髣髴乎漢式也」。

至於蘇慎張升　唐寫本「慎」作「順」。趙云：「案唐本是也，與御覽五九六引合。」

雖發其情華而未極心實　唐寫本「情」字無，「極」下有「其」字。趙云：「案明鈔御覽五九六引亦無情字，疑此文當作雖發其華，而未極其實。」重規案：唐本蓋脱情字。

實踵其美　唐寫本「踵」作「鍾」。楊云：「宋本御覽五九六引同。按鍾字是。才略篇：『潘岳敏捷，辭自和暢，鍾美於西征，賈餘於哀誄。』是其證。左昭二十八年傳『天鍾美於是』，當爲舍人鍾美二字所出。」

觀其慮善辭變　唐寫本「善」作「贍」。趙云：「案與明鈔御覽五九六引合。」楊云：「按贍字是。章表篇『觀其體贍而律調』，才略篇『理贍而辭堅』，句法與此相同，可證。」

情洞悲苦　唐寫本「悲」作「哀」。

莫之或繼也　唐寫本「也」字無。

故譽止於察惠　唐寫本「於」作「乎」。

觀文而屬心則體奢奢體爲辭則雖麗不哀　唐寫本「奢」均作「夸」。

言神至也　唐寫本「神」下有「之」字。

及晉築虎臺　唐寫本「虎」作「虒」。趙云：「案唐本是也，與御覽五九六引，黄本據孫氏校改同。」

使蘇秦　唐寫本作「史趙蘇秦」。趙云：「案唐本是也，與御覽五九六引合，黄本孫補同。」

或驕貴而殞身　唐寫本「而」作「以」。

或狷忿以乖道　唐寫本「以」作「而」。

或美才而兼累　唐寫本「美才」作「行美」。

體同而事覈　唐寫本「體」上有「然」字，「同」作「周」。

及平章要切　唐寫本「平」作「卒」。趙云：「案御覽五九六引，及黄校引一本，均與唐本合。」

思積切寡　唐寫本「切」作「功」。

意深文略　唐寫本「文略」作「反騷」。

並敏於致語　唐寫本「語」作「詰」。楊云：「宋本御覽五九六引同。按詰字是。下句云：影附賈氏，難爲並驅；今誦長沙弔屈原文，自訊曰以下有致詰意。叔皮伯喈所作，雖無全璧，然據藝文類聚(卷四十引蔡邕弔屈原文，卷五六引班彪悼離騷文)所引者，亦皆有致詰之詞。」重規案：王利器謂唐寫本作誥，非。

褒而無聞　唐寫本「聞」作「間」。重規案：胡廣阮瑀王粲均有弔夷齊文。胡阮則褒嘉無間然之辭，仲宣則譏呵有傷之之意。宜從唐寫本作無間，文義方貫。

仲宣所制　唐寫本「制」作「製」。

各志也　唐寫本「各」下有「其」字。趙云：「案唐本是也，與御覽五九六合。」

降斯以下　唐寫本「以」作「已」。

割析褒貶　唐寫本「割」作「剖」。

辭定所表　唐寫本「定」作「之」，「表」作「哀」。

迷方告控　唐寫本「告」作「失」。趙云：「案與黄校所引一本合。」

雜文第十四

藻溢於辭　唐寫本「辭」作「詞」。

辭盈乎氣　唐寫本「辭」作「辨」。

故日新殊致　唐寫本「新」下有「而」字。

氣實使之　唐寫本「之」作「文」。

腴辭雲搆　唐寫本「辭」作「詞」。楊云：「搆，唐寫本作構，按構字是。」重規案：唐寫本實作搆。六朝唐人寫本，木旁多作才。

本麗風駭　唐寫本「本」作「夸」。

始雅末正　唐寫本「雅」作「邪」。趙云：「案唐本是也，與御覽五九〇引合。」

揚雄覃思文闊　唐寫本「覃」作「淡」。楊云：「按唐本非是。此文覃思，即漢書雄本傳默而好深湛之思也。又叙傳述：『綴而覃思，草法纂玄。』文選班固答賓戲：『揚雄覃思，法言太玄。』晉書夏侯湛傳：『揚雄覃思於太玄。』蓋舍人謂雄覃思之所本。神思篇『覃思之人』，才略篇『業深覃思』，亦並以覃思連文。唐本作淡，非音近之誤，即寫者妄準闊字改也。」重規案：范注云：「文闊，當作文閣，漢書揚雄傳贊：雄校書天禄閣。」

其辭雖小　唐寫本「其」上有珠連二字。

凡此三者　趙云：「唐寫本作凡三此文，誤。」重規案：唐寫本有乙倒，實作凡此三文。

暇豫之末造也　唐寫本「豫」作「預」。

自對問以後　唐寫本「以」作「已」。

東方朔效而廣之　唐寫本「效」作「効」。

雜以諧謔　唐寫本「謔」作「調」。

吐典言之裁　唐寫本「裁」作「式」。

張衡應問　黄本「問」作「閒」，唐寫本作「問」。

景純客傲　唐寫本「景純」作「郭璞」。

庾凱客咨　唐寫本「凱」作「敳」，「咨」作「諮」。趙云：「案唐本是也，黄本據欽校，改凱爲敳，與唐本正合。」

意榮而文粹　唐寫本「粹」作「悴」。楊云：「黄校云：元作粹，朱改。按朱改是也，唐本正作悴。以總術篇『或義華而聲悴』證之，自以作悴爲是。榮悴相反成義。」

無所取裁矣　唐寫本「裁」作「才」。楊云：「按唐本是也。論語公冶長篇『無所取材（與才通）』，蓋舍人所本。檄移篇『無所取才矣』，尤可證。」

原兹文之設　唐寫本「原」下有「夫」字。楊云：「按唐本是也。銓賦、頌讃、哀弔、史傳、論説、章表諸篇，並有此種語法。」

迺發憤以表志　唐寫本「迺」作「乃」，「以」作「而」。

此立本之大要也　唐寫本「本」作「體」。楊云：「按唐本是也。徵聖篇『或明理以立體』，宗經篇『禮以立體』，書記篇『隨事立體』，並足爲當作立體之證。」

自七發以下　唐寫本「以」作「已」。

入博雅之巧　唐寫本「博雅」作「雅博」。

植義純正　唐寫本「植」作「指」。楊云：「按以檄移篇故其植義颺辭證之，此當以植字爲是。唐寫本作指，殆植之形誤。」

自桓麟七説以下左思七諷以上　唐寫本「以」均作「已」。

壯語畋獵　唐寫本「畋」作「田」。趙云：「案與御覽五九〇引合。」

窮瓌奇之服饌　唐寫本「瓌」作「瑰」。

甘意摇骨體　唐寫本「體」作「髓」。趙云：「案唐本是也，與御覽五九〇引合，黄本引楊校同。」

而終之以居正　唐寫本「終」上無「而」字。趙云：「案與御覽五九〇引合。」

然諷以勸百　唐寫本「以」作「一」。趙云：「案唐本是也，與御覽五九〇引及黄本均合。」

子雲所謂先騁鄭衛之聲曲終而奏雅者也　唐寫本「先」字「衛」字「之」字均無。趙云：「案與御覽五九〇引合，疑古本如此。」

唯七厲叙賢　唐寫本「厲」作「例」。

擬者間出　唐寫本「間」作「間」。

里配捧心　唐寫本「配」作「醜」。趙云：「案唐本是也，與御覽五九〇引同，黄氏謝氏校改同。」

唯士衡運思理新文敏　唐寫本「運」字「理」字均無。

豈慕珠仲四寸之璫乎　唐寫本「仲」作「中」。黄本作「朱仲」。

思閒可贍　唐寫本「閒」作「閑」。

足使義明而辭淨　唐寫本「辭」作「詞」。

磊磊自轉　唐寫本「磊磊」作「落落」。

或典語誓問　唐寫本「語」作「誥」。

各入討論之或　唐寫本「入」字無，「討」作「詩」，「或」作「域」。

故不曲述　唐寫本「述」下有「也」字。

學堅多飽　唐寫本「多」作「才」。楊云：「按唐本是也。學才相對爲文。」

技辭攢映　唐寫本「技」作「枝」。

嘒若參昂　唐寫本「嘒」作「彗」，「昂」作「昴」。

慕嚬之心於焉祇攪　唐寫本「之」下有「徒」字，「於」字無。楊云：「按唐本是也。祇衹二字，字異誼別，當以作衹爲是。詩小雅何人斯『衹攪我心』，此舍人所本。」

諧讔第十五　黄叔琳本作隱。鈴木云：「嘉靖本、王本、岡本隱作讔，燉煌本亦同。」

明照謹按：趙萬里、鈴木虎雄兩家同稱之嘉靖本，蓋即四部叢刊景印者。細審此本乃萬曆七年張之象所刻，非嘉靖本也。余曾撰涵芬樓景印文心雕龍非嘉靖本一文論證其誤，載一九七九年中華文史論叢第二輯。

《文心雕龍·隱秀篇》補文質疑

《文心雕龍·隱秀篇》中的四百多字補文，自從清代紀昀一再抉發其爲明人僞撰後，幾乎已成定讞，無人懷疑。去年春，詹鍈先生獨持異議，撰《文心雕龍隱秀篇補文的真僞問題》一文，登《文學評論叢刊》第二輯上，予以辨白。夷考其實，却有難於信服之感。短筆敢陳，就教於詹先生。

一

判斷一篇文、一首詩或一部書的真僞，首先必須瞭解其來龍去脈，經過多方考索，反覆分析，然後纔有可能得出較爲正確的結論。這對研討《文心雕龍·隱秀篇》補文的真僞問題來説，也不例外。

就個人涉獵所及，《隱秀篇》的補文來源有三：

一、錢允治（字功甫）從阮華山所得宋本　最早鈔補《隱秀篇》缺文的是錢允治。他的跋文説：

> 按此書至正乙未（一三五五）刻於嘉禾，弘治甲子（一五〇四）刻於吴門，嘉靖庚子（一五四〇）刻於新安，辛卯（一五三一）刻於建安，癸卯（一五四三）又刻於新安，萬曆己酉（一六〇九）刻於南昌，至《隱秀》一篇，均之缺如也。余從阮華山得宋本鈔補，始爲完書。甲寅（一六一四）七月二十四日，書於南宫坊之新居。時年七十四歲。功甫記。〔一〕

這篇短跋，記述了鈔補缺文的來源和時間，足見錢允治的確是《隱秀篇》缺文鈔補的第一人。次年，朱謀

墇得到傳録的補文,就是來自錢允治的萬卷樓,并把它寫寄梅慶生(字子庾)補刻。他也有跋文叙其原委:

《隱秀》中脱數百字,旁求不得。梅子庾既以注而梓之〔二〕。萬曆乙卯(一六一五)夏,海虞許子洽於錢功甫萬卷樓檢得宋刻,適存此篇。喜而録之。來過南州,出以示余,遂成完璧。因寫寄子庾補梓焉。子洽名重熙,博奥士也。原本尚缺十三字,世必再有别本可續補者。〔三〕

天啟二年(一六二二)梅子庾第六次校定後重修本〔四〕,《隱秀篇》增加了兩板補刻的四百多字缺文,就是由朱謀墇寫寄的。這個本子流傳較多,并非孤本。

錢允治鈔補了《隱秀篇》缺文的原本,後歸錢謙益。順治七年(一六五〇)絳雲樓失火,其書遂化爲灰燼。但在這之前的天啟七年(一六二七),馮舒(字已蒼,號孱守居士)曾借去託謝恒(字行甫)鈔了一部;《隱秀篇》自「始正而末奇」句起直至篇末贊文,則是馮舒自己鈔的。他在跋文裏曾説:

歲丁卯(即天啟七年),予從牧齋(即錢謙益)借得此本,因乞友人謝行甫録之。録畢,閱完,因識此。其《隱秀》一篇,恐遂多傳於世,聊自録之。八月十六日,孱守居士記。

南都有謝耳伯(名兆申)校本,則又從牧齋所得本,而附以諸家之是正者也。……聞耳伯借之牧齋時,牧齋雖以錢本與之,而祕《隱秀》一篇。故别篇頗同此本,而第八卷獨缺。今而後始無憾矣。〔五〕

丁卯中秋日閲始,十八日始終卷。此本一依功甫原本,不改一字。即有確然知其誤者,亦列之卷端,不敢自矜一隙,短損前賢也。孱守居士識。〔六〕

這部鈔校本，迭爲季振宜、陳揆、瞿鏞諸收藏家所珍藏〔七〕，歷三百餘年而巋然無恙。現藏北京圖書館。這裏還得一提的，是馮舒的三則硃筆跋文對他自己和謝兆申所借得的底本的稱呼，不曰阮華山宋本，而只稱爲「錢本」或「功甫原本」，這就説明錢謙益收藏的只是錢允治鈔補了《隱秀篇》缺文的那個本子，并非阮華山所稱的那部宋本。同時，第三則跋文中的「不敢自矜一隙，短損前賢」兩句，也是對錢允治説的。如果阮本已歸他所有，「前賢」二字就用不上了。

上面的三個本子同出一源。阮本雖已無從究詰，錢本亦被火化，其他兩本幸存，尚可查閲。

二、朱謀㙔（字孝穆）所見宋本　　除錢允治外，見過所謂宋本的另一人是朱謀㙔。徐𤊹（字興公）的萬曆己未（一六一九）跋文説：

第四十《隱秀》一篇，原脱一板。予以萬曆戊午（一六一八）之冬，客游南昌，王孫孝穆云：「曾見宋本，業已鈔補。」予亟從孝穆録之。……因而告諸同志，傳鈔以成完書。古人云：「書貴舊本。」誠然哉！　己未秋日，興公又記。〔八〕

朱謀㙔所見宋本與阮華山的宋本是一是二，已無法指實。好在徐𤊹的校本還藏在北京大學圖書館，可供參考。

三、何煌（字心友）從吴興賈人所得舊本　　最珍視《隱秀篇》補文的何焯，康熙庚辰（一七〇〇）跋文曾記其由來：

康熙庚辰，心友弟從吴興賈人得一舊本，適有鈔補《隱秀篇》全文。除夕，坐語古小齋，走筆録

之。焯識。〔九〕

何焯所録的《隱秀篇》補文，流傳廣，影響大。其原本雖已不可復得，但黄叔琳《輯注》本《隱秀篇》補文，就是據何氏「校正本」迻録的〔一〇〕。近因稍暇，特將黄本所補入者與向所臨校的梅慶生天啟重修本、馮舒校本、徐𤊹校本仔細勘對，僅有個别字句的差異，其餘完全相同。這就不難推定，它們的祖本可能是一個。那麽，我們能不能就此遽認爲四百多字的補文即出於宋本，從而斷定它也是真的呢？不能！還得作進一步的研討。

二

發《隱秀篇》補文之覆的，最初是紀昀。這裏，無妨先把他的原文鈔來看看：

此篇出於僞託，義門（即何焯）爲阮華山所欺耳。〔一一〕

此一頁，詞殊不類，究屬可疑。「嘔心吐膽」，似摭玉溪《李賀小傳》「嘔出心肝」語；「煅歲煉年」，似摭《六一詩語》周樸「月煅季煉」語。稱淵明爲彭澤，乃唐人語；六朝但有徵士之稱，不稱其官也。稱班姬爲匹婦，亦摭鍾嶸《詩品》語。此書成於齊代，不應述梁代之説也。且《隱秀》之段，皆論詩而不論文，亦非此書之體。似乎明人僞託。不如從元本缺之。〔一二〕

癸巳（一七七三）三月，以《永樂大典》所收舊本校勘，凡阮本所補悉無之，然後知其真出僞撰。〔一三〕

> 是書至正乙未刻於嘉禾，至明弘治、嘉靖、萬曆間，凡經五刻，其《隱秀》一篇，皆有缺文。明末常熟錢允治稱得阮華山宋槧本，鈔補四百餘字。然其書晚出，别無顯證，其詞亦不類。如「嘔心吐膽」，似摭《李賀小傳》語；「煅歲煉年」，似摭《六一詩語》論周樸語。稱班姬爲匹婦，亦似摭鍾嶸《詩品》語。皆有可疑。況至正去宋未遠，不應宋本已無一存，三百年後，乃爲明人所得。又考《永樂大典》所載舊本，缺文亦同。其時宋本如林，更不應内府所藏，無一完刻。阮氏所稱，殆亦影撰。何焯等誤信之也。〔一四〕

紀昀這些話，除個别辭句有問題外，其餘都有理有據，基本上是正確的。如果要全部予以推翻，恐怕還不那麼容易。

説也奇怪！阮華山的宋本，只見於錢允治的跋文；朱謀㙔所見的宋本，亦只見於徐𤊹的跋文。這兩部曇花一現的宋本，不僅明清公私書目未見著録，其他文獻如序跋、筆記之類，也無一語提及。來既無踪，去又無影，怎能不令人産生疑竇？

本來，錢允治跋文中「余從阮華山得宋本鈔補，始爲完書」兩句，只是説根據阮華山所稱的宋本在他原有不全的本子《隱秀篇》裏鈔補了缺文，并未説到那部阮本已歸他所有了。原跋具在，大可覆按。錢允治死後，藏書散出，錢謙益得到的那部《文心雕龍》，就是馮舒所説的「錢本」，而不是什麼阮華山的宋本。馮舒天啟七年寫的三則跋文，交代得很清楚，是不應引起誤解的。再看《絳雲樓書目》卷四所著録的《文心雕龍》，既未冠有「宋板」二字，陳景雲也未作注説它是宋本。可見絳雲樓中是不會藏有宋板

《文心雕龍》的。這就是説,阮華山所稱的宋本,自錢允治一見後,即已杳如黄鶴,不知去向;絳雲樓所燒掉的,根本不是什么阮華山所稱的那部宋本。詹文却説:「阮華山的宋本《文心雕龍》,先歸錢功甫,然後又歸錢謙益收藏,……這部宋本《文心雕龍》,可能在錢謙益的絳雲樓失火時一并燒掉,所以這個本子以後就不見著録。」似乎是錯會了錢允治和馮舒二人跋文的原意。

令人不解的是,有「老屋三間,藏書充棟。其嗜好之勤,雖白日校書,必秉燭緣梯上下」〔一五〕的錢允治,既然勤於校書,何以得到三百餘年來再現的宋本《文心雕龍》,鈔補了《隱秀篇》缺文之後即行擱筆,對其餘的四十九篇竟不一一臨校?

真是無獨有偶!錢謙益、馮舒二人對補有缺文的《隱秀篇》,也都視爲枕中祕籍:一個是不借給謝兆申看,一個是不讓謝恒代鈔。而許重熙「喜而録之」的,同樣是看中《隱秀篇》的補文。他們對其餘的那部分宋本,則都并不介意,等閑視之。這又足以説明,阮華山所稱的那部宋本始終是個謎。

再有,《文心雕龍》這部古代文學理論批評巨著,在唐宋以來的著述、特别是宋明兩代的類書中,它是被引用得最多最廣泛的一種〔一六〕。惟獨那四百多字的補文,從未有人引用它,豈非怪事!就以不全的《隱秀篇》而論,宋代題爲陳應行撰的《吟窗雜録》卷三七,曾襲用了其中六句;明代馮惟訥的《詩紀·别集統論上》卷四,王世貞的《藝苑卮言》卷一,潘基慶的《古逸書·後卷》,徐元太的《喻林》卷八六又八八,朱荃宰的《文通》卷二一等,不是零星的摘引,就是整篇鈔録,偏偏就是没有那四百多字補文中的任何一句。這不能説是偶然的現象。又如南宋初張戒《歲寒堂詩話》卷上所引的「情在詞外曰隱,狀溢目前曰秀」〔一七〕兩句，無疑是原本《隱秀篇》裏的話。殘缺了的《隱秀篇》没有它，倒不稀奇；阮華山所稱的宋本没有它，我們總不能牽引其它篇裏也有佚句、佚段爲之辯護吧。

根據板本以判定書的真僞，的確是鑒定古籍所使用的一種方法，但也不是唯一的絶對可靠的方法。就拿宋本來説，即使是宋槧宋印，也不能保證當中就無僞書或僞篇。《列子》不是有宋本嗎，能説它就是真的？《文選》不也有宋本嗎，其中李陵的《與蘇武詩》和《答蘇武書》，仍然逃不出後人的依託。漫説宋本，就是有六朝寫本，假的還是假的。僞古文《尚書》便是一例。這就説明單憑板本來判斷書的真僞，是多麽不可靠啊！

迷信板本，固然容易出問題；迷信專家、權威，同樣也容易出問題。如果認爲凡是經過專家、權威收藏或題跋過的書，都百分之百的可信無疑，那不免是要受騙的。比如：《天禄琳琅書目後編》著録的書，絶大部分不僅鈐有前代名家收藏的印記，而且是内府所藏，又經過彭元瑞的鑒定，按理不應有誤。然而，卷十一的那部所謂元板《文心雕龍》，却是明弘治十七年馮允中刻本〔一八〕。又如：《四部叢刊》中景印的《文心雕龍》，涵芬樓諸公「審其紙墨」定爲明嘉靖本。實際是萬曆七年張之象的原刻或初刻〔一九〕。這就不難看出，鑒定板本，并非易事。儘管錢允治、朱謀㙔、徐𤊹、錢謙益諸人既富收藏，又精鑒賞，但我們總不能盲目崇拜，更不能替他們隨便打包票。

判斷古書的真僞,不能迷信板本和專家、權威,已如上述。那麽,《隱秀篇》的補文究竟是真是假,這裏暫不先下論斷,具體作品必須進行具體分析。如果只是説:錢允治「是怎樣的珍視藏書,又是怎樣細心。他對於板本必然很精,豈是阮華山僞造宋本所能騙得了的」!朱謀瑋「已對《文心雕龍》這部書下了五十多年的功夫了。補的四百多字,如果是假的,又豈能瞞得過朱謀瑋的眼力」!徐𤊹「這樣博學的藏書家,而且手校《文心雕龍》幾十年,《隱秀篇》中鈔補的四百多字如果是假的,能瞞得過他的眼力嗎」?錢謙益「是懂得板本的,他的絳雲樓藏書,宋本很多。錢功甫鈔補的《隱秀篇》如果是假的,恐怕不會得到他的承認」。詹文給他們打的這幾張包票,未必就能保證《隱秀篇》的補文不是出於後人的僞撰。

三

空談非徵,試作如下剖析:

一、從論點上看:《文心雕龍》中的許多論點,都是互有關聯,相輔相成,前後一致的。如補文中的「嘔心吐膽」、「煅歲煉年」二語,姑無論其出自何書,但它的涵義,的確是與其他篇裏的論點不協調,甚至矛盾。劉勰雖然强調「文章由學」(《事類篇》語)、「學業在勤」(《養氣篇》語);但在《神思篇》提出的是「積學以儲寶,酌理以富才,研閱以窮照,馴致以繹辭」;「秉心養術,無務苦慮,含章司契,不必勞情」。與「嘔心吐膽」、「煅歲煉年」毫無相同之處。《養氣篇》所反對的是:「鑽礪過分,則神疲而氣衰」;「銷鑠精膽,蹙迫和氣,秉牘以驅齡,灑翰以伐性」。而「嘔心吐膽,不足語窮;煅歲煉年,奚能喻苦」的程度,則是有過之而無不及。至《神思篇》的「揚雄輟翰而驚夢」，只是用來證「人之禀才，遲速異分；文之制體，大小殊功」這個論點的一例。與「嘔心吐膽」「煅歲煉年」的意思畢竟不同。《才略篇》的「子雲屬意，辭人（義）最深，……而竭才以鑽思」，也只是從揚雄的「涯度幽遠，搜選詭麗」方面説的。與「嘔心吐膽，不足語窮」的態度，并不一致。「深得文理」的劉勰，前後持論之不相照應，不應有如此者！

二、從例證上看：「選文以定篇」（《序志篇》語），雖是專就《文心雕龍》上篇絶大部分篇章説的；但下篇裏也多所使用。《明詩篇》説：「漢初四言，韋孟首唱，……孝武愛文，柏梁列韻，嚴馬之徒，屬辭無方。至成帝品録，三百餘篇，朝章國采，亦云周備。而辭人遺翰，莫見五言。所以李陵、班婕妤見疑於後代也。」這是劉勰對相傳爲李陵、班婕妤的五言詩爲僞所下的論斷。所以，此後其它篇裏再没有提到李陵和班婕妤了。至於補文中的：「『常恐秋節至，凉飆奪炎熱。』意凄而詞婉，此匹婦之無聊也。『臨河濯長纓，念子悵悠悠。』志高而言壯，此丈夫之不遂也。」這四句詩，前兩句在相傳爲班婕妤的《怨歌行》裏，後兩句在相傳爲李陵的《與蘇武詩》裏。舉這樣的例證，豈不是與《明詩篇》的論斷相矛盾？不稱班婕妤而稱匹婦，前後也不一致。《書記篇》首段，於西漢作家作品中舉的是：史遷之《報任安》，東方之《難公孫》，楊惲之《酬會宗》，子雲之《答劉歆》。至於那篇李陵《答蘇武書》，却被摒棄在外。這不僅説明了劉勰「選文定篇」對贋品的嚴肅態度，同時也是戳穿《隱秀篇》補文爲僞的有力旁證。

三、從體例上看：補文《隱秀》之段，只論詩而不論文，的確是與全書的體例不符。紀昀的評語是對的，并不武斷。詹文却説：「具備『隱秀』這兩種風格特點的作品，主要是詩歌。那麼在這一段裏舉的

『隱秀』的例子都是詩篇和詩句，又有什麽與全書體例不合的地方呢！」不錯！具備「隱秀」這兩種風格特點的作品主要是詩歌。但話説得太絶，就不免顧此失彼了。如「比興」這種藝術表現手法，在詩歌創作上，也許是運用得最廣泛而又很重要的吧。劉勰在《比興篇》里，既論詩，又論賦，并分别舉了詩賦的句子爲例。何嘗局限在詩歌一個方面？又如《麗辭篇》暢談麗辭的「四對」，《夸飾篇》强調作品的夸張作用，所列舉的例句，同樣是有詩有賦。試問「彌綸群言」(《序志篇》語)的《文心雕龍》，在論述「隱秀」這兩種風格特點的作品時，只能舉詩篇和詩句作爲例證，而於其它的文學形式的作品，就不屑一顧，或無例可舉呢？劉勰恐怕不會這樣。《書記篇》以過半以上的篇幅，概括了那麽多的「藝術末品」，有的還舉了例子，就是最好的證明。

四、從稱謂上看：劉勰對歷代作家的稱謂，是自有其例的。除於列朝君主稱謚號或廟號〔三〇〕、曹植稱思王或陳思、屈原稱三閭、司馬談稱太史、班姬稱婕妤外，其他的作家都只稱名或字，絶無稱其官的。補文稱陶淵明爲彭澤，顯然於例不符。這正是可尋的僞迹，無法替其開脱的。詹文却説：「《文心雕龍》在其他篇裏是没有提到陶淵明的地方，但是全書中對於某些作家只提到一次的很多，不能因爲别處没有提到陶淵明，而此處提到陶淵明，就説《隱秀篇》補文是假的。」是的，《文心雕龍》全書中的確有提到一次的作家。但也不能以此作爲理由，來推定《隱秀篇》補文之非僞撰。因爲，問題的關鍵不在於劉勰對作家提到次數的多少，而在於他衡量作品的準則如何。《明詩篇》衡量詩的準則是：「若夫四言正體，則雅潤爲本；五言流調，則清麗居宗。」陶淵明「文取指達」〔三一〕，「世嘆其質直」〔三二〕的四言、五言，在劉勰看來，可能是與「雅潤」

「清麗」異趣的，所以《文心雕龍》全書中就没有提到他〔三三〕。這本是古代文學理論批評家的時代局限和偏見使然，豈止劉勰一人這樣！唐人選唐詩，没有選杜甫的作品〔三四〕，不正是有些相類似嗎？如果認爲《文心雕龍》理應提到陶淵明，那不免是以後代的眼光去要求劉勰了。《文心雕龍》中没有提到陶淵明，并不值得詫異；而補文中的「彭澤之□□」句，倒是作僞者不諳全書稱謂例暴露出來的破綻。

五、從風格和用字上看：補文的風格同全書的確有些兩樣。祇要細心地多讀幾篇，就會感覺得到的。它不僅如黄侃所説的：「出辭膚淺，無所甄明」；「用字庸雜，舉例闊疏」〔三五〕。在所補的七十八句中，除句首或句末共用了五個語詞和「彼波起辭間，是謂之秀」兩句外，其餘全是追求形式的儷句，無一單筆。這在全書中，絶對找不到類似的第二篇。難怪紀昀要説它「詞殊不類」了。至於補文使用的異字，也是可疑之點。如「⿰女農纖而俱妙」句的「⿰女農」字，不僅「雅頌未聞，漢魏莫用」（《指瑕篇》語）；其它的字書也不經見。反對「三人弗識，將成字妖」（《練字篇》語，下同），主張「綴字屬篇，必須練擇」的劉勰，豈能自違其言，臆造異字！假如補文果真出自劉勰之手，而《文心雕龍》又非僻書，後來多收怪字、俗字的《廣韻》《集韻》等書，何以都未收有這個「⿰女農」字？補文之不可信，這也是僞迹之一。由於「⿰女農」字的「字體瓌怪」，梅慶生已臆改爲「穠」了。但馮舒、何焯所鈔的，還保存着廬山真面作「⿰女農」，其僞迹終歸是掩蓋不了的啊！

四

通過上面的簡單剖析，《隱秀篇》補文之爲僞撰，已昭然若揭了。這裏，再就詹文所提出的「九」

「盈」「緣」「焔」「恒」五字和其他各篇的筆畫不同的説法，略申管見如次：

一、關於「恒」字：詹文説：「最特别的是『恒思於佳麗之鄉』的『恒』字缺筆作『恒』，這顯然是避宋真宗的諱。胡克家仿宋刻《文選》，『恒』字就缺筆作『恒』，……這可見當年鈔補《隱秀篇》時，就照着宋本的原樣模寫，而梅慶生補刻這兩板時，也照着宋本的原樣補刻。」這樣推斷，未免有些主觀、片面。前面不是已引過朱謀㙔的跋文嗎，他只是説許重熙「喜而録之」，并未指出許重熙是照原樣模寫的；朱謀㙔本人「寫寄子庚補梓」，也未説是照着許重熙所録的原樣景寫寄去的。詹先生怎能看得出「當年鈔補《隱秀篇》時，就照着宋本的原樣模寫」？而且《隱秀篇》補刻的兩板，字體和刀法都跟萬曆三十七年的本子一樣，又怎能説它是「照着宋本的原樣補刻」？馮舒的跋文説「一依功甫原本，不改一字」。巧就巧在「恒思於佳麗之鄉」句的「恒」字，馮舒就没有缺末筆作「恒」。難道精於校勘的馮舒，在「聊自録之」時，忘却了宋帝的諱字不成？誰都知道，宋代刻書是要嚴格遵守功令避諱字的。如果説「恒」字是因避宋真宗的諱而缺末筆作「恒」，那麽，補文中的「每馳心於玄默之表」和「境玄思澹」兩句的「玄」字，何以又不避宋始祖的諱缺末筆作「玄」或改爲「元」呢？只此一端，「恒」字缺末筆作「恒」，是「照着宋本的原樣補刻」之説，已不攻自破。何況徐𤊹、馮舒、何焯三家所傳録的本子都作「恒」，這正好説明梅慶生是有意爲之，以示其出自「宋本」而已。

二、關於「盈」字：詹文認爲「盈」字作「盈」，同樣是「照着宋本的原樣補刻」的；并舉胡刻《文選》作證。這也有點臆斷。假如我們按照這種説法去繙閲明代刻的幾種《文心雕龍》板本，馬上就發現：弘治馮允中本，嘉靖汪一元本和佘誨本，萬曆張之象本、何允中本和王惟儉本等「不盈十一」的「盈」字都作「盈」，這是不是都照着宋本的原樣刻的呢？ 恐怕誰也不會這樣唐突。

三、關于「煒」字： 梅慶生天啟重修本「淺而煒燁」句的「煒」字刻作「煒」，詹文提出「和其它各篇的筆畫不同」，也作爲是「照着宋本的原樣補刻」的根據。 這是缺乏説服力的。 試以王惟儉的《訓故》本爲例： 不僅「淺而煒燁」句的「煒」作「煒」，其他各篇中凡是從「韋」的字都作「韋」，無一例外。 誰也不會説它就是照着宋本的原樣翻刻的吧。

四、關于「几」字和「緣」字：「凡」之作「几」，「緑」之作「緣」，「和其他各篇的筆畫不同」，也許是由於繕寫者本非一人的緣故。 即使是出於一人之手，彼此的筆畫不同，也没有什麽稀奇。 如馮舒刻意親自鈔的《隱秀篇》補文不過兩頁，三個「妙」字就寫成「玅」或「妙」兩個樣，便是最好的説明。

缺筆也罷，異體也罷，都不能證明《隱秀篇》補文不是贋品。 詹文却堅信它是真的。 爲了證成己説，一則曰：「從錢功甫發現宋刊本《文心雕龍》以及《隱秀篇》缺文鈔補和補刻的經過，説明補入的四百多字，不可能是明人僞造的。」再則曰：「(《隱秀篇》補文)顯然錢謙益、朱鬱儀、梅慶生、徐𤊹父子、馮舒、胡夏客是都見過的。 《隱秀篇》的補文如果是假的，能瞞得過這麽多人嗎？」三則曰：「像《隱秀篇》的補文，在萬曆年間經過許多學者、藏書家和畢生校勘《文心雕龍》的專家鑒定校訂過，而且補文當中還有避宋諱缺筆的字，顯然是根據宋本傳鈔翻刻的。」此外，詹文在篇末的前一大段裏，又以《序志篇》的補文作爲旁證，并説：「假如(《序志篇》的補文)没有《梁書·劉勰傳》和《廣文選》作參證，豈不也要懷疑這補進去的三百多字是明人僞造嗎？《隱秀篇》的補入四百多字，和《序志篇》的補入三百多字，在性質上是没有什麼區别的。」這幾句話乍一看去，好像持之有故，言之成理。其實乃大謬不然。理由很簡單：《序志篇》的缺文先是據《廣文選》卷四二補的，而《廣文選》又是從《梁書·劉勰傳》選録的。淵源有自，確鑿可憑，當然不會有人懷疑。它與那來無踪、去無影的《隱秀篇》補文，根本不可同日而語。怎能説「在性質上是没有什麼區别的」呢？

明人好作僞書，也愛鈔刻僞書，這是人所共知的。如嘉靖年間，突如其來的子貢《詩傳》和申培《詩説》，忽然出現於郭子章家，説是得之黄佐祕閣石本。當時很多人都信以爲真，相繼翻刻和發爲專著，大有「一哄之市」之概〔二六〕。這與《隱秀篇》補文之先由阮華山所稱宋本録出，後又展轉鈔刻，并分别寫有題跋，何其相似乃爾！不過，《詩傳》、《詩説》的依託者爲豐坊，早有定論；而《隱秀篇》補文的依託者是否即爲阮華山，則有待於繼續考察。

操觚至此，偶憶從前何焯校《文心雕龍·雜文篇》時曾説：「安得此書北宋善本，以釋胸中之結！」我的水平不高，胸中之結更多。《隱秀篇》補文的真僞問題，只不過是其中的一個。讀了詹鍈先生的大作後，不自藏拙，提出如上膚淺看法，切盼專家、讀者有以教之。

一九八零年元月於四川大學東風一樓

（原載一九八零年《文學評論叢刊》第七輯）

附　録

（此文發表時因篇幅長未刊附録，現予補上）

一、詹文曰：「《何義門先生集》卷九載有《文心雕龍》的跋語説：『……錢功甫得阮華山宋本，鈔本後歸虞山。』」

按：既明引《何義門先生集》，則「鈔本」當作「鈔補」，始與平江吴氏刻本合（黄叔琳輯注本《隱秀篇》末識語亦作「鈔補」）。詹文不僅引書有誤，斷句也欠妥。假如照詹文讀去，「後歸虞山」的并非那部所謂的「阮華山宋本」，而是别一「鈔本」了。這豈不與後面「這部宋本《文心雕龍》，可能在錢謙益的絳雲樓失火時一并燒掉」的提法不一致了嗎？

二、詹文曰：「萬曆己酉刻於南昌（按即梅慶生原刻）。」

按：梅慶生萬曆己酉《音註》本非刻於南昌，而是在金陵刻的。這除了由梅慶生天啟二年第六次校定本卷首黄紙書名葉左下方有「金陵聚錦堂梓」六字可以推知外，徐𤊹的崇禎己卯跋文也是有力的旁證。徐跋説：「此本吾辛丑年校讎極詳，梅子庾刻於金陵，列吾姓名於前，不忘所自也。後吾得金陵善本，遂舍此少觀。前序八篇……又金陵刻之未收者。」徐興公的跋文詹先生是見着的，不知何以失之眉睫？

三、詹文曰：「聞耳伯借之牧齋，時牧齋雖以錢本與之。」

按：斷句誤。「時」字當屬上句讀。

四、詹文曰：「按何焯跋語説『胡孝轅、朱鬱儀皆不見完書』，本來是推測之辭。」

按：何焯康熙庚辰跋謂朱鬱儀不見完書，蓋據萬曆三十七年梅本或天啓二年第六次校定本爲言；謂胡孝轅不見完書，則據胡氏刻本爲言。并非推測之辭。無徵不信，姑以余藏張孟劬先生所校胡刻《文心雕龍》證之：張先生在覆刻黄氏輯注本《隱秀篇》「始正而末奇」上方有校語云「自『始正而末奇』至『朔風動秋草』，『朔』字悉無」，并於「悉無」二字旁各加一紅圈（書中凡胡本勝處，張先生均用隸書在上方標出，并於其旁加以紅圈）。可見胡孝轅所刻《文心雕龍》，《隱秀篇》是有闕文的。張先生於民國初年尚能見到胡本，難道生值清初的何焯就見不到？這説明作推測之辭的并不是何焯，而是詹鍈自己。

五、詹文曰：「（徐𤊹）跋語説：『……予以萬曆戊午之冬，客游南昌，王孫孝穆（即朱謀𡓛）云：「曾見宋本，業已抄補。」予（亟）從孝穆録之。』」

按：徐𤊹有關《文心雕龍》的跋文，凡十則。詹文所引者，跋於萬曆四十七年。（《隱秀篇》末亦有「萬曆戊午之冬，客游豫章，王孫朱孝穆得故家舊本，因録之」識語。）其十年前的跋文記叙較詳：「今歲偶游豫章，王孫鬱儀素以洽聞稱，余乃扣之。鬱儀出校本相示，……鬱儀僅有一本，乞之不敢，鈔之不遑；而王孫圖南欣然捐家藏斯本見贈。……鬱儀名謀𡓛，石城王裔；圖南名謀㙉，弋陽王裔。皆鎮國中尉，與余莫逆。時萬曆己酉十二月八日，徐惟起書於臨川舟次。」徐𤊹與朱謀𡓛、朱謀㙉同時，且都係至交，其言當是紀實，與明史諸王傳二所載石城王、弋陽王支屬，亦無不吻合。是朱謀𡓛、朱謀㙉本爲二人。而詹鍈卻於「王孫孝穆」下加注「即朱謀𡓛」四字，這難道不是「誤認顔標作魯公」嗎？（明詩綜卷八十五朱多炡條顧以安緝評所引詩話，亦有朱謀𡓛簡介。）又按：徐跋於萬曆三十七年稱圖南（一次），十年後稱孝穆(二次)，也許是朱謀㙔先字圖南，後又改字孝穆吧。但朱孝穆之非朱謀㙔，則是可以肯定的啊！

六、詹文曰：「今天我們看到的最早的明弘治活字本(北京圖書館藏)。」

按：明弘治十七年馮允中本，乃刻本而非活字版。空談非徵，姑作如下論證。首先，我們衹通過弘治本本身即可得三證：(一)卷端馮允中序首行題「重刊文心雕龍序」；(二)卷十第九行下方標「吴人楊鳳繕寫」(葉德輝《書林清話》卷七「明人刻書載寫書生姓名」條即舉此六字作爲第一例證)；(三)卷末都穆跋稱郴陽馮公「爲重刻以傳」。誰都知道，「刊」也，「刻」也，「繕寫」也，皆非活字版所宜有，其爲刻本可知。其次，再據與弘治本有關資料亦可得二證：(一)錢允治跋「弘治甲子刻於吴門」(《讀書敏求記》卷四同)；(二)沈巖跋「吾友子遵(蔣杲字)得弘治刻本於吴興書賈」(見《皕宋樓藏書志》卷一百十八)。他們明明説弘治本是刻本。如果有人認爲錢功甫、沈寶硯連活字版、刻本都分辨不清楚，豈非咄咄怪事！好在北京圖書館藏有一部，展卷一觀，立即分曉。又按：今有諸刻本中之最早者，當推上海圖書館所藏元至正本，比明弘治本早一百四十九年。這裏，順便就元至正本的行款來談一下《隱秀篇》的闕版問題：它那殘存的原文(前面存一百二十八字，後面存一百十四字)，是從卷八第八頁第十四行起至第九頁第九行止，共十六行(包括篇題)。原書每頁二十行，行二十字。余藏傳録顧黄合校本黄丕烈所校元本同)。值得注意的是第九頁首行的「玉潛水而瀾表方圓風動秋草邊馬有歸心氣寒而」二十字。「圓」字與「風」字之間文意不屬，所脱去的段落必在此處。而「圓」字既不是第八頁第二十行的最後一字，「風」字自然不在第九頁首行的開頭，而是第三字。可見所據底本已非完刻，而且至正本所闕的也不是一整版(再以倫明所校至正本每頁十八行,行十七字「《兩京遺編》本行款與此同」推之,脱去段落那行的十七字是:「珠玉潛水而瀾表方圓風動秋草邊馬有歸。」「圓」「風」二字還是在行的當中偏下處,也看不出是闕的一整版)。那麼,徐𤊹説的「第四十《隱秀》一篇,原脱一版」,何焯説的「《隱秀篇》自『始正而末奇』至『朔風動秋草』『朔』字,元至正乙未刻於嘉禾者,即闕此一頁」,都不免爲想當然之辭,與元至正本的實際是不相符的。

【附注】

〔一〕見馮舒校本卷末附頁。
〔二〕指萬曆三十七年刻本。
〔三〕見天啟二年重修本卷末。
〔四〕天啟二年重修本,是就第六次校定本的原板剜改、更换,并非全部另行開雕,所以稱它爲重修本。
〔五〕見馮舒校本卷末附頁。
〔六〕見馮舒校本卷末附頁。
〔七〕有三家印記。
〔八〕見徐𤊹校本卷末附頁。
〔九〕見《義門先生集》卷九。
〔一〇〕見養素堂本卷首例言。
〔一一〕見芸香堂本卷首例言。

〔一二〕見芸香堂本《隱秀篇》篇末上闌。

〔一三〕見芸香堂本《隱秀篇》篇末黄叔琳識語後。

〔一四〕見《四庫全書總目提要》卷一九五。

〔一五〕見《讀書敏求記》卷四。

〔一六〕從唐至明的各類著述中，徵引《文心》的約八十餘書。

〔一七〕這條資料黄侃最先援引，見所著《文心雕龍隱秀篇札記》。

〔一八〕《書林清話》卷七曾指其誤。

〔一九〕詳見拙作《涵芬樓景印文心雕龍非嘉靖本》一文。

〔二〇〕曹操稱魏武外，也稱曹公。

〔二一〕見顔延之《陶徵士誄》。

〔二二〕見《詩品》中。

〔二三〕詳見拙文《文心雕龍研究中值得商榷的幾個問題》。

〔二四〕高仲武《中興間氣集》、殷璠《河岳英靈集》、芮挺章《國秀集》等都没有選杜甫的詩作。

〔二五〕見《文心雕龍隱秀篇札記》。

〔二六〕見姚際恒《古今僞書考》。

引用書目

周易魏王弼晉韓康伯注　四部叢刊本

周易正義唐孔穎達撰　脈望仙館(下簡稱脈望)十三經注疏本

周易集解唐李鼎祚撰　津逮祕書本

周易略例魏王弼撰　四部叢刊本

尚書舊題漢孔安國傳　同右

尚書正義唐孔穎達撰　脈望十三經注疏本

尚書大傳漢伏勝撰　鄭玄注　清陳壽祺輯　四部叢刊本

尚書大傳補注清王闓運撰　清光緒成都尊經書院刊本

尚書古文疏證清閻若璩撰　清乾隆眷西堂刊本

古文尚書考清惠棟撰　昭代叢書壬集本

毛詩漢毛亨傳鄭玄箋　四部叢刊本

毛詩正義唐孔穎達撰　脈望十三經注疏本

詩集傳宋朱熹撰　四部叢刊三編本

詩説清惠周惕撰　借月山房彙鈔本

毛詩通義清朱鶴齡撰　清雍正三年朱氏自刊本

毛詩稽古編清陳啟源撰　清嘉慶刊本

詩毛氏傳疏清陳奂撰　清光緒江蘇掃葉山房刊本

毛詩傳箋通釋清馬瑞辰撰　廣雅書局本

韓詩外傳漢韓嬰撰　清光緒望三益齋校刊本

韓詩外傳校注清周廷寀撰　安徽叢書景印本

周禮漢鄭玄注　四部叢刊本

周禮疏唐賈公彦撰　脈望十三經注疏本

儀禮漢鄭玄注　四部叢刊本

禮記漢戴聖撰鄭玄注　同右

禮記正義唐孔穎達撰　脈望十三經注疏本

大學章句集註宋朱熹撰　清揚州鮑氏刊本

大戴禮記漢戴德撰　周盧辯注　雅雨堂刊本

左傳舊題周左丘明撰　晉杜預注　四部叢刊本

左傳正義唐孔穎達撰　脈望十三經注疏本

左傳補注清惠棟撰　貸園叢書初集本

公羊傳舊題周公羊高撰　漢何休解詁　四部叢刊本
公羊傳疏唐徐彦撰　脈望十三經注疏本
春秋繁露漢董仲舒撰　四部叢刊本
穀梁傳舊題周穀梁赤撰　晉范甯集解　同右
穀梁傳疏唐楊士勛撰　脈望十三經注疏本
論語魏何晏集解　四部叢刊本
論語義疏梁皇侃撰　知不足齋叢書本
論語疏宋邢昺撰　脈望十三經注疏本
論語正義清劉寶楠撰　清同治自刻本
論語徵知録近人陳漢章撰　上海排印本
孟子漢趙岐章句　四部叢刊本
孟子正義清焦循撰　半九書塾本
孝經唐玄宗注　同右
孝經疏宋邢昺撰　脈望十三經注疏本
爾雅晉郭璞注　同右
十三經注疏校勘記清阮元撰　脈望十三經注疏本

四書章句集注宋朱熹撰　中華書局新編諸子集成本
經義考清朱彝尊撰　雅雨堂刊本
經義雜記清臧琳撰　拜經堂叢書本
簡莊疏記清陳鱣撰　適園叢書本
經傳釋詞清王引之撰　守山閣叢書本
經義述聞前人　清嘉慶江西盧氏刊本
目耕帖清馬國翰撰　清光緒楚南書局重刊本
五經文字唐張參撰　小學彙函本
經典釋文唐陸德明撰　四部叢刊本
説文解字漢許慎撰　涵芬樓景印藤花榭本
説文繫傳南唐徐鍇撰　四部叢刊本
説文解字注清段玉裁撰　經韻樓刊本
隸釋宋洪适撰　四部叢刊三編本
隸續前人　景印四庫全書文淵閣本
玉篇梁顧野王撰　四部叢刊本
廣韻宋陳彭年等重修　同右

集韻舊題宋丁度等撰　楝亭五種本
音論清顧炎武撰　清康熙江蘇刊本
沈氏四聲考清紀昀撰　畿輔叢書本
許書發凡類參民國饒炯撰　成都刊本
方言漢揚雄撰　晉郭璞注　四部叢刊本
方言疏證清戴震撰　微波榭戴氏遺書本
方言箋疏清錢繹撰　廣雅書局刊本
釋名漢劉熙撰　四部叢刊本
釋名疏證清畢沅撰　經訓堂叢書本
釋名補證清成鏡蓉撰　南菁書院叢書本
釋名疏證補清王先謙撰　王氏自刊本
廣雅魏張揖撰　文選樓叢書本
匡謬正俗唐顏師古撰　藝海珠塵本
馬氏文通清馬建忠撰　清光緒三十年商務印書館排印本
史記漢司馬遷撰　宋裴駰集解　唐司馬貞索隱　張守節正義　百衲本
史記題評明李元陽高世魁纂　明嘉靖十六年福州府刊本

史記評林明凌稚隆李光縉纂　明宏德堂刊本
三史拾遺清錢大昕撰　史學叢書本
史記志疑清梁玉繩撰　廣雅書局刊本
太史公書義法民國孫德謙撰　四益宧刊本
漢書漢班固撰　唐顔師古注　百衲本
漢書藝文志考證宋王應麟撰　清康基田刊玉海附刻本
漢書疏證清沈欽韓撰　浙江書局刊本
漢書藝文志條理又拾補清姚振宗撰　浙江圖書館排印本
後漢書宋范曄撰　唐李賢注　百衲本
續漢志晉司馬彪撰　梁劉昭注　百衲本（在後漢書内）
後漢書補注清惠棟撰　清嘉慶德裕堂刊本
三國志晉陳壽撰　宋裴松之注　百衲本
三國藝文志清姚振宗撰　適園叢書本
晉書唐房喬等撰　同右
宋書梁沈約撰　同右
晉宋書故清郝懿行撰　廣雅書局刊本

南齊書梁蕭子顯撰　百衲本
又　武英殿本
梁書唐姚思廉撰　百衲本
陳書前人　同右
魏書北齊魏收撰　同右
周書唐令狐德棻撰　同右
隋書唐魏徵撰　同右
隋書經籍志考證清章宗源撰　崇文書局刊本
隋書經籍志考證清姚振宗撰　開明書店師石山房叢書本
南史唐李延壽撰　百衲本
北史前人　同右
唐書晉劉昫撰　同右
新唐書宋歐陽修撰　同右
宋史元脱脱撰　同右
明史清張廷玉撰　同右
竹書紀年統箋清徐文靖撰　浙江書局刊本

漢紀漢荀悦撰　四部叢刊本

後漢紀晉袁宏撰　同右

通鑑宋司馬光撰　元胡三省注　清嘉慶胡克家刊本

繹史清馬驌撰　清康熙刊本

逸周書晉孔晁注　四部叢刊本

國語吴韋昭注　士禮居叢書本

戰國策漢高誘注　同右

戰國策校注宋鮑彪校注　元吴師道重校　四部叢刊本

晏子春秋撰人不詳　平津館叢書本

列女傳漢劉向撰　四部叢刊本

列女傳校注近人陳漢章撰　上海排印本

吴越春秋漢趙曄撰　四部叢刊本

越絶書漢袁康撰　同右

東觀漢紀舊題漢劉珍撰　聚珍版叢書本

帝王世紀晉皇甫謐撰　清宋翔鳳集校　訓纂堂叢書本

路史宋羅泌撰　子苹注　明嘉靖洪楩刊本

華陽國志晉常璩撰　題襟館本
桯史宋岳珂撰　四部叢刊續編本
山東通志清岳濬法敏等編修　清乾隆刻本
重修山東通志清楊士驤孫葆田等纂修　商務印書館景印本
嘉慶一統志清穆彰阿等纂輯　四部叢刊續編本
光緒杭州府志清龔嘉儁吴慶坻等纂修　清光緒排印本
莒州志清許紹錦纂修　清嘉慶刊本
水經注北魏酈道元撰　四部叢刊本
雍録宋程大昌撰　古今逸史本
洛陽伽藍記北魏楊衒之撰　四部叢刊三編本
通典唐杜佑撰　清咸豐江西謝氏刊本
通志宋鄭樵撰　同右
文獻通考元馬端臨撰　同右
七國考明董説撰　守山閣叢書本
宋會要稿近人陳垣等編輯　上海大東書局景印本
崇文總目宋王堯臣等編次　清秦鑒輯釋　粤雅堂叢書本

衢州本郡齋讀書志宋晁公武撰　清光緒長沙王氏刊本

袁州本郡齋讀書志前人　四部叢刊三編本

史略宋高似孫撰　古逸叢書本

遂初堂書目宋尤袤撰　海山仙館叢書本

直齋書録解題宋陳振孫撰　聚珍版叢書本

宋四庫闕書目撰人不詳　清光緒長沙葉氏刊本

文淵閣書目明楊士奇撰　讀畫齋叢書本

祕閣書目明錢溥撰　原燕京大學圖書館藏鈔本

菉竹堂書目明葉盛撰　粤雅堂叢書本

寶文堂書目明晁瑮撰　上海古典文學出版社排印本

萬卷堂藝文目録明朱睦㮮撰　北京圖書館藏鈔本

世善堂書目明陳第撰　知不足齋叢書本

國史經籍志明焦竑撰　粤雅堂叢書本

脈望館書目明趙琦美撰　涵芬樓祕籍第六集本

玄賞齋書目明董其昌撰　民國排印本

徐氏家藏書目明徐𤊹撰　北京圖書館藏鈔本

奕慶藏書樓書目明祁理孫撰　同右

行人司書目明徐圖撰　原燕京大學圖書館藏鈔本

百川書志明高儒撰　長沙葉氏刊本

絳雲樓書目清錢謙益撰　陳景雲注　粤雅堂叢書本

述古堂書目清錢曾撰　同右

讀書敏求記前人　同右

讀書敏求記校證民國章鈺撰　長洲章氏刊本

天一閣書目明范欽撰　文選樓叢書本

好古堂書目清姚際恒撰　民國南京中社景印本

季滄葦藏書目清季振宜撰　士禮居叢書本

四庫全書薈要目録紀昀撰　臺北世界書局景印摛藻堂本

四庫全書薈要提要前人　同右

四庫全書總目提要清永瑢等纂　武英殿本

四庫提要辨證近人余嘉錫撰　科學出版社排印本

四庫全書簡明目録清永瑢等纂　清同治廣東刊本

四庫簡明目録標注清邵懿辰撰　清宣統刊本

四庫全書薈要目清慶桂撰　松鄰叢書本

天禄琳琅書目後編清彭元瑞撰　清光緒長沙王氏刊本

上善堂書目清孫慶增撰　民國刊本

文瑞樓書目清金檀撰　讀畫齋叢書本

孫氏祠堂書目内編清孫星衍撰　清嘉慶刊本

稽瑞樓書目清陳揆撰　清光緒八喜齋刊本

藝芸精舍宋元本書目清汪士鐘編　滂喜齋叢書本

結一廬書目清朱學勤撰　長沙葉氏刊本

愛日精廬藏書志清張金吾撰　清道光張氏刊本

鳴野山房書目清沈復粲撰　古典文學出版社排印本

郘亭知見傳書目清莫友芝撰　清宣統北京排印本

皕宋樓藏書志清陸心源撰　清光緒十萬卷樓刊本

善本書室藏書志清丁丙撰　清光緒丁氏刊本

書目答問清張之洞撰　清光緒成都刊本

五萬卷閣書目記清李嘉績撰　清光緒華清官舍刊本

帶經堂書目清陳樹杓編次　順德鄧氏排印本

清吟閣書目清瞿世瑛撰　松鄰叢書本
鐵琴銅劍樓藏書目録清瞿鏞撰　清光緒瞿氏家塾刊本
抱經樓藏書志清沈德壽撰　清光緒沈氏排印本
適園藏書志近人張鈞衡撰　張氏家塾刊本
雙鑑樓善本書目近人傅增湘撰　傅氏自刊本
四部叢刊書録商務印書館編　排印本
日本見在書目日本藤原佐世撰　古逸叢書本
日本静嘉堂文庫漢籍分類目録静嘉堂文庫編　日本昭和五年排印本
黄崐圃先生年譜清顧鎮撰　畿輔叢書本
沈約年譜日本鈴木虎雄著馬導源譯　商務印書館排印本
東晉南北朝學術編年近人劉汝霖著　同右
史通唐劉知幾撰　明萬曆五年張之象刊本
史通訓故補清黄叔琳撰　清乾隆刊本
史通通釋清浦起龍撰　清乾隆浦氏求放心齋刊本
史通削繁清紀昀撰　清道光廣東芸香堂刊本
諸史然疑清杭世駿撰　知不足齋叢書本

文史通義清章學誠撰　粤雅堂叢書本
史微近人張爾田撰　孱守齋重刊本
綱目通論清任兆麟撰　清乾隆同川書屋刊本
史學述林近人劉咸炘撰　推十書本
中國通史簡編(修訂本)近人范文瀾著　人民出版社排印本
孔子家語魏王肅注　四部叢刊本
荀子周荀況撰　同右
孔叢子舊題漢孔鮒撰　同右
新語漢陸賈撰　同右
新書漢賈誼撰　同右
鹽鐵論漢桓寬撰　同右
又　明嘉靖三十年刊本
新序漢劉向撰　四部叢刊本
説苑前人　同右
法言漢揚雄撰　同右
潛夫論漢王符撰　清汪繼培箋　湖海樓叢書本

申鑒漢荀悦撰　明黄省曾注　四部叢刊本
中論漢徐幹撰　同右
中説舊題隋王通撰　宋阮逸注　同右
孫子集注魏曹操等注　同右
六韜舊題周吕望撰　同右
管子舊題周管仲撰　同右
管子斠補近人劉師培撰　劉申叔先生遺書本
鄧析子周鄧析撰　同右
韓非子周韓非撰　清王先慎集解　清光緒長沙思賢講舍刊本
韓非子識誤清顧廣圻撰　浙江書局刊本
靈樞經撰人不詳　四部叢刊本
鬻子舊題周鬻熊撰　涵芬樓景印子彙本
墨子舊題周墨翟撰　清孫詒讓閒詁　涵芬樓景印本
尹文子周尹文撰　四部叢刊本
尸子周尸佼撰　清汪繼培輯　湖海樓叢書本
鶡冠子撰人不詳　宋陸佃注　四部叢刊本

鬼谷子撰人不詳　梁陶弘景注　同右
吕氏春秋秦吕不韋撰　漢高誘訓解　經訓堂叢書本
吕氏春秋高注補正清孫鏘鳴撰　國故月刊第三册
淮南子漢劉安撰　高誘注　四部叢刊本
人物志魏劉邵撰　同右
抱朴子内外篇晉葛洪撰　平津館叢書本
金樓子梁元帝撰　知不足齋叢書本
劉子北齊劉晝撰　上海古書流通處景印舊活字本
顔氏家訓北齊顔之推撰　成都渭南嚴氏刊本
顔氏家訓校記清郝懿行撰　戊寅叢編本
長短經唐趙蕤撰　讀畫齋叢書本
白虎通漢班固輯　四部叢刊本
論衡漢王充撰　同右
風俗通義漢應劭撰　同右
獨斷漢蔡邕撰　抱經堂叢書本
群書治要唐魏徵輯　四部叢刊本

意林唐馬總輯　同右

意林注清周廣業撰　聚學軒叢書本

類説宋曾慥輯　明天啟本

又　明鈔本

兩京遺編明胡維新輯　涵芬樓景印本

百家類纂明沈津輯　明隆慶元年刊本

子彙明周子義輯　涵芬樓景印本

合刻五家言明鍾惺選評　明刊本

諸子彙函舊題明歸有光輯　明天啟五年達古堂刊本

封氏聞見記唐封演撰　學津討原本

東觀餘論宋黄伯思撰　津逮祕書本

夢溪筆談宋沈括撰　同右

能改齋漫録宋吴曾撰　聚珍版叢書本

學林宋王觀國撰　湖海樓叢書本

容齋隨筆又四筆宋洪邁撰　四部叢刊續編本

雲谷雜記宋張淏撰　涵芬樓排印説郛本

東齋記事宋許觀撰　明刊宋代百家小説本

示兒編宋孫奕撰　知不足齋叢書本

演繁露宋程大昌撰　學津討原本

野客叢書宋王楙撰　聚珍版叢書本

東坡志林宋蘇軾撰　稗海本

學齋佔畢宋史繩祖撰　學津討原本

老學菴筆記宋陸游撰　津逮祕書本

困學紀聞宋王應麟撰　四部叢刊三編本

困學紀聞箋清閻若璩撰　清乾隆叢書樓本

困學紀聞評清何焯撰　清汪垕桐陰書塾刊本

困學紀聞五箋清萬希槐撰　清嘉慶江蘇掃葉山房刊本

敬齋古今黈元李治撰　海山仙館叢書本

湛淵静語元白珽撰　知不足齋叢書本

群書通要元王淵濟撰　商務印書館景印宛委別藏本

濯纓亭筆記明戴冠撰　明嘉靖刊本

丹鉛總録明楊慎撰　明嘉靖三十三年刊本

丹鉛續録前人　明嘉靖刊本
均藻前人　清函海本
真珠船明胡侍撰　明嘉靖二十七年刊本
四友齋叢説明何良俊撰　明萬曆七年刊本
七修類稿明郎瑛撰　清乾隆耕烟草堂刊本
少室山房筆叢明胡應麟撰　廣雅書局刊本
説儲明陳禹謨撰　明萬曆三十七年刊本
吹景集明董斯張撰　明刊本
紫桃軒又綴明李日華撰　明刊本
冷賞明鄭仲夔撰　清道光重印硯雲乙編本
巵林明周嬰撰　湖海樓叢書本
通雅明方以智撰　清康熙此藏軒本
日知録清顧炎武撰　清康熙福建刊本
義府清黄生撰　指海本
古夫于亭雜録　清王士禎撰　清康熙刻漁洋著述本
掌録清陳祖範撰　陳司業集本

九曜齋筆記清惠棟撰　聚學軒叢書本
訂譌雜録清胡鳴玉撰　湖海樓叢書本
秋窗隨筆清馬位撰　昭代叢書辛集本
鍾山札記清盧文弨撰　抱經堂叢書本
群書拾補前人　同右
讀書樂趣清伍涵芬撰　清乾隆萃華堂刊本
佔畢叢談清袁守定撰　清嘉慶刊本
十駕齋養新録清錢大昕撰　潛研堂本
風俗通義佚文前人　同右
隨園隨筆清袁枚撰　清咸豐成都聚文堂刊本
蛾術編清王鳴盛撰　世楷堂本
陔餘叢考清趙翼撰　湛貽堂本
舊學蓄疑清汪中撰　木犀軒叢書本
讀書脞録清孫志祖撰　清嘉慶刊本
讀書脞録續編前人　民國中國書店景印本
瞥記清梁玉繩撰　清白士集本

蕙櫋雜記清嚴元照撰　峭帆樓叢書本
樗園銷夏録清郭麐撰　靈芬館全集本
證俗文清郝懿行撰　曬書堂本
曬書堂筆録前人　同右
香墅漫鈔清曾廷枚撰　清乾隆曾氏家塾刊本
校讐通義清章學誠撰　粤雅堂叢書本
遜志齋雜鈔清吴翌鳳撰　槐廬叢書本
群書答問清凌曙撰　木犀軒叢書本
四寸學清張雲璈撰　原燕京大學排印本
炳燭室雜文清江藩撰　滂喜齋叢書本
讀書叢録清洪頤煊撰　傳經堂本
鄭堂讀書記清周中孚撰　吴興叢書本
癸巳存稿清俞正燮撰　清光緒浙江刊本
鐵橋漫稿清嚴可均撰　心矩齋刊本
退菴隨筆清梁章鉅撰　二思堂叢書本
過庭録清宋翔鳳撰　清光緒會稽章氏刊本

吹網録清葉廷琯撰　清同治刊本
開有益齋讀書志清朱緒曾撰　清光緒金陵刊本
輶軒語清張之洞撰　清光緒成都刊本
媿生叢録民國李詳撰　江甯刊本
國故論衡近人章炳麟撰　浙江圖書館校刊章氏叢書本
越縵堂日記清李慈銘撰　商務印書館景印本
復堂日記清譚獻撰　半厂叢書本
四庫全書考證清王太岳等撰　武英殿本
義門讀書記清何焯撰　石香齋刊本
援鶉堂筆記清姚範撰　清道光刊本
讀書雜志清王念孫撰　清道光高郵王氏刊本
群書拾補清盧文弨撰　抱經堂叢書本
曝書雜記清錢泰吉撰　别下齋叢書本
烟嶼樓讀書志清徐時棟撰　蓬學齋排印本
東塾讀書記清陳澧撰　清光緒陳氏自刊本
群書札記清朱亦棟撰　竹簡齋重刊本

札迻清孫詒讓撰　清光緒自刊本

籀高述林前人　民國刊本

劉向校讎學纂微近人孫德謙撰　四益宧刊本

古書校讀法近人余嘉錫撰　原輔仁大學排印本

南濠居士文跋明都穆撰　清吴騫輯　蘇州文學山房木活字本

重編紅雨樓題跋明徐𤊹撰　近人繆荃孫輯　峭帆樓叢書本

拜經樓藏書題跋記清吴壽暘撰　别下齋叢書本

蕘圃藏書題識清黄丕烈撰　民國刊本

郋園讀書志近人葉德輝撰　上海澹園排印本

書林清話前人　長沙葉氏刊本

恒言録清錢大昕撰　文選樓叢書本

恒言廣證清陳鱣撰　商務印書館排印本

通俗編清翟灝撰　無不宜齋本

古諺閒談清曾廷枚撰　蘇嶼裘書七種本

法書要録唐張彦遠撰　津逮祕書本

書譜唐孫虔禮撰　百川學海本

金壺記宋釋適之撰　日本静嘉堂文庫景印宋本
歷代名畫記唐張彦遠撰　津逮祕書本
藝舟雙楫清包世臣撰　清光緒重印安吴四種本
西京雜記漢劉歆撰　四部叢刊本
博物志晉張華撰　士禮居叢書本
十洲記舊題漢東方朔撰　涵芬樓景印顧氏文房小説本
拾遺記晉王嘉撰　涵芬樓景印程榮漢魏叢書本
異苑宋劉敬叔撰　津逮祕書本
世説新語宋劉義慶撰　梁劉孝標注　四部叢刊本
山海經晉郭璞注　同右
穆天子傳晉郭璞注　同右
酉陽雜俎唐段成式撰　同右
山家清事宋林洪撰　顧氏文房小説本
輟耕録元陶宗儀撰　四部叢刊三編本
泊宅編宋方勺撰　讀畫齋叢書本
六語明郭子章撰　明萬曆刊本

鈍吟雜録清馮班撰　碧滄軒本
又　清詩話本
鈍吟雜録評清何焯撰　指海本
太平廣記宋李昉等　明鈔本
老子舊題周李耳撰　漢河上公注　四部叢刊本
又魏王弼注　古逸叢書本
莊子舊題周莊周撰　晉郭象注　四部叢刊本
莊子集釋清郭慶藩撰　湖南思賢講舍刊本
列子舊題周列禦寇撰　四部叢刊本
文子撰人不詳　守山閣叢書本
讀子卮言近人江瑔撰　商務印書館排印本
列仙傳舊題漢劉向撰　涵芬樓景印道藏舉要本
弘明集梁釋僧佑撰　上海景印磧砂藏經本
又　四部叢刊本
廣弘明集唐釋道宣撰　同右
出三藏記集梁釋僧佑撰　磧砂藏經本

經律異相梁釋寶唱撰　日本大正藏經本
開元釋教録唐釋智昇撰　磧砂藏經本
高僧傳梁釋慧皎撰　同右
續高僧傳唐釋道宣撰　同右
歷代三寶記隋費長房撰　同右
法苑珠林唐釋道世撰　四部叢刊本
弘贊法華傳唐釋惠詳撰　大正藏經本
隆興佛教編年通論宋釋祖琇撰　涵芬樓景印日本續藏經本
佛祖統紀宋釋志磐撰　頻伽精舍藏經本
釋氏通鑑宋釋本覺撰　續藏經本
傳法正宗記宋釋契嵩撰　磧砂藏經本
佛祖歷代通載元釋念常撰　頻伽精舍藏經本
釋氏稽古略元釋覺岸撰　大正藏經本
景德傳燈録宋釋道原撰　四部叢刊三編本
一切經音義唐釋慧琳撰　頻伽精舍藏經本
北山録唐釋神清撰　民國景印宋熙寧本

北山録註解隨函宋釋德珪撰　同右
南朝佛寺志清孫文川陳作霖撰　清光緒刊本
玉燭寶典隋杜臺卿纂　古逸叢書本
北堂書鈔唐虞世南撰　清光緒南海孔氏刊本
藝文類聚唐歐陽詢撰　上海中華書局景印宋紹興本
初學記唐徐堅撰　古香齋袖珍本
白帖唐白居易撰　民國張氏景印宋本
太平御覽宋李昉等撰　四部叢刊三編本
又　明倪煥刻本
又　明周堂銅活字本
又　明活字本
又　明鈔本　遼寧省圖書館藏
又　明鈔本
又　清嘉慶鮑崇城刻本
又　日本喜多村直寬活字本
事類賦宋吴淑撰　清乾隆劍光閣刊本

類要宋晏殊撰　清華大學圖書館藏舊鈔本

四庫全書存目叢書景印本

事物紀原宋高承撰　明弘治十八年重刊閻敬本

書叙指南宋任廣撰　墨海金壺本

海録碎事宋葉廷珪撰　明萬曆二十六年劉應廣刊本

古今源流至論宋林駉撰　明嘉靖十六年刊本

事文類聚宋祝穆撰　元刊本

記纂淵海宋潘自牧撰　明萬曆七年刊本

玉海宋王應麟撰　清嘉慶康基田刊本

小學紺珠前人　津逮祕書本

事始唐劉存纂　涵芬樓排印説郛本

續事始前蜀馮鑑纂　同右

事物考明王三聘撰　明隆慶四年金陵三山書屋刊本

稗編明唐順之撰　明萬曆九年文霞閣刊本

古今事物原始明徐炬撰　明萬曆二十一年自刊本

天中記明陳耀文撰　明隆慶三年刊本

修辭指南明浦南金撰　明嘉靖三十六年五樂堂刊本

翰苑新書撰人不詳　明陳文燭序　明萬曆十九年仁壽堂刊本

詞林海錯明夏樹芳撰　明萬曆刊本

彙書詳注明王世貞輯　鄒道元補　明萬曆二十三年石渠閣刊本

山堂肆考明彭大翼撰　明萬曆二十三年金陵書林刊本

經濟類編明馮琦編　明萬曆三十二年刊本

唐類函明俞安期編　明萬曆三十一年德聚堂刊本

説略明顧起元撰　明萬曆四十一年南京刊本

喻林明徐元太撰　明萬曆四十三年刊本

何氏類鎔明何三畏撰　明萬曆刊本

茹古略集明程良孺撰　明崇禎六年韻樓刊本

廣博物志明董斯張撰　清乾隆覆明萬曆高暉堂本

古儷府明王志慶編　四庫全書文溯閣本

潛確居類書明陳仁錫撰　明金閶映雪草堂刊本

經史子集合纂類語明魯重民輯　明崇禎十七年刊本

尚友録明廖用賢編　明刊本

淵鑒類函清張英等編　武英殿本

圖書集成清陳夢雷等纂　乾隆間銅活字本

楚辭漢王逸章句　宋洪興祖補注　四部叢刊本

觀妙齋重校楚辭章句明馮紹祖撰　明萬曆十四年觀妙齋刊本

楚辭集解明汪瑗撰　明萬曆四十六年刊本

評校楚辭集注明蔣之翹撰　明天啟六年刊本

緝柳齋楚辭明陸時雍疏　周拱辰别注　明緝柳齋刊本

屈辭精義清陳本禮撰　裛露軒本

楚辭新註清屈復撰　清乾隆三年刊本

蔡中郎文集漢蔡邕撰　四部叢刊本

曹子建文集魏曹植撰　涵芬樓景印續古逸叢書本

嵇中散集魏嵇康撰　四部叢刊本

陸士衡文集晉陸機撰　同右

陸士龍文集晉陸雲撰　同右

陶淵明集晉陶潛撰　同右

鮑氏集宋鮑照撰　同右

江文通文集梁江淹撰　同右

梁昭明太子文集梁蕭統撰　同右

徐孝穆集陳徐陵撰　明屠隆評　同右

王子安集唐王勃撰　同右

幽憂子集唐盧照鄰撰　同右

陳伯玉集唐陳子昂撰　同右

李太白集唐李白撰　同右

杜詩詳注清仇兆鰲撰　清康熙刊本

杜詩鏡銓清楊倫撰　九柏山房刊本

王右丞集唐王維撰　四部叢刊本

韓昌黎集唐韓愈撰　同右

柳子厚集唐柳宗元撰　同右

李賀歌詩編唐李賀撰　同右

李長吉歌詩彙解清王琦撰　寶笏樓刊本

李衛公文集唐李德裕撰　四部叢刊本

樊川詩集注清馮集梧撰　清嘉慶浙江刊本

樊南文集詳注清馮浩撰　德聚堂刊本
甫里先生文集唐陸龜蒙撰　同右
白蓮集唐僧齊己撰　汲古閣本
景文宋公集宋宋祁撰　涵芬樓景印佚存叢書本
伊川擊壤集宋邵雍撰　四部叢刊本
集注分類東坡詩宋王十朋撰　同右
施顧注蘇詩宋施元之顧景蕃撰　臺灣藝文印書館景印宋本
蘇詩續補遺清馮景補注　古香齋巾箱本
蘇詩合注清馮應榴輯訂　踵息齋刊本
欒城集宋蘇轍撰　四部叢刊本
豫章黄先生文集宋黄庭堅撰　同右
山谷尺牘前人　明黄嘉會校刊本
雞肋集宋晁補之撰　四部叢刊本
攻媿集宋樓鑰撰　四部叢刊本
太史升菴文集明楊慎撰　明萬曆十年張士佩刊本
漁洋山人文略清王士禎撰　清康熙刊漁洋山人全集本

帶經堂全集前人　清乾隆帶經堂刊本

義門先生集清何焯撰　平江吴氏刊本

抱經堂文集清盧文弨撰　四部叢刊本

潛研堂文集清錢大昕撰　同右

潛研堂全書前人　長沙龍氏家塾重刊本

劍舟律賦清沈叔埏撰　清光緒九年刊頤綵堂全集本

校禮堂文集清凌廷堪撰　清嘉慶宣城曲肱亭刊本

劉孟塗集清劉開撰　清道光檗山草堂刊本

研經室集清阮元撰　四部叢刊本

養素堂文集清張澍撰　清道光啟秀山房刊本

通義堂文集清劉毓崧撰　民國南林劉氏求恕齋刊本

俞俞齋文稿清史念祖撰　清光緒雲南刊本

左盦外集近人劉師培撰　劉申叔先生遺書本

魯迅全集近人魯迅撰　人民文學出版社排印本

文選李善注　中華書局景印宋淳熙本

文選六臣注　四部叢刊本

唐寫本文選集注殘卷　羅振玉景印本

孫鑛評文選　明天啟二年烏程閔氏刊本

文選音義清余蕭客撰　静勝堂本

文選集評清于光華撰　清咸豐成都衡文會刊本

文選李注補正清孫志祖撰　讀畫齋叢書本

文選考異前人　同右

選學膠言清張雲璈撰　清道光張氏簡松草堂刊本

文選旁證清梁章鉅撰　清光緒吴下重刊本

文選箋證清胡紹煐撰　聚學軒叢書本

文選珠船清傅上瀛撰　清光緒典學樓刊本

文選評校近人黄侃撰　過録黄氏手評校本

文選平點前人（黄焯編次）　上海古籍出版社景印本

文選學近人駱鴻凱撰　中華書局大學用書本

廣文選明劉節編　明嘉靖十六年晉江陳氏刊本

天佚草堂刊定廣文選明馬維銘編　明萬曆四十六年刊本

廣文選删明張溥删　明刊本

廣廣文選明周應治纂　明萬曆二十四年刊本

續文選明湯紹祖編　明萬曆三十年海鹽湯氏刊本

續文選明胡震亨撰　明萬曆刊本

選詩約註明馮惟訥撰　明萬曆九年沈思孝刊本

玉臺新詠陳徐陵撰　四部叢刊本

玉臺新詠箋注清吴兆宜撰　長洲程氏刊本

玉臺新詠考異清紀容舒撰　畿輔叢書本

河嶽英靈集唐殷璠編　四部叢刊本

中興間氣集唐高仲武編　同右

文館詞林唐許敬宗等輯　適園叢書本

古文苑撰人不詳　宋章樵注　四部叢刊本

古文苑校勘記清錢熙祚撰　守山閣叢書本

續古文苑清孫星衍輯　平津館叢書本

西崑酬唱集宋楊億編　四部叢刊本

樂府詩集宋郭茂倩撰　同右

風雅逸篇明楊慎輯　函海本

古今諺前人　同右

古謠諺清杜文瀾輯　清咸豐曼陀羅華閣刊本

古詩紀明馮惟訥輯　明嘉靖三十九年甄敬刊本

又　萬曆吴琯刊本

漢魏詩乘明梅鼎祚編　明萬曆十一年刊本

古樂苑前人　明萬曆刊本

賦略明陳山毓輯　明崇禎七年刊本

賦則清鮑桂星輯　清道光四川來鹿堂刊本

古詩評選清王夫之編　上海太平洋書店排印本

樂府廣序清朱嘉徵編　清康熙刊本

詩集廣序前人　同右

采菽堂古詩選清陳祚明編　清康熙西湖翁氏刊本

漢詩音註清李因篤撰　清康熙刊本

古詩十九首繹清姜任修撰　清乾隆拜書堂刊本

古詩源清沈德潛選　清康熙霽月山房刊本

古詩箋清聞人倓撰　清乾隆芷蘭堂刊本

唐宋詩醇清高宗弘曆撰　遺安堂二色套印本
古詩賞析清張玉穀撰　民國蘇州振新書社重印本
詩比興箋清陳沆撰　清光緒武昌刊本
詩法萃編清許印芳編　雲南叢書本
漢鐃歌釋文箋正清王先謙撰　清同治虛受堂刊本
全漢三國晉南北朝詩近人丁福保輯　中華書局排印本
文苑英華宋李昉等編　上海中華書局景印明本
會稽綴英總集宋孔延之編　清道光山陰杜氏刊本
文章辨體明吴訥編　明天順八年刊本
文體明辨明徐師曾撰　明萬曆三年刊本
文儷明陳翼飛輯　明萬曆三十八年刊本
古逸書明潘基慶選注　明萬曆四十年刊本
古論大觀明陳繼儒輯　明刊本
書記洞詮明梅鼎祚編　明萬曆二十五年刊本
釋文紀前人　明崇禎四年江東梅氏刊本
文章辨體彙選明賀復徵編　四庫全書文溯閣本

四六法海明王志堅編　明天啟七年刊本
評選四六法海清蔣士銓評選　清咸豐步月山房朱墨套印本
漢魏六朝一百三家集明張溥輯　汲古閣刊本
漢魏六朝正史文選明許清胤顧在觀輯　明崇禎八年刊本
尺牘新鈔清周亮工輯　海山仙館叢書本
振綺類纂清翁天游選　清康熙翼雲堂刊本
明詩綜清朱彝尊撰　清西泠清來堂刊本
讀書引清王謨輯　清乾隆連昌郡學刊本
南北朝文鈔清彭兆孫輯　粵雅堂叢書本
六朝文絜清許槤編　清道光五年許氏刊本
經史百家簡編清曾國藩編　清同治湖南傳忠書局刊本
國朝駢體正宗評本清曾燠選　姚燮評　清光緒湖南刊本
全上古三代秦漢三國六朝文清嚴可均輯　清光緒廣州刊本
詁經精舍文集清阮元編　文選樓叢書本
學海堂集前人　清道光啟秀山房刊本
沅湘通藝録清江標編　靈鶼閣叢書本

文心雕龍梁劉勰撰　敦煌唐人草書殘卷本
又　元至正十五年嘉興郡學本
又　明弘治十七年馮允中本
又　覆刻馮本
又　嘉靖十九年汪一元本
又　覆刻汪本
又　嘉靖二十二年佘誨本
又　萬曆七年張之象本
又　涵芬樓景印四部叢刊本
又　萬曆十年胡維新兩京遺編本
又　萬曆二十年何允中漢魏叢書本
又　萬曆三十七年王惟儉訓故本
又　萬曆年間王世貞批本
又　萬曆三十七年梅慶生音註本
又　姜午生覆刻本
又　萬曆四十年復校音註本

又 萬曆凌雲五色套印本

又 天啟二年梅慶生第六次校定本

又 天啟二年梅慶生校定後重修本

又 陳長卿覆刻梅慶生天啟二年校定本

又 陳長卿重修本

又 鍾惺評合刻五家言本

又 梁杰訂正本

又 鍾惺評祕書十八種本

又 天啟七年謝恒鈔本

又 崇禎七年陳仁錫奇賞彙編本

又 崇禎十一年黄澍葉紹泰漢魏别解本

又 崇禎十五年葉紹泰增定漢魏别解本

又 清初清謹軒鈔本

又 康熙三十四年抱青閣本

又 日本尚古堂本

又 日本岡白駒校正句讀本

又　乾隆六年黄叔琳輯註本
又　四庫全書文淵閣本
又　文津閣本
又　文溯閣本
又　文淵閣黄氏輯注本
又　文津閣本
又　文溯閣本
又　乾隆五十六年王謨漢魏叢書本
又　乾隆五十六年張松孫本
又　鄭珍原藏舊鈔本
又　道光十三年廣東芸香堂朱墨套印紀昀評本
又　廣東翰墨園覆刻芸香堂本
又　光緒三年湖北崇文書局三十三種叢書本
又　光緒十九年湖南思賢講舍重刊紀評本
又　民國三年鄭國勛龍谿精舍叢書本
又　明徐𤊹校本

又　馮舒校本

又　清朱彝尊點校本

又　佚名校本

又　陳鱣校本

又　徐渭仁校本

又　吴翌鳳校本

又　吴翌鳳張紹仁校本

又　程文校本

又　褚德儀校本

又　近人徐乃昌校本

又　近人張爾田臨校胡震亨本

又　近人倫明校元至正本

又　傳録何焯校本

又　傳録郝懿行批校本

又　傳録黄丕烈顧廣圻校本

又　傳録顧廣圻譚獻校本

文心雕龍札記近人黄侃撰　上海中華書局排印本
文心雕龍註近人范文瀾撰　人民文學出版社排印本
文心雕龍校釋近人劉永濟撰　上海中華書局排印本
唐寫文心雕龍殘本合校近人潘重規撰　香港新亞研究所排印本
文心雕龍研究日本户田浩曉撰　上海古籍出版社排印本
詩品梁鍾嶸撰　顧氏文房小説本
詩品臆説清劉澐撰　延慶堂本
文章緣起舊題梁任昉撰　明陳懋仁注　學海類編本
文章緣起補注清方熊撰　邵武徐氏刊本
續文章緣起明陳懋仁撰　學海類編本
文鏡祕府論日本空海撰　日本東方文化叢書景印本
詩式唐釋皎然撰　學海類編本
歲寒堂詩話宋張戒撰　聚珍版叢書本
韻語陽秋宋葛立方撰　學海類編本
唐詩紀事宋計有功撰　四部叢刊本
餘師録宋王正德撰　守山閣叢書本

吟窗雜録舊題宋陳應行撰　明嘉靖二十七年崇文書堂重刊本

辭學指南宋王應麟撰　玉海附刻本

修辭鑑衡元王構撰　中華書局景印元刊本

又　指海本

金石例元潘昂霄撰　明刊本

漢石例清劉寶楠撰　連筠簃刊本

文斷明唐之淳撰　明成化十六年唐珣刊本

談藝録明徐禎卿撰　學海類編本

文脈明王文禄撰　同右

夢蕉詩話明游潛撰　同右

四溟詩話明謝榛撰　海山仙館叢書本

藝苑卮言明王世貞撰　談藝珠叢本

詩藪明胡應麟撰　廣雅書局刊本

文通明朱荃宰撰　明天啟六年刊本

藕居士詩話明陳懋仁撰　原燕京大學圖書館藏鈔本

詩源辨體明許學夷撰　北京大學圖書館藏稿本

唐音癸籤明胡震亨撰　明崇禎刊本
原詩清葉燮撰　清康熙二棄草堂刊本
詩學纂聞清汪師韓撰　昭代叢書巳集本
師友詩傳録清王士禎等撰　學海類編本
説詩晬語清沈德潛撰　清乾隆江蘇教忠堂刊本
時文蠡測清袁守定撰　清嘉慶刊本
復小齋賦話清浦銑撰　清乾隆復小齋刊本
又　槜李遺書本
歷代賦話續集清浦銑輯　復小齋刊本
杜詩雙聲疊韻譜清周春撰　藝海珠塵本
隨園詩話清袁枚撰　隨園全集本
賦話清李調元撰　函海本
四六叢話清孫梅撰　清光緒吴門汪氏重刊本
楹聯叢話清梁章鉅撰　清道光桂林刊本
拜經樓詩話清吴騫撰　拜經樓叢書本
靈芬館詩話清郭麐撰　靈芬館全集本

昭昧詹言清方東樹撰　民國上海亞東圖書館排印本

藝概清劉熙載撰　清同治刊本

尊西詩話清張曰班撰　清道光刊本

停雲閣詩話清李家瑞撰　清咸豐刊本

文體通釋清王兆芳撰　民國北平中華印刷局排印本

縉山書院文話清孫萬春撰　清光緒孫氏家塾刊本

藻川堂譚藝清鄧繹撰　清光緒刊藻川堂全集本

文學研究法近人姚永樸撰　民國三年北京京華印書局排印本

文説近人劉師培撰　劉申叔先生遺書本

論文雜記前人　同右

中國文學教科書前人　同右

中國文學史清林傳甲撰　清光緒日本排印本

中國中古文學史講義近人劉師培撰　劉申叔先生遺書本

畏廬論文近人林紓撰　商務印書館排印本

六朝麗旨近人孫德謙撰　四益宧刊本

文章源流近人高步瀛撰　北平和平印書局排印本

詩論題記近人魯迅撰　魯迅研究年刊創刊號

文學述林近人劉咸炘撰　推十書本

曲律明王驥德撰　明刊本

國故月刊一九一九年三期

清華學報一九二六年三卷一期

圖書館學季刊一九二八年二卷二期

故宮周刊一九三零年五十六期

采社雜誌一九三一年六期

文學年報一九三七年三期

史學年報一九三八年二卷五期

國民雜誌一九四一年十期

文學遺産增刊一九六二年十一輯

文心雕龍研究專號一九六二年香港大學中文學會出版

魯迅研究年刊一九七四年創刊號

文物一九七七年六期

社會科學戰綫一九八三年四期

日本大安雜誌一九六零年十二期

右列七百五十一種書目中諸善本,承北京圖書館、科學院圖書館、南京圖書館、上海圖書館、遼寧省圖書館、四川省圖書館、北京大學圖書館、清華大學圖書館、復旦大學圖書館、南京大學圖書館、吉林大學圖書館、四川大學圖書館有關領導和工作同志大力協助,得一一寓目,縱意漁獵,俾拙稿能順利完成。銘感之餘,謹此致謝。

大足楊明照弢甫附識一九九七年元月